LE MESNAG

Dans Le Livre de Poche
« Lettres gothiques »

LA CHANSON DE LA CROISADE ALBIGEOISE.
TRISTAN ET ISEUT (Les poèmes français - La saga norroise).
JOURNAL D'UN BOURGEOIS DE PARIS.
LAIS DE MARIE DE FRANCE.
LA CHANSON DE ROLAND.
LE LIVRE DE L'ÉCHELLE DE MAHOMET.
LANCELOT DU LAC.
LANCELOT DU LAC (tome 2).
FABLIAUX ÉROTIQUES.
LA CHANSON DE GIRART DE ROUSSILLON.
PREMIÈRE CONTINUATION DE PERCEVAL.

Chrétien de Troyes :
LE CONTE DU GRAAL.
LE CHEVALIER DE LA CHARRETTE.
EREC ET ENIDE.
LE CHEVALIER AU LION.
CLIGÈS.

François Villon :
POÉSIES COMPLÈTES.

Charles d'Orléans :
RONDEAUX ET BALLADES.

Guillaume de Lorris et Jean de Meun :
LE ROMAN DE LA ROSE.

Dans la collection « La Pochothèque »
Chrétien de Troyes :
ROMANS.
(Erec et Enide, Cligès, Le Chevalier de la Charrette ou Le Roman de Lancelot, Le Chevalier au Lion ou Le Roman d'Yvain, Le Conte du Graal ou Le Roman de Perceval *suivis des* Chansons. *En appendice*, Philomena.)

LETTRES GOTHIQUES
Collection dirigée par Michel Zink

LE MESNAGIER
DE PARIS

Texte édité par Georgina E. Brereton
et Janet M. Ferrier

Traduction et notes par Karin Ueltschi.

Ouvrage publié avec le concours du Centre National du Livre

LE LIVRE DE POCHE

Karin Ueltschi, docteur de l'Université de Paris IV-Sorbonne, enseigne à l'Institut universitaire Saint-Melaine de Rennes. Elle a publié *La Didactique de la Chair. Approches et enjeux d'un discours en français au Moyen Age* (Droz, 1993) et en collaboration avec Claude Thomasset *Pour lire l'ancien français* (Nathan, 1993).

© Librairie Générale Française, 1994.

Pour Jean-Louis.

INTRODUCTION

« Chiere seur », belle amie : c'est ainsi qu'un mari d'un certain âge déjà s'adresse à sa toute jeune épouse, au lendemain de leur mariage : « Par amour pour vous, et non pas pour en tirer moi-même des avantages [...], et parce que je suis rempli de tendre et d'affectueuse compassion pour vous qui n'avez plus depuis longtemps ni père ni mère, ni aucune de vos parentes auprès de vous ici, ni personne à qui vous pourriez demander conseil et aide en cas de préoccupations secrètes sinon à moi seul [...] –, oui, pour toutes ces raisons, j'ai cherché à trouver à maintes reprises moi-même quelque moyen de vous donner une instruction générale et facile qui vous servirait de guide [...] » (Prologue, 4). Voilà le projet ; voyons-en la réalisation.

Ce livre est donc destiné à une femme, ce qui fait l'une de ses particularités dans la production didactique du Moyen Age, à côté du *Livre du Chevalier de la Tour Landry pour l'enseignement de ses filles*, autre traité d'éducation féminine célèbre de la même époque. Livre de morale ou traité d'économie domestique ? Nous avons affaire à un enseignement comprenant des sujets aussi variés que le catéchisme, un traité de chasse à vol à l'épervier, des considérations sur les domestiques ou les maladies des chevaux ; un recueil complet de recettes de cuisine côtoie toute une collection d'histoires édifiantes, puisées dans la Bible ou dans la littérature ; à l'intérieur de chaque paragraphe il reste toujours de la place pour la digression. Ce mélange des genres n'est pas une particularité du *Mesnagier* : au Moyen Age, tout traité didactique tend à être

---

1371-1372. Ed. Montaiglon (Anatole, de) 1854, Paris, P. Janet.

encyclopédique. C'est souvent un tissu de citations, un catalogue d'autorités et de noms propres. Le choix des sources montre que notre auteur était un homme assez instruit (même s'il ne prenait pas toujours la peine d'aller vérifier dans l'original, se contentant de paraphraser une glose de seconde main), au fait des livres fondamentaux de la culture médiévale : sources théologiques (saint Jérôme, saint Augustin, Gratien) et édifiantes (*La Vie des Pères, Les Sept Sages de Rome, La Légende dorée*) ; critiques, gloses et commentaires (l'*Histoire de la Bible* de Pierre le Mangeur, le *Catholicon*), œuvres en langue vernaculaire (*La Somme le Roi, Le Roman de la Rose*), et naturellement les divers traités spécialisés (le *Livre de Chasse* de Gaston Phébus, le *Livre du Roi Modus et de la Royne Ratio*, le *Viandier* de Taillevent, sans doute *La Fleur de toute cuysine* attribué à Pidoulx), et des auteurs antiques comme Tite-Live.

Cependant, si notre auteur a du mal à s'affranchir des « autorités » qu'il s'évertue à citer et à rappeler, il annonce en même temps un certain humanisme. L'on en trouve l'indice formel dans la pratique de l'apostrophe au destinataire, la répartition significative du tutoiement et du vouvoiement. Quand l'auteur s'adresse directement à sa femme, c'est « vous », et c'est l'homme de « lumières » qui parle en son nom propre ; lorsqu'il développe des préceptes généraux de seconde main, c'est le « tu » pédagogique universel qui est employé et l'attitude de l'auteur est rigoureusement conventionnelle. Cette alternance entre le « tu » et le « vous » est doublée par l'utilisation des pronoms de l'énonciateur, tantôt « nous », tantôt « je ».

Mari et femme

Ce « je » nous paraît sous un jour plutôt sympathique. Cependant, les éléments de biographie de notre auteur sont rares. Il a peut-être exercé une profession juridique (il se dit l'ami d'un « avocat du Parlement », I, viii, 14) ; mais les fréquentes allusions au duc de Berry ainsi qu'aux nombreux voyages qu'il a faits pourraient indiquer qu'il avait un métier lié à l'armée (Pichon suggère qu'il avait été employé dans les finances militaires). Apparemment, on l'a souvent consulté pour solliciter son conseil. Il devait être aisé, lettré et habité d'idées généreuses. Non seulement il sait être ironique, mais il possède également une bonne dose d'humour, et ne craint pas de se peindre lui-même en train de s'adonner à des occupations pour le moins surprenantes pour un homme si digne, la chasse aux puces par exemple dont il parle avec enthousiasme (I, vii, 3).

En ce qui concerne son caractère, on a plus d'une preuve de sa modestie et de sa délicatesse face à la jeune femme. Il craint sans cesse de la heurter et prend mille précautions pour adoucir sa doctrine. Comme il est plus âgé, il prévoit l'éventualité d'un second mariage de sa femme : il lui donne force recommandations concernant « votre mari qui sera ». S'agit-il d'un ordre indirect, d'une simple stratégie rhétorique ? Cette mention permanente du futur mari est du moins insolite dans la configuration précise du *Mesnagier*.

Cette délicatesse se répercute sur le portrait de la jeune femme qui émerge à travers les mots du mari amoureux : portrait empreint de tendresse, attribuant à la jeune femme beauté, sagesse et toutes les qualités imaginables : elle n'a en fait aucun besoin d'instruction, si bien qu'on peut se demander quelle est dans ce portrait la part de projection de notre auteur. On peut même aller plus loin et hasarder une autre hypothèse : le cadre concret du *Mesnagier* – un mari vieillissant s'adressant à sa toute jeune épouse – pourrait-il être une simple simulation au service d'un projet littéraire, pour fournir une armature rhétorique didactique somme toute assez classique ? Toujours est-il que notre auteur ne traite pas son épouse, sa « chiere seur » comme les autres femmes. Il en fait au contraire une initiée, une complice, en l'associant toujours à ses prises de position ; elle est plus de son bord que du côté du disciple, voire du côté des femmes (« vous triompherez en cela de la nature des femmes », I, viii, 3). C'est la parfaite épouse *dès l'abord* ; elle est destinée à être la dépositaire des idées du mari en vue de transmettre à son tour la doctrine : elle est en fait, du point de vue de la dynamique du discours, le double de l'auteur bien plus que l'élève, malgré toutes les apparences du contraire.

A cette attitude d'exception envers sa femme se juxtapose

une sévérité intransigeante qui est l'écho fidèle de siècles de doctrine. Dans ces passages-là, l'humaniste abdique non seulement au profit du porte-parole des clercs et des Pères, mais surtout du bourgeois, de « l'animal social » ; les impératifs de l'apparence et de l'honneur se greffent sur l'attitude généreuse de celui qui pense et qui juge par lui-même. Dès qu'il détache le regard de son épouse pour ne considérer que la Femme, notre auteur peut *aussi* se montrer outrageusement conventionnel. Le souci de l'état social et du lignage dans la définition du comportement et des repères de valeurs est constant, souvent en flagrante contradiction avec les convictions personnelles exprimées ailleurs.

Le *Mesnagier* esquisse les contours d'un idéal féminin, la prudefemme. Nous avons choisi de garder le mot tel quel plutôt que de tenter de le traduire approximativement. La « prudefemme » est une femme mariée observant strictement toutes les règles morales, religieuses et sociales. C'est d'abord et surtout un idéal bourgeois. Il nous est peint non seulement dans les chapitres d'enseignement moral, conjugal et catéchistique, mais encore à travers les nombreux *exempla* qui sans exception ont comme figure centrale une femme : c'est la peinture de modèles à suivre, ou au contraire la narration de dérives tragiques causées par une « mauvaise femme ». Qu'est-ce qui définit donc une prudefemme ? Quels sont ses attributs ?

— Le souci de ne donner prise à aucun soupçon, *sine qua non* de l'honorabilité bourgeoise, qui s'accompagne de préceptes très sévères, par exemple : « n'acceptez ni ne lisez aucune autre lettre [que celles de votre mari], n'écrivez à personne en dehors de lui, ou alors dictez ces lettres à quelqu'un et faites-les relire devant tout le monde en public » (I, iv, 25).

— La discrétion, qui implique de garder les secrets, de brider la langue, de conserver la mesure en toute chose et de dissimuler certains traits ou tares (I, viii, 13). Garder la discrétion, cela implique aussi parfois ne pas vouloir savoir (cf. I, viii, 10).

— La notion de chasteté résume toutes les qualités de la prude femme (Cf. définition I, iii, 117). Elle recouvre un plus large domaine qu'aujourd'hui. Elle résulte de l'observance de toutes les règles de comportement et se manifeste par un maintien modeste : « En cheminant, maintenez la tête droite, les paupières franchement baissées et immobiles, et le regard droit devant vous à une distance de 4 toises, fixant le sol.» (I, ii, 1).

Au contraire, les vices féminins par excellence sont la gloutonnerie, l'oisiveté, en fait tous les péchés charnels, conformément au lieu commun qui associe la femme à la chair et donc au pôle négatif dans la classification dualiste des valeurs. Le mauvais exemple a une grande vertu pédagogique, et l'auteur développe ce genre de portrait avec un plaisir et une inventivité évidents : «Il existe des femmes ivrognes, folles ou ignorantes qui [...] marchent les yeux ouverts, la tête effroyablement haute à la manière du lion, leurs cheveux sortant de dessous leur coiffe, le col de leur chemise et de leur cotte l'un sur l'autre ; elles marchent comme des hommes et se tiennent sans grâce et sans vergogne devant les gens» (I, i, 10). Ce portrait dénonce à nouveau le mal-seyant tout autant que l'a-moral, ce qui montre que nous sommes avant tout dans une logique sociale, bourgeoise en l'occurrence.

Qu'en conclure ? Tout concourt à l'obéissance envers le mari (l'un des chapitres les plus élaborés du *Mesnagier* y est consacré) et tout part de là : c'est la vertu cardinale de la prude femme. L'obéissance «ès menues choses», tout autant que face aux demandes les plus exorbitantes destinées précisément à éprouver cette obéissance : c'est le sujet de l'*exemplum* déchirant de Grisélidis, qui pousse à outrance cette exigence de soumission féminine : «je veux savoir si tu consentiras à te plier entièrement à ma volonté, quelle qu'elle soit, de telle manière que je puisse disposer de toi et de tout ce qui te concerne à mon idée, et sans commentaire ou protestation de ta part, que cela soit en paroles ou en actions, par un geste ou en pensée» (Grisélidis). Cet enseignement est aux antipodes de l'attitude éclairée et prévenante que notre bourgeois témoigne à sa femme.

Le *Mesnagier* apparaît à plus d'un titre comme un hymne à l'amour conjugal et au mariage en tant qu'institution sociale, en tant que cadre de vie idéal, propice à l'exercice et à l'épanouissement de toutes les vertus ; *a contrario*, tout ce qui est en marge de ce cadre est douteux. Nous trouvons quelques charmants tableaux de la vie conjugale telle que se la représente le mari : «[...] il est réconforté en pensant aux soins que sa femme prendra de lui à son retour, aux caresses, aux joies et aux plaisirs qu'elle lui prodiguera [...] : le déchausser auprès d'un bon feu, lui laver les pieds, lui donner des chausses et des souliers propres ; et le faire bien manger et bien boire, le servir et l'honorer, et puis le faire coucher entre des draps blancs, avec un bonnet blanc, couvert sous de bonnes fourrures, et le combler de joies, de jeux, de cajoleries amoureuses, et d'autres secrets que je passe sous silence. Et le lendemain lui préparer une chemise et des habits nouveaux » (I, vii, 1). Au contraire, « trois choses chassent l'homme de son foyer : une maison découverte, une cheminée fumante et une femme querelleuse » (I, vii, 2) : ce qui revient à dire que la femme tient tout en main : dans le *Mesnagier*, elle n'est guère assimilée à la mère ; elle est l'épouse, la gardienne du foyer.

Le « mesnage »

L'organisation du ménage obéit à un agencement rigoureux. Une première grande différenciation des tâches concerne l'opposition femmes – hommes, doublée par l'opposition entre intérieur et extérieur : aux femmes la première sphère, aux hommes la seconde. Maître et maîtresse de maison sont représentés auprès de leurs domestiques par un intendant d'un côté – maître Jean –, par une gouvernante – dame Agnès la béguine – de l'autre. Les tâches sont ensuite distribuées à chacun « selon sa place et selon sa compétence ». Le plus fort de la tâche des époux – de l'épouse surtout car c'est de celle-ci dont il est avant tout question – revient donc au commandement et à la surveillance – surveillance de la morale (surtout lorsqu'il s'agit de jeunes chambrières ! cf. II, iii, 5 et sq.) tout autant que du travail où joue surtout la délégation : « Je me charge de dire à dame Agnès la béguine, lorsque vous serez sortie en ville, d'ordonner à qui de droit de pourvoir les autres bêtes : Robin le berger, par exemple, ses moutons, ses brebis et agneaux ; Josson le bouvier, les bœufs et les taureaux ; Arnoul le vacher et Jeanneton la laitière, qu'ils s'occupent des vaches, des génisses et des veaux, des truies, des cochons et des pourceaux ; Endeline, la femme du métayer, des oies, des oisons, des coqs, des poules, des poussins, des colombes et des pigeons ; et que le charretier ou le métayer s'occupe de nos chevaux, juments et leurs semblables » (II, iii, 8). On le voit, une « mesnie » bourgeoise parisienne tient aussi de la ferme ; elle compte un nombre important de domestiques, tous appelés par leur prénom, tous membres de la famille à part entière.

Comme envers la femme, notre auteur manifeste un mélange de bonté éclairée et de méfiance mesquine face à ses domestiques : une fois de plus s'opposent l'humaniste et le bourgeois. Le premier enjoint à sa femme de soigner un domestique malade sans économie de moyens et avec affection ; le second manifeste le réalisme méfiant de commerçant averti : « Veillez toujours à ce que travail et salaire soient discutés et définis avant qu'ils [les serviteurs au moment de l'embauche] ne commencent afin d'éviter toute contestation après coup ; en effet, le plus souvent ils ne veulent pas discuter mais se mettre au travail sans avoir déterminé au préalable les conditions de l'engagement en susurrant : « Monseigneur, ce n'est pas grand-chose [...] » (II, iii, 2).

Haut lieu de toute « mesnie », la cuisine possède une place de choix dans le *Mesnagier*. On a tendance à assimiler cette œuvre à sa partie culinaire, qui en occupe un tiers et qui constitue, dans le cadre de la production didactique de l'époque, l'originalité et la particularité du *Mesnagier*. « Broyez et passez à l'étamine ; mélangez le tout et faites bouillir » (II, v, 129) : cette instruction, si fréquente qu'elle est quasiment systématique, est sans doute ce qui frappe de prime abord le lecteur moderne. Battre, broyer, bouillir, passer, filer, hacher, délayer, détremper, moudre, piler : voilà les verbes caractérisant l'action du cuisinier médiéval ; étamine, sas, mortier, pilon, pot : voilà ses principaux instruments ; potage, chaudeau, bouillie, purée, porée, civet, sauce, charpie : et voilà les résultats en termes de consistance. Le lecteur reste interdit devant des représentations gargantuesques avant la lettre : des sauces et des brouets coulant abondamment ; des monceaux de poissons et de rôtis empilés sur les « tranchoirs » de pain dur servant d'assiette et de support, gorgés de sauce et qui seront à la fin du repas recueillis avec les autres restes dans le « coulouere » pour être charitablement distribués aux pauvres. Ensuite il y a la surprise devant la diversité des denrées apparemment sauvagement mélangées ainsi que devant l'imprécision des quantités nécessaires : « beaucoup », « modérément » ou « peu » sont souvent les seules indications dont nous disposions ; l'on peut cependant souligner une prédilection certaine pour la mention « à foison » !

On a longtemps dit que la cuisine médiévale était barbare, notamment à cause d'un usage immodéré des épices. Certains y ont vu un signe de « distinction » sociale, les épices étant un produit de luxe ; d'autres ont voulu y deviner un procédé de conservation des aliments à une époque où cela représentait une préoccupation centrale. Il en est aujourd'hui qui après de nombreuses expériences soupçonnent un savoir secret pour obtenir des saveurs complètement oubliées et qui vont jusqu'à amorcer des croisades pour réhabiliter et pour réacclimater la cuisine médiévale parmi nos contemporains. Ce recueil de recettes est donc instructif pour tout individu curieux de nouvelles découvertes gustatives et d'un certain exotisme réputé médiéval (« ils » mangeaient des hérissons et des écureuils) ; il l'est pour la ménagère moderne à la recherche d'astuces : comment éviter qu'un potage ne déborde (réponse : II, v, 9) ; comment donner un goût faisandé à un chapon qu'on vient de tuer (II, iv, 19) ; comment faire passer un morceau de bœuf pour de la venaison d'ours (II, v, 86) ou transformer, grâce à une certaine fleur, du vin blanc en vin rouge (II, v, 319) ou l'inverse (II, iii, 15), ou encore comment réutiliser de l'huile dans laquelle on a fait frire du poisson sans que l'odeur en soit perceptible (II, v, 224), etc. Le *Mesnagier* contient par ailleurs de précieux renseignements pour l'historien, notamment en matière d'échanges commerciaux, d'agriculture, de vie urbaine, etc. Le *Mesnagier* est une véritable mine pour le linguiste par le foisonnement des noms propres désignant des plats ou des espèces animales disparues, des épices, des herbes, tout autant que par l'incroyable précision d'un vocabulaire spécialisé. Cette grande richesse du vocabulaire, la principale difficulté à laquelle se heurte le traducteur moderne, a suscité l'étonnement et la réflexion de l'auteur lui-même : « *Nota* ces grandes différences de langage : ce que chez le porc on appelle "la fressure" désigne le foie, le mou et le cœur ; en parlant du mouton la fressure signifie la tête, la panse, la caillette et les

4 pieds ; en parlant du veau elle désigne la tête, la fraise, la panse et les 4 pieds ; en parlant du boeuf c'est la panse, les abats, le scrotum, la rate, le mou, le foie et les 4 pieds. C'est encore différent en ce qui concerne la venaison pour laquelle on utilise d'autres noms encore. *Queritur* la cause de cette variété concernant ce seul mot "fressure" » (II, v, 15).

La préparation des grands plats à la manière du *Mesnagier* ou plutôt de Taillevent, maître-queux royal – le bourgeois insiste en plusieurs endroits sur le fait que ce ne sont pas là des recettes pour leur caste –, est d'abord extrêmement onéreuse en fournitures : il faut louer les services d'un cuisiner souvent accompagné de ses valets, des aides porteurs ainsi que de toute une panoplie de serviteurs spécialisés dans un aspect particulier du service de table (de l'« écuyer tranchant » à l'échanson et au maître d'hôtel) ; se procurer pour l'occasion les tréteaux, les tables, la vaisselle, les couverts, le linge de table et de cuisine, les ornements (couronnes, guirlandes, herbes qui jonchent le sol), les flambeaux, les torches, les musiciens, sans parler des « attentions », des cadeaux qu'il était d'usage de distribuer dans ces occasions, sans même parler des denrées alimentaires, de l'eau et des vins.

De l'entrée de table au « boute-hors », ce qui frappe surtout, c'est la quantité de mets composant chacun des services ; cependant, les convives étaient « discrets », c'est-à-dire mesurés ; chacun ne se servait que des plats qui étaient à sa portée ; autrement dit, personne ne goûtait à tous les plats de tous les services dont était composé un banquet. Le raffinement aristocratique apparaît aussi dans le goût des mets travestis, les « entremets », divertissement dont cependant le Bourgeois parle avec plus de parcimonie que d'autres livres de cuisine pour s'étendre plus sur les « potages » communs : le *Mesnagier* en effet leur réserve une place de choix et ainsi, il est plus représentatif qu'on ne le pense d'abord de la cuisine médiévale.

Au moment de conclure, l'on peut se poser cette question un peu scolaire : Le *Mesnagier de Paris* – un miroir de son temps ? Voyons d'abord du côté du profane, c'est-à-dire des attentes du lecteur moderne que nous sommes tous quelque part, secrètement à la recherche, dès qu'il s'agit de Moyen Age, de quelque atmosphère « gothique », voire d'odeur de soufre, et ce lecteur-là en nous n'est pas déçu : on dirait au contraire que notre bourgeois vient délicatement au devant de ce désir, par exemple en nous servant force formules magiques pour remédier à toutes sortes de maux. Voilà par exemple comment faire pour guérir une morsure de chien ou d'une autre bête enragée : « Prenez un croûton de pain et écrivez dessus les mots suivants : + *bestera* + *bestie* + *nay* + *brigonay* + *dictera* + *sagragan* + *es* + *domina* + *fiat* + *fiat* + *fiat* » (II, v, 334). Par ailleurs, « d'aucuns disent qu'aux chiens qui aboient il faut donner du poumon de mouton ou de brebis pour les faire taire. Je ne sais pas si c'est vrai » (III, ii, 4) : pourquoi ne pas essayer ? Dans un autre domaine, il semble que l'on puisse « évaluer l'âge d'un lièvre au nombre de trous qu'il a sous la queue : le nombre de trous équivaut au nombre d'années » (II, iv, 22), pour ne pas parler des mille et une astuces évoquées plus haut intéressant plus particulièrement la ménagère.

Cependant, le *Mesnagier* porte également un regard bourgeois sur la population urbaine du Paris de la fin du XIVe siècle. Constats, critiques, mises en gardes surtout, car le bourgeois donne ces informations simplement pour fournir des instructions utiles, pratiques, indispensables pour se mouvoir dans cette société. Nous apprenons la manière dont elle est composée et dont elle fonctionne notamment par le truchement des différents métiers que notre œuvre répertorie. Notre œuvre est un témoin précieux sur le monde bourgeois en émergence et ses valeurs, dont on trouve déjà des traits repris des siècles plus tard souvent sous forme de caricature, par exemple le sens de l'économie : « Total des dépenses à l'épicerie : 12 francs, en comptant seulement la quantité de cire brûlée, et compte tenu des petits restes des épices : on peut compter sur une dépense d'un demi-franc par écuelle » (II, iv, 55).

Mais c'est certainement par son mélange de conformisme rigide et d'humanisme que le *Mesnagier* est le miroir le plus original et aussi le plus fidèle de son époque.

NOTE SUR LA PRESENTE EDITION ET LA TRADUCTION

Le Mesnagier de Paris ne connaît que deux éditions accessibles de nos jours :

– Baron Jérôme Pichon, 1846-1847 (repris en 1982 par Slatkine Reprints en deux tomes) ; c'est de cette édition que nous tirons les *exempla* de « Grisélidis » et de « Mélibée », ainsi que le « Chemin de Povreté et de Richesse » de Jehan Bruyant figurant en annexe.

– Georgina Brereton, prématurément disparue en 1969 avant d'avoir pu achever ce qui, à bien des égards, semble être l'œuvre d'une vie. Janet M. Ferrier a mené à bien cette entreprise en se servant des nombreuses notes de G. Brereton, et c'est en 1981 que l'édition paraît à Oxford (Clarendon Press).

Manuscrits :

A : Paris, Bibliothèque Nationale, fonds français 12477 ; XVe siècle, parchemin, 321 × 245 mm. Ce ms apparaît dans deux inventaires de la bibliothèque des ducs de Bourgogne (inventaire de Bruges de 1467 et inventaire de Bruxelles de 1487).

B : Bruxelles, Bibliothèque Royale, 10310-10311 ; XVe siècle, parchemin, 295 × 238 mm. Il apparaît également dans les deux inventaires où figure le ms A. Brereton et Ferrier établissent un même ms X comme source commune de ces deux mss.

C : Paris, Bibliothèque Nationale, nouvelles acquisitions françaises 6739 ; seconde moitié du XVe siècle, 285 × 195. Ce ms était en la possession du baron Pichon avant de devenir propriété de la Bibliothèque Nationale. Ce ms C est une copie du ms A.

L'édition Brereton dont nous nous servons reprend le ms A, recourant à B quand le premier est lacunaire ; cependant, elle omet d'intégrer les histoires de Grisélidis et de Mélibée, ainsi que le poème *Le Chemin de Povreté et de Richesse* de Jehan Bruyant. Nous avons réintégré à leur place les deux *exempla* d'après l'édition Pichon. Si le long poème de Jehan Bruyant figure en annexe et sans traduction, c'est essentiellement pour des raisons d'espace. Nous l'avons fait avec d'autant moins de scrupule que l'auteur l'a inséré ostensiblement pour rendre hommage à Jehan Bruyant ; contrairement à « Grisélidis » et à « Mélibée », ce poème constitue une rupture nette dans le corps du *Mesnagier*.

Quelques particularités du moyen français

La rhétorique didactique se distingue par son goût pour l'énumération ; d'un point de vue syntaxique, cela nous mène à la coordination : le français du XIVᵉ siècle juxtapose essentiellement par la conjonction « et », n'explicitant que rarement les articulations logiques. Cette syntaxe se caractérise par un mélange paradoxal de redondance et d'ellipse : au traducteur de couper ou de préciser si nécessaire. Cependant, la traduction devant dans la mesure du possible refléter la mélodie et le rythme très particuliers de cette langue, tant que cela ne nuit pas à la clarté et à la correction de la syntaxe moderne, on a gardé ces particularités syntaxiques.

Dans un registre voisin de la répétition, l'on peut souligner l'abondance des adjectifs qualificatifs souvent quasi synonymes. « Rendez-vous dans un lieu *caché, solitaire et éloigné des gens* pour y déambuler... » (I, iii, 1). Ces adjectifs apparaissent souvent en couples, dans un rapport soit synonymique, soit d'opposition : « On peut vérifier si ses oreilles sont *courtes et droites*, si sa tête est *maigre ou grasse*, si sa vue est *bonne et saine*, s'il a de *bons et grands* yeux saillants [...] » (II, iii, 21).

L'approximation, l'obscurité ou la simple négligence (« laissez 9 jours au soleil, *et les nuits aussi*, puis passez » II, v, 329) peuvent côtoyer la plus grande précision notamment dans le choix du vocabulaire spécialisé selon les disciplines : nous avons dû nous pencher sur des ouvrages modernes de jardinage, d'œnologie, de fauconnerie etc., souvent pour constater que tel mot « obscur » dans le *Mesnagier* existe en fait toujours de nos jours ; ainsi, nous n'avions pas de raison valable de simplifier ce vocabulaire.

Une autre particularité moins du français du XIVᵉ siècle que du langage didactique est l'utilisation du latin dans le corps du texte. Il s'agit souvent de petits mots, sortes de béquilles de l'argumentation (*item, nota, scilicet, secus,* etc.) que nous avons gardées telles quelles puisqu'elles nous restent familières.

Quant aux noms propres dont le *Mesnagier* fourmille notamment pour désigner les recettes ou des plantes, un astérisque les signale au lecteur comme figurant dans un petit glossaire spécial en annexe. Outre le fait que la particularité d'un nom propre est d'être intraduisible et qu'il eût été dommage d'amputer le récepteur de ces savoureuses consonances par une traduction périphrastique, il suffit que le lecteur moderne ouvre un livre de cuisine contemporain régional pour être confronté aux mêmes difficultés : seule la lecture de la recette donne une signification au nom propre qui la désigne.

Nous espérons que la présente traduction, tout en offrant toutes les garanties de clarté, reste le reflet fidèle des particularités de la langue et donc de l'esprit médiévaux, et qu'elle incite le lecteur à se tourner de plus en plus souvent vers la page de gauche, pour que les accents originaux finissent par lui devenir tout aussi familiers que la langue moderne.

Le Mesnagier de Paris

PROLOGUE

1. (*fol. 1a*) Chiere seur, pour ce que vous estans en l'eage de quinze ans et la sepmaine que vous et moy feusmes espousez, me priastes que je espargnasse a vostre jeunesse et a vostre petit et ygnorant service jusques a ce que vous eussiez plus veu et apris ; a laquelle appreseure vous me promectiez d'entendre songneusement et mettre toute vostre cure et diligence pour ma paix et amour garder (si comme vous disiez bien saigement par plus sage conseil, ce croy je bien, que le vostre) en moy priant humblement en nostre lit, comme en suis recors, que pour l'amour de Dieu je ne vous voulsisse mie laidement corrigier devant la gent estrange ne devant nostre gent aussi, mais vous corrigasse chascune nuit, ou de jour en jour, en nostre chambre et vous ramenteusses les descontenances ou simplesses de la journée ou journees passees et vous chastiasse s'il me plaisoit ; et lors vous ne fauldriez point a vous amender selon ma doctrine et correption et feriez tout vostre pouoir selon ma voulenté, si comme vous disiez. Si ay tenu a grant bien et vous loe et scay bon gré de ce que vous m'en avez dit, et m'en est depuis souventesfoiz souvenu.

2. Et saichiez sur ce, chiere suer, que tout quanques je scay que vous aiez fait puis que nous feusmes mariez jusques cy, et tout quanques vous ferez en bonne intencion, m'a esté et est bon et me plaist et m'a bien pleu et plaira. Car vostre jeunesse vous excuse d'estre bien saige et vous excusera encores en toutes choses que vous ferez

PROLOGUE

1. Chère amie, vous m'avez demandé, la semaine où nous nous sommes mariés, alors que vous n'aviez que quinze ans, de me montrer indulgent avec vous par égard à votre jeunesse et à votre inexpérience, le temps qu'il vous faudrait pour voir et pour apprendre davantage ; vous me promettiez de mettre tout en œuvre pour y parvenir et de vous appliquer de toutes vos forces à vous maintenir dans mes bonnes grâces et mon amour (sages propos que vous avait soufflés, je pense, un esprit plus sage que le vôtre) : je me rappelle bien, vous m'avez prié humblement dans notre lit de ne pas vous reprendre brutalement, pour l'amour de Dieu, ni devant des étrangers, ni même devant nos gens, mais de le faire au contraire chaque nuit ou au jour le jour dans notre chambre ; de vous rappeler alors les fautes ou les naïvetés observées pendant la journée ou auparavant, et de vous corriger si je le désirais. Vous me disiez que vous ne manqueriez point alors de tirer les leçons de mes instructions et critiques et que vous feriez tout ce qui est en votre pouvoir pour vous conformer à ma volonté. Cela m'a fait grand plaisir, je vous en loue et je vous sais gré d'avoir ainsi parlé ; j'y ai repensé à maintes reprises.

2. Soyez rassurée, chère amie : tout ce que, à ma connaissance, vous avez fait depuis notre mariage, et tout ce que vous ferez dans de bonnes intentions me convient et m'est agréable, et il en sera ainsi à l'avenir, comme par le passé. La jeunesse est votre excuse pour manquer parfois de sagesse et le sera tant

en intencion de faire bien et sans mon desplaisir. Et saichiez que je n'en pren pas desplaisir, mais plaisir, en ce que vous avrez a labourer rosiers, a garder violectes, faire chappeaulx, et aussi en vostre dancer et en vostre chanter, et vueil bien que le continuez entre noz amis et noz pareilz, et n'est que bien et honnesteté de ainsi passer l'eage de vostre adolescence feminine : toutesvoies sans desirer ne vous offrir a repairier en festes ne dances de trop grans seigneurs, car ce ne vous est mie convenable ne afferant a vostre estat ne au mien.

3. Et quant au service que vous dictes que vous me feriez voulentiers plus grant que vous ne faictes, que vous le sceussiez faire et que je le vous apreigne : saichiez, chiere seur, qu'il me souffist bien que vous me faictes autel service comme vos bonnes voisines font a leurs mariz *(fol. 1b)* qui sont pareilz a nous et de nostre estat et comme vos parentes font a leurs mariz de pareil estat que nous sommes. Si vous en conseillez presentement a elles, et aprez leur conseil si en faictes ou plus ou moins selon vostre vouloir. Car je ne suis point si oultrecuidé, a ce que je sens de vous et de vostre bien, que ce que vous en ferez ne me souffise assez, et de tous autres services aussi, mais qu'il n'y ait barat, mesprisement ou desdaing. Mais de ce vous gracie, car jasoit ce, belle seur, que je congnoisse bien que vous soiez de greigneur lignaige que je ne suis, toutesvoies ce ne vous garentiroit mie. Car, par Dieu, les femmes de vostre lignaige sont si bonnes que sans moy et par elles mesmes seriez vous asprement corrigiee se elles le savoient par moy ou autrement. Mais en vous ne faiz je point de doubte, je suis tout asseuré de vostre bien.

4. Et toutesvoies, jasoit ce, comme j'ay dit, que a moy ne appartiengne fors que ung petit de service, si vouldroie je bien que vous sceussiez du bien et de l'onneur et de service a grant planté et foison et plus que a moy n'appartient, ou pour servir autre mary se vous l'avez aprez moy, ou pour donner plus grant doctrine a voz filles, amies ou

---

29. je ne p. *B*. **31.** d. en v. *B*. **39.** f. se v. *B*. **41.** me faciez a. *B*. **43.** qui... mariz *omis AC*. **45.** c. priveement a B^2. **51.** v. gaittiez c. B^2. **59.** f. un p. *B*. **63.** et elles en o. b. *B*.

que vous agirez dans l'intention de bien faire et sans chercher à me mécontenter. Ainsi, sachez qu'il ne m'est pas désagréable, bien au contraire, que dans l'avenir vous vous occupiez de rosiers, que vous veilliez sur des violettes, que vous en confectionniez des couronnes, et aussi que vous dansiez, que vous chantiez ; je souhaite que vous continuiez à le faire devant nos amis et fréquentations : rien de plus naturel et de plus convenable de vous y adonner tant que vous êtes une adolescente, à condition de ne pas souhaiter paraître aux fêtes et aux bals de seigneurs trop importants, car ce serait contraire à ce qui sied à votre condition et à la mienne.

3. Quant à ce devoir que, dites-vous, vous rempliriez volontiers mieux que vous ne le faites si vous saviez comment et que vous me demandez de vous apprendre, sachez, chère amie, qu'il me suffit que vous agissiez comme font vos proches ou vos parentes de la même condition vis-à-vis de leur mari. Consultez-les à ce sujet, puis faites-en soit plus, soit moins qu'elles ne conseillent, comme vous voulez. Je ne suis pas assez outrecuidant, d'après ce que je devine de vous et de vos bonnes dispositions, pour ne pas être content de ce que vous ferez, et cela dans tous les domaines, pourvu qu'il n'y ait pas de dissimulation, de mépris ou de dédain. Mais de cela, je vous en prie, car bien que vous soyez d'une meilleure famille que moi, je ne l'ignore point, cela ne vous excuserait pas. Par Dieu, vos parentes sont si bonnes que même sans mon intervention d'elles-mêmes elles vous corrigeraient sévèrement si elles apprenaient quelque chose de ce genre par moi ou autrement. Mais je n'ai pas d'inquiétude à votre sujet, je connais bien vos qualités.

4. Toutefois, bien qu'il ne m'appartienne pas d'exiger de vous beaucoup pour moi comme je viens de le dire, je souhaiterais que vous soyez très instruite en matière de vertu, d'honneur et de devoirs, et plus encore qu'il ne convient avec moi, pour que vous soyez en mesure de servir, le cas échéant, un autre mari après moi, et pour mieux instruire vos filles, vos

autres, se il vous plaist et besoing en ont. Et tant plus savrez, tant plus d'onneur y avrez, et plus louez en seront voz parens, et moy aussi et autres entour qui vous avrez esté norrie. Et pour vostre honneur et amour et non mie pour moy servir (car a moy ne couvient mie service fors le comum, encores sur le moins) ayant piteuse et charitable compassion de vous qui n'avez de long temps a pere ne mere ne ycy aucunes de voz parentes pres de vous ne a qui de voz privees neccessitez vous peussiez avoir conseil et recours, fors a moy seul, pourquoy vous avez esté traicte de vostre parenté et du païs de vostre nativité, ay pensé pluseurs foiz et intervalles se je peusse ou sceusse trouver de moy mesmes aucune generale introduction legiere pour vous aprendre, et par laquelle, sans moy donner charge telle comme dit est dessus, par vous mesmes vous peussiez introduire par my vostre paine et labour. Et a la fin me semble que, se vostre affection y est telle comme vous m'avez monstré le semblant par voz bonnes paroles, il se peut acomplir en ceste maniere : c'estassavoir que une leçcon generale vous sera par moy escripte et a vous baillee sur trois distinctions contenans dixneuf articles principalment.

5. La premiere distinction d'icelles trois est neccessaire pour acquerir l'amour de Dieu et la salvacion de vostre ame, et aussi neccessaire pour acquerir l'amour de vostre mary et donner a vous en ce monde la paix que l'en doit avoir en mariaige. Et pour ce que ces deux choses, c'estassavoir la (*fol. 2a*) salvacion de l'ame et la paix du mary, sont les deux choses plus principalment neccessaires qui soient, pour ce sont elles mises cy premierement ; et contient icelle premiere distinction .ix. articles.

6. La seconde distinction est neccessaire pour le prouffit du mesnaige acroistre, acquerir amis, et sauver le sien, pour secourir soy et aidier contre les males fortunes de la viellesse advenir : et contient .vi. articles.

7. La troisiesme distinction est de jeux et esbatemens

---

65. s. et p. *B.* **72.** v. puissiez a. c. ne r. *B.* **73.** s. pourquy v. *B.* **78.** d. tele c. c. *B.* **88.** et n. a. p. *B.* **99.** de j. esbatemens *B.*

amies ou d'autres personnes si vous le souhaitez et si elles en ont besoin. Plus vous serez instruite, plus vous en serez estimée, et l'honneur rejaillira sur votre famille, sur moi-même, et sur tous ceux qui vous auront éduquée. Pour vous faire honneur, par amour pour vous, et non pas pour en tirer moi-même des avantages (car il ne m'appartient pas, à moi, d'exiger davantage que les services ordinaires, si ce n'est moins encore), et parce que je suis rempli de tendre et d'affectueuse compassion pour vous qui n'avez plus depuis longtemps ni père ni mère, ni aucune de vos parentes auprès de vous ici, ni personne à qui vous pourriez demander conseil et aide en cas de préoccupations secrètes sinon à moi seul – moi qui vous ai séparée de votre famille et de votre pays –, oui, pour toutes ces raisons, j'ai cherché à trouver à maintes reprises moi-même quelque moyen de vous donner une instruction générale et facile qui vous servirait de guide dans vos peines et vos efforts en me dispensant de la tâche désagréable envisagée plus haut. Enfin, il me semble que si votre zèle est tel qu'il paraît à travers vos sages paroles, on pourrait procéder de la manière suivante : j'écrirai un enseignement général que je vous donnerai, en trois distinctions contenant dix-neuf articles principaux[1].

5. La première de ces trois distinctions est destinée à vous enseigner comment gagner l'amour de Dieu et le salut de votre âme, mais aussi l'amour de votre mari, pour vous donner, dans ce monde, la paix qui doit exister dans l'union conjugale. Comme le salut de l'âme et la paix conjugale sont les deux choses les plus importantes qui soient, elles seront traitées en premier lieu. Cette première distinction contient neuf articles.

6. La seconde distinction enseigne comment accroître la prospérité du ménage, comment élargir le cercle de ses amis et préserver son bien, comment se prémunir contre les adversités de la vieillesse à venir. Cette distinction contient six articles[2].

7. La troisième distinction traite de jeux et de divertis-

---

1. Il n'y en a que dix-huit d'après le compte qui suit.
2. Il n'y en a en réalité que cinq.

100 aucunement plaisans pour avoir contenance et maniere de parler et tenir compaignie aux gens : et contient trois articles.

8. De la premiere distinction :

Le premier article parle de saluer et regracier Nostre
105 Seigneur et sa benoite Mere a vostre esveillier et a vostre lever, et de vous atourner convenablement et vous confesser.

9. Le second article est de vous acompaignier convenablement, aler a l'esglise, eslire place, vous sagement
110 contenir, oyr messe et vous confesser.

10. Le tier article est que vous amez Dieu et sa benoite Mere et continuellement les servez, et vous mectez et tenez en leur grace.

11. Le quart article est que vous gardez continence et
115 vivez chastement a l'exemple Susanne, Lucresse, et autres.

12. Le .v^e. article que vous soiez amoureuse de vostre mary, soit moy ou autre, a l'exemple de Sarre, Rebeque, Rachel.

120 13. Le .vi^e. article que vous soiez a lui humble et obeissant a l'exemple de Grisilidis, de celle qui ne vault rescourre son mary de noier et la mere Dieu qui respondist *fiat, etc.*, de Lucifer, de   du puys, du Bailli de Tournay, des religieux et des mariez, de ma dame
125 d'Andresel, de Chaumont, de la Rommaine.

14. (*fol. 2b*) Le .vii^e. que vous soiez curieuse et songneuse de sa personne.

15. Le .viii^e. que vous soiez taisant pour celer ses secretz, a l'exemple de Papire, de celle qui pongnust .viii.
130 eufz, de celle de Venise, de celle qui revint de Saint Jaques, de l'advocat.

---

121. Grisildis *B²*, ne voult r. *B*, ne veult r. *C*. **123.** *lacune ABC*. **129.** q. pont .viii. *B*.

sements assez agréables, utiles pour savoir se conduire et parler en société. Elle contient trois articles[1].

8. Première distinction :

Le premier article de la première distinction traite de la manière de s'adresser et de rendre grâces à Notre-Seigneur et à sa bienheureuse Mère au moment de votre réveil et de votre lever, ainsi que de la façon de vous arranger convenablement, puis de vous confesser.

9. Le deuxième article vous enseigne comment vous faire accompagner convenablement en allant à l'église, comment choisir votre place et adopter une sage contenance en écoutant la messe et en vous confessant.

10. Le troisième article vous enseigne à aimer Dieu et sa bienheureuse Mère, à les servir sans relâche, à vous mettre et vous maintenir dans leur grâce.

11. Le quatrième article vous enseigne à garder la continence et à vivre chastement à l'exemple de Susanne, de Lucrèce et de tant d'autres.

12. Le cinquième article vous enseigne à être amoureuse de votre mari (moi ou un autre), à l'exemple de Sarah, de Rébecca et de Rachel.

13. Le sixième article vous enseigne à être humble et obéissante à l'exemple de Grisélidis, et contrairement à cette femme qui refusa de sauver son mari de la noyade ; à faire comme la Mère de Dieu qui répondit *fiat*. Il comporte d'autres exemples[2] : Lucifer, le   du puis, le bailli de Tournay, les religieux et les époux, madame d'Andresel, les jeunes gens de Chaumont et la Romaine.

14. Le septième article vous enseigne à être attentive à l'égard de votre mari et à prendre soin de lui.

15. Le huitième article, à être discrète pour cacher les secrets de votre mari ; les exemples de Papire, de la dame qui pondit huit œufs, de la Vénitienne, de la dame revenant de Saint-Jacques, et de l'avocat serviront d'illustration.

---

1. De ce projet initial concernant la troisième partie, il ne nous est parvenu que le second chapitre sur la chasse à l'épervier, inséré dans les manuscrits entre le 3e et le 4e article de la deuxième distinction.
2. L'utilisation d'*exempla*, i.e. de petites histoires « vraies » et édifiantes pour illustrer une leçon, peut être considérée comme l'une des caractéristiques pédagogiques de la didactique médiévale.

16. Le .ixe. et derrenier article est que se vostre mary s'essoie de foloier ou foloie, que sans rigueur, mais doulcement, saigement et humblement, vous l'en retraiez comme de Melibee, Dame Jehanne la Quentine.

17. La .iie. Distinction :

Le premier article est que vous aiez soing de vostre mesnaige, diligence et perseverance et regard au labour. Mectez peine a y prendre plaisir, et je feray ainsi d'autrepart afin d'avenir au chastel dont il est parlé.

18. Le second article est que au moins vous prenez vostre esbatement et vous saichiez aucun peu congnoistre en curtilliage et jardinaige, enter en la saison et garder roses l'iver.

19. Le tier article est que vous saichez choisir varlez, portefaiz, aydes ou autres fortes gens pour faire les dures besoingnes qui d'ure en autre se peuent achever ; et aussi laboureurs, etc. ; et en oultre cousturiers, corduanniers, boulengiers, pasticiers, etc. ; et par especial varletz et chamberieres d'ostel, etc., embesoingnier en grains tribler et remuer, etc., a robes nectier, eventer et essorer ; commender a voz gens de penser des brebis, des chevaulx, etc. ; garder et garir vins, etc.

20. Le quart article est que vous, comme souverain maistre de vostre hostel, saichiez ordonner disner, souper, mes et assietes, congnoistre le fait du bouschier, du poulaillier, et savoir congnoistre les espices.

21. Le .v^e. article que vous saichiez commander, ordonner, deviser et faire faire toutes manieres de poutaiges, civez, saulses, et toutes autres viandes. *Idem* pour malades.

22. (*fol. 3a*) La .iii^e. distinction :

Le premier article est tout de demandes d'esbatemens

---

135. c. m. *B*. **136.** De la ii^e. d. *B*. **137.** Le premier article *C*. **138-139.** l. et m. p. *B*. **144.** liver etc. *B*. **148.** a. laboureure etc. *AC*. **150.** g. cribler et *B*. **155.** disners soupers *B*. **158.** article *omis B*. **160.** et a. v. *B*, et toute a. v. *C*. **163.** De la .iiie. d. *B*, Le premier article *C*.

16. Le neuvième et dernier article vous enjoint de ramener sans dureté, avec douceur, sagesse et humilité votre mari sur le bon chemin s'il tente de s'égarer ou s'il le fait, comme il est dit dans «Mélibée» et «dame Jeanne la Quentine».

17. Deuxième distinction :

Le premier article de la deuxième distinction traite des soins requis par le ménage. Il vous faut être appliquée, persévérante et soigneuse à l'ouvrage. Efforcez-vous d'y prendre plaisir, et je ferai de même de mon côté afin que nous parvenions à ce château dont il sera question[1].

18. Le deuxième article dit qu'il faut aussi vous divertir quelquefois et que vous devez avoir quelques connaissances en horticulture et en jardinage, savoir greffer au bon moment et conserver les roses en hiver.

19. Le troisième article vous enseigne comment choisir des valets, des portefaix et d'autres personnes vigoureuses pour vous seconder et vous décharger des besognes dures et ponctuelles. Par ailleurs, il sera question des cultivateurs, des tailleurs, des cordonniers, des boulangers, des pâtissiers, et plus particulièrement de la manière d'instruire les valets et les chambrières de votre maison à tribler et à mélanger les grains, à entretenir la garde-robe, à aérer vêtements et chambres. Vous apprendrez comment ordonner à vos gens de s'occuper des brebis et des chevaux, comment conserver le vin, etc.

20. Le quatrième article vous dit que vous devez savoir, en tant que maîtresse souveraine de votre maison, composer le dîner, le souper, les mets et les services, avoir des connaissances en matière de boucherie et de volaille, et savoir distinguer les épices.

21. Le cinquième article vous enseigne comment composer, élaborer et préparer toutes sortes de potages*, civets, sauces et autres plats. *Idem* des préparations pour les malades.

22. Troisième distinction[2] : Le premier article de la troisième distinction est entièrement consacré aux amusements

---

1. Il s'agit du château de Labour. Cf. Annexe : *Le Chemin de Povreté et de Richesse.*
2. Seul le second article existe, placé entre le troisième et le quatrième article de la seconde distinction.

qui par le sort des dez, par rocs et par roys sont averees et
165 respondues par estrange maniere.

23. Le .iie. article est de savoir nourrir et faire vouler l'esprevier.

24. Le tier article est d'aucunes autres demandes qui regardent compte et nombre et sont soubtiz a trouver ou a
170 deviner.

comme le jeu de dés, le jeu par rocs et par rois[1], connus et répandus d'étrange manière[2].

23. Le deuxième article enseigne comment élever et faire voler l'épervier.

24. Le troisième article est consacré à d'autres questions qui ont trait au calcul et aux nombres, et demandent un esprit délié.

---

1. Pichon se demande longuement s'il s'agit d'un tour d'échecs ; quant à Brereton, elle laisse l'interrogation ouverte, tout en énonçant l'hypothèse qu'il pourrait s'agir de devinettes.
2. Ou bien : « qui nous sont venus de l'étranger ».

I i

1. Le commancement et premier article de la premiere distinction parle de adourer et du lever. Lequel vostre lever doit estre entendu matin, et matin en l'entendement que l'en peut prendre selon la matiere dont nous avons a traictier est dit de matines. Car ainsi comme entre nous gens ruraulx disons *le jour* depuis l'aube du jour jusques a la nuit, ou du soleil levant jusques a soleil couchant, les clercz qui preignent plus soubtilement dient que c'est le jour artificiel; mais le jour naturel qui tousjours a .xxiiii. heures se commence a la mynuit et fenist a la mynuit ensuivant. Et pour ce j'ay dit que matin est dit de matines. Je l'entendz avoir dit pour ce que adont sonnent les matines pour faire relever les religieux pour dire matines et louenge a Dieu, et non mie pour ce qe je vueille dire que vous, belle seur, ne les femmes qui sont mariees, vous doiez lever a celle heure. Mais je le vueil bien avoir dit pour ce que a icelle heure vous oyez sonner matines vous louez adoncq et saluez Nostre Seigneur d'aucun salut ou oroison avant ce que vous vous rendormez; car a ce propos sont cy aprez propres oroisons ou prieres. Car, soit a celle heure de matin ou au matin du jour, j'ay cy escript

---

2. de aourer et *B*. **5.** c. aussi c. *B*. **10.** a m. *B*, et fine a la *B*, et f. en la *C*. **11.** p. ce que j. *B*. **14.** et loenges a *B*. **17.** q. se a *B*. **19.** s. priere ou *B*.

I i

1. Le début et premier article de la première distinction traite de la prière et du lever. Votre lever doit avoir lieu au matin, et le matin, par rapport à la matière dont nous avons à parler, correspond à l'heure de matines[1]. En effet, si nous autres gens de la campagne, nous considérons le jour comme allant de l'aube jusqu'à la nuit, ou du lever au coucher du soleil, les clercs, plus subtils, disent que c'est le jour artificiel : pour eux, le jour naturel a toujours vingt-quatre heures ; il commence à minuit et se termine à la minuit suivante. C'est pour cela que j'ai précisé que « matin » correspond à « matines », parce qu'alors on sonne les matines, appelant les religieux à se lever pour dire les matines et pour louer Dieu. Mais je ne veux pas dire par là que vous, chère amie, ni les femmes mariées en général, vous deviez vous lever à cette heure. J'en ai parlé parce que, quand à cette heure vous entendez sonner matines, vous devez louer et saluer Notre-Seigneur en récitant un salut ou une oraison avant de vous rendormir. A cette fin, vous trouverez ci-dessous quelques exemples d'oraisons ou de prières. J'ai en effet écrit pour vous deux oraisons correspondant soit à matines, soit au début du

---

1. L'auteur pose ici le problème d'un litige intéressant relatif à la mesure du temps au Moyen Age. Il existe en effet deux mesures du temps distinctes : le jour dit par notre auteur « artificiel » correspond à la journée de travail, de longueur changeante selon les saisons ; le temps religieux est scandé par les heures canoniales. Cf. Le Goff (Jacques), 1977, p. 67 sqq. ; Delort (Robert) 1982, p. 62-63 et Annexe.

deux oroisons pour vous a dire a Nostre Seigneur, et deux autres a Nostre Dame, propres a esveillier ou lever.

2. Et premier s'ensuit celle de mynuit par laquelle, en icelle disant, vous regraciez Nostre Seigneur de ce que de sa grace il vous a donné venir jusques a celle heure. Et direz ainsi :

3. Gracias ago tibi, Domine Deus omnipotens, qui es trinus et unus, qui es semper in omnibus, et eras ante omnia, et eris per omnia Deus benedictus per secula, qui me de transacto noctis spacio ad matutinales horas deducere dignatus es. Et nunc queso, Domine, ut donas michi hunc diem per tuam sanctam misericordiam sine peccato transire quatenus ad vesperum. Et semper tibi, Domino Deo meo, refferre valeam actiones graciarum. *(fol. 3b)* Per Christum Dominum nostrum. Amen.

4. C'est a dire en françoiz : Beau Sire Dieu tout puissant, qui es un seul en Trinité, qui estoit, es et seras en toutes choses Dieu benoist par les siecles, je te rens grace de ce que tu m'as daigné trespasser des le commancement de ceste nuit jusques aux heures matinaulx. Et maintenant je te requier que tu me daignes par ta sainte misericorde ce jour trespasser sans pechié, tellement que au vespre je te puisse comme a mon Dieu et a mon Seigneur regracier, adourer et donner salut.

5. *Item*, s'ensuit l'autre oroison a Nostre Seigneur en disant : Domine sancte, Pater omnipotens, eterne Deus, qui me ad principium huius diei pervenire fecisti, tua me hodie salva virtute ut in hac die ad nullum declinem mortale peccatum, ne ullum incurram periculum ; sed semper ad tuam justiciam et voluntatem faciendam omnis mea actio tuo moderamine dirigatur. Per Christum.

6. C'est a dire en françoiz : Beau Sire Dieu tout puissant et Pere pardurable, qui m'as donné pervenir au commancement de ceste journee, par ta sainte vertu garde moy d'encourir aucun peril ; si que je ne puisse decliner

---

23. p. pour e. *B.* **24.** Et primo s. *B.* **31.** ad matinales h. *A.* **32.** ut dones m. *B.* **38.** q. estoies es *B.* **39.** r. graces de *B.* **41.** h. matutinaulx Et *B*[2]. **45.** r. aourer et d. salus *B.* **52.** p. C. etc. *B*, par C. dominum nostrum Amen *C.* **54.** d. parvenir au *B.* **56.** d. a a. *B*[2].

jour, à adresser à Notre-Seigneur, et deux autres à Notre-Dame, au réveil ou au lever[1].

2. Voilà d'abord la prière de minuit : vous remerciez Notre-Seigneur de ce qu'il vous a permis, par sa grâce, de vivre jusqu'à cette heure. Ainsi vous direz :

3. *Gracias ago tibi, Domine Deus omnipotens, qui es trinus et unus, qui es semper in omnibus, et eras ante omnia, et eris per omnia Deus benedictus per saecula, qui me de transacto noctis spacio ad matutinales horas deducere dignatus es. Et nunc queso, Domine, ut donas mihi hunc diem per tuam sanctam misericordiam sine peccato transire quatenus ad vesperum. Et semper tibi, Domino Deo meo, refferre valeam actiones graciarum. Per Christum Dominum nostrum. Amen.*

4. Cela signifie en français : Seigneur Dieu tout-puissant, Un en trois personnes, qui étais, qui es et qui seras en toutes choses le Dieu béni dans les siècles, je Te rends grâces de ce que Tu as daigné me conduire du commencement de cette nuit jusqu'aux heures du matin. A présent, je Te prie de me permettre, dans Ta sainte miséricorde, de passer ce jour sans pécher, de telle manière que je puisse à nouveau, au soir, Te rendre grâces, T'adorer et Te saluer, Toi, mon Dieu et mon Seigneur.

5. *Item*, voilà la deuxième oraison à Notre-Seigneur : *Domine sancte, Pater omnipotens, aeterne Deus, qui me ad principium huius diei pervenire fecisti, tua me hodie salva virtute ut in hac die ad nullum declinem mortale peccatum, ne ullum incurram periculum; sed semper ad tuam justiciam et voluntatem faciendam omnis mea actio tuo moderamine dirigatur. Per Christum.*

6. Cela signifie en français : Seigneur tout-puissant, Père éternel, Toi qui m'as permis de parvenir jusqu'au commencement de cette journée, garde-moi, par Ta sainte puissance, de tout péril, afin que je ne commette aucun péché mortel et que

---

1. En fait, on trouve la version latine des trois premières prières répertoriée dans des livres d'heures. Quant à la prière en ancien français, on la trouve dans plusieurs répertoires, ce qui témoigne d'une popularité certaine. Cf. Brereton, p. 286, n°⁸ 7 et 8.

aucun mortel pechié et que par ton doux atrempement ma pensee soit adrecee a ta sainte justice et voulenté faire.

7. *Item*, s'ensuivent les deux oraisons a Nostre Dame : Sancta Maria, mater domini nostri Iesu Christi, in manus filii tui et in tuas commendo hodie et omni tempore animam meam, corpus meum, et sensum meum. Custodi me, Domini, a cunctis viciis, a peccatis, et a temptacionibus diaboli ; et ab eis libera me, Domine Iesu Christe, et adiuva me. Dona michi sanitatem anime et corporis. Dona michi bene agere et in isto seculo recte vivere et bene perseverare, et omnium peccatorum meorum remissionem concede. Salva me, Domine, vigilantem, custodi me dormientem ut dormiam in pace et vigitem in te, Deus meus. Amen.

8. C'est a dire en françoiz : Marie, sainte mere de Jesucrist, es mains de ton benoist filz et de toy commande je huy et tout temps mon ame, mon corps et mon sens. Sire, gardez moy de tous vices, de tous pechiez, et de toute temptacion d'ennemi, et me delivre de tous perilz. Sire, doulz Jesucrist, aide moy et me donne santé d'ame et de corps. Donne moy voulenté de bien faire, en ce siecle vivre justement, et bien perseverer. Octroye (*fol. 4a*) moy remission de tous mes pechiez. Sire, sauve moy en veillant, garde moy en dormant, afin que je dorme en paix et veille en toy en la gloire de Paradis.

9. S'ensuit l'autre oroison de Nostre Dame en françoiz : O tres certaine esperance, Dame deffenderesse de tous ceulx qui s'i attendent ! Glorieuse vierge Marie, je te prie maintenant que en icelle heure que mes yeulx seront si agravez de l'oscurté de la mort que je ne pourray veoir la clerté de ce siecle, ne ne pourray mouvoir la langue pour toy prier ne pour toy appeller, et que mon chetif cuer qui est si foible tremblera pour la paour des ennemis d'enfer, et sera si angoisseusement esbayz que tous les membres de mon corps deffondront en sueur pour la peine

---

59. I. sensuit les *B*, n. d. Et premierement *B*. **61.** t. en in *AC* (en *corrigé en* et *dans C*). **62.** et *omis B*. **65.** et corpori *D. B*. **71.** de nostre seigneur J. *B*. **74.** S. garde m. *B*. **75.** delivre... et me *omis A*. **82.** Item s. l. o. a n. d. qui est toute en f. *B*, s'ensuit... françoiz *omis C*.

sous Ta douce direction mon esprit soit porté à accomplir Ta sainte justice et agir selon Ta volonté.

7. *Item*, suivent les deux oraisons à Notre-Dame : *Sancta Maria, mater domini nostri Iesu Christi, in manus filii tui et in tuas commendo hodie et omni tempore animam meam, corpus meum, et sensum meum. Custodi me, Domini, a cunctis viciis, a peccatis, et a temptacionibus diaboli; et ab eis libera me, Domine Iesu Christe, et adjuva me. Dona mihi sanitatem anime et corporis. Dona mihi bene agere et in isto saeculo recte vivere et bene perseverare, et omnium peccatorum meorum remissionem concede. Salva me, Domine, vigilantem, custodi me dormientem ut dormiam in pace et vigilem in te, Deus meus. Amen.*

8. Cela signifie en français : Marie, sainte Mère de Jésus-Christ, je remets mon âme, mon corps et mon esprit entre les mains de ton Fils béni et les tiennes, aujourd'hui et pour tous les temps. Seigneur, garde-moi de tout vice, de tout péché et de toute tentation diabolique et délivre-moi de tout péril. Seigneur, doux Jésus, viens à mon secours et donne-moi la santé de l'âme et du corps. Donne-moi la volonté de faire le bien et de persévérer en ce monde dans la voie de la justice. Accorde-moi la rémission de tous mes péchés. Seigneur, garde-moi quand je suis éveillé et protège-moi dans mon sommeil afin que je dorme en paix et que je veille en Toi dans la gloire du Paradis.

9. Suit la deuxième oraison à Notre-Dame en français : O espérance très certaine, Dame protectrice de tous ceux qui s'en remettent à toi ! Glorieuse Vierge Marie, je te prie maintenant qu'au moment où mes yeux seront tant noyés dans les ténèbres de la mort que je serai incapable de voir la clarté de ce monde, où ma langue entravée ne pourra ni te prier ni t'appeler, où mon pauvre cœur si faible tremblera de peur des démons de l'enfer, si désespérément atterré que tous les membres de mon corps seront en sueur à cause du tourment de l'angoisse de la

de l'angoisse de la mort, lors, Dame tresdoulce et trespre-
cieuse, me daignez regarder en pitié et moy aidier, avoir
avec toy la compaignie des anges et aussi la chevalerie de
Paradis, si que les ennemis troublez et espoventez de ton
secours ne puissent avoir aucun regart, presumpcion ou
souspeçon de mal a l'encontre de moy, ne aucune esperance ou puissance de moy traire ou mectre hors de ta
compaignie. Mais, tresdebonnaire Dame, te plaise lors a
souvenir de la priere que je te faiz orendroit; et reçoy
m'ame en ta benoite foy, en ta garde et en ta deffence, et
la presente a ton glorieux Filz pour estre vestue de la robe
de gloire et acompaignee a la joieuse feste des anges et de
tous les sains. O dame des anges! O porte de Paradis! O
dame de patriarches, de prophetes, des apostres, des mar-
tirs, des confesseurs, des vierges, et de tous les sains et
saintes! O estoille de matin, plus resplandissant que le
souleil et plus blanche que la noif! Je joing mes mains et
eslieve mes yeulx et fleschiz mes genoulx devant toy,
Dame tresbonnaire, pour icelle joie que tu euz quant ta
sainte ame se party de ton corps sans doubte et sans paour,
et fut portee, presens les anges et archanges, en chantant,
presentee a ton glorieux Filz, et receue et hebergee en la
joie pardurable, je te prie que tu me secoures; et me vien
audevant en icelle heure qui tant fait a doubter quant la
mort me sera si prez. Dame, soiez a m'ame confort et
refuge et entendz curieusement a la garder, si ques les
ennemis trescrueux d'enfer, qui tant sont orribles a veoir,
ne me puissent mectre audevant les pechiez que j'ay faiz.
Mais iceulx soient premierement, a ta priere, a moy par-
donnez et effaciez par ton benoit enfant et soit mon ame
par toy, tresdoulce Dame, presentee a ton benoist Filz, et
a ta priere mise a la possession du repos pardurable et de
la joie qui jamais ne fauldra.

10. *(fol. 4b)* Ces oroisons pouez vous dire a matines ou

92-93. t. et trespiteuse *B.* **93.** me daignes *BC.*, m. aider avec la chevalerie de p. *B.* **94.** a. de la c. *C.* **99.** M. te p. l. a s. t. D. de *B.* **105.** d. des p. des p. *B.* **107-108.** q. s. et p. b. q. n. *B.* **112.** et a. et en c. *B.* **114.** me viegnes a. *B.* **117.** et e. a la g. c. si que *B.* **121.** et soit... Filz *omis AC.* **124.** f. Amen *B.* **125.** d. ou a m. *B.*

mort, je te prie, Dame très douce et très chère, qu'à ce moment-là tu daignes me regarder avec pitié et me secourir, pour que je sois avec toi en la compagnie des anges et de la chevalerie du Paradis, si bien que les démons, décontenancés et épouvantés par ton intervention, ne puissent avoir aucune occasion de revendiquer ou de soupçonner quelque mal qu'ils puissent me reprocher, et qu'ils n'aient ni espérance ni pouvoir aucuns de m'entraîner ou de m'éloigner de ta présence. Dame très bienveillante, qu'il te plaise alors de te souvenir de la prière que je t'adresse à l'instant présent ; reçois mon âme, prends-la sous ta sauvegarde et ta protection, et présente-la à ton Fils glorieux pour qu'elle soit revêtue de la robe de gloire et escortée à la joyeuse fête des anges et de tous les saints. O Dame des anges ! O porte du Paradis ! O Dame des patriarches, des prophètes, des apôtres, des martyrs, des confesseurs, des vierges, de tous les saints et de toutes les saintes ! O étoile du matin, plus resplendissante que le soleil et plus blanche que la neige ! Je joins mes mains, je lève mes yeux et je fléchis mes genoux devant toi, Dame très bienveillante, au nom de cette joie que tu connus quand ton âme sainte se sépara de ton corps, sans appréhension et sans peur, portée et escortée par les anges et les archanges au milieu des chants ; quand tu fus présentée à ton glorieux Fils qui t'accueillit pour t'héberger dans la joie éternelle. Dame, je te prie, secours-moi. Viens au-devant de moi en cette heure tant redoutée où je serai à l'article de la mort. Dame, sois la consolation et le refuge de mon âme et protège-la avec soin, pour que les très cruels démons de l'enfer, si horribles à voir, ne puissent pas faire état des péchés que j'ai commis. Au contraire, que par ton intercession ces péchés me soient d'abord pardonnés, puis effacés par ton Enfant béni, et que mon âme, très douce dame, soit ensuite présentée à ton Fils béni ; fais que par ton intercession elle puisse accéder au repos éternel et à la joie qui jamais ne cessera.

10. Vous pouvez dire ces oraisons soit à l'heure de matines,

a vostre esveilier du matin, ou a l'un et a l'autre, ou en vous levant et vestant, et aprez vostre vestir, tout est bien, et que ce soit a jeun et avant toute autre besoingne. Mais pour ce que j'ay dit *en vous vestant*, je vueil en cest
130 endroit un petit parler de vestemens. Surquoy, chiere suer, saichiez que se vous voulez ouvrer de mon conseil vous avrez grant regart et grant adviz aux facultez et puissances de vous et de moy, selon l'estat de voz parens et des miens entour quy vous avrez a frequenter et repairier
135 chascun jour. Gardez que vous soiez honnestement vestue sans induire nouvelles devises et sans trop ou peu de beuban. Et avant que vous partiez de vostre chambre ou hostel, ayez par avant avisé que le colet de vostre chemise, de vostre blanchet, ou de vostre coste ou seurcot ne
140 saillent l'un sur l'autre; comme il est d'aucunes yvrongnes, foles, ou non sachans qui ne tiennent compte de leur honneur ne de l'onnesteté de leur estat ne de leurs maris, et vont les yeulx ouvers, la teste espoventablement levee comme un lion, leurs cheveux saillans hors de leurs
145 coiffes, et les coletz de leurs chemises et coctes l'un sur l'autre; et marchent hommassement et se maintiennent laidement devant la gent sans en avoir honte. Et quant l'en leur en parle, elles s'excusent sur diligence et humillité et dient qu'elles sont si diligens, laboureuses, et si humaines
150 qu'elles ne tiennent compte d'elles. Mais elles mentent: elles tiennent bien si grant compte d'elles que s'elles estoient en une compaignie d'onneur elles ne vouldroient mie estre moins servies que les saiges leurs pareilles en lignaige, ne avoir moins des salutacions, des inclinacions,
155 des reverences et du hault parler que les autres, mais plus: et si n'en sont pas dignes quant elles ne scevent garder l'onnesteté de l'estat, non mie seulement d'elles, mais au moins de leurs mariz et de leur lignaige a qui elles font vergoigne. Gardez dont, belle seur, que voz cheveux,
160 vostre coiffe, vostre couvrechief et vostre chapperon, et le surplus de voz atours soient bien arengeement et simplement ordonnez, et tellement que aucuns de ceulx qui vous

---

149. laboureuses *B.* **159.** G. donc b. *B.* **160.** voz cuevrechiez *B.*

soit quand vous vous réveillez, ou les deux, ou encore quand vous vous levez et en vous habillant, ou alors après ; tout convient, pourvu que cela soit fait à jeun et avant toute autre occupation. Mais comme je viens de prononcer les mots « en vous habillant », je souhaite à cette occasion parler un peu de toilette. Sachez donc, chère amie, que si vous voulez agir selon mon conseil, vous prêterez très grande attention à nos moyens et à ce que vous et moi, nous pouvons nous permettre ; vous tiendrez compte avec soin de l'état de vos parents et des miens, chez qui vous devrez vous rendre et paraître chaque jour. Veillez à être habillé convenablement, sans inventer de nouvelles modes, que vous ne soyez ni trop voyante, ni trop effacée. Avant de quitter votre chambre et votre maison, vérifiez la collerette de votre chemise, de votre camisole blanche, de votre tunique ou surcot : que l'une ne monte pas sur l'autre. Il existe des femmes ivrognes, folles ou ignorantes qui ne font pas attention à leur honneur, ni à ce qui sied à leur état et à celui de leur mari ; elles marchent les yeux ouverts, la tête effroyablement haute à la manière du lion, leurs cheveux sortant de dessous leur coiffe, le col de leur chemise et de leur cotte l'un sur l'autre ; elles marchent comme des hommes et se tiennent sans grâce et sans vergogne devant les gens. Et lorsqu'on leur fait une remarque, elles se disculpent en prétextant la hâte et la modestie, prétendant être si pressées, si occupées et si altruistes qu'elles ne pensent pas à prendre soin d'elles. Mais elles mentent ; elles pensent tant à elles-mêmes que si elles se trouvaient dans une compagnie honorable, elles n'admettraient pas d'être moins bien traitées que les femmes sages, leurs pareilles par le lignage, ni de recevoir moins de saluts, de révérences, d'hommages et de compliments : elles en revendiquent au contraire plus que toutes les autres. Mais elles n'en sont pas dignes à partir du moment où elles ne savent pas respecter l'honorabilité de leur état, et non seulement du leur mais encore celui de leur mari et de leur lignage, auxquels elles font honte. Veillez donc, belle amie, à ce que vos cheveux, votre coiffe, votre bonnet, votre chaperon et tous les accessoires de votre toilette soient bien arrangés et ordonnés nette-

verront ne s'en puissent rire ne moquer. Mais doit l'en faire de vous exemple de bon arroy, de simplesse et de honnesteté a toutes les autres. Et ce vous doit souffire quant a ce premier article.

---

163. m. doie l. *B*.

ment, de manière à ce que quiconque qui vous verra ne puisse rire ou se moquer. Au contraire, vous devez être un modèle de bonne tenue, de netteté et d'honnêteté pour toutes les autres. Cela doit vous suffire pour ce premier article.

I ii

Le second article.

1. Le second article dit que a l'aler en ville ou au moustier vous acompaignez convenablement selon vostre estat, et par especial avec preudefemmes, (*fol. 5a*) et
5 fuyez compaignie suspecsonneuse; et jamaiz femme suspecçonneuse ne approuchez, ne ne souffrez en vostre compaignie. Et en alant ayant la teste droite, les paupieres droites basses et arrestees, et la veue droit devant vous quatre toises et bas a terre, sans regarder ou espandre
10 vostre regard a homme ou femme qui soit a destre ou a senestre, ne regarder hault, ne vostre regard changier en divers lieux muablement, ne rire ne arrester a parler a aucun sur les rues. Et se vous estes venue a l'eglise, eslisez un lieu secret et solitaire devant un bel autel ou bel
15 ymaige et illec prenez place, et vous y arestez sans changier divers lieux ne aler ça ne la; et aiez la teste droite et les boilevres tousjours mouvans en disans oroisons ou prieres. Ayez aussi continuellement vostre regard sur vostre livre ou au visaige de l'imaige, sans regarder
20 homme ne femme, peinture ne autre chose, et sans pepelardie ou fiction. Aiez le cuer au ciel, et aourez de tout vostre cuer, et en faisant ainsi oyez messe chascun jour et vous confessez souvent. Et s'ainsy le faites et perseverez, honneur vous sourdra et tout bien vous vendra. Et ce que
25 dit est dessus doit souffire quant a ce commancement, car

---

8. droites *omis B*. **10.** a h. ne a f. B^2. **17.** bolievres *B*, levres (*précédé d'une syllabe effacée*) *C*. **20.** papelardie *B*.

I ii

Second article.

1. Le second article vous enjoint, lorsque vous vous rendez en ville ou à l'église, de vous faire accompagner convenablement selon votre état, et notamment par des prudefemmes[1] de bonne réputation ; évitez toute compagnie douteuse, n'approchez jamais une femme suspecte, n'en souffrez aucune dans votre entourage. En cheminant, maintenez la tête droite, les paupières franchement baissées et immobiles, et le regard droit devant vous à une distance de 4 toises[2], fixant le sol ; évitez de regarder autour de vous ou d'arrêter vos yeux sur un homme ou une femme à droite ou à gauche, de lever la tête ou de laisser votre regard errer sans but ; ne riez pas, ne vous arrêtez pas pour parler dans la rue. Une fois arrivée à l'église, choisissez un endroit caché et solitaire devant un bel autel ou une belle statue ; installez-vous là et restez-y ; ne changez pas de place, ne vous promenez pas. Gardez la tête droite et les lèvres toujours en mouvement en disant des oraisons ou des prières. De même, ayez les yeux fixés sur votre livre ou sur le visage de la statue, sans regarder ni homme ni femme, ni peinture ni autre chose, et sans affectation ou hypocrisie. Que votre cœur soit au ciel, tout à l'adoration. Ecoutez ainsi la messe chaque jour et confessez-vous souvent. Si vous agissez et persévérez de cette façon, vous en récolterez de l'honneur, et beaucoup de bien vous en adviendra. Cela doit suffire pour ce début : les

---

1. Nous avons choisi de garder ce substantif plutôt que de tenter de le traduire approximativement. Cf. à ce sujet notre Introduction.
2. Cf. Annexe.

les bonnes preudefemmes entour qui vous repairiez, les bons exemples que vous prendrez a elles, tant par leurs faiz comme par leur doctrine, les bons vielz prestres saiges et preudommes a qui vous vous confesserez, et le bon sens naturel que Dieu vous a donné vous attraira et donra le ramenant quant a ce second article.

---

26. preudes femmes *B*, v. repairerez l. *B*.

bonnes prudefemmes qui vous entourent, le bon exemple qu'elles vous donneront tant par leur action que par leur enseignement, les bons vieux prêtres sages et vertueux auxquels vous vous confesserez et le bon sens naturel que Dieu vous a donné vous guideront et compléteront l'enseignement de ce second article.

I iii

Le tier article.

1. Le tier article dit que vous devez amer Dieu et vous tenir en sa grace. Surquoy je vous conseille que incontinent et toutes euvres laissiees vous vous desistez de boire ou mengier a nuyt ou vespre, se trespetit non, et vous ostez de toutes pensees terriennes et mondainnes, et vous mectez et tenez alant et venant un ung lieu secret, solitaire et loing de gens, et ne pensez a riens fors a demain bien matin oyr vostre messe et aprez ce rendre compte a vostre confesseur de tous voz pechiez par bonne, meure et actrempee confession. Et pour ce que ces deux choses – de oyr messe et confession – sont aucunement differens, nous parlerons premierement de la messe et puis de la confession.

2. Et quant est de la messe, chiere suer, saichez que la messe a pluseurs dignitez en droiz estas ou degrez dont il nous couvient parler et a vous esclarcir. Et premierement aprez ce que le prestre (*fol. 5b*) est revestu et dit son *confiteor* et mis en bon estat il commence sa messe : et ce appelle l'en *l'introite* de la messe. C'est le commancement ou entree de la messe, ouquel endroit doit lors chascun homs et chascune femme refraindre ses pensees endroit lui, et qu'il ne pense a chose mondaine qu'il ait onques mais veue ou oye. Car quant li hom ou la femme est au moustier pour ouyr le service divin son cuer ne doit

---

5. m. ennuit au v. *B*. **12.** et de c. *B*. **23.** ne p. c. *B*. **24.** v. ne o. *B*.

I iii

Troisième article.
1. Le troisième article enseigne comment aimer Dieu et vous maintenir en Sa grâce. A cette fin je vous conseille d'arrêter incontinent tout ouvrage à la tombée de la nuit ou au soir et de renoncer à boire ou à manger sinon en très petite quantité et de chasser de votre esprit toute préoccupation terrienne et mondaine. Rendez-vous dans un lieu caché, solitaire et éloigné des gens pour y déambuler, et ne pensez à rien d'autre excepté à la messe du lendemain que vous entendrez de bon matin, ainsi qu'au compte-rendu que vous ferez à votre confesseur de tous vos péchés dans une confessions sincère, mûrie et bien pesée. Nous parlerons d'abord de la messe et ensuite de la confession, puisque ce sont là deux sujets quelque peu différents.

2. Sachez donc, chère amie, que l'ordinaire de la messe comporte plusieurs fonctions ou degrés dont il nous faut parler pour vous les expliquer. D'abord, une fois revêtu de ses ornements et après avoir dit son *confiteor* et s'être recueilli, le prêtre commence sa messe par ce qu'on appelle l'*introït* : c'est le début ou l'introduction de la messe. Alors, chaque homme et chaque femme doit recueillir ses pensées en lui, ce qui veut dire ne plus penser à aucune chose du monde qu'on aurait vue ou entendue. Car lorsque l'homme ou la femme sont à l'église pour entendre le service divin, leur cœur ne doit être ni à la

mie estre en sa maison, ne es champs, ne es autres choses mondaines ; et si ne doit mie penser es choses temporelles, mais a Dieu proprement, seulement et nuement, et a lui prier devotement.

3. Apres *l'introite* chantee ou dicte, l'en dit par .ix. foiz *Kyrieleison, Christeleison* en signifiance qu'il y a en Paradis neuf paires d'anges que l'en dit *gerarchies*. Et de chascune paire ou gerarchie viennent a celle messe une quantité ; et non mie toute l'ordre, mais de chascune une partie. Si doit chascun prier a ces sains anges qu'ilz prient pour lui a Nostre Seigneur, en disant : « O vous sains anges qui descendez de la gloire au Sauveur pour lui ministrer et servir en terre, priez lui qu'il nous pardonne noz pechiez et nous envoie sa grace. »

4. Aprez dit on *Gloria in excelsis Deo*. Lors doit on louer doulcement Nostre Seigneur en disant : « Tresdoulz Dieu glorieux, et honnorez soiez vous, loez soiez vous, benoit soiez vous, adourez soiez vous, etc. »

5. Aprez dit on les oroisons des sains et de Nostre Dame. Si doit on prier a la tresdoulce mere Dieu et aux sains qu'ilz prient pour nous, en disant : « Tresglorieuse Mere Dieu, qui estes moienne entre vostre doulz filz et les pecheurs repentans, priez pour moy a vostre enfant ; et vous, benoiz sains de qui on fait memoire, aidiez moy, et priez avec la Dame des anges que Dieu par sa grace me pardoint mes forfaiz et enlumine mon cuer de sa grace. »

6. Apres ce dit on l'epitre, qui est ainsi comme donner remembrance que un messaige vient qui aporte lettres faisans mencion que le Sire de tout le monde viendra prouchainnement.

7. Aprez ce chante l'en le gree ou l'allelye, ou le traict

---

30. ou dicte *omis B.* **48.** et a voz b. *AC.* **52.** d. len le. q. e. aussi c. *B.* **56.** le greel ou lalleluye *B*, le g. ou laleuya *C*.

I, iii : *Enseignement catéchistique et moral* 53

maison, ni dans les champs, ni être absorbé par d'autres choses mondaines ; on ne doit penser à rien qui relève de ce monde, mais à Dieu uniquement, exclusivement, entièrement, et Le prier avec dévotion.

3. Après l'*introït*, qui est chanté ou parlé, l'on dit neuf fois *Kyrie, eleison. Christe, eleison,* pour signifier les neuf ordres d'anges qui sont au Paradis, appelés *hiérarchies*[1]. De chaque ordre ou hiérarchie une partie – non pas l'ordre dans son entier – est déléguée pour venir assister à cette messe. Chacun doit demander à ces saints anges de prier Notre-Seigneur pour lui en ces termes : « Oh vous, saints anges qui descendez des sphères célestes pour agir et servir sur terre au nom du Sauveur, priez-Le de nous pardonner nos péchés et de nous envoyer Sa grâce. »

4. Ensuite vient le *Gloria in excelsis Deo*. On doit alors louer Notre-Seigneur très dévotement et dire : « Dieu glorieux et très doux, nous Vous honorons, nous Vous louons, nous Vous bénissons, nous Vous adorons, etc. »

5. Ensuite on adresse des oraisons aux saints et à Notre-Dame. On doit demander en ces termes à la très douce Mère de Dieu et aux saints de prier pour nous : « Très glorieuse Mère de Dieu, médiatrice entre votre doux Fils et les pécheurs repentis, priez votre Enfant pour moi. Et vous, saints bénis, dont nous célébrons la mémoire, secourez-moi, et priez avec la Dame des anges que Dieu par sa grâce me pardonne mes mauvaises actions et qu'il en illumine mon cœur. »

6. Après, on lit l'épître pour rappeler qu'un messager vient apporter la lettre annonçant que le Seigneur de l'univers viendra bientôt.

7. Ensuite, on chante le graduel[2] ou l'alleluia, et, en période

---

1. Les ordres ou hiérarchies angéliques ont fait l'objet d'une vive controverse parmi les Pères (différences de dénomination, de fonction, de nature, question du nombre et de la place respective dans la hiérarchie). C'est finalement la théorie du Pseudo-Denys (autour de 400 ap. J.-C.) qui s'est imposée, arrêtant le nombre des ordres célestes à neuf ; le monde angélique y est organisé selon une hiérarchie décroissante, allant des séraphins aux anges.
2. Chant (en général un psaume) qui suit la lecture de l'épître, et qui précède la lecture de l'Evangile.

en Karesme, et dit on la sequence. C'est demonstrance que ce sont les menestriers qui viennent devant et monstrent que le Seigneur est ja sur le chemin, et qu'ilz cornent pour resjoyr les cuers de ceulx qui actendent et ont esperance en la venue du souverain Seigneur.

8. Aprez lit on l'euvangile. C'est adonc la plus vraie et prouchaine messaigerie, car se sont les bannieres, les panons et l'estendart qui moustrent certainnement que adonques le Seigneur est prez. Et lors se doit chascun taire et soy tenir droit, mectre s'entente a ouyr et retenir ce que l'euvangile dit. Car ce sont les propres paroles que *(fol. 6a)* Nostre Seigneur dit de sa bouche, et lesquelles paroles nous enseignent a vivre se nous voulons estre de la mesnie a icelui souverain Seigneur. Et pour ce doit estre chascun curieux et ententif a oyr icelles paroles de l'euvangile et a icelles retenir.

9. Aprez fait on l'offrande, en laquelle on doit offrir en la main du prestre aucune chose en signiffiance que l'en offre son cuer a Dieu, en disant : « Sainte Trinité, recevez mon cuer que je vous offre, si le faites riche de vostre grace. » Et en ce disant doit l'on baillier son offrande.

10. Aprez ce, quant le prestre se retourne de l'autel il dit que l'en prie pour lui ; si en doit l'on diligemment prier, car il entre en noz besoignes et fait oroisons pour nous.

11. Aprez ce dit le prestre *per omnia secula seculorum*, et puis *sursum corda* : c'est a dire : « Levez voz cuers a Dieu » ; et le clerc et les autres respondent. « Nous les avons a Nostre Seigneur. » Dont doit l'on appareillier et avoir son oeil au prestre.

12. Aprez ce chante l'en la louenge des anges. C'estassavoir *Sanctus, Sanctus, Sanctus.* Dont descendent les anges pour appareillier, avironner, et garder la table sur laquelle Dieu descendra et par son seul regard repaistra ses amis. Et adonc entend l'on a veoir sa venue, et se doit l'on appareillier ainsi comme bons amoureux subgiez s'appareillent quant le roy entre en sa cité. Et le doit l'on

---

59. et qui c. *B.* **71.** et a les r. *B.* **81.** p. sur son c. *A.*

I, iii : Enseignement catéchistique et moral 55

de carême, le trait[1], puis la séquence[2]. On y montre les serviteurs qui précèdent le Seigneur pour annoncer qu'Il est déjà sur le chemin et qui sonnent du cor pour réjouir le cœur de ceux qui attendent et qui espèrent en la venue du souverain Seigneur.

8. Puis on lit l'Evangile. Cette lecture représente les messagers les plus véridiques signifiant l'imminence de Sa venue ; ce sont les bannières, les banderoles et l'étendard déployés en signe manifeste de ce qu'à présent le Seigneur est proche. Chacun doit alors se taire, se tenir droit et mobiliser ses facultés pour entendre et retenir ce que dit l'Evangile : ce sont en effet les paroles prononcées par la bouche même de Notre-Seigneur ; elles nous enseignent comment il nous faut vivre si nous voulons faire partie de Sa maison : voilà pourquoi chacun doit écouter avec application et attention les paroles de l'Evangile et les retenir.

9. Ensuite on fait l'offrande : on doit poser quelque chose dans la main du prêtre pour signifier que l'on offre son cœur à Dieu, et dire : « Sainte Trinité, recevez mon cœur ; je vous l'offre afin que Vous le combliez de Votre grâce. » En disant ces paroles, on doit donner son offrande.

10. Ensuite, quand le prêtre se détourne de l'autel il demande qu'on prie pour lui. On doit s'exécuter avec application car il partage nos préoccupations et prie pour nous.

11. Puis le prêtre dit *per omnia secula seculorum*, puis *sursum corda*, ce qui signifie : « Elevez vos cœurs vers Dieu » ; l'assistant et tous répondent : « Nous les tournons vers le Seigneur ». On doit alors se mettre dans ces dispositions et garder les yeux fixés sur le prêtre.

12. Après l'on chante la louange des anges, c'est-à-dire *Sanctus, Sanctus, Sanctus*. Les anges descendent alors du ciel pour préparer, entourer et garder la table sur laquelle Dieu descendra pour rassasier Ses fidèles par Son seul aspect. On s'apprête à assister à Son arrivée ; on doit s'y préparer comme les bons sujets qui aiment leur roi se préparent lorsqu'il entre dans sa cité. On doit Le regarder et L'accueillir avec amour et

---

1. Psaume chanté en trait, *tractim*, c'est-à-dire sans reprise par le chœur.
2. Chantée à la suite de l'alleluia. A titre indicatif, le plus vieux poème conservé en langue française est une « séquence » datant de 881-882, la *Séquence de sainte Eulalie*.

amoureusement et en grant joie de cuer regarder et recevoir, et en le regardant regracier sa venue, et lui donner louenges et salus, et en pensee et basse voix faire ses requestes pour obtenir remissions et pardons des meffaiz passez. Car il vient ça bas pour trois choses : l'une pour tout pardonner se nous en sommes dignes, la .ii^e. pour nous donner sa grace se nous le savons requerir, la .iii^e. pour nous retraire du chemin d'enfer.

13. Apres est le *pater nostre* qui nous enseigne que nous le devons appeler Pere ; et lui prions qu'il nous pardonne noz meffaiz ainsi comme nous pardonnons a noz malfaicteurs les leurs. Et aussi lui prions qu'il ne nous laisse point pechier ne estre temptez, maiz nous delivre de mal, Amen.

14. Aprez on dit *Angnus Dei* par troiz foiz, et prie l'en a Dieu qu'il ait mercy de nous, et qu'il nous donne paix : qui peut estre entendu paix entre le corps et l'ame, que le corps soit obeissant a l'ame, ou paix entre nous et noz adversaires. Et pour ce prent l'en la paix.

15. Aprez chante l'en le *post communion*, et alors on doit dire et deprier Nostre Seigneur qu'il ne se vueille mie retraire de nous, ne nous laissier comme orphelins et sans pere.

16. Apres dit l'en les derrenieres oroisons, et adont se doit on retraire et recommander a la benoite Virge Marie, et a elle requerre qu'elle vueille deprier son benoit chier enfant qu'il vueille demourer avec nous. Et quant tout est dit et achevé et le prestre devestu, adont (*fol. 6b*) doit l'on icellui Seigneur remercier de ce qu'il nous a donné sens et entendement d'avoir ouy sa benoite messe et veu son benoit sacrement, qui donne remembrance de sa benoite nativité et de sa benoite passion et de sa benoite resurrection ; et lui requerir qu'en perseverant au surplus il nous doint vraye et parfaite remission. Et adoncques, chiere suer, vous mectez toute seule, les yeulx enclins a la terre, le cuer au ciel ; pensez de tout vostre cuer tresententive-

---

95. et a b. v. lui f. *B*. **101.** est la p. *B²*. **102.** lui prier q. *B²*. **103.** m. aussi c. *B*. **112.** c. on la p. communium *B*. **116.** adonc *B*. **118.** e. requerir q. *B*. **120.** adonc *BC*. **125.** p. ou s. *B*.

grande joie au cœur, et ce faisant Le remercier de Sa venue, Le louer, Le saluer et faire en pensée et à voix basse ses requêtes pour obtenir la rémission et le pardon des mauvaises actions du passé. Il vient en effet ici-bas pour trois choses : premièrement pour tout nous pardonner si nous en sommes dignes ; deuxièmement pour nous accorder Sa grâce si nous savons la Lui demander ; et troisièmement pour nous écarter du chemin de l'enfer.

13. Suit le *Pater noster* qui nous enseigne que nous devons L'appeler Père. Nous Le prions de nous pardonner nos offenses, comme nous pardonnons à ceux qui nous ont offensés. Nous Le prions également de nous garder du péché et de la tentation, et de nous délivrer du mal, Amen.

14. Ensuite on dit trois fois *Agnus Dei* ; on prie Dieu d'avoir pitié de nous et de nous donner la paix. On peut le comprendre soit comme la paix entre le corps et l'âme, le corps devant obéir à l'âme, soit comme la paix entre nous et nos adversaires. Et c'est pour ça qu'on reçoit la paix du Christ.

15. Puis on chante la *post communion* ; on doit alors prier et supplier Notre-Seigneur qu'Il veuille bien ne pas S'éloigner de nous pour ne pas nous laisser comme des orphelins sans père.

16. Pour finir, on dit les dernières oraisons ; on doit alors se recueillir et se recommander à la bienheureuse Vierge Marie et lui demander de bien vouloir supplier son cher Enfant béni de demeurer avec nous. Lorsque tout est dit et terminé, et que le prêtre a enlevé ses habits sacerdotaux, alors, nous devons remercier le Seigneur Jésus-Christ de nous avoir donné sens et intelligence pour entendre Sa sainte messe et pour voir Son saint sacrement en mémoire de Sa sainte Nativité, de Sa sainte Passion et de sa Sainte Résurrection. Nous devons Lui demander d'accorder par surcroît à notre persévérance Son pardon plein et entier. Et maintenant, chère amie, isolez-vous, les yeux tournés vers la terre, le cœur vers le ciel ; pensez de tout votre cœur, avec très grande application et de toutes vos

ment et cordialement a tous voz pechiez, pour vous en
130 deschargier et delivrer a celle heure.

17. Mais pour vous adviser des maintenant comme ce sera fait, adont je vous en traicteray un petit selon ce que j'en scay et croy. Chiere suer, vueilliez de par moy sur ce savoir que quiconques, soit homme ou femme, qui veuille
135 a droit ses pechiez confesser au sauvement de l'ame de lui ou d'elle, il doit savoir que trois choses sont neccessaires ; c'estassavoir : contriction, confession et satisfacion.

18. Et doit il ou elle savoir que contriction requiert douleur de cuer en grans gemissemens et repentences, et
140 couvient que en grant contriction et treshumblement le pecheur requiert pardon et mercy et deprie tresaffectueusement nostre Createur et souverain Seigneur qu'il lui vueille pardonner ce en quoy il l'a peu courroucier et offendre. Et sache le pecheur que sans contriction sa
145 priere ne vault riens, puis qu'il ait sa pensee en son cuer ailleurs. Et, chiere suer, vous en pouez prendre exemple par ung a qui l'en promist donner un cheval pour dire une *paternostre*, mais qu'il ne pensast autrepart. Et en disant la *paternostre* il se pensa se cellui qui lui donnoit le
150 cheval lui laisseroit la selle ; et ainsi le maleureux perdit tout. Ainsi est il de cellui qui deprie Nostre Seigneur et ne pense point a sa priere ne a cellui qu'il deprie ; et si a ja par aventure fait tel chose dont il a desservy a estre pendu au gibet d'enfer, et si s'endort en ce pechié et n'en tient
155 compte. Et s'il estoit jugié en ce chetif monde par un petit prevost a estre pendu au gibet de fustz ou de pierre, ou a paier une grosse emende, qui est moins, et il cuidoit rachapper pour avoir contriction par plourer et pour prier le prevost ou juge, comment ! il le prieroit de bon cuer en
160 grans pleurs, en gemissemens et grans contrictions de cuer sans penser autre part ; et il ne peut mie plourer ne prier du cuer le grant Seigneur son souverain et son Createur, qui des haultes fenestres de sa pourveance ou il est lassus il voit toute l'affection du cuer d'icellui pecheur. Et

---

131. m. comment ce *B*. **132.** adonc *B*. **136.** c. lui s. n. *B*. **141.** p. requiere p. *B*. **142.** et tressouverain s. *B*. **145.** p. et son *B*². **152.** c. qui deprie *B*. **156.** de fust ou *B*. **158.** c. reschapper p. a. c. pour *B*. **160.** p. et g. *B*².

forces à vos péchés, afin de vous en décharger et d'en être délivrée à cette heure.

17. Mais pour vous indiquer dès maintenant comment l'obtenir, je vais continuer un peu à vous parler, d'après ce que je crois et sais. Chère amie, apprenez de moi à ce sujet que quiconque, homme ou femme, souhaite confesser convenablement ses péchés pour sauver son âme, doit savoir que trois choses sont nécessaires : contrition, confession et satisfaction.

18. Il ou elle doit savoir que la contrition requiert une douleur au cœur qui se manifeste par de grands gémissements et regrets ; il convient que le pécheur, fortement contrit et humble, demande pardon et miséricorde à notre Créateur et souverain Seigneur en Le priant de toute son âme de lui pardonner ce en quoi il a pu Le courroucer et L'offenser. La prière d'un pécheur sans contrition ne vaut rien, qu'il le sache, à partir du moment où, en lui-même, sa pensée est ailleurs. Chère amie, écoutez à ce propos l'exemple de celui à qui on promit de donner un cheval en échange d'un *Notre Père*, à condition qu'il ne pense à rien d'autre le temps de le réciter[1]. Tout en s'exécutant, l'homme se demanda si en plus du cheval on lui donnerait aussi la selle ; de cette manière le malheureux perdit tout. Ainsi en va-t-il de celui qui implore Notre-Seigneur sans se concentrer sur sa prière et sans penser à Celui à qui elle s'adresse : il a commis un forfait tel qu'il mérite d'être pendu au gibet de l'enfer, et il s'endort dans ce péché sans en tenir compte. S'il était condamné en ce triste monde par un petit prévôt à être pendu au gibet de bois ou de pierre ou, moins grave, à payer une grosse amende, s'il avait le moindre espoir de s'en tirer en se repentant, en pleurant et en suppliant le prévôt et le juge – comment donc ! il les prierait de bon cœur avec force pleurs et gémissements et grande contrition de cœur sans penser à rien d'autre ! Et il ne peut pas pleurer ni prier avec sincérité le grand Seigneur, son Souverain et son Créateur qui du haut des fenêtres de Sa providence voit parfaitement à l'intérieur de son

---

1. On trouve cette histoire dans la vie de saint Bernard telle que la relate Jacques de Voragine dans la *Légende dorée* (Garnier Flammarion, 1967, t. II, p. 119).

si scet bien le pecheur que icellui Seigneur est si piteux et si misericors que pour trespetite priere, mais qu'elle fust de cuer contrict et repentant, il aroit tout pardonné, voire mesmes se la sentence *(fol. 7a)* estoit ja donnee contre le pecheur ; et fust ores icellui pecheur condempné a mort, or peut icellui souverain tout rappeller et quictier. Il n'est prevost ne juge par deça qui pour plourer ne pour priere que le condempné sceust faire peust rappeller le jugement qu'il avroit fait contre lui. Or regardez doncques, belle suer, quelle comparaison est cy ! Et encores est ce pis que quant un homs est condempné a mort par le souverain juge, puis qu'il ne rappelle sa sentence c'est a entendre que la peinne de sa mort est perpetuelle et pardurable. Et quant il est condempné par ung prevost la peine de sa mort ne dure que ung moment. Dont, belle suer, n'est il point de comparoison ne entre la puissance des juges ne entre la peinne des jugemens. Et pour ce vault il mieulx, belle suer, plourer et avoir correction, et adrecier sa priere a cellui qui a puissance souveraine et absolue que a cellui qui n'a puissance fors que ordonnee et sur certainne forme qu'il ne peut passer.

19. Car icellui juge souverain est cellui qui a la fin nous examinera et jugera. Et adonc, belle suer, quel compte lui rendrons nous des biens de fortune et de nature qu'il nous a bailliez en garde, et nous avons tout folement despendu et mis a nostre usaige et a nostre delit, sans en avoir riens baillié ne aumosné a lui ne aux souffrateux honteux et paciens qui pour l'amour et ou nom de lui nous en ont demandé ? Se en ce cas il nous argue de larrecin, que nous l'avons en ce desrobé, que respondrons nous ? *Item*, de nostre ame sa fille qu'il nous bailla saine et necte, sans tache et sans ordure, laquelle nous avons empoisonnée par les buvraiges du pechié mortel. Se il nous argue de murtre en disant que nous avons tué sa fille que

---

167. t. pardonner v. *AC*. **169.** m. si p. *B*. **170.** q. et il *B*. **171.** p. prier ne p. plourer que *B*, p. p. ne p. prier que *C*. **173.** Or gardez d. *B*. **175.** e. condempnez a *B²*. **178.** e. condempnez par *B²*. **179.** Donc b. *B*. **182.** a. contricion et *B*. **195.** f. laquelle il n. *B*. **197.** b. de p. *B²*. **198.** q. il n. avoit b. *B*, q. n. avoit b. *C*.

cœur ? Notre pécheur sait bien pourtant que ce Seigneur-là est si clément et si miséricordieux que pour une toute petite prière – à condition qu'elle vienne d'un cœur contrit et repentant – Il lui aurait tout pardonné, la sentence de sa condamnation à mort fût-elle déjà prononcée ; ce Souverain peut tout révoquer et absoudre. Ici-bas il n'existe aucun prévôt, aucun juge qui aurait le pouvoir de révoquer un jugement déjà prononcé contre un condamné, quelles que soient l'abondance de ses larmes et l'insistance de ses prières. Considérez donc, belle amie, cette comparaison ! Combien est-ce pis quand un homme est condamné à mort par le souverain Juge et qu'Il ne revient pas sur son jugement : cela veut dire que la peine de mort est perpétuelle et éternelle, alors que quand on est condamné par un prévôt elle ne dure qu'un instant. Aucune commune mesure donc, belle amie, ni en ce qui concerne le pouvoir des juges, ni en ce qui concerne la gravité des jugements. Pour cette raison, belle amie, il vaut mieux pleurer, être puni, et prier Celui qui possède le pouvoir souverain et absolu, plutôt que celui dont le pouvoir n'est qu'une fonction, limité dans un cadre qu'il ne peut pas outrepasser.

19. Ce Juge souverain, c'est précisément Celui qui à la fin des temps nous examinera et nous jugera. Quels comptes Lui rendrons-nous alors, belle amie, des biens de fortune et des biens de nature[1] qu'Il a confiés à notre garde et que nous avons follement gaspillés à notre usage et plaisir personnels, sans en avoir rien réservé ou offert en aumône, ni à Lui ni aux pauvres acceptant l'humiliation, qui pour l'amour et au nom de Dieu nous ont sollicités ? Si à ce propos Il nous accuse d'escroquerie pour Lui avoir volé Ses biens, que Lui répondrons-nous ? *Item*, en ce qui concerne notre âme, Sa fille, qu'Il nous donna saine et pure, sans tache ni souillure, et que nous avons empoisonnée avec les breuvages du péché mortel : s'Il nous accuse d'avoir commis un meurtre en disant que nous avons tué Sa fille qu'Il

---

1. Définition cf. ci-dessous, paragraphe 34.

nous avons bailliee en garde, quelle deffiance arons nous ? *Item*, de nostre cuer nostre corps qui est le chastel, dont il nous avoit baillié la garde et nous l'avons livré a son ennemi, c'est le Deable d'enfer, quelle excusacion arons nous ? Certes, belle suer, je ne voy mie que, se la benoite Virge Marie sa mere ne nous sequeure comme advocate, que par le bon jugement d'icellui souverain juge nous ne soyons pugnis et enchenez au gibet d'enfer pardurablement comme larrons, comme murtriers et comme traictres, se les chaudes larmes de la contriction de nostre cuer ne chacent l'ennemi hors de nous en nostre presente vie. Mais ce se peut ainsi legierement faire comme l'eaue chaude chasse le chien de la cuisine.

20. Aprez la contriction vient la confession, qui a six condicions ou elle ne vault riens. La premiere condicion de confession est que la confession soit faicte sagement. C'est adire sagement en deux manieres : qui est a entendre que le pecheur ou pescheresse eslise confesseur saige et proudomme et dont le pecheur doit *(fol. 7b)* avoir exemple et regart, a ce que toute creature malade couvoite sa santé, et pour sa santé recouvrer et avoir desire plus a trouver et avoir meilleur phisicien que le moins bon. Et doit icellui pecheur avoir regard que puis que creature doit desirer la santé du corps, qui est estour lourgable et trespassable, par plus forte raison doit il curer de la noble ame qui est ordonnee a recevoir le bien perpetuel ou le mal pardurable. Et pour ce doit eslire tresbon, tressaige et tresexcellent phisicien pour recouvrer tantost la santé de l'ame qui est blecie et malade. Car s'il en prent un a l'aventure qui ne lui sache donner le remede de sa garison, il s'ensuit mort. Et vous le veez par exemple : car, quant ung aveugle maine l'autre, ce n'est pas de merveille se ilz cheent tous deux en une fosse. Dont doit le pecheur ou pecheresse faire pourveance d'un tressaige et tresclervoyant conseillier qui de tous ses pechiez lui sache donner remede et conseil ; et qu'il sache discerner entre l'un pechié et l'autre pour remede donner. Et que icellui

---

199. q. defense a. *B*. **204.** n. sequeurt c. advocat q. *B*. **220.** t. le m. p. *B*. **225.** e. tressage et tresbon et excellent p. *B*. **234.** et qui s. *BC*.

a confiée à notre garde, quelle excuse alléguerons-nous ? *Item*, en ce qui concerne notre corps, qui est le château de notre cœur, qu'Il nous a confié et que nous avons livré à Son ennemi, le Diable de l'enfer – quelle sera alors notre excuse ? A coup sûr, belle amie, si la Sainte Vierge Marie, Sa Mère, ne se fait pas notre avocate pour venir à notre secours, je ne vois pas comment nous pourrions éviter la sanction d'une juste condamnation prononcée par ce souverain Juge et d'être enchaînés pour toujours au gibet de l'enfer comme escrocs, assassins et traîtres, à moins que les chaudes larmes jaillissant de notre cœur contrit ne chassent le démon hors de nous durant notre vie ici-bas. Cela peut se faire avec autant de facilité qu'on chasse un chien de la cuisine avec de l'eau chaude.

20. La confession vient après la contrition ; six conditions doivent être remplies pour qu'elle soit valable. La première est la sagesse, sagesse qui est de deux ordres : le pécheur ou la pécheresse doit choisir un confesseur sage et honorable qu'il doit respecter et qui doit lui servir d'exemple, au même titre que tout malade cherchant à recouvrer la santé désire trouver et consulter le meilleur médecin plutôt qu'un confrère médiocre. Le pécheur doit considérer qu'on désire bien la santé du corps qui est matière corruptible et éphémère ; à plus forte raison doit-il prendre soin de l'âme qui est noble, destinée au salut éternel ou à la peine perdurable. Pour cette raison il doit choisir un médecin très bon, très sage, un médecin parfait afin de recouvrer aussitôt la santé de l'âme blessée et malade. En effet, s'il en prend un au hasard qui ne sache pas lui administrer le remède approprié pour guérir, il meurt. Voyez par exemple si un aveugle guide un autre aveugle : il n'y a pas de quoi s'étonner si tous deux tombent dans un fossé. Voilà pourquoi le pécheur ou la pécheresse doit chercher un conseiller de grande sagesse et de grande clairvoyance, qui sache lui donner remède et conseils adaptés à tous ses péchés. Il faut en effet que le confesseur sache discerner les divers péchés pour donner

confesseur ait toute sa pensee et son entente a oyr et concevoir ce que le pecheur lui dira, et aussi qu'il ait puissance d'asoldre. Et lors doit icellui pecheur estre avisé et avoir pensé par avant longuement et ententive- ment a tous ses pechiez, comme j'ay devant dit, pour savoir les tous dire et compter par ordre, et par membres et par poins les deviser a son confesseur et conseillier. Et doit avoir douleur au cuer de ce qu'il fist le pechié, et grant paour de la vengence Nostre Seigneur, grant repen- tence d'iceulx pechiez, et avoir ferme esperance et vou- lenté certaine de soy amender et de jamaiz au pechié non retourner, mais les haïr comme venin, et avoir desir de voulentiers recevoir pour sa garison et santé recouvrer, et faire joyeusement la penitence que le confesseur lui vouldra enchargier.

21. La seconde condicion de confession est que, si tost que l'en est cheu en pechié, que l'en s'en doit hastivement et tost confesser. Car tu ne scez quant Dieu te touldra la parole et la santé, et pour ce est il bon que on s'en confesse souvent. Les truans le preuvent souvent, qui de jour en jour et de heure en heure monstrent leurs plaies aux bonnes gens pour avoir nouvelle aumosne ; les bleciez monstrent de jour en jour leurs navreures aux mires pour avoir chascun jour hatif et nouveau remede et garison. Aussi doit le pecheur tantost monstrer et descouvrir son pechié pour avoir nouveau remede et plus pleniere mise- ricorde.

22. La tierce condicion de confession est que on se doit du tout entierement (*fol. 8a*) confesser et tout descouvrir a une foiz, et couvient monstrer et ouvrir au mire toute la plaie. Il couvient tout dire en tresgrant humilité et repen- tence et n'en riens oublier ne laissier derriere. Et quelque gros mortel pechié qui y soit, il couvient qu'il passe oultre le neu de la gorge. Et se l'orgueilleux cuer du pecheur ne le veult endurer, face le signe de la croix devant sa bouche ; afin que l'ennemi qui lui estoupe les conduiz de la parole s'en aille. Et adont l'ort pecheur se contraigne a

---

244. v. de n. s. grant honte et g. r. *B*. **246.** v. c. et ferme de *B*. **255.** p. assez qui *B*. **259.** r. de g. *B*. **268.** g. morcel qui *B*. **272.** Et adont le p. *B*.

le bon remède. Il doit être entièrement à l'écoute du pécheur pour saisir ce qu'il lui dira ; il faut également qu'il ait le pouvoir de l'absoudre. Le pécheur doit alors avoir présents à l'esprit tous ses péchés, donc y avoir réfléchi longtemps à l'avance avec application – je l'ai déjà dit – pour être capable de les dire tous en les énumérant dans le bon ordre, de les exposer par catégories et par articles à son confesseur et conseiller. Il doit sentir une douleur au cœur face à ses péchés et craindre fort la vengeance de Notre-Seigneur ; s'en repentir amèrement et avoir la ferme espérance ainsi qu'une volonté inébranlable de s'en corriger et de ne jamais y retomber. Au contraire, il doit haïr tous les péchés comme un poison. Pour guérir et recouvrer la santé, il doit désirer de bon cœur la pénitence que le confesseur voudra lui imposer, et la faire joyeusement.

21. La seconde condition de la confession, c'est de se confesser promptement, aussitôt qu'on a succombé au péché, car tu ne sais pas quand Dieu te privera de la parole et de la santé ; pour cette raison il est bon de se confesser souvent. Les mendiants sont un bon exemple : de jour en jour et d'heure en heure ils montrent leurs plaies aux braves gens pour recevoir une nouvelle aumône ; ceux qui sont blessés montrent leurs blessures tous les jours au médecin pour avoir chaque jour promptement un nouveau remède qui les soulage. De même le pécheur doit-il aussitôt montrer et révéler son péché pour qu'il lui soit accordé un nouveau remède et une miséricorde plus grande.

22. La troisième condition relative à la confession, c'est de se confesser entièrement ; il faut révéler tout à la fois, au même titre qu'il convient de montrer au médecin toute la plaie entièrement découverte. Il convient de tout dire avec très grande humilité et repentir, de ne rien oublier ou dissimuler. Quelque énorme et mortel que le péché soit, il faut qu'il franchisse le nœud de la gorge[1]. Si le cœur orgueilleux du pécheur rend cet aveu impossible, qu'il fasse le signe de la croix devant sa bouche afin que le démon qui lui obstrue les voies de la parole s'en aille. Que le misérable pécheur se force alors à dire le

---

1. Le larynx.

dire l'ort pechié qui tue son ame. Car s'il actend plus, il l'oubliera par son actente. Car ainsi ne s'en confessera jamais et par ce demourra en tel peril que pour cause de ce pechié, ou il sera demouré et dont il ne lui avra souvenu, il ne fera jamais bien qu'il ne lui soit estaint vers Dieu, s'il n'y met sa grace. Regardez dont quel pardon il pourra jamais empetrer par jeusnes, par aumosnes, ne par travail de pelerinaiges qu'il face quant il n'est confez entierement. Regardez comment il, qui n'est vray confez, comment osera il recevoir son Createur? Et s'il ne le reçoit, comment il se deçoit et en quel peril il se met. Par aventure il scelle a celle foiz icellui pechié, cuidant s'en confesser une autrefoiz bien brief, et il ne regarde mie qu'il est en la puissance de Dieu de lui tolir la parole quant il lui plaira, ou de le faire morir soudainement quant il lui plaira. Ores, s'ainsi est, il sera dampné par sa negligence, et au jour du jugement il ne sara sur ce que respondre.

23. La quarte condicion de confession est que l'en se doit ordonneement confesser et dire ses pechiez par ordre et selon ce que la theologie les met; et doivent estre mis l'un aprez l'autre sans threhoignier ne entreveschier ne mectre ce derriere devant, sans riens polir ne farder, sans lui deffendre et sans autruy accuser. Et doit le pecheur dire la condicion du pechié: comment il le pensa, quelle fut la cause et le mouvement de son penser; comment depuis il a pourchacié, fait, dit ou fait faire; le temps, le lieu; pourquoy et comment il le fist; se le pechié qu'il fist est selon nature ou s'il est fait contre nature; s'il le fist sachamment ou ygnoramment; et doit icellui pecheur dire tout ce qui par icellui les circonstances et deppendances peut grever son ame.

24. La quinte condicion est que on doit confesser tous ses pechiez a une foiz, et a ung confesseur, et non pas a pluseurs confesseurs. L'en ne doit pas partir ses pechiez

---

274. a. Et a. B^2. **277.** b. qui ne *B*. **278.** R. Donc *B*, R. doncques *C*. **283.** se remet p. *B*, se meut p. *C*. **284.** a ceste f. *B*. **287.** de lui f. *B*. **288.** q. il vouldra O. *B*, q. icellui p. O. *C*. **294.** s. trehoigner ou e. *B*. **298.** de vostre p. *B*. **303.** ce que p. *B*.

misérable péché qui tue son âme. En l'ajournant, il l'oubliera. De la sorte il ne s'en confessera jamais et risque, à cause de ce péché non remis et oublié, de ne jamais faire une bonne action qui ne soit aussitôt annulée aux yeux de Dieu à moins qu'Il le gracie. Considérez donc qu'il ne pourra jamais obtenir le pardon, quoi qu'il fasse – jeûnes, aumônes, pèlerinages pénibles – tant qu'il ne se sera pas entièrement confessé. Et, je vous le demande, comment celui qui n'est pas entièrement libéré de ses péchés osera-t-il recevoir son Créateur ? Combien se nuit-il lui-même, à quel danger s'expose-t-il par cette privation ! Il peut aussi lui arriver de cacher une fois un péché, pensant le confesser une autre fois, bientôt, sans considérer que Dieu a le pouvoir de lui enlever la parole quand Il lui plaira, ou de le faire mourir brusquement. Or, s'il en est ainsi, il sera damné à cause de sa négligence, et le jour du Jugement il ne saura que répondre.

23. La quatrième condition, c'est de se confesser de manière ordonnée : il faut dire ses péchés selon l'ordre prescrit par la théologie, l'un après l'autre, sans tergiverser et sans les intervertir en mettant avant ce qui vient après, sans rien atténuer ou maquiller, sans essayer de se justifier et sans accuser autrui. Le pécheur doit dire dans quelles circonstances il a commis le péché : comment il le conçut, quelle en fut la cause et la motivation dans sa pensée ; comment à partir de ce moment-là il s'est employé à le réaliser, comment finalement il l'a commis, dit ou fait commettre ; quand, où, pourquoi et comment il le fit ; s'il s'agit d'un péché contre nature ou non ; s'il le fit sciemment ou non. Le pécheur doit tout dire des circonstances et des conditions qui ont trait à son péché et qui peuvent blesser son âme[1].

24. La cinquième condition, c'est de confesser tous ses péchés en une fois, et à un seul confesseur. On ne doit pas

---

1. La pratique de la confession tenant compte des circonstances (par opposition à l'usage des pénitentiels qui assignent un « tarif » de pénitence immuable à chaque péché), s'inspire de la *Cura Pastoralis* de saint Grégoire le Grand ; elle se généralise à partir de 1215, à la suite du IVe Concile de Latran qui a rendu obligatoire la confession annuelle.

en deux parties pour dire l'une partie a ung confesseur et l'autre partie a ung autre ; car la confession ainsi malicieusement faicte ne seroit pas vaillable ; mais seriez plus grant pecheur en tant comme vous mectriez paine de enginier vostre confesseur qui represente la personne de Nostre Seigneur Jesucrist.

25. La sixieme (*fol. 8b*) condicion est que on se doit confesser devotement et treshumblement, avoir les yeulx vers la terre en signe de honte et vergoingne que l'en a de son pechié, et la pensee et le regard du cuer au ciel. Car vous devez penser que vous parlez a Dieu, et devez adrecier vostre cuer et voz paroles a lui et requerir pardon et misericorde ; car c'est cellui qui voit tout le parfont de la voulenté de vostre cuer, ne le prestre n'y a fors que l'oreille.

26. Or avez vous oy, chiere suer, comment on se doit confesser. Mais saichiez qu'il y a cinq choses qui empeschent confession : c'estassavoir honte de confesser le pechié, mauvaise paour de faire grant penitence, esperance de longuement vivre, et desesperance de ce que l'en a si grant plaisir au pechié qu'on ne se peut partir ne repentir ; et se pense on que pour riens s'en confesseroit on pour tantost rencheoir, et de ce c'est la mort.

27. Apres la confession vient satisfacion, que on doit faire selon l'arbitrage et le conseil du sage confesseur, qui se fait en trois manieres : c'estassavoir en jenne, en aumosne, ou en oroison, selon ce que vous orrez cy aprez.

28. Je avoie cy devant dit que a vous confesser vous estoient neccessaires trois choses : c'estassavoir contriction, confession et satisfacion. Or vous ay je monstré et enseignié de mon pouoir qui est contriction, et en aprez qu'est confession et comment elle se doit faire, et vous ay un petit touchié des cinq choses qui l'empescher* moult, ausquelles vous avrez regard, et en avrez souvenance s'il vous plaist quant temps et lieu sera. Et au derrain vous ay monstré qu'est satisfacion. Or vous monstreray je pour

---

310. p. valable m. *B.* 316. et de v. *B.* 319. a l. et a lui r. *B.* 325. c'estassavoir *omis B.* 326. p. et e. *B.* 328. ne sen p. *B.* 329. p. neant se c. on *B*, p. r. sen confesser on *C.* 332. q. ce f. *B.* 338. p. que e. *B*².

I, iii : *Enseignement catéchistique et moral*   69

diviser ses péchés en deux parties et dire l'une à un confesseur et la seconde à un autre : une confession faite avec ce genre de ruse ne serait pas valable, mais au contraire vous aggraveriez le poids de votre péché d'autant que vous mettriez de peine à abuser votre confesseur qui représente la personne de Notre-Seigneur Jésus-Christ.

25. La sixième condition, c'est de se confesser avec piété et grande humilité, en gardant les yeux baissés à terre en signe de honte et de vergogne d'avoir péché ; l'esprit et le regard du cœur doivent être tournés vers le ciel. Vous devez en effet avoir à l'esprit que vous parlez à Dieu ; c'est à Lui que votre cœur et vos paroles doivent s'adresser pour Lui demander pardon et miséricorde ; c'est Lui qui voit le fin fond de votre pensée, de votre cœur , alors que le prêtre, lui, n'a que l'oreille.

26. Vous venez d'entendre, chère amie, comment il convient de se confesser. Sachez en outre qu'il y a cinq choses qui font obstacle à la confession : la honte de confesser le péché, la peur indigne d'une lourde pénitence, l'espérance de vivre longtemps et la désespérance de ce qu'il y a tant de plaisir à pécher qu'on ne peut s'en guérir ni s'en repentir. Alors, on pense qu'il ne sert à rien de se confesser puisqu'on retombe aussitôt après dans le péché : penser ainsi, c'est risquer la mort.

27. Après la confession vient la satisfaction[1] que l'on doit exécuter selon le jugement et le conseil du sage confesseur ; elle peut être faite de trois manières : par le jeûne, par l'aumône ou la prière, selon ce que vous allez entendre par la suite.

28. Je viens de vous dire qu'une confession se compose de trois choses : contrition, confession et satisfaction. Je viens de vous montrer et de vous enseigner aussi bien que j'ai pu ce que c'est que la contrition et ensuite ce que c'est que la confession et comment elle doit être faite. Je vous ai touché quelques mots des cinq choses qui lui font grand obstacle ; vous y penserez et vous en souviendrez, si vous le voulez bien, le moment et l'occasion venus. En dernier lieu, je vous ai expliqué ce qu'est la satisfaction. A présent, pour connaître votre pensée, je vous

---

1. *Satisfactio operis*, troisième partie de la pénitence après le *contritio cordis* et la *confessio oris*, consistant en différents exercices de piété.

prendre vostre adviz et en quoy vous pouez avoir pechié;
345 et prendrons premierement les noms et condicions des
sept pechiez mortelz qui sont tellement mauvaiz que
auques tous les pechiez qui sont s'en deppendent; et les
appelle l'on *mortelz* pour la mort a quoy l'ame est traictié
quant l'ennemi peut le cuer embesoingnier a l'ouvraige
350 d'iceulx. Et aussi pour vous doresenavant contregarder
d'iceulx pechiez, vous moustreray et enseigneray les
noms et la puissance des .vii. vertus qui sont contraires
aux sept pechiez dessusdiz. Et sont propres medicines et
remede contre iceulx pechiez quant le pechié est advenu,
355 et si contraires a iceulx pechiez que tantost que la vertu
vient, le pechié s'en fuit du tout.

29. Et premierement s'ensuivent les noms des vices, et
desquelz vous vous pouez confesser se vous y avez erré.
Et les noms des vertus sont aprez, pour icelles vertus
360 continuer pour vous doresenavant :

(*fol. 9a*)

Orgueil	est le pechié, la vertu contraire est	Humilité.
Envie	est le pechié, la vertu contraire est	Amitié.
Ire	est le pechié, la vertu contraire est	Debonnaireté.
Paresce	est le pechié, la vertu contraire est	Diligence.
365	Avarice	est le pechié, la vertu contraire est	Largesse.
Gloutonnie	est le pechié, la vertu contraire est	Sobresse.
Luxure	est le pechié, la vertu contraire est	Chasteté.

30. Or avez vous oy cy dessus les noms des sept
pechiez mortelz, et aussi des sept vertus qui donnent
370 remede. Or orrez vous la condicion d'iceulx pechiez, de
l'un apres l'autre. Et premierement des sept pechiez, et a
la fin d'iceulx trouverez les vertus que aux pechiez sont
contraires, et les condicions d'icelles vertus.

31. Orgueil est la racine et commencement de tous
375 autres pechiez. Le pechié d'orgueil a .v. branches.
C'estassavoir : inobedience, jactence, ypocrisie, discorde,
et singularité.

---

344. vous *omis* B. **345.** et les c. B. **348.** e. traitte q. B. **353.** s. propre medecine et B. **354.** est ja a. B. **357.** p. sensuient l. B, p. sensievent le C. **360.** c. par v. B^2. **366.** e. Sobriete B. **372.** v. qui a. B^2.

montrerai ce en quoi vous pouvez avoir péché. Nous traiterons premièrement des sept péchés mortels et des circonstances qui s'y rapportent ; ces péchés-là sont si graves que presque tous les autres péchés en découlent. On les appelle *mortels* à cause de la mort qui happe l'âme lorsque le démon a l'occasion de travailler le cœur en vue de réaliser ces péchés. Pour vous en préserver dorénavant, je vous montrerai et enseignerai les noms et le pouvoir des sept vertus opposées aux sept péchés concernés : elles sont la médecine et le remède appropriés quand on a commis ces péchés : ces vertus ont une si grande force contraire que les péchés s'enfuient et disparaissent dès qu'elles surviennent.

29. Voici les noms des vices que vous pouvez confesser si vous y avez succombé, et en face vous trouvez les noms des vertus : désormais, persistez en elles.

Orgueil   est le péché ; la vertu contraire est Humilité.
Envie   est le péché ; la vertu contraire est Amitié.
Colère   est le péché ; la vertu contraire est Bienveillance.
Paresse   est le péché ; la vertu contraire est Diligence.
Avarice   est le péché ; la vertu contraire est Largesse.
Gloutonnerie est le péché ; la vertu contraire est Sobriété.
Luxure   est le péché ; la vertu contraire est Chasteté.

30. Vous venez d'entendre les noms des sept péchés capitaux ainsi que des sept vertus qui y remédient. Ecoutez maintenant les caractéristiques de ces péchés dans cet ordre, à la suite de quoi vous trouverez traitées les vertus contraires ainsi que leurs caractéristiques.

31. Orgueil est la racine et l'ofigine de tous les autres péchés. Le péché d'orgueil a cinq branches, à savoir désobéissance, vantardise, hypocrisie, discorde et singularité.

32. Inobedience est la premiere branche, et par celle la personne pert Dieu et laisse ses commandemens, et en desobeissant a Dieu elle fait la voulenté de la char et acomplist ce que son cuer desire contre Dieu et contre raison : et tout ce vient d'orgueil.

33. La seconde branche qui vient d'orgueil est jactence. C'est quant la personne est haulsee et eslevee par orgueil, ou des biens ou des maulx qu'elle a fais, ou fait, ou pourroit faire. Mais bien et mal ces deux choses ne viennent pas de nous ; car le bien que creature fait vient de Dieu qui est bon, et de sa grace. Et [de] la mauvaise condicion de creature vient le mal et de sa mauvaise nature pour ce que elle se traie a la condicion de l'ennemi qui est mauvaix. Et certes, quant personne fait bien, pour ce qu'il vient de la bonne pourveance de Dieu qui est bon, il en doit avoir l'onneur et la gloire, et la personne faisant bien en doit avoir le prouffit. Et du mal nous devons haïr l'ennemy qui nous actrait et maine a ce par orgueil.

34. La tierce branche qui vient d'orgueil est ypocrisie. Ypocrisie est quant la personne fait semblant par dehors qu'ellest plaine de vertus par dedens, et qu'elle fait et dit plus de biens qu'elle ne fait. Et quant elle voit que l'en cuide qu'elle soit bonne, elle y prent grant plesir et vaine gloire. Et vaine gloire est le denier au Deable, dont il achete toutes les belles denrees en la foire de ce monde ; et les denrees sont les biens que Dieu adonne a homme et a femme, c'estassavoir les biens de nature, les biens de fortune, et les biens de grace. Les biens de nature viennent du corps, et sont beauté, *(fol. 9b)* bonté, bon lengaige, bon sens pour entendre, bon engin pour retenir ; les biens de fortune sont richesses, haultesses, honneurs et prosperitez ; et les biens de grace sont vertus et bonnes euvres. Tous ces biens vend l'orgueilleux au Deable par le faulx denier de vaine gloire. Tous ces biens abat le vent de vaine gloire. Et dois savoir que en ces biens de sa grace,

---

386. ou pourront f. *AC.* **387.** de nous *omis AC.* **388.** et le mal v. de la m. c. de creature *B.* **390-393.** nature... l'o. et la *omis C*, se trait a *B.* **401.** Et *omis B.* **403.** D. a donne *B.* **408.** et honneurs p. *B.* **412.** sa *omis B.*

32. Désobéissance est la première branche par laquelle la personne perd Dieu en négligeant Ses commandements ; en désobéissant à Dieu, elle suit la volonté de la chair et accomplit ce que son cœur désire malgré Dieu et malgré la raison : tout cela vient d'orgueil.

33. La seconde branche d'orgueil, c'est vantardise : la personne se rehausse et se valorise par orgueil, soit du bien, soit du mal qu'elle a fait, qu'elle fait ou qu'elle pourrait faire. Mais ni le bien ni le mal ne proviennent de nous ; le bien que fait l'homme vient de Dieu, qui est bon, et de Sa grâce. Le mal vient de la condition et de la nature malignes de l'homme qui le rapprochent de la condition du Diable, qui est mauvais. Lorsqu'une personne fait le bien, puisqu'il vient de la providence bienveillante de Dieu qui est bon, c'est certainement à Lui qu'en reviennent l'honneur et la gloire, et à la personne qui fait le bien n'en revient que le profit. Nous devons haïr le Diable à cause du mal ; c'est lui qui nous y attire et nous y mène par le truchement d'orgueil.

34. La troisième branche qui vient d'orgueil est hypocrisie. Elle consiste à faire semblant qu'on est, en son for intérieur, plein de vertus et à faire et à dire, ostensiblement, plus de bien qu'on n'en fait en réalité. Lorsque la personne constate qu'on croit qu'elle est bonne, alors elle en tire grande satisfaction et vaine gloire. Or, la vaine gloire, c'est le denier du Diable avec lequel il achète toutes les belles denrées à la foire de ce monde ; ces denrées sont les biens que Dieu a donnés à l'homme et à la femme, c'est-à-dire les biens de nature, les biens de fortune et les biens de grâce. Les biens de nature relèvent du corps : ce sont la beauté, la bonté, la faculté de bien parler, l'intelligence et la mémoire ; les biens de fortune sont les richesses, l'élévation du rang, les honneurs et la prospérité ; enfin, les biens de grâce, ce sont les vertus et les bonnes œuvres. Tous ces biens, l'orgueilleux les vend au Diable par le truchement du faux denier de la vaine gloire. Tous ces biens, le vent de la vaine gloire les abat. Tu dois savoir au sujet des biens de grâce – les

qui sont vertus et bonnes euvres comme dit est, est l'omme ou femme par le Deable tempté en trois manieres : l'une quant la creature s'esjoist des biens qu'elle fait, l'autre quant la creature aime a estre loee de ses euvres, et la tierce quant la creature fait les biens en intencion d'avoir le loz et d'estre tenu pour proudomme. Et telles personnes ypocrites resemblent l'ort fumier lait et puant que l'en cuevre de drap d'or et de soie pour resembler estre plus honnoré et prisié. Ainsi se cuevrent telz ypocrites qui mectent la bonne couverture de hors en intencion d'acquerir amis pour avoir plus grant bien ou plus grant office qu'ilz n'ont, et dont ilz ne sont dignes, et tel bien que autruy posside que plus en est digne que eulx. Et de ce avient souvent qu'ilz desirent et pourchassent la mort de celluy qui tient l'office a quoy ilz beent. Et ainsi deviennent mauvais murtriers quant il avient qu'ilz vivent longuement en telle esperance et n'en peuent venir a chief. Ains meurent en telle fole bee ou ilz frisent et ardent tous en tel couvoiteux espoir. Ilz cheent tout droit ou font de la paelle ou le Deable fait les fritures d'enfer. Ainsi leur bien fait est perdu, et ne leur vault, pour ce qu'ilz le font en male intencion. Helas ! faulse monnoie dont [...] ceste .iii^e. branche d'iprocrisie vient d'orgueil.

35. La .iiii^e. branche qui vient d'orgueil si est discorde ou contraction. C'est adire quant une personne ne se veult accorder au fait et au dit des autres personnes, et si veult que ce qu'il dit ou fait soit tenu pour ferme et vray, soit voir ou mensonge, et ce que autre et plus saige de lui dira soit de nulle value ; et tout ce fait vient d'orgueil.

36. La .v^e. branche qui vient d'orgueil si est singularité. C'est adire quant la personne fait ou dit ce que nul autre ne saroit dire ou faire, et veult surmonter et estre singulier en diz et en faiz excellentement en tout, dont il se fait haïr. Et pour ce dit l'en que orgueilleux ne sera ja

---

413. d. est lomme *AC*. **418.** en entencion da. *B*. **420.** de draps d. *B*. **421.** et mieulx p. *B*. **423.** y. et m. *B*, en bonne intencion *AC (bonne biffé/barré A)*, en entention *B*. **425.** p. qui p. *B^2*. **428.** q. ilz a *AC*. **430.** en celle f. *B^2*. **432.** ou len fait *B*. **434.** f. a m. intencion *B*. **435.** dont vient c. et c. iiie *B^2*, dipocrisie *B*. **440.** q. autres et *B*.

vertus et les bonnes œuvres, comme mentionné – que le Diable peut tenter l'homme ou la femme de trois manières : à travers la joie que procure à l'homme le bien qu'il fait, par la louange qu'il aime récolter de ses œuvres, et en troisième lieu par l'intention d'accomplir ces bienfaits pour en recevoir un éloge et pour être considéré comme honorable. De tels hypocrites peuvent être comparés à l'ordure du fumier immonde et puant qu'on aurait couvert de draps d'or et de soie pour lui donner l'apparence d'être très honorable et digne d'éloge. C'est de cette manière que se couvrent les hypocrites, se parant ostensiblement de la bonne couverture dans l'intention d'acquérir des amis et par eux des biens plus considérables ou une situation plus importante qu'ils n'ont, et dont ils ne sont pas dignes, ou quelque autre bien qu'un autre, qui en est plus digne, possède. De là il advient souvent qu'ils désirent et qu'ils cherchent la mort de celui qui détient le bien qu'ils convoitent. Ils peuvent ainsi devenir de redoutables meurtriers s'ils persistent longuement dans cette aspiration sans pouvoir la satisfaire. Ils finissent par mourir de ce fol désir, brûlant et se consumant de convoitise. Ils tombent alors tout droit au fond de la poêle dans laquelle le Diable fait les fritures d'enfer. De cette manière est perdu le bien qu'ils ont fait ; il ne leur sert à rien puisqu'ils le font dans une mauvaise intention. Hélas ! C'est la fausse monnaie dont [...] cette troisième branche, hypocrisie, vient d'orgueil.

35. La quatrième branche d'orgueil est discorde ou opposition, résultant du fait qu'une personne ne veut pas donner raison à l'action ou à la parole d'autrui ; elle veut que ses propres paroles ou actions soient considérés comme sûrs et vrais même quand c'est un mensonge, rejetant comme propos insignifiants ce qu'une personne plus sage lui dira : tout cela vient d'orgueil.

36. La cinquième branche qui vient d'orgueil est singularité : on la trouve dans une personne qui fait ou dit ce que nulle autre ne saurait dire ou faire. Cette personne veut tout surpasser et exceller en tout, paroles et actions, ce qui lui vaut la haine d'autrui. Pour cette raison dit-on que l'orgueilleux sera perpé-

sans plait, et non est il. Et tout ce vient d'orgueil, c'estassavoir inobedience, jactence, ypocrisie, discorde et singularité.

37. Et le pecheur ou pecheresse doit commencer sa confession en ceste maniere : Sire, qui estes vicaire et lieutenant de Dieu, je me confesse a Dieu le tout puissant et a la benoite Vierge Marie et a tous les sains de Paradis et a vous, chier pere, de tous mes pechiez lesquels j'ay faiz en moult de manieres.

38. *(fol. 10a)* Premierement d'orgueil. J'ay esté orgueilleux ou orgueilleuse et ay eu vaine gloire de ma beauté, de ma force, de ma louenge, de mon excellent aournement et de l'abilité de mes membres; et en ay donné maniere et exemple de pechier a moult de hommes et de femmes qui me regardoient si orgueilleusement, et quant je veoie que on ne me regardoit, je consideroie la puissance que mes successeurs avoient en leur temps, et aussi ma puissance, ma richesse, mon estat, mes amis et mon lignaige, et comme il me sembloit que nul ne pouoit a moy de toutes ces choses cy devant dictes. Et par ce pechié d'orgueil je suis cheu ou cheue es branches.

39. La premiere branche d'orgueil si est inobedience. Car par orgueil j'ay desobey a Dieu, et ne lui ay pas porté honneur ne reverence comme a mon createur qui m'a fait ou faicte et m'a donné les biens de grace, de nature, et de fortune dont j'ay meserré et mal usé, et les ay mis et despendu en mauvais usaiges comme en vanitez et honneurs du monde, sans lui recongnoistre ou mercier ne pour lui aux povres riens donner. Ains les ay eu en desdaing et en despit, et pour ce qu'ilz me sembloient tous desfigurez et tous puans je ne les laissoie aprouchier de moy, ains me tournoie de l'autrepart afin que je ne les veisse. Je n'ay porté honneur et reverence a mes amis qui sont de mon

---

447. cest adire i. *B.* **451-455.** Sire... manieres *répété A.* **454.** v. chiere p. *A.* **458.** b. et de *B,* l. et de mon aournement *B.* **460.** d. matiere et *B².* **462.** ne *omis B.* **463.** s. avroient e *B.* **466.** choses que jay cy *B.* **472.** et despenduz en *B.* **473.** v. es h. *B.* **478.** nay pas p. *B.* **479.** h. ne r. *BC.*

tuellement en procès, et il l'est en effet. Tout cela vient d'orgueil, c'est-à-dire de désobéissance, de vantardise, d'hypocrisie, de discorde et de singularité.

37. Le pécheur ou la pécheresse doit commencer sa confession de cette manière : Seigneur, qui êtes le vicaire et le lieutenant[1] de Dieu, je confesse à Dieu le Tout-Puissant, à la bienheureuse Vierge Marie, à tous les saints du Paradis et à vous, cher père, tous les péchés que j'ai commis en beaucoup de manières.

38. Premièrement j'ai péché par orgueil. J'ai été orgueilleux (ou orgueilleuse) et ma beauté, ma force, ma bonne réputation, mon excellente présentation et mon agilité m'ont inspiré de la vaine gloire. Ainsi ai-je montré la manière et donné l'exemple de pécher à beaucoup d'hommes et de femmes qui me regardaient vivre si orgueilleusement ; lorsque je me rendais compte qu'on ne me regardait pas, je comparais la puissance qu'auraient[2] mes descendants en leur temps à la mienne, ainsi qu'à ma fortune, à mon état, à mes amis et à mon lignage, et j'avais l'impression qu'il était impossible que quelqu'un pût rivaliser avec moi en tous ces points. Par cet orgueil je suis tombé (ou tombée) et j'ai commis tous les péchés qui en sont la conséquence.

39. La première branche d'orgueil est désobéissance. C'est par orgueil que j'ai désobéi à Dieu ; je ne Lui ai pas fait honneur ni témoigné de révérence comme il convient au Créateur qui m'a donné la vie, les biens de grâce, de nature et de fortune, dont j'ai mésusé en en faisant un mauvais emploi. Je les ai investis dans des vanités et des honneurs du monde, sans Lui en savoir gré, sans Le remercier et sans rien donner aux pauvres en Son nom. Au contraire, j'étais rempli de dédain et de mépris à leur égard ; comme ils me paraissaient tous répugnants et puants, je ne les laissais pas s'approcher de moi, mais m'en détournais afin de ne pas les voir. Je n'ai pas honoré ni respecté mes parents, ma propre chair et mon propre sang, en

---

1. De *lieu* et *tenant*, celui qui tient lieu de, le représentant.
2. Il nous semble ici que la lecture de B, *avroient*, doit être préféré à *avoient*, le sujet étant *successeurs*. De même, l'omission du *ne* de B réduit l'obscurité du passage.

sang et de ma char, especialment a mes pere et mere et
leurs successeurs dont je suis venu, a mes freres et seurs
naturelz, a mon mary et autres bien faicteurs et souverains, ne a mes autres freres et suers d'Eve et d'Adam ; car
je n'ay nul autre prisié fors moy tant seulement. Et quant
on m'a voulu monstrer mon bien et corrigier de mon mal
quant je l'ay eu fait, je ne l'ay voulu souffrir, ains ay eu
en indignacion et despit ceulx qui m'ont ce monstré et
leur en ay esté pire apres, et plus fel que devant, et leur en
ay mis sus blasme et villenie grande en derriere d'eulx.
J'ay sur eulx parlé villainement, et tout ce m'est venu
d'orgueil et de sa branche de inobedience.

40. Par jactence, qui est la seconde branche d'orgueil,
j'ay diligemment escouté le mal dire d'autruy, et si l'ay
creu et voulentiers reconté ou plus villain entendement. Et
aucune foiz pour vengence ou pour mal ay je dit sur
autruy ce dont je ne scavoie rien. Je me suis eslevé ou
eslevee et vanté de mes maulx que j'avoie faiz et dis, et y
prenoie *(fol. 10b)* grant gloire. Et se on disoit aucune
chose de moy qui appartenist a sens, a bon loz, ou beauté,
et on le deist en ma presence et a mon ouye et que ce ne
fust a moy, je ne me excusoie pas qui ne feust en moy,
ains me taisoie pour loy accorder, et m'y delictoie et prenoie grant plaisance. Je me suis eslevee ou eslevé et ay eu
orgueil des grans despens que j'ay aucune foiz faiz, ou
des grans outraiges et superfluitez, comme de viandes
grandes et outrageuses, comme a donner grans mengiers
et belles chambres, assembler grans compaignies, donner
joyaulx aux dames et aux seigneurs et a leurs officiers ou
menestrez pour estre alosez d'eulx, et pour dire de moy
que je fusses noble et vaillant et large. Certes de povres
creatures ne me chaloit il rien. Certes, sire, j'ay affermé
aucunes choses estre vraies de quoy je n'estoie mie certain, et ce faisoie je pour plaire aux gens presens qui

---

481. et les predecesseurs d. j. s. venuz B^2. **482.** autres *omis B*. **486.** eu *omis B*. **487.** monstrer et *A*. **488.** plus fol q. *B*. **494.** v. raconte ou *BC*. **498.** on parloit de chose de m. *B*. **500.** le dist en *B*. **502.** p. moy a. *B*, p. luy a. *C*. **503.** esleve ou eslevee *B*. **505.** o. ou s. *B*. **508.** j. a d. et a s. *B*. **510.** l. et c. des p. c. *B*.

particulier mon père et ma mère dont je suis issue, et leurs enfants, mes frères et mes sœurs ; ni mon mari, ni d'autres bienfaiteurs et nobles personnes, ni mes autres frères et sœurs par Eve et Adam : je n'ai estimé personne d'autre que moi. Lorsqu'on a voulu me faire entendre raison et me corriger de mes erreurs une fois que je les avais commises, je n'ai pas voulu le souffrir, mais, indigné, j'en ai voulu à ceux qui m'en ont fait l'observation, et je me suis montré pire envers eux et plus perfide qu'auparavant en les accablant derrière leur dos de blâmes et en leur imputant de grands torts. J'ai tenu sur eux des propos diffamants. Tout cela m'est venu d'orgueil et de sa branche désobéissance.

40. Par vantardise, la seconde branche d'orgueil, j'ai avec attention écouté dire du mal des autres ; je l'ai cru et l'ai répété avec plaisir en noircissant outrageusement le tableau. Parfois, pour me venger ou pour faire du mal, j'ai raconté des choses inventées de toutes pièces sur autrui. Je me suis glorifié(e) et vanté(e) du mal que j'ai fait ou dit, et j'en ai tiré grande gloire. En revanche, si l'on disait à mon sujet quelque chose ayant trait à mon intelligence, quelque chose de flatteur pour ma réputation ou encore si l'on vantait ma beauté en ma présence, bien que cela fût faux je ne contestais rien, au contraire, je me taisais pour le rendre crédible ; cela me réjouissait et me procurait grande satisfaction. Je me suis glorifié(e) et j'ai conçu de l'orgueil des grandes prodigalités qu'il m'est arrivé de faire, des grands excès et abus, comme par exemple des repas copieux et trop abondants, des grandes réceptions et des belles chambres, des grandes sociétés que j'ai rassemblées, des joyaux que j'ai donnés aux dames ou aux messieurs, à leurs serviteurs ou à leurs domestiques pour en recevoir des éloges, pour qu'on me dise noble, valeureux et généreux. Il est vrai que les pauvres gens me laissaient indifférent. Il est vrai, seigneur, que j'ai affirmé certaines choses sans en être sûr, à seule fin de

devant moy estoient et en parloient. Et tout ce ay je fait pour jactence.

41. Par ypocrisie je me suis fait le saint homme ou sainte femme et monstré grant semblant de l'estre, et mis grant paine d'acquerir le nom devant les gens, et toutesvoies ne me suis je point tenu de pechier et d'en faire assez quant j'ay veu que je l'ay peu faire couvertement et en repostaille. Et certes aussi ay je fait du bien aux povres et des penitences devant les gens, plus pour en avoir leur nom et leur louenge que pour la grace de Dieu. Et aussi par pluseurs foiz moustroie je par dehors d'estre en voulenté de tel bien faire dont mon cuer n'avoit voulenté; et ce faisoie je pour avoir le nom du peuple, jasoit ce que je sceusse bien que c'estoit fait au desplaisir de mon createur. Et aussi me suis je offert a moult de gens de faire telle chose pour eulx dont je n'avoie nul talent ne nul corage. Et oultre, je tenoie de moy mesmes moult de biens qui n'y estoient mie. Et se aucun peu en y avoit, il ne me souvenoit ne vouloit souvenir qu'il venist de Dieu, si comme j'ay dit devant, ne a Dieu n'en savoie je nul gré; et tout ce faisoie je par ypocrisie avec grant orgueil.

42. J'ay esté ferme en discorde et en contencion, qui est la quarte branche d'orgueil. Car se je commençasse a soustenir aucune chose, ou le fait d'aucune personne, pour soustenir son bien ou pour destruire un autre, ou je me mectoie en grant paine de la deffendre, ou confondre, feust droit ou tort. J'ay en injuriant autruy raconté aucunefoiz aucunes choses mensongieres, et les ay affermees estre vrayes pour faire a aucunes gens leur gré, et leur faire plaisir. J'ay par despit esmeu aucunefoiz aucunes personnes a ire et a couroux et a discorde, dont moult de maulx venoient *(fol. 11a)* aucunefoiz depuis, et d'autres ay je fait jurer, perjurer, et fait mentir; et par les discordes que j'ay meues et les mensongieres paroles que j'ay dictes estre vrayes et affermees, et fait jurer et affermer, j'en ay

---

514. estoient et *omis B*. **515.** f. par j. *B*. **516.** s. faint la sainte f. *B*. **518.** p. den a. *B*, p. de le a. *C*. **527.** f. ou d. *B*. **532.** s. ne ne v. s. *B*. **539.** la descendre ou *AC*. **541.** aucune chose mensongiere *A*, aucune chose mensongier *C*. **545.** aucunefoiz *omis B*.

plaire aux gens avec qui je me trouvais et qui en discutaient. Tout cela, je l'ai fait par vantardise.

41. Par hypocrisie j'ai joué avec beaucoup d'application au saint ou à la sainte, et je n'ai pas épargné de peine pour m'acquérir ce titre devant les gens ; cependant, cela ne m'a pas empêché de pécher, même sérieusement, quand c'était possible, bien à l'abri et en secret. Il est vrai aussi que j'ai aidé les pauvres et que j'ai fait pénitence devant les gens, davantage pour qu'on parle de moi et qu'on me loue que pour mériter la grâce divine. De même, à plusieurs reprises j'ai fait semblant d'avoir l'intention de faire telle bonne action alors qu'en mon for intérieur il n'en était rien ; je l'ai fait pour en être prisé par le peuple, tout en sachant que cela causait du déplaisir à mon Créateur. De même j'ai proposé mes services à beaucoup de personnes alors que je n'avais nulle envie ni la moindre intention d'y donner suite. En outre je me tenais moi-même en haute estime sans la moindre raison. Et s'il y avait une once de bien en moi, je ne me souvenais pas – je ne voulais pas me souvenir – que cela me venait de Dieu, comme je l'ai dit auparavant, et je ne lui en savais aucun gré. Tout cela, je l'ai fait par hypocrisie avec grand orgueil.

42. J'ai cultivé discorde et contradiction, la quatrième branche d'orgueil. Si je me mettais en tête de soutenir quelque chose ou de défendre la cause de quelqu'un, soit pour la soutenir, soit pour en ruiner une autre, alors je mobilisais toutes mes forces soit pour défendre, soit pour confondre, à tort ou à raison. Il m'est arrivé de raconter des mensonges qui faisaient du tort à autrui, affirmant que c'était là la vérité pour obliger certaines personnes et pour leur faire plaisir. Par dépit j'ai parfois provoqué certaines personnes jusqu'à la colère, la fureur et la dispute, ce qui a eu par la suite de nombreuses et néfastes conséquences. J'en ai poussé d'autres à jurer, à se faire parjure, à mentir. Par les discordes que j'ai semées, les paroles mensongères que j'ai dit être vraies et véridiques, par mes

pluseurs personnes moult scandalisees et courroucees par
ma desordonnance.

43. Quant je me suis aucunefoiz confessé, en ma
confession je me suis excusé, et mettoie mon excusacion
premierement, et aprez coulouroie en ma faveur la cause
de mon pechié, ou je mectoie ma deffaulte sur une autre
personne et [disoie qu'elle] avoit fait la faulte de laquelle
j'estoie le plus coupable; ne je ne m'encusoie pas, ains
disoie « tel le me fist faire et je ne m'en donnoie garde »,
et en celle maniere disoie je pour moy excuser de mes
pechiez, lesquelz me sembloient trop grief. Et oultre, je
laissoie et taisoie les grans et orribles pechiez, et encores
des petis et des legiers que je disoie ne disoie je mie les
circonstances qui estoient appartenans a iceulx pechiez, si
comme les personnes, le temps et le lieu, etc. J'ay longuement demouré en mon pechié, et par longue demouree je
suis cheu es autres mortelz pechiez. A l'un de mes
confesseurs [...] et a l'autre, qui par aventure me plaisoit
mieulx, je disoie les autres plus grans pechiez, en intencion d'estre de lui moins corrigié et avoir maindre penitence pour la familiarité que j'avoie avec lui ou qu'il
pouoit avoir en moy.

44. J'ay desiré vaine gloire en querant les honneurs, et
estre pareil aux plus grans es vestemens, es autres choses
aussi, et ay eu gloire d'estre des haultes personnes honnorees, d'avoir leur grace, estre haultement saluee, et que
honneur et grant reverence me fust portee pour ma beauté,
pour ma richesse, pour ma noblesse, pour mon lignaige,
pour estre joliement assemee, pour moult bien chanter,
dancer, et doulcement rire, jouer et parler. J'ay voulu et
souffert estre la plus honnoree partout.

45. J'ay esté preste a oyr divers instrumens et melo-
dies, enchantemens, et autres jeux qui sont gouliardoiz,
desordonnez, et lesquelz n'estoient pas de Dieu ne de

---

552. et mettrie m. *AC*. **555.** et disoit q. *AC*, et disoie quil *B*². **558.** en tele m.
B. **559.** griefz *BC*. **560.** et les o. p. *B*. **563.** Jay d. l. en *B*. **564.** l demeure je *B*,
l. demourees je *C*. **567.** entencion d. *B*. **571.** v. g. et q. *AC*. **573.** ay *omis B*, p.
honnourez *B*, p. honnorez *C*. **575.** et r. g. me *B*. **576.** p. ma n. p. ma r. p. mon
langage *B*. **580.** m. e. aspties et *B*.

serments et mes affirmations, j'en ai scandalisé et fâché plus d'un – tout cela à cause de mon inconséquence.

43. Parfois je me suis confessé en commençant par me disculper, pour ensuite présenter sous un jour favorable la cause de mon péché, ou alors j'imputais mon manquement à une autre personne que j'accusais de la faute, alors qu'en réalité j'en étais le principal responsable ; au lieu de m'en accuser, je disais « un tel me l'a fait faire alors que je ne me méfiais pas ». Je parlais de cette façon pour me disculper de mes péchés qui me semblaient trop difficiles à avouer. De surcroît je passais sous silence les grands et horribles péchés. De certains autres péchés – petits et peu graves – que je confessais, je ne précisais pas les circonstances – les personnes impliquées, le temps, le lieu, etc. – dans lesquelles je les avais commis. J'ai longtemps persisté dans mon péché, raison pour laquelle j'ai succombé aux autres péchés mortels. A l'un de mes confesseurs [...][1] et à l'autre, qui par hasard me plaisait mieux, je disais les autres péchés, plus graves, en comptant sur notre sympathie mutuelle pour bénéficier de plus de clémence et pour avoir une pénitence moins lourde à faire.

44. J'ai aspiré à la vaine gloire en recherchant les honneurs, en souhaitant être égal aux plus grands par la toilette et par d'autres choses encore. J'ai éprouvé de la gloire à être honorée[2] par des personnalités importantes et à être dans leurs bonnes grâces, à être saluée avec déférence ; j'ai conçu de la gloire lorsqu'on m'honorait et me révérait pour ma beauté, ma fortune, ma noblesse, mon lignage, mon élégance, pour très bien savoir chanter et danser, et pour la grâce de mon rire, de mon jeu et de mon parler. Partout j'ai voulu être la plus honorée, et j'ai accepté de l'être.

45. J'ai été disposée à écouter divers instruments, mélodies et incantations ; j'ai participé à d'autres jeux vulgaires et mal-

---

1. Sans doute « à l'un de mes confesseurs j'avouais mes fautes les moins importantes ».
2. La vaine gloire semble surtout affaire de femme, à moins que l'auteur se souvienne tout d'un coup qu'il instruit son épouse.

raison ; car je rioie et me tenoie moult orgueilleusement et
en grant esbatement.

46. J'ay voulu avoir et user de vengence et avoir pugnicion de ceulx que j'ay seulement pensé qui m'avoient voulu mal ou mal fait, et en ay voulu avoir haultement et estroitement mon desir acomply, feust tort ou droit, sans les espargnier ne avoir d'eulx aucune mercy.

47. Et ce, chier pere, ay je fait par mon orgueil et m'en repens ; si vous en requier pardon et penitence.

48. *(fol. 11b)* Aprez s'ensuit le pechié d'envie, le quel descent d'orgueil. En envie a .v. branches, c'estassavoir : hayne, machinacion, murmuracion, detraction, et estre lye du mal d'autruy et courroucié du bien.

49. Envie est nee du pechié d'orgueil ; car quant une personne est orgueilleuse elle ne veult avoir nul pareil semblable a lui. Ains a envie se aucun autre est le plus hault ou aussi hault que lui en aucunes choses, ou en aucuns biens ou graces, ou en sciences, ou qu'elle vaille mieulx que lui. Et pour ce elle l'a en grant hayne, et le het et s'efforce tousjours de impetrer la louenge et le bien d'autruy par sa parole et par son blasme, et est la premiere branche d'envie.

50. La seconde branche d'envie si est machinacion. C'est adire quant une personne porte mauvaises paroles et machinacion d'aucunes personnes par envie, et recorde male de une personne a l'autre par mauvaises acoustumances, en appetissant le bien d'autruy et en accroissant le mal.

51. La .iii[e]. branche est murmuracion, c'est a dire que le cuer murmure de ce que plus grant maistre de lui lui commande, ou que on lui dit ou de ce que on ne lui fait pas ainsi comme aux autres, ou elle n'en ose parler.

52. La .iiii[e]. branche d'envie si est detraction. C'est adire quant une personne dit mal, et parle en derriere, et dit ce qu'il scet de lui et ce qu'il ne scet pas, et qu'il contreuve et pense comment il pourra dire chose par quoy

---

592. lequel se d. *B*. **595.** b. dautruy E. *B*. **596.** est nez du *B*[2]. **603.** et cest la p. *B*. **605.** La seconde branche d'envie *omis B*. **606.** C'est adire... paroles et *omis B*. **608.** m. de lune p. *B*. **609.** et en croissant le *B*.

séants, contre Dieu et la raison. Je riais et me comportais avec grand orgueil et grande frivolité.

46. J'ai nourri des désirs de vengeance et de châtiment à l'encontre de ceux que je soupçonnais m'avoir voulu ou fait du mal, et j'ai désiré avec ardeur et obstination arriver à mes fins, à tort ou à raison, sans les épargner et sans pitié.

47. Cher père, j'ai fait tout cela à cause de mon orgueil et je m'en repens. Je vous demande pardon et pénitence.

48. Ensuite vient le péché d'envie qui est une conséquence d'orgueil. Envie a cinq branches : haine, machination, murmure, détraction, et le fait de se réjouir du malheur d'un autre ainsi que de se courroucer quand il a de la chance.

49. Envie est née du péché d'orgueil : lorsqu'une personne est orgueilleuse, elle ne souffre pas que quelqu'un lui ressemble. Elle envie et déteste celui qui lui est supérieur ou égal dans quelque domaine que ce soit, biens, grâces, savoir ou qualités. Elle s'évertue à gagner approbation et faveurs à force de parler ou de blâmer. C'est la première branche d'envie.

50. La deuxième branche d'envie est machination : quand quelqu'un médit de certaines personnes et intrigue contre elles par envie, et dit à l'un du mal de l'autre, elle dévalorise les bonnes œuvres et noircit les mauvaises actions d'autrui.

51. La troisième branche est murmure : le cœur de la personne se révolte contre les ordres d'une instance supérieure, contre ce qu'on lui dit ou parce qu'on ne la traite pas comme les autres, sans que pour autant elle ose en parler ouvertement.

52. La quatrième branche d'envie est détraction : une personne parle derrière le dos d'une autre pour en dire du mal, et révèle ce qu'elle en sait et même ce qu'elle ignore, en s'ingé-

il pourra nuyre et grever de cellui de qui il parle. Et quant il oit mal dire de cellui, il aide a son pouoir de le accroistre et exaulser; et de ce parle moult griefment quant il voit son point, pour ce qu'il scet qu'il ne le peut en nulle maniere plus dommaigier, et scet que il ne lui peut restituer sa bonne renommee qu'il lui oste, et ainsi lui mesmes se met a mort.

53. La .v^e. branche si est d'avoir joie du mal d'autruy ou de son empeschement, et destruire a son pouoir le bien quant il scet qu'il doit venir a autruy. Et de ce bien il est triste et dolant.

54. Et de toutes ces choses tu dois dire en ta confession : Sire, en toutes ces choses que j'ay cy devant nommees j'ay moult grandement pechié; car de mon cuer je l'ay pensé, et de mon mauvaix ouvraige je l'ay fait, et de ma faulse bouche je l'ay dit et semé ou j'ay peu. E se ay je bien dit de lui ou d'un autre je l'ay dit faintement et par faintise, et toutesvoies m'en suis je loué; et de ceulx de qui je deusse le bien et l'onneur garder et le peusse bien avoir fait se je voulsisse, je l'ay trestourné et converty a mal; et quant je veoie qui mal en disoit, je me mectoie et aloie avec, et me consentoie au mal dire et affermer, a mon pouoir, du cuer, *(fol. 12a)* de la bouche et du corps. Et tout, chier pere, ay je fait par mon envie et m'en repens; si vous en requier pardon.

55. Aprez envie vient le pechié d'ire, qui descent d'envie. Ou pechié d'ire a .v. branches, c'estassavoir hayne, contencion, presumpcion, indignacion et juracion.

56. Hayne est quant aucune personne ne peut mectre autruy en sa subjection, ou qu'elle ne peut commander et suppediter cellui qu'elle vouldroit bien comme plusgrant de lui, et en vouldroit avoir la seignourie et la subjection. Elle en est dolente et courroucee et en a le cuer enflé. C'est la premiere branche d'ire.

57. La seconde branche de ire si est quant, en parlant,

---

619. g. a c. *B*. **620.** dire *omis B*. **625.** a. il m. se *B*. **626.** la quinte b. *B*, j. de m. da. et de s. *B*. **631.** cy *omis B*. **633.** m. couraige je *B*. **634.** et s. partout ou *B*, et semé... dit *omis C*. **635.** Et se je ay *B*. **636.** s. je mocque voire et de *B*. **640.** c. ou m. *B*. **650.** en *omis B*.

niant à lui nuire et à lui porter préjudice. Si elle entend dire du mal de cette même personne, elle fait tout ce qu'elle peut pour le grossir et pour l'exagérer. Elle en parle avec beaucoup de sévérité quand une occasion s'y prête, parce qu'elle sait que c'est là le plus grand préjudice qu'elle puisse lui causer. Cette personne sait qu'elle ne peut lui restituer la bonne réputation qu'elle lui a ôtée et ainsi elle se met elle-même à mort.

53. La cinquième branche est de se réjouir du malheur ou des difficultés d'autrui ; de tout employer afin de ruiner un bien dont quelqu'un d'autre doit être le bénéficiaire, car ce bien attriste et désole le pécheur.

54. En te confessant, tu dois ainsi parler : Seigneur, j'ai gravement péché en toutes les choses que je viens de nommer : c'est ainsi que je les ai conçues en mon cœur ; c'est par de mauvaises actions que je les ai réalisées ; avec ma bouche mensongère j'ai parlé et semé ce mal partout où j'ai pu. Et s'il m'est arrivé de dire du bien d'une personne ou d'une autre, je l'ai fait faussement par feintise, et pourtant je m'en suis félicité. Et ceux dont j'aurais dû garder le bien et l'honneur, chose que j'aurais pu faire aisément si j'avais voulu, je leur ai fait exactement le contraire, et lorsque je rencontrais quelqu'un qui disait du mal de ces mêmes personnes, je me mettais de concert avec lui, abondant dans son sens de tout mon pouvoir, du cœur, de la bouche et du corps. Et tout cela, cher père, je l'ai fait par envie et je m'en repens. Je vous en demande pardon.

55. Après envie vient le péché de colère qui en découle. Le péché de colère a cinq branches : haine, contention, présomption, indignation et jurement.

56. La haine, c'est lorsqu'une personne, incapable de se soumettre une autre personne, ou de régenter et de supplanter celui qu'elle voudrait bien dominer et dont elle aimerait obtenir la sujétion à son autorité, souffre de ne point y parvenir ; elle en a le cœur gonflé de colère. C'est la première branche de colère.

57. La deuxième branche de colère, c'est quand en parlant

la personne a le cuer enflé a mal faire et dire, et quant elle
parle laidement, desordonneement, par ire contre aucun
autre.

58. La .iiie. branche de ire si est quant, par parler,
meslees et batailles viennent et discensions. Et lors la
personne doit penser se aucuns, de son costé ou d'autre,
ont esté grevé de chevance ou de corps par ses paroles ;
car en ce cas seroit la personne cause de tout le mal qui
seroit a venir.

59. La .iiiie. branche de yre si est quant par ton yre tu
as esmeu Dieu par jurer.

60. La .v[e]. branche si est quant par ton yre tu as esmeu
et fait esmouvoir les autres a couroux.

61. Et de tout ce tu dois confesser ainsi : Sire, j'ay le
nom de Dieu parjuré par mon yre, et de Dieu mauvaisement parlé et de la benoite Vierge Marie sa doulce mere,
et de tous les sains de Paradis. J'ay eu indignacion contre
autres personnes, et par mon ire leur ay veé ma parole.
Monseigneur mon pere et madame ma mere ay par mon
ire courrouciez et despiteusement a eulx parlé ; et par yre
les ay par mal regardez et desiré la fin de leurs jours. Aux
povres ay moult despiteusement parlé, et par mon ire les
ay appellé truans. Sire, j'ay par mon yre esmeu pluseurs a
jurer moult villainement et de moult villains sermens.
Mes serviteurs et moult d'autres ay je fait esmouvoir a
couroux, et les ay esmeu a mal faire. Et ay moult de foiz
pensé a moy venger de ceulx que je hayoie, et voulentiers
les meisse a mal quant je les avoie contre cuer, se je
peusse. Grant piece et longtemps ay je esté en hayne, dont
je me repens. Et pour ce, chier pere, je vous en requier
pardon et penitence.

62. Aprez si est le pechié de paresce, qui est le quart
pechié mortel, duquel si naist et descent oysiveté qui est
lait blasme et de laide tache en personne qui vueille estre
bonne. Car il est dit en l'Euvangile que au jour du Jugement toute personne oyseuse avra a rendre compte du

---

660. e. grevez de *B*. **662.** s. advenu *B*. **663.** est que q. *A*. **665.** b. de ire
B. **666.** f. mouvoir les *B*. **667.** tu te d. *B*. **668.** par jurer p. *A*, par jureit
p. *C*. **676.** ay je appellez *B*. **678.** ay esmeuz a *BC*.

une personne a le cœur débordant d'envie de faire du tort ou de médire ; c'est aussi parler vilainement et inconsidérément par colère contre quelqu'un d'autre.

58. La troisième branche de colère, c'est de provoquer en parlant des disputes, des affrontements et des dissensions. La personne doit alors se demander si ses paroles ont porté préjudice à quelqu'un, qu'il soit de son parti ou de l'autre, préjudice matériel ou personnel ; dans ce cas en effet elle serait responsable de tout le mal qui en découlerait.

59. La quatrième branche, c'est d'avoir offensé Dieu en jurant dans la colère.

60. La cinquième branche, c'est quand dans ta colère tu as fâché les autres et provoqué entre eux la colère.

61. De tout cela, tu dois te confesser de la manière suivante : Seigneur, en jurant j'ai blasphémé le nom de Dieu dans ma colère, j'ai parlé de façon blâmable de Dieu et de la bienheureuse Vierge Marie, sa douce Mère, et de tous les saints du Paradis. Certains m'ont indigné et dans ma colère j'ai refusé de leur tenir parole. J'ai parlé de manière désobligeante à Monsieur mon père et à Madame ma mère, et je les ai fâchés dans ma colère ; par colère, je les ai regardés d'un mauvais œil et j'ai souhaité la fin de leurs jours. J'ai parlé aux pauvres avec mépris et dans ma colère je les ai traités de gueux. Seigneur, par colère j'ai poussé certains à jurer très laidement et à faire des serments très vilains. J'ai provoqué la colère chez mes serviteurs et chez beaucoup d'autres, les poussant à mal agir. Et j'ai bien souvent nourri des désirs de vengeance contre ceux que je haïssais et je les aurais volontiers maltraités si j'avais pu, s'ils avaient été là. Depuis longtemps, la haine m'habite, et je m'en repens. Je vous demande pardon et pénitence, cher père.

62. Le quatrième péché mortel, c'est paresse, dont naît et descend oisiveté, qui est une laide tare, très blâmable chez une personne qui aspire à être bonne. Il est en effet dit dans l'Evangile qu'au jour du Jugement, toute personne oisive aura à

temps qu'elle avra pardu par son oysiveté. Or est grant merveille quelle defense les oyseux avront quant devant Dieu ilz seront accusez. *(fol. 12b)* En un autre lieu en l'Euvangile il est dit que la vie du corps oyseux est ennemi mortel a l'ame. Et Monseigneur saint Gerosme dit ceste auctorité : *Fay tousjours aucune chose afin que l'ennemi ne te treuve oyseux; car il est coustumier de ceulx qui sont oyseux mectre en ses euvres et en ses besoingnes.* Et Monseigneur saint Augustin dit ou livre de *L'Euvre des Moines* que : *nulle personne puissant de labourer ne doit estre oyseux.* Ce seroit trop longue chose de reciter les dis de tous les saiges hommes qui blasment oysiveté et paresce.

63. Le pechié de paresce a six branches. La premiere branche si est negligence, l'autre rancune, l'autre charnalité, l'autre vanité en cuer, l'autre desesperacion, et l'autre si est presumpcion.

64. Negligence c'est quant l'en ayme et craint si peu Dieu et en souvient si peu, que par ce que on tient ainsi comme nul compte, l'en ne fait nul bien pour lui ne pour son amour; et de ce faire est l'en paresceux et negligent, et l'en n'est mie paresceux de querir son plaisir et ses aises. Certes, c'est grant pechié que d'estre paresceux de bien faire, car il est trouvé en l'Escripture que se une personne n'avoit onques pechié, ne jamais ne pechast, et elle ne feist aucun bien, mais laissast ainsi passer le temps, elle pourroit aler en enfer. Et ceste premiere branche de negligence naist du pechié de paresce.

65. La seconde branche si est quant une personne a rancune en son cuer contre un autre, et pour la mauvaise voulenté qu'elle a a lui s'applique a vengence, et en ce s'endort et crout et en delaisse a faire ses penitences, ses aumosnes et autres biens; car tousjours ceste personne rancuneuse pense a grever celluy qu'elle het, et de jour et de nuit y met toute sa pensee. Ainsi delaisse a faire le bien

---

694. est il d. *B*. **703.** p. si a *B*. **705.** et *omis B*. **707.** n. est *B²*. **708.** p. ce on nen t. *B²*. **710.** et n... mie paresceux *omis AC*. **716.** t. eller p. *A*. **717.** du pechié *omis B*. **719.** c. encontre un *B*.

I, iii : Enseignement catéchistique et moral

rendre des comptes du temps gaspillé dans l'oisiveté. On peut vraiment se demander ce que les oisifs ainsi accusés devant Dieu inventeront à leur décharge. Un autre passage de l'Evangile dit que la vie oisive du corps est l'ennemi mortel de l'âme. Monseigneur saint Jérôme dit cette vérité : « Occupe-toi toujours afin que le Malin ne te trouve pas inoccupé ; il a en effet l'habitude d'employer pour ses œuvres et besognes ceux qui sont oisifs. » Et monseigneur saint Augustin dit dans le livre *L'Œuvre des moines* que « nulle personne en état de travailler ne doit être oisive. » Mais il serait trop long de citer les propos de tous les sages qui dénoncent l'oisiveté et la paresse.

63. Le péché de paresse a six branches. La première est négligence, puis viennent rancune, charnalité, faiblesse de caractère, désespérance et présomption.

64. La négligence, c'est quand on aime, craint et se rappelle si peu Dieu que l'on n'en tient aucun compte, et qu'on ne fait aucune bonne action pour Lui ou au nom de Son amour ; c'est en effet dans ce domaine qu'on fait preuve de paresse et de négligence, tandis qu'il en va tout autrement quand il s'agit de poursuivre son plaisir et son confort. C'est certes un grand péché que d'être par paresse réticent à faire de bonnes actions car on peut lire dans l'Ecriture qu'une personne qui n'aurait jamais péché, qui ne pècherait jamais, mais qui ne ferait non plus aucune bonne action et qui laisserait ainsi passer le temps, une telle personne pourrait aller en enfer. Cette première branche de négligence naît du péché de paresse.

65. La deuxième branche, c'est lorsqu'une personne a de la rancune en son cœur à l'encontre d'une autre ; à cause de son ressentiment, elle s'applique à se venger et ainsi elle s'endort, croupissant dans sa rancune ; par là elle néglige de faire ses pénitences, ses aumônes et d'autres bonnes actions. Car cette personne pense sans répit dans sa rancune à nuire à celui qu'elle hait ; jour et nuit elle ne pense qu'à cela, omettant ainsi

qu'elle doit. Et c'est la seconde branche qui est en paresce.

66. La tierce branche de paresce si est charnalité. Charnalité si est quant l'en quiert le desir de la char, comme dormir en bons litz, reposer longuement, gesir grandes matinees; et au matin, quant l'en est bien aise en son lit et l'en ot sonner la messe, l'en n'en tient compte, et se tourne l'en de l'autre costé pour rendormir. Et telles gens laches et vaines ont plus chier perdre .iiii. messes que une sueur ou ung somme. Et c'est la .iiie. branche de paresce.

67. La quarte branche de paresce si est vanité. C'est adire quant une personne scet bien qu'elle est en pechié et ellest de si vain cuer qu'elle ne se peut, ou ne veult, ou ne daigne, retourner a Dieu par confession et par devocion. Ains pense et promet tousjours a lui mesmes de amender sa vie de jour en autre, et si ne se corrige point. Ains est paresceux et negligent de soy retorner, et aussi ne lui chault de faire aucun bien et les commandemens de Dieu, si comme bonne personne le doit faire et garder. *(fol. 13a)* Et c'est la quarte branche de paresce.

68. La quinte branche si est desesperacion. C'est une maniere de pechié que Dieu het moult, et quiconques est pris en ce pechié, il est dampné si comme Judas qui en desperance se pendit; car il cuidoit avoir tant fourfait envers Dieu que jamais ne peust impetrer de lui misericorde. Et quiconques meurt en ce pechié et n'a point d'esperance de la misericorde de Dieu, il pesche contre le Saint Esperit et contre la bonté de Dieu. Et pour ce, en nulle maniere on ne doit cheoir en ce pechié de desperance, ne y demourer. Car se tu chiez, et fayz un tresgrant pechié comme d'ardre maisons et ardre les biens de Sainte Eglise par force, qui est sacrilege, tu faiz pis que tous les sept pechiez mortelz; mais encores dis je que la misericorde de Dieu est plus grande a pardonner. Toutesvoies, se tu veulz confesser et faire penitence et a Dieu

---

729. g. grosses m. *B*². **731.** le. oit s. *B*. **733.** p. la messe q. *B*². **734.** et est la *B*. **737.** ou d. r. *B*. **740.** est *omis A*. **741.** et ainsi ne *B*². **747.** en desesperance se *BC*. **748.** c. t. a. f. *B*. **753.** on ne doit *répété A*, de desesperance ne *BC*. **754.** c. se tu y c. tu f. *B*. **759.** tu te v. *B*.

de faire les bonnes actions qu'elle devrait accomplir. C'est la deuxième branche de paresse.

66. La troisième branche de paresse est charnalité, ce qui signifie qu'on poursuit le désir de la chair : par exemple dormir dans de bons lits, reposer longtemps, faire la grasse matinée ; au matin, bien au chaud au fond de son lit, lorsqu'on entend sonner la messe on n'en tient pas compte : on se tourne de l'autre côté pour se rendormir. De telles gens molles et vaines préfèrent perdre quatre messes plutôt que de renoncer à quelques gouttes de sueur ou quelques heures de sommeil. Voilà la troisième branche de paresse.

67. La quatrième branche de paresse est faiblesse de caractère : une personne tout en sachant qu'elle est en état de péché, par faiblesse de caractère ne peut, ne veut ou ne daigne pas revenir à Dieu par la confession et la dévotion. Au contraire, tous les jours elle se propose et se promet de changer de vie le lendemain, mais elle n'en fait rien. Elle néglige par paresse de s'amender ; ainsi, elle ne se soucie point de faire de bonnes actions ni d'observer les commandements de Dieu, comme doit le faire constamment une personne soucieuse du bien. Voilà donc la quatrième branche de paresse.

68. La cinquième branche est désespérance. C'est une espèce de péché que Dieu déteste fort : quiconque y succombe est damné comme Judas qui se pendit par désespérance ; il pensait en effet avoir tant méfait contre Dieu que jamais il n'aurait pu obtenir Sa miséricorde. Quiconque meurt dans ce péché sans espoir en la miséricorde de Dieu pèche contre le Saint-Esprit et contre la bonté de Dieu. Pour cette raison en aucune façon il ne faut succomber à la désespérance, ni y demeurer. Si tu y tombes, tu commets un grand péché, comme si tu brûlais des maisons et les biens de la sainte Eglise par la violence, ce qui est sacrilège : tu fais pis que de commettre tous les sept péchés mortels à la fois. Mais encore une fois, je répète que la miséricorde de Dieu est plus forte que ce péché et qu'Il pardonne : malgré tout, si tu veux te confesser, faire pénitence

retourner, voire se tu avoies fait plus de maulx que langue ne pourroit dire ne cuidier, ne cuer penser, si trouveroies tu en lui misericorde. Et c'est la quinte branche de paresce.

69. La six^me branche si est presumpcion. C'est quant une personne si est oultrecuidié et si orgueilleux qu'elle croit que pour pechié qu'elle eust fait ne pourroit faire elle ne pourroit estre dampnee. Et telles gens sont d'oppinion telle qu'ilz dient que Dieu ne les a pas faiz pour estre dampnez. Et ilz doivent savoir que Dieu ne seroit pas justes s'il donnoit Paradis aussi bien a ceulx qui ne l'aroient point desservy que a ceulx qui l'arroient desservy. Ce ne seroit pas justement jugié que autant en emportast l'un que l'autre, car s'il estoit ainsi l'en ne feroit jamaiz bien, puis que autel guerdon avroit cellui qui ne serviroit point Nostre Seigneur comme cellui qui le serviroit. Certes, ceulx qui ainsi le croient ilz peschent contre la bonne justice de Dieu, contre sa benignité et sa doulceur. Car combien qu'il soit plain de misericorde, si comme j'ay dit devant, si est juste justicier, et chascun si est fait de servir icellui createur et pour faire sa volenté. Et aussi peut l'en avoir et desservir le royaume de paradis, et autrement n'en est qui de son service faire est negligent ou paresceux pechié.

70. Et pour ce tu qui est paresceux te dois confesser des branches de paresce, et dire ainsi : Sire, j'ay aussi erré en toutes les branches de paresce pour ma negligence. Ou service de Dieu ay esté lent, paresceux et negligent en la foy, et curieusement pensé de l'aise de ma charoigne. Et ce que j'ay ouy de l'Escripture je ne l'ay pas retenu et mis a euvre par ma paresce. Apres, je n'ay pas rendu graces a Dieu si comme je deusse des biens esperituelz et temporelz qu'il m'a donnez et envoiez. Et oultre, je n'ay pas servy *(fol. 13b)* Dieu ainsi comme je deusse selon les

---

763. la quarte b. *A.* **764.** b. de paresce si *B.* **765.** p. est si oultrecuidee et si orguilleuse *B.* **767.** ne puist e. *B.* **771.** desservir *corrigé en* desservy *A,* d. comme a *B.* **772.** en *omis B.* **776.** ilz *biffé et remplacé par –* B^2. **779.** si est il j. *B.* **780.** f. pour s. *B.* **781.** Et ainsi p. B^2. **782.** a. non car qui de s. s. f. e. n. et p. il peche B^2. **784.** es paresseuse te *B.* **785.** jay ainsi e. B^2. **786.** p. par ma *B.* **787.** d. ait e. *A.* **789.** r. ne m. *B.* **791.** e. ne t. *B.* **793.** d. sicomme j. *B.*

et revenir à Dieu, même si tu avais commis plus de mauvaises actions qu'une langue ne pourrait dire et qu'un cœur ne saurait concevoir, tu trouverais en Lui miséricorde. C'est la cinquième branche de paresse.

69. La sixième branche est présomption : une personne est si outrecuidante et orgueilleuse qu'elle croit ne pas pouvoir être damnée, quel que soit le péché qu'elle ait commis ou qu'elle pourrait commettre. De telles personnes sont d'avis que Dieu ne les a pas créées pour les damner. Qu'elles sachent donc que Dieu ne serait pas juste s'Il donnait le Paradis aussi bien à ceux qui ne l'ont pas mérité qu'aux justes. Le jugement en effet ne serait pas équitable si à l'un était accordé autant qu'à l'autre ; s'il en était ainsi, jamais l'on n'agirait bien, puisque la récompense divine serait la même pour celui qui désobéirait à Dieu que pour celui qui Lui obéirait. Il est certain que ceux qui pensent de cette manière pèchent contre l'équité de la justice de Dieu, contre Son indulgence et contre Sa clémence. En effet, bien qu'Il soit rempli de miséricorde, comme je l'ai dit ci-dessus, Il est un juge juste ; chacun est tenu d'obéir au Créateur conformément à Sa volonté. Ainsi peut-on gagner et mériter le royaume du Paradis, duquel sera exclu celui qui néglige de Le servir en persistant dans le péché de paresse.

70. Ainsi, toi qui es paresseux, tu dois te confesser de ton péché en ce qui concerne toutes les branches de paresse et dire : Seigneur, je me suis également fourvoyé dans toutes les branches de paresse à cause de ma négligence. J'ai manqué de diligence à m'acquitter de mes devoirs envers Dieu, j'ai été paresseux et négligent dans la foi, mettant tous mes soins à obtenir le bien-être de mon corps. Par paresse, je n'ai pas retenu ni appliqué les paroles de l'Ecriture. En outre, je n'ai pas rendu grâces à Dieu comme j'aurais dû le faire pour Le remercier des biens spirituels et temporels dont Il m'a doté. Je n'ai pas servi Dieu comme j'aurais dû au regard de la grâce et de la

graces et les vertus qu'il m'a donnees. Je n'ay pas dit ou
fait les biens que je peusse bien avoir dit ou fait, et ay esté
lent et paresceux ou service de Nostre Seigneur, et ay
servy et esté curieux ou service mondain. Et aussi j'ay
plus servy a moy et a ma char, et y ay mis plusgrant
entente que ou service de mon doulz Createur. J'ay esté
moult oyseux longuement, dont moult de maulx et mauvaises pensees et cogitacions me sont venues.

71. Aprez, tu dois dire en toy confessant que quant on chantoit la messe ou aucune heure, ou quant tu estoies en devocion, ou en disant tes heures, tu estoies en vaine cogitacion et mauvaises pensees, lesquelles ne te pouoient prouffiter, ains te nuysoient a ton sauvement. Et pour ce tu dois dire ainsi : Sire, et quant je appercevoie ces choses, je ne retournoie pas a Dieu ne ne me rappaisoie a lui si comme je deusse. Et oultre, sire, quant l'en disoit et faisoit le service de Dieu, je jengloie et disoie paroles oyseuses, et de telles qui n'appartenoient pas de parler a l'eglise. Sire, j'ay dormy en l'eglise quant les autres prioient Dieu. Sire, aucunefoiz je ne me suis pas confessé quant ma conscience me remordoit et remantevoit mon mal ; et mesmement quant j'avoie lieu et espace et temps couvenable je ne me disposoie pas a ce, ains disoie en mon courage par ma paresce : « tu le feras bien une autre foiz, ou une autre sepmaine, ou une autre journee », et par telles actentes et negligences je oublyoie moult de pechié. Aprez, par negligence et par paresce ay je oublié a faire mes penitences enjointes.

72. Je n'ay pas moustré bon exemple a mes gens, car par ma deshonneste conversacion, a qui ilz prenoient garde pour ce que j'estoie leur souverain, je les mettoie en cause de pechier. Sire, et quant j'ay ouy mes gens jurer villainnement, je ne les ay pas repris ne corrigiés ; ains les ay escoutés, et l'ay laissié passer par ma paresce.

73. Aprez, Sire, quant je venoie a confesse je ne

---

794. d. ne f. *B*. **795.** bien *omis B*. **796.** et ai este *B*. **811.** p. a p. en le. *B*. **812.** d. ou moustier q. *B*. **818.** ou lautre s. *B*. **819.** de pechiez *A*. *BC*. **823.** ma tresdeshonneste c. *B*, ma deshonnesteté et c. *C*. **824.** l. souveraine je *B*. **826.** p. reprins ne *BC*.

force dont Il m'a gratifié. Je n'ai pas dit ou fait le bien que j'aurais eu l'occasion d'accomplir ; j'ai été peu prompt et paresseux au service de Dieu, alors que j'ai été zélé dans celui du monde. Ainsi ai-je davantage pensé à moi-même et à ma chair, j'y ai mis davantage d'application qu'au service de mon doux Créateur. Je suis resté longtemps oisif, il m'en est survenu beaucoup de dommages, beaucoup de troubles et coupables pensées.

71. Ensuite dans ta confession tu dois dire que lorsqu'on chantait la messe ou l'une des heures, quand tu priais, ou lorsque tu récitais tes heures, tu étais agité de vaines et mauvaises pensées, qui ne pouvaient être d'aucun profit, bien au contraire, qui étaient nuisibles à ton salut. Voilà pourquoi tu dois dire : Seigneur, lorsque je me rendais compte de ces choses, je ne retournais pas pour autant à Dieu pour faire ma paix avec Lui, comme c'eût été mon devoir. En plus, seigneur, pendant le service divin je bavardais, proférant d'oiseuses paroles déplacées à l'église. Seigneur, j'ai dormi à l'église pendant que les autres priaient Dieu. Seigneur, il m'est arrivé de ne pas me confesser alors que la conscience me tourmentait en me rappelant mon péché. En particulier quand toutes les circonstances étaient réunies je ne prenais pas mes dispositions pour me confesser, mais au contraire je me disais en moi-même par paresse : « tu le feras une autre fois, une autre semaine, un autre jour. » A cause de tels ajournements, de telles négligences j'ai oublié beaucoup de péchés. Finalement, par négligence et par paresse j'ai oublié de faire les pénitences qu'on m'avait imposées.

72. Je n'ai pas montré le bon exemple à mes gens ; par mon douteux genre de vie qu'ils observaient parce que j'étais leur maître, je les incitais à leur tour au péché. Seigneur, quand j'ai entendu jurer vilainement mes gens, je ne les ai ni repris ni corrigés ; au contraire, je les ai écoutés et par paresse j'ai laissé passer.

73. Ensuite, seigneur, lorsque je venais à confesse, je

m'estoie point par avant advisee de mes pechiez que je
devoie dire, ne n'y avoie point pensé; ains quant je me
departoie de ma confession je me trouvoie plus plaine de
pechié que devant, et de plus grans, et n'avoie point de
diligence de retourner a mon confesseur, ains passoie
ainsi le temps.

74. Et tout ce me faisoit paresce, en quoy j'ay demouré
et m'y suis tenu, dont je me repens. Et pour ce, chier pere,
je vous en requier pardon et penitence.

75. Aprez le pechié de paresce est avarice. Avarice est
soy estroitement tenir, escharcement despendre, avec
volenté desordonnee et ardeur de acquerir les biens de ce
monde a tort ou a droit, ne peut chaloir comment. Et toutesvoies la raison de la personne scet bien se l'on fait ou
bien ou mal. Certes, avarice a moult d'escouliers comme
(*fol. 14a*) executeurs de testamens qui en richissent et
retiennent les biens des mors qui telle amour leur mons-
trerent a leur fin qu'ilz les esleurent comme les plus especiaulx pour avoir la cure du remede de leur salut. Et aprez
leur mort ilz mordent en la char comme tirans et s'engras-
sent de leur sang et de leur substance. Telz gens sont
escouliers d'avarice. Aussi en sont mauvaiz seigneurs qui
par grosses amendes tolent la substance de leurs povres
subgetz; hosteliers et marchans qui vendent leurs choses
oultre le juste pris, et ont faulx pois et faulses mesures;
faulx plaideurs qui par plait et par barat font degaster aux
gens simples le leur, et les tormentent es cours des grans
seigneurs tellement et si longuement qu'ilz ont d'eulx leur
desir, comment qu'il soit.

76. Avarice, comme dit est, est nee de paresce; quant
une personne est paresceuse et negligente de faire ou
ouvrer ce qui est de neccessité pour son corps soustenir,
et ce qui lui est prouffitable, et par icelle avarice il laisse
et pert a acquerir sa substance, et pour refournir sa faculté
lui vient convoitise de rapine et voulenté de retenir
l'autruy injustement et sans raison. Se tu es riche et puis-

---

831. je trouvoie plus de pechiez en moy que d. *B*. **846.** f. ilz les *B*. **848.** en leur char *B*, sengressent *BC*. **849.** l. sangt et *A*. **854.** par le p. *B*. **859.** p. et negligent de f. ou de o. *B*. **860.** de *omis B*.

n'avais pas auparavant considéré les péchés que je devais dire, je n'y avais pas réfléchi, si bien que lorsque j'avais fini de me confesser je me retrouvais plus coupable qu'auparavant, et de plus grands péchés, mais je n'étais pas pour autant pressée de retourner auprès de mon confesseur et ainsi, je laissais passer le temps.

74. Tout cela m'est arrivé à cause de paresse, en laquelle j'ai persisté; je m'en repens, cher père, je vous en demande pardon et pénitence.

75. Après le péché de paresse vient avarice. Avarice, c'est se restreindre et c'est dépenser avec mesquinerie, avec la volonté immodérée et avide d'acquérir les biens de ce monde à tort et à travers, quel qu'en soit le moyen. Et pourtant, la personne dotée de raison sait parfaitement distinguer le bien du mal. Il est évident qu'avarice a beaucoup de disciples, les exécuteurs testamentaires par exemple qui s'enrichissent en retenant les biens des morts qui leur témoignèrent tant d'amitié dans les derniers jours qu'ils les choisirent comme les plus à même de veiller aux moyens de leur salut. Après leur mort, ces exécuteurs mordent dans leur chair comme des tyrans et s'engraissent de leur sang et de leurs restes : voilà les disciples d'avarice. Il y a aussi ces mauvais seigneurs qui par de lourds impôts privent leurs pauvres sujets de leurs moyens de subsistance; les aubergistes et les marchands qui vendent leurs denrées plus cher que leur valeur, et qui utilisent des poids et des mesures truqués; les faux plaideurs qui à force de procès et de ruses dépouillent les gens simples de leur bien, et les tourmentent tant et si longtemps dans les cours des grands seigneurs qu'ils finissent par en obtenir tout ce qu'ils veulent sans conditions.

76. Comme on l'a dit, avarice est née de paresse; lorsqu'une personne est paresseuse, elle néglige de remplir les tâches nécessaires pour subvenir à ses besoins et à ce qui lui est profitable. L'avarice lui enlève en effet la capacité d'y pourvoir. Pour recouvrer la prospérité, le paresseux devient convoiteur et voleur, cherchant à accaparer sans raison et injustement le bien d'autrui. Tu pèches par avarice si tu es riche, puissant

sant et tu as assez et largement et te doubtes que ton avoir ne te doie faillir, et pour ce tu ne donnes quant il est temps et neccessité aux povres, ou quant tu ne rens ce que tu as de l'autruy, soit par emprunt ou autrement, mauvaisement acquis, tu peches en avarice.

77. Avarice a sept branches : la premiere si est larrecin, la seconde rapine, la .iiie. fraude, la .iiiie. decepcion, la .v[e]. usure, la.vi[e]. hazart et la viie. symonnie.

78. Larrecin est quant une personne injustement et de nuit prent aucune chose sans le sceu et contre la voulenté de celluy a qui la chose est; et c'est la premiere branche d'avarice.

79. La seconde branche d'avarice si est rapine. C'est quant une personne ravit aucune chose de l'autruy et, quant il l'a, il ne la veult rendre ou envoier a cellui a qui elle doit estre, ains par avarice le retient et recelle por ce qu'elle lui plaist; et s'il l'oit demander par aventure, si ne la veult il enseignier, ains la recelle et la muce que nul ne la puisse trouver.

80. La tierce branche d'avarice si est fraude. C'est quant une personne par decepcion, par barat, ou frauduleusement, en l'achat ou vente d'une chose, dit mensonges a la personne de qui elle veult acheter ou vendre, en lui faisant faulx entendre, et que la chose vaille moins ou plus ou mieulx qu'elle ne fait.

81. La .iiii[e]. branche d'avarice si est deception. C'esta-dire quant une personne monstre par dehors a aucun chose de belle apparence, et le mal n'appere mie, et il le laisse et ne le dit mie. Et dit, afferme et jure que la chose est bonne et vraie, et il scet bien qu'il n'est pas ainsi. Et ainsi sont faulx marchans qui mectent le plus bel et le meilleur dessus et le pire dessoubz, et jurent que tout est bon et loial; et ainsi est decepcion, car ilz deçoivent les gens et font faulx seremens.

82. *(fol. 14b)* La quinte branche d'avarice si est usure.

---

867. ne *omis AC.* **872.** et *omis B.* **874.** sans... **878.** aucune chose *omis AC.* **879.** ne le v. *B.* **880.** et le r. *B.* **882.** la demuce que *B.* **885.** frauduleusement *B*, fraudelement *C.* **888.** v. mieulx ou plus que *B.* **890.** la quarte b. *B.* **892.** m. nappert m. *B.* **893.** dit et a. *B.* **895.** a. font f. *B.*

et largement pourvu et que ne craignant pas de perdre ce que tu possèdes, tu ne fais pas pour autant l'aumône aux pauvres quand il en est temps et lorsque c'est nécessaire. Tu pèches aussi par avarice lorsque tu ne rends pas à autrui le bien que tu lui as emprunté ou que tu as acquis autrement, de manière malhonnête.

77. Avarice a sept branches : dans l'ordre, larcin, rapine, fraude, tromperie, usure, jeu et simonie.

78. Larcin, c'est quand une personne malhonnête dérobe de nuit un objet à l'insu et contre la volonté de son propriétaire : c'est la première branche d'avarice.

79. La deuxième branche d'avarice est rapine : c'est quand une personne prend un objet à quelqu'un et, une fois qu'il est en sa possession, refuse de le rendre ou de l'envoyer au véritable propriétaire ; par avarice il le retient et le cache parce qu'il lui plaît. Si par hasard il entend qu'on le réclame, il ne dit pas où il est, mais le recèle et le tient caché, de telle sorte qu'il reste introuvable.

80. La troisième branche d'avarice est fraude : une personne, par tromperie, ruse ou fraude, lors de l'achat ou de la vente d'un objet ment à la personne à qui elle l'achète ou à qui elle veut le vendre, en insinuant faussement que l'objet vaut moins, plus ou mieux que ce n'est le cas en réalité.

81. La quatrième branche d'avarice est tromperie : une personne montre par exemple à quelqu'un un objet de belle apparence sans en découvrir le défaut caché, sans chercher à y remédier et sans rien en dire. Au contraire, elle dit, affirme et jure que l'objet est de bonne qualité tout en sachant que ce n'est pas vrai. Ainsi font les marchands escrocs qui mettent le plus beau et le meilleur dessus, et l'avarié dessous, tout en jurant que tout est impeccable et irréprochable. C'est cela, la tromperie ; ils trompent les gens et font de faux serments.

82. La cinquième branche d'avarice est usure : une personne

C'est a dire quant une personne preste son argent pour en avoir plus grant somme pour la longue tenue, ou vent son blé ou son vin plus chier pour ce qu'il donne long terme. Et ainsi de toutes autres marchandises, desquelles je me passe quant a present, car c'est moult longue chose que de usure et moult mauvaise.

83. La .vi^e. branche d'avarice si est le hazart. Si est quant on joue aux dez pour gaignier l'argent d'autruy ; et y a moult de barat, de couvoitise, et d'avarice et de decepcion : si comme faulsement compter et de argent prester pour gaignier, comme prester xii.d. pour xiii.d. Et en telz jeux sont faiz moult de seremens et de mauvaiz, comme de jurer Dieu et Nostre Dame et tous les sains de Paradis, et sont faiz et diz moult de maulx. Pour ce s'en doit l'on garder.

84. La .vii^e. branche d'avarice si est symonnie. C'est-a-dire quant les sacremens de Sainte Eglise sont venduz ou achetez, ou les prebendes des eglises. Et telz pechiez viennent de clercz, de religieux, et viennent aussi de mal paier les dismes, et de penitences mal faictes, et mal garder les commandemens de Sainte Eglise, et de mal distribuer ce qui doit estre donné pour Dieu.

85. Le Deable fait six commandemens a l'avaricieux : le premier, que il garde tresbien le sien ; le second, qu'il ne le preste sans acquest, ne n'en face bien devant sa mort ; le .iiie., qu'il mengeusse tout seul, ne ne face courtoisie ne aumosne ; le quart qu'il restraigne sa mesgnie de boire et de mengier ; le quint, qu'il ne face miectes ne relief ; le six^{me} qu'il entende diligemment a acquerir pour ses hoirs.

86. Et de toutes ces choses de quoy ta conscience te juge tu t'en dois confesser, et de tout ce dont tu te scens coulpable et qui regarde le pechié d'avarice, et dire l'un aprez l'autre par l'ordonnance que dessus. Et a la fin dois dire : Sire, chier pere, de tout ce que je vous ay dit que

---

902. c. par ce *B*. **906.** h. Cest q. *B*. **908.** de baras de *B*, et *effacé et remplacé par* – *B*², de deception s. *B*². **911.** et de *effacé et remplacé par* – *B*². **912.** j. de D. et de N.D. et de t. *B*. **918.** de c. et de r. *B*, de c. et r. *C*. **925.** le tiers q. *B*. **927.** quil *répété B*.

prête de l'argent afin d'en recueillir une somme plus importante en compensation de la durée, ou vend son blé ou son vin plus cher, sous prétexte qu'il accorde un crédit plus long ; et de même pour d'autres marchandises que je ne vais pas énumérer maintenant : c'est un sujet très vaste et fort mauvais que l'usure.

83. La sixième branche d'avarice est jeu : on joue aux dés pour gagner l'argent des autres. Il y entre beaucoup de ruse, de convoitise, d'avarice et de tromperie : compter faux, prêter de l'argent à intérêt, par exemple douze deniers pour treize. De tels jeux sont accompagnés de beaucoup de faux serments, faits aux noms de Dieu, de Notre-Dame et de tous les saints du Paradis. On provoque de grandes catastrophes par paroles et par actions lorsqu'on joue : voilà pourquoi il faut s'en garder.

84. La septième branche d'avarice est simonie : c'est quand on vend ou qu'on achète les sacrements ou les prébendes de la Sainte Eglise. Ce sont les clercs et les religieux qui pèchent par simonie. Mais elle vient aussi d'un mauvais acquittement des dîmes et des pénitences, du respect insuffisant des commandements de la Sainte Eglise, ainsi que d'une mauvaise distribution des dons effectués au nom de Dieu.

85. Le Diable dicte six commandements à l'avare. Le premier, c'est de garder soigneusement son bien ; le second, de ne rien en prêter sans intérêt ni d'en profiter pour faire de bonnes actions en pensant à la mort ; le troisième de manger tout seul et de ne faire ni libéralité ni aumône ; le quatrième de restreindre la consommation de boisson et de nourriture dans sa maison ; le cinquième de ne laisser ni miettes ni restes ; le sixième de savoir accumuler avec zèle des biens pour ses héritiers.

86. Tu dois confesser toutes ces choses dont ta conscience t'accuse, tout ce dont tu te sens coupable touchant le péché d'avarice ; l'énumérer point par point dans l'ordre figurant ci-dessus. A la fin tu diras : Seigneur, cher père, en tout ce que je

j'ay pechié ou pechié d'avarice, je m'en repens tresgrandement, et vous en requier pardon et penitence.

87. Aprez le pechié d'avarice vient le pechié de gloutonnie, qui est parti en deux manieres : l'une est quant l'en prent des viandes trop habondamment, et l'autre de parler trop gouliardeusement et oultrageusement.

88. Le pechié de trop boire et de trop mengier est le pechié au Deauble. On treuve en l'Euvangile que Dieu donna povoir au Deable d'entrer ou ventre des pourceaulx pour leur gloutonnie ; et le Deable y entra, et les mena en la mer et les fist noier. Aussi entre il ou corps de gloutons qui mainent vie deshonneste, et les boute en la mer d'enfer. Dieu commande a jeuner, et la gloute dit : « Mengeray ». Dieu commande aler au moustier et lever matin, et la gloute dit : « Il me fault dormir. Je fus hyer yvre. Le moustier n'est pas lievre ; il me *(fol. 15a)* actendra bien ». Quant ellest a quelque paine levee, savez vous quelles sont ses heures ? Ses matines sont : « Ha ! de quoy burons nous ? Y a il riens d'iersoir ? » Aprez dit ses laudes ainsi : « Ha ! nous beusmes hier bon vin. » Aprez dit ses oroisons ainsi : « La teste me deult. Je ne seray mais aise jusques j'ay beu. ». Certes, telle gloutonnie met femme a honte, car elle en devient ribaude, gouliarde et larronnesse. La taverne si est le moustier au Deable ou ses disciples vont pour le servir et ou il fait ses miracles. Car quant les personnes y vont, ilz vont droiz et bien parlans, saiges et bien actrempez et advisez ; et quant ilz reviennent, ilz ne se peuent soustenir, ne ne peuent parler. Ilz sont tous solz et tous enragiez ; et reviennent jurant, batant et desmentant l'un l'autre.

89. L'autre partie du pechié de la bouche : folement parler en moult de manieres, dire paroles oyseuses, ventance, louenge, parjuremens, contens, murmuracion, rebellion, blasmes. Tu ne avras ja dicte si petite parole

---

940. de p. g. *B.* **942.** le plaisir au d. *B.* **943.** dentre ou v. *A* dentrer es ventres *B*, dentrer ou v. *C.* **945.** n. Ainsi e. *B²*, c. des g. *BC.* **947.** d. Je Mengeray D. c. a aler *B.* **948.** et m. l. et *B.* **953.** d'arsoir *AB.* **956.** j. jaye *B²*, j. que je aray b. *C.* **957.** r. gouliardoise et l. *B²* r. glialiarde l. *C.* **960.** p. et s. b. *B.* **962.** t. folz et *B.* **965.** lautre parle du *AC* b. est f. p. *B².*

viens de vous dire j'ai péché, péché par avarice ; je m'en repens très fort et je vous en demande pardon et pénitence.

87. Après le péché d'avarice vient le péché de gloutonnerie ; il en existe deux espèces : prendre une nourriture trop abondante et parler de manière relâchée et excessive.

88. Trop boire et trop manger est le péché du Diable. Dans l'Evangile il est dit que Dieu donna au Diable le pouvoir d'entrer dans le ventre des pourceaux à cause de leur gloutonnerie ; le Diable s'exécuta, les conduisit dans la mer et les fit se noyer. De cette même façon il entre dans le corps des gloutons qui mènent une vie déshonnête pour les jeter dans la mer d'enfer. Dieu commande le jeûne, mais la gloutonne dit : « Je mangerai. » Dieu commande d'aller à l'église, de se lever tôt et la gloutonne dit : « J'ai besoin de dormir. J'étais ivre hier. L'église ne se sauvera pas comme le lièvre, elle m'attendra bien. » Une fois levée péniblement, savez-vous comment elle dit ses heures ? A matines, c'est : « Ah, qu'y a-t-il à boire ? Ne reste-t-il rien d'hier soir ? » Laudes, c'est : « Ah ! Hier, nous bûmes du bon vin ! » Ensuite, les oraisons : « J'ai mal à la tête. Je ne me sentirai pas bien avant d'avoir bu. » Certes, une telle gloutonnerie est honteuse pour une femme, car elle en devient ribaude, dévergondée et voleuse. La taverne en effet est l'église du Diable où vont ses disciples pour son culte et où il fait ses miracles. Car lorsque les gens y vont, ils marchent droit et parlent raisonnablement ; ils sont sensés, mesurés et avisés. Mais quand ils en sortent, ils ne peuvent plus marcher ni parler normalement. Ils sont tout ivres et furieux ; ils rentrent, des jurons à la bouche, se battant et s'accusant mutuellement de raconter des mensonges.

89. L'autre aspect du péché de la bouche consiste à parler follement de nombreuses manières : dire des paroles oiseuses, se vanter, flatter, se parjurer, se disputer, se révolter, se rebiffer, blâmer. Il n'existe pas de parole, aussi insignifiante

dont il ne te couviengne rendre compte devant Dieu.
970 Helas ! que tu en dis a prime dont il ne te souvient a tierce ! Parlers oyseux sont comme les bates du molin qui ne se peuent taire. Les venteres et les pestrins ne parlent que de soy.

90. Ce pechié de gloutonnie qui, comme dit est, est
975 parti en deux parties, a .v. branches. La premiere branche si est quant une personne mengue avant qu'elle ne doit. C'est a dire trop matin, ou avant qu'elle ait dit ses heures, ou avant qu'elle ait esté au mostier et qu'elle ait oy la parole de Dieu et ses commandemens. Car creature doit
980 avoir sens et discretion qu'elle ne doit pas mengier avant l'eure de tierce, se ce n'est pour cause de maladie ou de foiblesse, ou pour aucune neccessité qui a ce le contraigne.

91. La seconde branche de gloutonnie si est quant une
985 personne mengue plus souvent qu'elle ne doit, et sans neccessité ; car si comme l'Escripture dit : « mengier une foiz le jour est vie d'ange, et mengier deux foiz le jour est vie humaine ; et troiz foiz ou .iiii., ou pluseurs, est vie de beste, et non pas de creature humaine. »

990 92. La tierce branche de gloutonnie si est quant une personne boit et mengue tant le jour qui lui en est de pis, par quoy ellest yvre et prent une maladie dont il le couvient aler couchier au lit, et est tresgriefve.

93. La quarte branche de gloutonnie si est quant la
995 personne mengue si gloutement d'une viande qu'elle ne la mache point ; ains l'engloutit ainsi comme toute entiere, et plus tost qu'elle ne doit. Si comme dit l'Escripture de Esau qui fut le premier né de tous ses freres, qui se hasta si de mengier que peu s'en failli qu'il ne se estrangla.

1000 94. La quinte branche de gloutonnie si est quant une personne est tropt delicieuse tant soit chiere, et se peut bien faire a moins, et soy restraindre pour plus aidier (*fol. 15b*) a un povre ou a deux ou a pluseurs. Et c'est un

---

977. ait... qu'elle *omis B.* **982.** ou par a. *B.* **987.** j. cest v. h. *B.* **988.** p. le jour cest v. *B.* **991.** b. ou m. *B.* **992.** p. q. elle soit y. *B*, il lui c. *B.* **994.** g. est q. une p. *B.* **996.** l. aussi c. *B* (aussi *changé en* ainsi *B²*), l. c. *C.* **998.** f. et se *B.* **1001.** p. quiert viande d. *B²*, p. est. t. delicieux ou d. *C.*

soit-elle, qui n'exige un compte rendu devant Dieu[1]. Hélas ! que ne dis-tu pas à prime qu'à tierce tu as déjà oublié ! Les paroles oiseuses sont comme les ailes du moulin qui ne peuvent se taire. Les vantards et les moulins ne parlent que d'eux-mêmes.

90. Ce péché de gloutonnerie qui, on le rappelle, a deux aspects, possède cinq branches. La première branche, c'est lorsqu'une personne mange avant l'heure, c'est-à-dire trop tôt le matin ou avant d'avoir dit ses heures, ou encore avant de s'être rendue à l'église, avant d'avoir entendu la parole et les commandements de Dieu. Toute créature doit posséder assez d'intelligence et de discernement pour savoir qu'il ne faut pas manger avant l'heure de tierce sauf en cas de maladie, de faiblesse ou si une autre circonstance extraordinaire l'y contraint.

91. La deuxième branche de gloutonnerie, c'est de manger plus souvent qu'on ne le doit et sans en avoir besoin. L'Ecriture dit en effet : « Manger une fois par jour est angélique ; manger deux fois par jour est humain ; manger trois fois, quatre fois ou plus est bestial et indigne de l'homme. »

92. La troisième branche de gloutonnerie, c'est lorsqu'une personne boit et mange tant pendant la journée qu'elle en est toute diminuée ; elle en devient ivre et tombe très gravement malade, au point qu'elle doit aller s'aliter.

93. La quatrième branche de gloutonnerie, c'est lorsqu'une personne mange avec tant d'avidité qu'elle ne mâche pas la nourriture ; elle l'engloutit tout entière et plus vite qu'il ne convient, comme dans l'Ecriture Esaü, l'aîné de beaucoup de frères : il s'est tant hâté de manger qu'il s'en est fallu de peu qu'il ne s'étranglât.

94. La cinquième branche de gloutonnerie, c'est lorsqu'une personne recherche une nourriture raffinée, quel que soit son prix[2], alors qu'elle pourrait faire avec moins et se restreindre pour aider davantage un ou plusieurs nécessiteux. De ce péché

---

1. Cf. Matt., XII, 36-37.
2. Là encore, nous préférons la leçon de B[2], adoptée également par Pichon ; elle semble cohérente tant au niveau syntaxique que thématique, alors que le choix de G. Brereton rend le passage obscur.

pechié de quoy nous trouvons en l'Euvangile du mauvaiz riche qui estoit vestu de pourpre, le quel riche mengoit chascun jour si largement des viandes, et nul bien n'en voulait faire au povre ladre. Et de lui trouvons qu'il fust dampné pour ce qu'il vesquut trop diliciousement, et n'en donna point pour Dieu si comme il devoit.

95. Et de ces choses cy devant dictes tu te dois ainsi confesser : Sire, de toutes ces choses et de moult d'autres manifestement et souventesfoiz j'ay pechié, et fait moult d'autres pechiez et fait faire par ma cause a autres. J'ay maintesfoiz beu sans soif, par quoy mon corps en estoit pis ordonné et mal disposé. Et par ce j'estoie abandonnee a parler plus largement et plus desordonneement, et faisoie les autres pechier qui prenoient par moy et avec moy plus largement des biens qu'ilz ne faisoient se je ne feusse. De viandes aussi ay je mengié sans fain et sans neccessité, et maintesfoiz que je m'en peusse bien passer a moins ; et tant en prenoie que mon corps en estoit aucunesfoiz grevé, et nature en estoit en moy plus endormie, plus foible, et plus lasche a bien faire et a bien ouyr. Et tout ce venoit par le pechié de gloutonnie, ou quel j'ay pechié comme j'ay dit. Et pour ce, chier pere, je m'en repens, et vous en demande pardon et penitence.

96. Aprez est le pechié de luxure, qui est né de gloutonnie. Car quant la meschant personne a bien beu et mengié, et plus qu'elle ne doit, les membres qui sont voisins et prez du ventre sont esmeuz a ce pechié et eschaufez. Et puis viennent desordonnees pensees et cogitacions mauvaises, et puis du pensé vient on au fait.

97. Et ce pechié de luxure si a .vi. branches : la premiere si est quant un homme pense a une femme ou la femme a l'omme : et la personne a en telle pensee grant plaisance, et s'i delicte grandement et y demeure longuement ; et par longue demeure la char s'esmeust a delectation. Non pour tant elle ne pecheroit point quant pour le premier esmouvement qui vient soudainnement, se la per-

---

1005. r. avoit c. j. B^2. **1008.** f. dampnez p. B^2, il vesqui BC, t. delicieusement B. **1012.** et f. p. m. c. faire B. **1014.** mainte foiz B, en e. periz et p. B. **1032.** du penser v. len au B. **1037.** p. la l. B, la c. s'esmeut a B. **1038.** non p. quant e. B.

nous trouvons dans l'Evangile l'exemple du mauvais riche[1] qui avait des vêtements de pourpre. Ce riche mangeait chaque jour très abondamment sans consentir à rien en céder au pauvre lépreux. Il est dit qu'il fut damné pour avoir mené une vie trop délicate et pour avoir refusé de partager au nom de Dieu comme c'était son devoir.

95. Tu dois confesser tout cela comme suit : Seigneur, j'ai publiquement et fréquemment péché en toutes ces choses et en beaucoup d'autres ; j'ai commis de nombreux autres péchés et j'en ai fait commettre à d'autres par mon comportement. J'ai maintes fois bu sans avoir soif, ce qui portait atteinte à mon corps et l'indisposait. Cela m'entraînait à parler davantage et d'une façon inconvenante. J'induisais au péché les autres qui m'imitaient en se servant plus largement qu'ils ne l'auraient fait sans moi. J'ai également consommé des aliments sans avoir faim ou besoin de manger, et bien des fois quand j'aurais pu me contenter de moins ; j'en prenais tant que parfois j'en tombais malade ; mon tempérament s'en trouvait plus engourdi et affaibli, plus indolent à faire ou entendre le bien. Tout cela venait du péché de gloutonnerie, que j'ai commis comme je viens de le dire. Cher père, je m'en repens et vous en demande pardon et pénitence.

96. Après vient le péché de luxure qui découle de gloutonnerie. Lorsque le pécheur a bien bu et mangé en quantité démesurée, les parties du corps situées à proximité du ventre s'échauffent et se disposent à ce péché. Alors surviennent des pensées inconvenantes et de coupables réflexions, et de l'idée l'on finit par en venir à l'acte.

97. Ce péché de luxure a six branches. La première, c'est lorsqu'un homme pense à une femme ou l'inverse. Cela lui est très agréable ; la personne y puise un grand délice et s'y attarde longuement. A force, la chair s'émeut et aspire au plaisir. Cependant, cette personne ne pécherait point si elle se contraignait à combattre ce premier émoi dès son apparition soudaine

---

1. Luc, XVI, 19.

sonne contraignoit son couraige a y obvier et remedier. Mais quant la personne n'y resiste ne ne contracte si tost qu'elle devroit ou pourroit, ne elle n'a pas en voulenté ne en pensee de tourner son couraige autrepart, ne de y resister, ains se delicte et demeure, elle pesche mortellement.

98. La seconde branche de luxure si est quant la personne se consent a faire le pechié, et si ne demeure pas en lui, et fait tout son pouoir et quiert le temps et heure et le lieu ou elle le pourra faire. Et lors elle ne le peut faire ne acomplir, et nonpourquant il lui *(fol. 16a)* plaist moult en son cuer, combien que charnellement elle ne fait pas le fait. Dieu dit et l'Escripture : *Ce que tu veuls faire et tu ne peus est reputé pour fait.* Et en autre lieu dit l'Escripture : *La voulenté sera reputee pour fait advenu, soit bien ou mal.* Et ceste .iie. branche et aussi la premiere sont appellees *luxure de cuer*. Car il est deux especes de luxure : c'estassavoir, luxure de fait et luxure de cuer sont les devant dictes et luxure de corps est quant le fait y est.

99. La .iiie. branche de luxure si est quant une personne n'a point de femme espousee, ou femme n'a point espousé d'omme, et l'un pesche avec l'autre, comme d'avoir afaire a femme qui n'est en riens lyee, ne a homme qui n'est point lyé. Lors est le pechié appellé *fornicacion*.

100. La .iiiie. branche de luxure si est quant une personne a femme espousee ou femme a homme espousé, et ilz brisent leurs foiz que ilz doivent et ont promis a garder l'un l'autre ; et l'un et l'autre peche et, que pis est, peuent faire faulx heritiers qui succederoient. Et cel pechié est appellé *avoultire*.

101. La quinte branche de luxure si est quant homme ou femme a affaire charnelment a sa cousine, ou qu'elle soit de son lignaige ou loing ou prez, ou a sa mere, ou a celle qui est du lignaige de sa femme (ou la femme a

---

1041. ne contrarie si *B²C*. **1048.** t. leure – et *B²(B a probablement fait la même lecture que A)*. **1053.** l'e dit *B*. **1055.** iie. chambre et *B*. **1057.** c. et sont les *B²*. **1061.** domme e. et *B*. **1067.** g. lun a l. *B²* l. et l. pechent *BC*. **1068.** et qui p. *B*. **1069.** et tel p. *BC*. **1073.** l. soit l. *B*.

I, iii : Enseignement catéchistique et moral 111

afin de le chasser. Mais lorsqu'elle n'y résiste pas pour s'y opposer aussi vite qu'elle le devrait ou le pourrait, lorsqu'elle n'a pas la volonté ni l'idée de penser à autre chose et qu'au lieu de résister elle s'y complaît et y persiste, alors, elle commet un péché mortel.

98. La deuxième branche de luxure, c'est lorsqu'une personne songe à commettre le péché et qu'elle ne se contente pas de l'imaginer simplement mais qu'au contraire elle met tout en œuvre pour trouver le temps, l'heure et le lieu où elle pourra le consommer. Si elle ne parvient pas à le consommer charnellement, elle y puise cependant un grand plaisir mental. Dieu et l'Ecriture disent : « Ce que tu veux faire, même sans y parvenir, t'est compté comme si tu l'avais fait. » Un autre passage dit : « L'intention équivaut à l'action, soit en bien, soit en mal. » Cette deuxième branche comme d'ailleurs la première est appelée *luxure de cœur*. Il existe en effet deux espèces de luxure, à savoir luxure de circonstances ou de cœur dont on vient de parler, alors que luxure de corps, c'est lorsqu'on est passé à l'acte.

99. La troisième branche de luxure, c'est lorsqu'une personne non mariée, homme ou femme, pèche avec une autre, c'est-à-dire sans être en rien liée à elle. Ce péché est appelé *fornication*.

100. La quatrième branche de luxure, c'est lorsqu'un homme ou une femme mariés brisent la foi qu'ils doivent se garder l'un à l'autre comme ils l'avaient promis. Les deux pèchent alors et, qui pis est, ils peuvent procréer de faux héritiers pour leur succéder. Ce péché s'appelle *adultère*.

101. La cinquième branche de luxure, c'est lorsqu'un homme (ou à l'inverse une femme) connaît charnellement sa cousine ou une parente, proche comme éloignée, ou sa mère, ou encore une parente de sa femme (ou de son mari dans le cas

afaire a cellui du lignaige de son mary) ; et a femme de
religion, benoite ou non ; ou en vigiles de festes, en temps
de jennes ou de festes, ou le jour que on doit garder que
homme marié ne doit pas aler a sa propre femme ne a
autre (car ce seroit moult grief pechié, lesquelz Dieu des-
fent en la loy) ; ou quant un homme est avec sa femme ou
avec autres contre droit, et autrement que honnestement et
ainsi comme raison l'enseigne en mariaige, car tout
homme peut moult grandement et en moult de manieres
pechier avec sa femme espousee. Et pour ce dit Ysaac en
l'Escripture que qui est desordonneement avec sa femme,
c'estadire pour la couvoitise de la char ou pour son seul
delit, sans esperance de engendrer lignee, ou en lieu saint,
que c'est pechié de fornicacion. Et pour ce estrengla le
Deable les .vii. maris a Sarra.

102. Et la .vi^e. branche de luxure si est ung pechié qui
est contre nature, comme soy corrompre pour sodomie ;
duquel pechié nous lisons en l'Escripture que pour cellui
pechié Dieu en print telle vengence que cinq citez en
Sodome et en Gomorre furent destruites et arses par pluye
de feu et de souffre puant. Duquel pechié il n'est pas bon
tenir longues paroles pour l'orreur d'icellui pechié. Car le
Deable mesmes qui pourchasse icellui pechié en a honte
quant on le fait. Et aussi quant une personne se corrompt
par lui tout seul en veillant, et scet bien que c'est contre
nature ; ou deshonnestement en faisant atouchemens *(fol. 16b)* mauvaiz par quoy personne soit esmeue, et en
aucunes autres manieres qui ne sont honnestes a dire fors
en confession. Car chascun scet bonnement, et doit savoir,
que quant ilz font telz pechiez leurs cuers et leurs pensees
leur dient bien que c'est contre Dieu et contre nature.

103. Et pour ce, de toutes ces choses la creature pescheresse doit ses pechiez humblement dire a son confes-

---

1076. vegiles *B*. **1078.** h. marier ne *AC*. **1089.** m. de Sarre *B²*. **1090.** Et *omis B*. **1091.** soy c. par s. *B*. **1093.** en prist t. *B*. **1096.** t. longue parole p. lerreur d. *B*. **1098.** on la f. *B*. **1103.** s. vrayement et *B*.

de la femme) ou une religieuse, consacrée ou non. Par ailleurs, c'est lorsqu'on pèche charnellement une veille de fête, en période de jeûne ou de fêtes, ou encore un jour où le mari doit se garder d'approcher sa femme, et à plus forte raison une autre[1] (car ce serait alors un très grave péché que Dieu défend dans sa loi) ; c'est encore lorsqu'un homme se comporte avec sa femme ou avec d'autres contrairement à ce qui est permis, d'une manière prescrite par les lois du mariage, car tout homme peut pécher gravement et de diverses manières avec sa propre femme. Pour cette raison Isaac dit dans l'Ecriture que c'est péché de fornication que de se conduire de manière inconvenante avec sa femme, c'est-à-dire par convoitise charnelle ou pour le seul plaisir, sans que la procréation en soit la fin ; de même c'est péché que de le faire en un lieu consacré. Pour cette raison, le Diable a étranglé les sept maris de Sarah[2].

102. Enfin, la sixième branche de luxure est le péché contre nature ; c'est d'abord se souiller par sodomie. A ce sujet nous lisons dans l'Ecriture[3] qu'à cause de ce péché Dieu se vengea en détruisant et en brûlant sous une pluie de feu et de souffre puant cinq cités à Sodome et Gomorrhe. Il n'est pas bon de tenir de longs propos sur ce péché, tant il est horrible. Le Diable lui-même qui l'inspire à l'homme a honte lorsqu'on le commet. En deuxième lieu, c'est lorsque quelqu'un se souille tout seul en état de veille : il sait bien alors que c'est contre nature ; il est déshonnête aussi de se livrer à des attouchements pernicieux qui éveillent les sens, ou de le faire d'autres manières qu'il ne convient pas d'évoquer sauf dans le cadre de la confession. Chacun sait bien et doit savoir que c'est contre Dieu et contre nature : car lorsqu'il fait ce genre de péché, le cœur et la tête le lui disent clairement.

103. A cause de tout cela, le pécheur doit dire ses fautes avec humilité à son confesseur, demander pardon et dire : J'ai

---

1. L'Eglise a en effet imposé aux conjoints une très stricte continence ; les interdits étaient relatifs au calendrier liturgique et à l'impureté périodique de la femme. L'ouvrage de J.-L. Flandrin, *Un temps pour embrasser. Aux origines de la morale sexuelle occidentale (VIe-XIe siècle)*, Paris, Le Seuil, 1983, est entièrement consacré à cette question.
2. Il ne s'agit pas de la femme d'Abraham, mais de Tobie (Tobie, III, 7 et sq).
3. Cf. Gen., XIX.

seur, demander pardon et dire : J'ay pechié en ces pechiez
et en grant jour de festes, et en vigiles, et peut estre es
vigiles de Nostre Dame, es festes, ou en Karesme, ou en
lieu saint comme au moustier. Et doit dire une foiz, ou
deux, ou pluseurs, et esquelz pechiez plus que les autres.
Et a la fin doit dire : Chier pere, j'ay mespris et pechié
comme j'ay dit ou pechié de luxure. Et vrayement je m'en
repens, si vous en requier pardon et penitance.

104. Humilité est contre orgueil. Car ainsi comme
orgueil naist de mauvaiz cuer orgueilleux et despit, et fait
despirer, perdre, et mectre a mort le corps et l'ame, aussi
humilité naist de cuer piteux, et fait en ce siecle honnorer
le corps, et l'ame mectre en joye pardurable. Et pour ce
est humilité comparee a la Vierge Marie. Ainsi comme
orgueil est comparé a folie, en mal respondre, en fource-
nerie, en peu souffrir, desloyauté ou foiblesse de bien
faire, volenté ou pensee de mal jugier par arrogance
contre autruy, et pluseurs autres mauvaises branches que
tu peus avoir oy cy dessus sur le pechié d'orgueil, ainsi
actrempance pour tout bien escouter, force de cuer de tout
doulcement souffrir, justice pour tout le plaisir de Dieu
acomplir sans mal faire a autruy ne a ses faiz.

105. Or veez cy .iiii. pensees pourquoy humilité entre
et demeure ou corps d'omme et deffent que orgueil ne s'i
mette : premierement, tu doiz penser la vilté et l'ordure
dont tu es engendree en pechié ; secondement, comment
tu fus en si grant povreté sans ame, jusques atant que Dieu
par sa grace te resveilla ; tiercement, comment tu fus en si
grant peine nourriz, et coment tu mourras ne scez l'eure ;
quartement, penses souvent quelle (*fol. 17a*) joie et quel
bien tu avras de bien faire, et quelle peine et quel dommaige tu avras du mal faire. Car de bien faire tu aras en
ce siecle louenge et honneur, aprez la mort joie perpe-

1112. e. il peche p. q. es a. *B*, et quelz p. p. q. *C*. **1113.** jay mesprins et *B²*, *Rubrique entre 1115 et 1116* : Cy apres sensuivent les noms et les condicions des .vii. vertus par lesquelles vertus l'en se puet garder de mortelment pechier. Et premierement *B*, Humilité *C*. **1116.** Car aussi c. *B*. **1117.** de *répété A*, f. despire p. *B*. **1119.** n. du c. *B*. **1121.** Ainsi *corrigé en* aussi *B²*. **1122.** f. et en p. *B*. **1132.** la vilité et *B*. **1133.** es engendré en *B*. **1135.** g. toy r. *B*. **1137.** q. pense s. *B²*. **1139.** a. de m. f. *B*. **1140.** h. et a. *B*.

péché en ces points aussi bien un grand jour de fête que lors de certaines vigiles, et peut-être même à l'occasion des vigiles de Notre-Dame, lors de fêtes, ou en période de carême, ou dans quelque lieu saint comme à l'église. Il doit préciser si c'est advenu une, deux ou plusieurs fois, et en quels points il a plus particulièrement péché. A la fin, il doit dire : Cher père, j'ai mal agi et succombé au péché de luxure comme je viens de le dire. Je m'en repens sincèrement ; je vous demande pardon et pénitence.

104. Humilité est l'antidote contre orgueil. Car de même qu'orgueil naît d'un mauvais cœur orgueilleux et méprisant, qui dédaigne, qui perd, qui tue le corps et l'âme, de même humilité naît d'un cœur compatissant ; elle donne de la dignité au corps dans ce monde et prépare l'âme à la joie éternelle. Pour cette raison, humilité peut être rapprochée de la Vierge Marie alors qu'orgueil peut l'être de la folie, de l'effronterie, de la déraison, de la susceptibilité ; de la déloyauté ou de la paresse à faire le bien ; de la volonté ou de l'intention de mal juger autrui par arrogance, et de plusieurs autres branches dont tu as pu entendre parler ci-dessus au sujet du péché d'orgueil ; les vertus contraires sont ainsi la modération pour écouter tout avec rectitude, la force de caractère pour supporter tout avec patience, et le sens de la justice pour faire ce qui plaît à Dieu sans nuire à autrui ni à ses œuvres.

105. Voici maintenant quatre conseils pour que humilité entre et reste en l'homme, empêchant ainsi orgueil d'y pénétrer : premièrement, astreins-toi à te représenter dans quelle vilenie abjecte tu es engendré dans le péché ; deuxièmement, quelle fut ton immense pauvreté tant que tu fus dépourvu d'âme, jusqu'au jour où Dieu t'éveilla dans Sa grâce ; troisièmement, avec quelle énorme peine tu fus élevé et comment tu mourras sans en connaître l'heure ; quatrièmement, représente-toi souvent la joie et le bien que tu récolteras de tes bonnes actions, la peine et le dommage des mauvaises : des bonnes actions tu retireras louange et honneur en ce monde, et,

tuelle sans tristesse, richesse sans povreté, et santé sans langueur. Pour mal faire, a quoy tu mes grant peine et te couste moult a faire, tu seras en ce siecle mesprisiez, en l'autre avras tristesse et peine perilleuse sans joie, povreté sans confort, maladie sans garison. Pense comment tu dois a jour morir ne scez quant, ou t'ame yra. Voy comment la nuit et le jour te gastent le temps, et garde comment tu as ton temps oublié, dont il couviendra que de chascune heure tu rende compte d'ores a ja. Regarde comment tu as le temps gasté en moult de vilz pechiez et de mauvaiz. Regarde que tu n'as fait nul bien, et se par aventure tu en as fait aucun, si l'as tu fait en pechié mortel, et ne te prouffite ne ne prouffitera neant.

106. Amitié est contre le pechié d'envie. Car ainsi comme le pechié envenime et art le cuer de l'envieux, si comme tu as oy dessus, ainsi la sainte vertu d'amitié qui est le don du Saint Esperit fait le cuer humble et doubteux; et pour ce l'appellon *don de paour*. La vertu d'amitié est une doulceur, une rousee et ung triacle contre envie. Car ainsi comme envieux est tousjours triste et courroucié du bien d'autrui, aussi le bon cuer plain d'amistié est tousjours lyé des biens de son prosme, et est courroucé et a compassion de ses adversaires. La vertu d'amitié oste toute envie de cuer et fait l'omme content de ce qu'il a. Jamaiz tu n'avroies envie du bien de ton bon ami se tu l'amoyes bien.

107. La vertu d'amitié si se moustre en sept manieres ainsi comme on congnoist l'amour des membres du corps en .vii. manieres. Premierement, l'un des membres contregarde l'autre qu'il ne lui mefface. Ce commende-

---

1145. tu d. dores a ja m. B^2. **1149.** t. rendes c. *B*. **1153.** ne te prouffite riens B^2, ne... neant *omis B*. **1154.** C. aussi c. *B*. **1160-61.** aussi *B corrigé en* ainsi B^2. **1162.** t. liez des B^2. **1164.** de cuer *omis B*, lomme contrict de *AC*. **1169.** lun membre c. *B*.

après la mort, joie éternelle sans tristesse, richesse sans privation et santé sans indisposition. Quant aux mauvaises actions, dont la réalisation te coûte beaucoup d'efforts et de sacrifices, tu en seras méprisé en ce monde, et dans l'autre tu risques la tristesse et la peine sans répit, la pauvreté sans consolation et la maladie incurable. Rappelle-toi que tu dois mourir un jour sans savoir quand; pense au jour où ton âme s'en ira. Considère comment chaque nuit et chaque jour qui passent diminuent le temps qui t'est imparti, et prends conscience de ce que tu n'en as pas bien profité : il te faudra rendre des comptes de chaque heure, jusqu'au dernier jour. Considère comment tu as gaspillé le temps en commettant beaucoup de vils et de mauvais péchés. Considère que tu n'as fait aucune bonne action, et si par hasard il t'est arrivé d'en faire une, tu l'as accomplie en état de péché mortel, de sorte qu'elle ne t'est d'aucun profit, ni maintenant, ni à l'avenir.

106. Amitié est l'antidote contre envie. De même que le péché empoisonne et brûle le cœur de l'envieux, comme tu l'as entendu ci-dessus, de même la sainte vertu d'amitié, don du Saint-Esprit, rend le cœur humble et craintif; pour cette raison l'appelons-nous *don de peur*[1]. La vertu d'amitié est douceur, est rosée[2], est médecine contre envie. En effet, de même que l'envieux est toujours triste et désolé de la bonne fortune d'autrui, de même le bon cœur rempli d'amitié toujours se réjouit des biens qui adviennent à son prochain; au contraire, il est désolé et rempli de compassion quand l'autre est dans l'adversité. La vertu d'amitié ôte toute envie du cœur et rend l'homme content de ce qu'il a. Jamais tu ne pourrais envier le bien d'un bon ami si tu l'aimais véritablement.

107. La vertu d'amitié possède sept aspects; on peut les mettre en parallèle avec les sept aspects de l'amour qui règnent entre les membres du corps. Premièrement, chaque membre surveille l'autre pour qu'il ne lui nuise pas. Ce commandement

---

[1]. G. Brereton (p. 290, 40, 21-6) indique qu'il s'agit ici d'une confusion de l'auteur : en s'inspirant, dans un souci de condensation, de la *Somme le Roi* de Frère Laurent qui juste avant l'amitié traite l'humilité où précisément il est question de *sainte peör*, notre auteur par erreur intègre ce don dans le paragraphe suivant, où il n'est pas à sa place.

[2]. L'image des gouttelettes de rosée est parfois utilisée pour signifier les grâces divines qui se répandent à la manière de la manne.

ment est escript que tu ne face a autruy ce que tu ne vouldroie qu'il te feist. Apres, l'un membre souffre l'autre doulcement, car se l'une des mains fait mal a l'autre, elle ne se revenchera pas. A ce appert la grant amour et debonnaireté que les membres du corps ont l'un vers l'autre ; car ilz ne se courroucent de riens que l'un face a l'autre, ne ilz ne tiennent pas ne ont envie de riens que l'autre ait ou face. L'un secourt et aide a l'autre a son besoing sans requerre. Tous les membres aident a leur souverain, c'estassavoir au cuer : c'est parfaite amitié sans envie ; c'est droite obeissance et charité. Dont tu dois avoir celle pure amitié a ton prosme qui est ton membre, car nous sommes tous membres de Dieu, et il est le *(fol. 17b)* corps. Dieu en l'Euvangile donne aux povres le ciel et aux amiables et debonnaires la terre. Or regarde dont ou seront les envieux et les felons, fors ou torment d'enfer.

108. Debonnaireté est contre ire. La sainte vertu debonnaireté ou actemprance veult tousjours paix, equité et justice, sans faire tort a aucun, sans lui courroucer ne avoir hayne a aucun ; ne nulluy ne het ne desprise. Ainsi comme ire est le feu qui gaste tous les biens de la maison du cuer felon, aussi debonnaireté est le precieux triacle qui met par tout paix et veult equité et justice. Equité a huit degrez moult bons a compter, parquoy le proudomme paisible voit les las ou les engins du Deable, qui nous voit, et nous ne le veons pas, et nous espreuve griefment en plus de mil manieres. Le Deable est philosophe : il scet l'estat et la maniere d'omme et sa complexion, et en quel vice il est plus enclin, ou par nature ou par acoustumance, et d'icelle partie il assault plus fort : le colorique de ire et discorde, le sanguin de joliveté et de luxure, le fleumatique de gloutonnie et de paresce, le melencolieux d'envie et de tristresse. Pour ce doit chascun deffendre de ceste part ou il scet que son chasteau est plus foible, pour soy combatre contre cellui vice que il voit dont il est plus

---

1172. m. seuffre l. *B*. **1177.** ne ilz t. p. ne nont *B*. **1188.** actrempance *B*. **1190-92.** aussi *B corrigé en* ainsi *B²*. **1195.** le las et les *B²*, le las ou les *C*. **1196.** n. esprent g. *B*. **1197.** s. la m. et le. domme *B*. **1200.** il lassault p. *B*, et de d. *B*. **1203.** tristesse *B*, ce se d. c. d. de celle p. *B²*.

est écrit pour que tu ne fasses pas à autrui ce que tu ne voudrais pas qu'on te fasse. Ensuite, un membre supporte l'autre avec indulgence, car si une main fait mal à l'autre, celle-ci ne rétorquera pas. Ainsi apparaît la grande sympathie et la bienveillance des membres du corps les uns envers les autres ; ils ne s'irritent de rien, quoi que l'un fasse à l'autre, et ne retiennent ni n'envient chose que l'autre possède ou fait. L'un vient au secours de l'autre pour l'aider quand besoin en est, sans avoir été sollicité. Tous les membres pensent au bien de leur souverain qu'est le cœur : c'est parfaite amitié sans envie, c'est juste obéissance et charité. De cette même manière tu dois témoigner à ton prochain, comme à un de tes membres, cette parfaite amitié, car nous sommes tous membres de Dieu, qui est le corps. Dans l'Evangile, Dieu donne aux pauvres le ciel et aux doux et aux bienveillants la terre. Maintenant considère donc où seront alors les envieux et les cruels, sinon dans les tourments de l'enfer.

108. Bienveillance est l'antidote contre colère. La sainte vertu de bienveillance ou de modération aspire toujours à la paix, à l'équité et à la justice et ne fait du tort à personne, ne fâche personne, ne hait ni ne méprise personne. De même que la colère est un feu qui dévaste tous les biens de la maison du cœur violent, de même la bienveillance est le précieux remède qui génère partout la paix, voulant l'équité et la justice. Equité possède huit degrés aisés à compter grâce auxquels le prudhomme épris de paix perçoit les pièges et les ruses du Diable, qui nous voit sans que nous le voyions et qui nous met durement à l'épreuve de plus de mille manières. Le Diable est philosophe : il connaît l'état, la nature et la complexion de chaque homme ; il sait à quel vice il est particulièrement enclin, par nature ou par accoutumance, et c'est par là qu'il frappe : le coléreux par la colère et par la discorde, le sanguin par la volupté et la luxure, le flegmatique par la gloutonnerie et la paresse, le mélancolique par l'envie et par la tristesse. Pour cette raison chacun doit défendre le point qu'il sait être le plus vulnérable dans son château, afin de combattre le vice qui

assailly. Le debonnaire met partout paix. Paix vaint toute
malice et toute yre. Sans paix nul ne peut avoir victoire.
Saint Pol dit que avec paix toutes autres vertus coeurent ;
mais paix court le mieulx, car elle gaigne l'espee. Toutes
1210 vertuz se combatent, mais paix a victoire, l'onneur et la
couronne. Toutes servent, maiz ceste emporte le loyer.
Justice est l'armeure de paix, qui toutes les vaint comme
dit est. Jasoit ce que le chevalier soit armé de paix et justice, s'i(l) lui couvient il repentance de cuer, vraye confes-
1215 sion de bouche et amende souffisant. Et se l'une de ces
trois choses y fault, l'armeure est faulsee et cellui qui la
porte est vaincu et desconfit et pert le loyer de Paradis.

109. Prouesse, qui vault autant comme diligence, est
une sainte vertu contre le pechié de accide et de paresce.
1220 Car ainsi comme le bourgoiz veille pour acquerir
richesses a lui et a ses enfans, le chevalier et le noble
veille pour acquerre pris et loz ou monde ; chascun selon
son estat en ce siecle veille pour les choses mondaines
acquerre. Helas ! qu'il y en a peu qui veillent pour
1225 acquerre les biens esperituelz ! Les bons sans *(fol. 18a)*
vaine gloire, a qui le monde enuye et qui veillent pour
venir devant Dieu, sont sages de despirer le monde pour
les perilz et pour les paines dont il est plain. C'est une
forest plaine de lyons, une montaigne plaine de serpens et
1230 de ours, une bataille plaine de ennemis tristres, une valee
tenebreuse plaine de pleurs, et n'y a riens estable. Nul n'y
a paix de cuer ne de conscience se il veult croire le monde
et amer. Les bons a qui le monde ennuye tendent droit
leur cuer a Dieu ou ilz pensent a venir, et desprisent tous
1235 les biens du monde. Maiz c'est si grant chose que peu y a
de ceulx qui facent ceste entreprinse de la perseverance de
ceste vertu. Dist Jesucrist : *toutes les autres vertus se
combatent : ceste a gaingnié la victoire ; toutes labourent,
maiz ceste emporte le loyer au vespre.*

1240 110. Misericorde ou charité est contre avarice. Car
misericorde est aussi comme de avoir dueil et compassion

1208. v. courent m. *B*. **1212.** v. et c. *B*. **1214.** j. si l. *BC*. **1220.** p. acquerre
r. *B*. **1224.** en y a *B*. **1225.** b. espirituelz *BC*. **1227.** de despire le *B*. **1236.** c.
emprise de *B*, la perserance de *A*. **1238.** t. labourent m. *B*. **1241.** e. ainsi c. *B²*.

l'assaille le plus. Celui qui est bienveillant génère partout la paix. La paix vainc toute malice, toute colère. Sans la paix, nul ne peut être victorieux. Saint Paul dit que toutes les autres vertus concourent avec la paix. Mais la paix court le plus vite, et c'est elle qui gagne l'épée. Toutes les vertus se disputent la prééminence, mais la paix emporte la victoire, l'honneur et la couronne. Toutes sont utiles, mais c'est la paix qui emporte le prix. Justice est l'armure de paix qui, comme on vient de le dire, triomphe de toutes les autres vertus. Cependant, bien que le chevalier soit armé de paix et de justice, il lui faut encore le repentir du cœur, la confession sincère de la bouche ainsi qu'une réparation suffisante. Si l'une de ces trois choses manque, l'armure est faussée, celui qui la porte est vaincu et terrassé, et en perd sa récompense, le Paradis.

109. Prouesse, que l'on peut mettre au même niveau que diligence, est une sainte vertu contre le péché d'indolence et de paresse : comme le bourgeois veille la nuit pour acquérir des richesses pour lui et ses enfants, le noble et le chevalier veillent pour mériter récompense et éloge en ce monde ; chacun selon sa condition sociale veille pour acquérir des biens terrestres. Hélas ! Qu'ils sont peu nombreux, ceux qui veillent pour acquérir des biens spirituels ! Les bons sans vaine gloire, qui n'aiment pas le monde, qui veillent en vue de leur comparution devant Dieu, ceux-là ont raison de mépriser le monde à cause des périls et des peines dont il est empli. C'est une forêt pleine de lions, une montagne où grouillent serpents et ours, c'est un champ de bataille rempli d'ennemis traîtres, une vallée ténébreuse où coulent les larmes, et où rien ne dure. Il n'y a pas de paix du cœur ni de la conscience pour celui qui a foi en ce monde et qui l'aime. Les bons qui n'aiment pas le monde tendent directement leur cœur à Dieu auprès de qui ils souhaitent aller, et méprisent tous les biens du monde. Mais c'est une si grande chose qu'il y en a peu qui entreprennent de persévérer dans cette vertu ; Jésus-Christ dit : « Toutes les autres vertus se disputent le prix : celle-ci a emporté la victoire ; toutes les vertus peinent, mais celle-ci emporte la récompense au soir. »

110. Miséricorde ou charité est l'antidote contre avarice : la miséricorde revient à éprouver de la douleur et de la compas-

du mal, de la neccessité ou de la pouvreté d'autruy, et de
lui aidier, conseillier et conforter a son pouoir. Aussi
comme le Deable fait ses commandemens a l'aver telz
1245 comme tu as oy, aussi le Saint Esperit fait a celui qui a
misericorde ou charité en lui ses commandemens : qu'il
desprise les biens temporelz, qu'il en face aumosnes, qu'il
en veste les nulz, qu'il en donne a boire a ceulx qui ont
soif, a mengier a ceulx qui ont fain, qu'il en visite les
1250 malades. Aussi comme l'aver est filz du Deable et lui
resemble, aussi la charitable a Dieu son pere. Aussi
comme avarice pense de nuytz et de jours a acquester et
amasser a tort et a droit, aussi charité et misericorde pensent a acomplir les sept œuvres de misericorde. Helas !
1255 qu'il y fait bon penser et les acomplir de fait, ou de voulenté et compassion qui faire le peut ! Car nostre grant
juge les nous reprouchera en ses grans jours, et c'est la
chose qui moult nous doit mouvoir a charité, la paour de
la sentence du jour du jugement ou Dieu dira aux avers :
1260 « Alez vous avec le Deable vostre pere » ; et aux charitables : « Mes filz, demourez avec moy ». Helas ! quant il
les partira de sa compaignie com grant douleur !

111. Misericorde a sept branches : la premiere est
donner a boire et a mengier aux pouvres ; la seconde est
1265 de vestir lez nus ; *(fol. 18b)* la tierce est prester aux povres
quant ilz en ont besoing et leur pardonner la debte ; la
quarte, visiter les malades ; la quinte, hebergier les
povres ; la .vi^e., visiter ceulx qui sont en chartre de
maladie et la .viie., ensevelir les mors. Et toutes ces choses
1270 devez vous faire en charité et compassion, pour l'amour
de Dieu seulement et sans vaine gloire ; vous devez faire
aumosne de vostre loial acquest lyement, hastivement,
secretement, devotement et humblement, sans despirer les
povres en pensee ne en fait. Cellui fait bien qui leur donne

1243. p. Ainsi c. *B²*. **1244.** a louer t. *AC*. **1245.** oy ainsi le *B²*. **1246.** en ses c. *A*, en c. *C*. **1248.** en ordonne a *B*. **1249.** en *effacé et remplacé par* – *B²*. **1250.** m. Ainsi c. *B²*. **1251.** r. ainsi *B²*, le c. ressemble a *B*, p. Ainsi c. *B²*. **1252.** de nuit et de jour *B*, a. a. et a. a. *B*. **1253.** d. ainsi c. *B²*, pensent... misericorde *omis B*. **1256.** q. f. ne le *B²*, p. de fait *C*. *B*. **1257.** la *omis B*. **1265.** a p. a leur b. et *B*. **1267.** v. le m. *A*. **1269.** et *omis B*. **1272.** s. humblement et d. *B*. **1273.** s. despire les *B*, s. despiter les *C*.

sion face au mal, au besoin ou à la pauvreté dont souffre l'autre ; à l'aider, à le conseiller et à le consoler de tout son pouvoir. De même que le Diable dicte à l'avare ses commandements comme tu viens de l'entendre, de même le Saint-Esprit dicte les siens au miséricordieux et au charitable : qu'il méprise les biens de ce monde, qu'il fasse l'aumône, qu'il habille ceux qui sont nus, qu'il désaltère ceux qui ont soif, qu'il rassasie ceux qui ont faim et qu'il rende visite aux malades. De même que l'avare est le fils du Diable, fait à son image, de même l'homme charitable a son père en Dieu. Et de même qu'Avarice cherche nuit et jour à acquérir et à amasser à tort et à travers, de même Charité et Miséricorde cherchent à accomplir les sept œuvres de miséricorde. Hélas ! qu'il est bon d'y penser et de le traduire par des actes, par l'intention ou par une attitude de compassion si l'on peut ! Car le jour du Jugement notre grand Juge nous en demandera des comptes ; cela doit grandement nous inciter à la charité, par crainte de la sentence que Dieu prononcera contre les avares : « Allez-vous-en avec le Diable, votre père », alors qu'Il dira aux charitables : « Mes fils, restez avec moi[1]. » Hélas ! Quelle grande douleur lorsqu'Il les exclura de sa compagnie !

111. Miséricorde a sept branches : la première, c'est de donner à boire et à manger aux pauvres. La deuxième de vêtir ceux qui sont nus ; la troisième de prêter aux pauvres quand ils en ont besoin et de leur remettre leur dette ; la quatrième de visiter les malades ; la cinquième d'héberger les pauvres, la sixième de visiter ceux que la maladie tient dans sa prison, et la septième d'ensevelir les morts. Toutes ces choses, vous devez les accomplir par charité et par compassion, uniquement pour l'amour de Dieu et sans y puiser de la vaine gloire ; vous devez faire l'aumône de ce que vous avez acquis honnêtement de manière joyeuse, rapide, dans le secret, avec piété et humilité, sans mépris pour les pauvres, que ce soit en pensées ou en actions. Il fait bien celui qui donne aussitôt qu'on le lui

---

1. Cf. Matt., XXV, 31-46.

tost quant ilz lui demandent, mais encores fait il mieulx quant il leur donne sans demander.

112. Sobrieté est contre gloutonnie. Car ainsi comme la sainte vertu de sobrieté est droite mesure contre le pechié mortel de gloutonnie, aussi est la vertu que le don de sapience donne et plante au cuer du glouton contre oultraige. Sobrieté est un arbre moult precieux, car il garde la vie du corps et de l'ame. Car par trop boire et par trop mengier meurt on, et par trop mal parler deult la teste, et fait on tuer corps et ame. Par sobrieté vit le corps en ce siegle longuement en paix, et en [a] l'ame la vie pardurable.

113. Ceste vertu doit on garder sur toutes les autres pour les biens qu'elle fait. Premierement sobrieté garde raison, entendement et sens. Sans sens est beste cellui qui est yvre et si remply de vin qu'il en pert raison et entendement; il cuide boire le vin et le vin le boit. La seconde est que sobrieté delivre homme glouton de servaige du ventre a qui il est serf. Saint Pol dit que moult s'avile qui pert sa franchise pour estre serf a un seigneur. Mais plus s'avile cellui qui se fait serf a son ventre dont il ne peut yssir que ordure. Sobrieté garde l'omme en sa seignourie; car l'esprit et le sens doivent estre seigneurs du corps, et le corps doit pourveoir a l'esperit. Le glouton par son yvresse et gloutonnie pert le sens et l'esprit, si qu'il ne scet gouverner le corps. Le tiers est qu'elle garde bien la porte du chastel a fin que le Deable par pechié mortel n'entre ou corps de l'omme. La bouche est la porte par ou le Deable entre ou chastel pour soy combatre aux bonnes vertus, et y entre par les faulx traitres seigneurs Gloutonnie et Male Langue qui laissent la porte de la bouche ouverte au Deable.

114. Ceste vertu a la seigneurie du corps; car par sobrieté on maistrie le corps si comme le cheval par le frain. Sobrieté a la premiere bataille de l'ost et garde les autres vertus. Le Deable tempte l'omme par la bouche, si

---

1275. m. qui leur leur *B*, m. quil leur *C*. **1279.** g. ainsi cest *B*². **1280.** p. ou c. *B*². **1281.** un abre *AC*. **1285.** en a lame *BC*. **1289.** r. et e. *B*. **1291.** b. Le second *B*. **1292.** du s. *B*. **1293-1295.** qui pert... s'avile *omis B*.

demande, mais celui qui donne sans avoir été sollicité fait encore mieux.

112. **Sobriété est l'antidote contre gloutonnerie.** La sainte vertu de sobriété représente la juste mesure contre le péché mortel de gloutonnerie ; elle est la vertu que le don de sagesse met et plante au cœur du glouton pour le préserver de l'abus. Sobriété est un arbre très précieux car il est le gardien de la vie du corps et de l'âme. En buvant et en mangeant trop, l'on meurt ; en parlant d'une manière trop inconsidérée, la tête est meurtrie et l'on met à mort corps et âme. Grâce à sobriété, le corps vit longtemps en paix en ce monde et l'âme y gagne la vie éternelle.

113. Cette vertu doit être cultivée par-dessus toutes les autres à cause des biens qui en découlent. Premièrement, la sobriété est la gardienne de la raison, de l'entendement et de l'intelligence. Sans intelligence, l'homme ivre est comme une bête : il est tant gorgé de vin qu'il en perd la raison et l'entendement ; il croit boire le vin, alors que c'est le vin qui le boit. La seconde raison de la prééminence de la vertu de sobriété est qu'elle délivre l'homme glouton de la tyrannie du ventre : il en est en effet l'esclave. Saint Paul dit que celui qui cède sa liberté pour s'asservir à un seigneur s'avilit grandement. Mais celui qui se fait serf de son ventre s'avilit encore plus : il ne peut en sortir qu'abjection. Sobriété préserve la maîtrise de soi : l'esprit et l'intelligence doivent en effet être les maîtres du corps, et le corps doit être le serviteur de l'esprit. A cause de l'ivresse et de la gloutonnerie, le glouton perd intelligence et esprit, si bien qu'il ne sait plus gouverner son corps. Le troisième point, c'est que la vertu de sobriété garde bien la porte du château pour empêcher le Diable d'entrer dans le corps de l'homme à travers le péché mortel : la bouche, c'est la porte par où le Diable entre dans le château pour combattre les bonnes vertus ; il y entre grâce aux faux traîtres, les seigneurs Gloutonnerie et Male Langue qui lui gardent ouverte la porte de la bouche.

114. Le gouvernement du corps appartient à cette vertu : grâce à la sobriété l'on maîtrise son corps comme le cheval se maîtrise par le frein. La sobriété commande dans l'armée le bataillon placé en première ligne ; ainsi protège-t-elle les autres vertus. C'est par la bouche que le Diable tente l'homme ; ainsi

comme il fist Nostre Seigneur, *(fol. 19a)* quant il lui dist qu'il feist de pierre pain, et Adam, quant il lui fist mengier le fruit. Entre les autres creatures l'omme a la bouche plus petite selon le corps; homme a les autres membres doubles – deux oreilles et deux narrines et deux yeulx – mais il n'a pas que une bouche. Et ce nous moustre que l'omme doit sobrement mengier et boire et sobrement parler.

115. Sobrieté n'est autrechose que droite mesure qui est moienne entre trop et peu. Sur toutes choses doit avoir l'omme mesure en son cuer et en son sens qui est ainsi comme l'oisel qui se justice par les yeulx de sobrieté. Il s'en vole et chiet souventefoiz es las de l'oiseleur, c'est du Deable, qui souvent chasse a prendre cel oysel.

116. Chasteté est contre luxure; et la sainte vertu de chasteté, c'est a dire la conscience toute pure de mauvaiz pensemens, les membres purs de tous atouchemens. Et aussi les creatures plaines du vil pechié de luxure ont la conscience plaine et trouble de mauvaiz pensement et les membres ors et vilz de mauvaiz atouchemens et sont a Dieu laiz et obscurs comme deables. Aussi les chastes ont le cuer et la conscience clere, necte et luisans et ont clarté et lumiere de Dieu.

117. A chaste couvient, comme tu as oy, necte conscience avoir. A avoir necte conscience couvient trois choses: la premiere est voulentiers ouyr parler de Dieu; la seconde lui bien et souvent confesser; la tierce avoir remembrance de la passion Jesucrist; et remembres pourquoy il morut et que tu mourras que ja n'en seras delivre. Et c'est le premier degré de chasteté. Le second degré de chasteté est que on se garde de villainement parler; car villaines paroles corroussent les bonnes meurs. Le tier degré est de bien garder les .v. sens temporelz; les yeulx de folement regarder, les oreilles de folement escouter, les

---

1315. d. o. d. B^2. **1316.** il na – que B^2, b. En ce n. *B*, b. Et nous *C*. **1319.** qui nest m. *AC*. **1324.** p. tel o. *BC*. **1325.** et est s. B^2. **1326.** cestassavoir *B*, m. pensement l. *B*. **1327.** p. le corps et les *B*, Et ainsi que les B^2. **1331.** d. Ainsi les B^2. **1332.** c. clers et B^2, netz et l. *B*, o. clarte et luminaire de *B*, o. clarte et l. *C*. **1334.** c. avoir sicomme tu as oy n. c. *B*. **1338.** et remembrer B^2, p. ilz mourront et *AC*. **1343.** les useus t. *A*, les v. sens corporelz *B*.

fit-il quand il invita Notre-Seigneur à transformer les pierres en pain[1] et quand il poussa Adam à manger le fruit. Par rapport à toutes les autres créatures, l'homme a la bouche la plus petite en proportion du corps; s'il a les autres parties du corps en double – deux oreilles, deux narines, et deux yeux – il n'a qu'une seule bouche. Cela nous indique que c'est avec sobriété qu'il doit manger et boire, et aussi parler.

115. Sobriété n'est autre chose que la juste mesure, intermédiaire entre le trop et le peu. Avant tout, l'homme doit posséder la mesure dans son cœur et son intelligence; de la même manière l'oiseau est jugé par les yeux de sobriété[2]. Cet oiseau prend son vol mais tombe souvent dans les filets de l'oiseleur, c'est-à-dire du Diable qui retourne souvent à la chasse pour essayer de l'attraper.

116. Chasteté est l'antidote contre luxure; la sainte vertu de chasteté, c'est une conscience entièrement dépourvue de mauvaises pensées; ce sont des membres du corps préservés de tout attouchement. Or, les créatures emplies du vilain péché de luxure ont la conscience emplie et troublée de mauvaises pensées. Leurs membres sont souillés et avilis à cause de coupables attouchements; Dieu les tient pour repoussants et noirs comme diables. Les créatures chastes, à l'inverse, ont le cœur et la conscience clairs, nets et luisants: ils possèdent la clarté et la lumière de Dieu.

117. Comme tu l'as entendu, il convient à la personne chaste d'avoir une conscience nette, ce qui présuppose trois choses: la première, c'est d'entendre volontiers parler de Dieu; la seconde, de bien se confesser à Lui et souvent; la troisième de garder en mémoire la passion de Jésus-Christ. Rappelle-toi pourquoi Il mourut, rappelle-toi que tu mourras quoi qu'il advienne. C'est là le premier degré de chasteté. Son second degré est de se garder de parler vilainement, car de vilaines paroles offensent les bonnes mœurs. Le troisième degré est de bien surveiller les cinq sens corporels: d'empêcher les yeux de regarder et les oreilles d'écouter sans discer-

---

1. Cf. Luc, IV, 3.
2. Sa survie dépend de ce qu'il a beaucoup ou peu mangé.

narrines de soy garder en souefves choses trop delicter et oudorer, les mains de folement touchier, les piez de aler en mauvaiz lieux. Ce sont les cinq portes et les cinq fenestres par ou le Deable vient rober la chasteté du chastel de l'ame et du chetif corps. Le quart degré est jeuner et avoir tousjours remembrance de la mort qui te peut soudainnement happer et prendre dores a ja se tu ne t'en gardes. Le quint degré est fuyr mauvaise compaignie, comme fist Josep qui s'en fouyst quant la dame le volt faire pechier. Le six^me^. degré est d'estre embesongnié de bonnes euvres; car quant le Deable treuve la personne oyseuse il [l'amurt] vouluntiers en ses besoignes. Le .viie. degré est de vraye oroison. A oroison sont neccessaires trois (*fol. 19b*) choses : bonne foy, esperance d'avoir ce que on requier, devocion de cuer sans penser ailleurs. Oraison sans devocion est messaigier sans lettres. Dieu regarde en priere cuer humble et devost et n'a cure de paremens ne de haulte maniere, comme font ces foles hardies qui vont baudement le col estendu comme serf en lande et regardent de travers comme cheval desréé.

118. Et atant, chiere suer, vous souffise de ceste matiere. Car le sens naturel que Dieu vous a donné, la voulenté que vous avez d'estre devote et bonne vers Dieu et l'Eglise, les predicacions et sermons que vous orrez en vostre perroisse et ailleurs, la Bible, la Legende Doree, l'Apocalice, la Vie des Peres et autres pluseurs bons livres en françois que j'ay, dont vous estes maistresse pour en prendre a vostre plaisir, vous donra et atraira parfondement le remenant, au bon plaisir de Dieu qui a ce vous vueille conduire et entalenter.

1348. p. on le *A*. **1350.** r. et paour de *B*. **1352.** e. fouir mouvaises compaignies *B*. **1353.** sen fouy q. *B*. **1354.** e. embesoigniez de *B²*. **1360.** D. regarder en *A*. **1362.** m. – comme *B²* (*B ayant probablement répété* comme). **1370.** lapocalipse *B*, la poccalite *C*.

nement, les narines de tirer trop de plaisir à sentir des choses agréables, les mains de se livrer à de coupables attouchements, les pieds d'aller en de mauvais lieux. Les sens, ce sont les cinq portes, les cinq fenêtres par où le Diable vient voler la chasteté dans le château de l'âme et du faible corps. Le quatrième degré de chasteté est de jeûner et d'avoir toujours en mémoire la mort qui soudainement peut te happer et t'attraper si tu ne prends pas les précautions nécessaires, tout aussi bien à l'instant présent que dans un avenir indéterminé. Le cinquième degré, c'est de fuir la mauvaise compagnie à l'exemple de Joseph qui s'enfuit quand la dame voulut l'induire au péché[1]. Le sixième degré, c'est d'être absorbé par les bonnes œuvres : en effet, quand le Diable trouve la personne oisive, volontiers il l'attire dans ses œuvres maléfiques. Le septième degré de chasteté, c'est la prière vraie, qui doit remplir trois conditions : une foi solide, l'espérance de recevoir ce qu'on demande, et une ferveur entière et exclusive du cœur. Une prière sans ferveur est comme un messager sans lettres. Dieu, dans la prière, recherche le cœur humble et dévot ; Il n'a cure des fioritures ou des manières affectées de ces folles effrontées qui, impudiques, vont le cou dressé à la manière du cerf dans son bois, avec le regard oblique du cheval fou.

118. Que tout cela, chère amie, vous suffise en ce qui concerne ce sujet. L'intelligence naturelle dont Dieu vous a dotée, vos bonnes et pieuses dispositions à obéir à Dieu et à son Eglise, les prédications et les sermons que vous entendrez en votre paroisse et ailleurs, la Bible, la *Légende Dorée*, l'Apocalypse, la *Vie des Pères* et quelques autres bons livres en français que je possède et que vous êtes libre de prendre quand vous voudrez, tout cela vous fournira le reste et complétera en profondeur mon enseignement, selon le bon plaisir de Dieu qui veuille vous y conduire et vous y inciter.

---

1. Cf. l'histoire de la femme de Putiphar, Gen., XXXIX, 7.

I iv

1. Le quart article de la premiere distinction dit que vous devez garder continence et vivre chastement. Je suis certain que si ferez vous. Je n'en suis mie en doubte, mais pour ce que je scay que aprez vous et moy ce livre cherra
5 es mains de noz enfans ou autres nos amis, je y mectz voulentiers tout ce que je scay, et dy que aussi devez vous endoctriner voz amies, et par especial voz filles ; et leur dictes, belle seur, pour tout certain que tous biens sont reculez en fille ou femme en laquelle virginité, conti-
10 nence, ou chasteté desfaillent. Ne richesse, ne beauté, ne sens, ne hault lignaige, ne nul autre bien ne peut jamaiz effacer la renommee du vice contraire, se en femme especialment il est une foiz commis, voire seulement suspeçonné. Et pour ce maintes preudefemmes se sont gardees,
15 non mie seulement du fait, mais du souspeçon especialment, pour acquerir le nom de virginité.

2. Pour lequel nom les saintes escriptures de monseigneur saint Augustin et de monseigneur saint Gregoire et moult d'autres dient et tesmoingnent que les preude-
20 femmes qui ont esté, sont et seront, de quelque estat qu'elles soient ou aient esté, peuent estre dictes et appellees vierges. Et monseigneur saint Pol le conferme en le .xie. chappitre de ses Epistres qu'il fait secondement

---

Rubrique : Cy commence le quart article de la premiere distinction *B.* **9.** c. et c. *B*². **13.** u. seule f. *B*, soupeconne *B*. **14.** m. preudes femmes se *B*. **15.** s. tresespecialment p. *B*. **19.** l. preudes femmes q. *B*. **22.** le conforme en *A*.

I iv

1. Le quatrième article de la première distinction vous enseigne à garder la continence et à vivre chastement. Je suis certain que vous ferez ainsi. Ce n'est donc pas que j'ai des doutes à votre sujet ; mais il me plaît de mettre dans ce livre tout ce que je connais parce que je sais qu'après vous et moi il tombera entre les mains de nos enfants ou de certains de nos amis. J'ajoute que vous devez, vous aussi, instruire vos amies, et plus particulièrement vos filles. Dites-leur, chère amie, qu'il est une chose certaine sur toute autre : chez une fille ou une femme qui ne respecte pas la virginité, la continence ou la chasteté, tous les mérites s'en trouvent amoindris. Ni richesse, ni beauté, ni intelligence, ni noblesse du lignage, ni aucune autre qualité ne peuvent jamais effacer une mauvaise réputation, en particulier chez la femme lorsqu'elle a succombé une fois, ou seulement éveillé un soupçon. Pour cette raison, mainte prudefemme n'a pas seulement reculé devant l'acte mais s'est surtout gardée d'éveiller la suspicion, afin d'être réputée vierge.

2. En ce qui concerne ce terme, les saints écrits de monseigneur saint Augustin, de monseigneur saint Grégoire et de beaucoup d'autres disent et attestent que les prudefemmes du passé, du présent et de l'avenir, quelle que soit ou que fût leur condition, peuvent être dites et appelées vierges. Monseigneur saint Paul le confirme en ces termes au XIe chapitre de la

a ceulx de Corinte, ou il dit ainsi : *Despondi enim vos*, etc.
Je vueil, dit il, *que vous sachiez que une femme qui est espouse a* (fol. 20a) *un homme, puis qu'elle vive chastement sans penser a avoir afaire a autre homme, peut estre dicte vierge et presentee a Nostre Seigneur Jesucrist.* De chascune bonne preudefemme Jesucrist ou .xiii[e]. chappitre de l'Euvangile saint Mahieu en une parabole dit ainsi : *Simile est regnum celorum thesauro abscondito in agro*, etc. *Le Regne*, dist il, *du Ciel est semblable au tresor qui est repoz dedans un champ de terre. Lequel tresor quant aucun homme qui le laboure et en fouyant le descuevre il le remuce de la grant joie qu'il en a. Il s'en va et vent tout quanque il a et achete le champ.* En ce chappitre mesmes dit Nostre Seigneur ceste parole : *Le Royaulme des Cieulx est semblable a l'omme marchant qui quiert bonnes pierres precieuses, et quant il en a trouvé une bonne et precieuse il va et vent tout quanque il a et l'achate.* Par le tresor trouvé ou champ de terre et par la pierre precieuse nous pouons entendre chascune bonne preudefemme ; car en quelque estat qu'elle soit, pucelle, mariee, ou vesve, elle peut estre comparee au tresor et a la pierre precieuse ; car ellest si bonne, si pure, si necte, qu'elle plaist a Dieu ; et l'aime comme sainte vierge en quelque estat qu'elle soit, mariee, vesve ou pucelle. Et, pour certain, homme en quelque estat qu'il soit, noble ou non noble, ne peut avoir meilleur tresor que de preude femme et saige. Et ce peut on bien savoir et prouver qui veult regarder aux faiz et aux bonnes meurs et aux bonnes euvres des glorieuses dames qui furent du temps de la Vielle Loy, si comme Sarre, Rebecque, Lye et Rachel qui furent moulliers aux sains patriarches : a Abraham, a Ysaacq et a Jacob qui est appellé Ysrael ; qui toutes furent chastes et vesquirent chastement et virginalement.

3. *Item*, a ce propos nous trouvons escript ou .xiiie. chappitre ou livre fait de Daniel que aprez la transmigra-

---

24. etc et Je *B*. **26.** espousee *BC*. **30.** e. de s. m. *B*. **32.** r. du c. d. il *B*. **34.** en fouant le *B*, en fouissant le *C*. **37.** c. parabole Le *B*. **40.** lachecte P. *B*. **45.** p. et si n. *B*. **50.** savoir et *omis B*. **53.** f. femmes a. *B*. **54.** p. A.Y. et J. *B*, e. appellez *B*[2].

seconde Epître aux Corinthiens : *Despondi enim vos*, etc.¹ « Je veux, dit-il, vous faire savoir qu'une femme mariée, lorsqu'elle vit chastement sans penser à avoir affaire à un homme autre que son mari, peut être dite vierge et être présentée à Notre-Seigneur Jésus-Christ¹. » Jésus-Christ dit, au sujet des prudefemmes vertueuses, dans une parabole au XIIIᵉ chapitre de l'Evangile selon saint Matthieu² : *Simile est regnum celorum thesauro abscondito in agro*, etc. : « Le Royaume des cieux, dit-il, est semblable au trésor enfoui dans un champ. Lorsqu'un homme en labourant et en fouillant le découvre, il le remet en terre, et dans sa joie il s'en va, vend tout ce qu'il a et achète le champ. » Dans ce même chapitre, Notre-Seigneur dit cette parole : « Le Royaume des cieux est semblable au marchand qui cherchait des pierres précieuses³ ; en ayant trouvé une de grand prix, il s'en va vendre tout ce qu'il a et l'achète. » Ce trésor découvert dans le champ et la pierre précieuse signifient chaque bonne prudefemme ; car quelle que soit sa situation, pucelle, mariée ou veuve, elle est comparable au trésor et à la pierre précieuse ; elle est en effet si bonne, si pure, si nette qu'elle plaît à Dieu. Il l'aime comme une sainte vierge, quelle que soit sa situation, mariée, veuve ou pucelle. Pour sûr, un homme, noble ou non, ne peut avoir de trésor plus précieux qu'une femme modeste et sage. On peut s'en assurer et le prouver en considérant les actes, les mœurs et les bonnes œuvres des dames méritantes qui vécurent au temps de l'Ancienne Loi, Sarah, Rébecca, Léa et Rachel, les épouses des saints patriarches : Abraham, Isaac, Jacob, aussi appelé Israël. Elles furent toutes chastes en vivant d'une manière innocente et virginale.

3. *Item*, à ce propos nous trouvons écrit, au XIIIᵉ chapitre du livre de Daniel⁴ qu'après l'exil babylonien (c'est-à-dire après

---

1. Cf. 2 Cor. XI, 2. Notre auteur interprète et traduit le passage d'une manière très libre afin de l'adapter à son propos.
2. Matt. XIII, 44 : cette parabole ne fait aucune mention concernant la femme en particulier : le trésor et la perle signifient le Royaume des cieux.
3. Des perles fines, *bonas margaritas*.
4. Supplément grec au Livre de Daniel.

cion de Babiloine (c'est adire aprez ce que Jechonias le roy de Jherusalem et le peuple de Ysrael furent menez en prison et chetiveté en Babiloine et que la cité de Jherusalem fut destruite par le roy Nabugodonosor) qu'il en ot en Babiloine ung juifz preudomme et riche lequel fut nommé Joachin. Et Joachin prist une femme fille d'un autre juif, lequel ot nom Belchias et la pucelle Susane. Laquelle estoit tres belle et cremant Dieu, car son pere et sa mere, qui estoient justes et bonnes gens, l'avoient moult bien aprise doctrinee en chasteté selon la loy Moyse.

4. Ce Joachin mary de Susanne estoit moult riche, et avoit un moult bel jardin plain d'arbres portans fruis. La venoient communement esbatre les juifz, pour ce que le lieu estoit plus honnorable de tous les autres. Susanne mesmes aloit souvent esbatre en ce jardin ; et advint que deux anciens prestres d'icelle loy furent du peuple establiz juges pour un an ; lesquelz *(fol. 20b)* juges virent Susanne tresbelle, et tant qu'ilz furent espris et alumez de fole amour. Si parlerent ensemble et regarderent comme ilz la pourroient decevoir, et se accorderent qu'ilz la gueteroient ou jardin dessusdit et parleroient a elle s'ilz la trouvoient seule.

5. Un jour advint aprez l'eure de midy ilz se musserent en un anglet de ce jardin. Susanne vint oudit jardin pour soy laver selon ce que leur loy le donnoit, et mena avecques soy deux de ses pucelles, lesquelles elle renvoya en sa maison pour ly rapporter œille et oingnemens pour soy enoindre. Et quant les deux viellars la virent seule, ilz coururent a elle et ly dirent coyement : « Seuffre ce que nous voulons faire de toy ; et se tu ne le fais nous porterons tesmoingnage encontre toy et dirons que nous t'avons trouvé en advoultaire. » Et quant Susanne vit et sceust la mauvaistié des juges, elle proposa en soy mesmes et dist en ceste maniere «*Angustie michi sunt*

---

61. p. en c. *B.* **62.** quil ot en B. ung juif *BC.* **64.** n. J. et p. *B.* **68.** a. et endoctrinee en *B²*, l. de m. *B.* **74.** j. or a. *B.* **75.** de celle l. *B.* **76.** v. s. tant belle qu'ilz f. *B.* **78.** r. comment i. *BC.* **82.** a. que a. *B.* **86.** p. lui r. *BC.* **88.** et lui d. *B.* **91.** trouvee en adultere *B².*

que Jechonias, roi de Jérusalem, eut été mené en prison et en captivité à Babylone avec le peuple d'Israël et après la destruction de la cité de Jérusalem par le roi Nabuchodonosor) un riche prudhomme juif vécut dans cette ville de Babylone ; il s'appelait Joachim. Ce Joachim prit comme femme la fille d'un autre juif dont le nom était Helkias. La pucelle s'appelait Susanne. Elle était très belle et craignait Dieu, car son père et sa mère, qui étaient justes et bons, l'avaient très bien élevée et instruite dans le respect de la chasteté selon la loi de Moïse.

4. Joachim, le mari de Susanne, était très riche ; il possédait un très beau jardin rempli d'arbres fruitiers. Les juifs avaient l'habitude de venir se divertir ici, car ce lieu était mieux réputé qu'aucun autre. Susanne elle-même allait souvent se divertir dans ce jardin. Or, il advint que deux prêtres de l'Ancienne Loi furent investis juges par le peuple pour la durée d'un an ; ces juges virent la très grande beauté de Susanne, si bien qu'ils furent épris d'un fol et ardent amour pour elle. Il se concertèrent pour trouver un moyen de la surprendre ; ils décidèrent de la guetter dans ce jardin, pour lui adresser la parole s'ils la trouvaient seule.

5. Il advint qu'un jour après l'heure de midi ils se cachèrent dans un recoin de ce jardin. Susanne y vint pour se laver, comme la loi juive le prescrivait. Elle amena avec elle deux de ses jeunes filles, mais les renvoya dans la maison chercher de l'huile et des onguents pour s'en enduire. Lorsque les deux vieillards la virent seule, ils coururent à elle et lui dirent à voix basse : « Accepte ce que nous voulons faire avec toi, sinon nous témoignerons contre toi et dirons que nous t'avons surprise en flagrant délit d'adultère. » Lorsque Susanne se rendit compte des mauvaises intentions des juges, elle prit en elle-même une résolution et dit : *Angustiae mihi sunt undique.*

undique. Dieux, dit elle, angoisses sont a moy de toutes
95 pars ; car se je fais ceste chose, morte suis comme a Dieu,
et se je ne le fay, je ne pourray eschapper de leurs mains
que ne soie tormentee et lapide. Mais mieulx me vault
sans mesfaire cheoir en leur dangier que faire pechié
devant Dieu. » Lors crya elle a haulte voix. Les deux
100 viellars crierent aussy, tellement que les serviteurs de la
maison y acoururent. Et les juges dirent qu'ilz l'avoient
trouvee en present mesfait avec ung jouvencel, lequel
estoit fort et viguereux et si leur eschappa, et ne sorent ne
ne porent congnoistre qui il estoit. De ce furent les
105 sergens merveilleusement vergongneux et esbahis, car
oncques maiz ilz n'avoient oy dire telle parolle de leur
dame, ne veu mal en elle.

6. Toutesfois elle fu emprisonnee, et l'endemain que
les juges furent assis en jugement, tout le peuple devant
110 eulx assemblé pour veoir la merveille, Susanne fut
amenee en jugement. Ses parens et amis la regardoient
moult tendrement plorans. Susanne avoit son chief couvert, de honte et de vergoingne qu'elle avoit. Les juges lui
firent descouvrir son viaire par grant honte et despit.
115 Adonc elle, plorant, leva ses yeulx au ciel, car elle avoit
fiance en Nostre Seigneur et ou bien de son ygnorance.
Adonc les deux prestres raconterent devant le peuple
comment eulx alans esbatans dedens le jardin avoient veu
Susanne entrer en icellui, avec elle deux de ses pucelles
120 lesquelles elle renvoya et serra l'uis apres elles. Et
disoient que lors estoit venu ung jenne homme, lequel ilz
avoient veu charnellement habiter a elle. Et par ce ilz
estoient la couru, et le jeune homme s'en estoit enfouy par
l'uis ; et n'avoient peu arrester ne prendre fors icelle
125 Susanne, qui n'avoit icellui jenne homme voulu nommer.
« Et de ce mesfait nous deux sommes tesmoings, et pour
ce mesfait nous *(fol. 21a)* la jugons a mort. » Susanne

---

99. L. e. c. a *B²*, v. et les *B*. **100.** de la maison *omis B*. **103.** v. – si l. *B²*, ne sceurent ne ne peurent c. *B*. **109.** d. e. se assemblerent p. *B*. **111.** la gardoient m. *BC*. **114.** son visage p. g. ire et d. *B*. **115.** f. a n. *B*. **117.** a. e. parmi le *B*. **122.** et pour ce *B*, la acouruz *B²*, la courus *C*. **123.** e. fouy p. *B*, et ne – lavoient *B²*. **125.** voulu *omis A*.

« Dieu, je suis cernée de tous côtés ; car si j'obtempère, je suis comme morte à Dieu, et si je refuse, je ne pourrai réchapper d'entre leurs mains sans éviter la torture et la lapidation. Mais je préfère tomber sous leur coupe en toute innocence, plutôt que de pécher devant Dieu. » Alors, elle cria à gorge déployée. Les deux vieillards crièrent aussi, si bien que les serviteurs accoururent de la maison. Les juges racontèrent qu'ils l'avaient surprise en flagrant délit avec un jeune homme si fort et vigoureux qu'il leur avait échappé avant qu'ils aient pu le reconnaître ou apprendre qui il était. La gêne et l'ébahissement des serviteurs furent immenses, car jamais ils n'avaient entendu une telle accusation à l'égard de leur dame ; jamais ils n'avaient perçu de mal en elle.

6. Pourtant, elle fut mise en prison ; le lendemain on l'amena devant l'assemblée des juges et tout le peuple réuni pour assister à cet événement inouï. Ses parents et ses amis regardèrent Susanne et pleurèrent de pitié. D'humiliation et de vergogne, Susanne avait couvert sa tête. Pour sa honte et à son grand désespoir, les juges lui firent découvrir son visage. Alors, elle leva ses yeux pleins de larmes au ciel, car elle avait confiance en Notre-Seigneur : Il savait qu'elle était pure. Les deux prêtres racontèrent devant le peuple comment en se divertissant dans le jardin ils avaient vu arriver Susanne avec deux de ses jeunes suivantes, qu'elles les avait renvoyées et qu'elle avait verrouillé la porte derrière elles. Ils prétendaient qu'alors était survenu un jeune homme qu'ils avaient vu s'unir charnellement à elle. Alors qu'ils accouraient, le jeune homme s'était enfui par la porte. Ils n'avaient pas pu l'arrêter et n'avaient pris que Susanne que voilà qui avait refusé de livrer le nom du jeune homme : « Nous la condamnons à mort pour ce crime dont tous deux, nous sommes témoins. » Alors, Susanne poussa

adonc s'escrya, et dist en ceste maniere : « Dieu pardurable, tu es congnoissant des choses repostes et scez toutes choses ains qu'elles soient faictes, et scez bien que contre moy ilz portent faulx tesmoingnaige ; souviengne t'en, et aiez mercy de moy. »

7. Apres ce on l'amena a son torment, et en passant par une rue Nostre Seigneur evertua l'esperit d'un jenne et petit enfant appellé Daniel, lequel commença a crier a haulte voix : « O peuple d'Israel, ceste femme est jugiee faulcement ! Retournez au jugement ! Retournez ! car les jugemens sont faulx. » Adonc le peuple s'escrya, et firent retourner Susanne au lieu ou le jugement avoit esté donné, et amenerent les jugeurs et l'enfant appellé Daniel, lequel dist telz motz : « Separez moy ces jugeurs et les menez l'un ça, l'autre la. » Quant ce fut fait il vint a l'un et lui demanda soubz quel arbre ce avoit esté fait et qu'il avoit bien veu l'omme et Susanne faisans leur pechié ; et icellui jugeur respondi : « Soubz ung chesne. » Apres icellui, Daniel vint a l'autre jugeur, et lui demande soubz quel arbre il avoit veu Susanne soubz le jeune homme ; et il respondi : « Soubz ung arbre appellé *lentiscus*. » (Lentiscus est ung arbre qui rent huille ; et la racine est une espice appellee *macis*.) Ainsi fut actainte leur mençonge, et fut Susanne delivree comme pure et necte sans taiche de mauvaiz atouchement ; et est bien prouvé qu'elle estoit bien remplie de la vertu de chasteté quant elle dist ceste parolle aux faulx jugeurs : « J'ayme mieulx cheoir en voz mains comme es mains de mes ennemis et mourir sans faire pechié, que faire pechié devant Dieu Nostre Seigneur. »

8. O femme plaine de foy et de grant loyauté, qui cremoit tant Dieu et le pechié de mariaige enfraindre qu'elle vouloit mieulx morir que son corps vilainement atoucher ! Et certes il est tout certain que les juifz et les juifves qui

---

129. es congnoisseur des *B*, es congnoissans des *C*, c. secretes et *B*. **131.** tesmoingnaigne *A*, et ayes m. *B*. **133.** ce *omis B*. **137.** l. jugeurs – s. *B²*. **141.** l. mectez l. *B*. **142.** c. et lautre – la *B²* (– *remplace* de). **144.** bien *omis B*, i. juge r. *B*, i. j. luy r. *C*. **146.** lui demanda s. *B*. **148.** a leustitus *A*, a. lustitus *C*, Leustitus e. *AC*. **152.** m. atouchemens *BC*. **161.** j. et j. *B*, j. et lez juifveus *C*.

un cri et dit : « Dieu éternel, Toi qui connais les choses secrètes, Toi qui sais tout avant même que cela advienne, Tu sais bien qu'ils portent un faux témoignage contre moi. Souviens-Toi de mon innocence, et aie pitié de moi. »

7. Puis on la conduisit à son supplice. Mais comme elle passait dans une rue, Notre-Seigneur rendit clairvoyant l'esprit d'un jeune enfant nommé Daniel, qui se mit à crier à haute voix : « Peuple d'Israël, cette femme est condamnée à tort ! Retournez au tribunal ! Faites demi-tour ! Le jugement n'est pas valable ! » Un bruit se leva dans le peuple. On fit revenir Susanne à l'endroit où elle avait été condamnée. On y amena aussi les juges et Daniel. L'enfant dit : « Séparez-moi ces juges et conduisez l'un ici et l'autre là. » Une fois l'ordre exécuté il s'approcha du premier et lui demanda sous quel arbre il était sûr d'avoir vu l'homme et Susanne commettre leur péché ; le juge lui répondit : « Sous un chêne. » Daniel alla au second juge et lui demanda sous quel arbre il avait vu Susanne sous le jeune homme, et il répondit : « Sous un arbre qu'on appelle *lentiscus*. » (C'est un arbre qui produit de l'huile ; sa racine est une épice appelée *macis*[1].) Ainsi leur mensonge fut découvert. On libéra Susanne, on proclama son innocence et sa pureté car aucun attouchement criminel ne l'avait jamais souillée. Il est manifeste qu'elle était habitée par la vertu de chasteté lorsqu'elle dit aux faux juges : « J'aime mieux tomber entre vos mains, à vous qui êtes mes ennemis, et mourir innocente, plutôt que de commettre un péché devant Dieu, Notre-Seigneur. »

8. Quelle femme de grande foi et de grande loyauté, qui redoutait tant Dieu et le péché d'adultère qu'elle préférait mourir plutôt que de livrer son corps à la souillure ! Il est certain, d'ailleurs, que les juifs et les juives qui habitent à présent

---

[1]. Ecorce de la noix muscade. L'auteur inverse les arbres : c'est le premier juge qui répond « sous un lentisque ».

sont a present en ce royaulme ont si abhominable ce pechié, et est telle leur loy, que se une femme estoit trouvee en adultere elle seroit lapidee et tourmentee de pierres jusques a la mort, selon leur loy. Mesmes les mauvaiz tiennent ceste loy, et nous la devons bien tenir, car c'est bonne loy.

9. Autre exemple y a sicomme met Cerxes le philosophe en son livre nommé *Des Eschez* ou chappiltre de la royne. Et dist que la royne doit sur toutes choses chasteté garder et endoctriner a ses filles; car, dist il, nous lisons de moult de filles qui pour leur virginité ou pucellaige garder ont esté roynes. Pelistongrafe des Lombars raconte que en Ytalie avoit une duchesse qui avoit nom Raymonde et avoit ung filz et deux filles. Advint que le roy de Hongrye *(fol. 21b)* appellé Cantamus eust debat a icelle Raymonde, et vint devant une sienne ville et y mist le siege. Elle et ses enfans estoient dedens le chastel, et si regarda une foiz ses ennemis qui faisoient une escarmouche contre les gens de sa ville qui fort se deffendoient, et entre les ennemis vit ung chevalier qui estoit forment bel. Elle fut tant embrasee de s'amour qu'elle lui manda que secretement et parmy son chastel elle luy randroit sa ville, se il la vouloit prendre a femme; et le chevalier dist «Oyl». Et apres ce elle luy ouvry les portes du chastel et lui et ses gens y entrerent.

10. Quant ilz furent ou chastel ses gens entrerent par la en la ville et prindrent hommes et femmes et tout ce qu'ilz porent. Et les filz d'elle orent si grant honte et douleur de sa traïson qu'ilz la laisserent et s'en alerent. Et depuis furent si bons que l'un d'iceulx enfans, qui avoit nom Grimault, c'est assavoir le plus petit, fut puis duc des Bien venteus et depuis roy de Lombardie.

11. Et les filles, qui ne sceurent fouyr, doubterent estre violees des Hongres; si tuerent pigons et les mucerent dessoubz leurs mamelles, et par l'eschauffement de leurs

---

168. s. dit C. B^2. **173.** Pelistonographe *B*. **178.** estoient ou c. *B*. **186.** et il et *B*. **188.** quilz peurent et *B*. **192.** puis *omis B*, bien ventens *B*, biens ventus *C*. **193.** et puis r. *B*. **196.** m. si que p. *B*.

ce royaume, conformément à leur loi, abhorrent tant ce péché que si une femme était découverte en commettant l'adultère, elle serait lapidée et suppliciée jusqu'à ce que mort s'ensuive, comme leur loi le prescrit. Même les mauvais juifs respectent cette loi-ci. Nous devons faire de même, car c'est une bonne loi[1].

9. On trouve un autre exemple à ce sujet chez le philosophe Cessolis dans son livre *Des échecs*[2] au chapitre consacré à la reine. Le philosophe dit que le premier devoir de la reine est de garder la chasteté et d'instruire ses filles ; car, dit-il, les livres nous parlent de nombreuses filles qui sont devenues reines pour avoir gardé leur virginité. Pelistongraphe des Lombards raconte qu'en Italie il y avait une duchesse nommée Raymonde qui avait un fils et deux filles. Il advint que Cantamus, le roi de Hongrie, entra en conflit avec cette Raymonde et vint devant une ville qui lui appartenait pour l'assiéger. Elle était dans le château avec ses enfants. Un jour, elle regarda les ennemis lors d'un accrochage avec les gens de sa ville qui se défendaient vaillamment. Elle vit alors parmi les ennemis un chevalier fort beau. Elle fut tant embrasée d'amour qu'elle lui fit savoir qu'elle lui rendrait sa ville en secret en lui ouvrant le passage par le château s'il consentait à la prendre pour femme. Le chevalier y consentit. Alors, elle lui ouvrit les portes du château et il y pénétra avec ses gens.

10. Une fois dans le château, l'accès de la ville leur était ouvert. Ils prirent hommes, femmes et tout ce qu'ils purent. Les enfants de Raymonde conçurent tant de honte et de tristesse à cause de la trahison de leur mère qu'ils l'abandonnèrent et s'en allèrent. A partir de ce moment, ces enfants firent tant de bien que le plus jeune, Grimault, fut d'abord duc de Bénévent, puis roi de Lombardie.

11. Quant aux filles qui ne pouvaient pas s'enfuir, elles redoutèrent que les Hongrois ne les violent. Alors, elles tuèrent des pigeons et les cachèrent sous leurs seins. Au contact de la

---

1. Ce passage constitue une preuve de ce que le *Mesnagier* a été écrit avant septembre 1394, date à laquelle les juifs furent chassés de France par une ordonnance du roi Charles VI.
2. Référence au *Solacium ludi scacchorum* de Jacobus de Cessolis, traduit en français au XIVe siècle sous le titre *Moralitez sur le jeu des eschés* par J. de Vignay d'abord, Jean Freron ensuite.

mamelles la char des pigons puoit. Et quant les Hongres
les vouloient approuchier si sentirent la puantise et s'en
refroidirent et les laisserent tantost ; et disoient l'un a
200 l'autre : « Fy ! Que ces Lombardes puent ! » Et a la fin
icelles filles s'en fouyrent par mer pour garder leur virginité ; et toutesvoyes pour ce bien et leurs autres vertus
l'une fut depuis royne de France et l'autre fut royne
d'Alemaigne.

205 12. Icellui chevalier print icelle duchesse et jeut avec
elle une nuyt pour son serement sauver. L'endemain la fist
a tous les Hongres commune. Le jour apres lui fist fichier
ung peel des parmy la nature au long du corps jusques a la
gorge, disant : « Tel mary doit avoir telle lecheresse qui
210 par sa luxure a trahy sa cité et ses gens baillez es mains de
leurs ennemis. » Et aussi ces parolles fist il escripre en
plusieurs lieux parmy sa robe. Et toute morte la fist ata-
chier et lier aux barrieres de deshors et devant la porte de
sa cité, afin que chascun la veist, et la laissa.

215 13. Encores met il la ung autre exemple de garder son
mariaige et sa chasteté, et dist que saint Augustin ou livre
de la *Cité de Dieu* dist, et aussi l'ay je veu en Titus Livius,
que a Romme estoit une dame moult bonne et de grant et
vertueux couraige appelee Lucresse, qui estoit femme
220 d'un Rommain appellé Collatin, qui convoya et semonny
une foyz a disner *(fol. 22a)* avec lui l'empereur Tarquin
l'Orgueilleux et Sexte son filz. Et lesquelz y disnerent et
furent festiez et apres disner se esbatirent. Et Sexte advisa
la contenance de toutes les dames, et entre toutes et par
225 dessus toutes les autres la maniere Lucresse lui pleut et sa
beaulté.

14. Par aucune espace de temps apres, les gens d'un
chastel qui estoit a quatre lieues d'illec empres Romme
firent rebellion a l'empereur qui ala mectre le siege
230 devant, et avec lui fut et ala Sexte son filz, avec lesquelz

---

198. l. vouldrent a. *B*, la punaisie et *B*, sen refrederent *B*². **199.** et desmeurent
et *B*. **205.** c. prist i. *B*. **206.** le. le f. *AC*. **209.** l. que p. *B*. **210.** b. et mis
es *B*. **213.** de dehors *BC*, et d. les portes de *B*. **217.** et ainsi l. *B*. **222.** l. ilz
d. *AC*. **224.** d. qui la lestoient et *B*. **228.** iiii. lieux de R. f. r. contre l. *B*. **230.** a.
lequel estoient et de sa c. *B*², a. l. estoient de sa c. et *C*.

I, iv : Modèles de chasteté féminine

chaleur, les cadavres se mirent à puer. Lorsque les Hongrois voulurent s'approcher d'elles, ils sentirent la puanteur, ce qui les refroidit si bien qu'ils abandonnèrent aussitôt leur dessein, se disant l'un à l'autre : « Pouah ! Ce que ces Lombardes peuvent puer ! » A la fin, ces filles s'enfuirent par la mer pour garder leur virginité. Or, grâce à cet acte vertueux et à leurs autres qualités, l'une est devenue reine de France plus tard, et l'autre reine d'Allemagne.

12. Quant au chevalier, il coucha avec la duchesse une nuit pour respecter son serment. Mais le lendemain, il la prostitua à tous les Hongrois. Et le jour suivant il la fit empaler sur un piquet, du bas-ventre jusqu'à la gorge, disant : « Voilà le mari qui convient à une femme si dévergondée qu'elle a pu, par luxure, trahir sa cité et livrer ses gens aux ennemis. » Il fit de plus inscrire ces mots sur sa robe à plusieurs endroits. Une fois morte, il la fit attacher avec des cordes aux barreaux extérieurs de la porte de sa cité afin que tout le monde pût la voir, et il l'abandonna là.

13. Ce même livre contient un autre exemple sur la question du mariage et de la chasteté ; Cessolis écrit que saint Augustin le rapporte dans la *Cité de Dieu* et j'ai moi-même trouvé chez Tite Live[1] cette histoire. Il y avait à Rome une dame très vertueuse dotée de qualités exceptionnelles qui s'appelait Lucrèce, femme d'un Romain, Collatin. Un jour, celui-ci convia à dîner chez lui l'empereur[2] Tarquin le Superbe et son fils Sextus. Ils vinrent dîner et on leur fit honneur. Après le repas, tous se détendirent. Sextus examina la contenance des dames ; entre toutes, il préféra les manières et la beauté de Lucrèce.

14. Un peu plus tard, les habitants d'un château situé à quatre lieues de Rome se révoltèrent contre l'empereur qui partit alors pour l'assiéger. Son fils Sextus l'accompagna. Plu-

---

1. *Histoire Romaine*, I, 57-59.
2. En fait, Tarquin le Superbe n'est pas empereur, mais le dixième roi romain.

estoit et de sa compaignie furent plusieurs de jeunes hommes de Romme, entre lesquelz estoit Colatin, le mary Lucresse. Long temps furent illec les Rommains a siege, et ung jour qu'il faisoit bel et sery estoient assemblez a
235 boire apres disner ensemble Sexte le filz l'empereur et plusieurs d'iceulx jeunes hommes rommains entre lesquelz estoit Colatin; et prindrent complot ensemble de soupper tantost. Et apres alerent hastivement a Romme en l'ostel de chascun d'iceulx jeunes hommes veoir la
240 maniere et contenement de chascune de leurs femmes et leur gouvernement; par tel que cellui duquel sa femme seroit trouvee en meilleur couvine avroit l'onneur de logier Sexte, le filz l'empereur, en son hostel.

15. Ainsi fu accordé, et vindrent a Romme et trouve-
245 rent les unes devisans, les autres jouans au bric, les autres a qui fery, les autres a pincemerille, les autres jouans aux cartes et aux autres jeux d'esbatement avecques leurs voisines. Les autres, qui avoient souppé ensemble, disoient des chançons, des fables, des contes, des jeux partis. Les
250 autres estoient en la rue avecques leurs voisines, jouans au tiers et au bric; et ainsi semblablement de plusieurs jeux. Excepté Lucresse, qui dedens et ou plus parfont de son hostel en une grant chambre loing de la rue avoit ouvriers de laine, et la, toute seule assise, loingnet de ses ouvriers
255 et a part, tenoit son livre devotement. A basse chiere disoit ses heures devotement et moult humblement, et fut trouvé que lors ne autres foiz, toutes foiz que son mary Colatin estoit hors, et en quelque compaignie ou feste qu'elle fust, il n'estoit nul ne nulle qui la veist dancer ne chanter, se ce
260 n'estoit seulement le jour qu'elle avoit lettres de lui ou qu'il retournast la veoir; et lors chantoit et dansoit avec les autres se feste y avoit.

16. Et pour ce Colatin eust l'onneur de la venue et loga en son hostel Sexte le filz l'empereur, lequel fut servy de
265 tous les autres et de leurs femmes et aparentez. Et l'ende-

---

231. p. des j. *B.* **233.** f. les R. i. a *B.* **234.** j. qui *BC,* assemblez a. d. a b. *B.* **237.** et prinrent c. *B.* **240.** m. et contenance de *B.* **243.** l. en s. h. S. le f. l. *B.* **246.** q. ferir l. *B*². **255.** et apert t. *AC.* **256.** ses h. m. h. *B,* ses h. d. et h. *C.* **257.** toutes foiz *omis B.* **259.** la feist d. *B.* **265.** et parentes et *B.*

sieurs jeunes Romains étaient avec lui, parmi lesquels Collatin, le mari de Lucrèce. Les Romains restèrent longtemps à tenir leur siège. Un jour qu'il faisait beau et doux, Sextus, le fils de l'empereur et plusieurs des jeunes Romains, Collatin y compris, étaient réunis après dîner et buvaient ensemble. Ils eurent alors l'idée de souper tout de suite pour se rendre ensuite en toute hâte à Rome, avec le dessein d'aller surprendre, dans la maison de chaque jeune homme, les façons, la conduite et le comportement de leurs femmes respectives. Celui dont ils trouveraient la femme dans les meilleures dispositions aurait l'honneur d'héberger dans sa maison Sextus, le fils de l'empereur.

15. Ainsi fut convenu. Ils arrivèrent à Rome et trouvèrent les unes en train de bavarder, les autres jouant au bric[1], à la main chaude, à pince morille[2]; d'autres encore jouaient aux cartes ou étaient occupées à s'amuser avec leurs voisines. Celles qui avaient soupé ensemble chantaient ou racontaient des fables et des contes, ou se divertissaient avec des jeux-partis[3]. D'autres encore étaient dans la rue avec leurs voisines, jouant au tiers[4], au bric et à d'autres jeux encore. Lucrèce seule se trouvait à l'intérieur au coin le plus reculé de sa maison dans une grande pièce loin de la rue avec des gens qui travaillaient la laine. Elle était assise là toute seule et à part, gardant une petite distance entre elle et ses ouvriers, et tenant son livre avec dévotion entre ses mains. Le visage baissé elle disait ses heures, pieuse et très humble[5]. Il s'avéra alors que chaque fois que son mari Collatin était absent, quelle que fût la réunion ou la fête où elle se trouvait, personne ne la voyait danser ou chanter, excepté le jour où elle venait de recevoir de ses nouvelles ou qu'il était sur le point de la rejoindre ; alors seulement elle chantait et dansait avec les autres s'il y avait une fête.

16. Ainsi, ce fut Collatin qui l'emporta et qui eut l'honneur de loger en sa maison Sextus, le fils de l'empereur ; tous les autres, leurs femmes et leurs parents le servirent. Le lendemain

---

1. Cf. Rutebeuf, *De brichemer*; les joueuses étaient assises par terre en cercle, et l'une d'elle était au centre avec un petit bâton, le *bric*.
2. Cf. Rabelais, *Gargantua*, chap. 22.
3. Petites pièces dialoguées.
4. Sorte de colin-maillard.
5. Voilà un exemple de l'adaptation chrétienne d'une histoire d'origine païenne : Lucrèce ne pourrait être un modèle de vertu féminine percutant sans les atours de la dévotion religieuse.

main bien matin fut des dames esveillé, vestu, et oyt messe, *(fol. 22b)* et les virent monter et mectre a cheminer. Et a ce voyaige fut Sexte moult fort espris de l'amour Lucresse, et tellement qu'il pensa qu'il revenroit
270 devers elle, acompaignié d'autres gens que des amis d'elle ou de son mary.

17. Ainsi fut fait, et vint au soir en l'ostel Lucresse. Laquelle le receut moult honnorablement; et quant le temps vint d'aler coucher, l'en ordonna le lit a Sexte
275 comme a filz d'empereur. Et ce mauvaiz filz d'empereur espia ou Lucresse gisoit, et apres ce que tout leens furent couchiez et endormis, Sexte vint a elle, l'une main mise a la poitrine et l'autre a l'espee. Et lui dist: « Lucresse, taiz toy! Je suis Sexte le filz a l'empereur Tarquin. Se tu dis
280 mot, tu es morte. » Et de paour elle se escria. Dont la commença Sexte a prier, rien n'y vault; et apres ce a lui offrir et promettre dons et services, riens n'y vault; et puis a menacier qu'elle se voulsist a lui acorder ou qu'il destruiroit elle et sa lignee, rien n'y vault. Si lui dist ainsi :
285 « Lucresse, se tu ne faiz ma voulanté je te tueray; et si tueray aussy ung de tes varlés, et puis diray que je vous aray tous deux trouvez couchiez ensemble, et pour vostre ribauldie vous ay tuez. » Et celle qui doubta plus la honte du monde que la mort, si se consenti.

290 18. Ce jour, et tantost apres que Sexte s'en fu alé, la dame manda par lettres son mary qui estoit en l'ost, et aussi manda son pere, ses freres, et tous ses amis, et ung homme qui avoit nom Brut et nepveu Colatin son mary. Et quant ilz furent venus, elle leur dist moult espoventa-
295 blement : « Sexte, le filz a l'empereur, entra hier comme hoste en cest hostel; maiz il ne s'en est pas departis comme hoste, mais comme ennemy de toy, Colatin, et saiches qu'il a ton lit deshonnoré. Toutesfoiz, se mon corps est deshonnoré, ce n'est pas le cuer; et pour tant
300 me absolz je du pechié, maiz non pas de la paine. »

---

266. d. esveilliez v. *B²*. **267.** et le – v. *B²*, a chemin – Et *B²*. **269.** la. de L. *B*. **270.** e. acompaigniez d. *B²*. **276.** q. tous f. l. c. et *B*. **284.** v. Quant il vit que tout ce rien ny valoit si *B*. **293.** n. Bone et *AC*. **296.** p. departi c. *BC*. **298.** d. Toutesvoies s. *B*.

de bon matin les dames l'éveillèrent et le vêtirent ; puis il alla écouter la messe. Plus tard, les dames les virent monter à cheval et se mettre en route. Pendant le trajet, Sextus s'enflamma d'amour pour Lucrèce, si fort qu'il décida de retourner chez elle en compagnie de personnes qui ne seraient pas de leurs amis, à elle ou à son mari.

17. Ainsi fit-il, et au soir il arriva à la maison de Lucrèce. Elle le reçut fort honorablement. Lorsque vint l'heure du coucher, on attribua un lit à Sextus comme il convient à un fils d'empereur. Mais ce mauvais prince chercha à savoir où dormait Lucrèce. Une fois que toute la maisonnée fut couchée et endormie, Sextus se rendit auprès d'elle, une main sur la poitrine, l'autre sur l'épée. Il lui dit : « Lucrèce, tais-toi ! Je suis Sextus, le fils de l'empereur Tarquin. Si tu dis un mot, tu es morte. » De peur elle poussa un cri. Alors, Sextus se mit à la supplier mais rien n'y fit, ni ses promesses de lui offrir cadeaux et avantages, ni ses menaces de la supprimer avec toute sa famille si elle persistait dans son refus. Pour finir, il lui dit : « Lucrèce, si tu refuses de te plier à ma volonté, je te tuerai ; je tuerai aussi un de tes valets et je raconterai ensuite que je vous ai trouvés couchés ensemble et que je vous ai tués à cause de votre débauche. » Alors Lucrèce, qui craignait davantage d'être honnie aux yeux du monde que de mourir, se laissa faire.

18. Ce même jour, immédiatement après le départ de Sextus, Lucrèce prévint par lettre son mari qui était en campagne, ainsi que son père, ses frères, tous ses amis et un homme appelé Brutus qui était le neveu de son mari Collatin. Quand ils furent arrivés, elle leur dit, effrayante à voir : « Sextus, le fils de l'empereur est entré hier dans cette maison en qualité d'hôte ; mais ce n'est pas comme un hôte, c'est comme ton ennemi, Collatin, qu'il en est sorti : apprends qu'il a déshonoré ton lit. Cependant, si mon corps est déshonoré, mon cœur ne l'est pas ; je m'absous du péché, mais non de la punition. »

19. Adonc Colatin son mary vit qu'elle estoit toute palle et descoulouree, et sa face blanche et toute esplouree ; car la grasse des larmes estoit apparant en son viaire des yeulx jusques aux baulievres, et avoit les yeulx gros et enflez, les paupieres mortes et espesses et dedens vermieulx par le descourement des larmes, et regardoit et parloit effroyeusement. Si commença a la conforter moult doulcement et a lui pardonner, et lui monstra moult de belles raisons que le corps n'avoit pas pechié puis que le cueur n'y avoit donné consentement ne pris delit, et se commença a alleguer exemples et auttoritez. Tout ce ne lui pleut. Elle lui rompy sa parolle en disant moult asprement : « Ho ! Ho ! Nenil, nenil, c'est trop tart. Tout ce ne (*fol. 23a*) vault riens, car je ne suis jamaiz digne de vivre. Et cellui qui m'a ce fait, l'a fait a sa grant mal meschance se vous valez riens. Et pour ce que nulle ribaulde ne regne a l'exemple de Lucresse, qui vouldra prendre exemple au pechié et au forfait, si prengne aussi exemple a l'amende. » Et tantost d'une espee qu'elle tenoit soubz sa robe se fery parmy le corps, et morut devant eulx tous.

20. Adont Brut le conseillier et Colatin le mary d'icelle Lucresse, et tous ses amis, plourans et doulans, prindrent celle espee qui estoit sanglante, et sur le sanc jurerent par le sanc Lucresse que jamaiz ne fineroient jusques atant qu'ilz avroient Tarquin et son filz destruit ; et le poursuivront a feu et a sanc et a toute sa lignee boutee hors, si que jamaiz nul n'en vendra a dignité.

21. Et tout ce fut tantost fait ; car ilz la porterent enmy la ville de Romme et esmeurent tellement le peuple que chascun jura la destruction de l'empereur Tarquin et de son filz, et a feu et a sang. Et adonc fermerent les portes afin que nul n'issist pour aler adviser l'empereur de leur emprise, et s'armerent et yssirent deshors, alant vers l'ost de l'empereur comme tous forcenez. Et quant ilz appro-

---

303. la trasse d. *B*, son visaige d. *B*. **305.** m. et perses d. v. *B*. **306.** le descouvrement d. *AC*. **307.** p. effaroucheement si *B*. **310.** se prist a *B*. **313.** nenil *3 fois B*. **315.** g. male m. *B*. **321.** Adonc b. le conseillier et *B*. **325.** le poursuirent a B^2, le poursieveroient a *C*. **326.** et toute s. *B*, l. bouterent h. B^2. **327.** n. ne v. *B*. **331.** f. – a f. et B^2. **333.** sa. et puis y *B*, y. dehors a. *BC*.

19. Alors, son mari Collatin se rendit compte qu'elle était toute pâle et livide, que son visage était blanc et tout éploré : la trace des larmes y était visible, des yeux jusqu'aux lèvres ; ses yeux, ainsi que ses paupières fanées, étaient très enflés, tout rouges à l'intérieur à cause du flot des larmes. Elle jetait des regards aussi effroyables que ses paroles. Collatin se mit à la consoler avec beaucoup de douceur, l'assurant de son pardon, et lui démontra par de nombreux arguments que le corps n'avait pas péché puisque le cœur n'avait pas été consentant et qu'aucun plaisir n'était entré en jeu. Il se mit à alléguer des exemples, à citer des autorités. Rien de tout cela ne pouvait apaiser Lucrèce. Elle lui coupa la parole et dit très vivement : « Hélas ! Non ! Non, il est trop tard. Tout cela est inutile, car désormais, je ne suis plus digne de vivre. Mais celui qui m'a outragée, qu'il l'ait fait à sa propre perte, si vous avez quelque courage ! Et pour que nulle femme légère ne puisse régner en se référant à l'exemple de Lucrèce, au péché et au crime, qu'on prenne aussi l'exemple de l'amendement ! » Aussitôt elle se frappa d'une épée qu'elle tenait cachée sous sa robe, et mourut devant eux tous.

20. Alors, Collatin, le mari de Lucrèce, son conseiller Brutus et tous ses amis, versant d'amères larmes, saisirent l'épée tout ensanglantée et jurèrent sur et par le sang de Lucrèce qu'ils n'auraient de cesse avant d'avoir réduit à néant Tarquin et son fils ; qu'ils les poursuivraient à feu et à sang jusqu'à ce que toute leur lignée soit exilée, afin que jamais plus aucun d'entre eux ne parvînt aux honneurs.

21. Ils mirent aussitôt à exécution leur résolution ; ils portèrent Lucrèce au centre de la ville de Rome et agitèrent tant le peuple que chacun jura la fin de l'empereur Tarquin et de son fils, par le feu et le sang. Ils fermèrent les portes de la ville afin que personne ne pût en sortir pour aller instruire l'empereur de leur projet ; ils s'armèrent et sortirent de la ville, s'approchèrent de l'armée de l'empereur comme forcenés. A leur approche,

cherent de l'empereur et il ouy le bruit et tumulcte et vit les gens, pouldres, et fumees des chevaulx, avec ce que l'en lui dist, il et son filz s'enfuirent en desertz, chetifz et desconfortez.

22. Sur quoy le *Rommant de la Rose* dist ainsi :

N'onc puis Rommains pour ce desroy
Ne vouldrent faire a Romme roy.

23. Ainsi avez vous deux examples, l'un de garder honnestement son vesvaige ou sa virginité ou pucellaige, l'autre de garder son mariaige ou chasteté. Et saichiez que richesse, beaulté de corps et de viaire, lignaige et toutes les autres vertus sont peries et anichillees en femme qui a taiche ou souspeçon contre l'une d'icelles vertus. Certes, en ces cas tout est pery et effacié, tout est cheu sans jamais relever, puis que une seule foiz femme est souspeçonnee ou renommee au contraire. Et encore supposé que la renommee soit a tort, si ne peut jamais icelle renommee estre effacee. Et veez en quel peril perpetuel une femme met son honneur et l'onneur du lignaige de son mary et de ses enfans quant elle n'eschieve le parler de tel blasme, ce qui est legier a faire.

24. Et est a noter sur ce, sicomme j'ay oy dire, que puis que les roynes de France sont mariees, elles ne lisent jamais seules lettres closes se elles ne sont escriptes de la propre main de leur mary, sicomme l'en dit ; et celles lisent elles toutes seules, et aux autres elles appellent compaignie et les font lire par autres devant elles ; et dient souvent qu'elles ne scevent mye bien lire autre lettre ou escripture que de leur mary. Et leur vient de bonne *(fol. 23b)* doctrine et de tresgrant bien, pour oster seulement les parolles et la suppeçon ; car du fait n'est il point de doubte. Et puis que si haultes dames et si honnorees le

---

337. d. ilz et B^2, f. sen fouirent en *BC*, d. et c. *B*, d. – c. B^2. **339.** a. Nont p. *AC*. **345.** et de visage l. *B*, et v. l. *C*. **346.** les *omis B*. **348.** en ce c. *B*. **351.** ne p. a paine i. r. j. e. e. Or v. *B*. **358.** c. ce e. *AC*. **365.** et le s. B^2.

celui-ci entendit le bruit et le tumulte ; il vit le peuple, la poussière, la fumée des chevaux. Après avoir reçu des informations, il s'enfuit avec son fils dans les déserts, tous deux lamentables et désespérés.

22. A ce sujet, le *Roman de La Rose*[1] dit :

> Après ce trouble jamais plus les Romains
> Ne voulurent établir de roi à Rome.

23. Voici donc deux exemples, l'un, valant pour le veuvage, la virginité et le pucelage, enseignant qu'il faut les respecter sans faille, l'autre sur l'observance de la chasteté dans le mariage. Sachez que la richesse, la beauté du corps et du visage, l'origine familiale et toutes les autres qualités sont détruites et annulées en une femme qui a une tache ou qui éveille la suspicion par rapport à une de ces vertus. Dans ce cas, tout bien est irrémédiablement détruit et effacé, la chute est définitive : il suffit qu'une seule fois la femme suscite le soupçon ou s'attire une mauvaise réputation[2]. Et même si cette rumeur est sans fondement, la femme en sera toujours entachée. Vous voyez donc à quel danger une femme expose perpétuellement son honneur, celui du lignage de son mari et de ses enfants lorsqu'elle ne parvient pas à éviter qu'on diffuse un tel blâme sur elle : il en faut si peu.

24. On peut noter à ce propos, à ce que j'ai entendu dire, qu'à partir du moment où les reines de France sont mariées, elles ne lisent jamais seules des lettres fermées, sauf si elles sont écrites de la propre main de leur mari – à ce qu'on dit ; ces lettres-là, elles les lisent toutes seules. Quant aux autres, elles réunissent une assemblée pour se les faire lire par d'autres. Elles prétendent souvent qu'elles ne savent pas bien lire les lettres ou l'écriture de quelqu'un d'autre que leur mari. Cette attitude leur vient d'une très précieuse instruction qui a pour seul but de ne donner aucune prise à de possibles bavardages ou hypothèses. En ce qui concerne l'adultère lui-même, il n'y a rien à craindre là-dessus. Et puisque d'aussi hautes et dignes

---

1. Vers 8653-54.
2. Répétition, parfois mot pour mot, du premier paragraphe.

25. Si vous conseille que lettres amoureuses et secretes de vostre mary vous les recevez en grant joye et reverence, et secretement tout seule les lisez tout apart vous, et toute seule lui rescripvez de vostre main se vous savez, ou par la main d'autre bien secrette personne, et lui rescripvez bonnes parolles amoureuses et voz joyes et esbattemens; et nulles autres lettres ne recevez ne ne lisiez, ne ne rescripvez a autre personne, fors par estrange main, et devant chascun et en publique les faittes lire.

26. *Item*, dit l'en aussi que les roynes depuis qu'elles sont mariees jamais elles ne baiseront homme – ne pere, ne frere, ne parent – fors que le roy, tant comme il vivra. Pour quoy elles s'en abstiennent, ne se c'est vray, je ne scay.

27. Ces choses, chiere suer, souffisent assez a vous baillier pour cest article, et vous sont bailliees plus pour raconte que pour dottrine. Il ne vous en covient ja endoctriner sur ce cas, car, Dieu mercy, de ce peril et souspeçon estes vous bien gardee et serez.

---

368. de bonnes renommees le *B*. **369.** q. les l. *B*, secrez *B*. **370.** vous – r. B^2. **385.** v. – c. B^2.

dames en usent ainsi, les femmes modestes qui ont tout autant besoin de l'amour de leur mari et d'une bonne réputation, doivent faire de même.

25. Ainsi je vous conseille d'accueillir les lettres personnelles, les lettres d'amour de votre mari avec grande joie et grand respect, de vous isoler pour les lire toute seule, et de lui répondre vous-même de votre main si vous savez écrire, ou alors par l'intermédiaire d'une personne bien discrète. Ecrivez-lui de tendres mots d'amour, racontez-lui vos joies et vos passe-temps ; n'acceptez ni ne lisez aucune autre lettre, n'écrivez à personne en dehors de lui, ou alors dictez ces lettres à quelqu'un et faites-les relire devant tout le monde en public.

26. *Item*, l'on dit aussi des reines de France qu'à partir du moment où elles sont mariées, elles ne donneront de baiser à aucun homme – ni père, ni frère, ni parent – sauf au roi, aussi longtemps qu'il vivra. J'ignore la raison de ce renoncement, et si c'est seulement vrai.

27. Cela suffit, chère amie, pour cet article ; je vous en parle plus pour vous raconter des histoires que pour vous instruire : il n'y a pas lieu de vous renseigner à ce sujet car, Dieu merci, vous êtes et vous serez toujours à l'abri de ce danger, de cette suspicion.

I v

1. Le .v**e**. article de la premiere distinction dit que vous devez estre tresamoureuse et tresprivé de vostre mary par dessus toutes autres creatures vivans, moyennement amoureuse et privee de voz bons et parfaiz prochains parans charnelz et les charnelz de vostre mary, et tresestrangement privee de tous autres hommes; et du tout en tout estrange des oultrecuidez et oyseux jeunes hommes et qui sont de trop grant despence selon leur revenue, et qui sans terre ou grans lignages deviennent danceurs; et aussi des gens de court de trop grans seigneurs. En outre, de ceulx et celles qui sont renommez et renommees d'estre de vie jolye, amoureuse, ou dissolue.

2. A ce que j'ay dit tresamoureuse de vostre mary, il est bien voir que tout homme doit amer et cherir sa femme et que toute femme doit amer et cherir son homme : car il est son commencement. Et je le preuve : car il est trouvé ou deux**me**. chappiltre du premier livre de la Bible que l'en appelle *Genesy*, que quant Dieu eust creé ciel et terre, mer et air, et toutes les choses *(fol. 24a)* et creatures a leur aournement et perfection, il admena a Adam toutes les creatures qui eurent vie, et il nomma chascune ainsi qu'il luy pleust et qu'elles sont encores appellees; mais il n'y ot creature semblable a Adam, ne convenable pour lui

---

Rubrique : Cy commence le v**e**. article de la premiere distinction *B*. **1.** de la premiere distinction *omis B*. **2.** et tresprivee de *BC*. **4.** b. et prochains parens c. parens de v. *B*. **5.** et estrangement p. *B*. **10.** Et en *B*. **15.** et servir s. *B*. **20.** il a admena a *A*. **21.** il n. a. c. q. *B*. **23.** c. qui fust s. *B*.

I v

1. Le cinquième article de la première distinction traite de la vie de couple : vous devez aimer par-dessus toutes les autres créatures votre mari et être profondément unie à lui ; aimez avec modération les meilleurs et les plus proches de vos parents ainsi que ceux de votre mari et accordez-leur votre confiance avec mesure. Conservez une très grande réserve à l'égard de tous les autres hommes. Par-dessus tout, méfiez-vous des jeunes gens vaniteux et oisifs qui vivent au-dessus de leurs moyens et qui finissent danseurs s'ils sont sans terre et sans grande famille derrière eux. Défiez-vous aussi des courtisans des grands seigneurs. Finalement, il convient d'éviter le contact avec ceux ou celles qui ont la réputation de mener une vie débauchée, galante et dissolue.

2. Aimez beaucoup votre mari : il est bien vrai que chaque homme doit aimer et chérir sa femme, et que chaque femme doit aimer et chérir son mari, car l'homme est à l'origine de sa vie. J'en trouve la preuve au deuxième chapitre du premier livre de la Bible, appelé Genèse : Dieu, après avoir créé le ciel et la terre, la mer et l'air et après avoir achevé toutes choses et créatures pour orner et parfaire la nature, mena à Adam tous les êtres vivants. Et Adam donna à chacun un nom qui lui plut, et qu'ils ont gardé jusqu'à présent. Mais il manqua une créature semblable à Adam, un être qui lui aurait servi d'aide et tenu

faire ayde et compaignie. Et pour ce dist Dieu adonc : *Non
est bonum hominem esse solum ; faciamus ei adiutorium
simile ei*. « Bonne chose, dist Dieu, n'est pas que l'omme
soit seul. Faisons lui ayde qui lui soit semblable. » Dont
meist Dieu sommeil en Adam. Adonc osta Dieu une des
costes de Adam, et remply le lieu ou il la prist de chair,
sicomme dist Moyses ou second chappiltre de *Genesy*.
Cellui qui fist *Ystoire sur Bible* dist que Dieu prist de la
chair aussi avecques la coste, et aussi dist Josephus. Et
Nostre Seigneur ediffia la coste qu'il en avoit ostée en une
femme : voire, ce dist l'*Istoire*, il ediffia chair de la char
qu'il prist avecques la coste, et os de la coste, et quant il
luy a donné vie, il admena a Adam pour ce qu'il luy meist
nom. Et quant Adam le regarda il dist ainsi : *Hoc nunc os
ex ossibus meis, et caro de carne mea. Hec vocabitur
virago, quoniam de viro sumpta est*. « Ceste chose, dist il,
est os de mes os et char de ma char. Elle sera appellee
virago, c'est adire faicte d'omme. » Elle ot nom ainsi
premierement, et apres ce qu'ilz orent pechié elle ot nom
Eva, qui vault autant que *vita* : car toutes les creatures
humaines qui puis ont eu vie et avront sont venues d'elle.
Encores y adjousta Adam, et dist ainsi : *Propter hoc relinquet homo*, etc. « Pour ceste chose laissera homme son
pere et sa mere et se aherdera a sa moullier, et seront deux
en une chair. » C'est adire que du sang de deux (voire de
l'omme et de la femme) sera faicte ung char es enfans qui
d'eulz naistront. La fist dont Dieu et estably premierement mariaige, sicomme dit l'Istorieur. Car il dist a
conjoindre : *Crescite et multiplicamini*, etc. « Croissez,
dist il, et multipliez et remplez la terre. »

3. Je dy adonc par les raisons dictes, et prises en Bible,
que femme doit moult amer son mary quant de la coste de
l'omme elle fut faicte.

4. *Item*, on lit en l'onziesme chappiltre de *Genesy* que

---

26. s. illi. B. *B*, c. nest p. d. d. q. homme *B*. **27.** s. Donc m. il s. *B*. **28.** a. et
a. o. *B*². **33.** J. que n. s. dieu e. *B*. **34.** d. listorieur il lui e. *B*. **36.** lui ot d. *B*, il
lamena a *B*. **37.** A. la r. *B*. **38.** caro *omis AC*. **39.** de vira s. *AC*. **46.** sa femme
et *B*. **49.** f. une c. *BC* (une *au-dessus de* ung *en C*). **50.** f. donc d. *BC*.

compagnie. C'est pour cela que Dieu dit alors : *Non est bonum hominem esse solum; faciamus ei adjutorium simile ei.* « Il n'est pas bon pour l'homme d'être seul. Donnons-lui une aide qui lui soit semblable[1]. » Et Dieu fit venir le sommeil sur l'homme et lui ôta une côte. Il referma les chairs à sa place, comme le dit Moïse au deuxième chapitre de la Genèse. L'auteur de l'*Histoire sur la Bible*[2], quant à lui, dit que Dieu prit, outre la côte, de la chair. C'est aussi l'avis de Flavius Josèphe[3]. Et Notre-Seigneur forma de la côte prise à l'homme une femme. En effet, l'*Histoire* dit qu'Il forma la chair avec la chair qu'Il avait prise en même temps que la côte; le squelette avec l'os de la côte. Et lorsqu'Il lui eut donné vie, Il l'amena à Adam pour qu'il lui donne un nom. Adam, considérant la créature, dit : *Hoc nunc os ex ossibus meis, et caro de carne mea. Hec vocabitur virago, quoniam de viro sumpta est.* « Voici l'os de mes os et la chair de ma chair. Elle sera appelée *virago*, c'est-à-dire prise de l'homme. » Ce fut son premier nom ; après leur péché elle s'appela Eve, qui signifie *vita*, car tous les êtres humains vivants sont descendus d'elle. Adam ajouta : *Propter hoc relinquet homo*, etc. « Ainsi, l'homme laissera son père et sa mère pour s'attacher à sa femme, et ils deviendront une seule chair. » Ce qui veut dire que du sang des deux (de l'homme et de la femme) naîtra une nouvelle chair dans leurs enfants. Ainsi Dieu créa la femme et établit aussitôt le mariage, comme le dit l'historien. Car Il les exhorta à s'unir : *Crescite et multiplicamini*, etc. « Soyez féconds et prolifiques et remplissez la terre[4]. »

3. C'est donc pour les raisons que je viens d'évoquer, et qui viennent de la Bible, que je dis que la femme doit beaucoup aimer son mari puisqu'elle fut créée à partir de la côte de l'homme.

4. *Item*, au chapitre XI de la Genèse on peut lire qu'un

---

1. Gen., II, 18 sq.
2. Pierre le Mangeur (Petrus Comestor), mort en 1179, chancelier de l'Université de Paris, auteur notamment d'une *Historia scolastica*, traduite en français à la fin du XIIIe siècle par Guyard de Moulins, connue sous le titre de *Bible historiale*.
3. Historien juif (37-100 ap. J.-C.).
4. Gen. I, 28.

ung patriarche appellé Abraham prist a moullier en la cité
ou ville de Scaldee une moult bonne et sainte dame
60 appellee Sare. Laquelle fu depuis princesse souveraine et
premiere des bonnes et vaillans dames desquelles Moyses
fait mencion en ces .v. livres qui sont les premiers de la
Bible. On lit illec que Saire vesqui moult saintement et fut
tresloyalle et de bonne foy a son mary Abraham et obeis-
65 sant a (*fol. 24b*) ses commandemens. Et lit on illecques
que quant Abraham fut party de Damas pour la grant
famyne qui estoit en icelle terre, et il deust entrer en
Egypte, il dist a Saire sa moullier : « Je scay, dist il, que
les hommes de ceste terre sont chaulx et luxurieux et tu es
70 moult belle femme. Pourquoy je doubte moult, se ilz scevent que tu soies ma moullier, que ilz ne me occisent pour
toy avoir. Et pour ce je te prie que tu vueilles dire que tu
es ma suer et non pas ma moullier, et je le diray aussi ;
pour quoy je y puisse vivre paisiblement entre eulx, et
75 mes gens et ma mesgniee. » A ce conseil et commandement
obey Saire, non pas voulentiers, maiz pour sauver la vie a
son seigneur et a sa gent. Et quant les hommes et le prince
d'icelle contree virent Saire tant belle, ilz la prindrent et la
menerent au roy Pharaon qui en ot moult grant joye et la
80 retint. Mais oncques, ne lors ne depuis, en quelque
heure le roy Pharaon ne peut venir vers elle qu'il ne la
trouvast tousjours plourant du regret qu'elle avoit a son
mary. Et pour ce, quant le roy Pharon la veoit en icellui
estat, la voulanté et le desir qu'il avoit d'elle si tresaloit et
85 changoit, et ainsi la laissoit. Et pour ce peut l'en dire que
pour sa bonté et sa loyaulté que Dieu savoit en elle,
laquelle estoit triste et courrouciee de ce que on l'avoit
ostee a son mary, il la garda et deffendy par telle maniere
que Pharon ne pot habiter a elle, et fut moult tourmenté,
90 et tous ceulx de sa mesgnie, pour Saire qu'ilz avoient
ostee a Abraham. L'Istorieur dit sur ce chappiltre que tant

---

58. a femme en *B.* **59.** de Caldee u. *BC* (scaldee *corrigé en* caldee *C*). **62.** en ses v. *B².* **64.** tresloyal *B.* **67.** il deut e. *B².* **68.** sa femme Je *B.* **71.** ma femme q. *B,* me occient p. *B.* **73.** p. ma femme et *B,* a. par q. *B.* **75.** ma mesgnie A. *B.* **79.** et lamenerent au *B.* **80.** en quelconque h. *B.* **83.** p. le v. *A.* **84.** de. se t. *B.* **86.** et pour la l. q. d. s. et veoit en Sarre l. *B.* **89.** tormentez *B².*

patriarche nommé Abraham prit pour épouse une très vertueuse et sainte femme, appelée Sarah, en la cité ou ville de Scaldée. Par la suite, elle fut princesse souveraine, la première parmi les bonnes dames courageuses mentionnées par Moïse dans ces cinq premiers livres de la Bible. On y lit que Sarah mena une vie très sainte et qu'elle fut très loyale et fidèle à son mari et qu'elle obéissait à ses commandements. On y lit ensuite qu'Abraham dut quitter Damas à cause de la grande famine qui régnait dans cette contrée et qu'il se rendit en Egypte. C'est alors qu'il dit à sa femme : « Je sais que les hommes de cette contrée sont lascifs et luxurieux ; tu es très belle et je crains fort qu'ils ne me tuent pour t'avoir. Je te prie donc de te faire passer pour ma sœur et non pas pour ma femme ; je dirai la même chose ; ainsi je pourrai vivre en paix parmi eux avec mes gens et ma famille. » Sarah fit comme Abraham le lui avait conseillé et commandé ; elle ne le fit pas la joie au cœur, mais c'était nécessaire pour préserver son mari et ses gens. Lorsque les hommes et le prince de cette contrée virent la grande beauté de Sarah, ils s'emparèrent d'elle pour l'amener au roi Pharaon qui était très content et qui la retint. Mais ni à ce moment-là ni par la suite, quelle que fût l'heure, le roi Pharaon ne put lui rendre visite sans la trouver en larmes, tant elle regrettait son mari. Devant le spectacle de cette douleur, le désir du roi Pharaon s'évanouit, ses dispositions changèrent et il la laissa. Dieu connaissait la vertu et la loyauté de Sarah ; elle était triste et affligée de ce qu'on l'avait séparée de son mari. C'est pour cela qu'on peut dire que Dieu la protégea et la défendit, si bien que Pharaon ne put jamais coucher avec elle. Il fut très tourmenté, et toute sa maison avec lui, à cause de Sarah qu'ils avaient enlevée à son mari. L'auteur de l'*Histoire* dit au sujet de ce

que Pharon tint Saire il n'ot pouoir de habiter a femme, ne tous ses hommes aussi ne pouoyent engendrer. Et pour ce les prestres de sa loy sacrifierent a leurs dieux, et lors leur
95 commanderent pour quoy c'estoit; et il leur fut respondu que c'estoit pour Sarre la moullier a Abraham que le roy Pharon lui avoit tolue. Et quant le roy le sceut, il manda Abraham qui vivoit bien paisiblement en sa terre, et luy dist : « Pour quoy m'as tu deceu et fait grant mal ? Tu
100 disoies que Sarre estoit ta suer, et c'est ta femme. Prens la, et l'enmayne hors de ma terre. « Lors commanda il a ses hommes qu'ilz le menassent hors de la terre d'Egypte paisiblement et sans perdre nulle de ses choses.

5. On lit ou .vi^e. chappiltre de *Genesis* que quant
105 Abraham fut party d'Egypte il ala demourer en la terre de Canaan de coste Betel. Dont regarda Sarre qu'elle estoit brehaigne et ne pouoit avoir enfant, dont elle estoit moult dolante. Lors s'advisa qu'elle bailleroit Agar sa chamberiere, qu'elle avoit admenee (*fol. 25a*) d'Egypte, Abraham
110 son mary pour savoir c'elle en pourroit avoir enfant : car elle doubtoit qu'il ne morust sans hoir. Et ce dist elle a Abraham qui se consenti a faire sa voulanté, et elle luy bailla Agar sa meschine, laquelle conceut tantost ung filz, dont Sarre ot moult grant joye. Mais quant Agar vit et
115 sceut qu'elle avoit conceu de Abraham, elle despita sa dame et se portoit grossement contre elle. Et quant elle vit ce, Sarre dist a Abraham : « Tu faiz mauvaisement encontre moy. Je te baillay ma meschine pour ce que je ne puis avoir enfans de toy, et je desiroye que je peusse avoir
120 filz d'elle et de toy, lesquelz je peusse nourrir et garder a la fin que tu ne morusses pas sans laissier lignee de toy. Pour ce que ma meschine Agar voit qu'elle a conceu de toy, elle m'a en despit et ne me prise rien. Dieu vueille jugier entre moy et toy ; car tu as tort qui sueffres qu'elle
125 me despite ».

6. Or veons la grant bonté et la grant loyaulté de ceste

---

94. l. demanderent p. *B.* **96.** la femme *A. B.* **103.** de ces c. *BC.* **108.** b. a garder sa *A*, agarder *corrigé en* agar *C.* **109.** E. a. *A. BC.* **111.** d. moult que *B.* **114.** A. la meschine v. et s. quelle ot c. *B.* **116.** q. S. v. ce elle *B.* **120.** je pense n. *A.*

chapitre que tant que Pharaon retint Sarah, il ne pouvait coucher avec aucune femme, et ses hommes non plus : aucun d'eux ne pouvait engendrer. Pour y remédier, les prêtres firent des sacrifices aux dieux de leur loi, leur demandant la raison de cette calamité. Il leur fut répondu que c'était à cause de Sarah, la femme d'Abraham que le roi Pharaon avait enlevée. Quand le roi apprit cela, il fit venir Abraham qui vivait fort paisiblement sur ses terres. Il lui demanda : « Pourquoi m'avoir trompé et fait si grand tort ? Tu disais que Sarah était ta sœur alors qu'elle est ta femme. Prends-la et emmène-la hors de mes terres. » Et il donna ordre à ses hommes de les mener hors des terres d'Egypte, sans violence et sans rien prendre de leur bien.

5. Au chapitre VI de la Genèse[1] on peut lire qu'Abraham, une fois sorti d'Egypte, demeura en la terre de Canaan, du côté de Béthel. Sarah considéra alors qu'elle était stérile et qu'elle ne pouvait avoir d'enfant, ce qui l'affligea fort, si bien qu'elle décida de donner à son mari Abraham sa servante Hagar qu'elle avait amenée d'Egypte, afin de voir si elle pourrait avoir un enfant de lui, car elle craignait qu'il ne mourût sans descendance. C'est ce qu'elle dit à Abraham qui y consentit ; et elle lui donna sa servante Hagar. Celle-ci conçut aussitôt un fils. Sarah en était fort réjouie. Mais lorsque Hagar se rendit compte qu'elle avait conçu un enfant d'Abraham, elle méprisa sa dame et devint insolente à son égard. Alors, Sarah dit à Abraham : « Tu agis mal contre moi. Je t'ai donné ma servante parce que je ne peux pas avoir d'enfant de toi. Je désirais avoir un fils de toi grâce à elle, l'élever et le garder pour que tu ne meures pas sans laisser de descendance. Mais parce que Hagar sait qu'elle a conçu ton enfant, elle me méprise et me fait injure. Que Dieu soit juge entre toi et moi : tu es dans ton tort puisque tu tolères qu'elle me méprise. »

6. La grande bonté et probité de cette bonne et sainte femme

---

1. Il s'agit en fait du chapitre XVI.

bonne dame et sainte femme Sarre. Elle amoit si tresloialment Abraham son mary, et bien savoit qu'il estoit si saint homme et vaillant patriarche que il lui sembloit que ce fust doleur et grant dommaige s'il mouroit sans hoir et avoir filz de son sang; et si veoit bien qu'elle estoit brehaigne et ne pouoit concevoir. Et pour la grant desir qu'elle avoit d'avoir filz de son mary lesquelz elle peust nourrir et garder, elle bailla sa meschine et la fist couchier en son propre lit, et s'en volt deporter. Quantes dames ou femmes trouveroit on qui ainsi le feissent? Je croy que bien peu. Et pour ce est Sarre tenue a la plus loyale a son mary qui fust des Adam le premier homme jusques a la loy qui fut donnee a Moyse.

7. Mais Agar sa meschine a tort l'eust en despit quant elle sceust qu'elle eust conceu de Abraham. Mais on dit communement que *Qui essausse son serf il en fait son ennemy*. Mais Abraham le bon patriarche vit bien et sceust que Agar la meschine avoit tort. Et pour ce il dit a Sarre: «Vecy Agar ta meschine. Je la mectz en ta main, si en faiz ta voulenté.» Lors la commença Sarre approuchier, et la tint vile jusques a tant qu'elle mesmes par le commandement de l'ange se humilia, et a sa dame crya mercy. Et Serre la garda tant qu'elle ot enfanté son filz qui ot nom Ysmael, dont Sarre ot grant joye, et le garda et fist garder moult bien.

8. Aprez ce, Nostre Seigneur visita Sarre; et il s'apparut aussi a Abraham ou val de Mambre devant son tabernacle, et lui dist qu'il avroit un filz de Sarre sa france moullier, et avroit nom Ysac; et ce filz viveroit, et sa lignee il multiplieroit ainsi comme les estoilles *(fol. 25b)* du ciel et la gravelle de la mer ou la pouldre de la terre. Encores dit il a Abraham: «En ta lignee ou semence toutes gens seront beneurez.» Et quant Sarre qui estoit derriere l'uys de leur tabernacle oy qu'elle conceveroit, si

---

132. p. le g. *B*. **136.** le *omis B*, quon en trouveroit pour *B*, q. p. *C*. **141.** quelle ot c. *B*. **142.** q. eschauffe s. *AC*. **144.** m. Sarre a. *B*. **145.** voy cy *B*. **146.** lors *répété* A, S. a a. *B*. **149.** Sarre *BC*. **150.** Ysuriel *AC*, Ismahel *B*, et la g. *B*. **152.** ce *omis B*, et – sa. *B²*. **156.** m. aussi c. *B*. **157.** m. en la *AC*. **160.** luis du t. *B*.

Sarah nous apparaît clairement maintenant. Elle aimait son mari Abraham d'un amour très loyal; elle savait qu'il était un saint homme, un patriarche vaillant : un tel homme, mourir sans héritier, sans fils de son sang, cela lui eût paru un trop grand malheur et dommage. Elle savait bien qu'elle était stérile et incapable de concevoir. Son désir d'avoir un fils de son mari et de l'élever auprès d'elle fut si grand qu'elle lui donna sa servante et qu'elle la fit coucher dans son propre lit, prête à y renoncer elle-même. Combien trouverait-on de femmes qui en feraient autant ? Je crois bien peu. Pour cette raison, Sarah est considérée comme l'épouse la plus dévouée qui fût depuis Adam, le premier homme, jusqu'au temps où la loi fut donnée à Moïse.

7. Hagar avait tort de la mépriser une fois qu'elle sut être enceinte d'Abraham. Il y a un proverbe qui dit : « Qui élève son serviteur s'en fait un ennemi. » Mais le bon patriarche Abraham se rendit bien compte que la servante Hagar avait tort. Voilà pourquoi il dit à Sarah : « Voici ta servante Hagar. Je la remets entre tes mains, fais-en ce que tu veux. » Sarah se mit à la suivre et la maltraita jusqu'au moment où d'elle-même, contrainte par l'ange, Hagar se fit humble et demanda grâce à sa dame. Sarah la garda jusqu'au terme de sa grossesse. Elle mit au monde un fils qu'on appela Ismaël. Sarah en eut grande joie, et le fit très bien garder sous sa surveillance.

8. A la suite de ces événements, Notre-Seigneur visita Sarah ; Il apparut également à Abraham, dans la vallée de Mamré, devant sa tente. Il lui annonça qu'il aurait un fils de sa femme légitime, Sarah, et qu'il porterait le nom d'Isaac. Que ce fils vivrait, et qu'il aurait une descendance aussi nombreuse que les étoiles du ciel et le sable de la mer ou la poussière de la terre. Et Dieu ajouta : « Tous les hommes qui descendront de ta semence seront bénis. » Lorsque Sarah qui était derrière la porte de la tente entendit qu'elle allait concevoir, elle se mit à

commença a rire, et dist a soy mesmes : « Je suis vielle et
ancienne, et Abraham aussi. Comment pourray je avoir
enffant ? » Et merveilles ne fut pas de ce qu'elle rit et dit
ainsi, qu'elle avoit ja plus de .iiii^{xx}. ans, et en Abraham en
avoit plus de cent. Et Dieu, qui la vit bien rire, dist a
Abraham : « Pourquoy a ris Sarre ta moullier ? » Et Sarre,
qui ot paour, respondi qu'elle n'avoit pas ris. Et Dieu luy
dit : « Je te viz bien rire derriere ton huys. Ne sont pas
toutes choses legieres a Dieu quant il les veult faire ? »
Apres ce, Sarre conceu quant il pleust a Dieu, et enfanta
ung filz lequel Abraham appella Ysaac, et le circoncy au
jour .xxe. qu'il fut né. Lors dit Sarra par moult grant joye :
Dieu m'a fait rire, et tous ceulx et celles qui orront dire
que j'ay enfanté riront aussi avec moy. Qui creroit, dit
elle, Abraham, se il disoit que Sarre alaistat ung enffant
qu'elle aroit enfanté en sa viellesse ? » Et pour certain
toutes gens qui oyent de ce parler peuent bien croire et
penser que Dieu ama moult Abraham et Sarre aussi, quant
il leur fist si belle grace. Maiz Abraham estoit si saint et
si bon patriarche que Dieu parla a luy par moult de foiz et
lui promist que il mesmes se rendroit a sa lignee ; et aussi
ama il moult Sarre pour sa grant loyaulté et sa grant bonté.

9. Moult bien nourry Sarre son filz Ysaac, et quant il
fut si grant qu'elle le sevra et qu'il deust mengier a la
table son pere Abraham, elle appella ses amis et fist grant
mengier et grant feste pour son filz. Et quant Sarre vit
Ysmael le filz Agar l'Egyptienne jouer a Ysaac son filz,
elle dit a Abraham : « Chasse hors la meschine et son filz.
Le filz de la meschine ne sera pas hoir avec mon filz
Ysaac. » Il dit ou *Genesy* ou .xxi^e. chappiltre : Ceste
parole fut moult dure a Abraham, maiz Dieu luy dit
ainsy : « Ne te semble pas aspre chose de bouter hors la
meschine et son filz. Oy la parolle de Sarre et fay tout ce
qu'elle te dira ; car en Ysaac ta semence sera appellee.
(C'est a dire que de Ysac devoit venir la lignee que Dieu
avoit promise a Abraham.) Et pour ce, dit Dieu, que le filz

---

164. et A. en a. *BC* (*le premier* en *barré en C*). **166.** ta femme Et
B. **167.** respondi *omis A*, dist *C*. **172.** f. nez L. *B^2*. **173.** c. ou c. *B*. **174.** avec
répété B. **181.** se donroit a *B*. **190.** d. en G. *B*. **194.** Y. la s. *A*.

rire et se dit en elle-même : « Je suis si vieille et âgée, Abraham aussi. Comment pourrais-je avoir un enfant ? » Ce ne fut pas étonnant qu'elle rît et qu'elle parlât de la sorte : elle avait déjà plus de quatre-vingts ans, et Abraham plus de cent. Dieu, qui vit bien son rire, dit à Abraham : « Pourquoi ta femme Sarah a-t-elle ri ? » Sarah, qui eut peur, répondit qu'elle n'avait pas ri. Et Dieu lui dit : « Je t'ai bien vue qui riais derrière ta porte. Toutes les choses ne sont-elles pas faciles pour Dieu quand Il le veut ? » Et Sarah conçut quand il plut à Dieu et mit au monde un fils qu'Abraham appela Isaac ; il le circoncit au vingtième jour après sa naissance. Et Sarah dit dans sa très grande joie : « Dieu m'a fait rire, et tous ceux et toutes celles qui entendront que j'ai accouché riront aussi avec moi. Qui pourrait croire Abraham lorsqu'il annoncera que Sarah allaite un enfant qu'elle a mis au monde à son âge ? » Ce qui est certain, c'est que tous ceux qui en entendent parler peuvent à bon droit croire et penser que Dieu aima beaucoup Abraham et Sarah en leur accordant une si grande grâce. Mais Abraham était un saint homme et un bon patriarche ; ainsi Dieu lui parla de nombreuses fois et lui promit que Lui-même Il entrerait dans sa lignée[1]. De même, Il aima beaucoup Sarah, à cause de sa grande probité et de sa grande bonté.

9. Sarah éleva avec beaucoup de soin son fils Isaac ; lorsqu'il eut l'âge d'être sevré et de manger à la table de son père Abraham elle fit venir ses amis à un grand repas de fête pour son fils. Lorsqu'elle vit Ismaël, le fils de Hagar l'Egyptienne jouer avec Isaac, elle dit à Abraham : « Chasse la servante et son fils. Il ne partagera pas l'héritage avec mon fils Isaac. » Au chapitre XXI de la Genèse il est dit que ce propos peina beaucoup Abraham. Mais Dieu lui dit : « Ne t'afflige pas de devoir chasser la servante et son fils. Ecoute Sarah et fais tout ce qu'elle te dira. Car c'est par Isaac que ta semence portera ton nom. » (C'est-à-dire que d'Isaac devait descendre la lignée que Dieu avait promise à Abraham.) « Mais puisque le fils de la

---

1. Par Jésus-Christ, descendant de David.

de la meschine est de ta semence, je le feray croistre en moult grant gent. » Dont se leva Abraham au matin et bailla Agar la meschine du pain et ung bouchel d'eaue, et luy mist sur ses espaulles. Puis luy fist prendre Ysmael son filz, si luy commanda qu'elle s'en alast quelle part qu'il luy pleust; et si fist elle.

10. Or pourroient par adventure penser aucunes personnes que Sarre eust par mal et (*fol. 26a*) par envye enchassé Agar sa meschine et Ysmael son filz; mais qui veult bien considerer la cause, il n'ot pas tort. *Histoire sur Bible* dit ainsi : « Sarre vit bien que Ysmael en son jeu faisoit felonnie a Ysaac son filz, et aussi que de par esperit de prophicie elle sceust et apparceust que Ysmael avoit ymagectes faictes de terre ausquelles il aouroit comme Dieu, et les vouloit contraindre a ce que Ysaac les aourast aussi. Encores consideroit elle et savoit assez que se Ysmael demouroit tant avecques eulx que Abraham morust, il vouldroit desheriter Ysaac et avoir sa seignourie par sa force. Et pour ce elle fist moult bien de enchasser la mere et son filz. »

11. Et jasoit ce que j'aye mise l'istoire tout au long, et ne l'ay voulu desmenbrer ne descoupler pour ce que la matiere est belle et s'entretient, toutesvoyes par icelle peut estre recueilly a mon propos seulement que Sarre fut tresamoureuse, privee et obeissant a son mary, en tant qu'elle laissa son pays, ses parens et sa terre pour aler seule de sa lignee avec son mary en estrange terre et de different langage. Et avec ce elle delaissa a la priere et pour l'amour son mary le nom de mouillier ou femme, qui est le plus prouchain en affinité, en amour et dilection; et elle qui a la demande de son mary prist le nom de suer. Et en oultre que tant comme elle feust hors d'avecques son mary, toute jour et toute nuyt plouroit pour l'amour de son mary. Et de rechief que pour avoir lignee et representacion de son mary apres la mort d'icelluy, elle en laissa son lit et le soulaz de son mary, et luy bailla Agar sa chambe-

---

199. b. a A. *B*, deauee *A*. **206.** bien *omis B*, c. elle not *B*. **211.** et – v. *B²*. **218.** ne laye v. *B²*. **222.** l. son mary ses p. et *A*, l. ses p. et *C*. **226.** e. p. p. *B*.

I, v : *Vie conjugale et épouses exemplaires* 167

servante est de ta semence, poursuivit Dieu, j'en ferai descendre un très grand peuple. » Abraham se leva donc le lendemain matin, donna à la servante Hagar du pain et une outre d'eau, et les lui chargea sur le dos. Il lui ordonna de partir avec son fils Ismaël où bon lui semblerait. Elle s'exécuta.

10. Maintenant il se pourrait que certains pensent que Sarah a chassé Hagar et Ismaël par méchanceté et par envie. Mais si on examine bien ses raisons, on ne peut pas lui faire de reproche. L'*Histoire de la Bible* dit en effet : « Sarah vit bien qu'en s'amusant Ismaël jouait de mauvais tours à Isaac, son fils, et, inspirée d'un esprit prophétique elle sut et aperçut qu'Ismaël avait fabriqué de petites figurines de terre qu'il adorait comme Dieu ; il voulait contraindre Isaac à en faire autant. En outre, en réfléchissant elle acquit la certitude que si Ismaël restait avec eux jusqu'à la mort d'Abraham, il tenterait de déshériter Isaac et d'obtenir par la force sa soumission. Pour ces raisons elle fut très avisée de chasser la mère et son fils. »

11. Bien que j'aie raconté toute l'histoire – je n'ai pas voulu la fragmenter ni la couper parce que la matière est belle et que tout se tient – elle ne concerne mon sujet que dans la mesure où elle évoque le grand amour, la confiance et l'obéissance que Sarah témoigna à son mari. En effet, elle abandonna son pays, ses parents et sa terre pour partir, sans aucun parent, avec son mari dans des contrées étrangères au langage inintelligible. En plus, par amour elle renonça, à la demande de son mari, au nom d'épouse et de femme, ce nom qui est quasiment synonyme de parenté, d'amour et de dilection, pour l'échanger contre celui de sœur. Puis, tant qu'elle fut séparée de son mari, elle pleurait jour et nuit par amour pour lui. De plus, pour que son mari ait une descendance et une lignée qui lui survive, elle sacrifia son lit et la présence de ce mari ; en lui donnant Hagar, sa cham-

riere et la fist dame, et elle treshumblement devint serviteresse et humble servant ; sans les autres debonneretez et humilitez cy dessus escriptes, et lesquelles je laisse pour ce qu'il me semble que ce seroit trop longue recitacion.

12. *Item*, il est trouvé escript ou .xxixe. chappiltre de *Genesy* qui est le premier livre de la Bible, que quant Jacob fut party de Ysac son pere et de Rebecque sa mere de Briseyda leur cité, il ala tant que il vint en Mesopotamie pres de la cité de Aram qui estoit Laban son oncle. La resta il decoste un puis auquel les pasteurs de la terre abreuvoient les bestes, lequel puis estoit couvert d'une grant pierre placte. Ainsi comme les pasteurs furent assemblez en tour le puis, Jacob leur demanda se ilz congnoissoient Laban le filz Bacuel qui fut filz Nactor. Les pasteurs respondirent : « Oyl, moult bien. » Il leur demanda se il estoit sain et en bon point. Ilz dirent : « Oyl. Voiz sa, dirent ilz, Rachel sa fille qui vient abreuvrer ses bestes a ce puys. » Jacob leur dit : « Seigneurs, abreuvrez vos bestes, si les ramenez en la pasture ; car il est encores grant heure et n'est pas temps encores de mener les bestes aux estables ». Sicomme il disoit ainsi, Rachel vint au puys, et Jacob leva la pierre du puys, si (*fol. 26b*) luy fist abreuvrer ses bestes. Lors parla il a elle et la baisa ; si luy dist qu'il estoit son cousin germain, filz de Ysac et de Rebecque la seur de Laban son pere. Et quant Rachel l'a entendu, elle s'en courust en son hostel et dist a Laban son pere comment elle ot trouvé Jacob son nepveu, et quant Laban l'oyst il eust moult grant joye, et luy demanda la cause de sa voye et pourquoy il estoit la venu. Et Jacob luy dist que c'estoit pour la paour de Esau son frere, qui le vouloit occire pour ce qu'il avoit receu la benisson son pere ; maiz ce luy ot fait faire sa mere Rebecque. Lors respondi Labam : « Tu es os de mes os et char de ma char, et pour ce tu pues demourer avecques moy. »

13. Quant Jacob ot demeuré avec Laban son oncle par l'espace d'un moiz, Laban luy dist : « Comment que tu

---

237. ou xixe c. *AC*. **241.** e. a L. *B*. **242.** la arresta il *B*. **243.** t. abuvroient l. *B*. **248.** l. respondirent o. *B*. **249.** v. abuvrer s. *B*. **250.** S. abuvrez v. *B*. **252.** de l. m. a. e. *B*². **254.** f. abuvrer s. *B*. **257.** R. lot e. *BC*.

I, v : Vie conjugale et épouses exemplaires 169

brière, elle l'éleva au rang de dame tandis qu'elle-même se fit humble servante. Mais je ne veux pas m'étendre sur les autres actes de magnanimité et de modestie mentionnés ci-dessus, car l'énumération, me semble-t-il, deviendrait trop longue.

12. *Item*, on trouve au chapitre XIX de la Genèse, le premier livre de la Bible, l'histoire de Jacob, le fils d'Isaac et de Rébecca. Jacob quitta ses parents et leur ville de Béer-Shéva pour aller jusqu'en Mésopotamie, non loin de la ville de Harrân qui était à Laban, son oncle. Il se reposa près d'un puits où les bergers de la contrée venaient abreuver leurs bêtes. Une grande pierre plate recouvrait le puits. Lorsque les bergers furent assemblés autour du puits, Jacob leur demanda s'ils connaissaient Laban, le fils de Betouël, lui-même fils de Nahor. Les bergers répondirent : « Oui, très bien. » Il leur demanda s'il était en bonne santé et prospère. « Oui, dirent-ils. Voici Rachel, sa fille qui vient abreuver ses bêtes au puits. » Jacob leur dit : « Mes amis, abreuvez vos moutons, puis ramenez-les au pâturage. Il fait encore plein jour, il n'est pas temps encore de les conduire à l'étable. » Cependant Rachel arriva au puits ; Jacob souleva la pierre et l'aida à abreuver ses bêtes. Il lui adressa alors la parole et l'embrassa ; il lui apprit qu'il était son cousin germain, le fils d'Isaac et de Rébecca, la sœur de Laban son père. Aussitôt, Rachel courut à la maison raconter à son père Laban comment elle avait rencontré son neveu Jacob. Cette nouvelle réjouit fortement Laban. Il demanda à Jacob le motif de son voyage et pourquoi il était venu chez lui. Jacob lui dit qu'il craignait son frère Esaü qui voulait le tuer parce qu'il avait reçu la bénédiction de son père, alors que lui, Jacob, n'avait fait qu'obéir à sa mère Rébecca[1]. Laban lui répondit : « Tu es os de mes os et chair de ma chair ; reste avec moi. »

13. Jacob demeura avec son oncle Laban ; au bout d'un mois, Laban lui dit : « Bien que tu soies mon neveu, je ne veux

---

1. Allusion à la vente du droit d'aînesse que Jacob avait obtenue d'Esaü en échange d'un plat de lentilles, et qui était entérinée par la bénédiction d'Isaac grâce à une ruse de Rébecca qui avait revêtu Jacob des vêtements d'Esaü pour tromper Isaac, aveugle. (Gen., XXV, 29-34 et XXVII).

soyes mon nepveu, ne vueil je pas que tu me serves pour
270 neant. Dy moy que tu vouldras avoir pour ton service. »
Or avoit Laban deux filles : l'ainsnee ot nom Lye – celle
ot les yeulx plourans par enfermeté – et la plus jeune ot
nom Rachel ; celle estoit moult belle et gente de viaire et
de corps, et Jacob l'amoit moult. Et pour ce il dit a
275 Laban : « Je serviray a toy .vii. ans pour Rachel la plus
jeune. » Laban respondi : « Mieulx vault que je la te donne
que a ung autre homme. Or demeure doncques avecques
moy. » Jacob demoura avecques Laban et le servy .vii. ans
pour avoir sa fille Rachel ; et luy sembla que le terme fut
280 moult brief pour la grant amour qu'il avoit a elle.

14. Sur ceste chose dist l'*Ystoire :* « Le terme de sept
ans ne luy sembla pas brief por la grant amour, maiz
moult long ; car quant une personne ayme et desire aucune
chose, il luy semble que les termes que il la doit avoir
285 tardent trop merveilleusement. Maiz ce que la Bible dit
que les jours semblerent briefz a Jacob, on peut entendre
en ceste maniere : il amoit tant Rachel, et luy sembloit
tant belle, que s'il deust servir encores autant pour l'avoir
la comme il l'avoit servy, ne luy sembleroit il pas que il
290 l'eust bien deservye. »

15. A la fin des .vii. ans il dit a Laban : « Donne moy
ma moullier. Il est bien temps que je l'aye. » Lors appella
Laban tous ses amis et voisins et fist grans nopces. Et
quant la nuyt fu venue il mena a Jacob Lye sa fille
295 l'ainsnee, et luy bailla une meschine qui ot nom Zelphan
pour luy servir. Et quant Jacob ot jeu a Lye, et il la
regarda a la matinee, il dist a Laban : « Que est ce que tu
as voulu faire a moy ? N'ay je pas servy a toy .vii. ans
pour Rachel ? Pourquoy m'as tu baillé Lye ? » Laban res-
300 pondi : « Nous n'avons pas de coustume en ceste contree
de bailler aux nopces la plus jenne devant les ainsnees.
Actens tant que la sepmaine des nopces soit passee, et
puis je te donray l'autre, que tu me serviras encores sept

---

273. g. et de visage et *B*. **278.** d. a L. *B*². **281.** listoire – le *B*². **282.** b. maiz
p. *AC*. **284.** il a d. *A*, il a ou dit *C*. **289.** la *effacé, remplacé par* – *B*², *omis C*,
il a. s. *BC*, ne l. sembloit il il p. *B*. **296.** j. avec L. *B*². **299.** p. ma tu *A*. **303.** la.
en telle maniere q. *B*.

pas que tu me serves pour rien. Dis-moi ce que tu désires recevoir en échange de ton travail. » Laban avait deux filles. L'aînée s'appelait Léa – elle avait, à cause d'une maladie, les yeux larmoyants – et la cadette Rachel, très belle et avenante de visage comme de corps. Jacob l'aimait. Il répondit donc à Laban : « Je te servirai pendant sept ans pour Rachel, ta fille cadette. » Laban répondit : « Pour moi, il vaut mieux te la donner à toi plutôt qu'à un autre homme. Reste donc avec moi. » Jacob resta avec Laban et le servit pendant sept ans pour Rachel. Ces sept années lui semblèrent courtes, tant il l'aimait.

14. A ce propos, l'*Histoire* dit : « Les sept années ne lui semblèrent pas courtes mais très longues, précisément à cause de son grand amour. Car lorsqu'on aime et désire quelque chose, les délais semblent incroyablement longs. Si la Bible dit que le temps semblait court à Jacob, on peut le comprendre de cette manière : il aimait tant Rachel, elle lui semblait tellement belle que s'il avait dû servir le double du temps pour l'avoir, cela ne lui aurait pas paru un prix démesuré. »

15. Au terme des sept ans, il dit à Laban : « Donne-moi ma femme. Il est temps qu'elle m'appartienne. » Alors, Laban convia tous ses amis et voisins et de splendides noces eurent lieu. Lorsque la nuit fut tombée il amena à Jacob Léa, sa fille aînée, accompagnée d'une jeune servante appelée Zilpa. Jacob passa la nuit avec Léa. Au matin il la regarda et dit à Laban : « Que m'as-tu fait là ? Ne t'ai-je pas servi pendant sept ans pour Rachel ? Pourquoi m'avoir donné Léa ? » Laban répondit : « Nous n'avons pas coutume dans ce pays de marier la cadette avant l'aînée. Attends la fin de la semaine des noces ; je te donnerai alors l'autre pour le service que tu feras encore chez

ans pour elle. » Lors accorda Jacob ce que Laban ot dit. Et
quant la *(fol. 27a)* sepmaine fut passee il prist ainsi a
moullier Rachel, a laquelle son pere avoit donné une meschine laquelle ot nom Balam.

16. Aucuns veullent dire que puis que Jacob ot prins la fille ainsnee de Laban il servy autres .vii. ans pour Rachel avant qu'il eust a moullier ; maiz ilz dient mal. On treuve en *Histoire* que saint Gerosme dit : « Tantost apres la sepmaine des nopces pour Lye, Jacob prist Rachel. Pour la grant joye qu'il en ot il servy voulentiers les .vii. ans ensuians. »

17. Il est dit en *Genesy* ou .xxix^e. chappiltre que Jacob ama plus Rachel, pour ce que elle estoit plus belle et gracieuse, que Lye qui n'estoit pas si belle. Maiz pour ce que Dieu ne vouloit pas qu'il eust trop en despit, il la fist concevoir ung filz dont elle ot moult grant joye ; et l'appella Ruben et dit ainsi : « Dieu a veu mon humilité. Doresenavant m'en aymera mon mary. » De rechief elle conceupt et enfanta ung autre filz et l'appella Simeon, en disant ainsi : « Pour ce que Dieu m'a oye, il m'a donné encores ce filz. » Tiercement elle conceupt et enfanta ung autre filz, et dit ainsi : « Mon mary se complaira en moy pour ce que je luy ay enfanté troiz filz », et pour ce elle nomma l'enfant Levy. Quartement conceupt et enfanta ung filz, et dist : « Ores en droit je me confesseray a Nostre Seigneur. » Et pour ce l'enffant ot nom Judas : et vault autant a dire que confession. Lors cessa Lye qu'elle n'ot plus d'enfans jusques grant temps apres.

18. Il est escript ou .xxxe. chappiltre de *Genesy* que Rachel ot grant envye contre Lye sa seur pour ce qu'elle ot enfanté, et elle se trouvoit brehaigne et ne pouoit concepvoir. Et pour ce elle dist a Jacob son mary : « Donne moy des enffans, et se tu ne le faiz je mourray. » Jacob, qui yrié estoit, respondi : « Je ne suis pas Dieu, je t'apreisse d'avoir enffans de ton ventre. » Rachel

---

308. ot pris la *B*. **309.** pour Rachel *omis A*. **310.** il leust a femme m. *B*. **312.** n. faites p. *B*, R. et p. *B^2*. **316.** a. moult p. *B*. **318.** p. qui leust *B^2*. **320.** a. Rubam et *B*. **321.** desores en avant *B*. **328.** d. orendroit je *B*. **331.** a. ce Il *B*. **337.** q. ire e. *B*.

moi pendant sept autres années. » C'est ce que fit Jacob. Au bout de la semaine il prit pour femme Rachel, à laquelle son père avait donné une jeune servante du nom de Bilha.

16. Il y en a qui prétendent que puisque Jacob avait pris la fille aînée de Laban, il dut servir encore sept ans avant de pouvoir épouser Rachel ; ils se trompent. Dans l'*Histoire* on trouve ces propos de saint Jérôme : « Aussitôt la semaine de ses noces avec Léa passée, Jacob prit Rachel pour femme. Il en était tellement heureux qu'il servit de bon cœur les sept années supplémentaires. »

17. Au chapitre XXIX de la Genèse il est dit qu'à cause de sa beauté et de sa grâce, Jacob préférait Rachel à Léa. Mais comme Dieu ne voulait pas qu'il méprisât trop l'aînée, Il lui fit concevoir un fils. Sa joie fut grande et elle l'appela Ruben, disant : « Dieu a vu mon humiliation ; dorénavant mon mari m'aimera. » Elle retomba enceinte, eut un fils qu'elle appela Siméon, disant : « Le Seigneur m'a écoutée, Il m'a donné ce deuxième fils. » Elle redevint enceinte et accoucha une troisième fois d'un fils et dit : « Mon mari m'aimera désormais puisque je lui ai donné trois fils », et c'est pourquoi elle appela l'enfant Lévi. Elle devint à nouveau enceinte et enfanta un quatrième fils et dit : « Cette fois, je confesserai Notre-Seigneur », et pour cette raison l'enfant fut appelé Juda qui signifie confession de louange. Et Léa cessa d'enfanter pendant un long moment.

18. Au chapitre XXX de la Genèse il est écrit que Rachel était très jalouse de sa sœur Léa parce qu'elle était mère, alors qu'elle-même se trouvait stérile et ne tombait pas enceinte. Elle dit à son mari Jacob : « Donne-moi des enfants, autrement je mourrai. » Jacob répondit, fâché : « Je ne suis pas Dieu, je ne puis rendre ton ventre fertile ! » Rachel répondit : « Couche

repondi : « J'ay Balan ma meschine ; couchez avec elle et
a ce qu'elle enfantera et je puisse avoir filz d'elle et de
toy. » Jacob fist ce que Rachel voult, et Balan conceupt et
enfanta ung filz. Lors dit Rachel : « Dieu a jugié pour
moy, si a ma voix essaucee et m'a donné ung filz. » Pour
ce elle l'appella l'enfant Dan. De rechief Balan ot ung
filz, pour lequel Rachel dit : « Nostre Seigneur m'a
comparee a Lye » ; et de ce le filz ot nom Neptalim.

19. Or veons grant merveille et signe de grant amour.
Rachel avoit si grant desir qu'elle eust enffans de Jacob,
pour ce qu'elle vit qu'elle ne pouoit concepvoir elle luy
bailla sa meschine, et les filz qu'elle en ot elle ama aussi
que s'ilz feussent siens propres. Et pour ce que Lye vit
qu'elle ne concepvoit maiz, elle bailla a Jacob Zelphan sa
meschine. Le premier filz qu'elle en ot, Lye le receupt a
joye et dit : « Il me vient eureusement » ; et de ce le filz
ot nom Gad. Et quant Zelphan ot l'autre filz, Lye dist :
« C'est pour ma bonne eureté, et pour ce toutes femmes
me diront bonne eureuse » ; et ce filz ot nom Aser.

20. Ou temps de messon Ruben apporta a Lye sa mere
mandegoires (*fol. 27b*) que il ot trouvees en leur
champ. Et quant Rachel les vit, si les desira moult, et dist
a Lye sa seur : « Donnes moy partie de mandegoires. »
Lye respondi : « Ne te souffist il pas ce que tu me ostes
mon mary, se tu ne me veulx encores oster mes mandegoires ? » Rachel dit : « Je veuil qui dorme en ceste nuyt
avecques toy pour les mandegoires que ton filz a
apporté. » Lye les luy donna, et au soir, quant Jacob revint
des champs, elle ala encontre luy et luy dit : « Tu vendras
en ceste nuyt coucher avec moy, car je t'ay acheté par les
mandegoires que ton filz m'ot donné. »

21. De ces mandagores mect l'*Istoire sur Bible* moult
d'oppinions : les aucuns dient que ce sont arbres qui portent fruit souef flairant, autel que pommes ; les autres
dient que ce sont racines en terre en maniere d'erbe

---

339. m. couche a. e. a ce quelle enfante et que je B^2. **348.** J. que p. *B*. **352.** m.
ella b. *A*. **357.** d. bien eureuse B^2. **359.** *(et dans le passage suivant)* mandagores
B. **361.** p. des m. *B*. **364.** v. quil d. *B*. **365.** a apporté *omis B*. **366.** les *omis
B*. **367.** tu maindras en *B*. **371.** p. fruif *A*.

avec Bilha, ma servante ; qu'elle tombe enceinte et que j'aie un fils d'elle et de toi. » Jacob fit ce que Rachel lui avait demandé. Bilha devint enceinte et accoucha d'un fils. Alors, Rachel dit : « Dieu m'a fait justice ! Il m'a entendue, Il m'a exaucée en me donnant un fils. » Pour cette raison elle appela l'enfant Dan. Bilha eut un autre fils qui inspira à Rachel ces paroles : « Notre Seigneur m'a rendue semblable à ma sœur Léa. » Ainsi le fils reçut le nom de Nephtali.

19. Nous voilà en présence d'une preuve d'amour extraordinaire : Rachel désirait tant des enfants de Jacob que devant sa stérilité manifeste elle lui donna sa servante ; elle aima ses fils comme les siens propres. Quant à Léa, lorsqu'elle constata qu'elle ne concevait plus, elle donna à Jacob sa servante Zilpa et reçut leur premier fils avec grande joie, disant : « Quelle chance ! » Ainsi le fils reçut le nom de Gad. Zilpa eut un autre fils, et Léa dit : « Quel bonheur ! Par lui, toutes les femmes me proclameront heureuse. » Ce fils s'appela Asher.

20. Au temps des moissons, Ruben apporta à sa mère Léa des mandragores trouvées dans leur champ. Lorsque Rachel les vit, elle en conçut un violent désir et dit à sa sœur Léa : « Donne-m'en une part. » Léa lui répondit : « Non contente de m'ôter mon mari, tu veux encore mes mandragores ? » Rachel dit : « Je veux bien qu'il dorme cette nuit avec toi en échange des mandragores que ton fils a apportées. » Alors, Léa les lui donna. Le soir elle alla à la rencontre de Jacob qui revenait des champs et lui dit : « Cette nuit tu viendras coucher avec moi, car je t'ai acheté au prix des mandragores que ton fils m'avait données. »

21. L'*Histoire de la Bible* contient de nombreuses prises de position au sujet de ces mandragores. Les uns disent que ce sont des arbres portant des fruits au parfum exquis, semblables aux pommes[1], d'autres disent que ce sont des racines dans la

---

1. La mandragore est en effet parfois assimilée à la pomme d'amour.

portans fueilles vers, et ont ces rachines figure et façon d'ommes et de femmes, de tous menbres et de chevellure. *Catholicon* dist, ce m'est advis, que bien peuent estre herbes et rachines, et que le fruit vault a femmes brehaignes pour aidier a concepvoir, mais que les femmes ne soient pas trop anciennes.

22. Celle nuyt dormit Jacob avecques Lye, et elle conceupt ung filz; et quant elle l'ot enfanté elle dit : « Dieu m'a enrichie de ce que j'ay donné a mon mary ma meschine. » Et pour ce elle appella son filz le cinq^{me}. Ysacar. Puis ot elle le six^{me}. filz. Quant elle l'ot enfanté elle dit : « Dieu m'a enrichie de bon douaire a ceste foiz, et encores sera mon mary avec moy. » Et pour ce elle appella son filz Zabulon. Encores ot elle une fille, laquelle ot nom Dinam. Apres ce Nostre Seigneur se recorda de Rachel et essauça sa priere; si luy fist concepvoir et enfanter ung filz dont elle ot moult grant joye : « Nostre Seigneur a ostee ma reprouche. » Si appella son filz Joseph, et dit : « Dieux m'en doint encores ung autre. »

23. Apres toutes ces choses dessusdites Jacob appella Laban son oncle et luy dit : « Donne moy mes moulliers, pour lesquelles j'ay servy a toy .xiiii. ans, et mes enffans; si m'en yray en la terre dont je suis nez. » Laban luy respondi : « Je te prye que tu demeures encores a moy, car je scay bien que par toy Dieu m'a beney et multiplyé mes biens. » Jacob respondi : « Il me couvient pourveoir substance pour moy, pour mes enffans, pour mes femmes et ma famille. »

24. Ores du surplus de l'istoire je me taiz, car il ne touche point a ma matiere; maiz pour ce que dit est dessus peut estre recueilly la grant bonté des dessusdictes Lye et Rachel, qui toutes deux et en ung mesmes temps et maisnage servoient et servirent Jacob leur mary en bonne paix et en bonne amour, sans jalousie, sans tençon et sans envye. Et en oultre elles avoient laissié leur pays, leur

---

375. m. et en c. *B.* **376.** *Catholicum AC.* **390.** j. et dist n. *BC.* **393.** t. les c. *B.* **396.** j. fuz n. *B.* **397.** e. avec m. *B^2.* **400.** pour moy *répété A.* **402.** m. par c. *B^2.* **405.** t. elles estans ensemble en un mesme hostel et m. *B.*

terre, avec des feuilles vertes comme l'herbe. Ces racines rappellent le visage et le corps et jusqu'aux membres et la chevelure de l'homme. Il me semble que le *Catholicon*[1] dit que les mandragores peuvent être à la fois herbe et racine, et que chez la femme ce fruit remédie à la stérilité en favorisant la conception, à condition que la femme ne soit pas trop âgée.

22. Cette nuit-là, Jacob dormit avec Léa et elle conçut un fils. Après l'avoir mis au monde, elle dit : « Dieu m'a enrichie parce que j'ai donné ma servante à mon mari. » Elle appela son cinquième fils, Issakar. Ensuite elle eut un sixième fils. Après l'avoir mis au monde elle dit : « Cette fois-ci Dieu m'a dotée d'un bon douaire ; mon mari reviendra encore à moi. » Ainsi elle appela son fils Zabulon. Puis elle eut une fille, nommée Dina. Et Dieu se souvint de Rachel et exauça sa prière ; elle devint enceinte et accoucha d'un fils qui la combla de joie : « Notre-Seigneur a enlevé mon opprobre. » Elle appela son fils Joseph et dit : « Que Dieu m'en donne un autre. »

23. Après tous ces événements, Jacob appela son oncle Laban et lui dit : « Donne-moi mes femmes pour lesquelles je t'ai servi pendant quatorze ans, ainsi que mes enfants. Je veux retourner dans le pays où je suis né. Laban lui répondit : « Reste encore avec moi, je t'en prie ; je sais bien que par toi Dieu m'a béni et qu'Il a multiplié mes biens. » Jacob répondit : « Je dois subvenir à mes besoins, à ceux de mes enfants, de mes femmes et de toute ma famille. »

24. Je laisse maintenant de côté la suite de l'histoire car elle ne concerne plus mon sujet. Mais de ce que j'en ai raconté on peut retenir la grande bonté de Léa et de Rachel qui toutes deux vivaient ensemble sous le même toit pour servir leur mari Jacob dans la paix et l'amour, sans jalousie, sans querelles et sans envie[2]. De surcroît elles avaient quitté, outre le pays où

---

[1]. *Summa grammaticalis valde notabilis, quae Catholicon nominatur*, composée en 1286 par le Dominicain Balbi de Gênes. Cet ouvrage, grammaire, rhétorique et dictionnaire à la fois, a connu une grande diffusion au Moyen Age.
[2]. Bien évidemment, l'auteur reformule dans son commentaire final le contenu de l'histoire, se contredisant ouvertement.

nativité, leur pere, leur mere et leur langage pour icelluy
mary, et pour le servir en estrange terre. Et est moult a
considerer la grant amour et l'ardeur que (fol. 28a) Rachel
avoit d'avoir lignee et remenbrance de Jacob, auquel elle
bailla Balan sa chamberiere. Quantes dames est il maintenant qui le feissent, ne qui vesqueissent si paisiblement
que quant l'une l'aroit, que l'autre n'en rechignast et murmurast ? Maiz encores pis, car par Dieu je cuide qu'elles
bacteroient l'une l'autre. O Dieu ! Quelles bonnes femmes
et sainctes elles furent ! Pour neant n'est pas en la
beneisson des espousailles ramenteuë ceste parole : *Sit
amabilis ut Rachel viro, prudens ut Sarra, sapiens ut
Rebecqua.*

25. *Item, notatur Thobie*, .x°. Raguel et Anne sa
femme, quant ilz mirent hors de leur hostel Thobie le
jenne et Sarre leur fille qui estoit femme d'icelluy jeune
Thobie, ilz baiserent icelle leur fille et l'admonnesterent
qu'elle amast cordialement son mary et honnorast ses
parens, et si fist elle. Et a ce propos il est trouvé, *Machabeorum* .xi°., que quant Alixandre oy dire que le roy
d'Egipte qui avoit espousé sa seur le venoit veoir, il
manda par toutes les universitez et a son peuple qu'ilz
yssissent de leurs citez et alassent au devant d'icelluy roy
d'Egipte pour luy honnorer. Et ainsi faisoit honneur a ses
parens quant il honnoroit le mary de sa seur.

26. Et pour ce que l'en ne dit mye que je ne veuille
aussi bien dire des devoirs des hommes comme des
femmes, je dy aussi qu'il est escript *ad Ephesios*, .v°., que
les mariz doivent amer leurs femmes comme leur propre
corps : ce n'est mye a dire par fiction ne par parole, c'est
lealment de cuer.

27. Avecques ce que dit est dessus, encores pour
monstrer ce que j'ay dit dessus que vous devez estre tresprivee et tresamoureuse de vostre mary, je mectz ung
exemple rural que mesmes les oiseaulx ramages et les

---

416. je croy q. *B*. **419.** p. Sis a. *B*. **422.** I. no T. *AB*, I. nous T. *C*. **430.** et *omis B*. **434.** ne die m. *B*, v. ainsi b. *B*². **436.** d. ainsi q. *B*². **438.** e. loyaument du c. *B*. **440.** dessus *omis B*.

elles étaient nées, leur père, leur mère ; elles avaient renoncé à leur langue pour suivre leur mari et le servir dans un pays étranger. Il faut tenir en grande estime l'amour profond et l'ardeur de Rachel pour avoir une lignée qui conserverait le nom de Jacob : elle est allée jusqu'à lui donner Bilha, sa servante. Combien de dames aujourd'hui en feraient autant sans cesser de vivre aussi paisiblement et sans rechigner ni protester lorsque l'autre aurait le mari ? Je crois qu'elle feraient bien pis que cela : par Dieu, elles se battraient ! Oh Dieu ! Que ces femmes furent bonnes et saintes ! Ce n'est pas pour rien qu'on rappelle, lors de la bénédiction nuptiale, cette parole : *Sit amabilis ut Rachel viro, prudens ut Sarra, sapiens ut Rebecqua*[1].

25. *Item, notatur Thobie, X*[e] *:* Lorsque le jeune Tobias et son épouse Sarah étaient sur le point de quitter la maison paternelle, Ragüel et sa femme Anne embrassèrent leur fille et lui recommandèrent d'aimer de tout son cœur son mari et d'honorer ses parents, et c'est ce que fit Sarah. Toujours à ce même sujet l'on trouve au premier livre des Maccabées (11) que lorsqu'Alexandre eut appris que le roi d'Egypte, mari de sa sœur, venait lui rendre visite, il ordonna par toutes les assemblées de communes à son peuple de sortir des villes pour aller au-devant du roi d'Egypte et lui rendre hommage. En rendant hommage au mari de sa sœur, il faisait honneur à ses parents[2].

26. Et pour qu'on ne dise pas que je préfère parler des devoirs des femmes plutôt que de ceux des hommes, j'ajoute qu'il est écrit au chapitre V de l'Epître aux Ephésiens[3] que les maris doivent aimer leurs femmes comme leur propre corps. Ce n'est pas à prendre comme une image ou une simple parole ; il faut entendre : du fond d'un cœur loyal.

27. Pour compléter ce qui est dit ci-dessus à propos de votre devoir d'être très unie à votre mari et de l'aimer profondément, j'ajoute un exemple inspiré par la campagne : même les

---

1. Qu'elle soit pour son mari aimable comme Rachel, sagace comme Sarah et intelligente comme Rébecca.
2. L'auteur tronque l'histoire pour n'en retenir que ce qui peut appuyer son propos : Ptolémée avait l'intention de s'emparer de toutes les villes d'Alexandre.
3. Chapitre qui contient également et surtout des considérations sur la soumission de la femme à son mari. Voir article I, vi, 6 sq.

bestes privees et sauvaiges, voire les bestes ravissables,
ont le sens et industrie de ceste pratique. Car les oiseaulx
fumelles suivent et se tiennent prouchaines de leurs
masles et non d'autres, et les suivent et volent apres eulx
et non apres autres. Se les masles se arrestent, aussi font
les fumelles et s'assieent pres de leurs masles; quant leurs
masles s'en volent, et elles apres, joingnant a joingnant.
Et mesmes les oiseaulx sauvaiges qui sont nourriz par
personnes qui leur sont estranges au commencement, puis
que iceulx oiseaulx ont prins nourriture d'icelles personnes estranges – soient corbeaulx, corneilles, choues,
voire les oiseaulx de proye comme espriviers, faucons
melles, ostours, et les semblables – si les aiment ilz plus
que autres. De mesmes est il des bestes sauvaiges des
donmesches, voire des bestes champestres.

28. Des donmesches vous veez que ung levrier ou
mastin ou chiennet, soit en alant par le chemin, ou a table,
ou en lit, tousjours se tient il au plus pres de celluy
avecques qui il prent sa nourreture, et laisse et est estrange
et farouche de tous les autres. Et se le chien en est loing,
tousjours a il le cuer et l'ueil a son maistre; mesmes se
son maistre le bat et luy rue pierres apres luy, si le suit il
balant la *(fol. 28b)* queue; et en soy couchant devant son
maistre le repaise; et par rivieres, par boiz, par larron-
nieres et par batailles le suit.

29. Autre exemple peut estre prins du chien Maquaire
qui vit tuer son maistre dedens ung boiz, et depuis qu'il
fut mort ne le laissa, maiz couchoit ou boiz empres luy qui
estoit mort, et aloit de jour querre son vivre loing et
l'apportoit en sa gueulle et illec retournoit sans mengier;
maiz couchoit, buvoit et mengoit empres le corps, et gardoit icelluy corps de son maistre au boiz tout mort. Depuis
icelluy chien se combati et assailly plusieurs foiz a celluy
qui son maistre avoit tué; et toutesfoiz qu'il le trouvoit

---

445. s. et li. B^2, femelles s. B^2. **447.** et non... leurs masles *omis* C. **449.** l. femelles et B^2. **455.** f. tierceletz o. B^2. **457.** q. les a. Ce m. *BC*. **459.** u. lasnier ou *AC*. **462.** a. lequel il B^2, nourriture *B*. **476.** a *omis* B^2.

oiseaux sauvages, les bêtes indépendantes et farouches, voire les bêtes carnivores ont le sens de cette pratique et l'observent. Les femelles des oiseaux restent toujours à proximité de leur mâle et le suivent dans leur vol, jamais un autre. Si les mâles s'arrêtent, les femelles font de même et se posent à côté d'eux. Quand ils s'envolent, elles les suivent de près, et le couple vole côte à côte. Même les oiseaux sauvages, élevés par des personnes qu'ils ne connaissent pas d'abord – corbeaux, corneilles, choucas, et même les oiseaux de proie comme les éperviers, les faucons[1], les autours et leurs semblables – finissent par les préférer aux autres gens puisqu'elles les ont nourris : cela vaut en effet aussi bien pour les bêtes sauvages que pour les animaux domestiques et pour ceux qui vivent dans nos campagnes.

28. En observant les animaux domestiques, vous pouvez constater qu'un lévrier, un mâtin, un chiot se tient toujours tout près de celui qui lui donne à manger, que ce soit en cheminant, à table ou au lit, alors qu'il se montre distant et farouche envers toutes les autres personnes et ne s'en approche pas. Même si le chien est loin de son maître, son cœur et son œil restent toujours avec lui ou sur lui ; même si le maître le bat ou lui jette des pierres, cela n'empêche pas le chien de le suivre en remuant la queue. En se couchant devant le maître il l'apaise. Il le suit le long des rivières et dans les bois, dans les repères de voleurs et au sein des corps de troupes.

29. L'histoire du chien nommé Maquaire[2], d'après le nom de l'assassin de son maître, peut constituer un autre exemple. Ce chien assista dans un bois au meurtre de son maître et ne quitta pas le mort, restant couché auprès de lui dans le bois. Pendant la journée, il allait chercher de la nourriture qu'il rapportait dans sa gueule sans y toucher : il couchait, buvait et mangeait auprès du corps de son maître et le gardait dans le bois. Par la suite il attaqua l'assassin à plusieurs reprises et il

---

1. La signification de « melle » reste obscure.
2. Cette histoire était fort répandue ; Gaston Phébus notamment la raconte en détail dans son *Livre de la chasse* au chapitre 15 (éd. G. Tilander, Karlshamm, 1971).

l'aissailloit et se combatoit, et en la parfin le desconfi ou champ en l'Isle Nostre Dame a Paris; et encores y sont les traces des lices qui furent faictes par le chien et pour le champ.

30. Par Dieu, je vy a Nyort ung chien viel qui gisoit sur la fosse ou son maistre avoit esté enterré, qui avoit esté tué des Angloiz; et y fut mené monseigneur de Berry et grant nombre de chevaliers pour veoir la merveille de la loyaulté et de l'amour du chien qui jour et nuyt ne se partoit de dessus la fosse ou estoit son maistre que les Angloiz avoient tué. Et luy fist monseigneur de Berry bailler .x. frans, qui furent baillez a ung voisin pour luy querir a menger toute sa vie.

31. Ce mesmes est il des bestes champestres: vous le veez d'un mouton, d'un aignel, qui suivent et sont privez de leurs maistres et maistresses, et les suivent et sont privez d'eulx et non d'autres. Et autel est il des bestes sauvages – comme d'un sanglier, ung cerf, une biche – qui ont nature sauvage, suivent et se tiennent joingnans et apres de leurs maistres et maistresses et laissent tous autres.

32. *Item*, autel est il des bestes sauvaiges qui sont devourans et ravissables, comme loups, leons, leopars et les semblables, qui sont bestes farouches, fieres, cruelles, devourans et ravissables; si suivent ilz, servent et sont privez de ceulx avecques qui ilz prennent leur nourreture et qui les ayment, et sont estrange des autres.

33. Ores avez vous veu moult de divers et estranges examples, dont les derrains sont vraiz et visibles a l'ueil. Par lesquelles examples vous veez que les oiseaulx du ciel et les bestes privees et sauvages, et mesmes les bestes ravissables, ont ce sens de parfaictement amer et estre privees de leurs patrons et bien faisans, et estranges des autres. Doncques par meilleur et plus forte raison les

---

480. f. pour le *B*. **483.** e. enterrez q. a. e. tuez *B²*. **484.** f. menez m. *B²*. **488.** b. donner .x. *B*. **492.** dun dun a. *B*. **496.** j. et pres de *B*. **499.** b. mesmes s. *B*. **504.** s. estranges des *B*. **507.** p. lesquelx – e. *B²*. **511.** p. plus fort et m. r. *B*.

I, v : Vie conjugale et épouses exemplaires

se battait avec lui chaque fois qu'il le rencontrait. Il finit par le vaincre en combat singulier dans l'Ile Notre-Dame à Paris[1]. On y trouve encore les traces des lices faites par le chien et pour le combat.

30. Par Dieu, je vis à Niort un vieux chien qui restait couché sur la tombe de son maître tué par les Anglais. On y mena monseigneur de Berry et un grand nombre de chevaliers voir le miracle de loyauté et d'amour qu'incarnait ce chien. Ni jour ni nuit il ne bougeait de sa tombe. Monseigneur de Berry fit donner 10 francs à un voisin afin qu'il le nourrisse pour le restant de ses jours.

31. Il en va de même pour nos animaux domestiques, le mouton et l'agneau par exemple, qui, apprivoisés, suivent leurs maîtres ou maîtresses, exclusivement. C'est encore vrai en ce qui concerne les bêtes des bois – le sanglier, le cerf, la biche par exemple – qui malgré leur nature sauvage suivent leurs maîtres et leurs maîtresses, cherchant leur compagnie alors qu'ils ne s'approchent de personne d'autre.

32. *Item*, il en va de même des bêtes sauvages carnassières comme les loups, les lions, les léopards et leurs semblables : ce sont là des bêtes farouches, féroces et cruelles, sanguinaires et dangereuses. Cependant, elles suivent et servent ceux avec qui elles mangent et qui les aiment, se montrant confiantes avec eux, alors qu'elles restent farouches avec les autres.

33. A présent vous connaissez beaucoup d'exemples variés et surprenants ; quant aux derniers, ils sont vrais : vous pouvez le vérifier de vos propres yeux. Cela vous prouve que les oiseaux du ciel, les bêtes apprivoisées ou sauvages et même les bêtes féroces possèdent ce sens d'aimer entièrement leur maître et bienfaiteur, se montrant familières avec lui, alors qu'elles restent farouches avec tous les autres gens. A bien plus forte

---

[1]. A l'ouest de l'actuelle île Saint-Louis ; elle en était isolée par un petit bras de la Seine.

femmes a qui Dieu a donné sens naturel et soin raisonnable, doivent avoir a leurs mariz parfaicte et solemnelle amour. Et pour ce je vous prye que vous soyez tresamoureuse et tresprivee de vostre mary qui sera.

---

512. et sont raisonnables d. *B.*

raison les femmes, dotées par Dieu d'intelligence et de raison, doivent éprouver pour leur mari un amour parfait et éclatant aux yeux de tous. Pour cette raison, je vous prie d'être très amoureuse et très proche de celui qui sera votre mari.

I vi

(*fol. 29a*) 1. Le .vime. article de la premiere distinction dit que vous soiez humble et obeissant a cellui qui sera vostre mary, lequel article contient en soy quatre membres.

2. Le premier membre dit que vous soiez obeissant : qui est entendu a lui et a ses commandemens quelz qu'ilz soient, supposé que les commandemens soient faiz a certes ou par jeu, ou que les commandemens soient faiz d'aucunes choses estranges a faire, ou que les commandemens soient faiz sur les choses de petit pris ou de grant pris ; car toutes choses vous doivent estre de grant pris puis que cellui qui sera vostre mary le vous avra commandé.

3. Le .iie. membre ou particularité est a entendre que se vous avez aucunes besoingnes dont vous n'aiez point parlé a cellui qui sera vostre mary, ne il ne s'en est point advisé et pour ce il n'en a riens commandé ne deffendu, se la besoingne est hastive et qui la couviengne faire avant que cellui qui sera vostre mary le sache, se vous avez plaisir de le faire en aucune maniere et vous sentez que cellui qui sera vostre mary eust plaisir de la faire en une autre maniere, faictes avant au plaisir de cellui qui sera

---

Rubrique : Cy commence le vj^e article de la premiere distinction *B*. **7.** a certes... soient faiz *omis B*. **10.** sur – c. *B*². **15.** b. a faire d. *B*. **16.** p. advisiez et *B*². **18.** et quil la *B*. **20.** de la f. B, v. faictes q. *AC*. **21.** en une... vostre mary *omis B*.

I vi

1. Le sixième article de la première distinction traite de votre devoir d'humilité et d'obéissance à l'égard de celui qui sera votre mari ; cet article contient quatre sections.

2. La première section traite de votre devoir d'obéissance à l'égard de celui qui sera votre mari et de ses ordres, quel que soit leur motif, sérieux, simulé ou impliquant quelque chose de bizarre à exécuter, qu'il s'agisse de petites ou de grandes choses : toute chose doit être pour vous une affaire importante à partir du moment où celui qui sera votre mari vous l'aura ordonnée.

3. La deuxième section ou rubrique est consacrée à l'exécution de certaines affaires dont vous n'aurez pas instruit votre futur mari, sur lesquelles il ne s'est pas prononcé, qu'il n'a ni ordonnées ni défendues. Si l'affaire est pressée et à accomplir avant que votre futur mari puisse en être instruit, si vous avez envie de le faire d'une certaine manière que cependant vous sentez être contraire à ce que choisirait votre mari, dans ce cas

vostre mary que au vostre, car son plaisir doit preceder le vostre.

4. La .iiiᵉ. particularité est actendre que cellui qui sera vostre mary vous deffendra, supposé que sa deffense soit faicte a jeu ou a certes, ou que sa deffense soit faicte sur chose de petit pris ou de grant value, gardez que aucunement vous ne faictes contre sa deffense.

5. La .iiiiᵉ. particularité est que vous ne soiez arogant ne repliquant contre cellui qui sera vostre mary ne contre ses diz, et ne dictes contre sa parole mesmement devant les gens.

6. En reprenant le premier point des quatre particularitez, qui dit que vous soiez humble a vostre mary et a lui obeissant, etc., et l'Escripture le commande, *ad Ephesios*, .vᵒ. ou il dit : *Mulieres viris suis subdite sint sicut domino ; quoniam vir caput est mulieris, sicut Christus caput est ecclesie.* C'est adire que le commandement de Dieu est que les femmes soient subgectes a leurs maris comme a seigneurs, car le mary est aussi bien chief de la femme comme Nostre Seigneur Jesucrist est chief de l'Eglise. Donques il s'ensuit que ainsi comme l'Eglise est subjecte et obeissant aux commandemens grans et petis de Jesucrist comme a son chief, tout ainsi *(fol. 29b)* les femmes doivent estre subjectes a leurs maris comme a leurs chief, et obeir a eulx et a leur commandemens grans et petiz. Et ainsi le commanda Nostre Seigneur, si comme dit Saint Jherosme ; et aussi le dit le Decret .xxxiii., Questione quinto, capitulo quinto *Cum caput.* Et pour ce dit l'Appostre quant il rescript aux Hebrieux ou .xiiiᵉ. chappitre : *Obedite prepositis vestris et subiacete eis*, etc. C'est adire : « Obeissez a voz souverains et soiez en bonne subjection vers eulx. » Encores vous est il assez moustré que c'est sentence de Nostre Seigneur, pour ce qui dit par avant que femme doit estre subjecte a homme. Car il est dit que quant au commencement Adam fut fait,

---

25. e. a entendre q. *BC.* **29.** v. ne faciez *B.* **37.** il est d. *B²*. **42.** Nostre Seigneur omis *B.* **46.** a leur c. *B.* **49.** et ainsi le *B*, d. xxxiii a q. *B*, d. xxxiiiᵉ. q. *C.* **51.** il escript a. *B*, ou iiiᵉ. c. O benedicte p. *AC.* **55.** s. par ce que d. est p. *B.* **57.** c. du monde A. *B.*

optez pour sa préférence à lui, car sa satisfaction a priorité sur la vôtre.

4. La troisième section traite des interdictions que vous fera celui qui sera votre mari : que l'interdiction soit formulée par jeu ou à prendre au sérieux, qu'elle concerne des affaires de détail ou d'importance, gardez-vous de passer outre sa défense.

5. La quatrième section vous met en garde contre l'arrogance et l'esprit de contradiction vis-à-vis de votre futur mari et des propos qu'il peut tenir, surtout dans le cas où vous vous trouvez en société.

6. Revenons à la première de ces quatre sections. Les Ecritures, au cinquième chapitre de l'Epître aux Ephésiens, vous commandent d'être humble et obéissante à l'égard de votre mari : *Mulieres viris suis subdite sint sicut domino ; quoniam vir caput est mulieris, sicut Christus caput est ecclesie,* ce qui veut dire que Dieu commande aux femmes d'être soumises à leurs maris comme au Seigneur, car le mari est le chef de la femme comme Notre-Seigneur Jésus-Christ est le chef de l'Eglise. De même que l'Eglise est soumise et obéissante aux grands et petits commandements de Jésus-Christ, de même les femmes doivent être soumises à leurs maris, leurs chefs, et obéir à leurs grands et petits commandements. D'après saint Jérôme, c'est ainsi que le commanda Notre-Seigneur. Le *Décret*[1] dit la même chose au chapitre XXXIII, Question cinq, paragraphe cinq, intitulé *Cum caput.* Voilà pourquoi l'Apôtre dit dans son Epître aux Hébreux au chapitre XIII : *Obedite prepositis vestris et subjacete eis,* etc., c'est-à-dire : « Obéissez à vos souverains et soyez-leur dociles. » Il vous est amplement démontré que c'est là une sentence de Notre-Seigneur car elle a été formulée bien auparavant déjà : lorsqu'Adam fut achevé,

---

1. Il s'agit du célèbre *Decretum* de Gratien, composé autour de 1150, qui est devenu la référence canoniale par excellence au Moyen Age.

Nostre Seigneur par sa bouche et parole dist : « Faisons lui aide », et lors de la coste de Adam fist la femme comme aide et subjecte; et ainsi en use l'en, et c'est raison. Et pour ce se doit bien femme adviser de quelle condition est cellui qui le prendra avant qu'elle le preigne. Car ainsi comme dit un povre homs romain qui sans son sceu ou pourchaz fut par les Romains esleu a estre empereur, quant l'en vint apporter le fauldesteul et la couronne il fut tout esbahy. L'une de ses premieres paroles fut qu'il dit au peuple : « Prenez vous tous garde que vous faictes ou avez fait. Car s'il est ainsi que vous m'aiez esleu et je soye demouré empereur, sachez de certain que dela en avant mes paroles seront tranchans comme rasouers de nouvel esmoluz. » C'estoit adire que quiconques n'obeiroit a ses deffenses ou commandemens puis qu'il seroit ou estoit fait empereur, c'estoit sur peine de perdre la teste.

7. Aussi garde soy une femme comment ne a qui elle sera mariee; car quiconques, povre ou petit qu'il ait esté par avant, toutesvoyes pour le temps avenir depuis le mariage doit il estre et est souverain, et qui peut tout multiplier ou tout descroistre. Et pour ce vous devez plus en mary penser a la condition que a l'avoir, car vous ne le pourrez aprez changer. Et quant vous l'avrez prins, si le tenez a amour et amez et obeissez humblement, comme fist Sarre dont il est parlé en l'article precedant. Car pluseurs femmes ont gaignié par leur obeissance et sont venues a grant honneur; et autres femmes par leur desobeissance ont esté reculees et desavancees.

8. A ce propos de desobeissance et dont il vient bien a la femme qui est obeissant a son mary, puis je traire ung exemple qui fut ja pieça translaté par maistre François Petrac qui a Romme fut couronné pouete. Lequel histoire dit ainsi :

---

62. c. quelle p. B. **63.** un povres h. B, un povre home C. **65.** l en lui apporta le B^2. **74.** Ainsi g. B^2. **77.** q. p. m. B^2. **86.** p. dobeissance et B. **88.** p. translatez p. B^2, p. translatee p. C, f. couronnez p. B^2.

Notre-Seigneur dit lui-même cette parole : « Donnons-lui une aide », et il forma la femme à partir de la côte d'Adam pour qu'elle lui serve d'aide et qu'elle lui soit soumise ; ainsi en use-t-on et c'est à juste titre. La femme doit bien se renseigner sur la condition de son éventuel mari avant de l'épouser : l'histoire d'un pauvre Romain, qui à son insu et sans l'avoir cherché fut élu empereur par les Romains, est instructive à cet égard. Cet homme fut tout abasourdi lorsqu'on apporta le trône et la couronne. Mais l'une des premières paroles qu'il adressa au peuple fut la suivante : « Vous tous, prenez garde à ce que vous faites ou à ce que vous avez déjà fait. S'il est vrai que vous m'avez élu empereur et que je le reste, soyez certains qu'à partir de ce moment mes paroles seront tranchantes comme des rasoirs fraîchement affûtés. » Ce qui veut dire qu'à partir du moment où il serait ou était fait empereur, on risquait de payer de sa tête la transgression de ses interdictions ou de ses ordres.

7. Au même titre une femme doit prendre garde comment et à qui elle sera mariée. Quelque pauvre et modeste que le mari ait été avant le mariage, il sera forcément par la suite son souverain ; il aura le pouvoir de tout multiplier ou de tout faire décliner. Pour cette raison, avant de vous marier, considérez davantage la condition que la fortune de l'éventuel mari, car celle-là, vous ne pourrez pas la changer. Une fois votre décision arrêtée, aimez-le d'un amour constant, obéissez avec humilité à l'exemple de Sarah dont il a été question au chapitre précédent. De nombreuses femmes, grâce à leur obéissance, ont été ennoblies et élevées à de grands honneurs ; d'autres, par leur désobéissance, ont été rabaissées et sont déchues de leur rang.

8. A propos de désobéissance et au contraire du bienfait qu'apporte à une femme l'obéissance à son mari, je peux raconter un exemple, traduit il y a longtemps déjà par maître François Pétrarque, élevé au rang de poète à Rome. Voici l'histoire.

[*Grisilidis*[1]]

Aux confines de Pimont en Lombardie, ainsi comme au pié de la montaigne qui devise France et Ytalie, qui est appellée ou païs Mont Vésée, a une contrée longue et lée, qui est habitée de chasteaulx et villes et aournée de bois, de prés, de rivières, de vignes, de foings et de terres labourables : et celle terre est appellée la terre de Saluces laquelle d'ancienneté seignourist les contrées voisines, et d'ancienneté a esté gouvernée jusques aujourd'uy par aucuns nobles et puissans princes appellés marquis de Saluces, desquels l'un des plus nobles et plus puissans fut appellé Gautier auquel tous les autres de celle région, comme barons, chevaliers, escuiers, bourgois, marchans et laboureurs obéissoient. Icelluy Gautier marquis de Saluces estoit bel de corps, fort et légier, noble de sang, riche d'avoir et de grant seignourie, plein de toutes bonnes meurs et parfaitement garni de précieux dons de nature. Un vice estoit en lui, car il amoit fort solitude et n'acontoit riens au temps à venir, ne en nulle manière ne vouloit pour lui mariage. Tout sa joye et plaissance estoit en rivières, en bois, en chiens et en oyseaulx, et peu s'entremettoit du gouvernement de sa seignourie ; pour laquelle chose ses barons le mouvoient et admonestoient de marier, et son peuple estoit en très grant tristesse et par espécial de ce qu'il ne vouloit entendre à mariage. Une journée s'assemblèrent en grant nombre, et les plus souffisans vindrent à lui et par la bouche de l'un luy dirent telles paroles : « O tu, marquis nostre seigneur, l'amour que nous avons en toy nous donne hardement de parler féablement. Comme il soit ainsi que toy et toutes les choses qui sont en toy nous plaisent et ont tousjours pleu, et nous réputons bieneureux d'avoir tel seigneur, une

---

1. Édition Pichon.

Histoire de Grisélidis[1]

Aux confins du Piémont en Lombardie, pour ainsi dire au pied de la montagne qui marque la frontière entre la France et l'Italie, et qui est appelée le Mont Viso dans le pays, il y a une longue et large contrée. Il y a là multitude de châteaux et de villes, de bois, de prés, de rivières, de vignes, de prairies et de terres cultivables. Ce pays s'appelle la terre de Saluces ; depuis les temps anciens il possède la souveraineté sur les contrées voisines, et jusqu'à aujourd'hui il est gouverné par de nobles et puissants princes, les marquis de Saluces. L'un des plus nobles et puissants parmi eux fut Gautier : tous les autres, barons, chevaliers, écuyers, bourgeois, marchands et laboureurs de la région lui vouaient obéissance. Ce Gautier, marquis de Saluces, était d'une grande beauté ; il était fort et vif à la fois ; son sang était noble, il était riche et puissant, et doté de toutes les bonnes et précieuses qualités morales ainsi que des meilleures dispositions naturelles. Mais il avait un défaut : il aimait farouchement la solitude et ne pensait jamais à l'avenir, ne voulant sous aucun prétexte se marier. Toute sa joie et tout son plaisir résidaient dans la chasse, que ce soit au bord des rivières ou dans les bois, avec des chiens ou avec des oiseaux de volerie, si bien qu'il s'occupait peu du gouvernement de ses domaines. C'était la raison pour laquelle ses barons essayaient de le convaincre et l'admonestaient de se marier ; quant au peuple, il était particulièrement affligé de ce que le marquis ne voulait pas entendre parler de mariage. Un jour, il y eut une grande assemblée et les plus courageux se rendirent auprès de lui. L'un d'eux prit la parole au nom de tous : « Marquis, notre seigneur, c'est l'amour que nous te portons qui nous rend assez hardis pour venir te parler en toute loyauté. Bien que nous n'ayons pas d'objet de nous plaindre de toi ni de tes affaires, que tu ne nous en aies jamais fourni le motif et que nous nous estimions

---

[1]. Pétrarque, dans une lettre adressée à Boccace en 1374, avait traduit en latin la nouvelle qui clôt le *Décaméron*, ce qui permit sa diffusion en France avant le début du XVe siècle. La version française qu'a utilisée l'auteur du *Mesnagier* est attribuée – à tort ou à raison, le débat n'est pas clos – à Philippe de Mézières. Elle est insérée dans son *Livre de la vertu du Sacrement de Mariage*. l'*Estoire de Griseldis* est éditée par Mario Roques (Droz/TLF, 1957/1967).

chose défault en toy, laquelle se tu la nous veulx octroier, nous nous réputons estre mieulx fortunés que tous nos voisins : c'est assavoir qu'il te plaise encliner ton courage
125 au lien de mariage, et que ta liberté passée soit un peu réfrénée et mise au droit des mariés. Tu scez, Sire, que les jours passent en volant sans jamais retourner. Et combien que tu soies de jeune aage, toutesvoies de jour en jour t'assault la mort et s'approche, laquelle n'espargne à nul
130 aage, et de ce nul n'a privilège. Il les convient tous morir, mais l'en ne scet quant, ne comment, ne le jour, ne la fin. Tes hommes doncques qui tes commandemens jamais ne refuseroient, te prient très humblement qu'ils aient liberté de querre pour toy une dame de convenable lignée, noble
135 de sang, belle de corps, de bonté et de sens aournée, laquelle il te plaira à prendre par mariage, et par laquelle nous espérons avoir de toy lignée et seigneur venant de toy à successeur. Sire, fay ceste grâce à tes loyaulx subjects, afin que, se de ta haulte et noble personne avenoit
140 aucune chose, et que tu t'en alasses de ce siècle, ce ne fust mie sans hoir et successeur, et que tes subjects tristes et dolans ne demourassent mie sans seigneur. »

Ces paroles finées, le marquis meu de pitié et d'amour envers ses subjects leur respondi moult doulcement et
145 dist : « Mes amis, vous me contraignez à ce qui en mon courage ne peut oncquesmais estre ; car je me délitoie en liberté et en franchise de voulenté laquelle est peu trouvée en mariage, ce scevent bien ceulx qui l'ont esprouvé. Toutesvoies, pour vostre amour, je me soubsmets à vostre
150 voulenté. Vray est que maraige est une chose doubteuse, et maintes fois les enfans ne ressemblent pas au père. Toutesfois s'aucun bien vient au père, il ne doit mie pour ce dire qu'il luy soit deu de droit, mais vient de Dieu de

chanceux d'avoir un seigneur comme toi, cependant il est un sujet qui nous préoccupe. Si tu voulais, par considération pour nous, y remédier, nous nous tiendrions pour les plus heureux de toute la contrée : nous te prions de bien vouloir te résoudre à contracter les liens du mariage, et de restreindre un peu ta liberté passée en la subordonnant aux lois du mariage. Tu sais, seigneur, les jours passent et s'envolent sans jamais revenir. Et, bien que tu sois jeune, la mort jour après jour te menace et s'approche ; elle n'épargne aucun âge – personne n'a ce privilège-là. Tous, nous devons mourir, mais on ne sait ni quand ni comment, ni le jour, ni la date[1]. Donc, tes hommes, qui ne s'opposeraient jamais à tes ordres, te demandent très humblement la permission de chercher pour toi une épouse d'une lignée convenable, de sang noble, belle, bonne et intelligente, que tu épouserais avec plaisir et grâce à laquelle nous pourrions espérer une descendance et un seigneur qui te succéderait. Seigneur, accorde cette grâce à tes loyaux sujets, afin que s'il arrivait quelque chose à ta haute et noble personne et que tu doives quitter ce monde, que cela ne se trouve pas sans qu'il y ait un héritier et successeur, afin que tes sujets endeuillés et affligés ne restent pas sans seigneur. »

Ce discours achevé, le marquis, pris de compassion et d'amour pour ses sujets, leur répondit avec beaucoup de douceur en ces termes : « Mes amis, je n'aurais jamais pu me résoudre à ce pas : je me plaisais dans la liberté et l'indépendance, si rares dans le cadre du mariage, comme le savent bien ceux qui en ont fait l'expérience. Cependant, pour l'amour de vous je me soumets à votre volonté. Il est vrai pourtant que le mariage est chose hasardeuse[2] : combien de fois les enfants ne ressemblent pas au père ! Et si quelque bien en découle pour le père, ce n'est pas une raison pour lui de dire que cela lui revient de droit ; c'est un cadeau de Dieu le Très-Haut ; c'est à Lui que

---

1. Lieu commun par excellence de la littérature didactique, il est souvent placé, dans les *exempla*, au début de la narration proprement dite pour lui donner une motivation forte et pour provoquer, indirectement, chez l'auditoire, une implication personnelle, afin de le mettre dans les dispositions idéales pour entendre une «leçon». Ici, le *topos* est en outre un agent déterminant directement le déroulement de l'action.

2. Toute la suite de l'*exemplum* va consister à démontrer le contraire de cette proposition initiale pour rejoindre ainsi et appuyer le propos de notre bourgeois.

lassus ; à lui je recommande le sort de mon mariage, espérant en sa doulce bonté qu'il me octroie telle avecques la
quelle je puisse vivre en paix et en repos expédient à mon
salut. Je vous octroye de prendre femme, mes amis, et le
vous promectz ; mais je la veuil moy mesmes eslire et
choisir, et de vous je vueil une chose que vous me pro-
mectez et gardez : c'est asseurément que celle que je
prendray par mon élection, quelle qu'elle soit, fille de
Prince des Rommains, femme de poste, ou autre, vous la
doiez amer entièrement et honnourer, et qu'il n'y ait
aucun de vous qui après l'élection du mariage doie estre
d'elle mal content, ne contre elle groncier ne murmurer. »

Lors tous les barons et subjects du marquis furent liés
de ce qu'ils avoient ce qu'ils demandoient, de laquelle
chose ils avoient esté maintes fois désespérés. A une voix
remercièrent le marquis leur seigneur et promirent de bon
cuer la révérence et obéissance qu'il leur avoit demandé.
Grant joie fut ou palais de Saluces, et par le marquis fut
le jour assigné de ses nopces auquel il devoit prendre
femme, et commanda faire un grant appareil, trop plus
grant que par autre marquis n'avoit autresfois esté fait, et
que les parens et amis, voisins, et les dames du païs ensement, fussent semoncés à la dicte journée ; laquelle chose
fut solemnéement acomplie, et entretant que l'appareil se
faisoit, le marquis de Saluces comme il avoit acoustumé
aloit en son déduit chacier et vouler.

Assez près du chastel de Saluces avoit une petite villette en laquelle demouroient un peu de laboureurs, par
laquelle villette le marquis passoit souventesfois, et entre
les dessusdis laboureurs avoit un vieil homme et povre qui
ne se povoit aidier et estoit appelé Jehannicola. A cellui
povre homme estoit demourée une fille appellée Grisilidis, assez belle de corps, mais trop plus belle de vie et
de bonnes meurs : nourrie avoit esté de petite vie, comme
du labour de son père ; oncques à sa congnoissance
n'estoient venues viandes délicieuses ne choses délica-
tives. Un courage vertueux plein de toute meurté en son
pis virginal doulcement habitoit ; la vieillesse de son père,
en très grant humilité, doulcement supportoit et souste-

je recommande le sort de mon mariage, espérant qu'en Sa tendre bonté Il m'accorde une épouse avec laquelle je puisse vivre dans la paix et le repos propice à mon salut. Je consens à prendre femme, mes amis, je vous le promets. Mais je veux l'élire et la choisir moi-même ; je veux que vous me fassiez une promesse : c'est d'aimer sans réserve et d'honorer sans faille celle sur laquelle mon choix se sera arrêté, quelle qu'elle soit, fille de prince romain, serve ou autre, et qu'aucun parmi vous ne soit mécontent de mon choix ni ne murmure ou se révolte contre elle. »

Alors, tous les barons, tous les sujets du marquis furent heureux que leur prière eût été exhaussée, car ce point leur avait été souvent un sujet de désespoir. D'une seule voix, ils remercièrent le marquis, leur seigneur, et promirent volontiers d'être respectueux et obéissants envers sa future épouse, comme il le leur avait demandé. Grande fut la joie qui régna au palais de Saluces. Le marquis fixa le jour de ses noces où il prendrait femme, et ordonna que les préparatifs fussent réglés avec un faste que jamais marquis n'avait égalé par le passé. Parents et amis, voisins et dames du pays, tous sans exception, furent solennellement invités à venir ce jour-là. Pendant les préparatifs, le marquis de Saluces continuait à s'adonner, à son habitude, aux plaisirs de la chasse et de la volerie.

Non loin du château de Saluces il y avait un petit bourg où habitaient quelques rares paysans. Le marquis passait souvent par ce bourg. Parmi ces paysans il y avait un vieil homme, pauvre et impotent du nom de Jean-Nicolas. Il lui était resté une fille, Grisélidis ; elle était très belle ; sa conduite et ses mœurs l'étaient encore davantage. Elle avait grandi dans un environnement bien modeste, vivant du travail de son père ; jamais elle n'avait goûté à des mets délicats ni à des choses raffinées. Son doux sein virginal était empli de qualités venues à pleine maturité. Elle soutenait et soulageait avec très grande humilité et gentillesse son vieux père et pourvoyait à sa subsis-

noit, et icelluy nourrissoit; et un peu de brebis que son
père avoit, diligemment gardoit et avecques icelles aux
champs sa quenoille filoit continuelment. Et quant Grisilidis au vespre revenoit et ramenoit ses bestes à l'hostel
de son père, elle les affouragoit, et appareilloit à son père
et à elle les viandes que Dieu leur donnoit. Et briefment
toutes les curialités et services qu'elles povoit faire à son
père doulcement faisoit.

Le marquis assez informé par commune renommée de
la vertu et grant bonté d'icelle Grisilidis, en alant à son
déduit souventesfois la regardoit, et en son cuer la belle
manière d'icelle et sa grant vertu fichoit et atachoit. Et en
la fin détermina en son cuer que Grisilidis seroit eslevée
par lui à estre sa femme marquise de Saluces, et que autre
n'aroit, et fist admonester ses barons de venir à ses nopces
au jour qui estoit déterminé. Icellui jour approcha, et les
barons non sachans de la fille que le marquis avoit advisé
de prendre, furent moult esbahis. Toutesvoies, savoient-ils
bien que le marquis avoit et faisoit appareiller riches
robes, ceintures, fermaulx, anneaulx et joiaulx à la forme
d'une pucelle qui de corps ressemblait à Grisilidis. Or
advint que le jour des nopces fut venu, et que tout le palais
de Saluces fut peuplé grandement de barons, de chevaliers, de dames et de damoiselles, de bourgois et d'autres
gens, mais nulle nouvelle n'estoit de l'espousée leur seigneur, laquelle chose n'estoit pas sans grant merveille; et
qui plus est, l'eure s'approuchoit du disner, et tous les
officiers estoient prets chascun de faire son office. Lors le
marquis de Saluces, ainsi comme s'il voulsist aler
encontre son espousée, se parti de son palais, et les chevaliers et dames à grans routes, ménestrels et héraulx suivoient.

Mais la pucelle Grisilidis de tout ce riens ne savoit, car
ce matin mesmes elle appareilloit, nettoioit et ordonnoit
l'hostel de son père pour aler avecques les autres pucelles
voisines veoir l'espousée de leur seigneur. A celle heure
que le marquis approuchoit, Grisilidis apportoit sur sa
teste une cruche pleine d'eaue à l'hostel de son père, et le
marquis à celle heure, ainsi acompaignié comme il estoit,

tance. Elle gardait avec diligence les quelques brebis de son père dans les champs et ce faisant elle filait sa quenouille sans repos. Au soir, quand Grisélidis revenait et ramenait ses bêtes à la maison de son père, elle leur donnait leur fourrage et, pour son père et elle-même, elle préparait les aliments que Dieu leur donnait. Bref, elle prodiguait gentiment tous les soins et attentions qu'elle pouvait à son père.

Le marquis, informé de la vertu et la grande bonté de cette Grisélidis grâce à la réputation qu'elle avait dans le pays, la regardait souvent en allant à la chasse ; sa belle contenance et sa grande vertu entraient dans son cœur et s'y gravaient. Finalement, il décida en lui-même de prendre Grisélidis et aucune autre pour femme et de la faire marquise de Saluces. Il convoqua ses barons à ses noces le jour fixé. Ce jour approchait et les barons, ignorant quelle fille le marquis avait décidé de prendre, s'étonnèrent. Toutefois, ils savaient parfaitement que le marquis faisait préparer de riches robes, des ceintures, des agrafes, des anneaux et des joyaux qu'il essayait sur une jeune fille de la même taille que Grisélidis. Or, le jour des noces arriva ; tout le palais de Saluces fourmillait de barons, de chevaliers, de dames et de demoiselles, de bourgeois et d'autres gens, mais on n'avait nulle nouvelle de celle que leur seigneur allait épouser, ce qui ne manquait pas d'étonner grandement toute l'assemblée. De surcroît, l'heure du banquet approchait, et tous les serviteurs étaient à leur poste. Alors, le marquis de Saluces, comme s'il voulait aller à la rencontre de son épouse, quitta son palais, suivi d'un grand nombre de chevaliers et de dames, de musiciens et de hérauts.

Quant à Grisélidis, elle ne savait rien de tout cela ; ce matin-là, elle préparait, nettoyait et rangeait la maison de son père pour pouvoir aller ensuite avec les autres jeunes filles du voisinage voir la nouvelle épouse de leur seigneur. Au moment où le marquis approchait, Grisélidis était en train de porter sur sa tête une cruche pleine d'eau à la maison de son père ; c'est là que le marquis, entouré de toute sa compagnie, appela la

appella la pucelle par son nom et lui demanda où son père estoit. Grisilidis mist sa cruche à terre et à genoulx, humblement, à grant révérence, respondi : « Monseigneur, il est à l'hostel. – Va à luy, dist le marquis, et luy di qu'il viengne parler à moy. » Et elle y ala. Et donc le povre homme Jehannicola yssi de son hostel. Le marquis le tira par la main et le traït à part et puis secrètement lui dist : « Jehannicola, je sçay assez que tu m'as amé tousjours et aimes encores, et ce qui me plaist à toy doit plaire. Je vueil de toy une chose : c'est assavoir que tu me donnes ta fille pour espouse. » Le povre homme n'osa dire mot, et un petit après respondit à genoulx, moult humblement : « Monseigneur, je ne doy vouloir aucune chose ou non vouloir fors ce qui te plaist, car tu es mon seigneur. » Le marquis lui dist alors : « Entre en ta maison tout seul, toy et ta fille, car je lui vueil demander aucune chose. » Le marquis entra en la maison du povre homme Jehannicola comme dit est, et tout le peuple demoura dehors forment esmerveillié ; et la pucelle se mist emprès son père, paoureuse, honteuse et vergongneuse de la soudaine survenue de son seigneur et de sa grant et noble compaignie, car elle n'avoit pas apris de veoir souvent un tel hoste en leur maison. Le marquis adreça ses paroles à elle et si lui dist : « Grisilidis, à ton père et à moy plaist que tu soies m'espouse, et je pense bien que tu ne me refuseras pas, mais je t'ay à demander une chose devant ton père ; c'est assavoir que ou cas que je te prendray à femme, laquelle chose sera de présent, je vueil savoir se tu voudras encliner ton couraige entièrement à toute ma voulenté, en telle manière que je puisse faire de toy et de ce qui touchera à toy à ma volenté, sans résonance ne contredit par toy, en fait ne en dit, en signe ne en pensée. » Lors Grisilidis, non sans merveille de si grant fait esbahie, respondi : « Monseigneur, je congnoy bien que je ne suis pas digne, non tant seulement de estre appellée t'espouse, mais d'estre appellée ton ancelle ; mais s'il te plaist et fortune le me présente, jamais je ne sauray faire chose, ne ne feray, ne ne penseray, que je puisse sentir qui soit encontre ta voulenté, ne tu ne feras jamais riens envers

jeune fille par son nom et lui demanda où était son père. Grisélidis posa sa cruche à terre, s'agenouilla et humblement, avec grande déférence, elle répondit : « Monseigneur, il est à la maison. – Va lui dire, dit le marquis, de venir parler avec moi. » Elle s'exécuta et le pauvre Jean-Nicolas sortit de sa maison. Le marquis le prit par la main et le tira à part, puis lui dit à voix basse : « Jean-Nicolas, je sais bien que tu m'as toujours aimé jusqu'à ce jour ; par conséquent, ce qui me plaît doit te plaire aussi. Je veux une chose de toi : que tu me donnes ta fille pour épouse. » Le pauvre homme n'osa dire mot ; après un petit moment il répondit, à genoux et très humblement : « Monseigneur, je ne dois rien vouloir ou refuser qui soit contraire à ta volonté, car tu es mon seigneur. » Le marquis lui dit alors : « Entre dans ta maison, qu'il n'y ait avec toi que ta fille, car je veux lui demander quelque chose. » Le marquis entra dans la maison du pauvre Jean-Nicolas, et tout le peuple restant à l'extérieur s'étonna grandement. La jeune fille se mit près de son père, emplie de peur, de honte et de vergogne devant l'arrivée impromptue de son seigneur et de sa grande et noble escorte, car elle n'était pas accoutumée à voir un tel hôte dans leur maison. Le marquis s'adressa à elle et lui dit : « Grisélidis, il plaît à ton père et à moi que tu sois mon épouse ; je pense que tu ne me repousseras pas, mais j'ai quelque chose à te demander devant ton père : au cas où je te prendrais pour femme, ce qui est imminent, je veux savoir si tu consentiras à te plier entièrement à ma volonté, quelle qu'elle soit, de telle manière que je puisse disposer de toi et de tout ce qui te concerne à mon idée, et sans commentaire ou protestation de ta part, que cela soit en paroles ou en actions, par un geste ou en pensée. » Grisélidis, ébahie devant un événement aussi important, ce qui n'a rien d'étonnant, répondit : « Monseigneur, je sais bien que je ne suis pas digne non seulement d'être appelée ton épouse, mais même ta servante. Mais si tel est ton plaisir, et si fortune me place dans une telle situation, jamais je ne saurai faire ni penser chose que je sentirais être contraire à ta volonté, et tu ne feras jamais rien à mon égard qui me ferait

moy que je contredie. – Il souffist », dit le marquis qui prist la pucelle par la main et la mena hors de la maison ou milieu de ses barons et de son peuple et dist ainsi : « Mes amis véez cy ma femme, vostre dame, ceste amez, doubtez et honnourez, et se vous m'amez, ceste très chièrement amez. » Et à ce que Grisilidis n'apportast avecques soy aucunes reliques de la vile fortune de povreté, le marquis commanda que par les dames et matrones la pucelle fust despouilliée toute nue, dès les piés jusques à la teste, et tantost revestue de riches draps et paremens de nopces.

On veist lors les dames embesongnées : les unes la vestoient, et les autres la chaussoient, et les autres la ceignoient ; les autres lui mettoient les fermaulx et cousoient sur ly les perles et pierres précieuses : les autres pignoient leur dame et appareilloient son chief et lui mettoient une riche couronne par dessus qu'elle n'avoit pas apris, et ce n'estoit pas merveille s'elle estoit esbahie. Qui veist lors une povre vierge tainte du soleil et ainsi maigre de povreté si noblement parée et si richement couronnée et soudainement transformée par telle manière que à peine le peuple la recongnoissoit, bien se povoit-on de ce merveillier.

Lors les barons prindrent leur dame et à grant joie la menèrent à l'église, et là le marquis lui mist l'annel ou doy et l'espousa selon l'ordonnance de saincte Eglise et usage du païs. Et acompli le divin office, la dame Grisilidis fut assise sur un blanc destrier et de tous acompaigniée et menée au palais qui retentissoit de toutes manières d'instrumens. Et furent les nopces célébrées, et icellui jour fut trespassé en très grant joie et consolation du marquis et de tous ses amis et subjects. Et fut la dame avecques son seigneur et mary tellement inspirée de sens et de beau maintien, de la divine grâce resplendist icelle povre dame Grisilidis en telle manière, que chascun disoit que non tant seulement en la maison d'un pastour ou laboureur, mais en palais royal ou impérial elle avoit esté enseignée et nourrie. Et fut tant amée, chérie et honnourée de tous ceulx qui de s'enfance la congnoissoient que à

protester. – Il suffit », dit le marquis. Il prit la jeune fille par la main et la conduisit hors de la maison, au milieu de ses barons et de son peuple et annonça : « Mes amis, voici ma femme, voici votre dame ; aimez-la, craignez-la et honorez-la ; si vous m'aimez, aimez-la très fort. » Afin d'éviter que Grisélidis n'apportât avec elle quelque relique de sa pauvreté passée, le marquis ordonna aux dames et aux matrones de déshabiller entièrement la jeune fille des pieds à la tête, et de la revêtir aussitôt de riches draps et ornements nuptiaux.

Voici les dames occupées : les unes la vêtaient, d'autres la chaussaient, d'autres encore lui mettaient les agrafes et cousaient sur elle des perles et des pierres précieuses. D'autres peignaient leur dame, lui apprêtaient une coiffure et posaient sur sa tête une précieuse couronne, chose inédite pour elle – il n'était pas étonnant qu'elle fût ébahie. Il y a de quoi être surpris devant une pauvre vierge au teint hâlé par le soleil, maigre à force de privations, soudainement si noblement parée, si richement couronnée, si soudainement transformée que le peuple pouvait à peine la reconnaître.

Les barons saisirent leur dame et la menèrent joyeusement à l'église. Là, le marquis lui mit l'anneau au doigt et l'épousa selon l'ordonnance de la sainte Eglise et l'usage du pays. Une fois l'office divin achevé, dame Grisélidis fut montée sur un destrier blanc et, au milieu de toute l'escorte, menée au palais qui résonnait de toutes sortes d'instruments. Les noces furent célébrées, et le jour se passa dans la liesse pour le marquis et tous ses amis et sujets rassurés. Auprès de son seigneur et mari, la dame sut faire preuve de sagesse et adopter un noble maintien, la grâce divine illumina cette pauvre Grisélidis, au point que, de l'avis de tous, il semblait qu'elle n'avait pas été éduquée et élevée dans la maison d'un berger ou d'un laboureur, mais dans un palais royal ou impérial. Elle fut tant aimée, chérie et vénérée par tous ceux qui la connaissaient depuis son

peine povoient croire que elle fust fille du povre homme Jehannicola.

La belle estoit de si belle vie et bonne et de si doulces paroles que le courage de toutes personnes elle attrayoit à elle amer, et non pas tant seulement les subjects du marquis et les voisins, mais des provinces d'environ ; et les barons et dames pour sa bonne renommée la venoient visiter, et tous se partirent de lui joyeux et consolés. Et ainsi le marquis et Grisilidis vivoient joyeusement ou palais en paix et en repos, à la grâce de Dieu, et dehors à la grâce des hommes, et s'esmerveilloient plusieurs comment si grant vertu estoit repousée en personne nourrie en si grant povreté ; et oultre plus icelle marquise s'entremettoit sagement et diligemment du gouvernement et de ce qui appartenoit aux dames, et aux commandemens et en la présence de son seigneur, de la chose publique sagement et diligemment s'entremettoit. Mais quant le cas li offroit des débas et discors des nobles, par ses doulces paroles, par si bon jugement et si bonne équité les appaisoit, que tous à une voix disoient que pour le salut de la chose publique ceste dame leur avoit esté envoiée par provision célestielle.

Un peu de temps après, la marquise Grisilidis fut ençainte et puis se délivra d'une belle fille, dont le marquis et tous ceux du pays, combien qu'ils amassent mieulx qu'elle eust eu un fils, toutefois ils en eurent grant joye et furent réconfortés. Passé le temps, les jours passèrent que la fille du marquis fut sevrée. Lors le marquis qui tant amoit s'espouse pour les grans vertus qu'il véoit tous les jours croistre en elle, pensa de elle esprouver et de la fort tempter. Il entra en sa chambre monstrant face troublée et ainsi comme courroucié lui dist ces paroles : « O tu, Grisilidis, combien que tu soies à présent eslevée en ceste plaisant fortune, je pense bien que tu n'as pas oublié ton estat du temps passé, et comment et en quelle manière tu entras en cestui palais ; tu y as esté bien honnourée, et es encores de moy chérie et amée ; mais il n'est pas ainsi du courage de mes vassaulx comme tu cuides, et par espécial depuis que tu eus lignée. Car ils ont grant desdaing d'estre

enfance qu'à peine pouvaient-ils croire qu'elle fût la fille du pauvre Jean-Nicolas.

La belle menait une vie si sage et si bonne, sa parole était empreinte de tant de douceur que tous l'aimaient, non seulement les sujets du marquis et le voisinage, mais même les habitants des provinces des environs. A cause de sa renommée, barons et dames venaient la voir, et tous repartaient joyeux et rassurés. C'est ainsi que le marquis et Grisélidis vivaient joyeusement dans leur palais, en paix et en repos, par la grâce de Dieu et, dans le monde, en s'attirant la faveur des hommes. Beaucoup s'étonnaient comment une personne élevée dans une si grande pauvreté pouvait être dépositaire de tant de vertu. De surcroît, notre marquise s'occupait avec sagesse et diligence de l'organisation domestique et des tâches dévolues aux dames, ainsi qu'à donner ses ordres, et en présence de son mari elle participait aux affaires publiques avec la même sagesse, avec la même diligence. Lorsqu'il arrivait que des nobles se disputent et se contredisent, elle savait les apaiser grâce à la douceur de ses paroles et la parfaite équité de son jugement ; tous d'une seule voix ils proclamaient que c'était par prévoyance divine que cette dame leur avait été envoyée pour le salut de la chose publique.

Peu de temps après la marquise Grisélidis se trouva enceinte et donna naissance à une fille d'une grande beauté ; bien qu'ils eussent préféré un garçon, le marquis et tous les habitants du pays en eurent grand-joie et réconfort. Les jours passèrent et il fut temps de sevrer l'enfant du marquis. Alors, lui qui aimait tant son épouse pour les grandes vertus que tous les jours il voyait croître en elle, décida de la mettre à l'épreuve et de la soumettre à une forte tentation. Il entra dans sa chambre, lui montrant un visage troublé et, l'air courroucé, il lui dit : « Grisélidis, bien qu'à présent tu sois élevée à cette enviable fortune, je pense bien que tu n'as pas oublié ta condition passée, ni en quelles circonstances et de quelle manière tu es entrée dans ce palais. Tu y as connu beaucoup d'honneurs, et tu es toujours chérie et aimée de moi. Mais les dispositions d'esprit de mes vassaux ne sont pas telles que tu crois, tout particulièrement depuis que tu as un enfant. Ils souffrent avec dédain d'être les

subjects à dame yssue de petis parens et de basse lignée, et à moy qui désire, comme sire, avoir paix avecques eux, me convient obtempérer aux jugemens et consentir d'aucuns et pas aux miens, et faire de ta fille telle chose que nulle ne me pourroit estre plus douloureuse au cuer, laquelle chose je ne vueil pas faire que tu ne le saches. Si vueil que à ce faire tu t'acordes et prestes ta franche voulenté et ayes patience de ce qui se fera, et telle patience que tu me promis au commencement de nostre mariage. »

Finées les paroles du marquis qui le cuer de la marquise naturelment devoient transpercier, icelle marquise, sans muer couleur ne monstrer signe de tristesse, à son seigneur humblement respondi : « Tu es mon seigneur, et moy et ceste petite fille sommes tiennes : de tes choses fay ce qu'il te plaist ! Nulle chose ne te peut plaire qui aussi ne doie plaire à moy, et ce ay-je si fichié au millieu de mon cuer que par l'espace d'aucun temps, ne pour mort, il ne sera effacé, et toutes autres choses se pourroient faire avant que j'eusse mué mon courage. » Le marquis lors, oiant la responce de s'espouse, voiant sa constance et son humilité, eust en son cuer grant joye laquelle il dissimula, et comme triste et doloureux se parti de s'espouse.

Aucuns jours après ce trespassés, le marquis appella un sien subject loyal et secret ouquel il se fioit plainement, et tout ce qu'il avoit ordonné estre fait de sa fille le commist au sergent, en l'envoia à la marquise. Le sergent vint devant sa dame et sagement dist telles paroles : « Madame, je te prie que tu me vueilles pardonner et que tu ne vueilles imputer à moy ce dont je suis contraint de faire. Tu es sage dame et scez bien quelle chose est d'estre soubs les seigneurs ausquels nulles fois, ne par force, ne par engin, l'en ne peut résister. Madame, je suis contraint à prendre ceste fille et acomplir ce qui m'est commandé. » Lors la marquise en son cuer remembrant des paroles que son seigneur lui avoit dictes, par les paroles du sergent entendi bien et souspeçonna que sa fille devoit mourir. Elle print en elle cuer vertueux et se reconforta, vainquant nature, pour sa promesse et soy acquictier et à son sei-

sujets d'une dame issue de petites gens, d'une modeste famille ; mon devoir, en tant que seigneur désirant la paix, c'est d'obtempérer et de céder à certaines de leurs exigences, même si je ne les approuve pas. Je dois faire à ta fille la chose la plus douloureuse que mon cœur puisse concevoir, mais je ne veux pas le faire à ton insu. Au contraire, je veux que tu donnes ton accord, y adhérant franchement, et que tu supportes avec patience ce qui se fera, cette patience que tu m'as promise au début de notre mariage. »

A la fin de ce discours destiné à transpercer le cœur de la marquise, celle-ci, sans changer de couleur ni manifester de la tristesse, répondit humblement à son mari : « Tu es mon mari ; moi et cette petite fille, nous t'appartenons : fais ce qu'il te plaît avec ta propriété. Rien ne peut te plaire sans devoir me plaire à moi aussi : c'est si fortement enraciné au fond de mon cœur que ni le temps ni la mort ne pourront l'effacer ; tout peut arriver avant que je change d'avis. » A cette réponse, devant la constance et l'humilité de son épouse, le marquis eut grande joie en son cœur, mais il la dissimula et quitta son épouse avec toutes les apparences de la tristesse et de la douleur.

Quelques jours plus tard, le marquis fit venir un loyal et discret sujet auquel il se fiait pleinement. Il confia à ce serviteur tout ce qu'il avait décidé de faire de sa fille et l'envoya chez la marquise. Le serviteur vint donc devant elle et, dans sa sagesse, lui dit : « Madame, pardonne-moi, et ne m'impute pas à charge ce que je suis contraint de faire. Tu es sage ; tu sais ce que c'est que d'être subordonné à des seigneurs auxquels l'on ne peut jamais résister, ni par la force, ni par la ruse. Madame, je suis contraint de prendre cette enfant et d'exécuter ce qu'on m'a commandé de faire. » Alors, la marquise se souvint des paroles de son mari ; elle pensa que les propos du serviteur signifiaient que sa fille devait mourir. Elle puisa en elle force et vertu et, triomphant de la nature, chercha à se conforter en se disant que c'était pour s'acquitter de sa promesse d'obéis-

gneur obéissance païer. Et sans soupirer, ne autre douleur monstrer en elle, prist sa fille et longuement la regarda et doulcement la baisa et si empraint sur elle le signe de la croix ; si la bailla au sergent et luy dist ainsi : « Tout ce que monseigneur t'a commandé pense de faire et acomplir entièrement ; mais je te vueil prier que le tendre corps de ceste pucelle ne soit mengié des oiseaulx ou des bestes sauvages, se le contraire ne t'est commandé. »

Le sergent se parti de la marquise, emportant sa fille, et secrètement vint au marquis et lui monstra sa fille, en faisant relation de ce qu'il avoit trouvé la marquise femme de grant courage et sans contradiction obéissant à lui. Le marquis considéra la grant vertu de sa femme et regarda sa fille et à lui prist une paternelle compassion, et la rigueur de son propos il ne voult pas muer, mais commanda au sergent ouquel il se fioit qu'il envelopast sa fille ainsi qu'il appartenoit à l'aise d'elle, et la mist en un panier sur une mule souef portant, et sans nulle demeure la portast secrètement à Boulongne la Grasse à sa seur germaine qui estoit femme du conte de Péruse, et dist à sa dicte seur que, sur l'amour qu'elle avoit à luy, elle la feist nourrir et endoctriner en toutes bonnes meurs, et que si secrètement fust nourrie que son mary le conte ne personne vivant ne le peust jamais savoir.

Lequel sergent tantost et de nuit se parti et porta la fille à Boulongne la Grasse et fist son messaige bien diligemment, ainsi comme il lui estoit commandé. Et la contesse receut sa niepce à très grant joie et fist très sagement tout ce que le marquis son frère luy avoit mandé.

Passée paciemment ceste tempeste trespersant les entrailles de Grisilidis laquelle fermement et en son cuer tenoit que sa fille fust morte et occise, le marquis comme ès temps passés se traist devers s'espouse sans lui dire mot de sa fille, et souvent regardoit la face de la marquise, sa manière et sa contenance, pour appercevoir et esprouver soubtillement s'il pourroit veoir en son espouse aucun signe de douleur, mais nulle mutation de courage ne peut en lui comprendre ne veoir, mais pareille liesse et pareil service, une mesme amour, un mesme courage ;

sance envers son mari. Et sans soupirer et sans aucun autre signe d'affliction elle saisit sa fille, la regarda longuement, l'embrassa tendrement et traça sur elle le signe de la croix. Puis elle la remit entre les mains du serviteur en lui disant : « Tout ce que monseigneur t'a ordonné, veille à l'exécuter et à l'accomplir fidèlement ; mais je te prie de ne pas permettre que le tendre corps de cette fillette soit donné en pâture aux oiseaux ou aux bêtes sauvages, sauf si on te l'a explicitement ordonné. »

Le serviteur quitta la marquise et emporta l'enfant ; il se rendit auprès du marquis secrètement, lui montra sa fille et lui raconta comme il avait trouvé en la marquise une femme de grand courage d'une obéissance sans réserve. Le marquis fut impressionné devant la grande vertu de sa femme ; il regarda sa fille et fut saisi de compassion paternelle ; cependant, il ne voulut pas adoucir la rigueur de son dessein et ordonna à son homme de confiance d'envelopper sa fille confortablement, de la mettre dans un panier sur une mule à la démarche douce et de la porter sans tarder, secrètement, à Bologne la Grasse chez sa sœur, l'épouse du comte de Pérouse ; de lui dire qu'au nom de l'amour qu'elle lui portait elle fasse élever et éduquer soigneusement la petite, avec une si grande discrétion que ni le comte son mari ni personne au monde n'en apprenne jamais rien.

Aussitôt le serviteur se mit en route de nuit, porta la fille à Bologne la Grasse et transmit son message avec grande diligence, comme on le lui avait ordonné. La comtesse accueillit sa nièce avec très grande joie et exécuta sagement tout ce que son frère le marquis lui avait demandé.

Grisélidis supporta avec patience cette tempête qui lui arrachait les entrailles ; elle croyait du fond du cœur que sa fille était morte, tuée. Puis, comme par le passé, le marquis revint auprès d'elle sans souffler mot au sujet de l'enfant. Il scrutait souvent le visage de la marquise, sa façon d'être et sa contenance pour essayer de deviner en son épouse quelque manifestation de douleur, mais il ne put saisir ni voir aucun changement de disposition : même gaîté, même prévenance, même

pareille comme devant estoit tousjours la dame envers son seigneur, nulle tristesse ne démonstroit, nulle mention ne faisoit de sa fille, ne en présence du marquis, ne en son absence.

Et ainsi passèrent quatre ans ensemble le marquis et la marquise en grant amour et menant vie amoureuse et paisible. Et au chief de quatre ans, la marquise Grisilidis eust un fils de merveilleuse beauté, dont le marquis eust parfaite joie et ses amis et ses subjects et tous ceulx du païs. Quant l'enfant fut sevré de sa nourrice et il ot deux ans, croissant en grant beaulté, le marquis lors resmeu de nouvel de sa merveilleuse et périlleuse espreuve, vint à la marquise et lui dit : « Tu scez et oys jà pieça comment mon peuple estoit très mal content de nostre mariage, et par espécial depuis qu'ils virent que en toy avoit fécondité et portoies enfans. Toutesvoies oncquesmais ne furent si mal contens mes barons et mon peuple comme ils sont à présent par espécial, pour ce que tu as enfanté un enfant masle, et dient souvent, et à mes oreilles ay oy leur murmuracion, disans en remposnes : "faisons Gautier mourir, et le bon homme Jehannicola sera nostre seigneur, et si noble pays à tel seigneur sera subject !" Telles sentences chascun jour machinent ; pour lesquelles paroles et doubtes, je qui désire vivre en paix avec mes subjects, et néantmoins pour la très grant doubte de mon corps, suis contraint et esmeu de faire et ordonner de cestui enfant comme je feis de sa seur, laquelle chose je te dis afin que une soudaine douleur ne doie perturber ton cuer. »

O quelles douloureuses admiracions peut avoit ceste dame en son cuer, en recordant la vilaine mort de sa fille, et que de son seul fils de l'aage de deux ans la mort pareille estoit déterminée ! Qui est cellui, je ne dy pas femmes qui de leurs natures sont tendres et à leurs enfans amoureuses, mais le plus fort homme de courage qui se pourroit trouver, qui de son seul fils telle sentence peust dissimuler ? Entendez-cy, roynes, princesses et marquises et toutes autres femmes, que la dame à son seigneur respondi et y prenez exemple. « Monseigneur, dit-elle, je t'ay autresfois dit et encores je le répète, que nulle chose je ne

amour, mêmes dispositions. La dame se conduisait comme avant avec son mari ; elle ne faisait montre d'aucune tristesse, ne faisait jamais allusion à l'enfant, ni en présence ni en l'absence du marquis.

Ainsi, le marquis et la marquise passèrent quatre années unis par un grand amour, menant une vie amoureuse et paisible. Au bout de ces quatre années, la marquise Grisélidis eut un fils d'une beauté extraordinaire ; le marquis fut comblé de joie, ses amis, ses sujets et tous les habitants du pays de même. La nourrice sevra l'enfant à deux ans alors qu'il grandissait et qu'il devenait encore plus beau. Alors, le marquis fut à nouveau travaillé par son idée de mise à l'épreuve extravagante et dangereuse. Il se rendit auprès de la marquise et lui dit : « Tu sais pour en avoir entendu parler depuis longtemps que mon peuple était très mécontent de notre mariage et plus particulièrement depuis qu'il a vu que tu pouvais avoir des enfants. Cependant, jamais mes barons et mon peuple n'avaient été aussi mécontents qu'à présent, parce que tu as eu un garçon ; ils disent souvent – leur murmure est parvenu jusqu'à mes oreilles – par dérision : "Tuons Gautier ; le bonhomme Jean-Nicolas sera alors notre seigneur : à pays si noble tel seigneur !" Chaque jour ils trament ce genre de projet. A cause de ces propos et menaces, moi qui désire vivre en paix avec mes sujets, à cause du très grand danger que je cours, je suis contraint et poussé à ordonner qu'on fasse subir à cet enfant le même sort qu'à sa sœur : je t'en avertis pour qu'une douleur trop soudaine ne brise pas ton cœur. »

Comme la surprise dans le cœur de cette dame devait être douloureuse : le rappel de la vilaine mort de sa fille, et l'idée que son fils de deux ans était voué au même destin ! Les femmes sont tendres par nature et éprises de leurs enfants ; mais est-il un seul homme, quelque impavide qu'il soit, qui serait capable de montrer bon visage à l'annonce d'une telle condamnation au sujet de son fils unique ? Ecoutez alors, reines, princesses, marquises et toutes les autres femmes, ce que la dame répondit à son mari, et que cela vous serve d'exemple ! « Monseigneur, dit-elle, je t'ai dit il y a longtemps et te le répète aujourd'hui, qu'il n'y a rien que je désire ou que

vueil, ne ne desvueil fors ce que je sçay qu'il te plaist. De moy et des enfans tu es seigneur ! En tes choses doncques use de ton droit sans demander mon consentement. Quant je entray premièrement en ton palais, à l'entrée je me dévestis de mes povres robes et de ma propre voulenté et affection et vestis les tiennes, pour laquelle cause tout ce que tu veulx je vueil. Certainement s'il estoit possible que je feusse enformée de tes pensées et vouloirs avant que tu les deisses, quelles qu'elles feussent je les acompliroie à mon povoir, car il n'est chose en ce monde, ne parens, ne amis, ne ma propre vie, qui à vostre amour se puisse comparer. »

Le marquis de Saluces oyant la response de sa femme, et en son cuer merveillant et pensant si grant vertu et constance non pareille et la vraie amour qu'elle avoit à luy, ne respondi riens, mais ainsi comme s'il fust troublé de ce que faire se devoit de son fils, s'en ala la chière basse, et assez tost après, ainsi comme autresfois avoit fait, envoia un sergent loyal secrètement à la marquise. Lequel sergent après maintes excusations et démonstrant doulcement qu'il estoit nécessaire à lui de obéir à son seigneur, très humblement et piteusement demandoit pardon à sa dame se autresfois il lui avoit fait chose qui lui despleust, et se encores luy convenoit faire, qu'elle luy pardonnast sa grant cruaulté, et demanda l'enfant. La dame, sans arrest et sans nul signe de douleur, prist son beau fils entre ses bras et sans gecter larmes ne soupirs longuement le regarda, et comme elle avoit fait de sa fille, elle le signa du signe de la croix et le béneist en baisant doulcement et le bailla au sergent en disant : « Tien, mon amy, fais ce qui t'est commandé, d'une chose comme autresfois, ainçois je te prie, se faire se peut, que les tendres membres de cestui enfant tu vueilles garder de la vexation et dévoration des oyseaulx et des bestes sauvaiges. »

Le sergent print l'enfant et porta secrètement à son seigneur et lui raconta tout ce qu'il avoit oy de sa dame, dont le marquis trop plus que devant se merveilla du grant et constant courage de sa femme, et s'il n'eust bien congneu

je refuse en dehors de ce qui est conforme à ta volonté. Tu règnes en souverain sur moi et sur nos enfants. Dispose donc de tes affaires selon ton droit sans demander mon consentement. Lorsque je pénétrai pour la première fois dans ton palais, je me suis dépouillée à l'entrée de mes pauvres robes, de ma volonté et de mes préférences personnelles pour revêtir les tiennes : voilà pourquoi ta volonté est la mienne. Pour sûr, si je pouvais connaître tes pensées et tes désirs avant que tu n'en parles, quels qu'ils fussent, je mettrais tous mes soins à les réaliser, car il n'est chose au monde, ni parents ni amis ni ma propre vie auxquels mon amour pour vous puisse se mesurer. »

Le marquis entendit la réponse de sa femme, s'étonna en son cœur et pensa au grand amour qu'elle avait pour lui, à sa grande vertu et à sa constance sans égale. Mais il ne répondit pas et s'en alla la tête basse comme préoccupé du sort de son fils. Très peu de temps après, comme la fois précédente, il envoya secrètement un serviteur loyal à la marquise. Après beaucoup d'excuses et de douces protestations de ce qu'il devait obéir à son mari, compatissant, celui-ci demanda pardon à sa dame très humblement pour tout déplaisir qu'il avait pu lui causer par le passé ou qu'il pourrait de nouveau avoir à lui infliger, qu'elle veuille lui pardonner sa grande cruauté. Puis il demanda l'enfant. La dame, sans hésitation et sans aucun signe de douleur prit son beau garçon dans ses bras et sans larmes ni soupirs le regarda longuement et comme elle l'avait déjà fait en se séparant de sa fille, elle fit sur lui le signe de la croix, le bénit et l'embrassa tendrement. Elle le remit au serviteur et dit : « Tiens, mon ami, fais ce qu'on t'ordonne comme la dernière fois, mais je te prie, si cela t'est permis, de préserver les tendres membres de cet enfant pour que les oiseaux et les bêtes sauvages ne les blessent ni ne les dévorent. »

Le serviteur prit l'enfant, le porta secrètement chez son seigneur, et lui raconta tout ce que la dame avait dit ; le marquis encore davantage que la première fois s'étonna devant la grandeur d'âme et la constance de sa femme ; s'il n'avait pas vu le

la grant amour qu'elle avoit à ses enfans, il peust penser que tel courage ne procédoit pas d'umanité, mais de cruaulté bestiale, et veoit bien clèrement que icelle espouse n'amoit riens soubs le ciel par dessus son mary.

Le marquis envoia son fils à Boulongne secrètement à sa seur, par la manière qu'il avoit fait sa fille. Et sa seur la contesse de Péruse, selon la voulenté son frère le marquis, nourrist sa fille et le fils si sagement que onques l'on ne peust savoir de qui lesdis enfans estoient, jusques à tant que le marquis l'ordonna comme cy après apperra.

Bien peust au marquis de Saluces ainsi crueulx et très rigoreux mary souffire la preuve non pareille qu'il avoit faicte de sa femme sans luy plus essaïer ne donner autre torment. Mais ils sont aucuns qui en fait de souspeçon, quant ils ont commencé, ne scevent prendre fin ne appaisier leur courage.

Toutes ces choses passées, le marquis conversant avec la marquise la regardoit souventesfois pour veoir s'elle monstroit envers luy aucun semblant des choses trespassées, mais onques il n'apperceust en elle mutation ne changement de couraige. De jour en jour la trouvoit joyeuse et amoureuse et plus obéissant, par telle manière que nul ne povoit appercevoir que en icelles deux personnes eust que un courage, lequel courage et voulenté principalment estoit du mary, car ceste espouse, comme dit est dessus, ne vouloit pour elle ne par elle aucune propre affection, mais remettoit tout à la voulenté de son seigneur.

Le marquis ainsi amoureusement vivant avec sa femme en grant repos et en grant joie, sceust qu'il estoit sur ce une renommée, c'est assavoir que pour ce que le marquis non advisant le grant lignage dont il estoit yssus, honteux de ce qu'il s'étoit conjoint par mariage à la fille Jehannicola très povre homme, vergongneux de ce qu'il avoit eu deux enfans, il les avoit fait mourir et gecter en tel lieu que nuls ne savoient qu'ils estoient devenus. Et combien qu'ils l'amassent bien par avant comme leur naturel seigneur, toutesvoies pour ceste cause ils le prenoient en haine laquelle il sentoit bien. Et néantmoins ne volt-il

grand amour qu'elle portait à ses enfants, il aurait pu penser qu'un tel courage n'émanait pas du cœur sensible d'une femme, mais était le fait d'une cruauté bestiale ; il voyait bien que cette épouse n'aimait rien sous le ciel plus que son mari.

Le marquis envoya secrètement son fils à Bologne chez sa sœur, comme il l'avait fait pour sa fille. La comtesse de Pérouse, fit comme son frère le marquis le désirait, et éleva sa fille et son fils avec tant de discernement que personne ne put deviner de qui étaient ces enfants, jusqu'au jour où le marquis en disposa comme la suite va le révéler.

Le cruel et très sévère mari, le marquis de Saluces, aurait pu se contenter des preuves sans égales qu'il avait de l'amour de sa femme, sans l'éprouver et la tourmenter davantage. Mais il y en a qui, une fois qu'ils ont commencé à se méfier, ne savent plus s'arrêter ni se calmer.

Après tous ces événements, le marquis, en parlant avec la marquise, la considérait souvent pour voir si rien en elle ne trahissait devant lui ces événements passés, mais jamais il ne put découvrir la moindre révolte ou le moindre changement de dispositions. Tous les jours il la trouvait joyeuse et amoureuse, et plus obéissante encore, si bien que devant tout le monde ils n'avaient qu'une seule volonté, essentiellement celle du mari : cette épouse, comme nous venons de le dire, ne se permettait aucune inclination personnelle mais s'en remettait tout entière aux désirs de son mari.

Le marquis vivait ainsi avec sa femme dans l'amour, le repos et la joie ; alors, il apprit qu'une rumeur courait à son sujet : le marquis, honteux de ce qu'il avait épousé la fille de Jean-Nicolas, un homme très pauvre, sans considération pour le grand lignage dont il était issu, et se repentant d'avoir eu d'elle deux enfants, les aurait fait mourir et jeter dans un lieu si secret que personne ne pouvait savoir ce qu'ils étaient devenus. Et malgré le grand amour qu'ils avaient porté auparavant à leur seigneur légitime, à présent, à cause de cet acte, ses sujets lui vouaient une haine que d'ailleurs il sentait bien. Mais malgré

fleschir ne amolier son courage rigoreux, mais pensa encores par plus fort argument et ennuyeuse manière prouver et tempter son espouse, par prendre autre femme.

Douze ans estoient jà passés que la fille avoit esté née ; le marquis manda secrètement à Romme au saint père le Pape et fist impétrer unes bulles saintifiées par lesquelles la renommée ala à son peuple que le marquis avoit congié du Pape de Romme que pour la paix et repos de luy et de ses subjects, son premier mariage délaissé et dégecté, il peust prendre à mariage légitime une autre femme. Laquelle chose fust assez créable au peuple rude qui estoit indigné contre son seigneur. Ces froides nouvelles de ceste bulle, que le marquis devoit prendre une autre femme, vindrent aux oreilles de Grisilidis fille de Jehannicola, et se raisonnablement fut troublée en son courage nul n'en doit avoir merveille. Mais elle qui une fois d'elle mesmes et des siens s'estoit soubsmise à la voulenté de son seigneur, de son fait franchement délibérée et conseillée, prist cuer en soy, et comme toute reconfortée conclut qu'elle attendroit tout ce que cellui ouquel elle s'estoit toute soubsmise en vouldroit ordonner.

Lors manda et escript à Boulongne le marquis au conte de Péruse et à sa seur qu'ils lui amenassent ses enfans, sans dire de qui ils estoient, et sa seur rescript que ainsi le feroit-elle. Ceste venue fust tantost publiée, et fut la renommée de courir par tout le païs qu'il venoit belle vierge extraicte de grant lignaige qui devoit estre espouse du marquis de Saluces.

Le conte de Péruse acompaignié de grans chevaliers et de dames se départi de Boulongne et amena avecques luy le fils et la fille du marquis. Et estoit le fils de l'aage de huit ans et la fille de l'aage de douze ans laquelle estoit très belle de corps et de visaige et preste à marier, et estoit parée de riches draps, de vestemens et de joyaulx, et à certain jour ordonné devoit estre à Saluces.

Entretant que le conte de Péruse et les enfans estoient au chemin, le marquis de Saluces appella Grisilidis s'espouse en la présence d'aucuns de ses barons et lui dist telles paroles : « Es temps passés, je me délictoie assez de

tout, il ne voulut ni fléchir ni adoucir son intransigeance, mais imagina un moyen plus assuré, une manière plus fâcheuse encore de mettre à l'épreuve et de tenter sa femme : en prendre une autre.

Douze ans s'étaient déjà écoulés depuis la naissance de leur fille. Le marquis envoya secrètement à Rome un messager au Saint-Père le pape pour obtenir une bulle patente grâce à quoi le bruit vint aux oreilles de son peuple qu'il avait dispense du pape de Rome de rompre et d'annuler son premier mariage pour leur paix et leur repos, et de prendre en noces légitimes une autre femme. Cette information parut assez crédible au rude peuple remonté contre son seigneur. Les tristes nouvelles de cette bulle – que le marquis devait prendre une autre femme – parvinrent aux oreilles de Grisélidis, la fille de Jean-Nicolas ; elle en fut considérablement bouleversée, ce qui n'est pas étonnant. Mais comme elle s'était soumise à la volonté de son mari d'elle-même et avec l'accord des siens, que sa décision avait été délibérée et appuyée par d'autres, elle rappela tout son courage et à nouveau réconfortée elle se dit qu'elle attendrait les ordres, quels qu'ils fussent, que celui auquel elle s'était entièrement soumise voudrait bien lui donner.

Quant au marquis, il fit tenir une lettre à Bologne au comte de Pérouse et à sa sœur, les priant de lui amener ses enfants sans révéler qui ils étaient, et sa sœur lui répondit qu'ils allaient venir. Aussitôt on annonça publiquement cette visite, et le bruit courut par tout le pays qu'arrivait une belle vierge de haute naissance pour devenir l'épouse du marquis de Saluces.

Le comte de Pérouse, accompagné de nobles chevaliers et de dames, partit de Bologne en amenant avec lui le fils et la fille du marquis. Le fils avait huit ans, la fille douze ; aussi belle de corps que de visage, en âge nubile. Elle était parée de riches étoffes, vêtements et joyaux ; son arrivée à Saluces était annoncée pour une date fixée.

Pendant que le comte de Pérouse et les enfants étaient sur la route, le marquis de Saluces appela Grisélidis, son épouse et lui dit en présence de certains de ses barons : « Par le passé, je me

ta compaignie par mariage, tes bonnes meurs considérant et non pas ton lignaige, mais à présent, si comme je voy, grant fortune chiet sur moy et suis en un grant servaige, ne il ne m'est pas consentu que un povre homme laboureur dont tu es venue ait si grant seignourie sur mes vassaulx. Mes hommes me contraignent, et le Pape le consent, que je prengne une autre femme que toy laquelle est ou chemin et sera tantost icy. Soies doncques de fort courage, Grisilidis, et laisse ton lieu à l'autre qui vient. Prens ton douaire et appaise ton couraige. Va-t'en en la maison ton père ; nulle riens qui soit à l'omme ou à la femme en ce monde ne peut estre perpétuel. »

Lors respondi Grisilidis et dist ainsi : « Monseigneur, je créoie bien, ou au moins le pensoie-je, que entre ta magnificence et ma povreté ne povoit avoir aucune proportion ne températion, ne oncques je ne me réputay estre digne d'estre non tant seulement ton espouse, mais d'estre ta meschine, et en ce palais cy ouquel tu m'as fait porter en maintenir comme dame, je prens Dieu en tesmoingnage que je me suis toujours réputée et démenée comme ancelle, et de tout le temps que j'ay demouré avec toy je te rens grâces, et de présent je suis appareillée de retourner en la maison mon père en laquelle je useray ma vieillesse et vueil mourir comme une bieneureuse et honnorable vefve, qui d'un tel seigneur ay esté espouse. Je laisse mon lieu à Dieu qui vueille que très bonne vierge viengne en ce lieu ouquel j'ay très joyeusement demouré, et puisque ainsi te plaist, je, sans mal et sans rigueur, me pars. Et quant est à mon douaire que tu m'as commandée que je doie emporter, quel il est je le voy. Tu scez bien, quant tu me prins, à l'issue de l'hostel de mon père Jehannicola, tu me feis despouillier toute nue et vestir de tes robes avec lesquelles je vins à toy, ne oncques avecques toy je n'apportay autres biens ou douaire fors que foy, loyauté, révérence et povreté. Vecy doncques ceste robe dont je me despouille, et si te restitue l'annel dout tu me espousas ; les autres anneaulx, joyaulx, vestemens et aournemens par lesquels j'estoie aournée et enrichie sont en ta chambre. Toute nue de la maison mon père je yssis, et

plaisais assez en ta compagnie et en notre mariage, considérant tes bonnes mœurs et non pas tes origines ; mais à présent, à ce que je vois, la fortune me frappe durement et je suis dans une situation très difficile : il ne m'appartient pas de décider qu'un pauvre laboureur dont tu es issue ait si grand pouvoir sur mes vassaux. Mes hommes me pressent, le pape y consent : je vais prendre une autre femme ; elle est en route, elle sera bientôt ici. Il te faut donc beaucoup de courage, Grisélidis, et laisser ta place à celle qui vient. Prends ta dot, console-toi et retourne dans la maison de ton père ; rien de ce que l'homme ou la femme peuvent posséder en ce monde ne dure éternellement. »

Grisélidis répondit : « Monseigneur, j'étais sûre, ou du moins avais-je l'impression qu'il ne pouvait y avoir aucune commune mesure entre ta grandeur et ma pauvreté, et jamais je ne me suis estimée digne d'être non seulement ton épouse, mais même ta servante ; j'en prends Dieu à témoin que dans ce palais où tu m'as fait conduire et demeurer en tant que dame, je me suis toujours considérée et comportée comme une servante. Je te rends grâces du temps que j'ai passé auprès de toi et suis prête à présent à retourner dans la maison de mon père dans laquelle je passerai ma vieillesse et où je souhaite mourir comme une bienheureuse et digne veuve, moi qui fus l'épouse d'un si grand seigneur. Je remets à Dieu cette place que j'ai occupée pour ma plus grande joie ; qu'Il lui plaise de la donner à une très bonne vierge. Quant à moi, je m'en vais sans rancune ni reproche, puisque telle est ta volonté. En ce qui concerne la dot que tu m'as ordonné d'emporter, voilà ce qu'il en est. Tu te souviens, lorsque tu m'emmenas, au seuil de la maison de mon père Jean-Nicolas, tu me fis dévêtir entièrement pour m'habiller avec tes robes, ce sont ces robes que je portais lorsque je vins t'épouser. Je n'ai apporté d'autre bien ou dot chez toi que foi, loyauté, révérence et pauvreté. Voici donc cette robe : je l'enlève ; je te rends également l'anneau par lequel tu m'épousas ; les autres anneaux, joyaux, vêtements et parures dont j'étais pourvue et ornée, ils sont dans ta chambre. Toute nue je quittai la maison de mon père, et toute nue j'y

toute nue je y retourneray, sauf que ce me sembleroit
chose indigne que ce ventre ouquel furent les enfans que
tu as engendrés deust apparoir tout nu devant le peuple,
pour quoy, s'il te plaist et non autrement, je te prie que
625 pour la récompensation de ma virginité que je apportay en
ton palais et laquelle je n'en rapporte pas, il te plaise à
commander que une chemise me soit laissée, de laquelle
je couvriray le ventre de ta femme, jadis marquise, et que
pour ton honneur je me parte au vespre. »

630 Lors, ne se pot plus le marquis tenir de plourer de la
pitié qu'il eust de sa très loyale espouse. Il tourna se face
et larmoiant commanda que au vespre une seule chemise
luy fust baillée. Ainsi fut fait ; au vespre elle se despouilla
de tous ses draps et deschaussa et osta les aournemens de
635 son chief, et de sa seule chemise que son seigneur lui
avoit fait bailler humblement se vesti, et de ce fut
contente, et se parti du palais nus piés, le chief descouvert,
acompaignée de barons et de chevaliers, de dames et de
damoiselles qui plouroient et regardoient ses grans vertus,
640 loyauté et merveilleuse bonté et patience. Chascun plouroit, mais elle n'en gecta une seule larme ; mais honnestement et tout simplement, les yeulx baissiés, vint vers
l'hostel de son père Jehannicola, lequel oy le bruit de la
venue de si grant compaignie. Et pour ce que cellui Jehan-
645 nicola qui estoit vieil et sage avoit tousjours tenu en son
cuer les nopces de sa fille pour souspeçonneuses, créant
que quant son seigneur seroit saoul du petit mariage d'une
si povre créature, de légier, luy qui estoit si grant seigneur, lui donroit congié, fut adoncques tout effréé et
650 soudainement vint à l'uis et vit que c'estoit sa fille toute
nue, et lors prist hastivement la povre et dessirée robe
qu'elle avoit pieçà laisiée, et tout larmoyant acourut à
l'encontre de sa fille laquelle il baisa et revesti et couvri
de sa dicte vieille robe. Et quant Grisilidis fut venue sur
655 le seuil de l'uis de l'hostel de son père, elle, sans monstrer
aucun semblant de desdaing ne de courroux, se retourna
devers les chevaliers, dames et damoiselles qui l'avoient
acompaignée, et de leur compaignie et convoy les mercia
doulcement et humblement, et leur dist et monstra par

retournerai. Seulement, il me semblerait indigne que ce ventre qui porta les enfants que tu as engendrés soit livré tout nu au regard du peuple ; pour cette raison uniquement, s'il te plaît, je te prie, en compensation de la virginité que j'apportai en ton palais et que je ne remporte pas, d'ordonner qu'une chemise me soit laissée pour couvrir le ventre de ta femme, jadis marquise, et que par considération pour ton honneur je puisse partir le soir. »

Le marquis ne put retenir plus longtemps les larmes de pitié pour sa très loyale épouse. Tout en détournant le visage et en pleurant il commanda qu'au soir on lui donnât une simple chemise. Ainsi fut fait. Le soir venu, elle quitta tous ses vêtements, ses chausses, ôta de sa tête toutes les parures et se vêtit humblement de cette chemise que son seigneur lui avait fait donner. Elle en fut contente et partit du palais pieds et tête nus, escortée de barons et de chevaliers, de dames et de demoiselles qui pleuraient, considérant ses grandes vertus, sa loyauté, sa bonté merveilleuse et sa patience. Mais alors que tous pleuraient, elle ne versa pas une seule larme ; modestement et simplement, les yeux baissés, elle arriva à la maison de son père Jean-Nicolas, qui entendit le bruit que causa l'arrivée d'une si grande compagnie. Il était âgé et sage ; au fond de son cœur il n'avait cessé de se méfier du mariage de sa fille, pensant que quand le mari se serait lassé du petit mariage avec une si pauvre créature, lui qui était si grand seigneur, il la congédierait avec légèreté. Il fut tout effrayé, vint à la porte et vit sa fille toute nue. Il attrapa en hâte la pauvre robe déchirée qu'elle avait laissée autrefois, et courut en larmes vers elle. Il l'embrassa, la revêtit et la couvrit de sa vieille robe. Une fois parvenue sur le seuil de la maison de son père, sans dédain ou courroux sur le visage, elle se tourna vers les chevaliers, les dames et les demoiselles qui l'avaient accompagnée ; elle les remercia avec douceur et humilité de leur présence et de leur escorte. Elle leur dit et belles et doulces paroles que pour Dieu elles ne voulsissent ne dire, ne penser, ne croire que son seigneur le marquis eust aucunement tort vers elle, qu'il n'estoit mie ainsi, mais avoit bonne cause de faire tout ce qu'il luy plaisoit d'elle qui bien estoit tenue de le souffrir et endurer. Et aussi véoient-elles bien que à elle n'en desplaisoit point, en elles admonestant que, pour l'amour de Dieu, elles voulsissent amer léalment leurs maris et très cordieusement et de toute leur puissance les servir et honnourer, et que plus grant bien et greigneur renommée ne meilleure louenge ne povoient-elles en la parfin acquérir, et leur dist adieu. Et ainsi entra en l'hostel de son père, et les seigneurs et dames qui l'avoient convoiée s'en retournèrent plourans et fort gémissans et souspirans, tellement qu'ils ne povoient regarder l'un l'autre ne parler l'un à l'autre.

Grisilidis du tout en tout fut contente; oublieuse et nonchalant des grans aises et des grans richesses qu'elle avoit eues et des grans services, révérences et obéissances que l'en lui avoit faictes, se tint avec son père à petite vie, comme devant, povre d'esperit et en très grant humilité vers ses povres amies et anciennes voisines de son père, et vesquit de moult humble conversation. Or peut-l'en penser quelle douleur et desconfort avoit le povre Jehannicola qui estoit en sa vieillesse voyant sa fille en un si povre et si petit estat comme elle estoit, après si grans et si haultes honneurs et richesses; mais c'estoit un merveilleux bien de veoir comment bénignement, humblement et sagement, elle le servoit, et quant elle le véoit pensif, comment sagement elle le reconfortoit, et après le mettoit en parole d'autre manière.

Moult de jours passés comme dist est, le conte de Péruse et sa noble compaignie approuchèrent, et toutes les gens du païs murmuroient des nopces du marquis. Le conte de Péruse, frère du marquis, envoia plusieurs chevaliers devant pour certifier à son frère le marquis de Saluces le jour de sa venue, et qu'il amenoit avec luy la vierge que le marquis devoit espouser; car en vérité icellui conte de Péruse ne savoit riens que les enfans que

expliqua avec de belles et tendres paroles que devant Dieu ils ne devaient ni dire ni penser ni croire que son seigneur le marquis eût aucun tort envers elle ; au contraire, il avait de bonnes raisons de faire d'elle ce qu'il lui plaisait ; son devoir à elle était de le supporter et de l'endurer : ils voyaient bien qu'elle n'en était point contrariée. Et elle exhorta les femmes d'aimer pour l'amour de Dieu avec loyauté leurs maris, de les servir et de les honorer de tout cœur et de tout leur pouvoir : elles ne pouvaient acquérir plus grand bien, plus grande renommée ni plus grand éloge à la fin des fins. Là-dessus elle leur dit adieu, et entra dans la maison de son père. Les seigneurs et dames qui l'avaient escortée firent demi-tour en pleurant, en gémissant et en soupirant fort, si bien qu'ils ne pouvaient ni se regarder ni se parler.

Grisélidis fut parfaitement contente ; elle avait oublié les grandes aises et richesses qu'elle avait connues, les grands services et marques de révérence et d'obéissance dont on l'avait comblée, et ne s'en souciait pas. Elle mena sa petite vie auprès de son père comme auparavant, en grande simplicité, très humble envers ses amies pauvres et les anciennes voisines de son père ; ses relations furent très humbles. On peut imaginer la douleur et la désolation du pauvre vieillard Jean-Nicolas, voyant sa fille si pauvre et si humble après avoir connu ces grandes et hautes marques d'honneur et de richesse. Mais c'était merveille que de voir combien gentiment, humblement et habilement elle le servait, et comme, lorsqu'elle le voyait préoccupé, elle savait le consoler sagement et lui changer les idées.

Beaucoup de jours s'écoulèrent de cette manière. Le comte de Pérouse et sa noble compagnie approchaient et tous les habitants du pays murmuraient contre les noces du marquis. Le comte de Pérouse dépêcha en avant plusieurs chevaliers pour annoncer à son frère le marquis le jour de son arrivée et qu'il amenait avec lui la vierge que le marquis devait épouser. En vérité, le comte de Pérouse ignorait que les enfants que sa

la contesse sa femme avoit nourris fussent enfans d'icelluy marquis, car celle contesse de Péruse avoit la chose tenue secrète vers son mary en nourrissant sa niepce et son nepveu, et par les paroles de la contesse pensoit le conte que ce fussent enfans d'estrange païs, si comme par leur belle manière les enfans le monstroient. Et avoit le conte espérance que puis que la fille seroit mariée au marquis, et les nouvelles en iroient par le monde, l'en saroit tantost qui seroit le père.

Lors le marquis de Saluces manda querre Grisilidis, et que tantost elle venist en son palais ; laquelle, sans contradiction vint. Et le marquis lui dist : « Grisilidis, la pucelle que je doy espouser sera demain cy au disner, et pour ce que je désire qu'elle et le conte mon frère et les autres seigneurs de leur compaignie soient honnourablement receus, et en telle manière que à un chascun soit fait honneur selon son estat, et par espécial pour l'amour de la vierge qui vient à moy, et je n'ay en mon palais femme ne meschine qui si bien le sache faire à ma voulenté comme toy, (car tu congnois mes meurs et comment l'en doit recevoir tels gens, et si scez de tout mon palais les chambres, les lieux et les ordonnances ;) pour ce vueil-je que tu n'aies regart ou temps passé et n'aies honte de ta povre robe, et que nonobstant ton petit habit, tu preignes la cure de tout mon fait, et tous les officiers de mon hostel obéiront à toy. » Grisilidis respondit liement : « Monseigneur, non tant seulement voulentiers, mais de très bon cuer, tout ce que je pourray à ton plaisir feray, ne n'en seray jamais lasse ne traveillée, et ne m'en feindray, tant que les reliques de mon povre esperit demourront en mon corps. »

Lors Grisilidis comme une povre ancelle prist les vils instrumens et les bailla aux mesgnies, et commanda aux uns à nettoier le palais et aux autres les estables, enorter les officiers et meschines de bien faire chascun en son endroit la besongne espéciale, et elle emprist a drécier et à ordonner les lits et les chambres, tendre les tappis de haulte lice et toutes choses de broderie et devises qui appartenoient aux paremens du palais, comme pour recevoir l'espouse de son seigneur. Et combien que Grisilidis

femme la comtesse avait élevés étaient les propres enfants du marquis. La comtesse de Pérouse avait caché la chose à son mari pendant toute l'éducation de sa nièce et de son neveu. Le comte pensait, d'après certains propos de la comtesse, qu'il s'agissait d'enfants d'un pays étranger, et les enfants le confirmaient dans cette idée à cause de leurs belles manières. Le comte espérait, une fois la fille mariée au marquis, que la nouvelle irait par le monde et qu'on apprendrait ainsi le nom de son père.

Alors, le marquis de Saluces fit chercher Grisélidis pour qu'on l'amène aussitôt au palais. Elle vint sans résistance. Le marquis lui dit : « Grisélidis, la jeune fille que je dois épouser arrivera demain pour le dîner. Je désire qu'elle-même ainsi que mon frère le comte et les autres seigneurs de leur compagnie soient honorablement reçus, chacun selon ce qui sied à son rang, et tout particulièrement pour l'amour de la vierge qui vient m'épouser ; je n'ai dans mon palais ni femme ni servante qui sache se conformer à ma volonté aussi bien que toi (toi qui connais mes habitudes, qui sais exactement comment recevoir de telles gens, qui connais toutes les chambres, toutes les dispositions et toute l'organisation de mon palais) : je souhaite que, oublieuse du passé et sans honte pour cette pauvre robe, malgré ton modeste habit tu prennes en main toute l'organisation de cette fête ; tous les serviteurs de ma maison t'obéiront. » Grisélidis, heureuse, répondit : « Monseigneur, non seulement volontiers mais de très bon cœur je ferai tout mon possible pour accomplir ta volonté ; jamais je n'en serai lasse ni épuisée, ni ne le laisserai paraître aussi longtemps qu'il me restera un peu de vie dans le corps. »

Grisélidis, comme une pauvre servante, saisit les ustensiles ménagers et les distribua, commanda aux uns de nettoyer le palais, aux autres les étables, à d'autres encore d'exhorter les serviteurs et les servantes de bien accomplir, chacun à sa place, sa besogne particulière. Puis elle entreprit de préparer et de mettre en ordre les lits et les chambres, de faire tendre des tapisseries de haute lice et diverses tapisseries et devises qui faisaient partie des parements du palais, comme il convient quand on accueille l'épouse du seigneur. Et, bien que Grisélidis

fust en povre estat et en l'abit d'une povre ancelle, si sembloit-il bien à tous ceulx qui la véoient qu'elle fust une femme de très grant honneur et de merveilleuse prudence. Ceste vertu, ce bien et ceste obéissance est assez grant pour toutes les dames esmerveillier.

L'endemain, heure de tierce, le conte, avecques luy la pucelle et son frère et toute la compaignie, entrèrent en Saluces. Et de la beaulté de la vierge et de son frère et de leur belle manière chascun se esmerveilloit, et aucuns en y eust qui dirent : « Gaultier le marquis change sagement son mariage, car ceste espouse est plus tendre et plus noble que n'est la fille Jehannicola. »

Ainsi entrèrent et descendirent au palais à grant joie, Grisilidis qui à toutes ces choses estoit présente et qui se démonstroit toute reconfortée d'un si grant cas à elle si près touchant, et de sa povre robe non vergongneuse, à lie face, vint de loing à l'encontre de la pucelle et de loing humblement la salua à genoulx, disant : « Bien soiez venue, madame », et puis au fils, et puis au conte, et humblement les salua aussi en disant : « Bien viengnez-vous avec ma dame. » Et mena chascun en sa chambre qui estoient richement appareillées. Et quant ils eurent veu et advisé les fais et les manières de Grisilidis, à la parfin tous se esmerveillèrent comment tant de si bonnes meurs povoient estre en si povre habit.

Grisilidis, après ces choses, se traït devers la pucelle et devers l'enfant, ne de avec eulx ne se povoit partir. Une heure regardoit à la beaulté de la fille, et puis du jeune fils la gracieuse manière, et ne se povoit saouler de les fort louer. L'heure approucha que l'en devoit aler à table. Le marquis lors devant tous appella Grisilidis et à haulte voix lui dist : « Que te semble, Grisilidis, de ceste moie espouse ? N'est-elle pas assez belle et honneste ? » Grisilidis, haultement et sagement, à genoulx, respondit : « Certainement, monseigneur, c'est la plus belle et la plus honneste à mon gré que je veisse oncques. Monseigneur, avec ceste pourrez-vous mener joyeuse vie et honneste, laquelle chose en bonne foy je désire, mais, monseigneur, je vous vueil prier et admonester que vous ne vueilliez pas

fût de pauvre condition et vêtue comme une humble servante, tous ceux qui la voyaient avaient l'impression d'avoir affaire à une femme très honorable et d'une sagesse merveilleuse : cette vertu, cette qualité et cette obéissance sont assez grandes pour émerveiller toutes les dames.

Le lendemain, à l'heure de tierce, le comte accompagné de la jeune fille et de son frère, entra dans Saluces avec toute la compagnie. Tout le monde était émerveillé devant la beauté et le fier maintien de la vierge et de son frère, et quelques-uns dirent : « Gautier le marquis fait bien de changer de femme, car cette épouse est plus jeune et plus noble que la fille de Jean-Nicolas. »

Ils entrèrent au palais et descendirent de cheval, fort joyeux. Grisélidis qui assistait à toutes ces choses et qui se montrait toute réconfortée d'un si grand événement la touchant de si près, sans honte pour sa petite robe, le visage rayonnant, vint à la rencontre de la pucelle et en gardant une grande distance elle la salua humblement à genoux en disant : « Soyez la bienvenue, madame », puis elle salua humblement le fils et le comte : « Soyez les bienvenus avec madame. » Elle conduisit chacun dans leur chambre richement parée. Ayant vu et remarqué le comportement de Grisélidis, ils se demandèrent tous à la fin comment de si bonnes manières pouvaient se loger en un si triste habit.

Ensuite, Grisélidis se glissa auprès de la jeune fille et du garçon et ne pouvait plus les quitter. Pendant une heure elle contemplait la beauté de la fille, les gracieuses manières du garçon, et ne put les louer assez. L'heure de se mettre à table approcha. Devant tout le monde, le marquis appela à haute voix Grisélidis et lui dit : « Que penses-tu, Grisélidis, de mon épouse que voici ? N'est-elle pas très belle et très honnête ? » Grisélidis, à genoux, répondit sagement d'une voix claire : « Certainement, monseigneur, c'est à mon avis la plus belle et la plus honnête jeune fille que j'aie jamais vue. Monseigneur, avec elle vous pourrez mener une vie joyeuse et honnête, et c'est ce que je désire en toute bonne foi. Cependant, monseigneur, je vous prie et vous exhorte de ne pas tourmenter cette nouvelle

molester ceste nouvelle espouse d'estranges admonestemens, car, monseigneur, vous povez penser que ceste est jeune et de grant lieu venue, doulcement nourrie, et ne les pourroit pas souffrir comme l'autre a souffert, si comme je pense. »

Lors le marquis oyant les doulces et sages paroles de Grisilidis et considérant la bonne chière et grant constance qu'elle monstroit et avoit tousjours monstré, eust en son cuer une piteuse compassion et ne se peut plus tenir de monstrer sa voulenté, et en la présence de tous à haulte voix dist ainsi : « O Grisilidis ! Grisilidis ! je vois et congnois, et me souffist assez ta vraie foy et loyaulté ; et l'amour que tu as vers moy, ta constant obédience et vraie humilité sont par moy esprouvées et très bien congneues et me contraignent de dire que je croy qu'il n'y a homme dessoubs le ciel qui s'espouse ait tant esprouvée comme j'ay toy. » Et lors Grisilidis mua couleur, à tout le chief enclin par honneste vergongne, pour les grans louenges dont elle estoit devant tant de peuple louée du marquis son seigneur. Lequel adoncques larmoyant l'embrassa en la baisant et luy dist : « Tu seule es mon espouse, ne autre espouse jamais je n'aray. Celle que tu pensoies estre ma nouvelle espouse est ta fille, et cestui enfant est ton fils : lesquels deux enfans estoient perdus par l'opinion de nos subjects. Sachent donc tous ceulx qui le contraire pensoient que j'ay voulu ceste ma loyale espouse curieusement et rigoreusement esprouver, et non pas pour la contemner ou despire, et ses enfans ay-je fait nourrir secrètement par ma seur à Boulongne, et non pas occire ne tuer. »

La marquise Grisilidis lors oyant les paroles de son mary cheist devant lui toute pasmée à terre, de joie de veoir ses enfans. Elle fut tantost relevée et quant elle fut relevée elle prist ses deux enfans et doulcement les acola et baisa, tellement qu'elle les couvrist tous de larmes, ne l'en ne les povoit oster d'entre ses bras, dont c'estoit grant pitié à veoir. Les dames et damoiselles joyeusement plourans prirent leur dame Grisilidis et tantost l'enmenèrent en une chambre et lui dévestirent ses povres robes et

épouse avec d'étranges admonestations, car, pensez-y, monseigneur, elle est jeune et d'une haute condition, elle a été élevée délicatement et elle pourrait ne pas les supporter comme la première épouse l'a fait, du moins c'est ce que je pense. »

En entendant les douces et sages paroles de Grisélidis et en considérant la gentillesse et la grande constance dont elle faisait preuve – dont elle n'avait jamais cessé de faire preuve – il en fut bouleversé et saisi de tant de compassion qu'il ne put pas cacher plus longtemps ses véritables dispositions, et devant tout le monde à haute voix il dit : « Oh Grisélidis ! Grisélidis ! Je vois, je sais ! J'ai assez de preuves à présent de ta profonde sincérité et de ta loyauté. J'ai éprouvé et je connais l'amour que tu me portes, ta constance dans l'obéissance et ton humilité sincère. Je suis forcé d'avouer que je crois qu'il n'y a aucun homme sous le ciel qui ait autant que moi mis sa femme à l'épreuve. » Grisélidis changea de couleur, sa modestie naturelle lui fit courber la tête sous les grandes louanges que le marquis son seigneur lui prodiguait devant tant de gens. Celui-ci, en pleurs, l'étreignit, l'embrassa et lui dit : « Toi seule, tu es mon épouse ; jamais je n'en aurai d'autre. Celle que tu croyais être ma nouvelle femme n'est autre que ta fille, et cet enfant-là, c'est ton fils : ces deux enfants étaient perdus, à ce que croyaient nos sujets. Que tous ceux qui pensaient le contraire sachent que j'ai voulu soumettre à une épreuve particulièrement rigoureuse ma loyale épouse, mais non pas la condamner ou l'outrager. J'ai fait élever secrètement ses enfants par ma sœur à Bologne ; je ne les ai pas fait mettre à mort. »

En entendant les paroles de son mari, de la joie de voir ses enfants, la marquise Grisélidis tomba pâmée devant lui à terre. On la releva aussitôt et alors elle prit ses enfants dans ses bras et les embrassa tendrement, au point qu'elle les inonda de ses larmes. On ne pouvait les enlever d'entre ses bras ; ce fut un spectacle très émouvant. Les dames et demoiselles pleurant de joie emmenèrent leur dame Grisélidis dans une chambre, lui enlevèrent ses pauvres vêtements et la revêtirent des autres, et

vestemens et la revestirent des autres et la receurent à marquise comme il appartenoit. Léans eut une telle solemnité et telle joie de ce que les enfans du marquis estoient retournés à inestimable consolation de la mère, du marquis et de ses amis et subjects, que par tout le pays la grant joie en fust respandue, et ce jour ou palais de Saluces eut de pitié maintes larmes respandues, ne ne se povoient saouler de léalment recorder les grans vertus non pareilles de Grisilidis qui mieulx sembloit estre fille d'un empereur par contenance, ou de Salemon par prudence, que fille du povre Jehannicola. La feste fut trop plus grande et plus joyeuse qu'elle n'avoit esté de leurs nopces, et vesquirent depuis ensemble le marquis et la marquise l'espace de vingt ans en grant amour, paix et concorde. Et quant est de Jehannicola père de Grisilidis duquel le marquis n'avoit fait compte ès temps passés pour esprouver sa fille, icellui marquis le fist translater ou palais de Saluces et là le tint le marquis à grant honneur tous les jours de sa vie. Sa fille aussi maria icellui marquis haultement et puissamment, et aussi, quant son fils fut en aage, il le maria et ot enfans lesquels il vit ; et après sa fin gracieuse il laissa son fils hoir et successeur de Saluces, à grant consolation de tous ses amis et subjects.

9. (*fol. 37b, line 12*) Chiere suer, ceste histoire fut translatee par maistre Francoiz Petrac, pouete couronné a Romme, non mie pour mouvoir les bonnes dames a avoir pacience es tribulacions que leur font leurs mariz pour l'amour d'iceulx mariz tant seulement. Mais fut translatee pour monstrer que puis que ainsi est que Dieu, l'Eglise et raison veullent qu'elles soient obeissans et que leurs mariz veulent qu'elles aient tant a souffrir, et que pour pis eschever il leur est neccessité de eulx soubzmectre du tout a la voulenté de leurs mariz et endurer paciemment ce que leurs mariz veulent, et que encores et neantmoins icelles bonnes dames les doient celer et taire et non obstant ce les reppaisier et rappeller et elles restraire et raprouchier tousjours joyeusement a la grace et amour d'iceulx mariz

---

840. petrarc *B²*. **841.** p. avoir les b. d. mais pour a. p. *AC*. **848.** q. iceulx m. *B*. **850.** et traire et *A*, les r. r. *BC*.

l'accueillirent en tant que marquise comme il convenait. On fit dans le palais une grande fête, où régna une joie immense, puisque les enfants du marquis étaient retrouvés, à l'indicible consolation de leur mère, du marquis et de tous les amis et sujets. La merveilleuse nouvelle se répandit dans le pays entier. Ce jour-là, beaucoup de larmes de pitié furent versées au palais de Saluces, et on ne pouvait assez se rappeler les grandes vertus inégalables de Grisélidis, qui semblait davantage être la fille d'un empereur par son comportement, ou de Salomon à cause de sa sagesse, que du pauvre Jean-Nicolas. La fête était infiniment plus grande et plus gaie que celle de leurs noces. Le marquis et la marquise vécurent ensuite ensemble pendant vingt ans dans un amour profond, dans la paix et la concorde. Quant à Jean-Nicolas, le père de Grisélidis, dont le marquis n'avait tenu aucun compte pendant la période où il éprouvait Grisélidis, il le fit venir au palais de Saluces et l'y garda en lui prodiguant de grands honneurs jusqu'à la fin de sa vie. Le marquis maria aussi sa fille à un homme haut et puissant; et lorsque son fils fut assez âgé, il le maria à son tour et put voir ses petits-enfants. Après sa fin vertueuse, il laissa son fils héritier et successeur de Saluces, à la grande consolation de tous ses amis et sujets.

9. Chère amie, cette histoire fut traduite par maître François Pétrarque, poète officiel à Rome; elle fut traduite pour persuader les bonnes dames d'être patientes devant les épreuves que leur font subir leurs maris non point seulement par amour pour eux, mais parce que Dieu, l'Eglise et la raison veulent qu'elles soient dociles et parce que les maris exigent qu'elles le supportent avec patience. Pour éviter pire, il leur est nécessaire de se soumettre entièrement à la volonté du mari et d'endurer patiemment ses exigences, qu'en même temps elle doivent cacher et taire. Malgré tout, elles ne doivent cesser de l'apaiser, de le rappeler; de savoir se retirer pour ensuite retrouver avec joie sa grâce et son amour. Et puisque ce mari

qui sont mortelz, par plus forte raison doivent hommes et
femmes souffrir paciemment les tribulacions que Dieu,
855 qui est immortel, eternel et pardurable, leur envoye; et
non obstant mortalité d'amis, perte d'enfans ne de
lignage, desconfiture par ennemis, prises, occisions,
pertes, feu, tempestes, orage de temps, ravine d'eau ou
autres tribulacions souldaines, tousjours le doit on souffrir
860 paciemment, et retorner, prendre et rappeller amoureusement et actraiement a l'amour du souverain, immortel,
eternel et pardurable Seigneur, par l'exemple de ceste
povre femme, nee en povreté de menues gens sans honneur et science, qui tant souffrit pour son mortel ami.

865 10. Et je qui seulement pour vous endoctriner l'ay
mise cy, non pas pour l'applicquer a vous, ne pour ce que
je vueille de vous telle obeissance; car je n'en suis mie
digne, et aussi je ne suis mie marquis ne ne vous ay prise
bergiere, ne je ne suis si fol, si oultrecuidié, ne si jenne de
870 sens que je ne doye bien savoir que ce n'appartient pas a
moy de vous (*fol. 38a*) faire telz assaulz ne essaiz ou
semblables. Dieu me gart de vous par ceste maniere ne
par autre, soubz couleur de faulses simulacions, vous en
essayer; ne autrement en quelque maniere ne vous vueil
875 je point essaier, car a moy souffist bien l'espreuve ja
faicte par la bonne renommee de vos predecesseurs et de
vous, avecques ce que j'en sens, et voy a l'ueil et
congnoiz de vraye experience. Et me excuse se l'istoire
parle de trop grant cruaulté, a mon adviz plus que de
880 raison, et croy que ce ne fust onques vray. Mais l'istoire
est telle, et ne la doy pas corriger ne faire autre, car plus
sage de moy la compila et intitula; et desire bien que puis
que autres l'ont veue, que aussi vous la veez et sachez de
tout parler comme des autres.

885 11. Ainsi, chiere suer, comme j'ay dit devant que vous
devez estre obeissant a cellui qui sera vostre mary, et que
par bonne obeissance une preudefemme acquiert l'amour

---

853. p. p. forte r. d. et h. *B.* **856.** p. de biens de. *B*, p. de biens et de
B². **858.** orages de t. ruine de. *B.* **859.** d. len s. *B.* **860.** r. joindre et r. *B.* **866.** cy
ne luy ay pas mise p. la. a. *B².* **871.** m. ne de v. f. t. e. ou s. *B.* **878.** c. par v.
B²C. **883.** q. autre l. *A.* **885.** a. Aussi c. s. *B (corrigé en* ainsi *B²).*

est mortel, à plus forte raison les hommes et les femmes doivent subir avec patience les épreuves que Dieu, qui est immortel et éternel leur envoie : la mort d'amis, la perte d'enfants ou de parents, une défaite infligée par des ennemis, des vols, des meurtres, des pertes, le feu, les tempêtes, l'orage, les inondations ou autres catastrophes imprévisibles – il faut savoir tout supporter avec patience et retourner à l'amour du Seigneur, Le reprendre, Le rappeler tendrement et gentiment, Lui, le Souverain immortel et éternel, à l'exemple de cette modeste femme née dans la pauvreté parmi les gens simples sans titre ni instruction, qui a tant souffert à cause de son ami mortel.

10. Je n'ai placé ici cette histoire que pour vous instruire, et non point pour l'appliquer à vous : je n'exige pas de vous une telle obéissance ; je n'en suis pas digne. Je ne suis pas marquis, ni vous bergère ; je ne suis pas non plus assez fou, outrecuidant ou immature pour ignorer qu'il ne m'appartient pas de vous faire subir de pareils affronts, épreuves ou expériences semblables. Dieu me garde de vous mettre à l'épreuve de cette manière-là ou d'une autre, sous prétexte de fausses mises en scène. Non, je ne veux vous éprouver en aucune manière ; la bonne réputation de vos ancêtres et de vous-même me montre assez que vous avez déjà fait vos preuves. S'y ajoute, en ce qui vous concerne, ce que je sens, ce que je vois et ce que je sais grâce à mon expérience personnelle. Je m'excuse si l'histoire fait état de beaucoup de cruauté, exagérée à mon avis ; je n'y crois pas trop. Mais l'histoire est ainsi, je ne dois pas y apporter de corrections ni de modifications, car quelqu'un de plus sage que moi l'a compilée et lui a donné son titre. Je souhaite en outre que vous la connaissiez, parce que d'autres aussi la connaissent : il faut que vous sachiez parler de tout comme tout le monde.

11. Chère amie, je viens donc de parler de votre devoir d'obéissance envers celui qui sera votre mari ; grâce à l'obéissance, une prudefemme gagne l'amour de son mari et finit par

de son mary et, en la fin, a de lui ce qu'elle desire, aussi
puis je dire que par desfault d'obeissance ou par haultesse
se vous l'emprenez, vous destruisez vous et vostre mary
et aussi vostre mesnaige. Et j'en tray exemple – un
raconte qui dit ainsi : Il advint que deux mariez eurent
contention l'un contre l'autre (c'estassavoir la femme
contre le mary), car chascun d'eulx se disoit estre le plus
sage, et le plus noble de lignee et le plus digne, et alle-
goient comme folz pluseurs raisons l'un contre l'autre ; et
si aigrement garda la femme sa rigueur contre le mary,
que au commencement par aventure ne l'avoit pas dot-
trinee doulcement, que pour eschever dangereux
esclandre il couvint que amis s'en entremisent, et pluseurs
assemblees d'amis, et furent faites pluseurs reprouches
entergettees, et nul remedde n'y pouoit estre trouvé que la
femme par son orgueil ne voulsist avoir ses droiz tous
esclarciz par poins, et les obeissances et services que les
amis disoient qu'elle devoit faire a son mary lui fussent
mis et escripz par articles d'une part, et autant et autel a
son mary pour elle d'autre part ; et atant devoient
demourer ensemble en amour, se non en amour au moins
en paix. Ainsi fut fait et demourerent par aucun temps, et
depuis que la femme gardoit et garda estroictement son
droit par sa cedule contre son mary, auquel mary pour pis
eschever il couvenoit avoir ou feindre pacience en despit
qu'il en eust, car il avoit pris trop tart a l'amander.

12. Un jour aloient en pelerinaige, et leur couvint
passer un fossé par dessus une estroite planche. Le mary
passa le premier, puis se retorna et vit que sa femme estoit
paoureuse et n'osoit passer aprez lui. Si doubta (*fol. 38b*)
le mary que, s'elle passoit, que la paour mesmes ne la
feist cheoir, et retourna charitablement et la print et tint
par la main et en l'amenant du long de la planche la tenoit,
et en parlant a elle l'asseuroit qu'elle n'eust point paour,

---

888. d. ainsi p. *B*². **891.** aussi *omis B*, jen t. a e. *B*, je diray ung e. *C*. **895.** s.
le p. *B*. **897.** m. qui au *B*². **898.** p. doulcement d. *B*. **899.** e. dommageux
e. *B*. **901.** a. en f. f. *B*, r. entregettez et *B*. **904.** p. et que l. o. *B*², p. et par
o. *C*. **909.** d. depuis p. a. t. que *B*. **919.** c. a elle et *B*. **920.** en la menant *B*.

avoir de lui ce qu'elle désire. Mais je peux aussi affirmer que si vous décidez de ne pas obéir ou de vous montrer arrogante, vous vous perdez, vous-même, votre mari et votre ménage. Je connais un exemple à ce sujet : il advint que deux époux vécurent dans la discorde (c'est-à-dire que la femme cherchait querelle à son mari) car chacun prétendait être le plus sage, le mieux né, le plus distingué ; comme des écervelés, ils ne cessèrent d'alléguer des raisons l'un contre l'autre ; la femme garda avec tant d'aigreur rancune à son mari – il se trouve qu'au début celui-ci avait négligé de donner à sa femme une légère instruction – que des amis en assemblée durent s'entremettre pour éviter un dangereux esclandre ; il y eut plusieurs échanges virulents. On ne trouva aucun moyen pour faire renoncer l'orgueilleuse à exiger que fussent détaillés par écrit, article après article, tous ses droits ainsi que les cas d'obéissance et de service dont, d'après les amis, elle était redevable à son mari ; la même chose fut faite avec tout autant de précision sur le chapitre des droits et devoirs du mari. Grâce à ce catalogue, ils devaient rester unis dans l'amour ou, à défaut d'amour, du moins dans la paix. Ainsi fut fait ; ils s'y tinrent pendant un certain temps. La femme observait désormais avec rigueur ses droits conjugaux inscrits sur son papier ; le mari, pour éviter pire, devait être patient, ou du moins feindre de l'être bien qu'il en eût, car il s'y était pris trop tard pour encore pouvoir la changer.

12. Un jour ils partirent en pèlerinage ; il leur fallait passer par-dessus un fossé sur une étroite planche. Le mari passa le premier. En se retournant, il vit que sa femme avait peur et qu'elle n'osait pas le suivre. Il redouta alors que de peur elle ne tombât en s'engageant sur la planche, et plein de charité il fit demi-tour, la saisit par la main et en la tenant lui fit traverser la planche, ne cessant de lui parler pour la rassurer afin qu'elle

et tousjours parloit a elle. Et aloit le bons homs a reculons, si chey en l'eaue qui estoit parfonde et se combatist fort en l'eaue pour eschever le peril de noyer; si s'arresta et se tint a une vielle planche qui de grant temps passé y estoit cheute et qui la flotoit, et dit a sa femme que a l'aide de son bourdon qu'elle portoit, elle traist la planche au bort de l'eaue πour lui sauver. Elle lui respondist : « Nannil, Nannil, dist elle, je regarderay premierement en ma cedule s'il y est escript que je le doye faire, et s'il y est, je le feray, et autrement non. » Elle y regarda, et pour ce que sa cedule n'en faisoit point mencion elle lui respondy qu'elle n'en feroit rien, et le laissa et s'en ala. Le mary fut en l'eaue long temps, et tant qu'il fust sur le point de morir. Le seigneur du pays et ses gens passoient par illecques, et le virent et le rescouyrent qu'il estoit prez de mort. Ilz le feirent chaufer et aiser, et quant la parole lui fust revenue l'en lui demanda le cas. Il le raconta comme dessus. Le seigneur fist suyr et prendre la femme et la fist ardoir. Or veez quel fin son orgueil lui donna qui par sa grant inobedience vouloit si estroictement garder sa raison contre son mary.

13. Et par Dieu il n'est pas tousjours saison de dire a son souverain : « Je n'en feray rien. Ce n'est pas raison. » Plus de bien vient d'obeir. Et pour ce je tray a l'exemple la parole de la benoite Vierge Marie. Quant l'ange Gabriel lui apporta les nouvelles que Nostre Seigneur s'en umbreroit en elle, elle ne respondy pas : « Ce n'est pas raison. Je suis pucelle et vierge, je n'en souffreray rien ; je seroie diffamee. » Mais elle obeissamment respondit : *Fiat michi secundum verbum tuum*, qui vault autant a dire comme : « Ce qui lui plaist soit fait. » Ainsi elle fut vraye, humble, obeissant, et par son humilité et obeissance grant bien nous est venu.

14. Et par inobedience et orgueil grant mal et mauvaise conclusion vient, comme il est dit dessus de celle qui fut

---

922. a. li b. h. *B²*, a. les b. h. *C.* **924.** sa. et t. *B.* **927.** e. tirast la *B.* **931.** f. a. n. *B.* **932.** p. de m. *B.* **935.** passerent p. *B.* **939.** f. suivir et *B.* **940.** v. vous q. *B.* **945.** et de ce je t. a e. la *B.* **947.** a. la nouvelle q. *B.*

n'eût pas peur. Cet homme plein de bonté marchait à reculons : il tomba dans l'eau profonde. Il se débattit vigoureusement pour ne pas se noyer. Finalement il put s'agripper à une vieille planche qui avait dû tomber voici longtemps dans l'eau et qui flottait. Il demanda à sa femme de le secourir à l'aide du bourdon qu'elle avait, en tirant la planche vers le bord de l'eau pour le sauver. Elle lui répondit : « Non, non ! D'abord je vais consulter ma feuille pour vérifier si une note m'oblige à le faire ; je le ferai seulement s'il y en a une. » Elle consulta sa feuille et ne trouva aucune mention se rapportant à une telle situation. Elle lui dit par conséquent qu'elle n'en ferait rien ; elle le laissa là et s'en fut. Le mari resta si longtemps dans l'eau qu'il fut sur le point de mourir. Mais le seigneur du pays passa à cet endroit avec ses gens. Ils le virent et le secoururent, à moitié mort. Ils le réchauffèrent et le réconfortèrent. Lorsqu'il eut recouvré la parole ils l'interrogèrent sur ce qui était arrivé. Il raconta tout. Le seigneur fit poursuivre la femme, et on la fit brûler. Vous voyez donc à quelle fin l'orgueil a conduit cette femme qui dans sa grande indocilité, de manière si intransigeante voulait avoir raison de son mari.

13. Par Dieu, ce n'est pas toujours à propos qu'on dit à qui vous domine : « Je ne le ferai pas, ce n'est pas juste. » L'obéissance porte plus de fruits, j'en prends pour exemple les mots de la bienheureuse Vierge Marie. Lorsque l'ange Gabriel vint lui annoncer que Notre-Seigneur se ferait homme en elle, elle ne répondit point : « Ce n'est pas possible. Je suis une jeune fille vierge, je ne veux pas parce que je risquerais ma réputation. » Au contraire, obéissante elle répondit : *Fiat mihi secundum verbum tuum*, ce qui veut dire : « Que sa volonté soit faite[1]. » Ainsi, humble et obéissante, elle fut dans le vrai ; de son humilité et de son obéissance grand bien nous est advenu.

14. En revanche, grand mal peut advenir de la désobéissance et de l'orgueil : cela peut finir mal comme ci-dessus pour

---

1. Luc, I, 38.

arse ; et comment on lit en la Bible de Eve, par la desobeissance et orgueil de laquelle, elle, et toutes celles qui aprez elle sont venues et vendront, furent et ont esté par
960 la bouche de Dieu mauldictes. Car, si comme dit l'Istorieur, pour ce que Eve pescha doublement, elle eust deux maledicions. Premierement quant elle *(fol. 39a)* se leva par orgueil quant elle volt estre semblable a Dieu ; pour ce fut elle abassue et humiliee en la premiere maledicion, ou
965 Dieu dist ainsi : *Multiplicabo enumpnas tuas, et sub potestate viri eris et ipse dominabitur tui.* C'est adire : « Je multiplieray tes paines. Tu seras soubz la puissance d'omme, et il avra seignourie sur toy. » L'*Istoire* dit que avant qu'elle peschat elle estoit bien aucunement subjecte
970 a homme, pour ce qu'elle avoit esté faicte d'omme et de la coste d'icellui ; mais icelle subjection estoit moult doulce et actrempee et naissoit de droite obeissance et fine voulenté. Maiz aprez ceste maledicion elle fut du tout en tout subjecte, par neccessité et voulsist ou non, et toutes
975 les autres qui d'elle vindrent et vendront ont eu et avront a souffrir et obeir a ce que les mariz vouldront faire, et seront tenues de enteriner leurs commandemens. La seconde maledicion fut telle : *Multiplicabo conceptus tuos. In dolore paries filios tuos.* Dist Dieu : « Je multi-
980 plieray tes concevemens. (C'est adire : "Tu concevras pleuseurs enfans.") En doleur et en travail enfanteras tes filz. » L'*Istoire* dit que la maledicion ne fust pas pour l'enfant, mais de la doleur que femmes ont a l'enfanter.
985 15. Aussi veez vous la maledicion que Nostre Seigneur volt donner pour la desobeissance quant de celle Lucifer. Car jadis Lucifer fut le plus sollempnel ange et le mieulx amé et le plus prouchain de Dieu qui fut adoncques en Paradis. Et pour ce estoit il de tous appellé Lucifer : c'est
990 quasi *Lucem ferens*, qui est adire : « Portant lumiere ». Car

---

957. et comme on l. en b. *B.* **962.** d. maudissons p. *B*² (*même forme au singulier partout ailleurs dans ce passage ; B a peut-être lu* maldissons). **963.** o. et que elle v. *B.* **964.** e. abaissee et *B.* **975.** q. delles v. *B.* **976.** q. leurs m. *B.* **979.** tuos *omis B.* **986.** la d. – de L. *B*². **987.** et m. a. et p. p. *B.* **989.** appeller *A,* lappelle *C.*

la femme qui fut brûlée, et comme on peut le lire dans la Bible au sujet d'Eve : à cause de sa désobéissance et de son orgueil, elle-même et toutes les femmes qui ont été et qui seront après elle sont maudites par la bouche de Dieu. Comme le dit l'auteur de l'*Histoire*, Eve, pour avoir doublement péché, fut frappée de deux malédictions : pour avoir voulu, par orgueil, s'élever au point d'être semblable à Dieu, une première malédiction divine la rabaissa et l'humilia : *Multiplicabo erumpnas tuas, et sub potestate viri eris et ipse dominabitur tui*, ce qui veut dire : « Je multiplierai tes souffrances. Tu seras dominée par l'homme et il te gouvernera. » L'*Histoire* dit qu'avant son péché elle était bien d'une certaine manière subordonnée à l'homme parce qu'elle avait été tirée de l'homme et faite à partir d'une de ses côtes. Mais cette subordination était très douce et modérée ; elle naissait d'une obéissance naturelle et d'un consentement sincère. Mais après cette malédiction, la sujétion de la femme fut absolue, impérative, qu'elle le voulût ou non ; toutes celles qui naquirent – ou qui naîtront – d'elle ont eu – ou auront – à se plier à la volonté du mari, à lui obéir et à exécuter ses ordres. La seconde malédiction divine fut : *Multiplicabo conceptus tuos. In dolore paries filios tuos.* « Je multiplierai tes conceptions (c'est-à-dire "tu concevras de nombreux enfants"). Tu enfanteras tes fils dans la douleur et la peine. » L'*Histoire* dit que la malédiction ne concerna pas l'enfant, mais la douleur qu'éprouvent les femmes en couches.

15. Considérez également la malédiction dont il plut à Notre-Seigneur de frapper Lucifer à cause de sa désobéissance. Car jadis Lucifer était l'ange du Paradis le plus célébré, le mieux aimé, le plus proche de Dieu. Voilà pourquoi tous l'appelèrent Lucifer, ce qui veut dire à peu près *Lucem ferens*, « Porteur de lumière ». Car aux yeux des autres anges, il appor-

au regart des autres toute clarté et toute joie estoit ou il venoit, pour ce qu'il representoit et donnoit souvenance d'icellui souverain Seigneur qui tant l'amoit et dont il venoit et duquel il estoit si prouchain. Et si tost que icellui
995 Lucifer laissa humilité et en orgueil haussa son corage, le mist Nostre Seigneur plus loing de lui ; car il le fist trabuchier plus bas que nul autre, c'estassavoir ou plus parfont d'enfer, ou il est plus ort et le pire et le plus meschant des meschans.

1000 16. Et aussi pareillement saichez que vous serez si prouchaine de vostre mary que par tout ou il vendra il portera memoire, souvenance et remembrance de vous. Et vous le veez de tous mariez. Car tantost que l'en voit le mary l'en lui demande : « Comment le fait vostre
1005 femme ? » Et aussi quant l'en voit la femme l'en lui demande : « Comment le fait vostre mary ? » Tant est la femme jointe avecques (*fol. 39b*) le mary.

17. Doncques veez vous, tant par les jugemens de Dieu mesmes que par les exemples dessus alleguez, que se
1010 vous n'estes obeissant en toutes choses, grandes et petites, a vostre mary qui sera, vous serez plus blasmee et pugnie de vostre dit mary que un autre qui lui desobeiroit, en tant comme vous estes plus prouchaine de lui. Se vous estiés moins obeissant et vostre chambelliere lui feist par
1015 amours et service ou autrement obeissant, tellement que en vous delaissant il convenist a eulx commectre les especiaulx besoingnes qu'il vous devroit commectre, et il ne vous commeist riens et vous laissast derriere, que diroient vos amis, que presumeroit vostre cuer, quant ilz s'en
1020 appercevroient ? Et puis qu'il avroit trainé son plaisir

---

991. j. venoit ou *B*. **997.** est le p. *B²*, o. le p. *B*, o. et le plus let et pire *C*. **1011.** p. a blasmer et punir de *B*. **1014.** v. chamberiere l. *B*. **1015.** a. obeissance t. *B²*. **1016.** a elle – c. *B²*. **1019.** q. il sen apercevroit *BC*.

tait partout où il venait clarté et joie, reflétant et rappelant le souverain Seigneur qui l'aimait tant, dont il venait et dont il était si proche. Mais aussitôt que son humilité eut été chassée par l'orgueil hautain qui occupait désormais son cœur, Notre-Seigneur l'éloigna de lui en le précipitant plus bas que nul autre au plus profond de l'enfer ; il y est le plus déconsidéré, le pire, le plus misérable parmi les misérables[1].

16. De manière analogue, sachez que vous serez si unie à votre mari que partout où il viendra, il y portera votre mémoire, votre souvenir et fera penser à vous. Il en va ainsi de tous les couples : aussitôt qu'on voit le mari on lui demande : « Comment va votre femme ? » De même, lorsqu'on voit la femme, on lui demande : « Comment va votre mari ? » tant la femme est indissociable de son mari.

17. Vous comprenez donc, tant à la lumière des jugements de Dieu lui-même que des exemples évoqués ci-dessus que si vous n'obéissez pas à votre futur mari en toutes choses, petites ou grandes, vous serez par lui plus sévèrement blâmée et punie que toute autre personne qui lui désobéirait, puisque vous êtes la plus proche de lui[2]. Si vous lui obéissiez mal et qu'en revanche votre chambrière lui témoignait son dévouement avec zèle par toutes sortes de bonnes dispositions, il pourrait vous délaisser et s'adonner avec elle à des exercices intimes qu'il aurait dû accomplir avec vous. Que diraient alors vos amis, qu'en présumerait votre cœur s'ils s'en apercevaient ? Et une fois que votre mari aurait placé son affection en cet autre lieu,

---

[1]. Jeu de mots impossible à rendre en français moderne : « méchant » en effet veut dire en ancien français « ce qui tombe mal » ; la « méchance », c'est la malchance, proprement le mauvais hasard qui tombe sur l'homme, le rendant malheureux et misérable. Ce n'est qu'au cours du XIVe siècle que peu à peu l'adjectif prend le sens de « malfaisant », spécialisation qui n'est effective qu'au XVIe siècle. Ici, il faut privilégier le premier sens, avec son implication de la chute.
[2]. On admire la construction patiente du raisonnement pour que cette affirmation finale perde ce qu'elle pourrait avoir d'offensant. L'auteur semble en même temps prendre en considération la possibilité d'une vie conjugale malheureuse pour la femme. C'est ainsi que l'on peut comprendre la suite non pas seulement comme une caricature de l'obéissance exigée de l'épouse, mais également comme une prévention contre les caprices d'un mari peu soucieux de la dignité de sa femme ; si celle-ci a appris à obéir, n'est-ce pas là une garantie pour la préserver des représailles ?

illecques, comment le pourriez vous depuis retraire? Certes, il n'en seroit mie en vostre puissance. Et pour Dieu gardez vous que ce meschiez n'aviengne que une seule foiz il preigne autruy service que le vostre. Et donques vous soient ses commandemens, mesmement les petis, qui de prime face vous sembleroit estre de nulle valeur ou estranges, tellement atachez au cuer que de voz plaisirs ne vous chaille fors des siens, et gardez que par vostre main et par vous mesmes en vostre personne les siens soient achevez. Et quant a lui ne a ses affaires qui vous appartiendront ne souffrez aucun approuchier; ne nul n'y mecte la main que vous. Et les vostres affaires soient par vous commandez et commis a voz enfans et a voz privees mesgnies qui sont dessoubz vous, a chascun selon son endroit. Et s'ilz ne le font, si les en punissez.

18. Et pour ce que je vous ay dit que vous soiez obeissant a vostre mary qui sera, c'estassavoir plus que a nul autre et par dessus toute autre creature vivant. Et peut ceste parole d'obedience estre entendue et a vous declairee : c'estassavoir que en tous cas, en tous termes, en tous lieux et en toutes saisons vous acomplissez sanz redargucion tous ses commandemens quelxconques. Car saichez que puis qu'il soit homme raisonnable et de bon sens naturel il ne vous commendera riens sans cause, ne ne vous laissera riens faire contre raison.

19. Jasoit ce qu'ilz sont aucunes femmes qui pardessus la raison et sens de leurs maris veulent gloser et esplucher ; et encores pour faire les sages et les maistresses font elles plus en devant les gens que autrement, qui est le pis. Car jasoit ce que ne vueille mie dire qu'elles ne doivent tout savoir et que leurs mariz ne leur doivent tout dire, toutesvoies ce doit estre dit et fait apart, et doit venir du vouloir et de la courtoisie du mary, non mie de l'auctorité, maistrise et seigneurie de la femme qui le doit *(fol. 40a)*

1021. illecques *omis B*. **1022.** il ne s. *BC*. **1023.** meschief *B*. **1028.** f. que d. *B*. **1035.** punissiez *B*. **1038.** d. toutes creatures vivans Et *B*, et... autre *omis C*. **1041.** v. faictes et acomplissiez *B*. **1044.** sans cause... riens *omis AC*. **1049.** en *omis B*. **1050.** je ne v. *B*, ne doient t. *B*. **1051.** l. doient t. *B*. **1054.** le doie p. *B²*.

comment pourriez-vous l'en déloger ? Certes, cela ne serait pas en votre pouvoir. Pour l'amour de Dieu, veillez donc à ce que ce malheur ne se produise jamais, que pas une seule fois il n'ait à préférer le service d'une autre au vôtre. Par conséquent, ses ordres, même dérisoires, qui de prime abord vous semblent négligeables ou bizarres doivent revêtir pour vous une telle importance que vous en oubliiez vos propres préférences, ne pensant qu'aux siennes : veillez à ce que tout soit accompli par votre propre main, entièrement par vous-même. Ne tolérez pas que qui que ce soit l'approche ou touche à celles de ses affaires dont il vous appartiendra de vous occuper : que nul n'y mette la main sauf vous. Vous devez confier vos propres affaires à vos enfants et à vos serviteurs les plus fidèles qui, sur votre ordre et chacun selon sa place, les exécuteront. S'ils ne le font pas, alors vous les punirez.

18. Voilà pourquoi vous devez obéir à celui qui sera votre mari plus qu'à nul autre, et par-dessus toute autre créature vivante. Ce devoir d'obéissance peut vous être expliqué de manière plus précise : obéir veut dire que quelles que soient les circonstances, quelles qu'en soient les fins, en tout lieu et en toute saison vous devez suivre sans protestation tous ses ordres sans exception. Sachez que s'il est homme doté de raison et de bon sens, il ne vous demandera rien gratuitement, et ne vous fera rien faire d'absurde.

19. Il existe toutefois des femmes qui refusant de s'en remettre à la raison et au bon sens de leur mari, veulent pouvoir gloser sur tout et argumenter. En plus, pour faire état de sagesse et de supériorité, elles en font encore plus en public qu'en privé, ce qui est plus grave. Naturellement, je ne veux pas dire par là qu'elles doivent être tenues dans l'ignorance, ni que leurs maris soient dispensés de les informer de tout ; mais il faut que cela soit dit et fait en privé et résulter de la volonté et de la délicatesse du mari et non pas de l'autorité dominatrice

par maniere de dominacion interroguer devant la gent ; car devant la gent, pour monstrer son obeissance et pour son honneur garder, n'en doit elle sonner mot, pour ce qu'il sembleroit a la gent qui ce orroient que le mary eust acoustumé a rendre compte de ses vouloirs a sa femme. Ce que femme ne doit pas vouloir que l'en apparçoive ; car en tel cas elles se demonstrent comme maistresses et dames, et a elles mesmes feroient grant blasme, et grant vilenie a leurs mariz.

20. De rechief aucunes sont a qui leurs mariz commandent faire aucunes choses qui a elles semblent petites et de petite valeur, et elles n'ont pas regart a l'encontre de cellui de qui le commandement vient ne a l'obeissance qu'elles leur doyvent, mais a la valeur de la chose seulement. Laquelle valeur elles jugent selon leur sens, et non mie aucunefoiz selon la verité ; car elles ne la scevent pas, puis que l'en leur a dite.

21. Exemple qui peut avenir : Un homme nommé Robert, qui me doit .ii^c. frans, me vient dire adieu et dit qu'il s'en va oultre mer ; et me dit telles paroles : « Sire, fait il, je vous doy .ii^c. frans lesquelz j'ay baillié a ma femme qui ne vous congnoist. Mais je lui ay dit qu'elle les baille a cellui qui portera son nom par escript de ma main, et veez le cy. » Et atant se part ; et tantost qu'il s'est party de moy, sans dire le cas, je le commanday a garder a ma femme, a qui je me fie. Laquelle ma femme le fait lire a un autre, et quant elle voit que c'est le nom d'une femme, elle, en pensant a mal, l'a gecté ou feu, et par courroux me vient dire qu'elle ne daigneroit estre ma maquerelle. Cy a belle obeissance !

22. *Item*, je lui bailleray un festu ou ung viez clou ou un caillou qui m'ont esté baillez pour aucunes enseignes d'aucuns grans cas, ou un fil ou une vergecte de bois pour mesurer d'aucune grosse besoingne, dont par oubliance ou par autre aventure je ne diray riens a ma femme du cas

---

1061. se demonstreroient c. B^2. **1062.** a *omis B*. **1064.** r. aucuns s. *A*. **1068.** e. lui d. *B*. **1070.** aucunesfoiz *BC*. **1075.** jay baillez a B^2. **1077.** q. luy p. *B*. **1079.** le commande a *B*. **1082.** m. le gecte *B*. **1086.** qui *répété B*. **1087.** daucun grant c. *B*, p. mesure d. *B*.

de la femme qui, en vue de signifier sa supériorité l'interrogerait en société : en public, si elle veut faire preuve d'obéissance et garder son honneur, elle ne doit pas ouvrir la bouche, sinon les gens qui l'entendraient penseraient que le mari est accoutumé à rendre compte à sa femme de ses intentions. La femme n'a pas intérêt à ce que l'on pense cela parce qu'elle se révélerait comme étant la maîtresse souveraine, ce qui lui vaudrait grand blâme à elle-même et ferait grand tort à son mari.

20. Par ailleurs, il y en a aussi qui jugent certains ordres du mari ridicules et négligeables ; elles se soucient aussi peu de celui qui a proféré l'ordre que de leur devoir d'obéissance à son égard pour ne tenir compte que du contenu. Elles l'évaluent à leur idée et jamais selon la vraie cause qu'elles ignorent parce qu'on ne leur a pas révélé tout ce qui eût été nécessaire pour juger.

21. Voici un exemple de ce qui peut arriver : un homme nommé Robert, qui me doit deux cents francs, vient me dire adieu avant de partir outre-mer ; il me dit : « Monsieur, je vous dois deux cents francs, je les ai donnés à ma femme qui ne vous connaît pas. Mais je lui ai dit de les donner à celui qui serait en possession d'un document comportant son nom écrit par ma main. Le voici. » Il s'en va ; aussitôt sans donner d'explication je le donne à garder à ma femme en qui j'ai confiance. Elle le fait lire à quelqu'un ; lorsqu'elle découvre qu'il s'agit du nom d'une femme, soupçonnant quelque chose de mal, elle le jette au feu puis vient me dire tout en colère qu'elle ne s'abaisserait pas à être ma maquerelle. Quel bel exemple d'obéissance !

22. *Item*, je lui confierais une babiole, un vieux clou ou un caillou qu'on m'aurait donné en guise de signe de reconnaissance dans quelque affaire d'importance, ou encore un fil ou une petite baguette de bois destinée à servir de mesure dans une grosse besogne ; par oubli ou par quelque autre accident j'omettrais d'informer ma femme sur l'affaire et ses motifs,

ne de la matiere, mais je lui bailleray pour garder especialment. Celle n'avra regart fors a la valeur du fil ou de la vergecte, et autre compte ne tendra de mon commandement, en despit de ce que je ne lui avray porté honneur et reverence de lui dire le cas au long.

23. Et comment telles femmes rebelles, haultaines et couvertes, quant pour monstrer leur maistrise elles ont tout honny, elles cuident en elles excusant faire croire a leurs mariz qu'elles cuidoient que ce fust un neant, et pour ce n'ont point fait leur commandement. Mais se leurs mariz sont saiges, ilz voient bien que c'est par desdaing et despit de ce qu'ilz ne leur avoient pas porté telle honneur que de leur dire le cas tantost et sans delay, et par aventure ont le *(fol. 40b)* commandement a nonchalance par leur fierté. Ne leur chault en riens du desplaisir de leurs mariz, mais que seulement elles ayent achoison d'elles excuser, de dire : « Ce n'estoit rien, mais se ce eust esté grant chose je l'eusse fait. » Et pour tant, se leur semble, seront excusees. Mais il leur semble mal, car jasoit ce que lors le mary n'en dit rien adonc, toutesvoies elles perdent tousjours le nom de la vertu d'obeissance, et la tache de la desobeissance demeure longtemps aprez dedans le cuer du mary si atachee, qu'a une autres foiz il en souviendra au mary quant la femme cuidera que la paix soit faicte et que le mary l'ait oublié. Or escheve femme ce dangereulx peril, et prens garde a ce que dit est, l'Appostre *Ad Hebreos*, .xiii°. : *Obedite*, etc.

24. Or dist encores cest article que la femme doit obeir a son mary et faire ses commandemens quelxconques, grans et petis et mesmes les trespetis. Ne il ne couvient point que vostre mary vous die la cause de son commandement ne qui le meut, car ce sembleroit un signe de le vouloir ou non vouloir faire selon ce que la cause vous sembleroit ou bonne ou autre. Ce qui ne doit pas cheoir en vous ne en vostre jugement, car a lui appartient de la

---

1091. f. et de *B.* **1095.** Et communement t. *B²*. **1102.** d. les c. *B.* **1103.** c. en n. *B.* **1104.** f. ne ne l. *B.* **1105.** e. et d. *B².* **1107.** t. ce l. *B.* **1109.** n. die r. *B.* **1114.** e. donc f. *B*, e. une f. *C.* **1115.** et prengne g. *B*, est *omis B.* **1117.** e. cesta a. *A*, e. ceste a. *C.* **1124.** de le s. *B.*

mais je lui confierais l'objet pour qu'elle le garde précieusement. Elle ne considérera que la valeur du fil ou de la baguette, et ne tiendra pas compte de ma demande, par dépit de ce que je ne lui ai pas fait l'honneur et la révérence de l'informer plus amplement sur l'affaire.

23. De telles femmes rebelles, hautaines et dissimulées, une fois qu'elles ont tout gâché pour montrer leur supériorité, essaient de s'excuser auprès de leur mari en disant qu'elles ont agi ainsi parce qu'elles croyaient qu'il s'agissait d'une affaire insignifiante, raison pour laquelle elles n'ont pas respecté leurs consignes. Mais si les maris sont perspicaces, ils comprennent bien qu'en fait leurs femmes ont agi de la sorte par dédain et par dépit de n'avoir pas eu l'honneur d'être informées aussitôt et sans délai de l'affaire, et peut-être, ont-elles outrepassé l'ordre par fierté. Ces femmes n'ont cure du déplaisir de leurs maris, pourvu qu'elles aient matière à s'excuser en disant : « C'était une bricole ; si cela avait été important je l'aurais fait. » A leurs yeux cela suffit pour être excusées. Mais elles ont tort de penser ainsi ; le mari a beau ne rien dire sur le moment, dans tous les cas elles en perdent le prestige attaché à la vertu d'obéissance et la tache de leur désobéissance demeure pour longtemps ancrée dans le cœur du mari. Il s'en souviendra quand la femme pensera que la paix est rétablie et que le mari a oublié. Que la femme évite ce risque et qu'elle prenne garde aux paroles de l'Apôtre, dans l'Epître aux Hébreux, chapitre XIII : *Obedite*, etc[1].

24. Il faut ajouter encore dans cet article que la femme doit obéir à son mari et exécuter ses ordres, de quelque importance qu'ils soient, grande ou petite et même très petite. En outre, votre mari n'est pas tenu de vous dire la cause et le motif de son ordre, car cela pourrait vous induire à faire dépendre son exécution de votre appréciation de la validité de la cause alors que cela ne doit jouer aucun rôle à vos yeux, ni intervenir dans votre jugement : à lui seul il appartient d'en connaître la

---

1. Epître aux Hébreux, XIII, 17 : « Obéissez à vos dirigeants et soyez-leur dociles. »

savoir tout seul, et a vous n'appartient pas de lui demander, se ce n'est aprez a vous deux seulement et a privé. Car pardessus son commandement vous ne devez avoir en quelque chose reculement, reffuz, retardement, ou delay, ne pardessus sa deffense rien faire, corrigier, accroistre, appiticier, eslargir, ou estrecier en quelque maniere. Car en tout et par tout, soit bien soit mal que vous aiez fait, vous estes quictes et delivres, « Mon mary le m'a commandé. » Encores se mal vient par vostre courage, si dit l'en d'une femme mariee : « Elle fist bien, puis que son mary lui commanda ; car en ce faisant elle fist son devoir. » Et ainsi au pis venir vous en seriez non mie seulement excusee, mais bien louee.

25. Et a ce propos je vous diray une piteuse merveille, et que je plain bien. Je scay une femme de tresgrant nom en bourgeoisie qui est mariee en une bonne personne, et sont deux bonnes creatures, jennes gens paisibles et qui ont de beaux petis enfans. La femme est blasmee d'avoir receu la compaignie d'un grant seigneur mais, par Dieu, quant l'on en parle, les autres femmes et hommes qui scevent le cas, et mesmement ceulx qui heent ce pechié, dient que la femme n'en doit point estre blasmee, car son mary lui commanda. Le cas est tel, qu'ilz demeurent en une des plus grans citez de ce royaume. Son mary et pluseurs autres bourgoiz furent de par le roy emprisonnez (*fol. 41a*) pour une rebellion que le commun avoit faite. Chascun jour l'en en coppoit les testes a .iii. ou a .iiii. d'iceulx. Elle et les autres femmes d'iceulx prisonniers estoient chascun jour devers les seigneurs, plourans et agenoillans et les mains jointes requerans que l'en eust pitié et misericorde, et entendesist l'en a la delivrance de leurs mariz. L'un des seigneurs qui estoit entour le roy, comme non cremant Dieu ne sa justice, mais comme cruel

---

1128. r. ne d. *B*. **1132.** quicte et delivre *B²*. **1133.** le me commanda E. *B*, v. ouvrage si *B²*. **1136.** vous *omis B*. **1140.** m. a u. *B*. **1147.** c. este q. *A*. **1155.** et entendist l. *B*.

raison ; il ne vous appartient pas, à vous, de la lui demander, sauf ultérieurement quand vous ne serez que tous les deux, dans l'intimité. En ce qui a trait à son injonction, évitez de considérer tout ce qui pourrait vous faire reculer ou refuser, tout ce qui pourrait retarder ou ajourner l'exécution, et rien, s'il s'agit d'une défense quelconque ne doit vous conduire à l'outrepasser, à la modifier, à l'exagérer ou à l'amenuiser, à en élargir ou en rétrécir la portée d'une manière ou d'une autre. En tout et pour tout, dans tout ce que vous avez pu faire, en bien ou en mal, vous êtes quitte et justifiée en disant : « Mon mari me l'a ordonné. » Et même si malheur en advenait à cause de votre constance, on dit d'une femme mariée : « Elle a bien agi, puisque son mari le lui a commandé ; en agissant ainsi, elle a rempli son devoir. » En mettant les choses au pire, non seulement on vous pardonnerait mais encore on vous louerait avec chaleur.

25. A ce propos je vais vous raconter une histoire que je trouve très émouvante. Je connais une bourgeoise d'un nom illustre qui est mariée avec un homme de valeur ; tous deux, ils sont pleins de qualités ; c'est un jeune couple avec de jeunes et beaux enfants. Mais on blâme la femme d'avoir reçu les hommages d'un grand seigneur, mais par Dieu, quand on aborde ce sujet, toutes les femmes et tous les hommes qui sont au courant de l'histoire, et même tous ceux qui sont intransigeants en ce qui concerne ce péché-là disent que la femme ne mérite pas de blâme car elle n'a fait qu'obéir à la prière de son mari. Voici l'affaire[1] : ce couple habite dans l'une des plus grandes villes de ce royaume. Le mari, avec plusieurs autres bourgeois, fut mis en prison sur ordre du roi à la suite d'une révolte des habitants de la ville. Chaque jour trois ou quatre têtes tombaient. Et chaque jour, la bourgeoise et les autres femmes des prisonniers se rendaient auprès des seigneurs et imploraient à genoux, les mains jointes, leur pitié et leur miséricorde pour qu'ils fassent libérer leurs maris. L'un des seigneurs qui faisait partie de l'entourage du roi, tyran félon et cruel ne craignant ni Dieu ni Sa justice, fit dire à cette bour-

---

1. Elle est sans doute inspirée, comme le suggère Pichon, par la sédition des « Maillotins » qui a été suivie de sévères représailles infligées par le roi Charles VI aux bourgeois de Paris en mars 1382.

et felon tirant, fist dire a icelle bourgoise que s'elle vouloit faire sa voulenté, sans faulte il feroit delivrer son mary. Elle ne respondy riens sur ce, mais dit au messaige que pour l'amour de Dieu il feist par devers ceulx qui gardoient son mary en la prison qu'elle veist son mary et qu'elle parlast a lui, et ainsi fut fait. Car elle fut mise en prison avec son mary et toute plourant lui deist ce qu'elle veoit ou povoit appercevoir des autres, et aussi de l'estat de sa delivrance et la villeinne requeste que l'en lui avoit faicte. Son mary lui commanda que, comment qu'il fust, qu'elle fist tant qu'il eschappast sans mort, et qu'elle n'y espargnast ne son corps, ne son honneur, ne autre chose pour le sauver et rescourre sa vie. A tant se partirent l'un de l'autre tous deux plorans. Pluseurs des autres prisonniers bourgoiz furent decapitez, son mary fut delivré. Si l'excuse l'en d'un si grant cas que souppose ores qu'il soit vray, sy n'y a elle ne pechié ne coulpe, ne ne commist delit ne mauvestié quant son mary lui commanda. Mais fist pour sauver son mary sagement et que bonne femme. Mais toutesvoyes je laisse le cas qui est villain a reconter et trop grant (maudit soit le tirant qui ce fist !) et revien a mon propos que l'en doit obeir a son mary, et laisseray les grans cas et prendray les petis cas d'esbatement.

26. Par Dieu, je croy, quant deux bonnes preudegens sont mariez, toutes autres amours sont reculees, anichilees et oublyees fors d'eulx deux ; et me semble que quant ilz sont presens et l'un devant l'autre ilz s'entreregardent plus que autres, ilz s'entrepinsent, ilz s'entrehurtent et ne font signe ne ne parlent voulentiers fors l'un a l'autre. Et quant ilz s'entreloignent si pensent ilz l'un a l'autre, et dient en leur cuer : « Quant je le verray je lui feray ainsi, je lui diray ainsi, je le prieray de tel chose. » Et tous leurs plaisirs especiaulx, leurs principaulx desirs et leurs parfaictes joyes, c'est de faire les plaisirs et obeissances l'un

---

1167. f. – elle B^2. **1170.** p. luy s. *B*. **1173.** q. suppose encores q. *B*. **1174.** ne ny c. *B*. **1175.** M. le f. *B*. **1176.** et comme b. B^2. **1178.** g. maudisoit *AC*. **1179.** l. le g. *A*, l. le grant *C*. **1185.** p. quautre i. B^2. **1187.** i. sentrevoient et ne sentrevoient si *B*, se. silz p. *A*, se. ilz p. *C*. **1191.** j. sont de B^2, j. cest assavoir de *C*.

geoise que si elle voulait accéder à son désir, il ferait délivrer sans faute son mari. Elle ne donna pas de réponse, mais dit au messager que pour l'amour de Dieu il fît le nécessaire auprès des gardiens de son mari pour qu'elle pût le voir et lui parler. Ainsi fut fait. On l'enferma avec son mari dans la prison. Tout en larmes elle lui raconta le destin réservé à ses compagnons, l'ayant elle-même vu ou déduit. Elle lui fit part de la condition de sa délivrance et de la vilaine requête qu'on lui avait faite. Son mari lui ordonna de faire tout ce qu'elle pouvait pour lui éviter la mort, quel qu'en fût le prix ; qu'elle n'épargnât ni son corps, ni son honneur ni rien pour venir à son secours et pour lui sauver la vie. Alors, ils se séparèrent en pleurant. Plusieurs des autres bourgeois furent encore décapités, mais son mari fut libéré. Ainsi, à supposer que l'histoire soit vraie, cette femme est pardonnée à cause de la gravité de l'affaire : elle n'est coupable d'aucun péché, d'aucune faute ; elle n'a commis aucun crime, aucune mauvaise action, ayant simplement obéi au commandement de son mari. Bien au contraire, elle a agi en femme sage et vertueuse en sauvant son mari. Quoi qu'il en soit, j'en reste là avec cette histoire qui est trop laide à raconter et trop grave (maudit soit le tyran qui a agi de la sorte !) pour revenir à mon propos, l'obéissance au mari ; je m'en tiens là avec les cas graves pour me consacrer à des affaires de moindre importance.

26. Par Dieu, quand deux personnes intègres et bonnes sont mariées, toutes les autres attaches affectives sont reléguées au second plan, effacées, oubliées : il n'y a plus qu'eux deux ; je crois bien que lorsque ces deux personnes sont face à face, elles se regardent mutuellement plus que toutes les autres ; elles se pincent et se donnent de petits coups ; elles se font signe et n'aiment à parler que l'une à l'autre. Lorsqu'ils se séparent, ils pensent l'un à l'autre et se disent en eux-mêmes : « Quand je le retrouverai, je lui ferai ceci, je lui dirai cela, je lui demanderai telle chose. » Tous leurs plaisirs personnels, leurs désirs les plus importants, leurs joies parfaites consistent à faire le

de l'autre. Et s'ilz ne s'entraiment il ne leur chault de obeissance ne de reverence fors le commun, qui est trop petits entre pluseurs.

27. Et a ce propos de jeux et esbatemens entre les mariz et les femmes, par Dieu j'ay ouy dire au Bailli de Tournay (*fol. 41b*) qu'il a esté en pluseurs compaignies et disners avecques hommes qui estoient de long temps mariez, et avecques iceulx a fait plusieurs bourgages et gaigeures de paier le disner qu'ilz avroient fait, et pluseurs escos et disners a paié sur condicion que d'ilecques tous les compaignons de l'escot yroient ensemble en l'ostel de tous iceulx mariez, l'un aprez l'autre. Et cellui de l'assemblee qui aroit femme si obeissant qui la peust arrangement et sans faillir faire compter jusques a .iiii. sans arrest, contradicion, mocquerie ou replicacion, seroit quicte de l'escot; et cellui ou ceulx de qui les femmes seroient rebelles et reppliqueroient, et mosqueroient ou desdiroient, icellui escot rendroient a chascun autant. Et quant ainsi estoit accordé, l'en aloit adoncques par droit esbatement et par droit jeu en l'ostel Robin, qui appelloit Marie sa femme qui bien faisoit le gorgu; et devant tous le mary lui disoit : « Marie, dictes aprez moy ce que je diray. – Voulentiers, sire – Marie, dictes : Empreu – Empreu – Et deux – Et deux – Et trois. » Adonc Marie un peu seurement disoit : « Et un, et .xii., et .xiii. Esgar ! vous mocquez vous de moy ? » Ainsi le mary Maroye pardoit. Aprez ce l'en aloit en l'ostel Jehan, qui appelloit Agnesot sa femme qui bien savoit faire la dame, et lui disoit : « Dictes aprez moy ce que je diray : Empreu. » Agnesot disoit par desdaing : « Et deux. » Adonc perdoit. Tassin disoit a dame Tassine : « Empreu. » Tassine disoit par orgueil en hault : « Cest de nouvel ! » ou disoit : « Je ne sui mie enfant pour aprendre a compter », ou disoit ce : « Ça, de par Dieu, ça ! Egar ! Estes vous

---

1192. se ilz ne *A*. **1193.** t. p. entree *A*, t. petit e. *B*, t. petite e. *C*. **1200.** a. faiz et *AC*. **1208.** et r. m. *BC*. **1209.** r. ou c. *B*. **1215.** d. E. et d. et d. et t. *B*, d. e. E. et d. et t. *C*. **1216.** p. fierement d. et vii. et xii. et xiii. *B*. **1217.** v. mocquiez v. *BC*. **1220.** m. et que je diray je *B*². **1221.** Agnes *B*². **1223.** T. p. o. d. en h. c. *B*. **1225.** d. or ca de p. D. E. *B*.

I, vi : *Le devoir d'obéissance* 253

bonheur et la volonté de l'autre. En revanche, sans amour ils n'ont cure d'obéir ou de se dévouer plus qu'il n'est d'usage, ce qui revient toujours à en faire le moins possible.

27. A propos de jeux et de divertissements entre époux, par Dieu, j'ai entendu le bailli de Tournay raconter que plusieurs fois il s'est trouvé à dîner en compagnie d'hommes mariés depuis longtemps. Il a fait plusieurs fois des paris et des gageures dont l'enjeu était le règlement du dîner qu'ils venaient de faire, ainsi que plusieurs écots et dîners à venir, à condition que tous les convives se rendissent dans la maison de chaque mari. Celui qui aurait une épouse assez obéissante pour consentir à compter jusqu'à quatre, dans l'ordre et sans faute, sans pause, sans résistance ni moquerie ni protestation, celui-là serait quitte de l'écot; en revanche, celui ou ceux dont les femmes se révolteraient, protesteraient, se moqueraient ou refuseraient, ceux-là devraient rendre à chacun cet écot. Une fois tombés d'accord, ils se rendirent, simplement pour rire et pour jouer, dans la maison de Robin. Il appela sa femme Marie qui savait bien faire l'orgueilleuse; devant tous les autres époux, il lui dit : « Marie, répétez après moi ce que je vais dire. – Avec plaisir, seigneur. – Marie, dites : un. – Un. – Et deux. – Et deux. – Et trois. » A ce point, Marie dit un peu froidement : « Et un, et douze, et treize. Voyons, vous moquez-vous de moi ? » Ainsi, le mari de Marie était perdant. Ensuite, ils se rendirent chez Jean qui appela Agnès, sa femme, qui savait bien jouer à la dame, et lui dit : « Répétez après moi ce que je dirai : un. » Agnès répliqua par dédain : « Et deux. » Il était perdant. Quant à Tassin, il dit à madame Tassin : « Un. » Tassine, orgueilleuse, répondit de manière hautaine : « Voilà qui est nouveau ! » ou encore : « Je ne suis plus une enfant qui a besoin d'apprendre à compter », ou encore : « Ça alors, par

devenu menestrier ? » et les semblables, et ainsi pardoit. Et tous ceulx qui avoient espousees les jennes bien aprinses et bien endoctrinees gaignoient et estoient joyeux.

28. Regardez mesmes que Dieu, qui est sage sur toute sagesse, fist pour ce que Adam, desobeissant et mesprisant le commandement de Dieu ou deffense, menga la pomme, qui estoit peu de chose a lui que une pomme, comment il en fut courroucié. Il ne s'en courrouça pas pour la pomme, mais pour la desobeissance et le petit compte qu'il tenoit de lui. Regardez comment il ama la Vierge Marie pour son obeissance. Regardez des obeissances et faiz d'Abraham dont il est parlé cy dessus a deux fueilletz prez, qui par simple mandement fist si grans et terribles choses sans demander la cause. Regardez de Grisilidis quelz faiz elle supporta et endura en son cuer, sans demander cause pour quoy; et n'y pouoit estre aparceu ne consideré cause aucune ne couleur de cause, pourfit advenir ne neccessité du faire, fors que seule voulenté (*fol. 42a*) et terrible et espouentable, et si n'en demandoit ne n'en disoit mot; et dont elle acquist telle louenge que maintenant qui sommes .v^c. ans aprez sa mort il est lecture de son bien.

29. Et n'est mie maintenant commencement de faire doctrine de obeissance des femmes envers leurs mariz. Il est trouvé en *Genesis*, ou .xxixe. chappitre, que Loth et sa femme se partirent d'une cité. Loth deffendit a sa femme qu'elle ne regardast point derriere ly. Elle se tint une piece, et aprez mesprisa le commandement et y regarda. Incontinent Dieu la converty en une pierre de sel, et la demoura, et encores est telle et sera. C'est propre texte de Bible, et le nous couvient croire par neccessité ou autrement nous ne serions pas bons chrestiens.

30. Or veez vous se Dieu essayoit adoncques ses amis et ses serviteurs en bien petites choses ; comme pour une

---

1227. b. aprises et *BC*. **1229.** sur bonte sagesse *AC*. **1231.** D. en d. *B*. **1233.** f. courrouciez il *B*^{2}, ne se c. *B*. **1241.** et si ny *B*. **1243.** c. proufit a. *B*. **1244.** v. – t. *B*^{2}. **1249.** d. de lo. *B*. **1252.** e. sen t. *B*. **1253.** r. et i. *B*. **1258.** e. dont s. a. et serviteurs *B*.

I, vi : Le devoir d'obéissance

Dieu, ça alors ! Voyons, êtes-vous devenu musicien ? » et d'autres réponses de la même espèce. Ainsi, il perdait. Mais tous ceux qui avaient épousé de jeunes femmes bien élevées et bien instruites gagnaient et étaient tout joyeux.

28. Considérez surtout la grande colère de Dieu, qui est la sagesse même, lorsque Adam, désobéissant et passant outre le commandement et l'interdiction, mangea la pomme. C'était pourtant peu de chose pour Lui qu'une pomme. Aussi, ce ne fut pas à cause de la pomme qu'Il se courrouça, mais à cause de la désobéissance d'Adam, et du peu de cas qu'il faisait de Son commandement. Considérez aussi combien Dieu aima la Vierge Marie à cause de son obéissance. Considérez les nombreuses preuves d'obéissance d'Abraham, dont il est parlé à peine deux pages plus haut, exécutant sur simple demande de si grandes et terribles choses, sans s'enquérir sur le motif[1]. Considérez tout ce que Grisélidis a supporté et enduré en son cœur, sans demander pourquoi : on ne pouvait imaginer ou soupçonner, en effet, aucun motif, pas même l'ombre d'un motif, aucune conséquence positive, aucune nécessité pour obéir comme elle l'a fait, il n'y avait rien en dehors de la seule volonté de son terrible et épouvantable mari ; pourtant, elle ne posait aucune question et ne faisait aucun commentaire. Elle en acquit une telle réputation que maintenant encore, 500 ans après sa mort, nous faisons lecture de ses qualités.

29. Le fait que l'on enseigne aux femmes à être obéissantes avec leur mari n'est pas chose récente. Déjà dans la Genèse, au chapitre XXIX[2], on trouve le récit de Lot et de sa femme. Au moment de quitter une ville, Lot défendit à celle-ci de regarder en arrière. Elle s'y tint un moment, puis passa outre le commandement et se retourna. Aussitôt Dieu la transforma en une colonne de sel et elle resta là ; elle y est toujours et y restera : c'est le texte même de la Bible et nous sommes bien forcés d'y adhérer, car autrement nous ne serions pas de bons chrétiens.

30. Vous voyez donc que Dieu mettait à l'épreuve ses amis et serviteurs en des choses infimes, comme une pomme pour

---

1. Pourtant, l'auteur a fait l'impasse sur l'histoire du sacrifice d'Isaac auquel il semble faire tout particulièrement allusion ici.
2. Il s'agit en fait de Gen. XIX, 15-26.

pomme l'un, pour regarder derriere lui l'autre, etc. Et aussi n'est ce pas merveille se les mariz, qui par leur bonté ont mis tout leur cuer, toutes leurs joyes et esbatemens en leurs femmes, et arriere mises toutes autres amours, preignent plaisir en leur obeissance et par amoureux esbatemens, et a autruy non nuysibles, les essayer. Et pour ce, en reprenant ce que dessus comment les mariz essaient l'obeissance des femmes, jasoit ce que ce ne soit que jeu, toutesvoyes a tous qui estoient desobeis et qui par ce perdoient, le cuer leur douloit de la moquerie et de la perte, et quelque semblant qu'ilz en feissent, ilz estoient tous honteux et moins amoureux de leurs femmes qui leur estoient peu humblement craintives et obeissans, ce qu'elles ne devoient pas estre en tant soit petite chose. (Toutesvoyes s'il n'y avoit grant cause, laquelle cause elle lui devoit dire en secret et en appert.)

31. Et sont aucunefoiz les jennes et folz mariz si meschans que sans raison que par petites et inutiles achoisons dont les commancemens sont venuz par jeu et de neant, et par continuelles desobeissances de leurs preudefemmes, ilz amassent et amoncellent un secret et couvert couroux en leurs cuers, dont piz vient a tous les deux. Et aucunes foiz se acointent de meschans et deshonnestes femmes qui les obeissent en toutes choses et honnorent plus qu'ilz ne sont honnorez de leurs preudefemmes. Adonc iceulx mariez, comme sots, se assovent d'icelles meschans femmes qui scevent garder leur paix et iceulx honnorer et obeir a tous propos et faire leurs plaisirs. Car ne doubtez: il n'est nul si meschant mary qui ne vueille estre obey et esjoy de sa femme. Et quant les mariz se treuvent mieulx obeis autrepart que devant (*fol. 42b*) n'estoient en leurs hostelz, si laissent comme folz a nonchalance leurs espousees pour les haultesses et desobeissances d'icelles, lesquelles en sont depuis courroucees. Et aprez, quant icelles mariees voient que en toutes

---

1264. a. prennent p. *B*. **1269.** d. et de *B*. **1270.** i. en e. *B*. **1272.** p. humbles c. *B*. **1273.** ne doivent p. *B*. **1275.** lui devoit d. *B*, et en apart *B*. et – apart *B*². **1276.** s. aucunes f. *BC*. **1277.** r. et p. *B*. **1281.** en leur cuer d. *B*. **1285.** c. folz se assotent d. *B*, c. s. se acointent de *C*. **1292.** leurs espouses p. *B*².

l'un ou l'interdiction de regarder en arrière pour l'autre, etc. Aussi n'est-il pas étonnant que les bons maris, qui ont mis tout leur cœur, toutes leurs joies et tous leurs plaisirs en leurs femmes, au détriment de toutes les autres affections, aiment à se faire obéir et à les éprouver par pure espièglerie amoureuse qui ne fait de mal à personne. Pour cette raison, dans l'exemple ci-dessus les maris qui mettaient à l'épreuve l'obéissance de leurs femmes, même si ce n'était que par simple jeu, avaient le cœur gros à cause de leur désobéissance ; on se moquait d'eux ; ils perdaient leur pari. Quel que fût l'effort qu'ils faisaient pour ne rien laisser transparaître, ils rougissaient tous de leurs femmes et ils en furent moins amoureux : même pour une si petite chose, elles n'auraient pas dû manquer autant d'humilité, de respect et d'obéissance (sauf cas exceptionnel, mais alors, la femme aurait dû en faire part à son mari en secret).

31. Il arrive que de jeunes maris étourdis soient assez malheureux pour accumuler et nourrir une colère sourde et secrète en leur cœur, sans vraie raison, à cause de petits riens anodins qui sont nés par jeu et de rien, mais qui ont été entretenus par de continuels manquements à l'obéissance ; les deux époux s'en trouvent de plus en plus mal. Parfois les maris s'acoquinent alors avec des femmes indignes et déshonnêtes, mais qui leur obéissent en toute chose, les honorant plus que leurs propres épouses. Ces maris, comme des sots, se consolent avec ces femmes indignes qui savent leur garantir la paix, qui les honorent, qui leur obéissent en toute occasion, qui font toute leur volonté. N'en doutez point : il n'existe aucun mari, aussi indigne soit-il, qui ne veuille être obéi et distrait par sa femme. Lorsque les maris sont mieux obéis ailleurs qu'ils ne l'étaient auparavant dans leur propre maison, comme des sots ils deviennent indifférents à leurs femmes arrogantes et désobéissantes. C'est alors leur tour de s'irriter quand elles se rendent

compaignies elles ne sont mie si honnorees comme celles qui sont acompaigniees de leurs mariz, qui ja comme folz sont fort par le cuer enlaissiez que l'en ne les peut descharner (et l'en ne peut mie si legierement reprendre son oisel quant il eschappe de la cage comme de garder qu'il ne s'en vole) aussi ne peuent elles retraire les cuers de leurs mariz quant iceulx mariz ont essayé et trouvé meilleur obeissance ailleurs, et icelles en donnent a leurs mariz la coulpe qui est a elles mesmes.

32. Chiere suer, vous veez que comme il est dit des hommes et femmes l'en peut dire des bestes sauvaiges ; et encores non mie seulement des bestes sauvaiges, mais des bestes qui ont acoustumez a ravir et devorer comme hours, loupz et lyons. Car icelles bestes apprivose l'en et actrait l'en par leur faire leurs plaisirs, et vont aprez et suivent ceulx qui les servent, acompaignent et ayment ; et fait l'en les ours chevauchier, les singes et autres bestes saillir, dancer, tumber et obeir a tout ce que le maistre veult. Et aussi par ceste raison vous puis je monstrer que vostre mary vous cherira et aymera et gardera se vous pensez a lui faire le sien plaisir. Et pour ce que j'ay dit (et j'ay dit voir) que les bestes ravissables sont apprivoisees, etc., je dy par le contraire, et vous le trouverez, que non mie seulement voz mariz, voz peres et meres, voz seurs, vous estrangeront se vous leur estes ferrouche et ne leur soiez debonnaire et obeissant. Si savez vous bien que vostre principal manoir, vostre principal labour et amour et vostre principal compaignie c'est de vostre mary, pour l'amour et compaignie duquel vous estes riche et honnoree ; et se il se desfuit, retrait ou eslonge de vous par vostre inobedience ou autre quelque chose que ce soit, a tort ou a droit, vous demorerez seule et disparee ; et si vous en sera donnee la blasme et en serez moins prisee. Et se une seule foiz il ait fait mal de vous, a paine le pourriez jamais rappaisier que la tache du maltalent ne lui

---

1297. c. enlassiez q. *B*². **1299.** il est eschappé de *B*. **1307.** o. acoustume a *BC*. **1310.** s. compaignent et *B*. **1313.** Et ainsi p. *B*². **1314.** c. a. et *B*. **1319.** e. farouche et *B*. **1320.** o. Or s. *B*. **1322.** c. est de *B*. **1323.** r. et estes h. *B*. **1326.** v. demourrez s. *B* et dispariee – et *B*². **1327.** s. donne le b. *B*. **1328.** ait ce m. *B*².

compte qu'en société elles sont moins honorées que les femmes qui sont accompagnées de leur mari. Quant aux leurs, ces fous ont le cœur tant enchaîné qu'on ne peut plus les déraciner. L'on ne rattrape pas facilement son oiseau une fois qu'il s'est sauvé de sa cage ; il est plus aisé de l'empêcher de s'envoler. De même, ces femmes ne peuvent reconquérir le cœur de leurs maris une fois qu'ils ont cherché et trouvé un plus grand dévouement ailleurs. Elles accusent alors leurs maris d'une faute dont elles sont elles-mêmes responsables.

32. Chère amie, voyez-vous, ce qui est dit des hommes et des femmes vaut également pour les bêtes sauvages. Et pas seulement pour les bêtes sauvages, mais encore pour celles qui ont coutume d'emporter et de dévorer leur proie, par exemple les ours, les loups et les lions. On peut les attirer et les apprivoiser en flattant leurs instincts ; alors, ils suivent ceux qui les soignent, qui les accompagnent et qui les aiment. Aussi peut-on monter les ours comme des chevaux, ou faire sauter, danser, culbuter les singes ou autres bêtes ; elles obéissent à tout ce que leur maître leur demande. A l'aide de cet argument, je vous montre que votre mari vous chérira, vous aimera et vous protégera si vous veillez à tout faire pour le contenter. En prenant toujours pour exemple les bêtes de proie qui sont apprivoisées (et ce que j'ai dit sur elles est vrai), j'ajoute qu'au contraire – et vous pourrez le vérifier – si vous vous montrez farouche, hostile ou désobéissante envers votre mari, vos père et mère ou vos sœurs, ils s'éloigneront de vous. Vous savez bien que votre mari représente votre principale demeure, votre première préoccupation, votre amour et compagnie essentiels et que vous êtes riche et honorée grâce à cet amour et à cette compagnie. S'il s'en va ailleurs, s'il se retire ou s'éloigne de vous à cause de votre indocilité ou d'un autre manquement, à tort ou à raison, vous vous retrouverez seule et démunie. C'est sur vous qu'en retombera le blâme, et vous en serez moins respectée. Si une seule fois vous lui causez ce genre d'affront, c'est à grand-peine que vous pourriez un jour vous le réconcilier en effaçant la cause de son indisposition, imprimée et

demeure en son cuer pourtraicte et escripte, tellement que jasoit ce qu'il n'en monstre rien ne ne dye, elle ne pourra estre de long temps planiee ou effaciee. Et se la seconde desobeissance revient, gardez vous de la vengence de laquelle (*fol. 43a*) il sera parlé cy apres en ce mesme chappitre et article ou C. *Mais encores*. Et pour ce, je vous prie, aimez, servez et obeissez voz mariz mesmes es tres-petites choses d'esbatement, car aucunefoiz essaye l'en es trespetites choses, bien petites, d'esbatement, et qui semblent de nulle valeur, pour ce que la desobeissance d'icelle porte petit dommaige pour essaier. Et par ce scet l'en comment l'en se doit attendre d'estre obey es grans, ou desobey. Voire mesmement es choses bien estranges et sauvaiges doit l'en, et dont vostre mary vous fera commandement soit par jeu ou a certes. Si dy je que vous devez incontinent obeir.

33. Et a ce propos je tray un raconte qui dit : Trois abbez et trois mariez estoient en une compaignie, et entre eulz mut une question en disant lesquelz estoient plus obeissans, ou les femmes a leurs mariz ou les religieux a leur abbé. Et sur ce eurent moult de paroles, d'argumens et exemples racontez d'une part et d'autre. Se les exemples estoient vraiz je ne scay, mais en conclusion ilz demourerent contraires et ordonnerent que une preuve s'en feroit, loyaument et secretement juree entre eulx par foy et par serement. C'estassavoir que chascun des abbez commanderoit a chascun de ses moines que sans le sceu des autres il laissast la nuyt sa chambre ouverte et unes verges soubz son chevet en attendant la discipline que son abbé lui vouldroit donner : et chascun des mariz commanderoit secretement a sa femme a leur couchier, et sans ce que aucun de leur mesgnie en sceussent rien, ne aucun fors eulx deux, qu'elle meist et laissast toute nuyt un balay derriere l'uys de leur chambre ; et dedans huit jours rassembleroient illecques les abbez et les mariez, et jurent

---

1331. p. de l. t. e. p. *B*. **1337.** c. aucunes foiz e. len en t. *B*. **1338.** et li s. *A*, et que s. *C*. **1341.** len comme len *B*. **1343.** s. – et *B*². **1348.** eulx mit u. *A*, eulx vint u. *C*. **1350.** da. et de. *B*². **1361.** a. en sceust r. fors *B*². **1364.** et jurerent l. *B*, et jureroient l. *C*.

gravée dans son cœur si fortement qu'il faudra beaucoup de temps pour l'atténuer ou la faire disparaître, même s'il n'en montre et n'en dit rien. Si une seconde désobéissance s'y ajoute, prenez garde à sa vengeance ; il en sera question ci-dessous dans ce même chapitre ou article, au paragraphe commençant par *Mais c'est encore*[1]. Pour toutes ces raisons, je vous en prie : aimez et servez votre mari, obéissez-lui même pour des choses infimes et anodines, car c'est à travers celles-ci que parfois il vous met à l'épreuve ; ces choses minimes et sans importance se prêtent bien à servir de test car elles ne tirent pas à conséquence. Mais grâce à elles l'on sait à quoi s'attendre dans les affaires importantes, on sait si l'on sera obéi ou pas. Il faut obéir même à des ordres qui paraissent bien étranges ou barbares, ordres que votre mari vous donne soit par jeu soit au contraire avec un motif sérieux. Je répète donc que vous devez obéir sur-le-champ.

33. A ce propos je me rappelle une histoire : trois abbés et trois maris se trouvaient ensemble dans une société ; une question surgit alors, à savoir qui était plus obéissant, les femmes à leurs maris ou les religieux à leurs abbés. Une grande discussion s'ensuivit, et de part et d'autre on alléguait des arguments et des exemples. Je ne sais pas si les exemples étaient vrais, mais à la fin chaque parti resta sur ses positions. Afin de trouver une solution qui trancherait, ils décidèrent de procéder à une épreuve ; dans le secret ils se jurèrent loyauté et foi par serment. Chaque abbé ordonnerait à chacun de ses moines à l'insu des autres de laisser la nuit sa chambre ouverte, de mettre une paire de verges sous son chevet, et d'attendre la correction que l'abbé viendrait lui donner. De même, chaque mari ordonnerait secrètement à sa femme, au moment de leur coucher, à l'insu de toute la maisonnée, de poser un balai derrière la porte de leur chambre et de l'y laisser toute la nuit. Huit jours plus tard, les abbés et les maris se réuniraient à nouveau dans ce

---

1. Cf. ci-dessous, article 48.

1365 lors d'avoir executé leur essay et de rapporter justement et loyaument, sans fraude, ce qui en seroit ensuy. Et ceulx, ou des abbez ou des mariez, a qui l'en avroit moins obey, paieroit un escot de dix frans.

34. Ainsi fut accordé et executé. Le rapport de chascun 1370 des abbez fut tel que, en l'ame d'eulx, ilz et chascun d'eulx avoient fait le commandement a chascun de leurs moinnes. Et a mynuit chascun avoit reviseté chascune chambre et avoient trouvé leur commandement acomply.

35. Les mariez firent aprez leurs rapports, l'un aprez 1375 l'autre. Le premier dit qu'il fist avant couchier, secretement, le commandement a sa femme, qui lui demanda moult fort a quoy c'estoit bon et que ce vouldroit. Il ne le voult dire. Elle reffusoit adonc a le faire, et il adont fist semblant de soy courroucier. Et pour ce elle lui promist 1380 qu'elle le feroit. Le soir ilz se coucherent et envoyerent leurs gens qui emporterent *(fol. 43b)* la clarté. Il fist adonques lever sa femme, et oy bien qu'elle mist le balay. Il lui en sceust bon gré et s'en dormy un petit, et tantost aprez se resveille et sentit bien que sa femme dormoit. Si 1385 se leva tout bellement et ala a l'uis, et ne trouva point de balay et se recoucha secretement, et esveilla sa femme et lui demanda se le balay estoit derriere l'uys. Elle lui dist : [« Ouyl. »] Il dit que non estoit, et qu'il y avoit esté ; et lors elle lui dist : « Par Dieu, pour perdre la meilleur robe 1390 que j'aye je ne lui eusses laissié. Car quant vous fustes endormy les cheveux me commencerent a herisser et commençay a tressuer, et n'eusses peu dormir tant qu'il eust esté en ceste chambre. Si la gectay en la rue par les fenestres. »

1395 36. L'autre dit que depuis ce qu'ilz estoient couchiez il avoit fait relever sa femme, et en grant desplaisance elle, toute courroucee, avoit mis le balay derriere l'uys. Mais elle s'estoit revestue incontinent, partit de la chambre en

---

1366. s. ensuivi *B*. **1374.** m. a. f. l. *B*. **1377.** c. vauldroit il *B*. **1378.** r. donc a l. f. et il adonc f. *B*. **1385.** p. le b. et se coucha bellement et *B*. **1387.** d. ouyr Il *AC*, d. oil Il *B*. **1391.** h. et commencer a *A*, h. je commencay a *B*, h. et commencay a *C*. **1392.** p. dormy t. *A*. **1393.** si lay jecte en *B*, sy lay gectay en *C*. **1398.** i. et parti *B*.

même lieu ; ils jurèrent d'exécuter d'ici là le plan et de rapporter avec justesse et honnêteté, sans tricher, ce qui serait arrivé. Et ceux qui auraient été moins bien obéis, abbés ou maris, payeraient un écot de dix francs.

34. Ils s'exécutèrent comme convenu. Les rapports de tous les abbés coïncidèrent : sur leur âme, chacun d'eux avait donné l'ordre prévu à ses moines. Et à minuit, chacun avait inspecté toutes les chambres et trouvé l'ordre exécuté.

35. Ensuite, l'un après l'autre, les maris firent leur rapport. Voilà le récit du premier : il avait donné l'ordre à sa femme avant de se coucher, dans le secret ; la femme lui demanda avec insistance à quoi cela rimait et pouvait bien servir. Il ne voulut pas le révéler, raison pour laquelle elle refusait de s'exécuter ; il fit alors semblant de se fâcher. Alors, elle lui promit de faire comme il voulait. Le soir, ils se couchèrent et renvoyèrent leurs gens avec la lumière. Il fit alors se relever sa femme et entendit bien qu'elle posa le balai à l'endroit indiqué. Il lui en fut reconnaissant et s'endormit légèrement. Mais peu après il se réveilla et se rendit compte que sa femme dormait. Il se leva alors prestement, alla voir à la porte, mais n'y trouva point de balai ; il se recoucha discrètement, réveilla sa femme et lui demanda si le balai était bien derrière la porte. Elle lui dit que oui. Il dit que ce n'était pas vrai, qu'il avait vérifié. Alors, elle lui répondit : « Par Dieu, je ne l'y aurais pas laissé même au prix de la plus belle de mes robes. Car une fois que vous étiez endormi, mes cheveux se sont dressés sur ma tête, et je me mis à transpirer, je n'aurais pu trouver le sommeil tant que ce balai était dans la chambre. Je l'ai jeté par la fenêtre dans la rue. »

36. Un autre mari rapporta qu'une fois couchés il avait ordonné à sa femme de se relever ; avec grande réticence et tout irritée elle avait mis le balai derrière la porte. Puis, sans perdre une minute elle s'était rhabillée, était sortie de la chambre en

disant qu'elle ne coucheroit ja en chambre ou il fut, et que voirement ilz peussent les ennemis d'enfer venir; et ala couchier toute vestue avec sa chambeliere.

37. L'autre dit que sa femme lui avoit respondu qu'elle n'estoit venue ne yssue d'enchanteurs ne de sorciers, et qu'elle ne savoit jouer des basteaulx de nuyt, ne des balaiz, et pour mourir elle ne feroit ne consentiroit, ne jamais en l'ostel ne gerroit s'il estoit fait.

38. Ainsi les moines furent obeissans en plus grant chose, et a leur abbé qui est plus estrange; mais c'est raison, car ilz sont hommes. Et les femmes mariees furent moins obeissans, et en meindre chose, et a leurs propres mariz qui leur doivent estre plus especiaulx : car c'est leur nature, car elles sont femmes. Et par elles perdirent leurs mariz .x. frans et furent decheuz de leur oultrageuse vengence qui se estoient ventez de l'obeissance de leurs femmes. Mais je vous pry, belle seur, ne soiés pas de celles, mais plus obeissant a vostre mary qui sera, et en petites choses et en estranges, soit a certes, par jeu, par esbatement, ou autrement; car tout est bon.

39. Par Dieu, je veys a Melun une chose bien estrange un jour que le sire <de> d'Andresel estoit cappitaine de la ville, car en pluseurs lieux les Anglois estoient logiez a l'environ. Les Naverroiz estoient logiez dedans le chastel, et un aprez disner ledit sire d'Andresel estoit a la porte, et lui annyoit, et se demenoit qu'il ne savoit ou aler esbatre pour passer le jour. Un escuier lui dist : « Sire, voulez vous aler veoir une demoiselle demourant en ceste ville (*fol. 44a*) qui fait quanque son mary lui commande ? » Le sire d'Andresel lui respondit que : « Ouy. Alons. » Lors ilz

---

1399. il fust et *B²C*. **1400.** v. y p. *B*. **1401.** sa chamberiere La. *B*. **1405.** ne le f. *B²*, ne ne c. *B*. **1413.** f. depceuz de *B*. **1419.** c. aussi b. *B*. **1420.** s. de d. *ABC*. **1423.** et luy ennuyoit et se dementoit q. *B*. **1428.** A. r. o. *B*.

disant que pour rien au monde elle n'y coucherait tant que ce balai était là, les diables d'enfer eux-mêmes débarqueraient-ils, et tout habillée elle était allée coucher avec sa chambrière.

37. Le troisième raconta que sa femme lui avait répondu qu'elle n'était pas issue d'enchanteurs, qu'elle ne descendait pas de sorciers, qu'elle ne savait pas jouer aux bâtons de nuit ni à la sorcière[1], et qu'elle n'en ferait rien, qu'elle n'y consentirait pas même au prix de sa vie, et qu'elle ne dormirait jamais dans la maison si l'on y posait le balai.

38. Ainsi, les moines furent obéissants bien que l'enjeu fût plus grand[2] et que leur lien à l'abbé fût moins étroit que ne l'est celui entre époux. Mais c'est logique : ce sont des hommes. Quant aux épouses, elles furent moins obéissantes dans une affaire moins grave, et nonobstant que l'ordre fût venu de leurs maris, leurs plus proches compagnons. Mais c'est naturel : ce sont des femmes. Elles firent perdre à leurs maris dix francs, les ayant détrompés au sujet de ce dont ils s'étaient si outrageusement vantés, l'obéissance de leurs femmes. Je vous prie, belle amie, ne soyez pas comme elles ; obéissez mieux à votre futur mari, aussi bien en des choses anodines et bizarres qu'en celles qui sont ordonnées avec une vraie raison ou bien simplement par jeu, par désir de divertissement ou pour tout autre motif, car tout est sérieux.

39. Par Dieu, à Melun je vis un jour une chose bien étrange du temps où le seigneur d'Andresel[3] était capitaine de la ville. Les Anglais logeaient en divers lieux dans les environs ; les Navarrais étaient à l'intérieur du château. Un jour après dîner le seigneur d'Andresel se tenait à la porte. Il s'ennuyait et cherchait désespérément où il pourrait aller pour se distraire ce jour-là. Un écuyer lui dit : « Seigneur, voulez-vous aller voir une jeune femme en cette ville qui fait tout ce que son mari lui dit ? » Le seigneur d'Andresel lui répondit : « Oui, allons-y. »

---

1. Le refus virulent des épouses semble motivé par la superstition et un imaginaire populaire plus que par l'orgueil : ce passage le montre clairement par allusion aux tours des batteleurs (d'autant plus « magiques » si on les imagine exécutés sans lumière) et au balai dont se servent les sorcières pour aller au sabbat.
2. C'est-à-dire qu'ils pensèrent être châtiés avec ces verges.
3. Sur ce personnage historique, cf. Pichon, I, pp. 148-152.

se prirent a aler, et en alant fut moustré au sire d'Andresel un escuier duquel l'en lui dist que c'estoit le mary d'icelle demoiselle. Le sire d'Andresel l'appella et lui demanda se sa femme faisait ce qui lui commandoit. Et icellui escuier lui dist : « Par Dieu, Sire, oÿ, s'il n'y a villenie grant », et le sire d'Andresel lui dist : « Je mectray a vous, pour un disner, que je vous conseilleray a lui faire faire telle chose ou il n'y avra point de villenie, et si ne la fera pas. » L'escuier respondy : « Certes, Sire, elle le feroit, et gaigneroie. Et par autres pluseurs manieres puis je gaignier plus honnorablement avecques vous, et par ceste aray je plus d'onneur a perdre et paier le disner. Si vous pry que vous gaigez qu'elle fera et je gaigeray que non. » Le sire d'Andresel dist : « Je vous commande que vous gaigez ainsi que j'ay dit. » Adonc l'escuier obeyst et acceptâ la gaigeure.

40. Le sire d'Andresel vouloit estre present, et tous ceulx qui la estoient. L'escuier dit qu'il le vouloit bien. Adoncques le sire d'Andresel, qui tenoit un baston, lui dist : « Je vueil que si tost que nous serons arrivez, et sans dire autre chose que devant nous tous, vous direz a vostre femme qu'elle saille par dessus ce baston devant nous trestous, et que ce soit fait sans froncier, ou guigner, ou faire aucun signe. » Ainsi fut fait, car tous entrerent en l'ostel de l'escuier ensemble, et incontinent la demoiselle leur vint au devant. L'escuier mist et tint a terre le baston et dist : « Demoiselle, saillez par cy dessus. » Elle saillist tantost. Il lui dist : « Ressaillez. » Elle ressaillit. « Encores saillez. » Elle sailli trois fois sans dire un seul mot fors que : « Voulentiers. »

41. Le sire d'Andresel fut tout esbay, et dist qu'il devoit et paieroit le disner l'andemain en son hostel d'Andresel. Et tantost se partirent tous pour aler la, et tantost qu'il fut entré en la porte d'Andresel, la dame d'Andresel vint au devant et s'enclina. Tantost que le sire d'Andresel fust descendu il, qu'il tenoit encores le baston

---

1429. se *omis B.* **1441.** quelle le f. *B.* **1446.** *1 ligne 1/4 du passage précédent répétée et rayée entre* sire *et* d'Andresel *B.* **1449.** v. diez a *B.* **1451.** sans aler ou g. *B.* **1456.** Elle resailly encores *B.* **1464.** il qui t.

I, vi : Le devoir d'obéissance

Ils se mirent en route ; chemin faisant on montra au seigneur d'Andresel un écuyer : c'était le mari de la jeune femme. Le seigneur d'Andresel l'appela et lui demanda si sa femme faisait vraiment tout ce qu'il lui disait ; l'écuyer lui répondit : « Par Dieu, seigneur, oui, à condition qu'il n'y ait pas quelque grande vilenie à l'exécuter. » Le seigneur d'Andresel lui dit : « Je mise sur un dîner : je vous l'offrirai si vous parvenez à lui faire faire quelque chose que je vous demanderai ; il n'y entrera point de vilenie, ou alors elle ne serait pas obligée de s'exécuter. » L'écuyer répondit : « Certainement, seigneur, elle le ferait et je serais gagnant. Mais il est d'autres manières plus honorables pour moi de triompher devant vous : il y aurait pour moi plus d'honneur à perdre et à vous payer le dîner : je vous prie donc de parier qu'elle le fera et que moi je puisse parier qu'elle désobéira. » Le seigneur d'Andresel dit : « Je vous demande de parier comme je viens de le dire. » Alors, l'écuyer obéit et accepta le pari.

40. Le seigneur d'Andresel voulait y assister avec tous ceux qui étaient là. L'écuyer était d'accord. Alors, le seigneur d'Andresel qui tenait un bâton lui dit : « Je veux qu'aussitôt arrivé, sans explication, vous ordonniez à votre femme devant nous tous de sauter par-dessus ce bâton. Il faut qu'elle s'exécute sans froncement de sourcils, sans clin d'œil ou autre signe d'intelligence de votre part. » Ainsi fut fait. Tous ensemble ils entrèrent dans la maison de l'écuyer. Incontinent, la jeune femme vint les accueillir. L'écuyer plaça le bâton à terre, l'y maintint et dit : « Demoiselle, sautez par-dessus ce bâton. » Aussitôt elle sauta. Il lui dit : « Encore ! » Elle sauta encore. « Sautez encore ! » Elle sauta trois fois sans dire un seul mot si ce n'est « Volontiers. »

41. Le seigneur d'Andresel en était tout ébahi ; il dit qu'il lui devait un dîner et qu'il l'offrirait le lendemain en sa maison d'Andresel. Aussitôt ils se mirent en route pour s'y rendre. Une fois franchi le seuil d'Andresel, la dame de la maison arriva et s'inclina. Le seigneur d'Andresel descendit de cheval en tenant toujours le bâton par-dessus lequel la demoiselle avait sauté à

pardessus lequel la demoiselle avoit sailly a Melum, mist
icellui baston a terre et cuida pardessus icellui faire saillir
la dame d'Andresel, qui de ce faire fut reffusant. Dont le
sire d'Andresel fust parfaictement courroucié – et du
surplus je me taiz, et pour cause ! Mais tant en puis je bien
dire et le scay bien, que s'elle eust acomply le commandement de son mary, lequel il faisoit plus pour jeu et pour
essay que pour prouffit, elle eust mieulx gardé son honneur et mieulx lui en eust pris. Mais a aucunes ne vient
pas tousjours bien, et a aucunes (*fol. 44b*) si fait.

42. Et encores a ce propos je puis bien dire une chose
bien aussi estrange, que une foiz es jours d'esté je venoie
de devers Chaumont en Bassigny a Paris, et a une heure
de vespres me arrestay pour logier en la ville de Bar sur
Aube. Pluseurs des jennes hommes de la ville, mariez en
icelle, desquelz aucuns avoient a moy aucune congnoissance, vindrent a moy prier de souper avecques eulx, si
comme ilz disoient, et disoient leur cas estre tel : Ilz
estoient pluseurs hommes jennes et assez nouvellement
mariez et a jennes femmes, et s'estoient trouvez en une
compaignie sans autres gens sages. Si avoient enquis de
l'estat l'un de l'autre, et trouverent par les diz d'un
chascun que chascun d'eulx cuidoit avoir la meilleur et la
plus obeissant femme, de toutes obeissances, commandemens et deffenses, petites ou grans. Si avoient pour ce
prins complot, si comme ilz disoient, d'aler tous ensemble
en chascun hostel d'un chascun d'eulx ; et la le seigneur a
sa femme demanderoit une esguille, ou une espingle, ou
une forcetes, ou la clef de leur coffre, ou aucune chose
semblable. Et se la femme disoit : « A quoy faire ? » ou
« Que ferez vous ? » ou « Est ce a certes ? » ou « Vous
moquez vous de moy ? » ou « Je n'en ay point », ou elle
ait une autre replication ou retardement, le mary paieroit
ung franc pour le souper. Et se sans redargution ou
delaier elle bailloit tantost a son mary ce qu'il demandoit,

1468. p. courrouciez et *B²*. **1473.** en feust p. *B*. **1478.** de vestres m. *B*. **1480.** d. les a. *B*. **1487.** m. et p. *B*. **1491.** h. de c. *B*, s. d. a sa f. *BC*. **1492.** une aguille ou *B*. **1493.** ou unes f. *B*. **1494.** ou quen f. *B*. **1496.** p. et elle lait ou a. *B²*. **1499.** il demanderoit le *B*.

Melun. Il le posa à terre et imagina faire sauter sa femme qui refusa. Le seigneur d'Andresel en fut fort fâché – et je n'en raconte pas plus, et pour cause ; je puis cependant ajouter que certainement il eût mieux valu pour elle exécuter l'ordre de son mari, qu'il avait donné par jeu et pour l'éprouver et non pas pour en tirer quelque bénéfice : elle en aurait tiré plus d'honneur. Mais il y en a qui ne sont pas toujours bien inspirées, et d'autres qui le sont.

42. A ce propos, je puis encore raconter une histoire tout aussi étrange. Un jour d'été je revenais à Paris par Chaumont-en-Bassigny. Une heure avant vêpres je m'arrêtai pour prendre un logement dans la ville de Bar-sur-Aube. Des jeunes gens, mariés dans cette ville et dont plusieurs ne me connaissaient pas, vinrent me prier de souper avec eux, comme ils disaient, et me racontèrent leur affaire : ils étaient donc plusieurs jeunes mariés à s'être trouvés ensemble, et il n'y avait avec eux personne qui fût d'âge mûr. Ils s'étaient interrogés mutuellement et avaient fini par découvrir que chacun croyait avoir la meilleure des femmes, la plus obéissante en toute circonstance, qu'il s'agît d'ordres ou de défenses, petits ou grands. Alors, ils avaient comploté, comme ils disaient, de se rendre, tous ensemble, maison après maison, chez chacun d'entre eux, et chaque époux demanderait à sa femme une aiguille, par exemple, une épingle ou des ciseaux, la clé de leur coffre ou un objet semblable. Si la femme répondait : « Pour quoi faire ? » ou « Qu'en ferez-vous ? », « En êtes-vous sûr ? », « Vous moquez-vous de moi ? », « Je n'en ai pas », ou si elle posait une autre question ou hésitait, alors, le mari devrait payer un franc pour le souper. Au contraire, si sans discuter ou hésiter elle donnait aussitôt à son mari l'objet demandé, le mari

le mary estoit tenuz pour bien eureux d'avoir si saige femme et obeissant, et pour sage homme de la maintenir et garder en icelle obeissance ; et estoit assiz au plus hault et ne paieroit riens.

43. Et ja soit ce qu'ilz soient aucunes femmes qui a telles menues estranges choses ne se savroient ou daigneroient flechir, mais les desdaigneroient et mespriseroient et tous ceulx et celles qui ainsi en useroient, toutesvoyes, belle suer, pouez vous bien savoir qu'il est neccessité que d'aucune chose nature se resjoysse ; mesmes les povres, les impotens, les maladifz, ou enlangourez, et ceulx qui sont au lit de la mort, preignent et quierent plesir et joye, et par plus forte raison les sains. Des uns tout leur desir est de chasser ou vouler, des autres de jouer d'instrumens, des autres noer, dancer, ou chanter ou jouster ; chascun selon sa condicion prent son plaisir ; mesmes le vostre querez vous diversement en quelques choses diverses. Donques, se vostre mary qui sera a telle ymaginacion qui vueille prendre son plaisir ou en vostre service, ou en vostre obeissance telle que dessus, si l'en servez et saoulez. Et saichez que Dieu avra fait plus grant grace que vostre mary pregne plaisir plus en vous que en une autre chose. Car se vous estes la clef de son plaisir il vous servira, *(fol.45a)* suyvra et aymera pour ce ; et s'il a plaisir a autre chose il la suyvra, et serrez derriere. Si vous conseille et admonneste de faire son plaisir en trespetites choses et tres estranges et en toutes. Et se ainsi le faictes vous, ses enffans et vous mesmes serez son menestrier et ses joyes et plaisirs, et ne prendra pas ses joyes ailleurs, et sera ung grant bien et une grant paix et honneur pour vous.

44. Et s'il advenoit que d'aucune besoigne il n'ait point souvenu a vostre mary quant il s'est parti de vous, et pour ce ne vous en ait parlé, ne commandé, ne deffendu, toutesvoyes devez vous faire a son plaisir, quelque plaisir que vous ayez autre, et devez laissier vostre plaisir

---

1512. l. dededuit est *B*. **1514.** n. ou d. *B*. **1517.** y. quil v. *BC*. **1520.** D. vous a. *B*. **1524.** il s. lautre et *B*. **1527.** s. menestier et *B²*. **1531.** sil advient q. *B*. **1535.** d. delaisser v. *B*.

serait considéré comme bien chanceux d'avoir une femme aussi sage et obéissante et on le tiendrait pour un homme sage de parvenir à la garder continuellement dans ces dispositions. Il aurait droit à la place d'honneur et ne payerait rien.

43. Bien qu'il existe des femmes qui devant des choses aussi insignifiantes et bizarres ne sauraient ou ne daigneraient céder, mais les dédaigneraient et les mépriseraient, incluant dans leur mépris tous ceux et toutes celles qui s'y conformeraient, sachez toutefois, belle amie, qu'il est nécessaire que la nature puisse se réjouir de quelque chose. Même les pauvres, les impotents, ceux qui sont malades ou souffrent de langueur et ceux qui agonisent sur leur lit de mort sont capables d'éprouver du plaisir et de la joie, et en désirent – et à plus forte raison ceux qui sont en bonne santé. Les uns ne désirent rien plus fort que de chasser, avec leurs chiens ou à vol, d'autres de jouer d'un instrument, d'autres encore de nager, de danser, de chanter ou de jouter. A chacun son plaisir selon sa condition. Vous-même, à votre manière, vous avez le vôtre en des choses particulières. Par conséquent, votre futur mari aura ses propres préférences et trouvera du plaisir soit quand vous le servirez, soit quand vous lui obéirez comme on a vu ci-dessus. Servez-le alors, comblez-le jusqu'à satiété. Soyez consciente que Dieu vous aura fait alors une très grande grâce si c'est vous avant toute autre chose qui êtes capable de lui faire plaisir : en effet, si vous êtes la clé de son agrément, il vous sera dévoué, il vous suivra et vous aimera ; mais si au contraire il trouve son plaisir en autre chose, il le pourchassera et vous ne viendrez qu'après. Ainsi je vous conseille et vous enjoins de mettre tout en œuvre pour lui faire plaisir, même dans les choses insignifiantes ou étranges. Si vous agissez ainsi, ses enfants et vous-même, vous serez ses musiciens, ses joies, ses plaisirs ; il n'en cherchera donc pas ailleurs. Pour vous, cela sera un grand bien qui vous procurera paix et honneur.

44. S'il arrivait que votre mari en partant n'ait point pensé à une affaire particulière, et qu'il ne vous en ait donc pas parlé, ni donné d'ordre ou de défense, vous devez toutefois en agissant toujours aller dans son sens, quelle que soit votre propre envie : vous devez savoir renoncer à votre propre volonté qui

et mettre derriere, et tousjours son plaisir mettre devant.
Mais se la besoingne estoit pesant et de telle attendue que
vous peussiez lui faire savoir, rescrivez lui comment vous
creez que sa volenté soit de faire ainsi, etc., et pour ce
1540 vous ayez vouloir de faire a son plaisir. Mais pour ce que
en ce faisant tel inconvenient s'en peut ensuir, et telle
perte et tel dommaige aussi, et qu'il vous semble qu'il
seroit mieulx et plus honnorable ainsi et ainsi, etc.,
laquelle chose vous n'osez faire sans son congié, qu'il lui
1545 plaise vous mander son vouloir sur ce, et son mandement
vous acomplirez de tresbon cuer de tout vostre pouoir, etc.

45. Toutes ne font pas ainsi, dont il leur mesvient a la
fin ; et puis, quant elles sont moins prisees, et elles voient
les bonnes obeissans qui sont bien eurees, acompaignees
1550 et aimees de leurs mariz, icelles meschans qui ne font
ainsi en queurent sus a Fortune et dient que ce a fait Fortune qui leur a couru sus, et la mauvestié de leurs mariz
qui ne se fient mie tant en elles. Mais elles mentent : ce
n'a pas fait Fortune, ce a fait leur inobedience et inreve-
1555 rence qu'elles ont envers leurs mariz, que aprez ce qu'ilz
ont moult de foiz defailly, vers elles qui leur ont desobey
et inreverenciez ne s'i osent plus fier ; et ont quis iceulx
mariz et trouvé obeissance ailleurs, ou ilz se fient.

46. Et me souvient, par Dieu, que je vis une de voz
1560 cousines qui bien aime vous et moy, et si fait son mary, et
vint a moy disant ainsi : « Cousin, nous avons telle
besoingne a faire, et me semble qu'elle seroit bien faicte
ainsi et ainsi, et me plairait bien. Que vous en semble ? »
Et je lui dy : « Le premier point est de savoir le conseil de
1565 vostre mary et son plaisir. Lui en avez point parlé ? » Et
elle me respondit : « Par Dieu, cousin, nennil, car par
divers moyens et estranges parlers j'ay sentu qu'il vouldroit ainsi et ainsi, et non pas comme je dy. Et j'aroye trop
chier de la faire comme j'ay dit, et vous savez, cousin,
1570 qu'il est maindre blasme de faire aucune chose sans le

1539. et que p. *B*². **1545.** p. lui m. *AC*. **1549.** s. beneurees a. *B*. **1550.** ne sont a. *B*. **1551.** et dieu q. *AC*. **1554.** na point f. *B*. **1555.** ont eu vers *B*, m. qui a. *B*. **1557.** et irreverez ne *B*. **1559.** s. q. p. D. je *B*. **1564.** c. et p. de v. m. luy *B*. **1565.** a. vous p. *BC*, et elle lui r. *AC*, et celle me r. *B*. **1569.** de le f. *B*.

vient toujours après celle, prioritaire, de votre mari. Mais si l'affaire en question était difficile et que vous ayez le temps de le joindre, écrivez-lui comment vous pensez en disposer d'après ce que vous croyez être sa volonté, etc., en insistant sur le fait que c'est vraiment selon son idée que vous voulez agir. Précisez alors qu'en agissant de telle façon, tel inconvénient peut s'ensuivre, telle perte et tel dommage, et que pour ces raisons il vous paraîtrait plus sensé et plus honorable d'en disposer de telle et telle manière ; demandez-lui alors de vous faire parvenir ses instructions, puisque vous n'osez rien entreprendre sans sa permission et faites-lui savoir que ses instructions, vous les suivrez de bon cœur et avec toute l'application possible, etc.

45. Toutes les femmes n'en usent point ainsi ; à la fin, cela se retourne contre elles. Une fois qu'elles ont baissé dans l'estime de leurs maris, lorsqu'elles voient les femmes qui sont obéissantes être heureuses, accompagnées et aimées des leurs, alors, ces femmes indignes qui n'en font rien accusent la Fortune de les avoir frappées, prétendant que c'est sa faute. Elles en imputent aussi la responsabilité à leurs maris qui n'auraient pas confiance en elles. Mais elles racontent des histoires : ce n'est pas la Fortune, c'est leur désobéissance, leur irrévérence à l'égard du mari qui est en cause : ils n'osent plus se fier à leurs femmes après tant de défaillances, tant de manque d'obéissance et de respect. C'est ainsi que ces maris ont été amenés à chercher et ont trouvé ailleurs obéissance, auprès de quelqu'un digne de leur confiance.

46. Par Dieu, je me souviens avoir vu une de vos cousines qui nous aime bien tous les deux, son mari aussi d'ailleurs. Elle vint me voir et me dit : « Cousin, nous avons telle affaire à régler ; il me semble qu'il serait bien de procéder de telle et telle manière ; cela me plairait bien. Qu'en pensez-vous ? » Je lui répondis : « Le premier point à élucider, c'est de savoir ce qu'en pense votre mari, et ce qu'il désire. Ne lui en avez-vous pas parlé ? » Elle me répondit : « Par Dieu, cousin, non, car j'ai senti, à travers divers indices et paroles étranges qu'il souhaiterait qu'on le fasse de telle et telle manière, et non pas comme je viens de vous dire. Je tiendrais vraiment beaucoup à le faire à ma manière ; d'ailleurs, vous savez, cousin, qu'il y a moins

congié de son souverain que aprez sa deffense ; car je suis
certain qu'il le me deffendroit. Et suis certainne qu'il vous
ayme et tient *(fol. 45b)* bonne personne ; et se je avoye
ainsi comme je di fait par vostre conseil, quelque chose
1575 qu'il en advenist, puis que je me excuseroye de vostre
conseil, il seroit de legier apaisié, tant vous aime. » Et je
luy di : « Puis qu'il m'aime, je le doy amer et faire son
plaisir. Et pour ce je vous conseille que vous ouvrez selon
son plaisir et mectez le vostre plaisir au neant. » Et autre
1580 chose ne peut avoir, et s'en party toute courouchee de ce
que ne luy aidié a achever sa voulenté, qui estoit toute
contraire a la voulenté de son mary. Et du courroux de son
mary ne luy chaloit, puis qu'elle eust esté oye : « Vous ne
le m'avez point autrement commandé, etc. Vostre cousin
1585 le me conseilla ainsi a faire. » Or veez son courage, et en
voulenté la femme est bien entalentee de faire ung grant
plaisir a son mary, et quelle obeissance elle luy donne !

47. Chere suer, aucunes autres femmes sont que quant
elles ont desir de faire une chose en une maniere, maiz
1590 icelle maniere doubte que son mary ne vueille pas ainsi,
si n'endure ou ose et fretille et fromie ; et quant elle
apperçoit que son mary et elle sont a seul et parlent de
leurs besongnes, affaires et esbatemens, et la femme, par
aucunes parliers prouchains a aucune matiere, enquiert
1595 soubtillement et sent de icelle besongne que son mary
entend a faire et poursuivre par autre voye qu'elle ne
voulsist, adonc la femme met son mary en autre propos, a
fin que d'icelluy il ne luy die mie autrement : « De celle
besongne faictes ainsi. » Et cautement se passe et met son
1600 mary en autres termes et concluent sur autre besongne
loingtaine a celle. Et tantost que celle femme voit son
point, elle fait faire icelle premiere besongne a son plaisir,
et ne luy chault du plaisir de son mary, duquel elle ne tient
compte, et s'atend a soy excuser pour dire : « Vous ne

1571. s. qui a. *A*. **1572.** d. Et – je s. certaine *B²*. **1581.** q. je ne *B*. **1583.** o. a dire v. ne lavez p. *B*. **1585.** v. vous s. *B*, et comment la *B²*. **1588.** sont *omis AC*. **1590.** ne le v. *B*. **1591.** et fertille *A*, et fremie *B²*, et formie *C*. **1598.** que icellui – ne *B²*. **1598.** d. m. oultreement de *B*, d. a. de *C*. **1601.** q. icelle f. *B*. **1602.** b. au sien p. *B*.

I, vi : Le devoir d'obéissance

de blâme à faire quelque chose sans la permission de son maître que de le faire à la suite d'une interdiction. En effet, je suis certaine qu'il me l'interdirait. Je suis certaine aussi qu'il vous aime et vous estime. Si maintenant j'accomplissais la chose comme j'ai dit par votre conseil, quoiqu'il arrive, j'aurais comme excuse votre conseil et mon mari s'apaiserait facilement, car il vous aime beaucoup. » Je lui répondis : « Puisqu'il m'aime bien, je dois lui rendre la pareille et agir selon son gré. C'est pourquoi je vous conseille d'agir comme il aimerait que vous le fassiez et d'oublier ce qui vous plairait à vous. » C'était la seule réponse possible et elle s'en alla, toute fâchée de ce que je ne l'aie pas aidée pour aller jusqu'au bout de son idée, contraire du tout au tout à la volonté de son mari. L'idée de fâcher son mari la laissait indifférente, du moment qu'elle aurait pu lui rétorquer : « Vous ne m'avez pas ordonné de faire autrement » ou « Votre cousin m'a conseillé de procéder ainsi. » Considérez donc si en son cœur cette femme a la volonté et l'envie de faire grand plaisir à son mari, et quelle obéissance elle lui témoigne !

47. Chère amie, il est des femmes qui, quand elles désirent faire quelque chose d'une certaine manière, tout en se doutant bien qu'elle est contraire à la volonté du mari, ne peuvent pas supporter cette idée, mais n'osent pas non plus passer à l'acte, et s'agitent comme un lion en cage. Au moment où une telle femme se trouve seule avec son mari et qu'ils parlent de leurs travaux, de leurs affaires et de leurs distractions, la femme, en tenant des propos ayant un rapport avec sa préoccupation, se livre à une subtile investigation et trouve confirmation de ce que son mari entend bien exécuter le travail en question d'une manière différente. Alors, elle change aussitôt de sujet de conversation, de peur que le mari ne lui dise : « Ce travail-là, exécutez-le de telle manière. » Prudemment, elle contourne ce sujet pour canaliser l'esprit du mari sur une autre affaire, fort éloignée de la première, et ils terminent là-dessus. Mais aussitôt que cette femme trouve un moment propice, elle règle cette première affaire à son idée, sans tenir compte de ce qui plairait à son mari : elle n'en a cure. Elle a déjà son excuse

m'en avez riens dit. » Car a elle ne chault du couroulx ne du desplaisir de son mary, maiz que le sien passe et que sa voulenté soit faicte. Et me semble que c'est mal fait d'ainsi barater, decevoir et essaier son mary ; maiz plusieurs sont qui telz essaiz et plus autres font, dont c'est mal fait. Car l'en doit toujours tendre a faire le plaisir de son mary quant il est sage et raisonnable ; et quant l'en essaye son mary couvertement et cautement soubz couverture malicieuse et estrange, supposé que ce soit pour mieulx exploictier, si est ce mal fait. Car avec son amy l'en ne doit mye besongner par aguet ou malice, maiz plainnement et rondement cuer a cuer.

48. Maiz encores est ce pis quant la femme a mary preudomme et debonnaire et elle le laisse pour esperance d'avoir pardon ou excusacion (*fol. 46a*) de mal faire. Sicomme il est trouvé ou livre des *Sept Sages de Romme* que en la cité avoit ung sage vefve ancien, de grant aage et moult riche de terre et de bonne renommee, qui jadiz avoit eu deux femmes espousees qui estoient trespassees. Ses amis luy dirent que encor il prist femme. Il leur dist que ilz la luy queissent, et que il la prendroit voulentiers. Ilz la luy quirent belle et jenne et advenant de corps, car a paine verrez vous ja si viel homme qui ne prengne voulentiers jenne femme. Il ot espousee la dame, fut avec luy un an que point ne luy feist ce que vous savez.

49. Or avoit icelle dame une mere. Ung jour elle estoit au monstier empres sa mere, si luy dist tout bas qu'elle n'avoit nul soulas de son seigneur, et pour ce elle vouloit amer. « Fille, dist la mere, se tu le faisoies, il t'en prendroit trop asprement ; car certes il n'est nulle si grant vengence que de viel homme. Et pour ce, se tu me croiz, ce ne feras tu mye, car tu ne pourroye jamaiz rapaisier ton mary. » La fille respondi que si feroit. La mere luy disoit : « Quant autrement ne peut estre, je veuil que tu essayes avant ton mary. – Voulentiers, dist la fille, je l'essayeray

---

1608. et plusieurs a. *BC*. **1624.** et il la *B*. **1628.** un an *omis AC*. **1629.** Et a. *B*. **1632.** ten mesprendroit t. *B*. **1639.** v. ung a. *A*.

toute prête : « Vous ne m'en avez pas parlé. » Elle n'a cure de la colère et du déplaisir de son mari, pourvu qu'elle puisse en faire à sa tête suivant sa volonté. Il me semble que c'est mal que de ruser, de tromper et de mettre à l'épreuve son mari de cette façon. Mais les femmes qui se livrent à ce genre de tentatives ou à d'autres encore ne sont pas rares; c'est mal agir. On doit toujours aspirer à faire plaisir à son mari, du moment que c'est un homme sage et raisonnable. C'est mal faire que de tester son mari à mots couverts et avec ruse, grâce à une dissimulation malicieuse et exceptionnelle, même si c'est sous prétexte d'être plus efficace. Car avec celui qu'on aime, l'on ne doit pas tricher ou user de malice, mais agir entièrement et franchement, à cœur ouvert.

48. Mais c'est encore pis quand une femme a un mari estimable et bienveillant et qu'elle le néglige parce qu'elle est sûre que ses mauvaises actions seront excusées et qu'il lui pardonnera. On trouve une histoire comme cela dans le livre des *Sept Sages de Rome*. Un sage veuf romain, de grand âge, possédant beaucoup de terres et jouissant d'une bonne renommée, avait eu deux épouses, décédées toutes deux. Ses amis lui conseillèrent de se marier encore une fois. Il leur dit de lui trouver une femme et qu'alors il la prendrait volontiers. Ils lui en trouvèrent une jeune, belle et bien faite. Il est rare, en effet, de trouver un homme, quel que soit son grand âge, qui ne prenne volontiers une jeune femme. Après avoir épousé cette jeune femme, il demeura un an avec elle sans lui faire ce que vous savez.

49. Or, la jeune femme avait une mère. Un jour, elle était à côté d'elle à l'église et lui dit tout bas que puisque son mari ne lui procurait aucune joie, elle voulait prendre un amant. « Ma fille, dit la mère, si tu faisais ça, il te le ferait trop durement payer : pour sûr, il n'est pire vengeance que celle d'un vieillard. Ainsi, si tu veux m'en croire, tu n'en feras rien, car jamais tu ne parviendrais à te réconcilier avec ton mari. » La fille répondit qu'elle le ferait quand même. Alors, la mère dit : « S'il ne peut en être autrement, voici un conseil : commence par mettre ton mari à l'épreuve. – D'accord, dit la fille. Voilà

1640 ainsi : Il a en son verger une ante qui est tant belle, et qu'il ayme plus que tous autres arbres. Je la coupperay, si verray se je le pourray rapaisier. » A cest accord demourerent, et a tant s'en partirent hors du monstier.

50. La jenne dame s'en vint a son hostel et trouva que 1645 son seigneur estoit alez esbatre aux champs, si print une congnee, vient a l'ente et y commence a ferir a dextre et a senestre tant qu'elle la couppa, et la fist tronçonner par ung varlet et apporter au feu.

51. Et ainsi que celluy l'apportoit, le seigneur entra en 1650 son hostel, et voit celluy qui apportoit les tronçons de l'ante, et aussi la dame qui aloit devant tenant ung tronçon de l'ante en sa main. Le seigneur demanda : « Dont vient ceste buche ? » La dame luy respondi : « Je viens ores en droit du monstier et l'en me dist que vous estiez alez aux 1655 champs ; et doubtay, por ce qu'il avoit pleu, que vous ne retournissiez moullié et que vous eussiez froit. Si alay en ce vergier et couppay ceste ante, car ceans n'avoit point de buche. – Dame, dist le seigneur, c'est ma bonne ante. – Certes, Sire, fait la dame, je ne scay. »

1660 52. Le seigneur s'en vint en son vergier et vit la souche de l'ante qu'il amoit tant. Si fu yriez assez plus qu'il ne moustroit le semblant, et s'en revint et treuve la dame qui de l'ante faisoit le feu ; et sembloit qu'elle le feist en bonne pensee pour luy chauffer. Quant le seigneur feust 1665 venuz, si dist telz mottz : « Ores, dame, ce est ma bonne ante que vous avez couppé. – Sire, dit la dame, je ne m'en (fol. 46b) prins garde, car certes je le fis pour ce que je savoye que vous venriez tout moullié et tout emplué ; si doubtay que vous n'eussiez froit, et que le froit ne vous 1670 fist mal. – Dame, dist le seigneur, je lairay ce ester pour ce que vous dictes que le feistes pour moy. »

53. L'endemain la dame revint au monstier et trouva sa mere, a laquelle dist : « J'ay monseigneur essayé et

---

1642. je la p. *A*. **1643.** se p. h. *B²*. **1644.** v. en s. *B²*. **1645.** e. ale e. *B*, si prent u. *B²*, sy prist u. *C*. **1652.** s. demande d. *B*. **1653.** je vins o. *B²*. **1655.** c. Si d. *B*. **1656.** r. moulliez et *B²*. **1659.** f. celle la d. *A*, f. celle d. *C*. **1661.** fu moult iriez a. *B*. **1663.** de lautre f. *AB(?)C*, de lante *B²*. **1666.** S. fait la *B*. **1668.** s. bien q. *B*, t. moulliez et *B²*. **1671.** q. vous le f. *B*. **1673.** et couppay l. *B*.

comment je vais faire : il a dans son verger une très belle ente[1] qu'il aime par-dessus tous les autres arbres. Je la couperai, et je verrai bien si je pourrai l'apaiser ensuite. » Elles en restèrent à cet accord et, sorties de l'église, elle se séparèrent.

50. La jeune femme retourna à la maison ; voyant que son seigneur était allé se promener dans les champs, elle prit une grosse hache, se rendit près de l'arbre et se mit à frapper à droite et à gauche, si bien qu'elle finit par le couper. Elle en fit faire des bûches à un valet et lui ordonna de les poser près de la cheminée.

51. Au moment où le valet apportait les bûches, le seigneur rentra. Il vit le valet et les bûches de l'ente, ainsi que la dame qui le précédait, une bûche à la main. Le seigneur demanda : « D'où vient cette bûche ? » La dame répondit : « Je rentre juste de l'église et on m'a dit que vous étiez parti dans les champs ; comme il avait plu, je craignais que vous n'en reveniez mouillé et que vous n'ayez froid. Je suis donc allée dans le verger pour couper cette ente, car il n'y avait pas de bûches ici. – Dame, dit le seigneur, mais c'est ma chère ente ! – A vrai dire, je n'en sais rien », fait la dame.

52. Alors, le seigneur se rendit dans son verger et vit la souche de l'ente qu'il aimait tant ; il en fut très peiné, bien plus qu'il ne le montrait ; il rebroussa chemin et trouva sa femme occupée à faire du feu avec l'ente. Selon toute apparence, elle le faisait gentiment en vue de le chauffer. Alors, le seigneur dit : « C'est bien ma chère ente que vous avez coupée là. – Seigneur, dit la dame, je n'ai pas fait attention ; si je l'ai coupée, c'est parce que je savais que vous reviendriez tout trempé par la pluie ; je craignais que vous n'ayez froid, que vous n'en tombiez malade. – Dame, dit le seigneur, je veux bien en rester là puisque vous dites que c'est pour moi que vous l'avez fait. »

53. Le lendemain, la dame retourna à l'église, y retrouva sa mère et lui dit : « J'ai mis mon mari à l'épreuve, j'ai coupé

---

1. Jeune arbre fruitier qui a été enté, greffé.

couppé l'ante, maiz il ne me fist nul semblant qu'il fut moult yriez. Et pour ce sachez, mere, que j'aymeray. – Non feras, belle fille, dist la mere, laisse ester. – Certes, dist la fille, si feray. Je ne m'en pourraye plus tenir. – Belle fille, dist la mere, puis qu'ainsi est que tu dis que tu ne t'en pourroye tenir, essaye encores donc ton mary. » Dist la fille : « Voulentiers. Je l'aissaieray encores ainsi : il a une levriere que il ayme a merveilles, ne il n'en prendroit nul denier tant est bonne, ne ne souffroit pas que nul de ses varlez la chassast hors du feu, que nul luy donnast a menger si non luy, et je le tueray devant luy. » Atant s'en departirent.

54. La fille s'en revint en son hostel. Il fut tart et fist froit. Le feu fut beau et cler, et les liz furent bien parez et couvers de belles coustes poinctes et de tappis, et la dame fut vestue d'une plice toute neufve. Le seigneur vint des champs. La dame se leva encontre luy, si luy osta le mantel ; et puis luy voult oster les esperons, maiz le seigneur ne le voult pas souffrir, ains les fist oster a ung de ses varlez. Moult s'offry la dame a luy servir ; elle court, si luy apporte ung mantel de deux draps, et si luy met sur les espaulles ; et appareille une cheere, et met un quarrel dessus, et le fait seoir au feu et luy dit : « Sire, certainement vous estes tout pale de froit ; chauffez vous et aisiez tresbien. » Ainsi qu'elle ot ce dit, si se assiet empres et plus bas que luy sur une selle et estandit la robe de sa plice, regardant tousjours son mary.

55. Quant la levriere vit le beau feu, elle vint par sa mesaventure, si se couche tantost sur le pan de la robe et de la pelice de la dame. Et la dame advise empres luy ung varlet qui avoit ung grant coustel, si le sache et en fiert parmy le corps de celle levriere, qui commença illecques a pestiller et morut devant le mary. « Dame, fait il, comment avez vous esté si osee comme de tuer en ma presence ma levriere que j'amoye tant ? – Sire, fait la

---

1674. il ne f. *B*, il ne nen f. *C*, quil fust m. *BC*. **1679.** e. dont encor t. *B*, e. e. t. *C*. **1680.** je lassaieray *B*. **1682.** ne souffreroit p. *B*. **1682.** f. ne q. *B*. **1684.** je la t. *B*. **1689.** u. pelice t. *B*. **1696.** f. asseoir au *B*, d. ainsi c. *B²*. **1699.** la roe de sa pelice *B*. **1703.** e. elle un *B*.

l'ente, mais il n'avait aucunement l'air sérieusement fâché contre moi. Sachez donc, ma mère, que je prendrai un amant. – Non, chère fille, dit la mère, abstiens-toi. – Que non ! dit la fille, j'en prendrai un. Rien ne m'en empêchera désormais. – Chère fille, dit la mère, puisque c'est ainsi, mets donc encore une fois à l'épreuve ton mari. » La fille répondit : « D'accord. Cette fois-ci, je procéderai ainsi : il a une levrette qu'il adore, il ne la donnerait pas pour une fortune tant elle lui est chère ; il ne tolérerait jamais qu'un de ses domestiques la chasse loin du feu ; personne en dehors de lui n'a le droit de lui donner à manger : cette levrette, je m'en vais la tuer devant lui. » Sur ce, elles se séparèrent.

54. La fille rentra à la maison. Il était tard, il faisait froid. Le feu était beau et clair, les lits joliment ornés et recouverts de belles courtepointes et de tapis. La dame portait une pelisse toute neuve. Le seigneur revint des champs. La dame se leva et vint à sa rencontre ; elle lui ôta le manteau, elle alla jusqu'à vouloir lui ôter les éperons, mais le seigneur ne la laissa pas faire et appela un valet. La dame s'empressa fort de le servir : elle court, lui apporte un manteau doublé et le lui met sur les épaules ; elle pose un coussin sur une grande chaise, le fait s'asseoir près du feu et lui dit : « Seigneur, vous voilà tout pâle de froid ; réchauffez-vous, installez-vous bien. » Aussitôt après avoir prononcé ces paroles, elle s'assit auprès de lui à ses pieds sur un tabouret et étala les plis de sa pelisse, le regard fixé sur son mari.

55. Lorsque la levrette vit le beau feu, elle s'en approcha pour son malheur et se coucha sans hésiter sur le pan de la robe et de la pelisse de la dame. Alors, celle-ci aperçoit un valet muni d'un grand couteau. Elle le saisit et en transperce le corps de la levrette. L'animal se mit alors à agiter les pattes et mourut devant le mari. « Dame ! s'écria-t-il, comment avez vous osé tuer en ma présence la levrette que j'aimais tant ? – Seigneur,

dame, ne veez vous chascun jour comment il nous attournent ? Il ne sera nulx deux jours qu'il ne couviengne faire buee ceans pour vos chiens. Or regardez de ma pelice que je n'avoye onques maiz vestue, quelle elle est actournee ! Cuidiez vous que je n'en soye yree ? » L'ancien sage respondi : « Par Dieu, c'est mal fait, et vous en scay gré ; maiz maintenant je n'en parleray plus. » La dame dist : « Sire, vous pouez faire (*fol. 47a*) de moy vostre plaisir, car je suis vostre. Et si sachez bien que je me repens de ce, car je scay bien que vous l'aimiez moult, si me poise de ce que je vous ay courroucé. » Quant ot ce dit, si fist moult grant semblant de plourer. Quant le seigneur vit ce, si se laissa ester.

56. Et quant vint a l'andemain qu'elle fut alee au monstier, si trouva sa mere, a laquelle elle dit comment luy estoit advenu, et que vrayement, puis que ainsi luy estoit advenu, et que ainsi bien luy en escheoit, qu'elle aimeroit. « Haa ! belle fille, dist la mere, non feras, tu t'en pourras bien tenir. — Certes, dame, non feray. » Alors dist la mere : « Je me suis toute ma vie bien tenue a ton pere ; oncques telle folye ne feis, ne n'en euz talent. — Ha ! dame, respondi la fille, il n'est mye ainsi de moy comme il est de vous. Car vous assemblastes entre vous et mon pere jenne gens, si avez eues voz joyes ensemble, maiz je n'ay du mien joye ne soulaz, si me couvient a pourchasser. — Or, belle fille, et se amer te couvient, qui aymeras tu ? — Mere, dist la fille, j'aymeray le chappellain de ceste ville, car prestres et religieulx craingnent honte et sont plus secretz. Je ne vouldroye jamaiz amer ung chevalier, car il vanteroit plus tost et gaberoit de moy, et me demanderoit mes gages a engager. — Ores, belle fille, fay encores a mon conseil et essaye encores ton seigneur. » Dist la fille : « Essaier tant et tant et encores et encores, ainsi ne fineroye jamais. — Par mon chief, fait la mere, tu l'aissayeras

---

1714. s. tresmauvais g. *B*, s. mal g. *C*. **1716.** p. de m. f. v. *B*. **1718.** ce que en ay fait c. *B*. **1719.** Q. elle ot. *B*. **1724.** a. bien l. *B*, ainsi... que *omis C*. **1728.** m. Belle fille je *B*. **1730.** d. respond la *B*. **1732.** j. gent si *B*. **1738.** il se v. *B*.

rétorqua la dame, ne voyez-vous donc pas comment chaque jour vos chiens nous arrangent ? Il ne se passe pas deux jours sans qu'il faille faire une lessive ici à cause d'eux ! Regardez dans quel état est ma pelisse alors que c'est la première fois que je la porte. Croyez-vous donc que cela ne m'irrite pas ? » Le vieux sage répliqua : « Par Dieu, le mal est fait, et je vous en suis obligé. Mais n'en parlons plus. » La dame dit : « Seigneur, vous pouvez faire de moi ce qu'il vous plaît, car je vous appartiens. Mais sachez que je me repens d'avoir fait cela, car je sais combien vous aimiez cette levrette. Je regrette de vous avoir mécontenté. » Après avoir dit cela, elle fit semblant de pleurer avec beaucoup d'application. Alors, le mari en resta là.

56. Le lendemain, elle retrouva sa mère à l'église ; elle lui raconta comment tout s'était passé ; puisqu'il en était ainsi et qu'elle s'en sortait si bien, elle prendrait un amant pour de bon. « Ah ! Chère fille, dit la mère, non, tu t'en passeras bien. – Certainement pas, Madame. » La mère dit alors : « Toute ma vie j'ai été fidèle à ton père ; jamais je n'ai commis une telle folie, jamais une telle idée ne m'a effleurée. – Ah, Madame, répondit la fille, entre vous et moi, il n'y a pas de comparaison : vous et mon père, vous vous êtes unis jeunes, vous avez connu des plaisirs ensemble alors que moi, je n'ai de mon mari ni joie ni plaisir ; il me faut donc aller les chercher ailleurs. – Mais alors, chère fille, s'il te faut prendre un amant, qui prendras-tu donc ? – Ma mère, dit la fille, je prendrai le chapelain de cette ville, car les prêtres et les religieux craignent la honte et sont plus discrets. Jamais je ne voudrais d'un chevalier pour amant, car sous peu il s'en vanterait, se moquerait de moi et exigerait des gages. – Chère fille, écoute encore une fois mon conseil et mets à l'épreuve une fois encore ton mari. » La fille dit : « Le mettre à l'épreuve encore et encore, je n'en aurais jamais fini. – Sur ma tête, fait la mère, tu le mettras encore une fois à l'épreuve

encores par mon los, car tu ne verras ja si male vengence ne si cruelle comme de viel homme. – Or, dame, fist la fille, voulentiers feray vostre commandement et l'aissaieray ainsi : Il sera jeudi le jour de Noel, si tendra monseigneur grant tinel de ses parens et autres amis, car tous vavasseurs de ceste ville y seront. Et je me seray assise ou chief de la table en une cheere. Si tost comme le premier mez sera assiz, je aray mes clefz meslees es franges de la nape ; et quant je avray ce fait, je me leveray acoup, et tireray tout a moy et feray tout espandre et verser quanques il y avra sur la table, et puis appaiseray tout ainsi. Si avray essayé monseigneur par troiz foiz de trois grans essaiz et rappaisié legierement. Et a ce savez vous bien que ainsi legierement le rappaiseray je des cas plus oscurs et couvers, et esquelz ne pourra disposer que par souppeçon. – Ores, belle fille, dist la mere, Dieu te doint bien faire. » Adonc se partirent.

57. Chascune vint en son hostel. La fille servy cordieusement par semblant et moult atreanment et bien son seigneur et moult bel, tant que le jour de Nouel vint. Les vavasseurs de Ronme et les damoiselles furent venues, les tables furent drecees et les nappes mises, et tous s'assirent. Et la dame fist la gouvernarresse et l'embesongnee et s'assist au chief de la table en une chaiere. Et les serviteurs apporterent le premier mez et *(fol. 47b)* brouez sur table. Ainsi comme les varlés trenchans orent commencié a trancher, la dame entortille ses clefz es franges de la fin de la nappe ; et quant elle sceut qu'elles y furent bien entortillees, elle se lieve a ung coup et fait ung grant pas arriere, ainsi comme se elle eust chancellé en levant ; si tira la nappe, et escuelles plaines de brouet et hanaps plains de vin et sausses versent, et espandent tout quanque il y avoit sur la table.

58. Quant le seigneur vit ce, si ot honte et fut moult courroucié, et luy remenbra des choses precedens. Aussi

---

1745. d. dist la *B*. **1746.** f. encores v. *B*. **1748.** t. les v. *B*. **1749.** a. au c. *B*. **1754.** y *omis B*, t. Ainsi a. B^2. **1755.** et le r. *B*. **1756.** l. je r. je *A*, l. le rappaissay je *C*. **1758.** p. deposer q. B^2. **1759.** A. departirent *B*. **1762.** attraiemment B^2. **1776.** la *omis B*. **1777.** m. courrouciez et B^2.

si tu veux m'en croire, car il n'est jamais vengeance aussi noire et cruelle que celle d'un vieillard. – Bon, je vais suivre vos instructions. C'est ainsi que je vais faire l'épreuve : jeudi on sera Noël ; mon mari tiendra un grand banquet en l'honneur de ses parents et amis ; tous les vavasseurs de la ville y assisteront. Je serai assise au haut bout de la table sur une grande chaise. Dès que le premier plat sera servi, je m'arrangerai pour que mes clés se prennent dans les franges de la nappe. Alors, je me lèverai brusquement, tirant tout à moi ; et je ferai ainsi se répandre et se renverser tout ce qui se trouvera sur la table, puis, grâce à ce subterfuge, je serai pardonnée. J'aurai donc soumis mon mari à trois sérieuses épreuves, et trois fois j'aurai réussi à l'apaiser facilement. Ainsi pouvez-vous être sûre que je l'apaiserai aussi facilement en des occasions moins flagrantes, plus déguisées qui tout au plus lui fourniront des soupçons. – Alors, chère fille, dit la mère, que Dieu t'accorde de t'en sortir. » Et elles se séparèrent.

57. Mère et fille retournèrent chez elles. La fille donna toutes les apparences de servir son mari avec une belle ferveur, très gracieusement et gentiment, jusqu'au jour de Noël. Les vavasseurs de Rome ainsi que les demoiselles étaient venues, les tables étaient dressées et les nappes mises. Tout le monde prit place. La dame en tant que maîtresse de maison et responsable du bon déroulement du repas s'assit en bout de table sur une grande chaise. Les serviteurs apportèrent le premier service, le brouet. Au moment où les valets préposés au découpage eurent commencé leur besogne, elle entortilla ses clés dans les franges à l'extrémité de la nappe. S'étant assurée qu'elles y étaient bien prises, elle se leva brusquement et fit un grand pas en arrière, comme si elle avait perdu l'équilibre en se levant ; elle tira sur la nappe, si bien que les écuelles remplies de brouet, les hanaps pleins de vin et de sauce se renversèrent et se répandirent sur tout ce qu'il y avait sur la table.

58. Devant ce spectacle, le mari fut extrêmement gêné et courroucé. C'est alors qu'il lui souvint des incidents précé-

tost la dame osta ses clefz qui estoient entortillees en la
nappe. « Dame, fist le seigneur, mal avez exploictié.
– Sire, fait la dame, je n'en puis maiz. Je aloye querre vos
cousteaulx a trenchier qui n'estoient mye sur table, si
m'en pesoit. – Dame, fist le seigneur, or nous apportez
autres nappes. » La dame fist apporter autres nappes, et
autres mez reconmencent a venir. Ilz mengierent liement,
ne le seigneur n'en fist nul semblant d'ire ne de courroux.
Et quant ilz orent assez mengié et le seigneur les ot moult
honnorez, si s'en departirent.

59. Le seigneur souffry celle nuyt tant qu'il vint a
l'endemain. Lors luy dist : « Dame, vous m'avez fait troiz
grans desplaisirs et couroulx. Se je puis, vous ne me ferez
mye le quart. Et je scay bien que ce vous a fait faire
mauvaiz sanc. Il vous couvient saigner. » Il mande le barbier
et fait faire le feu. La dame luy dist : « Sire, que
voulez vous faire ? Je ne fust onques saignee. – Tant vault
pis, fait le seigneur, il commancier le vous convient. Les
troiz mauvaises enprinses que vous m'avez faictes, ce
vous a fait faire mauvaiz sanc. » Lors luy fait eschauffer
le bras destre au feu, et quant il fut eschauffé et la fist
saigner. Tant saigna que le gros et vermeil sanc vint. Lors
la fist le seigneur estancier et puis luy fait l'autre bras
traire de la robe. La dame commence a cryer mercy. Riens
ne luy vault, car il luy fist eschauffer et saigner de ce
second braz, et conmença a saigner. Tant la tint qu'elle
s'esvanouy et perdi la parole et devint toute de morte
couleur. Quant le seigneur vit ce, si la fist estancier et
porter en son lit et porter en sa chambre.

60. Quant elle revint de paumoison si commença a
crier et plourer, et manda sa mere que tantost vint. Et
quant elle fut devant luy, toutes wyderent la chambre et
les laisserent ambeduy seul a seul. Quant la dame vit sa
mere, si luy dist : « Ha ! mere, je suis morte ! Monseigneur
m'a fait tant seigner que je cuide bien que je n'enjouiray

1780. D. fait le *B*. **1783.** D. fait le *B*. **1784.** d. fait a. *B*. **1796.** s. encommencier le *B*². **1797.** m. entreprises q. *B*, m. emprysez q. *C*. **1799.** e. si la *B*. **1802.** t. hors de *B*. **1803.** v. Et tantost la f. *B*². **1807.** l. en sa *B*. **1809.** m. qui t. *B*. **1810.** d. li – tous – w. *B*², l. ambedeux s. *B*². **1813.** q. je ne jouiray j. *B*².

dents. Cependant, la dame ôta ses clés entortillées dans la nappe. « Dame, fit le seigneur, ce n'est pas bien ce que vous venez de faire. – Seigneur, répliqua la dame, j'en suis navrée. J'allais chercher vos couteaux à découper qui manquaient sur la table, cela me préoccupait. – Dame, dit le mari, faites apporter d'autres nappes. » Elle s'exécuta, et bientôt d'autres plats arrivèrent. Ils mangèrent dans la bonne humeur, et rien sur la mine du mari ne trahissait ni contrariété ni courroux. Quand les invités furent bien rassasiés et que leur hôte les eut bien honorés, ils prirent congé.

59. Le seigneur passa une nuit pleine de tourments. Le lendemain, il dit à sa femme : « Dame, vous m'avez causé trois grands déplaisirs. S'il est en mon pouvoir, vous ne m'en ferez pas de quatrième. Je suis certain que c'est le mauvais sang qui vous l'a fait faire. Aussi va-t-on vous saigner. » Il fait chercher le barbier et prépare le feu. La dame lui dit : « Seigneur, que voulez-vous faire ? Je n'ai jamais été saignée. – Tant pis, réplique le mari, ce sera donc la première fois. Vous m'avez joué trois mauvais tours à cause de votre mauvais sang. » Là-dessus, il lui fait chauffer le bras droit près du feu ; une fois les veines dilatées il la fit saigner jusqu'à ce que vint le gros sang rouge, puis l'on arrêta ; il lui fit dégager de la robe le second bras. La dame se mit à crier grâce, mais cela ne lui servait à rien : il lui fit chauffer et saigner ce deuxième bras, la tenant jusqu'à ce qu'elle s'évanouît, ayant perdu l'usage de la parole, blanche comme la mort. Alors seulement, le mari fit arrêter la saignée et on la porta au lit dans sa chambre.

60. Lorsqu'elle recouvrit ses sens, elle se mit à crier et à pleurer et demanda sa mère qui vint aussitôt. Lorsqu'elle fut devant sa fille, les autres quittèrent la chambre pour les laisser en tête-à-tête. Quand la dame vit sa mère, elle lui dit : « Ah, ma mère, je suis morte ! Mon mari m'a fait tant saigner que je crois bien que jamais plus je ne retrouverai l'usage de mon

jamaiz de mon corps. – Or, fille, je pensoye bien que mauvaiz sanc te mengoit. Or me di, me fille, as tu plus talent d'amer ? – Certes, dame, nennil. – Fille, ne te di je bien que ja ne verroyes si cruel vengence comme de viel homme ? – Dame, oyl ; maiz pour Dieu aidiez moy a relever et secourir a ma *(fol. 48a)* santé, et par m'ame, mere, je n'aimeray jamaiz. – Belle fille, fait la mere, tu feras que sache. Ton seigneur est bon preudomme et sage. Aime le et sers, et croy qu'il ne t'en peut venir que bien et honneur. – Certes, mere, je say ores bien que vous me donnastes et donnez bon conseil, et je le croiray d'ores en avant et honnoreray mon mary, et jamaiz ne le laisseray ne ne courceray. »

61. Chere seur, assez souffist quant a ce point qui a la voulenté de retenir et de bien obeir. Et sur ceste maniere d'obeissance, nous avons cy dessus parlé de ce qui est a faire quant le mary le commanda : petites choses, par jeu, a certes, ou autrement. Et puis de ce qui est a faire quant le mary n'a commandé ne deffendu, pour ce que a luy n'en est souvenu. Et tiercement des exceps que les femmes font pour acomplir leur vouloir oultre et pardessus le vouloir de leurs mariz. Et maintenant a ce derriere nous parlerons que l'en ne face pas contre la deffense d'iceulx, soit en petit cas ou en grant ; car du faire c'est trop mal fait. Et je commence es petis cas, esquelz on doit obeir aussi bien ; je le monstre mesmes par les jugemens de Dieu ; car vous savez, chere seur, que par la desobeissance de Adam, qui pardessus la deffense menga une pomme qui est pou de chose, tout le monde fut mis en servaige. Et pour ce je vous conseille que les trespetites choses et de trespetite valeur, et ne fut fors d'un festu que vostre mary qui sera apres moy vous commandast a garder, que vous, sans enquerre pour quoy ne a quelle fin, puis que la parole sera telle yssue de la bouche de vostre mary qui sera, vous le gardez tressongneusement et tres-

---

1815. te demengoit Or B^2, di f. as *B*. **1821.** que saige T. *B*. **1825.** j. je ne lessaieray B^2. **1826.** ne courrousseray *BC*. **1830.** m. – comande p. B^2, m. le commande p. *C*. **1842.** c. fu t. le m. m. *B*. **1844.** ne fust f. *BC*. **1845.** v. commendera a B^2. **1848.** v. faites et g. t. et diligemment B^2.

corps. – Ah, ma fille, je pensais bien qu'un mauvais sang te rongeait. Dis-moi maintenant, ma fille, as-tu encore envie de prendre un amant ? – Certainement pas, Madame. – Ma fille, ne t'ai-je pas bien dit qu'il n'existe pas de plus cruelle vengeance que celle d'un vieillard ? – Si, Madame, mais pour l'amour de Dieu aidez-moi à me relever et à guérir, et par mon âme, mère, je ne prendrai jamais d'amant. – Chère fille, fait la mère, tu seras bien inspirée. Ton mari est un prud'homme honorable et sage. Aime-le et sers-le, crois-moi, tu ne peux en récolter que bien et honneur. – Certainement, ma mère, je sais maintenant que vous étiez et que vous êtes de bon conseil ; je m'y tiendrai désormais et je ferai honneur à mon mari : jamais je ne l'abandonnerai ni ne le mettrai en colère. »

61. Chère amie, j'en ai assez dit sur ce chapitre à l'adresse de celui qui est de bonne volonté pour retenir la leçon et être bien obéissant. En matière d'obéissance, nous venons donc de parler de ce qu'il convient de faire lorsque le mari donne un ordre, qu'il soit de peu de poids, matière à divertissement, sérieux ou d'autre nature. Nous avons vu ce qu'il convient de faire lorsque le mari a oublié de laisser des ordres ou de faire une défense. Et en troisième lieu, nous avons parlé des excentricités dont sont capables les femmes pour en faire selon leur tête en dépit de la volonté de leurs maris. A présent que tout cela est traité, nous allons parler de l'interdiction : il ne faut pas passer outre, qu'elle concerne une petite ou une grande affaire : ce serait une faute trop grave. Je commence par les petites affaires, lesquelles exigent autant de soin. Je m'appuie pour le démontrer sur les jugements de Dieu Lui-même : vous savez, chère amie, que c'est à cause de la désobéissance d'Adam que le monde fut condamné à l'esclavage ; il n'avait mangé, malgré l'interdiction divine, qu'une pomme qui est si peu de chose. Pour cette raison je vous recommande la plus grande vigilance dans les tout petites choses, de très petite valeur, ne s'agirait-il que d'un brin de paille que le mari qui me succédera vous commanderait de garder. Conservez-le avec un soin extrême et

diligemment; car vous ne savez ne ne devez adonc
enquerir, si ne le vous dit de son mouvement, qui a ce le
meut ou a meu, se il a cause, ou se il le fait pour vous
essayer. Car s'il a cause, dont estes vous bien tenue de le
garder, et s'il n'y a point de le non garder, maiz le fait
pour vous essaier, dont devez vous bien vouloir qu'il vous
treuve obeissant et diligent a ses commandemens; et mesmement devez penser que puis que sur ung neant il vous
treuve obeissant a son vouloir, et que vous en tenez grant
compte, croira il que sur ung gros cas vous trouveroit il
encores en cent doubles plus obeissant. Et vous veez que
Nostre Seigneur commist a Adam de luy garder pou de
chose, c'estassavoir ung seul ponmier, et pouez penser
que Nostre Seigneur ne se courrouça pas a Adam pour une
ponme, car a si grant seigneur c'est pou de chose de une
ponme, maiz luy despleust pour la mesprenture de Adam,
qui si pou avoit prisié son conmandement ou deffense
quant pour si pou d'avantage luy desobey. Et aussi *(fol.
48b)* veez et considerez que, tant que Adam estoit plus
pres de Nostre Seigneur, qui l'avoit fait de sa propre main,
et le tenoit son familier et garde de son gardin, de tant fut
Nostre Seigneur pour pou de chose plus aigrement meu
contre luy, et puis la desobeissance ne le voult sanctiffier.
Et par semblabe raison et de tant que vous estes plus
prouchaine et pres de vostre mary, seroit il contre vous
plus tost et pour mendre chose plus aigrement courrou-
chié, comme Nostre Seigneur se courrouça a Lucifer qui
estoit plus prouchain de luy.

62. Maiz aucunes femmes sont qui cuident trop subtillement eschapper. Car quant leur mary leur a deffendu
aucune chose a faire, qui leur pleust a faire et voulsissent
bien faire, elles delayent et actendent et passent temps
jusques a ce que la deffense soit entroubliee par le mary,
ou qu'il s'en soit alé, ou qu'il est chargié d'autre si gros

1853. p. de cause mais le f. *B*, sil a cause ny a p. de le n. g. m. le f.
C. **1856.** v. trouvera o. *B*. **1859.** v. v. bien q. *B*. **1862.** u. seule p. *B*. **1863.** s.
cestoit p. de c. que u. *B*. **1866.** l. desobeissoit Et ainsi v. *B*. **1867.** de t. comme
A. *B*. **1871.** saintifier *B*. **1872.** r. de t. comme v. *B*. **1874.** a. courrouciez c.
B². **1879.** f. quil l. *B*. **1882.** s. alez ou *B²*, e. chargiez d. *B²*.

la plus grande vigilance sans vous enquérir pourquoi ni à quelle fin : votre futur mari aura prononcé exactement les mots qu'il souhaitait dire. Vous ne savez pas et vous ne devez donc pas lui demander, s'il ne vous en informe pas de lui-même, ce qui est ou fut son dessein, s'il a une raison ou si c'est pour vous mettre à l'épreuve. Car s'il a une raison, vous êtes obligée d'observer son commandement ; et s'il n'a d'autre motif que celui de vous éprouver, vous devez tout autant être disposée à vous montrer obéissante et appliquée dans l'accomplissement de ce qu'il a ordonné. Vous devez aussi avoir présent à l'esprit que s'il vous trouve prête à lui obéir pour un rien et à y accorder beaucoup d'importance, il pourra être certain qu'il vous trouvera cent fois plus obéissante encore quand il s'agira d'une affaire d'importance. Voyez que Notre-Seigneur demanda à Adam de lui garder peu de chose, un seul pommier ; vous pensez bien que ce n'est pas à cause d'une pomme qu'Il s'est fâché contre Adam – qu'est-ce qu'une pomme pour un si puissant Seigneur ! – mais à cause du déplaisir que Lui causa le crime d'Adam contre Son commandement, qui pour si peu de profit est passé outre Son interdiction. Voyez et considérez aussi que Notre-Seigneur fut d'autant plus âprement indisposé contre lui qu'Adam Lui était très cher : Il l'avait formé de sa propre main, le considérait comme Son ami et en avait fait le gardien de Son jardin ; d'autant moins voulait-Il lui pardonner sa désobéissance. Pour une raison analogue, plus vous êtes proche de votre mari et unie à lui, plus il serait prompt à se fâcher âprement pour la moindre des choses, exactement comme Notre-Seigneur se fâcha contre Lucifer qui lui était le plus cher.

62. Mais il est des femmes qui pensent pouvoir s'en tirer grâce à leur grande finesse. Quand leur mari leur a défendu une chose qu'elles auraient aimé faire et qui leur aurait fait grand plaisir, elles temporisent, attendant qu'assez de temps s'écoule pour que le mari oublie sa défense ou qu'il parte, ou qu'une préoccupation plus grave lui fasse oublier la première. Aus-

fait que d'icelluy ne luy souvient. Et apres, tantost incontinent et hastivement la femme fait icelle besongne a son plaisir et contre la voulenté et deffense du mary. Ou la fait faire par ses gens, disant : « Faictes hardiement, monseigneur ne s'en apparçoivra ja. Il n'en savra riens. » Or veez vous que par ce ceste est, en son courage et voulenté pure, rebelle et desobeissant, et son malice et mauvaistié, qui riens ne valent, empirent son cas et demonstrent plainement son mauvais courage. Et sachiez qu'il n'est riens que a la parfin ne soit sceu. Et quant le mary le savra, et apparcevra que celle separe l'union de leurs voulentez qui doivent estre tout ung, comme dit est devant, icelluy mary par adventure s'en taira comme fist le sage de Ronme dont il est parlé cy devant en l'article ; maiz son cuer en sera si parfondement navré que jamaiz n'en garira, mais toutes foiz qu'il en souviendra naistra nouvelle douleur. Si vous pry, chere seur, que telz essaiz et enreprinses a faire a autre mary que a moy, se vous l'avez, vous vous gaictiez et gardez tresespecialement. Maiz vostre courage et le sien soient tout ung, comme vous et moy sonmes a present. Et ce souffist quant a cest article.

1883. de celluy ne B^2. **1889.** d. en son AC, m. et sa m. B. **1891.** r. qui a BC. **1897.** p. navrez q. B^2, guerira B. **1898.** quil lui en B^2. **1899.** q. de t. e. ou entreprises B.

sitôt, la femme accomplit hâtivement cette tâche à son gré et contre la volonté du mari, passant donc outre sa défense. Elle peut aussi le faire faire à ses gens en leur disant : « Dépêchez-vous, monseigneur ne s'en apercevra pas. Il n'en saura rien. » Ce trait vous révèle que cette femme, en son for intérieur, est délibérément rebelle et désobéissante ; sa malice et son acte ignoble empirent son cas et font paraître au grand jour son mauvais fond. Soyez certaine qu'à la fin des fins tout finit par être découvert. Lorsque le mari sera au courant et qu'il s'apercevra que cette femme rompt l'union de leurs deux volontés, qui, comme il est dit ci-dessus, doivent coïncider, ce mari peut-être ne dira rien, à la manière du sage de Rome dont on vient de parler. Mais en son cœur, il en sera si profondément blessé que jamais la plaie ne guérira ; au contraire, la douleur en sera ravivée chaque fois qu'il y pensera. Ainsi je vous prie, chère amie, de vous garder plus particulièrement de mettre à l'épreuve un autre mari que moi ou de lui jouer ce genre de tour. Qu'au contraire, votre cœur et le sien n'en fassent qu'un, comme il en va de nous deux à l'heure présente. Voilà qui suffit sur cet article.

I vii

1. Le .viie. article de la premiere distinction doit demonstrer que vous devez estre curieuse et songneuse de la personne de vostre mary. Sur quoy, belle seur, se vous avez autre mary *(fol. 49a)* apres moy, sachiez que vous devez moult penser de sa personne. Car puis que une femme a perdu son premier mary et mariage communement, a peine treuve elle selon son estat le second a son advenant; ains demeure toute esgaree et desconseillie long temps; et par plus grant raison quant elle pert le second. Et pour ce aymés la personne de vostre mary songneusement. Et vous pry que vous le tenez nectement de linge, car en vous en est. Et pour ce que aux hommes est la cure et soing des besongnes de dehors, et en doivent les mariz songner, aler, venir et racourir deça et dela par pluyes, par vens, par neges, par gresles, une foiz moullié, une foiz sec, une foiz suant, autresfoiz tramblant, mal peu, mal hebergié, mal chaussié, mal couchié – et tout ne luy fait de mal pour ce qu'il est resconforté de l'esperance qu'il a aux cures que la femme prendra de luy a son retour, aux aises, aux joyes et aux plaisirs qu'elle luy fera, ou fera faire devant elle: d'estre deschaux a bon feu, d'estre lavé les piez, avoir chausses et soullez fraiz, bien peu, bien abeuvré, bien servy, bien seignoury, bien

---

1. d. monstrer q. *B*. **6.** m. en m. *B²*. **12.** a. femmes e. *AC*. **14.** v. courir et r. *B*. **15.** m. autrefoiz s. *B*, s. autrefoiz t. *B²C*. **17.** m. chauffe m. *B*. **18.** f. – m. *B²*. **21.** destre deshousez a *B²* (*remplace ?* deshouse *B*). **22.** et soulers f. *B*. **23.** b. abuvré b. *B*.

I vii

1. Le septième article de la première distinction a pour objet de vous enseigner à être attentive et prévenante à l'égard de votre mari. Sachez à ce sujet, belle amie, que si vous avez un autre mari après moi, vous devez très bien vous occuper de sa personne. En effet, lorsqu'une femme a perdu son premier mari et ne vit plus en union conjugale, il est très difficile pour elle d'en trouver un deuxième qui corresponde à sa condition et à son goût ; pendant longtemps, elle reste toute désorientée et désemparée et ceci d'autant plus quand c'est le second mari qu'elle a perdu. Aimez-le donc et prenez soin de sa personne. Je vous prie de le pourvoir toujours de linge impeccable, car c'est là votre domaine : aux hommes les occupations et les travaux de l'extérieur. Les maris doivent y pourvoir, aller, venir, courir çà et là, qu'il pleuve, vente, neige ou grêle, tantôt mouillés, tantôt secs, tantôt en sueur ou tremblants de froid, mal nourris, mal logés, mal chaussés, mal couchés. Tout cela ne lui fait rien parce qu'il est réconforté en pensant aux soins que sa femme prendra de lui à son retour, aux caresses, aux joies et aux plaisirs qu'elle lui prodiguera ou lui fera prodiguer en sa présence : le déchausser auprès d'un bon feu, lui laver les pieds, lui donner des chausses et des souliers propres ; et le faire bien manger et bien boire, le servir et l'honorer, et puis le

couché en blans draps et cueuvrechiez blans, bien couvert
de bonnes fourrures, et assouvy d'autres joyes et esbatemens, privetez, amours et secretz dont je me taiz. Et
l'endemain robes-linges et vestemens nouveaulx.

2. Certes, belle seur, telz services font amer et desirer
a homme le retour de son hostel et veoir sa preude femme,
et estrange d'autres. Et pour ce je vous conseille a recon-
forter ainsi vostre autre mary a toutes ses venues, et
demourez et y perseverez ; et aussi a luy tenir bonne paix ;
et vous souviengne du prouverbe rural que dit que : *Troiz
choses sont qui chassent le preudomme hors de sa
maison, c'estassavoir : maison descouverte, cheminee
fumeuse et femme rioteuse*. Et pour ce, chere seur, je vous
pry que pour vous tenir en l'amour et grace de vostre
mary, soyez luy doulce, amiable et debonnaire. Faictes
luy ce que les bonnes simples femmes de nostre pays
dient que l'en a fait a leurs filz, quant ilz sont enamourez
autre part et elles n'en peuent chevir. Il est certain que
quant les peres ou les meres sont mortes et les parrastres
et marrastres qui ont fillastres les arguent, tencent et
estrangent, et ne pensent de leur couchier, de leur boire ou
mengier, de leur chausser, chemises, ne autres neccessitez
et affaires, et iceulx enffans treuvent ailleurs aucun bon
retrait et conseil d'aucune autre femme qui les requeille
avecques elle, et laquelle pense de leur chauffer *(fol. 49b)*
a aucun povre tison avec elles, de leur tenir nectement, a
faire rappareillier leurs chausses, brayes, chemises et
autres vestemens, iceulx enfans les suivent, et desirent
leur compagnie et estre couchez et eschauffez entre leurs
mamelles, et du tout en tout estrangent de leurs meres ou
peres, qui paravant n'en tenoient compte et maintenant les
voulsissent retraire et ravoir ; maiz ce ne peut estre, car
iceulx enffans ont plus cher la compaignie des plus
estranges que de eulx pensent et aient soing, que de leurs
plus prouchains qui d'eulx ne tiennent compte, et mainte-

---

25. a. des a. *B*. **30.** et estre e. des a. *B*, et estranges da. *C*. **32.** v. et demeures *B²*. **33.** s. dun p *B*, r. qui d. *BC*. **42.** s. mors et *B²*, s. mortelz et *C*. **45.** n. ou a. *B*. **50.** f. reparlier l. *A*. **53.** t. sestrangent de *B²*. **57.** e. qui de *B*. **58.** et puis b. *B²*.

faire coucher entre des draps blancs, avec un bonnet blanc, couvert sous de bonnes fourrures, et le combler de joies, de jeux, de cajoleries amoureuses, et d'autres secrets que je passe sous silence. Et le lendemain lui préparer une chemise et des habits nouveaux.

2. Pour sûr, belle amie, de tels soins font que l'homme aime et désire retrouver sa maison et sa bonne épouse ; ils le tiennent loin de toutes les autres femmes. Voilà pourquoi je vous conseille de prendre ainsi soin de votre prochain mari chaque fois qu'il rentre à la maison. Tenez-vous-y sans relâche. Veillez aussi à préserver la paix du ménage ; souvenez-vous du proverbe campagnard qui dit : "Trois choses chassent l'homme de son foyer : une maison découverte, une cheminée qui enfume et une femme querelleuse." Pour garder l'amour et la bienveillance de votre mari, je vous en prie, chère amie, soyez-lui douce, aimable et souriante. Prodiguez-lui ces soins dont les bonnes et simples femmes de notre pays estiment qu'on a gâté leurs fils quand ils sont amoureux autre part et qu'elles ne parviennent pas à en venir à bout. Ou encore, lorsque des enfants ont perdu leurs parents et qu'ensuite les beaux-parents les tancent, les tourmentent et les repoussent sans se soucier de leur fournir de quoi se coucher, boire et manger, se chausser, s'habiller et autres affaires nécessaires : si ces enfants trouvent ailleurs un bon refuge et le secours d'une autre femme qui les recueille, veillant à ce qu'ils aient chaud auprès d'un feu, quelque modeste qu'il soit ; qui les tient propres, qui raccommode leurs chausses, leurs braies, leurs chemises et autres affaires – oui, ces enfants suivent cette femme, désirant rester avec elle, être couchés et chauffés contre sa poitrine, oubliant complètement leurs beaux-parents qui auparavant les négligeaient et qui maintenant aimeraient bien les retirer à cette femme et les récupérer. Mais c'est chose impossible car ces enfants tiennent plus à ces étrangers qui s'occupent bien d'eux qu'à leurs plus proches parents qui

nant brayent et crient, et dient que icelles femmes ont
60 leurs enfans ensorcelez, et sont enchantez et ne les peuent
laissier, ne ne sont aises si ne sont avecques elles. Maiz
quoy que l'en die, ce n'est point ensorcellement, c'est
pour les amours et curialitez, les privetez, joyes et plaisirs
qu'elles leur font en toutes manieres. Et, par m'ame, il
65 n'est autre ensorcellement ; car qui a ung ours, ung lou ou
ung lyon feroit tous ses plaisirs, icelluy ours, lou ou lyon
feroit et suivroit ceulx qui ce luy feroient. Et par pareille
parole pourroient dire les autres bestes, se elles parloyent,
que icelles qui ainsi seroient aprivoisees seroient ensor-
70 cellees. Et, par m'ame, je ne croy mye qu'il soit autrement
ensorcellement que de bien faire, ne l'en ne peut mieulx
ensorceler ung homme que de luy faire son plaisir.

3. Et pour, ce, chere seur, je vous pry que le mary que
vous arez vous le veuilliez ainsi ensorceler et rensorceller,
75 et le gardez de maison mau couverte et de cheminee
fumeuse, et ne luy soyez rioteuse, maiz doulce, amiable et
paisible. Gardez en yver qu'il ait bon feu sans fumee, et
entre voz mamelles bien couchié, bien couvert, et illec
l'ensorcelez. Et en esté gardez que en vostre chambre ne
80 en vostre lit n'ait nulles puces : ce que vous pouez faire
en six manieres, sicomme j'ay oy dire. Car j'ay entendu
par aucuns : qui seme sa chambre des fueilles d'aune, les
puces s'i prennent. *Item*, j'ay oy dire : Qui aroit de nuyt
ung ou pluseurs transsouers qui feussent pardessus oins de
85 glus ou de trebentine et mis parmy la chambre, ou millieu
de chascun transsouer une chandelle ardant, elles se ven-
roient engluer et prendre. L'autre, que j'ay essayé et est
vray : Prenez du drap escru et le estendez parmy vostre
chambre et sur vostre lit, et toutes les puces qui se y
90 pourront bouter s'i prendront, tellement que vous les
porrez porter avec le drap, et porter ou vous vouldrez.
Item des peaulx de mouton. *Item*, j'ay veu mectre des
blanchects sur le feurre et sur le lit, et quant les puces, qui

---

61. aises *omis* A, se ilz ne B. **63.** a. les c. B. **65.** un leu ou ung l. B. **67.** q. celui f. B. **70.** s. autre e. B. **74.** v. – vueilliez B^2. **75.** c. de c. B. **82.** c. de f. B. **83.** d. que q. B. **84.** tranchoirs B^2. **86.** c. tranchoir u. B, e. si venront e. B, e. sy v. e. C. **88.** p. un d. e. B, p. du d. estou C, et *omis* B. **91.** d. – ou B^2.

étaient si indifférents à leur égard et qui maintenant larmoient et crient, accusant ces femmes d'avoir ensorcelé leurs enfants, prétendant que c'est par sortilège qu'ils ne peuvent plus les quitter et être heureux loin d'elles. Quoiqu'on en dise, il n'y a pas là de magie, il n'y a que l'amour, la gentillesse, les caresses, les joies et les plaisirs que ces femmes savent leur donner en toute occasion. Par mon âme, c'est là toute leur magie. Vous auriez un ours, un loup ou un lion, et à condition de le traiter gentiment, il vous rendrait la pareille et vous suivrait. Et toutes les autres bêtes tiendraient le même discours si elles savaient parler et diraient que leurs congénères apprivoisés sont ensorcelés. Par mon âme, je ne crois pas qu'il existe d'autre façon d'ensorceler que le bien qu'on fait ; on ne peut mieux ensorceler un homme qu'en lui faisant plaisir.

3. Voilà pourquoi, chère amie, je vous demande d'ensorceler ainsi le mari que vous aurez, et de recommencer sans cesse vos sortilèges ; de le garder d'une maison mal couverte, d'une cheminée qui tire mal ; soyez douce, gentille et conciliante et ne lui cherchez pas querelle. Veillez à ce qu'en hiver il ait un bon feu qui ne fume pas, qu'il soit bien couché entre vos seins sous une bonne couverture, et ainsi vous l'ensorcelez. En été, veillez à ce qu'il n'y ait point de puces dans votre chambre ou dans votre lit : pour l'éviter, vous avez six possibilités, d'après ce que j'ai entendu dire. Il y en a qui disent qu'il faut éparpiller des feuilles d'aulnes dans la chambre, et les puces y restent coincées. *Item*, j'ai entendu dire qu'il suffit de tartiner une ou plusieurs tranches de pain avec de la glu ou de la térébenthine, de les poser au centre de la chambre et de ficher une chandelle brûlante au milieu de chaque tranche : les puces viendraient alors s'y engluer et s'y prendre. J'ai expérimenté moi-même un autre moyen et il est efficace : prenez du drap rêche et étalez-le dans votre chambre et sur le lit : toutes les puces qui pourront s'y fourrer y seront prises, il ne vous restera qu'à les ramasser dans le drap pour les emporter où vous voudrez. *Item*, cela marche aussi avec des peaux de mouton. *Item*, j'ai vu qu'on mettait des étoffes blanches sur le couvre-lit et lorsque les puces, noires, s'y étaient installées, on

noires estoient, s'i estoient boutees, l'en les trouvoit plus tost parmy le blanc, et les tuoit l'en. Maiz *(fol. 50a)* le plus fort est de soy gaictier de celles qui sont es couvertures et es pennes, es draps des robes dont l'en se cueuvre. Car sachiez que j'ay essayé que quant les couvertures, pennes, ou robes ou il a puces sont enclos et enfermez secretement, comme en male bien lyee estroictement de couroyes, ou en sac bien lyé et pressé, ou autrement mis ou compressé, que icelles puces soient sans jour et sans air et tenues a destroit, et ainsi se periront et mourront sur heure.

4. *Item*, j'ay veu aucunes foiz en plusieurs chambres que quant l'en estoit couchié l'en se trouvoit tout plain de tincenelles qui a la fumee de l'alaine se venoient asseoir sur le visage de ceulx qui dormoient, et les poingnoient si fort qu'il se couvenoit lever et alumer du foing, pour faire fumee pour laquelle il les escouvenoit fuir ou mourir. Et aussi le pourroit l'en bien faire de jour, qui s'en doubteroit. Et aussi bien par ung cincenellier, qui l'a, s'en peut l'en garantir.

5. Et se vous avez chambre ou estage, ou il ait tresgrant repaire de mouches, prenés petis bloqueaulx de feuchelle et les liez et affilez conme filopes et les tendez, et toutes les mouches s'i logeront au vespre ; puis descendez les fillopes et les gectez hors. *Item*, fermez tresbien vostre chambre au vespre, maiz qu'il y ait seulement ung petit pertuiz ou mur devers orient. Et si tost que l'aube esclarcira, toutes les mouches s'en yront par ce partuiz ; puis soit estoupé. *Item*, prenez une escuelle de lait et l'amer d'un lievre, et meslez l'un parmy l'autre, et puis mectez en deux ou trois escuelles es lieux la ou les mouches repairent, et toutes celles qui en tacteront mourront. *Item*, autrement, ayez une chausse de toille lyee au fons d'un pot qui ait le cul percié, et mectez icelluy pot ou lieu ou

---

100. e. serreement c. *B.* **103.** air t. a *B*, se *omis B.* **105.** jay geu a. *B.* **106.** de cincerelles B^2. **107.** de la laine *AB.* **108.** les – couvenoit B^2. **110.** et a. b. le p. len f. *B*, mourir... doubteroit *omis C.* **112.** un cincenier – q. B^2, un cincenelle q. *C.* **114.** a. tropgrant r. *B.* **115.** p. floqueaulx de feuchiere et B^2. **116.** l. a filets c. *B.* **117.** d. voz f. *B.* **120.** t. comme la. esclairera t. *B.*

pouvait les trouver et les tuer rapidement à cause du contraste avec le blanc. Mais le plus difficile, c'est de se protéger de celles qui sont dans les couvertures, dans les fourrures et dans les vêtements dont on se couvre. Sachez que j'ai fait l'expérience suivante : lorsqu'on isole et enferme bien ces couvertures, fourrures ou vêtements habités dans une malle étroitement bouclée avec des courroies par exemple, ou dans un sac bien fermé et compressé, les puces privées de lumière, d'air et d'espace périront et mourront sur l'heure.

4. Il m'est arrivé à plusieurs reprises de voir une invasion de moustiques qui, pendant la nuit, attirés par l'haleine, venaient se poser sur le visage des dormeurs et les piquaient si fort qu'ils étaient contraints de se lever pour enflammer du foin, afin que la fumée les chasse ou les tue. On s'en doute, l'on pourrait faire cela aussi bien de jour, ou se protéger au moyen d'une moustiquaire si l'on en possède une.

5. Si dans une chambre ou dans une demeure il y a une nuée de mouches indélogeables, prenez de petites hampes de fougère, attachez-les à un fil comme des franges, puis tendez le fil : au soir, toutes les mouches viendront s'y loger ; vous pouvez alors descendre les franges et les jeter dehors. *Item*, fermez très bien votre chambre au soir, mais ménagez une petite ouverture dans le mur orienté à l'est. Aussitôt que l'aube pointera, toutes les mouches s'en iront par ce trou. Il faut alors le reboucher. *Item*, mélangez dans une écuelle du lait et le fiel d'un lièvre, répartissez le liquide dans deux ou trois écuelles que vous poserez aux endroits particulièrement hantés par les mouches. Toutes celles qui en goûteront périront. *Item*, vous pouvez encore attacher une chausse de toile au fond d'un pot percé et placer ce pot là où il y a des mouches ; enduisez-en

les mouches repairent, et oingnez le pardedens de miel, ou de ponmes, ou de poires. Quant il sera bien garny de
130 mouches, mectez ung transsouer sur la gueulle et puis hochez. *Item*, autrement, prenez des ongnons rouges cruz et les broyez, et espraingnez le jus en une escuelle et le mectés ou les mouches repairent, et toutes celles qui en tasteront mourront. *Item*, ayez des palectes pour les tuer a
135 la main. *Item*, ayez des vergectes gluees sur ung bacin d'eaue. *Item*, ayez vos fenestres closes bien justement de toille ciree ou autre, ou de parchemin ou autre chose, si justement que nulle mouche y puisse entrer. Et les mouches qui seront dedens soient tuees a la palecte ou
140 autrement, comme dessus, et les autres n'y enterront plus. *Item*, ayez ung cordon pendant (*fol. 50b*) et moullié en miel. Les mouches y vendront asseoir et au soir soient prinses en ung sac. En somme, il me semble que les mouches ne se arresteront point en chambre ou il n'ait
145 tables drecees, fourmes, drecoers, ou autres choses sur quoy ilz se puissent descendre et repposer. Car se ilz ne se peuent ahendre ou adrecier fors au paraiz qui sont droitz, ilz ne s'i arresteront point, ne aussi en lieu ombragé et moicte. Et pour ce me semble que se la
150 chambre est bien arrousee et bien close et bien fermee, et qu'il n'y ait riens gisant sur le plat, ja mouche ne s'i arrestera.

6. Et ainsi le garantissiez et gardez de toutes mesaises, et luy donnez toutes les aises que vous pourrez penser, et
155 le servez et faictes servir en vostre hostel. Et vous actendez a luy des choses de dehors, car s'il est bon il en prendra plus de paine et travail que vous ne vouldriez. Et par ce faisant que dit est, il avra tousjours son regret et son cuer a vous et a vostre service, et guerpira tous autres
160 hostelz, toutes autres femmes, tous autres services et maisnages ; tout ne luy sera que terre au regard de vous, qui bien en penserez conme dit est ; et que faire le devez par l'exemple mesmes que vous veez des gens che-

---

129. p. et q. *B*. **130.** u. tranchoir s. *B²*. **143.** p. a u. *BC*. **144.** il ny a. *B*. **147.** a. ou arrester f. aux p. q. s. droites *B*, *omis C*. **148.** si arresteroient p. *B*. **157.** p. et de t. *B*, p. – f. ce q. *B²*. **159.** a v. amoureux s. *B*.

l'intérieur de miel, de pommes ou de poires. Une fois qu'il sera bien rempli de mouches, bouchez-en l'orifice à l'aide d'un tranchoir et secouez. *Item*, vous pouvez également broyer des oignons rouges et crus, en recueillir le jus dans une écuelle, la placer à proximité des mouches et toutes celles qui en goûteront mourront. Vous pouvez aussi les tuer à la main avec des palettes. *Item*, posez de petites baguettes enduites de glu par-dessus un bassin rempli d'eau. *Item*, gardez vos fenêtres bien closes à l'aide de toiles cirées, de parchemin, etc., que vous ajusterez si bien qu'aucune mouche ne puisse entrer[1]. Ainsi, les mouches à l'intérieur peuvent être tuées à la palette ou par d'autres moyens évoqués ci-dessus ; et les autres ne pourront plus entrer désormais. *Item*, l'on peut aussi laisser pendre un cordon trempé dans du miel. Les mouches viendront s'y coller et le soir on peut les ramasser dans un sac. En somme, je pense que les mouches ne s'attarderont point dans une pièce si elles n'y trouvent ni tables dressées, ni sièges, dressoirs ou autres choses où elles pourraient se poser. En effet, s'il n'y a que parois droites où se poser, elles ne s'y arrêteront point, non plus qu'en un lieu ombragé et moite. C'est pour cela que je pense qu'aucune mouche ne s'arrêtera dans une chambre bien humectée et fermée où rien ne traîne par terre.

6. Préservez et protégez ainsi votre mari de tout désagrément et procurez-lui tous les plaisirs que vous pourrez imaginer en le servant ou en le faisant servir dans votre maison. Pour ce qui est des besognes extérieures, reposez-vous sur lui : si c'est un bon mari, il peinera et travaillera même plus que vous ne souhaiteriez. Si vous vous conformez à tout cela, il pensera toujours avec regret à vous et à vos attentions et laissera là toutes les autres maisons, toutes les autres femmes, toutes les autres attentions et tous les autres foyers. Comparé à vous qui vous occuperez de lui comme on vient de le dire, tout le reste lui paraîtra insipide. C'est ainsi que vous devez vous conduire,

---

1. Vitrer les fenêtres au XIVe siècle était, même pour un bourgeois aisé comme l'est notre auteur, trop onéreux ; les ouvertures des maisons étaient fermées par des tentures de toile ou de parchemin jusqu'à la fin du XVe siècle.

vauchans parmy le monde, que vous veez que si tost
qu'ilz sont en leur hostel revenuz d'aucun voyage, ilz font
a leurs chevaulx blanche litiere jusques au ventre. Iceulx
chevaulx sont desferrez et mis au bas, ilz sont enmielez,
ilz ont foing trié et advoine triblee, et leur fait l'en en leur
hostel plus de bien a leur retour que en nul autre lieu. Et
par plus forte raison, se les chevaulx sont aisiez, les personnes, mesmement les souverains, a leurs despens le
soient a leur retour. Aux chiens qui viennent des boiz et
de la chasse fait l'en devant leur maistre, et luy mesmes
leur fait, lictiere blanche devant son feu, l'en leur oint de
saing doulx leurs piez au feu, l'en leur fait souppes et sont
aisiez par pitié de leur travail. Et par semblables, se les
femmes font ainsi a leurs mariz que font les gens a leurs
chevaulx, chiens, asnes, mulles et autres bestes, certes les
autres hostelz ou ilz ont esté serviz ne leur sembleroit que
prisons obscures et lieux estranges envers le leur, qui leur
sera donc ung paradiz de reppos. Et ainsi sur le chemin les
maris avront regard a leurs fenmes. Nulle paine ne leur
sera griefve pour esperance et amour qu'ilz avront a leurs
femmes, ausquelles reveoir ilz avront aussi grant regret
conme les povres hermites, les penanciers et les religieulx
abstinens ont de veoir la face Jesucrist. Ne icelz mariz,
(fol. 51a) ainsi servis, n'avront jamaiz voulenté d'autre
repaire ne d'autre compagnie, maiz en seront gardez,
reculez et retardez. Tout le remenant ne leur semblera que
lit de pierres envers leur hostel, maiz que ce soit continué,
et de bon cuer sans faintise.

7. Maiz aucunes vieilles, qui sont rusees, et font les
sages et faingnent grant amour par demonstrance de grant
service de leur cuer, sans autre chose ; et sachez, belle
seur, que les mariz sont petit sages se ilz ne s'en apparçoivent. Et quant ilz s'en apparçoivent, et le mary et la
femme s'en taisent, et dissimulent l'un contre l'autre,
c'est mauvaiz commencement, et s'ensuit pire fin.

8. Et aucunes femmes sont qui au commencement font

---

168. a. criblee et *B*. **170.** se *omis AC*. **176.** p. semblable se *B*. **178.** m. ou a. *B*. **179.** l. sembleroient q. *B²*. **181.** s. dont u. *B*, s. adonc u. *C*, les m. s. le c. a. *B*. **182.** f. ne n. *B²*.

à l'exemple de ceux qui parcourent le monde à cheval et qui, de retour chez eux après un voyage, préparent aussitôt une litière blanche à leurs chevaux, qui leur arrive jusqu'au ventre. Ils les débarrassent de leur harnais, les mettent au repos, et leur donnent un remontant à base de miel à boire, du foin trié et de l'avoine broyée à manger. De retour à la maison, on les soigne mieux que nulle part ailleurs. Or, si l'on prend ainsi soin des chevaux, à plus forte raison doit-on s'occuper des personnes, et en particulier des maîtres lorsqu'ils reviennent à la maison, d'autant plus que c'est avec leurs propres ressources. Aux chiens revenant des bois et de la chasse on prépare devant leur maître – qui parfois s'en charge lui-même – une litière blanche devant sa cheminée, et là on leur enduit les pattes avec du saindoux, on les fait manger et on les caresse en reconnaissance de leur labeur. De même, si les femmes s'occupent de leur mari dans le même esprit qu'on soigne les chevaux, les chiens, les ânes, les mules et autres animaux, certes, toutes les autres maisons où ils ont été accueillis ne leur paraîtront que cachots obscurs et lieux inhospitaliers comparés à la leur, qui leur sera un paradis de repos. En cheminant, les maris penseront à leur femme. Aucun effort ne leur paraîtra trop dur en songeant à l'avance, pleins d'amour, à celle qu'ils sont pressés de retrouver autant que les pauvres ermites, les pénitents et les religieux abstinents aspirent à voir la face de Jésus-Christ. Ces maris ainsi servis ne désireront jamais un autre foyer, une autre compagne, mais s'en garderont et s'en éloigneront. Comparé à leur foyer, tout le reste ne leur semblera que lit de pierre, à condition d'en user toujours ainsi de bon cœur et sans faire semblant.

7. Cependant, il existe des vieilles rusées qui font semblant d'être sages et qui simulent le grand amour à coups de manifestations ostentatoires quant aux dispositions de leur cœur, sans qu'il n'y ait rien derrière. Sachez que ce sont des maris manquant de sagesse, ceux qui ne les devinent pas. S'ils les devinent, mais qu'ensuite les deux époux font semblant de rien et usent de dissimulation, c'est là un mauvais commencement qui aura une fin bien pire encore.

8. Il y a aussi ces femmes qui commencent par faire trop de

trop bien leur service vers leurs mariz ; et leur semble bien
que leurs maris, lesquelz elles voient bien adont amou-
reulx d'elles, et vers elles debonnaires, tellement, se leur
semble, que a paines se oseroient ilz courroucer a elles se
elles en faisoient moins, si se laschent et essaient petit a
petit a moins faire de reverance, de service et d'obeissance. Maiz qui plus est, entreprennent auctorité,
commandement et seigneurie, une foiz sur ung petit fait,
apres sur ung plus grant, apres ung petit ung jour, ung
autre petit en ung autre ; ainsi essaient et s'avancent et
montent, se leur semble, et cuident que leurs maris, qui
par debonnaireté, ou par adventure par aguet, s'en taisent,
n'y voyent goute pour ce qu'ilz le seuffrent ainsi. Et
certes ce n'est pas bien pensé ne servy ; car quant les
mariz voyent qu'elles discontinuent leurs services et montent en dominacion, et qu'elles en font trop, et que du
souffrir mal en pourroit bien venir, elles sont a ung coup,
par la voulenté du droit de leurs mariz, tresbuchees
comme fut Lucifer qui estoit souverain des anges de
Paradiz, et lequel Nostre Seigneur ayma tant qu'il tollera
et luy souffry moult de ses voulentez, et il s'enorguilly et
monta en oultrecuidance. Tant fist et entreprist d'autres
qu'il en fist trop, et en despleu a Nostre Seigneur qui
longuement avoit dissimulé et souffert sans dire mot. Et
lors a ung coup tout luy vint a souvenance, si le tresbucha
ou plus parfont d'enfer pour ce qu'il ne continua son service, a quoy il estoit ordonné et pour lequel il avoit au
commencement acquis l'amour de Nostre Seigneur qu'il
avoit si grande. Et pour ce devez estre obeissant au
commencement, et tousjour parseverer a ceste exemple.

---

201. b. adonc estre a. *B.* **226.** e. ordonnez et *B*². **228.** d. vous estre *B.*

zèle auprès de leur mari. Elles croient alors qu'il est impossible que leur mari, qui se montre alors si amoureux et gentil envers elles, puisse oser se fâcher si elles en faisaient moins ; elles relâchent alors leur attention et essaient progressivement d'être moins assidues, moins dévouées, moins obéissantes. Qui plus est, elles s'approprient autorité, commandement et souveraineté, d'abord dans une affaire anodine, ensuite dans un cas plus important, jour après jour un peu plus. Ainsi elles expérimentent, elles avancent et gagnent du terrain, leur semble-t-il, et elles s'imaginent que leur mari, qui par gentillesse, par inattention ou par ruse ne dit rien, ne remarque rien – puisqu'il le tolère. Ce n'est pas là bien penser ni bien remplir son devoir. Car quand le mari s'aperçoit de l'irrégularité de leur service, de leur arrogance grandissante, et de ce qu'elles font de mal en pis, si bien qu'un malheur pourrait arriver s'il continuait à se taire, alors, ces épouses se trouvent subitement détrônées de par la volonté et le droit de leur mari. C'est ce qui était arrivé à Lucifer, le premier des anges du Paradis, que Notre-Seigneur aimait tant qu'Il tolérait et supportait beaucoup de ses caprices, si bien qu'il en devint orgueilleux et de plus en plus outrecuidant. Il fit tant et si bien qu'il finit par dépasser toutes les bornes et qu'il déplut à Notre-Seigneur qui longtemps n'avait rien dit et l'avait supporté. Mais d'un seul coup Il se rappela la totalité de ses méfaits, et Il le précipita au plus profond de l'enfer, lui retirant la mission qu'Il lui avait confiée et que Lucifer avait commencé par si bien remplir que cela lui avait valu cette grande affection de Notre-Seigneur. Pour cette raison, vous devez être obéissante non seulement au commencement, mais vous devez toujours persévérer, égale, dans cette voie.

I viii

1. Le .viiie. article de la premiere distinction si dit que vous soiez taisant, ou au moins actrempreement parlant, et sage pour garder et celer les secretz de vostre mary. Sur quoy, belle seur, sachiez que toute *(fol. 51b)* personne qui s'eschauffe en sa parole n'est mye bien atrempé en son sens. Et pour ce sachez que savoir mectre frain en sa langue est souveraine vertu. Et moult de perilz sont venuz de trop parler, et par especial quant l'en prend parolles a gens arrogans ou de grant courage ou gens de court ou seigneurs. Et par especial gardez vous en tous vos faiz de prendre paroles a telles gens. Et se par adventure telles gens se adressent a vous, si les eschevez et laissiez sagement et courtoisement, et ce sera grant sens a vous. Et sachez que d'ainsi faire vous est pure neccessité. Et jasait ce que le cuer en face mal, toutesvoyes le couvient il aucunesfoiz mestrier, et n'est pas sage qui ne le peut faire. Car il est trouvé ung proverbe rural qui dist que : *Aucun n'est digne d'avoir seignourie ou maistrise sur aultruy qui ne peut estre maistre de luy mesmes.*

2. Et pour ce, en ce cas et en tous autres, devez vous si estre maistre de vostre cuer, et de vostre langue qu'elle soit subgecte a vostre raison. Et advisez toudiz devant qui et a qui vous parlerez. Et vous prie et admonneste que soit a compagnie, soit a table, gardez vous de trop habundan-

---

Rubrique : Cy commence le viiie. article de la premiere distinction *B.* **1.** si *omis B.* **10.** en t. v. f. g. v. de *B.* **12.** s. souverainement g. *B.* **22.** d. q. et de quoy v. *B.* **23.** s. en c. *B.*

I viii

1. Le huitième article de la première distinction vous enseigne à garder le silence ou du moins à être discrète et circonspecte pour garder et cacher les secrets de votre mari. Sachez donc à ce propos, belle amie, que toute personne qui s'emporte en parlant montre que son caractère manque de mesure : savoir brider sa langue est une qualité suprême. Beaucoup de dangers naissent du fait qu'une personne a trop parlé, tout particulièrement lorsqu'on a affaire soit à des gens arrogants, soit à des personnalités fortes ou encore à des gens de cour ou de haute naissance. Par-dessus tout, gardez-vous d'adresser la parole à ce genre de personnes. S'il arrive qu'elles s'adressent à vous, vous ferez preuve de grande intelligence en les évitant et en vous excusant, par prudence et avec courtoisie : c'est une nécessité. Même si cela vous peine, il faut parfois savoir se dominer ; celui qui n'y parvient pas manque de sagesse. Comme le dit un proverbe campagnard : « Personne n'est digne de régner sur autrui s'il n'est capable de se dominer lui-même. »

2. Dans une telle situation comme dans toutes les autres, vous devez être maîtresse de vos impulsions et votre langue doit rester soumise à votre raison. Cherchez toujours à savoir devant qui et à qui vous parlez. Je vous recommande et enjoins de vous garder de parler beaucoup, que ce soit en société ou à

ment parler. Car en habondance de paroles ne peut estre
qu'il n'en y ait aucunefoiz de mal assises aucunement, et
dit l'en aucunefoiz par esbatement et par jeu paroles de
revel qui depuis sont prinses et recordees a part, en grant
derision et moqueries de ceulx qui les ont dictes. Et pour
ce, regardez devant qui et de quoy vous parlez, ne a quel
propos, et ce que vous direz dictes atrait et simplement. Et
en parlant pensez que riens ne ysse qui ne doye yssir, et
que la bride soit devant les dens pour refraindre le trop.

3. Et soyez bon secretaire et ayez tousjours souvenance
de garder les secretz de vostre mary. Premier ses mesfaiz,
vices, ou pechiez, se vous en savez aucuns, celez les et
couvrez, mesmes sans son sceu, afin qu'il ne s'en hontie ;
car a peine trouverez vous aucun, que s'il a aucun amy qui
apparçoive son pechié, ja puis ne le verra de si bon cuer
que devant, et avra honte de luy et l'avra en regard. Et
ainsi vous conseille je que ce que vostre mary dira en
conseil, que vous ne le revelez point a quelque personne,
tant soit privee de vous, et vainquez en ce la nature des
femmes qui est telle, sicomme l'en dit, qu'elles ne peuent
riens celer.

4. C'est adire les mauvaises et meschans dont ung philozophe appellé Macrobie raconte, et est trouvé ou livre
du *Songe Scipion*, qu'il estoit a Ronme ung enfant, jenne
filz, qui avoit nom Papire, qui une foiz avec son pere, qui
estoit senateur de Ronme, s'en ala en la chambre des
senateurs, en laquelle chambre les senateurs ronmains
tenoient leur conseil. Et illec firent serement (fol. 52a) que
leur conseil nul n'oseroit reveler sur paine de perdre la
teste. Et quant ilz orent tenu conseil et l'enfant retourna a
l'ostel, sa mere luy demanda dont il venoit, et il respondi :
du conseil de senatoire avec son pere. La mere luy
demanda quel conseil c'estoit : il dit qu'il ne l'osoit dire
sur paine de morir. Adonc fut la mere plus en grant de le

---

26. a. a la foiz de *B*. **27.** l'en aucunes foiz p. *BC*. **28.** s. prises et *B*, en grande
d. et mocquerie *B²*. **30.** v. parlerez n. *B*. **34.** t. souvance d. *A*. **35.** m. qui sera
ses *B²*. **38.** que... aucun *omis AC*. **41.** m. vous d. *B*. **42.** c. – v. ne – r. a *B²*, c.
que v. r. p. a *C* (r. p. *ajouté entre les lignes ; les reste de la phrase jusqu'à* et
omis). **47.** a. Macrobe r. *B*. **49.** p. lequel e. *B*. **56.** c. du s. *B²*. **57.** ne loseroit d.
s. p. de mort *A. B*.

table. Dans un flot de paroles, il est impossible de ne pas trouver des phrases mal tournées, prononcées parfois en guise de plaisanterie ou peu sérieuses, pour rire simplement, mais qui peuvent être répétées ailleurs, hors de leur contexte, faisant ainsi de celui qui les a dites un objet de dérision et de moquerie. Pour cette raison, faites attention devant qui, à quel sujet et par rapport à quoi vous parlez ; que votre discours soit direct et simple ; que rien de secret ne franchisse vos lèvres, qu'une bride devant vos dents refoule le superflu.

3. Soyez une bonne confidente ; n'oubliez jamais qu'en tant que dépositaire des secrets de votre mari vous devez bien les garder. D'abord ses méfaits, ses vices ou ses péchés, si vous lui en connaissez, cachez-les et couvrez-les, même s'il ne doit rien en savoir, pour lui éviter la honte. Il suffit que vous en trouviez un et qu'un ami s'en aperçoive : jamais ensuite votre mari ne le verra avec autant de plaisir qu'auparavant, il sera gêné devant lui et le craindra. Ainsi, je vous conseille de ne révéler à personne ce que votre mari vous confiera, pas même à un de vos proches ; ce faisant vous triompherez de la nature des femmes dont le propre, d'après ce qu'on dit, est d'être incapable de cacher quoi que ce soit.

4. A tout le moins cela vaut-il pour les mauvaises et les méchantes. Un philosophe appelé Macrobe raconte à leur propos dans *Le Songe de Scipion* qu'à Rome vivait un jeune enfant nommé Papire. Un jour il accompagna son père, qui était sénateur, à la Chambre du Conseil au Sénat à Rome. Les sénateurs y firent le serment de ne pas ébruiter le contenu de leur conseil, sous peine d'avoir la tête coupée. Après le conseil, l'enfant rentra à la maison. Sa mère lui demanda d'où il venait ; il lui répondit qu'il venait du conseil sénatorial où il avait accompagné son père. La mère voulut savoir de quoi il avait été question. L'enfant dit qu'il n'osait pas le dire, puisqu'il le ferait au risque de sa vie. Alors, la mère fut de plus en plus

savoir, et commença maintenant a flater et en apres a
menacier son filz qui luy dist. Et quant l'enfant vit qu'il
ne pouoit durer a sa mere, si luy fist premierement pro-
mectre qu'elle ne le diroit a nully, et elle luy promist.
Apres, il luy dit ceste mençonge : c'estassavoir que les
senateurs avoient eu en leur conseil entre eulx, ou que ung
mary eust eu deux femmes, ou une femme deux mariz.
Quant la mere oy ce, si luy deffendi qu'il ne le dit a nul
autre ; et puis s'en ala a ses conmeres et leur dit le conseil
en secret, et l'autre a l'autre ; et ainsi sceurent tous ce
conseil en son secret.

5. Si advint ung pou apres que toutes les femmes de
Ronme vindrent au senatoire ou les senateurs estoient
assemblez. Par moult de foiz crierent a haulte voix
qu'elles aimoient mieulx que une femme eust deux mariz
que ung homme deux femmes. Les senateurs estoient tous
esbahiz, et ne savoient que ce vouloit dire, et se taisoient
et regardoient l'un l'autre en demandant dont ce venoit,
jusques a tant que l'enfant Papire leur compta tout le fait.
Et quant les senateurs oyrent ce, si en furent tous courroucez, et le firent senateur et establirent que jamaiz doresenavant nul enfant ne fut en leur compagnie.

6. Ainsi appert par ceste exemple que l'enfant masle,
qui estoit jenne, sceut celer et taire, et evada ; et la femme,
qui avoit aage convenable pour avoir sens et discrecion,
ne sceut taire ne celer ce qu'elle avoit juré et promis sur
son serement, et mesmes le secret qui touchoit l'onneur de
son mary et de son filz.

7. Et encore est ce le pis que quant femmes racontent
aucune chose l'une a l'autre, tousjours la derreniere y
adjouste plus, et acroist la bourde, et y met du sien, et
l'autre encores plus. Et a ce propos raconte l'en ung
compte rural d'une bonne femme qui avoit acoustumé a
soy lever matin. Ung jour ne se leva mye si matin qu'elle
avoit acoustumé. Sa commere se doubta qu'elle ne fut

---

60. f. quil l. B^2C. **62.** a nulluy et *BC*. **64.** eu *omis B*. **66.** le dist a *B*. **68.** s. toutes ce c. chascune en *B*. **72.** a. et par m. B^2. **81.** p. cest e. B^2. **87.** ce *omis B*. **88.** la derreniere *omis AC*. **91.** b. dame q. *B*. **93.** c. si d. *B*, ne feust m. *B*, ne seust m. *C*.

avide de le savoir. Elle se mit d'abord à flatter, puis à menacer son fils pour qu'il cède. Lorsque l'enfant vit qu'il ne pouvait tenir tête à sa mère, il commença par lui faire promettre qu'elle ne le dirait à personne, et elle le lui promit. Alors, il lui raconta un mensonge, à savoir que les sénateurs, lors du conseil, avaient débattu sur la question de savoir s'il fallait que le mari eût deux femmes ou la femme deux maris. Après l'avoir écouté, elle défendit à son fils de le dire à qui que ce fût. Quant à elle, elle rejoignit ses commères et leur révéla la confidence en cachette, et de fil en aiguille, toutes, elles finirent par être au courant.

5. Peu après, il advint que toutes les Romaines vinrent au Sénat devant les sénateurs assemblés. Elles n'eurent de cesse de clamer d'une voix perçante qu'elles aimeraient mieux qu'une femme eût deux maris qu'un homme eût deux femmes. Les sénateurs en furent tout ébahis, ne comprenant pas ce que cela signifiait ; ils se turent, se regardant l'un l'autre en se demandant le pourquoi de la chose, jusqu'à ce que l'enfant Papire leur racontât toute l'histoire. Les sénateurs en furent fort fâchés ; l'enfant fut fait sénateur et on décréta que dorénavant aucun enfant n'aurait plus accès à leur assemblée.

6. Cet exemple montre qu'un jeune garçon savait garder et taire un secret en esquivant les questions de sa mère tandis que cette femme, pourtant en âge de raison, ne savait ni taire ni garder secret ce qu'elle avait juré et promis par serment de ne pas révéler, et dont dépendait, de surcroît, l'honneur de son mari et de son fils.

7. Mais ce qui est bien pis encore, c'est lorsque les femmes se racontent une histoire entre elles : la dernière en rajoute toujours un peu, chacune y mettant du sien ; au fur et à mesure le mensonge prend plus d'ampleur. A ce propos, on évoque un conte campagnard[1] d'une femme qui avait l'habitude de se lever tôt le matin. Mais un jour elle se leva plus tard qu'à l'accoutumée. Sa commère, craignant qu'elle ne fût malade,

---

1. Conte très répandu au Moyen Age ; on le trouve notamment dans le *Livre du Chevalier de la Tour Landry* ; au XVIIe siècle, La Fontaine en fait une fable : *Les Femmes et le secret* (VIII, 6).

malade, si l'ala veoir en son lit et luy demanda moult
qu'elle avoit. La bonne dame, qui eust honte d'avoir tant
jeu, ne sceut que dire, fors qu'elle estoit moult pesante, et
tellement qu'elle ne le sceut dire. La commere luy pria et
pressa par amours qu'elle luy dist, et elle luy jura, promist
et fiança (*fol. 52b*) que jamaiz ce qu'elle luy diroit ne
seroit revelé pour riens de ce monde a nulle creature
vivant : pere, mere, seur, frere, mary, ne confesseur, ne
autre. Apres celle promesse et serment la bonne dame, qui
ne savoit que dire, par adventure luy dist qu'elle avoit ung
oeuf ponnu. La commere en fut moult esbahie, et monstra
semblant d'en estre bien couroucee, et jura plus fort que
devant que jamaiz parole n'en seroit revellee.

8. Assez tost apres, icelle commere se party, et s'en
retournant encontra une autre commere, qui luy emprist a
dire dont elle venoit ; et celle tantost luy dist qu'elle
venoit de veoir la bonne dame qui estoit malade et avoit
ponnu deux oeufz. Et luy pria, et ainsi l'autre luy promist,
que ce seroit secret. L'autre encontra une autre et en
secret luy dist que la bonne dame avoit ponnu quatre
oeufz. L'autre encontra une autre et luy dist huit oeufz ; et
ainsi de plus en plus multiplia le nombre. La bonne dame
se leva et fut par toute la ville : l'en disoit qu'elle avoit
ponnu une penneree de oeufz. Ainsi s'apparçut comment
femmes sont mal secrectes. Et qui pis est, le raconte
tousjours empire en droit.

9. Et pour ce, belle seur, sachiez vos secrectz celer a
tous, vostre mary exepté, et ce sera grant sens. Car ne
creez pas que une autre personne cele pour vous ce que
vous mesmes n'aiez peu ou sceu celer. Et pour ce soyez
secrecte et celant a tous, fors a vostre mary. Car a celluy
ne devez vous riens celer, maiz tout dire, a luy et vous
ensemble. Et il est dit *ad Ephesios*, .v°. : *Sic viri debent
diligere uxores : Scilicet ut corpora sua. Ideo ibidem
dititur : Viri diligite uxores vestras*, etc. *Unusquisque*

---

96. p. et malade et *B*. **97.** c. la pressa et pria p. *B²*, c. luy demanda et p. et p. p. *C*. **101.** f. ne m. *B*. **107.** et en sen r. e. *B*, et sen retourna et e. *C*. **111.** p. et aussi l. *B²*. **112.** e. ung a. *A*. **113.** a. pont q. *B*. **114.** e. ung a. *AC*. **116.** et sceut que p. *B²*. **118.** le racontent t. *B²*. **125.** d. et l. et v. aussi e. *B*.

vint la voir alors qu'elle était toujours au lit et lui demanda instamment ce qu'elle avait. La bonne dame, honteuse d'être restée couchée si longtemps, ne trouva rien de mieux à dire que ce mensonge : elle souffrait d'un mal si terrible qu'elle ne pouvait pas le lui révéler. La commère la pria et supplia de le lui dire par amitié et lui jura, promit et certifia que jamais pour rien au monde elle ne révélerait à qui que ce fût – père, mère, frères et sœurs, mari, confesseur ou autre – ce qu'elle lui dirait. Devant cette promesse, ce serment, la bonne dame, ne sachant que dire, lui raconta au hasard qu'elle avait pondu un œuf. La commère en fut fort ahurie, fit semblant d'en être bien fâchée et jura plus fort encore qu'auparavant que jamais un mot n'en serait révélé.

8. Peu après, la commère quitta la dame ; sur son chemin de retour elle rencontra une autre commère qui voulait savoir d'où elle venait ; aussitôt elle lui dit qu'elle venait de rendre visite à la bonne dame qui était malade pour avoir pondu deux œufs. Elle la pria de le garder pour elle, ce que l'autre lui promit. Mais celle-ci rencontra ensuite une autre commère et lui confia dans le secret que la bonne dame avait pondu quatre œufs. Cette dernière rencontra une autre femme : on en était à huit œufs, et ainsi de suite ce nombre se multipliait de plus en plus. Cependant, la bonne dame se leva et se rendit en ville où courait partout le bruit qu'elle avait pondu tout un panier d'œufs. Alors, elle se rendit compte combien les femmes savent mal garder un secret. Et pis, elles noircissent toujours le tableau.

9. Pour cette raison, belle amie, sachez cacher vos secrets à tous, excepté à votre mari : ce serait très sage. Ne croyez surtout pas en effet qu'une autre personne gardera à votre place ce que vous-même vous n'avez pas pu ou pas su garder secret. Soyez donc discrète et secrète vis-à-vis de tout le monde, votre mari excepté, à qui, en revanche, vous ne devez rien cacher ; vous devez tout lui dire quand vous êtes ensemble tous les deux. Dans l'Epître aux Ephésiens, il est dit au chapitre cinq : *Sic viri debent diligere uxores : Scilicet ut corpora sua. Ideo ibidem dicitur : Viri diligite uxores vestras*, etc. *Unusquisque*

uxorem suam diligat sicut seipsum. C'est a dire que l'onme doit amer sa femme comme son propre corps : et pour ce vous deux, c'estassavoir l'onme et la femme, devez estre tout ung, et en tout et par tout l'un de l'autre conseil ouvrer. Et ainsi font et doivent faire les bonnes et sages gens.

10. Et veuil bien que les mariz sachent que aussi doivent ilz celer et couvrir les simplesses ja faictes par leurs fenmes et doulcement pourveoir aux simplesses advenir. Et ainsi le voult faire ung bon preudonme de Venise. A Venise furent deux mariez qui orent troiz enfans en mariage. Apres, la femme fut gisant au lit de la mort, et se confessa entre les autres choses de ce que l'un des enfans n'estoit pas de son mary. Le confesseur a la parfin luy dist qu'il avroit advis quel conseil il luy donrroit, et retourneroit a elle. Icelluy confesseur vint au phisicien qui la gouvernoit et luy demanda l'estat de la maladie d'elle. Le phisicien dist qu'elle n'en pourroit eschapper. Adonc le confesseur vint a elle et luy dist comment il s'estoit conseillié de son cas, et ne veoit mye que Dieu luy donnast santé se elle ne cryoit *(fol. 53a)* mercy a son mary du tort qu'elle luy avoit fait. Elle manda son mary et fist tous vuidier hors de la chambre, exepté sa mere et son confesseur qui la mirent et soustindrent dedens son lit a genoulx, et les mains joinctes devant son mary luy pria humblement mercy de ce qu'elle avoit pechié en la loy de son mariage et avoit eu l'un de ses enffans d'autre que de luy. Et disoit oultre, maiz son mary l'escrya en disant : « Ho ! Ho ! Ho ! N'en dictes plus. » Sur ce la baisa et luy pardonna, en disant : « Jamaiz plus ne le dictes, ne nonmés a moy ne autre lequel c'est de vos enffans ; car je les veuil aimer autant l'un comme l'autre, si egalement que en vostre vie ne apres vostre mort vous ne soyez blasmee. Car en vostre blasme aroye je honte, et vos enffans mesmes, et autres par eulx, c'estassavoir noz parens, en recouvrer villain et perpetuel reproche. Si vous en taisiez ; je n'en veuil plus savoir. Afin que l'en ne dye mye

---

147. se. conseilliez de *B²*. **154.** e. p. en *A.* **156.** m. et s. *A.* **164.** en recevroient v. *B.* **165.** s. Et a. *B.*

uxorem suam diligat sicut seipsum, ce qui signifie que l'homme doit aimer sa femme comme son propre corps, et pour cela vous deux, homme et femme, vous devez être un, et agir en tout et pour tout en fonction de l'avis de l'autre : ainsi font et doivent faire les bonnes et sages gens.

10. En même temps je pense que les maris à leur tour doivent savoir qu'il est de leur devoir de cacher et de couvrir les maladresses que leurs femmes ont déjà commises et de prévenir avec délicatesse celles qu'elles pourraient encore commettre. C'est ce que voulait faire un bon prud'homme de Venise : il y avait dans cette ville deux époux qui eurent ensemble trois enfants. Mais sur son lit de mort, la femme dit en confession entre autres choses que l'un des enfants n'était pas de son mari. A la fin, le confesseur lui dit qu'il avait besoin de réfléchir sur le conseil qu'il lui donnerait, et qu'il reviendrait. Il se rendit auprès du médecin qui la soignait pour le questionner sur la gravité de sa maladie. Le médecin dit qu'elle était condamnée. Alors, le confesseur retourna auprès de la malade pour lui faire part de sa décision : il ne voyait pas comment Dieu pourrait lui rendre la santé si elle ne demandait pardon à son mari du tort qu'elle lui avait infligé. Elle demanda son mari auprès d'elle, fit sortir tout le monde de la chambre à l'exception de sa mère et de son confesseur qui l'aidèrent à se mettre à genoux dans son lit et qui la soutinrent ainsi. Les mains jointes devant son mari elle lui demanda humblement pardon d'avoir péché contre la loi du mariage en ayant eu un des enfants de quelqu'un d'autre. Elle voulait poursuivre mais son mari s'exclama : «Holà! n'en dites pas plus!» Il l'embrassa et lui pardonna en disant : «N'en parlez plus jamais, ne prononcez ni devant moi ni devant personne le nom de l'enfant concerné ; je veux les aimer tous d'un même amour sans faire de différence afin que durant votre vie et après votre mort aucun blâme ne tombe sur vous : car le blâme et la honte rejailliraient sur moi et sur vos enfants également, et par eux sur d'autres encore – tous nos parents. Un vil opprobre nous accablerait pour toujours. Taisez-vous donc : je ne veux pas en savoir davantage ; personne ne pourra dire que je fais du tort

que je face tort aux autres deux, qui que cestuy soit je luy donne en pur don desmaintenant a mon vivant ce que le droit de nos successions luy monteroit. »

11. Belle seur, ainsi veez vous que le sage homme fleschi son courage pour saulver l'onneur de sa femme qui redondoit a luy et a ses enffans. Et par ce vous appert que les sages honmes et les sages femmes doivent faire l'un pour l'autre pour sauver son honneur.

12. Et a ce propos peut estre trait autre exemple. Il fut ung grant sage homme que sa femme laissa pour aler avec ung autre homme jenne a Avignon. Lequel, quant il en fut saoul, le laissa conment il est acoustumé que telz jeunes hommes font souvent. Elle fut povre et desconfortee, si se mist au commun pour ce qu'elle ne sceut dont vivre. Son mary le sceu depuis, et en fut moult courroucié, et mist le remede qui s'ensuit : Il mist a cheval deux des frères de la femme, et leur donna de l'argent, et leur dist qu'ilz alassent querre leur seur qui estoit ainsi comme toute commune en Avignon, et qu'elle feust vestue de housse et chargie de coquilles a l'usage de pelerins venans de Saint Jaques, et montee souffisamment ; et quant elle seroit a une journee pres de Paris qu'ilz le luy mandassent. A tant se partirent. Le sage homme publia et dist partout a ung et a autre qu'il estoit bien joyeulx de ce que sa femme retournoit en bon point, Dieu mercy, de la ou il l'avoit envoyee. Et quant on luy demandait ou il avoit envoyee, il disoit qu'il l'avoit pieça envoyee a Saint Jaques en Galice, pour faire pour luy ung pelerinage que son pere a son trespassement luy avoit enchargié. Chascun estoit tout esbahy de ce qu'il disoit, considéré ce (*fol. 53b*) que l'en avoit paravant dit d'icelle. Quant sa femme fut venue a une journee pres de Paris, il fist parer son hostel et mectre du may et de l'erbe vert, et assembla ses amis pour aler au devant de sa femme. Il fut au devant, et s'entrebaiserent ; puis commencerent l'une et l'autre a plorer, et puis firent tresgrant joye. Il fist dire a sa femme que a tous elle

---

176. j. en A. *B*, la l. comme il *B*. **179.** s. de quoy v. *B²*. **180.** m. courrouciez et *B²*. **191.** il la *B C*. **200.** lun et la. *B*.

aux deux autres enfants ; qui que soit l'enfant en question, je lui accorde en simple don dès à présent de mon vivant ce qui lui reviendrait de nos droits de succession. »

11. Belle amie, vous voyez donc comment cet homme sage s'est contraint pour sauver l'honneur de sa femme ; par là-même il se le rendait à lui-même et à ses enfants. Il vous est ainsi montré que les époux sages doivent agir en sorte que l'honneur des deux soit sauvegardé.

12. A ce propos, on peut raconter un autre exemple. Il y avait un homme d'une grande sagesse que sa femme avait quitté pour suivre un jeune homme à Avignon. Une fois comblé, celui-ci l'abandonna, pratique courante chez ce genre de jeunes gens. Démunie et désespérée, elle se prostitua, ne sachant de quoi vivre. Son mari l'apprit, en fut fort fâché et trouva la solution que voici : il fit monter à cheval deux des frères de la femme, leur donna de l'argent et leur dit d'aller chercher leur sœur à Avignon, de la revêtir d'une ample robe et de la charger de coquillages à la manière des pèlerins revenant de Saint-Jacques, et de l'accompagner sur une monture convenable ; de le prévenir quand elle serait à une journée de Paris. Sur ce, ils se séparèrent. Le sage homme raconta partout en public aux uns et aux autres qu'il était bien content de ce que sa femme s'en revenait en bonne santé, Dieu merci, de l'endroit où il l'avait envoyée. Lorsqu'on lui demandait où il l'avait envoyée, il répondait que c'était à Saint-Jacques en Galice, voilà un certain temps déjà pour faire à sa place un pèlerinage que son père sur son lit de mort lui avait demandé de faire. Tout le monde en fut fort surpris, étant donné les bruits qui auparavant avaient couru sur son épouse. Lorsque celle-ci fut à une journée de Paris, il fit orner sa maison de rameaux de verdure, et réunit ses amis pour aller au-devant de sa femme, marchant à leur tête. Les époux s'embrassèrent et se mirent à pleurer tous deux avant de faire éclater une très grande joie. Il fit dire à sa femme de parler à tous d'une manière

parlast esbateement, haultement et hardiement, et mesmement devant la gent, et qu'elle, venue a Paris, alast sur toutes ses voisines l'une apres l'autre, et ne fist nul semblant de riens que de joye. Et ainsi le bon homme retourna et garda l'onneur de sa femme.

13. Et par Dieu, se ung homme garde l'onneur de sa femme et une femme blasme son mary ou seuffre qu'il soit blasmé, ne couvertement ne en appert, elle mesmes en est blasmee et non sans cause : car ou il est blasmé a tort ou il est blasmé a droit ; s'il est blasmé a tort, dont le doit elle aigrement revenchier ; s'il est blasmé a droit, dont le doit elle gracieusement couvrir et doulcement deffendre. Car il est certain que se le blasme demouroit sans estre affacié, de tant comme avroit plus meschant mary seroit elle reputee pour meschant ; et partiroit a son blasme pour ce qu'elle seroit mariee a si meschant. Car tout ainsi comme celluy qui joue aux eschiez tient longuement en sa main son eschet avant qu'il l'assiee, pour l'adviser de le mectre en lieu seur, tout ainsi la femme le doit tenir pour adviser et choisir et se mectre en bon lieu. Et s'elle ne le fait, si luy soit reprouchié, et doit partir au blasme de son mary. Et se il est rien taché, elle le doit couvrir et celer de tout son pouoir ; et autel doit faire le mary de sa femme, comme dit est dessus et dit sera apres.

14. Je sceuz ung bien notable advocat en Parlement, lequel advocat avoit eue une fille qu'il avoit engendré en une povre femme qui la mist a nourrisse ; et par deffault de paiement, ou de visitacion, ou des courtoisies que les honmes ne scevent pas faire aux nourrisses en telz cas, et fu de ce telles paroles que la femme d'icelluy advocat le sceut ; et sceut aussi bien que je savoye, et faisoye les paiemens de ceste nourriture et pour couvrir l'onneur du seigneur, a qui j'estoye et suis bien tenu, Dieu le gart ! Et pour ce la femme d'icelluy advocat vint a moy et me dist

---

202. p. esclateement h. et h. et a lui mesmes et m. *B*. **211.** sil est... tort *omis AC*. **215.** e effacie de *BC*. **217.** elle se s. *B* et partiroit... meschant *répété A*. **219.** s. eschec a. *B*. **219-220.** pour adviser... tenir *omis C*. **220.** f. se d. B^2. **223.** r. tachiez e. B^2, r. taisie e. *C*. **227.** a. engendree en *B*. **228.** et pour d. *B*. **230.** c. fu B^2. **231.** f. de la. B^2. **232.** s. a. – que je – f. B^2.

joyeuse à voix claire et hardie, et de faire de même devant leurs gens ; une fois à Paris, d'aller rendre visite à toutes ses voisines, l'une après l'autre et de ne laisser transparaître que de la joie. Et l'homme généreux rentra : il avait gardé l'honneur de sa femme.

13. Par Dieu, si un homme va jusqu'à garder l'honneur de sa femme, une femme qui blâme son mari ou tolère qu'il le soit indirectement ou ouvertement, en vérité le blâme retomberait sur elle, et non sans raison. De deux choses l'une : ou l'accusation est sans fondement, ou elle est justifié. Dans le premier cas, la femme doit contester avec âpreté, dans le second le couvrir gentiment et le défendre avec douceur. Il est clair que si le blâme restait sur lui sans être effacé, elle en serait réputée comme tout aussi coupable que son mari : elle participerait de son opprobre ayant épousé un tel homme. En effet, de même que le joueur d'échecs garde longuement son pion dans la main avant de le poser, après réflexion, dans la case la plus sûre, de même la femme doit-elle disposer de sa destinée, réfléchir avant de choisir afin de se mettre en un bon lieu. Si elle ne le fait pas, qu'on le lui reproche alors, et qu'elle partage l'opprobre de son mari. Et s'il est un rien entaché, elle doit couvrir et dissimuler la tache de tout son pouvoir. Le mari doit agir de la même manière envers sa femme, comme on l'a dit ci-dessus ; on va y revenir.

14. J'ai connu un avocat très respectable au Parlement, qui avait eu une fille d'une pauvre femme qui mit l'enfant en nourrice. Sans doute pour avoir manqué de payer, ou de rendre des visites, ou pour avoir négligé d'autres prévenances que dans ces cas-là les hommes ne savent pas témoigner aux nourrices, des rumeurs coururent, si bien que la femme de l'avocat l'apprit. Elle apprit aussi que j'étais au courant et que je versais l'argent pour l'éducation de l'enfant afin de sauvegarder l'honneur du seigneur, auquel, Dieu le garde, j'étais et je suis toujours fort attaché. Mais la femme de l'avocat vint me voir

que je faisoye grant pechié que son seigneur fut esclandry et diffamé, et qu'elle estoit mieulx tenue a souffrir le danger de ceste nourriture que moy, et que je la menasse ou l'enfant estoit. La mist en garde avec une *(fol. 54a)* 240 cousturiere et luy fist aprendre son mestier et puis la maria, que oncques ung mal talent ne ung seul couroux ou laide parole son mary n'en apparceut. Et ainsi font les bonnes fenmes vers leurs mariz, et les bons maris vers leurs femmes quant elles faillent.

---

238. q. je lamenasse ou *B*, q. la m. *C*. **240.** m. ne o. *B*. **244.** quant elles faillent *omis B*.

pour me dire que je faisais là un grand péché, que je risquais d'attirer sur son mari scandale et diffamation et qu'elle était mieux placée que moi pour faire face au dangers liés à cette affaire ; elle me demanda de la mener à l'endroit où était l'enfant. Elle la confia à une couturière qui lui apprit son métier, puis elle la maria sans qu'à aucun moment son mari eût à souffrir d'une mauvaise humeur, d'un accès de colère ou d'une parole désobligeante de sa part. C'est ainsi qu'agissent les bonnes épouses envers leurs maris, et les bons maris envers leurs femmes quand elles fautent.

I ix

I. Le .ixe. article doit monstrer que vous soyez saige a
ce que se vostre mary folloye comment jeunes gens ou
simple gens font souvent, que doulcement et sagement
vous le retrayez de ses folyes. Gardez que par bonne
pacience et par la doulceur de voz paroles vous occiez
l'orgueil de sa cruaulté; et se ainsi le savez faire, vous
l'arez vaincu, tellement qu'il ne vous pourra faire mal,
neant plus que se il fut mort. Et si luy souviendra depuis
tellement de vostre bien, jasoit ce que il n'en die mot
devant vous, que vous l'avrez du tout atrait a vous. Et se
vous ne le pouez desmouvoir qu'il ne vous courrousse,
gardez que vous ne vous en plaingniez a vos amis ne
autre, dont il se puist apparcevoir; car il en tendroit moins
de bien de vous, et luy en souvendroit autresfoiz. Maiz
alez en vostre chambre plourer bellement et coyement a
basse voix, et vous en plaingniez a Dieu. Et ainsi le font
les sages dames. Et s'il est plus estrange, si le refrenez
sagement. Et a ce propos est une histoire ou traictié qui dit
ainsi :

Rubrique : Cy commence le ixme article de la premiere distinction *B*. **3.** s. f.
s. *B.* **4.** f. Primo sil veult soy courroucier ou mal exploitier contre vous g.
B. **8.** sil fust m. *B*². **12.** ne autres d. *BC.* **13.** se puisse a. *B.* **14.** s. autrefoiz M.
B.

I ix

1. Le neuvième article doit vous enseigner comment agir sagement lorsque votre mari fait toutes sortes de folies à la manière des jeunes garçons ou des gens irresponsables, et comment le faire renoncer avec douceur et finesse à ces folies. S'il est cruel, essayez avec patience et de douces paroles de venir à bout de son arrogance ; si vous y parvenez, vous l'aurez vaincu, si bien qu'il sera désormais incapable de vous faire du mal, pas plus que s'il était mort. En effet, il aura été si marqué par votre bienfait qu'il sera dorénavant complètement solidaire de vous, même s'il n'en dit rien devant vous. Si, au contraire, vous ne parvenez pas à le déshabituer de s'irriter contre vous, gardez-vous de vous en plaindre à vos amis ou à toute autre personne, car il pourrait s'en apercevoir ; il vous en estimerait moins, et il s'en souviendrait à l'occasion. Allez plutôt dans votre chambre pour pleurer tout votre soûl, silencieusement, discrètement, et adressez vos plaintes à Dieu. C'est ainsi qu'agissent les dames sages. S'il est plus extravagant, tentez de le tempérer avec sagesse. A ce propos, il existe une histoire ou traité :

[Mellibée[1]]

Un jouvencel appellé Mellibée, puissant et riche, ot une femme nommée Prudence, et de celle femme ot une fille. Advint un jour qu'il s'ala esbatre et jouer et laissa en son hostel sa femme et sa fille et les portes closes. Trois de ses anciens ennemis approuchièrent et appoièrent escheles aux murs de sa maison, et par les fenestres entrèrent dedans, et batirent sa femme [forment], et navrèrent sa fille de cinq plaies mortels en cinq lieux de son corps c'est assavoir ès piés, ès oreilles, ou nez, en la bouche et ès mains, et la laissièrent presque morte, puis s'en alèrent.

Quant Mellibée retourna à son hostel et vit cest meschief, si commença et prist à plaindre et à plourer et à soy batre, et en manière de forcené sa robe dessirer. Lors Prudence sa femme le prist à admonester qu'il se souffrist ; et il tousjours plus fort crioit. Adonc Prudence se appensa de la sentence Ovide, ou livre *des Remèdes d'amours*, qui dit que cellui est fol qui s'efforce d'empeschier la mère de plorer la mort de son enfant, jusques à tant qu'elle se soit bien vuidée de larmes et saoulée de plorer. Lors il est temps de la conforter et attremper sa douleur par doulces paroles.

Pour ce Prudence se souffri un pou de temps, et puis quant elle vit son temps, si lui dist : Sire, dist-elle, pourquoy vous faites-vous sembler fol ? Il n'appartient pas à sage homme de démener si grant dueil. Vostre fille eschappera se Dieu plaist : se elle estoit ores morte, vous ne vous devriez pas pour luy destuire, car Sénèque dit que li sages ne doit point prendre grant desconfort de [la mort de] ses enfans, ains doit souffrir leur mort aussi légièrement comme il attend la sienne propre. Mellibée respondi : qui est celluy qui se pourroit tenir de plorer en si grant cause de douleur ? Nostre Seigneur Jhésu-Crist mesmes plora de la mort du ladre son amy. – Certes, dist

---

1. Édition Pichon.

Histoire de Mélibée[1]

Un jeune homme puissant et riche du nom de Mélibée avait une femme appelée Prudence ; ils avaient eu une fille ensemble. Un beau jour, Mélibée s'en alla pour se divertir et s'amuser, laissant femme et fille à la maison, toutes portes closes. Cependant, trois de ses anciens ennemis réussirent à s'approcher de la maison, posèrent des échelles contre les murs et pénétrèrent à l'intérieur par les fenêtres. Ils battirent violemment sa femme et blessèrent très gravement sa fille en cinq points de son corps, lui infligeant cinq plaies cruelles, aux pieds, aux oreilles, au nez, à la bouche et aux mains. La laissant demi-morte, ils s'en allèrent.

De retour, Mélibée devant ce malheur se mit à pousser des cris de douleur, à pleurer, à se frapper la poitrine, et à déchirer ses vêtements comme s'il était devenu fou. Alors, sa femme, Prudence, se mit à le raisonner pour qu'il se ressaisisse, mais il n'en criait que plus fort encore. Prudence se souvint alors subitement d'une sentence d'Ovide, dans le livre des *Remèdes d'amour*, disant que celui qui essaie d'empêcher la mère de pleurer son enfant mort tout son soûl et de verser toutes les larmes de son corps jusqu'à la dernière, celui-là est fou. C'est seulement ensuite qu'il est temps de la consoler et de soulager sa peine par de douces paroles.

Pour cette raison, Prudence se contint un moment, mais lorsqu'elle pensa que c'en était assez, elle dit à Mélibée :

– Seigneur, pourquoi vous comporter comme un fou ? Il ne sied pas à un homme sage de montrer une si grande douleur. S'il plaît à Dieu, votre fille sera sauvée. Et même si elle était morte à présent, vous ne devriez pas vous détruire à cause d'elle. Sénèque dit que le sage ne doit pas désespérer face à la mort de ses enfants, mais au contraire la supporter en en prenant son parti comme il fait pour la sienne propre.

Mélibée répondit :

– Qui pourrait ne pas pleurer devant un si grand malheur ? Notre-Seigneur Jésus-Christ lui-même pleura la mort de son ami lépreux.

---

1. Attribué à Renaud de Louhans, traduction d'un texte d'Albertano da Brescia.

Prudence, pleurs ne sont mie deffendus à celluy qui est triste ou entre les tristes, mais leur est ottroié, car, selon ce que dit saint Pol l'apostre en l'epistre aux Rommains, on doit mener joye avec ceulx qui ont joye et mainnent, et doit-on plourer avec ceulx qui pleurent. Mais jasoit-ce que plourer atrempéement soit permis, toutesvoies plorer desmesuréement est deffendu, et pour ce l'on doit garder la mesure que Sénèque met. Quant tu auras, dit-il, perdu ton amy, ton oeil ne soit ne trop sec ne trop moistes, car jasoit-ce que la larme viengne à l'oeil, elle n'en doit pas issir ; et quant tu auras perdu ton ami, pense et efforce-toy d'un autre recouvrer, car il te vault mieulx un autre ami recouvrer que l'ami perdu plorer. Se tu veulx vivre sagement, oste tristesse de ton cuer, car Sénèque dit : le cuer lié et joyeux maintient la personne en la fleur de son aage, mais l'esperit triste luy fait séchier les os ; et dist aussi que tristesse occist moult de gens. Et Salemon dit que tout ainsi comme la tigne ou l'artuison nuit à la robe et le petit ver au bois, tout ainsi griève tristesse au cuer. Et pour ce nous devons porter [patiemment] en la perte de nos enfans et de nos autres biens temporels ainsi comme Job [lequel,] quant il ot perdu ses enfans et toute sa substance et eut receu moult de tribulations en son corps, il dist : nostre Seigneur le m'a donné, nostre Seigneur le m'a tolu : ainsi comme il le m'a voulu faire, il l'a fait ; benoist soit le nom nostre Seigneur !

Mellibée respondi à Prudence sa femme ainsi : toutes les choses que tu dis sont vrayes et profitables, mais mon esperit est si troublé que je ne sçay que je doie faire. Lors Prudence lui dist : appelle tous tes loyaulx amis, tes affins et tes parens, et leur demande conseil de ceste chose, et te gouverne selon le conseil qu'ils te donront, car Salemon dit : tous tes fais par conseil feras, ainsi ne t'en repentiras.

Adonc Mellibée appella moult de gens, c'est assavoir cirurgiens, phisiciens vieillars et jeunes, et aucuns de ses anciens ennemis qui estoient réconciliés [par semblance], et retournés en sa grâce et en son amour, et aucuns de ses voisins qui lui portèrent révérence plus par doubtance que par amour, et avec ce vindrent plusieurs de losengeurs et

— Bien sûr, dit Prudence, les larmes ne sont pas défendues à celui qui est triste ou qui se trouve parmi des gens tristes : il a le droit de pleurer comme le dit saint Paul dans l'Epître aux Romains : on doit se réjouir avec ceux qui sont heureux et qui se réjouissent, et pleurer avec ceux qui pleurent. Cependant, s'il est permis de pleurer avec modération, il est défendu de pleurer sans retenue : voilà pourquoi il convient d'observer cette mesure prônée par Sénèque qui dit : « Lorsque tu as perdu un ami, que ton œil ne soit ni trop sec ni trop humide : la larme doit venir à l'œil, elle ne doit pas couler ; lorsque tu as perdu cet ami, dispose-toi et applique-toi à en trouver un autre, car cela vaut mieux pour toi que de pleurer celui qui est mort. » Si tu veux vivre en sage, ôte de ton cœur la tristesse, car Sénèque dit : « Un cœur gai et joyeux vous maintient dans la fleur de l'âge, tandis qu'un esprit chagrin vous dessèche les os[1]. » Il dit en outre que la tristesse a tué beaucoup de gens. Quant à Salomon, il dit que, de même que la teigne ou les mites abîment les vêtements et le vers le bois, la tristesse ronge le cœur. Pour cette raison, nous devons supporter avec patience la perte de nos enfants et de nos autres biens temporels comme Job : ayant perdu ses enfants, toutes ses possessions et connu beaucoup de tribulations, il dit : « Notre-Seigneur me l'a donné, Notre-Seigneur me l'a enlevé : Il m'a fait ce qu'il Lui a plu. Que le nom de Notre-Seigneur soit béni. »

Voilà ce que répliqua Mélibée à sa femme, Prudence :

— Tout ce que tu dis là est vrai et profitable. Mais mon esprit est si troublé que je ne sais que faire.

— Appelle tous tes vrais amis, tes alliés et tes parents, répondit Prudence, et demande-leur de te conseiller, puis suis leur conseil car Salomon dit : « Fais-toi conseiller en tout, et tu ne le regretteras pas. »

Mélibée fit venir beaucoup de gens : des chirurgiens, des médecins, jeunes et vieux, certains de ses anciens ennemis apparemment réconciliés et rentrés dans ses bonnes grâces et son affection, ainsi que certains de ses voisins qui lui témoignaient de l'estime plus par crainte que par affection ; par ailleurs il y eut quelques flatteurs, mais également un grand

---

1. En réalité Proverbes, XV, 13.

moult de sages clers et bons advocas. Quant ceulx furent
ensemble, il leur recompta et monstra bien par la manière
95 de son parler qu'il estoit moult courroucié, et qu'il avoit
moult grant désir de soy vengier tantost et faire guerre
incontinent : toutesvoies il demanda sur ce leur conseil.
Lors un cirurgien par le conseil des autres cirurgiens se
leva disant : Sire, il appartient à un cirurgien que il porte
100 à un chascun prouffit et à nul dommage, dont il advient
aucunes fois que quant deux hommes par malice se sont
combatus ensemble et navrés l'un l'autre, un mesme
cirurgien garist l'un et l'autre ; et pour ce il n'appartient
point à nous de esmouvoir ou nourrir guerre ne supporter
105 partie, mais à ta fille garir. Jasoit-ce qu'elle soit navrée
malement, nous mettrons toute nostre cure de jour et de
nuit, et, à l'aide de nostre Seigneur, nous te la rendrons
toute saine. Presques en ceste manière respondirent les
phisiciens, et oultre adjoustèrent avec ce aucuns que tout
110 ainsi comme selon l'art de médecine les maladies se doivent garir par contraires, ainsi doit-l'en garir guerre par
vengence. Les voisins envieux, les ennemis réconciliés
par semblant, les losengeurs, firent semblant de plorer et
commencèrent le fait moult à aggraver en loant moult
115 Mellibée en puissance d'avoir et d'amis, et en vitupérant
la puissance de ses adversaires, et dirent que tout oultre il
se devoit tantost vengier et incontinent commencier la
guerre. Adonc un sage advocat de la voulenté des autres
se leva et dist : Beaulx seigneurs, la besongne pour quoy
120 nous sommes cy assemblés est moult haulte et pesante
pour cause de l'injure et du maléfice qui est moult grant,
et pour raison des grans maulx qui s'en pevent ensuivre
ou temps advenir, et pour la force des richesses et des
puissances des parties ; pour laquelle chose il seroit grant
125 péril errer en ceste besongne. Pour ce, Mellibée, dès
maintenant nous te conseillons que sur toutes choses tu
aies diligence de garder ta personne, et euvres en telle
manière que tu soies bien pourveu d'espies et guettes pour
toy garder. Et après tu mettras en ta maison bonne gar-
130 nison et fort pour toy et ta maison défendre. Mais de
mouvoir guerre et de toy vengier tantost, nous n'en

nombre de sages clercs et de bons avocats. Quand tout ce monde fut rassemblé, Mélibée leur raconta ce qui était arrivé ; sa façon de parler révélait combien il était courroucé et qu'il désirait fort se venger immédiatement en commençant aussitôt la guerre ; cependant, il leur demanda de le conseiller. Après s'être concerté avec ses collègues, l'un des chirurgiens se leva et prit la parole :

— Seigneur, le propre du chirurgien, c'est d'être utile à tous et nuisible à personne ; par conséquent, il peut arriver, lorsque deux hommes se sont battus et blessés mutuellement par malice, qu'un même chirurgien les soigne tous deux. Pour cette raison nous ne devons pas déclencher ni alimenter une guerre, ni prendre parti pour l'un des deux camps ; nous devons guérir ta fille. Bien qu'elle soit gravement blessée, nous nous emploierons jour et nuit à la soigner et, avec l'aide de Notre-Seigneur, nous te la rendrons entièrement rétablie.

Les médecins, quant à eux, tinrent à peu près le même discours. Certains ajoutèrent cependant que selon l'art de la médecine les maladies se soignent par leur contraire et qu'au même titre on doit remédier à la guerre par la vengeance. Les voisins envieux, les anciens ennemis et les flatteurs firent semblant de pleurer, se mirent à grossir l'affaire en faisant grand cas de l'importance des possessions et des amis de Mélibée, et en dénigrant la puissance de ses adversaires ; ils dirent qu'avant toute chose, il devait aussitôt se venger et déclarer sans tarder la guerre. C'est alors qu'un sage avocat de l'opinion du parti opposé se leva et dit :

— Chers seigneurs, l'affaire qui nous réunit ici aujourd'hui est très sérieuse et très grave, vu l'importance de l'injure et du méfait et les grands malheurs qui peuvent en découler dans l'avenir, et également compte tenu des grandes richesses et de la puissance des parties impliquées : pour toutes ces raisons, il serait extrêmement dangereux de faire une erreur en cette affaire. Voilà pourquoi, Mélibée, nous te conseillons dès à présent par-dessus toute chose de préserver ta personne et de bien t'entourer d'espions et d'une garde personnelle. Ensuite tu muniras ta maison d'un solide dispositif défensif pour être en mesure de te protéger, toi et ta maison. Par contre, pour ce qui est de déclencher une guerre et de te venger tout de suite, nous

povons pas bien jugier en si pou de temps lequel vault
mieulx. Si demandons [espace] d'avoir délibération, car
l'on dit communément : qui tost juge, tost se repent ; et
135 dit-on aussi que le juge est bon qui tost entent et tart juge.
Car jasoit-ce que toute demeure soit ennuyeuse, toutesvoies elle ne fait pas à reprendre en jugement et en
vengence quant elle est souffisant et raisonnable. Et ce
nous monstre nostre Seigneur par exemple, quant la
140 femme qui estoit prinse en adultère lui fut admenée pour
jugier d'icelle ce que on en devoit faire. Car jasoit-ce qu'il
sceust bien qu'il devoit respondre, toutesvoies il ne respondi pas tantost, mais voult avoir délibération et escript
deux fois en terre. Pour ces raisons, nous demandons déli-
145 bération, laquelle eue, nous te conseillerons, à l'aide de
Dieu, chose qui sera à ton proufit.

Lors les jeunes gens et la plus grant partie de tous les
autres mocquèrent ce sage et firent grant bruit, et dirent
que tout ainsi comme l'en doit batre le fer tant comme il
150 est chault, ainsi l'en doit vengier l'injure tant comme elle
est fresche, et se escrièrent à haulte voix : *guerre !*
guerre ! guerre !

Adonques se leva un des anciens et estendit la main et
cria que l'en feist silence et dist ainsi : moult de gens
155 crient *guerre !* haultement, qui ne scevent que guerre se
monte. Guerre en son commencement est si large et a si
grant entrée que un chascun y puet entrer et la puet
trouver légièrement, mais à très grant peine puet-l'en
savoir à quelle fin l'en en puet venir. Car quant la guerre
160 commence, moult de gens ne sont encores nés, qui pour
cause de la guerre mourront jeunes, ou en vivront en douleur et en misère et fineront leur vie en chétiveté. Et pour
ce, avant que l'en mueve guerre, l'en doit avoir grant
conseil et grant délibération.

165 Quant icelluy ancien cuida conferrer son dit par raisons, ils se levèrent presque tous encontre luy et entre-
rompirent son dit souvent, et lui dirent qu'il abrégeast ses
paroles, car la narration de cellui qui presche à ceulx qui
ne le veulent oïr, est ennuyeuse ; c'est à dire que autant
170 vault parler devant cellui à qui il ennuye comme chanter

ne sommes pas en mesure de juger ce qui vaut mieux en si peu de temps. Nous te demandons un délai de délibération car l'on dit communément : « Qui juge vite se repent vite » ; l'on dit aussi qu'est bon juge celui qui comprend tôt et juge tard. Bien que tout ajournement soit désagréable, lorsqu'il est suffisamment mais raisonnablement long, il peut éviter que jugement et vengeance soient critiquables. C'est ce que nous démontre Notre-Seigneur par un exemple : lorsqu'on lui amena la femme prise en flagrant délit d'adultère pour qu'il la juge, il ne répondit pas tout de suite alors qu'il savait parfaitement ce qu'il allait dire ; il désirait un temps de réflexion et écrivit sur le sol à deux reprises. Voilà pourquoi nous aussi, nous demandons un temps de réflexion ; ensuite nous serons en mesure, avec l'aide de Dieu, de te donner un conseil qui te sera utile.

Alors les jeunes gens et la plupart des autres se moquèrent de ce sage et menèrent grand tapage, disant que de même qu'il faut battre le fer tant qu'il est chaud, de même doit-on venger l'injure tant qu'elle est fraîche ; et à haute voix ils crièrent : « *Guerre ! guerre ! guerre !* »

A présent, l'un des anciens se leva, étendit le bras en réclamant le silence et tint ces propos :

– Beaucoup de personnes appellent à la guerre de toutes leurs forces sans savoir qu'une guerre se prépare. Au commencement, la guerre est si large et si libre d'accès que n'importe qui peut y entrer et s'y engager facilement ; en revanche, il est très difficile d'en prévoir l'issue : beaucoup de ceux qui y laisseront leur jeune vie ou qui vivront dans la douleur et la misère ou qui achèveront leur vie en captivité, beaucoup de ceux-là n'étaient pas même nés au commencement de la guerre. Pour cette raison, avant de décider d'entreprendre une guerre, on doit tenir grand conseil et grande délibération.

Lorsque le vieil homme voulut étayer ses propos avec des arguments, presque tous s'élevèrent contre lui, l'interrompant souvent, et lui dirent d'abréger son discours et qu'il était fâcheux d'adresser un prêche à un public qui n'est pas disposé à l'entendre ; autrement dit que parler à celui que cela contrarie équivaut à chanter devant celui qui pleure. Lorsque le vieil

devant cellui qui pleure. Quant ce sage ancien vit qu'il ne povoit avoir audience, ne se efforça plus de parler. Si dit : je vois bien maintenant que le proverbe commun est vray : lors fault le bon conseil, quant le grant besoing est. Et ce dit, il s'assist comme tout honteulx.

Encores avoit en conseil Mellibée moult de gens qui lui conseilloient autre chose en l'oreille et autre chose en appert. Quant Mellibée eust oy son conseil, il conceut et advisa que trop plus grant partie se accordoit et conseilloit que l'en feist guerre ; si se arresta en leur sentence et la conferma. Lors dame Prudence, quant elle vit son mary qui se appareilloit de soy vengier et de faire guerre, si lui vint au devant et lui dist moult doulcement : Sire, je vous pry que vous ne vous hastez et que vous pour tous dons me donnez espace de parler, car Pierre Alphons dit : qui te fera bien ou mal, ne te haste du rendre, car ainsi comme plus long temps te attendra ton amy, ainsi plus long temps te doubtera ton ennemi. Mellibée respondi à Prudence sa femme : je ne propose point de user de ton conseil et pour moult de raisons. Premièrement, car chascun me tendroit pour fol, se je par ton conseil et par ton consentement changeoie ce qui est ordonné par moult de bonnes gens : après car toutes femmes sont mauvaises, et une seule n'est bonne, selon le dit de Salemon : en mil hommes, dit-il, j'ay bien trouvé un preudomme, mais de toutes les femmes je n'en treuve nulle bonne. Après est la tierce raison, car se je me gouvernoie de ton conseil, il sembleroit que je te donnasse sur moy seignorie, laquelle chose ne doit pas estre. Car Jhésu-Sirac dit : se la femme a la seignorie, elle est contraire à son mary. Et Salemon dit : à ton fils, à ta femme, à ton frère, à ton amy ne donne puissance sur toy en toute ta vie, car il te vault mieulx que tes enfans te requièrent ce que mestier sera pour eulx que

homme vit qu'on ne l'écoutait plus, il ne se donna plus la peine de poursuivre. Il dit :

— Je constate combien le proverbe populaire est vrai qui dit : « Le bon conseil manque quand on en a le plus besoin. » Sur ces paroles il se rassit, apparemment tout honteux.

Il y eut dans l'assemblée beaucoup d'autres gens qui donnèrent des conseils à Mélibée, les uns en aparté, d'autres ouvertement. Lorsque Mélibée eut entendu tous les avis, il en conclut qu'il y avait une grande majorité unanime pour prôner la guerre ; il se rangea à leur avis et l'approuva. Lorsque dame Prudence vit son mari se préparer à se venger et à faire la guerre, elle vint au-devant de lui et lui dit avec beaucoup de douceur :

— Seigneur, je vous en prie, ne vous précipitez pas. Je ne vous demande que la permission de parler un instant car, comme le dit Pierre Alphonse[1] : « Ne te hâte jamais de rendre ni le bien ni le mal, car plus longtemps ton ami t'attendra, plus longtemps ton ennemi te craindra. »

Mélibée répondit à sa femme Prudence :

— Je n'ai pas l'intention de suivre ton conseil pour de nombreuses raisons. Premièrement parce que tout le monde me tiendrait pour fol si, sur ton conseil et en me rangeant à ton avis, je ne tenais pas compte de ce que m'ordonne un nombre important de personnes de bien. Ensuite parce que toutes les femmes sont mauvaises : il n'y en a, d'après Salomon, pas une seule qui soit bonne : « Parmi mille hommes, dit-il, j'ai bien trouvé un prud'homme mais parmi toutes les femmes je n'en ai pas trouvé une seule de bonne. » La troisième raison, c'est que si je suivais ton conseil, il semblerait que je te permette de me dominer, chose qui ne doit pas être. Car Jésus-Sirach[2] dit : « Si la femme domine, c'est qu'elle devient la rivale de son mari. » De plus, Salomon dit : « De ta vie, ne donne jamais du pouvoir sur toi ni à ton fils, ni à ta femme, ni à ton frère, ni à ton ami, car il vaut mieux pour toi que tes enfants te demandent ce dont

---

1. Rabbi Moïse Séphardi, converti au christianisme en 1106. Auteur d'une *Discipline de clergie*.
2. Ou Jésus, fils de Sira, auteur de la Siracide, seul livre de l'Ancien Testament dont l'auteur est connu. Souvent désigné sous le nom d'Ecclésiastique ; cf. IX, 2.

toy regarder ès mains de tes enfans. Après, se je vouloye user de ton conseil, il conviendrait aucunes fois que le conseil fust secret jusques à tant qu'il fust temps de le révéler, et ce ne se pourroit faire, car il est escript : la jenglerie des femmes ne puet riens céler fors ce qu'elle ne scet. Après, le philosophe dit : en mauvais conseil les femmes vainquent les hommes. Pour ces raisons je ne doy point user de ton conseil.

Dame Prudence, après ce qu'elle ot oy débonnairement et en grant patience toutes les choses que son mary voult avant traire, si demanda licence de parler et puis dist : Sire, à la première raison que vous m'avez avant mise, puet-on respondre légièrement. Car je dy qu'il n'est pas folie de changer son conseil quant la chose se change ou quant la chose appert autrement que devant. Après, je dy encores plus, car se tu avoies promis et juré de faire ton emprise et tu la laissoies à faire pour juste cause, l'en ne devroit pas dire que tu fusses mensongier ne parjure, car il est escript : le sage ne ment mie quant il mue son courage en mieulx. Et jasoit-ce que ton emprise soit estable et ordonnée par grant multitude de gens, pour ce ne la convient pas accomplir, car la vérité des choses et le prouffit sont mieulx trouvés par pou de gens sages et parlans par raison que par multitude de gens où chascun brait et crie à sa voulenté : et telle multitude n'est point honneste.

A la seconde raison, quant vous dittes que toutes femmes sont mauvaises et nulles bonnes, sauf vostre grâce, [vous parlez trop généraulment quant] vous les desprisez ainsi toutes, car il est escript : qui tout desprise, à tout desplait ; et Sénèque dit que cellui qui veult acquerre sapience ne doit nul desprisier, mais ce qu'il scet, il le doit enseigner sans présumption, et ce qu'il ne scet, il ne doit pas avoir honte de demander à maindre de luy. Et que moult de femmes soient bonnes, l'en le puet prouver légièrement. Premièrement, car nostre Seigneur Jhésu-Crist ne se fust oncques daigné descendre en femme se elles fussent toutes mauvaises ainsi comme tu le dis. Après, pour la bonté des femmes, nostre Seigneur Jhésu-

ils ont besoin plutôt que toi, tu sois obligé de dépendre de tes enfants. » Ensuite, si je suivais ton conseil, il faudrait alors que cela reste secret jusqu'au moment opportun de le révéler, ce qui est impossible car il est écrit : « Le caquet des femmes ne peut rien garder secret excepté ce qu'elles ignorent. » Par ailleurs, le philosophe dit : « Les femmes l'emportent sur les hommes en matière de mauvais conseils. » Pour toutes ces raisons je ne dois point suivre ton conseil.

Dame Prudence, après avoir écouté avec bienveillance et grande patience tout ce que son mari avançait, demanda la parole et dit :

– Seigneur, on peut répondre facilement au premier argument que vous avez avancé. Je dis qu'il n'y a point de folie à changer d'avis lorsque se modifient les données ou la manière d'apprécier les choses. Je vais plus loin encore : si tu avais promis et juré d'exécuter ton plan et que tu y renonçais pour une juste cause, on ne pourrait pas te tenir pour menteur ou parjure, car il est écrit : « Le sage n'est pas un menteur lorsqu'il change d'avis avec raison. Bien que ton plan soit arrêté et soutenu par une foule de gens, ce n'est pas là une raison pour l'exécuter à tout prix, car la vérité et l'utilité des choses sont plus accessibles à un petit nombre de gens sages et raisonnables qu'à une foule où chacun hurle et crie comme il veut : une telle foule n'est point juste.

Quant à votre second argument, que toutes les femmes sont mauvaises et qu'aucune n'est bonne, ne vous en déplaise mais vous généralisez trop si vous les méprisez ainsi toutes car il est écrit : « Celui qui méprise tout le monde ne plaît à personne. » Sénèque, quant à lui, dit que celui qui veut s'instruire ne doit mépriser personne ; ce qu'il sait, il doit l'enseigner sans présomption ; ce qu'il ignore, il ne doit pas avoir honte de le demander à quelqu'un de moins important que lui. Par ailleurs, on peut prouver facilement que beaucoup de femmes sont bonnes. D'abord, Notre-Seigneur Jésus-Christ n'aurait jamais consenti à descendre en une femme si elles avaient toutes été mauvaises, comme tu dis. Ensuite, à cause de la bonté des femmes, Notre-Seigneur Jésus-Christ ressuscité après la mort

Crist, quant il fut ressuscité de mort à vie, il apparut premier à Marie Magdalaine que aux apostres; et quant Salemon dist que de toutes femmes il n'en a trouvé nulle bonne, pour ce ne s'ensuit pas que nulle ne soit bonne. Car jasoit-ce qu'il ne l'ait trouvée, moult des autres en ont bien trouvé plusieurs bonnes et loyaulx; ou, par adventure, quant Salemon dit qu'il n'a point trouvé de bonne femme, il entend de la bonté souveraine de laquelle nul n'est bon fors Dieu seulement, selon ce que lui mesmes le dit en l'Euvangile, car nulle créature n'est tant bonne, à qui ne faille aucune chose, sans comparoison à la perfection de son Créateur.

La tierce chose si est comme tu dis se tu te gouvernoies par mon conseil, il sembleroit que tu me donnasses par dessus toy seignorie. Sauve ta grâce, il n'est pas ainsi: car selon ce, nul ne prendroit conseil fors à cellui à qui il vouldroit sur lui puissance, et ce n'est pas vray, car cellui qui demande conseil a franchise et libérale voulenté de faire ce que l'en luy conseille, ou de le laissier.

Quant à la quarte raison, où tu dis que la jenglerie des femmes ne puet céler fors ce qu'elles ne scevent pas, ceste parole doit estre entendue d'aucunes femmes jengleresses desquelles on dit: trois choses sont qui gettent homme hors de sa maison, c'est assavoir la fumée, la goutière et la femme mauvaise. Et de telles femmes parle Salemon quant il dit: il vauldroit mieulx habiter en terre déserte que avec femme rioteuse et courrouceuse. Or scez-tu bien que tu ne m'as pas trouvée telle, ains as souvent esprouvé ma grant silence et ma grant souffrance, et comme j'ai gardé et célé les choses que l'en devoit céler et tenir secrètes.

Quant à la quinte raison, où tu dis que en mauvais conseil les femmes vainquent les hommes, ceste raison n'a point cy son lieu, car tu ne demandes pas conseil de mal faire, et se tu vouloies user de mauvais conseil et mal faire, et ta femme t'en povoit retraire et vaincre, ce ne seroit pas à reprendre, mais à loer. Et ainsi l'en doit

apparut d'abord à Marie-Madeleine, et seulement ensuite aux apôtres. Lorsque Salomon dit que parmi toutes les femmes il n'en a pas trouvé une seule de bonne, cela ne veut pas dire pour autant que cela n'existe pas. Si lui, il n'en a pas trouvé, beaucoup d'autres personnes en connaissent de bonnes et de loyales ; il se pourrait aussi que lorsque Salomon dit qu'il n'a point trouvé de femme bonne, il veuille parler de la Bonté absolue que Dieu seul possède : il le dit lui-même dans l'Evangile : « Aucune personne n'est assez bonne pour ne jamais faillir, aucune personne ne peut être comparée à la perfection de son Créateur. »

La troisième chose, d'après ce que tu dis, c'est que si tu agissais en suivant mes conseils, il semblerait que tu me laisses te dominer. Si tu permets, ce n'est pas vrai : cela reviendrait à dire que tout le monde ne suivrait que le conseil de celui qu'il considérerait comme ayant du pouvoir sur lui ; il n'en va pas ainsi, car celui qui sollicite un conseil garde la liberté entière et absolue de le suivre ou non.

Quant au quatrième argument, tu avances que le caquet des femmes ne peut cacher que ce qu'elles ignorent ; cet argument n'est valable que pour un certain type de femmes, les indiscrètes qui ont partiellement inspiré ce dicton : « Il est trois choses qui font fuir l'homme de sa maison : la fumée, la gouttière et la mauvaise femme. » C'est au sujet de ces femmes-là que Salomon dit : « Il vaudrait mieux habiter dans une terre déserte plutôt qu'auprès d'une femme acariâtre et coléreuse. » Mais tu sais bien que je ne suis pas comme cela ; au contraire, tu as souvent pu éprouver ma grande discrétion et ma grande patience : j'ai gardé et caché toutes les choses que j'ai dû tenir secrètes.

Quant au cinquième argument, tu dis qu'en matière de mauvais conseils, les femmes l'emportent sur les hommes ; cet argument est déplacé ici, car lorsqu'on veut mal agir, on ne demande pas de conseil ; si tu voulais suivre de mauvais conseils et mal agir, et que ta femme pouvait t'en dissuader et te faire changer d'avis, ce ne serait pas là action blâmable mais digne d'éloge. C'est ainsi qu'il faut comprendre les paroles du

entendre le dit du philosophe : en mauvais conseil vainquent les femmes les hommes, car aucunes fois quant les hommes veullent ouvrer de mauvais conseil, les femmes les en retraient et les vainquent. Et quant vous blasmez tant les femmes et leur conseil, je vous monstreray par moult de raisons que moult de femmes ont esté bonnes et leur conseil bon et proufitable. Premièrement, l'en a acoustumé de dire : conseil de femme, ou il est très chier, ou il est très vil. Car jasoit-ce que moult de femmes soient très mauvaises et leur conseil vil, toutesvoies l'en en treuve assez de bonnes et qui très bon conseil et très chier ont donné. Jacob par le bon conseil de Rébeca sa mère gaigna la bénéiçon de Isaac son père et la seignorie sur tous ses frères. Judith par son bon conseil délivra la cité de Buthulie où elle demouroit, des mains de Holofernes qui l'avoit assiégée et la vouloit destruire. Abigaïl délivra Nagal son mari de David qui le vouloit occire et appaisa le roy par son sens et par son conseil. Hester par son conseil esleva moult son peuple ou royaume de Assuere le roy : et, ainsi puet-l'en dire de plusieurs autres. Après, quant nostre Seigneur ot créé Adam le premier homme, il dist : Il n'est pas bon estre [l'homme] tout seul. Faisons-lui aide semblable [à lui]. Se elles doncques n'estoient bonnes et leur conseil [bon], nostre Seigneur ne les eust pas appellées adjutoires de hommes, car elles ne fussent pas adjutoires de l'homme, mais en dommage et en nuisance. Après, un maistre fist deux vers ès quels il demande et respont et dit ainsi [quelle chose vault mieux que l'or ? Jaspe. Quelle chose vaut plus que jaspe ? Sens.] Quelle chose vault mieulx que sens ? Femme. Quelle chose vault mieulx que femme ? Riens. Par ces raisons et par moult d'autres pues-tu veoir que moult de femmes sont bonnes et leur conseil bon et proufitable. Se tu veulx doncques maintenant croire mon conseil, je te rendray ta fille toute saine, et feray tant que tu auras honneur en ce fait.

philosophe[1] : Les femmes triomphent des hommes en matière de mauvais conseils dans la mesure où il arrive que, lorsque les hommes veulent agir en suivant de mauvais conseils, en les en dissuadant les femmes triomphent d'eux. » Vous qui blâmez tant les femmes et leurs conseils, je vous démontrerai par de nombreux arguments que beaucoup de femmes ont été bonnes et que leur conseil a été judicieux et utile. Premièrement, on a coutume de dire : « Un conseil de femme, ou il est très cher, ou il est très vil. » Mais bien qu'il y ait beaucoup de femmes qui soient très mauvaises et de vil conseil, cependant l'on peut en trouver suffisamment de bonnes qui ont donné de très bons, de très précieux conseils. Jacob, grâce au bon conseil de sa mère Rébecca[2], reçut de son père Isaac la bénédiction et la seigneurie sur tous ses frères. Par son bon conseil, Judith fit délivrer la cité de Béthulie, où elle habitait, des mains d'Holopherne qui l'avait assiégée et voulait la détruire. Abigaïl sauva son mari Nabal que David voulait tuer, et apaisa le roi grâce à son bon sens et à son conseil. Esther, grâce à ses conseils, permettait à beaucoup de personnes de son peuple de prospérer au royaume du roi Assuérus. L'on pourrait dire la même chose de beaucoup d'autres. Ensuite, lorsque Notre-Seigneur eut créé le premier homme, Adam, Il dit : « Il n'est pas bon que l'homme soit seul. Faisons-lui une aide qui lui ressemble. » Par conséquent, si elles et leur conseil ne valaient rien, Notre-Seigneur ne les aurait pas appelées aides de l'homme : elles ne le seraient pas alors, mais elles lui seraient dommage et nuisance. Ensuite, un maître fit ces vers, contenant questions et réponses : « Qu'est ce qui vaut plus que l'or ? – Le jaspe. – Qu'est-ce qui vaut plus que le jaspe ? – Le sens. – Qu'est-ce qui vaut plus que le sens ? – La femme. – Qu'est-ce qui vaut plus que la femme ? – Rien. » Pour toutes ces raisons et bien d'autres tu peux constater que beaucoup de femmes sont bonnes, et leur conseil judicieux et profitable. Si à présent tu veux suivre mon conseil, je te rendrai ta fille entièrement rétablie et ferai en sorte que tu en retires de l'honneur.

---

1. Le mot « philosophe » précédé de l'article défini renvoie toujours à Aristote, le Philosophe par excellence.
2. Argument douteux quand on sait que Rébecca conseilla à son fils de tromper son père et ainsi de léser son frère par une ruse !

Quant Mellibée ot oy Prudence, si dist : je voy bien que la parole Salemon est vraye, qui dit : broches de miel sont bonnes paroles bien ordonnées, car elles donnent doulceur à l'âme et santé au corps. Car pour tes paroles très doulces, et pour ce aussi que j'ay esprouvé ta grant sapience et ta grant loyaulté, je me vueil du tout gouverner par ton conseil.

Puis, dist Prudence, que tu te veulx gouverner par mon conseil, je te vueil enseignier comment tu te dois avoir en conseil prendre. Premièrement, en toutes tes euvres et devant tous autres conseils, tu dois amer et prendre le conseil de Dieu et le demander, et te dois mettre en tel lieu et en tel estat qu'il te daigne conseillier et conforter. Pour ce dist Thobie à son fils : en tout temps bénéis Dieu et lui prie qu'il t'adrece tes voies, et tous tes conseils soient en lui tout temps. Saint Jaques si a dit : se aucun de nous a mestier de sapience, si la demande à Dieu. Après, tu dois prendre conseil en toy mesmes et entrer en ta pensée et examiner ce que mieulx te vault. Et lors dois-tu oster [trois choses de toy qui sont contrarieuses à conseil, c'est assavoir : ire, convoitise et hastiveté. Premièrement donques, cellui qui demande conseil à soy mesmes doit estre sans yre par moult de raisons. La première est car cellui qui est courreciés cuide tousjours plus povoir faire qu'il ne puet, et pour ce, son conseil surmonte tousjours sa force : l'autre car cellui qui est courroucié, selon ce que dit Sénèque, ne puet parler fors que choses crimineuses, et par ceste manière il esmeut les autres à courroux et à yre ; l'autre car cellui qui est courcié ne puet bien juger et par conséquent bien conseiller. Après, tu dois oster de toy convoitise, car, selon ce que dit l'apostre, convoitise est racine de tous maulx, et le convoiteux ne puet riens juger fors que en la fin sa convoitise soit acomplie, qui acomplir ne se puet, car tant com plus a li convoiteux, plus désire.

Après tu dois oster] de toy hastiveté, car tu ne dois pas juger pour le meilleur ce que tantost te vendra au devant, ains y dois penser souvent, car, selon ce que tu as oy dessus, l'en dist communément : qui tost juge, tost se

Après avoir écouté Prudence, Mélibée dit :

– Je vois bien que Salomon a raison en disant : « Des paroles bien structurées sont comme le miel, car elles sont douceur pour l'âme et santé pour le corps. » Tes très douces paroles, la grande sagesse et la grande loyauté que je te connais me dictent d'agir en tout selon ton conseil.

– Puisque tu veux suivre mon conseil, dit Prudence, je vais te dire quelle attitude adopter en te faisant conseiller. Premièrement, dans tout ce que tu fais et avant tout autre conseil tu dois aimer et suivre celui de Dieu et le solliciter. Tu dois te mettre à l'endroit et dans les dispositions d'esprit propices pour qu'Il daigne te conseiller et te réconforter. Voilà pourquoi Tobie dit à son fils : « En tout temps bénis Dieu et prie-Le de te montrer le chemin ; toutes tes décisions doivent dépendre de Lui à tout moment. » Saint Jacques en effet a dit : « Si quelqu'un parmi nous a besoin de sagesse, qu'il la demande à Dieu. » Ensuite, tu dois délibérer avec toi-même, sonder ta pensée et examiner ce qui serait le mieux pour toi. Tu dois alors te débarrasser de trois choses qui s'opposent à une bonne décision, à savoir colère, convoitise et hâte. Premièrement, celui qui délibère avec lui-même ne doit pas connaître colère pour plusieurs raisons. La première, c'est parce que celui qui est en proie à colère croit toujours pouvoir faire davantage qu'il ne peut en réalité, et pour cette raison son projet est toujours au-dessus de sa force. La deuxième raison, c'est que celui qui est en proie à la colère ne peut dire que des choses criminelles comme le dit Sénèque, et ainsi il incite les autres à l'ire et au courroux ; la troisième raison c'est que celui qui est sous l'emprise de la colère est inapte à juger correctement et par conséquent à être de bon conseil. Ensuite, tu dois te débarrasser de convoitise conformément aux paroles de l'apôtre selon lequel convoitise est la source de tous les maux ; l'envieux est incapable de juger quoi que ce soit en dehors de ce qui a trait à la réalisation de sa convoitise, ce qui est chose impossible car plus il possède, plus il désire.

Ensuite, tu dois renoncer à toute précipitation : tu ne dois pas décider de ce qui vaut le mieux aussitôt après qu'une idée t'aura frappé l'esprit ; au contraire, tu dois y repenser plusieurs fois : on dit communément, comme tu l'as entendu plus haut :

repent. Tu n'es pas toutes heures en une disposition, ains trouveras que ce qui aucune fois te semblera bon de faire, l'autre fois te semblera mauvais. Et quant tu auras pris conseil à toy mesme et auras jugié à grant délibération ce qui mieulx te vault, tien le secret et te garde de révéler à nulle personne, se tu ne cuides que en révélant tu faces ta condition meilleur et que le révéler te portera prouffit. Car Jhésu-Sirac dit : à ton ami ne à ton ennemi ne raconte ton secret ne ta folie, car ils te orront et te regarderont et te supporteront en ta présence, et par derrière se moqueront de toy. Et un autre dit : à peine trouveras-tu un, tant seulement, qui puisse bien céler secret. Et Pierre Alphons dit : tant comme ton secret est en ton cuer, tu le tiens en ta prison, et quant tu le révèles à autruy il le tient en la sienne ; et pour ce il te vault mieulx taire et ton secret céler que prier cellui à qui tu le révèles qu'il le cèle, car Sénèque dit : se tu ne te pues taire et ton secret céler, comment ose-tu prier un autre qu'il le vueille céler ?

Se tu cuides que révéler ton secret à autre et avoir son conseil face ta condition meilleur, lors le quiers, et maintien-toy en telle guise : premièrement, tu ne dois pas faire semblant [à ton conseil] quelle partie tu veulx tenir ne monstrer ta voulenté, car communément tous conseillers sont losengeurs, espécialment ceulx qui sont du conseil des grans seigneurs, car ils s'efforcent plus de dire chose plaisant que prouffitable, et pour ce, riche homme n'aura jà bon conseil se il ne l'a de soy mesmes. Après tu dois considérer tes amis et tes ennemis. Entre tes amis tu dois considérer le plus loial et le plus sage, le plus ancien et le plus esprouvé en conseil, et à ceulx tu dois conseil demander. Premièrement doncques, tu dois appeler à ton conseil tes bons et tes loyaulx amis, car Salemon dit ainsi : comme le cuer se délite en bonne odeur, conseil de bons amis fait à l'âme doulceur ; et dit encores : à l'amy loyal nulle chose ne se compare, car ne or ne argent ne sont tant dignes comme la voulenté du loyal amy. Et dit oultre : amy loyal est une forte défense : qui le trouve, il

« Qui juge vite se repent vite. » Tu n'es pas tout le temps dans les mêmes dispositions d'esprit ; à un moment telle chose te semble bonne à faire, à un autre mauvaise. Lorsque tu auras délibéré avec toi-même et décidé après longue réflexion ce qui vaut le mieux pour toi, tiens secrète ta décision, garde-toi de la révéler à qui que ce soit, sauf si tu penses qu'en la révélant tu feras avancer tes affaires dans un sens favorable. Jésus-Sirach dit en effet : « Ne raconte ton secret ou ta folie ni à ton ami ni à ton ennemi car ils t'écouteront, te regarderont et t'approuveront en ta présence, mais se moqueront de toi par-derrière. » Quelqu'un d'autre dit : « C'est à grande peine que tu trouveras ne serait-ce qu'une seule personne qui sache bien garder un secret. » Et Pierre Alphonse dit : « Tant que ton secret est dans ton cœur, tu le tiens en ta prison ; lorsque tu le révèles à quelqu'un d'autre, il le garde dans la sienne » : voilà pourquoi il vaut mieux que tu taises et caches toi-même ton secret plutôt que de demander à celui à qui tu le révèles de le garder, car Sénèque dit : « Si tu n'es pas capable de taire et de cacher ton secret, comment oses-tu demander à quelqu'un d'autre de le faire ? »

Mais si tu crois que révéler ton secret à quelqu'un pour lui demander conseil arrange tes affaires, alors sollicite-le en te conduisant de la manière suivante : premièrement, en t'adressant à ton conseiller, rien en toi ne doit trahir ni ta préférence ni ton opinion, car en général tous les conseillers sont flatteurs et tout particulièrement ceux qui font partie du conseil des grands seigneurs ; ils cherchent davantage à dire des choses plaisantes qu'utiles, et pour cette raison un homme riche ne trouvera jamais de bon conseil sinon en lui-même. Ensuite, tu dois considérer tes amis et tes ennemis. Parmi tes amis, choisis le plus loyal et le plus sage, le plus âgé et le plus expérimenté en matière de conseil : c'est à lui que tu dois recourir. Premièrement donc, appelle pour te conseiller tes bons et loyaux amis ; Salomon dit en effet : « Comme le cœur se réjouit d'une bonne odeur, le conseil de bons amis est doux à l'âme. » Il dit encore : « Rien ne peut se comparer à l'ami loyal : ni or, ni argent ne sont aussi précieux que les dispositions d'un bon ami. » Il dit en outre : « Un loyal ami est une bonne forteresse : celui qui en trouve un, il trouve un grand trésor. » Ensuite il

treuve un grant trésor. Après tu dois regarder que les loyaulx amis que tu appelles à ton conseil soient sages, car il est escript : requier tousjours le conseil du sage. Par ceste mesme raison tu dois appeller les anciens qui assez
395 ont veu et assez ont espouvé, car il est escript en Job : ès anciens est la sapience, et en moult de temps est prudence. Et Tulles dit : les grans besongnes ne se font pas par force ne par légièreté de corps, mais par bon conseil et par auctorité de personne et par science : lesquelles
400 trois choses ne affoiblissent pas en vieillesse, mais enforcent et croissent tous les jours. Après, en ton conseil tu dois garder ceste règle car au commencement tu dois appeller pou de gens, des plus espéciaulx, car Salemon dit : efforce-toy d'avoir pluseurs amis, mais entre mil
405 eslis-en un pour ton conseiller. Quant tu auras en ton conseil pou de gens, si le peus révéler, se mestier est, à plusieurs. Toutesvoies les trois conditions dessus dictes si doivent estre ès conseillers tousjours gardées, et ne te souffise pas un conseillier tant seulement, mais en fais
410 plusieurs, car Salemon dit : sainement est la chose où plusieurs conseillers sont.

Après ce que je t'ay monstré à qui tu dois prendre conseil, je te vueil monstrer lequel conseil tu dois fuir ; [premièrement tu dois] le conseil des fols eschiver, car
415 Salemon dit : à fol ne vueil prendre conseil, car il ne te saura conseiller fors ce qu'il aime et qui luy plaist ; et il est escript : en la propriété du fol est que il croit légièrement tous maulx d'autruy et tous biens de luy. Après, tu dois fuir le conseil des faintifs et losengeurs qui s'effor-
420 cent plus de loer ta personne et à toy plaire que de dire vérité. Et Tulles dit : entre toutes les pestilences qui en amitié sont, la plus grant est losengerie. Et pour ce tu dois plus doubter et fuir les doulces paroles [de celui qui te loera] que [les aigres paroles de] celui qui vérité te dira,
425 car Salemon dit : homme qui dit paroles de losengerie est un las pour prendre les innocens ; et dit aussi autre part : homme qui parle à son amy paroles doulces et souefves, luy met devant les piés la rais pour le prendre. Pour ce dit Tulles : garde que ne enclines point tes oreilles aux

faut que tu vérifies que les amis loyaux rassemblés pour te conseiller sont sages car il est écrit : « Demande toujours le conseil du sage. » Pour cette même raison tu dois faire appel aux anciens qui ont beaucoup vu et expérimenté, car il est écrit dans le livre de Job : « C'est chez les anciens que réside le savoir et souvent la sagesse. » Quant à Cicéron, il dit : « Les réalisations d'envergure ne se font ni par la force du corps, ni grâce à son agilité, mais par un bon conseil, grâce à la compétence de certaines personnes et grâce au savoir. » Ces trois qualités ne déclinent pas avec la vieillesse, mais au contraire deviennent de jour en jour plus vigoureuses et plus grandes. Ensuite, tu dois tenir compte de la règle suivante : commencer toujours par rassembler un petit nombre de personnes des plus intimes, conformément à l'avis de Salomon qui dit de toujours avoir plusieurs amis mais de ne choisir, parmi mille, qu'un seul conseiller. Si tu n'as que peu de conseillers, tu peux au besoin révéler à plusieurs ton affaire. Toutefois, il convient toujours de s'aviser qu'ils possèdent les trois qualités qu'on vient de mentionner ; ne te contente pas d'un seul conseiller, car Salomon dit : « L'affaire est saine s'il y a plusieurs conseillers. »

Après t'avoir exposé comment te faire conseiller, je vais te dire quel conseil tu dois fuir. Premièrement, tu dois éviter le conseil des fols, car Salomon dit : « Je ne veux pas me faire conseiller par un fol, car il ne saurait donner d'autres conseils que ceux qui sont à son goût et qui lui plaisent. » Il est écrit : « Le propre du fol, c'est de croire facilement que toutes les tares sont chez autrui, et toutes les qualités chez lui. » Ensuite, tu dois fuir le conseil de tous les hypocrites et flatteurs qui se soucient davantage de te flatter et de te plaire que de te dire la vérité. Cicéron dit : « Parmi tous les fléaux qui existent en amitié, la flatterie est le plus grand. » Voilà pourquoi tu dois davantage craindre et fuir les paroles suaves de celui qui fera ton éloge que les paroles acides de celui qui te dira la vérité ; Salomon dit en effet : « Le flatteur est un piège tendu aux innocents. » Il dit aussi ailleurs : « L'homme qui tient à son ami des propos doux et suaves pose à ses pieds le filet pour le prendre. » C'est pour cela que Cicéron dit : « Garde-toi de prêter l'oreille aux flatteurs et n'en tolère pas dans ton

losengeurs et ne reçoy point en ton conseil paroles de
losengerie. Et Caton dit ainsi : advise-toy d'eschever
paroles doulces et souefves.

Après, tu dois eschever le conseil de tes anciens
ennemis qui sont réconciliés, car il est escript : nul ne
retourne seurement en la grâce de son ennemy. Et Ysope
dit : ne vous fiez point en ceulx à qui vous avez eu guerre
ou inimitié anciennement et ne leur révélez point vos
consaulx ou secrets ; et la raison rent Sénèque et dit ainsi :
il ne peut estre que là où le feu a esté longuement, qu'il
n'y demeure tousjours aucune vapeur. Pour ce dit
Salemon : en ton ancien ennemy ne te vueilles nul temps
fier, et encores s'il est réconcilié, se humilité est en luy
par semblant, et encline sa teste devant toy, ne le croy
néant, car il le fait plus [pour son proffit que] pour
l'amour de toy, afin qu'il puisse avoir victoire de toy en
soy humiliant envers toy, laquelle victoire il ne peut avoir
en toy poursuiant. Et Pierre Alphons dit : ne t'acompaigne
pas à tes anciens ennemis, car ce que tu feras de bien, ils
le pervertiront ou amenuiseront.

Après tu dois fuir le conseil de ceulx qui te servent et
portent révérence, car ils le font plus par doubtance que
par amour. Car un philosophe dit : nul n'est bien loyal à
cellui que il trop doubte ; et Tulles dit : nulle puissance
d'empire n'est si grant que elle puisse durer longuement
se elle n'a plus l'amour du peuple que la paour. Après, tu
dois fuir le conseil de ceulx qui sont souvent yvres, car ils
ne scevent riens céler, et dit Salemon : nul secret n'est là
où règne yvresse. Après tu dois avoir le conseil suspect de
ceulx qui conseillent une chose en secret, et puis autre
dient en appert. Car Cassiodores dit : une manière de
grever son ami est de monstrer en appert ce dont l'en
veult le contraire. Après, tu dois avoir en suspect le
conseil des mauvais hommes, car il est escript : les
conseils des mauvais hommes sont tousjours plains de
fraude ; et David dit : bieneureux est l'homme qui n'a
point esté ès consaulx des mauvais ! Après, tu dois fuir le
conseil des jeunes gens, car le sens des jeunes gens n'est
pas encores meur. De quoy Salemon dit : dolente est la

conseil. » Quant à Caton, il dit : « Prends tes dispositions pour couper court aux paroles douces et suaves. »

Ensuite, tu dois éviter le conseil de tes anciens ennemis avec qui tu as fait la paix, car il est écrit : « Personne ne rentre sans courir de danger dans les bonnes grâces d'un ennemi. » Esope dit : « Ne vous fiez pas à ceux à qui une guerre ou un conflit vous a opposé autrefois et ne leur révélez pas vos intentions ou vos secrets. » Sénèque l'approuve en disant : « Il est impossible qu'à l'endroit où le feu a longtemps sévi il ne demeure pas pour toujours quelque fumée. » Voilà pourquoi Salomon dit : « Ne te fie jamais à un ancien ennemi, même si vous êtes réconciliés ; s'il fait semblant d'être humble, s'il incline sa tête devant toi, ne le crois pas, car il le fait plus par intérêt personnel que par amour pour toi, afin de pouvoir triompher de toi en s'humiliant ; en effet, il ne peut obtenir cette victoire en s'en prenant à toi. » Quant à Pierre Alphonse, il dit : « Ne t'entoure pas de tes anciens ennemis car ce que tu feras de bien, ils le pervertiront ou l'amoindriront. »

Ensuite, tu dois fuir le conseil de tous ceux qui te servent et te révèrent, car ils le font plus par crainte que par amour ; un philosophe dit : « Personne n'est vraiment loyal envers celui qu'il redoute beaucoup. » Et Cicéron dit : « Aucune puissance, aucun empire ne sont assez grands pour pouvoir durer longtemps si le peuple les craint plutôt qu'il ne les aime. » Ensuite, tu dois fuir le conseil de ceux qui sont souvent ivres, car ils ne peuvent rien garder secret. Salomon dit : « Il n'est point de secret là où règne ivresse. » Ensuite, méfie-toi de ceux qui, en secret, conseillent une chose et ouvertement autre chose. Cassiodore dit : « Un des moyens de nuire à un ami est de professer ostensiblement le contraire de nos intentions véritables. » Ensuite, méfie-toi du conseil des hommes méchants, car il est écrit : « Les conseils des hommes méchants sont toujours remplis de pièges » ; et David dit : « Bienheureux l'homme qui n'a jamais fait partie des conseils des méchants ! » Ensuite, fuis les conseils des jeunes gens, car ils manquent encore de maturité. Salomon dit à ce sujet : « Malheureuse la terre qui a enfant à seigneur ! Et le philosophe dit que nous n'eslisons pas les jeunes en princes, car communément ils n'ont point de prudence ; et dit encores Salemon : dolente est la terre de quoy le prince ne se liève matin !

Puis que je t'ay monstré à qui tu dois prendre conseil et de qui conseil tu dois eschever et fuir, je te vueil apprendre comment tu dois conseil examiner. En examinant doncques ton conseil, selon ce que dit Tulles et enseigne, tu dois considérer plusieurs choses. Premièrement, tu dois considérer que en ce que tu proposes et sur quoy tu veulx avoir conseil, vérité soit gardée et dicte, car l'en ne puet bien conseillier à cellui qui ne dit vérité. Après tu dois considérer toutes les choses qui s'accordent à ce que tu proposes faire selon ton conseil : se raison s'y accorde et si ta puissance s'y accorde, si plusieurs et meilleurs s'y accordent que discordent, ou non. Après, tu dois considérer au conseil ce qui s'ensuit : se c'est haine ou amour, paix ou guerre, prouffit ou dommage, et aussi de moult d'autres choses ; et en toutes ces choses tu dois tousjours eslire ce qui est ton prouffit, toutes autres choses reffusées et rabatues. Après, tu dois considérer de quelle racine est engendrée la matière de ton conseil et quel prouffit elle puet concevoir et engendrer, et dois encores considérer toutes les causes dont elle est venue.

Quant tu auras examiné ton conseil en la manière dicte, et trouvé laquelle partie est meilleur et plus prouffitable et esprouvée de plusieurs sages et anciens, tu dois considérer se tu le pouras mener à fin, car nul ne doit commencer chose s'il n'a povoir de la parfaire, et ne doit prendre charge qu'il ne puisse porter. L'en dit en un proverbe : qui trop embrasse, pou estraint ; et Caton dit : essaye-toy de faire ce que tu as povoir de faire, pour ce que la charge ne te presse tant qu'il te faille laissier ce que tu as commencié à faire, et s'il est doubte se tu le pourras mener à fin ou non, eslis plus tost le délaissier que le commencier. Car Pierre Alphons dit : se tu as povoir de faire une chose dont il te conviengne repentir, il te vault mieulx souffrir que encommencier. Bien disent ceulx qui deffendent à un chascun chose faire [dont il duelt et

terre dont le seigneur est un enfant ! » Quant au philosophe, il nous met en garde d'élire nos princes parmi les jeunes gens, car en général ils sont dépourvus de sagesse. Salomon dit encore : « Malheureuse la terre dont le prince ne se lève pas tôt le matin ! »

Maintenant que je t'ai montré à qui tu dois demander conseil et qui tu dois éviter et fuir, apprends à former une résolution ; d'après Cicéron, en effet, tu dois prendre en considération plusieurs choses. Premièrement, tu dois veiller à ce que toute la vérité soit préservée et énoncée au sujet de ce que tu soumets à débat pour recueillir les avis : l'on ne peut bien conseiller celui qui ne dit pas la vérité. Ensuite, tu dois examiner tout ce qui concourt à justifier ta résolution : la raison, ta puissance, le nombre et la qualité de ceux qui y adhèrent ou qui au contraire y sont opposés. Ensuite, examine ce qui peut motiver un avis : haine ou amour, désir de paix ou de guerre, de profit ou de nuisance, et beaucoup d'autres choses. Tu dois toujours choisir l'avis qui t'est profitable, refuser et rejeter tout le reste. Ensuite, tu dois examiner ce qui motive la nature de ta résolution, et les avantages qui pourraient en découler ; examine toutes les causes qui ont pu l'engendrer.

Après avoir achevé cet examen et avoir choisi le meilleur parti à prendre, le plus efficace et le plus éprouvé par quelques personnes sages et âgées, tu dois te demander si tu peux l'exécuter, car l'on ne doit pas commencer quelque chose qu'on ne pourra achever ; l'on ne doit pas prendre une charge qu'on ne peut pas porter. Un proverbe dit : « Qui trop embrasse peu étreint » ; et Caton dit : « Tente de mesurer ce que tu es capable de faire, pour qu'ensuite une charge trop lourde ne te contraigne pas à abandonner ce que tu as entrepris ; s'il existe le moindre doute sur la possibilité d'achèvement, prends le parti de ne pas commencer. » Pierre Alphonse dit : « Si tu as la liberté de faire quelque chose dont ensuite tu auras à te repentir, il vaut mieux patienter que de commencer. » Ils sont dans le vrai, ceux qui défendent à tous de faire une chose qui coûte et

doubte se elle est de faire] ou non. En la fin, quant tu auras examiné ton conseil en la manière dessus dicte et auras trouvé que tu le pourras mener à fin, lors le retien et le conferme.

Or est raison que je te monstre quant et pourquoy on doit changier son conseil sans répréhension. L'en peut changier son conseil et son propos quant la cause cesse ou quant nouvelle cause survient. Car la loy dit : les choses qui de nouvel surviennent ont mestier de nouvel conseil. Et Sénèque dit : se ton conseil est venu à la congnoissance de ton ennemy, lors change ton conseil. Après, l'en peut changier son conseil quant l'en treuve après que par erreur ou par autre cause mal ou dommage en puet venir ; après, quant le conseil est déshonneste ou vient de cause déshonneste, car les lois dient que toutes promesses déshonnestes sont de nulle valeur ; après, quant il est impossible ou ne se puet garder bonnement ; et en moult d'autres manières. Après ce, tu dois tenir pour règle générale que ton conseil est mauvais quant il est si ferme que l'en ne le puet changier pour condition qui surviengne.

Quant Mellibée ot oy ces enseignemens de dame Prudence, si respondi : Prudence, jusques à l'eure de maintenant vous m'avez assez enseignié comment en général je me doy porter en conseil prendre ou retenir, or vouldroie-je bien que vous descendissiez en espécial et me deissiez ce que vous semble du conseil que nous avons eu en ceste propre besongne.

Lors respondi dame Prudence : Sire, dist-elle, je te prie que tu ne rappelles point en ton courage se je dy chose qui te desplaise, car tout ce que je te dy, je l'entens dire à ton honneur et à ton prouffit, et ay espérance que tu le prendras en patience. Et pour ce je te fais assavoir que ton conseil, à parler proprement, ne doit pas estre appellé conseil, mais un fol esmouvement sans discrétion ouquel tu as erré en moult de manières.

Premièrement, tu as erré en assemblant ton conseil, car au commencement tu deusses avoir appellé moult peu de gens, et puis après plusieurs, se besoing fust ; mais tantost tu as appellé une multitude de gent chargeuse et

dont on n'est pas certain si c'est bien ou mal. A la fin, quand tu auras ainsi passé au crible ta résolution et que tu seras sûr de pouvoir la réaliser, alors adopte-la et suis-la.

A présent, il me faut te montrer quand et pourquoi il convient de changer sa résolution sans que pour autant on encoure de blâme. On peut changer d'avis et de dessein lorsque ce qui les motivait n'existe plus ou s'est modifié, selon la loi qui veut que nouvel événement nécessite nouvelle résolution. Et Sénèque dit : « Si ton ennemi a eu connaissance de ton dessein, alors change-le. » Ensuite, l'on peut changer de résolution lorsque après coup l'on découvre que par erreur ou à la suite d'une autre cause elle peut entraîner quelque mal ou dommage. Ensuite, on peut en changer aussi s'il y entre quelque inconvenance ou si ce qui la motive est déshonnête, car les lois disent que toute promesse déshonnête est nulle. Ensuite, quand le dessein est impossible à suivre ou à exécuter, et en beaucoup d'autres façons. La règle générale est qu'une résolution est mauvaise lorsqu'elle est si arrêtée qu'on ne peut la révoquer pour quelque événement qui survienne.

Lorsque Mélibée eut entendu ces enseignements de dame Prudence, il répondit :

— Prudence, jusqu'à présent vous m'avez enseigné de multiples façons de prendre et de choisir le bon conseil en général ; maintenant j'aimerais bien que vous daigniez traiter du particulier pour me dire ce que vous pensez de la résolution que nous avons prise dans notre affaire.

Dame Prudence répondit :

— Seigneur, je te prie de ne pas m'en tenir rigueur si je dis quelque chose qui te déplaît, car tout ce que je te dis, c'est pour ton honneur et ton profit ; j'espère que tu l'accepteras avec patience. Ainsi je te dirai que cette résolution, à proprement parler, ne mérite pas ce nom. Elle relève plutôt du fol emportement sans discernement ; en te comportant de la sorte, tu as commis beaucoup d'erreurs.

Premièrement, tu t'es trompé en réunissant ton conseil, car pour commencer tu aurais mieux fait de consulter un nombre restreint de gens, quitte à l'augmenter par la suite si besoin était. Mais tu as tout de suite rassemblé une multitude de gens

ennuyeuse. Après tu as erré, car tu deusses avoir appellé tant seulement tes loyaulx amis, sages et anciens; mais avec ceulx tu as appellé gens estranges, jouvenceaulx, fols, losengeurs, ennemis réconciliés et gens qui te portent révérence sans amour. Après tu as erré quant tu es venu à conseil, car tu avoies avec toy ensemble ire, convoitise et hastiveté, lesquelles trois choses sont contraires à conseil, et ne les as pas abaissées en toy ne en ton conseil ainsi comme tu deusses. Après tu as erré, car tu as démonstré à ton conseil ta voulenté et la grant affection que tu avoies de faire guerre incontinent et de prendre vengence, et pour ce ils ont plus suivy ta voulenté que ton prouffit. Après tu as erré, car tu as esté content d'un conseil tant seulement, et toutesvoies en si grant besongne et si haulte estoient bien nécessaires plusieurs conseils. Après tu as erré, car [quant tu as fait la division entre ceulx de ton conseil,] tu n'as pas suivy la voulenté de tes loyaulx amis sages et anciens, mais as regardé seulement le plus grant nombre. Et tu scez bien que les fols sont tousjours en plus grant nombre que les sages, et pour ce le conseil des chappitres et des grans multitudes de gens où l'on regarde plus le nombre que les mérites des personnes erre souvent, car en tel conseil les fols ont tousjours gaignié par multitude.

Mellibée adonc respondi : je confesse bien que j'ay erré, mais pour ce que tu m'as dit dessus que cellui ne fait pas à reprendre, qui change son conseil en moult de cas, je suis appareillié à le changier à ta voulenté, car péchier est euvre d'omme, mais persévérer en péchié est euvre de déable; et pour ce je ne vueil plus en ce persévérer.

Lors dit Prudence : examinons tout ton conseil [et véons lesquels ont parlé plus raisonnablement et donné meilleur conseil,] et pour ce que l'examination soit mieulx faicte, commençons aux cirurgiens et aux phisiciens qui premièrement parlèrent. Je dy, dist-elle, que les cirurgiens et les phisiciens dirent ou conseil ce qu'ils devoient dire et parlèrent sagement, car à leur office

agressifs et nuisibles. En deuxième lieu, tu t'es trompé en n'ayant pas appelé exclusivement les amis qui depuis longtemps ont fait preuve de loyauté et de sagesse. En outre tu as appelé des étrangers, des jeunes gens, des insensés, des flatteurs, d'anciens ennemis ainsi que des gens qui te traitent avec considération sans t'aimer. En troisième lieu, tu t'es trompé au moment de la décision, car tu étais habité tout à la fois par la colère, par la convoitise et par la hâte, toutes trois nuisibles lors d'une prise de décision ; tu ne les as pas combattues en toi ni dans ton conseil, comme tu aurais dû le faire. Quatrièmement, tu as fait l'erreur de découvrir à ton conseil ton intention, ton grand désir de faire aussitôt la guerre pour te venger : c'est pour cette raison que tes conseillers ont davantage tranché en fonction de ta volonté que de ton profit. Ensuite, tu t'es trompé en te contentant d'un seul avis, alors que dans une affaire d'une telle ampleur et importance il est bien nécessaire d'avoir plusieurs avis. Ensuite, tu t'es trompé en ne suivant pas le parti de tes anciens amis loyaux et sages, ne considérant que l'opinion de la majorité. Pourtant, tu sais bien que les fols sont toujours plus nombreux que les sages ; c'est la raison pour laquelle le conseil des chapitres et des grandes foules se trompe souvent, tenant plus compte du nombre de voix que des qualités des individus : en ces conseils, les fols ont toujours eu le dessus grâce à leur nombre.

Alors, Mélibée répondit :

– Je veux bien avouer que je me suis trompé, mais comme tu viens de me dire qu'il ne faut pas blâmer celui qui change d'avis en certaines circonstances, je suis prêt à en changer comme tu le souhaites. En effet : pécher est l'œuvre de l'homme, mais persévérer dans le péché est l'œuvre du diable : voilà pourquoi je ne veux plus m'y tenir.

Prudence dit :

– Examinons donc tous les avis exprimés et arrêtons qui a parlé avec le plus de sens et donné le meilleur conseil. Pour bien faire, commençons par les chirurgiens et les médecins qui ont parlé en premier. Voilà ce que j'en pense : les chirurgiens et les médecins dirent ce qu'il fallait au conseil. Ils parlèrent avec sagesse car leur profession requiert qu'ils soient utiles à

appartient à un chascun prouffiter et à nul nuire, et selon leur art ils doivent avoir grant diligence de la cure de ceulx qu'ils ont en leur gouvernement, ainsi comme ils ont dit et respondu sagement ; et pour ce je conseille qu'ils soient haultement guerdonnés, en telle manière qu'ils entendent plus liement à la cure de ta fille. Car jasoit-ce qu'ils soient tes amis, toutesvoies tu ne dois pas souffrir qu'ils te servent pour néant, mais les dois plus largement païer et guerdonner. Mais quant à la proposition que les phisiciens adjoustèrent, que ès maladies un contraire se garit par autre contraire, je vouldroie bien savoir comment tu l'entens.

Certes, dist Mellibée, je l'entens ainsi : car comme ils m'ont fait un contraire, que je leur en face un autre, et pour ce qu'ils se sont vengiés de moy et m'ont fait injure, je me vengeray d'eulx et leur feray injure et lors auray gary un contraire par autre.

Or véez, dist Prudence, comment un chascun croit légièrement ce qu'il veut et désire ! Certes, dist-elle, la parole des phisiciens ne doit pas estre ainsi entendue, car mal n'est pas contraire à mal, ne vengence à vengence, ne injure à injure, mais sont semblables. Et pour ce, vengence par vengence, ne injure par injure n'est pas curé, mais accroist l'une l'autre. Mais la parole doit estre ainsi entendue : ainsi que mal et bien, sont contraires paix et guerre, vengence et souffrance, discorde et concorde, et ainsi de moult d'autres ; mais mal se doit gairir par bien, discorde par accord, guerre par paix, et ainsi de tous les autres ; et à ce s'accorde saint Pol l'appostre en plusieurs lieux : ne rendez, dit-il, mal pour mal, ne mesdit pour mesdit, mais faites bien à cellui qui mal vous fera, et bénéissez cellui qui vous maudira. Et en moult d'autres lieux de ses épistres il admoneste à paix et à concorde.

Or convient parler du conseil que donnèrent les advocas, les sages et les anciens, qui furent tous d'un accord et dirent que devant toutes choses tu dois mettre diligence en garder ta personne et en garnir ta maison, et dirent aussi que en ceste besongne l'en doit aler adviséement et à grant délibération. Quant au premier point qui

chacun et nuisibles à personne, et qu'ils prennent soin avec grande attention de ceux qui s'en remettent à eux, comme ils l'ont dit dans leur sage réponse. Voilà pourquoi je suggère de les récompenser très bien, de sorte qu'ils s'occupent avec plus d'ardeur encore de ta fille. En effet, bien qu'ils soient tes amis, tu ne dois pas accepter qu'ils te rendent service pour rien : au contraire, tu dois les payer et les récompenser avec largesse. Cependant, en ce qui concerne la suggestion qu'ajoutèrent les médecins, à savoir que les maladies se guérissent par leur contraire, j'aimerais bien savoir comment tu comprends cela.

— Certainement, dit Mélibée, voilà : comme ils m'ont été contraires, il faut que je le leur sois aussi ; puisqu'ils se sont vengés de moi et qu'ils m'ont fait du tort, je me vengerai d'eux à mon tour en leur faisant du tort ; et ainsi la guérison sera obtenue par son contraire.

— Maintenant vous voyez, dit Prudence, comme chacun croit facilement ce qui va dans le sens de sa volonté et de son désir ! Il est certain, continua-t-elle, que ce n'est pas ainsi qu'il faut comprendre la parole des médecins, car le mal n'est pas le contraire du mal ; ni une vengeance le contraire d'une autre, ni un tort celui d'un autre tort : ils sont de même nature, voilà pourquoi une vengeance ou un tort ne peuvent pas être guéris par une autre vengeance ou un autre tort ; au contraire, ils s'aggravent mutuellement. Voilà comment il faut comprendre cette parole : comme le mal au bien, s'opposent la paix à la guerre, la vengeance à la patience, la discorde à la concorde ; mais le mal doit être soigné par le bien, la discorde par l'accord, la guerre par la paix et ainsi pour tous les autres contraires. En plusieurs lieux, les paroles de saint Paul l'apôtre coïncident avec cette interprétation : « Ne rendez pas le mal pour le mal, dit-il, ni la médisance pour la médisance ; faites du bien à celui qui vous fera du mal et bénissez celui qui vous maudira. » Et dans beaucoup d'autres endroits dans ses Epîtres, il exhorte à la paix et à la concorde.

A présent, il faut parler du conseil donné par les avocats, les sages et les anciens : ils furent tous d'accord pour dire qu'avant tout tu dois être diligent pour protéger ta personne et défendre ta maison ; ils ajoutèrent que dans ce genre de besogne on doit procéder avec beaucoup de circonspection et après mûre

touche la garde de ta personne, tu dois savoir que cellui qui a guerre doit tous les jours, devant toutes choses, humblement et dévotement demander la garde et l'aide de Dieu, [car en cest monde nul ne se puet garder souffisamment sans la garde de nostre Seigneur.] Pour ce dit David le prophète : se Dieu de la cité n'est garde, pour néant veille qui la garde. Après, en la garde de ta personne tu dois mettre tes loyaux amis esprouvés et congneus et à eulx dois demander aide pour toy garder, car Caton dit : se tu as besoing d'aide, demande-le à tes amis, car il n'est si bon phisicien comme le loyal amy. Après, tu te dois garder de toutes gens estranges et mescongneus et avoir leur compaignie suspecte, car Pierre Alphons dit : ne t'acompaigne en voye à nulle personne se tu ne la congnois devant, et s'aucune personne s'acompaigne avec toy sans ta voulenté et enquière de ta vie et de ta voie, fains que tu veulx aler plus loing que tu n'as proposé ; et se il porte lance, si te tieng à sa dextre : se il porte espée, si te tieng à sa senestre.

Après, garde-toy sagement de tous ceulx que je t'ay dit, car tu dois leur conseil eschever et fuir. Après, garde-toy en telle manière que pour la présumption de ta force tu ne desprises point ton adversaire tant que laisses tes gardes, car sage homme doit tousjours doubter, espécialment ses ennemis. Et Salemon dit : beneuré est cellui qui tousjours se doubte, car à cellui qui par la dureté de son cuer a trop grant présumption, mal lui vendra. Tu dois doncques doubter tous agais et toutes espies. Car, selon ce que dit Sénèque, qui toutes choses doubte, en nulle ne cherra ; et encores dit-il : sage est celluy qui doubte, et eschiève tous maulx. Et jasoit-ce qu'il te soit semblant estre bien asseur et en seur lieu, toutesvoies tu dois avoir tousjours diligence de toy garder, car Sénèque dit : qui seur se garde n'a doubte de nuls périls. Après tu te dois garder non pas tant seulement de ton grant et fort ennemi, mais de tout le plus petit, car Sénèque dit : il appartient à homme bien enseignié qu'il doubte son petit ennemi. Et Ovide, ou livre du *Remède d'amours*, dit : la petite vivre occist le grant torel, et le chien qui n'est pas moult grant

réflexion. En ce qui concerne le premier point – protéger ta personne – sache que celui qui est en guerre doit tous les jours et avant tout demander humblement et pieusement la protection et l'aide de Dieu, en effet, dans ce monde personne ne peut se maintenir longtemps sans la protection de Notre-Seigneur. Voilà pourquoi David le prophète dit : « Si Dieu n'est pas le gardien de la cité, celui qui la garde veille pour rien. » Ensuite, tu dois te mettre sous la protection de tes loyaux amis de renom et qui ont prouvé leur amitié : c'est à eux que tu dois demander aide pour qu'ils te protègent, selon ce que dit Caton : « Si tu as besoin d'aide, demande à tes amis : il n'est meilleur médecin que le loyal ami. » Ensuite, méfie-toi de tous les étrangers et inconnus, et tiens leur présence pour suspecte ; Pierre Alphonse dit en effet : « En voyage, ne te laisse accompagner par aucune personne que tu ne connais pas ; et si quelqu'un se joint à toi malgré toi et s'enquiert sur ta vie et ton voyage, fais semblant d'aller plus loin que tu ne l'as projeté ; s'il porte une lance, tiens-toi à sa droite, et s'il a une épée, reste à sa gauche. »

Garde-toi donc sagement de tous ceux que j'ai énumérés : tu dois éviter et fuir leur avis. Ensuite garde-toi qu'une trop forte confiance en toi-même ne te conduise à sous-estimer ton adversaire et à relâcher ta vigilance, car un homme sage doit se méfier de tout et particulièrement de ses ennemis. Salomon dit : « Heureux celui qui doute, car celui qui, à cause de la fermeté de son cœur, a trop de certitudes, malheur lui en viendra. » Tu dois donc redouter embuscades et espions : selon Sénèque, celui qui se méfie de tout ne tombera dans aucun piège. Il dit par ailleurs : « Celui qui se méfie est sage, car il est paré contre tous les maux. » Et même quand tu penses être en sécurité en un lieu sûr, tu dois toujours rester vigilant et sur tes gardes ; Sénèque dit : « Celui qui s'applique à garantir sa sécurité ne doit craindre aucun danger. » Ensuite, tu ne dois pas seulement te garder de l'ennemi grand et fort, mais tout autant du plus petit, car Sénèque dit : « C'est le propre de l'homme bien avisé que de redouter même son petit ennemi. » Et Ovide, dans le livre des *Remèdes d'amour* dit : « La petite vipère tue le grand taureau, et un chien même pas bien grand retient le sanglier. »

retient bien le sanglier. Toutesvoies, tu ne dois pas estre tant doubteux que tu doubtes là où riens n'a à doubter, car il est escript : aucunes gens ont enseignié leur décevoir mais ils ont trop doubté que l'en les déceust. Après, tu te dois garder de venin et de compaignie de moqueurs, car il est escript : avecques le moqueur n'aies compaignie, mais la fuy et ses paroles comme le venin.

Quant au second point, c'est assavoir ouquel dirent les sages que tu dois garnir ta maison à grant diligence, je vouldroie bien savoir comment tu entens ceste garnison.

Dist Mellibée : Je l'entens ainsi que je doy garnir ma maison de tours, de chasteaulx, d'eschifes et autres édifices par lesquels je me puisse garder et deffendre, et pour cause desquels les ennemis doubleront à approuchier ma maison.

Lors Prudence respondi : La garnison de tours haultes et des grans édifices appartient aucunes fois à orgueil. L'en fait les tours et les grans édifices à grant travail et à grans despens, et quant elles sont faites, elles ne vallent riens se elles ne sont deffendues par sages et par bons amis loyaux, et à grans missions. Et pour ce sachiez que la plus grant garnison et la plus fort que un riche homme puisse avoir à garder son corps et ses biens, c'est qu'il soit amé de ses subjets et de ses voisins, car Tulles dit : une garnison que l'en ne puet vaincre ne desconfire, c'est l'amour des citoyens.

Quant au tiers point, où les sages et anciens dirent que l'en ne doit point aler en ceste besongne soudainement ne hastivement, mais se doit-on pourveoir et appareillier à grant diligence et à grant délibération, je croy qu'ils parlèrent bien et sagement, car Tulles dit : en toutes besongnes, devant ce que l'en les commence, on se doit appareillier à grant diligence. En vengence doncques, en guerre, en bataille et en garnison faire, devant ce que l'en commence, l'en doit faire son appareil à grant délibération, car Tulles dit : long appareillement de batailles fait brief victoire ; et Cassiodores dit : la garnison est plus puissant quant elle est plus long temps pensée.

Or convient aler au conseil que te donnèrent tes voisins

Toutefois, tu ne dois pas pousser la méfiance si loin que tu en viennes à imaginer des dangers même là où il n'y a rien à redouter, car il est écrit : « Il est des gens qui se sont servi d'une méfiance excessive pour mieux tromper ceux chez qui ils l'avaient suscitée. » Ensuite, tu dois te garder du poison et des flatteurs, car il est écrit : « Ne reste pas en compagnie d'un flatteur ; fuis-le ainsi que ses paroles comme du poison. »

Quant au deuxième point, c'est-à-dire l'invitation des sages à défendre ta maison avec la plus grande diligence, j'aimerais bien savoir comment tu comprends ces mesures défensives.

Mélibée répondit :

– Je l'entends ainsi : je dois pourvoir ma maison de tours, de fortifications, de guérites et autres bâtiments qui serviront de protection et de défense, et grâce auxquels les ennemis craindront de s'approcher.

Alors Prudence répondit :

– Les fortifications faites de hautes tours et de grands édifices relèvent parfois de l'orgueil. Elles demandent beaucoup de travail et de moyens ; une fois achevées, elles ne valent rien si elles ne sont pas occupées par des amis sages et loyaux, avec un roulement fréquent. Pour cette raison, sachez que la plus grande, la plus forte des protections qu'un homme riche puisse avoir pour défendre sa vie et ses biens, c'est d'être aimé de ses sujets et de ses voisins ; Cicéron dit : « L'amour des citoyens est une défense que l'on ne peut ni vaincre ni déconfire. »

Quant au troisième point, à savoir le conseil des sages et des anciens de ne pas se précipiter dans cette entreprise, mais de s'y préparer avec prévoyance, grand soin et réflexion, je crois qu'ils parlèrent bien et sagement ; Cicéron dit : « Quelle que soit l'entreprise, avant de commencer l'on doit se préparer très soigneusement. » Par conséquent, il faut se préparer en réfléchissant bien à une vengeance, à une guerre, à une bataille et à établir une défense. Cicéron dit encore : « La longue préparation d'une bataille donne rapide victoire », et Cassiodore dit : « La défense est d'autant plus puissante qu'elle a été pensée plus longuement. »

A présent il faut passer au conseil que te donnèrent tes voi-

qui te portent révérence sans amour, tes ennemis réconciliés, les losengeurs, ceux qui te conseillièrent une chose en secret et autre disoient en appert, les jeunes gens, qui tous te conseillèrent vengier tantost et faire guerre incontinent. Et certes, ainsi comme je t'ay dit dessus, tu erras moult en appelant telles gens à ton conseil, et ce conseil est assez réprouvé pour les choses dessus dictes. Toutesvoies, puis qu'elles sont dictes en général, nous descendrons en espécial. Or véons doncques premièrement, selon ce que dit Tulles, de la vérité de ce conseil. Et certes de la vérité de ceste besongne ne convient pas moult enquerre, car l'en scet bien qui sont ceulx qui te ont fait ceste injure, et quans ils sont, et comment, et quant, et quelle injure ils te ont faite. Examinons doncques la seconde condition que Tulles met, qu'il appelle consentement, c'est à dire qui sont ceulx et quans ils sont qui se consentent à tel conseil et à ta voulenté, et considérons aussi qui sont ceulx et quans qui se consentent à tes adversaires.

Quant au premier, l'en scet bien quels gens se consentent à ta voulenté, car tous ceulx que j'ay dessus nommés conseillent que tu faces guerre tantost. Or véons doncques qui tu es et qui sont ceulx que tu tiens tant à ennemis. Quant à ta personne, jasoit-ce que tu soies riche et puissant, tu es tout seul et n'as nul enfant masle; tu n'as fors une seule fille tant seulement : tu n'as frères ne cousins germains ne nuls autres bien prouchains parens, pour paour desquels tes ennemis se cessassent de toy poursuivre et destruire; et ta personne destruite, tu scez bien que tes richesses se diviseront en diverses parties, et quant chascun aura sa partie, ils ne seront forcés de vengier ta mort. Mais tes ennemis sont trois et ont moult d'enfans, de frères et d'autres bien prouchains amis et parens, desquels quant tu en auras occis deux ou trois, encores en demourra assez qui pourront vengier leur mort et te pourront occire. Et jasoit-ce que tes amis soient trop plus que les amis de tes adversaires, ils t'appartiennent de moult loing, et les amis de tes adversaires leur sont moult plus

sins, qui te témoignent du respect sans t'aimer, tes anciens ennemis, les flatteurs, ceux qui te conseillèrent une chose en secret et en professaient une autre ouvertement, les jeunes gens, enfin tous ceux qui te conseillèrent de te venger sans délai et de déclencher incontinent la guerre. Il est certain que tu as fait une grande erreur en appelant de telles gens à ton conseil, comme je viens de le dire ; pour cette raison ce conseil a peu de valeur. Cependant, comme les raisons alléguées étaient générales, considérons le particulier. Examinons donc d'abord la justesse de leur avis en nous référant à Cicéron. Il est clair qu'il ne faut pas faire de longues investigations pour découvrir la vérité dans cette affaire ; l'identité de ceux qui t'ont fait injure est connue. On sait combien ils sont, quel tort ils t'ont fait, quand et comment. Examinons donc la deuxième clause dont Cicéron fait état et qu'il appelle le consentement, c'est-à-dire qui et combien sont ceux qui se rangent à cet avis et à ta volonté. Essayons également d'élucider qui et combien sont ceux qui prennent le parti de tes adversaires.

En ce qui concerne la première question, on sait bien qui est du même avis que toi car tous ceux que je viens de nommer te conseillent de commencer immédiatement la guerre. Voyons donc qui tu es et qui sont ceux que tu considères comme de si grands ennemis. Toi, malgré ta richesse et ta puissance, tu es seul, sans enfant mâle ; tu n'as qu'une seule fille ; tu n'as ni frères ni cousins germains ni autres très proches parents que tes ennemis redouteraient assez pour cesser de te poursuivre et de te ruiner. Toi mort, tu sais bien que tes richesses se diviseront en plusieurs parts, et lorsque chacun aura la sienne, personne ne sera obligé de venger ta mort. En revanche, tes ennemis sont au nombre de trois ; ils ont beaucoup d'enfants, de frères et d'autres parents et amis très proches ; lorsque tu en auras tué deux ou trois, il en restera bien assez qui pourront venger leur mort et te tuer. Bien que tu aies beaucoup plus d'amis que tes adversaires, vos liens sont assez éloignés alors que les amis de

prouchains, et en ce leur condition est meilleur que la tienne.

740 Après, voyons encores se le conseil que l'en te donna de la vengence tantost prendre, se consent à raison. Et certes tu scez que non, car, selon droit, nul ne doit faire vengence [d'autrui, fors le juge qui a la jurisdiction sur lui, jasoit-ce que vengence soit] ottroyée ou permise à
745 aucun quant on la fait incontinent et attrempéement, selon ce que droit le commande. Après, encores sur ce mot consentement, tu dois regarder se ton povoir se consent à ta voulenté et à ton conseil. Et certes tu pues dire que non, car à parler proprement, nous ne povons riens fors ce que
750 nous povons faire deuement et selon droit; et pour ce que selon droit tu ne dois prendre vengence de ta propre aucторité, l'en puet dire que ton povoir ne se consent point à ta voulenté.

Or convient examiner le tiers point que Tulles appelle
755 conséquent. Tu dois doncques savoir que à vengence que tu veulx faire, est conséquent et s'ensuit autre vengence, périls, guerres et d'autres maulx sans nombre et moult de dommages lesquels l'en ne voit maintenant.

Quant au quart point que Tulles appelle engendre-
760 ment, tu dois savoir que injure est engendrée de haine, acquisition d'ennemis enflamblés de vengence; de haine et contens guerres naissent, et dégastement de tous biens.

Quant aux causes, qui est le derrenier point que Tulles
765 y met, tu dois savoir que en l'injure qui t'a esté faite a deux causes ouvrières et efficiens : la loingtaine et la prouchaine; la loingtaine est Dieu qui est cause de toutes causes : la prouchaine sont tes trois ennemis. La cause accidentelle fut hayne; la cause matériel sont les cinq
770 plaies de ta fille; la cause formal fut la manière de faire l'injure, c'est assavoir qu'ils appoièrent eschelles contremont les murs et entrèrent par les fenestres; la cause final fut que ils vouldrent occire ta fille, et par eulx ne demoura. Mais la cause final loingtaine, à quel fin ils
775 avendront de ceste besongne, nous ne la povons pas bien savoir, fors par conjectures et par présumptions, car nous

tes adversaires leur sont beaucoup plus proches : voilà en quoi ils sont dans une meilleure situation que toi.

Ensuite, considérons si le conseil de te venger sans délai est vraiment raisonnable. Tu sais bien que non, car selon la loi, personne ne doit se venger d'autrui, le juge excepté, qui a la juridiction sur lui, bien qu'on tolère ou permette que quelqu'un se venge lorsque c'est sur-le-champ et avec mesure, dans le respect des lois. Ensuite, toujours sous la rubrique du consentement, tu dois vérifier si tes moyens sont à la hauteur de ta volonté et de ton dessein. Il est clair que non ; à parler franchement, nous n'avons aucune marge de manœuvre légale : comme selon la loi tu ne dois pas te venger en t'appuyant sur ta seule autorité, on peut conclure que ton pouvoir n'est pas à la hauteur de ta volonté.

A présent examinons le troisième point que Cicéron appelle la conséquence. Sache donc que la conséquence et l'effet de ton désir de vengeance est une autre vengeance ; ce sont des dangers, des guerres et d'autres maux et dommages innombrables, à présent imprévisibles.

Quant au quatrième point que Cicéron appelle engendrement, sache que l'offense est engendrée par la haine, par des ennemis enflammés du désir de vengeance ; or, de la haine et des querelles naissent les guerres, engendrant la destruction de tous les biens.

En ce qui concerne les causes, le dernier point que Cicéron évoque, sache qu'il existe deux causes agissantes et efficientes dans l'offense qui t'a été faite : une cause lointaine et une cause immédiate. La cause lointaine, c'est Dieu, cause de tout ; la cause immédiate, ce sont tes trois ennemis. La cause accidentelle fut la haine ; la cause matérielle, ce sont les cinq plaies de ta fille ; la cause formelle fut la manière dont l'offense a été faite, c'est-à-dire le fait d'appuyer les échelles contre les murs et d'entrer par les fenêtres ; la cause finale fut leur désir de tuer ta fille, chose qu'ils ne réalisèrent pas. Mais la cause finale lointaine, le but de leur entreprise, nous ne la connaissons pas ; nous ne pouvons que faire des conjectures et avoir des pré-

devons présumer qu'ils avendront à male fin par la raison du Décret qui dit : à grant peine sont menées à bonne fin les choses qui sont mal commencées. Qui me demanderoit pourquoy Dieu a voulu et souffert qu'ils t'aient fait telle injure, je n'en sauroie pas bien respondre pour certain, car, selon ce que dit l'appostre, la science et jugement nostre Seigneur sont si parfont que nuls ne le puet comprendre ne encerchier souffisamment. Toutesvoies, par aycunes présumptions je tien que Dieu qui est juste et droiturier a souffert que ce soit advenu pour cause juste et raisonnable ; car tu qui as nom Mellibée qui vault autant comme *cellui qui boit le miel,* [le miel as tant voulu boire,] c'est à dire la doulceur des biens temporels, des richesses, des délices et des honneurs de ce monde, que tu en as esté tout yvres et as oublié Dieu ton créateur, ne ne lui as pas porté honneur ne révérence ainsi comme tu deusses. Tu n'as pas retenu en ta mémoire la parole Ovide qui dit : dessoubs le miel de la doulceur des biens du corps, est absconduz le venin qui occit l'âme. Et Salemon dit : se tu as trouvé le miel, si en mengue à souffisance, car se tu en mengues oultre mesure, il te convendra vomir. Pour ce, par adventure, Dieu en despit de toy a tourné sa face et les oreilles de sa miséricorde [autre part], et a souffert que tu as [esté prins en la manière que tu as] péchié contre lui. Tu as péchié contre nostre Seigneur, car les trois ennemis de l'umain lignage, qui sont le monde, la char et le Déable, tu as laissié entrer en ton cuer tout franchement par les fenestres du corps, sans toy deffendre souffisamment contre leur assault et leurs temptacions, en telle manière qu'ils ont navrée sa fille, c'est assavoir l'âme de toy, de cinq plaies : c'est à dire de tous les péchiés mortels qui entrèrent ou cuer parmy chascun des cinq sens naturels. Par ceste semblance nostre Seigneur a voulu et souffert que ces trois ennemis sont entrés en ta maison par les fenestres et ont navrée ta fille en la manière dessus dicte.

Certes, dist Mellibée, je voy bien que vous vous efforciez moult par doulces paroles de moy encliner à ce que je ne me venge point de mes ennemis, et m'avez monstré

somptions. Nous devons en effet présumer qu'ils connaîtront une issue malheureuse selon la logique du *Décret*[1] qui dit : « C'est à grand-peine que sont menées à bien les choses qui ont été mal commencées. » Je ne saurais répondre avec certitude à celui qui me demanderait pourquoi Dieu a voulu et toléré qu'ils t'infligent une telle offense ; comme le dit l'apôtre, la sagesse et la justice de Notre-Seigneur sont si profondes que nul ne peut les comprendre ni les sonder suffisamment. Toutefois, j'ai quelques raisons de présumer que Dieu, qui est juste et droit, a permis que cet incident se produise à cause d'un motif juste et sensé ; ton nom est Mélibée, ce qui signifie *celui qui boit le miel* : tu as tant voulu boire de miel, c'est-à-dire de la douceur des biens temporels, des richesses, des délices et des honneurs de ce monde que tu t'en es enivré et que tu as oublié Dieu, ton créateur, et tu ne l'as pas honoré et révéré comme tu aurais dû. Tu n'as pas retenu en ta mémoire les mots d'Ovide qui dit : « Sous le miel de la douceur des biens du corps est caché un poison mortel pour l'âme. » Et Salomon dit : « Si tu as trouvé du miel, manges-en avec modération, car si tu en abuses, tu vomiras ». Pour cette raison peut-être Dieu, dépité par toi, a tourné Sa face et les oreilles de Sa miséricorde ailleurs, et c'est ainsi qu'Il a toléré que tu sois frappé de la même manière que tu as péché contre Lui. Tu as péché contre Notre-Seigneur, car les trois ennemis de la lignée humaine – le monde, la chair et le diable – tu les as laissés entrer dans ton cœur librement par les fenêtres du corps, sans te défendre assez contre leurs assauts et leurs tentations, de telle manière qu'ils ont blessé Sa fille, c'est-à-dire ton âme, de cinq plaies : de tous les péchés mortels qui pénétrèrent jusque dans le cœur à travers chaque sens. C'est dans ce sens que Notre-Seigneur a voulu et toléré que ces trois ennemis entrent dans ta maison par les fenêtres et qu'ils blessent ta fille de la manière qu'on a précisée ci-dessus.

– Certes, dit Mélibée, je vois bien que vous vous donnez beaucoup de peine pour me dissuader par de douces paroles de me venger de mes ennemis ; vous m'avez exposé avec beau-

---

1. De Gratien.

moult sagement les périls et les maulx qui pourroient
advenir de ceste vengence. Mais qui vouldroit considérer
en toutes vengences tous les périls qui s'en pourroient
ensuir, l'en ne feroit jamais vengence, et ce seroit moult
820 grant dommage, car par vengence les mauvais sont ostés
d'entre les bons, et ceulx qui ont cuer de mal faire se
retraient quant ils voient que l'en punist les malfaiteurs.

A ce respond dame Prudence : certes, dist-elle, je vous
octroie que de vengence vient moult de biens, mais faire
825 vengence n'appartient pas à un chascun, fors seulement
aux juges et à ceulx qui ont la jurisdiction sur les malfaiteurs, et dy oultre que ainsi que une personne singulière
pécheroit en faisant vengence, [ainsi pécheroit le juge en
laissant faire vengence,] car Sénèque dit : cellui nuist aux
830 bons, qui espargne les mauvais ; et, selon ce que dist Cassiodores, l'en doubte faire les oultrages, quant on scet
qu'il desplairoit aux juges et aux souverains. Et un autre
dit : le juge qui doubte faire les drois, fait les gens mauvais ; et saint Pol l'appostre dist en l'épistre aux
835 Rommains que le juge ne porte pas le glaive sans cause,
mais le porte pour punir les mauvais [et pour deffendre
les] preudomes. Se tu veulx doncques avoir ta vengence
de tes ennemis, tu recourras au juge qui a la jurisdiction
sur eulx, et il les punira selon droit, et encores s'ils l'ont
840 desservi, en leur avoir en telle manière que ils demourront
povres et vivront à honte.

Hé ! dist Mellibée, ceste vengence ne me plaist point :
je regarde que fortune m'a nourry dès mon enfance et m'a
aidié à passer moult de fors pas. Je la vueil maintenant
845 essayer, et croy que à l'aide de Dieu elle m'aidera à vengier [ma honte].

Certes, dit Prudence, se tu veulx ouvrer de mon conseil,
tu ne essaieras point fortune ne ne t'appoieras à elle, car,
selon ce que dit Sénèque, les choses se font folement, qui
850 se font à l'espérance de fortune. Car fortune est comme
une verrière qui de tant comme elle est plus clere et plus
resplendissant, de tant est-elle plus tost brisée ; et pour ce,
ne t'y fie point, car elle n'est point estable, et là où tu
cuideras estre plus seur de son aide, elle te fauldra. Et

coup de sagesse les dangers et les maux qui pourraient découler d'une vengeance. Mais si pour chaque vengeance on s'arrêterait à tous les dangers qui pourraient en découler, l'on ne se vengerait jamais, ce qui serait très dommageable, car grâce à la vengeance les mauvais sont ôtés d'entre les bons, et ceux qui ont de mauvaises intentions se retiennent lorsqu'ils considèrent que l'on punit les malfaiteurs.

Dame Prudence répondit à ces propos :

– Je vous concède que beaucoup de biens peuvent venir de représailles. Mais il n'appartient pas à n'importe qui d'y recourir : il n'y a que les juges et ceux qui ont la juridiction sur les malfaiteurs qui y soient autorisés, je vais même jusqu'à dire qu'une personne privée commettrait un péché en se faisant justice à soi-même, au même titre que le juge qui le tolérerait. Car Sénèque dit : « Celui qui épargne les mauvais nuit aux bons. » Quant à Cassiodore, il dit qu'on redoute de commettre des forfaits lorsqu'on sait qu'ils déplairaient aux juges et aux souverains. Un autre dit : « Le juge qui craint de rendre la justice rend mauvais les gens. » Quant à saint Paul l'apôtre, il dit dans l'Epître aux Romains que ce n'est pas sans cause que le juge porte un glaive, mais qu'au contraire il le porte pour punir les mauvais et pour défendre les justes. Si tu veux donc te venger de tes ennemis, tu auras recours au juge qui détient la juridiction sur eux, et il les punira selon la loi en s'en prenant à leurs biens s'ils l'ont mérité, en sorte qu'ils deviendront pauvres et vivront dans la honte.

– Ha ! dit Mélibée, cette sorte de vengeance ne me plaît pas : je considère que Fortune m'a formé dès l'enfance et qu'elle m'a aidé à franchir beaucoup de mauvais pas. Je veux à présent la mettre à l'épreuve : je crois qu'avec l'aide de Dieu elle m'aidera à venger ma honte.

– Certes, dit Prudence, si tu veux tenir compte de mon conseil, tu ne mettras pas à l'épreuve Fortune ; tu ne t'en remettras pas à elle car, comme le dit Sénèque, les actes commis en comptant sur Fortune sont folie. Fortune est comme une paroi de verre : sa clarté et sa transparence sont proportionnelles à sa fragilité ; voilà pourquoi il ne faut pas que tu te fies à elle : elle n'est pas stable et, à l'occasion, lorsque tu compteras sur elle avec le plus de confiance, elle te fera faux

pour ce que tu dis que fortune t'a nourry dès ton enfance, je te dy que de tant tu te dois moins fier en elle et en ton sens, car Sénèque dit que cellui que fortune nourrist trop, elle le fait fol. Puis doncques que tu demandes vengence, et la vengence qui se fait selon l'ordre de droit et devant le juge ne te plaist, et la vengence qui se fait en espérance de fortune est mauvaise et périlleuse et si n'est point certaine, tu n'as remède de recours fors au souverain et vray juge qui venge toutes villenies et injures, et il te vengera, selon ce que lui mesmes tesmoingne : à moy, dit-il, laisse la vengence et je la feray.

Mellibée respondi : Se je, dit-il, ne me venge de la villenie que l'en m'a faite, je semondray ceulx qui l'a m'ont faicte et tous autres mauvais à moy faire une nouvelle villenie, car il est escript : se tu sueffres sans vengier la vieille villenie, tu semons à la nouvelle. Et ainsi, par souffrir l'en me feroit tant de villenies de toutes pars que je ne le pourroie souffrir ne porter, ains seroie au bas du tout en tout, car il est escript : en moult souffrant, t'avendront assez de choses que souffrir ne pourras.

Certes, dit Prudence, je te ottroie que trop grant souffrance n'est pas bonne, mais pour ce ne s'ensuit-il pas que chascune personne à qui l'en fait injure prengne la vengence, car ce appartient aux juges tant seulement, qui ne doivent pas souffrir que les villenies et injures ne soient vengées. Et pour ce, les deux auctorités que tu as avant traites sont entendues tant seulement des juges que quant ils seuffrent trop faire les injures et villenies sans punition, ils ne semonnent pas tant seulement faire les injures, mais les commandent. Ainsi le dit un sage. Le juge, dit-il, qui ne corrige le pécheur, luy commande à péchier ; et pourroient bien tant souffrir les juges et les souverains [de maulx] en leur terre, que les malfaiteurs les getteroient hors de leur terre, et leur convendroit perdre leur seignorie à la parfin. Mais or posons que tu aies licence de toy vengier, je dy que tu n'as pas la puissance quant à présent, car se tu veulx faire comparoison de ta puissance à la puissance de tes adversaires, tu trouveras trop de choses, selon ce que je t'ay monstré dessus, par quoy leur condi-

bond. Tu dis que Fortune t'a formé depuis ton enfance ; moi, je te dis que tu dois te fier d'autant moins à elle et à ton propre jugement, car Sénèque dit que celui que Fortune gâte trop, elle en fait un fol. Mais puisque tu exiges réparation, tout en refusant celle qui s'obtient en accord avec l'ordre et la loi devant le juge, et que la vengeance fondée sur la foi en Fortune est mauvaise, dangereuse et incertaine, il ne te reste qu'un seul recours : le Juge souverain et juste qui venge toutes les vilenies et offenses ; Il te vengera comme Il le promet Lui-même : « La vengeance, laisse-la-moi, et je m'en chargerai. »

Mélibée répondit :

— Si je ne me venge pas de la vilenie que l'on m'a faite, cela revient à inviter ses auteurs et tous mes autres adversaires à m'en faire une seconde, car il est écrit : « Si tu ne venges pas une ancienne vilenie, tu t'en attires une nouvelle. » Ainsi, en restant passif, on m'infligerait tant de vilenies de tous côtés que je ne pourrais le supporter ni y résister ; je serais au contraire complètement anéanti car il est écrit : « En acceptant beaucoup, il t'en arrivera tant que tu finiras par succomber. »

— Je te concède, dit Prudence, qu'une trop grande patience n'est pas bonne, mais ce n'est pas là une raison pour que chaque homme offensé se venge : cela relève des juges exclusivement ; eux, ils ne doivent pas tolérer que vilenies et offenses restent impunies. Pour cette raison, les deux autorités que tu as citées ne sont valables qu'en ce qui concerne les juges qui tolèrent sans sévir qu'on passe les bornes en matière d'injures et de vilenies : non seulement ils les encouragent alors, mais ils les suscitent. Voici ce que dit un sage : « Le juge qui ne corrige pas le pécheur lui ordonne de pécher. » La passivité des juges et des souverains face aux maux qui existent dans le pays pourrait bien conduire les malfaiteurs à les jeter hors de leur terre ; à la fin ils seraient contraints de perdre leur seigneurie. Mais posons à présent l'hypothèse que tu aies le droit de te venger ; je maintiens que tu n'en as pas les moyens pour autant. Compare donc ta force à celle de tes adversaires, et tu trouveras de multiples points, comme je te l'ai exposé, où

tion est meilleur que la tienne, et pour ce je te dy qu'il est bon, quant à maintenant, de toy souffrir et avoir patience.

Après, tu scez que l'en dit communément que contendre à plus fort, c'est enragerie : contendre à esgal, c'est péril : contendre à moindre, c'est honte. Et pour ce, l'en doit fuir toute contention tant comme l'en puet, car Salemon dit que c'est grant honneur à homme quant il se scet guetter de brigue et de contens. Et se plus fort de toy te griève, estudie-toy plus à le appaisier que à toy vengier, car Sénèque dit que cellui se met en grant péril, qui se courrouce à plus fort de lui ; et Caton dit : se plus grant que toy te griefve, sueffre-toy : car cellui qui t'a une fois grevé, te pourra une autre fois aidier.

Or posons que tu aies licence et puissance de toy vengier, je dy encores que moult de choses sont, qui te doivent retraire et te doivent encliner à toy souffrir et avoir patience en l'injure qui t'a esté faicte et aux autres tribulations de ce monde.

Premièrement [se tu veulx considérer les deffaulx qui sont en] toy, pour lesquels Dieu a voulu souffrir que ceste tribulation te soit advenue, selon ce que j'ay dit dessus, car le poëte dit que nous devons porter en patience les tribulations qui nous viennent, quant nous pensons que nous les avons desservies. Et saint Grégoire dit que quant un chascun considère le grant nombre de ses défaulx et de ses péchiés, les peines et les tribulations qu'il sueffre lui en appairent plus petites ; et de tant comme son péchié monte, lui semble la peine plus légière. Après, moult te doit encliner à patience, la patience nostre Seigneur Jhésu-Crist, selon ce que dit saint Pierre en ses épistres. Jhésu-Crist, dit-il, a souffert [pour nous] et a donné exemple à un chascun de lui ensuivre, car il ne fist oncques péchié, ne onques de sa bouche n'yssi une villenie. Quant on le maudissoit, il ne maudissoit point : quant on le batoit, il ne menaçoit point. Après, moult te doit encliner à patience, la grant patience des Sains de paradis qui ont eu si grant patience ès tribulations qu'ils ont souffertes sans leur coulpe. Après, moult te doit encliner à patience que les tribulations de ce monde durent très petit de temps

ils sont avantagés : voilà pourquoi je te dis qu'il est bon, à l'heure présente, de te retenir et d'être patient.

Ensuite, tu sais que l'on dit communément que se battre contre plus fort que soi est folie ; se battre contre son égal est dangereux ; se battre contre plus faible que soi est honteux. Pour cette raison, on doit éviter tant que l'on peut toute querelle car Salomon dit que c'est là un homme très honorable que celui qui sait éviter rixes et querelles. Si plus fort que toi t'attaque, applique-toi davantage à l'apaiser qu'à chercher à te venger ; Sénèque dit en effet que celui qui se fâche contre plus fort que lui s'expose à de grands dangers et Caton dit : « Si plus grand que toi te nuit, contiens-toi : celui qui t'a fait du tort une fois pourra te porter secours une autre fois. »

A présent posons l'hypothèse que tu aies le droit et le pouvoir de te venger ; je persiste à dire qu'il y a, même dans ce cas, beaucoup de raisons encore pour que tu y renonces, te résignant à te contenir et à supporter avec patience l'injure qui t'a été faite, ainsi que les autres tribulations de ce monde.

Premièrement, tu dois considérer tes défauts ; c'est à cause d'eux que Dieu a permis que cette épreuve t'ait frappé, conformément à ce que je viens de dire ; le poète dit en effet que nous devons supporter avec patience les tribulations qui nous frappent quand nous pensons les avoir méritées. Saint Grégoire dit que lorsqu'on considère la grande quantité de défauts que l'on a, ainsi que les nombreux péchés qu'on a commis, les peines et les tribulations qu'on supporte apparaissent plus petites : plus on a commis de péchés, plus la peine semble légère. Ensuite, l'exemple de la patience de Notre-Seigneur Jésus-Christ doit t'inciter fortement à être patient à ton tour, comme il est dit dans les Epîtres de saint Pierre. « Jésus-Christ, dit-il, a souffert pour nous et a montré l'exemple à suivre à chacun : Il n'a jamais péché ; jamais aucune vilenie n'est sortie de Sa bouche. Lorsqu'on Le maudissait, Il ne répliquait pas par une malédiction ; lorsqu'on Le battait, Il ne proférait point de menaces. » Ensuite, l'exemple de la grande patience des saints du Paradis doit te conduire à la patience : innocents, ils ont supporté avec une si grande patience les tribulations. Ensuite, doit t'incliner à la patience l'idée que les tribulations de ce monde durent très

et sont tantost passées, et la gloire que l'en acquiert pour avoir patience ès tribulations est pardurable, selon ce que dit l'épistre seconde à ceulx de Corinthe.

Après, tien fermement que cellui n'est pas bien enseigné qui ne scet avoir patience, car Salemon dit que la doctrine de l'omme est congneue par patience, et nostre Seigneur dit que patience vaint ; et encores dit que en nostre patience nous possiderons nos âmes. Et autre part dit Salemon que cellui est patient qui se gouverne par grant prudence ; et cellui mesmes dit que l'omme courrouceux fait les noises, et le patient les attrempe. Aussi dit-il que mieulx vault estre bien patient que bien fort, et plus fait à prisier cellui qui puet avoir la seignourie de son cuer que cellui qui par grant force prent les grans cités ; et pour ce dit saint Jaques en ses épistres que patience est euvre de perfection.

Certes, dit Mellibée, je vous ottroye, dame Prudence, que patience est une grant vertu, mais chascun ne puet pas avoir la perfection que vous alez quérant. Je ne suis pas du nombre des bien parfais, et pour ce mon cuer ne puet estre en paix jusques à tant que je soye vengié. Et jasoit-ce que en ceste vengence eust grant péril, je regarde que aussi [avoit-il grant péril à faire la villenie qui m'a esté faite, et toutesvoies] mes adversaires n'ont pas regardé le péril, mais ont hardiement acompli leur voulenté, et pour ce il me semble que l'en ne me doit pas reprendre se je me met en un pou de péril pour moy vengier et se je fais un grant excès, car on dit que excès n'est corrigé que par excès, c'est à dire que oultrage ne se corrige fors que par oultrage.

Hé ! dit dame Prudence, vous dictes vostre voulenté, mais en nul cas du monde l'en ne doit faire oultrage ne excès pour soy venger ne autrement, car Cassiodores dit que autant de mal fait cellui qui se venge par oultrage comme cellui qui a fait oultrage. Et pour ce, vous vous devez vengier selon l'ordre de droit, non pas par excès ne par oultrage, car ainsi que vous savez que vos adversaires ont péchié encontre vous par leur oultrage, [aussi péchiez-vous se vous vous voulez venger] autrement que

peu et passent très vite, tandis que la gloire que l'on acquiert en les supportant avec patience est éternelle, comme il est écrit dans la deuxième Epître aux Corinthiens.

Ensuite, sois fermement convaincu que celui qui ne sait pas être patient n'est pas bien instruit : Salomon dit que l'instruction d'un homme se reconnaît à sa patience et Notre-Seigneur dit que la patience est victorieuse. Il dit aussi que c'est par notre patience que nous dominerons nos âmes. Ailleurs, il dit que l'homme patient se conduit avec grande sagesse ; que l'homme coléreux suscite des querelles tandis que celui qui est patient les apaise ; qu'il vaut mieux être bien patient que bien fort : celui qui domine son cœur est plus digne d'éloge que celui qui grâce à la force prend les grandes cités. Voilà pourquoi saint Jacques dit en ses Epîtres que la patience est œuvre de perfection.

– Certes, dit Mélibée, je vous accorde, dame Prudence, que la patience est une grande vertu ; mais tout le monde ne peut pas posséder cette perfection que vous recherchez. Je ne fais pas partie du nombre des parfaits, et c'est pour cela que mon cœur ne trouvera pas la paix avant que je sois vengé. Bien que cette vengeance soit très dangereuse, je considère que l'affront qui m'a été fait comportait également de grands risques ; pourtant, mes adversaires n'en ont pas tenu compte mais ont hardiment accompli leur dessein : voilà pourquoi il me semble que je ne suis pas à blâmer si je m'expose à un petit risque pour me venger ou si je commets un grand excès, car l'on dit que l'excès ne se corrige que par un autre excès, ce qui veut dire qu'un outrage ne peut se corriger que par un autre outrage.

– Hé ! dit dame Prudence ; vous dites ce qui vous arrange ; en aucun cas l'on ne doit commettre un outrage, un excès ou autre pour se venger ; Cassiodore dit en effet que celui qui se venge en commettant un outrage fait autant de mal que celui qui le premier en a commis un. Pour cette raison vous devez vous venger en respectant les lois établies et non pas par excès ou par outrage : vous savez que vos adversaires ont péché contre vous en commettant leur outrage ; vous pécheriez comme eux si vous vous vengiez sans respecter les pres-

droit ne l'a commandé ; et pour ce dit Sénèque que l'en ne
doit nulle fois vengier mauvaistié. Et se vous dictes que
droit octroie que l'en deffende violence par violence et
barat par barat, certes c'est vérité quant la deffense se fait
incontinent et sans intervalle et pour soy deffendre, non
pas pour soy venger, et s'y convient mettre telle diligence
et deffense que l'en ne puisse reprendre cellui qui se deffent d'excès ne d'oultrage, car autrement ce seroit contre
droit et contre raison. Or vois-tu bien que tu ne fais pas
incontinent deffense, ne pour toy deffendre, mais pour toy
véngier, et si n'as pas voulenté de faire ton fait attrempéement ; et pour ce il me semble encores que la patience est
bonne, car Salemon dit que cellui qui n'est pas patient
aura dommage.

Certes, dit Mellibée, je vous octroye que quant un
homme est impatient et courroucié de ce qui ne le touche
et ne lui appartient, se dommage lui vient n'est pas merveille. Car la règle de droit dit que cellui est coupable qui
s'entremet de ce qui ne lui appartient point ; et Salemon
dit ès Proverbes que cellui qui s'entremet des noises
d'autruy est semblable à cellui qui prent le chien par les
oreilles. Et aussi comme cellui qui tient le chien estrange
qu'il ne congnoist est aucune fois mors du chien, aussi
est-il raison que dommage viengne à cellui qui par impatience et par courroux se mesle de la noise d'autruy qui
riens ne lui appartient. Mais vous savez bien que ce fait
me touche moult de près, et pour ce j'en suis courroucié
et impatient, et ce n'est pas merveille ; et si ne vois mie,
sauve vostre grâce, que grant dommage me puisse venir
de moy vengier, car je suis plus riche et plus puissant que
ne sont mes adversaires et vous savez bien que par argent
se gouvernent et font les choses et le fait de ce monde, et
Salemon dit que toutes choses obéissent à pécune.

Prudence, quant elle oy son mary vanter de sa richesse
et de sa puissance et soy esjouir, et despriser la povreté de
ses adversaires, parla en ceste manière : je vous octroie
que vous estes riche et puissant et que les richesses sont
bonnes à ceulx qui les ont bien acquises et bien en usent,
car ainsi comme le corps ne puet vivre sans [l'âme, ainsi

criptions de la loi. Pour cette raison, Sénèque dit qu'il ne faut jamais se venger d'une mauvaise action. Et si vous avancez que la loi autorise que l'on rende la violence par la violence et la fourberie par la fourberie, cela est valable seulement lorsque la réplique se fait aussitôt et sans délai, dans le but de se défendre et non pas de se venger, et en prenant le soin et la précaution que personne ne puisse vous reprocher d'avoir été excessif ou outrageux ; autrement cela serait contraire à la loi et à la raison. Tu vois donc que tu n'as pas répliqué aussitôt ; ton action n'est pas non plus inspirée par un désir de défense, mais bien de vengeance ; tu n'es pas disposé à agir avec modération, raison de plus pour penser que la patience est indiquée. Salomon dit que celui qui n'est pas patient subira des dommages.

— Certes, dit Mélibée, je vous accorde qu'il n'est pas étonnant qu'un homme puisse subir des dommages lorsqu'il est impatient et irrité face à quelque chose qui ne le touche ni ne le concerne : la loi dit qu'est coupable qui se mêle de ce qui ne le regarde pas. Salomon dans les Proverbes dit que celui qui se mêle des querelles d'autrui est semblable à celui qui prend un chien par les oreilles. De même qu'il peut arriver que soit mordu celui qui tient un chien étranger qu'il ne connaît pas, de même est-il logique de subir des dommages lorsqu'on se mêle avec impatience et irritation de la querelle d'autrui qui ne vous concerne en rien. Mais vous savez très bien que l'affaire en question me concerne de très près, c'est pourquoi je suis irrité et impatient et ce n'est pas étonnant ; je ne vois pas non plus, ne vous en déplaise, quel grand dommage le fait de me venger pourrait me causer, car je suis plus riche et plus puissant que mes adversaires. Vous savez bien que c'est grâce à l'argent que les affaires et les agissements de ce monde se décident et se font : Salomon dit que toute chose obéit à l'argent.

Lorsque Prudence entendit son mari se vanter de sa richesse et de sa puissance, s'en réjouir et mépriser la pauvreté de ses adversaires, elle parla en cette manière :

— Je vous accorde que vous êtes riche et puissant ; que les richesses sont utiles à ceux qui les ont acquises honnêtement et qui en usent bien : le corps ne peut vivre sans âme, mais pas

ne puet-il vivre sans] les biens temporels, et par les richesses l'en puet acquerre les grans lignages et les amis. Et pour ce dit Pamphile : se la fille d'un bouvier est riche, elle puet eslire de mil hommes lequel qu'elle veult pour son mary, car nul ne la refusera pas ; et dit encores : se tu es, dit-il, bien euré, c'est à dire riche, tu trouveras grant nombre de compaignons et d'amis, et se ta fortune se change et que tu soies povre, tu demeureras tout seul. Et oultre dit Pamphile que par richesses sont nobles ceulx qui sont villains par lignage ; et ainsi comme de grans richesses vient moult de biens, ainsi de grant povreté viennent moult de maulx, car grant povreté contraint la personne à moult de maulx faire, et pour ce [l'appelle Cassiodores mère de crimes, et dit aussi] Pierre Alphons : une des grans adversités de ce siècle, si est quant un homme franc par nature est contraint par povreté mendier l'aumosne de son ennemy ; et la raison de ce rent Innocent en un sien livre, disant : dolente et meschant est la condition des povres mendians, car se ils ne demandent, ils meurent de fain, et se ils demandent, ils meurent de honte ; et toutesvoies nécessité les contraint à demander. Et pour ce dit Salemon que mieulx vault mourir que avoir telle povreté, car, selon ce qu'il dit autre part, mieux vault la mort amère que telle vie.

Par les raisons que je t'ay dictes et moult d'autres que dire je te pourroie, je t'ottroie que bonnes sont les richesses à ceulx qui bien les acquièrent et qui bien en usent ; et pour ce, je te vueil monstrer comment tu te dois avoir en amassant les richesses et en usant d'icelles. Premièrement, tu les dois acquerre non mie ardemment, mais à loisir et attrempéement et par mesure, car l'homme qui est trop ardent d'acquerre richesses se abandonne légièrement à tous vices et à tous autres maulx ; et pour ce dit Salemon : qui trop se haste de soy enrichir, il ne sera pas innocent ; et dit aussi autre part que la richesse hastivement venue, hastivement s'en va, mais celle qui est venue petit à petit se croist tousjours et se multiplie. Après, tu dois acquerre les richesses par ton sens et par ton travail, à ton prouffit et sans dommage d'autruy, car la loy dit que

non plus sans biens matériels ; les richesses aident à accéder aux grands lignages et à se faire des amis. Pamphile dit : « Si la fille d'un bouvier est riche, elle peut choisir parmi mille hommes celui qu'elle veut épouser, et personne ne la repoussera. » Il dit encore : « Si tu es bien doté, c'est-à-dire riche, tu trouveras beaucoup de compagnons et d'amis, mais si ta situation change et que tu deviens pauvre, tu te retrouveras tout seul. » En outre il dit que les richesses rendent nobles ceux qui sont d'une famille de roturiers. Et de même que des grandes richesses beaucoup de biens peuvent advenir, la grande pauvreté engendre beaucoup de maux, car elle contraint sa victime à commettre beaucoup de mauvaises actions : voilà pourquoi Cassiodore l'appelle mère des crimes ; quant à Pierre Alphonse, il dit que l'un des grands malheurs de ce monde est qu'un homme libre par nature se voie contraint par pauvreté de mendier l'aumône chez son ennemi ; Innocent explique dans l'un de ses livres : « Douloureuse et malheureuse est la condition des pauvres mendiants, car s'ils ne font pas la quête, ils meurent de faim ; s'ils la font, ils meurent de honte, mais la nécessité les y contraint. » C'est pourquoi Salomon dit qu'il vaut mieux mourir que d'être aussi pauvre car, selon ce qu'il dit ailleurs, mieux vaut encore la mort amère qu'une telle vie.

Pour toutes ces raisons et beaucoup d'autres que je pourrais ajouter, je t'accorde que les richesses sont utiles pour ceux qui les acquièrent honnêtement et qui en usent bien. Je vais donc t'expliquer comment te conduire pour acquérir des richesses et pour en user. Premièrement, tu ne dois pas les acquérir avec avidité, mais en prenant ton temps, avec modération et mesure car l'homme trop avide d'acquérir des richesses se laisse facilement aller à tous les vices et autres maux. C'est pourquoi Salomon dit : celui qui se presse trop pour s'enrichir ne pourra pas rester intègre ; il dit ailleurs que la richesse rapidement acquise disparaît rapidement aussi, tandis que celle qui est venue peu à peu augmente toujours et se multiplie. Ensuite, tu dois acquérir les richesses grâce à ton intelligence et à ton travail, pour ton profit mais sans causer préjudice à autrui ; la loi

nul ne se face riche au dommage d'autruy, et Tulles dit que douleur, ne peine, ne mort, ne autre chose qui puisse advenir à homme, n'est tant contraire à homme ne contre nature, comme accroistre ses richesses au dommage d'autruy; et Cassiodores dit que vouloir accroistre sa richesse de ce petit que le mendiant a, surmonte toute cruaulté. Et pour ce que tu les puisses acquerre plus loyaulment, tu ne dois pas estre oiseux ne paresseux de faire ton prouffit, mais dois fuir toute oisiveté, car Salemon dit que oisiveté enseigne moult de maulx à faire; et dit autre part que cellui qui travaille et cultive sa terre mengera du pain, mais cellui qui est oiseux cherra en povreté et mourra de fain. Cellui qui est oiseux ne treuve nul temps convenable à faire son prouffit, car, selon ce que dit un versifieur, il s'excuse en yver de ce qu'il fait trop froit, et en esté de ce qu'il fait trop chault. Pour ces causes dit Caton : veille souvent et ne t'abandonne à trop dormir, car trop grant repos est le nourissement des vices. Et pour ce dit saint Jhérome : fay tousjours aucunes bonnes euvres pour ce que l'ennemi ne te treuve oiseux, car l'ennemi ne trait pas légièrement en son euvre celluy qui est occupé en bonnes euvres. En acquérant doncques les richesses, tu dois fuir oisiveté.

Après, des richesses que tu auras acquises par ton sens et par ton travail et deuement, tu dois user en telle manière, c'est assavoir que tu ne sois tenu pour trop eschars ne pour fol larges, car ainsi comme fait à blasmer avarice, ainsi fait à blasmer et reprendre folle largesse. Et pour ce dit Caton : use des choses acquises par telle manière que l'en ne t'appelle pas povre ne chétif, car grant honte est à homme qui a le cuer povre et la bourse riche. Aussi dist-il : use des biens que tu auras acquis, sagement, sans mésuser, car ceulx qui folement desgastent ce qu'ils ont, quant ils n'ont plus riens, ils se abandonnent légièrement à prendre l'autrui. Je dy doncques que tu dois fuir avarice en usant des richesses acquises, en telle manière que l'en ne die pas que tes richesses soient ensevelies, mais que tu les as en la puissance ; car un sage reprent l'omme aver et dit ainsi en deux vers : pourquoy

dit en effet que personne ne doit s'enrichir au détriment d'autrui. Cicéron dit que ni douleur ni peine ni mort ni rien d'autre qui pourrait arriver à l'homme n'est aussi indigne et contre nature que le fait d'accroître ses richesses au détriment d'autrui. Quant à Cassiodore, il dit que vouloir accroître sa fortune du peu que le mendiant possède surpasse toute cruauté. Afin d'être en mesure d'acquérir les biens plus loyalement, tu ne dois pas être oisif ni paresseux pour œuvrer à ton profit ; au contraire, tu dois fuir l'oisiveté qui, selon Salomon, enseigne comment commettre beaucoup de mauvaises actions. Il dit ailleurs que celui qui travaille et cultive sa terre mangera du pain, alors que celui qui est oisif tombera dans la pauvreté et mourra de faim. Celui qui est oisif ne trouve aucun moment propice pour œuvrer à son profit : un versificateur montre qu'il s'excuse en hiver de ce qu'il fait trop froid et en été trop chaud. Tout cela fait dire à Caton : « Veille souvent, ne te laisse pas aller à trop dormir : trop grand repos est l'aliment des vices. » C'est pourquoi saint Jérôme dit : « Sois toujours en train de faire quelques bonnes œuvres afin que le diable ne te trouve jamais oisif : le diable n'attire pas facilement dans ses œuvres celui que les bonnes œuvres occupent. » Donc, tu dois fuir l'oisiveté pour acquérir des richesses.

Ensuite, voilà comment user des richesses acquises par ton intelligence, ton industrie et ton dévouement : tu ne dois être considéré ni comme trop avare ni comme follement prodigue, car la folle largesse est à blâmer et à corriger tout autant que l'avarice. C'est pour cela que Caton dit : « Use de tes biens en sorte que l'on ne t'appelle pas pauvre et misérable, car c'est une grande honte pour un homme d'avoir le cœur pauvre et la bourse riche. » Il ajoute : « Use des biens que tu as acquis avec sagesse à bon escient, car ceux qui gaspillent follement ce qu'ils ont, une fois qu'ils n'ont plus rien, ils s'en prennent facilement à autrui. Donc, je dis que tu dois fuir l'avarice en usant de tes richesses de telle manière que personne ne puisse dire que tu les as ensevelies, mais au contraire que tu les as en ton pouvoir ; un sage blâme l'avare dans ces vers : « Pourquoi un homme qui est cendre et qui mourir convient, ensevelit son avoir par si grant avarice ? Pourquoy se joinct-il tant à son avoir que l'en ne puet l'en déssevrer ? Car quant il mourra, il ne l'emportera pas avec soy. Et pour ce dit saint Augustin : l'omme aver est semblable à enfer, car plus dévoure, et plus veult dévourer. Et ainsi comme tu dois d'avoir user en manière que l'en ne te clame aver et chétif, ainsi tu le dois garder que l'en ne te clame pour un fol large. Pour ce dit Tulles : les biens de ton hostel ne doivent pas estre tant enclos que pitié ne débonnaireté ne les puissent ouvrir, et aussi ne doivent-ils pas tant estre ouvers qu'ils soient abandonnés à un chascun.

Après, en acquérant les richesses et en usant d'icelles, tu dois tousjours avoir trois choses en ton cuer, c'est assavoir Dieu, conscience et bonne fame et renommée. Tu dois doncques avoir Dieu en ton cuer, car pour nulle richesse tu ne dois faire chose qui desplaise à Dieu ton créateur, car, selon le dit Salemon, mieulx vault petit avoir et de Dieu la paour que grant trésor acquerre et perdre son seigneur. Et le philosophe dit que mieulx vault estre preudome et petit avoir que estre mauvais et avoir grans richesses. Après, je dy que tu dois acquerre et user des richesses, sauve tousjours ta conscience, car l'appostre dit que la chose dont nous devons avoir plus grant gloire, si est quant nostre conscience nous porte bon tesmoignage ; et le sage dit : bonne est la substance dont l'acquérir ne nuit point à la conscience.

Après, en acquérant les richesses et en usant d'icelles, tu dois avoir grant cure et grant diligence comment ta bonne fame et renommée soit tousjours gardée, car il est escrit : le gaing doit estre appellé perte, qui sa bonne fame ne garde ; et Salemon dit : mieulx vault la bonne renommée que les grans richesses ; et pour ce, il dit autre part : aies grant diligence de garder ton bon renom et ta bonne fame, car ce te demourra plus que nul trésor grant et précieux. Et certes il ne doit pas estre dit gentils homs, qui toutes autres choses arrière mises après Dieu et conscience, n'a grant diligence de garder sa bonne renommée. Pour ce dit Cassiodores : il est signe de gentil

homme, qui est cendre et qui doit mourir, ensevelit-il ses biens par si grande avarice ? Pourquoi se confond-il tant avec ses richesses que l'on ne peut l'en séparer ? Lorsqu'il mourra, il ne pourra pas l'emporter avec lui. » C'est pourquoi saint Augustin dit : « L'avare ressemble à l'enfer, car plus il dévore, plus il est avide de dévorer. » Mais de même que tu dois user de tes biens en sorte qu'on ne t'appelle pas avare et misérable, de même dois-tu empêcher qu'on te tienne pour follement prodigue. Cicéron dit en effet : « Les biens ne doivent pas être si bien enfermés dans ta maison que ni la pitié ni la bonté n'y aient accès, mais ils ne doivent pas non plus être exposés à tous vents au point d'être à la portée de chacun. »

Ensuite, en acquérant des biens et en en usant, tu dois toujours avoir présent à l'esprit trois choses : Dieu, conscience et réputation. Tu dois avoir Dieu dans ton cœur, car pour nulle richesse tu ne dois faire quelque chose qui déplaise à Dieu ton Créateur : selon Salomon, il vaut mieux posséder peu et craindre Dieu plutôt que d'amasser un grand trésor et perdre le Seigneur. Le philosophe dit qu'il vaut mieux être prud'homme et posséder peu plutôt que d'être mauvais et très riche. Ensuite, je dis que tu dois acquérir et user des richesses en consultant toujours ta conscience ; l'apôtre dit en effet que la chose la plus glorieuse pour nous est d'être en accord avec notre conscience ; quant au sage, il dit : « C'est une bonne matière que celle dont l'acquisition ne nuit pas à la conscience. »

Ensuite, en acquérant des biens et en en usant tu dois mettre beaucoup de soin et de diligence à garder toujours ta bonne réputation et ton renom, car il est écrit : « Un gain doit être appelé perte s'il corrompt la bonne réputation » ; et Salomon dit : « La bonne renommée est plus précieuse que les grandes richesses » ; et ailleurs : « Veille à garder ton renom et ta bonne réputation, car cela te restera plus longtemps que n'importe quel trésor, aussi grand et précieux soit-il. » Il ne mérite pas d'être appelé gentilhomme celui qui, après Dieu et sa conscience, ne prend pas grand soin de veiller à sa bonne réputation ; c'est pourquoi Cassiodore dit : « C'est signe de cuer, quant il affecte et désire bon nom et bonne fame ; et pour ce dit saint Augustin : deux choses te sont nécessaires, c'est assavoir bonne conscience pour toy, bonne fame pour ton prouchain : et cellui qui tant se fie en sa bonne conscience qu'il néglige sa bonne renommée et ne fait force de la garder, il est cruel et villain.

Or t'ay-je monstré comment tu te dois porter en acquérant les richesses et usant d'icelles ; et pour ce que vous vous fiez tant en vos richesses que pour la fiance que vous y avez vous voulez mouvoir guerre [et faire bataille, je vous conseille que vous ne commencez point guerre, car la grant] fiance de vos richesses ne souffit point à guerre maintenir. Pour ce dit un philosophe : homme qui guerre vuelt avoir, n'aura jà à souffisance avoir, car de tant comme l'omme est plus riche, de tant lui convient faire plus grans mises se il veut avoir honneur et victoire ; car Salemon dit : où plus a de richesses, plus a de despendu. Après, très chier seigneur, jasoit-ce que par vos richesses moult de gens vous puissiez avoir, toutesvoies pour ce ne vous convient pas commencier guerre là où vous povez avoir autrement paix et vostre honneur et à vostre proffit, car la victoire des batailles de ce monde ne gist pas ou grant nombre de gens ne en la vertu des hommes, mais en la main et en la voulenté de Dieu. Et pour ce, Judas Machabeus qui estoit chevalier de Dieu, quant il se deut combattre contre son adversaire qui avoit plus grant nombre de gens qu'il n'avoit, il reconforta sa petite compaignie et dit : aussi légièrement puet donner Dieu victoire à pou de gens comme à moult, car la victoire des batailles ne vient pas du grant nombre de gens, mais vient du ciel. Et pour ce, très chier seigneur, que nul n'est certain s'il est digne que Dieu lui doint victoire ne plus que il est certain se il est digne de l'amour de Dieu ou non, selon ce que dit Salemon, un chascun doit avoir grant paour de faire guerre, et pour ce que ès batailles a moult de périls, et advient aucunes fois que aussi tost occist-l'en le grant comme le petit. Car, selon ce qu'il est escript ou second livre des Rois, les fais des batailles sont adventureux et ne sont pas certains, ainçois également occist

noblesse de cœur que d'aimer et de désirer renom et bonne réputation. » Et saint Augustin dit : « Tu as besoin de deux choses, une bonne conscience pour toi et une bonne réputation pour ton prochain : celui qui se fie tant en sa bonne conscience qu'il en néglige de veiller à sa bonne réputation, il est cruel et rustre. »

Je viens donc de te montrer comment te conduire pour acquérir des biens et en disposer ; mais vous vous reposez tant sur vos richesses qu'elles vous rendent assez confiant pour vouloir déclencher une guerre et livrer bataille. Je vous conseille de ne rien en faire, car la grande confiance que vous avez en votre fortune ne suffit pas pour mener une guerre dans la durée. Un philosophe dit en effet : « L'homme qui souhaite faire la guerre ne sera jamais assez riche, car plus il est riche, plus il lui faut miser s'il veut l'honneur et la victoire » ; Salomon dit : « Là où il y a le plus de richesses, il y a le plus de dépenses. » Ensuite, très cher seigneur, bien que vous puissiez avoir beaucoup d'hommes à votre disposition grâce à votre fortune, vous ne devez pas pour autant déclencher une guerre quand vous pouvez avoir la paix qui est à votre honneur et votre profit ; la victoire des batailles de ce monde ne résulte pas du nombre ni de la vertu des hommes, mais réside en la main et la volonté de Dieu. C'est pourquoi Judas Maccabée, qui était chevalier de Dieu, lorsqu'il dut se battre contre son adversaire qui avait plus de guerriers que lui, réconforta sa petite troupe en ces termes : « Dieu peut donner la victoire à un petit nombre d'hommes aussi facilement qu'à un grand, car la victoire des batailles ne vient pas du nombre, mais elle vient du ciel. » Voilà pourquoi, très cher seigneur, personne ne peut être certain d'être digne que Dieu lui accorde la victoire, pas plus qu'il n'est certain d'être digne ou non de l'amour de Dieu, selon Salomon, chacun doit fortement craindre de faire la guerre parce que beaucoup de périls accompagnent une bataille et qu'il arrive qu'on tue le grand aussi rapidement que le petit. Selon ce qui est écrit au deuxième livre des Rois, les faits de guerre relèvent du hasard et ne reposent sur aucune certitude ;

maintenant l'un, maintenant l'autre ; et pour ce que péril
y a, tout homme sage doit fuir les guerres tant comme il
puet bonnement, car Salemon dit : qui aime le péril, il
cherra en péril.

Après ce que dame Prudence ot parlé, Mellibée respondi : je voy bien, dist-il, dame Prudence, par vos belles
parolles et par les raisons que vous mettez avant, que la
guerre ne vous plaist point, mais je n'ay pas encore oy
vostre conseil comment je me doy porter en ceste
besongne.

Certes, dist-elle, je vous conseille que vous accordiez à
vos adversaires et que vous ayez paix avec eulx, car
Sénèque dit en ses escrips que par concorde les richesses
petites deviennent grandes, et par discorde les grandes
deviennent petites et vont à déclin et se fondent tousjours ;
et vous savez que un des grans biens de ce monde ce est
paix. Pour ce dit Jhésu-Crist à ses appostres : bieneurés
sont ceulx qui aiment et pourchassent la paix, car ils sont
appelles enfans de Dieu.

Hé ! dist Mellibée, or voy-je bien que vous n'aimez pas
mon honneur. Vous savez que mes adversaires ont
commencié la riote et la brigue par leur oultrage, et voiez
qu'ils ne requièrent point la paix et ne demandent pas la
réconciliation ; vous voulez doncques que je me voise
humilier et crier mercy ? Certes, ce ne seroit pas mon honneur, car ainsi comme l'on dit que trop grant familiarité
engendre mesprisement, aussi fait trop grant humilité.

Lors, dame Prudence fit semblant d'estre courroucée et
dist : Sire ! Sire ! sauve vostre grâce, j'aime vostre honneur et vostre prouffit comme le mien propre, et l'ay
tousjours aimé, et vous ne autre ne veistes oncques le
contraire. Et se je vous avoie dit que vous deviez pourchasser la paix et la réconciliation, je n'auroie pas tant
mespris comme il vous semble, car un sage dit : la dissension tousjours commence par autre et la paix par toy ; et
le prophète dis : fuy le mal et fay le bien, quier la paix et
la pourchasse tant comme tu pourras. Toutesvoies, je ne
vous ay pas dit que vous requérez la paix premier que vos
adversaires, car je vous scay bien de si dur cuer que vous

au contraire, l'un comme l'autre, ils peuvent tomber d'un moment à l'autre. Et comme c'est dangereux, tout homme sage doit fuir les guerres autant qu'il peut, car Salomon dit : « Celui qui aime le péril ne le trouvera que trop. »

Lorsque dame Prudence eut achevé, Mélibée répondit :

— Je vois bien, dame Prudence, à travers vos belles paroles et les raisons que vous alléguez que vous n'aimez point la guerre, mais je n'ai pas encore entendu ce que vous me conseillez en la matière.

— Je vous conseille naturellement, répondit-elle, de traiter avec vos adversaires pour faire la paix, car Sénèque dit dans ses écrits que grâce à la concorde les petites richesses deviennent grandes, et que la discorde amenuise les grandes fortunes qui déclinent et fondent sans discontinuer. Vous savez qu'un des grands biens de ce monde est la paix. Jésus-Christ dit à ses apôtres : « Bienheureux ceux qui aiment et recherchent la paix, car ils sont appelés enfants de Dieu. »

— Ha ! dit Mélibée, à présent je vois bien que mon honneur vous indiffère. Vous savez que ce sont mes adversaires qui ont commencé la querelle et la dispute en commettant leur offense ; vous voyez bien qu'ils ne recherchent pas la paix, qu'ils ne demandent pas la réconciliation : vous voulez donc que j'aille m'humilier et crier grâce ? Ce ne serait certainement pas à mon honneur, car on dit que trop grande familiarité engendre mépris ; il en va de même avec une trop grande humilité.

Alors, dame Prudence fit semblant d'être fâchée et dit :

— Seigneur ! Seigneur ! Ne vous en déplaise, mais votre honneur et votre profit me sont chers comme les miens propres, depuis toujours et jamais ni vous ni personne n'a pu supposer le contraire. Mais si je vous avais dit de rechercher la paix et la réconciliation, je n'aurais pas eu aussi tort que vous pensez, car un sage dit : « Que la dissension commence toujours par un autre, et la paix par toi ! » et le prophète dit : « Fuis le mal et fais le bien, cherche et pourchasse la paix tant que tu pourras. » Cependant, je ne vous ai pas invité à prendre les devants et à demander la paix à vos adversaires ; je sais que vous avez le cœur trop dur pour faire cela pour moi avant longtemps ; toute-

ne feriez à pièce tant pour moy, et toutesvoies Salemon dit que mal vendra en la fin à cellui qui a le cuer trop dur.

Quant Mellibée oy dame Prudence faire semblant de courroux, si dist : Dame, je vous prie qu'il ne vous desplaise chose que je vous die, car vous savez que je suis courroucié, et n'est mie merveille, et ceulx qui sont courrouciés ne scevent pas bien qu'ils font ne qu'ils dient ; pour ce, dit le philosophe que les troublés ne sont pas bien cler-voyans. Mais dictes et conseilliez ce qu'il vous plaira, et je suis appareillié du faire ; et se vous me reprenez de ma folie, je vous en doy plus prisier et amer, car Salemon dit que cellui qui durement reprent cellui qui fait folie, il doit trouver plus grant grâce envers lui que cellui qui le déçoit par doulces paroles.

Je, dit Prudence, ne fay semblant d'estre yrée et courroucée fors pour vostre grant prouffit, car Salemon dit : mieulx vault cellui qui le fol reprent et qui lui monstre semblant d'ire, que le loer quant il mesprent, et de ses grans folies rire ; et dit après que par la tristesse du visage corrige le fol son courage.

Adoncques dit Mellibée : Dame je ne sauroie respondre à tant de belles raisons que vous mettez avant : dictes-moy briefment vostre voulenté et vostre conseil, et je suis appareillié de l'acomplir.

Lors, dame Prudence descouvrit toute sa voulenté et dist ainsi : Je conseille que devant toutes choses vous faciez paix à Dieu et vous réconciliez à lui, car, selon ce que je vous ay dit autres fois, il vous a souffert advenir ceste tribulation par vos péchiés, et se vous faites ce, je vous promects de par lui que il vous amènera vos adversaires [à vos piés et appareillés de faire toute vostre voulenté, car] Salemon dit : quant les voies des hommes plaisent à Dieu, il leur convertit leurs ennemis et les contraint de requérir paix. Après, je vous prie qu'il vous plaise que je parle à secret à vos ennemis et adversaires, sans faire semblant que ce viengne de vostre consentement : et lors, quant je sauray leur voulenté, je vous pourray conseiller plus seurement.

fois, Salomon dit qu'en fin de compte mal adviendra à celui qui a le cœur trop dur.

Lorsque Mélibée entendit Prudence faire semblant d'être fâchée il dit :

— Dame, que mes propos ne vous déplaisent, je vous en prie ; vous savez que je suis en colère, et ce n'est pas étonnant ; ceux qui sont en proie à la colère ne savent pas bien ce qu'ils font et ce qu'ils disent ; le philosophe dit que ceux qui sont ainsi troublés ne voient pas bien clair. Mais dites et conseillez ce qu'il vous plaira, je suis prêt à m'exécuter. Si vous me reprenez à cause de ma folie, je dois vous en estimer et aimer d'autant plus ; Salomon dit en effet que celui qui reprend sans ménagement celui qui est en train de commettre une folie mérite plus de reconnaissance que celui qui le trompe par de douces paroles.

— Je ne me montre fâchée et courroucée que par souci de votre bien, répondit Prudence, car Salomon dit : « Il vaut mieux reprendre l'insensé et lui montrer qu'on est fâché plutôt que de le louer quand il agit mal, et de rire de ses grandes folies » ; il dit aussi que la tristesse d'un visage peut faire changer d'avis le fol.

Alors, Mélibée dit :

— Dame, je ne saurais répondre à tant de belles raisons : dites-moi succinctement ce que vous souhaitez et ce que vous me conseillez. Je suis prêt à m'y conformer.

Alors, dame Prudence lui découvrit son sentiment et lui dit :

— Je vous conseille avant toute chose de faire la paix avec Dieu et de vous réconcilier avec Lui : comme je l'ai déjà dit, Il a permis que cette épreuve vous frappe à cause de vos péchés ; si vous m'écoutez, je vous promets en Son nom qu'Il amènera vos adversaires à vos pieds, disposés à faire tout ce que vous voudrez, car Salomon dit : « Quand les voies des hommes plaisent à Dieu, il change les dispositions de leurs ennemis et les contraint à demander la paix. » Ensuite, je vous demande de me laisser parler en secret à vos ennemis et adversaires sans leur découvrir que c'est avec votre accord. Alors, une fois que je connaîtrai leur dessein, je pourrai vous conseiller plus sûrement.

Faites, dit Mellibée, toute vostre voulenté, car je met tout mon fait en vostre disposition.

Lors dame Prudence, quant elle vit la bonne voulenté de son mary, si ot délibération en soy mesmes et pensa comment elle pourroit mener ceste besongne à bonne fin. Et quant elle vit que temps fut, elle manda les adversaires en secret lieu, et leur proposa sagement les grans biens qui sont en paix et les grans périls qui sont en guerre, et leur enseigna moult doulcement comment ils se devoient repentir de l'injure qu'ils avoient faite à Mellibée son seigneur, à elle et à sa fille.

Quant ceulx oïrent les doulces paroles de dame Prudence, ils furent si surprins et orent si grant joie que nul ne le pourroit extimer. Hé! dame, dirent-ils, vous nous avez dénoncié en la bénéisson de doulceur selon ce que dit David le prophète, car la réconciliation dont nous ne sommes pas dignes et que nous vous deussions requerre à grant dévotion et à grant humilité, vous, par vostre grant doulceur, la nous avez présentée. Or véons-nous bien que la sentence Salemon est vraie, qui dit que doulce parole multiplie les amis et fait débonnaires les ennemis. Certes, dirent-ils, nous mettons nostre fait en vostre bonne voulenté, et sommes appareilliés en tout et par tout obéir au dit et au commandement de monseigneur Mellibée; et pour ce, très chère dame et bénigne, nous vous requérons et prions tant humblement comme nous povons plus, que il vous plaise acomplir par fait vos douces paroles. Toutesvoies, très chère dame, nous considérons et congnoissons que nous avons offendu monseigneur Mellibée oultre mesure et plus que ne pourrions amender, et pour ce nous obligons nous et nos amis à faire toute sa voulenté et son commandement; mais, par aventure, il, comme courroucié, nous donnera telle peine que nous ne pourrons acomplir ne porter. Et pour ce, plaise vous avoir en ce fait tel advisement que nous et nos amis ne soions mie déshérités et perdus par nostre folie.

Certes, dit Prudence, il est dure chose et périlleuse que un homme se commette du tout en l'arbitrage et en la puissance de ses ennemis, car Salemon dit : oiez-moy,

– Faites tout ce que vous voulez, dit Mélibée, je m'en remets entièrement à vous.

Lorsque dame Prudence vit les bonnes dispositions de son mari, elle délibéra en soi-même et réfléchit sur la façon de mener cette affaire à bonne fin. Lorsqu'elle vit que le moment était propice, elle fit venir en un lieu secret les adversaires et leur exposa sagement les grands biens de la paix et les grands dangers de la guerre ; elle leur enseigna avec beaucoup de douceur comment ils devaient se repentir de l'offense faite à Mélibée, son mari, à elle-même et à sa fille.

Lorsqu'ils entendirent la douceur des paroles de dame Prudence, ils furent surpris et heureux plus qu'on ne saurait dire.

– Ha ! dame, dirent-ils, vous nous avez montré nos fautes avec une indulgence pleine de douceur selon les termes du prophète David, car cette réconciliation dont nous ne sommes pas dignes et que nous devrions vous demander avec grande soumission et humilité, cette réconciliation, vous nous l'avez proposée dans votre grande douceur. Nous voyons bien à présent que la sentence de Salomon est vraie : « La douceur de la parole multiplie les amis et rend conciliants les ennemis. » Certes, dirent-ils, nous nous en remettons à votre bienveillance ; nous sommes disposés en tout et pour tout à obéir aux paroles et commandements de monseigneur Mélibée ; c'est pour cela, très chère et bonne dame, que nous vous demandons et prions aussi humblement que nous le pouvons que, par des faits, vos douces paroles soient accomplies. Cependant, très chère dame, nous savons et reconnaissons avoir offensé monseigneur Mélibée outre mesure et plus que nous ne pourrons jamais offrir réparation ; c'est pourquoi nous nous obligeons nous-mêmes avec nos amis de faire tout ce qu'il veut et commande. Mais il pourrait, courroucé comme il l'est, nous charger d'une peine telle que nous ne pourrons ni l'exécuter ni la supporter : qu'il vous plaise, si cela devait se produire, d'aviser en sorte que ni nous ni nos amis ne soyons déshérités et perdus à cause de notre folie.

– Certes, dit Prudence, c'est chose dure et périlleuse pour un homme que de s'en remettre entièrement à l'arbitrage et au pouvoir de ses ennemis ; Salomon dit : « Ecoutez-moi, tous les

dit-il, tous peuples et toutes gens et gouverneurs de l'Eglise : à ton fils, à ta femme, à ton frère et à ton ami ne donne puissance sur toy, en toute ta vie. Se il a doncques deffendu que l'en ne donne puissance sur soy à frère ne ami, par plus fort raison il deffend que l'en ne la donne à son ennemi. Toutesvoies, je vous conseille que vous ne vous deffiez point de mon seigneur : je le congnois et sçay qu'il est debonnaire, large et courtois, et n'est point convoiteux d'avoir ; il ne désire en ce monde fors honneur tant seulement. Après, je sçay bien que en ceste besongne il ne fera riens sans mon conseil, et je feray, se Dieu plaist, que ceste chose vendra à bonne fin, en telle manière que vous vous deviez loer de moy.

Adonc, dirent-ils : nous mettons nous et nos biens, en tout et partout, en vostre ordonnance et disposition, et sommes appareilliés de venir au jour que vous nous vouldrez donner, et faire obligation si forte comme il vous plaira, que nous acomplirons la voulenté de monseigneur Mellibée et la vostre.

Dame Prudence, quant elle oy la responce d'iceulx, si leur commanda retourner en leurs lieux secrètement ; elle d'autre part s'en retourna vers son seigneur Mellibée, et lui conta comment elle avoit trouvé ses adversaires repentans et recongnoissans leurs péchiés, et appareillés à souffrir toutes peines, et requérans sa pitié et sa miséricorde.

Lors Mellibée respondi : Icellui est digne de pardon, qui ne excuse point son péchié, mais le recongnoist et s'en repent et demande indulgence ; car Sénèque dit : là est rémission où est confession, car confession est prouchaine à innocence ; et dit autre part : cellui est presque innocent qui a honte de son péchié et le recongnoist. Et pour ce je me accorde à paix, mais il est bon que nous la facions de la voulenté et du consentement de nos amis.

Lors Prudence fist une chière lie et joieuse et dist : Certes, vous avez trop bien parlé, car tout ainsi comme par le conseil et aide de vos amis vous avez eu en propos de vous vengier et de faire guerre, aussi sans demander leur conseil vous ne devez accorder ne faire paix, car la

peuples et vous, gens et gouverneurs d'Eglise : de toute ta vie, ne donne du pouvoir sur toi ni à ton fils ni à ta femme, ni à ton frère, ni à ton ami. » Si Salomon interdit de donner du pouvoir sur soi, que ce soit au frère ou à l'ami, à plus forte raison l'interdit-il quand il s'agit de l'ennemi. Cependant, je vous conseille de ne point vous défier de mon mari : je le connais, je sais que sa nature est bonne, qu'il est généreux et courtois, et qu'il n'est point avide de possessions. Il ne désire dans ce monde que l'honneur. En outre, je sais bien qu'en cette affaire il ne fera rien sans me consulter, et s'il plaît à Dieu j'agirai en sorte que cette affaire vienne à bonne fin, et que vous puissiez vous féliciter de mon action.

— Alors, dirent-ils, nous nous soumettons avec tout ce que nous possédons en tout et pour tout à votre décision et résolution ; nous sommes prêts à nous rendre chez vous le jour que vous voudrez bien nous indiquer, et de jurer autant qu'il vous plaira de faire la volonté de monseigneur Mélibée et de vous-même.

Lorsque dame Prudence entendit leur réponse, elle leur enjoignit de rentrer chez eux secrètement ; de son côté elle rejoignit son mari Mélibée. Elle lui raconta comme elle avait trouvé ses adversaires pleins de repentir, conscients de leurs forfaits, prêts à supporter toutes les peines et implorant sa pitié et sa miséricorde.

Alors, Mélibée répondit :

— Il est digne de pardon celui qui ne cherche pas à se disculper de son péché, mais le reconnaît, s'en repent et implore l'indulgence. Sénèque dit : « Il y a rémission là où il y a confession ; la confession, c'est déjà presque l'innocence. » Il dit ailleurs : « Il est presque innocent, celui à qui son péché inspire de la honte et qui le reconnaît. » C'est pourquoi je suis d'accord pour faire la paix, mais il est bon de la conclure avec l'accord et le consentement de nos amis.

Alors, Prudence montra un visage ravi et joyeux et elle dit :

— Certes, vous avez très bien parlé, car de même que c'est par le conseil et le soutien de vos amis que vous avez eu l'intention de vous venger et de faire la guerre, de même vous ne devez pas faire la paix sans demander leur avis ; la loi prône

loy dit que nulle chose n'est tant selon nature comme la
chose deslier par ce dont elle a esté liée.

Lors incontinent dame Prudence envoia messagiers et
manda querre leurs parens et leurs anciens amis loyaulx et
sages, et leur raconta le fait en la présence de Mellibée
tout par ordre et en la guise il est devisé par dessus, et leur
demanda quel conseil ils donroient sur ce. Lors les amis
Mellibée, toutes choses considérées et icelles dessusdictes
mesmes délibérées et examinées à grant diligence, donnèrent conseil de paix faire et que l'en les receust à miséricorde et à mercy. Quant dame Prudence ot oy le consentement de son seigneur et le conseil de ses amis à son
entention, si fut moult joyeuse de cuer. L'en dist, fist-elle,
ès Proverbes : le bien que tu peus faire au matin, n'attens
pas le soir ne l'endemain, et pour ce je te conseille que
tantost messagiers sages et advisés tu envoies à iceulx
gens pour leur dire que se ils veullent traictier de paix et
d'accord ainsi comme ils se sont présentés, que ils se
traient vers nous incontinent et sans dilation, ensemble
leurs fiances loyaulx et convenables.

Ainsi comme dame Prudence le conseilla, ainsi fut-il
fait. Quant iceulx trois malfaicteurs et repentans de leurs
folies oïrent les messagiers, ils furent liés et joyeux et
respondirent, en rendant grâces à monseigneur Mellibée et
à toute sa compaignie, qu'ils estoient prests et appareilliés
d'aler vers eulx sans dilation et de obéir en tout et partout
à leur commandement. Et tantost après, ils se mirent à la
voie d'aler à la court monseigneur Mellibée, ensemble
leurs femmes et aucuns de leurs amis loyaulx.

Quant Mellibée les ot en sa présence, si dist : Il est
vérité que vous, sans cause et sans raison, avez fait injure
à moy, à ma femme Prudence et à ma fille, en entrant en
ma maison à violence et en faisant tel oultrage comme
chascun scet, pour laquelle cause vous avez mort des-
servie ; et pour ce je veuil savoir de vous se vous vous
voulez mettre du tout à la punition et à la vengence de cest
oultrage à ma voulenté et à la voulenté de ma femme.

Lors l'ainsné et le plus sage de ces trois respondi pour
tous. Sire, dit-il, nous ne sommes pas dignes de venir à la

en effet que rien n'est davantage dans l'ordre des choses que de défaire une affaire par ce dont elle avait été tramée.

Dame Prudence envoya aussitôt des messagers, fit chercher leurs parents et leurs anciens amis loyaux et sages; elle leur raconta l'affaire en la présence de Mélibée dans l'ordre et la manière dont elle est présentée ci-dessus; elle leur demanda ce qu'ils conseilleraient. Alors, les amis de Mélibée, tout bien considéré, après avoir discuté et examiné la question avec grand soin, conseillèrent de faire la paix et d'accueillir les coupables avec miséricorde et indulgence. Lorsque dame Prudence eut entendu l'accord de son mari et l'avis des amis, elle en eut le cœur joyeux.

– Dans les Proverbes, fit-elle, on dit : « Ne remets pas au soir ou au lendemain le bien que tu peux faire le matin. » Voilà pourquoi je te conseille d'envoyer tout de suite des messagers sages et avisés à ces gens pour leur dire que s'ils veulent discuter la paix et la réconciliation comme ils l'ont suggéré, qu'ils viennent aussitôt et sans tarder ici, avec des cautions loyales et convenables.

On fit comme dame Prudence avait conseillé. Lorsque les trois malfaiteurs regrettant leurs folies entendirent les messagers, ils furent heureux et joyeux; ils répondirent, en rendant grâces à monseigneur Mélibée et à tout son entourage, qu'ils étaient disposés et prêts à se rendre chez eux sans tarder et à obéir en tout et pour tout à leur commandement. Aussitôt après, ils se mirent en route pour se rendre à la cour de monseigneur Mélibée avec leurs femmes et quelques loyaux amis.

Lorsque Mélibée les eut devant lui, il dit :

– Il est vrai que vous m'avez fait injure à moi, à ma femme Prudence et à ma fille sans cause ni raison, en pénétrant de force dans ma maison et en commettant l'outrage que tout le monde sait, et pour lequel vous méritez la mort. C'est pourquoi je veux savoir si vous voulez vous soumettre entièrement à la punition et à la réparation que réclame l'outrage, selon ma volonté et celle de ma femme.

Alors, l'aîné et le plus sage des trois répondit pour tous.

– Seigneur, dit-il, nous ne sommes pas dignes de venir à la

court de si noble, ne de tel homme comme vous estes, car
nous avons tant meffait que en vérité nous sommes dignes
de mort, non pas de vie. Toutesvoies, nous nous confions
en vostre doulceur et en la debonnaireté dont vous estes
1365 renommé par tout le monde et pour ce nous nous offrons
et sommes appareilliés de obéir à tous vos commandemens, et vous prions à genoulx et à larmes que vous ayez
pitié et miséricorde de nous. Lors Mellibée [les releva]
bénignement [et] receut leurs obligations par leur sere-
1370 ment et par leurs pleiges, et leur assigna journée de
retourner à sa court et de eulx offrir à sa personne pour oïr
sentence à sa voulenté.

Ces choses ainsi ordonnées, et un chascun d'une part et
d'autre départi de ensemble, dame Prudence parla premiè-
1375 rement à son seigneur Mellibée et lui demanda quelle vengence il entendoit prendre de ses adversaires. Certes, dit
Mellibée, je entens à les déshériter de tout ce qu'ils ont et
eulx envoïer oultre mer, sans demourer plus en ce païs ne
retourner.

1380 Certes, dit Prudence, ceste sentence seroit moult félon-
neuse et contre raison, car tu es trop riches et n'as pas
besoing de l'autruy richesse ne de l'autrui argent, et
pourroies estre par raison notés et repris de convoitise qui
est un grant vice et racine de tous maulx. Et, selon ce que
1385 dit l'apostre, il te vauldroit mieulx tout [perdre du tien
que prendre le leur; par ceste manière mieulx vault]
perdre à honneur que tout gaignier à honte; et autre part
aussi: le gaing doit estre appellé perte, qui la bone fame
ne garde; et dit oultre que l'en ne se doit pas seulement
1390 garder de faire chose par quoy l'en perde sa bonne fame,
mais se doit-on tousjours efforcier de faire chose aucune
pour acquérir nouvelle et meilleur fame, car il est escript:
la vieille fame est tost alée quant elle n'est renouvellée.
Après, quant à ce que tu dis que tu les veulx envoïer oultre
1395 la mer sans jamais retourner, il me semble que ce seroit
mésuser de la puissance que ils t'ont donnée sur eulx pour
faire à toi honneur et révérence, et le droit dit que cellui
est digne de perdre son prévilège qui mésuse de la puissance qui lui a esté donnée. Et dis plus, car supposé que

cour d'un homme aussi noble et aussi valeureux que vous l'êtes, car nous avons commis un tel crime qu'en vérité nous sommes dignes de mourir, et non pas de vivre. Cependant, nous confions notre sort à votre clémence et à votre bonté, partout réputées. Nous nous en remettons à vous, prêts à obéir à tous vos commandements. Nous vous prions à genoux en pleurant d'avoir pitié de nous et de vous montrer miséricordieux.

Alors, Mélibée les releva avec bienveillance et reçut leurs gages, leurs serments et leurs cautions. Il leur fixa un jour pour revenir à sa cour devant lui afin d'entendre la sentence qu'il aurait décidé de rendre.

Ainsi fut convenu ; quand tout le monde fut rentré de son côté, dame Prudence s'adressa à son mari Mélibée et lui demanda comment il comptait se venger de ses adversaires.

— Je veux, dit Mélibée, les déshériter de tout ce qu'ils possèdent et les envoyer outre-mer[1] sans espoir de retour.

— Certes, dit Prudence, cette sentence serait très injuste et contre la raison : tu es très riche, tu n'as pas besoin de la richesse et de l'argent d'autrui. Tu pourrais avec raison être qualifié et accusé de convoitise, un grand vice qui est la racine de tous les maux. Comme le dit l'apôtre, il vaudrait mieux pour toi perdre toute ta fortune plutôt que de t'emparer de la leur ; de cette manière il vaut mieux perdre à son honneur que de tout gagner pour sa honte ; ailleurs il dit : « Un gain doit être appelé perte s'il ne permet pas de conserver la bonne réputation. » En outre il dit qu'on ne doit pas seulement se garder de faire quelque chose qui nous fasse perdre notre réputation, mais qu'on doit toujours s'efforcer d'agir en sorte d'acquérir une nouvelle et meilleure réputation, car il est écrit : « Un renom ancien est vite usé s'il n'est pas renouvelé. » Ensuite, pour ce qui est de les envoyer sans retour outre-mer, il me semble que ce serait abuser du pouvoir qu'ils t'ont donné sur eux pour te faire honneur et révérence ; le droit dit qu'il mérite de perdre son privilège celui qui abuse du pouvoir qui lui est donné. Je vais même plus loin : à supposer que tu puisses leur infliger

---

1. En Orient.

tu leur puisses enjoindre telle peine selon droit, laquelle chose je ne octroie mie, je dis que tu ne la pourroies pas mener de fait à exécution, ains, par aventure, convendroit retourner à guerre comme devant. Et pour ce, se tu veulx que l'en obéisse à toy, il te convient sentencier plus courtoisement, car il est escript : à cellui qui plus doulcement commande, obéist-l'en le mieulx ; et pour ce je te prie que en ceste besongne te plaise vaincre ton cuer, car Sénèque dit : deux fois vaint, qui son cuer vaint ; et Tulles aussi dit : riens ne fait tant à loer en grant homme que quant il est debonnaire et s'appaise légièrement. Et pour ce je te prie qu'il te plaise toy porter en telle manière en ceste vengence que ta bonne fame soit gardée et que tu soies loé de pitié et de doulceur, et qu'il ne te conviengne pas repentir de chose que tu faces, car Sénèque dit : mal vaint qui se repent de sa victoire. Pour ces choses je te prie que tu adjoustes à ton jugement miséricorde, à celle fin que Dieu ait de toy miséricorde en son derrain jugement, car saint Jacques dit en son épistre : jugement sans miséricorde sera fait à cellui qui ne fera miséricorde, car justice sans miséricorde est tirannie.

Quant Mellibée ot oy toutes les paroles dame Prudence et ses sages enseignemens, si fut en grant paix de cuer et loua Dieu qui lui avoit donné si sage compaigne, et quant la journée vint que ses adversaires comparurent en sa présence, il parla à eulx moult doulcement et dit : Jasoit-ce que vous vous soiez portés envers nous moult orgueilleusement, et de grant présumption vous soit advenu, toutesvoies la grant humilité que je voy en vous me contraint à vous faire grâce, et pour ce nous vous recevons en nostre amitié et en nostre bonne grâce, et vous pardonnons toutes injures et tous vos meffais encontre nous, à celle fin que Dieu au point de la mort nous vueille pardonner les nostres.

2. *(fol. 67b, line 15)* Belle seur, ainsi pouez vous veoir comment sagement ceste bonne preudefemme Prudence refraingny et couvry la grant douleur qu'elle mesmes avoit en son cuer, qui estoit si triste et si dolente pour l'injure qu'elle et sa fille avoient soufferte en leur propre

une telle punition avec le droit de ton côté – ce que je n'admets pas – je dis que, même dans ce cas, tu ne pourrais pas la mettre à exécution ; au contraire, peut-être faudrait-il en revenir à la guerre comme précédemment. Pour cette raison, si tu veux qu'on t'obéisse, il te faut prononcer une sentence plus noble, car il est écrit : « On respecte avec le plus de scrupules les ordres de celui qui commande avec le plus de douceur. » C'est pourquoi je te prie, consens en cette affaire à te vaincre toi-même car Sénèque dit : « Celui qui vainc son cœur, il vainc deux fois. » Et Cicéron dit : « Rien n'est tant digne d'éloge chez un grand homme que sa clémence et son aptitude à s'apaiser facilement. » Je t'en prie : conduis-toi en cette vengeance de telle manière que ta bonne réputation soit conservée et qu'on fasse l'éloge de ta pitié et de ta douceur, pour que tu n'aies aucun regret, quoi que tu décides, car Sénèque dit : « La victoire qu'accompagnent des regrets est une mauvaise victoire. » Au nom de tout cela je te prie d'ajouter à ton jugement la miséricorde, afin que Dieu, au jour du Jugement dernier, soit à son tour miséricordieux à ton égard ; saint Jacques dit en son Epître : « Il sera jugé sans miséricorde, celui qui n'aura pas été miséricordieux, car justice sans miséricorde n'est que tyrannie. »

Quant Mélibée eut entendu toutes les paroles de dame Prudence et ses sages enseignements, il eut le cœur en paix ; il loua Dieu de lui avoir donné une compagne si sage. Quand vint le jour de la comparution de ses adversaires, il s'adressa à eux avec beaucoup de douceur et leur dit :

– Bien que vous vous soyez conduits envers nous de manière outrageante sur l'incitation de votre caractère présomptueux, la grande humilité dont vous faites preuve me force à vous pardonner et ainsi nous vous accueillons dans notre amitié et nos bonnes grâces, vous pardonnant toutes vos offenses et tous vos méfaits afin que Dieu, à l'instant de la mort, veuille nous pardonner les nôtres.

2. Chère amie, vous voyez avec quelle sagesse cette bonne Prudence étouffa et cacha la grande douleur qu'elle portait en son cœur ; si triste et désolée qu'elle fût à cause de l'affront qu'elle et sa fille avaient subi, elle n'en soufflait mot parce

corps, dont elle ne disoit ung seul mot pour ce qu'il sembloit, et vray estoit, que Mellibee s'en feust plus desepe-
reesment esmeuz que devant. Et ainsi monstroit bien
qu'elle l'amoit, et sagement le rappesoit; ne icelle bonne
dame ne se demonstroit couroucee estre, fors que par le
couroux que son mary prenoit tant seulement; et le sien
couroux celloit et tapissoit en son cuer sans en faire quelconque demonstrance. Vous pouez aussi, par ce que dit
est en l'istoire, veoir comment sagement et subtillement
par bonne meurté elle admonnestoit son mary a tollerer et
dissimuler son injure, et luy preschoit pacience sur si
grant cas. Et devez considerer les grans et cordialles
pensees que luy en couvenoit avoir jour et nuyt a trouver
si fors argumens et si vives raisons pour oster la rigueur
de l'emprise a quoy son mary tendoit. A ce monstroit elle
bien qu'elle l'amoit et pensoit a le retraire de sa fole voulenté. Et pouez veoir comment sagement en la parfin elle
amollia le courage d'icelluy, et comment la bonne dame
sans cesser pourchassa, par divers intervales, et exploicta
tant qu'elle l'appaisa du tout. Et pour ce je vous dy que
ainsi sagement, subtillement, cautement et doulcement
doivent les bonnes dames conseiller et retraire leurs mariz
des folyes et simplesses dont elles les voyent embrasez et
entechez, et non mye cuidier les tourner par maistrise, par
hault parler, par crier a leurs (*fol. 68a*) voisins ou par les
rues, ou par les blasmer, par elles plaindre a leurs amis et
parens, ne par autres voyes de mestrise; car tout ce ne
vault fors engaignement et renforcement de mal en pis.
Car cuer d'onme envis se corrige par dominacion ou seigneurie de femme; et sachiez qu'il n'est si povre homme
ne de si petite valeur, puis qu'il soit marié qui ne veuille
seignourir.

3. Encores ne me veuil je pas taire d'un exemple servant au propos de retraire son mary par debonnaireté; et
lequel exemple je oys pieça compter a feu mon pere, dont
Dieu ait l'ame, qu'il disoit que il y avoit une bourgoise a

1440. d. esmeu B^2C. **1443.** d. e. c. f. *B.* **1446.** p. ainsi p. *B.* **1448.** m. et humblement. **1451.** p. qui len c. *B.* **1462.** les retourner p. *B.* **1464.** p. elle p. *A.* **1474.** a. Qui d. *B,* b. demourant a *B.*

qu'elle pensait, à juste titre, que Mélibée n'en serait que plus désespérément emporté qu'auparavant. Elle prouvait ainsi qu'elle l'aimait; elle sut l'apaiser avec sagesse. Cette bonne dame ne se montrait jamais irritée, si ce n'est à travers la colère qui animait son mari, et rien de plus. Quant à sa propre irritation, elle la cachait et la dissimulait en son cœur sans en laisser transparaître la moindre parcelle. Dans cette histoire, vous pouvez observer aussi combien sagement, délicatement, et avec quelle maturité elle incitait son mari à supporter le tort qui lui était fait sans s'en montrer offensé, en l'exhortant à endurer avec patience cette si grave affaire. Imaginez sa grandeur d'âme, son affection, qui lui faisaient trouver jour et nuit des arguments assez forts et des raisonnements assez frappants pour parvenir à briser l'âpre détermination de son mari en vue d'arriver à ses fins. Quelle éclatante preuve d'amour! Quelle volonté de l'arracher à ses folles idées! Voyez avec quelle sagesse elle finit par parvenir à radoucir son humeur! Avec quelle persévérance la bonne dame s'appliquait par étapes à le calmer tout à fait. C'est ainsi que les bonnes dames doivent conseiller leurs maris et les arracher à leurs folies et enfantillages qui les enflamment et les gâtent : avec la même sagesse, la même délicatesse, avec autant d'astuce et de douceur, plutôt que de s'imaginer pouvoir les changer par la force, par de vives paroles ou ces grands cris qu'on entend chez les voisins et dans la rue, ni en les grondant, ni en se plaignant aux amis et parents, ni par d'autres moyens de pression : cela ne servirait qu'à accroître le mal et tout aggraver; l'autorité et la domination de la femme ne parviennent que difficilement à corriger le cœur de l'homme. Ayez présent à l'esprit qu'il n'y a homme assez pauvre et humble qu'il ne veuille dominer son épouse.

3. Je ne veux pas passer sous silence ici un exemple qui montre que c'est par la douceur qu'on récupère son mari; je l'ai entendu raconter il y a longtemps par feu mon père, que Dieu ait son âme. Ainsi, il racontait qu'il y avait à Paris une

Paris appellee dame Jehanne la Quentine, qui estoit femme de Thomas Quentin. Elle sceut que ledit Thomas son mary simplement et nycement folyoit, et repairoit et aucunesfoiz gisoit avec une povre fille qui estoit fillerresse de layne au rouet, et longuement, sans en moustrer semblant ou dire ung seul mot, elle le tolera et cela.

4. Icelle dame Jehanne le souffry paciamment, et en la parfin enquist ou icelle povre fille demouroit, et tant enquist qu'elle le sceut, et vint en l'ostel et trouva la povre fille qu'il ne avoit aucune garnison quelzconques, ne de busches, ne de lart, ne de chandelle, ne de huyle, ne de charbon, ne de riens fors ung lit et une couverture, son thouret et ung pou d'autre mesnage. Si luy dist telz moctz : « M'amye, je suis tenue de garder mon mary de blasme, et pour ce que je scay qu'il prent plaisir en vous et vous ayme, et qu'il repaire ceans, je vous prye que de luy vous parliez en compagnie le moins que vous pourrez, pour eschever son blasme, le mien et de nos enfans, et que le celiez de vostre part ; et je vous jure que vous et luy serez bien celez de moy. Car puis que ainsi est qu'il vous ayme, mon intencion est de vous aimer, secourir et aidier de ce que vous avrez a faire, et vous l'aparcevrez bien. Maiz je vous pry du cuer que son pechié ne soit revelé ne publyé. Et pour ce que je scay qu'il est de bonnes gens, qu'il a esté tendrement nourry, bien peu, bien pensé, bien chauffé, bien couché et bien couvert a mon pouoir, et que je voy que de luy bien aisier vous avez peu de quoy, j'ay plus cher que vous et moy le gardons en santé que je seule le gardasse malade. Si vous pry que vous l'amez et gardez et servez tellement que par vous il soit refraint et contregardé de villoter ailleurs en divers perilz. Et sans ce qu'il en sache riens, je vous envoyeray une grant paelle pour luy souvent laver les piez, garnison de busche pour le

---

1477. n. foloioit et *B*. **1478.** et aucunefoiz g. *B*. **1480.** t. i. d. J. et le s. moult p. *B*. **1482.** t. en e. *B*. **1483.** o. et et t. (*le 2ᵉ et répété et effacé*) *A*. **1484.** f. qui n. *B*, q. de busche ne *B*. **1487.** et bien p. *B*. **1494.** de la moye part C. *B*. **1495.** a. mentencion e. *B*. **1496.** de tout ce dont v. *B*. **1498.** g. et q. *B*. **1499.** bien pensé *omis B*. **1502.** le gardions en *B*. **1507.** l. ses p. *B*.

bourgeoise nommée dame Jeanne la Quentine, qui était la femme de Thomas Quentin[1]. Elle apprit que son mari, irresponsable et sot, folâtrait, qu'il fréquentait une pauvre fille et qu'il couchait parfois avec elle. C'était une fileuse de laine au rouet. Pendant longtemps dame Jeanne, sans montrer qu'elle était au courant, et sans en toucher un mot, laissait faire et gardait le secret.

4. Elle était patiente ; à la fin, elle chercha et trouva le domicile de cette pauvre fille : elle s'y rendit et découvrit que la pauvre fille était dénuée de tout ; il n'y avait ni bûches, ni lard, ni chandelle, ni huile, ni charbon, rien excepté un lit et une couverture, son rouet et quelques autres ustensiles ménagers. Dame Jeanne lui dit : « Mon amie, mon devoir est de préserver mon mari de tout blâme ; comme je sais que vous lui donnez du bonheur, qu'il vous aime et qu'il reste ici parfois, je vous prie de parler de lui le moins possible lorsque vous vous trouvez en société, afin d'éviter que le blâme ne retombe sur lui, sur moi et sur nos enfants ; je vous prie de garder pour vous cette relation, et je vous jure que je garderai pour moi tout ce qui vous concerne, vous et lui. Puisqu'il vous aime, j'ai l'intention de vous aimer à mon tour, de vous porter secours et de vous aider en tout ce que vous aurez à faire : vous vous en rendrez bien compte. Mais de tout mon cœur je vous prie de ne pas révéler ou ébruiter son péché. Comme il est de bonne famille, qu'il a été élevé avec tendresse, que par la suite il a toujours été nourri, soigné, chauffé, couché et couvert aussi bien que j'ai pu, et que je vois que vous avez peu de moyens pour lui procurer du confort, je préférerais que nous le gardions chacune, vous et moi, en bonne santé plutôt qu'être seule à le garder une fois qu'il sera malade. Je vous en prie, aimez-le, gardez-le et servez-le, en sorte que grâce à vous il soit empêché d'aller courir ailleurs et se mettre en danger. A son insu je vous enverrai une grande bassine pour que vous puissiez régulièrement lui laver les pieds, une cargaison de bûches pour le tenir

---

1. Cette histoire a inspiré Marguerite de Navarre qui la reprend dans *L'Heptaméron* (quatrième journée, trente-huitième nouvelle). On sait que la sœur de François Ier possédait un exemplaire du *Mesnagier*. En revanche, il a été impossible de trouver une source dont notre auteur aurait pu s'inspirer : il est donc plausible qu'il dit la vérité et que c'est de son père qu'il tient l'histoire.

chauffer, ung bon lit, et duvet, draps et couverture selon son estat, cueuvrechiefs, orilliers, chausses et robes-linges nectes. Et quant je vous envoyeray des nectes, si me envoyez des sales, et que de tout ce qui sera entre vous et moy qu'il n'en sache rien, qu'il ne se hontoye. Pour Dieu, faictes avecques luy si sagement et secretement *(fol. 68b)* qu'il ne apparcoive de nostre secret. » Ainsi fu promis et juré.

5. Jehanne la Quentine en party, et sagement envoya ce qu'elle avoit promis. Quant Thomas vint au vespre a l'ostel de la jenne fille, il ot ses piez lavez et fut tresbien couché en lit de duvet, en grans draps deliez pendans d'une part et d'autre, tresbien couvert, mieulx qu'il n'avoit acoustumé. Et l'endemain eust robe-linge blanche, chausses nectes et beaulx soullers neufz. Il se donna grant merveille de ceste nouvelleté et fut moult pensif. Et ala oïr messe comme il avoit acoustumé et retourna a la fille et luy mist sus que ces choses venoient de mauvaiz lieu, et moult aigrement l'encusa de mauvaistié afin qu'elle, en sa deffense, luy dist dont ce luy estoit venu. Or savoit il bien que il l'avoit laissee povre deux jours ou troiz devant, et que en si pou de temps ne pouoit elle pas estre de tant enrichie.

6. Quant elle se vit ainsi accusee et qu'il la couvint respondre pour soy deffendre, elle sceut bien tant de la conscience d'icelluy Thomas : de ce qu'elle luy diroit, il l'en croiroit. Si n'ot loy de mentir et luy dist la verité de tout ce que dessus est dit. Lors vint ledit Thomas tout honteulx en son hostel et plus pensif que devant ; maiz ung seul mot ne dit a ladite Jehanne sa femme, ne elle a luy, maiz le servy tresjoyeusement et tresdoulcement, et dormirent luy et sa femme ceste nuyt ensemble sans en dire l'un a l'autre ung seul mot.

7. L'endemain ledit Thomas de son seul mouvement

1508. l. de d. *BC.* 1509. et robelinges n. *B,* et robes linge n. *C.* 1511. e. les s. *B.* 1513. et si secretement quil napparcoivent *A.* 1516. q. sen p. *B.* 1518. t. couchiez en *B.* 1521. a. il e. le. robelinge blanches c. *B.* 1522. s. tous fres Il *B.* 1526. a. laccusa de *B.* 1533. thomas que de *B.* 1538. et tresdoulcement *omis B.* 1539. f. la n. *B.*

au chaud, un bon lit ainsi qu'un duvet, des draps et des couvertures comme il en a l'habitude, des bonnets, des oreillers, des chausses et des chemises de rechange. Lorsque je vous enverrai les affaires propres, renvoyez-moi celles qui sont sales : et que tout cela reste entre vous et moi, qu'il ne se doute de rien, pour éviter qu'il se sente humilié. Pour l'amour de Dieu, agissez avec lui avec tant de sagesse et de discrétion qu'il ne s'aperçoive pas de notre secret. » Et la pauvre femme le promit et le jura.

5. Jeanne la Quentine la quitta et envoya dans sa sagesse tout ce qu'elle avait promis. Lorsque le soir Thomas arriva chez la jeune fille, il eut ses pieds lavés et fut couché très confortablement dans un lit de duvet, aux grands draps fins qui pendaient de part et d'autre du lit. Il fut très bien couvert, bien mieux qu'à l'accoutumée. Le lendemain il eut une chemise blanche, des chausses propres et de beaux souliers neufs. Il s'étonna fort de ces nouveautés qui lui donnèrent beaucoup à penser. Il se rendit à la messe à son habitude puis revint auprès de la fille ; il l'attaqua en prétendant que toutes ces choses devaient avoir une origine douteuse, et avec des paroles acides l'accusa de malhonnêteté afin que pour se défendre elle lui révèle leur provenance. Il savait bien que deux ou trois jours auparavant il l'avait quittée pauvre et qu'il était impossible qu'elle se soit tant enrichie en si peu de temps.

6. Devant ces accusations la fille devait répondre pour se défendre ; elle connaissait assez bien Thomas pour savoir qu'il croirait ce qu'elle lui dirait. Elle n'avait pas l'habitude de mentir et elle lui dit toute la vérité, comme vous l'avez entendu. Thomas rentra chez lui tout honteux et encore plus préoccupé qu'auparavant. Mais il ne dit pas un seul mot à sa femme Jeanne, ni elle non plus. Cependant, elle le servit très joyeusement avec beaucoup de tendresse. Cette nuit-là ils dormirent ensemble sans avoir échangé un seul mot.

7. Le lendemain, de sa propre initiative, Thomas alla à la

ala oïr messe, et se confessa de ses pechiez et tantost apres
retourna a la fille et luy donna ce qu'elle avoit du scien.
Et voua abstinence et de soy abstenir de toutes femmes,
1545 exepté de sa femme, tant comme il vivroit. Et ainsi le
retrahy sa femme par subtilleté, et moult humblement et
cordieusement l'ayma depuis.

8. Et ainsi sagement, non par maistrises ne par haultesses, doivent les bonnes dames conseiller et retrayre
1550 leurs mariz par humilité : ce que les mauvaises ne scevent, ne le cuer ne les peut endurer, dont leurs besongnes
vont souvent pis que devant. Et jasoit ce que plusieurs
autres exemples on y pourroit donner qui seroient longues
a escripre, toutesvoyes ce vous doit assez souffire quant a
1555 cest article ; car de ce dernier cas n'avez vous garde, car
aussi en savez vous bien oster le peril.

1544. v. continence et *B*, de t. exepté sa f. *B*. **1545.** le *omis A*. **1548.** non pas
p. *B*, maistrise – n. p. haultesse *B²* ; *omis C*. **1551.** ne leur c. ne le p. *B*, b. sont
s. *B*, b. dont s. *C*. **1552.** Et *répété B*. **1553.** e. y p. len d. *B*, s. long s – a
B². **1554.** e. Toutevoies ce *B*. **1555.** g. Et – a. *B²*.

messe, se confessa de tous ses péchés puis retourna chez la fille et lui donna ce qui lui revenait. Il fit le vœu de s'abstenir désormais de toute femme exceptée la sienne aussi longtemps qu'il vivrait. Voilà comment sa femme l'a repris avec beaucoup de délicatesse, et depuis il lui voua un amour humble et cordial.

8. C'est avec une telle sagesse, une telle humilité et non point par l'autorité ou l'arrogance que les bonnes dames doivent assister et corriger leurs maris : c'est ce que les mauvaises épouses ignorent ; leur cœur ne pourrait pas le tolérer. Ainsi elles aggravent souvent leurs affaires. Voilà qui doit vous suffire quant à cet article, bien qu'il y ait beaucoup d'autres exemples à ce propos. Mais ce serait trop long à écrire. De surcroît, ce cas de figure ne vous concerne pas et vous prévenez de vous-même tout risque de cet ordre.

II i

(fol. 69a)

CY COMMENCE LA .IIe. DISTINCTION

1. Belle seur, saichez que je suis en grant melencolie ou de cy finer mon livre ou d'en faire plus, pour ce que je doubte que je ne vous ennuye. Car je vous pourroye bien tant chargier que vous avriez cause de moy tenir pour
5 outrageux, et que mon conseil vous donroit charge et si grant nombre de faix et si greveux que vous desepereriez de trop grant ferdel, pour ce qu'il vous sembleroit que vous ne le pourriez tout porter ne acomplir; dont je seroye honteux et courroucé. Et pour ceste veuil ycy penser et
10 adviser que je ne vous charge trop et que je ne vous conseille a entreprendre fors les choses tresneccessaires et honnorables – et encores sur le moins que je pourray – afin que vous soiez en icelles [choses neccessaires] plus fondee et mieulx faisant, et par consequant plus honnoree
15 en voz dis et en voz faiz. Car je scay que vous ne pouez ne que une autre femme, et pour icelle cause je vueil premierement adviser combien je vous ay chargé, et se c'est du plusgrant neccessaire, et se je vous doy plus chargier et de combien; et se plus y a a faire que vous ne pourriez,

---

3. vous *omis AC*. **5.** c. en si *B*. **6.** d. du t. *B*. **9.** p. ce je v. *BC*. **13.** c. neccessaireux p. *A*, neccessaires c.p. *B*, c. nexxesairez p. *C*. **18.** du plus necessaire (necessaire *remplace un ou plusieurs mots se terminant par* te) *B²* plus *omis AC*.

II i

COMMENCEMENT DE LA DEUXIEME DISTINCTION

1. Chère amie, sachez qu'un grand dilemme me tracasse : terminer ici mon livre ou au contraire poursuivre ; je crains de vous ennuyer. Je pourrais vous charger de tant de recommandations qu'à juste titre vous me tiendriez pour excessif ; mes multiples exhortations pourraient vous accabler d'un poids si écrasant que sous ce fardeau vous désespéreriez de pouvoir tout supporter et tout exécuter. J'en aurais honte, j'en serais fâché. Voilà pourquoi je veux ici réfléchir à la question et considérer comment éviter de trop vous accabler et comment restreindre mes exhortations aux choses indispensables et gratifiantes, et encore en les réduisant au minimum. De cette manière vous comprendrez mieux leur nécessité, vous pourrez les suivre d'autant mieux, et vos discours et vos actes vous vaudraient plus d'honneur. Je sais bien que vous ne pouvez pas tenir compte de tout ; aucune femme ne le peut. Je vais donc commencer par évaluer ce que je vous ai demandé jusqu'à présent et par vérifier si tout est vraiment indispensable, afin de voir s'il faut que j'en rajoute et en quelle quantité ou si, au contraire, il y a trop de recommandations ; comment je peux

je vous vueil donner aide. Et sur ce je requeil mes commancemens.

2. Premierement je vous ay admonnesté a louer Dieu a vostre esveillier et a vostre lever et aler au moustier, vous contenir illec, ouyr messe, vous confesser, et vous mectre et tenir en l'amour et grace de Dieu. Par m'ame, il est neccessaire a vous, ne nul autre que vostre personne n'y peut estre commise. Et aprez ce je vous ay conseillé que vous soiez continent et chaste, amez vostre mary, lui obeir, penser de garder ses secretz, le savoir retraire se il folie ou veult folier. Et certes encores est cecy neccessaire et treshonnorable pour vous, et a vous seule appertient et n'est point trop chargé. Vous le pouez bien faire moyennant la doctrine dessusdite qui vous fera grant adventaige : les autres femmes ne l'eurent onques tel.

3. Or est il certain aussi que aprez ce que dit est vous avez a penser de vous, voz enfans et vostre chevance. Mais a ces trois choses et a chascune pouez vous bien avoir aide ; si vous couvient dire comment vous vous y entendrez, quelles aydes et quelles gens vous prendrez, et comment vous les embesoignerez ; car de ce ne vueil je que vous ayez fors le commandement, la visitacion, la diligence de le faire faire *(fol. 69b)* par autres et aux despens de vostre mary.

4. Or veez vous bien, chiere suer, que vous ne vous devez pas plaindre, et que vous n'estes gueres chargie et n'avez charge fors celle qu'autre ne peut faire que vous, et de chose qui vous doit estre bien plaisant, comme de servir Dieu et penser du corps de vostre mary ; et en somme c'est tout.

5. Or continuons donques nostre matiere et commençons a ce premier article. Lequel article je faiz savoir a tous qu'il ne vient mie de mon sens, ne ne l'ay mis mie en la fourme qu'il est, ne a moy n'en actribue la louenge ; car je n'y ay riens mis du mien ne n'en doy point avoir l'onneur. Mais le doit avoir un bon proudome

---

23. et a vostre a. *B*. **26.** ne ne nul *B*. **28.** c. aimer v. *B*². **41.** v. et la *B*. **42.** de la f. *AC*. **52.** mie mis en *BC*. **54.** nen d. mie a. *B*. **55.** M. la d. *B*.

vous venir en aide : voilà ce à quoi je vais me consacrer pour commencer.

2. Premièrement, je vous ai incitée à louer Dieu au moment de votre réveil et de votre lever, à aller à l'église et à vous y tenir sagement, à entendre la messe, à vous confesser, à vous mettre et à vous maintenir dans l'amour et dans la grâce de Dieu. Par mon âme, c'est là une nécessité et personne ne peut y pourvoir à votre place. Ensuite, je vous ai recommandé d'être continente et chaste, d'aimer votre mari et de lui obéir, de garder ses secrets, et indiqué comment l'empêcher de se conduire d'une manière dissolue ou d'en avoir envie. Tout cela également vous est indispensable et vous fera gagner beaucoup d'estime ; personne ne peut s'en charger à votre place, mais ce n'est pas là fardeau trop lourd. Vous y réussirez bien grâce aux enseignements dispensés ci-dessus qui vous apporteront un grand avantage : jamais les autres femmes n'en reçurent de semblables.

3. Il est clair aussi, après tout ce qu'on vient de dire, que vous devez vous occuper vous-même de vos enfants et de ce que vous possédez. Mais dans chacun de ces domaines vous pouvez être secondée. Cependant, il vous faudra savoir préciser comment vous entendez vous y prendre, quels aides et quelles gens vous y emploierez et comment vous comptez les occuper. Je souhaite que vous ne participiez à ces besognes qu'en en assumant l'organisation et le contrôle, en veillant simplement avec soin à les faire exécuter par d'autres ; votre mari, lui, en assume les frais.

4. Vous voyez donc bien, chère amie, que vous n'avez pas motif de vous plaindre, vous n'êtes guère surchargée : il n'y a que les devoirs que personne ne peut faire à votre place, puis ceux qui doivent vous être agréables, comme servir Dieu et vous occuper de la personne de votre mari ; et en somme c'est tout.

5. Continuons donc notre propos avec ce premier article. Je tiens à faire savoir à tout le monde que ce qui suit n'est pas de moi ; ce n'est pas moi qui ai donné sa forme à ce poème et l'éloge ne m'en revient pas : comme rien n'est de moi il ne faut pas que j'en recueille l'honneur qui revient à un bon et fin

et soubtil appellé feu Jehan Bruyant, qui jadis fut notaire du roy ou Chastellet a Paris, qui fit le traictié qui s'ensuit (et lequel je mectz cy aprez seulement pour moy aidier de la diligence et parseverence que son livre monstre que un nouvel marié doit avoir). Et pour ce ne vueil je mie son livre estrippeller, ne n'en oster un coippel ne le departir du remenant ; et mesmement que tout est bon ensemble, je me aide de tout pour obtenir au point ou article que seulement je desire. Et pour le premier article je prens tout le livre qui en rime dit ainsi :

[Suit *Le Chemin de Povreté et de Richesse*
se reporter aux annexes]

6. (*fol. 105b, line 3*) Chierre seur, par ce que dit est pouez veoir qu'est diligence et qu'est parseverance. Et ainsi, chiere seur, est le premier article demonstré.

---

57. C. de P. *B.* **60.** p. ce que je ne v. B^2, p. ce ne le v. je *C.* **61.** l. escorppeler (?) ne *B.* **63.** que je d. s. Et *B.* **66.** e. vous p. *B,* seur *omis A.*

prud'homme, nommé feu Jean Bruyant, autrefois notaire du roi au Châtelet de Paris : c'est lui qui fit le traité qui suit (et que j'inclus ici uniquement dans l'intention de m'appuyer sur son livre en ce qui a trait à la diligence et à la persévérance dont doit faire preuve un homme qui vient de se marier). Mais je ne veux pas mutiler son livre ou en enlever un fragment pour le séparer du reste : le livre vaut en tant qu'ensemble cohérent ; aussi vais-je me servir du texte global pour parvenir ainsi au passage ou article qui intéresse mon propos. Pour ce premier article j'utilise donc le livre dans son intégralité ; il est en rime et voilà ce qu'il relate :

[Le Chemin de Povreté et de Richesse[1]]

6. Chère amie, d'après ce qu'on vient de dire vous voyez ce que c'est que diligence et persévérance. Ainsi, chère amie, l'objet du premier article est traité.

---

1. Cf. texte intégral en Annexe.

II ii

1. (*fol. 106a*) *Primo* est a noter que tout ce que l'on seme, plante ou ente, l'en le doit semer, planter ou enter par temps moite, et au soir ou au bien matin avant l'ardeur du soleil, et en decours, et doit l'en arrouser le pié et la terre et non la fueille. *Item*, par l'ardeur du soleil l'en ne doit mie arrouser, mais au soir, et au matin ne copper cholz, perrecin ne autres telles verdures qui regectent. Car la chaleur du soleil cuiroit la copeure et l'ardroit, et ainsi ne regecteroit jamaiz par icellui endroit de la copeure. *Nota* que en temps pluieux fait bon planter, mais non mie semer; car la graine se retient au ratel.

2. Des la Toussains sont feves des maraiz; mais afin que icelles ne gelent, on en plante vers Noel, et en janvier et fevrier et au commancement de mars; et plante l'en ainsi a diverses foiz, afin que se les unes sont gelees, que les autres ne le soient pas. Et quant elles se lievent hors de terre, si tost qu'elles poingnent l'en les doit harser et rompre le premier germe, et si tost qu'elles ont six fueilletz l'en les doit seurfouyr. Et de toutes icelles les premieres venues sont les plus chieres; et doivent estre mengees le jour qu'elles sont escossees, ou autrement elles deviennent noires et aigres.

3. *Nota* que marjoleine et violectes que l'en veult garder en yver contre la froidure l'en ne les doit mie

---

Rubrique : Le second article de la .iie. distinction lequel article doit parler de Courtillage *B*. 3. m. au s. *B*. 7. c. persil et *B*. 12. De le *B*. 14. et les p. *B*. 15. g. les a. *B*, g. a. ne *C*. 17. d. harsel et *AC*. 18. s. fueilles l. *B*.

II ii

1. *Primo*, il est à noter que tout semis, toute plantation ou greffe doivent se faire par temps humide, soit le soir, soit de bon matin, avant que le soleil ne tape, et quand la lune est dans son dernier quartier ; qu'il faut toujours arroser le pied de la plante et la terre qui l'entoure, et jamais le feuillage. *Item*, il ne faut pas arroser lorsque le soleil tape, mais le soir ou au matin ; il ne faut pas non plus couper du chou, du persil ou d'autres plantes vertes qui font des rejets sauf le soir ou le matin. En effet, la chaleur cuisante du soleil brûlerait la taille et aucun nouveau rejeton ne pourrait jamais plus pousser à cet endroit. *Nota* qu'il est recommandé de planter mais non pas de semer par temps pluvieux, car la graine collerait au râteau.

2. Dès la Toussaint[1] on trouve des fèves des marais. Mais afin d'éviter qu'elles gèlent, on les plante vers Noël, voire en janvier, en février ou début mars. On les plante en plusieurs fois. Ainsi, si les premières gèlent, les suivantes restent indemnes. Dès qu'elles sortent de terre, on doit herser et rompre le premier germe ; aussitôt qu'elles ont six feuilles, on doit les couvrir de terre. Ces premières fèves sont les plus chères. On doit les manger le jour même où on les écosse, autrement elles deviennent noires et aigres.

3. *Nota* que la marjolaine et les violettes que l'on veut préserver en hiver du froid, il faut éviter de les passer brusquement

---

1. L'ordre de l'exposé se veut chronologique. On commence à la Toussaint pour couvrir toute l'année. Cependant, souvent un ordre thématique bouleverse cette organisation de base.

mectre soudainement de froit a chault ne de moite a froit ; car qui longuement les garde l'iver en ung celier moite et soudainement les mect au sec, il les pert. *Et sic de contrariis similibus*.

4. En yver l'en doit oster les branches du sauger qui sont mortes.

5. Encores en janvier et fevrier sauge, lavende, coq, mante, toutebonne soient plantez jusques a juing. Pavoit soit semé large a large. Oysille soit semee ou decours et jusques a mars et plus.

6. *Nota* que l'iver de decembre et de janvier font mourir les pourees, c'estassavoir ce qui est hors terre. Mais en fevrier les racines regectent nouvelle et tendre poree – c'estassavoir sitost comme la gelee cesse – et quinze jours aprez viennent les espinars.

7. Fevrier. Sariete et marjolaine sont comme d'une saveur a mengier, et sont semees ou decours et ne sont que huit jours en terre. *Item*, sariete ne dure fors que jusques a la saint Jehan.

8. *Item*, en decours doit l'on planter arbres ou vignes et semer choz blans et pommes. Et *nota* que les marquetz cheveluz portent des l'annee qu'ilz sont plantez cheveluz.

9. *(fol. 106b)* Espinars sont en fevrier, et ont longue fueille et crevellet comme fueille de chesne, et croissent

---

32. j. pavot – s. B^2. **33.** l. ozeille s. *B*. **35.** j. fait m. B^2. **42.** que *omis B*, fors *omis C*. **48.** et crenelee c. B^2, et crenelee (*remplace* cruelle) *C*.

du froid au chaud, et d'une atmosphère humide au froid : celui qui pendant l'hiver les garde longtemps dans un cellier humide puis les met brusquement dans un endroit sec, il les perd. *Et sic de contrariis similibus*[1].

4. En hiver on doit débarrasser la sauge de ses branches mortes[2].

5. En janvier, février et jusqu'en juin on doit planter la sauge, la lavande, le coq[3], la menthe et la toutebonne[4]. Le pavot doit être semé espacé. Quant à l'oseille, il faut la semer quand la lune entre dans son dernier quartier, jusqu'en mars, et même au-delà.

6. *Nota* que le froid hivernal de décembre et de janvier fait périr les légumes verts[5], en fait tout ce qui est sorti de terre. Mais dès février, aussitôt qu'il ne gèle plus, leurs racines font de nouvelles et tendres pousses ; les épinards viennent quinze jours plus tard.

7. Février. La sarriette[6] et la marjolaine – elles ont quasiment le même goût – sont semées quand la lune entre dans son dernier quartier et ne restent en terre que pendant huit jours. *Item*, la sarriette ne dure que jusqu'à la Saint-Jean[7].

8. *Item*, c'est quand la lune est vieille que l'on doit planter les arbres et les vignes, et semer les choux blancs comme les choux pommés. Et *nota* que les marcottes donnent dès la première année, à condition d'être plantées quand elles ont déjà des feuilles.

9. Les épinards viennent en février. Leur feuille est longue et dentelée comme celle du chêne. Ils poussent par touffes,

---

1. Et vice versa.
2. La sauge était très répandue au Moyen Age, surtout grâce à son nom, semble-t-il, suggérant qu'elle possède des vertus médicinales *(salvia)* et protectrices. Voir à ce sujet Ribémont (Bernard) 1990, « Les simples et les jardins », in *Vergers et Jardins dans l'univers médiéval*, Senefiance n° 28, 1990, pp. 329-342, p. 337 sqq.
3. Herbe aromatique, à rapprocher de la balsamine.
4. Variété de sauge.
5. « Pouree » ou « poree » est l'un des mots les plus difficiles à traduire : il peut désigner à la fois le poireau, les légumes verts en général ; c'est aussi le potage, potage de poireau en particulier, de légumes en général. Et finalement il désigne ce fameux plat de légumes hachés qui constitue la base de la nourriture médiévale ordinaire.
6. Plante aux feuilles aromatiques servant de condiment.
7. Le 24 juin.

par touffetz comme poree ; et les convient esverder et bien
cuire aprez. Bectes viennent aprez.

10. *Nota* que framboisiers et aussi framboises sont
bonnes a planter a mars ; ou decours doit l'en enter ; jom-
barde planter de mars jusques a la saint Jehan.

11. Violecte, girofree semee en mars ou plantee a la
saint Remy. *Item*, soit l'une soit l'autre, quant les gellees
approuchent l'en la doit en aucun decours replanter en
pos, pour mectre a couvert et garder en cave ou en cellier
pour le froit, et de jour mectre a l'air ou au souleil, et
arrouser de telle heure que l'eaue soit beue et la terre
seche avant que l'en la mecte a couvert ; car nullement
l'en ne la doit au vespre estuier [moullie].

12. Feves planter et rompre le premier tuyau ou herser
comme dit est dessus.

13. *Nota* que le percil qui est semé la veille de Nostre
Dame en mars yst de terre a neuf jours.

14. Fenoul et marjolaine plantez ou decours de mars
ou en avril. Et *nota* que marjolaine veult plus grasse terre
que violectes, et s'elle a trop ombre elle devient janne.
Item, quant elle est bien reprinse adonc la doiz arracher
par touffes et replanter a large en potz. *Item*, les branches
couppees fichees en terre et arrousees prennent racines et
croissent. *Item*, terre engrassee par fiens de vasches et
brebis est meilleur que fiens de cheval.

15. Violecte de Karesme ne violecte d'Armenie ne
veullent ne couver ne mucier. Et *nota* que violecte
d'Armenie ne porte fleur jusques au .ii^e. an ; maiz les jardiniers qui l'ont eue ung an en terre la vendent et replan-
tent ailleurs, et lors elle porte.

16. Ozeille, bazeillecoq soient semees en janvier et

---

49. p. touffes c. porees *B*. **53.** planter *(fin du §)* Mars *B*. **54.** giroflee s. *BC*. **61.** e. moullier *A*, e. moullee *B*, e. moullees *C*. **62.** t. au h. *B*. **64.** e. plante la *AC*. **68.** q. violiers et *B*. **69.** b. reprise et *B*. **71.** et arrousee p. *AC*. **72.** t. engressee p. *BC*. **74.** K. et v. *B*. **75.** q. la v. *B*. **79.** O. baisillecoq s. *B*^{2}, O. baselicoq s. *C*.

comme les poireaux. Il faut les faire blanchir en les faisant bouillir, puis les faire bien cuire. Les bettes viennent après.

10. *Nota* qu'on recommande de planter les framboisiers et aussi les framboises en mars ; les greffes se pratiquent quand la lune entre dans son dernier quartier. Quant à la joubarbe, on peut la planter de mars jusqu'à la Saint-Jean.

11. Les violettes et la giroflée sont semées en mars ou plantées à la Saint-Remi[1]. *Item*, dans les deux cas, à l'approche des gelées il faut les mettre en pot quand la lune entre dans son dernier quartier, afin de pouvoir les mettre à l'abri du froid dans une cave ou un cellier ; pendant la journée, on peut les sortir à l'air et au soleil. Il faut les arroser assez tôt afin que l'eau soit absorbée et la terre sèche lorsqu'on les rentre ; il ne faut surtout pas les enfermer mouillées le soir.

12. Quant aux fèves, il faut les planter, rompre la première tige et herser comme il est dit ci-dessus[2].

13. *Nota* que le persil semé la veille de Notre-Dame de mars[3] sort de terre au bout de 9 jours.

14. Le fenouil comme la marjolaine sont plantés quand la lune entre dans son dernier quartier en mars ou en avril. Et *nota* que la marjolaine a besoin d'une terre plus grasse que les violettes et que si elle a trop d'ombre elle devient jaune. *Item*, lorsqu'elle a bien repris, il faut l'arracher par touffes et la replanter dans de grands pots. *Item*, les branches coupées plantées en terre prennent racine et croissent, à condition d'arroser. Item, la bouse de vache ou les déjections de brebis donnent un meilleur engrais que le fumier de cheval.

15. Quant à la violette de Carême ou celle d'Arménie[4], ni l'une ni l'autre n'aiment à être couvertes ou mises dans un endroit obscur. Et *nota* que la violette d'Arménie ne porte des fleurs qu'à partir de la deuxième année. Mais les jardiniers la vendent au bout d'une année : si on la transplante, elle fleurit dès lors.

16. Il faut semer l'oseille et le basilic quand la lune entre

---

1. Le 1ᵉʳ octobre.
2. Au paragraphe 2.
3. Le 24 mars.
4. Pichon l'identifie comme étant la violette de Parme. Quant à la violette de Carême, c'est la violette commune qui fleurit en mars.

fevrier ou decours et jusques au mars. Et se tu veulz replanter ozeille surannee, il te convient replanter a toute sa terre qui est entour la rachine. *Item*, a la queillir a maistrise, car l'en doit tousjours queillir les grans fueilles et laissier croistre les petites feuilles qui sont dessus icelles grans ; et se tout estoit par adventure cueilly, il convient coupper le tuyau rez a rez de terre et il regectera nouvelle ozeille.

17. Percil semé et sarclé et osté les pierrectes ; et celluy qui est semé en aoust est le meilleur, car il n'espie point et se tient en vertu toute l'annee.

18. Laictues doivent estre semees. Et *nota* qu'elles n'arrestent point en terre et reviennent bien drues. Et pour ce les arrache l'en ça et la a toute la racine pour donner espace aux autres et donner espoisseur. Et *nota* que la semence de laictues de France est noire ; *(fol. 107a)* et la semence des laictues d'Avignon est plus blanche, et en fist apporter monseigneur de la Riviere, et sont les laictues trop meilleures et plus tendres assez que celles de France, et ne se queult la semence fors bouton apres autre, ainsi comme chascun bouton s'avance de gecter sa bouree. *Nota* que laictues ne se plantent point, et mesmement quant l'en les veult menger si arrache l'en racine et tout.

19. Courges. Les pepins sont la semence, et les convient tremper deux jours, puis semer, et sans les moullier laissiez croistre jusques a ce qu'elles appairent dehors ; et lors moullier le pié seulement et la terre, sans moullier les feuilles. Et en avril les arrouser courtoisement et les planter d'un lieu en autre ung dour ou demy pié en terre, et a demy pié l'une courge de l'autre. Et moullier le pié continuellement, et pendre a ung eschalat ung pot percié, ung festu et de l'eaue etc., ou une lesche de drap neuf ou pot.

20. Bectes semees en mars, et quant elles sont bonnes

---

80. j. a m. *B.* **81.** il la te *B.* **90.** se *omis B.* **92.** et reviennes b. *B.* **93.** ce len les a. ca *B.* **94.** et oster e. *B.* **95.** s. des l. *B.* **101.** sa bourre N. *B.* **102.** q. les les v. *B.* **104.** p. font la *B.*

dans son dernier quartier en janvier ou en février et jusqu'au début du mois de mars. Si tu veux replanter l'oseille de l'année précédente, il faut la prendre avec toute la motte autour de la racine. *Item*, il faut la cueillir avec beaucoup de savoir-faire : il faut toujours cueillir les grandes feuilles afin que les petites, qui sont au-dessus, puissent pousser à leur tour. S'il arrive qu'on cueille tout, il faut couper la tige maîtresse à ras de terre : elle fera alors de nouvelles pousses.

17. Lorsque le persil est semé, la terre doit être sarclée et débarrassée des cailloux. Le persil semé en août est le meilleur car il ne monte pas et prospère toute l'année.

18. Les laitues doivent être semées. Et *nota* que les graines ne restent pas longtemps en terre et poussent bien drues ; pour cette raison en arrache-t-on çà et là des plants afin de donner aux autres davantage de place ; ainsi peuvent-elles devenir plus grosses. Et *nota* que les graines de laitue d'Ile-de-France sont noires alors que celles d'Avignon sont plus claires. Monseigneur de la Rivière en a fait apporter : ces laitues sont bien meilleures et plus tendres que les nôtres. On en recueille la semence cœur après cœur, au moment où la laitue est prête à libérer les graines. *Nota* que les laitues ne se repiquent pas ; lorsqu'on veut les manger, on les arrache entièrement avec leur racine.

19. Les courges. Leurs pépins peuvent être semés après avoir trempé dans l'eau pendant deux jours. Il ne faut pas les arroser ; les laisser pousser jusqu'à ce qu'elles sortent de terre. Il faut alors arroser le pied seulement et la terre qui est autour, et éviter de mouiller les feuilles. En avril, il faut les arroser avec beaucoup de soin et les replanter ailleurs, à un dour ou demi-pied[1] de profondeur et à un demi-pied d'intervalle. Il faut mouiller continûment le pied : suspendre à une échelle un pot percé, en faire couler de l'eau par une paille, etc., ou par un morceau de drap neuf.

20. Les bettes doivent être semées en mars. Lorsqu'elles

---

1. Concernant les mesures, cf. Annexe.

a mengier soient couppees pres de la racine, car tousjours regectent et croissent et demeurent porees.

21. Bourraches, arraches, comme dessus.

22. Choulx blans et choulx cabuz est tout ung, et sont semez en decours de mars; et quant ilz ont .v. fueilles, adonc l'en les arrache courtoisement et les plante l'en a demy pié loing l'un de l'autre; et les couvient mectre en terre jusques a l'oeil et arrouser le pié; et les mengue nen en juing et en juillet.

23. Pommes de chou sont semees en mars et plantees en may.

24. Choulx romains sont de la nature de pommes et de auques pareille semence; car l'une et l'autre semence croist sur ung troncq et de la semence qui vient par le tuyau du millieu et qui est au bout d'enhault croist la pomme, et de la semence qui vient d'embas viennent les choulx romains.

25. Minces en Karesme est le regaing du chou, et durent jusques en mars; et lors sont icelles minces en mars de plus fort saveur a mengier. Et pour ce les convient plus parboulir, et en icelluy temps l'en arrache les trouz de terre.

26. *Nota* que en juillet quant il pleut l'en doit planter des choux.

27. *Nota* que se fromis habondent en ung jardin et l'en gecte en leur repaire de la cyeure d'aiz de chesne, ilz mourront ou wideront a la premiere pluye qui cherra; car les cyeures retiennent la moicteur.

28. Avril. *Nota* que en avril et may tout le moiz seme l'en les porees qui sont mengees en juing et en juillet.

29. Les porrees d'esté doivent estre sayees, et laissees les racines en terre. Et apres yver les racines gectent, et lors convient surfouir et lever la terre a l'environ, et illecques semer les nouvelles et cueillir le gecton des vieilles.

---

116. et recroissent et *B*. **119.** s. ou d. *B*. **122.** le pié *omis B*, m. len en *B*. **124.** et replantees en *B*. **139.** q. – se B^2. **145.** e. soyees et *B*, e. laissiez et *C*. **148.** n. qui venront et *B*.

sont bonnes à manger, il faut les couper près de la racine car elles font continuellement des rejets, repoussent et demeurent vertes.

21. Les bourraches[1] et les arroches[2] sont traitées de la même façon.

22. Chou blanc et chou cabus, c'est tout un ; ils sont semés en mars quand la lune est dans son dernier quartier. Lorsqu'ils ont cinq feuilles, il faut les arracher avec précaution pour les repiquer à un demi-pied l'un de l'autre. Il faut les mettre en terre jusqu'à l'œil[3] et en arroser le pied. On peut les manger en juin et en juillet.

23. Les choux pommés sont semés en mars et repiqués en mai.

24. Les choux romains ressemblent aux choux pommés ; leurs graines se ressemblent également. Dans les deux cas, la plante se développe à partir de la tige centrale. Les choux pommés se développent à partir de l'extrémité haute de cette tige, les choux romains à partir du bas.

25. On appelle *minces de carême* la seconde pousse du chou. Elles durent jusqu'en mars ; les choux de remontée de mars sont de saveur plus forte, aussi les fait-on bouillir plus longtemps ; c'est à ce moment-là qu'on arrache les racines des choux restés en terre.

26. *Nota* que c'est en juillet quand il pleut qu'on doit planter les choux.

27. *Nota* que si les fourmis prolifèrent dans un jardin, il faut verser dans la fourmilière de la sciure de bois de chêne : elles mourront ou partiront dès la première pluie car la sciure retient l'humidité.

28. Avril. *Nota* que tout au long des mois d'avril et de mai on sème les légumes verts qu'on mange en juin et en juillet.

29. Il faut récolter les légumes d'été mais laisser leur racine en terre. A la fin de l'hiver, les racines germent ; c'est alors qu'il faut les couvrir de terre et remuer celle qui est alentour, y semer les nouvelles plantes et cueillir les pousses des anciennes.

---

1. Plante qui, en tisane, est employée comme diurétique.
2. Plante potagère cultivée comme légume (« follette », « bonne-dame »).
3. Partie centrale d'une fleur ; parfois synonyme de bourgeon.

30. (*fol. 107b*) *Notà* que depuis avril jusques a la Magdelaine fait bon semer porees, et les porees de Karesme sont semees en juillet et jusques a la Magdelaine et non plus, et les appelle nen bethes. *Item*, espinars. *Item*, icelles bethes quant elles sont levees de terre sont replantees par ordre.

31. *Item*, en avril et may couvient planter choulx blans et pommes de chou qui furent semez en fevrier et mars. En may trouve l'en feves nouvelles, navectz, raves.

32. *Nota* que en juing, la vegille saint Jehan, doit l'en semer percil. Et aussi la veille de la myoust.

33. Aoust et myaoust. Ysope semez ; choulx pasquerez soient semez ou decours, percil aussi, car celluy n'espie point.

34. *Nota* que la poree qui est en terre regecte nouvelle poree cinq ou six fois comme percil ; et la peut nen coupper au dessus du trongnon jusques la my septembre ; et d'illec en avant non mye coupper – car le trongnon pourriroit – mais esbrancher a la main les feulles d'entour, et non le millieu. En icelluy temps convient esbrancher toutes semences de porees ; car les semences ne peuent meurer pour la froidure du temps. Maiz la semence esbranchee et gectee, le troignon regecte nouvelle poree. *Item*, en ce temps ne convient point coupper le percil, maiz effeullier.

35. Apres la septembresse pivoine, serpentine, oignons de liz, rosiers, groseilliers soient plantez.

36. Octobre. Poiz, feves ung doit parfont en terre et loing l'un de l'autre ung dour. Et que ce soient grosses feves, des plus grosses ; car quant elles sont nouvelles elles se demonstrent plus grosses que les petites ne font. Et n'en doit l'en planter que ung petit, et a chascun decours apres ung petit, afin que se l'une partie gelle, que l'autre non. Se tu veulx planter poix percez, seime les par temps sec et bel et non pluyeulx ; car se l'eaue de la pluye

---

153. les a. len bectes *B*, les appellent bectes *C*, i. bectes q. *BC*. **158.** m. treuve l. *B*. **161.** Y semee c. *B*. **165.** p. len c. *B*. **171.** la s. et gelctree le *A*, la s. est glectree le *C*. **175.** la septembresche p. B^2. **177.** f. .i. dour p. *B*. **183.** v. semer ou p. *B*.

30. *Nota* que d'avril jusqu'à la Madeleine[1], la période est favorable pour semer les légumes ; les légumes de carême sont semés de juillet jusqu'à la Madeleine, pas au-delà ; on les appelle les bettes. *Item*, la même chose en ce qui concerne les épinards. *Item*, ces bettes, une fois sorties de terre, sont repiquées au fur et à mesure.

31. *Item*, en avril et en mai, on repique les choux blancs et les choux pommés semés en février ou en mars. En mai, on trouve les fèves nouvelles, des navets et des raves.

32. *Nota* qu'en juin, à la veille de la Saint-Jean, on doit semer le persil. C'est possible aussi la veille de la mi-août.

33. Août et mi-août. Semez l'hysope[2]. Les choux de Pâques et le persil – car il ne monte pas alors – doivent être semés quand la lune entre dans son dernier quartier.

34. Les légumes verts en terre ainsi que le persil multiplient leur volume par cinq ou six. On peut en couper la tige principale jusqu'à la mi-septembre. A partir de là il ne faut plus la couper – le trognon pourrirait – mais en enlever les feuilles une à une à la main tout autour, en évitant celles du milieu. A cette époque, il faut couper tous les légumes montés en graine, autrement ils ne se développeraient pas lorsqu'il fait froid, alors qu'une fois élagués, le trognon fait de nouvelles pousses. *Item*, à cette époque il faut effeuiller et non pas couper le persil.

35. La fête de la Nativité de la Vierge[3] passée, il faut planter la pivoine, la serpentine, les oignons de lis, les rosiers et les groseilliers.

36. Octobre. Il faut enfouir profondément en terre les pois et les fèves en les espaçant de quatre pouces. Il faut choisir les fèves les plus grosses : une fois germées, elles deviennent plus grosses que les petites. Il ne faut en planter que peu à la fois, mais recommencer à chaque vieille lune afin que s'il gèle, il n'y en ait qu'une partie d'abîmée. Si tu veux planter des pois percés, sème-les par beau temps sec et non pas lorsqu'il pleut :

---

1. Le 22 juillet.
2. L'hysope est réputée pour ses vertus purificatrices fondées sur la Bible (Ex. XII, 22 ; Lv. XIV, 4 et Ps. LI, 9). Cf. B. Ribémont, art. cit., p. 338.
3. Le 8 septembre.

entroit dedens les pertuiz du poiz, il se fandroit et partiroit en deux et ne germeroit point.

37. Jusques a la Toussains peut l'en tousjours replanter cholz; et quant ilz sont trop mengiez de chenilles qu'il n'y a point de feuilles fors les arrestes, s'ilz sont replantez tout revient minces. Et les convient oster les feuilles d'ambas et les replanter jusques a l'euil de enhault. Les tronqs qui sont tous [defeuillés] ne convient il plus replanter, maiz laissier en terre, car ilz gectroient minces. *Nota* que se tu replantes en esté, en temps sec tu doiz gecter de l'eaue en la fosse; en temps moicte, non.

38. *Nota* que se les chenilles menguent des choulx, quant il plouvera seme de la cendre pardessus les choulx, et les chenilles mourront. *(fol. 108a) Item*, tu peus regarder pardessoubz les fueilles des choulx, et la trouveras grant assemblé de miches blanches en ung tas; saches que ce est dont les chenilles naissent; et pour ce l'en doit coupper la place ou est celle graine et gecter loing.

39. Poireaulx soient semez en la saison, puis replanter en octobre et novembre.

40. Se vous voulez avoir raisins sans pepins, prenez en croissant ou temps que l'en plante la vigne (c'estassavoir en fevrier) une plante de vingne avecques la racine, et fendez le cep moictié par moictié tout au long jusques a la racine, et ostez la mouelle d'une part et d'autre. Puis rongez le cep, et fumez de bonne fumeure et liez tout au long de fil noir; et puis le plantez et estouppez le trou d'enhault de terre de la joincture du cep.

41. Se vous voulez enter ung cerisier [ou] ung prunier [suret] dedens ung cep de vingne, tailliez la vingne, puis en mars la fendez a .iiii. doiz pres du bout, et ostez la mouelle d'une part et d'autre, et la faictes la place de l'amande d'un noyau de cerise, et le mectez et encloez

---

189. s. plantez t. *AC*. **190.** et − c. *B²*. **192.** t. de feuille ne *AB*, t. defeuillez ne *B²*, t. de feuilles ne *C*. **193.** i. getteront m. *BC*. **196.** m. tes c. *B*. **200.** g. assemblee de mittes b. *B*. **201.** q. ce si d. *A*. **204.** replantez en *BC*. **210.** P. rongnez le c. et liez t. au l. de f. n. puis p. le cep et fumez de b. f. et e. de terre le t. de. de la j. du c. *B*. **214.** c. en un p. sur et *ABC* (*B marque un blanc après* sur).

II, ii : Le jardinage

si l'eau de pluie pénétrait dans les trous du pois, elle le fendrait en deux et l'empêcherait de germer.

37. On peut repiquer des choux jusqu'à la Toussaint. S'ils sont tant dévorés par les chenilles qu'il ne reste des feuilles que les côtes, en les replantant vous obtenez des choux de remontée. Il faut alors enlever les feuilles du bas de la plante et les enterrer jusqu'à l'œil supérieur. Quant aux tiges entièrement dépouillées de leur feuilles, elles ne doivent pas être replantées : il faut les laisser en terre et ainsi elles rejetteront des choux de remontée. *Nota* que si tu les replantes en été il faut irriguer la terre autour par temps sec, chose qui n'est pas nécessaire par temps humide.

38. *Nota*, pour empêcher les chenilles de manger les choux, éparpille de la cendre sur tes choux un jour de pluie, ce qui les fera mourir. *Item*, si en regardant le dessous des feuilles de chou tu découvres un foisonnement de petits points blancs, sache que ce sont là les larves des chenilles ; il faut alors couper toutes les feuilles contaminées et les jeter loin du potager.

39. Les poireaux sont semés pendant cette saison puis repiqués en octobre ou en novembre.

40. Si vous souhaitez avoir du raisin sans pépins, prenez, quand la lune est dans son premier quartier, à l'époque où l'on plante la vigne (c'est-à-dire en février), un pied de vigne avec sa racine. Fendez-en le cep au beau milieu tout du long jusqu'à la racine et ôtez de part et d'autre la moelle. Puis rognez le cep, fumez-le avec du bon fumier et entourez-le jusqu'en haut de fil noir. Puis plantez-le et comblez de terre le trou du cep jusqu'à la jointure.

41. Si vous voulez greffer un cerisier ou un prunier dans un cep de vigne, taillez la vigne ; en mars vous la fendez à quatre doigts du sommet et vous en ôtez la moelle de part et d'autre ; pratiquez à cet endroit un petit trou de la grosseur de l'amande

dedens celle faulte, et liez de fil le cep joinct comme devant.

42. Se vous voulez enter ung cep de vingne dedens ung cerisier, faict tailler le cep de vingne qui sera planté et de long temps enraciné empres le cerisier. Et en mars environ Nostre Dame perciez icelluy cerisier d'une tariere du gros d'icelluy cep, et parmy le trou dudit cerisier boutez icelluy cep, qui passe tout oultre ung pié de long. Puis estoupez le trou aux deux costez du cerisier (c'estassavoir, de terre glaze, de mousse, et entortillee de drappeaulx) tellement que aucune pluye ne puisse actouchier au pertuiz. *Item*, le cep de vingne doit estre eschorchié, et l'escorche d'icelluy cep pellee et osté jusques au vert, en tant seulement comme touche ce qui est dedans le corps du cerisier. Car se ainsi est fait et que l'eschorche soit pellee et ostee, le vif du cep qui joindra au vif du cerisier se consolidera l'un a l'autre : ce qui seroit empeschié par l'escorche du cep se elle y demouroit. Ce fait, laissiez les ensemble deux ans, et apres ce fait, coupperez le cep par derriere et au dessoubz de la joincture du cerisier.

43. *Item*, sur ung tronc et souche de chesne pour y enter .x. ou .xii. arbres, c'estassavoir que ou moiz de mars environ la Nostredame vous soiez garniz de tant de greffes et de divers fruiz que vous vouldrez avoir pour enter, et ferez syer le chesne ou arbre au travers sur lequel vous vouldrez enter, et ayez aguisiez vos greffes d'un costé tant seulement, a maniere d'un coing sicomme il est cy [*V*], et tellement que l'escorche d'icelluy greffe soit toute entiere de l'un des costés et sans estre escorchee ou entamee. Puis fichiez vos greffes (*fol. 108b*) entre l'escorche du chesne, et la char ou le vif du greffe devers le boiz ou le vif du chesne ; puis estoupez et couvrez de terre glaze, de mousse et de drappeaulx, tellement que pluye, nege ou gellee ne y puisse ferir.

44. Se vous voulez garder roses en yver, prenez sur le

---

219. c. fente – et *B²*, c. fente (*remplace* faulte) et *C*. **222.** de loing t. *A*. **225.** et b. i. cep p. le trou d. c. *B*. **232.** t. c. t. s. se *B*, dedens le corps *répété A*. **237.** ce fait *omis B*. **239.** t. ou s. de c. pouez e. *B*. **244.** ayez guisiez vos *A*, aies guisiez vos *C*. **245.** dun c. borgne s. *B*. **246.** ∇ *BC*.

d'un noyau de cerise, puis fixez l'amande dans cette cavité ; liez ensuite le cep avec du fil comme ci-dessus.

42. Si vous voulez greffer un cep de vigne dans un cerisier, faites tailler un cep placé à côté du cerisier depuis longtemps. Au mois de mars, aux environs de Notre-Dame[1], percez avec une tarière un trou de la grosseur du cep dans le cerisier, et placez le cep dans ce trou de manière à ce qu'il dépasse de part et d'autre d'un pied. Puis colmatez le trou des deux côtés du cerisier en utilisant de la terre glaise, de la mousse et entortillez le tout dans des chiffons, de manière à ce que le trou ne soit jamais au contact avec l'eau de pluie. *Item*, il faut ôter l'écorce de ce cep : la partie verte seule sera au contact avec l'intérieur du cerisier. Si l'on procède ainsi, en pelant et en ôtant l'écorce du cep jusqu'au vert, le vif du cep se joindra au vif du cerisier et l'un se fondra dans l'autre, se consolidant réciproquement. Si on n'enlevait pas l'écorce du cep, elle empêcherait cette fusion. Ce travail achevé, laissez-les ensemble pendant deux ans. Ensuite, vous couperez le cep par-derrière et en dessous de la jointure.

43. *Item*, greffer 10 ou 12 arbres sur un tronc ou une souche de chêne : au mois de mars aux environs de la fête de Notre-Dame munissez-vous d'autant de greffons et de fruits divers que vous désirez ; vous ferez scier le chêne ou un autre arbre de votre choix ; taillez en pointe vos greffons d'un côté seulement, selon un angle de cet aspect : [*V*], c'est-à-dire que l'écorce du greffon doit rester intacte d'un côté sans la moindre écorchure ou entaille. Puis fichez vos greffons dans l'écorce du chêne, de sorte que la chair – le vif – du greffon soit contre le bois ou le vif du chêne. Puis comblez et couvrez de terre glaise, de mousse et de chiffons, si bien que ni pluie, ni neige, ni gelée ne puissent y porter atteinte.

44. Si vous souhaitez garder des roses en hiver, choisissez

---

1. Le 25 mars.

rosier petiz boutons qui ne soient point espanis, et les
laissiez leurs queues longues, et entassez en ung petit
tonnellet de boiz comme ung tonnellet a composte, et sans
eaue. Faictes bien enfoncer le tonnellet, et qu'il soit serreement relyé qu'il ne puisse riens entrer ne yssir. Et aux
deux bous d'icelluy tonnelet liez deux grosses pierres
pesans, et mectez icelluy tonnelet en une riviere courant.

45. Rommarin. Les gardinners dient que la semence de
rommarin ne vient point en la terre de France, maiz qui
d'un rommarin arracheroit et demenbreroit en devalant
aucunes petites branchectes, et les tendroit par le bout et
les plantast, ilz revendroient. Et qui les vouldroit envoyer
loing, il couvendroit icelles branches enveloper en toile
ciree, et coudre, et puis oindre pardehors de miel; et puis
poudrez de fleur de fourment et l'envoyez ou vous vouldrez.

46. J'ay oy dire a monseigneur de Berry que en
Auvergne a trop plus grosses cerises que en France, pour
ce qu'ilz provingnent leurs cerisiers.

---

254. les l. les q. *B.* **261.** jardiniers *BC.*

sur le rosier de petits boutons non épanouis, en leur laissant toute leur tige, et entassez-les dans un petit tonneau de bois, comme ceux dont on se sert pour le compost, sans y ajouter d'eau. Bouchez bien le tonneau afin qu'il soit étanche, pour que rien ne puisse y pénétrer ou en sortir. Ensuite, vous attachez aux deux bouts deux grosses pierres bien lourdes et vous placez le tout dans le courant d'une rivière.

45. Romarin. Les jardiniers disent que les graines de romarin ne poussent pas dans les terres d'Ile-de-France ; en revanche, si en tirant vers le bas on enlève quelques petites branches à un romarin et qu'on les plante en les tenant par les bouts, ils y poussent. Si on veut les envoyer loin, il faudrait alors envelopper et coudre ces branches dans de la toile cirée et en enduire l'extérieur de miel ; saupoudrez de fleur de farine de froment et envoyez où vous voudrez.

46. J'ai entendu dire à monseigneur de Berry qu'en Auvergne il y a des cerises bien plus grosses qu'en Ile-de-France à cause des cerisiers auvergnats.

II iii

III De la .IIe. Distinction le .iiie.
article qui doit parler de choisir
varlectz, aides et chamberieres, etc.

1. Surquoy, chiere seur, ou cas que vous vouldriez estre mesnagiere ou introduire une autre vostre amye, sachiez que serviteurs sont de troiz manieres : les ungs qui sont prins comme aides pour certaine heure a ung besoing hastif (comme porteurs a l'enfeutreure, broutiers, lyeurs de fardeaulx et les semblabes) ou pour ung jour ou deux, une sepmaine, ou une saison, en ung cas necessaire ou penible, ou de fort labour (comme soyeurs, faucheurs, bateurs en granche, ou vendengeurs, hostiers, foulons, tonnelliers et les semblabes); les autres a temps et pour certain mistere (comme cousturiers, fourreurs, boulengiers, bouchiers, cordenniers et les semblabes, qui euvrent en la piece ou en tache pour certain euvre); et les autres sont prins pour estre serviteurs domestiques, pour servir a l'annee et demourer a l'ostel. Et de tous les dessusdiz aucun n'est qui voulentiers ne quiere besongne et maistre.

2. Quant est des premiers, ilz sont neccessaires pour

---

1. v. v. entreprendre a e. *B*. **5.** p. ou le. *AC*, brouetiers l. *B*, brouteurs l. *C*. **8.** s. b. f. en g. *AC*. **9.** v. hottiers *B*, fouleurs t. *B*². **13.** e. a la p. *B*. **14.** s. pris p. *B*.

II iii

III. Le troisième article de la deuxième distinction traite du choix des valets, aides, chambrières, etc.

1. Apprenez à ce sujet, chère amie, au cas où vous souhaiteriez devenir maîtresse de maison ou initier une de vos amies, qu'il existe trois catégories de serviteurs. Les uns sont engagés à l'heure pour une tâche pressée (comme par exemple les portefaix au coussin bourré sur la tête ou l'épaule, les porteurs de chaises, les lieurs de fardeaux et leurs semblables), ou bien pendant une ou deux journées, une semaine ou une saison, en raison d'un besoin ponctuel, pour effectuer une tâche pénible ou alors pour des travaux très lourds (comme en font les moissonneurs, les faucheurs, les batteurs en grange[1], ou encore les vendangeurs, les porteurs de hotte, les foulons, les tonneliers et leurs semblables); la seconde catégorie de serviteurs est engagée pendant une certaine période et est affectée à une tâche précise (les couturiers, les fourreurs, les boulangers, les bouchers, les cordonniers et leurs semblables, travaillant à la pièce à un ouvrage particulier); il y a une troisième catégorie de serviteurs engagés comme domestiques, servant à l'année et vivant dans la maison. Toutes catégories confondues, ils ont ce trait en commun de ne pas courir volontiers après le travail ou après un maître.

2. En ce qui concerne la première catégorie de serviteurs, on

---

1. Qui bat les gerbes ou les épis au fléau.

descharger et porter fardeaulx et faire grosses et pesans
besongnes ; et ceulx sont communement enuieulx, ruddes
20 et de diverses responses, arrogans, haultains, fors a payer,
pres de dire injures et reprouches se l'en ne les paye a leur
gré quant la besongne est faicte. Si vous prye, chere seur,
que quant en avrez a faire, dictes a maistre Jehan le despensier ou autres de vos gens qu'ilz quierent et choisis-
25 sent, ou (*fol. 109a*) facent choisir et prendre, les paisibles.
Et tousjours faictes marchander a eulx avant ce qu'ilz
mectent la main a la besongne, afin qu'il n'y ait debat
apres : jasoit ce que le plus souvent ilz ne veullent marchander, maiz se veulent bouter en la besongne sans mar-
30 chié faire. Et si doulcement dient : « Monseigneur, ce
n'est riens, il n'y a que faire ; vous me payerez bien, et de
ce que vous vouldrez je seray content. » Et se ainsi
maistre Jehan les prent, quant ce sera fait ilz diront :
« Sire, il y avoit plus a faire que je ne cuidoye. Il avoit a
35 faire cecy et cela et d'amont et d'aval » ; et ne se vouldront paier et criront laides parolles et villaines. Si dictes
a maistre Jehan qui ne les embesongne point, ne seuffre
embesongner, sans marchander avant. Car ceulx qui ont
voulenté de gaigner sont vos subgectz avant que la
40 besongne soit commencee ; et pour le besoing qu'ilz ont
de gaigner, craingnent que ung autre ne l'entreprengne
pardevant eulx pour doubte de perdre le marchié, et que
autre n'ait ce gaing, et pour ce ilz se mectent a plus grant
raison. Et se maistre Jehan estoit si credule a eulx, et a
45 leurs doulces parolles esquelles il se fiast trop, et il advenoit que il souffrist que sans marchander ilz entrassent en
la besongne, ilz scevent bien que apres la besongne par
eulx encommencee nul autre pour honte n'y mectra par-
dessus eulx la main ; et ainsi seriez en leur subjection
50 apres, et en demanderoient plus. Et se lors ilz ne sont
paiez a leur voulenté ilz criront et brairont villain blasme
et oultrageulx ; et ne sont honteulx de rien, et publient

---

18. et faire – g. B^2. **19.** s. aucunement e. *B*. **23.** q. q. vous en *B*. **24.** c. et prennent ou *B*. **34.** Il y a. a f. et c. *B*. **37.** J. quil ne *B*. **41.** ne lentepregne p. *A*. **45.** se fia t. *A*. **48.** e. comencee n. *B*. **50.** en demanderont p. *B*, en demanderoit p. *C*.

y recourt pour décharger et pour porter des fardeaux, ainsi que pour les grosses et pénibles besognes ; en général ceux-là sont déplaisants, rudes et imprévisibles, arrogants et impertinents, sauf lorsqu'il s'agit de se faire payer ; ils sont toujours prêts à proférer des injures et des protestations si on ne les paie pas à leur convenance une fois l'ouvrage achevé. Je vous prie, chère amie, le moment venu, de dire à maître Jean ou à quelqu'un d'autre parmi vos gens de chercher et de choisir (ou de faire choisir et d'engager) des serviteurs conciliants. Veillez toujours à ce que travail et salaire soient discutés et définis avant qu'ils commencent afin d'éviter toute contestation après coup ; en effet, le plus souvent ils ne veulent pas discuter mais se mettre au travail sans avoir déterminé au préalable les conditions de l'engagement en susurrant : « Monseigneur, ce n'est pas grand-chose, il n'y a rien à faire ; vous me rétribuerez bien assez et je serai content de ce que vous me donnerez. » Si maître Jean les engage, une fois l'ouvrage achevé ils diront : « Seigneur, il y avait plus à faire que je ne croyais : il y avait ceci et cela, et ainsi de suite. » La rétribution ne leur conviendra pas et ils crieront des mots orduriers et grossiers. Donc, demandez à maître Jean de ne pas leur donner de travail ni de permettre à quelqu'un d'autre de le faire avant d'avoir discuté les conditions de l'engagement. Car ceux qui veulent gagner de l'argent vous sont soumis avant de commencer à travailler : comme ils ont besoin d'argent, ils craignent qu'un autre les double en emportant le marché et la somme ; aussi sont-ils plus raisonnables dans leurs exigences. Maître Jean aurait tort d'être assez crédule pour se fier à leurs paroles doucereuses, et pour permettre qu'ils commencent à travailler sans mise au point préalable, car ils savent parfaitement qu'une fois le travail mis en route, personne ne serait assez effronté pour les évincer ; c'est vous qui seriez alors à leur merci et ils en profiteraient pour exiger davantage. Si alors le salaire n'est pas à leur gré, ils crieront en braillant des reproches grossiers et injurieux ; ils ne reculent devant rien, et vont jusqu'à vous faire une mauvaise

male renommee qui est le pis. Et pour ce est il meilleur de faire marchander a eulx plainement et entendiblement avant le coup, pour oster toutes paroles de debat. Et tres a certes vous prye que, se le cas ou la besongne le desire, vous faictes enquerre de quelle condicion sont et ont esté vers autres ceulx que vous vouldrez faire embesongner; et aussi que a gens repliquans, arrogans, haultains, raffardeurs, ou de laides responces ne ayez riens a faire – quel prouffit que vous y veez, ou quelque advantage ne quelque bon marchié qu'ilz vous facent – maiz gracieusement et paisiblement les eslongnez de vous et de vos besongnes; car se ilz s'i boutent vous n'en eschapperez ja sans esclande ou debat. Et pour ce, faictes par vos gens prendre des serviteurs et aides paisibles et debonnaires et leur donnez plus, car c'est tout repos et paix que de avoir a faire a bonnes gens. Et pour ce est il dit que : *Qui a a faire a bonnes gens il se repose*; et par semblable peut l'en dire que : *Qui a a faire a hargneulx, doleur luy croist.*

3. *Item* des autres comme vignerons, bateurs en granche, laboureurs et les semblables, ou autres cousturiers, drappiers, cordenniers, boulengiers, mareschaulx, chandelliers de suif (et *nota* que qui veult faire chandelle de suif il est neccessaire de faire tresbien sechier son limignon au feu), *(fol. 109b)* espiciers, fevres, charrons, vignerons et les semblables autres. Chere seur, je vous conseille et prye que vous ayez tousjours en memoire de dire a voz gens qu'ilz aient a besongner a gens paisibles, et marchandent tousjours avant le fait, et comptent et paient souvent sans actendre longue creance sur taille ne sur papier – ja soit ce que encores vault il mieulx taille ou escripture que de soy du tout actendre a sa memoire; car les crediteurs cuident tousjours plus et les debteurs moins, et de ce naissent debas, haynes et laiz reprouches. Et vos bons creanciers faictes paier voulentiers et souvent de ce que vous leur devrez, et les tenez en amour afin qu'ilz ne

---

60. quelque p. que B^2. **65.** s. esclandre ou *B*. **66.** des *répété B*. **68.** q. a f. *A*. **76.** il nest n. *A*, s. limignon au *B*. **84.** de *omis B*. **85.** l. crediteurs m. *AC*. **86.** n. de bas h. *AC* (*C porte* de *et* bas *aux lignes suivantes*).

réputation, ce qui est la pire des choses. Voilà pourquoi il est préférable de discuter avec eux avant, sans rien omettre et sans ambiguïtés, afin de couper court à toute possibilité de contestation. Je vous prie donc avec insistance, quand les circonstances ou le travail l'exigent, de vous enquérir sur ceux que vous voudrez embaucher auprès d'autres employeurs présents ou passés. N'ayez rien à faire avec des gens qui répliquent, qui sont arrogants, impertinents, moqueurs ou qui vous répondent grossièrement, quel que soit le profit que vous voyiez en eux et quelque marché ou conditions avantageuses qu'ils vous consentent ; éconduisez-les gentiment et calmement : s'ils parvenaient à s'imposer, vous n'éviteriez pas l'esclandre ou la contestation. Pour toutes ces raisons, faites engager par vos gens des serviteurs et des aides au caractère conciliant et doux, quitte à leur donner plus, car avoir affaire à de braves gens vous garantit le repos et la paix : voilà pourquoi on dit : « Qui a affaire à de braves gens peut se reposer », et au contraire « Qui a affaire à des gens hargneux, peine lui en vient. »

3. *Item*, en ce qui concerne les vignerons, les batteurs en grange, les laboureurs et leurs semblables, ou bien les couturiers, les drapiers, les cordonniers, les boulangers, les maréchaux-ferrants, les fabriquants de chandelles de suif (à ce propos notez que pour faire des chandelles de suif, il faut faire parfaitement sécher le lumignon au feu), les épiciers, les forgerons, les charrons, les vignerons et leurs semblables, je vous conseille et vous demande, chère amie, de ne jamais oublier de dire à vos gens d'engager des aides conciliants, de toujours discuter avant l'engagement et de les payer régulièrement plutôt que d'attendre une lointaine échéance du crédit sur taille[1] ou papier – bien que la taille ou une pièce écrite vaillent encore mieux que de se fier en tout à sa mémoire. En effet, les créditeurs croient toujours la somme due plus grande, et les débiteurs plus petite : de là naissent les querelles, les haines et les viles accusations. Faites rembourser votre dette de bon gré et régulièrement à vos bons créanciers et cultivez leur amitié

---

1. Tablette de bois où, en l'occurrence, l'on marque la somme due.

vous changent, car l'en ne receüvre mye bien tousjours de
bien paisibles.

4. *Item*, quant aux chamberieres et varlés d'ostel que
l'en dit domestiques, chere seur, sachiez que afin qu'elles
vous obeissent mieulx et qu'elles vous doubtent et craingnent
plus a courroucher, je vous laisse la seigneurie et
auctorité de les faire choisir par dame Agnes la beguigne
(ou autres de vos filles que vous plaira a recevoir en
nostre service), de les louer a vostre gré, et de les paier et
tenir en nostre service tant comme il vous plaira, et leur
donner congié quant vous vouldrez. Toutesvoyes de ce
devez vous a part secrectement parler a moy et faire par
mon conseil, pour ce que vous estes trop jeune et y pourriez
bien estre deceue par vos gens mesmes.

5. Et sachiez que d'icelles chamberieres qui n'ont service,
plusieurs sont qui s'offrent et ramentoivent et quierent
a grant besoing maistres et maistresses; et de celles
ne prenez aucunes que vous ne sachiez avant ou elles ont
demouré, et y envoyez de voz gens pour enquerir de leurs
condicions : sur le trop parler, sur le trop boire, combien
de temps elles ont demouré, quel service elles faisoient et
scevent faire, se elles ont chambres ou accointances en
ville, de quel pays et gens elles sont, combien elles y
demourerent et pourquoy elles s'en partirent; et par le
service du temps passé enquerez quelle creance ou esperance
l'en peut avoir de leur service pour le temps
advenir. Et sachiez que communement telles femmes
d'estrange pays ont esté blasmees d'aucun vice en leur
pays; car c'est la cause qui les amaine a servir hors de
leur lieu. Car s'elles feussent sans tache, elles feussent
maistresses et non serviterresses – et dy des hommes
autel. Et se vous trouvez par le rapport de leurs maistres
ou maistresses, voisins ou autres que ce soit vostre
besongne, sachiez par elles – et devant elles faictes par
maistre Jehan le despensier enregistrer en son papier de la

---

96. f. qui v. *B*, en vostre s. *B*. **100.** et faire par mon conseil *répété A*. **101.** v. estre t. *B*. **110.** en villes de *AC*. **122.** b. faites p. B^2.

afin qu'ils ne vous laissent pas pour d'autres clients, car il n'est pas toujours facile d'en retrouver de conciliants.

4. *Item*, en ce qui concerne les chambrières et les valets d'hôtel que l'on appelle domestiques, sachez, chère amie, que je vous laisse la liberté et l'autorité de les faire choisir par dame Agnès la béguine[1] (ou une autre fille qu'il vous plaira d'engager à notre service) afin qu'elles vous obéissent mieux et qu'elles redoutent et craignent davantage de vous mécontenter ; engagez-les, payez-les et tenez-les à notre service comme il vous plaira, et congédiez-les quand vous le voudrez. Cependant, vous devez m'en informer en privé et agir selon mon conseil, parce que vous êtes très jeune encore ; vous pourriez être abusée par vos gens mêmes.

5. Sachez que parmi les chambrières sans place il y en a qui s'offrent et se présentent d'elles-mêmes, qui cherchent maîtres et maîtresses poussées par une grande nécessité ; parmi celles-ci n'en engagez aucune sans savoir où elle a été placée auparavant, et envoyez-y des gens à vous pour s'enquérir à son sujet, et notamment si elle parle trop, si elle boit trop, combien de temps elle est restée dans cette place, quel service elle y assurait et ce qu'elle sait faire, si elle a une chambre ou des fréquentations en ville, de quel pays et de quelle famille elle vient, combien de temps elle y est restée et pourquoi elle en est partie ; informez-vous auprès de ses anciens maîtres sur le degré de confiance qu'on peut lui accorder et ce qu'on peut attendre d'elle dans son futur service à la lumière de l'expérience passée. Sachez qu'en général de telles femmes venant d'une terre étrangère y ont mauvaise réputation à cause de quelque tare, raison qui les conduit à travailler ailleurs. En effet, si elles étaient sans tache, elles seraient maîtresses et non pas servantes – et j'en dis tout autant des hommes. Si le rapport de leurs anciens maîtres ou maîtresses, de leurs voisins ou autres vous satisfait, demandez-leur en présence de maître Jean, l'intendant – qui l'inscrira dans son carnet de comptes le

---

1. Le béguinage est un mouvement de femmes essentiellement. Ces femmes vivaient sous une règle religieuse, mais dans le monde et les vœux qu'elles prononçaient n'étaient pas perpétuels. Sur cette communauté de religieuses, voir Southern (R.W.) 1987, *L'Eglise et la société dans l'Occident médiéval*, Paris, Flammarion, « Nouvelle Bibliothèque Scientifique, pp. 271-281.

despense le jour que vous les retendrez – son nom, et de
son pere et de sa mere et d'aucuns de ses parens, le lieu
de leur demourance, et le lieu de sa nativité, et ses
plesges. Car elles en craindront plus a faillir pour ce
qu'elles considereront *(fol. 110a)* bien que vous enregistrez ces choses pour ce que [se] elles se deffuioient de
vous sans congié ou qu'elles feissent aucune offence, que
vous en plaindrez ou rescripriez a la justice de leur pays,
ou a iceulx leurs amis. Et nonostant tout, ayez en memoire
le dit du philozophe lequel s'appelle Bertran le Vieil, qui
dist que : *Se vous prenez chamberiere ou varlet de haultes
responses fieres, sachiez que au departir, s'elle peut, elle
vous fera injure ; et se elle n'est mye telle maiz flatresse
et use de blandices, ne vous y fiez point, car elle bee en
aucune autre partie a vous tricher ; maiz se elle rougist et
est taisant et vergongneuse quant vous la corrigez, amez
come vostre fille.*

6. Apres, chere seur, sachiez que sur elles, apres vostre
mary, vous devez estre maistresse de l'ostel, commandeur, visiteur, et gouverneur et souverain administreur ; et
a vous appartient de les tenir en vostre subjection et obeissance, les endoctriner, corriger et chastier. Et pour ce deffendez leur a faire excez ne gloutonnie de vie, tellement
qu'elles en vaillent pis. Aussi deffendez les de rioter l'une
a l'autre ne a vos voisines. Deffendez leur de mesdire
d'aultruy, fors seulement a vous et en secret, et en tant
comme le meffait toucheroit vostre prouffit seulement, et
pour eschever vostre dommage et non plus. Deffendez
leur le mentir, jouer a jeux illicites, de laidement jurer, et
de dire parolles qui sentent villenies ne parolles deshonnestes ne gouliardes comme aucunes mescheans qui maldient de *males senglentes fievres*, de *male senglente sepmaine*, de *male senglente journee*. Il semble qu'elles
sachent bien qu'est senglente journee, senglente sep-

---

124. v. la r. *B,* v. le r. *C.* **128.** v. enregistrerez c. *B.* **129.** ce quelles *ABC,* ce que se elles *B²*. **132.** Et non obstant t. *B.* **135.** r. et f. *B²*. **139.** la corrigerez *B²*, amez la c. *B.* **142.** v. estes devez m. *AC.* **143.** v. g. et s. administrateur *B.* **148.** v. voisins D. *B.* **152.** m. le j. *B.* **154.** ne gouliardeuses c. *B,* m. ou mal endoctrinees q. *B.* **155.** f. et de *B.*

jour de leur engagement – leur nom, celui de leurs père et mère et de quelques parents, leur domicile, leur lieu de naissance et leurs références. Elles craindront alors davantage de faillir à leur devoir, voyant bien que vous notez ces renseignements ; sachez que si elles partaient sans votre permission, ou si elles commettaient un acte répréhensible, vous pourriez porter plainte et en informer la justice de leur pays, ou ces amis qu'elles ont nommés. Et, quoi qu'il arrive, ayez en mémoire les paroles du philosophe Bertrand le Vieil qui dit : « Si vous engagez une chambrière – ou un valet – à la repartie orgueilleuse et arrogante, sachez qu'au moment de vous quitter elle vous fera du tort si elle peut ; si c'est une flatteuse qui se répand en compliments, ne vous y fiez pas, car elle cherche à vous tromper sur quelque autre terrain ; mais si elle rougit, si elle parle peu, si elle a honte lorsque vous la reprenez, celle-ci, aimez-la comme votre propre fille. »

6. Ensuite, sachez, chère amie, qu'après votre mari c'est vous qui devez être, auprès d'elles, la maîtresse de maison ; vous devez leur commander et les surveiller, les gouverner en tutrice souveraine. A vous de les garder soumises et obéissantes à votre volonté, de les instruire, de les reprendre, de les punir. Défendez-leur tout excès, toute gloutonnerie qui les feraient empirer. Défendez-leur également de se disputer entre elles ou avec vos voisines. Défendez-leur de dire du mal d'autrui, excepté à vous dans le secret, et seulement dans la mesure où le délit en cause vous concernerait et vous éviterait quelque tort – et à cette seule condition. Défendez-leur de mentir, de s'adonner à des jeux illicites, de jurer vilainement, ou de parler d'une manière grossière, inconvenante ou dévergondée, à la manière de ces mauvaises femmes qui jurent par *le sang des maudites fièvres* ou *le sang de la maudite semaine*, ou encore par *le sang de la maudite journée*. Elles ont l'air de bien savoir ce que c'est que le sang d'une journée, d'une

maine, etc., et non font ; elles ne doivent point savoir qu'est senglente chose. Maiz preudefemmes ne le scevent point : car elles sont toutes abhominables de veoir seulement le sang d'un aignel ou d'un pigon quant on le tue devant elles. Et certes, femmes ne doivent parler de nulle laidure, non mye seulement de con, de cul ne de autres secretz membres de nature, car c'est deshonneste chose a femme d'en parler. Je oy une foiz raconter d'une jeune preudefemme qui estoit assise en une presse de ses autres amis et amyes. Et par adventure elle dist par esbatement aux autres : « Vous me pressés si fort que bien la moictié de mon con me ride. » Et jasait ce qu'elle l'eust dit par jeu et entre ses amis, cuidant faire la galoise, toutesvoyes les autres sages preudefemmes ses parentes l'en blasmerent a part. *Item*, telles femmes gouliardeuses dient aucunes foiz de femme qu'elle est putain ribaulde, et par ce disant il semble qu'elles sachent qu'est putain ou ribaulde, et preudefemmes ne scevent que ce est de ce ; et pour ce deffendez leur tel langaige, car elles ne scevent que c'est. Deffendez leur vengence, et endoctrinez, en toute pacience, a l'exemple de Mellibee dont il est cy dessus parlé ; et vous mesmes, belle seur, soyez telle en toutes choses que par voz faiz elles puissent en vous prendre example de tout bien.

7. Or nous convient parler d'embesongner voz gens et serviteurs aux heures propres a besongner, et aux heures convenables leur *(fol. 110b)* donner repos. Sur quoy, chere seur, sachiez que selon les besongnes que vous avez a faire, et que vos gens sont propres plus a une besongne que a l'autre, vous et dame Agnes la beguine (qui avec vous est pour vous aprendre contenance sage et meure et vous servir et endoctriner, et a laquelle principalement je donne la charge de ceste besongne) la devez diviser et crier, et commander l'une besongne a l'un, et l'autre besongne a l'autre. Et se vous leur commandez mainte-

---

159. c. Car p. *B²*(*remplace* Mais *B*). **163.** s. doivent elles parler de *B*. **168.** me empressez si *B*. **169.** m. du c. *B*. **172.** i celles f. gouliardoises d. aucunefoiz *B*. **173.** p. ou quelle est r. *B*. **173-174** et par ce disant... ribaulde *omis AC*. **175.** q. se e. *A*. **186.** b. comme a *AC*.

semaine, mais en fait elles l'ignorent; elles ne doivent pas savoir ce qu'est une chose qui saigne. Les prudefemmes en ignorent tout : elles abhorrent de voir seulement le sang d'un agneau ou d'un pigeon que l'on tue devant elles. Bien évidemment, les femmes ne doivent pas proférer de mots grossiers comme « con » ou « cul » ou tout autre mot évoquant d'autres parties intimes : il ne sied pas à une femme d'en parler. J'ai entendu une fois une histoire à propos d'une jeune prudefemme. Elle se trouvait assise serrée entre ses amis et amies. Il advint alors que pour rire elle dit aux autres : « Vous me serrez si fort que j'ai bien la moitié du con qui plisse. » Bien qu'elle l'eût dit par jeu et entre amis, pensant se montrer gaillarde, cela n'empêcha pas que les autres prudefemmes sages, ses parentes, la prirent à part pour la blâmer. *Item*, certaines femmes dévergondées disent parfois d'une femme qu'elle est une putain ribaude ; en disant cela il semble qu'elles sachent ce qu'est une putain ou une ribaude. Les prudefemmes ne savent pas ce que c'est. Pour cette raison, défendez à vos servantes d'utiliser un tel langage : elles ne savent pas ce qu'il en est. Prévenez leur contestation et instruisez-les avec grande patience, comme pour Mélibée dont on a parlé ci-dessus. Et vous-même, belle amie, comportez-vous en toute occasion de façon à leur servir de modèle en toutes les qualités.

7. A présent, il nous faut parler de l'emploi du temps de vos gens et serviteurs, des heures où il convient de les faire travailler et quand il faut leur accorder du repos. Apprenez donc, chère amie, à distribuer convenablement les travaux que vous aurez à faire à vos gens, selon leurs aptitudes, avec l'aide de dame Agnès la béguine (qui est auprès de vous pour vous apprendre à vous comporter avec sagesse et maturité, pour vous servir et vous instruire ; c'est à elle que je confie principalement cette tâche). Vous devez organiser ces travaux et en instruire à haute voix vos gens, confier une première tâche à l'un, une seconde à l'autre. Si vous ordonnez à vos serviteurs

nant a faire aucune chose et iceulx voz serviteurs respondent : « Il est assez a temps ; il sera ja bien fait », ou : « Il sera fait demain bien matin », tenez le pour oublyé ; c'est a recommancier, c'est tout neant. Et aussi de ce que vous commanderez generalement a tous, sachiez que l'un s'entend a l'autre ; c'est comme devant ; si soyez advertye, et dictes a dame Agnes la beguine qu'elle voye commencier devant elle ce que vous avrez a cuer estre tost fait. Et premierement qu'elle commande aux chamberieres que bien matin les entrees de vostre hostel (c'estassavoir la salle et les autres lieux par ou les gens entrent et se arrestent en l'ostel pour parler) soient au bien matin balleyez et tenues nectement, et les marchepiez, banquiers, et fourmiers qui illec sont sur les fourmes, despoudrez et escovez. Et subsequemment les autres chambres pareilles nectoyees et ordonnees pour ce jour, et de jour en jour ainsi comme il appartient a nostre estat.

8. *Item*, que ladicte dame Agnes vous fachiez principalement et songneusement et diligemment penser de vos bestes de chambre : comme petis chienectz, oiselectz, de chambre. Et aussi la beguine et vous pensez des autres oiseaulx domesches ; car ilz ne peuent parler, et pour ce vous devez parler et empenser pour eulx se vous en avez. Et aussi di je a dame Agnes la beguine que des autres bestes, quant vous serez au village, elle commande a ceulx a qui il appartient a en penser : comme a Robin le bergier qui pense de ses moutons, brebiz et agneaulx ; a Josson le bouvier des beufz et des thoreaulx ; a Arnoul le vacher et Jehanneton la laictiere qu'ilz pensent des vaches, genices et veaulx, truyes, cochons, pourceaulx ; a Endeline, femme du mectoyer, qu'elle pense des oes, oisons, coqs, gelines, poucins, coulons, pigons ; au chartier au mectoyer qu'il pense de noz chevaulx, jumens et les semblables. Et doit ladicte beguigne, et aussi vous devez, faire semblant devant vos gens qu'il vous en souviengne, que vous y congnoissiez et que vous l'avez a

---

204. baloiez et *B*. **205.** et tenus n. B^2. **206.** d – et escous B^2. **207.** p. nectiees et *B*. **208.** en jour *omis A*. **210.** q. par l. B^2. **215.** et penser p. *B*. **219.** b. quil p. *B*. **220.** t. et A. *B*. **224.** c. ou m. *B*.

de faire tout de suite une chose et qu'ils vous répondent : « Rien ne presse, cela sera fait à temps » ou « Je le ferai tôt demain matin », vous pouvez tenir cet ordre pour oublié ; tout est à recommencer, vous avez parlé en pure perte. Par ailleurs, si vous leur ordonnez quelque chose en parlant à la cantonade, sachez que l'un se repose sur l'autre, et c'est encore comme si vous n'aviez rien dit. Soyez donc avertie. Demandez à dame Agnès la béguine de faire commencer sous ses yeux un travail que vous souhaitez être rapidement exécuté. En premier lieu, il faut qu'elle ordonne aux chambrières de bien balayer et de tenir impeccable l'entrée de votre maison (à savoir la salle principale et les autres pièces par où les gens passent en entrant et où ils s'attardent pour discuter). De même, les tabourets et les différentes housses qui se trouvent sur les sièges doivent être époussetés et secoués. Ensuite les pièces restantes doivent être nettoyées et rangées pour la journée de la même manière, et ainsi chaque jour, comme il sied à notre état.

8. *Item*, veillez à ce que dame Agnès pense avant tout à vos animaux domestiques, les petits chiens et les oiseaux en cage[1] : qu'elle s'en occupe avec soin et diligence. Occupez-vous aussi avec la béguine des autres oiseaux domestiques : ils ne peuvent parler, vous devez donc parler et penser pour eux à partir du moment où vous en avez. Je me charge de dire à dame Agnès la béguine, lorsque vous serez sortie en ville, d'ordonner à qui de droit de pourvoir les autres bêtes : Robin le berger, par exemple, ses moutons, ses brebis et agneaux ; Josson le bouvier, les bœufs et les taureaux ; Arnoul le vacher et Jeanneton la laitière, qu'ils s'occupent des vaches, des génisses et des veaux, des truies, des cochons et des pourceaux ; Endeline, la femme du métayer, des oies, des oisons, des coqs, des poules, des poussins, des colombes et des pigeons ; et que le charretier ou le métayer s'occupe de nos chevaux, juments et leurs semblables. La béguine tout autant que vous, vous devez devant vos gens donner l'apparence d'avoir tout cela présent à l'esprit, de vous y connaître et d'y attacher beaucoup d'importance, et

---

1. Les « oiseaux en chambre » et autres animaux domestiques étaient très appréciés au Moyen Age, et non pas seulement dans les foyers fortunés.

cuer ; car par ce en seront ilz plus diligens. Et faictes faire, s'il vous en souvient, par voz gens penser du bude d'icelles bestes et oiseaulx ; et y doit ladicte dame Agnes embesongnier ceulx et celles qui y sont propres. Et sur ce est a noter que a vous appartient bien a faire savoir par ladicte dame Agnes, beguine, le conte de voz moutons, brebiz et aigneaulx, et les faire reviseter et enquerir de leur acroissement *(fol. 111a)* et descroissement, ne comment ne par qui elles sont gouvernees ; et elle le doit rapporter a vous, et entre vous deux le devez faire enregistrer.

9. Et se vous estes en pays ou il ait repaire de loups, je vous enseigneray maistre Jehan, vostre maistre d'ostel, ou voz bergiers et gens de les tuer sans coup ferir par la recepte qui s'ensuit : *Recepte de pouldre pour tuer loups et regnars. Recipe* la racine de lectoire de cavarade (c'est lectoire qui fait fleur de couleur blanche) et faictes sechier icelle racine meurement et sans souleil, et gecte hors la terre, et adonc face en pouldre en ung mortier. Et avec celle poudre mectez la cinquiesme partie de voirre bien moulu et la .iiiie. partie de la feuille de liz ; et tout soit meslé et pilé ensemble, et tellement qu'il se puisse passer ou tribler. *Item* ait et miel et sang fres, autant de l'un comme de l'autre, et mesle parmy de la pouldre dessusdicte et face paste qui soit dure et fort, et gros morseaulx rontz du gros d'un oeuf de poule, et queuvre iceulx morseaulx de sang frez et les mecte sur les pierres ou tuillectes es lieux qu'il savra que loups et renars repaireront. Et se il veult faire admorse de une vieille beste morte, faire le peut deux ou troiz jours devant. *Item*, sans faire morceaulx peut il la pouldre gecter sur la charongne.

10. Ainsi vous et la beguine embesongnez les unes de voz gens aux choses et besongnes qui leur sont propres. Et aussi dictes a maistre Jehan le despencier qu'il envoye

---

230. du vivre de i. *B*. **231.** A. la b. *B*, A. beguinez *C*. **236.** d. et c. et p. *B*². **244.** de canarade c. *B*. **245.** f. sechiez i. *A* et face *(remplace* fasse) *B*². **248.** p. mette la *B*. **251.** ou cribler I. *B*². **251.** et saing f. *BC*, et sain – f. *B*². **255.** de sain *(avec trace d'effacement partiel d'un* g) f. *B*², de sanc f. *C*, ou cuillectes es *B*. **258.** I. faire f. *B*.

ainsi ils seront plus diligents. Et si vous y pensez, vérifiez que vos gens s'occupent du fourrage de ces bêtes et oiseaux : dame Agnès doit y préposer ceux et celles qui s'y connaissent. A ce sujet, il faut noter qu'il vous appartient de faire relever par dame Agnès la béguine le nombre de vos moutons, brebis et agneaux, qu'elle le vérifie régulièrement pour vous tenir au courant de leur augmentation ou diminution, de la personne qui s'en occupe et de quelle manière ; elle doit vous en faire le rapport et à vous deux, vous devez le faire noter.

9. Si vous vivez dans un pays où il y a des loups, j'instruirai pour vous maître Jean, notre intendant, ou vos bergers et gens afin qu'ils les tuent sans recourir aux armes grâce à la recette que voici : *Recette de poudre pour tuer loups et renards*. *Recipe*[1] la racine de lectoire de cavarache[2] (la lectoire à fleur blanche) et faites sécher cette racine parfaitement, mais sans l'exposer au soleil ; retirez-en la terre, réduisez-la ensuite en poudre dans un mortier. Rajoutez à cette poudre une part d'un cinquième de verre bien broyé et une part d'un quart de feuille de lis, et mélangez le tout et pilez si finement qu'on puisse le passer ou le broyer. *Item*, on doit ajouter une quantité égale de miel et de sang frais à cette poudre et en faire une pâte dure et compacte, et former de grosses boules de la taille d'un œuf de poule. On doit répandre du sang frais sur ces morceaux et les exposer sur des pierres ou de petites tuiles aux endroits hantés par les loups et les renards. Si on veut se servir d'une vieille bête morte pour en faire un appât, on peut s'y prendre deux ou trois jours auparavant. *Item*, sans faire les boulettes on peut aussi répandre la poudre directement sur la charogne.

10. C'est ainsi qu'avec la béguine vous distribuez les tâches à vos gens selon leurs compétences. Dites aussi à maître Jean l'intendant d'aller ou d'envoyer quelqu'un inspecter vos gre-

---

1. Prenez.
2. Plante médicinale utilisée pour préparer des poisons d'après Tobler-Lommatsch.

ou face envoyer les autres reviseter vos greniers, remuer
et essorer vos grains et autres garnisons. Et se vos
mesgnies vous rapportent que les ras dommagent voz
blefz, lars, frommages et autres garnisons, dictes a maistre
Jehan qu'il les peut destruire en six manieres : *Primo*, par
avoir garnison de bons chatz ; .ii°., par ratieres et sori-
cieres ; *tercio*, par engin d'aisselles appuiees sur
buchectes que les bons serviteurs font ; .iiii°. par faire
tourtelles de paste de frommage frit ensemble et poudre
de riagal, et mectre en leur repaire ou ilz n'aient que
boire ; *quinto*, se vous ne les pouez garder qu'ilz ne treuvent a boire, il convient faire de l'espurge par morcellects,
et lors, si les avalent, ou plus tost buveront, et plustot
enfleront et mourront ; *sexto*, prenez r° de riagal, deux
onces fin arcenic, ung quarteron gresse de porc, une livre
fleur de farine de fourment et .iiii. oeufz ; et de ce faictes
pain et cuisiez au four et tailliez par lesches et les clouez
a ung clou.

11. Or revieng encores a ma matiere de faire embesongner vos gens, vous et la beguine, en temps convenable
par vos femmes essorer, esventer et reviseter voz draps,
couvertures, robes et fourrures, pennes et autres telles
choses. Surquoy sachiez et dictes a voz femmes que pour
conserver et garder voz pennes et draps, il les convient
essorer souvent pour eschever les dommages que les vers
y peuent faire. Et pour ce que telle vermine se congree par
remolissement du temps d'amptone et de yver, et naissent
sur l'esté, en iceulx temps convient les pennes et les draps
mectre a bon souleil et beau temps et sec ; et se il seur-
vient une nue noire et moicte qui s'assise sur vos robes, et
en tel estat *(fol. IIIb)* vous les ployez, cest air envelopé et
ployé dedans vos robes couvera et engendrera pire vermine que devant. Et pour ce choisissiez bel air qui soit
continue et bien sec ; et tantost que vous verrez autre gros
air seurvenir, avant qu'il soit venu vers vous, faictes

---

266. f. ne a. *B*. **269.** p. engins d. *BC*, a. sur – b. *B²*. **270.** iiii° pour f. *AC*, p. et f. *B*. **275.** l. se ilz l. a. et p. buront *B*. **276.** r° omis *AC*, f. arcenit u. *B (B² comme AC)*. **277.** u. quartron g. *B²*. **288.** y pueent f. *B*, c. par le *B* ramolissement du t. d'auptonne *B²*. **292.** u. nuee n. *BC*.

II, iii : Les domestiques, le vin, le cheval

niers, remuer et mettre à sécher vos grains et autres réserves. Si vos domestiques vous signalent que les rats abîment vos blés, votre lard, vos fromages et autres réserves, dites à maître Jean qu'il peut en venir à bout de six manières. *Primo*, en possédant de bons chats ; deuxièmement, à l'aide de pièges à rat et de souricières ; *tertio*, grâce à un dispositif avec des planchettes en équilibre sur des bâtons[1], que les bons serviteurs savent fabriquer ; quatrièmement, en confectionnant des tartelettes en pâte de fromage frit avec de la poudre d'aconit[2] qu'on pose dans leurs nids, en veillant à ce qu'ils n'aient rien à boire ; *quinto*, si vous ne pouvez les empêcher de trouver à boire, il faut couper en morceaux une éponge, s'ils en avalent, plus tôt ils boiront et plus tôt ils enfleront et mourront ; *sexto*, prenez une once d'aconit, deux onces d'arsenic fin, un quart de livre de graisse de porc, une livre de fleur de farine de froment et quatre œufs ; faites-en un pain que vous cuirez au four, puis vous le couperez en lamelles que vous accrocherez avec un clou.

11. Je reviens encore une fois à la question du travail à donner à vos gens ; vous devez, avec la béguine, faire aérer, éventer et inspecter vos draps, couvertures, habits, fourrures, peaux et autres affaires. A ce propos, sachez et dites à vos femmes que pour conserver et garder en état vos peaux et vos vêtements, il faut les aérer souvent pour éviter que les larves de mites ne les abîment. Comme cette vermine se reproduit lorsque le temps devient humide en automne et en hiver, et que les jeunes naissent à l'approche de l'été, c'est à ce moment-là qu'il faut exposer les peaux et les vêtements au bon soleil par beau temps sec ; mais si un nuage noir survient, que vos affaires sont humidifiées au contact de l'air et qu'ensuite vous les pliez ainsi, l'air enfermé et comprimé dans vos vêtements couvera et engendrera une vermine plus calamiteuse qu'auparavant. Choisissez donc un jour de grand beau temps où l'air soit bien sec. Si vous voyez alors arriver un autre gros temps, faites mettre à l'abri vos vêtements avant qu'il soit sur vous ;

---

1. On aura reconnu un trébuchet.
2. Plante vénéneuse.

mectre vos robbes a couvert, et escourre pour oster la grosse pouldre, puis nectoier a unes verges seches.

12. Et la beguine scet bien, et le vous dira, que se il y a aucune tache d'uile ou autre gresse, le remedde est tel : Ayez pissat, et le chauffez comme tiede, et mectez la tache tremper dedens par deux jours, et puis estraingnez le drap ou est la tache sans le tuerdre ; et se la tache ne s'en est alee, si le face dame Agnes la beguine mectre en ung autre pissat et batre ung fiel de beuf avec, et face l'en comme devant. Ou vous faictes ainsi : Faictes prendre de la terre de robes et tremper en leissive, puis mectre sur la tache et laissiez secher, et puis froter. Et se la terre ne s'en va legierement, si faictes moullier en laissive et laissiez encores secher, et frotez tant qu'elle s'en soit alee. Ou se vous n'avez terre de robes, faictes mectre cendres tremper en lessive et icelles cendres bien trempees mectez sur la tache. Ou vous faictes prendre de bien nectes plumes de poucins, et moulliez en eaue bien chaude pour la laissier la gresse qu'elles avront prinses. Et remoulliez en eaue necte, bien refrotez aussi, et tout s'en ira. S'il y a sur robe de pers aucune tache ou destaincture, faictes prendre une espurge et la moulliez en clere et necte laissive, puis espraigniez et traingniez sur la robe en frotant la tache, et la couleur y revendra. Et se sur quelzconques autres couleurs de drap y a tache de destainture de couleur, faictes prendre de la laissive bien necte et qui point n'ait coulé sur drappeaulx, et mectre avec la cendre sur la tache et laissiez secher ; puis faictes froter et la premiere couleur revendra. Pour oster tache de robe de soye, satin, camelot, drap de Damars ou autre : trempez et lavez la tache en vertjus, et la tache s'en yra. Et mesmes se la robe est destaincte se revendra elle en sa couleur (ce que je ne croy pas). (Vertjus. *Nota* que ou temps que le vertjus nouvel se fait, l'en en doit prendre sans sel une fiole et la garder ; car ce vault pour oster tache de robe et la mectre en sa couleur, et est tousjours bon, et nouvel et vieil.)

---

303. p. espraignez le *B*. **304.** le tordre et *B*. **306.** un fief d. *AC*. **312.** na. terres de *B*. **322.** t. de. de *B*. **327.** de Damas ou *B*, de Damais ou *C*. **329.** d. si r. *B*. **330.** q. au t. *B*. **332.** la remettre en *B*.

faites-les secouer pour en faire partir le plus gros de la poussière, puis faites-les nettoyer à l'aide de quelques baguettes sèches.

12. La béguine sait et vous dira comment faire disparaître une tache d'huile ou de graisse : procurez-vous du pissat, faites-le chauffer jusqu'à ce qu'il soit tiède ; faites-y tremper le vêtement taché pendant deux jours, puis, sans le tordre, pressez-le ; si la tache n'est pas partie, que dame Agnès la béguine le mette dans un autre pissat où elle mélangera en le battant du fiel de bœuf, puis qu'elle procède comme précédemment. Vous pouvez prendre encore de la terre à foulon[1] ; faites-la tremper dans de la lessive. Etalez-la sur la tache, laissez sécher, puis frottez. Si la terre ne se décolle pas facilement, mouillez-la de nouveau avec de la lessive, laissez sécher puis frottez jusqu'à ce qu'elle parte. Si vous n'avez pas de terre à foulon, faites tremper de la cendre dans la lessive, puis étalez-la bien mouillée sur la tache. Ou encore utiliser des plumes de poussin bien propres, qui seront trempées dans de l'eau bien chaude pour les débarasser de la graisse dont elles se seront imprégnées. Changez d'eau, frottez bien à nouveau et tout s'en ira. Si sur une robe de drap bleu il y a une tache ou un endroit décoloré, prenez une éponge, mouillez-la dans une lessive claire et propre, puis pressez-la et passez-la sur la robe en frottant la tache, et la couleur reparaîtra. Si les couleurs d'un vêtement ont déteint sur un autre vêtement, faites préparer de la lessive bien nette qui n'ait coulé sur aucun tissu ; répandez-la sur la tache en ajoutant des cendres et laissez sécher. En frottant, la première couleur reviendra. Pour faire partir une tache sur un habit de soie, de satin, de camelot, de drap de Damas ou autres tissus précieux, il faut faire tremper puis laver la tache dans du verjus et elle partira. Et même si l'habit est décoloré, il retrouverait sa couleur initiale (mais à vrai dire j'en doute). (Verjus. *Nota* qu'il faut en prendre une fiole sans ajouter de sel au moment où le verjus nouveau se fait, et la conserver ; le verjus, qu'il soit jeune ou vieux, est toujours un bon moyen pour enlever la tache d'un vêtement et lui faire reprendre sa couleur.)

---

[1]. Pichon suggère que la « terre de robes » pourrait être cette terre argileuse dont on s'est servi encore au XIXe siècle pour enlever les taches de graisse.

13. *Item*, et se aucunes de voz pennes ou fourrures ont esté moulliees et se soient endurcies, faictes deffourrer le garnement et arrouser de vin la penne qui est dure, et soit arrousee a la bouche ainsi comme ung cousturier arrouse d'eaue le pan d'une robe qui veult retraire. Et sur icelluy arrousement faictes gecter de la fleur et laissiez sechier ung jour, puis frotez tresbien icelle penne [et elle revendra] en son premier estat.

14. Or revien au propos que devant et dy que vostre maistre d'ostel doit savoir qu'il doit chascune sepmaine faire reviseter et boire de voz vins et vertjus, vinaigres, veoir les grains, huilles, noiz, poiz, feves et autres garnisons.

15. Et quant aux vins, sachiez que se ilz deviennent malades, il les convient gairir des (*fol. 112a*) maladies par la maniere qui s'ensuit :

.i. Premierement, se le vin est pourry, il doit mectre la queue en yver enmy une court sur deulx traicteaulx, afin que la gellee y frappe, et il garira.

.ii. *Item*, se le vin est trop vert, il doit prendre plain pennier de morillons bien meurs, et gecte dedens la queue par le bondonnail tous entiers, et il admendra.

.iii. *Item*, se le vin sent la sente, il doit prendre i° de seurmontain en pouldre et autant en graine de paradiz en pouldre et mectre chascune desdictes pouldres en ung sachet, et le pertuisiez d'une greffe, et puis pendez tous les deux sachez dedens la queue a cordellectes et estouppez bien le bondonnail.

.iv. *Item*, se le vin est gras, prengne .xii. oeufz et mecte boulir en eaue tant qu'ilz soient durs, et puis gectez hors le jaune et laissiez le blanc et les coquilles ensemble, et puis frire en paelle de fer, et mectre tout chault dedens ung sachet, et pertuise d'une greffe comme dessus, et pendre dedens la queue a une cordellecte.

.v. *Item*, prengne ung grant pot neuf et le mectre dessus

---

340. et elle revendra *omis* ABC. **344.** vins verjus v. *B*. **347.** quilz se d. *AC*. **348.** g. de m. *B*. **356.** s. lesvente il *B*. **359.** le pertuisier B^2, dun g. *B*. **363.** p. gecte h. *B*. **364.** et laisse le *B*. **366.** p. dun g. *B*. **368.** le mette d. *B*, le mettez d. *C (C place le § v après le § vii)*.

13. *Item*, si vos peaux ou vos fourrures ont été mouillées et se sont raidies, faites-en retirer la doublure et asperger avec du vin l'endroit durci ; il faut le projeter par la bouche comme le couturier mouille avec de l'eau le pan d'un vêtement qui a un faux pli. Une fois la peau ainsi aspergée, couvrez-la de fleur de farine, laissez sécher un jour puis frottez-la consciencieusement : elle retrouvera alors son aspect normal.

14. A présent, je reviens au propos de tout à l'heure pour vous dire que votre maître d'hôtel doit savoir qu'il est tenu de surveiller et de goûter chaque semaine vos vins, verjus et vinaigres, de contrôler les grains, les huiles, les noix, les pois, les fèves et autres provisions.

15. Quant aux vins, voilà les remèdes pour traiter leurs maladies.

i. Premièrement, si le vin se moisit, il faut poser le tonneau[1] au milieu d'une cour sur deux tréteaux, afin que la gelée le frappe ; ainsi il guérira.

ii. *Item*, si le vin est trop vert, il faut prendre un plein panier de raisins noirs bien mûrs, et les jeter tout entiers dans le tonneau par la bonde, et le vin s'améliorera.

iii. *Item*, si le vin est éventé[2], prendre une mesure de surmontain[3] en poudre et autant de graine de paradis* également en poudre ; mettre ces poudres dans deux sachets différents, les percer avec un poinçon, puis les pendre dans le tonneau à l'aide de cordelettes et bien reboucher la bonde.

iv. *Item*, si le vin est gras, il faut prendre douze œufs, les mettre à cuire dans de l'eau bouillante jusqu'à ce qu'ils soient durs ; puis en retirer le jaune, mais garder à la fois le blanc et la coquille, les faire frire dans une poêle de fer. Les mettre encore tout chauds dans un sachet percé avec un poinçon comme ci-dessus et le pendre par une cordelette dans le tonneau.

v. *Item*, prendre un grand pot neuf et le poser sur un trépied,

---

1. A la mesure de Paris, une « queue » contient un peu plus de 391 litres.
2. « Si le vin sent la sente » : la sente signifie le fond d'une cale ; la leçon de B, « esvente », doit sans doute être préférée.
3. « Sileos » ou « siler montanum » d'après *Le Grand Herbier*. G. Brereton indique qu'il s'agit d'un liquide à base de figues séchées, remède contre le souffle court.

ung trepié vuit; et quant il sera bien cuit despece le par
pieces et le gecte dedens la queue, et il guarira de la
gresse.

.vi. *Item*, pour desroussir le vin blanc, prengne plain
pennier de feuilles de houlx et gecte dedens la queue par
le bondonnail.

.vii. *Item*, se le vin est aigre, preigne une cruche d'eaue
et gecte dedens pour departir le vin de devers la lye, et
puis prengne plain plat de fourment, et mectez tremper en
eaue, et puis jectez l'eaue, et mectez boulir en autre eaue,
et faciez boulir en autre eaue tant qu'il se veuille crever,
et puis l'ostez. Et s'il en y a des grains tous crevez, si les
gectez, et apres gecte tout chault dedens la queue. Et se
pour ce le vin ne veult esclarcir, prengne plain pennier de
sablon bien lavé en Seine, et puis gecte dedens la queue
par le bondonnail, et il esclarcira.

.viii. *Item*, pour faire es vendenges ung vin fort,
n'emple pas la queue que il s'en faille deux sextiers de
vin, et frote tout entour le bondonnail, et lors il ne pourra
gecter et sera plus fort.

.ix. *Item*, pour traire une queue sans luy donner vent,
face ung petit pertuiz d'un foret empres le bondonnail, et
puis ait ung petit plastriau d'estouppes du large d'un
blanc, et puis mecte dessus, et prengne deus petites
buchectes et mectre en croiz dessus ledict plastriau, et
mecte ung autre plastriau sur lesdictes buchectes.

.x. Et pour esclarcir vin tourble, se c'est une queue,
wyde l'en deux quartes, puis le remue l'en a ung baston
ou autrement, tellement que lie et tout soit bien meslé.
Puis prengne l'en ung quarteron de oeufz, et soient batuz
moult longuement les moyeulx et les blans tant que tout
soit fin cler comme eaue, et tantost gectez apres ung quarteron d'alun batu et incontinent une quarte d'eaue clere, et

---

370. le gectes d. *A*, le gectez d. *C*. **375.** e. aigry p. *B*. **377.** et mette t.
B. **379.** et faites b. *B²*. **380.** g. le froment t. *B*. **382.** ne se v. *B*. **388.** et en s.
B. **393.** et mette en *B*. **395.** v. trouble se *BC*. **399.** que *omis A*.

à vide. Quand il sera bien cuit, le casser en morceaux et le jeter dans le tonneau, et le vin guérira de la graisse.

vi. *Item*, pour déroussir le vin blanc, il faut prendre un panier rempli de feuilles de houx et les jeter dans le tonneau par la bonde.

vii. *Item*, si le vin est aigri, il faut verser une cruche d'eau dans le tonneau afin de séparer le vin de sa lie ; puis mettre à tremper dans de l'eau un plat de froment bien rempli, renouveler l'eau et y faire bouillir le froment, puis renouveler encore l'eau : il faut faire bouillir le froment en changeant l'eau jusqu'à ce qu'il soit sur le point d'éclater ; alors, vous pouvez arrêter. Jetez les graines éclatées et versez le reste tout chaud dans le tonneau. Si le vin ne veut pas s'éclaircir, il faut verser dans le tonneau par la bonde un panier plein de sable bien lavé dans la Seine ; le vin s'éclaircira alors[1].

viii. *Item*, pour obtenir à partir du raisin fraîchement récolté un vin fort, il ne faut pas emplir complètement le tonneau, mais laisser vide l'équivalent de deux setiers[2] de vin ; bien frotter tout le pourtour de la bonde ; ainsi le vin ne pourra pas déborder et sera plus concentré.

ix. *Item*, pour prélever du vin dans le tonneau sans faire entrer de l'air, percer avec un foret un petit trou près de la bonde et le boucher avec un petit emplâtre de la taille d'un blanc[3] ; ensuite il faut poser en croix deux petites bûchettes en travers de cet emplâtre, puis en poser un second sur les bûchettes.

x. Afin d'éclaircir du vin trouble dans un tonneau, il faut en prélever deux quartes[4], puis le remuer avec un bâton ou autre chose jusqu'à ce que vin et lie soient mélangés. Puis il faut prendre un quarteron d'œufs[5], battre abondamment les blancs et les jaunes jusqu'à obtention d'un liquide clair comme de l'eau. Ajoutez aussitôt un quarteron d'alun battu et une quarte

---

1. Cette dernière phrase est la suite logique du paragraphe vi.
2. Mesure appliquée aussi bien à des liquides qu'à des substances solides, dont la valeur change selon la denrée concernée. Ici, le setier semble correspondre à huit pintes, d'après Pichon.
3. Pièce de monnaie.
4. Quatre pintes ou un gallon.
5. Ici la quatrième partie de 100.

l'estouppez, ou aultrement ilz se wyderont par le bondonnail.

16. Et apres ce, et avec ce que dit est, belle seur, faictes
commander par maistre Jehan le despensier a Richard de
la cuisine escurer, laver, nectoier et tout ce que appartient
a cuisine; et veez comme dame Agnes la beguine, quant
aux femmes, et maigre Jehan le despensier, quant aux
hommes, mectront vos gens en oeuvre de toutes pars, l'un
amont, l'autre aval; *(fol. 112b)* l'un aux champs, l'autre
en la ville; l'un en chambre, l'autre en solier ou en cuisine; et envoyeront l'un ça l'autre la, ung chascun selon
son endroit et science, et tant que iceulx serviteurs gai-
gnent leur salaire chascun et chascune en ce qu'il savra et
devra faire. Et s'ilz le font, ilz feront bien; car sachez que
paresse et oisiveté engendrent tous maulx.

17. Toutesvoyes, belle seur, aux heures pertinentes
faictes les seoir a la table, et les faictes repaistre d'une
espece de viandes largement et seulement, et non pas de
plusieurs delitables ou delicatives; et leur ordonnez ung
seul beuvrage nourrissant et non entestant, soit vin ou
autre, et non de plusieurs; et les admonnestés de menger
fort et boire bien et largement; car c'est raison qu'ilz
mengussent d'une tire, sans seoir a oultrage, et a une
alaine, sans reposer sur leur viande ou arrester ou acouster
sur la table. Et sitost qu'ilz commenceront a compter des
comptes ou des raisons, ou a eulx repposer sur leurs
coustes, commandez la beguine que on les face lever et
oster leur table. Car les communes gens dient:

*Quant varlet presche a table et cheval paist en gué,
Il est temps que l'en oste, que assez y a esté.*

Deffendez leur yvresse, et personne yvrongne ne vous
serve ne approuche, car c'est peril. Et apres leur refection

---

402. a. il se wideroit p. *B.* **409.** l'un a moult lautre aval *répété A.* **415.** silz le feront i. f. b. *A*, silz le feront b. *C.* **419.** de viande l. *B.* **420.** p. ne d. *B*, l. ordonner u. *B.* **422.** l. admonnestez de *B.* **423.** b. et menger b. *B.* **428.** on le f. *A*, on f. *C.* **430.** p. on g. *B.* **431.** quon l. *B.* **432.** et que p. *B²*, ne v. s. ne a. *répété A.* **433.** r. prise a *B.*

d'eau claire puis bouchez, car sinon ils s'écouleraient par la bonde.

16. Après tout cela, belle amie, demandez à maître Jean l'intendant d'ordonner à Richard de récurer, de laver et de nettoyer la cuisine et tout ce qui y touche. Et regardez comment dame Agnès la béguine du côté des femmes, maître Jean l'intendant du côté des hommes distribuent les tâches à vos gens, les faisant travailler partout, l'un en haut, l'autre en bas ; l'un aux champs, l'autre en ville ; l'un dans les chambres, l'autre à l'étage ou à la cuisine. Ils enverront l'un ici, l'autre là, chacun selon sa place et sa compétence, en sorte que ces serviteurs et ces servantes gagnent leur salaire chacun selon ce qu'il sait et ce qu'il doit faire. Ils feront bien de s'exécuter, car sachez que paresse et oisiveté sont la source de tous les maux.

17. De toute façon, belle amie, faites venir vos serviteurs à table aux heures convenables, et faites-leur servir un seul plat copieux, plutôt que plusieurs mets délicieux ou raffinés ; prescrivez-leur une seule boisson nourrissante et point étourdissante, c'est tout, que ce soit du vin ou autre chose ; exhortez-les à manger copieusement et à boire bien et beaucoup. Il convient qu'ils mangent sans s'interrompre, sans rester assis trop longtemps, d'une seule traite, sans s'attarder devant leur nourriture, sans rêvasser ou s'accouder à table. Aussitôt qu'ils se mettent à raconter des histoires, à discuter, à se reposer sur leurs coudes, commandez à la béguine de les faire lever et de faire ôter leur table, conformément à ce que disent les gens simples :

« Quand le valet prêche à table et que le cheval paît au gué
Il est temps de l'en faire bouger, il y a assez été. »

Défendez-leur de s'enivrer : qu'aucun ivrogne ne soit à votre service ou dans votre environnement, ce serait dangereux.

prinse a midi, quant temps sera, les laissiez par vos gens
remectre a besongner. Et apres leur second labeur et aux
jours de feste aient autre repas. Et apres ce, c'estassavoir
au vespre, soient repuz habondamment comme devant et
largement. Et se la saison le requiert, soient chauffez et
aisiez.

18. Et apres ce, soit par maistre Jehan le despensier ou
la beguine vostre hostel cloz et fermé ; et ait l'un d'eux les
clefz pardevers luy afin que nulz sans congié n'y entre ne
ysse. Et chascun soir et avant vostre coucher faictes par
dame Agnes la beguine ou maistre Jehan le despensier
faire reviseter a la clarté de la chandelle les fons de vos
vins, vertjus, vinaigre, que nul ne s'en voit ; et facent par
vostre closier ou fermier savoir par ses gens que vos
bestes soient bien affouragees pour la nuyt. Et quant vous
avrez sceu par dame Agnes la beguine ou maistre Jehan le
despensier que le feu des cheminees sera couvert par tout,
donnez a voz gens pour leurs membres temps et espace de
repos. Et ayez fait adviser paravant qu'ilz ayent chascun
loing de son lit chandellier a platine pour mectre sa chandelle, et les ayez fait introduire sagement de l'estaindre a
la bouche ou a la main avant qu'ilz entrent en leur lit, et
non mye a la chemise. Et aussi les ayez fait admonnester
et introduire chascun endroit soy de ce qui devra
commencier l'endemain, et soy lever lendemain matin et
reconmencier chascun endroit soy service ; et de ce soit
chascun advisé. Et toutesvoyes de deux choses vous
advise : l'une que se vous avez voz filles ou chamberieres
de .xv. a .xx. ans, pource *(fol. 113a)* que en tel aage elles
sont soctes et n'ont gueres veu du siecle, que vous les
faciez coucher pres de vous en garderobe ou chambre,
scilicet ou il n'ait lucanne ne fenestre basse ne sur rue ; et
se couchent et lievent a vostre heure, et vous mesmes –
qui avant ce temps serez sage, se Dieu plaist – les gardez
de pres. L'autre si est que se l'un de vos serviteurs chiet
en maladie, toutes choses mises arriere, vous mesmes

---

454. l. aye f. *A*. **457.** soy de *omis AC*, ce quil d. *B*, et de s. *B*. **459.** s. son s. *B*. **460.** c. advisiez Et *B*². **463.** g. vendu s. *B*. **465.** scilicet *omis B*. **468.** la. cest que saucun de *B*. **469.** t. c. communes m. *B*.

Après le repas de midi, quand il sera temps, faites-leur reprendre le travail. Et, les jours de fête, il faut leur accorder un autre repas après cette seconde plage de travail. Le soir, il faut les nourrir, comme précédemment, d'un plat copieux et abondant. Si la saison l'exige, qu'ils soient chauffés et installés confortablement.

18. Ensuite votre maison doit être close et fermée par maître Jean l'intendant ou la béguine. L'un des deux doit garder les clés avec lui afin que personne n'entre ni ne sorte sans permission. Chaque soir avant de vous coucher, faites inspecter par dame Agnès la béguine ou par maître Jean l'intendant, à la lueur de la chandelle, les fonds de vos tonneaux de vin, de verjus et de vinaigre afin de vérifier qu'il n'y a pas de fuite. Assurez-vous auprès de votre valet de ferme ou votre paysan que ses gens ont bien pourvu de fourrage vos bêtes pour la nuit. Quand dame Agnès la béguine ou maître Jean l'intendant vous auront prévenue que le feu est couvert dans toutes les cheminées, permettez à vos gens de se retirer pour se reposer le temps qu'il faut. Mais faites vérifier auparavant que chacun ait posé son chandelier à platine[1] loin de son lit; il faut que vous les ayez habitués par prudence à éteindre la bougie, en soufflant ou avec les doigts, juste avant de se mettre au lit, et non tant qu'ils sont encore en chemise[2]. Il faut aussi que chacun ait été personnellement informé et prévenu de ce par quoi il lui faudra commencer le lendemain, qu'il doit se lever tôt et reprendre son travail particulier : chacun doit en avoir été instruit. J'attire cependant votre attention plus particulièrement sur deux points : le premier, c'est de faire coucher non loin de vous dans un cabinet adjacent ou une chambre sans lucarne, sans fenêtre basse donnant sur la rue vos filles et chambrières qui ont entre quinze et vingt ans, parce qu'à cet âge-là elles sont ignorantes et n'ont rien vu du monde; elles doivent se coucher et se lever en même temps que vous qui serez sage avant vos vingt ans, si Dieu le veut; surveillez-les de près. L'autre point, c'est quand un de vos serviteurs tombe malade : alors, toutes vos autres préoccupations doivent être secon-

---

1. Avec un large pied.
2. On couchait nu au XIVe siècle.

pensez de luy tresamoureusement et charitablement, et se
le revisetez et pensez de luy ou d'elle tresamoureusement
en avançant sa garison, et ainsi avrez acomply cest article.

19. Or veuil je en cest endroit vous laissier repposer ou
jouer et non plus parler a vous ; vous esbaterez ailleurs. Je
parleray a maistre Jehan le despencier qui noz biens gouverne, afin que se aucun de noz chevaulx tant de charrue
comme a chevauchier est en essoine, ou qu'il couviengne
achecter ou eschanger, qu'il s'i congnoisse ung petit.

20. Sachiez donc, maistre Jehan, que cheval doit avoir
.xvi. condicions. C'estassavoir troiz des condicions du
renart : c'est courtes oreilles droictes, bon poil et fort, et
roide queue bien pelue ; du lievre .iiii. : c'estassavoir
maigre teste, bien esveillé, de legier mouvant, viste et tost
alant : du beuf quatre ; c'estassavoir la harpe large et
grosse et ouverte, gros bouel, gros yeulx et saillans hors
de la teste, et bas enjointé ; de l'asne troiz : bon pié, forte
eschine, et soit debonnaire ; de la pucelle .iiii. : beaulx
crins, belle poitrine, beaulx rains et grosses fesses.

21. Maistre Jehan, mon amy, qui veult achecter un
cheval il le doit premierement veoir a l'estable ; car la voit
l'en s'il est en main de affecteur ou non et s'il est bien ou
mal gardé, s'il a bonne cocte et comment il siet sur le fien.
Apres ce, a l'issir de l'estable, s'il a courtes et droictes
oreilles, maigre ou grasse teste, bonne veue et saine, et
bons yeulx gros, saillans dehors la teste, et puis taster
dessoubz gencives qu'il y ait grant entredeux et bonne
ouverture et large, et qu'il n'y ait gourme, bube ne malen,
et que l'entree du gavion ne soit en riens despecié.

22. Et puis, mon amy maistre Jehan, tu te dois

---

470. se *omis* B, de. trescurieusement en B. **472.** sa garnison et A. **479.** S.
dont m. B. **482.** b. plue d. AC. **483.** assavoir *omis* B. **484.** la herpe l. g.
B. **487.** .iiii. cestassavoir b. B. **490.** v. en le. B. **496.** d. les g. B. **497.** ne maler
et AC. **498.** r. empeschee B.

daires ; occupez-vous de lui très affectueusement et charitablement, allez le voir souvent et donnez-lui des soins avec beaucoup de gentillesse pour accélérer son rétablissement : ainsi vous aurez accompli toutes les instructions concernant cet article.

19. A présent je m'arrête de vous parler et vous accorde un peu de repos, une récréation ; allez vous amuser ailleurs tandis que je parlerai à maître Jean l'intendant qui administre nos biens, afin que si un de nos chevaux de labour ou de trait n'est pas en état de servir, s'il faut en acheter un nouveau ou procéder à un échange, il ait quelques connaissances sur ce sujet[1].

20. Sachez donc, maître Jean, qu'un cheval doit posséder seize qualités. Trois qualités du renard : des oreilles courtes et droites, le poil sain et vigoureux et une queue raide et bien fournie. Quatre qualités du lièvre : une tête fine, les sens bien éveillés, de la souplesse, la démarche rapide et prompte. Quatre qualités du bœuf : des hanches larges, grosses et ouvertes, de grosses entrailles, de grands yeux saillants et les jambes bas implantées. Trois qualités de l'âne : bon pied, forte échine et bon caractère. Et quatre qualités de la jeune fille : un beau crin, une belle poitrine, de bons reins et de grosses fesses.

21. Maître Jean, mon ami, celui qui veut acheter un cheval doit d'abord le voir à l'écurie : c'est là qu'on peut s'assurer s'il appartient à un fourbe ou non, s'il est bien ou mal soigné, s'il se tient bien au repos[2], examiner son fumier. Une fois sorti de l'écurie, on peut vérifier si ses oreilles sont courtes et droites, si sa tête est maigre ou grasse, si sa vue est bonne et saine, s'il a de bons et grands yeux saillants, et en tâtant les gencives s'il a les dents bien espacées, s'il n'a ni gourme[3], ni bubon ni chancre, et si l'ouverture du gosier est parfaitement intacte.

22. Ensuite, maître Jean, mon ami, tu dois être capable

---

1. Dans le développement qui suit, on doit souligner l'extrême précision du vocabulaire. Beaucoup de termes survivent encore de nos jours, mais ne sont accessibles qu'aux spécialistes des chevaux. Se reporter à Fraisse (E. C.) 1927, *Le Cheval*, Paris, Hachette ; notre traduction s'appuie sur ses explications.

2. C'est Pichon qui suggère cette interprétation de « cocte », comparant le mot à « coite », de « quies », tranquille, tout en maintenant un point d'interrogation.

3. Maladie spécifique du cheval, caractérisée par l'inflammation des voies respiratoires.

congnoistre a l'aage dont il est. Assavoir est que quant ung cheval a deux ans il a ses dens nouvelles, blanches, deliees et pareilles. Au .iiie. an les trois dens de devant luy muent, et dedens icelluy .iiie. an deviennent plus grosses assez et plus bonnes que les autres. Au .iiiie. an les deux dens qui sont aux deux costés d'[icelles] troiz dens muees luy muent, et deviennent pareilles aux troiz dont dessus est parlé. Au cinquiesme an les autres muent. Au .vi[e]. an viennent les crochez dont le fons est creulx, et est le feve ou fons du creulx. Au .viie. an les bors du creux des crochés si usent, et n'y a maiz point de creux ne de feve, et devient tout plat et tout aonny, et de la en avant on n'y congnoist aage.

23. Apres ce, maistre Jehan, tu doiz adviser se le cheval a bonne encontre et bonne herpe et ouverte, qu'il ne soit courbé ne fuiselé (et s'il est durié, c'est bon signe); et par entre les deux jambes de devant regardez (*fol. 113b*) aux deux jambes de derriere qu'il n'y ait espavain ou corbe. Espavain dedens le plat de la cuisse de derriere est, et s'apperçoit mieulx par entre les deux jambes de devant. Courbe est a icelluy endroit que devant, et plus sur le derriere; car elle tient au bout du geret derriere sur le bout de la joincte de la queue en devalant. Et est au commencement une petite bossecte qui agrandist, et est longuecte et gist au long et dessoubz le ply du gueret. Et quant on veult gracieusement parler devant marchans, on dist ainsi : «Veez cy ung bon cheval, il est long et esgarecté», et lors on entend que c'est adire qu'il est corbeux.

24. Apres ce, maistre Jehan mon amy, tu doiz aler au costé et regarder s'il est point grevé soubz la seelle; car en cheval qui ait tendre doz ne vous fiez. Gardez aussi qu'il ne soit bleciez au garet, *item*, qu'il ait bon bouel, s'il est point batu d'esperons, qu'il n'ait grosses coulles, qu'il

---

500. a. Dont il *B*, a. q. *B*, Assez q. *C*. **505.** dicelluy t. *ABC*, diceulx t. *B²*. **517.** deux *omis B*. **518.** a. esparvain ou *B*, c. Esparvain d. *B*. **518.** le plat *répété A*, le plat de la plat de *C*. **521.** p. que d. *AC*. **532.** b. ou jarret i. *B*.

d'évaluer son âge. Lorsqu'un cheval a deux ans, il a ses nouvelles dents, blanches, espacées et égales. Dans sa troisième année, les trois incisives se transforment, devenant plus grandes et plus vigoureuses que les autres. La quatrième année, c'est le tour des deux crochets qui encadrent les trois incisives ; ils deviennent pareils aux premières. La cinquième année, les autres dents se modifient, et la sixième année poussent les crocs, pourvus d'une petite cavité : c'est la « fève » ou « fond du creux ». La septième année, les bords de cette cavité s'usent et la marque noire disparaît. La dent devient plate et égale[1] : à partir de là on ne peut plus évaluer l'âge du cheval.

23. Ensuite, maître Jean, tu dois examiner si le cheval possède une bonne allure, un poitrail solide et large, s'il n'a ni courbe[2] ni fusée[3] ; s'il a des durillons, c'est bon signe. Regardez entre les jambes de devant pour vérifier qu'il n'y ait ni éparvin ni courbe aux jarrets des jambes arrières[4]. L'éparvin se trouve dans le plat de la cuisse arrière et pour cette raison le repère-t-on mieux en regardant entre les jambes de devant. La courbe est au même endroit, mais davantage sur l'arrière : elle se fixe sur l'extrémité du jarret arrière au point où touche la queue lorsqu'elle pend. Au commencement, ce n'est qu'une petite grosseur qui grandit ; elle est oblongue et se trouve le long et en dessous du pli du jarret[5]. Lorsqu'on veut rester poli devant le marchand on dit : « Voilà un bon cheval, il est long et possède de gros jarrets », on insinue alors qu'il a la courbe.

24. Ensuite, maître Jean mon ami, tu dois inspecter les flancs pour voir s'il n'y a point de blessure à l'endroit où l'on pose la selle : ne vous fiez pas à un cheval au dos délicat. Regardez aussi s'il n'est pas blessé au garrot, *item* s'il a un bon ventre, s'il n'est point meurtri par les éperons, si ses testicules

---

1. Lorsque la dent est jeune et recouverte d'émail, on peut y observer « une petite cavité appelée cornet dentaire au fond de laquelle il y a un bouchon de cément. » Lorsque la dent est usée et que l'ivoire apparaît, « la cavité de la pulpe se comble peu à peu par de l'ivoire. (...) Le cornet dentaire disparaît lui aussi peu à peu ; au moment où il est disparu, on dit que la dent est "rasée". » Fraisse, op. cit., pp. 81-82.
2. Tare dure et osseuse à la face interne et supérieure du jarret.
3. Ou « fusiés », origine fréquente de paralysie.
4. L'éparvin, contrairement à la courbe, est une tumeur calleuse et se situe à la face interne inférieure du jarret.
5. Le pli du jarret est l'angle que forme la jambe avec le canon.

ait long corps; car on dist ung cheval plat quant il n'est
pas ront ne bien esquartelé. Veez aussi quelle chiere il fait
par l'aparence de ses oreilles et de ses yeulx, et par
l'esmouvement de sa teste et le remuement de ses piez, et
gardez bien qu'il n'ait malandres, molectes, ne suros, ne
soit crapeulx, ne s'entretaille de la jambe de l'autre lez;
car d'illec le peut l'en bien veoir. Apres ce que dit est,
doit l'en adviser que le cheval ait maigres jambes, larges
et plates, et qu'il n'ait pas les genoulx couronnez, et que
les joinctes de dessus les couronnelles ne boutent mye
devant. Et regardez s'il a piez gras et combles, piez
fenduz, faulx quartiers, piez avalez, crapaudines ou
fourme. (Fourme sur couronnelle est quant au travers sur
le coup du pié a une subaudeure qui se hausse, et en huit
jours est fourmee aussi derriere comme devant. Et durant
ce qu'elle est entiere l'en l'appelle fourme, et fait piez
avalez; mais quant elle est crevee l'en dit crapaudines, et
ne garist l'en puis, et est sur le bout de la couronnelle du
pié.)

25. Apres, comme dit est, tu dois aler au costé et
regarder s'il est point grevé soubz la selle ne au garret, s'il
a bon bouel, s'il est point batu d'esperons, qu'il n'ait
grosses coulles, qu'il ait long corps, quel chiere il fait par
l'aparence de ses oreilles et de ses yeulx et par l'esmouvement de sa teste et remuement de ses piez, et gardez
bien qu'il n'ait malandres (malandre est dedens le garrez
derriere). Gardez aussi qu'il n'ait molectes ne suros, ne ne

---

539. c. ne ne se. *B*. 547. u. soubaudreure q. *B*, u. subaudrure q. *C*. 553. aler et le reste du § 25 *omis C*. 554. ne ou g. *B*. 558. et le r. *B*. 560. ne soit *omis A*.

ne sont point trop gros et si son corps est bien long ; on appelle plat un cheval qui n'est pas assez rond ni large sur pattes. Regardez également quelle mine il a en examinant ses oreilles et ses yeux, les mouvements de sa tête et l'agitation de ses pieds ; vérifiez bien qu'il n'ait ni crevasses au genou ni mollettes[1], ni suros[2] et qu'il ne soit pas crapouleux[3], et qu'il ne se coupe pas la jambe de l'autre côté[4] : tout cela, on peut le vérifier de cette position. Ensuite, il faut vérifier si les jambes du cheval sont maigres, larges et plates et si les genoux ne sont pas couronnés[5] et si les articulations de dessus les os de la couronne ne sont pas proéminentes. Regardez s'il a les sabots gras et gonflés ou fendus, s'il a des quartiers anormaux, des pieds plats, crapouleux ou s'il a des formes[6]. (Les formes sur la couronne, c'est une enflure couvrant la cheville du cheval. En huit jours elle se développe, devenant forme devant comme derrière. Tant qu'elle est entière, on l'appelle forme. C'est elle qui provoque les pieds plats. Lorsqu'elle est crevée, on l'appelle « crapaudine » ; désormais on ne peut plus la guérir. Elle se trouve sur le bout de la couronnelle du pied.)

25[7]. Ensuite, tu dois inspecter les flancs pour voir s'il n'y a point de blessure sous la selle et au garrot, s'il a un bon ventre, s'il n'est point meurtri par les éperons, si ses testicules ne sont point trop gros et si son corps est long ; quelle mine il a en examinant ses oreilles et ses yeux, les mouvements de sa tête et l'agitation de ses pieds ; vérifiez bien qu'il n'ait ni crevasses au genou (à l'intérieur du jarret arrière). Veillez également qu'il n'ait point de mollettes, de suros, de crapauds et qu'il ne

---

1. Les *molettes* apparaissent autour de l'articulation du boulet et du parturon.
2. Les *suros* sont des tares dures du canon.
3. Le *crapaud* est une maladie « caractérisée par une inflammation des tissus vivants du pied, principalement sur les pieds postérieurs. » Fraisse, op. cit., p. 58.
4. Sans doute une jambe qui penche et qui en bougeant écorche la face interne des boulets avec le fer opposé.
5. La couronne est placée au-dessus du sabot. La tumeur qui pousse un peu au-dessus de la couronne est appelée *javart*, ou javart cartilagineux, espèce de chancre pouvant causer la boiterie.
6. Les *formes* sont des tares osseuses du paturon et de la couronne. Elles font boiter le cheval.
7. Visiblement, notre auteur, s'étant fait copieur, exécute sa tâche de manière mécanique car il ne s'aperçoit pas qu'il répète presque textuellement le paragraphe précédent.

soit crapeulx ne qu'il s'entretaille de l'autre lez, car illec le peux tu bien veoir.

26. Apres va par derriere et garde qu'il ait les fesses escartelees et bien secourcees, belle queue et bien pelue et
565 sarrant aux fesses que on ne la puisse sourdre; car c'est bon signe quant le cheval a bon et fort quoier, saines coulles. Et encores de rechief advise qu'il ne s'entretaille ne ne soit crapeulx ne rongneulx, ne qu'il n'ait javart et rongne, et par entredeux icelles jambes derriere qu'elles
570 ne soient arçonnees parmy le millieu comme .i. arc, et au dessoubz qu'il n'y ait esparvain, molecte, suros dedens la jambe ou dehors, ou malandre, et qu'il ne *(fol. 114a)* s'entretaille ne n'ait crappe ne rape ne derriere ne devant.

27. Apres le couvient veoir trotter bellement de rechief
575 en sa droicte aleure commune, et adviser adonc s'il lieve ses piez onniement et egaulment d'un hault et d'une legiereté, se il plye bien ses jambes devant et qu'elles ne soient mie roiddes, s'il escout sa teste, s'il soufle du nez et oeuvre ses narines, et s'il est loing en la main; car toutes
580 ces choses sont de bon signe. Apres le doiz faire trocter fort, et prendre garde se il trocte bel, et qu'il ne s'entretaille ne ateigne; puis faire courre et aler les galoz, et lors regarder a certes s'il a grosse alaine, si souffle, et qu'il ait grosse alaine par la bouche, se les flans luy halectent, ou
585 qu'il soit pouciz (et ce peut aussi estre veu dessoubz la queue); puis le veoir l'endemain a froit et savoir en l'estable comment il se tient sur le [fien], puis trotter et aler les galoz et reveoir s'il est pouciz (et ce peut estre veu dessus la queue); puis le veoir et savoir de rechief aux
590 champs et ailleurs s'il est bon aux esperons. *Nota*, maistre Jehan, que, es festes de Flandres, se vous avez barguaigné et sceu le pris d'un cheval et vous demandez a le veoir courre, *eo ipso* vous vous departez de toutes les autres

---

561. de la jambe de la. *B.* **562.** le peut tu *A.* **564.** b. scourcees b. *AC.* **565.** ne le p. *AC.* **568.** c. .i. (= *id est*) r. *B.* **568.** j. .i. (= *id est*) r. *B.* **570.** s. aconnees p. *A.* **571.** la *omis B.* **578.** s. mies r. *A.* **579.** et ouvre s. *BC.* **579.** e. long en *B.* **582.** c. ou a. *B.* **583.** a. sil s. et quil a. grant et g. *B.* **587.** le sien p. *ABC.* **593.** de tous l. *B²*.

se coupe pas la jambe de l'autre côté : tout cela, tu peux bien le voir dans cette position.

26. Passe ensuite à l'arrière pour voir s'il a la croupe large et bien rebondie, une belle queue bien fournie et si bien attachée aux fesses qu'on ne peut pas la soulever : c'est bon signe si le cheval a un bon et solide arrière-train, et des testicules sains. Une fois encore assure-toi qu'il ne penche pas, qu'il n'est ni crapouleux, ni rogneux[1], qu'il n'a ni javart ni rogne, que les jambes arrières ne sont point arquées, qu'en-dessous il n'y a ni éparvin ni mollette ni suros à l'intérieur ou à l'extérieur de la jambe, ni crevasse, et qu'il ne penche pas, qu'il n'a ni crape ni rape, que ce soit devant ou derrière.

27. Ensuite, il faut le voir trotter le temps qu'il faut dans son allure habituelle, et vérifier alors s'il lève les sabots de manière harmonieuse et égale, à la même hauteur et avec la même légèreté ; s'il fléchit bien ses jambes de devant et si elles ne sont pas raides, s'il remue sa tête, s'il souffle du nez en ouvrant les naseaux, et s'il réagit vite : tous ces signes sont de bon augure. Puis il faut le faire passer au trot rapide et surveiller qu'il ait une allure régulière, qu'il ne penche pas ni ne se coupe. Ensuite, il faut le faire courir et galoper pour vérifier avec attention sa respiration, s'il souffle, s'il respire vigoureusement par la bouche, s'il a l'haleine ample, si les flancs battent ou s'il est poussif (on peut également le constater en vérifiant sous la queue). Puis le lendemain il faut retourner le voir au repos et examiner dans l'écurie son fumier. Le faire trotter et galoper ensuite pour vérifier à nouveau s'il est poussif (on peut aussi le voir en examinant le dessous de la queue) ; puis à nouveau le regarder dans les champs ou ailleurs pour vérifier s'il réagit bien à l'impact des éperons. *Nota*, maître Jean, que si aux fêtes de Flandres vous avez marchandé et appris le prix d'un cheval et que vous demandez à le voir courir, *eo ipse* vous pouvez être tranquille par rapport à toutes les autres tares pos-

---

1. Sans doute affection de la corne du sabot.

vices; tellement que s'il est bon a l'esperon et qu'il queure il est vostre, quelque autre tache qu'il ait.

28. Maistre Jehan, s'aucun cheval est que ait passé aage et soit trouvé sans suros, malandre, courbe, entretaille, molectes *et similia*, c'est adonc a entendre qu'il est affermé, et que puis qu'il a passé sa jeunesse sans tache jamaiz n'en avra aucune.

29. *Item*, tant est ung cheval plus court, maistre Jehan, tant a plus fort eschine. *Item*, tant plus dur trocte tant plus est fort. *Item*, maistre Jehan, s'il est delié sur la poincte d'embas c'est mauvais signe.

30. Maistre Jehan, se vous voulez engressier pour vendre ung de noz chevaulx, *primo* soit etreillié, lavé et tenu nectement, et fresche lectiere. *Item*, s'il ne fut pieça seigné, si le faictes saignier des costez (c'est du ventre), car icelle seigniee des costez est propre pour leur donner bon bouel. Puis luy emplissiez son ratellier de tresbon foing d'une part, et de feurre d'avoine d'autre part. Puis prenez .iiii. boisseaulx de bien necte paille de fourment, deulx boisseaulx de bran, ung boissel de feves menues et ung boissel de avoine; et meslez tout ensemble et luy en donnez .iiii. foiz le jour avant boire. *Item*, apres, boive de l'eaue de riviere chauffee au soleil ou sur le fumier, ou en yver chauffee sur le feu; et y ait du son dedens une toille, car sans toille le cheval toussiroit comme s'il eust mengié plume. Puis mengusse du foing; puis pour prouvendre comme dessus; ou se c'est cheval de petit pris, ait (*fol. 114b*) avant boire troiz foiz d'orge boulu et apres boire feves et bran et bien pou de avoine.

31. *Oingnement pour les piez de chevaulx*. Prenez ung .iiii.^{on} de suif de bouc, ung .iiii.^{on} de cire, ung .iiii.^{on} de terbentine, ung .iiii.^{on} de poiz rasine et boulez tout ensemble, et oingniez les piez des chevaulx. *Item*, ayez ung drappel moullié en viez oint, et mectez ou font du pié, et de la fiente avec.

---

602. d. drocte t. *A*, d. t. maistre Jehan t. *B*, d. trocte t. *C*. **606.** de – noz *B*², s. estrille l. *B*. **615.** a. boire de *AC*. **619.** p. prouvende c. *BC*. **621.** f. orge b. *B*. **625.** p. rasinez et *C*. **627.** m. on v. *B*. **627.** oint *omis AC*, ou fons d. *BC*.

sibles : s'il est bon à l'éperon, et qu'il court, il fait votre affaire, quelque autre défaut qu'il ait.

28. Maître Jean, si l'on trouve un cheval qui a dépassé l'âge pour être évalué sans suros, malandre, courbe, entretaille, mollettes *et simila*, cela signifie qu'il est sûr : comme il a passé sa jeunesse sans tare, il n'en aura jamais.

29. *Item*, plus un cheval est court sur pattes, maître Jean, plus il a l'échine vigoureuse. *Item*, plus il trotte dur, plus il est fort. *Item*, maître Jean, s'il est délicat sur la pointe inférieure, c'est mauvais signe.

30. Maître Jean, si dans la perspective de le vendre vous voulez engraisser un de vos chevaux, *primo* il faut l'étriller, le laver et le tenir propre sur une litière fraîche. *Item*, si la dernière saignée remonte loin, faites-le saigner des flancs (c'est-à-dire au ventre), car cette saignée-là a la vertu de fortifier les entrailles. Puis remplissez son râtelier de très bon foin d'une part, et de paille et d'avoine d'autre part. Puis prenez quatre boisseaux de paille de froment bien nette, deux boisseaux de son, un boisseau de petites fèves et un boisseau d'avoine. Mélangez le tout et nourrissez-l'en quatre fois par jour avant de lui donner à boire. *Item*, il faut qu'il boive de l'eau de rivière chauffée au soleil ou sur le fumier, et en hiver sur le feu. Il faut lui donner du son dans une musette en toile, sinon le cheval tousserait comme s'il avait mangé des plumes. Qu'il mange du foin ensuite. Puis, pour le vendre cher, faites comme ci-dessus. S'il s'agit d'un cheval de peu de valeur, qu'on lui donne, avant de le faire boire, trois fois de l'orge bouillie et après l'avoir fait boire, des fèves, du son et bien peu d'avoine.

31. Onguent pour les pieds des chevaux. Prenez un quarteron de suif de bouc, un quarteron de cire, un quarteron de térébenthine, un quarteron de résine ; mélangez le tout et enduisez-en les pieds des chevaux. *Item*, entourez tout le pied d'un torchon ayant trempé dans du vieil onguent et du fumier.

32. Pour gairir de rappe, crappe, et rongne et javart, lavez d'uille de chenviz avec eaue batue ensemble; et s'il n'en gairist, il le couvient seignier de la poincte du pié.

33. *Item*, est a noter que quant ung cheval est seignié du col l'en le doit tenir lié hault, et faire petit mengier et hault; car le debatement des mandibules et du col le pourroient faire escrever. *Item*, le convient abeuvrer le plus loing de la seignee que l'en peut, et lier hault pour ce que le baisser la teste le fait escrever. *Item*, se le cheval est de grant pris, si soit veillié de nuyt.

34. Malandre veult estre lavee .ii. foiz le jour de chault pissat ou chaude eaue. *Item*, *idem* grosses jambes derriere. Et se ainsi l'en ne peut garir, que l'en face restrainctif: c'estassavoir de sanc de dragon, d'aubun de eufz, ou plastre bien sassé et aubun d'eufz, et liez par bendeaulx entour la jambe, puis sechier a ung tison de feu par derriere.

35. Quant cheval pert la veue, faictes mouldre du [sain] de voirre vieil, et luy gecte l'en dedens l'ueil a ung tuel.

36. Quant cheval a tranchoisons, faictes le mectre par terre, et puis luy faictes mectre a ung cornet ung quarteron de quelque huille dedens le cul, et puis le faictes chevauchier tant qu'il sue, et il garira.

37. Quant cheval a vives, il luy couvient dire ces troiz mocts avec troiz patenostres: + *abgla* + *abgli* + *alphara* + *asy* + *pater noster*, etc.

38. Contre farsin te couvient ce couver par .ix. jours, et chascun jour en jenn dire par troiz foiz, et chascune foiz dire trois patenostres et touchier le mal: + *In nomine Patris + et Filii + et Spiritus Sancti + Amen. + Je te conjur, mal felon, de par Dieu omnipotent et de par le Pere et de par le Fil et de par le Saint Esperit et de par tous les sains et par tous les anges de Nostre Seigneur Jhesucrist, et par*

---

629. c. r. et *B*. **630.** de chevenis a. *B*, de chennevis a. *C*. **633.** f. petitement m. *B*. **638.** s. veillez de *B*². **641.** f. restrainctifs c. *B*. **643.** s. ou a. *A*, s. et ou a. *C*. **646.** du seing de s. *A*, du saing de v. *B*, *comme A mais* seing *effacé C*. **654.** t. patrenostres *B*, t. paternostres *C*. **655.** f. et te *B*. **656.** a jeun d. *B*, en jung d. *C*. **657.** c. f. t. patrenostres et *B*, t. paternostres et *C*. **660.** le filz et *BC*.

II, iii : *Les domestiques, le vin, le cheval*

32. Pour remédier à la rape, à la crape, à la rogne et au javart, lavez-le avec un mélange bien battu d'huile de chanvre et d'eau. S'il ne guérit pas, il faut alors le saigner de la pointe du pied.

33. *Item*, il faut noter que lorsqu'un cheval est saigné à l'encolure, on doit lui maintenir la tête vers le haut, et lui donner sa nourriture en petite quantité et haut placée : autrement, le mouvement des mandibules et du cou pourrait rouvrir la blessure. *Item*, après la saignée il convient d'attendre aussi longtemps que possible avant de lui donner à boire, et attacher haut la tête car la blessure peut se rouvrir s'il la baisse. *Item*, si c'est un cheval de grande valeur, il faut le veiller pendant la nuit.

34. La malandre requiert d'être lavée deux fois par jour avec du pissat ou de l'eau chaude. *Item, idem* pour une enflure des jambes arrières. Si ce remède ne le guérit pas, que l'on fabrique alors un cataplasme avec du sang-de-dragon[1] et du blanc d'œuf ou encore du plâtre bien tamisé et du blanc d'œuf ; entourez la jambe à l'aide de bandelettes et faites sécher par-derrière avec un tison enflammé.

35. Si le cheval perd la vue, faites moudre du vitriol et à l'aide d'une canule injectez-le dans l'œil.

36. Si le cheval a des coliques, faites-le se coucher et avec un cornet faites-lui injecter dans l'anus un quarteron d'une huile quelconque, puis faites-le monter jusqu'à ce qu'il soit en sueur, et il guérira.

37. Si le cheval a des ganglions derrière la mâchoire, il faut lui réciter, avec trois *Notre Père*, ces mots trois fois : + abgla + abgli + alphara + asy + pater noster, etc.

38. Lorsque le cheval est atteint de farcin[2], il faut pendant neuf jours mettre un pansement sur l'endroit affecté et réciter chaque jour à jeun trois fois, avec trois *Notre Père* et en touchant l'abcès, ces mots : + In nomine Patris + et Filii + et Spiritus Sancti + Amen. Je te conjure, mal félon, par Dieu Tout-Puissant, et au nom du Père et du Fils et du Saint-Esprit et au nom de tous les saints et de tous les anges de Notre-Sei-

---

1. Résine tirée du dragonnier qu'on utilisait pour ses propriétés astringentes.
2. Terme de vétérinaire désignant la morve dans sa manifestation cutanée (ulcère, abcès, boutons).

toutes les vertuz que Dieu donna a parolles ne en voix,
par les vertuz que Dieu fist de faire le ladre gairir de sa
maladie, et que tu, mal felon, ne ailles plus avant; et que
665 ne doubles ne ne enfles n'en fenestres n'en fistulles, neant
plus que firent les cinq playes Nostre Seigneur Jhesucrist; et aussi le monde sauva et par ceulx se firent les
cinq playes de Nostre Seigneur. In nomine Patris + et Filii
+ et Spiritus Sancti + Amen.

670   39. S'aucun cheval est morfondu, il couvient tantost
faire seigner des jambes devant, au plus baz et au hault du
plat des cuisses, et recueillir le sanc et *(fol. 115a)*
d'icelluy oindre les piez. Puis torcher de faing moullié, et
pourmener sans boire et sans menger; et dedens .iiii.
675 heures ou environ mectre ung restraintif sur les couronnelles, a fin qu'il ne face piez neufz, et le convient pourmener sans arrest .xxxvi. heures et luy donner a la main
du foing s'il en veult menger; et ne boive point d'un jour
naturel. Et apres .xxiiii. heures depuis la segnee, boive de
680 l'eaue chaude avec du bran; et pendant ledit temps et
tantost apres ce qu'il sera seignié, soit couvert de troiz
linceulx moulliez, tout a ung foiz; et au bout de .xxxvi.
heures ou plus (c'estassavoir quant il se prendra a menger
du bran, et faire bonne chiere, et qu'il avra fienté) luy face
685 l'en bonne lictiere et blanche, et le face l'en reposer, puis
pourmener. Et quant il yra de bon cuer, si luy oste l'en
ung jour ung drap, l'autre jour l'autre, et le tiers l'autre;
et ne luy donne l'en fors brennee a boire et a menger
jusques a ce qu'il face bonne chiere. Aucuns leur donnent
690 du beuvrage de pommes a ung cornet; et de tout le mares-
chal peut avoir franc et demy.

---

662. les vertuz *répété* A, d. en p. *B*. **668.** de n. s. Jhesucrist I. *B*. **670.** il le
c. *B*. **673.** de foing m. *B*, de saing m. *C*. **676.** ne f. pie *B*, nuef B^2 *C*. **681.** s.
seignez. B^2. **688.** ne *omis AC*.

gneur Jésus-Christ, par tout le pouvoir dont Dieu a investi la parole et la voix, au nom des forces grâce auxquelles Dieu fit guérir le lépreux de sa maladie : toi, mal félon, ne t'étends pas ; ne t'avise pas de doubler de volume ou d'enfler, ni de t'ouvrir ou de former des fistules, pas plus que ne firent les cinq plaies de Notre-Seigneur Jésus-Christ qui sauva le monde, ce qui lui valut ces cinq plaies. In nomine Patris + et Filii + et Spiritus Sancti + Amen.

39. Si un cheval a contracté un catarrhe, il faut aussitôt faire saigner les jambes de devant, aux deux extrémités basse et haute du plat des cuisses, recueillir le sang et en oindre ses pattes. Ensuite les essuyer avec du foin mouillé et le promener ainsi sans lui donner ni à boire ni à manger : dans les quatre heures, poser un cataplasme sur les couronnes pour empêcher le mal de proliférer, le promener sans interruption trente-six heures durant, lui donner du foin à la main s'il en veut. Qu'il ne boive pas pendant une journée. Vingt-quatre heures après la saignée, il doit boire de l'eau chaude enrichie de son. Aussitôt après la saignée et pendant toute cette durée il faut le couvrir de trois draps mouillés superposés ; au bout de trente-six heures ou plus (à savoir lorsqu'il se mettra à manger du son avec appétit, et qu'il aura fait ses besoins), on doit lui préparer une bonne litière blanche ; qu'il se repose, puis on doit de nouveau le promener. Lorsqu'il marchera de bon cœur, on peut ôter le premier drap, le lendemain le second, et le troisième le surlendemain ; qu'on ne lui donne que du son dans de l'eau jusqu'à ce qu'il recouvre l'appétit. Il y en a qui donnent un breuvage de pommes dans un cornet. Et qu'on donne au maréchal-ferrant pour tous ces soins un franc et demi.

[III ii]

1. En acomplissant ce que je vous ay promis cy dessus, chiere seur, je met cy apres ce que je say d'espreveterie, afin que en la saison vous vous y esbatiez se vostre plaisir y est. Et sur ce, au commencement, vous devez savoir que
5 l'en tient communement que ung bon espreveteur en la saison recroist d'espreveterie .ix. chiens et troiz chevaulx, se il veult bien continuer et faire son devoir au mestier. Et aussi tient l'en que le droit cuer de la saison d'espreveterie bonne ne dure que environ six sepmaines, que il couvient
10 voler aux cailles. C'est assavoir depuis le moiz de juillet que l'en treuve les volees des premiers perdrialx, jusques en aoust qu'ilz deviennent fors, qu'il convient voler aux cailles. Et lors se afoiblie le deduit, car depuis que les perdriaulx sont failliz et que l'en ne treuve que les peres
15 et les meres qui sont fors, l'en ne les peut prendre fors au voulon – c'est assavoir au fouldre – et de ce sera parlé cy

---

Pas de rubrique en ABC. **6.** s. recroit de. *B.* **10.** depuis *répété A.* **15.** au boullon (?) *B.* **16.** au sourdre et *B.*

[III ii]¹

1. Chère amie, conformément à ce que je vous ai promis ci-dessus, je vais consacrer la suite à ce que je sais sur l'autourserie², afin que si cela vous plaît, vous puissiez y trouver un divertissement, la saison venue³. Pour commencer, vous devez savoir à ce sujet qu'à l'approche de la saison, un bon éleveur prépare pour la chasse neuf chiens et trois chevaux s'il veut continuer à bien faire ce métier. On considère qu'avec un épervier la meilleure période pour la chasse à vol ne dure que six semaines environ, après quoi on doit se rabattre sur les cailles. C'est-à-dire du mois de juillet où l'on rencontre les premiers vols de perdreaux jusqu'en août où ils deviennent forts et où l'on est contraint de chasser les cailles. Par la suite, le plaisir est moins grand car à partir du moment où les jeunes perdreaux ne peuvent plus être chassés, on ne trouve plus que leurs parents qui sont si vigoureux que l'épervier ne peut les prendre qu'au vol, c'est-à-dire en fondant sur eux au moment où ils

---

1. Les manuscrits insèrent ici le traité de chasse à vol à l'épervier, initialement prévu en troisième distinction (cf. annonce du plan, Prologue, 23) dont seulement ce second article semble avoir été rédigé. Nous suivons l'édition Brereton, fidèle aux manuscrits, contrairement à Pichon qui, respectant l'ordre théorique, le fait figurer après la fin de la deuxième distinction.
2. Terme consacré pour parler du dressage de l'autour et de l'épervier exclusivement, alors que l'on parle de *fauconnerie* quand il s'agit de l'éducation du faucon en général. C'est l'un des « déduits » aristocratiques les plus prisés au Moyen Age, pendant la Renaissance et jusqu'au siècle dernier. Comme le chapitre précédent, ce traité se caractérise par l'extrême précision du vocabulaire technique. Se reporter à A. Belvalette, *Traité d'autourserie*, Paris, Librairie Poirault, 1887.
3. L'auteur se sert principalement de trois sources : *le Livre des déduits, Modus et Ratio,* et le *Livre de Chasse* de Gaston Phébus.

apres quant l'en parlera du voler. Maiz a ce commencement il sera premierement parlé des chiens et apres du cheval, et en oultre de la nourreture et duisson de l'esprevier prins ou ny. Et en oultre sera parlé du branchier et en oultre du muiier.

2. Premierement, qui veult avoir bon deduit de l'esprevier, il est neccessité que assez tost apres Pasques l'espriveteur se garnisse d'espaingnoz et qu'il les maine souvent aux champs querir les cailles et les perdriz, et des lors les duise et chastie et tant face que aumoins en juing il en soit pourveu de troiz bons, duiz pour le mestier, qui congnoissent *(fol. 115b)* les oiseaulx, et que deslors il les mecte au lien et les garde bien ; car en celle saison ceulx qui en sont despourveuz les emblent voulentiers. Et les doit l'en-actachier et faire leurs gistes et leur lit dessoubz ou encoste la perche ou son esprevier sera percié quant il l'avra, afin que lors l'esprevier les voye continuellement [et congnoisse], et aussi qu'ilz congnoissent l'esprevier. Et est assavoir que tous espaignolz qui sont bons pour la chasse du lievre ne sont pas bons pour le deduit de l'esprevier ; car ceulx qui sont bons pour le lievre queurent apres et le chacent et quant ilz l'ataignent le mordent, arrestent et tuent se a ce sont duiz, et autel pourroient il faire a l'esprevier. Et pour ce ceulx qui scevent bien trouver les perdriz et la caille et ne queurent point apres l'esprevier – ou s'ilz y vont si sont ilz duiz que tantost que ilz voient que l'esprevier a lyee et abatue la perdriz ou autre oisel et la tient soubz luy, s'arrestent et ne s'approuchent point – iceulx espaignolz sont bons et les autres non.

3. *Item*, ceulx qui sont jennes, fors et roiddes et qu'ilz sont trop hastiz, trop loingtains, ne sont pas bons, pour ce

---

19. e. pris au *B*. **21.** du muier *B*. **26.** s. pourveuz de *B*. **32.** s. perchiez *B*², q. il avra *AC*. **33.** et congnoissent et *A*, et les congnoisse et *B*, et lors les congnoissent et *C*. **38.** et la chacent *A*. **39.** se ad ce *C*, p. ilz f. *B*. **41.** p. ou la c. *B*. **42.** silz ilz v. *A*, si s. ilz si d. *B*. **46.** j. et f. *B*, qui s. *B*.

s'envolent : on en parlera plus loin au sujet du vol[1]. En ce début, il sera d'abord question des chiens, puis du cheval, de la nourriture et du dressage de l'épervier pris au nid. Par ailleurs, on parlera du branchier et de l'épervier mué[2].

2. En premier lieu, l'éleveur qui veut passer du bon temps en pratiquant ce divertissement doit impérativement s'entourer dès après Pâques d'épagneuls[3] ; il doit souvent les mener aux champs à la recherche des cailles et des perdrix afin de les dresser et de les éduquer, pour qu'au plus tard au mois de juin il en possède trois bons, formés à cette chasse, qui soient accoutumés aux oiseaux. Dès lors il doit les attacher et bien les garder contre les voleurs qui, manquant de chiens dressés, sévissent en cette saison. Il faut donc les attacher et préparer la niche où ils dorment sous ou à côté de la perche sur laquelle se trouvera l'épervier, une fois capturé : l'oiseau doit voir continuellement les chiens et les connaître, et vice versa. Mais il faut savoir que les épagneuls qui se distinguent dans la chasse au lièvre ne sont pas de bons chiens pour la chasse à vol avec l'épervier. Car dressés à courir après le lièvre et à le chasser, puis à le mordre quand ils l'ont atteint, à l'immobiliser et à le tuer, ils pourraient agir de la même manière avec l'épervier. Seuls les épagneuls qui savent bien dénicher les perdrix et la caille sans poursuivre l'épervier sont de bons chiens, à moins qu'ils ne soient dressés à courir à l'épervier une fois qu'il a lié dans ses serres et abattu la perdrix ou un autre oiseau qu'il maintient sous lui, et à condition qu'ils s'arrêtent à une distance respectable.

3. *Item*, les jeunes chiens qui sont forts et vigoureux, qui sont trop impatients et qui s'éloignent trop ne sont pas de bons

---

1. Voir paragraphe 33.
2. L'épervier est appelé « niais » quand il a été pris au nid ; il est dit « branchier » quand il est capturé au moment où il commence à voleter de branche en branche ; l'épervier « sor » a changé de plumage en captivité, par opposition à l'épervier « mué » ou « mué des champs » qui a tout juste un an lorsqu'il est pris, c'est-à-dire qu'il a déjà fait une mue en liberté, et l'épervier « hagard » qui a plus d'un an quand on le capture.
3. Cf. *Livre de Chasse* de Gaston Phébus : ces chiens s'appellent ainsi parce qu'ils viennent d'Espagne ; ils se distinguent par leur qualités dans la chasse à vol avec l'épervier, mais ce sont là leurs seules qualités car ils sont remplis de défauts à l'image du pays dont ils viennent, notamment « rioteurs » et « grans abayeurs », art. 20.

qu'ilz queurent trop devant et trop loing de l'esprevier. Et quant ilz treuvent la perdriz ou autre oisel et ilz la font lever, l'esprevier qui est loing ne peut venir a temps, et se laisse de voler apres, et en la fin n'y peut actaindre et demeure lassé et blasmé ; et si n'est point sa faulte – car il a bien volé – maiz est la faulte de l'espreveteur qui n'a par avant mis ses chiens en si grant subjection qu'ilz s'arrestassent a son escry. Et qui pis est, se l'esprevier est ainsi deux fois foulé, il craindra a y plus voler et ne s'embatra plus ; car l'esprevier se resjoist et enhardist quant il est tousjours dessus et met a mercy tout ce a qui il vole, et au contraire se effroidist et actardist quant il est foulé ou grevé par les oiseaulx. Et par ce me semble qu'il couvient que l'espreveteur soit sage d'avoir duit ses chiens pour querir pres de luy et de donner le vol a point. Et pour ce je croy que les espaingnolz aagez qui queurent ainsi comme deux ou troiz toises devant l'esprevier sont bons. Et puis que ainsi est que l'en ne scet au commencement quelz ilz seront, celluy qui a entencion de les mectre en besongne en la saison d'espreveterie, les doit devant le temps affaictier et tenir liez et en subjection de verges ou de fouet, afin qu'ilz le craingnent et que quant il les menra aux champs et il les escryera ou appellera : *arriere! arriere!* qu'ilz se arrestent et l'actendent, et retournent a leur maistre s'ilz voyent qu'il tourne autre chemin. Et s'ilz sont ainsi duiz, ilz ne feront nul mal a l'oisel quant l'en les escryera, et seront bons.

4. *Item*, il est assavoir de la nature des jennes chiens que tant plus les (*fol. 116a*) menrez aux champs souvent de jour en jour et de heure en heure et plus leur donrez de paine et de travail a querir es champs depuis l'aube du jour jusques a la nuyt, et l'endemain et chascun jour commencier, et plus les chastierez, puis qu'ilz seront bien nourriz et ensemble, plus vous craindront et aymeront et suivront voulentiers et seront bons. Maiz soiez diligent que si tost que vous serez a l'ostel, que vous mesmes, ou vos gens devant vous, donnez tresbien a menger a voz

---

50. se lasse *B*. **58.** t. au dessus et *B*. **61.** les prevetier s. *B, corrigé en* lespreveteur s. *B²*. **63.** q. aussi c. *B*. **77.** de paine *répété A*. **78.** a querre es *B²*.

chiens car ils devancent et distancient trop l'épervier. Lorsqu'ils découvrent la perdrix ou un autre oiseau, ils la font lever et l'épervier arrivant trop tard s'épuise à voler à sa poursuite sans pouvoir l'atteindre ; il se lasse et ne récolte que du blâme alors que ce n'est pas sa faute – il a bien volé – mais celle de son maître qui n'a pas assez d'autorité sur ses chiens pour qu'ils s'arrêtent à son appel. Et, qui pis est, si l'épervier est ainsi lésé deux fois de suite, il redoutera désormais de chasser une proie et ne fondra plus sur elle. Car l'épervier est content et s'enhardit tant qu'il a le dessus ; il réduit alors à merci tout ce qu'il atteint. Mais il devient craintif et hésitant s'il est lésé ou nargué par les oiseaux. Pour cette raison je suis d'avis que l'épreveteur doit être assez sage pour dresser ses chiens à chasser à ses côtés et pour faire s'élancer l'épervier au bon moment. Ainsi j'estime que sont de bons chiens les épagneuls d'un certain âge qui courent à une distance de deux à trois toises devant l'épervier. Et comme au début on ignore leur nature, l'éleveur qui a l'intention de les employer à la saison de la chasse doit les entraîner à l'avance, les tenir attachés, les soumettre par les verges ou le fouet, afin qu'ils le redoutent et que, lorsqu'il les mènera aux champs et qu'il les hélera en appelant « arrière ! arrière ! », ils s'arrêtent pour l'attendre, et qu'ils le rejoignent lorsqu'ils voient qu'il prend un autre chemin. S'ils sont ainsi dressés, ils ne feront aucun mal à l'oiseau quand on les appellera : ce seront de bons chiens.

4. Lorsqu'on a affaire à de jeunes chiens, il faut savoir que plus vous les mènerez aux champs, jour après jour et heure après heure, plus vous vous montrerez exigeant en les faisant peiner et chercher dans les champs de l'aube jusqu'à la tombée de la nuit pour recommencer le lendemain et tous les jours, plus vous les corrigerez, dans la mesure où ils seront élevés correctement et toujours ensemble, plus ils vous craindront et plus ils vous aimeront, et mieux ils vous suivront : ils seront de bons chiens. Aussitôt rentré à la maison, dépêchez-vous de donner vous-même à manger à vos chiens, ainsi que de l'eau

chiens, puis a boire en une paelle de eaue bonne et necte. Et puis soient couchiez sur belle lictiere de feurre en quelque lieu chault, ou au feu se ilz sont moulliez ou croctez, et soient tousjours tenuz a la subjection du fouet. Et se ainsi le faictes, ilz ne dorront nul ennuy a la table ne au dressouer ne ne coucheront sur les liz. Et se ainsi ne le faictes, vous pouez savoir que quant ilz ont traveillé et ont fain, pour ce qu'il est neccessité qu'ilz vivent, ilz quierent soubz la table et happent sur le dressouer ou en la cuisine une piece de chair ou viande, et s'entremordent et font des ennuiz pour pourchasser leur vie ; et en ce faisant se traveillent et ne reposent point, et si demeurent truans et diffamez ; et ce est vostre faulte et non la leur. Et pour ce, se vous voulez estre tenu bon esprevetier, pensez premierement a vostre esprevier et de voz chiens et puis de vous. *Item*, aucuns dient que a chiens qui abeent l'en leur doit donner a menger du poumon de mouton ou de brebis et ilz n'abayeront plus. Ce qu'il en est, je ne scay.

5. *Item*, il convient estre pourveu et avoir ung cheval basset et aisié pour monter et descendre souvent, qui soit paisible au chevauchier, sans fretillier, ne tournoyer, ne tourner la bride, ne regiber, ne faire autres empeschemens qui doient empescher a l'esprevier quant il sera reclamé. Et qu'il se teigne tout coy, et tout arresté actende son maistre quant il sera descendu, et aussi [se] tiengne bien coy et bien paisible au remonter.

6. Et pour ce que je vous ay devant dit qu'il est neccessité d'avoir des premiers espreviers, sachiez que les espreviers commencent a couver – c'est assavoir les premiers – a la saint George qui est le [.xxiij[e].] jour d'avril, et couvent six sepmaines. Et pour ce, des le temps dessus dit jusques au commencement de juing, l'en doit espier les ayres des espreviers ; lesquelz l'en peut trouver tant par leurs aires comme par leur charnier, car communement leur charnier est fait sur ung arbre qui a regard a

---

98. b. esperveteur p. *B*, *corrigé en* b. esprivetuer p. *B[2]*. **102.** p. Et q. *B*. **103.** e. pourveuz et *B[2]*. **105.** ne tirer la *B*. **109.** a. le t. *AB(?)C*, a. se t. *B[2]*. **112.** les premiers e. *AC*. **114.** le xxviij[e]. j. *ABC*, le xxiij[e]. j. *B[2]*. **117.** t. et aparcevoir t. *B*.

fraîche et claire dans une bassine ou, si vous le faites faire par vos gens, que ce soit en votre présence. Qu'ils se reposent ensuite sur une belle litière de paille à un endroit chaud, près du feu s'ils sont mouillés ou crottés ; mais qu'ils soient toujours soumis par le fouet. Si vous en disposez ainsi, ils ne commettront pas de dégâts sur la table ou le dressoir ; ils ne s'installeront pas sur les lits. En revanche, si vous ne suivez pas ces conseils, vous pouvez être sûr que, tenaillés par la faim après avoir beaucoup peiné, ils quémandent sous la table, happent des morceaux de viande ou d'autres victuailles sur le dressoir ou à la cuisine, se mordent et font d'autres bêtises afin de pourvoir à leurs besoins. Qui plus est, en s'agitant ainsi, ils ne se reposent pas et demeurent voleurs et décriés : c'est votre faute, et non la leur. Donc, si vous voulez être considéré comme un bon épreveteur, commencez par vous occuper de votre épervier et de vos chiens avant de penser à vous. *Item*, d'aucuns disent qu'aux chiens qui aboient il faut donner du poumon de mouton ou de brebis pour les faire taire. Je ne sais pas si c'est vrai.

5. *Item*, il faut posséder un cheval bas sur pattes pour monter et descendre aisément aussi souvent que c'est nécessaire. Il doit être calme lorsque vous le montez ; il ne doit ni frétiller, ni tourner autour de lui-même, ni tourner bride, ni regimber, ni faire d'autres caprices qui pourraient gêner l'épervier lorsqu'il sera réclamé[1]. Quand son maître descend, il doit se tenir parfaitement tranquille et immobile en l'attendant ; qu'il se tienne aussi coi et calme lorsqu'il remonte.

6. Je vous ai dit au début qu'il est nécessaire de prendre les premiers éperviers de la saison ; sachez donc que les adultes commencent à couver à la Saint-Georges, le 23 avril. Ils couvent pendant six semaines. Dès la Saint-Georges donc, et jusqu'au début du mois de juin, il faut chercher à découvrir les aires des oiseaux. En effet, on peut les repérer grâce à leurs aires et leurs charniers. Les charniers se trouvent le plus souvent sur un arbre orienté face à l'aire, à une distance d'un trait

---

1. On dit « réclamer » l'oiseau de poing (autour, épervier), par opposition au « rappel », terme utilisé pour les oiseaux de leurre (gerfaut, sacre, lanier, faucon).

leur aire, et est aussi au trait d'un arc de leur dit aire. Et sur icelluy hault arbre les espreviers descharnent les coulons ramiers et autres oiseaulx qu'ilz ont prins et laissent cheoir les os a terre, et detrenchent a leur bec et despiecent la chair qu'ilz portent en leur aire a leurs faons qui lors ont le bec trop *(fol. 116b)* tendre. Et par les osselés peut l'en apparcevoir le charnier, et par le charnier peut l'en trouver l'aire. Et est a noter que en la fin du moiz de may ou au commencement du moiz de juing les premiers espreviers d'icelle saison escloent. Si couvient lors entendre de soy pourveoir d'iceulx premiers espreviers, car les premiers espreviers sont plustot avanciez et pres de voler. Et pour ce que chascun desire avoir des premiers espreviers et pour les avoir tous bons espreveteux sont tousjours traitres et larrons l'un a l'autre, tellement que l'un frere les [vouldroit] embler a l'autre : pour la quelle chose qui veult avoir des premiers espreviers il doit faire tant enquerir et encerchier qu'il sache aucun aire d'espreviers, et les prendre ou ny avant que nul autre. Et est assavoir que les meilleurs et plus fors espreviers sont ceulx qui se paissent de coulons ramiers ou autres groz oiseaulx, et ceulx font leurs aires sur bas arbres pour ce qu'ilz ne peuent porter hault si gros oyseaulx.

7. Or convient il donc savoir comment ilz seront nourriz se ilz sont prins si jennes que ilz ne aient que deux jours. Si sachiez sur ce au commencement : il est bon qu'ilz soient nourriz plusieurs espreviers ensemble, ou esprevier et mouchez, ou esprevier et poucins, afin qu'ilz s'entrejoingnent et gardent la chaleur naturelle l'un a l'autre. Et ceste chaleur naturelle est leur souveraine nourreture, car se ilz seuffrent tant soit petit de pluye ne de froidure ilz sont en adventure de mourir. Et pour ce est il bon d'en mectre plusieurs ensemble pour ce qu'ilz se joindront et garderont la chaleur naturelle l'un de l'autre. Et

---

121. e. dechurent l. *A*, e. dechairent l. *C*. **122.** o. pris et *B*. **124.** a. en l. *AC*. **131.** et prest de *B*², et prez de *C*. **133.** b. espreveteurs s. *BC*. **134.** et larrans l. *A*. **135.** les avoi   embler *A*, les voulroit embler *B*, les vouroit avoir embles *C*. **137.** t. enquerre et *B*². **138.** des premiers et *B*. **143.** Et c. *B*. **144.** s. pris si *B*. **145.** j. Et s. *B*.

d'arc. Sur ce grand arbre, les éperviers dépècent les pigeons ramiers et autres oiseaux qu'ils ont pris en faisant tomber à terre les os. Ils y déchirent et dépècent la viande avec leur bec avant de la porter dans le nid à leurs petits qui ont le bec encore trop tendre. C'est grâce à ces petits os que l'on peut repérer le charnier et à partir du charnier l'aire elle-même. C'est à la fin du mois de mai ou au début de juin que les premiers éperviers de la saison sortent de l'œuf. Il faut alors s'efforcer de s'approprier ces premiers oiseaux, car ils sont précoces et volent plus rapidement que les autres. Comme chacun les convoite, tous les bons épreveteurs sont sans exception traîtres et fourbes les uns envers les autres pour se les approprier : ils seraient capables de les dérober à leur propre frère. Pour avoir les premiers éperviers de la saison, il convient de chercher et d'enquêter jusqu'à ce que l'on découvre une aire, et de prendre les petits au nid avant qu'un autre le fasse. Les meilleurs éperviers sont ceux qui se nourrissent de pigeons ramiers ou d'autres gros oiseaux, ceux-là établissent leurs aires sur de petits arbres : en effet, ils ne peuvent porter bien haut de si gros oiseaux.

7. Il faut maintenant savoir comment les élever lorsqu'ils sont pris alors qu'ils n'ont pas plus de deux jours. D'abord, il est bon d'en élever plusieurs à la fois ; sinon mettre l'épervier en compagnie de mouchets[1] ou de poussins afin qu'ils se blottissent les uns contre les autres, se gardant mutuellement leur température corporelle : c'est cette chaleur naturelle qui constitue la première condition de leur survie. S'ils souffrent un tant soit peu de la pluie ou du froid, ils risquent d'en mourir. Voilà pourquoi il est bon d'en assembler un certain nombre pour qu'en se serrant les uns contre les autres ils conservent leur chaleur naturelle. Il est recommandé de les mettre dans une

---

1. Mâle de l'épervier. Les mâles des oiseaux de proie en général sont appelés « tiercelets », car ils sont, dit-on, d'un tiers plus petits que la femelle.

si est bon qu'ilz soient en ung petit clotet par maniere de
ny, fait de foin delyé bien batu, de plume, de coton,
d'estouppes ou de telles moles choses, et mis en une cage
a poucins, en une cuve ou en ung cuvier, ou en ung autre
vaissel de boiz qui soit long et large tellement qu'ilz puissent esmeutir loing d'eulx. Et se leur ny n'est bien molet,
l'en peut mectre soubz eulx ung drap linge bien delyé
pour garder leurs ongles. Et especialement soient gardez
et maintenuz en bonne chaleur naturelle, comme aucune
foiz du feu de charbon entour eulx, et soient sur deux
tresteaulx hault en leur cage, ou aucune foiz au souleil :
aucune foiz s'il fait froit de nuyt, soient couvers d'une
robe et d'une raiz pour les chaz, et qu'ilz ayent air largement, et soit souvent gardé qu'ilz n'ayent ne trop froit ne
trop chault. Et mesmement de nuyt les couvient il ainsi
garder.

8. Et de jour les convient il paistre tant de foiz le jour
comme ilz avront enduit, et commencier des le bien matin
a souleil levant en avant ; car les espreviers qui sont bien
peux en leur jennesse ne crient point quant ilz sont sur le
poing, et les autres si font. Et les convient paistre de
bonne chair chaude nouvel tué d'oiselectz eschorchiez –
dont la chair sans aucune gresse soit bien menue haschee
jusques *(fol. 117a)* a ce qu'ilz aient le becq fort pour tirer
cuer de volaille – des cuers de mouton dont vous recou-
vrerez aux bouchiers et, qui mieulx ne peut, de pingons (ja
soit ce que ce soit trop grosse char et trop orgueilleuse qui
peut recouvrer d'autre char). *Item* le frelet de porcq qui est
dedans la cuisse est meilleur que cuer de mouton. Mais
l'esprevier qui vole l'en ne lui doit pas donner deux
gorgees l'une aprez l'autre, pour ce qu'il est trop delié,
trop laxatif et trop courant et coulant. Et de quoy que vous
pessiez vostre esprevier, gardez que vous ne lui donnez
deux gorgees l'une sur l'autre : c'est a dire que vous ne

---

154. p. crotet p. B^2, p. chotet p. *C*. **156.** u. cave ou *B*. **161.** l. oncles Et
A. **163.** f. du c. *AC*. **167.** s. s. regarde *BC*, quilz quilz n. *B* (*le premier* quilz
effacé en B^2). **172.** l. ou a. B^2C. **173.** le point et *AC*. **175.** n. tuee d. B^2, nouvelle
t. *C*. **176.** a. grosse s. *A*. **177.** t. cuers de *B*. **178.** v. recouvrez a. *A*, v. recouverez
C. **179.** de pigons ja *B*. **181.** r. autre c. *B*, le filet de *B*. **182.** M. a le. q. v. l en
ne d. *B*. **185.** t. lassatif et *B*. **187.** ne le p. B^2.

petite cavité qui leur sert de nid, garnie de foin tendre bien battu, de coton, de chiffons ou d'autres matières douces. Mettez-les dans une cage à poussins, dans une cuve, un cuvier ou un autre récipient en bois assez long et large pour leur permettre de fienter à l'écart. Au cas où leur nid ne serait pas assez douillet, on peut poser sous eux un tissu bien fin pour préserver leurs griffes. Qu'on veille tout particulièrement à garder et à maintenir une bonne température ambiante, par exemple en posant la cage sur deux hauts tréteaux près d'un feu de charbon ou au soleil. S'il arrive qu'il fasse froid la nuit, il faut couvrir la cage avec une housse et un filet contre les chats tout en veillant à ce que les oiseaux aient assez d'air, et en vérifiant fréquemment s'ils n'ont ni trop froid ni trop chaud. Il convient de les garder ainsi pendant la nuit.

8. Le jour, il faut commencer à les nourrir dès le lever du soleil et recommencer dès que le morceau précédent a été enduit[1]. Les éperviers bien rassasiés dans leur jeunesse ne crient pas quand ils sont assis sur le poing, contrairement aux autres. Il faut leur donner de la bonne viande encore chaude d'un petit oiseau qui vient d'être tué et qu'on aura écorché ; sa chair sans graisse doit être hachée menu jusqu'au jour où ils ont le bec assez fort pour arracher eux-mêmes le cœur aux volailles ; autrement vous vous procurerez chez le boucher des cœurs de mouton et, si vous ne pouvez pas faire mieux, des cœurs de pigeon (bien que cette viande-là soit trop grasse et trop riche[2] ; choisir, si possible, une autre viande). *Item*, en ce qui concerne la viande de porc, le morceau se trouvant à l'intérieur de la cuisse est meilleur qu'un cœur de mouton. Mais on ne doit pas en donner à l'épervier qui vole deux gorges[3] de suite parce que c'est là viande trop délicate, trop purgative, trop courante et trop coulante. De toute façon, quelle que soit la nourriture que vous donnez à votre épervier, gardez-vous de lui donner deux gorges coup sur coup, c'est-à-dire ne lui en

---

1. Terme spécifique utilisé en autourserie pour signifier la digestion.
2. Rendant l'oiseau orgueilleux, indocile.
3. Deux rations. Là encore il s'agit d'un terme spécifique à l'autourserie.

lui pessiez mie la seconde foiz jusques a ce qu'il ait enduit
la premiere. Et puis soit peu afin qu'il n'ait nulle fain ; car
autrement, s'il n'est tresbien nourry en sa jennesse, il ne
voulera ja bien, ne sera fort en la saison d'esprevier. Et
aussi se vostre esprevier avoit aucunes fains, les bons
espreveteurs l'appercevroient a l'areste des plumes ou il
avroit raies de travers ; et tant de royes qu'il y avroit et
tant de fains jugeroit l'en que l'esprevier avroit eues, si
vous en moqueroit l'en de non avoir bien gouverné vostre
esprevier.

9. Et *nota* que a trois choses congnoist l'en en jennesse
l'esprevier du mouschet : c'est assavoir que le mouchet a
la teste et le becq sur le rond et l'esprevier sur le long ;
item, le mouchet a la jambecte greslete et plus courte que
l'esprevier ; *item*, au cry le congnoissent aucuns. *Item*, en
leur tresgrant jennesse l'en les doit tenir tresnectement et
paistre souvent et tressechement de blans drappeletz souvent remuez dessoubz leurs piez et du foing, et changier
souvent et laver et seschier leurs drappelletz ; et soient en
un pennier, et soit ledit pennier couvert de blancs drappeaulx, et soient tenuz chaudement par feu ou par soleil.
Et de nuyt soit mis l'esprevier entre deux draps au lit couchié avec une personne pour garder chaleur naturelle, et
l'andemain au feu et au soleil. Et ainsi jusques a ce qu'il
soit temps de les mectre en la ferme.

10. *Item*, se vous pouez, faictes que les costez du
vaissel ou ferme ou vostre esprevier sera ne [soient] mie
cloz d'aiz, maiz de trailles ou de fils, afin que l'esmeut de
l'esprevier saille dehors ; car quant l'esmeut demeure
dedans le vaissel il put. *Item*, tant comme l'esprevier plus
s'esforcera il se souldra sur les joinctes, et lors quant il
s'estera le peut l'en mectre en la ferme qui sera faicte de
.v. piez de long et de trois piez de lé et de trois piez de
hault, et a besoing d'une cuve ou d'un cuvier souvent

---

189. c. certainement sil *B*. **191.** ne ne s. *B*, s. despreveterie Et *B*. **192.** aucune fain l. *B*, aucuns f. l. *C*. **193.** e. la percevront *B*. **194.** quil *omis B*. **199.** m. Item q. *B*, c'est assavoir... mouchet *omis C*. **204.** de brans d. *A*. **207.** s. le p. c. de beaulx d. *B*. **209.** m. le pennier e. *B²*. **210.** a. aucune p. *B*. **211.** f. ou au *B*. **214.** ne soit m. *ABC*. **215.** de file a *B²*. **216.** d. Et q. *B*. **218.** se sourdra s. *B*. **219.** il cessera le *AC*. **221.** s. nectoier ou changier c. *AC*.

donnez une seconde qu'une fois la première entièrement enduite. Par ailleurs, il faut lui donner une quantité de nourriture suffisante pour qu'il n'ait jamais faim ; mal nourri dans sa jeunesse, il ne volera jamais bien et manquera de vigueur quand viendra la saison de la chasse. Les bons éleveurs disent que c'est au point d'intersection des plumes du balai que l'on reconnaît que l'épervier a eu faim : des raies obliques y apparaissent alors. Le nombre de telles marques correspond au nombre de fois que l'oiseau aura souffert de la faim[1], et on se moquera de vous à cause de ce signe qui prouve que vous ne vous êtes pas bien occupé de votre épervier.

9. *Nota* que l'on peut distinguer à trois indices le jeune épervier du jeune mouchet : la tête et le bec du mouchet ont tendance à s'arrondir, ceux de l'épervier à s'allonger ; *item*, la jambe du mouchet est grêle et plus courte que celle de l'épervier ; *item*, on peut les distinguer enfin d'après leur cri. *Item*, tant qu'ils sont dans leur prime jeunesse, il faut les nourrir souvent et les tenir très propres, bien au sec, en mettant sous leurs pattes des chiffons de drap blanc et du foin qu'il faut souvent changer. Quant aux chiffons, vous pouvez les laver et les sécher. Il faut garder les oiseaux dans un panier garni de tissu blanc, et les tenir au chaud près du feu ou au soleil. La nuit, l'épervier doit être mis entre les draps, couché dans le lit avec une personne pour que sa chaleur naturelle soit conservée. Le lendemain, il faut le mettre près du feu ou au soleil, et ceci jusqu'à ce qu'il ait l'âge d'être mis dans la cage.

10. *Item*, si possible, utilisez pour confectionner les parois de la cage de votre épervier non pas du bois mais du treillage ou du grillage afin que la fiente puisse s'écouler ; si elle reste à l'intérieur cela sent mauvais. *Item*, quand l'épervier sera plus vigoureux, il se soulèvera de lui-même sur les jarrets et lorsqu'il se tiendra debout on pourra le mettre dans la cage. Celle-ci mesurera cinq pieds en longueur, trois pieds en largeur et trois pieds en hauteur. Il faut en outre une cuve ou un cuvier,

---

1. Endroit où en outre les plumes sont fragiles et se rompent facilement, constituant donc une gêne en vol.

nectoié ou changié couvert d'une rais, ou quel cuvier ou cuve il ait du foing au fondz et un viel drappel linge dessus pour luy garder ses ongles sains comme dessus. Et
225 illec s'enforcera et sera plus fort sur ses piez. Et ainsi comme plus croistra l'en ne le paistra pas si souvent – que quatre foiz le jour. Et (*fol. 117b*) aprez, quant il sera plus fort et qu'il volletera, l'en le doit mectre en la ferme ou cuvier ung petit plot de trois dois de hault, couvert pour
230 ses ongles comme dit est. Et quant il commencera a soy perchier sur icellui blot, l'en lui fera autre travers dedans la ferme deux perchectes de demi pié de hault. Sur lesquelles perchectes il de sa propre nature voulera de l'une a l'autre et passera par dessoubz, et sa nature lui ensei-
235 gnera a duyre ses elles et son vol ; et lors ne sera peux que trois foiz le jour. Et est bon que lors et par avant sa ferme soit mise a terre une foiz le jour en une place ou les chiens repairent entour lui, et qu'ilz le voient et congnoissent et lui eulx ; et soit peu devant eulx afin que quant il volera
240 et avra prins et tendra sa proie aux champs et ilz surviennent, que il ne se esbaïsse mie pour eulx, ne que eulx ne le descongnoissent.

11. Et deslors en avant couviendra soy prendre garde quant il avra deux mercz frans ; car lors le couviendra il
245 mectre es gectz et paistre sur le poing, et puis le perchier et tenir paisiblement sur son poing tant qu'il ait enduit et avalé sa gorgee. Et le doit nen a ce commencement tenir si court que au regect de son debat il ne mefface a son balay. Et depuis que vostre esprevier sera premier mis sur
250 le poing, gardez que par vous ne par autre il n'ait aucun desplaisir. Et sachiez, chiere seur, que toutes choses qui sur luy surviengnent soudainement, hastivement et tem-

---

223. un vielz d. *B.* **228.** len lui d. *B.* **229.** p. bloc de *B.* **235.** s. peu q. *B.* **239.** s. par d. *B*, s. peux d. *C.* **247.** d. len a *BC.* **249.** s. premiers m. *B².* **252.** l. survendroient *B* (ven *est une correction de B²*), l. surviennent s. *C*, h. ou t. *B.*

III, ii : Traité de chasse à l'épervier 489

couvert d'un filet, il faut souvent le nettoyer ou le changer. Il faut mettre du foin au fond et le couvrir d'un vieux morceau de linge destiné à conserver les serres de l'épervier en bon état, comme on l'a dit ci-dessus. Il prendra alors des forces et sera plus stable sur ses pattes. Au fur et à mesure qu'il grandit, on peut diminuer la fréquence de ses repas : quatre fois par jour suffiront. Lorsqu'il sera encore plus vigoureux et qu'il commence à tenter de voler, il faut poser dans la cage ou le cuvier un petit bloc[1] haut de trois doigts et recouvert pour protéger ses serres. Lorsqu'il commencera à se percher sur ce bloc, on lui confectionnera deux perchettes qu'on mettra au travers de la cage à un pied et demi de haut. De sa propre initiative, il volera sur ces perchettes, passant de l'une à l'autre et par en-dessous. D'instinct, il apprendra à diriger ses ailes et son vol. Il ne sera alors plus nourri que trois fois par jour. Il convient dès lors – si ce n'est auparavant – de poser sa cage à terre une fois par jour à un endroit où les chiens puissent tourner autour de lui, le voir, se familiariser avec lui et réciproquement. Qu'ils soient suffisamment proches pour que lorsque l'oiseau volera et qu'il aura pris dans ses serres une proie aux champs, ils ne l'effraient pas en accourant, et que l'oiseau de son côté ne soit pas un étranger pour eux.

11. Désormais il faut surveiller l'apparition de deux marques bien distinctes[2]. Lorsque l'épervier les aura, il faudra lui mettre les jets[3], le nourrir sur le poing et l'y maintenir tranquillement jusqu'à ce qu'il ait avalé et enduit sa gorge. Il faut, au début, tenir si court sa longe qu'elle puisse le retenir lorsqu'il se débat sur sa perche afin d'éviter qu'il abîme son balai. A partir du moment où votre épervier aura été posé pour la première fois sur le poing, veillez à ce que désormais rien ne le contrarie, ni vous, ni quelqu'un d'autre. Sachez, chère amie, que tout ce qui survient de manière impromptue, soudaine et

---

1. Pied massif, en général en bois et muni d'un anneau, ou encore motte de gazon fixée sur un piquet pour attacher l'oiseau.
2. Marques noires caractérisant le plumage de l'épervier.
3. Partie des entraves ; celles-ci se composent en outre du touret et de la longe. Les jets sont deux petites lanières fixées aux tarses de l'oiseau. Le touret se compose de deux anneaux, réunis par un rivet et tournant l'un sur l'autre. Les jets sont fixés à l'anneau supérieur, la longe à l'anneau inférieur. La longe est une lanière d'environ 1m20 de long qui sert à attacher l'oiseau à la perche ou au bloc. Cf. Belvallette, pp. 21-34.

pestivement – soit personne, beste, pierre, estueil, baton ou autre chose – lui font desplaisir et le tormentent fort.

255 *Item*, chiere suer, saichiez que se vostre esprevier vous lie et estraint fort, saichiez que c'est signe qu'il a fain, et si non, [non.] Car quant il a fain il estraint, et quant il gorge, non. Et toutesvoyes s'il vous lye ou estraint ne vous courroucez de riens, ne lui aussi ; mais le deschargniez tout
260 bellement, sans vous ne lui courroucier, quelque douleur qu'il vous face sentir ; car se vous le courroucez une seule foiz ja puis ne vous aimera.

12. *Item*, il vous couvient continuer a le tenir souvent sur le poing et entre gent tant et si longuement que vous
265 pourrez. Et se tandiz que vos disnerez, dormirez, ou pour autre chose laisserez vostre esprevier, si soit perchié a grant air hors de la moiteur de la pluye et de l'ardeur du souleil, et qu'il ne voye nulz poucins, pingons ne autre volaille, ne ne soit en peril de chatz, et que riens soudain
270 ne puisse venir sur lui. Et saichiez, chiere suer, que s'il est perchié tantost aprez ce qu'il sera peu, il se tiendra bien paisible jusques a ce qu'il ait enduit. Mais aprez ce, se il bat a la perche, c'est signe de fain et qu'il veult estre sur le poing. Et pour ce est bon qu'il ait tousjours gens devant
275 lui afin que, s'il se pendoit ou debatist, qu'il fust tantost secouruz *(fol. 118a)* et relevé.

13. Saichiez aussi que quant il a esté longuement sur le poing et qu'il a tous ses .vij. mercqs – ja soit ce que j'aye bien veu tel qui avoit .viij. – et aussi quant le .iij^e. noir
280 mercq du balay passe le bout des elles, il est adont tenu pour fourmé. Et doit l'on penser de le baignier, qui le fait avancier pouroindre, desrouillier, mectre a point ses plumes et mieulx voler. Et de la maniere de baignier sera dit cy aprez. *Item*, et au bout des longes doit avoir un petit
285 batonnet afin que se l'esprevier s'entreprenoit, que au bout du batonnet sans mectre la main l'en lui mecte les

---

254. c. si lui B^2. **255.** que *omis* B. **257.** si non C. *ABC*, quant... et *omis* C, il a fain *omis* A. **259.** le descharnez t. B^2. **264.** l. comme v. *B*. **266.** s. perchiez a B^2. **268.** v. nul p. A, p. pigons ne B. **270.** e. perchiez t. B^2. **273.** s quil a f. ou q. B. **275.** se batoit et se pendist B^2. **276.** et relevez B, et revle C. **279.** q. en a. *BC*, q. le .iii. noir B. **280.** e. adonc BC, tenu – B^2 (B *ayant répété* tenu *ou* pour). **282.** d. et m. B.

brusque – que ce soit une personne, une bête, une pierre, un siège, un bâton ou autre chose encore – le contrarie et le perturbe gravement. *Item*, sachez également, chère amie, que si votre épervier vous tient et vous serre fort, c'est signe qu'il a faim. Autrement il ne le fait pas : quand il a faim, il serre, mais non pas quand il a mangé. Cependant, s'il vous tient et vous serre, ne vous fâchez pas, ne le contrariez pas ; dégagez doucement ses serres de votre peau sans vous énerver, sans le fâcher lui non plus, quelle que soit la douleur qu'il vous inflige : si vous le fâchez une seule fois, vous risquez de ne jamais plus recouvrer son affection.

12. *Item*, vous ne devez pas cesser de le tenir sur le poing au milieu des gens aussi longtemps que vous pourrez. Lorsque vous laissez votre épervier pour dîner, dormir ou faire autre chose, qu'il soit perché au grand air à l'abri de l'humidité de la pluie et de l'ardeur du soleil, et qu'il n'ait sous les yeux ni poussin, ni pigeon, ni autre volaille, qu'il soit loin des chats à un endroit où rien ne puisse l'effrayer brusquement. Sachez, chère amie, que s'il est perché sitôt après avoir été nourri, il se tiendra bien tranquille jusqu'à ce qu'il ait enduit. Mais si ensuite il frappe la perche, c'est signe qu'il a encore faim et qu'il veut être pris sur le poing. Pour cette raison il est recommandé qu'il y ait toujours quelqu'un auprès de lui afin que s'il tombait et se débattait, suspendu à la longe, il puisse aussitôt être secouru et remis sur sa perche.

13. Apprenez aussi que lorsqu'il a séjourné longtemps sur le poing et qu'il a ses sept marques noires – bien que j'en aie vu qui en avaient huit – et qu'en outre la troisième marque du balai dépasse le bout des ailes, on le considère comme formé. L'on doit alors lui faire prendre des bains, ce qui le fait plus vite parvenir au stade où il se graisse, se nettoie et se lisse le plumage, et où il commence à mieux voler. On parlera ci-dessous de la manière de le baigner. *Item*, au bout des longes il faut fixer un petit bâtonnet afin que si l'épervier hérisse ses plumes, on puisse les lui lisser à l'aide du bout de ce bâtonnet

plumes a point ; ou l'en doit remuer et tourner son poing
afin qu'il se debate autresfoiz, car au rebat les plumes
reviennent a leur point. Et tousjours, tantost qu'il est peu
l'en le doit tenir sy souef et en place si propre et si paisible qu'il n'ait cause de soy debatre sur sa gorge (car s'il
se debatoit sur sa gorge qu'il avroit lors prinse, il seroit en
aventure de la gecter) ; et qui n'a loisir de le tenir en place
paisible, l'en le doit perchier. Et sachiez que en cest
endroit les bons espreveteurs dient un tel proverbe :

Au lier et au deslier
Te tien saisy de l'esprevier.

14. Sy pouez maintenant adviser sur le poing et sur la
perche se vostre esprevier peut rien valoir. Premierement,
les aucuns espreviers se perchent tout droit et sont moult
esveilliez et regardent fierement et espouenteusement
quant ilz veillent, et quant ilz dorment si se tiennent ilz
bien droit sur un pié et ont l'autre en leur plume et ainsi
dorment, et c'est signe de bon esprevier et sain. Les autres
espreviers se couchent sur le ventre au travers de la perche
ainsi comme un chappon, et ainsi se reposent en dormant
et en veillant ; et n'est ne trop bon ne trop mauvais signe,
car il vient de nature. Et les autres sont tousjours raempliz
et endormiz et ont un pié en leur plume, et c'est signe de
fetardrye ou de maladie.

15. *Item*, quant est a congnoistre l'esprevier par son
plumage, il est assavoir que les uns espreviers sont de
plumage blanc et delyé   a travers de petis
tendres ou roux assiz en leur poitrine ainsi comme par
ordre et a droite ligne et sont bien merlez ou goutelz ou
boueil – c'est assavoir entre les cuisses et le ballay – et
ont bonnes les plumes qui sont a l'endroit des costelz sur
les cuisses. Et iceulx espreviers dit l'en qu'ilz sont bons

---

288. d. autre foiz *BC*. **290.** t. so (*modifié en* sy) s. *A*. **294.** s. en c. e. que
B. **298.** Cy p. *B*. **301.** et espouentablement q. *B*. **302.** se tient il b. *AC*. **303.** lautre
pie en *B*, leurs plumes *C*. **307.** ne t. b. s. ne t. m. *B*. **308.** il leur v. *BC*. **309.** de
fetardie ou q. *BC*. **312.** les bas e. *AC*. **313.** *lacunes ABC*. **316.** ou brueil c.
B. **316.** b. .s. [= *scilicet*] les *B*.

sans avoir à y mettre la main ; ou encore on doit bouger ou tourner le poing afin que l'oiseau se débatte une seconde fois, car cette deuxième secousse fait revenir les plumes à leur place. Dès qu'on l'a nourri on doit le tenir délicatement, dans un endroit approprié et tranquille afin qu'il n'ait pas motif de s'agiter sur sa gorge et de la rendre ; si on ne peut pas le tenir au calme, il faut le percher. Sachez qu'à ce propos les bons épreveteurs disent ce proverbe :

> Au moment du lier comme du délier
> Tiens fermement l'épervier.

14. A présent, apprenez à évaluer votre épervier à sa manière de se tenir sur le poing ou sur la perche. Premièrement, il est des éperviers qui se perchent tout droits, qui sont très éveillés et qui ont le regard fier et redoutable. Lorsqu'ils dorment, ils se tiennent bien droits sur une patte, l'autre étant sous le plumage : autant de signes que l'épervier est un bon sujet et qu'il est en bonne santé. D'autres éperviers se couchent sur le ventre au travers de la perche à la manière du chapon, se reposant ainsi aussi bien à l'état de veille qu'en dormant. Ce n'est ni particulièrement bon ni particulièrement mauvais signe, c'est leur nature. En revanche, s'ils sont toujours rassasiés et somnolents, un pied dans le plumage, c'est signe de paresse ou de maladie.

15. *Item*, lorsqu'il s'agit de reconnaître l'épervier à son plumage, il faut savoir que les uns ont le plumage blanc et tendre [...] à travers de petits [...][1] tendrement roux plantés de manière régulière en ligne droite sur leur poitrine ; ils sont tachetés et mouchetés sur le derrière, à savoir entre les cuisses et le balai. Ils ont des plumes vigoureuses sur les flancs et sur les cuisses. On dit de ces éperviers-là qu'ils conviennent aux dames, car ils

---

1. Lacunes dans les manuscrits.

pour dames; car ilz sont tost reclamez et rendent tost leur
proie et viennent voulentiers au sifflet et aiment leur
maistre et sont paisibles et peu hardiz. Les autres sont de
plus gros, plus dur et plus aspre plumage et ont plus
grosses mailles; et sont les tuyaulx de leurs plumes plus
durs d'autant comme les plumes d'une vielle geline ou
d'un viel coq sont plus asprez et plus dures *(fol. 118b)* que
d'un jenne chappon, ou comme un laboureur dés champs
a plus dure coanne que le filz d'un roy, et sont cuerrectés
de cuerés entrechangeablement assiz ça et la sans ligne et
sans ordre, et ont une petite teste et uns gros yeulx estin-
celans comme un serpent, et sont moult esveilliez. Et
ceulx sont aspres, roides et hardiz, et sont plus fors a
reclamer, plus gloutz et plus despiz a paistre et plus felons
en toutes choses, et mectent leur proie entre leurs elles et
la deffendent aux ongles et au bec; et mesmes quant on
les paist ilz estraignent et saillent au visaige et mordent (et
couvient avoir ung gant en la main destre, dont les doiz
du gant soient couppez, pour doubte des esgratinures) et
portent voulentiers au couvert. Mais se ilz sont bien
nourriz et bien reclamez un bon espriveteur s'en aide
mieulx que des devant diz, car ilz sont plus hardiz, plus
sages et plus fors assez. *Item*, les ungz ont jambes et piez
rouges, et dit l'en que ceulx sont de haire de jenne mouchet; et les autres qui ont jambes et piez jaunes, dit l'en
qu'ilz sont de aire de vielz mouchet; les aucuns ont
jambes rondes et les autres sur le plat, *scilicet* sur le demi
rond, de ceulx ne scay quel signe c'est. Mais en somme
l'esprevier de grant courage qui a teste de serpent –
c'estassavoir menue teste seche – qui est bien chappé,
gros yeulx saillans et esveilliez, gros par les espaules, plumage dur et roide mallecté de grosses mailles aspres et
dures, qui ait bons serceaulx, bons cousteaulx, bonnes
longues plumes, bons venneaulx, bonnes   sans,

---

322. plus dur *omis B*. **327.** tuerrectes de *A*, cueuretez de *B²C*. **329.** y. estan-
celans c. *B*. **330.** Et c. a. *A*, Et sont c. a. *C*. **333.** m. leurs proies e. *A*. **335.** les
pais ilz *A*. **338.** se *omis AC*. **342.** de aire de *B*. **343-345.** et piez... ont jambes
omis AC. **346.** scay je q. *B*. **347.** le. qui est de g. corsage q. *B*. **350.** et maillecté
de *B*. **351.** b. serreaulx b. *A*. **352.** bonnes *suivi d'une lacune en AB, omis et
espace rempli par / en C*.

répondent promptement au réclame, rendent promptement leur proie, arrivent de bon gré au coup de sifflet ; ils aiment leurs maîtres, ils sont calmes et peu téméraires. D'autres ont un plumage plus grossier, plus dur et plus rêche ; ils ont de grosses taches et les tuyaux de leurs plumes sont plus durs, comparables aux plumes d'une vieille poule ou d'un vieux coq, plus rêches et plus dures que les plumes d'un jeune chapon, au même titre qu'un laboureur a la peau plus dure qu'un fils de roi ; ils ont des taches en forme de cœur placées au hasard çà et là, sans règle et sans ordre défini d'un épervier à l'autre. Ils ont une petite tête et de gros yeux étincelants comme un serpent, et ils sont très vifs. Ceux-là sont âpres, forts et hardis, plus difficiles à réclamer, plus voraces et goulus, plus retors en tout. Ils prennent leur proie entre les ailes et la défendent avec les serres et le bec. Et même lorsqu'on les nourrit, ils griffent, sautent au visage et pincent (il faut avoir la main droite gantée pour éviter les égratignures ; couper les doigts du gant) ; ils portent volontiers leur proie dans une cachette[1]. Mais s'ils sont bien nourris et bien dressés, un bon épreveteur les préfère aux premiers, car ils sont nettement plus hardis, plus intelligents et plus vigoureux. *Item*, il y a des éperviers aux jambes et aux pattes rouges : on dit qu'ils sont issus du nid d'un jeune mouchet. D'autres ont les jambes et les pattes jaunes ; on dit qu'ils sont issus du nid d'un vieux mouchet. Il y en a qui ont les jambes rondes, d'autres à tendance plate, *scilicet* à moitié rondes ; je ne sais pas comment on qualifie ceux-là. Mais en résumé, voilà les traits de l'épervier de grande valeur : il est de grand courage, il a une tête de serpent, c'est-à-dire petite et sèche, il est bien chaperonné, il a de grands yeux saillants et vifs, les épaules rembourrées, le plumage dur et fort, parsemé de grosses taches âpres et dures, de bons cerceaux, de bons couteaux, de bonnes et longues plumes, de bons vanneaux[2], [...], un balai sain, une grande ouverture au croupion, des

---

1. Pour la manger au lieu de la rapporter.
2. Au dires de Frédéric II, les oiseaux de proie possèdent 26 plumes aux ailes : les quatre *cordales* sont situées au plus près du corps ; les *vanneaux* sont les douze plumes suivantes, les dix plumes extérieures sont appelées *couteaux*, et la dernière plume, c'est le *cerceau*. Cf. Pichon, t. II, pp. 89-90.

balay a sain, grant ouverture endroit le bouel, courtes jambes grossectes, ses ongles entieres – c'estassavoir du pessouer et du charnier et de la grant et petite sangle – et que le remenant de son corps et de ses piez soit tenu entier, qui soit bien esveillié et se perche bel : tel esprevier est d'eslite. Toutesvoyes, quel qu'il soit, puis que vous le vouldrez nourrir pour vous, au commancement qu'il sera mis sur le poing si lui baillez beaulx gectz sur longes que l'en dit « petites longes », « touret » et « grans longes » et [l']acoustumez de petit a petit et de plus loing en loing a voler a vous sur vostre poing querir sa proie pour soy paistre.

16. Or est temps, chere seur, que je vous parle de congnoistre l'esmeut de l'esprevier. Si sachez, chiere seur, que quant l'esprevier si a esmeuty, par l'esmeut on peut jugier s'il est sain ou non. Car s'il esmeut loing et l'esmeut est fin blanc, lyant et bien moulu il est bon ; et s'il est pers, vert, ou roux comme lessive ou cler comme l'eaue, ou qu'il ait ung neu noir en l'esmeut, a ce voit l'en que l'esprevier n'est pas sain ; et lors le fault curer et donner plume par la maniere que dit sera cy aprez quant l'en parlera du reclamer et affaictier pour vouler. Car jusques a ce que l'en le *(fol. 119a)* reclame sans commande, n'est il ja trop grant besoing de lui donner plume ne trop souvent curer, fors par une foiz la sepmaine.

17. Mais en cest endroit d'espreveterie le convient plus que devant tenir sur le poing, et le porter aux plais et entre les gens, aux eglises et aux autres assemblees et emmy les rues, et tenir jour et nuit le plus continuellement que l'en pourra, et aucunesfoiz le perchier emmy les rues pour veoir gens, chevaulx, charrectes, chiens, et toutes choses congnoistre ; et soit en l'ombre et qu'il n'y ait nulz

---

354. c. ses ongles du paissouoir *B*, *(dernier mot modifié en B²)*, c. du bessouer *C*. 355. g. sangle et de la p. s. *B*. 357. e. quil s. b. esveillez et *B²*. 359. c. qui s. *B*. 362. et les a. *ABC*. 366. e. Et si *B*. 367. e. len p. *B*. 370. comme e. *B*. 375. le reclaime s. *B²*. 380. p. au p. *A*. 381. et es a. *B*. 382. et le t. *B*.

cuisses courtes et plutôt charnues, toutes les serres intactes – le paissoir, le charnier, la grande et la petite sangle[1] – ainsi que le reste du corps. L'oiseau doit être vif et bien se tenir sur sa perche : tel est l'épervier d'élite. Cependant, quel qu'il soit, si vous voulez l'élever à votre usage personnel, lorsque vous commencerez à le mettre sur le poing, mettez-lui de beaux jets, fixés sur des longes que l'on appelle «petites longes», «touret», et «grandes longes» et habituez-le peu à peu à venir vers vous et à voler sur votre poing – en accroissant progressivement la distance – pour venir y chercher sa proie et s'en repaître.

16. Il est temps maintenant, chère amie, que je vous enseigne comment interpréter la fiente de l'épervier. Sachez, chère amie, que l'on peut ainsi établir son état de santé. Si elle est posée à l'écart et qu'elle est bien blanche, compacte et unie, l'oiseau est en bonne santé. Si elle est bleue, verte ou rousse comme la lessive, ou claire comme de l'eau, ou si on trouve un nœud noir dedans, ce sont là les indices de ce que l'épervier n'est pas en bonne santé. Il faut alors lui donner des plumes pour le curer[2]. On en parlera ci-dessous lorsqu'il sera question du réclame et de la préparation au vol. Car avant qu'il soit au stade d'être réclamé sans être attaché à la commande[3], il n'est pas absolument nécessaire de lui donner la cure ni de trop souvent le curer ; une fois par semaine suffit.

17. En revanche, à ce stade l'épreveteur doit le tenir sur le poing plus souvent qu'auparavant, le porter au palais de justice et parmi la foule, à l'église et dans d'autres lieux de rassemblement, dans la rue, bref, il doit le garder sur le poing nuit et jour, aussi longtemps que possible ; parfois le percher dans la rue pour qu'il voie des gens, des chevaux, des charrettes, des chiens et qu'il se familiarise avec toutes choses ; mais qu'il soit

---

1. Respectivement le pouce, l'orteil de derrière, et le doigt médian d'une part, le petit doigt d'autre part.
2. «On appelle cure une certaine quantité de plumes, de poils ou d'étoupe, roulée en boule, que l'on garnit de viande et que l'on présente aux oiseaux au moment du repas. Cette cure, avalée avec les aliments, est rendue le lendemain sous le nom de pelote» (Belvalette, op. cit., p. 22). La cure a pour effet de nettoyer l'estomac de l'oiseau.
3. Créance, longue ficelle attachée aux longes, utilisée au moment où l'épervier apprend à chasser.

pigons, poucins, ne autre volaille qu'il voie, comme dit est. Et aucunefoiz a l'ostel soit perchié sur les chiens, et que les chiens le voient et il eulx. Ce fait, il convient reclamer en un secret lieu, petit a petit et de plus loing en plus loing, tant qu'il reviengne du loing de ses longes. Puis le couvient reclamer a la commande ou recrence, et puis en pluseurs lieux et en especial aux champs et es pres a recreance, et puis sans recreance a pié a pluseurs foiz presens les chiens ; et puis a cheval le convient il reclamer et de dessus les arbres, tant qu'il congnoisse le cheval.

18. Et adont est neccessité que vous prenez bien garde, comme dit est dessus, a son esmeut qu'il soit nect. Et comme dit est dessus le noir donne enseignement qu'il est hors par dedans. Et s'ainsi est qu'il y ait trop de noir, si lui donnez au vespre char de poucin ou cuer de mouton trempez et bien lavez et en eaue un petit chaudecte et espraint. Et se vous n'avez eaue tyede fors froide, si y trempez vostre char ; puis l'espreigniez fort et eschauffez par force d'espraindre entre deux esseules ; puis en paissiez vostre esprevier comme dessus, car char lavee l'amaigrist. Et a ce donner ne doit on point son oysel appeller ne reclamer, mais prendre sus la perche sans siffler ou reclamer et paistre sans dire mot. Car la char ne lui est mie bien savoureuse, et pour ce, qui a ce donner le reclameroit, quant l'en le reclameroit aprez et depuis, il cuidroit que ce fut autelle viande comme devant, si seroit plus lant et tardist a y venir. *Item*, avec ce que dit est quant il sera gorgié souffisamment, l'en lui doit donner en lieu de plume aussi gros de cotton comme une feve, enveloppé en char a deux foiz, ou faire tirer les plumes de l'aleron d'une perdris. Et s'il en avale c'est bonne plume, et aussi coton moullié en eaue. Et dit l'en que petite plume est la meilleur, et ne lui doit l'on donner viande par dessus sa plume, car ce que l'en donroit pardessus ne pourroit

---

387. Et aucunesfoiz a *B*, s. perchiez s. *BC*. **388.** f. le c. *B*². **390.** du long de *B*. **391.** ou recreance et *B*². **392.** p. et r. *AC*. **394.** il reclame et *A*. **396.** Et adonc e. *BC*. **398.** e. ort(t *corrigé*) *B*². **402.** f. se y *A*. **407.** p. sur la *B*. **409.** bien *omis B*. **411.** ce fust a. *B*. **412.** et tardif a *B*, s. gorgiez s. *B*². **415.** *entre* faire *et* tirer *A a ajouté, puis effacé,* faire envelopper.

à l'ombre, à un endroit où il ne voie ni pigeon ni poussin ni autre volaille, comme on l'a déjà dit. De temps à autre, à la maison, il faut le percher au-dessus des chiens pour qu'ils se voient mutuellement. Après ce stade, il faut l'exercer au réclame dans un lieu écarté, progressivement, à une distance de plus en plus grande, jusqu'à ce qu'il revienne de loin, attaché aux longes. Ensuite il faut l'entraîner à la commande ou créance, puis diversifier les lieux d'entraînement en privilégiant les champs et les prés. Commencer avec la créance, puis sans, à pied d'abord pendant un certain temps, avec les chiens. Et finalement c'est à cheval qu'il faut le réclamer quand il est sur les arbres, jusqu'à ce qu'il connaisse le cheval.

18. Il est indispensable à cette étape de bien surveiller la netteté de sa fiente, comme on l'a déjà mentionné. La couleur noire indique donc quelque maladie intérieure. Si c'est très noir, donnez-lui le soir de la chair de poussin ou du cœur de mouton qui a bien trempé et qui a été lavé dans de l'eau tiède avant d'avoir été broyé. Si vous n'avez que de l'eau froide, trempez-y votre viande; puis pressez-la tant entre deux planchettes qu'à force elle se réchauffe. Puis nourrissez-en votre épervier : la viande lavée le fait maigrir. Il ne faut pas l'appeler alors ni le réclamer, mais le nourrir sur sa perche sans le siffler, sans le réclamer, sans mot dire. Car cette viande n'est pas à son goût; si on l'appelait pour lui en donner, les fois suivantes il penserait, quand on l'appelle, que c'est pour lui donner encore de cette même viande, et il serait plus long à venir. *Item*, en outre, une fois suffisamment rassasié, on doit lui donner en guise de cure un morceau de coton de la taille d'une fève, enveloppé dans deux épaisseurs de viande, ou encore lui faire tirer les plumes de l'aileron d'une perdrix. C'est une bonne cure à lui faire avaler, aussi bonne que du coton trempé dans l'eau. On dit qu'une petite plume est ce qu'il y a de meilleur à condition de ne pas lui donner à manger une fois qu'il l'a avalée, car rien ne passerait à cause de cette plume qui bouche

passer les mailles de l'estomac par la plume qui seroit au devant. Et saichez que quant l'esprevier vole et se paist de son vol, il ne lui couvient point donner d'autre plume, car il en prent assez *(fol. 119b)* des oyseaulx dont il se paist, et la plume de l'aleron de l'elle est bonne plume. Et doit [l'en], le soir que l'en lui a donné plume, nectoier la place dessoubz l'esprevier pour trouver l'andemain sa plume. Et l'andemain quant vous serez levee, regardez a son esmeut s'il est plus net que devant; et se l'esprevier a esmeuti loing, c'est signe qu'il est fort. S'il a esmeuti pres, c'est au contraire. Se son esmeut est fin blanc, pateulx et bien molu, s'est signe qu'il est saing. Se l'esmeut est vert, ou qu'il y ait trop de noir, c'est signe qu'il n'est pas saing. Et aussi gardez s'il a gecté sa plume orde ou necte. Et se vous avez aparceu par deux ou par trois foiz que l'esprevier soit lant de gecter sa plume, si lui donnez avec le coton .i. ou .ii. grains de froment, car ce l'avancera de la gecter. Et quant celle sera par lui gectee au matin, si le paissez de bonne viande et chaude. Et au soir lui redonnez plume comme devant, et ainsi de soir en soir jusques a ce qu'il soit nect.

19. Et soiez adverty que depuis ce, comme dit est dessus, que vostre esprevier commencera a voler, *item*, ainsi le convient deux foiz la sepmaine nectier, et aussi baingnier deux foiz la sepmaine a certain jour entre tierce et midi en un jardin ou preel au soleil et en si large bacin que ses elles ne se batent aux bors, et le tenir a la commande ou recreance afin que sans congié il ne s'en voit essorer. Et au commancement doit l'on rebondir et ressatir l'eaue sur la teste et le col a une vergecte pour le moullier, et puis qu'il sera baignié le convient il essuyr au soleil de midi. Toutesvoyes aucuns donnent plume chascun soir et baignent chascun jour quant il a enduit, et en soy baignant ou quant il est baignié le reclament. Et pendant le temps que vous baignerez vostre esprevier se

---

420. e. pour la *B*. **423.** se plaist et *A*. **425.** l'en *omis ABC*. **429.** pres *omis A*. **437.** q. icelle s. *B*, q. elle s. *C*. **442.** i. aussi le *AC*. **443.** s. nettoier et *B*. **445.** ou prael au *B*. **448.** et ressortir le. *B*. **450.** il essuyer au *BC*. **451.** a. lui d. B^2. **452.** e. baigniez le B^2.

le passage. Sachez que lorsque l'épervier vole et se nourrit de ce qu'il attrape, il ne faut pas lui donner de cure supplémentaire ; les plumes des oiseaux qu'il prend suffisent ; la plume de l'aileron de l'aile est une bonne cure. Le soir, après lui avoir donné sa cure, on doit nettoyer en dessous de l'oiseau afin de pouvoir retrouver le lendemain la cure rejetée. Vérifiez dès que vous êtes levée si sa fiente est plus nette qu'auparavant. Si elle est à l'écart, c'est signe que l'épervier est vigoureux. Si elle est près de lui, cela signifie le contraire. Si elle est bien blanche, pâteuse et bien moulue, c'est signe de santé, si elle est verte ou trop parsemée de noir, c'est signe de maladie. Regardez aussi s'il a rejeté sa plume nette ou souillée. Si vous avez constaté à deux ou trois reprises que l'épervier met du temps à la rejeter, donnez-lui avec le coton un ou deux grains de froment, cela l'aidera. Lorsqu'au matin il l'aura rejetée, nourrissez-le de bons aliments chauds. Et le soir vous lui donnez de nouveau une plume, et ainsi de suite chaque soir jusqu'à ce que tout soit rentré dans l'ordre.

19. Soyez prévenue qu'à partir du moment où votre épervier commencera à voler, *item*, il faut lui faire sa toilette et le baigner deux fois par semaine, à jours fixes, entre tierce et midi dans un jardin ou un préau au soleil ; utilisez une bassine assez grande pour que ses ailes, en battant, ne se heurtent pas aux bords. Tenez-le à la commande ou créance afin qu'il ne s'envole pas sans permission pour aller se sécher. Il faut commencer par verser l'eau sur la tête et le cou et l'asperger à l'aide d'une petite baguette pour le mouiller ; après le bain, il faut le faire sécher au soleil de midi. Certains donnent une plume chaque soir et le baignent chaque jour quand il l'a digérée, et le réclament pendant qu'il se baigne ou après. Si pendant le bain de votre oiseau une pluie survenait ou qu'en

le souleil se convertissoit en pluye, ou se en cheminant il plouvoit sur vostre oysel, il le convient essuyr a tresbon feu ou au soleil sur un trestel. Mais gardez vous bien que jamaiz vous ne le mectez sur perche moulliee, car si tost qu'il a le pié moullié il devient enrimé et malade; si gardez tousjours qu'il ait le pié sec et chault. Et aprez ce qu'il sera ainsi sechié, il voulera de tresbonne elle.

20. En cest endroit d'espreveterie devez vous congnoistre et savoir mon s'il est trop maigre ou trop gras; car s'il est trop maigre il est foible, et s'il est trop gras il est lant et pesant. Et sachiez que quant il se tient acrempelli ou bossu et a les yeulx plus vers et jaunes entour et demoustre chiere pesant et ne se tient droit esveillié sur le poing et a la perche, il est malade. Et c'est parce qu'il est maigre, et le couvient paistre un jour ou .ii. d'un nomblet de porc pour revenir. Et s'il se tient droit et esveillié et les yeulx lui (*fol. 120a*) saillent, il est sain; mais qu'il ne soit trop gras. Et se vous apercevez qu'il le soit trop pour mectre a raison, il le convient paistre de char lavee ou de beuf.

21. Et quant il est reclamé a pié a la commande et qu'il congnoist les chiens, et il n'est trop maigre ne trop gras, et curez et net, il le convient enoyseler et lui baillier a vouler des petiz poucins aux champs, premierement a pyé et puis a cheval. Et quant il les avra volez, liez et abatuz, si descendez et alez a lui tout bellement, de loing vous agenoilliez, puis doulcement aussi comme a .iiii. piez petit a petit, et mectez vostre main vers les piez de vostre esprevier, et prenez la proye en souslevant les piez de l'esprevier, et faictes paistre sur sa proye. Et se vous le voulez afaictier pour la pie, si le faictes vouler aux champs a poucins et pingons verez blans et tavelez de noir comme la pie est. Et aucunefoiz quant l'en en peut finer, il convient avoir des jennes piatz et les y faire voler aux

---

456. v. esprevier il le c. essuyer a t. b. f. sur un t. ou au s. *B*. **458.** sur p. qui soit m. *B*. **459.** d. enrume et m. Mais t. g. q. *B*. **462.** d. v. c. s. m. sil *B*, d. s. et c. sil *C*. **467.** d. esveilliez s. *B²*. **472.** quil s. t. gras p. *B*. **475.** e. reclamez a *B²*. **479.** q. ilz l. *A*, a. l. v. et *B*. **480.** b. et de *B*. **481.** p. bellement a. *B*. **483.** p. sa p. *B*. **486.** p. ou pigons *B*. **487.** c. est la p. Et aucunesfoiz *B*.

chemin il essuyait des gouttes, il faut le faire sécher auprès d'un très bon feu ou au soleil sur un tréteau. Veillez à ne jamais le poser sur une perche mouillée, car aussitôt qu'il a les pattes mouillées, il s'enrhume et tombe malade ; ses pattes doivent toujours être sèches et chaudes. Une fois ainsi séché, il volera d'une aile bien vigoureuse.

20. A ce point vous devez savoir évaluer s'il est trop maigre ou trop gras. S'il est trop maigre il est faible, s'il est trop gras il est lent et lourd. Sachez que c'est signe de maladie lorsqu'il se tient ramassé ou recroquevillé, lorsque le tour des yeux est plus vert et jaune, lorsque sa tête semble lourde et qu'il ne se tient pas droit et éveillé sur le poing et la perche : tout cela vient de ce qu'il est trop maigre. Il faut le nourrir pendant une journée ou deux d'échine de porc pour qu'il se rétablisse. C'est lorsqu'il se tient droit et éveillé et que ses yeux sont saillants qu'il est en bonne santé. Mais il ne doit pas être trop gras non plus. Si tel est le cas, il faut le nourrir de viande lavée ou de bœuf pour y remédier.

21. Lorsque tenu par la commande il obéit au réclame alors que vous êtes à pied, et une fois qu'il connaît les chiens et qu'il n'est ni trop maigre ni trop gras, qu'il est curé et en bonne santé, il faut commencer à l'entraîner en lui donnant à chasser dans les champs de petits poussins, au début à pied, ensuite à cheval. Lorsqu'il les aura attrapés, liés et abattus, descendez de cheval et approchez-vous de lui tout doucement ; agenouillez-vous à une certaine distance, puis avancez doucement à quatre pattes petit à petit, en tendant votre main en direction des pattes de votre épervier. Saisissez la proie en soulevant ses pattes et faites-le se repaître de sa proie. Si vous voulez le dresser à la chasse aux pies, faites-le voler dans les champs après des poussins et des pigeons mouchetés de blanc et tachetés de noir comme les pies. Parfois, si on peut en obtenir, on peut faire voler de jeunes pies dans les champs après s'être

champs, et estre garny d'unes petites turquoises propres a
490 ce, afin que si tost que l'esprevier avra lyé le piat l'en lui
rompe les jambes et le becq, afin que l'esprevier en soit
tousjours au dessus et ait l'aventaige du piat sans estre
blechié. Et se l'en ne peut finer de piat, mais seulement de
forte pie, il convient que l'en lui oste et rompe le becq et
495 les ongles et deux ou trois des maistres plumes de chascune elle. Et l'esprevier ainsi duyt volera aux piez en la
saison. Et toutevoyes sa nature l'enseigne plus que
estrange doctrine.

22. *Item*, l'en dit que la personne, les chiens et le
500 cheval qu'il a acointié et acoustumé a veoir ne lui doivent
point estre changiez : c'est assavoir que si un esprevier
avoit esté gouverné par un homme blanc chevauchant un
cheval noir, et l'en le bailloit es mains d'un moinne noir
chevauchant un cheval blanc, ou d'un escuier, chevalier
505 ou bourgoiz, ou d'une femme ou d'autre personne vestue
d'autre habit, ou en autres mains que es mains de cellui
qu'il avroit aprins, l'esprevier qui avroit mescongnois-
sance d'icellui nouvel maistre ne seroit si reclamé a lui
comme a son maistre qu'il congnoissoit et qui l'avoit
510 nourry. Et pour ce, cellui ne le devroit laissier tenir ne
paistre a autre fors a lui.

23. Chiere suer, avant que vous commenciez a voler a
droit ensient, il vous convient et est neccessité d'avoir
chercé et enquis aux compaignons du pays les volees des
515 perdris ; et saichez que en pays estranges et ou repaire la
souveraine queste que bon esprevetéur puisse fere si est
d'enquerir aux bergiers et vachiers et autres gens d'aval
(*fol. 120b*) les champs s'ilz ont veues aucunes perdris et
ou est leur commun repaire, et puis aler celle part. Mais
520 sur toute rien gardez vous que chiens de bergiers ne autres
chiens estranges que vous ne congnoissez et qui ne
congnoissent voz oyseaulx (et especialement mastins) ne
vous suivent : car vostre esprevier ne vouleroit pas si

---

492. e bleciez Et *B*. **494.** lui couppe ou r. *B*. **500.** a acointiez et acoustumez *B²*, a accoustumé *C*. **507.** a. appris le. *B*. **509.** et quil la. *BC*. **511.** autre foiz f. *A*. **513.** d. essient il *B²*, da. cerchie (ie *corrigé*) et *B²*. **514.** p. les volez *A*, p. ou sont les v. *B*. **515.** p. estrange et *B*.

muni de petites pinces propres à rompre les jambes et le bec au jeune oiseau aussitôt que l'épervier l'aura lié, afin qu'il ait toujours le dessus et l'avantage sur la petite pie sans risquer de blessures. Si on ne peut trouver de jeune pie mais uniquement une pie adulte et forte, il faut lui rompre le bec et les griffes et lui ôter deux ou trois des grandes plumes à chaque aile. L'épervier ainsi dressé chassera les pies dans la saison. De toute façon, son instinct est un guide meilleur que tout dressage.

22. *Item*, on dit qu'il ne faut pas changer le maître, ni remplacer les chiens et le cheval que l'épervier connaît et qu'il est habitué à voir : si un épervier avait eu comme maître un homme[1] blanc sur une monture noire, et qu'ensuite on le livrait à un moine noir montant un cheval blanc, ou à un écuyer, à un chevalier, à un bourgeois, à une femme ou à une autre personne au costume différent, à des mains autres que celles de son éleveur, l'épervier, ne reconnaissant pas ce nouveau maître, n'obéirait pas aussi bien à son réclame qu'à celui du maître qu'il connaissait et qui l'avait élevé. Pour cette raison, celui-ci ne devrait pas permettre à quelqu'un d'autre de le tenir ou de le nourrir.

23. Chère amie, avant de commencer à le faire voler pour de bon, vous devez impérativement chercher à connaître auparavant les portées de perdrix en interrogeant les habitants du pays. Sachez qu'en d'autres terres tout autant que dans son pays, la meilleure démarche qu'un bon épreveteur puisse faire est de s'enquérir auprès des bergers, vachers et autres gens du peuple, sur les champs où ils ont vu des perdrix et où elles séjournent habituellement, puis de s'y rendre. Mais avant tout veillez à ce qu'il n'y ait pas de chiens de bergers ni d'autres chiens inconnus de vous et de vos oiseaux (spécialement des mâtins) en train de vous suivre : ils empêcheraient votre épervier de voler d'aussi bon cœur et aussi hardiment qu'à l'accou-

---

1. Sans doute une erreur dans le manuscrit : « moine » conviendrait mieux.

volontiers ne si hardiement. Et s'il avoit abatu ou lyé un
oisel si seroit en aventure d'estre par eulx tué, et moult de
foiz en est ainsi advenu.

24. *Item*, chiere suer, en cest endroit d'espreveterie,
aux jours que vous ne vouldrez vouer vous couvient
acoustumer a paistre vostre esprevier des le bien matin,
afin que a celle heure quant vous voulerez il ait tousjours
fain, si volera mieulx. Car les bons espreveteurs se lievent
des l'aube du jour et des lors vont vouler ; mais toutesvoyes que leur esprevier ait gecté sa plume, et aussi
qu'il ne pleuve ne face grant vent. Car se vous volez par
grant vent, le vent emportera vostre esprevier qu'il n'en
pourra maiz, et se mocquera l'en de vous. *Item*, ne voulez
pas prez de bois ou de haye ne de vigne, ou de fossez ou
autre empeschement d'eaue. *Item*, ne volez pas aux petis
oyseaulx, car ilz sont trop roides et scevent les tours des
buissons ou ilz ont acoustumez repairier. Et pour ce
l'esprevier fault, si se traveille fort, pource que iceulx
menuz et petis oiseaulx sont fors, et si n'emportent mye si
grant honneur pour l'espreveteur ne pour l'esprevier
comme perdriz qui volent foiblement et sont plus tost
prinses. Et aussi quant les menuz oiseaulx se boutent es
buissons, l'esprevier qui vole apres se lasse et descourage
pour sa hardiesse et faire son devoir, si ront souvent sa
queue et ses elles, tellement que en la fin il en demeure
tout diffamé et n'en peut maiz.

25. Toutesvoyes se vostre esprevier y vole et vous
veez que pour ce faire vostre esprevier ait la teste
d'aucunes de ses plumes quassees, si la moulliez tantost
de vostre salive endroit la quasseure, et quant vous viendrez a l'ostel d'eaue nonmie chaude, mais mains que
tieude, et elle se reffermera ; si non, elle se rompra. Et s'il
a son balay rompuz il n'en vauldra pas pis pour voler aux
cailles, a perdriz et aux gros oyseaulx qui volent droit a
terre ; mais il en est plus lait et si ne suit mie si bien petis

---

532. labbe du *A*, m. toute voies q. *B*. **535.** e. qui n. *B*². **537.** b. ne h. *B*. **538.** e.
deaues l. *B*, ne v. point aux menuz o. *B*. **540.** o. acoustume a r. *B*. **543.** le.
coment p. *AC*. **544.** t. prises Et *B*. **547.** d. se r. *B*. **552.** si le m. *A*, si les m.
C. **555.** se raffermera si *B*. **556.** b. rompu il *B* v. a c. *B*. **557.** et a g. *B*.

tumée. En plus, une fois qu'il aura abattu ou lié un oiseau, il risquerait d'être tué par ces chiens : c'est arrivé souvent déjà.

24. *Item*, chère amie, les jours où vous ne désirez pas voler, il faut habituer votre épervier à manger très tôt le matin, afin qu'à cette heure, les jours où vous sortirez pour voler, il ait toujours faim : il en volera mieux. Les épreveteurs se lèvent en effet dès l'aube et partent aussitôt voler, à condition toutefois que leur épervier ait rejeté sa cure et qu'il ne pleuve ou qu'il ne vente trop fort. Si vous volez par grand vent, votre épervier sans défense sera emporté et l'on se moquera de vous. *Item*, ne le faites pas voler à proximité d'un bois ou de haies ni de vignes, de fossés ou autres obstacles et cours d'eau. *Item*, ne lui faites pas poursuivre de petits oiseaux, qui sont trop malins : ils connaissent à fond les buissons où habituellement ils ont leur nid. Pour cette raison, l'épervier est voué à l'échec ; il fait de grands efforts devant ces petits et frêles oiseaux si habiles, alors qu'une victoire sur eux n'apporte ni au maître ni à l'épervier une gloire aussi grande que la prise d'une perdrix qui pourtant vole mollement et qui est plus facile à attraper. De plus, lorsque ces petits oiseaux s'enfoncent dans les buissons, l'épervier qui les poursuit avec hardiesse se lasse et se décourage ; de surcroît, il se casse souvent la queue et les ailes, si bien qu'à la fin il se retrouve tout humilié et épuisé.

25. Cependant, si votre épervier vole quand même après ces petits oiseaux et qu'ensuite vous constatez qu'il s'est rompu le bout de quelques plumes, mouillez aussitôt avec votre salive l'endroit de la cassure ; une fois de retour à la maison recommencez avec de l'eau non pas chaude mais à peine tiède : elle se refermera alors ; autrement elle se cassera pour de bon. Si son balai est cassé, il n'en volera pas moins bien aux cailles, aux perdrix et aux gros oiseaux qui volent droit à terre ; mais cela l'enlaidit et il suit alors moins bien les petits oiseaux au

oyseaulx qui se plyent, comme l'aloe qui gauchist comme
a esquerre, et si ne peut monter aprez l'aloe. *Item*, s'il
avenoit que vostre esprevier ait l'une des parties de sa
quehue (*fol. 121a*) rompue, l'en doit roignier aux forces
l'autre partie afin qu'il vole justement. Et ja soit ce que
l'esprevier qui a la quehue rompue en soit plus lait, toutesvoyes
il n'en vault de riens pis pour voler aux gros,
mais pour voler aux menuz si fait.

26. L'aloe de gibier c'est l'aloe de cest an qui a courte
queue sans blancheur, toute rousse de rousseur cendree, et
ne chante point au sourdre et vole droit et se rassiet prez.
Et la vielle aloe a longue queue dont aucunes des plumes
sont fines blanches, et au sourdre pipe et dit : *Andrieu!* et
vole par ondees et plie son vol par esquerre, puis a destre,
puis a senestre, et se assiet loing. Celle n'est pas de gibier,
ne n'y doit on point voler es mois d'aoust et septembre,
mais en septembre quant elle mue, la queue lui chiet, et
est de gibier pour ce quell'est foible.

27. *Item*, il est dit dessus et il est vray, que tout bon
espreveteur doit garder qu'il ne vole a menuz oyseaulx
roiddes : comme a l'aloe vielle, moissons vielz, et autres
qui sont prez des buissons, pource que incontinent qu'ilz
voient l'esprevier ilz s'i boutent, et fault l'esprevier a les
lier, et ront sa queue et despiece ses elles ou buisson ; et
par ce se lasse et descorage de voler. Mais le pis est que
aucunesfoiz l'esprevier qui est ainsi lassé ne revient point
a son maistre, mais s'esvole et se repose sur un grant
arbre. Et est certain que les espreviers ainsi lassez sont
plus tardiz et plus longs a venir dessus ung grant arbre,
maison, ou autre hault lieu que dessus ung bas, se grant
fain ne les y [remuet]. Et a ce besoing convient avoir ou
poucins ou autre oisel vifz pour faire voleter devant eulx
en les reclamant sans moustrer le visaige.

28. Ces choses veues et faites, vous pouez aler voler,
et le premier jour que vous volerez soiez garny de poucin

---

560. sil advenoit q. *B*, sil avoient q. *C*. **573.** g. ne ne d. *A*, g. et ne d. *C*, d. len p. *B*, m. de s. et d'a. m. *B*. **585.** m. sen vole et *B*, est de c. *B*. **587.** a revenir de d. *B*, a revenir d. *C*. **589.** les y a remet *A*, les y muet *B*, les y remect *C*. **590.** ou oiseaulx v. *B*.

vol zigzagant, par exemple l'alouette qui fait des crochets à angle droit ; il ne peut pas non plus la suivre lorsqu'elle monte. *Item*, s'il arrivait qu'une partie du balai de votre épervier se rompe, l'on doit couper aux ciseaux l'autre partie afin qu'il garde l'équilibre en vol. Malgré la disgrâce d'une queue rompue, l'épervier ne sera en rien moins habile dans la chasse aux gros oiseaux, seulement dans celle aux petits oiseaux.

26. L'alouette née dans l'année peut être chassée. Sa queue doit être courte et sans trace blanche ; elle est entièrement rousse cendrée ; elle ne chante pas en prenant son envol, elle vole tout droit et se pose non loin de son point de départ. La vieille alouette par contre a une longue queue pourvue de quelques plumes entièrement blanches ; en prenant son envol, elle pipe et dit « Andrieu ! » Son vol est ondulé, elle fait des crochets à droite et à gauche et se pose loin de son point de départ. Cette vieille alouette n'est pas un gibier, il faut éviter de la chasser pendant tout le mois d'août et, en septembre, attendre qu'elle mue, car alors elle perd sa queue et ainsi elle est plus vulnérable et peut être chassée.

27. *Item*, on vient de le dire et c'est bien vrai : tout bon épreveteur doit empêcher son épervier de chasser de petits oiseaux difficiles comme la vieille alouette, les vieux moineaux ou d'autres oiseaux que l'on trouve près des buissons : dès qu'ils voient l'épervier, ils plongent dedans et l'épervier ne réussit pas à les lier, rompt sa queue et met ses ailes en morceaux dans le buisson, ce qui le lasse et le décourage de voler. Mais qui pis est, il arrive qu'un épervier ainsi découragé ne retourne pas auprès de son maître, mais s'envole et se repose sur un grand arbre. Il est évident que des éperviers ainsi lassés sont plus longs à revenir du sommet d'un grand arbre, d'une maison ou d'un autre lieu élevé que d'un endroit bas, si une grande faim ne les y décide. Pour cette raison il est utile d'avoir sous la main des poussins ou d'autres oiseaux vivants qu'on pourra faire voleter devant eux, tout en les réclamant sans montrer son visage.

28. Toutes ces consignes étant observées, vous pouvez aller faire voler votre oiseau. Le premier jour, soyez bien équipé de

ou autre oysel vif, pour y faire voler vostre esprevier se
vous ne trouvez autre oysel. Et au premier oysel que
vostre esprevier prendra aux champs, si tost qu'il l'avra
abatu et le tendra entre ses piez, il convient descendre et
aler a lui a loing trait; et se garde l'en de toute hastivete,
et que l'espreveteur s'agenoille bellement et loing, et bellement estende ses bras et doulcement preigne et lieve sa
proye et l'oisel dessus; puis rompe la teste a l'oisel et du
cervel paisse son esprevier. Et se l'esprevier vous lye des
ongles, si vous descharnez ongle aprez l'autre tout bellement sans tirer ne le courroucier. *Item*, quant vostre esprevier est gorgé vous le pouez tenir sur la main nue et sans
gant, car lors il ne vous estraindra point. Mais avant qu'il
soit peu, s'il a fain, si ne *(fol.121b)* vous y fiez point; car
lors il estraint fort et tant que sang en fait saillir. Et a ce
jugent aucuns se l'esprevier est fort ou non; car quant il
sentent parmy le gant que l'esprevier estraint fort, ilz
jugent qu'il est fort, si non, non. *Item*, tenez le adont en
place si paisiblement qu'il n'ait cause de soy debatre sur
sa gorgee, car il seroit en aventure de la gecter. Ou se
vous n'avez loisir de le tenir sur le poing en place convenable et paisible, si le perchez en lieu paisible ou il voie
gens, chiens et chevaulx, etc., et ne voie point pigons ne
autre poulaille.

29. Et la .ii[e]. foiz que vous [voulerez], laissez vostre
esprevier .ii. volz ou .iii. le jour et non plus, et le paissez
comme dessus; et la .iii[e]. foiz .ii. ou .iii. volz et non plus;
et puis aux autres jours vole tant comme il pourra a tant
d'oiseaulx comme vous trouverez. *Item*, et se vous appar-
cevez qu'il porte au couvert, si l'embraellez et laissez
pendre .ii. ou .iii. foiz et ne le gectez plus sur arbre quant
vous le vouldrez paistre, et il se chastiera d'illec en avant.
Item, commencez a aler voler chascun jour au matin des
le bien matin, et volez jusques a tierce. Et lors mectez
vostre esprevier en ung pré ou champ, et s'il ne porte au
couvert sur ung pré ou arbre, et le reclamez d'illec et

---

595. Et... oysel *omis AC*. **598.** a long t. *B*. **600.** et bellement p. *B*. **603.** a. autre t. *B*. **605.** e. gorgez v. *B*[2]. **609.** q. ilz s. *B*. **611.** le adonc en *B*. **617.** a. volaille etc. *B*. **618.** v. vouldrez l. *AC*, v. volerez l. *B*. **623.** l. prendre .ii. *AC*.

poussins ou d'autres oiseaux vivants pour y faire voler votre épervier au cas où vous ne trouveriez pas d'autres oiseaux. Lorsqu'aux champs votre épervier prendra son premier oiseau, dès qu'il l'aura abattu et qu'il le tiendra entre ses serres, il faudra descendre de cheval et aller à lui graduellement : qu'on se garde de tout empressement ; l'épreveteur doit s'agenouiller doucement à distance et doucement étendre ses bras pour saisir et soulever avec précaution la proie sur laquelle se tient l'oiseau. Puis il doit rompre la tête de la proie et repaître l'épervier avec la cervelle. S'il vous lie avec ses serres, sortez tout doucement griffe après griffe de votre peau, sans tirer, sans l'irriter. *Item*, une fois l'épervier repu, vous pouvez le tenir sur votre main nue, non gantée, car il ne vous serrera plus. Mais ne vous y fiez pas avant qu'il soit repu : tant qu'il a faim, il peut serrer jusqu'au sang. Il y en a qui jugent ainsi la force de l'épervier : s'ils sentent même à travers le gant que l'épervier serre fort, ils en déduisent qu'il est fort, et sinon qu'il est faible. *Item*, maintenez-le à présent en place si tranquillement qu'il n'ait aucun motif de se débattre sur sa gorge, car autrement il risquerait de la rendre. Si vous ne pouvez pas le tenir sur le poing dans un endroit approprié et tranquille, perchez-le dans un coin calme d'où il puisse voir les chiens, les chevaux, etc., mais non pas des pigeons ou autre volaille.

29. La seconde fois que vous ferez voler votre épervier, limitez ses vols à deux ou trois par jour, puis nourrissez-le comme indiqué ci-dessus, et la troisième fois de même. Mais les jours suivants il peut voler tant qu'il voudra et chasser autant d'oiseaux que vous pourrez en trouver. Si vous vous apercevez qu'il tente d'aller cacher sa proie, embrouillez ses longes[1], laissez-le pendre à deux ou trois reprises et empêchez-le de s'élancer sur un arbre quand vous voudrez le nourrir ; dorénavant il ne recommencera plus. *Item*, commencez à le faire voler chaque jour de bon matin jusqu'à tierce. Puis laissez aller votre épervier dans un pré ou un champ ou, s'il n'a pas tendance à cacher sa proie, dans un buisson ou sur

---

1. Dans les branches du buisson où il aura entraîné sa proie.

paissiez, et puis le perchez, et vous reposez, et laissez passer le chault et aprez volez au serain. Car qui ou mois de juillet et deslors vouleroit jusques a la myoust par trop chault, l'esprevier si s'efforceroit hault et loing, et a la premiere riviere ou eaue qu'il viendroit, d'en hault s'en yroit baignier. Puis se ressuiroit sur ung arbre, et la se pouroindroit tellement et si a grant loisir qu'il n'avroit plume sur lui qu'il ne remuast au becq l'une aprez l'autre tout a loisir, et sans trop grant diligence ne pourroit estre trouvé. Et s'il estoit retrouvé, si ne pourroit il estre reprins sans trop grant actendue. Mais apres la myoust il ne s'efforcera mie si voulentiers.

30. Et toutesvoyes, ainsi comme il est dit dessus, soyez tousjours garny de vif poucin rousset, semblant a perdriz, afin que se vous ne trouvez autres foibles oiseaulx, que vous volez aux champs de ce poucin que vous avrez porté, et lui donnez de la cervelle et du surplus ses droiz et l'en paissiez. Puis ostez la gorge et les boyaulx du poucin, si s'en gardera mieulx et l'en pourrez paistre a l'une foiz des elles, l'autre foiz des cuisses, puis au derrenier du charquois. Et se vous n'avez trouvé poucin, si soiez pourveu de pijon ; ja soit ce que ce soit chaude viande et trop aigre a l'esprevier qui vole ; car la saveur lui en demeure longuement et le soustient sans fain plus que autre viande (et en *(fol. 122a)* reffuse le poing) et tient l'esprevier orgueilleux. *Item*, vous prenez bien garde que de ce que vous commencerez a voler, deslors vous ne courroucez vostre esprevier, et que rien ne l'aprouche soudainnement, effondrément, ne tempeteusement – soit personne, chien, cheval ou autre chose. Et mesmement par derriere, car de ce qui lui survient par derriere est il plus tourmenté et effroyé.

31. *Item*, quant vous serez en queste, si aiez tousjours l'ueil a vostre esprevier et a voz espaignoz, et quant vous verrez qu'ilz moveront la queue a desvuyder une place, si

---

630. vous *omis B*. **634.** quil verroit de h. *B*, quil v. de h. *C*. **635.** se ressuieroit s. *B*, se pouroindoit t. *A*, se pour oindre t. *C*. **638.** e. trouvez Et *B²*. **641.** ne s'essorera m. *B²* (*B* avait été identique à *A*). **650.** s. pourveuz de *B²*. **655.** q. des ce *B*. **658.** s. per p. *A*. **660.** et seffroye plus *B*. **664.** q. et deswidier *B*.

un arbre, réclamez-le, nourrissez-le, puis perchez-le et reposez-vous. Laissez passer les heures de chaleur puis volez à nouveau le soir. Si on faisait voler l'épervier en juillet et jusqu'à la mi-août par de trop grosses chaleurs, il se forcerait à voler haut et loin, et il descendrait à la première rivière venue pour s'y baigner. Puis il irait se faire sécher sur un arbre et là, il se graisserait le plumage avec une telle application qu'il ne resterait plume sur lui qui ne fût portée au bec, une après l'autre tout à loisir, sans se presser outre mesure, et l'on risquerait de ne pas le retrouver. Et si on le retrouvait, il ne pourrait être repris qu'au bout d'une très longue attente. Mais après la mi-août, il ne se démènera plus avec autant d'ardeur.

30. Toutefois, comme on l'a dit ci-dessus, munissez-vous toujours de poussins roux vivants – pour leur ressemblance avec les perdrix –, afin, si vous ne trouvez pas d'autres oiseaux affaiblis, de pouvoir lui faire chasser dans les champs le poussin que vous avez apporté ; repaissez l'épervier de sa cervelle et donnez-lui un morceau de plus que d'habitude. Enlevez ensuite le cou et les entrailles du poussin : il se conservera mieux ainsi et on pourra nourrir l'épervier une fois des ailes, la fois suivante des cuisses, puis une dernière fois de la carcasse. Si vous n'avez pas pu vous procurer de poussin, munissez-vous de pigeons, bien que ce soit là une nourriture échauffante et trop aigre pour l'épervier qui vole. Il en garde longtemps le goût et reste rassasié plus longtemps qu'après toute autre nourriture (il refuse alors le poing) ; cette viande le rend orgueilleux. *Item*, gardez-vous bien de courroucer votre épervier une fois que vous commencerez à le faire voler ; que rien ne l'approche soudainement, brusquement, de manière intempestive – être humain, chien, cheval ou autre –, et surtout pas par-derrière, car tout ce qui arrive par-derrière le traumatise et l'effraie davantage encore.

31. *Item*, lorsque vous serez à la recherche d'une proie, ayez toujours un œil sur votre épervier et sur vos épagneuls ; lorsque les chiens remueront la queue en vidant les lieux, piquez aus-

ferez tantost de l'esperon droit a eulx, afin que quant la perdriz saudra vostre esprevier soit prouchain. Et se pluseurs perdriz saillent, dont vostre esprevier suive, lye et abbate l'une, entendez tousjours a vostre oisel et criez a voz compaignons qu'ilz remerquent les autres. Et quant vostre esprevier avra eu son droit du cervel, si vous remectez en queste au remerc, afin que vous ayez tous les autres oyseaulx l'un aprez l'autre. *Item*, l'en doit querir les perdriz es grans chaumes et yebles et bruyres et environ les gerbes qui sont demourees aux champs ; car la se paissent les perdriz et les perdriaulx du grain d'icelles gerbes, et sont voulentiers es lieux couvers et nonmie es gauchieres ne autres lieux descouvers, tant pour doubte du chault comme pour doubte que le faulx perdriel et les oyseaulx de proie ne les voyent. Et quant le chault est levé, icelles perdris et aussi les cailles sont en grans genestes et vignes, et es vesses, es poisieres et es blez qui sont sur le pié et qui donnent grant ombre pour estre freschement. *Item*, en ce temps l'en ne pourroit pas faire queste es vignes, pour ce que l'en y feroit trop de dommaige a ceulx a qui les vignes sont, et aussi les perdriz y avroient trop d'avantaige et l'esprevier trop d'encombrier pour les fueilles et eschallas. Mais les bons espreveteurs qui les remerquent et puis s'i mectent en queste au remerq par les champs ou buissons, et au boulon l'esprevier les prent.

32. Se l'esprevier porte au couvert et son maistre le reclame et siffle, il ne lui doit pas moustrer son visaige. *Item*, saichiez que depuis que l'esprevier avra commencié a voler il ne doit vivre de nulle char de boucherie, ne d'autre fors que de la proie ; car de jour en jour continuellement sans cesser il doit voler sans repos ; car qui ung jour le repose, il recule par trois jours.

33. *Item*, saichiez que [le] deduit de perdriaulx dure jusques a la myaoust, et adont commence le deduit des

---

673. et bruieres et *BC*. **676.** es jacheres ne *BC*. **680.** s. es g. g. es v. *B*. **681.** et es v. espoisses *B*, es v. poisierez *C*. **688.** p. se m. *B*. **694.** ne de autres f. q. de sa p. *B*. **697.** il le r. pour t. *B*. **698.** q. se lesprevier d. *A*, q. − le premier d. B^2, q. le d. *C*. **699.** et adonc c. *B*, et adonques c. *C*.

sitôt des éperons droit sur eux, afin que votre épervier soit tout près de l'endroit où la perdrix s'envolera. Si plusieurs perdrix s'envolent, et que votre épervier en poursuive une, la lie et l'abatte, continuez à porter toute votre attention sur votre oiseau et ordonnez en criant à vos compagnons d'observer où les autres se cachent. Lorsque votre épervier aura eu sa ration de cervelle, relancez-le vers leur cachette afin d'attraper toutes les autres perdrix l'une après l'autre. *Item*, l'on doit chercher les perdrix dans les chaumes hauts, les yèbles et les bruyères, ainsi qu'autour des gerbes restées dans les champs : les perdrix et les perdreaux viennent en manger les graines ; ils se trouvent souvent sous le couvert, et non pas dans les champs en friche et autres terrains découverts, autant pour fuir la chaleur que le faux perdreau[1] et les oiseaux de proie qui pourraient les voir. Une fois la chaleur passée, les perdrix ainsi que les cailles se trouvent dans les grands genêts et les vignes, dans les champs de vesces, de pois et de blé sur pied qui dispensent beaucoup d'ombre et de fraîcheur. *Item*, à cette époque-là on ne peut pas chercher ses proies dans les vignes, d'abord parce qu'on causerait un trop grand dommage à leurs propriétaires, mais également parce que les perdrix seraient trop avantagées par rapport à l'épervier, gêné à cause des feuilles et des échalas. Les bons épreveteurs les lèvent pour qu'elles aillent se cacher dans les champs et les buissons ; ils les y poursuivent et l'épervier peut, de haut, fondre sur elles.

32. Si l'épervier cache sa proie, son maître doit le réclamer et le siffler sans lui montrer son visage. *Item*, sachez qu'à partir du moment où l'épervier aura commencé à voler, il ne doit jamais être nourri avec de la viande de boucherie – ni aucune autre – mais seulement de sa proie : il doit sans repos voler jour après jour ; si on le laisse reposer un seul jour, on le fait régresser de trois.

33. Sachez que la chasse aux perdreaux dure jusqu'à la mi-août, époque où commence la chasse aux cailles ; les perdrix en

---

1. « Oiseau de proie ignoble », d'après Pichon, « grand destructeur de perdrix ».

cailles, pour ce que alors deviennent fortes et voulentiers
se tiennent prez des bois et des hayes. En aoust l'en treuve
bien des perdriz qui en cest an furent couvees au plus tart,
et se adouerent plus tart que les autres, et n'estoient pas
assez eagees quant la saison de chauchiee fut, et ne sont
pas toutes reparees *(fol. 122b)* ou moiz d'aoust, et ont
encores leurs plumes a sain (et ou tuyau a ung neu) et ne
sont pas si fortes comme les peres et les meres qui ont esté
muees, et ne sont pas les plumes de leurs elles si roiddes
comme leurs peres et leurs meres qui ont esté muees, et
pour ce sont plus legieres a prendre a l'esprevier que ne
sont les peres et les meres, se ce n'est toutesvoyes quant
freschement et tantost apres que iceulx peres et meres ont
couvé [et qu'ilz] nourrissent et tiennent encores soubz
eulx leurs perdrialx ; car lors sont il devestuz de leurs
plumes et sont maigres et foibles et peuent bien estre
arrestez par l'esprevier. Maiz quant ilz sont revestuz de
leurs plumes et renforciez il n'y fait nul voler fors au
voulon, comme dist est, ou apres leur premier vol par
remercq, car au second vol sont elles plus lassees qu'ilz
ne furent au premier. Et est grant peril de mectre son
esprevier en aissay de les prendre en plains champs du
premier vol ; car se l'esprevier se lasse a tirer apres, ou se
il lye la perdriz et elle est si forte qu'elle l'en porte, ou
qu'il soit autrement foulez, soit par cet oisel ou par autre,
ja puis n'y volera voulentiers.

34. En la saison d'aoust l'en peut voler aux faisandeaulx, aux oustardes, aux lapereaulx, aux levractz, aux raales des champs qui sont roux, et aux cailles, ou au moins en la myaoust ; et en septembre doit l'en voler tout au long du jour, sans retourner a l'ostel puis qu'il ne face ne trop grant chault ne trop grant pluye ne trop grant vent, et doit l'en savoir que ou moiz de septembre il ne se essore mye si voulentiers comme en aoust.

35. *Item*, pource que les nuys sont en septembre plus

---

703. se adonnerent p. *B²C*. **704.** de chauchier f. *B²C*. **706.** a saing et *B*, a sanc et *C*, et ne sont pas... muees *omis AC*. **713.** c. ce qui n. *A*, c. et qu'ilz n. *B²*, c. ce quil n. *C*. **716.** s. revestues de *B*. **717.** et renforcees il *B²*, au boullon c. *B*. **732.** se essoye m. *A*, se essoie m. *C*.

effet deviennent fortes et se tiennent volontiers aux abords des bois et des haies. Cependant, on trouve encore des perdrix en août, mais elles sont alors d'une couvée tardive, leurs parents, trop jeunes à la saison de l'accouplement s'étant appariés plus tard que les autres. Ces perdrix n'ont pas toutes atteint leur taille définitive au mois d'août et ont toujours leurs plumes injectées de sang (et le tuyau noué) ; elles sont moins fortes que leurs parents qui ont mué, et les plumes de leurs ailes sont moins vigoureuses. Pour toutes ces raisons elles sont une proie plus facile que leurs parents pour l'épervier, excepté dans la période où ceux-ci viennent de couver et pendant qu'ils nourrissent leurs petits au nid ; ils ont alors le plumage dégarni, ils sont maigres et peu vigoureux, si bien que l'épervier peut facilement les attraper. Mais une fois leur plumage réparé et leurs forces rétablies on ne peut plus les chasser qu'au vol[1] comme on l'a dit, ou après les avoir levés lorsqu'ils s'envolent pour la deuxième fois de leur cachette : au deuxième vol les perdrix sont plus fatiguées qu'au premier. C'est fortement exposer l'épervier que de tenter de les lui faire attraper en plein champ lors du premier vol ; si ensuite l'épervier se lasse à tirer, ou si la perdrix liée est si forte qu'elle l'emporte, ou encore si l'épervier est autrement lésé par quelque oiseau que ce soit, il ne volera plus jamais de bon cœur.

34. En août, on peut chasser les petits faisans, les outardes, les lapereaux, les levrauts, les râles des champs qui sont roux, ainsi que les cailles, du moins à partir de la mi-août. En septembre, on doit voler toute la journée sans rentrer à la maison, à moins qu'il ne fasse trop chaud ou qu'il pleuve ou vente trop fort ; il faut savoir qu'en septembre l'épervier ne prend plus son essor aussi facilement qu'en août.

35. *Item*, comme les nuits s'allongent en septembre, il

---

1. C'est-à-dire en fondant verticalement sur les perdrix au moment, comme le précise le premier paragraphe, où elles prennent leur envol.

735 longues, il couvient donner au soir en la fin de septembre plus grosse gorgee et petite au matin ; maiz tousjours ayez lors en memoire que c'est mauvaise paisson que de caille et de pigon, car c'est chair de dure digestion et demeure longuement en l'estomac. L'esprevier s'en enorguillist et
740 reffuse le poing comme dit est dessus.

36. *Item*, en la fin dudit moiz de septembre et apres, quant le voler des cailles et perdriz est failly, et mesmes en l'iver, l'en peut voler comme dit est aux piez, aux choes, cercellees qui sont en riviere ou autres qui sont
745 tavellees et ont longues jambes et sont aux champs et courent a pié parmy le gravier d'eaue, aux merles, aux mauviz, aux goiz, aux videcoqs et aux merles. Et a ce peut l'en aler a pié et avoir l'arc et le boujon, que quant le merle se boute en ung buisson et ne se ose partir pour
750 l'esprevier qui est dessus et l'espie, la dame ou damoiselle qui scet traire le peut tuer du boujon. Et ainsi de temps en temps peut on avoir deduit de son esprevier. Quant l'en le veult garder pour muer et quant l'en ne treuve plus a le paistre de son voler l'en luy donne congié. (Et sachiez que
755 des la premiere nuyt qu'il avra jeu dehors il est devenu sauvage se il se paist de luy mesmes. Et pour ce le convient l'endemain recouvrer a l'aube.)

37. Et, belle seur, s'il est ainsi que vous le voulez muer, pour ce que autant couste a muer ung mauvaiz
760 esprevier comme ung bon, ayez (*fol. 123a*) premierement regard se vostre esprevier a esté bel et bon et paisible, car icelluy doit l'en muer. Et s'il a esté autre ne prenez plus de painne, car encores seroit il pire apres la mue. Toutesvoyes, se muer le voulez, il le couvient paistre de chaude
765 viande comme de gelines, soriz, ratz, et d'autres oiseaulx gaigniez aux filez et a l'arbaleste. Ja soit que c'est le meilleur que l'esprevier vole tant comme l'en trouvera a voler, et par especial tout le Karesme, car a fort et souvent gecte il plus naturellement ses plumes pour muer. Et
770 tousjours le couvient il, comme dit est, curer et donner

---

736. toutesvoies a. *B*. **752.** l'en *omis A*, m. Et q. *AB* (*mais en B* quant... muer *fait partie de la phrase précédente*). **766.** J. s. ce que *B*. **770.** est devant c. *B*.

convient vers la fin du mois de donner une plus grande ration à l'oiseau le soir, et une plus petite le matin. Mais ayez alors toujours présent à l'esprit que caille et pigeon sont mauvaise nourriture, car leur viande est indigeste : elle reste longtemps sur l'estomac ; l'épervier en devient orgueilleux et refuse le poing, comme on l'a dit ci-dessus.

36. *Item*, vers la fin du mois de septembre et par la suite lorsque la saison des cailles et des perdrix est terminée, et à plus forte raison en hiver, on peut chasser, comme on l'a dit, les pies, les choucas et les sarcelles de rivière ou une autre espèce de sarcelles tachetées, aux longues jambes, qui séjournent dans les champs et qui courent à pied sur les cailloux dans l'eau ; les merles, les mauvis, les geais, et les bécasses. On peut y aller à pied, équipé d'un arc et d'une flèche ; lorsque le merle disparaît dans un buisson et n'ose plus en sortir à cause de l'épervier qui l'épie d'en haut, la dame ou la demoiselle qui sait tirer à l'arc peut le tuer avec la flèche. Ainsi, d'une saison à l'autre peut-on trouver un passe-temps agréable avec l'épervier. Lorsqu'on veut le garder quand il mue, et qu'on ne trouve plus assez de proies pour l'en nourrir, qu'on le lâche alors. (Sachez que dès qu'il aura passé une nuit dehors, il est redevenu sauvage s'il s'est nourri par lui-même. Pour cette raison il faut le récupérer le lendemain à l'aube).

37. Chère amie, si vous voulez le garder lorsqu'il mue, comme il coûte aussi cher de garder un mauvais qu'un bon épervier à partir de sa mue, demandez-vous d'abord si le vôtre a été gentil, docile et paisible : on doit le garder seulement dans ce cas-là, autrement c'est peine perdue que de vous en occuper encore, car après la mue il n'en vaudrait que pis. Mais au cas où vous décidez de le garder pendant sa mue, il faut le paître de viande encore chaude : des poules, des souris, des rats et des oiseaux pris au filet ou tirés à l'arbalète. Il n'en demeure pas moins que le mieux est de faire voler l'épervier tant qu'on peut trouver des proies à chasser, tout particulièrement pendant le carême, car alors il perd naturellement ses plumes en muant. Il faut continuer à le curer et à lui donner sa plume comme on a

plume. Quant a l'esprevier que l'en veult muer, aucuns
donnent des estouppes hascees, et aussi dient aucuns que
c'est bonne plume que des pastes de lievre et de connins
batues d'un bon martel sur ung enclume et ostez les oz. Et
toujours le couvient baignier et tenir sur la perche, et
tousjours paistre de bonne viande chaude et vive, qui peut,
tresdiligemment, et gardez mieulx que devant et le paistre
a tout le moins troiz foiz le jour jusques a la my may, et
lors luy couvient arracher toutes ses plumes de la queue.
Aucuns dient que le meilleur est au croissant de may, ou
autrement la queue ne revient point (c'est au commencement du moiz de juing) ; et la couvient arracher ainsi qu'il
s'ensuit : c'est assavoir que aucun tiengne l'esprevier
entre ses mains, et l'autre luy compressera la chair du
bout de la queue, a la quelle char les tuyaulx des plumes
de la queue se tiennent. Et quant la char est ainsi tenue
pour le sauver, l'en doit arracher les plumes l'une apres
l'autre tout en ung jour. Et dist l'en que d'autant que
l'esprevier a la queue esrachee devant la saint Jehan,
d'autant est il prest plus tost devant le my aoust. Et ja soit
ce que aucuns dient qu'il couvient baignier le   de
l'esprevier en Karesme, donc je ne tiens compte.

38. Et ladicte queue esrachee, le couvient mectre en
une mue qui soit de quatre piez de long et .iiii. piez de
large et troiz piez de hault, et soit couvert de bonne toille
pour le vent, et y ait fenestre pour avoir air. Et en icelle
mue ait une perche, la quelle perche sera de demi pié de
hault. Et sera l'une des moictiés feutree, et en l'autre
moictié du long avra une chanlate coulant en la quelle l'en
luy donra sa viande sans toucher a luy ; et le couvient lors
tresdiligemment garder de trop chault et de trop froit et
mectre et tenir de jour au souleil et garder. Et le garder de
courroux, d'effroy et d'aucun autre encombrier, et le
paistre de tresbonnes viandes et chaudes et hachees tant

---

771. p. Laquelle plume q. *B.* **772.** e. hachees et *B.* **773.** de lievres et de connis (connins B^2) b. *B.* **774.** s. une e. B^2C. **777.** et garder m. B^2C. **780.** est *ajouté au-dessus de la ligne en A*. **785.** les t. les p. *AC.* **787.** p. lun a. *A.* **789.** q. arrachee B^2 (*correction à la fin du mot*), devant *omis A.* **790.** d. la m. *B.* **791.** c. avant b. *B, lacune entre* le *et de ABC.* **794.** et de .iiii. *B.* **797.** de .iiii. piez de *AC.* **798.** des moictiés *répété A.*

dit. Mais pendant qu'il mue, il faut lui donner des étoupes hachées ; d'aucuns disent que des pattes de lièvre et de lapin désossées, battues avec un bon marteau sur une enclume, sont une bonne cure. Il faut toujours continuer à le baigner et le garder sur la perche, toujours le paître de bonne chair encore chaude, d'animaux vivants, si l'on peut, avec grand soin. Il faut y être très attentif, plus que jamais, et le nourrir au moins trois fois par jour jusqu'à la mi-mai : c'est le moment où il faut lui arracher toutes les plumes de la queue. Certains disent que le meilleur moment est au premier quartier de la lune de mai, car autrement la queue ne repousse pas (c'est-à-dire si on le fait au commencement du mois de juin). Il faut procéder comme suit : une personne doit tenir l'épervier entre ses mains, une seconde lui comprimer la chair au bout de la queue où sont plantés les tuyaux des plumes ; et lorsqu'on tient la chair de telle manière qu'il est impossible à l'épervier de se débattre, on doit arracher toutes les plumes une à une le même jour. L'on dit qu'autant de jours avant la Saint-Jean l'épervier a la queue arrachée, autant de jours il est prêt avant la mi-août. Certains disent qu'il faut baigner le [...] de l'épervier en carême, mais je n'en tiens pas compte.

38. Une fois la queue arrachée, il faut le mettre dans une cage mesurant quatre pieds de long et de large, et trois pieds de haut ; elle doit être couverte d'une bonne toile qui protège du vent, et être pourvue d'une ouverture pour que l'oiseau ait de l'air. A l'intérieur de la cage il faut poser une perche à la hauteur d'un demi pied. Une moitié en sera recouverte de feutre, et de l'autre côté on installera une mangeoire coulissante dans laquelle on mettra sa nourriture sans le toucher. Il faut alors veiller avec un soin extrême à ce qu'il n'ait ni trop chaud ni trop froid ; le mettre pendant la journée au soleil. Il faut éviter de le courroucer, de l'effrayer et le préserver de toute autre contrariété ; le paître de très bons aliments chauds et hachés

qu'il soit remis sus. Et aucunefoiz luy couvient donner et mectre en sa mue ung oisel. Et a luy sont bons ractz et souriz, cuer de mouton chault, nomblet de porc chault. Et sera bien de sept sepmaines a deux moiz avant qu'il soit prest. La chose qui plus tost avance ung esprevier, c'est ce que en la saison qu'il doit muer l'en le paisse de deux jours en deux jours des glandes du col de mouton. Et toutesvoyes dit l'en que quant les plumes de la queue et des *(fol. 123b)* elles sont revenues il souffist; car de son dos ne du seurplus ne peut chaloir. Et lors il seroit plus grant dommage qui le perdroit quant l'en en a eu tant de peine; et pour ce est il le plus bel et le meilleur et le plus seur d'aissaier sagement et cautement s'il se tendra paisible sur le poing et le paistre dessus; si non, y remedier sagement et le veillier et mectre au baz. *Item*, est le plus seur de le reclamer a la commande; car toute chose desire sa franchise et retourne de legier a sa nature, et pour ce se en convient contregarder. Et aussi comme ilz donnent plus de paine, aussi valent ilz mieulx que les autres; car iceulx sont enoiselés et congnoissent leurs oiseaulx, les chiens, chevaulx, et sont plus fors.

39. Puis que je vous ay parlé de la nature des espreviers que l'en dit *nyais* pource qu'ilz furent prins ou ny, a present je veuil parler de ceulx que l'en dit *branchiers*, *ramages* ou *rameges*, qui est tout ung. Et en apres je parleray des [*muiers*] d'une ou de pluseurs muez. L'esprevier est dit *branchier* ou *ramage* pour ce que, quant il soit pris, il vole sur les rainceaulx ou sur les branches. Et est certain qu'il couvient que l'esprevier ramage soit enoiselé, que l'en doye esperer qu'il descende a la muecte des pans. Toutevoyes, avant qu'il soit enoiselé, peut l'en appareiller une belle place devant l'aire de l'esprevier, tendre ses pans et mectre en muecte poucin ou pigon ou autre oisel a quoy il doye descendre. Et encores est il bon que pres des guilles ait espreviers et mouchetz

---

807. de monton c. *AC.* **810.** m. cest ce que len le *B* (len *paraît avoir été ajouté par B²*). **816.** le plus bel et *omis B.* **824.** leurs *omis B.* **826.** la nourriture d. *B.* **827.** d. nays p. *AC.* **830.** d. amiers d. *A,* d. muiers d. *B²C.* **832.** q. quil s. *B.* **837.** le. et quant il sera enoiselé t. *B.* **839.** e. ou m.

jusqu'à ce qu'il soit entièrement rétabli. De temps à autre il faut lui mettre un oiseau dans la cage. Par ailleurs, les rats et les souris, le cœur de mouton chaud et l'échine de porc chaude lui conviennent. Il faudra sept semaines à deux mois avant qu'il ait achevé sa mue. Ce qui accélère le plus le processus, c'est de nourrir l'épervier, lorsqu'il entre en mue, des glandes du cou de mouton, tous les deux jours. Cependant, on dit qu'il suffit d'attendre que les plumes de la queue et des ailes aient repoussé : on peut ne pas tenir compte de l'état de son dos et du reste. Mais à partir de ce moment il serait encore plus dommage de le perdre puisqu'on en a tant pris soin. Pour cette raison, le mieux et le plus sûr, c'est d'essayer avec délicatesse et prudence de le prendre sur le poing et de le paître pour voir s'il s'y tiendra tranquille. Si ce n'est pas le cas, il faut y remédier avec patience en le forçant à veiller et en lui donnant très peu à manger. *Item*, il est plus sûr de le réclamer à la commande : toute créature aspire à la liberté et retourne facilement à sa nature première ; il faut donc contrecarrer cette tendance. Les éperviers vaudront d'autant mieux qu'on aura pris plus de peine à les élever ; car ils sont dressés et connaissent les oiseaux, les chiens, les chevaux ; ils sont plus forts que les autres.

39. Jusqu'à présent je vous ai parlé de la nature des éperviers que l'on dit niais, c'est-à-dire pris au nid ; à présent je vais parler de ceux qu'on appelle « branchiers » ou encore « ramages » ou « rameges », termes désignant la même chose. Ensuite je vous parlerai des « mués », c'est-à-dire des oiseaux qui ont mué une ou plusieurs fois. L'épervier est appelé branchier ou ramage parce qu'on le capture alors qu'il volette déjà sur les rameaux ou les branches. Il est indispensable que l'épervier ramage soit dressé pour qu'il y ait une chance qu'il descende à la meute des pans[1]. Cependant, avant qu'il soit dressé, on peut préparer un grand périmètre devant l'aire de l'épervier, tendre ses filets et attacher au bâton un poussin, un pigeon ou un autre oiseau sur lequel il descende. Il est souhaitable que près des leurres il y ait des éperviers et des mouchets qui crient

---

1. Bâton fourchu auquel on attache un oiseau pour attirer l'épervier dans les pans, les filets.

qui crient et volent. Et par ce l'esprevier branchier descend plus tost a la muecte, et tantost qu'il est ou filé il couvient, comment qu'il soit, qu'il soit pris bien doulcement, et que l'un le tiengne par les esles du corps et l'autre le prent par le bec et le cillera. Et incontinent luy convient mectre ses gectz et sonnectes, et le mectre et tenir sur le poing et remuer et garder qu'il ne dorme point, et luy offrir le vespre prouchain la char lavee en eaue tiede. Et se il se paist sur le poing, c'est le premier bon signe; et s'il ne se paist, il couvient garder qu'il ne dorme et veiller de nuyt; et qui ne le peut toute nuyt veillier, si le perche sur une perche branlant qui sera actachee a deux cordes par les deux boux, et tirera l'en aucune foiz celle perche pour la faire branler afin que l'esprevier ne dorme. Et quant il avra esté veillié une nuyt ou deux et qui sera essuré sur le poing et s'i paistra vouluntiers, des la .iie. foiz qu'il sera peu, le convient dessillier et le tenir entre gent et garder qu'il ne dorme fors trespetit. S'il est bien esseuré, l'en le doit du tout assurer et laissier a son aise, puis reclamer et gouverner.

40. Et se l'esprevier qui ainsi est priz aux pans est mué de haye, il couvient qu'il soit mis au baz par veillier et affamé par la maniere que dessus. Ja soit ce qu'il soit plus fort a affaictier et n'est mye de si bon retour comme l'esprevier sor – c'est assavoir celluy d'un an – toutesvoyes est il bien aucuns espreviers qui des l'annee passee ont esté le plus tart couvez et ont esté si tardiz que a paine ont ilz esté fors quant les premiers avoient ja fait leur saison. Et ceulx sont (*fol. 125a = 124a*) muez de haye, et toutesvoyes n'ont ilz point pont ne couvé en ceste annee pour ce que leur jennesse leur a tolu, et sont priz aussi apres leur mue. Et ceulx congnoist l'en a ce que souvent advient que encores tiennent ilz du sor – c'est adire de la plume de l'annee precedent. Et en ceulx peut

---

840. ce le lesprevier *A.* **846.** point *omis B.* **849.** il le c. *B.* **850.** et le v. *B.* **853.** p. le f. *B.* **854.** et quil *B*, s asseure (-z *B*²) s. *B.* **857.** e. tresbien *B*, asseure (-z *B*²) l. *B*, t. asseurer et *B.* **859.** g. comme de dessus *B.* **861.** et affaitie p. *B*, et affamez p. *B*². **863.** a affamer et *B*². **865.** b. que a. *B*². **867.** e. sors q. *B.* **868.** Espreviers sont bons m. *C.*

et qui volent : l'épervier branchier descend alors plus rapidement sur le bâton et dès qu'il est dans le filet il faut, quel qu'il soit, qu'on s'en empare avec beaucoup de douceur : une personne doit le tenir des deux côtés du corps et l'autre le prendre par le bec pour le ciller[1]. Il faut lui mettre aussitôt les jets et les grelots, le poser et le garder sur le poing qu'on agitera pour l'empêcher de s'endormir, puis lui offrir le soir venu de la viande lavée dans de l'eau tiède. S'il mange sur le poing, c'est le premier bon signe ; dans le cas contraire, il faut l'empêcher de s'endormir et le veiller pendant la nuit. Si on ne peut pas, on doit le percher sur une perche branlante attachée à deux cordes par les deux bouts. De temps à autre on tirera pour faire bouger cette perche, afin d'empêcher l'épervier de s'endormir. Lorsqu'il aura veillé une nuit ou deux et qu'il sera plus rassuré sur le poing, s'y nourrissant volontiers, il faut le déciller dès la seconde fois qu'il sera nourri sur le poing et le faire séjourner parmi les gens, toujours en l'empêchant de dormir sauf un tout petit peu. S'il devient plus familier, on doit achever de le rassurer complètement et le laisser à son aise, puis le réclamer et lui commander.

40. Si l'épervier ainsi pris aux pans a fait sa mue en liberté, il faut le nourrir peu, l'empêcher de dormir et l'affamer comme expliqué plus haut. Bien qu'en général il soit plus difficile à dresser et qu'il ne revienne pas aussi facilement que l'épervier sor – l'épervier qui a un an – il est cependant des éperviers de l'année précédente qui proviennent d'une couvée si tardive qu'à peine avaient-ils la force de voler que les premiers avaient déjà fini leur saison. Ces éperviers ont fait leur mue en liberté sans avoir, à cause de leur jeunesse, ni pondu ni couvé ; comme les autres, ils sont capturés après la mue. On peut les reconnaître car souvent ils gardent un aspect sor, c'est-à-dire un reste du plumage de l'année précédente. Il vaut mieux miser sur

---

1. Pichon définit cette opération de la manière suivante : « Passer un fil dans la première paupière des deux yeux de l'oiseau, puis réunir et tordre les deux bouts du fil sur son bec. L'épervier doit être cillé de manière à voir un peu derrière lui. » (II, p. 315).

l'en avoir plus d'esperance que en ceulx qui sont plus vielz et ont plus volé ou sont de plusieurs mues, lesquels aucuns congnoissent bien et pour ce les reffusent. *Item*, il est assavoir que l'esprevier mué garde mieulx sa queue pour ce qu'il n'éntre point au buisson apres sa proye, maiz vole pardessus. Et l'esprevier nyais y entre. *Item*, l'esprevier mué de haye a les yeulx rouges et les piez jaunes. Aucunefoiz d'aventure sont prins les espreviers a la glus, et lors les couvient desgluer l'une plume apres l'autre a la main ; et que les dois soient moulliez en lait.

41. Or nous couvient parler des muyers qui sont de deux manieres : c'est assavoir les ungs qui sont muez en la ferme et les autres qui sont muez de haye. Les muez en la ferme sont bons a voler, et sont les plus riches. Les muez de haye sont cogneux a ce qu'ilz ont les yeulx plus rouges et les piez plus jannes. C'est assavoir que iceulx muez de haye sont plus doubteux a voler ; car ja soit ce qu'ilz aient esté bien siliez, bien veilliez et tresbien reclamez a commande ou a recreance, qui est tout ung, toutesvoyes quant l'en les fait voler, communement ilz se essorent fort, et adonc une bouffee de vent les emporte maulgré eulx ; et tantost qu'ilz ont perdu leur maistre, et mesmement si tost que d'eulx mesmes ilz se sont peux une foiz, ilz sont retournez a leur premiere nature, ne puis ne veullent revenir au reclamer.

42. Esprevier hagart est celluy qui est mué de haye ; et s'il est d'un an il tient du sor aucunement, car s'il ne tient du sor, c'est signe qu'il tient de deux mues. *Item*, le mué a yeulx bien rouges et bien jannes les piez et plus fortes et roides plumes et autrement coulourees. Et voit l'en bien les plumes sorees parmy les autres ; car elles sont noires pardessus, et les autres sont mieulx coulourees.

43. *Item*, de l'esprevier le mouchet est le masle, et du lannieret le lannier est le masle, et d'autres comme l'austour, le faucon, etc., l'en dit le masle *tercelet*. Chiere

---

878. p. ou b. *B*. **880.** j. aucunefoy d. *A*. **881.** s. pris les *B*. **882.** d. a la m. lune p. a. lautre *B*. **886.** et *omis B*. **888.** et les yeulx p. *A*. **893.** l'en *omis A*, e. hault et *B*. **899.** q. e. de m. de *AC*. **900.** aucunement... sor *omis AC*. **902.** et p. bien j. et *B*. **904.** p. sores p. *B*. **906.** du lanneret le *BC*.

ceux-ci plutôt que sur de plus vieux, qui ont davantage volé ou qui ont déjà mué plusieurs fois : il y en a qui les reconnaissent facilement et qui alors n'en veulent pas. *Item*, il faut aussi savoir que l'épervier mué garde mieux sa queue parce qu'il ne poursuit pas sa proie dans les buissons : il les survole, contrairement à l'épervier niais qui y entre. *Item*, l'épervier mué en liberté a les yeux rouges et les pieds jaunes. Il arrive qu'accidentellement les éperviers se prennent à la glu ; il faut alors les en débarrasser plume après plume, à la main, en se mouillant les doigts de lait.

41. Maintenant il nous faut parler des deux sortes d'éperviers mués qui existent : les uns muent en cage, et les autres en liberté. Les éperviers qui muent en cage sont de bons chasseurs ; ce sont les plus précieux. Ceux qui muent en liberté en revanche se reconnaissent à leurs yeux plus rouges ainsi qu'à leurs pattes plus jaunes : ce sont des oiseaux moins sûrs à la chasse : ils ont beau avoir été bien cillés, bien veillés et soigneusement entraînés au réclame, à la commande ou à la créance, ce qui est la même chose, ils ont l'habitude de prendre vigoureusement leur essor et, alors, une bouffée de vent les emporte malgré eux ; aussitôt qu'ils ont perdu de vue leur maître, et surtout dès qu'ils se sont rassasiés par leurs propres moyens, ils sont retournés à l'état sauvage, et ne répondent plus au réclame.

42. L'épervier hagard est celui qui a mué en liberté. S'il a un an il ressemble quelque peu à l'épervier sor ; si ce n'est pas le cas, cela indique qu'il a déjà mué deux fois. *Item*, l'épervier qui a mué a les yeux bien rouges, les pattes bien jaunes, les plumes plus fortes et plus vigoureuses, colorées différemment. On distingue aisément les plumes de l'épervier sor des autres : elles ont le dessus noir alors que les autres sont mieux colorées.

43. *Item*, le mâle de l'épervier s'appelle mouchet ; le lanier est le mâle du laneret[1], tandis qu'on appelle *tiercelet* le mâle de l'autour, du faucon, etc. Chère amie, apprenez donc qu'on

---

1. Confusion de l'auteur : en fait, c'est l'inverse, comme il l'explique plus loin dans ce même paragraphe. Le lanier occupe le bas de l'échelle des oiseaux de proie (cf. Brunetto Latini, *Livre du Trésor*, I, 138).

amye, sachiez que des autres oiseaulx de proye l'en dit
tercelet d'ostour celluy qui est masle, et est plus petit ; le
ostour est la fumelle et est plus grant. *Item*, tiercelet de
faucon est le masle, et est le plus petit ; et n'est pas bon
pour povre homme, car l'en ne le peut arrester ; le faucon
et la fumelle, et communement l'en l'appelle *faucon
gentil. Item*, tercelet d'esmerillon est le masle et l'esmerillon
est dit le *fourmé* et est la fumelle, et volent
ensemble et sont reclamez au loirre. *Item*, tercelet de hobé
est masle : le fourmé est la fumelle. *Item*, le lanneret est
le masle et est plus fort et vault mieulx. Le lannier est la
fumelle.

44. Se ung esprevier a le jannisse comment garira il ?
Reponse : Ou il n'a point de *(fol. 125b = 124b)* maladie
il ne couvient point de garison. Et il est certain que la
jannisse leur vient d'aise et de santé et pour les bonnes et
chaudes viandes qu'[ilz menguent]. Et pour ce ne sont
point malades.

45. Se ung esprevier a rume, monstrez luy rue. *Item*,
faictes loy tenir longuement au feu a vespre. *Item*, faictes
luy tirer de la queue d'un pourcellet ou d'un pourcel ou il
n'ait point de chair. *Item*, ayez boite ou autre vaissel ou il
ait encens et du feu, et faictes que la fumee luy adresse au
becq, et lors il toussira et esternuera et hochera la teste et
gectera la rume. Et soit sa perche feutree et luy tenu chaudement.
Item, le faictes tirer a l'aleron d'un poussin, et en
la main en laquelle vous tendrez l'aleron, tenez, avec, une
branche de rue, afin qu'il en ait l'oudeur en tirant. Et soit
sur le poing, soit sur la perche, gardez qu'il ait penne ou
feutre bien sec et bien chault soubz le pié ; et nuyt et jour
soit devant le feu, ou pres du feu, ou en lieu chault. Et
ayez tousjours en votre sain penne, feutree ou autre chose
chaude pour luy changer souvent et luy bailler le chault.

46. Se ung esprevier est malade tellement qu'il regecte

---

910. dotour c. *B*, dautour c. *C*, est le p. p. Le otour e. *B*. **919.** et vaulx m.
A. **921.** la j. c. guerira il Responsio *B*. **923.** m. ou il *AC*. **923.** de guerison Et
B. **924.** daase et *A*, daisse et *C*. **925.** quil mengue et *ABC*. **928.** f. le l. t. au *B*,
l. tenir de *AC*. **935.** m. et en l. *A*. **940.** p. feutre ou *B*², p. ou feutre ou *C*. **942.** t.
qui r. *A*.

appelle *tiercelet d'autour* le mâle des autres oiseaux de proie ; il est plus petit que l'autour, qui est la femelle. *Item*, le tiercelet de faucon désigne le mâle, le plus petit. Ce n'est pas une bonne affaire pour un homme pauvre car on ne peut pas l'arrêter. Le faucon désigne la femelle, communément appelée *faucon gentil*. *Item*, le tiercelet de l'émerillon est le mâle de cet oiseau. Quant à la femelle[1], elle est appelée *formé*. Le couple vole ensemble et peut être réclamé au leurre. *Item*, le tiercelet du hobereau est le mâle, le formé la femelle. *Item*, le laneret est le mâle ; il est plus fort et plus précieux ; sa femelle est appelée lanier.

44. Comment guérir un épervier qui a la jaunisse ? Réponse : là où il n'y a pas de maladie, point n'est besoin de guérison. Il est évident que la jaunisse leur vient du confort, comme un effet de leur bonne santé et de la bonne et chaude nourriture qu'ils mangent. Voilà pourquoi ils ne sont pas malades pour autant.

45. Si un épervier est enrhumé, montrez-lui une rue[2]. *Item*, le soir gardez-le longtemps près du feu. *Item*, donnez-lui à déchiqueter la queue d'un porcelet ou d'un pourceau dépourvue de viande. *Item*, faites-lui respirer au bec de la fumée d'encens qui se consume dans une boîte ou un autre récipient : il toussera alors, éternuera, secouera la tête et expulsera le rhume. Sa perche doit être entourée de feutre et il faut maintenir l'épervier au chaud. *Item*, vous pouvez aussi lui donner à déchirer l'aileron d'un poussin, et tenez dans la même main l'aileron et une branche de rue afin qu'il en respire l'odeur en s'attaquant à l'aileron. Qu'il soit sur le poing ou sur la perche, veillez à ce qu'il ait un morceau de fourrure[3] ou de feutre bien sec et chaud sous les pattes. Il doit rester nuit et jour devant le feu, près du feu ou dans un autre lieu bien chaud. Ayez toujours sur vous une peau, du feutre ou autre chose qui protège du froid, pour pouvoir la lui changer souvent, afin de le tenir au chaud.

46. Si un épervier est si malade qu'il rejette la nourriture

---

1. De tout oiseau de proie.
2. Plante vivace à fleurs jaunes.
3. D'ordinaire une patte de lièvre faisait l'affaire.

sa viande quant il a esté peu, ouvrez luy a deux mains le becq et luy boutez dedens la gorge comme une feve de
945 beurre fraiz. Et une heure ou troiz apres, si le paissiez de bonne chair vive.

47. *Item*, l'en congnoist espreviers qui sont trop gras a taster par dessoubz l'esle comme une geline. Et aussi quant il a la fourcelle mypartie et pourfillee et il baille.
950 Adonc l'en luy doit donner boire de l'eaue fresche pour refroider dedens le corps et petit paistre pour amaigrir.

48. L'esprevier qui a sourcilz blans est le meilleur par raison. *Item*, l'esprevier nyais ou ramage ne sont mie si bons comme ceulx qui sont priz a la raiz ou a la crecerelle.
955 49. Des autres maladies d'esprevier veez en la page ensuivant les remedes des maladies des faucons, et ouvrez selon ce.

50. Des oiseaulx de proye affaictiez l'aigle, le grillon et l'octour volent au chevrel sauvage, aux lievres, aux
960 oustardes, maiz que on ait ung levrier afaittié pour eulx. Le tiercelet d'octour vole aux lievres, aux perdris, aux connins et aux plouviers. L'en ne paist l'octour que une foiz le jour en yver, en esté deux. Ung cuer de mouton est assez a paistre l'octour une foiz et le tient en estat. *Item*,
965 d'une rouelle de mouton. *Item*, d'un pigon, perdriz, etc. Ung cuer de porc engresse, et dit l'en *hausse* ; ung cuer de chievre ou de bouc abaisse, *id est* [amaigrit]. Ung pié de mouton est pour tirer. Quant l'en le baigne l'en luy oste les longes, et il se baigne au bort de la riviere et se pou-
970 roint et puis vient. Pour ung octour une geline est a troiz jours : l'en le paist ung jour du foye, du jugier et du col atoute la plume, la teste et le cervel, l'autre jour d'une esle et puis la cuisse, et l'autre jour autant. *Item*, en Karesme il se mue et est bien troiz ou quatre (*fol. 124a = 125a*)
975 moiz avec du foing et de la rame et troiz perches pour le percher. Et le paistre adonc de chaude viande comme tur-

---

944. g. aussi gros c. *B*. **945.** ou .ii. a. *B*. **947.** g. p. d. le. a t. c. *B*. **950.** d. a b. *B*, p. refrider d. *B²*. **953.** I. espriviers n. ou ramages *B*. **954.** la cresserelle *B*. **959.** a. oestardes m. *B*. **961.** a. livres a. *A*, aux c. aux malars et *B*. **966.** p. engressie et *AC*. **967.** b. abaissie *AC*, il est *AC*, amaigry *AB(?)C*, amaigrit *B²*. **971.** du jozier et *B²*. **976.** le *omis B*.

qu'il vient d'absorber, ouvrez-lui le bec à deux mains et fourrez-lui dans la gorge un morceau de beurre frais de la grosseur d'une fève. Attendez une à trois heures puis donnez-lui de la bonne viande encore chaude.

47. *Item*, on constate qu'un épervier est trop gras en le palpant sous l'aile comme pour une poule. Cela se voit aussi à une fossette sur sa poitrine bombée et à ce qu'il bâille. Donnez-lui dans ce cas de l'eau fraîche à boire pour le refroidir de l'intérieur ; nourrissez-le peu afin qu'il maigrisse.

48. L'épervier qui a les sourcils blancs est le meilleur par définition. *Item*, les éperviers niais ou ramage sont moins bons que ceux attrapés au filet ou à la crécerelle[1].

49. En ce qui concerne les autres maladies de l'épervier, consultez à la page suivante les remèdes contre les maladies du faucon et suivez-en les instructions.

50. Parmi les oiseaux de proie qu'on peut dresser, l'aigle, le griffon et l'autour chassent le chevreuil, les lièvres, et les outardes, à condition qu'on possède un lévrier spécialement dressé à cet effet. Le tiercelet d'autour chasse les lièvres, les perdrix, les lapins et les pluviers. En hiver on ne nourrit l'autour qu'une fois par jour, en été deux fois. Un cœur de mouton par ration suffit pour le maintenir en forme. *Item*, une tranche de mouton, un pigeon, une perdrix, etc. Un cœur de porc le rend plus gras : on dit « le hausse », tandis qu'un cœur de chèvre ou de bouc l'« abaisse », *id est* il est amaigrissant. Un pied de mouton sert à le faire tirer dessus. Lorsqu'on baigne l'oiseau, il faut lui ôter les longes. Il se baigne alors au bord de la rivière, se graisse le plumage puis revient. Une poule doit durer trois jours à un autour : le premier jour on lui donne le foie, le gésier et le cou avec toutes ses plumes, la tête et la cervelle ; le lendemain une aile et une cuisse, et le jour suivant tout autant. *Item*, il mue pendant le carême ; il reste bien trois mois avec du foin, de petites branches d'arbre et trois perches. Il faut le repaître alors de viandes chaudes : des tourterelles, des

---

1. Crécelle, sarcelle ou crécerelle ? On n'attrape guère d'oiseaux à l'aide de crécelles. Reste l'explication de l'utilisation de la sarcelle pour attirer l'épervier dans le filet, suggérée avec réserve par Pichon ou, plutôt, d'un faucon crécerelle en guise de leurre.

tres, coulons, perdriz, poucins tous vifz. *Item*, quant ilz sont muez les couvient veillier bien .iiii., .vi., ou .viii. nuys, puis reclamer petit a petit a la commande comme au commencement. *Nota* que le faucon lannier doit estre perchié a ung pié et demy de terre pour le duire a voler a la perdriz, et le gentil si perche hault.

51. *Item, nota* que ja soit ce que l'esprevier et l'octour soient [peuz] entre le pouce et le doit demonstratif, toutesvoyes les autres oiseaulx sont peuz a plain poing. La char lavee en eaue tiede est donnee pour abaissier et amaigrir. Quant l'esmeut est blanc et cler et que ung petit de noir est au bout premier yssu du ventre, il est bon, autrement non. Et quant ou millieu de l'esmeut a aucune chose rousse et grosse ou millieu, il signifie que l'oisel soit bas, si le couvient baissier.

52. Le faucon lannier est dit *villain* pource qu'il se paist de toutes chars, comme beuf, mouton, chievre. (Et *nota* que chievre abaisse.) L'esmeut qui est gecté loing est bon. Ledict lannier est de groz maille et est plus groz que le lanneret qui est de plus delyé maille et vole plus hault et avec les faucons gentilz; et ce ne fait point le lannier. Autres faucons y a qui sont de Flandres et sont diz *faucons sacrez*, et sont d'un petit moins delyé maille et ont les piez jannes, et sont comme entre le gentil et le villain, et sont bons, comme l'en dit communement, reclamez au loirre, ou d'omme quant ilz reviennent bien au loirre. Le faucon gentilz est de plus delyé maille que nul, et a les piez jannes et est peu de cuer de mouton le moins, maiz le plus de pigons et de poulaille. Autres faucons y a que en appelle *harroctes* et viennent de Grennade et sont moult petiz et tresbons pour le heron, la grue et l'oustarde. Et sont icelles haroctes aussi que cerceles qui sont les masles des faucons de pardeça. Faucons

---

978. les c. muer .iiii. *A*, le c. v. .iiii. *C*. **980.** e. perchiez a *B*². **981.** v. bas a *B*². **982.** g. se p. *BC*. **984.** s. plus e. *AC*, s. peuz e. *B*². **988.** b. .s. [= *scilicet*] p. *B*, v. et e. *AC*. **995.** de grosse m. *B*². **996.** le omis *AC*, p. deliee m. *B*. **999.** m. deliee m. *B*. **1000.** s. meilleurs que len d. *B*. **1002.** q. il revient b. *B*, q. reviennent b. *C*. **1003.** f. gentil e. *B*, p. deliee m. *B*. **1008.** h. ainsi q. cercellez q. *B*².

pigeons, des perdrix et des poussins vivants. *Item*, une fois la mue achevée, il faut l'empêcher de dormir pendant quatre à huit nuits, puis le réclamer peu à peu en le tenant à la longe comme au début. *Nota* que pour dresser à la chasse aux perdrix un faucon lanier, il faut le percher à une hauteur d'un pied et demi seulement, alors que le faucon gentil est haut perché.

51. *Item, nota* qu'en dehors de l'épervier et de l'autour, auxquels on tend la nourriture entre le pouce et l'index, tous les autres oiseaux sont nourris à pleines poignées. La viande lavée dans de l'eau tiède sert à abaisser, c'est-à-dire à amaigrir. Lorsque la fiente est blanche et claire et qu'un peu de noir se trouve au bout, c'est bon signe, autrement non. Lorsqu'on y trouve quelque chose de roux et de gros, cela signifie que l'oiseau doit être abaissé : il convient de le faire maigrir.

52. Le faucon lanier est dit *vilain* parce qu'il se nourrit de toute viande, bœuf, mouton, chèvre (*nota* que la viande de chèvre fait maigrir). La fiente déposée à l'écart, c'est bon signe. Les mouchetures sur le plumage du lanier sont larges ; il est plus gros que le laneret dont les mouchetures sont plus fines, et qui vole plus haut, avec les faucons gentils, ce que ne fait point le mâle. Il y a d'autres espèces de faucons qui viennent de Flandre ; on les appelle *faucons sacres*. Leurs mouchetures sont un peu moins fines ; leurs pattes sont jaunes ; ils sont intermédiaires entre le gentil et le vilain ; on les dit « bons » lorsqu'on les réclame au leurre et « d'homme » quand ils répondent bien au leurre. Les mouchetures du faucon gentil sont, d'entre toutes, les plus fines. Il a les pattes jaunes. On le nourrit de cœur de mouton, et surtout de pigeons et de volaille. D'autres faucons sont appelés *tagarotes* ; ils viennent de Grenade. Ils sont tout petits et excellent à la chasse au héron, à la grue et à l'outarde. Ces tagarotes ressemblent aux tiercelets[1], qui sont par ailleurs également les mâles des faucons. Les

---

1. Au lieu de « crécerelles », qui doit être considéré comme une erreur dans les manuscrits.

pelerins sont ceulx qui sont prins au filé, et se sont peuz et ont volé aux champs et sont *gentilz* nommez.

53. *Item*, le lannier ne vole fors aux perdriz, et aucunesfoiz au connin et au lievre, et non plus. Et les autres volent a l'oisel de riviere, au heron, a la grue, a l'oustarde, etc. L'octour vole a tout; maiz non pas le tiercelet d'octour. Des faucons villains la fumelle est dit *lannier* ou le *fourmé*, et le masle est dit *tiercelet*. Le faucon gentil est noir et le faucon lannier est le plus tendre. Et le faucon pelerin est le meilleur qui soit, et est le plus gros et le plus fourmé de menbres que tous. Et a celluy qui les veult gouverner ne couvient mengier aulx, oingnons, poireaulx.

54. *Item*, quant aucun oisel de proye baille par troiz foiz de renc et fait mate chiere, c'est signe qu'il est malade d'une maladie que les fauconniers appellent le *filz*, et est ung ver qui les point. Et a les gairir couvient les paistre de chair en laquelle sera envelopé du safran, et les vers en meurent.

55. Et se ung faucon a la pepie, il convient avoir ung des (*fol. 124b = 125b*) brocherons d'une espine blanche et luy passer par troiz jours troiz fois chascun jour dedens la narine, et par troiz jours luy mectre sur la langue de figues vertes prinses sur l'arbre. *Item*, vous sarez qu'il a la pepie quant il fait mate chiere, et ne se veult ou peut paistre, et aucunesfois baille.

56. Se vostre oisel est poulleux, vous le verrez au soleil, car sur toute sa teste verrez vous les poux bougier. Et lors couvient avoir de l'orpiment du meilleur. Et est la fueille meilleur, et soit tresbien broyé et finement et tresdeliément sassé. Et couvient estre troiz personnes: l'un qui tendra l'oisel, l'autre qui tendra l'orpiment, et l'autre qui l'orpimentera. Et puis couvient gecter de l'eaue dessus, comme ung cousturier fait a la bouche, puis le paistre d'une poulle chaude, puis perchier, et luy oster le

---

1012. et aucunefoiz au *B.* **1019.** et p. f. *B.* **1032.** v. prises s. *B.* **1034.** et aucunefoiz b. *B.* **1035.** e. pouilleux v. B^2. **1043.** du. pouille c. *B.*

faucons pèlerins sont ceux qu'on prend au filet, qui se sont nourris et qui ont volé aux champs ; on les appelle gentils.

53. *Item*, le lanier ne chasse que les perdrix, parfois le lapin et le lièvre, mais c'est tout. Les autres chassent l'oiseau de rivière, le héron, la grue, l'outarde, etc. L'autour chasse tout, contrairement au tiercelet d'autour. La femelle des faucons vilains est appelée *lanier* ou *formé*, et le mâle *tiercelet*[1]. Le faucon gentil est noir ; le faucon lanier a la couleur la plus tendre. Le faucon pèlerin est le meilleur qui soit, le plus gros, celui qui a les membres le plus développés. Qui veut leur commander fait bien de s'abstenir de manger de l'ail, des oignons et des poireaux.

54. *Item*, si un oiseau de proie bâille trois fois de suite et s'il a mauvaise mine, cela veut dire qu'il est atteint d'une maladie que les fauconniers appellent le *fils* : c'est un ver qui les pique. Pour les soigner, il faut leur donner à manger de la viande dans laquelle on enveloppera du safran : les vers en meurent.

55. Si un faucon est atteint de pépie[2], il faut se procurer une épine d'aubépine et la lui passer trois fois par jour pendant trois jours dans la narine ; il faut également pendant trois jours lui mettre sur la langue des figues vertes cueillies à l'arbre. *Item*, vous pouvez identifier cette maladie à ce qu'il a mauvaise mine, qu'il ne veut ou ne peut manger et qu'il bâille de temps en temps.

56. Si votre oiseau a des poux, vous les verrez au soleil courir sur toute sa tête. Il faut alors se procurer du meilleur orpiment[3]. La feuille en a le plus de vertus : il faut la broyer très soigneusement et finement, et la tamiser très finement. Il faut ensuite être à trois ; une personne tiendra l'oiseau, la seconde l'orpiment et la troisième l'en saupoudrera. Ensuite il faut asperger l'oiseau avec de l'eau qu'on fait doucement sortir de la bouche à la manière des couturiers[4], puis lui donner à

---

1. Cette fin de chapitre est mal rédigée : on rencontre de nombreuses redites et une organisation défaillante de l'exposé.
2. Induration des muqueuses de la langue.
3. Sulfure d'arsenic.
4. Technique pour enlever un faux pli, cf. II, iii, 13.

gant qui est chargié d'orpiment – car l'orpiment est trop fort – et puis l'endemain voler.

57. *Nota* que en may le faucon commence a muer, et le couvient paistre de chaude viande. Et sachiez que ractz est propre viande pour luy. *Item*, l'en le mue bien sur le poing.

manger une poule chaude, le percher, enlever le gant couvert d'orpiment – c'est très fort – et le lendemain le faire voler.

57. *Nota* qu'en mai le faucon commence sa mue ; il faut alors le nourrir d'aliments chauds. Les rats sont une nourriture qui lui convient. *Item*, on peut bien le tenir sur le poing pendant qu'il mue.

II iv

De la deuxiesme Distinction le quart
article qui vous doit aprendre que vous,
comme souverain maistre de vostre hostel,
sachiez commander et diviser a maistre
Jehan disners et souppers et deviser
mes et assiectes.

1. Et a ce commencement je vous mectray aucuns termes servans aucun pou et qui vous donront commencement, au moins esbatement.

2. *Primo*, pource qu'il couvient que vous envoyez maistre Jehan es boucheries, cy apres s'ensuivent les noms de toutes boucheries de Paris et leur delivrance de chair.

A la Porte de Paris a .xix. bouchiers qui par estimacion commune vendent pour le sepmaine eulx tous, l'un temps parmy l'autre et la forte saison portant la foible : .xix. cens moutons, .iiii. cens beufz, .iiii. cens pourceaulx et .ii. cens veaulx.

Saincte Geneviefve : .v. cens moutons, .xvi. beufz, .xvi. pors et .vi. veaulx.

Le Parvis : .iiii. vins moutons, .x. beufz, .x. veaulx, .viii. porcs.

A Saint Germain a .xiii. bouchiers : .ii. cens moutons, .xxx. beufz, .xxx. veaulx, .l. porcs.

---

2. c. ou au m. *B*. **6.** t. les b. *B*. **9.** le *omis B*.

II iv

Quatrième article de la seconde distinction qui doit vous apprendre, en tant que maîtresse souveraine de votre maison, à donner vos ordres à maître Jean quant à la composition des dîners et des soupers et la succession des services et des mets[1].

1. Pour commencer je vais vous indiquer quelques termes qui peuvent être utiles, en guise d'introduction, ou du moins pour vous divertir.

2. *Primo*, comme il vous faut envoyer maître Jean dans les boucheries, voici la liste des noms de toutes les boucheries de Paris ainsi que leur approvisionnement particulier.

A la Porte de Paris[2], il y a 19 bouchers qui ensemble vendent en moyenne – la pleine saison compensant la morte saison – 1 900 moutons, 400 bœufs, 400 pourceaux et 200 veaux[3].

Sainte-Geneviève : 500 moutons, 16 bœufs, 16 porcs et 6 veaux.

Le Parvis : 80 moutons, 10 bœufs, 10 veaux, 8 porcs.

A Saint-Germain il y a 13 bouchers qui vendent 200 moutons, 30 bœufs, 30 veaux et 50 porcs.

---

1. Texte inspiré et souvent copié tel quel du fameux *Viandier* attribué à Taillevent, « maistre queux » des rois Charles V et Charles VI, mais sans doute composé au XIIIe siècle.
2. Pichon indique qu'il s'agit de l'actuelle place du Châtelet.
3. Au Moyen Age, le mouton est de loin la viande la plus courante.

Le Temple, deux bouchiers : .ii. cens moutons, .xxiiii. beufz, .xxxii. veaulx, .xxxii. porcs.

Saint Martin : .ii. cens moutons, .xxxii. beufz, .xxxii. porcs, .xxxii. veaulx.

Somme des boucheries de Paris pour sepmaine, sans le fait du roy et de la royne et des autres nosseigneurs de France : .iii. mille .iiii. vins moutons, .v. cens .xiiii. beufz, .iii. cens .vi. veaulx, .vi. cens pors. Et au Vendredi Absolut sont venduz de .ii. mille a .iii. mille lars.

3. Pource qu'il a cy devant esté parlé du fait du bouchier et poullaillier, le fait de l'ostel du roy en office de boucherie monte bien pour sepmaine : .vi. vins moutons, .xvi. beufz, .xvi. veaulx, .xii. pors : et par an : .ii. cens lars. *(fol. 127a = 126a)* Le fait du poullaillier par jour : .vi. cens poullailles, .ii. cens paires de pigons, cinquante chevriaulx, cinquante oisons.

La royne et les enffans : boucherie pour sepmaine : .iiii. vins moutons, .xii. veaulx, .xii. beufz, .xii. porcs ; et par an .vi. vins lars. Le fait du poullaillier pour jour : .iii. cens poullailles, .xxxvi. chevreaulx, cent et cinquante paires de pigons ; aussi .xxxvi. oisons.

Orleans aussi.

Berry aussy.

Les gens de Monseigneur de Berry dient que aux dimenches et grans festes il leur couvient troiz beufz, .xxx. moutons, .viii. vins douzaines de perdriz, et connins a l'avenant ; maiz j'en doubte. (Averé depuis. Et est certain que plusieurs grans festes, dimenches et jeudiz ; mais le plus commun des autres jours est a deux beufz et. .xx. moutons.) *Nota* encores que a la court de Monseigneur de Berry on fait livree a paiges et a varlez des joes de beuf, et est le musiau de beuf taillé a travers et les mandibules demeurent pour la livree, comme dit est. *Item,* l'en fait du col du beuf livree ausdis varlectz. (*Item,* et ce qui vient apres le col est le meilleur de tout le beuf, car ce d'entre

---

20. b. xxviii v. *B.* **21.** .ii. cens .l. m. *B*, xxxii veaulx, .xxii. porcs *BC*. **28.** f. de b. *B.* **31.** *Après* veaulx *C ajoute* Espreviers sont bons *suivi par un extrait du traité de fauconnerie, du § 40, l. 868 au § 50, l. 974*). **38.** et *omis B.* **39.** aussi *omis B.* **49.** B. ont f. A. **50.** m. du b. *B.* **53.** c. cest le *B.*

Le Temple a 2 bouchers qui vendent 200 moutons, 24 bœufs, 32 veaux et 32 porcs.

Saint-Martin : 200 moutons, 32 bœufs, 32 porcs et 32 veaux.

Consommation hebdomadaire de l'ensemble des boucheries de Paris sans tenir compte de la maison du roi et de la reine et des autres seigneurs de France : 3080 moutons, 514 bœufs, 306 veaux, 600 porcs. Le Vendredi saint deux à trois mille porcs salés sont vendus.

3. Il faut ajouter à cette quantité de viande et de volaille l'approvisionnement de l'hôtel du roi qui chaque semaine est de 120 moutons, 16 bœufs, 16 veaux, 12 porcs, ainsi qu'à 200 porcs salés chaque année. La commande chez le volailler, par jour : 600 volailles, 200 paires de pigeons, 50 chevreaux et 50 oisons.

La reine et les enfants : en matière de boucherie, sont vendus toutes les semaines 80 moutons, 12 veaux, 12 bœufs, 12 porcs, et annuellement 120 porcs salés ; et, quotidiennement, chez le volailler, 300 volailles, 36 chevreaux, 150 paires de pigeons, ainsi que 36 oisons.

Le duc d'Orléans autant.

Le duc de Berry autant.

Les gens de monseigneur de Berry disent qu'il leur faut les dimanches et les jours de grande fête 3 bœufs, 30 moutons, 160 douzaines de perdrix et des lapins à discrétion ; mais j'ai des doutes là-dessus. (Depuis, ces données ont été vérifiées. Il en est ainsi pour un grand nombre de fêtes, les dimanches et les jeudis ; mais les jours ordinaires c'est le plus souvent 2 bœufs et 20 moutons.) *Nota* encore qu'à la cour de monseigneur de Berry l'on confectionne aux pages et aux valets des livrées avec les joues de bœuf ; le museau de l'animal est taillé obliquement et l'on garde les mandibules pour la livrée, comme il est dit. *Item*, l'on fait également des livrées à ces valets avec le cou du bœuf. (*Item*, le morceau en-dessous du cou est le meil-

les jambes de devant c'est la poictrine et ce de dessus le noyau.)

Bourgoingne de parisiz a tournoiz du roy.

Bourbon la moictié du fait de la royne.

4. *Item*, et sans espandre ou bailler votre argent chascun jour, vous pourrez envoyer maistre Jehan au bouchier et prendre char sur taille considerant ce qui s'ensuit :

En la moictié de la poictrine de beuf a .iiii. pieces, dont la premiere piece a nom le *grumel*; et toute celle moictié couste .x. blans ou .iii. sols.

En la longe a .vi. pieces, et couste .vi. sols .viii. deniers ou .vi. sols; la seulonge, .iii. sols.

Ou giste a .viii. pieces et est la plus grosse char, maiz elle fait la meilleur eaue apres la joe; et couste le giste .viii. sols.

Le quartier de mouton a .iiii. pieces, ou .iii. pieces et l'espaule, et couste .viii. blans ou .iii. sols : le quartier de veau .viii. sols.

Porc.

Et *nota* que ce que l'en dit la *poictrine* d'un beuf, l'en dit le *brichet* d'un mouton. Et quant l'en parle d'un cherf, l'oz d'icelle poictrine est nommé la *hampe*.

De la poictrine d'un beuf, la premiere piece qui part d'empres le colet est appellee le *grumel* et est le meilleur. D'un mouton le *flanchet* est ce qui demeure du quartier de

---

54. d. est la *B*, d. cest le n. *B*. **61.** de beuf *omis A*. **65.** la surlonge .iii. *B²C*. **72.** *le reste de cette ligne en blanc en AB*.

II, iv : Généralités, menus généraux   543

leur ; ce qui est entre les pattes antérieures, c'est la poitrine, et ce qui est au-dessus, c'est le noyau[1].)

Les dépenses de la maison de Bourgogne comparées à celles du roi sont dans un rapport équivalant à celui du sol parisis au sol tournois[2].

Celles de la maison de Bourbon, du fait de la reine, se montent à la moitié.

4. *Item*, pour éviter de distribuer ou de dépenser chaque jour votre argent, vous pourrez envoyer maître Jean chez le boucher prendre de la viande sur taille[3] en considérant ce qui suit :

Une moitié de poitrine de bœuf contient 4 pièces, dont la première se nomme *grumel*[4] ; toute cette moitié coûte entre 10 blancs et 3 sols[5].

La longe se compose de 6 pièces ; elle coûte entre 6 sols et 6 sols 8 deniers ; la surlonge coûte 3 sols.

Le jarret comporte 8 parties ; c'est le morceau de viande le plus gras ; la joue exceptée, il donne le meilleur bouillon. Il coûte 8 sols[6].

Le quartier de mouton comporte 4 ou 3 morceaux plus l'épaule, et coûte entre 8 blancs et 3 sols ; quant au quartier de veau, c'est 8 sols.

Porc[7].

Et *nota* que l'on dit « la *poitrine* de bœuf » mais « le *bréchet* de mouton » ; et lorsqu'on parle du cerf, l'os de sa poitrine est appelé *hampe*.

En ce qui concerne la poitrine de bœuf, le premier morceau à partir du collet s'appelle *grumel*, et c'en est le meilleur. Le *flanchet* d'un mouton est ce qui demeure du quartier de devant,

---

1. Talon du collier.
2. Quatre cinquièmes.
3. En faisant inscrire sur une taille la quantité prise chaque fois.
4. Morceau provenant de la poitrine.
5. Le blanc peut valoir soit 10, soit 5 deniers ; ici, il s'agit de cette dernière somme : le prix oscille entre 50 deniers et trois sols.
6. Pour ces morceaux de viande et leur désignation, voir II, v, 18 et note.
7. Ligne laissée en blanc. Sans doute l'un des endroits que le bourgeois s'était initialement proposé de compléter ultérieurement. Ceci indique que ce chapitre culinaire est une compilation, sinon une copie, à partir de plusieurs sources.

devant quant l'espaulle en est levee. *Item*, l'en dit le
80 *couart* d'un cerf. *Item*, les deitez sont les couillons.

La seurlonge, .iii. sols.

(*fol. 127b = 126b*) La longe, .vi. sols.

La char d'un mouton, .x. sols.

Apres ces choses convient dire et parler
85 d'aucuns termes generaulx qui regardent
fait de queurie en aucune qualité. Et apres
sera moustré a congnoistre et choisir les
viandes, desquelles l'en doit ouvrer comme
il s'ensuit.

90 5. *Primo* que en toutes saulses et potages lyans en quoy
on broye espices et pain, l'en doit premierement broyer
les espices et oster du mortier. Car le pain que l'en broye
apres requeut ce qui des espices est demouré ; ainsi on ne
pert rien, ce que on perdroit qui feroit autrement.

95 6. *Item*, des espices et lyeures mises en potages l'en ne
doit riens couler ; combien que sausses si fait, afin que les
saulses soient plus cleres et aussi plus plaisans.

7. *Item*, sachiez que pou advient que poiz ou feves ou
autres potages s'aoursent se les tisons ardans ne touchent
100 au cul du pot quant il est sur le feu.

8. *Item*, avant que ton potage s'aourse et [afin] qu'il ne
s'aourse, remue souvent au cul du pot et appuye ta cuillier
au fons, afin que le potage ne se prengne la. Et *nota* que
si tost que tu apparcevras que ton potage aoursera si ne le
105 remue point, maiz l'oste tantost dessus le feu et le met en
ung autre pot.

9. *Item*, *nota* que communement tous potages qui sont
sur le feu surondent et s'en vont sur ledit feu jusques a ce
que l'en ait mis au pot sel et gresse, et depuis non.

110 10. *Item*, *nota* que le meilleur chaudeau qui soit c'est

---

80. l. dertes s. *AC*, le deitez *B²*. **83.** c. de m. *B*. **84.** d. a p. *B*, p. aucuns t. *A* (aucuns *précédé par une lettre effacée*). **90.** q. len b. *B*. **95.** m. es p. *B*. **101.** et avant q. *AB(?)C*, et affin q. *B²*. **102.** r. le s. *B*. **103.** ne le p. *B*. **105.** t. dedessus le *B*, le mez en *B*.

une fois l'épaule enlevée. *Item*, on parle du *couart*¹ d'un cerf. *Item*, les rognons blancs désignent les testicules.

La surlonge vaut trois sols.
La longe, 6 sols.
La viande d'un mouton, 10 sols.

Après ces précisions il faut traiter de certains termes généraux de cuisine. Ensuite sera exposée la manière de reconnaître, de choisir et de préparer les aliments.

5. *Primo*, au sujet des sauces et des potages*² épaissis à base d'épices et de pain broyés : il faut commencer par broyer les épices, puis les enlever du mortier ; ainsi, le pain que l'on y broie ensuite absorbe ce qui reste des épices, si bien que l'on ne gaspille rien, contrairement à ce qui se passerait autrement.

6. *Item*, l'on ne doit pas passer à l'étamine³ les épices et les liaisons⁴ que l'on met dans le potage*. Il faut filtrer les sauces afin qu'elles deviennent plus claires et plus agréables.

7. *Item*, sachez que lorsque les tisons ardents ne touchent pas le fond du pot sur le feu, il est bien rare que les pois, fèves ou autres légumes attachent et brûlent.

8. *Item*, avant que ton potage* brûle et pour l'éviter, remue vigoureusement à plusieurs reprises le fond du pot avec ta cuillère, et ainsi le potage* n'attache pas. Mais *nota*, si tu t'aperçois que ton potage* brûle, ne remue pas mais enlève-le aussitôt du feu et verse-le dans un autre pot.

9. *Item*, *nota* qu'en général tous les potages* débordent et versent sur le feu jusqu'au moment où l'on a mis du sel et de la graisse dans le pot ; alors, cela ne se produit plus.

10. *Item*, *nota* que le meilleur bouillon qui soit provient de

---

1. Croupe.
2. Les termes marqués par un astérisque renvoient au petit glossaire culinaire en annexe. Ils désignent soit des mots qui ne signifient pas tout à fait la même chose en ancien français que dans la langue moderne, soit des noms de mets qu'il faudrait traduire chaque fois par une périphrase. « Potage » désigne tout simplement le contenu du pot.
3. L'étamine, un tissu peu serré, est l'un des ustensiles essentiels de la cuisine médiévale. L'on « coule » beaucoup plus de denrées que de nos jours.
4. Pain ou œufs essentiellement.

de la joe de beuf lavee en eaue .ii. foiz ou .iii., puis boulir et bien escumer.

11. *Item*, scet l'en se ung connin est gras a luy tater ung nerf ou col entre les deux espaulles, car la scet l'en s'il a grosse gresse par le gros nerf ; et s'il est tendre, l'en le scet a luy rompre une des jambes de derriere.

12. *Item*, *nota* qu'il y a differance entre les queux entre *boutonner* et *larder*, car boutonner est de giroffle et larder est de lart.

13. *Item*, des brochetz le laictié vault mieulx que l'ouvé, se ce n'est quant l'en veult faire rissoles, pour ce que des oeuves on fait rissoles *ut patet in tabula*.

14. Des brochetz l'en dit : lanterel, brochet, quarrel, lux et luceau.

15. *Item*, alozé franche entre en mars en saison.

16. *Item*, carpe doit estre trescuite, ou autrement c'est peril de la menger.

17. *Item*, plais sont doulces a applanier a la main et lymandes au contraire.

18. *Item*, a Paris les oyers engressent leurs oyes de farine, non mye la fleur ne le sonc, maiz ce que est entre deux que l'en appelle les *gruyaulx* ou *recoppes* ; et autant comme ilz prennent de ces gruyaulx ou recoppes autant mectent ilz d'avoine avec, et meslent tout avec ung petit d'eaue, et ce demeure ensemble espaiz comme paste ; et ceste (*fol. 126a = 127a*) viande mectent en une goultiere sur .iiii. piez et d'autre part de l'eaue, et lictiere nouvelle chascun jour, et en .xv. jours sont gras. Et *nota* que la lictiere leur fait tenir leurs plumes nectes.

19. *Item*, pour faisander chappons et gelines il les couvient saigner par la geule et incontinent les mectre et faire morir en ung seel d'eaue tresfroide, et il sera faisandé ce jour mesmes comme de deux jours tué.

20. *Item*, l'en congnoist les jeunes marlars des vielz, quant ilz sont aussi grans les ungs comme les autres, aux tuyaulx des esles qui sont plus tendres des jeunes que des

---

123. lancerel *B²*. **131.** m. de f. *B²*, le son – m. *B²*. **135.** ensemble *omis B*, espes – c. *B²*. **144.** j. maslars d. *B*, la crouste du *B²*.

la joue de bœuf lavée deux ou trois fois dans de l'eau et qui a été bouillie et bien écumée ensuite.

11. *Item*, on peut savoir, en tâtant un certain nerf au cou entre les deux épaules si un lapin est gras, car alors on y sent de la graisse. Pour savoir s'il est tendre, il faut lui rompre une des pattes postérieures.

12. *Item*, *nota* que les cuisiniers font la différence entre *boutonner* et *larder* : boutonner, c'est piquer de clous de girofle et larder, c'est envelopper de tranches de lard.

13. *Item*, parmi les brochets, le brochet qui porte la laitance est supérieur à celui qui porte les œufs, sauf si l'on veut faire des rissoles, parce que les œufs servent également à faire des rissoles *ut patet in tabula*.

14. Plusieurs mots peuvent désigner le brochet : lanceret, brochet, quarrel, lux et luceau.

15. *Item*, la saison de l'alose franche[1] commence en mars.

16. *Item*, la carpe doit être très cuite, sinon il est dangereux d'en manger.

17. *Item*, les plies, contrairement aux limandes, sont douces à caresser du plat de la main.

18. *Item*, à Paris les rôtisseurs gavent leurs oies de farine : ni de la fleur, ni du son, mais de la qualité intermédiaire que l'on appelle *gruaux* ou encore *recoupettes*[2]. Ils ajoutent à ces gruaux ou recoupettes la même quantité d'avoine et mélangent le tout avec un peu d'eau jusqu'à obtention d'une consistance pâteuse. Ils mettent cet aliment dans une petite mangeoire posée sur quatre pieds ; l'eau est dans un récipient à part. Les oies ont leur litière renouvelée chaque jour, et en quinze jours elles sont grasses. Et *nota* que la litière garde leur plumage propre.

19. *Item*, pour faisander les chapons et les poules, il faut les saigner par la gorge et aussitôt après les mettre dans un seau d'eau très froide où ils meurent ; l'animal sera faisandé le jour même comme s'il avait été tué deux jours auparavant.

20. *Item*, l'on peut distinguer les vieux canards des jeunes de même taille aux tuyaux des plumes des ailes qui sont plus tendres chez les jeunes que chez les vieux. *Item*, l'on peut dis-

---

[1]. De nos jours, on oppose l'alose commune à l'alose f(e)inte.
[2]. Farine tirée du son des recoupes, utilisée dans la fabrication de l'amidon.

vielz. *Item*, l'en congnoist ceulx de riviere a ce qu'ilx ont les ongles fins noirs, et aussi ont les piez rouges, et ceulx de paillier les ont jaunes. *Item*, ont la creste du bec, c'estassavoir le dessus, vert tout au long, et aucunesfoiz les malars ont au travers du col, endroit le hasterel, une tache blanche, et sont d'un plumage tresondoyant.

21. *Item*, coulons ramiers sont bons en yver, et congnoist l'en les vieulx a ce que les venneaulx de leurs elles sont tous d'une couleur noire; et les jeunes d'un an ont les venneaulx cendrez et le seurplus noir.

22. *Item*, l'en congnoist l'aage d'un lievre au nombre des pertuiz qui sont dessoubz la queue; car pour tant de pertuiz tant d'ans.

23. *Item*, les perdriz qui ont les plumes bien serrees et bien joinctes a la char, et sont arrengeement et bien joinctes et sont comme les plumes sont sur ung esprevier, sont fresches tuees, et celles dont les plumes se haussent contremont et laissent la char et se desrangent de leur siege et vont sans ordre ça et la sont vieilles tuees. *Item*, a tirer les plumes du brayer le sent l'en.

24. *Item*, la carpe qui a l'escaille blanche et non mye janne ne rousse est de bonne eaue; celle qui a groz yeulx et saillans hors de la teste et le palaiz et langue molz et onny est grasse. Et *nota*, se vous voulez porter une carpe vive par tout ung jour, entortilliez la en foing moullié et la portez le ventre dessus; et la portez sans luy donner air, c'estassavoir en bouges ou en sac.

25. La saison des truites commence en   et dure jusques a septembre; les blanches sont bonnes en yver et les vermeilles en esté. Le meilleur de la truite est la queue et de la carpe est la teste.

26. *Item*, l'anguille qui a menue teste, delié cuir reluisant, ondoyant et estincelant, groz corps et blanc ventre est la franche; l'autre est a grosse teste, sor ventre et cuir groz et brun.

---

151. l. maslars o. *B*. **152.** dun p. et ont la plume t. *B*. **157.** dun nombre au *AC*. **160.** b. sarrees et *B*. **162.** les p. sur *B*. **174.** *Lacune entre* en *et et en ABC*. **177.** c. cest l. B^2. **180.** e. a la f. *A*.

tinguer les canards sauvages des canards domestiques à ce que les premiers ont des ongles très noirs et les pattes rouges tandis que les seconds les ont jaunes. *Item*, la crête du bec – c'est-à-dire le dessus – est toute verte et parfois les mâles ont une tache blanche au travers du cou à l'endroit de la nuque et leur plumage est très chatoyant.

21. *Item*, les pigeons ramiers sont bons en hiver. L'on peut distinguer les vieux des jeunes aux rémiges de leurs ailes qui sont uniformément noires, tandis que les jeunes d'un an les ont cendrées ; le reste de leur plumage est noir.

22. *Item*, on peut évaluer l'âge d'un lièvre au nombre de trous qu'il a sous la queue : le nombre de trous équivaut au nombre d'années.

23. *Item*, les perdrix qui ont les plumes bien serrées et collées à la chair, uniformément et régulièrement ordonnées à la manière des plumes d'un épervier, ces perdrix-là ont été fraîchement tuées ; celles qui sont mortes depuis un certain temps déjà ont les plumes hérissées, mal enfoncées dans la chair, ébouriffées et désordonnées. *Item*, on peut le sentir en tirant les plumes du ventre.

24. *Item*, la carpe dont les écailles sont blanches et non pas jaunes ni rousses vient d'une bonne eau. Elle est grasse si elle a de gros yeux saillant hors de la tête, le palais et la langue mous et sans aspérités. *Et nota* que si vous voulez transporter une carpe vivante pendant un jour entier, entortillez-la dans du foin mouillé et transportez-la couchée sur le dos sans l'exposer à l'air, c'est-à-dire dans un petit coffre ou un sac.

25. La saison des truites commence en [...] et dure jusqu'en septembre. Les truites communes sont bonnes à manger en hiver et les saumonées en été. Le meilleur morceau de la truite est la queue alors que pour la carpe, c'est la tête.

26. *Item*, l'anguille argentée a la tête menue ; sa peau est fine et luisante, moirée et étincelante ; elle a un gros corps et un ventre blanc. L'autre anguille a une grosse tête, un ventre jaune et la peau grossière et brune.

Icy apres s'ensuivent aucuns disners et souppers de grans seigneurs et autres.

27. Et noctez sur lesquels vous pourrez choisir, reconqueillir et *(fol. 126b = 127b)* aprendre desquelz metz qu'il vous plaira selon la saison et les viandes qui sont ou pays ou vous serez quant vous avrez a donner a disner ou a souper.

28. *Disner a jour de chair servir de .xxxi. més a .vi. assietes*.

Premiere assiecte. Garnache et tostes, pastelz de vel, pastez de pinparneaulx, boudins et saussisses.

Seconde assiete. Civé de lievres (18) et les coustellectes, poiz coulez, saleure et grosse char, une soringue d'anguilles (18) et autre poisson.

Tierce assiete. Rost : connins, perdriz, chappons, etc., lux, braz, carpes et ung potage escartellé (35, 36, 37).

Quarte assiete. Oiseaulx de riviere a la dodine, ris engoulé (31), bourees a la sausse chaude et anguilles renversees (26).

Quinte assiete. Pastez [d'aloes], roissoles, lait lardé (41), flaonnez succrez.

Sixiesme assiete. Poires et dragees, nettes et noiz pelees, ypocras et le mestier.

29. *Autre disner de char de .xxiiii. metz a six assiectes*.

Premiere assiecte. Pastez de veel menu deshaché a gresse et mouelle de beuf, pastelz de pinparneaulx, boudins, saulsisses, pipefarce et pastez noirroix *de quibus* (41).

Seconde assiete. Civé de lievre (18) et brouet d'anguille (17), faves coulees, saleures, grosse char *scilicet* beuf et mouton.

---

182. Ci a. *B*, Chy a. *C*. **186.** s. les saisons et les v. q. seront es p. *B*. **189.** *ABC n'écrivent pas ces mots comme une rubrique.* **191.** et tostees p. *B*, de veel p. *B*. **193.** 18 *omis B*. **197.** l. bars c. *B²*. **199.** e. 37 bourree *B*. **201.** p. dalces r. *AB(?)C*, p. daloes *B²*. **203.** a. Poirees et *A*, et dragee n. *B*. **208.** p. norroix de *B*. **209.** l. 16 et *B*. **210.** da. feves c. *B*.

Suivent quelques menus de dîner et de souper exécutés pour de grands seigneurs et autres hôtes.

27. A partir de ces menus vous pourrez choisir, sélectionner et connaître les mets qui vous plairont selon la saison et les aliments disponibles dans le pays où vous vous trouverez lorsque vous aurez à donner un dîner ou un souper.

28. *Dîner pour les jours gras de 23 plats à 6 services*[1].

Premier service. Vin de grenache et tostes*[2], pâté de veau, pâté de petites anguilles, boudins et saucisses.

Second service. Civet de lièvres et côtelettes, purée de pois, viande salée et viande de boucherie, une soringue* d'anguilles et d'autres poissons.

Troisième service. Rôtis : lapins, perdrix, chapons, etc., brochets, bars, carpes et un potage écartelé[3].

Quatrième service. Oiseaux de rivière à la dodine*, riz au lait, bourrées[4] à la sauce chaude et anguilles retournées[5].

Cinquième service. Pâté d'aloses, rissoles, lait lardé*, flans sucrés[6].

Sixième service. Poires et dragées, nèfles et noix pelées, hypocras[7] et le métier*[8].

29. *Autre dîner pour les jours gras de 24 plats à 6 services.*

Premier service. Pâté de veau haché menu à la graisse et à la moelle de bœuf, pâtés de petites anguilles, boudins, saucisses, pipefarce* et pâtés norrois* *de quibus*.

Second service. Civet de lièvre et brouet d'anguille, purée de fèves, viande salée et viande de boucherie, à savoir bœuf et mouton.

---

1. Il va de soi qu'il s'agit là de banquets, et que l'ordinaire était loin d'approcher un tel raffinement. Il faut savoir en outre que chaque convive se sert seulement des plats à sa portée ; il ne goûte pas à tous les plats d'un service.
2. Tranches de pain trempées dans du vin. Cf. II, v, 216.
3. Cf. « poussins escartelés », c'est-à-dire coquelets découpés, et « potage parti » (II, v, 246). Le potage écartelé désigne sans doute la partie solide d'un ragoût coupée et présentée en quatre parts ou dont le dessus est décoré en quartiers.
4. Poisson.
5. Cf. II, v, 180.
6. Cf. II, v, 247.
7. Cf. II, v, 317.
8. Gaufre servi en fin de repas, en général avec l'hypocras.

Tiers metz. Rost : chappons, connins, veel et perdriz, poisson d'eaue doulce et de mer, aucun tailliz (36) avec doreures (39).

215 Quart metz. Malars de riviere a la dodine, tanches aux souppes et bourrees a la chaude saulse (26), pastelz de chappons de haulte gresse a la souppe de la gresse et du percil.

Quint metz. Ung bouly lardé, ris engoulé, anguilles
220 reversees, aucun rost de poisson de mer ou d'eaue doulce, roissolles (41), crespes et vielz succre (41).

La .vi^e. assiete et derreniere pour yssue. Flanciaulx succrez et lait lardé, neffles, noiz pelees, poires cuictes et la dragee, ypocras et le mestier.

225 30. *Autre disner de char.*

Premier mectz. Pastelz de beuf et roissolles, poiree noire, lamproyes a froide sauge, ung brouet d'Alemaigne de chair, une sause blanche de poisson et une arbolaste et grosse char de beuf et mouton.

230 Second mectz. Rost de char, poissons d'eaue doulce, poissons de mer, une cretonnee de char, [raviolles], un rosé de lappereaulx et de bourrees a la saulse chaude d'oiseletz, tourtes pisaines, *id est* de Pise en Lombardie (et dist l'en *tourtes lombardes*, et y a des oiselés parmy la
235 farce, et en plusieurs lieux cy apres dist *tourtes lombardes*).

Tiers mectz. Tenches aux souppes, blanc mengier [parti], lait lardé, croctes, queue de sanglier a la saulse chaude, chappons a la dodine, pastez de bresmes et de
240 saumon, pleiz en l'eaue et leschefrite, et darioles.

Quart metz. Fourmentee, venaison, rost de poissons, froide sauge, anguilles *(fol. 128a)* reversees, gelees de poisson, pastez de chapon a la soupe courte.

31. *Autre disner de char.*

245 Premier metz. Pastelz norroiz (40), ung brouet camelin de char, bignes de mouelle de beuf, soringue d'anguilles,

---

217. chappons de *omis AC*. **220.** ou deauce d. *A*. **228.** u. arbolastre et *B*. **231.** c. ramolles u. *AB(?)C*. **237.** b. m. parer *AB*, lart l. *B*. **242.** a. renversees g. **243.** de chappons a *B*. **245.** P. norriz 40 *A*.

Troisième service. Rôtis : chapons, lapins, veau et perdrix, du poisson d'eau douce et de mer, un taillis* accompagné de dorures*.

Quatrième service. Canards de rivière à la dodine*, tanches aux soupes* et bourrées à la sauce chaude, pâtés de chapons bien gras avec des tranches de pain tartinées de graisse et de persil.

Cinquième service. Bouli lardé*, riz au lait, anguilles retournées, poisson de mer ou d'eau douce rôti, rissoles, crêpes et vieux sucre.

Le sixième et dernier service en guise d'issue : petits flans sucrés et lait lardé*, nèfles, noix pelées, poires cuites, dragées, hypocras et le métier*.

30. *Autre dîner pour les jours gras.*

Premier service. Pâté de bœuf et rissoles, porée* noire[1], lamproies à la sauge froide*, brouet de viande à la mode d'Allemagne[2], sauce blanche au poisson, omelette, viande de bœuf et de mouton.

Second service. Rôtis de viande, de poissons d'eau douce, de poissons de mer, une crétonnée* de viande, raviolis, rosé* de lapereaux et de bourrées à la sauce chaude d'oisillons, tourtes pisanes, *id est* de Pise en Lombardie (elles figurent par la suite à plusieurs reprises sous le nom de *tourtes lombardes* ; la farce contient des oisillons).

Troisième service. Tanches aux soupes*, blanc-manger parti*, lait lardé*, croûtons de queues de sanglier à la sauce chaude, chapons à la dodine*, pâtés de brèmes et de saumon, plies dans leur bouillon et lèchefrite*[3], et darioles*.

Quatrième service. Fromentée*, venaison, poisson rôti, sauge froide*, anguilles retournées, gelées de poisson, pâtés au chapon sur soupes* courtes.

31. *Autre dîner pour les jours gras.*

Premier service. Pâté norrois*, brouet de viande épicé à la cameline*, beignets de moelle de bœuf, soringue* d'anguille,

---

1. Cf. II, v, 52.
2. Cf. II, v, 108.
3. Ici, sans doute mince tranche de viande frite ; mais la lèchefrite peut également désigner le récipient recueillant la graisse de la viande rôtie à la broche.

loche en eaue et froide sauge, grosse char et poisson de mer.

Second mectz. Rost le meilleur que on peut et poisson doulx, ung bouly lardé, ung tieule de char, pastelz de chappons et crespes, pastelz de bresmes, d'anguilles, et blanc mengier.

Tiers metz. Fourmentee, venoison, lamproye a la sause chaude (20), leschefrites, bresmes, et darioles, esturgon et gellee.

32. *Autre disner de chair.*

Premier metz et assiete. Pastez de beuf et de mouelle, civé de lievre, grosse char, ung brouet blanc de connins, chappons et venoison aux souppes, porree blanche, navez, oes salees et eschinees.

Second mectz. Rost le meilleur, etc., ung rosé [d'aloes], ung blanc mengier, nomblez et queue de sanglier a la saulse chaude (26), pastelz de chappons gras, frictures et pastelz norroix.

Tierce assiete. Fourmentee, venoison, dorures de plusieurs manieres, oes et chappons graz a la dodine, darioles de cresme et leschefrictes succrees, bourrees a la galentine chaude (26), gelee de chappons, connins, poucins, lapereaulx et cochons.

Quarte assiete. Ypocras et le mestier pour yssue.

33. *Autre disner de char.*

Premier mectz. Feves frasees, ung brouet de canelle (13), ung civé de lievre noir (16), ung brouet vert (77), harenc sor, grosse char, navectz, tanches aux souppes, oes et eschinees salees, rissoles de mouelle de beuf (5) et hastelez de beuf *ut prima*,   de porc *ut prima*.

Second mectz. Rost le meilleur que on peut, poisson doulx, poisson de mer, plaiz en l'eaue, bourrees a la saulse chaude *ut* lemproions (26), ung gravé de aloez, g i

---

253. la c. s. *B*, c. 26 *BC*. **254.** b. en rost et *B*. **261.** r. dalces u. *AB(?)C*, r. d'aloes u. *B*². **264.** p. nourriz *AC*. **268-270.** lapereaulx... yssue *omis B*. **272.** u. brouert v. *A*, u. b. v. d'anguilles 17 harent s. *B*. **275.** et eschines s. *A*, roissoles de *B*, b. 4 et hatelez de *B*. **276.** de porc ut prima *omis AC, en B il y a un espace entre ces mots*. **280.** g i g. *A*, g. i. g. *B*, gig *C*.

loche à l'eau et froide sauge*, viande de boucherie et poisson de mer.

Second service. Le meilleur rôti qu'on peut trouver, poisson d'eau douce, gruau lardé, une tuile de viande, petits pâtés de chapon et crêpes, petits pâtés de brèmes et d'anguilles, et blanc-manger.

Troisième service. Fromentée*, venaison, lamproies à la sauce chaude, lèchefrites*, brèmes, darioles*, esturgeon et gelée.

32. *Autre dîner pour les jours gras.*

Premier service. Pâté de bœuf et de moelle, civet de lièvre, viande de boucherie, brouet blanc au lapin, chapons et venaisons avec des soupes*, porée* blanche, navets, oies salées et longes de porc.

Second service. Le meilleur rôti qu'on peut trouver, etc., civet rosé d'alose, blanc-manger, échine et queue de sanglier à la sauce chaude, pâté de chapon gras, fritures et pâtés norrois*.

Troisième service. Fromentée*, venaison, dorures* de plusieurs façons, oies et chapons gras à la dodine*, darioles* à la crème et lèchefrites* sucrées, bourrées à la galentine* chaude, gelée de chapons, de lapins, de poussins, de lapereaux et de cochons.

Quatrième service. Hypocras et le métier* pour l'issue.

33. *Autre dîner pour les jours gras.*

Premier service. Fèves écossées, brouet à la cannelle, civet de lièvre noir, brouet vert, hareng saur, viande de boucherie, navets, tanches aux soupes*, oies et longes de porc salées, rissoles de moelle de bœuf, et nuque de bœuf *ut prima*, [...] de porc *ut prima*.

Second service. Du meilleur rôti que l'on peut trouver, poisson d'eau douce, poisson de mer, plies à l'eau, bourrées à la sauce chaude, *ut* lamproies, un gravé* d'aloses, g i g.[1] de

---

1. Brereton suggère l'interprétation suivante de cette abréviation : *gravé, id est gravé.*

g. de fleur de peschier, blanc mengier parti, tourtes lombardes, pastelz de venoison et d'oiseletz, cretonnee d'Espaigne, harenc fraiz.

Tiers metz. Fourmentee, venoison, dorures, gellees de poisson, chappons gras a la dodine, rost de poisson, leschefrictes et darioles, anguilles renversees, escrevices, crespes et pipefarces.

34. *Autre disner de chair*.

Premier mez. Poiree blanche, hastelez de beuf, grosse char, civé de veel, du brouet houssé.

(*fol. 128b*) Second metz. Rost de char, poisson de mer et d'eaue doulce, ravioles lombardes, une cretonnee d'Espaigne.

Tiers mectz. Lamproyes [a la sausse], ung rosé, lait lardé et croutes de lait, tourtes pisaines, *id est* lombardes, darioles de cresme.

Quart mectz. Fourmentee, venoison, doreures, pastelz de bresmes et de gournaulx, anguilles renversees, chappons gras a la dodine.

Yssue est ypocras et le mestier.

Boutehors : vin et espices.

35. *Autre disner de char*.

Premier metz. Grosse char, pastelz norroiz, bignes de mouelle de beuf, brouet camelin de char, soringue d'anguilles, loches en eaue, poisson de mer et froide sauge.

Second mectz. Rost le meilleur que on pourra, ung tieule de char, ung bouli lardé de chevrel, pastelz de chappons, crespes, pastez de bresmes et d'anguilles et blanc mengier.

Tiers metz. Fourmentee, venoison, doreures, lemproyes a la saulse chaude, leschefrictes et darioles, bresmes en rost, bouliz au vertjus, esturgon et gelee.

36. *Autre disner de char*.

Premier mectz. Poreaulx blancs, pastez de beuf, oyes et eschinees, civé de lievre et de connins, ung genesté d'aloes, grosse chair.

---

282. d'o. crestonnee de. *B*. **289.** m. poree b. *B*. **292.** d. ranioles l. *B*. **294.** a lausse *AC*, a sausse *B*². **307.** p. poisson doulx u. *B*.

fleur de pêcher, blanc-manger parti*, tourtes lombardes, petits pâtés de venaison et d'oisillons, crétonnée* à la mode d'Espagne, hareng frais.

Troisième service. Fromentée*, venaison, dorures*, gelées de poisson, chapons gras à la dodine*, rôt de poisson, lèchefrites* et darioles*, anguilles retournées, écrevisses, crêpes et pipefarces*.

34. *Autre dîner pour les jours gras.*

Premier service. Porée* blanche, nuque de bœuf, viande de boucherie, civet de veau, brouet houssé[1].

Second service. Rôti de viande, de poisson de mer et d'eau douce, raviolis lombards, crétonnée* à la mode d'Espagne.

Troisième service. Lamproies en sauce, civet rosé*, lait lardé* et croûtons[2] au lait, tourtes pisanes, *id est* lombardes, darioles* à la crème.

Quatrième service. Fromentée*, venaison, dorures*, pâtés de brèmes et de grondins, anguilles retournées, chapons gras à la dodine*.

Issue : hypocras et le métier*.

Boutehors : vin et épices.

35. *Autre dîner pour les jours gras.*

Premier service. Viande de boucherie, pâté norrois*, beignets à la moelle de bœuf, brouet de viande à la cameline*, soringue* d'anguilles, loches en eau, poisson de mer et froide sauge*.

Second service. Le meilleur rôti que l'on pourra trouver, tuile de viande, gruau lardé au chevreau, pâtés de chapons, crêpes, pâtés de brèmes et d'anguilles, blanc-manger.

Troisième service. Fromentée*, venaison, dorures*, lamproies à la sauce chaude, lèchefrites* et darioles*, brèmes en rôti, gruau au verjus, esturgeon et gelée.

36. *Autre dîner pour les jours gras.*

Premier service. Poireaux blancs, pâtés de bœuf, oies et longes de porc, civet de lièvre et de lapins, un genesté* d'aloses, viande de boucherie.

---

1. Cf. II, v, 103.
2. De pain.

Second metz. Queue de sanglier a la sause chaude (26), blanc mengier party, dodines d'oes, lait lardé et tourtes, venoison, doreures, gellees, [croutes] au lait a la dodine, pastelz de chappons, froide sauge, pastez de vache et talemouse.

37. *Autre disner de char.*

Premier mectz. Poiz coulez, harenc, anguilles salees, civé d'oestres noir, ung brouet d'amandes, tieules, ung bouly de brochetz et d'anguilles, une cretonnee, ung brouet vert d'anguilles, pastelz d'argent.

Second mectz. Poisson de mer, poisson doulx, pastelz de bresme et de saumon, anguilles reversees, une reboularstre brune, tanches a ung bouly lardé, ung blanc mengier, crespes, lectues, losenges, orillectes, et pastelz noirroix, lux et saumons farciz.

Tiers metz. Fourmentee, venoison, doreures de pommeaulx et de pes d'Espaigne et de chastellier, rost de poisson, gelee, lamproyes, congres, et turboz a la saulse vert, bresmes au vertjus, leschefrites, darioles, et l'entremes.

38. *Autre disner.*

Premier mectz. Pastelz de beuf et roissoles, poiree noire, ung gravé de lemproyes (*fol. 129a*), ung brouet d'Alemaigne de char, ung brouet georgié de char, une sausse blanche de poisson, une arboulastre.

Second mectz. Rost de char, poisson de mer, poisson doulx, ung cretonnee de char, ravioles, ung rosé de lapereaulx et d'oiselez, bourrees a la saulse chaude (26), tourtes [pisaines].

Tiers metz. Tanches aux souppes, blanc menger party, lait lardé et [croutes], queues de sanglier a la saulse chaude (26), chappons a la dodine, pastelz de bresmes et de saumon, plaiz en l'eaue, leschefrictes et darioles.

Quart mectz. Fourmentee, venoison, dorures, rost de

---

318. m. Rost q. *B*. **319.** et croutes v. *B*. **320.** g. troutes au *AC*, g. cructes au *B²* (*remplace un mot commençant par* t). **325.** da. tieule u. *B*. **326.** u. brouert v. *A*. **328.** p. dre b. *A*. **329.** a. renversees u. arboulastre b. *B*. **331.** p. norroix l. *B*, p. noirres l. *C*. **339.** mectz *omis A*, r. poree n. *B*. **344.** u. cretonne de *B*. **346.** t. pinsainnes *ABC*. **348.** et troutes q. *A*, et troictes q. *B²*, et trouties q. *C*. **350.** le. leschefroies et *B*.

Second service. Queue de sanglier à la sauce chaude, blanc-manger parti*, dodines* aux oies, lait lardé* et tourtes, venaison, dorures*, gelées, croûtes au lait à la dodine*, pâtés de chapon, froide sauge*, pâtés de vache et talemouse*.

37. *Autre dîner pour les jours gras.*

Premier service. Purée de pois, hareng, anguilles salées, civet d'huîtres noir, brouet d'amandes, tuiles, quiche aux brochets et anguilles, crétonnée*, brouet vert aux anguilles, pâtés d'argent.

Second service. Poisson de mer, poisson d'eau douce, pâtés de brème et de saumon, anguilles retournées, omelette brune, tanches au bouli lardé*, blanc-manger, crêpes, laitues, losanges*, orillettes* et pâtés norrois*, brochets et saumons farcis.

Troisième service. Fromentée*, venaison, dorures* de boulettes de viande, pois d'Espagne et chastellier[1], poisson rôti, gelée, lamproies, congres et turbots à la sauce verte, brèmes au verjus, lèchefrites*, darioles* et l'entremets[2].

38. *Autre menu de dîner.*

Premier service. Pâtés de bœuf et rissoles, porée* noire, gravé* de lamproies, brouet de viande à la mode d'Allemagne, brouet garni de viande, sauce blanche au poisson, omelette.

Second service. Rôti de viande, de poisson de mer, de poisson d'eau douce, crétonnée* de viande, raviolis, civet rosé* de lapereaux et d'oisillons, bourrées à la sauce chaude, tourtes pisanes.

Troisième service. Tanches aux soupes*, blanc-manger parti*, lait lardé* et croûtes au lait, queues de sanglier à la sauce chaude, chapons à la dodine*, pâtés de brèmes et de saumon, plies à l'eau, lèchefrites* et darioles*.

Quatrième service. Fromentée*, venaison, dorures*, poisson

---

1. Nous n'avons pas pu identifier ce nom.
2. Situé entre le rôt et la desserte, l'entremets constituait une coupure dans le déroulement d'un repas. Sa fonction de divertissement était essentielle. Les plats décorés, colorés et travestis étaient souvent d'un extrême raffinement, voire proprement extravagants.

poisson, froide sauge, anguilles reversees, gelee de poissons, pastelz de chappons.

39. *Autre disner.*

Premier metz. Feves frasees, ung brouet de canelle, ung civé de lievre noir ou brouet d'anguilles vert, harens sors, grosse char, navez, tanches aux souppes, oes et eschinees salees, roissoles de mouelle de beuf.

Second metz. Rost le meilleur que on peut, poisson d'eaue doulce, poisson de mer, plaiz en l'eaue, bourrees a la saulse chaude, ung gravé d'aloes en couleur de fleur de peschier, blanc menger party, tourtes lombardes, pastelz de venoison et d'oiseletz, cretonnee d'Espaigne, harens fraiz.

Tiers metz. Fourmentee, venoison, dorures, gellee de poissons, chappons gras a la dodine, rost de poisson, leschefrictes et darioles, anguilles reversees, crespes et pipefarces.

40. *Autre disner de char.*

Premier metz. Ung brouet d'Alemaigne, coux cabuz, une soringue d'anguilles, navez, pastez de beuf, grosse char.

Second metz. Rost le meilleur que on pourra avoir, oes grasses; a la dodine, poisson d'eaue doulce, blanc mengier, une arbolaste, pastez noirroiz, crespes, lait lardé, tourtes de lait.

Tiers metz. Pastelz de chappons a la dodine, ris engoulé, queue de sanglier a la saulse chaude, leschefrictes et darioles succrees.

Quart metz. Fourmentee, venoison, dorures, anguilles reversees, rost de bresmes, la teste de sanglier a l'entremez.

41. *Autre disner de char.*

Premier mez. Poreaulx blans a chappons, oe a

---

352. a. renversees *B*, gelees de *B*². **356.** n. au b. *AC*, et eschines s. roissole de *AC*. **358.** de meuf. *A*. **366.** p. leschefroies et d. a. renversees escrevices c. *B*. **370.** a. choulz c. *B*. **373.** S. met R. *A*. **374.** b. mongier u. *A*, u. arboulastre *B*², u. arboleste *C*. **375.** p. norrois *BC*. **378.** c. leschefroies et *B*. **380.** a. renversees r. *B*.

rôti, froide sauge*, anguilles retournées, gelée au poisson, pâtés de chapons.

39. *Autre menu de dîner.*

Premier service. Fèves écossées, brouet à la cannelle, civet de lièvre noir ou brouet d'anguilles vert, harengs saurs, viande de boucherie, navets, tanches aux soupes*, oies et longes de porc, rissoles de moelle de bœuf.

Second service. Le meilleur rôti que l'on peut trouver, poisson d'eau douce, poisson de mer, plies à l'eau, bourrées à la sauce chaude, gravé* d'alose couleur fleur de pêcher, blanc-manger parti*, tourtes lombardes, pâtés de venaison et d'oisillons, crétonnée* d'Espagne, hareng frais.

Troisième service. Fromentée*, venaison, dorures*, gelée de poissons, chapons gras à la dodine*, poisson rôti, lèchefrites* et darioles*, anguilles retournées, crêpes et pipefarces*.

40. *Autre dîner pour les jours gras.*

Premier service. Brouet à la mode d'Allemagne, choux cabus, une soringue* d'anguilles, navets, pâtés de bœuf, viande de boucherie.

Second service. Le meilleur rôti que l'on peut trouver, oies grasses à la dodine*, poisson d'eau douce, blanc-manger, omelette, pâtés norrois*, crêpes, lait lardé*, tourtes au lait.

Troisième service. Pâtés de chapons à la dodine*, riz au lait, queue de sanglier à la sauce chaude, lèchefrites* et darioles* sucrées.

Quatrième service. Fromentée*, venaison, dorures*, anguilles retournées, brèmes rôties et une tête de sanglier comme entremets.

41. *Autre dîner pour les jours gras.*

Premier service. Poireaux blancs aux chapons, oies à la

l'eschinee et a l'andoulle rostie, pieces de beuf et de mouton, ung brouet gorgé de lievres, de veel et de connins.

Second mez. Chappons, perdriz, connins, plouviers, cochons farciz, faisans pour les seigneurs, gellee de char et de poisson. L'entremetz lux et carpes, *(fol. 129b)* l'entremetz eslevé; civé, paons, butors, herons, et autres choses.

L'issue. Venoison, riz engoulé, pastez de chappons, flaons de cresme, darioles, anguilles renversees, fruit, oublees, estrees et le claré.

42. *Autre disner de .xxiiii. metz a troiz assiectes.*

Premier metz. Pois coulez, anguilles salees et herens, poireaulx aux amandes, grosse char, ung brouet jaunet, une salemine, poisson de mer, civé d'oictres.

Second metz. Rost, poisson doulx, poisson de mer, ung brouet de Savoye, ung brouet lardé d'anguilles renversees.

Tiers metz. Rost de bresmes, galentine, civé, chappons pelerins, gellee, blanc mengier party, plaiz en l'eaue, [turbos] a la soucye, darioles de cresme, lamproions a la sause chaude, dorures, ris engoulé, etc.

43. *Souper de char a .iiii. assiectes.*

Premiere assiecte. Seymé, poulez aux herbes, brouet de vertjus et de poulaille, une epinbesche de ung bouly lardé, brochereaulx et loche en eaue rouge, et chastelongnes salees.

Second metz. Rost le meilleur que on peust de char et poisson et droiz au percil et au vinaigre, poisson a la galentine, une saulse blanche sur poisson et fraze de char.

Tiers metz. Pastelz de chappons, becuit de brochetz et d'anguilles, laictues tubesches et une arboulastre, poisson, crespes et pipefarces.

Quart mectz. Gellee, escrevices, plaiz en l'eaue, ables

---

386. et *omis B.* **393.** Lessue v. *B.* **397.** et harenc. *BC.* **404.** le. tourbes a *A,* le. turbosa *B*(?), le. turbes *B²*. **405.** c. lemproies a *BC.* **406-408.** *pas de rubrique entre ces lignes AC,* Soupers *B.* **408.** s. poules a. *B.* **409.** u. espinbesch de *B,* u. epembesche de *C.* **410.** et chastelongues s. *AC.* **412.** on peut de *B.*

longe de porc et à l'andouille rôtie, pièces de bœuf et de mouton, brouet garni de lièvres, de veau et de lapins.

Second service. Chapons, perdrix, lapins, pluviers et cochons farcis, faisans pour les seigneurs, viande et poisson en gelée. Pour l'entremets, brochets et carpes; entremets élaboré: civet, paons, butors, hérons, et autres choses.

Issue : venaison, riz au lait, pâtés de chapons, flans à la crème, darioles*, anguilles retournées, fruits, oublies*, étriers* et clairet*.

42. *Autre dîner de 24 plats à trois services.*

Premier service. Purée de pois, anguilles salées et harengs, poireaux aux amandes, viande de boucherie, un brouet jaunet*, une salemine*, poisson de mer, civet aux huîtres.

Second service. Rôti, poisson d'eau douce, poisson de mer, brouet à la mode de Savoie, brouet lardé d'anguilles retournées.

Troisième service. Brèmes rôties, galentine*, civet, chapons pèlerins, gelée, blanc-manger parti*, plies en eau, turbots au soutyé*, darioles* à la crème, lamproies à la sauce chaude, dorures*, riz au lait, etc.

43. *Souper pour les jours gras à quatre services.*

Premier service. Seymé*, poulets aux herbes, brouet au verjus et à la volaille, épinbêche*, petits brochets et loche en eau rouge, et castagnoles[1] salées.

Second service. Le meilleur rôti de viande et de poisson que l'on puisse trouver, droiz[2] au persil et au vinaigre, poisson à la galentine*, sauce blanche sur le poisson, et abats.

Troisième service. Pâtés de chapons, bécuit* au brochet et aux anguilles, laitues romaines et omelette, poisson, crêpes et pipefarces*.

Quatrième service. Gelée, écrevisses, plies en eau, ablettes et

---

1. Poisson d'eau douce.
2. Mot obscur.

et froide sauge, nombles a la saulse chaude, pastez de
vache et talmous.

Potage pour faire yssue appellé *gellee*.

44. *Autre souper de chair.*

Premiere assiecte. Chappons aux herbes, une comminee, poix daguenetz, loches au jaunel, venoison aux souppes.

Second mez. Rost le meilleur que on peut avoir, gellee, blanc menger party, flanceaulx de cresme bien succrez.

Tiers metz. Pastez de chappons, froides sauges, espaules de mouton farcies, brocherons a ung rabouly, venoison a la queue de sanglier, escrevices.

45. *Autre soupper de char.*

Premier metz. Troiz manieres de potages : chappons entiers en ung blanc brouet ; une chaudumee de beschectz ; venoison aux souppes, loches et anguilles tronsonnees dessus.

Second metz. Rost : chappons, connins, perdriz, plouviers, mesles, oiseletz, chevriaulx, ung blanc mengier sus, etc., lux, carpres et bars, etc., anguilles (*fol. 130a*) renversees, faisans et cines pour entremez.

Tier metz. Venoison a la fourmentee, pastelz de [tourtres] et d'alouectes, tartes, escrevices, harens fraiz, fruit, claré, nieulles, neffles, poires, noiz pelees.

46. *(Autre) disner de poisson pour Caresme.*

Premiere assiecte. Pommes cuictes, grosses figues de Prouvence rosties et feuilles de lorier pardessus, le cresson et le soret au vinaigre, poiz coulez, anguilles salees, harens blans, gravé sur friture de mer et d'eaue doulce.

Second metz. Carpres, lux, soles, rougés, saulmon, anguilles renversees a la boe et une arbolaste.

---

420. et talemoses *B²*. **421.** y. appellee g. *B.* **424.** p. daguenes l. *B.* **428.** f. brochetons a u. rebouly v. *B.* **432.** de besches v. *B,* de beschet v. *C.* **437.** l. carpes et *B.* **438.** et civez p. *B,* et cine (*ou* cive ?) *C.* **439.** de tourtes et *AC,* de turtres et *B.* **441-443.** *pas de rubrique entre ces lignes AC,* Disners de poisson pour Caresme *B.* **442.** autre : *ce mot superflu provient d'une erreur ABC ayant d'abord transcrit en entier le « premier metz » et le « second metz » jusqu'à* anguilles. *Cette première rédaction est ici omise. C continue ensuite* Premier mectz. p. c. comme dessus, Second metz... **448.** m. carpes l. *B.* **449.** u. arboulastre *B.*

froide sauge*, filets à la sauce chaude, pâtés de vache et talmouse*.

Pour l'issue, potage* appelé *gelée*.

44. *Autre souper pour les jours gras.*

Premier service. Chapon aux herbes, ragoût au cumin, pois séchés, loches à la sauce jaunet*, venaison aux soupes*.

Second service. Le meilleur rôti que l'on peut trouver, gelée, blanc-manger parti*, petits flans à la crème bien sucrés.

Troisième service. Pâtés de chapons, froide sauge*, épaules de mouton farcies, petits brochets au gruau, venaison à la queue de sanglier*, écrevisses.

45. *Autre souper pour les jours gras.*

Premier service. Trois potages* différents : chapons entiers en un brouet blanc, chaudumée* de brochets ; venaison aux soupes* et par-dessus loches et anguilles coupées en tronçons.

Second service. Rôtis : chapons, lapins, perdrix, pluviers, merles, oisillons, chevreaux, recouverts d'un blanc-manger, etc., brochets, carpes et bars, etc., anguilles retournées ; faisans et cygnes comme entremets.

Troisième service. Venaison à la fromentée*, pâtés aux tourterelles et aux alouettes, tartes, écrevisses, harengs frais, fruits, clairet*, nieulles*, nèfles, poires et noix pelées.

46. *Dîner à base de poisson pour le temps de Carême.*

Premier service. Pommes cuites, grosses figues de Provence rôties avec par-dessus des feuilles de laurier, cresson et soret* au vinaigre, purée de pois, anguilles salées, harengs blancs, gravé* sur friture de mer et d'eau douce.

Second service. Carpes, brochets, soles, rougets, saumon, anguilles retournées à la sauce épaisse et omelette.

Tiers metz. Pinperneaulx rostiz, merlans friz, marsouyn pouldré a l'eaue et froumentee, crespes et pastelz norroiz.

Yssue. Figues et roisins, ypocras et le mestier comme dessus est dit.

47. *Autre disner de poisson.*

Premier mez. Poix coulez, puree, civé d'oistres, une saulse blanche de brochetz et de perches, poiree de cresson, harens, graspoix, anguilles salees, loches en l'eaue.

Second metz. Poisson d'eaue doulce et de mer, turbot a la soucie, taillis, ung becuit, anguilles en galantine.

Tiers metz. Rost le plus bel et le meilleur que on pourra avoir, blans pastelz, larras, loche au waymel, escrevices, parches au percil et au vinaigre, tanches aux souppes, gelee.

48. *Autre disner de poisson.*

Premier metz. Poiz coulez, harens, poiree, anguilles salees, une salaminee de carpes et de brochetz, et oistres.

Second metz. Poisson d'eaue doulce, une soringue d'anguilles, pastels norroiz et blanc mengier party, une arboulastre, pastelz, bignes.

Tiers metz. Rost le meilleur, ris engoulé, tartres, leschefrayes et darioles, pastelz de saumon et de bresme, une chaudumee.

Quart metz. Taillis, crespes, pipefarces, escheroiz, dorures, congres et turbos au succre, tourtes lombardes, anguilles renversees.

49. *Autre disner de poisson.*

Premier metz. Pommes cuictes, figues grasses, garnache, cresson et poulez, (*fol. 130b*) poiz coulez, aloze, anguilles salees, harens et craspoiz, brouet blanc sur perches, et seches a ung gravé sur friture.

Second metz. Poisson doulz le meilleur que on peut et poisson de mer, anguilles renversees, bourrees a la saulse

---

450. m. frez m. *B*, m. fraiz f. m. *C*. **451.** p. noiroiz *B*. **455.** coulez *omis AC*, p. poree de *B*. **460.** s. taille u. *A*, s. tailliez u. *C*. **462.** e. perches au *B²*. **466.** h. poree a. *B*, a. s. u. salaminees de c. et de b. et o. *AC*, a. s. o. u. s. de b. et de c. *B*. **470.** p. bignez *B*. **474.** m. tailles c. *AC*, e. loche frite d. *B*. **475.** au soucie t. *B*, s. toutes l. *A*. **480.** a. salee h. *B*.

Troisième service. Petites anguilles rôties, merlans frits, marsouin cuit à l'eau et épicé, fromentée*, crêpes et pâtés norrois*.

Issue. Figues et raisins, hypocras et le métier* comme ci-dessus.

47. *Autre dîner pour les jours maigres.*

Premier service. Purée de pois, bouillon de légumes, civet d'huîtres, sauce blanche avec brochets et perches, porée* de cresson, harengs, craspoix*, anguilles salées, loches à l'eau.

Second service. Poisson d'eau douce et de mer, turbot au soutyé*, taillis*, bécuit* et anguilles en galentine*.

Troisième service. Le plus beau et le meilleur des rôtis que l'on peut se procurer, pâtés blancs, larras[1], loche au waymel[2], écrevisses, perches au persil et au vinaigre, tanches aux soupes*, gelée.

48. *Autre dîner pour les jours maigres.*

Premier service. Purée de pois, harengs, porée*, anguilles salées, salemine* aux carpes et aux brochets, huîtres.

Second service. Poisson d'eau douce, soringue* aux anguilles, pâtés norrois* et blanc-manger parti*, omelette, pâtés et beignets.

Troisième service. Du meilleur rôti, riz au lait, tartes, lèchefrites* et darioles*, pâtés au saumon et à la brème, chaudumée*.

Quatrième service. Taillis*, crêpes, pipefarces*, panais, dorures*, congres et turbots au sucre, tourtes lombardes, anguilles retournées.

49. *Autre dîner pour les jours maigres.*

Premier service. Pommes cuites, figues grasses, vin de grenache, cresson et poulet, purée de pois, alose, anguilles salées, harengs et craspoix*, perches recouvertes d'un brouet blanc et gravé* de seiche sur friture.

Second service. Le meilleur poisson d'eau douce que l'on peut trouver, du poisson de mer, anguilles retournées, bourrées

---

1. Poisson.
2. Poisson d'eau froide.

chaude, tenches aux souppes, escrevices, pastelz de
bresmes et plays en l'eaue.

Tiers mez. [Fourmentee] au massouin, pastelz norroiz
et maquereaulx rostiz, pinperneaulx en rost et crespes,
oictres, seches frites avec ung bescuis de brochereaulx.

50. *Autre disner de poisson.*

Premier mez. Poiz coulez, harenc, anguilles salees, civé
d'oictres noir, ung brouet d'amandes, tieule, ung bouly de
brochetz et d'anguilles, une cretonnee, un brouet vert
d'anguilles, pastelz d'argent.

Second metz. Poisson de mer, poisson doulx, pastelz de
bresmes et de saumon, anguilles renversees, une arboulastre brune, tanches a ung bouly lardé, ung blanc mengier, crespes, laictues, losenges, orillectes et pastelz norroiz, lux et saumons farciz.

Tiers metz. Fourmentee au pourpoiz, dorures de pommeaulx et de petz de Espaigne et de chastellier, rost de
poisson, gelee, lamproyes, congres et turbot a la saulse
vert, bresmes au vertjus, leschefroyes, darioles et l'entremetz.

Puis desserte, l'yssue et le boutehors.

51. *Primo l'appareil que fist faire monseigneur de
Laigny pour ung disner qu'il fist faire a monseigneur de
Paris, le president, procureur et advocas du roy et son
autre conseil, montans a .viii. escuelles.*

Primo, appareil de draps a tendre, vaisselle de sale et de
cuisine, may, herbe vert. A mectre sur table : esguieres et
hanaps a pié, deux dragouers, salieres d'argent, pain de
deux jours chappeller et pour tranchouers. Pour cuisine :
deux grans paelles, deux cuviers a eaue et deux balaiz.

Nota que monseigneur de Paris a troiz escuiers de ses
gens pour luy servir, et fut servy seul et a couvert, et

---

486. m. fourmentees *AC*, m. fromentee *B*, au marsouin *B*. **488.** u. bescuit de *B²*. **489.** de char *AC*. **490.** c. droictes n. *A*. **492.** c. au b. *AC*. **495.** ung a. bonnes t. *A*. **501.** p. gelees l. *B*. **503-505.** *pas de rubrique entre ces lignes AC*, Cy apres s'ensuivent aucuns incidens servans auques a ce propos *B*. **507.** r. en s. *A*, r. en (*corrigé en* et) s. *C*. **512.** d. jour *A*, pour c. *B*, pour chappler *B²*, chappellez *C*. **514.** P. ot t. *B*.

à la sauce chaude, tanches aux soupes*, écrevisses, pâtés aux brèmes et plies à l'eau.

Troisième service. Fromentée* aux marsouins, pâtés norrois* et maquereaux rôtis, rôti de petites anguilles et crêpes, huîtres, sèches frites avec un bécuit* de petits brochets.

50. *Autre dîner pour les jours maigres.*

Premier service. Purée de pois, hareng, anguilles salées, civet noir aux huîtres, brouet d'amandes, tuile d'écrevisses, bouilli de brochets et d'anguilles, crétonnée*, brouet vert aux anguilles, pâtés d'argent.

Second service. Poisson de mer, poisson d'eau douce, pâtés aux brèmes et au saumon, anguilles retournées, une omelette brune, tanches au bouli lardé*, blanc-manger, crêpes, laitues, losanges*, orillettes* et pâtés norrois*, brochets et saumons farcis.

Troisième service. Fromentée* au pourpoix[1], dorures* de boulettes de viande, pois d'Espagne et chastellier, poisson rôti, gelée, lamproies, congres et turbot a la sauce verte, brèmes au verjus, lèchefrites*, darioles* et l'entremets.

Ensuite desserte, issue et boutehors.

51. *Primo le menu de monseigneur de Lagny* prévu pour un banquet en l'honneur de monseigneur de Paris[2], du président du Parlement[3], du procureur et de l'avocat du roi[4], ainsi que des autres membres du Conseil du roi, repas à huit écuelles[5].

Primo, fournitures : des tentures, la vaisselle de table et de cuisine, des rameaux de verdure pour la décoration. A mettre sur la table : des aiguières et des hanaps à pied, deux drageoirs, des salières d'argent, du pain de deux jours pour le pain séché et les tranchoirs[6]. Pour la cuisine : deux grandes poêles, deux cuviers à eau et deux balais. *Nota* que monseigneur de Paris a trois écuyers de sa maison à son service exclusif ; il fut servi

---

1. Gros poisson salé.
2. L'évêque de Paris, Aimery de Maignac, selon Pichon, évêque de 1374 à 1385.
3. Arnault de Corbie, président de 1374-1388.
4. Guillaume de Saint-Germain.
5. C'est-à-dire seize convives : on partageait l'écuelle avec son voisin.
6. Le pain tranchoir sert de support aux aliments. Il était assez résistant pour supporter l'action du couteau. Après le repas il était donné aux pauvres. Le tranchoir peut également désigner la plaque de bois ou d'étain servant de support au pain.

monseigneur le president ung escuier, et fut servy seul et
non couvert. *Item*, par le dit de monseigneur le president,
le procureur du roy fut au dessus de l'advocat du roy.

52. Les assiectes et metz s'ensuivent : garnache, deux
quartes (c'est a deux personnes une choppine ; maiz c'est
sur le trop, car il souffist a troiz une choppine, et que les
seconds en ayent) ; eschaudez chaulx ; pommes de rouvel
ung quarteron, rosties et dragee blanche dessus ; figues
grasses rosties, .v. quarterons ; de soret et cresson, rommarin.

Potages : c'estassavoir salemine de .vi. becqués et .vi.
(*fol. 131a*) tanches, porree vert, et harenc blanc, .i. quarteron, .vi. anguilles d'eaue doulce salees d'un jour devant
et troiz meluz trempez d'une nuyt devant. Pour les
potages : amandes, .vi. livres ; pouldre de gingembre,
demye livre ; saffren, demye once ; menues espices, .ii.
onces ; pouldre de canelle, ung quarteron ; dragee, demye
livre.

Poisson de mer : soles, gournaulx, congres, turbot,
saumon ; poisson d'eaue doulce : luz fandiz, deux carpres
de Marne fandisses, bresme.

Entremetz : plaiz, lamproye a la boe.

Rost (et couvient autres touailles et .xvi. pommes
d'orange) : marsouin a sa saulse, maquereaulx, soles,
bresmes, aloses a la cameline ou au vertjus, ris et amandes
frictes dessus. Succre pour riz et pommes une livre,
petites servietes.

Pour desserte, composte et dragee blanche et vermeille
mise pardessus, rissoles, flaonnés, figues, dates, roisons,
avelaines.

Ypocras et le mestier font l'yssue, deux quartes (et est
le seurplus, comme dit est dessus) de garnache, oublees
.ii. cens et les supplicacions. Et *nota*, pour chascune

---

520. une choppines une choppine *AC (C a corrigé cette erreur).* **523.** et
dragees b. *AC.* **528.** a. deauce d. *A.* **529.** t. mellus t. *B*, t. merlux t. *C.* **534.** congre
t. *B.* **535.** d. carpes de *B.* **538.** a. tonnailles et *A.* **541.** et pour p. *B*, pour p.
C. **546.** m. sont lissue ypocras .ii. q. *B.* **547.** g. oublies .iie. *B.*

seul de plats couverts[1], tandis que le Président eut un seul écuyer à son service exclusif sans bénéficier pour autant de plats couverts. *Item*, suivant le décret de monseigneur le Président, le procureur du roi fut au-dessus de l'avocat du roi.

52. Voici maintenant la composition du repas : deux quartes de vin de grenache (c'est-à-dire une chopine pour deux personnes, ce qui est excessif : une chopine pour trois suffit ; ainsi il y en a assez pour les suivants également[2]) ; échaudés* chauds ; un quarteron de pommes de rouvel[3] rôties recouvertes de dragée blanche ; 5 quarterons de grasses figues rôties ; du soret*, du cresson et du romarin.

Potages* : salemine* de 6 brochets et de 6 tanches, porée* verte, un quarteron de hareng blanc, 6 anguilles d'eau douce mises dans le sel un jour auparavant, et trois petites morues mises à tremper une nuit auparavant. Ingrédients pour les potages* : six livres d'amandes ; une demie-livre de gingembre en poudre, une demie once de safran ; deux onces de menues épices ; un quarteron de cannelle en poudre ; une demie-livre de dragées.

Poisson de mer : soles, rougets, congres, turbot, saumon ; poisson d'eau douce : brochet, deux carpes de la Marne[4] et de la brème.

Entremets : plies et lamproie à la boue*.

Rôti (ajouter ici 16 oranges et changer les serviettes) : marsouin en sauce, maquereaux, soles, brèmes, aloses à la cameline* ou au verjus, du riz parsemé d'amandes grillées. Une livre de sucre pour le riz et les pommes, et de petites serviettes.

Desserte : compote parsemée de dragée blanche et rouge, rissoles, flans, figues, dates, raisins et noisettes.

L'hypocras et le métier* constituent l'issue avec deux quartes de vin de grenache (ce qui est trop, comme il est dit ci-dessus), deux cents oublies* et les supplications*. Et *nota*

---

1. C'est-à-dire qui lui étaient exclusivement réservés, tandis que le contenu des autres plats était commun à plusieurs convives.
2. C'est le bourgeois qui revoit et corrige ici la leçon du royal Taillevent.
3. Variété de pommes rouges, peut-être utilisées notamment pour la préparation du cidre, comme le suppose Brereton.
4. Ces deux poissons sont qualifiés de « fandis », mot obscur.

escuelle l'en prent .viii. oublees et .iiii. supplicacions et .iiii. estriers (et est largement, et coustent .viii. deniers pour escuelle).

Vin et espices font le boutehors.

Au laver, graces, et aler en la chambre de parement. Et lors les servans disnent, et assez tost vin et espices et puis congé.

53. *L'ordonnance des nopces que fera maistre Helye en may a ung mardi. Disner seulement pour vint escuelles.*

Assiecte : Beurre, rien, pour ce qu'il est jour de char. *Item*, cerises, rien, pour ce que nulles n'en estoient trouvees. Et pour ce assiecte nulle.

Potages : chappons au blanc mengier, grenade et dragee vermeille pardessus.

Rost : en chascun plat ung quartier de chevrel (quartier de chevrel est meilleur que aignel), ung oison, deux poucins ; et saulces a ce : orenges, camelines, vertjus. Et a ce fraiches touailles ou serviectes.

Entremetz : Gelee d'escrevisses, de loche, lapereaulx et cochon.

Desserte : Fourmentee et venoisson.

Yssue : Ypocras et le mestier.

Boutehors : Vin et espices.

54. *L'ordenance du souper* que fera ce jour est telle, pour .x. escuelles.

Froide sauge de moictié de poucins, de petites oes et vinaigrecte. Et de ce mesmes metz pour icelluy soupper, en ung plat, ung pasté de deux lapereaulx et .ii. flaons (jasoit ce que aucuns dient que a nopces franches convient darioles), et en l'autre plat, le fraze de chevreaulx et les demies testes dorees.

Entremetz : Gelee comme dessus.

Yssue : Poumes et frommage, sans ypocras, car il est hors de saison.

Dancer, chanter, vin et espices et torches a alumer.

---

549. .viii. oublies et *B*. **552.** e. sont les b. *B*. **554.** t. apres v. et e. et le vin et *B*. **559.** ce que cest *B*. **579.** p. la f. *B*.

que l'on compte par écuelle 8 oublies*, 4 supplications* et 4 étriers* (ce qui est abondant ; une écuelle revient à 8 deniers).

Du vin et des épices en guise de boutehors.

Puis on se lave les mains, on rend grâces et on va dans la salle de parement. C'est le tour des serviteurs de dîner. Peu après on apporte le vin et les épices, puis les invités prennent congé.

53. *Disposition des noces de maître Hely prévues pour un mardi du mois de mai : banquet pour vingt écuelles.*

Entrée de table : pas de beurre puisque c'est un jour gras. *Item*, pas de cerises, parce que l'on n'en trouvait pas. Pour cette raison : pas d'entrée.

Potages* : chapons au blanc-manger parsemés de grenade et de dragée vermeille.

Rôtis : dans chaque plat un quartier de chevreau (c'est meilleur que l'agneau), un oison, deux poussins. Sauces d'accompagnement : orange, cameline* et verjus. Renouveler les essuie-mains ou serviettes.

Entremets : gelée d'écrevisses, de loche, de lapereaux et de cochon.

Desserte : Fromentée* et venaison.

Issue : Hypocras et le métier*.

Boutehors : vin et épices.

54. *Disposition du souper* de ces noces, pour dix écuelles :

Froide sauge* aux poussins coupés en deux, aux abats d'oie et à la vinaigrette[1]. Dans ce même service en un seul plat un pâté de deux lapereaux, et deux flans, (bien que certains disent que ce sont des darioles* qui conviennent aux noces de qualité), et dans un autre plat des abats de chevreaux et les demi-têtes dorées.

Entremets : Gelée comme ci-dessus.

Issue : Pommes et fromage ; pas d'hypocras, car il n'est pas de saison.

Danses, chants, vin et épices à la lueur des torches.

---

1. Cf. II, v, 105.

55. *(fol. 131b) Or couvient la quantité des choses dessusdictes et leurs appartenances, et le pris d'icelles et qui les payera et marchandera.*

Au boulenger : .x. douzaines de pain blanc, pain plat cuit d'un jour devant et ung denier piece. Pain de tranchouers .iii. douzaines de demy pié d'ample et .iiii. doye de large, de hault, cuit de .iiii. jours devant, et sera brun – ou qu'il soit pris es Halles pain de Corbueil.

Eschançonnerie : .iii. paire de vins.

Au boucher : demy mouton pour faire la souppe aux compaignons et ung quartier de lart pour larder ; le maistre oz d'un trumeau de beuf pour cuire avec les chappons pour avoir le chaudeau a faire le blanc menger ; ung quartier de veel devant pour servir au blanc menger les seconds ; ung trumel de veel derriere ou des piez de veel pour avoir l'eaue pour la gelee ; venoison, ung pié en quarrure.

A l'aubloyer convient ordonner : *primo*, pour le service de la pucelle, .xiie. et demie de gauffres fourrees, .iii. sols ; douzeine et demye de groz bastons, .vi. sols ; douzeine et demye de portes, .xviii. deniers ; douzeine et demye d'estriers, .xviii. deniers ; ung cent de galectes succrees, .viii. deniers. *Item*, fut marchandé a luy pour vint escuelles pour le jour des nopces au disner, et .vi. escuelles pour les serviteurs, qu'il avra .vi. deniers pour escuelle ; et servira chascune escuelle de .viii. oublees, .iiii. supplicacions et .iiii. estriers.

Au poullaillier : .xx. chappons, .ii. sols parisis la piece ; .v. chevreaulx, .iiii. sols parisis ; .xx. oisons, .iii. sols parisis piece ; cinquante poucins, .xiii. deniers parisis piece (c'estassavoir .xl. rostiz pour le disner, .v. pour la gelee, et .v. au soupper pour la froide sauge) ; cinquante lapereaulx (c'estassavoir .xl. pour le disner, lesquelz seront en rost, et .x. pour la gelee), et cousteront .xx.

55. *Quantité des denrées*, leur provenance, leur prix et la personne désignée pour les payer et pour faire le marché.

Chez le boulanger : dix douzaines de pains blancs, du pain plat cuit un jour auparavant, valant un denier la pièce. Trois douzaines de pains de tranchoir, longs d'un demi-pied, larges et hauts de quatre doigts, cuits quatre jours auparavant et bis ; autrement prendre aux Halles du pain de Corbeil[1].

Chez le marchand de vin : trois sortes de vin.

Chez le boucher : un demi-mouton pour la soupe* des convives, et un quartier de lard pour larder. L'os principal d'un jarret de bœuf à faire cuire avec les chapons, ce qui donnera le bouillon pour le blanc-manger. Un quartier de poitrine de veau pour servir avec le blanc-manger des chapons ; un jarret de veau ou des pieds de veau pour le bouillon de la gelée ; un carré de venaison d'un pied de côté.

Il faut commander au marchand d'oublies : primo, pour le service de la pucelle, une douzaine et demie de gaufres fourrées[2] à 3 sols ; une douzaine et demie de gros bâtons* à 6 sols ; une douzaine et demie de portes* à 18 deniers ; une douzaine et demie d'estriers* à 18 deniers ; une centaine de galettes sucrées à 8 deniers. *Item*, on conclut pour le dîner de noces – les 20 écuelles plus les 6 écuelles destinées aux serviteurs – le marché suivant : le marchand d'oublies aura 6 deniers par écuelle ; il les fournira chacune garnie de 8 oublies*, de 4 supplications* et de 4 estriers*.

Chez le marchand de volailles : 20 chapons à 20 sols parisis la pièce ; 5 chevreaux à 4 sols parisis ; 20 oisons à 3 sols parisis la pièce ; 50 poussins[3] à 13 deniers parisis la pièce (40 rôtis pour le dîner, 5 pour la gelée et 5 pour la froide sauce* du souper) ; 50 lapereaux (40 rôtis pour le dîner et dix pour la gelée) dont chacun coûtera 20 deniers parisis. Un cochon

---

1. Pichon note que c'est du gros pain bis que l'on apportait de Corbeil à Paris.
2. Cf. II, v, 343.
3. Dans notre texte, le terme « poussin » devra être entendu dans le sens plus général de jeune poulet, coquelet et ne désigne pas exclusivement des oisillons récemment éclos.

deniers parisis chascun; ung maigre cochon pour la gelee, .iiii. sols parisis; .xii. paire de pigons pour le souper, .x. deniers parisis la paire. A luy couvient enquerir de la venoison.

Es Hallés : pain pour tranchouers, .iii. douzeines; pommes grenades pour blanc mengier, .iii., qui cousteront   ; pommes d'orenges, cinquante, qui cousteront   ; .vi. frommages nouveaulx et ung vieil et .iii. cens oeufz (et est assavoir que chascun frommage doit fournir six tartelectes, et aussi pour chascun frommage couvient troiz eufz); ozeille pour faire vertjus pour les poucins; sauge et percil pour faire la froide sauge; .ii. cens pommes de blandureau, .ii. balaiz et une pelle, et du sel.

Au saussier : .iii. choppines de cameline pour disner et une quarte de vertjus d'ozeille.

A l'espicier : .x. livres d'amandes, .xiiii. deniers la livre; .iii. livres fourment mondé, .viii. deniers la livre; une livre pouldre de gingonbre coulombin, .xi. sols; ung quarteron gingenbre mesche, .v. sols; demye livre canelle batue, .v. sols; .ii. livres ris batu, .ii. sols; .ii. livres succre en pierre, .xvi. sols; une once de saffren, .iii. sols; ung quarteron clou et graine entre, .vi. sols, et demi quarteron poivre long (*fol. 132a*), .iiii. sols; demy quarteron garingal, .v. sols; demy quarteron matiz, .iii. sols .iiii. deniers; demy quarteron feuille lorier vert, .vi. deniers; .ii. livres bougie grosse et menue, .iii. sols. .iiii. deniers la livre (valent .vi. sols .viii. deniers); torches de .iii. livres la piece, .vi. ; flambeaulx de .i. livre la piece, .vi. (c'estassavoir : .iii. sols la livre a l'achat, et la reprise .vi. deniers moins pour la livre). A luy espices de chambre, c'estassavoir : orengat, .i. livre, .x. sols; chitron, .i. livre, .xii. sols; anis vermeil, .i. livre, .viii. sols; succre rosat, .i. livre, .x. sols; dragee blanche, .iii. livres, .x. sols la livre. A luy ypocras, .iii. quartes, .x. sols la quarte; et querra tout.

---

623. h. pour p. de t. *A*, h. pour p. t. *C*. **624-626.** *lacune après* cousteront *ABC*. **627.** o. est a. *B*. **631.** de blanc dureau *C*, p. pour la cuisine et du teil *B*. **636.** p. gingembre *B*, p. de giengenbre *C*. **640.** vi. f (= frans ?) *B* or *B²*. **641.** d. q. ł (= livre ?) matiz, d. q. v. solz *C* (matiz *omis et le prix du* garingal *répété*). **646.** la *omis B*. **648.** la *omis B*.

maigre pour la gelée à 4 sols parisis ; 12 paires de pigeons pour le souper à 10 deniers la paire. C'est auprès du marchand de volailles qu'il faut se renseigner sur la venaison.

Aux Halles : trois douzaines de pains pour les tranchoirs ; 3 grenades pour le blanc-manger qui coûteront [...] ; 50 oranges qui coûteront [...] ; 6 fromages frais ainsi qu'un fromage fait, et 300 œufs (chaque fromage devant donner six tartelettes ; il faut compter 3 œufs par fromage) ; de l'oseille pour faire du verjus accompagnant les poussins ; de la sauge et du persil pour faire la froide sauce* ; 200 pommes de blandureau[1], 2 balais et une pelle ainsi que du sel.

Chez le saucier : 3 chopines de cameline* pour le dîner et une quarte de verjus d'oseille.

Chez l'épicier : 10 livres d'amandes à 14 deniers la livre ; 3 livres de froment mondé à 8 deniers la livre ; une livre de poudre de gingembre colombin à 9 sols ; un quarteron de gingembre mesche[2] à 5 sols ; une demi-livre de cannelle battue à 5 sols ; 2 livres de riz battu à 2 sols ; 2 livres de sucre en pierre à 16 sols ; une once de safran à 3 sols ; un quarteron de clous de girofle mélangés à de la graine de paradis* à 6 sols et un demi-quarteron de poivre long à 4 sols ; un demi-quarteron de garingal* à 5 sols ; un demi-quarteron de macis à 3 sols 4 deniers ; un demi-quarteron de feuilles de laurier-sauce à 6 deniers ; 2 livres de grosses et petites bougies à 3 sols 4 deniers la livre (ce qui fait 6 sols 8 deniers) ; 6 torches pesant chacune 3 livres et 6 flambeaux pesant chacun 1 livre (montant : 3 sols la livre à l'achat ; à la reprise moins 6 deniers par livre). Chez lui on se procure aussi les épices de chambre, à savoir : 1 livre d'orangeat, 10 sols ; 1 livre de citrons, 12 sols ; 1 livre d'anis vermeil, 8 sols ; 1 livre de sucre rosat[3], 10 sols ; 3 livres de dragée blanche à 10 sols la livre. Toujours chez l'épicier on commande 3 quartes d'hypocras, 10 sols la quarte :

---

1. Espèce.
2. Cf. II, v, 272 : le gingembre mesche ou de Mesche a l'écorce plus foncée que le colombin ; il est plus tendre et meilleur que ce dernier et donne une poudre plus blanche.
3. D'après Pichon, il s'agit de sucre blanc clarifié et cuit dans de l'eau de rose.

(Somme que ceste espicerie a : .xii. frans, a compter ce qui fut ars des torches, et petit demoura d'espices : ainsi peut estre pris demy franc pour escuelle.)

A la Pierre au Lait : ung septier de bon let, non esburré et sans eaue, pour faire la froumentee.

En Greve : ung cent de costerez de Bourgongne, .xiii. sols ; .ii. sacs de charbon, .x. sols.

A la Porte de Paris : may, herbe vert, violecte, chappeaulx, ung quart de sel blanc, ung quart de sel groz ; .i. cent d'escrevices, une chopine de loche, .ii. pos de terre, l'un d'un sextier pour la gelee, et l'autre de deux quartes pour la cameline.

56. Or avons : *primo* le service en general, et secondement ou les matieres seront trouvees. Or couvient tiercement trouver sur ce administreurs et officiers.

Primo couvient ung clerc ou varlet qui fera finance d'erbe vert, violecte, chapeaulx, lait, frommages, oeufz, busche, charbon, sel, lait, cuves et cuviers tant pour la sale que pour garde mengiers, vertjus, vinaigre, oizelle, sauge, percil, aulx nouveaulx, .ii. balaiz, une pelle et telles menues choses.

Item, ung queux et ses varletz qui cousteront deux frans de loyer sans les autres droiz ; maiz le queux paiera varletz et portages, et dient : *a plus d'escuelles plus de loyer*.

Item, deux portechappes, dont l'un chappellera pain et fera tranchouers et salieres de pain, et porteront et le sel et le pain et tranchouers aux tables. Et fineront pour la sale de deux ou troiz coulloueres pour gecter le groz relief comme souppes, pain trenché ou brisié, tranchouers, char

---

653. e. monta a *B.* **656.** u. sextier de *B.* **663.** d. carpes p. *A.* **670.** t. p. s. comme p. g. *B*, t. p. gardemengier *C.* **676.** plus de loyer *omis B, remplacé par* etc. *C.*

il se procurera toutes ces denrées. (Total des dépenses à l'épicerie : 12 francs, en comptant seule...ent la quantité de cire brûlée, et compte tenu des petits restes des épices, on peut compter sur une dépense d'un demi-franc par écuelle).

A la Pierre-au-Lait[1] : un setier de bon lait non écrémé et sans eau, destiné à la fabrication de la fromentée*.

En place de Grève : un cent de bois à brûler de Bourgogne, 13 sols ; 2 sacs de charbon, 10 sols.

A la Porte de Paris : des rameaux de verdure, des violettes, des couronnes, un quart de sel blanc, un quart de gros sel ; 1 cent d'écrevisses, une chopine de loche, 2 pots en terre, l'un de la contenance d'un setier pour la gelée et l'autre de deux quartes pour la cameline*.

56. Jusqu'à présent nous avons vu, *primo*, le service en général, puis les lieux où trouver les denrées. En troisième lieu il nous faut traiter à présent des responsables et des serviteurs.

Primo il faut un clerc ou un valet qui s'occupera de l'acquisition des rameaux de verdure, des violettes, des couronnes, du lait, des fromages, des œufs, des bûches, du charbon, du sel, du lait, des cuves et des cuviers destinés à la grande salle et au garde-manger, du verjus, du vinaigre, de l'oseille, de la sauge, du persil, de l'ail nouveau, de deux balais, d'une pelle et d'autres petites choses de cet ordre.

Item, il faut un cuisinier avec ses aides, qui coûteront deux francs de gages, sans compter les autres droits. Mais le cuisinier paiera les aides et les tâcherons ; on dit : *à plus d'écuelle plus de gages*.

Item, deux porte-chappes[2], l'un pour préparer les chapelures et pour confectionner les tranchoirs et les salières[3] ; ils porteront le sel, le pain et les tranchoirs sur les tables. A la fin ils passeront dans la salle munis de deux ou trois récipients destinés à recueillir les gros restes tels que soupes*, morceaux de pain coupé ou cassé, tranchoirs, viandes et denrées sembla-

---
1. Marché où les paysannes apportaient le lait à vendre.
2. Ainsi appelés parce qu'ils portaient le pain du roi enfermé dans un coffre, *capa* ; ou encore à cause d'un instrument destiné à chapeler le pain appelé *chape* ou *chaple*. Ils s'occupent de tout ce qui a trait au pain.
3. La plupart du temps en pain.

et telles choses, et deux seaulx pour gecter et recueillir brouet, saulses et choses coulans.

Item, couvient ung ou deux porteurs d'eaue.

Item, sergens grans et fors a garder l'uys.

Item, deux escuiers de cuisine et deux aides avec eulx pour le dressouer de cuisine, desquelz l'un ira marchander de l'office de cuisrie, de paticerie, et du linge pour .vi. tables. Ausquelles couvient deux grans poz de cuivre pour .xx. escuelles, deux chaudieres, .iiii. couloueres, ung mortier et ung pestail, .vi. grosses nappes pour cuisine, troiz grans potz de terre a vin, ung grant pot de terre pour (*fol. 132b*) potage, .iiii. gactes et .iiii. culiers de boiz, une paelle de fer, .iiii. grans paelles a ance, .ii. tripiers et une culier de fer. Et aussi marchandera de la vaisselle d'estain : c'estassavoir de .x. douzeines d'escuelles, .vi. douzeines de petiz platz, deux douzeines et demie de grans platz, .viii. quartes, .ii. douzeines de pintes, .ii. potz a aumosne.

Item, que l'ostel. Sur quoy est assavoir que l'ostel de Beauvaiz cousta a Jehan du Chesne .iiii. frans ; tables, tresteaulx, fourmes *et similia*, .v. frans ; et la chappellerie luy cousta .xv. frans.

Et l'autre escuier de cuisine ou son aide yra avecques le queux vers le boucher, vers le poulaillier, l'espicier, etc., marchander, choisir et faire apporter et paier portages ; et avront une huche fermant a la clef ou seront les espices, etc., et tout distribueront par raison et mesure. Et apres ce eulx ou leurs aides retrairont et mectront en garde le seurplus en corbeillons et corbeilles en huche fermant, pour eschever le gast et exces des mesnies.

Deux autres escuiers couvient pour le dressouer de sale qui livreront cuilliers et les recouvreront, livreront hanaps et verseront tel vin comme chascun leur demandera pour ceulx qui seront a table, et recouvreront la vaisselle.

Deux autres escuiers pour l'eschançonnerie, lesquelz

---

682. r. brouetz s. *BC*. **688.** lo. de cuisine de *B*. **691.** u. petueil vi. *B*. **693.** iiii. jattes B^2. **694.** .ii. trepiers et *B*. **695.** la vaisse de. *A*. **706.** a. et parer potages *A*, a. et paier potages *C*. **707.** f. a clefz ou *B*, f. a clef ou *C*. **711.** des mesmes *A*.

bles, ainsi que deux seaux pour jeter et recueillir brouet, sauces et tout ce qui est liquide.

Item, un ou deux porteurs d'eau sont nécessaires.

Item, de grands et forts serviteurs pour garder la porte.

Item, deux écuyers de cuisine accompagnés de deux aides pour s'occuper du dressoir de la cuisine ; l'un d'eux ira se procurer le service de cuisine, la pâtisserie et le linge pour six tables. Il faut deux grands pots de cuivre pour 20 écuelles, deux chaudières, 4 poubelles de table, un mortier et un pilon, six grandes nappes de cuisine, trois grands pots de terre pour le vin, un autre pour le potage*, 4 jattes et 4 cuillères en bois, une grande poêle de fer, 4 grandes marmites, 2 trépieds et une cuillère en fer. Il marchandera aussi la vaisselle d'étain : 10 douzaines d'écuelles, 6 douzaines de petits plats, deux douzaines et demi de grands plats, 8 quartes, 2 douzaines de pintes, 2 pots à aumône[1].

Item pour l'hôtel. Il faut savoir que la location de l'hôtel de Beauvais coûta à Jean du Chêne 4 francs ; les tables, les tréteaux, les sièges *et similia*, 5 francs ; les fleurs pour la décoration lui coûtèrent 15 francs.

L'autre écuyer de cuisine ou son aide ira avec le cuisinier chez le boucher, le marchand de volailles, l'épicier, etc. pour faire le marché, choisir, faire livrer et payer la commande. Ils auront une huche fermant à clé où on mettra les épices, etc. qu'ils distribueront avec bon sens et mesure. Ensuite leurs aides ou eux-mêmes enlèveront et mettront en sûreté ce qu'il en reste dans des corbeilles et petits paniers placés dans une huche sous clé pour éviter tout gaspillage et tout excès de la part des domestiques.

Il faut deux écuyers supplémentaires pour le dressoir de la salle qui apporteront et récupéreront les cuillères, qui amèneront les hanaps et qui verseront à chaque convive le vin qu'il désire, et qui récupéreront la vaisselle.

Deux autres écuyers serviront d'échansons ; ils s'occuperont

---

1. Récipients placés sur la table dans lesquels chacun met une part de nourriture prélevée de son écuelle et destinée aux pauvres.

livreront vin pour porter au dressouer, aux tables et ailleurs, et aront ung varlet qui traira le vin.

Deux des plus honnestes et mieulx savans qui compagneront tousjours le marié et avec luy yront devant les metz.

Deux maistres d'ostel pour faire lever et ordener l'assiecte des personnes, ung asseeur, et deux serviteurs pour chascune table qui serviront et desserviront, gecteront le relief es corbeilles, les saulses et brouetz es seilles ou cuviers, et retrairont et apporteront la desserte des més aux escuiers de cuisine ou autres qui seront ordonnez a la sauver, et ne porteront riens ailleurs.

L'office du maistre d'ostel est de pourveoir des salieres pour la grant table; hanaps .iiii. douzeines; gobeletz couvers dorez .iiii.; aiguieres .vi., culiers d'argent .iiii. douzeines; quartes d'argent .iiii.; potz a aumosne .ii.; dragouers .ii.

Item, une chappelliere qui livrera chappeaulx le jour du regard et le jour des nopces.

L'office des femmes est de faire provision de tapisserie, de ordonner a les tendre et par especial a la chambre parer et le lit qui sera benoit.

Lavendiere pour tressier.

Et *nota* que se le lit est couvert de drap il couvient penne de menuvair, maiz s'il est couvert de sarge, de broderie, ou coustepoincte de cendail, non.

57. *L'ordenance pour les nopces Hantecourt pour .xx. escuelles ou moiz de septembre.*

Assiecte: roisins et pesches ou petiz pastelz.

Potages: civé .iiii. lievres et veau. Ou pour blanc menger vint chappons, .ii. sols .iiii. deniers *(fol. 133a)* piece, ou pouletz.

Rost: .v. cochons, .xx. hetoudeaulx, .ii. sols .iiii. deniers piece; .xl. perdrealx, .ii. sols .iiii. deniers piece, mortereul, ou

---

722. f. laver et B^2. **729.** d'ostel *omis* B. **731.** .vi. *omis* AC. **733.** *le ii final omis* AC. **737.** a la tendre B^2. **748.** ou poules B. **751.** *le reste de la ligne en blanc dans ABC.*

du vin et le distribueront au dressoir, aux tables et àilleurs ; ils auront un aide pour tirer le vin.

Les deux meilleurs serviteurs, les plus honnêtes et les plus compétents accompagneront toujours le marié et l'escorteront lorsqu'il ira se servir.

Il faut deux maîtres d'hôtel pour superviser la bonne succession des services, un responsable pour placer les gens et pour distribuer les sièges ainsi que deux serviteurs par table qui serviront, desserviront, qui jetteront les gros restes dans les corbeilles et les sauces et brouets dans les seaux ou cuves ; ils enlèveront et apporteront ce qui reste des mets aux écuyers de cuisine ou à d'autres aides désignés pour les récupérer ; ils n'emporteront rien ailleurs.

La mission du maître d'hôtel consiste à pourvoir la grande table de salières, de 4 douzaines de hanaps, de 4 gobelets avec couvercle et dorés, de 6 aiguières, de 4 douzaines de cuillères d'argent, de 4 quartes d'argent, de 2 pots à aumône et de 2 drageoirs.

Item, une marchande de couronnes qui livrera les couronnes le jour du regard[1] et le jour des noces.

La mission des femmes est d'assembler des tapisseries, de veiller à leur accrochage et tout particulièrement de décorer la chambre et le lit qui sera béni.

Il faut des lavandières pour faire des tresses[2].

Et *nota* que si le lit est couvert de draps il faut une couverture de menu-vair ; mais ce n'est pas nécessaire s'il est couvert d'étoffes de soie, de broderie ou d'une courtepointe en soie.

57. *Disposition pour les noces de Hantecourt au mois de septembre pour 20 écuelles.*

Entrée : raisin et pêches ou petits pâtés.

Potages* : civet de 4 lièvres et de veau. Ou, pour un blanc-manger, 20 chapons à 2 sols 4 deniers la pièce, ou des poulets.

Rôti : 5 cochons, 20 coquelets à 2 sols 4 deniers pièce ; 40 perdreaux, 2 sols 4 deniers pièce ; un mortereul[3] ou [...].

---

1. Fête donnée le lendemain des noces.
2. Sens obscur.
3. Entremets.

Gellee : .x. poucins, .xii. deniers ; .x. lappereaulx, ung cochon ; escrevices, .i. cent et demy.

Froumentee, venoison, poires et noix (*nota* que pour la fourmentee couvendra .iii. cens oeufz), tartelectes et autres choses.

Ypocras et le mestier.

Vin et espices.

58. *Souper*.

Gravé de .xii. douzeines d'oiselectz ou de .x. canetz, ou bouly lardé de venoison fresche.

Pastelz de .xl. lappereaulx, .xx. poucins, .xl. pigons ; .xl. darioles ou .lx. tartelectes.

Nota que troiz oiseletz en une escuelle c'est assez. Toutesvoyes quant l'en a jugiers de chappons *vel similia*, l'en met troiz oiseletz et demy jugier avec en l'escuelle.

59. *La quantité des choses dessusdictes*.

Au boulengier : *ut supra* es autres nopces precedens.

Au pastissier : *ut supra*.

Eschançonnerie : *ut supra*.

Au bouchier : .iii. quartiers de mouton pour faire les souppez des compaignons, ung quartier de lart pour larder, ung quartier de veau de devant pour le blanc mengier ; pour les servans, venoison.

A l'oublayer : douzeine et demye de gauffres fourrees (faictes, c'estassavoir, de fleur de farine pectrye aux oeufz, et des lesches de frommage mises dedens) et .xviii. autres gauffres pectryes aux oeufz et sans frommage.

Item, douzaine et demye de gros bastons (c'estassavoir farine pectrie aux oeufz et pouldre de gingembre batue ensemble et mis en la fourme, et aussi gros comme une andoulle ; et lors mectre entre deux fers sur le feu). *Item*, douzaine et demye d'autres bastons et autant de portes.

Item, couvient audit regard envoyer, oultre le fait dudit oublayer, .l. pommes de blandureau, les chappeaulx, et les

---

765. a joziers de B^2, d. jozier a. B^2. **772.** s. aux c. *B*, u. quarteron de l. *AC*, de veel de *B*, de veu de *C*. **775.** A loublorier d. B^2. **777.** de frommages m. B^2. **781.** la farine et B^2. **783.** d. dautre b. *B*. **784.** d. oubloier .l. *B*.

Gelée : 10 poussins à 12 deniers ; 10 lapereaux, un cochon ; quelque 150 écrevisses.

Fromentée*, venaison, poires et noix (*nota* que pour la fromentée il faudra 300 œufs), tartelettes et autres.

De l'hypocras et le métier*.

Vin et épices.

58. *Souper.*

Gravé* de 12 douzaines d'oisillons ou de 10 canetons, ou bouli lardé* de venaison fraîche.

Pâtés de 40 lapereaux, 20 poussins, 40 pigeons ; 40 darioles* ou 40 tartelettes.

Nota que trois oisillons par écuelle suffisent. Toutefois, si l'on a des gésiers de chapon *vel similia*[1], l'on peut mettre trois oisillons avec une moitié de gésier par écuelle.

59. *La quantité des denrées mentionnées ci-dessus.*

Chez le boulanger : *ut supra*, voir les noces précédentes.

Chez le pâtissier : *ut supra*.

Chez le marchand de vin : *ut supra*.

Chez le boucher : 3 quartiers de mouton pour faire les soupes* des convives, un quartier de lard pour larder, un quartier de poitrine de veau pour le blanc-manger et, pour les serviteurs, de la venaison.

Chez le marchand d'oublies : une douzaine et demie de gaufres fourrées (confectionnées avec de la fleur de farine pétrie aux œufs à laquelle on ajoute des morceaux de fromage) et 18 autres gaufres pétries aux œufs, mais sans fromage. *Item*, une douzaine et demie de gros bâtons* (faits avec de la farine pétrie aux œufs et de la poudre de gingembre battues ensemble et coulées dans un moule de la taille d'une andouille, puis mettre entre deux fers sur le feu). *Item*, une douzaine et demie d'autres pains et autant de portes*.

Item, il faut envoyer le jour du regard, outre les produits du marchand d'oublies, 50 pommes de blandureau, les couronnes

---

1. Ou quelque chose de semblable.

menestriers. *Item*, audit oublayer le service du jour des nopces, *ut supra* es nopces precedens.

Au poullaillier : les rostz et la vollaille et venoison, *ut supra*.

Es Halles et a la Porte de Paris : les choses appartenans, *ut supra*.

Au saulsier : une quarte de cameline pour le disner et souper, deux quartes de moustarde.

A l'espicier : espices de chambre : dragee, succre rosat, noisectes confictes, *(fol. 133b)* chitron et *manus christi*, .iiii. livres pour tout. *Item*, ypocras, espices de cuisine : pouldre blanche, .1e. livre ; pouldre fine, demye livre, pouldre de canelle, demye livre pour blanc mengier ; menues espices, .ii. onces ; succre en pierre, .iii. livres ; .iii. pommes grenades ; dragee blanche et vermeille, demye livre ; amandes, .vi. livres ; fleur de riz, une livre ; ung quart de fourment mondé.

Au cirier furent prinses torches et flambeaulx a .iii. sols la livre, et a .ii. sols .vi. deniers de reprinse.

Item pour louage de linge, c'estassavoir pour .vi. tables : .iii. grans potz de cuivre pour .xvi. douzeines d'escuelles, .ii. chaudieres, .iiii. couloueres, ung mortier, ung pestail, .vi. grosses nappes pour cuisine, .iii. grans potz de terre a vin, ung grant put de terre pour potage, .iiii. jactes et .iiii. culliers de boiz, une paelle de fer, .iiii. grans paelles a ance, deux trepiers, culier de fer percee, pour ce .lvi. sols parisis. Vaisselle d'estain : .x. douzeines d'escuelles, .vi. douzeines de petiz platz, .ii. douzeines et demye de grans platz, .viii. quartes, .ii. douzeines de pinctes, .ii. potz a aumosne. Pour tout ce : .xvi. sols parisis.

En Greve, *ut supra* es autres nopces.

Nota que pource qu'ilz estoient [veuves] ilz espouserent bien matin en leurs robes noires et puis se vestirent d'autres.

---

786. a. oubloier le *B.* **792.** et a s. *B.* **793.** de mouste *B.* **796.** e. cuisine de c. *B (corrigé par B²).* **799.** en pre .iii. *A.* **800.** blanche *omis AC*, et *omis C.* **807.** ii c. deux couloueres i. m. *B.* **807.** i. pestueil vi *B.* **811.** ii treppiez et une c. *B.* **815.** parisis *omis BC.* **817.** e. venues i. *A*, e. vesves i. *B*, e. venues (*ou* veuves) *C.*

et les musiciens. *Item*, le marchand d'oublies doit en outre fournir, le jour des noces, *ut supra*, [les mêmes denrées qu']aux noces précédentes.

Chez le marchand de volailles : les rôts, les volailles et la venaison, *ut supra*.

Aux Halles et à la Porte de Paris : les choses qu'on y trouve, *ut supra*.

Chez le saucier : une quarte de cameline* pour le dîner et le souper ; deux quartes de moutarde.

Chez l'épicier : épices de chambre : dragée, sucre rosat, noisettes confites, citron et manus christi[1], 4 livres en tout. *Item*, hypocras et épices de cuisine : une livre de poudre blanche, une demi-livre de poudre fine*, une demi-livre de poudre de cannelle pour le blanc-manger ; 2 onces de menues épices, 3 livres de sucre en pierre ; 3 grenades ; une demi-livre de dragée blanche et rouge ; 6 livres d'amandes, une livre de fleur de riz, un quart de froment mondé.

Chez le marchand de cire furent pris des torches et des flambeaux à 3 sols la livre, repris à 2 sols 6 deniers.

Item en ce qui concerne la location du linge pour 6 tables : 3 grands pots de cuivre pour 16 douzaines d'écuelles, 2 chaudières, 4 poubelles de table, un mortier, un pilon, 6 grosses nappes de cuisine, 3 grands pots de terre pour le vin, un autre pour le potage*, 4 jattes et 4 cuillères en bois, une poêle de fer, 4 grandes marmites, 2 trépieds, une cuillère en fer percée, le tout pour un montant de 56 sols parisis. Vaisselle d'étain : 10 douzaines d'écuelles, 6 douzaines de petits plats, 2 douzaines et demie de grands plats, 8 quartes, 2 douzaines de pintes, 2 pots à aumône, le tout s'élevant à 16 sols parisis.

En place de Grève, *ut supra*, les noces précédentes.

Nota que puisque les mariés étaient veufs, les noces eurent lieu tôt le matin ; ils portaient leurs habits noirs ; seulement après la cérémonie ils en revêtirent d'autres.

---

1. Fruit ou confiserie ?

60. *Nota* des mises extraordinaires pour les nopces Jehan du Chesne. Au queulx, .iiii. frans et demi, et aides de portages ung franc ; pour tout, .v. frans et demy. Au concierge de Beauvaiz : tresteaulx *et similia*, .v. frans ; pour tables, .iiii. frans. A la chappellere, .xv. frans. Eaue, .xx. sols. Menestrez, .viii. frans, sans les culiers ne autres courtoisies, et feront le regard et les acrebades. Sergens, .ii. frans. Herbe vert, .viii. sols. Flambeaulx et torches, .x. frans. [Vaisselle] de cuisine, nappe, touailles et voirres, .vii. frans, potz d'estain, .iiii. frans.

---

821. a. de potages u. *A*, a. et portages u. *B*, *omis C*. **822.** Au c. de B. iiii frans. Pour tables tresteaulx et similia v. frans *B*. **825.** c. et a. *B*². **826.** les atrebades s. *C*. **828.** f. vaisse de *A*, f. vaisselle de *B*²*C*, c. nappes t. *B*.

60. *Nota* au sujet des dépenses supplémentaires occasionnées aux noces de Jean du Chêne. Au cuisinier, 4 francs et demi, aux aides porteurs un franc. En tout, 5 francs et demi. Au concierge de Beauvais : 5 francs pour les tréteaux *et similia* ; pour les tables 4 francs ; à la ma.. hande de couronnes 15 francs ; 20 sols pour l'eau ; 8 francs pour les musiciens, sans compter les cuillères et autres accessoires de politesse[1], le regard et les histrions ; 2 francs pour les serviteurs ; 8 sols pour la verdure ; 10 francs pour les flambeaux et les torches ; 7 francs pour la vaisselle de cuisine, les nappes, les serviettes et les verres et 4 francs pour les pots d'étain.

---

1. Par exemple les cadeaux.

II v

Or convient maintenant monstrer des appareilz
des viandes dessus nommees.

1. Maiz *primo* te couvient savoir aucuns termes generaulx, lesquelz tu pourras recueillir plus largement par aucuns addicions qui sont ça et la parmy ce livre. C'estassavoir des lieures des potages, comme de pain, d'oeufz,
5 d'amidon, de fleur, etc., et par tous les potages lyans.

2. *Item*, pour garder que ton potage ne s'aourse tu le doiz remuer ou fons du pot et regarder que les tisons ne touchent au fons ; et s'il est ja commencé a aourser tu doiz tantost rechanger en ung autre pot. *Item*, de lait garder de
10 tourner. *Item*, que le pot ne s'en voise de dessus le feu.

3. En potage l'en doit mectre les espices tresbien broyees et non coulees et au plus tart. Es saulses et en gelee *secus*.

4. Congnoistre espices comme devant le quint article.

15 5. (*fol. 134a*) *Item*, pour pors tuer. L'en dit que l'en doit tuer les masles es moiz de novembre et les fumelles en decembre. Et ainsi est leur saison, a l'exemple que l'en dit *gelines de fevrier*.

---

2. tu peus r. B^2. **4.** des euvres d. *AC*. **8.** a *omis B*, tu le d. t. changier *B*, tu d. rechanger *C*. **11.** es p. *B*.

II v

Préparation des menus présentés ci-dessus

1. Mais *primo* il te faut connaître quelques généralités que tu pourras compléter en ajoutant les indications dispersées çà et là dans le livre en ce qui concerne les liaison des potages*, par exemple le pain, les œufs, l'amidon, la fleur de farine, etc., à tout endroit où il est question de potages*[1].

2. *Item*, pour empêcher ton potage* d'attacher, tu dois remuer le fond du pot en veillant à ce que les tisons ne le touchent pas ; s'il a déjà commencé à attacher, tu dois aussitôt le verser dans un autre pot. *Item*, pour empêcher le lait de tourner. *Item*, pour que le contenu du pot ne verse pas sur le feu.

3. Il faut mettre dans le potage* des épices très bien broyées au dernier moment, sans les passer. En ce qui concerne les sauces et les gelées *secus*[2].

4. Il faut connaître les épices ; il en a été question avant cet article[3].

5. *Item*, pour tuer le porc. On dit qu'il faut tuer les mâles au mois de novembre et les femelles en décembre. C'est leur saison au même titre que les poules ont une saison : on parle bien des *gélines de février*.

---

1. La distinction entre « liant » et « non-liant » est proche de l'actuelle distinction entre « potée » et « potage » ; cependant, ces termes ne rendent pas exactement l'opposition des deux adjectifs, raison pour laquelle nous avons gardé partout le mot « potage ».
2. Il en va autrement.
3. Des indications sommaires et dispersées dans l'article iv ; cf. aussi ci-dessous, paragraphe 272.

6. *Item*, pour faire boudins ayez le sanc du porc recueilly en ung bel bacin ou paelle. Et quant vous avrez entendu a vostre pourcel veoir deffaire, et fait laver tresbien et mis cuire vostre froissure, et tandis qu'elle cuyra, ostez du fons du bacin les coles du sanc et gectez hors. Et apres ayez ongnons pelez et mincez jusques a la montance de la moictié du sang avec la montance de la moictié de la gresse qui est entre les boyaulx, que l'en appelle l'*entrecerele* des boyaulx, mincié menue comme dez, ensemble ung petit de sel broyé, et gectez ou sang. Puiz ayez gingembre, clou et pou de poivre, et broyez tout ensemble. Puiz ayez les menuz boyaulx bien lavez, renversez, et essangez en riviere courant. Et pour oster la freschumee aiez les mis en une paelle sur le feu et remuez; puis mectez sel avec, et faictes seconde foiz, et encore .iiie. foiz, et puiz lavez. Et apres renversez et les lavez, puis mectez essuer sur une touaille et les pousser et estraindre pour seschier. L'en dit l'*enctrecerelle*, et sont les gras bouyaulx qui ont gresse dedens que l'en arrache a ung coustel. Apres ce que vous avrez mis et adjousté par egales porcions et quantitez (pour autant moictié d'ongnons, et pour autant de sanc au quart de gresse) et puis, quant vos boudins seront de ce empliz, faictes les cuire en une paelle en l'eaue de froissure et piquier d'une espingle quant ilz s'emflent, ou autrement ilz creveroient. *Nota* que le sang se garde bien deux jours, voire .iii., puis que les espices sont dedens. Et aucuns pour espices ont poulieul grant, sarriete, ysope, marjolaine, queulliz quant ilz sont en fleur et et puis sechez, pilez, pour espices. Et quant a la froissure mectez la en ung pot de cuivre pour cuire au feu toute entiere et sans sel, et mectez le long de la gorge dehors le pot, car par la froissure se escumera. Et quant elle sera cuicte si l'ostez, et pour faire le potage le regardez.

Pour faire boudins de foye. Prenez deux morceaulx de foye, deux morceaulx de mol, ung morcel de gresse et

---

28. s. brayé et *B*. **30.** l. revversez et *A*. **31.** Et puis o. *B*. **34.** a. revversez et *A*. **35.** m. essuier s. *B*. **36.** estandre p. *B*². **38.** et adjusté p. *B*. **42.** de fressure et *B*. **49.** m. la loing de *AC*. **51.** p. la r. *B*.

6. *Item*, pour faire du boudin, recueillez le sang du porc dans une bonne cuve ou poêle. Et lorsque vous aurez commencé à faire découper votre cochon, et fait laver soigneusement et mis à cuire votre fressure, ôtez, pendant qu'elle cuira, les caillots de sang du fond de la cuvette et jetez-les. Puis mélangez des oignons – moitié autant que de sang – pelés et hachés menu avec la moitié de la quantité de graisse qui se trouve entre les boyaux et que l'on appelle l'*entrecerele* des boyaux, hachée menu en dés ; ajoutez un peu de sel broyé, et versez le tout dans le sang. Puis broyez ensemble du gingembre, des clous de girofle et un peu de poivre. Lavez bien les petits boyaux, retournez-les et rincez-les dans une eau courante. Ensuite, pour ôter l'humidité, mettez-les dans une poêle et remuez ; salez et recommencez une seconde puis une troisième fois, puis lavez-les. Remettez-les à l'endroit et lavez-les encore, puis mettez-les à égoutter sur une serviette, roulez-les et tordez-les pour les sécher. Ce que l'on appelle l'*entrecerelle*, ce sont les gros boyaux contenant de la graisse à l'intérieur ; on l'arrache avec un couteau. Une fois que vous aurez préparé en portions et quantités égales la farce (moitié d'oignons que de sang et le quart de graisse) et que vous en aurez rempli vos boudins, faites-les cuire dans une poêle dans le bouillon des tripes et piquez-les avec une épingle quand ils enflent pour éviter qu'ils crèvent. *Nota* que le sang se garde bien deux, voire trois jours une fois qu'il est épicé. En matière d'épices, d'aucuns tiennent en haute considération le pouliot[1], la sarriette, l'hysope et la marjolaine ; toutes ces épices sont cueillies lorsqu'elles sont en fleur, séchées puis pilées avant de pouvoir être utilisées. En ce qui concerne les tripes, mettez-les dans un pot de cuivre pour en faire cuire la totalité au feu, sans sel, et écumez sur le pourtour du pot, car de l'écume sera produite par les entrailles. Otez-les quand elles sont cuites, et gardez-les pour faire le potage*.

Boudins au foie. Prenez deux morceaux de foie, deux morceaux de mou et un morceau de graisse ; remplissez-en le

---

1. Variété de menthe.

mectez en ung bouel avec du sang, et au seurplus comme dessus.

Nota que l'en fait bien boudins du sang d'une oe, maiz qu'elle soit maigre ; car de la maigre les boyaulx sont plus larges que de la grasse.

Queritur comment les boyaulx seront renversez pour laver. Responsio : a ung fil de lin et ung fil d'arichat long comme la verge d'un jaugeur.

7. Nota que aucuns pendent en Pasquerés leurs pourceaulx et l'air les jaunist ; et pour ce les vault mieulx tenir au salouer comme ilz font en Picardie, combien que la char ne soit pas si ferme, ce semble. Toutesvoyez est ce trop plus bel service du lart qui est bel et blanc que du jaune ; car quelque bonté qu'il ait ou jaune, *(fol. 134b)* il est trop reprouchié et donne descouragement quant l'en le voit.

8. Pour faire andoulles. Nota que les andoulles sont faictes du bouyau cullier et autres boyaulx gros, lesquelz sont gros remplis des autres pour faire saulsisses. Et iceulx boyaulx menuz, quant l'en les veult mectre es andoulles, sont fenduz au long en .iiii. parties. *Item*, de la panse qui est fendue par lesches fait l'en andoulles. *Item*, de la char qui est dessoubz les cotellectes. *Item*, des fagoes et autres choses qui sont entour la haste menue quant l'en ne veult point retenir celle haste menue entiere. Maiz premierement iceulx boyaulx sont deffreschumez en la paelle avec du sel deux ou troiz foiz, comme dessus est dit des bouyaulx pour boudins. Et les autres choses dessus dictes, dont ledit boyau cuilier et autres dont l'en fait andoulles doivent estre rempliz, seront premierement plungez et pouldrez de la pouldre de poivre, demye once, et du fanoul (.i. sixain de fanoul) broyez avec ung petit de sel broyé et atrempeement mis tout broyé menu avec les espices. Et quant icelles andoulles sont ainsi ensachees et emplyes, l'en les porte saler avec le lart et dessus le lart.

9. Costelectes de fresche salure, rosties sur le gril.

---

55. en *omis AC*. **61.** f. darchal l. B^2. **63.** P. leur p. *B*. **66.** c. nen s. *B*. **72.** boyau culier B^2. **74.** v. mectres es *A*. **76.** f. len landouille *B*. **84.** e. remplyes s. *A*. **86.** du fanoil B^2, de fanoil B^2. **87.** et attemprement m. *B*. **89.** saler *omis AC*.

boyau en y ajoutant du sang et pour le reste faites comme ci-dessus.

Nota qu'il est possible de fabriquer des boudins avec le sang d'une oie à condition qu'elle soit maigre : l'oie maigre a les boyaux plus larges que l'oie grasse.

Queritur comment retourner les boyaux pour les laver.

Responsio : sur un fil de lin et un fil de cuivre[1] de la longueur d'une jauge[2].

7. *Nota* que certains pendent leurs porcs à l'époque de Pâques mais ils jaunissent à l'air. Pour cette raison il vaut mieux les garder dans le sel comme on le fait en Picardie, bien qu'à ce qu'il paraît la chair en soit moins ferme. Mais considérez combien il est préférable de servir un beau lard blanc plutôt qu'un jaune ; cette couleur, quelle que soit la saveur du lard, est trop décriée et repoussante[3].

8. Andouilles. *Nota* que les andouilles sont faites avec le boyau culier et d'autres gros boyaux, dans lesquels on insère les autres boyaux pour en faire des saucisses. Ces petits boyaux, lorsqu'on veut les mettre dans les andouilles, sont coupés dans le sens de la longueur en quatre parties. *Item*, on peut prendre de la panse coupée en lanières pour faire des andouilles. *Item* avec la viande qui se trouve sous les côtelettes. *Item* du ris de veau et autres choses se trouvant autour de la rate lorsqu'on ne veut pas utiliser la rate entière. Il faut commencer par dessécher ces boyaux dans la poêle avec du sel à deux ou trois reprises, comme il est indiqué ci-dessus au sujet des boudins. Tout ce qu'on vient d'énumérer servant à faire des andouilles, notamment le boyau culier avant d'être rempli, doit d'abord être frottés et saupoudrés d'une demi-once de poivre en poudre et d'un sixième de fenouil broyé finement avec une quantité modérée de sel fin et des épices. Une fois les andouilles ainsi enveloppées et emplies, on peut les mettre dans le sel avec le lard ; les poser sur le lard.

9. Côtelettes de salaison fraîche rôties sur le gril.

---

1. Brereton suggère qu'on devrait lire *fil d'archal* (ms B²) plutôt que *fil d'arichat*.
2. A peu près un mètre.
3. Pichon cite à cet endroit le proverbe *Vilain comme lard jaune*.

10. Eschines et jambons salez de .iii. jours naturelz, aux poix.

11. *Nota* que, se ung jambon est salé de longue saleure comme d'un moiz, il couvient des le soir devant le mectre tremper en eaue froide et l'endemain rere et [laver] en eaue chaude pour mectre cuirer et mectre cuire *primo* en eaue et en vin, et gecter ceste premiere bouture et puis cuire en autre eaue.

12. Cy apres s'ensuient tous les noms particuliers qui sont es yssues d'un porc, qui sont venduz a la triperie .vii. blans.

Primo qnant le porc est decoré, le sang et les coles yssent premierement et en fait l'en boudins qui veult.

Item, et en la froissure sont et appartiennent : *Primo* en sain, *secundo* en haste menue, 3° le chaudun. Le sain est le sain qui est entre les boyaulx et la haste menue ; la froissure c'est le foye, le mol, le cuer et la langue ; la haste menue c'est la rate, et a icelle tient bien la moictié du foye et les rongnons ; et l'autre moictié du foye tient a la froissure entre le mol et le cuer. Le chaudun, ce sont les boyaulx que l'en dit l'*entrecerele* des boyaulx, et aussi sont ce les boyaulx menuz dont l'en fait boudins et saulcisses, et aussi en est la pance.

13. Es yssues du mouton a la froissure, a laquelle sont la pance et la caillecte, les .iiii. piez et la teste, et couste tout deux parisis a la triperie.

14. Les yssues du vel coustent a la tripperie deux blans : c'estassavoir la froissure, et y a la teste et la fraze et la pance et les .iiii. piez. *Nota*, la fraze c'est la caillecte, la pance et les boyaulx, lesquelz les tripiers vendent tous nectoyez, lavez et appareilliez, trempans en belle eaue necte. Maiz ceulx qui les achectent ne s'atendent pas au trippier de leur appareil, maiz les lavent en .ii. (*fol. 135a*) ou en .iii. paires d'eaues chaudes, et les eschaudument de nouvel avec du sel, et puis mectre cuire en eaue sans sel

---

91. Eschinees et *B*. **95.** le. reze et *B²*, saler en *AC*, laver en *B²*, c. ou m. *B*, et m. c. *omis C*. **97.** p. boulure et *B*. **99.** a. sensuivent t. *B*. **102.** l. colles y. *B²*. **105.** s. la h. m. *B*. **114.** la fressure a *B*. **115.** la quaillecte l. *B*. **118.** la fressure et *B*. **122.** aux tripiers de *B*. **123.** les laven en *A*, les lave len en *C*.

10. Echines et jambons salés mis dans le sel pendant trois jours et trois nuits, aux pois.

11. *Nota* que si un jambon est dans le sel depuis longtemps, un mois par exemple, il faut le mettre dès la veille à tremper dans de l'eau froide et le lendemain le gratter et le laver dans de l'eau chaude et le cuire ; le mettre à cuire *primo* dans de l'eau et du vin, puis jeter cette première eau, et le faire cuire dans une nouvelle eau.

12. A présent vont suivre tous les noms particuliers relatifs aux abats d'un porc, vendus à la triperie 7 blancs.

Primo, quand le porc est décapité[1], le sang et les caillots sortent en premier ; si l'on désire on peut en faire des boudins.

Item, font partie des entrailles : *Primo* le sain, *secundo* la rate, troisièmement l'intestin. Le sain désigne la graisse qui est entre les boyaux et la rate ; les abats comprennent le foie, le mou, le cœur et la langue ; la rate est ce qu'on appelle la « haste menue » : une bonne moitié du foie et les rognons y sont attenants. L'autre moitié du foie est attenante aux tripes, entre le mou et le cœur. L'intestin, ce sont les boyaux qu'on appelle l'*entrecerele*, de même que les petits boyaux dont on fait les boudins et les saucisses ; la panse en relève également.

13. Les abats du mouton servant à faire des tripes comportent la panse et la caillette, les quatre pieds et la tête, et coûtent deux parisis à la triperie.

14. Les abats du veau – à savoir les tripes, la tête, la fraise, le ventre et les quatre pieds – coûtent à la triperie deux blancs. *Nota* que la fraise[2], c'est la même chose que la caillette, la panse et les boyaux que les tripiers vendent tout nettoyés, lavés et préparés, trempant dans une belle eau claire. Mais les acheteurs ne se fient pas aux tripiers et font subir aux abats deux ou trois bains chauds et les lavent à nouveau avec du sel. Il faut ensuite les mettre à cuire dans de l'eau non salée jusqu'à

---

1. En effet, comme le suggère Pichon, « décoré » est une faute ; il faut lire « décolé ».
2. Membrane enveloppant les intestins du veau et de l'agneau.

tant que toute icelle soit beue, puis nourrir d'eaue de mouton, et mectre des herbes, de l'eaue et du saffren en ung plat avecques la fraze, et mengier comme tripes au sel et vertjus.

130   15. *Nota* cy grant diversité de langage : car ce que l'en dit du porc la fressure, c'est le foye, le mol et le cuer; et ce que l'en dit la fressure de mouton, c'est la teste, la pance, la caillecte et les .iiii. piez; et ce que l'en dit la fressure d'un veel, c'est la teste, la fraze, la pance, et les
135 .iiii. piez; et ce que l'en dit la fressure d'un beuf, c'est la pance, le saultier, la franche mule, la rate, le mol et le foye et les quatre piez. Et de venoison autrement et par autres noms. *Queritur* la cause de ceste diversité sur ce seul mot fressure.

140   16. Venoison de cerf ou autre, qui la veult saler en esté, la couvient saler en cuvier ou baignoire (groz sel broyé) et apres secher au soulail. Seymer, *id est* le coyer, qui est salé l'en le doit cuire en la premiere eaue et vin pour le premier boullon pour oster son sel, et puis gecter
145 eaue et vin et mectre parcuire en boullon de char et des navez, et servir par lesches avec de l'eaue en ung plat, et venoison. *Item*, qui a navés jeunes et petiz, l'en la doit cuire en eaue et sans vin pour le premier boullon, puis gecter l'eaue, et puis parcuire en eaue et vin et des cha-
150 tengnes dedens (ou, qui n'a chastaignes, de la sauge), puis servir comme dessus.

    17. En juing et en juillet beuf et mouton salé par pieces est bien cuit a l'eaue et aux ciboulles, salé du matin au vespre ou d'un jour au plus.

155   18. Les bouchiers de Paris tiennent que en ung beuf, selon leur stille et leur parler, n'a que .iiii. membres principaulx; c'estassavoir : les deux espaulles et les deux cuisses, et le corps de devant tout au long, et le corps de derriere tout au long. Car les espaulles et les cuisses levees
160 l'en fent le beuf par les deux costelz, et fait l'en du devant une piece et du derriere une autre. Et ainsi est apporté le

---

126. p. nourroir d. *A.* **128.** s. ou v. *B.* **142.** Seymier *B*, le croyer q. *AC.* **145.** et apres m. *B.* **152.** en... juillet *inclus dans le § précédent en C*, p. et b. *AC.* **154.** j. ou p. *B.* **161.** et du devant ung a. *A.*

ce qu'elle soit entièrement absorbée, puis ajouter du bouillon de mouton; mettre des herbes, de l'eau et du safran dans un plat avec la fraise, et manger comme des tripes au sel et au verjus.

15. *Nota* ces grandes différences de langage : ce que chez le porc on appelle « la fressure » désigne le foie, le mou et le cœur; en parlant du mouton, la fressure signifie la tête, la panse, la caillette et les 4 pieds; en parlant du veau elle désigne la tête, la fraise, la panse et les 4 pieds; en parlant du bœuf, c'est la panse, le scrotum, la caillette, la rate, le mou, le foie et les 4 pieds. C'est encore différent en ce qui concerne la venaison pour laquelle on utilise d'autres noms encore. *Queritur* la cause de cette variété concernant ce seul mot « fressure ».

16. La venaison, qu'elle vienne du cerf ou d'un autre animal, si l'on désire la mettre dans le sel en été, il convient de le faire dans un cuvier ou une baignoire (avec du gros sel broyé) et puis de la faire sécher au soleil. La selle, *id est* la croupe du cerf, si elle a été dans le sel, doit être cuite dans son premier bouillon avec du vin pour la dessaler. Jeter ensuite ce bouillon et le vin et remettre la selle à cuire dans un bouillon de viande avec des navets, et servir par tranches avec du bouillon dans un plat avec la venaison. *Item*, qui a de jeunes et petits navets, qu'il fasse cuire la venaison d'abord dans de l'eau sans ajouter de vin, puis qu'il jette ce premier bouillon; qu'il fasse ensuite cuire la venaison dans de l'eau et du vin avec des châtaignes (ou, à défaut de châtaignes, avec de la sauge); servir comme ci-dessus.

17. En juin et en juillet les morceaux de bœuf et de mouton salés doivent être bien cuits à l'eau avec des ciboules après être restés dans le sel du matin jusqu'au soir ou pendant un jour tout au plus.

18. Les bouchers de Paris considèrent selon leur terminologie et leur parler particuliers qu'un bœuf n'a que quatre parties principales : les deux épaules et les deux cuisses, la partie antérieure et la partie postérieure du corps. Les épaules et les cuisses enlevées, on divise le bœuf par les deux flancs, faisant ainsi un morceau de l'avant et un autre de l'arrière de l'animal. Petit ou moyen, c'est ainsi découpé que le bœuf est

corps du beuf a l'estal, se le beuf est petit ou moyen ; maiz s'il est grant, la piece de devant est fendue depuis en deulx tout au long, et la piece de derriere aussi, pour apporter plus aisiement. Ainsi avons nous maintenant du beuf .vi. pieces, dont les deux poictrines sont levees au premier, et puis les deux souppiz qui la tiennent, qui sont bien de troiz piez de long, et demy pié de large, en venant par embas et non pas par enhault. Et puis couppe l'en le flanchet, et puis si a la surlonge qui n'est mye grantment plus espaiz de .iii. [dois] ou de .ii. Puiz si a la longe, qui est au plus pres de l'eschine, qui est espoisse d'une grosse pongnee. Puis si a le filet que l'en appelle le *nomblet*, qui est bien d'un pié de long et non plus, et tient l'un bout au col et l'autre au rongnon. Et est du droit de celluy qui tient les piez des beufz a l'eschorcher, et le vent a ung petit estal qui est au dessus de la Grant Boucherie, et est de petite valeur. (*fol. 135b*) *Item*, selon ce que les beufz sont grans, l'en fait et vent a la Porte plus de pieces de l'un des membres devisez que de l'autre ; si ne scay comment la taille des bourgoiz se peut proporcionner en compte justement avec les bouchiers. Car le bon beuf couste .xx. livres ou l'autre ne couste que .xii. *Item*, les yssues du beuf coustent a la triperie .viii. [sous] : c'estassavoir la fressure, en laquelle sont la pance, le saultier, la franche mule, la rate, le mol, le foye et les .iiii. piez.

19. *Item*, a Besiers, depuis la saint Andry qui est devant Noel, l'en sale les moutons par quartiers par bien froter et reffroter et tant et tant, et puis mectre les quartiers l'un sur l'autre .viii. jours, et puis mectre a la cheminee.

20. Se tu veulx saler char de beuf, mouton en yver, ayes de groz sel et le sesches en la paelle tresbien, puis le broyes bien menu et sales. Et *nota* que en juing et juillet mouton veult estre trempé, puis salé.

21. Langue de beuf salee. En la saison qu'il fait bon

---

165. p. aisieement *A. B.* **168.** et de d. p. *B.* **170.** g. puis e. *B.* **171.** dois *omis ABC.* **177.** au dessoubz de *B.* **181.** b. si p. *B.* **184.** *espace laissé en blanc pour le nom de la monnaie en AB*, saus *C.* **185.** l. sans la *A*, l. fault la *C.* **191.** b. ou de m. *B.* **192.** le seche en *B*, le sescheez en *C.*

apporté à l'étal ; mais s'il est grand, les deux morceaux sont coupés en deux dans le sens de la longueur pour faciliter le transport. Ainsi nous avons maintenant 6 pièces de bœuf ; l'on découpe d'abord les deux poitrines, puis les deux morceaux de viande en dessous qui les tiennent et qui mesurent bien trois pieds de long et un demi pied de large si l'on part du bas et non pas du haut. Ensuite l'on coupe le flanchet[1], puis la surlonge[2] qui n'est pas beaucoup plus épaisse que de deux ou trois doigts. Puis c'est le tour de la longe qui est tout près de l'échine et qui a l'épaisseur d'un gros poignet. Puis il y a le filet appelé *onglet*[3], qui mesure bien un pied, mais pas davantage. Une extrémité en est attachée au cou et l'autre au rein. C'est la part qui revient au valet de l'écorcheur qui tient les sabots du bœuf pendant que son maître découpe ; le valet le vend dans un petit étal au-dessus de la Grande-Boucherie ; ce morceau n'a pas grande valeur. *Item*, selon la taille des bœufs, on les découpe en plus ou moins de morceaux et on les vend à la Porte de Paris. Je ne sais pas exactement comment les bourgeois font leurs comptes avec les bouchers, comment ils mesurent les proportions justes. Un bon bœuf en effet peut coûter 20 livres alors qu'un autre ne coûte que 12. *Item*, les abats du bœuf – à savoir les tripes contenant la panse, le scrotum, la caillette, la rate, le mou, le foie et les 4 pieds – coûtent 8 sous à la triperie.

19. *Item*, à Béziers on sale les moutons par quartiers avant Noël, à partir de la Saint-André[4], en frottant et refrottant avec beaucoup de persévérance, puis l'on met les quartiers l'un sur l'autre pendant 8 jours ; ensuite on les pend dans la cheminée.

20. Si tu veux saler la chair de bœuf ou de mouton en hiver, il faut avoir du gros sel ; fais-le très bien sécher dans la poêle, broie-le bien menu et sale. Et nota qu'en juin et en juillet la viande de mouton doit être trempée avant d'être salée.

21. Langue de bœuf salée. En la saison qui convient pour la

---

1. Le quartier de devant.
2. De manière générale, il est difficile de trouver des désignations modernes correspondant à ce « découpage » médiéval ; en particulier, la surlonge, contrairement à ce qu'elle désigne aujourd'hui, doit être l'extrémité de la longe, comme le suggère Pichon.
3. Pichon suggère que cette désignation moderne pourrait être une corruption du mot « nomblet ».
4. Le 30 novembre.

saler prenez des langues de beuf une quantité et les par-
bouléz ung petit; puis les reez et peléz; puis les saléz
l'une sur l'autre et les laissiez en sel .viii. ou .ix. jours;
puis les pendez a la cheminee le remenant de l'iver; puis
200 les pendez en ung lieu sec ung an ou .ii. ou .iiii.

22. Oe doit estre salee de .iii. jours naturelz.

23. Fouques salees de .ii. jours sont bonnes aux choux.
Coulons ramiers aussi; *nota* que ilz viennent de .iii. ans
en troiz ans.

205 24. Se ung lievre est pris .xv. jours ou troiz sepmaines
devant Pasques, ou en autre temps que l'en le veuille
garder, effondréz le et luy ostez les entrailles; puis luy
fendez la pel de la teste et luy rompez et cassez et faictes
une ouverture ou test, et ostez la cervelle, et empléz le
210 creux de sel, et recousez la pel. Il se gardera ung moiz s'il
est pendu par oreilles.

25. *Nota* que ung des meilleurs morceaulx ou pieces de
dessus le beuf, soit a rostir ou cuire en l'eaue, c'est le
noyau du beuf. Et *nota* que le noyau du beuf est la piece
215 apres le col et les espaulles. Et aussi icelle piece est souveraine bonne tranchee, mise en pasté. Et quant le pasté
est cuit, gectez dedens saulse de lamproye.

26. Anguille. Faictes la mourir en sel et la laissiez illec
.iii. jours naturelz toute entiere. Puis soit eschaudee, osté
220 le limon, trenchee par tronçons, cuicte en l'eaue et aux
ciboules. Et se vous la voulez saler du vespre au matin,
escumez la et effrondez, puis tranchés par tronçons et
salez, et froctez tresbien chascun tronçon en fort sel. Et se
vous la voulez plus avancier, broyez du sel et froctés
225 chascune couppure de tronçon et la hochez en sel entre
deux escuelles. Cuicte comme dessus et mengee a la
moustarde.

27. Harent quaqué soit mis en eaue fresche et laissié
.iii. jours et .iii. nuys tremper en foison d'icelle eaue; et
230 au bout de .iii. jours soit lavé et mis en autre eaue fresche

---

198. ou .x. j. *B.* **200.** ou deux ou .iii. ou .iiii. *B*, ou .ii. ou .iii. *C.* **201.** salee
omis AC. **207.** g. effrondrez le *B.* **211.** par les o. *BC.* **214.** b. cest la *B.* **215.** e.
souverain b. *B*, e. souverainement b. *C.* **218.** et le l. *A.* **222.** et effrondez p. *B*,
et effondrez p. *C.* **226.** et mengiez a *B*².

salaison, prenez une quantité de langues de bœuf et faites-les bouillir un peu. Puis grattez-les et pelez-les ; ensuite salez-les l'une sur l'autre et laissez-les dans le sel pendant 8 ou 9 jours ; puis pendez-les dans la cheminée le restant de l'hiver, et finalement pendez-les en un lieu sec pendant un, deux ou trois ans.

22. L'oie doit être mise dans le sel pendant trois jours et trois nuits.

23. Les foulques salées de 2 jours sont bonnes avec des choux. Les ramiers également ; *nota* qu'ils reviennent tous les trois ans.

24. Si un lièvre est pris 15 jours ou trois semaines avant Pâques ou à un autre moment où l'on aimerait le conserver, videz-le et ôtez-lui les entrailles. Puis fendez la peau de la tête, brisez et cassez le crâne afin d'y pratiquer une ouverture pour ôter la cervelle. Mettez à la place du sel et recousez la peau. Il se conservera ainsi pendant un mois s'il est pendu par les oreilles.

25. *Nota* qu'un des meilleurs morceaux du bœuf, autant à rôtir qu'à faire cuire dans l'eau, c'est le talon du collier. Et *nota* que c'est la pièce au-dessous du cou et des épaules. En outre, mis en pâté, c'est un morceau de roi. Une fois le pâté cuit, ajoutez-y une sauce aux lamproies.

26. Anguille. Faites-la mourir dans du sel où vous la laisserez tout entière pendant trois jours et trois nuits. Puis il faut l'ébouillanter, la limoner, la couper en tranches, et la faire cuire dans l'eau avec des ciboules. Si vous voulez la mettre dans du sel du soir au matin, nettoyez-la et videz-la, puis coupez-la en tranches ; salez en frottant bien chaque tronçon avec du gros sel. Si vous voulez accélérer le processus, broyez du sel et frottez-en chaque côté de la tranche coupée et agitez-la dans le sel entre deux écuelles. Faire cuire comme ci-dessus et manger à la moutarde.

27. Harengs en caque : faire tremper le hareng dans beaucoup d'eau fraîche pendant 3 jours et 3 nuits. Le laver au bout du troisième jour et le remettre à tremper pendant deux jours

.ii. jours tremper, et chascun jour changier son eaue .ii. foiz. Et toutesvoyes le menu et petit harenc veult moins tremper. Et aussi est d'aucun harenc qui de sa nature veult moins tremper l'un que l'autre.

235   28. *(fol. 136a)* Harenc sor. L'en congnoist bon a ce qu'il est meigre et a le dos espoiz, ront et vert, et l'autre est gras et jaune ou a le doz plat et sec.

Potages communs sans espices et non lyans

29. Et *primo* potage de pois vielz. Couvient eslire, et
240 savoir aux gens du lieu la nature des poiz d'icelluy lieu. (Car communement les pois ne cuisent pas d'eaue de puis : et en aucuns lieux ilz cuisent bien d'eaue de fontaine et de eaue de riviere, comme a Paris ; et en autres lieux ilz ne cuisent point de eaue de fontaine et d'eaue de
245 [riviere], comme a Besiers.) Et ce sceu, il les couvient laver en une paelle avec de l'eaue tiede, puis mectre en ung pot, et de l'eaue tiede avec, au feu, et faire boulir tant qu'ilz soient bayans ; puis purer la puree et la mectre a part ; puis emplir le pot aux pois d'eaue tiede et mectre au
250 feu, et les repurer secondement qui veult avoir plus largement puree ; et puis remectre sans eaue, car ilz en gecteront assez et bouldront en icelle. Et ne couvient point mectre la cuilier dedens le pot puis qu'ilz sont purez ; maiz hocher le pot et les poiz ensemble, et petit a petit les
255 paistre de l'eaue tiede ou plus chaude que tiede, et non de la froide ; et faire boulir et cuire du tout avant que tu y mectes quelque chose que aue chaude, soit de la char ou autre, ne n'y met sel ne lart ne affaictement quelzconques jusques a ce qu'ilz soient tous cuiz. De l'eaue du lart y
260 peuz tu bien mectre et de l'eaue de la char ; maiz l'en n'y doitp oint mectre de sel, non mye bouter la culier, jusques a ce qu'ilz soient bien cuiz. Toutesvoyes l'en les peut bien remuer a tout le pot.

A jour de char, apres ce qu'ilz sont purez, paistre de
265 l'eaue du lart et de la char. Et quant ilz seront pres que

---

237. et jeune ou *A*. **245.** de fontaine c. *ABC*. **248.** s. bayens p. *B*. **249.** p. au p. *B*. **257.** q. eaue c. *BC*. **261.** la cuillier j. *B*, Toutesvoies *B*. **264.** de c. len doit apres *B*.

dans de l'eau fraîche. Changer l'eau deux fois par jour. Cependant, le petit hareng menu ne supporte pas de tremper aussi longtemps. Ainsi existe-t-il des variétés de harengs qui doivent tremper plus ou moins longtemps.

28. Hareng saur. On peut reconnaître le bon hareng saur à ce qu'il est maigre et qu'il a le dos épais, rond et vert, tandis que le mauvais est gras et jaune, ou son dos est plat et sec.

Potages* ordinaires sans épices et clairs

29. *Primo* potage* de vieux pois. Il faut écosser les pois et s'enquérir auprès des gens du pays sur la nature des pois de l'endroit. (Normalement, les pois ne cuisent pas dans l'eau de puits ; en certains endroits ils cuisent bien dans l'eau de fontaine et de rivière, par exemple à Paris. Ailleurs, ils ne cuisent pas dans l'eau de fontaine ni dans l'eau de rivière, comme à Béziers.) Une fois informé là-dessus, il faut laver les pois dans une bassine avec de l'eau tiède, les mettre dans un pot d'eau tiède sur le feu, puis faire bouillir jusqu'à ce qu'ils éclatent. Ensuite égoutter et mettre le bouillon de côté. Remplir le pot de pois d'eau tiède et le mettre sur le feu, égoutter une deuxième fois si l'on veut avoir davantage de bouillon ; ensuite remettre les pois sur le feu sans ajouter d'eau, car ils en libéreront assez et bouilliront dans leur propre jus. Il faut éviter de mettre la cuillère dans le pot une fois les pois égouttés. Il faut au contraire secouer le pot avec les pois dedans, en rajoutant peu à peu de l'eau tiède, même légèrement chaude, mais surtout pas de l'eau froide. Veiller bien à faire bouillir et cuire jusqu'au bout avant d'y rajouter quelque chose d'autre que de l'eau chaude, viande ou autre ; n'y ajouter ni sel ni lard ni assaisonnement quelconque avant que les pois ne soient complètement cuits. Tu peux bien y ajouter du bouillon de lard ou de viande, mais sans sel ; et il ne faut pas non plus y mettre la cuillère avant la fin de la cuisson. Cependant, on peut les remuer en agitant le pot lui-même.

Les jours gras, une fois les pois égouttés, y ajouter le bouillon de lard et de viande. Lorsqu'ils sont sur le point d'être

cuiz l'en peut mectre le lart dedens. Et quant l'en trait le lart d'iceulx poiz, l'en le doit laver de l'eaue de la char afin qu'il en soit plus bel a mectre par lesches sur la char et qu'il n'appaire point crocté de poiz.

²⁷⁰ A jour de poisson, quant les pois sont cuiz, l'en doit avoir ongnons qui ayent autant cuit comme les pois en ung pot, et le lart en autre pot, et que de l'eaue du lart l'en paist et sert les pois. Tout ainsi a jour de poisson, quant l'en a mis ses poiz au feu en ung pot, l'en doit mectre a part ses
²⁷⁵ ongnons mincez en ung autre pot, et de l'eaue des ongnons servir et mectre les pois en paissant; et quant tout ce est cuit, frire les oingnons et en mectre la moictié es poiz et l'autre a la puree, dont il sera parlé cy apres, et lors mectre du sel. Et se a ce ou en Karesme il y a craspoiz,
²⁸⁰ l'en doit faire les craspoiz comme de lart a jour de char.

30. Quant est de pois nouveaulx, aucunesfoiz ilz sont cuiz a jour de char et a l'eaue de char, et du percil broyé pour faire potage vert, et c'est a (*fol. 136b*) jour de char; et a jour de poisson l'en les cuit au lait, de gingembre et
²⁸⁵ du saffran dedens; et aucunesfoiz a la cretonnee, dont il sera parlé cy apres.

31. De tous iceulx poiz, soient vielz, soient nouveaulx, l'en en peut faire des coulez en ung bultel, estamine, ou sacs; mais les vielz poiz l'en les doit jaunir de saffran
²⁹⁰ broyé, dont l'eaue soit mise boulir avec les poiz, et le saffran avec la puree.

32. Autres poiz y a qui sont en cosse avec du lart dedens.

33. *Item*, cretonnee de pois nouveaulx trouverez vous
²⁹⁵ ou chappitre ensuivant.

34. De puree a jour de char l'en ne tient compte. A jour de poisson et en Karesme l'en frit les ongnons dont cy dessus ou chappitre precedent est parlé, et puis l'uille en quoy les ongnons sont friz et iceulx ongnons l'en les met
³⁰⁰ dedens avec chappellures de pain, gingembre, clo et

---

273. T. aussi a *B* (*corrigé en* ainsi *B*²). **276.** en passant Et *A*. **278.** la. en la *B*. **279.** ce jour de poisson ou, *B* karesme *répété A*, cras poiz *A*, l. en j. *B*. **281.** aucuesfoiz *B*, aucunes fois *C*, ilz sont cuiz *répété A*. **282.** le. de la c. *B*. **284.** l. du g. *B*. **288.** f. de c. *B*, buletel *B*, butel *C*.

II, v : Potages sans épices et clairs

cuits, on peut mettre le lard dedans. Et lorsqu'on sort le lard du pot de pois il faut le laver avec du bouillon de viande afin qu'il soit plus présentable pour être mis par lamelles sur la viande sans être souillé de pois.

Les jours maigres, lorsque les pois sont cuits, il faut prendre des oignons ayant cuit dans un pot aussi longtemps que les pois, exactement comme le lard qui cuit dans un pot à part les jours de chair, et dont le bouillon sert à arroser les pois que l'on présente. De la même manière, un jour maigre, une fois les pois mis dans un pot sur le feu, on doit mettre dans un pot à part les oignons hachés menu et se servir du bouillon des oignons pour arroser les pois. Lorsque tout est cuit, faire frire les oignons, en mettre la moitié dans les pois et l'autre moitié dans le bouillon – on en parlera ci-après – et saler. Si ce jour-là ou en période de carême on trouve du craspoix*, il faut l'utiliser de la même manière que le lard, les jours gras.

30. Pour ce qui est des pois nouveaux, parfois on les fait cuire, les jours gras, dans un bouillon de viande ; on peut utiliser du persil broyé pour faire un potage* vert – les jours gras donc. Les jours maigres on les fait cuire au lait auquel on ajoute du gingembre et du safran. On les utilise aussi parfois pour la crétonnée* ; on en parlera ci-après[1].

31. Avec tous les pois, vieux ou nouveaux, l'on peut préparer des coulis dans un blutoir, une étamine ou un tamis. Mais il faut faire jaunir les vieux pois avec du safran broyé : faire bouillir l'eau du safran avec les pois et le safran avec le liquide des pois égouttés.

32. On peut également les préparer dans leur cosse avec du lard.

33. *Item*, vous trouverez au chapitre suivant[2] la recette de la cretonnée* aux pois nouveaux.

34. On n'utilise pas le bouillon des pois les jours gras. Les jours maigres et en carême par contre on fait revenir les oignons comme indiqué au chapitre précédent ; ensuite on ajoute dans le bouillon de légume l'huile dans laquelle les oignons ont été frits ainsi que les oignons eux-mêmes avec des croûtons de pain, du gingembre, des clous de girofle et de la

---
1. Paragraphe 95.
2. Paragraphe 95.

graine broyez et deffait de vinaigre et vin, et y met l'en ung petit de saffran, puis dreschiez souppes en l'escuelle.

Item, de puree fait l'en civé a jour de poisson ; si ne le remue point et l'oste tantost dessus le feu et le remet en ung autre pot.

Item, de puree aliez vostre poree de bectes et sera tresbon potage, maiz que vous n'y mectez point d'autre eaue, et est pour poree de Karesme.

35. *Nota* que tous potages qui sont sur le feu surondent et s'en vont dessus le feu jusques a ce que ou pot l'en ait mis sel et gresse, et depuis non.

36. *Item, nota* que le meilleur chaudeau qui soit c'est de la joe de beuf lavee en eaue chaude .ii. foiz ou troiz, puis boulir et bien escumer.

37. *Nota* que si tost que tu apparcevras que ton potage se aoursera, si le fay plus cler (car il s'aourse d'estre trop espoiz) et le remue tousjours ou fons du pot qui avra esté aoursé, avant que tu y mectes riens plus. Avant que ton pot s'aourse et afin qu'il ne s'aourse, remue le souvent ou fons du pot et appuie ta culier ou fons, afin que le potage ne se prengne la. Et saches que peu avient que se aoursent pois ou feves, se les tisons ardans ne touchent au cul du pot quant il est sur le feu.

38. Veez cy comment l'en cuit les ongnons : en l'eaue longuement avant que les pois, et tant que l'eaue soit toute desgastee au cuire ; puis y met l'en de la puree pour les parcuire et oster la saveur de l'eaue.

39. Aussi les oictres sont premiers lavees en eaue chaude, puis parbouliz afin que la saveur d'icelles demeure en la puree, et non point escumees. Puis oster les oictres et frire, qui veult, et en mectre une partie es escuelles et *(fol. 137a)* de l'autre partie font més.

40. Feves vieilles qui sont pour cuire a toute l'escorche doivent estre trempees, et mises au feu en ung pot des le soir devant et toute la nuyt. Puis gecter celle eaue et

---

301. d. v. et *A*, d. en v. *C*. **303.** len cuire a *B*. **304.** t. dedessus le *BC*. **307.** que vous n'y mectez point *répété A*. **310.** l'en ait mis *répété A*. **321.** que p. ou f. sa. *B*. **328.** s. primo l. *B²*. **329.** p. pourbolies a. *B*, afin... puree *omis A*.

graine de paradis* broyés et délayés dans du vinaigre, du vin et un peu de safran ; puis l'on prépare les soupes* dans les écuelles.

Item, on peut faire du civet avec le bouillon des pois les jours maigres. On ne remue point alors, mais on ôte rapidement le pot du feu et on verse le bouillon dans un autre pot.

Item, délayez votre bouillon de pois avec des bettes : cela donnera un très bon potage*, à condition de ne pas y ajouter d'eau : c'est un potage* de carême.

35. *Nota* que tous les potages* sur le feu montent et débordent sur le feu jusqu'au moment où l'on ajoute du sel et de la graisse ; alors, ils ne débordent plus.

36. *Item, nota* que le meilleur bouillon qui soit, c'est la joue de bœuf lavée dans de l'eau chaude deux ou trois fois ; puis mettre à bouillir et bien écumer.

37. *Nota* qu'aussitôt que tu t'aperçois que ton potage* attache, dilue-le (il attache parce qu'il est trop épais) et remue sans discontinuer le fond du pot brûlé avant d'ajouter quoi que ce soit. Avant que ton potage* n'attache et pour l'éviter, remue fréquemment en appuyant ta cuillère au fond du pot. Sache qu'il est rare que pois ou fèves attachent si les tisons ardents ne touchent pas le pot lorsqu'il est sur le feu.

38. A présent, voici comment faire cuire les oignons : il faut le faire dans l'eau longtemps avant d'y ajouter les pois : attendre que l'eau soit complètement absorbée par la cuisson ; alors, on y ajoute du bouillon de légume pour achever de les faire cuire et pour ôter le goût de l'eau.

39. De même, les huîtres sont d'abord lavées dans de l'eau chaude puis mises à bouillir afin que leur saveur reste dans le bouillon ; il ne faut pas écumer. Oter ensuite les huîtres et les faire frire, si l'on souhaite ; en mettre une partie dans les écuelles et se servir du reste pour faire un plat.

40. Les vieilles fèves qu'on doit faire cuire dans leur cosse doivent tremper dans un pot sur le feu dès la veille au soir et pendant toute la nuit. Puis jeter cette eau et les mettre à cuire

mectre cuire en une autre eaue ; puis les purer comme pois pour oster celle premiere forte saveur ; et puis cuire a l'eaue de la char et au lart, comme dit est devant, a l'eaue de pois, ou a jour de poisson a l'eaue doulce (et puis apres mectre de l'uile), ou a l'eaue des ongnons et aux ongnons ; et qui en veult de coulez, face comme des pois.

Item les feves seront frasces en Pasqueretz en ceste maniere : c'estassavoir qui en vouldra de frasees, il les couvient eslire, laver, et sans tremper mectre les feves a toute l'escorche en ung pot au feu en eaue fremiant, et laissiez boulir jusques a ce que l'escorche soit ridee et gredelie, et puis tiré arriere du feu et puisié a une culier ; et les escorcher et fraser en leur chaleur l'une culeree apres l'autre, et gecter en eaue froide. Apres ce les couvient laver en eaue tiede comme les pois, et puis mectre cuire en eaue froide ; et quant elles seront boulyes comme bayennes les purer et gecter la puree, et remplir de boullon de char se c'est a jour de char, ou d'autre eaue se c'est a jour de poisson ; a affaictier a l'uile et a l'ongnon bien cuit, puis frit ou affaictié au beurre. Et peuent estre reverdies de feulles de feves nouvelles broyees, deffaictes d'eaue chaude et coulees ; puis faire comme des autres, soit au jour de char au lart ou au jour de poisson.

41. *Item*, cretonnee de feves nouvelles se fait comme vous trouverez ou chappitre ensuivant.

42. *Item*, qui veult en tous les moiz de l'an menger feves sentans et ayans saveur de feves nouvelles : ayez et plantez chascun moiz des feves, et de ce qui sera le plus tendre qui croistra dehors terre prenez aussi comme une pongnee, et broyez et mectez en vos feves ; et vos feves blanchiront et avront couleur et saveur de feves nouvelles.

43. *Item*, feves nouvelles doivent premierement estre cuictes jusques a bayennes, puis purer, et apres boulir dedens la puree grosses souppes de deux doyes d'espaiz et de pain brun ; puis mectre en ung chascun des feves deux d'icelles souppes et du sel pardessus.

---

336. p. lespurer c. *B*², p. la p. c. *C*. **338.** e. des p. *B*. **350.** p. les m. *B*. **358.** s. a j. *BC*, ou a j. *BC*. **362.** a. saver de *A*. **364.** p. ainsi c. *B*².

dans de l'eau fraîche. Les égoutter ensuite comme les pois pour en ôter ce premier goût trop fort. Puis les faire cuire dans du bouillon de viande et de lard comme il est indiqué ci-dessus, et dans du bouillon de pois, ou, un jour maigre, dans un bouillon doux (auquel on ajoute ensuite de l'huile) ou dans du bouillon d'oignon ; si l'on veut en faire une purée, faire comme avec les pois.

Item, les fèves seront écossées à l'époque de Pâques de la manière suivante : il faut les trier, les laver et, sans les faire tremper au préalable, les mettre dans leur cosse dans un pot sur le feu dans de l'eau frémissante, et laisser bouillir jusqu'à ce que la cosse soit ridée et craquelée ; les retirer alors du feu et les sortir de l'eau avec une cuillère ; les éplucher et les écosser chaudes, cuillerée après cuillerée, et les jeter dans de l'eau froide. Ensuite il faut les laver dans de l'eau tiède comme les pois, puis les mettre à cuire dans de l'eau froide. Les faire bouillir jusqu'à ce qu'elles éclatent et les égoutter ; jeter le bouillon et le remplacer par du bouillon de viande un jour gras ou un autre bouillon les jours maigres. Les préparer avec de l'huile et des oignons bien cuits, puis faire frire ou cuire dans le beurre. On peut leur donner une couleur verte avec des feuilles de fèves nouvelles broyées, trempées dans de l'eau chaude et passées. Puis procéder comme précédemment, soit avec du lard les jours gras, soit autrement les jours maigres.

41. *Item*, vous trouverez la recette de la crétonnée* de fèves nouvelles au chapitre suivant[1].

42. *Item*, si l'on veut manger toute l'année des fèves ayant le goût et la saveur des fèves nouvelles, procurez-vous et plantez des fèves chaque mois ; prenez une poignée de la partie la plus tendre sortant de terre, broyez-la et ajoutez-la à vos fèves. Elles blanchiront alors et auront la couleur et la saveur des fèves nouvelles.

43. *Item*, il faut commencer par faire bouillir les fèves nouvelles jusqu'à ce qu'elles éclatent ; égoutter, puis faire bouillir dans ce bouillon de grosses soupes* de pain bis, épaisses de deux doigts. Pour finir mettre dans chaque écuelle de fèves deux de ces soupes* et saler.

---

1. Paragraphe 95.

Item, quant elles sont bayennes et purees, l'en les peut frire a la gresse de la ribellecte, puis mectre ung petit de pouldre pardessus.

44. L'en congnoist feves de *(fol. 137b)* marais a ce qu'elles sont plactes, et les feves des champs sont rondes. *Item*, a la dent l'en les treuve doulces, et l'escorche tendre, et les autres au contraire.

45. *Item*, qui veult frazer feves nouvelles, il les couvient premierement fendre au long au coustel, et quant tout est fendu les peler a la main.

46. *Nota*, que en aoust commence l'en a mengier feves et poiz coulez a la char salee.

47. *Nota* que ung jambon de porc doit estre salé de troiz jours naturelz, et lors est fin bon.

48. *Nota* encores, de feves et de pois, que cretonnee de feves et de pois est ou chappitre des potages lyans.

49. Poree. Troiz manieres de porees sont, selon le dit des queulx qui les nomment : l'une poree blanche, l'autre poiree vert, l'autre poiree noire.

50. Poree blanche est dicte ainsi pource qu'elle est faicte du blanc des poreaulx, a l'eschine, a l'andoulle et au jambon, es saisons d'amptonne et d'iver a jour de char. Et sachiez que nulle autre gresse que de porc n'y est bonne. Et premierement l'en eslit, mince, lave et esverde les poreaulx – c'est assavoir en esté quant iceulx poreaulx sont jeunes, maiz en yver quant iceulx poreaulx sont plus vielz et plus durs, il les couvient pourboulir en lieu d'esverder, Et se c'est a jour de poisson, apres ce que dit est il les couvient mectre en ung pot avec de l'eaue chaude, et ainsi cuire ; et aussi cuire des ongnons mincez, puis frire les ongnons. Et apres, frire iceulx poireaulx avec les ongnons qui ja sont fris, puis mectre tout cuire en un pot, et du lait de vasche se c'est en Charnage. Et a jour de poisson, et se c'est en Karesme, l'en y met lait d'amandes. Et se c'est a jour de char, quant iceulx poreaulx d'esté

---

372. r. puis mectre ung petit pardessus de pouldre puis *AC (mais C omet le reste de la phrase)*. **375.** c. les f. des m. *B*. **384.** Et n. *B*. **388.** selon *omis AC*. **389.** l. lomment l. *AC*. **393.** de auptonne B^2. **395.** e. l. m. et *B*. **401.** m. pour f. *B*.

Item, lorsqu'elles ont éclaté et qu'elles sont égouttées, on peut les faire frire avec de la graisse de lardons et saupoudrer le tout légèrement d'épices.

44. On peut reconnaître les fèves des marais à ce qu'elles sont plates, tandis que les fèves des champs sont rondes. *Item*, les premières sont molles lorsqu'on mord dedans à cause de leur cosse tendre, contrairement aux secondes.

45. *Item*, qui veut écosser des fèves nouvelles doit d'abord les fendre sur toute la longueur avec un couteau ; une fois fendues, on peut les écosser à la main.

46. *Nota* que c'est en août qu'on commence à manger des fèves et des pois passés avec de la viande salée.

47. *Nota* qu'un jambon de porc doit être mis dans le sel pendant trois jours et trois nuits ; alors, il est très bon.

48. *Nota* en outre au sujet des fèves et des pois que vous trouvez la recette de la crétonnée* aux fèves et aux pois au chapitre consacré aux potages* épais.

49. Porée*. Il existe trois espèces de porée* selon la terminologie des cuisiniers : la porée blanche, la porée verte et la porée noire.

50. La porée* blanche est appelée ainsi parce qu'elle est faite avec le blanc des poireaux, avec de la longe de porc, de l'andouille ou du jambon, en automne et en hiver, les jours gras. Sachez qu'aucune autre graisse que celle du porc ne convient. On commence par trier, couper, laver et faire blanchir les poireaux qui sont jeunes, à savoir en été. En hiver, quand ils sont plus vieux et plus durs, il faut les faire bouillir au lieu de les faire blanchir. Un jour maigre il faut, après avoir fait tout ce que l'on vient de dire, les mettre dans un pot rempli d'eau chaude, et les faire cuire. Par ailleurs, il faut faire cuire des oignons coupés, puis les faire frire. Ensuite faire frire les poireaux avec les oignons déjà frits puis mettre le tout à cuire dans un pot avec du lait de vache en temps de gras. Un jour maigre ou en carême on y substitue du lait d'amandes. Si c'est un jour gras, une fois les poireaux blanchis ou, si c'est l'hiver, bouillis

sont esverdez, ou les poreaulx d'iver pourbouliz, comme
dit est, l'en les met en ung pot cuire en l'eaue des salures,
ou du porc, et du lart dedens. *Nota* que aucunement a
410 poreaulx l'en fait lyoison de pain.

Item, poree blanche de bectes se fait comme dessus, en
eaue de mouton et beuf ensemble, maiz non point de
porc ; et a jour de poisson au lait, ou d'amandes ou de
vasche.

415 *Item*, cresson en Karesme au lait d'amandes. Prenez
vostre cresson et le mectez pourboulir, et une pongnee de
bectes avec, hachees, et les friolez en huille ; puis la
mectez boulir en lait d'amandes, et en Charnage friolez au
lart et au beurre tant qu'il soit cuit, puis destrempez en
420 l'eaue de la char au frommage, et drecez tantost, car il
roussiroit. Toutesvoies, se l'en y met percil, il ne doit
point estre esverdé.

Une espece de poree que l'en dit *espinars* et ont plus
longues feuilles, plus gresles et plus vers, que poree
425 commune. Et aussi l'en appelle *epinoche* et se mengut en
Karesme (*fol. 138a*) au commencement. Nouvelle et premiere poree esliziez le, et a eslire ostez les grosses costes
comme l'en fait des choulx. Puis les mectez en eaue fremiant sans mincer, et ayez en ung pot eaue clere ou puree,
430 et du sel, et mectez la poree dedans icelluy pot cuire, et
puis dreschiez et mectez huille d'olive ou vertjus en
l'escuelle, et n'y ait point de percil. Aucunefoiz, et le plus
souvent, l'en frit les espinars tous crus et, quant ilz sont
bien friz, l'en met de l'eaue ung petit comme l'en fait
435 souppe a l'uille.

Autre poree de bectes nouvelles. Soit esverdee en esté
quant elle est jeune, ou pourboulye en yver quant elle est
droicte poiree vieille, selon la consideracion de sa vieillesse. Poree de bectes qui est lavee, puis mincee et pour-
440 boulye, se tient plus vert que celle qui premierement est
pourboulye et puis haschee. Maiz encores est plus vert et

---

415. l. de c. *B*. **416.** u. pongne de *A*, avec – (– *effaçant* t) *B²*. **419.** d. de le.
de la c. ou au *B*. **425.** Et est et aussi len a. les espinoches et se mengue au c.
de k. *B*. **426.** N. et esliziez le *A*, Bectez nouvellez esliziez *C*. **427.** a leslire
B. **431.** p. dreciez et *BC*. **436.** aliter p. *B*, s. esvardee en *B*. **441.** p. verte et *B*.

comme on vient de le dire, on les met dans un pot à cuire dans un bouillon de viande salée ou de porc, en y ajoutant du lard. *Nota* qu'on fait parfois une liaison à base de pain pour les poireaux.

Ítem, la porée* blanche de bettes se fait de la même manière dans un bouillon de mouton et de bœuf, mais sans porc ; les jours maigres on utilise du lait soit d'amandes soit de vache.

Ítem, en carême, cresson au lait d'amandes. Mettez à bouillir votre cresson avec une poignée de bettes hachées et faites frire dans de l'huile. Puis mettez à bouillir dans du lait d'amandes ; les jours gras, faites frire au lard et au beurre jusqu'au bout de la cuisson, puis détrempez dans du bouillon de viande au fromage et servez aussitôt car autrement le plat roussirait. A noter que si l'on y ajoute du persil, il ne doit pas être blanchi.

Il existe une espèce particulière de porée* appelée *épinards*. Ils ont de plus longues feuilles, plus délicates et plus vertes que les autres légumes. On les appelle encore *épinoche* ; on peut en manger au début du carême. Choisissez les premiers de l'année ; triez-les en ôtant les grosses côtes comme on le fait pour les choux. Puis mettez-les dans de l'eau frémissante sans les couper, puis plongez la porée* dans un pot rempli d'eau claire ou de bouillon de légume, salez et faites cuire, puis servez et versez de l'huile d'olive ou du verjus dans l'écuelle, mais n'ajoutez pas de persil. Parfois, le plus souvent, on fait frire les épinards tout crus et, une fois bien frits, on y ajoute un peu d'eau à la manière des soupes* à l'huile.

Une autre recette de porée* de bettes nouvelles : les légumes doivent être blanchis en été quand ils sont jeunes, ou bouillis en hiver quand ils sont vieux, aussitôt que leur âge le requiert. Une porée* de bettes lavées, puis coupées et bouillies, reste plus verte que celle qui est d'abord bouillie et ensuite seulement hachée. Mais plus verte et meilleure encore est celle faite

meilleur celle qui est esleue, puis lavee, et puis mincee
bien menu, puis esverdee en eaue froide; puis changer
l'eaue et laissier tremper en autre eaue, puis espraindre
445 par peloctes et mectre au pot boulir ou boullon avec le lart
et de l'eaue de mouton. Et quant elle a ung petit bouly et
l'en le veult drecier, que l'en mecte dedens du percil
esleu, lavé et hasché, et ung petit de fanoul jeune, et boulir
ung boullon seulement. Tout consideré, la poree moins
450 boulue et non pourboulue est la plus vert, et le percil ne
doit point estre boulu, se trespetit non, car en boulant il
pert sa saveur.

Poree verte a jour de poisson soit eslite, mincie, puis
lavee en eaue froide sans pourboulir, puis cuicte au
455 vertjus et pou d'eaue, et mectre du sel; et soit drecee toute
boulant, bien espoisse, sans cler. Puis l'en mectra dedens,
ou fons de l'escuelle dessoubz la pourree, du beurre salé
ou fraiz, ou frommage ou frommagee, ou vertjus vieil.

Poree de minces est en saison des janvier jusques a
460 Pasques et encores apres.

Et *nota* que a faire poree au lait d'amandes, le lait ne
doit point estre coulé par l'estamine; en aucuns autres
potages ou a boire, si fait.

52. Poree noire est celle qui est faicte a la ribellecte de
465 lart. C'est assavoir que la poree est esleue, lavee, puis
mincee, et esverdee en eaue boulant, puis fricte en la
gresse des lardons, et puis alayer d'eaue chaude fremiant.
Et dient aucuns, qui la laveroit d'eaue froide, qu'elle
seroit plus laide et noire. Puis couvient mectre sur chas-
470 cune escuelle deux lardons.

53. Choulx sont de cinq manieres : les meilleurs sont
ceulx qui ont esté feruz de la gelee et sont tendres et tost
cuiz ; et en temps de gelee ne les couvient point pourboulir, et en temps pluyeulx, si. (Et commence a ceulx
475 pource que ce sont de celle annee les premiers cruz, *scilicet* puis avril; et puis va en descendant vers vendenges,
Noel et Pasques.)

---

444. p. espaindre p. *A.* **450.** n. pourboulie *B*, p. et la p. *A.* **453.** e. mincee p.
B. **454.** au vert et *A.* **458.** fraiz ou f. qui veult ou f. *B*, fraiz ou f. f. *C.* **459.** s.
de j. *B.* **474.** a iceulx p. *B.* **477.** et *omis B.*

avec des bettes triées puis lavées et coupées bien menu, et blanchies ensuite dans de l'eau froide. Changer l'eau, laisser tremper puis écraser par boulettes et mettre dans le pot à bouillir avec le bouillon de lard et de mouton. Lorsque la porée* a cuit un peu et qu'on veut la servir, il faut y ajouter du persil trié, lavé et haché avec un peu de jeune fenouil, et retirer du feu dès le premier bouillon. En fin de compte, la porée* qui a peu bouilli est la plus verte ; le persil doit à peine être bouilli, sinon il risque de perdre sa saveur.

La porée* verte pour les jours maigres doit être triée, émincée, puis lavée dans de l'eau froide sans qu'on la fasse bouillir ; la faire cuire ensuite au verjus auquel on ajoute un peu d'eau et du sel. Elle doit être servie toute bouillante, bien épaisse, sans jus. Puis l'on met au fond de l'écuelle, sous la porée*, du beurre salé ou frais, du fromage ou encore du verjus ancien.

La saison de la porée* de choux de remontée commence en janvier et dure jusqu'à Pâques, voire au-delà.

Et *nota* que lorsqu'on fait une porée* au lait d'amandes, le lait ne doit pas être passé à l'étamine, tandis qu'on le fait pour certains autres potages* ou pour préparer une boisson.

52. La porée* noire est préparée avec de la graisse de lardons : on la trie, on la lave et on l'émince, puis on la fait blanchir dans de l'eau bouillante ; la frire ensuite dans de la graisse de lardons, puis la délayer dans l'eau frémissante. Certains disent qu'elle deviendrait plus laide et plus noire si on la lavait dans de l'eau froide. Il convient de mettre deux lardons dans chaque écuelle.

53. Il existe cinq espèces de choux. Les meilleurs sont ceux qui ont été frappés par la gelée : ils sont tendres et rapidement cuits. S'il gèle, il convient de ne point les faire bouillir ; il faut le faire en revanche par temps de pluie. (On commence avec ces choux-ci parce que ce sont les premiers de l'année à pousser, *scilicet* à partir du mois d'avril ; ensuite on suivra les saisons en parlant, dans l'ordre, de ceux qui poussent vers l'époque des vendanges, Noël et Pâques[1].)

---

1. L'année commence à Pâques, le plus souvent au mois d'avril.

Choulx blans sont en fin d'aoust. Pommes de chou sur la fin de vendenges. Et quant la pomme d'icelluy chou – laquelle est ou millieu – est ostee, l'en arrache et replante en terre nouvelle le tronc de ce chou, et en yssent larges feulles qui s'espandent. Et tient ung chou grant place et l'en appelle iceulx choulx nommez *choulx rommains*, et sont mengiez en yver; et des troncqs se ilz sont replantez yssent petiz choulx, que l'en appelle *minces*, que l'en mengut avec les herbes (*fol. 138b*) crues en vinaigre. Et quant en a foison ilz sont bons esleuz, lavez en eaue chaude, et tous entiers mis cuire avec ung petit d'eaue. Et puis, quant ilz sont cuiz, mectre du sel et de l'uille, et drecier bien espoiz sans eaue, et mectre de l'uille d'olive dessus en Karesme. Puis y a autres choulx, que l'en appelle *choulx pasquerés* pource que l'en les mengue en Pasquerez, maiz ilz sont semez des aoust. Et quant apres la semence ilz sont parcreuz demy pié de hault, l'en les arrache et plante l'en ailleurs, et sont souvent arrousez. Aussi tous les choulx dessusdiz sont premierement semez, puis quant ilz sont creuz a demy pié de hault sont ostez et replantez.

Et premierement des pommes est assavoir que quant icelles pommes sont effeullees, eslites et mincees, il les couvient tresbien pourboulir et longuement, plus que les autres choux. Car les choulx romains se veullent le vert des feulles dessirer par pesches, et le jaune, c'est assavoir les arrestes ou veines, eschachees ou mortier; puis tout ensemble esverder en l'eaue chaude, puis espraindre et mectre en ung pot, et de l'eaue tiede qui n'a assez eaue de char. Et puis servir du plus gras et de l'eaue de la char; et plusieurs y broient du pain.

Et sachiez que choulz veullent estre mis au feu des bien matin, et cuire treslonguement, et plus longuement que nul autre potage, et a bon feu et fort; et doivent tremper en gresse de beuf, et non autre – soient pommes ou choulx, ou quelz qu'ilz soient, exeptez minces. Sachez

---

478. c. en la f. *B*. **485.** y. de p. *B*. **486.** mengue *BC*, Et qui en a *B*, Et q. on en a *C*. **488.** ung *omis B*. **489.** et dreciez b. *B*, *omis C*. **494.** s. percreuz d. *B*. **505.** e. en e. *B*. **513.** ou quelques quilz *B*.

Les choux blancs sont de la fin du mois d'août. Les choux pommés arrivent à la fin des vendanges. Lorsque la pomme au cœur de ce chou est ôtée, l'on arrache le tronc du chou pour le replanter dans de la terre nouvelle; de larges feuilles poussent alors et s'étalent. Un tel chou prend beaucoup de place; on l'appelle *chou romain*; on le mange en hiver. Si l'on en replante le tronc, de petits choux en sortent, appelés *minces*; on les mange avec des légumes crus conservés dans le vinaigre. Lorsqu'il y en a beaucoup, ils sont bons triés, lavés dans l'eau chaude et cuits tout entiers dans un peu d'eau. Ensuite, il faut y ajouter du sel et de l'huile, et les servir bien épais sans bouillon; en carême mettre de l'huile d'olive. Il existe d'autres choux que l'on appelle *choux de Pâques* parce qu'on les mange à l'époque de Pâques, mais on les sème en août. Lorsqu'ils ont atteint un demi-pied de haut, on les arrache et on les replante ailleurs; il faut les arroser souvent. Tous les choux mentionnés ci-dessus sont d'abord semés puis, lorsqu'ils ont un demi-pied de haut, arrachés et repiqués.

Au sujet des choux pommés, il faut d'abord savoir qu'une fois effeuillés, triés et émincés, il faut bien les faire bouillir et plus longtemps que les autres choux. Car il faut déchirer en morceaux le feuillage des choux romains; quant au jaune, c'est-à-dire les côtes ou nervures, il faut le piler dans le mortier; faire ensuite blanchir le tout dans de l'eau chaude, puis écraser et mettre dans un pot avec de l'eau tiède si on n'a pas assez de bouillon de viande. Puis servir avec la partie la plus grasse du bouillon de viande. Certains y broient en plus du pain.

Sachez aussi qu'il convient de mettre les choux sur le feu tôt le matin, et de les faire cuire très longtemps, plus longtemps qu'aucun autre potage*, sur un feu bien fort. Ils doivent tremper dans de la graisse de bœuf à l'exclusion de toute autre, qu'il s'agisse de choux pommés ou d'autres variétés; la seule exception, ce sont les choux de remontée. Sachez aussi que le

aussi que eaue grasse de beuf et de mouton y est propre,
maiz non mye de porc – celle de porc n'est pas bonne fors
pour poreaulx.

Apres ce l'en fait choulx a jour de poisson, apres ce
qu'ilz sont parbouliz, cuire en eaue tiede et mectre de
l'uille et du sel. *Item*, avec ce aucuns y mectent du gru-
miau. *Item*, en lieu d'uille aucuns y mectent beurre. A jour
de char l'en y met pigons, saulcisses et lievre, fourques et
foison lart.

54. Navaiz sont durs et mal cuisans jusques a ce qu'ilz
aient esté au froit et a la gellee. L'en leur oste la teste, la
queue et autres barbillons ou racines. Puis sont rez, puis
lavez en deux ou en troiz paires d'eaue chaudes (bien
chaudes); puis cuire en chaude eaue de char, soit porc,
beuf ou mouton. *Item*, en Beausse, puis qu'ilz sont cuiz,
l'en les tronçonne et les frit en la paelle, et gecte l'en
pouldre pardessus.

55. Menuz de piez. Prenez jugiers et foyes et faictes
cuire en vin et en eaue, premierement les jugiers et au
derrenier les foyes. Puiz les mectez en ung plat et du
percil mincé et du vinaigre pardessus. *Item*, de piez de
beuf et de mouton et de chevrel.

56. Gramose est faicte de la char froide du giste qui est
demouree du disner, et de l'eaue d'icelle char demouree
comme dessus, en la maniere qui s'ensuit : *(fol. 139a)
Primo*, il couvient batre .iiii. ou .vi. oeufz (c'estassavoir
moyeul et blanc) et batre tant qu'ilz soient degoutans
comme eaue (car aultrement ilz se tourneroient) et mectre
autant de vertjus comme les oeufz montent, et faire boulir
avec l'eaue de la char; et d'autre part faire la char par
lesches, et mectre .ii. pieces en l'escuelle et le brouet
pardessus.

57. Souppe despourveue. Ayez du percil et frisiez en
beurre, puis gectez de l'eaue boulant dessus et faictes

---

517. ce *omis B.* **518.** s. pourbouliz c. *B.* **519.** du gruyau B^2, d. grumaiu (?) *C.* **520.** A jour de char *omis BC.* **523.** Navetz *B.* **529.** *le second* les *répété en* A, *omis en B.* **531.** p. josiers et B^2. **532.** les josiers et B^2. **534.** de pie de *B.* **536.** e. fait de *B.* **540.** et b. batre et t. *B.*

bouillon gras de bœuf et de mouton convient parfaitement, mais pas celui du porc, qui n'est bon que pour les poireaux.

L'on peut aussi faire des choux les jours maigres ; une fois bouillis, on les fait cuire dans de l'eau tiède avec de l'huile et du sel. *Item*, certains y ajoutent du gruau. *Item*, certains mettent du beurre à la place de l'huile. Les jours gras on peut y ajouter des pigeons, des saucisses et du lièvre, des foulques et du lard en abondance.

54. Les navets sont durs et difficiles à cuire tant qu'ils n'ont pas été exposés au froid et à la gelée. On leur coupe la tête, la pointe et autres barbes et racines. Puis on les gratte et on les lave dans deux ou trois bains d'eau chaude (bien chaude) ; ensuite, on les fait cuire dans du bouillon de viande, porc, bœuf ou mouton. *Item*, en Beauce, une fois que les navets sont cuits, on les coupe en rondelles et on les fait frire à la poêle, et pour finir on les saupoudre d'épices.

55. Pieds. Prenez des gésiers et des foies ; faites-les cuire dans du vin et de l'eau, d'abord les gésiers, et après les foies. Puis mettez-les dans un plat, parsemez de persil haché et versez du vinaigre par-dessus. *Item* avec des pieds de bœuf, de mouton et de chevreau.

56. La gramose* se fait avec les restes d'un repas, viande et bouillon ; on procède de la manière suivante : *Primo*, il faut battre 4 ou 6 œufs (le jaune et le blanc) jusqu'à ce qu'ils soient liquides comme de l'eau (sinon ils tourneraient) ; ajouter la même quantité de verjus et faire bouillir avec le bouillon de viande ; d'autre part couper la viande en tranches fines, en mettre deux par écuelle et verser le brouet par-dessus.

57. Potage* improvisé. Prenez du persil et faites-le frire dans du beurre, puis versez de l'eau bouillante dessus et faites

boulir, et mectre du sel, et dreciez vos souppes comme en puree.

550 *Aliter*, se vous avez du beuf froit, si le trenchiez bien menu, et [puis si broyez] ung pou de pain alayé de vertjus, et coulez par l'estamine mise en ung plat, et pouldre dessus. Chauffez sur le charbon ; c'est bon pour troiz personnes.

555 *Aliter*, a jour de poisson. Prenez de l'eaue et mectez fremier, et des amandes dedens. Puis escorchiez les amandes, et les broyez et alayez d'eaue tiede, coulez, et mectez boulir avec pouldre de gingembre et saffran, et dreciez par escuelles, et en chascune escuelle une piece de 560 poisson frit.

Aliter, a jour de char. Prenez du chaudeau de la char et ayez pain trempé ou maigre de l'eaue de la char, puis broyez, et .vi. oeufz ; puiz coulez et mectez en ung pot avec de l'eaue grasse, espices, vertjus, vinaigre, saffran. 565 Faictes boulir ung boullon, puis dreciez par escuelles.

Item. Et qui en une hostellerie en haste treuve eaue de char et il en veult faire potage, il peut gecter ens des espices et faire boulir ; puis au dernier filer des oeufz, et drecier.

570 *Aliter*, a jour de poisson. Broyez du pain et destrempez d'eaue, de vertjus, et du vinaigre, et mectez sur le feu ; et quant il fremira mectez jus, et mectez les moyeulx dedens. Puis mectez sur le feu, et faictes a petit feu tant chauffer qu'il bouille, et mectez pouldres d'espices, et faictes 575 vostre souppe.

Aliter, faictes boulir ou pot ung petit de lart. Et quant il sera a moictié cuit, ayez ung maquerel fraiz, et decoupez par tronçons et le mectez cuire avec, et puis ostez tout, et mectez du percil hachié boulir une ondee, et dreciez.

580 58. Pour congnoistre bon frommage. Bon frommage a .vi. condicions : *Non Argus, nec Helena, nec Maria Magdalena, sed Lazarus, et Martinus respondens pontifici* :

---

551. et p. si le b. *AC*, puis b. *B*. **551.** a. et v. *AC*. **552.** et de la p. *B*. **564.** v. v. et s. *B*. **577.** s. la m. *B*. **579.** u. onde et *B*. **580.** Bon frommage *omis B, ajouté B²*.

tout bouillir; salez et servez vos soupes* comme avec du bouillon de légume.

Aliter, si vous avez du bœuf froid, coupez-le bien finement; broyez ensuite un peu de pain délayé dans du verjus et passez à l'étamine mise dans un plat; saupoudrez d'épices. Faites chauffer sur le charbon. C'est un repas pour trois personnes.

Aliter, un jour maigre faites chauffer de l'eau avec des amandes jusqu'à frémissement. Puis épluchez-les et broyez-les, délayez dans de l'eau tiède, passez, et mettez à bouillir avec du gingembre et du safran en poudre; servez dans les écuelles, chacune garnie d'un morceau de poisson frit.

Aliter, un jour gras, prenez du bouillon de viande, faites tremper du pain dans la partie dégraissée de ce bouillon et broyez 6 œufs avec. Puis passez et mettez dans un pot contenant le bouillon gras des épices, du verjus, du vinaigre et du safran. Portez à ébullition et distribuez dans les écuelles.

Item. Si on est pressé et que l'on trouve dans une auberge[1] un bouillon de viande et qu'on veut en faire un potage*, on peut y jeter des épices et porter à ébullition; au dernier moment faire filer des œufs dedans et servir.

Aliter, les jours maigres : broyez du pain et faites-le tremper dans un mélange d'eau, de verjus et de vinaigre, et mettez le tout sur le feu. Quand cela frémit, ôtez du feu et ajoutez les jaunes d'œufs. Remettez sur un petit feu et portez lentement à ébullition. Ajoutez des épices en poudre et préparez vos soupes*.

Aliter, faites bouillir dans un pot un peu de lard. Lorsqu'il sera à moitié cuit, coupez en tronçons un maquereau frais et mettez-le à cuire avec le lard; puis ôtez le tout du feu; portez à ébullition avec du persil haché et servez.

58. Comment reconnaître le bon fromage : un bon fromage a six qualités : *Non Argus, nec Helena, nec Maria Magdalena, sed Lazarus, et Martinus respondens pontifici* :

---

1. Ou couvent (donnant l'hospitalité au voyageur).

>   Non mye blanc comme Helayne,
>   Non mye pleurant comme Magdalaine,
> 585   Non Argus, maiz du tout avueugle,
>   Et aussi pesant comme un bugle.
>   Contre le poulce soit rebelle,
>   Et qu'il ait tigneuse cotelle.
>   Sans yeulx, sans plourer, non pas blanc,
> 590   Tigneulx, rebelle, bien pesant.

59. En juillet, jambon de porc fraiz cuit a l'eaue jaune et au vertjus *(fol. 139b)* de grain, ung petit de gingembre et de pain, a la saulse rapee. *Item*, au soupper, char salee du matin cuicte a l'eaue et aux ciboulles, soit beuf ou mouton.

60. En poiz nouveaulx cuis pour menger a la cosse, l'en doit mectre du lart a jour de char; et a jour de poisson, quant ilz sont cuiz, l'en pure l'eaue, et met l'en dessoubz de beurre salé fondre, et puis hochier.

Autres potages qui sont a espices et non lyans

61. *Primo, nota* que toutes espices qui doivent estre mises en potage doivent estre bien broyees et non coulees, exepté pour gellee. Et en tous potages l'en doit mectre les espices le plus tart que l'en peut, car tant plus perdent de leur saveur comme plus tost sont mises; et doit l'en couler le pain broyé.

62. Potage a jour de poisson, *vide pagina proxima precedente*.

Aliter, prenez amandes eschaudees et broyees, deffaictes d'eaue tiede, faictes boulir avec pouldre fine et saffran, et en chascune escuelle soit mise une moictié de sole fricte et du potage dessus.

63. Courges. Soit pelee l'escorche, car c'est le meilleur. Et toutesvoyes, qui vouldra mectre ce dedans, soient ostez les grains; ja soit ce que l'escorche seule vault mieulx. Puis couvient trancher l'escorche pelee par mor-

---

583. comme *omis A, ajouté au-dessus de la ligne en C*, h. et non p. *B*. **585.** t. avugle et *B*. **591.** juillet *répété A*. **596.** m. en la *B*. **599.** d. du b. *BC*. **609.** a. eschaudez et pelez et broiez *B*, a. e. et broiez *C*. **614.** s. ostees l. *A*.

Ni blanc comme Hélène,
Ni pleurant comme Madeleine,
Pas Argus, mais complètement aveugle
Et aussi pesant qu'un jeune bœuf.
Qu'il soit contre le pouce rebelle
Et qu'il ait teigneuse cottelle.
Sans yeux, sans larmes, et non pas blanc
Teigneux, rebelle et bien pesant[1].

59. Au mois de juillet : du jambon de porc frais cuit au bouillon jaune[2] et au verjus de grain avec un peu de gingembre et de pain à la sauce râpée. *Item*, au souper de la viande de bœuf ou de mouton salée le matin, cuite à l'eau et aux ciboules.

60. Si l'on veut manger des pois nouveaux cuits avec leur cosse, on doit utiliser du lard les jours gras ; les jours maigres il faut, lorsque les pois sont cuits, les égoutter, les verser sur du beurre salé et fondu, puis remuer.

Autres potages* clairs aux épices

61. *Primo, nota* que toutes les épices que l'on met dans le potage* doivent être bien broyées mais non pas passées, excepté pour la gelée. Il faut les ajouter au potage* le plus tard possible, car plus tôt on les met, plus elles perdent de saveur. En outre, on doit passer le pain broyé.

62. Potage* pour les jours maigres, *vide pagina proxima precedente*.

Aliter, prenez des amandes pelées, broyées et mises à tremper dans de l'eau tiède ; faites-les bouillir avec de la poudre fine* d'épices et du safran ; mettez dans chaque écuelle la moitié d'une sole frite et versez le potage* par-dessus.

63. Courges. Il faut les peler car l'écorce est ce qu'il y a de meilleur. Cependant, si on veut garder ce qui se trouve à l'intérieur, qu'on en ôte les pépins, bien qu'il vaille mieux ne prendre que l'écorce. Puis il faut couper l'écorce en morceaux

---

1. Aphorisme culinaire que Pichon interprète de la manière suivante : « *Lazarus* (ladre) paroît répondre à *teigneux* ; *Martinus* signifie dur, obstiné (*rebelle*) par allusion à Martin Grosia, professeur de droit à Bologne au XIIe siècle, dont la dureté et l'entêtement étoient passés en proverbe [...]. Il semble donc que *respondens pontifici* soit traduit par *pesant*. Est-ce par allusion à la solennité, à la *gravité* pontificale ? »

2. Auquel on a ajouté du safran.

ceaulx, puis pourboulir, puis hacher longuement, puis mectre cuire en gresse de beuf; a la parfin jaunir de saffren, ou jecter dessus du saffren par filectz, l'un ça, l'autre la, ce que les queulx dient *frangié de saffran*.

64. Hericot de mouton. Despeciez par petites pieces, puis le mectez pourboulir une onde, puis le frisiez en sain de lart, et frisiez avec des ongnons menuz minciez et cuiz, et deffaictes du boullon de beuf. Et mectez avec matiz, parcil, ysope et sauge, et faictes boulir ensemble.

65. *Item*, pasté en pot de mouton. Prenez de la cuisse, et gresse ou mouelle de beuf ou de veel hasché menu, et ongnons menuz haschiez, et faictes boulir et cuire, en ung pot bien couvert, a bien petit de boullon de char ou autre eaue. Puis mectez boulir dedens espices, et ung petit de vinaigre pour aguisier, et dreciez en ung plat.

66. *Item*, qui veult saler mouton en temps chault, il le couvient tremper avant, et puis pouldrer de groz sel broyé.

67. Mouton au Soerre. Despeciez le mouton par pieces, puiz lavez et mectez cuire en eaue; puis broyez foison percil, et pain, et coulez, et mectez ou pot avec espices.

68. Mouton au jaunet. Despeciez le tout cru (et soit du flanchet) et le cuisiez en eaue; puis y broyez une cloche de gingembre et du saffren, et alayez de vertjus, *(fol. 140a)* de vin, et de vinaigre.

69. Trippes au jaunet. Qui veult cuire tripes, il n'y couvient point mectre de sel au cuire, car ilz noirciroient. *Item*, les piez, la queue, et la caillecte, qui sont noirs, doivent cuire apart, et la pance et autres choses blanches d'autre part.

70. Trumel de beuf au jaunet soit cuit longuement. Et, qui veult, de la poulaille tuee de deux jours ou d'un jour devant soit boulye longuement avec, et des herbes, et puis mis du saffran dedens.

---

621. d. le par *B*. **622.** m. parboulir u. *B*. **624.** et deffaicte du *AC*, a. maciz *B*². **625.** percil *B*. **634.** M. aussoirre *C*. **642.** c. elles n. *B*. **643.** s. noires *BC*.

II, v : Autres potages clairs aux épices 627

et la mettre à bouillir ; la hacher minutieusement avant de la mettre à cuire dans de la graisse de bœuf. Tout à la fin jaunir avec du safran ou saupoudrer de lignes de safran : c'est ce que les cuisiniers appellent un *frangé de safran*.

64. Haricot de mouton[1]. Coupez en petits morceaux et portez à ébullition, faites frire dans du saindoux avec des oignons émincés et cuits, et délayez avec du bouillon de bœuf. Ajoutez du macis, du persil, de l'hysope et de la sauge et faites bouillir le tout.

65. *Item*, pâté de mouton en pot. Prenez un morceau de gigot, de la graisse ou de la moelle de bœuf ou encore de la moelle de veau hachée menu, des oignons également hachés finement, faites bouillir et cuire dans un pot bien couvert, avec très peu de bouillon, que ce soit de viande ou autre. Ajoutez-y pendant la cuisson des épices et un peu de vinaigre pour relever le tout, et servez dans un plat.

66. *Item*, si par temps chaud l'on veut mettre dans le sel du mouton, il faut le faire tremper auparavant, puis répandre dessus du gros sel broyé.

67. Mouton à la mode d'Auxerre. Découpez le mouton, lavez et mettez à cuire les morceaux dans l'eau. Puis broyez beaucoup de persil et du pain et passez. Mettez dans le pot avec des épices.

68. Mouton au jaunet*. Découpez-le tout cru (il faut du flanchet) et cuisez-le à l'eau. Puis broyez dedans une cloche de gingembre et du safran et délayez avec du verjus, du vin et du vinaigre.

69. Tripes au jaunet*. Si on veut préparer des tripes, il faut ne pas saler pendant la cuisson, sinon elles noirciraient. *Item*, les pieds, la queue et la caillette, noirs, doivent être cuits à part, séparés de la panse et des autres tripes blanches.

70. Un jarret de bœuf au jaunet* doit cuire longtemps. L'on peut, si on veut, le faire bouillir longtemps avec de la volaille tuée un ou deux jours auparavant, et ajouter des herbes et finalement du safran.

---

1. Le terme « haricot » ou héricot » est très répandu au Moyen Age pour désigner toutes sortes de ragoûts ; quant au légume du même nom, il était inconnu avant la découverte de l'Amérique. On peut penser qu'une contamination ou une confusion par rapport à ces ragoûts lui ont donné son nom.

71. Potage d'une petite oe. Cuisiez tresbien vostre petite oe et frisiez. Puis broyez gingembre, clou, graine et poivre long, du percil, et ung petit de sauge, destrempez de l'eaue de la char ou de la petite oe, et mectez du frommage gratuisié, et servez en chascune escuelle troiz pieces de petite oe.

72. Brouet de chappons. Cuisiez vos chappons en eaue et en vin, puis si les despeciez par menbres et frisiez en sain; puis broyez les braons de vos chappons et les foyes, et amendez, et deffaictes du vostre boullon et faictes boulir. Puiz prenez gingembre, canelle, giroffle, garingal, poivre long et graine de paradiz, et deffaictes de vinaigre et faictes boulir; et au dressier mectez vostre grain par escuelles et dressiez le potage sus.

73. Chappons aux herbes, veel aux herbes. En yver chappons tuez, moulliez et puis mis .vi. jours a la gelee, et en esté mors de deux jours sans soleil, ou estouffiz soubz une couste en esté. Mectez cuire en eaue, et du lart avec pour donner appetit, et mectez percil, sauge, coq et ysope, ung petit de vertjus pour aguisier, et du gingembre bien petit, et saffran pour donner couleur. C'est potage propre s'il fait froit, maiz s'il fait chault, il ne couvient ne en l'un ne en l'autre fors lart et saffran.

74. Gravé d'oiselectz ou d'autre char. Soient plumez a sec : puis ayez du gras du lart, decoppez comme par morceaulx quarrez, et mectez au fer de la paielle et en trayez la gresse, et la les frisiez, puis mectez cuire ou boullon de la char. Puis prenez pain hallé sur le greil, ou chappeleures de pain trempees ou bouillon de la char, et ung petit de vin. Puiz prenez gingembre, giroffle, graine, et fleur de canelle, et les foyes, et les broyez; et puiz coulez vostre pain et bouillon par l'estamine, et les espices broyez a fin et sans couler, et mectre boulir avec voz oiselectz et ung petit de vertjus. *Item*, qui n'a bouillon, si mecte puree de

---

664. aux herbes en yver. Chappons *AB*; *C* est sans ponctuation. **666.** soleil omis *AC*, ou estouffez s. *B*, ou estouffiez s. *C*. **674.** l. decoppe c. *B²*. **675.** au feu de *AC*.

71. Potage* à l'oison. Faites très bien cuire votre oison et faites-le frire. Broyez ensuite du gingembre, du clou de girofle, de la graine de paradis* et du poivre long, du persil et un peu de sauge ; délayez avec le bouillon de viande et d'oison, ajoutez du fromage râpé, et servez dans chaque écuelle trois morceaux d'oison.

72. Brouet aux chapons. Faites cuire vos chapons dans de l'eau et du vin, découpez-les et faites-les frire dans de la graisse ; puis broyez les chairs et les foies de vos chapons avec des amandes, délayez avec votre bouillon et faites bouillir. Puis prenez du gingembre, de la cannelle, du girofle, du garingal*, du poivre long et de la graine de paradis*, délayez avec du vinaigre et faites bouillir. Au moment de servir, distribuez la partie solide de votre potage* dans les écuelles et versez le bouillon par-dessus.

73. Chapons et veaux aux herbes. En hiver, tuez des chapons, mouillez-les pour les exposer ensuite pendant 6 jours à la gelée ; en été, une fois tués, gardez-les pendant deux jours à l'abri du soleil ; vous pouvez aussi les envelopper dans une couverture. Mettez-les à cuire dans de l'eau, avec du lard pour aiguiser l'appétit ; mettez du persil, de la sauge, du coq[1], de l'hysope, un peu de verjus pour relever, un tout petit peu de gingembre, et du safran pour colorer. Ce potage* est adapté au temps froid ; s'il fait chaud, il ne faut ajouter que du lard et du safran, qu'il s'agisse de chapon ou de veau.

74. Gravé* d'oisillons ou d'autre viande. Plumez vos oisillons à sec[2] : puis prenez du lard gras et coupez-le en dés ; mettez-les dans la poêle à même le fond et récupérez la graisse pour y faire frire les oisillons, puis mettez-les à cuire dans le bouillon de viande. Prenez ensuite du pain grillé ou des croûtons de pain trempés dans le bouillon de viande avec un peu de vin. Prenez ensuite du gingembre, du girofle, de la graine de paradis* et de la fleur de cannelle, et broyez-les avec les foies. Puis passez à l'étamine votre pain et votre bouillon ; à la fin broyez, sans les passer, les épices et mettez-les à bouillir avec vos oisillons et un peu de verjus. *Item*, qui n'a pas

---

1. Herbe aromatique.
2. Sans les tremper au préalable dans de l'eau bouillante, procédé qui fait que les plumes se détachent plus facilement.

pois. *Item*, ne doit point estre trop lyant, maiz claret.
(Doncques ne couvient il que le pain ou les foyes pour lyer.)

75. Gravé ou seymé est potage d'iver. Pelez ongnons et les (*fol. 140b*) cuisiez tous haschez, puis les frisiez en ung pot. Or couvient avoir vostre poulaille fendue sur le doz, et hallee sur le greil au feu de charbon, ou se c'est veel, aussi; et qu'ilz soient miz par morceaulx, soit veel, ou par quartiers se c'est poullaille; et les mectez avec les ongnons dedens le pot. Puiz avoir pain blanc harlé sur le gril et trempé ou boullon d'autre char. Et puis broyez gingembre, clo, graine et poivre long, deffaire de vertjus et de vin sans couler, mectre d'une part; puiz broyez le pain et couler par l'estamine et mectre au brouet et tout couler ensemble, et boulir, puiz drechier. *Nota* que l'en dit *surfrire* pour ce que c'est en ung pot; et se c'estoit en une paelle de fer, l'en diroit *frire*.

76. Gravé d'escrevisses. Mectez boulir vos escrevisses, et quant elles seront cuictes, soient eslites comme qui les vouldroit mengier, et ostez le mauvaiz de dedens. Puiz ayez des amandes pelees et broyees, deffaictes de puree de poiz, coulees par l'estamine, et du pain harlé ou des chappellures trempees en puree, broyees et coulees par l'estamine; puis ayez gingembre, canelle, graine et cloz broyez, et tout mis en ung pot et ung petit de vinaigre, et boulu ensemble, puis drecié par escuelles. Et soit mis dedens chascune escuelle les escrevisses frictes en huille et de l'autre poisson frit.

77. *Item*, qui veult faire tuille d'escrevisses, ainsi se peut il faire; maiz [broyez] forment les escailles des escrevisses. Et qui au brayer veult trouver grant advantage, face les coquilles des escrevisses sechier en ung four, dedens ung pot ou en une paelle de terre, puiz broyer en ung mortier a espicier, et puis couler a leur plus delyé sasses; puiz de rechief sechier au four, puis broier et sasser, et apres mectre ou potage (et croy que ce serre).

78. Boussac de connins. Premierement les connins de

---

698. d. seurfrire p. *B.* **699.** et ce c. *A.* **703.** de *omis B.* **707.** et clou b. *B.* **713.** broyez *omis ABC.* **714.** au broyer v. *B.* **718.** s. ou f. *B.*

de bouillon de viande peut mettre du bouillon de pois. *Item*, le gravé* ne doit pas être trop épais, mais clair. (Par conséquent il ne faut que le pain ou les foies pour lier.)

75. Gravé* ou seymé* est un potage* d'hiver. Pelez des oignons et faites-les cuire tout hachés, puis faites-les revenir dans un pot. Il faut alors fendre le dos de votre volaille et la faire griller sur un feu de charbon; procéder de la même manière avec le veau. Si c'est du veau, couper en morceaux; si c'est de la volaille, en quartiers. Mettez les morceaux dans le pot avec les oignons. Puis faire griller du pain blanc et le faire tremper dans le bouillon d'une autre viande. Broyez du gingembre, du clou de girofle, de la graine de paradis* et du poivre long, délayez avec du verjus et du vin sans passer à l'étamine, et mettez le tout de côté. Broyez le pain, passez à l'étamine et ajoutez au brouet; passez le tout, puis faites bouillir et servez. *Nota* que l'on dit *surfrire* lorsqu'on utilise un pot; si c'est une poêle de fer, on dit *frire*.

76. Gravé* d'écrevisses. Mettez à bouillir vos écrevisses; une fois cuites, décortiquez-les comme pour les manger en en ôtant ce qui n'est pas comestible. Puis pelez et broyez des amandes, délayez avec le bouillon de pois, passez à l'étamine; prenez du pain grillé ou des croûtons de pain trempés dans le bouillon de légume, broyez et passez à l'étamine; puis broyez du gingembre, de la cannelle, de la graine de paradis* et des clous de girofle, mettez tout dans un pot avec un peu de vinaigre, faites bouillir puis distribuez dans les écuelles. Il faut mettre dans chaque écuelle les écrevisses frites dans l'huile ainsi que du poisson frit.

77. *Item*, on peut procéder de la même manière pour faire une tuile[1] d'écrevisses; cependant, broyez fortement les carapaces des écrevisses. Si l'on veut tirer tout le bénéfice du broyage, il faut faire sécher les carapaces des écrevisses dans un four, dans un pot ou un poêlon de terre, les broyer dans un mortier d'épicier, puis passer à travers le tamis le plus fin possible. Puis à nouveau faire sécher au four, broyer et tamiser, et finalement les ajouter au potage* (je crois que cela épaissit).

78. Boussac* au lapin. D'abord, on reconnaît les lapins de

---

1. Synonyme, ici, de « gravé ».

garenne sont congneuz a ce qu'ilz ont le hasterel (c'est assavoir depuis les oreilles jusques vers les espaulles) de couleur entre tanné et jaune, et sont tous blans soubz les ventres, et tous les .iiii. menbres pardedens jusques au pié, et ne doivent avoir nulle autre tache blanche parmy le corps. *Item*, l'en congnoist quant ilz sont dedens leur premier an a ce qu'ilz ont en la joincte des jambes de devant ung petit osselet emprez le pié, et est agu. Et quant ilz sont surannez, la joincte est toute onnye. Et aussi est il des lievres et des chiens. *Item*, l'en congnoist qu'ilz sont de fresche prinse a ce qu'ilz n'ont pas les yeulx enfoncez, l'en ne leur peut ouvrir les dens, ilz se tiennent droit sur leurs piez. Et quant il est cuit, le ventre luy demeure entier. Et s'il est de vieille prise il a les yeulx enfoncez, l'en luy euvre de legier la gueule, l'en ne le peut (*fol. 141a*) tenir droit, et quant il est cuit, il a le ventre despecié. En yver, connins pris de .viii. jours sont bons, et en esté de .iii. jours, maiz qu'ilz ne ayent sentu le soulail.

Et quant ilz sont bien choisiz et escorchiez, puiz les despeciez par pieces quarrees et les mectez parboulir, puis reffaire en eaue froide, puiz en chascune piece troiz lardons, puiz les mectez boulir en eaue, et du vin apres. Adonc broyez gingembre, graine, clo de giroffle et destrempez ou boullon de beuf ou du leur, et d'un petit de vertjus, et mectez dedens le pot et faictes boulir jusques au cuire.

79. *Item*, ainsi se fait ung seymé, maiz l'en y met ongnons friz, ung petit de pain ou chappellures pour lyer (et doncques est civé).

80. *Item*, ainsi est fait ung bouly lardé de veau, de chevrel, ou cherf.

81. *Item*...

82. Boussac de lievre. *Nota* que du lievre freschement pris et tantost mengié la char est plus tendre que de lievre

---

721. le *omis B.* 726. l en c. quilz s. *B.* 727. de *omis B.* 731. f. prise a *B*, prinse omis *C.* 736. et quant *répété A.* 741. c. pieces t. *A*, c. p. de chascun costé t. *B.* 747. f. et u. *B.* 749. d. cest c. *B.* 750. v. ou c. *B.* 752. *Répétition du § 79 avec les variantes suivantes :* f. et ung *ABC*, d. cest c. *AB.* 754. m. le c. e. la p. *AC.*

garenne à la couleur de leur nuque (c'est-à-dire la partie partant des oreilles et allant jusqu'aux épaules), entre le marron clair et le jaune, ainsi qu'à leur ventre blanc ; l'intérieur de leurs 4 pattes est également tout blanc ; mais ils ne doivent pas avoir d'autre tache blanche sur le corps. *Item*, on peut les reconnaître durant leur première année au petit osselet pointu qu'ils ont à l'articulation des pattes antérieures, près du pied. Une fois la première année passée, la jointure devient toute lisse. Il en va de même chez les lièvres et les chiens. *Item*, on peut savoir s'ils sont frais à ce que leurs yeux ne sont pas enfoncés, à ce qu'on ne peut pas leur desserrer les dents et à ce qu'ils tiennent debout sur leurs pattes. Une fois cuit, le ventre ne se défait pas. En revanche, si le lapin est vieux, les yeux sont enfoncés, on lui ouvre facilement la mâchoire, on ne peut pas le faire tenir debout, et après cuisson le ventre est défait. En hiver, les lapins de 8 jours sont bons, mais ceux de 3 jours seulement en été, et encore à condition de ne pas avoir été exposés au soleil.

Une fois qu'on les a bien choisis et écorchés, il faut les couper en morceaux carrés, les mettre à bouillir, puis les replonger dans de l'eau froide ; mettre dans chaque morceau trois lardons, puis porter à ébullition, et finalement rajouter du vin. Broyez alors du gingembre, de la graine de paradis* et du clou de girofle et délayez dans du bouillon de bœuf ou dans leur propre bouillon, ajoutez un peu de verjus, mettez dans le pot et faites bouillir jusqu'à ce que le boussac* soit cuit.

79. *Item*, un seymé* se fait de cette même manière, sauf qu'on y ajoute de l'oignon frit, un peu de pain ou de croûtons afin de lier le tout (c'est donc un civet).

80. *Item*, pour un bouli lardé* au veau, au chevreau ou au cerf, procéder de la même manière.

81. *Item*...

82. Boussac* au lièvre. *Nota* que la chair du lièvre fraîchement pris et aussitôt mangée est plus tendre que celle du lièvre

gardé. *Item*, lievre pris de .xv. jours vault mieulx, maiz que le soulail ne l'ait atouché. C'estassavoir .xv. jours ou fort de l'iver, en esté .vi. jours ou .viii. au plus, et sans soleil. *Item*, sachiez que se le lievre est mengié fraiz prins, la char en est plus tendre. Et ne le couvient point laver, maiz harler ou rostir avec son sang.

83. Boussac de lievre ou de connin se fait ainsi : harlez le lievre en la broche ou sur le greil, puis le decouppez par menbres et mectez frire en sain ou en lart. Puiz ayez pain brulé ou chappelleures deffaiz de bouillon de beuf et de vin, et coulez, et faictes boulir ensemble. Puis prenez gingembre, clo de giroffle, et graine, degait de vertjus, et soit brun noir et non trop lyant. *Nota*, que les espices doivent estre broyees avant que le pain. De connin se fait il ainsi, sauf tant que le connin soit pourbouly, puis reffait en eaue froide, et puis lardé, etc.

84. Rosé de lapereaulx, d'alouectes, de menuz oiseaulx, ou de poucins. Lappereaulx soient eschorchiez, decoupez, pourboululz, reffaiz en eaue froide, et lardez ; les poucins soient eschaudez pour plumer, puis reffaiz, decoupez et lardez ; et les alouectes ou oiselectz soient plumez seulement, pour pourboulir en eaue de char. Puis avoir du gras du lart decouppé comme par morceaulx quarrez, et mectez au fer de la paelle et en trayant les champs, et laissier la gresse, et la frire vostre grain, ou vostre grain mectre boulir sur le charbon et souvent tourner en ung pot avec du sain. En ce faisant ayez des amandes pelees, et deffaictes du boullon de beuf, et coulez par l'estamine. Puiz ayez gingembre, clo de giroffle, cedre (autrement dit *Alixander*) deffaictes du boullon et coulez, et le graing cuit et trestout soit mis (*fol. 141b*) dedens ung pot, et bouly ensemble, et du succre largement ; puiz dreciez par escuelles, et des espices dorees pardessus. (Cedre vermeil est ung fust que l'en

---

755. l. prins de *B*. **758.** sachiez *omis B*. **770.** f. est p. *B*. **772.** p. Les l. *B*. **773.** d. pourboulis r. *B*. **774.** les poucins... lardez *omis AC*. **778.** en triant *B*, l. chaons *B*². **779.** et laissiez la *B*, ou m. v. g. b. *B*². **781.** du sang Et *B*. **782.** beuf *omis A*, de beuf *omis C*. **784.** d. alixandre d. *B*.

conservé depuis un certain temps. *Item*, un lièvre pris 15 jours auparavant conviendra très bien à condition de ne pas avoir été exposé au soleil : 15 jours au milieu de l'hiver, en été 6 à 8 jours tout au plus, à l'abri du soleil. *Item*, sachez que si le lièvre est fraîchement pris, sa chair est plus tendre. Il convient de ne point le laver mais de le faire griller ou rôtir avec son sang.

83. Le boussac* au lièvre ou au lapin se prépare de la manière suivante : faites griller le lièvre à la broche ou sur le gril, puis découpez-le et faites frire les morceaux dans de la graisse ou du lard. Puis prenez du pain grillé ou des croûtons de pain trempés dans du bouillon de bœuf et du vin, passez et faites bouillir le tout ensemble. Puis prenez du gingembre, du clou de girofle et de la graine de paradis* et délayez dans du verjus : il faut obtenir une couleur entre le brun et le noir et une consistance moyenne. *Nota* que les épices doivent être broyées avant le pain. On procède de la même manière avec le lapin, sauf qu'il doit être bouilli, trempé dans l'eau froide, puis lardé, etc.

84. Rosé* de lapereaux, d'alouettes, de petits oiseaux ou de poussins : les lapereaux doivent être écorchés, découpés et bouillis, puis trempés dans l'eau froide et lardés ; quant aux alouettes et aux petits oiseaux, il faut seulement les plumer avant de les mettre à bouillir dans du bouillon de viande. Puis découper en cubes du lard gras et le mettre au fond de la poêle sans rien d'autre ; enlever les graillons mais garder la graisse et y faire frire la partie solide de votre potage* ; vous pouvez aussi la mettre à bouillir sur le charbon en remuant souvent, dans un pot contenant de la graisse. Pendant ce temps, pelez des amandes, et délayez-les dans du bouillon de bœuf et passez-les à l'étamine. Puis prenez du gingembre, du clou de girofle, du cèdre vermeil (aussi appelé *Alexandre*), délayez dans du bouillon et passez ; toute la partie solide, une fois cuite, doit être mise dans un pot et bouillie avec ces épices ; ajouter du sucre avec générosité ; puis servez dans les écuelles et saupoudrez d'épices dorées. (Le

vent sur les espiciers, et est dit *cedre dont l'en fait manches a cousteaulx.*)

85. Venoison de beuf. Pour ce que la char en est plus dure que de bichot ne de chevrel, soit pourboulye, et lardee au long ; et au cuire soit mis du vin grant foison ; et au parcuire du matis broyé ; et soit mengié a la cameline. *Item* en pasté soit pourboulye, lardee au long, et mengee froide a la cameline.

Et qui la veult saler en esté, il couvient mectre gros sel fondre en eaue, puis y tremper la venoison, et apres seicher au souleil.

86. Et se vous voulez faire une piece de beuf sembler venoison de cerf – ou d'ours se vous estes en pays d'ours – prenez du nomblet de beuf ou du giste, puis le pourboulez et lardez, embrochiez et rostissiez ; et soit mengié a la queue de sanglier. Soit le beuf pourbouly, puis lardé au long apres ce qu'il sera trenchié par loppins ; et puis mectre la queue de sangler bien chaude en plat pardessus vostre beuf, qui *primo* soit rosty, ou bouté en eaue boulant et retiré tantost, pource qu'il est plus tendre que cerf.

87. Beuf comme venoison d'ours. Du giste de beuf fait l'en saulse noire de gingembre, clo de giroffle, poivre long, graine, etc., et met l'en en chascune escuelle deux [lesches] et le mengut l'en a saveur d'ours.

88. Chevrel sauvage au boussac claret et non lyant soit escorchié, puis bouté en eaue boulant et retiré tantost pource qu'il est plus tendre que cerf, et lardé au long ; puis mis cuire en meigre eaue de char, qui l'a, ou autre, du vin, espices broyez en groz, et dreciez vostre grain dedens.

Item, chevrel sauvage ainsi comme il est dit de chevrel ou chappictre cy dessus.

89. Sanglier fraiz soit cuit en eaue avec du vin, et mengié au poivre chault. Et le salé cuit comme dessus et

---

794. macis *B*. **802.** le parboulez *B*. **811.** deux escuelles et *ABC*. **812.** le mengue l. *B*². **816.** quil a *A*. **817.** e. broyees en *B*.

cèdre vermeil est un bois que vendent les épiciers ; on l'appelle « cèdre dont on fait les manches de couteaux ».)

85. Venaison de bœuf. Puisque la viande de bœuf est plus dure que celle du faon ou du chevreau, il faut la faire bouillir et la larder sur toute sa longueur. Pendant la cuisson, ajouter du vin à foison. Au moment où elle est cuite, ajouter du macis broyé. On la mange à la cameline*. *Item*, si on veut la faire en pâté, il faut faire bouillir la venaison, la larder sur toute sa longueur et la manger froide à la cameline*.

Si on veut la mettre dans le sel en été, il faut faire fondre du gros sel dans de l'eau, y faire tremper la venaison et la faire sécher au soleil.

86. Si vous voulez faire passer un morceau de bœuf pour de la venaison de cerf – ou d'ours si vous demeurez dans un pays où on en trouve – choisissez du filet de bœuf ou du gîte, faites bouillir et lardez, mettez à la broche et faites rôtir. Il faut le manger à la sauce queue de sanglier*. Le bœuf doit être bouilli, puis lardé sur toute sa longueur après avoir été coupé en petits morceaux. Puis verser la sauce bien chaude dans le plat sur votre bœuf, qui *primo* doit être rôti ou jeté dans de l'eau bouillante et retiré aussitôt après, parce qu'il est plus tendre que le cerf.

87. Bœuf en guise de venaison d'ours. Avec le gîte de bœuf on prépare une sauce noire avec du gingembre, du clou de girofle, du poivre long, de la graine de paradis*, etc. On met deux tranches dans chaque écuelle : le bœuf a la saveur de la viande d'ours.

88. Pour préparer un chevreuil au boussac* clair, pas épaissi, il faut commencer par écorcher l'animal puis le jeter dans de l'eau bouillante ; le retirer aussitôt car c'est une viande plus tendre que celle du cerf ; le larder sur toute sa longueur puis le mettre à cuire dans un bouillon de viande dégraissé, si on en a, sinon dans un autre bouillon ; y ajouter du vin, des épices broyées grossièrement ; servez-y la partie solide de votre potage*.

Item, on prépare le chevreuil d'après la recette du chevreau au chapitre précédent.

89. Le sanglier frais doit être cuit dans de l'eau avec du vin et mangé au poivre chaud. Le sanglier salé doit être cuit de la

mengié a la moustarde : c'est ou fort de l'iver, maiz au commencement il se mengut aux espices et aux souppes.

90. A la Nostre Dame en mars commencent les appareilz des servoisons, et dit l'en a la my may, *My may, my teste*, pource que lors le cerf a boulu la moictié de sa teste, maiz le droit cuer des servoisons commence a la Saincte Croix en may, et de la croist le cerf en venoison jusques a la Magdaleine ; et peut estre chacié le cerf jusques a la Saincte Croix en septembre, et lors se passe sa saison.

Item, au deffaire l'en luy oste premierement les deux parties ; ce sont les *(fol. 142a)* coullons, avec lesquelz sont les neux, le jargeau, le franc boyau, etc. Et sont ses deytez pourbouliz, puiz cuiz, mengiez a la saulse chaude.

Item, en ung cerf sont les espaulles, la hampe, les cuisses, le foye, les nombles, les lardés, la queue (*scilicet* le seimer), les deux costelz, et c'est tout.

Item, la char par pieces, fresche. Il semble que sans parboulir l'en la doit mectre en eaue boulant, et tantost retirer et larder au long ; et est boulye et lardee au long, puis boulye en eaue ; et appelle l'en le potage *bouly lardé aux espices et aux souppes*.

Item, les nomblets sont rostiz a la chaude saulse.

Item, les lardés, c'est ce qui est entre les costes et l'eschine, et sont meilleurs en pasté que autrement.

Item, aussi d'un cerf fraiz, l'en le mengue a la sausse chaude quant il est mis en rost.

Item, l'en fait present de la teste et du pié aux seigneurs, et cela n'est point mengaille : ce n'est fors pour savoir quel, et de quel aage, le cerf estoit. Maiz de mengaille l'en fait present du seymer, de la hampe, et des deux costés.

Item, la queue est dicte le *seymer*, et qui la veult saler il convient oster tous les oz, ce que l'en peut, car il contient une grant partie du doz.

Item, la hampe c'est la poictrine, et est bonne salee ; et

---

822. se mengue a. *B.* **831.** les deyteiz ce *B*². **833.** s. deytiez p. *B.* **837.** et ce t. *AC.* **838.** p. freiches Il *B.* **840.** e. boulue et *B* p. boulue en *B.* **843.** l. nombles s. *B*, a la s. c. *B.* **849.** m. se n. *B.* **851.** du seymier de *B*, du semier de *C.* **853.** le seymier et q. le v. *B.*

même manière mais on le mange à la moutarde au milieu de l'hiver ; au début de cette saison il se mange aux épices et aux soupes*.

90. A la Notre-Dame de mars[1] commencent les préparatifs pour la chasse au cerf, et à la mi-mai l'on dit *Mi-mai, mi-tête,* parce qu'alors les bois du cerf sont sortis à moitié ; mais la véritable période de cette chasse commence à la Sainte-Croix de mai[2], et à partir de là le cerf se fait de plus en plus gras jusqu'à la Sainte-Madeleine. On peut le chasser jusqu'à la Sainte-Croix de septembre[3], mais ensuite la saison est passée.

Item, pour le démembrer on lui ôte d'abord les deux parties, à savoir les testicules, et les nœuds[4], la veine du cœur, le franc boyau, etc. On fait bouillir et cuire ses testicules, puis on les mange à la sauce chaude.

Item, un cerf se compose des épaules, de la hampe, des cuissots, du foie, de l'onglet, des longes, de la queue (*scilicet* la selle), des deux flancs, et c'est tout.

Item, préparer la viande fraîche en morceaux. Il semble que sans la porter à ébullition on doit la mettre directement dans de l'eau bouillante et la retirer aussitôt pour la larder sur toute sa longueur ; quand c'est fait on la remet à bouillir dans de l'eau. On appelle ce plat *bouilli lardé* aux épices et aux soupes**.

Item, les onglets sont rôtis à la sauce chaude.

Item, la longe – ce qui se trouve entre les côtes et l'échine – est meilleure en pâté que préparée autrement.

Item le cerf frais : on le mange également à la sauce chaude quand il est rôti.

Item, on fait présent aux seigneurs de la tête et des pieds du cerf ; ces parties ne sont point comestibles mais elles indiquent la constitution et l'âge du cerf. En matière de morceaux comestibles, on offre la selle, la hampe et les deux flancs.

Item, on appelle la queue la *selle*, et si on veut la saler il faut en ôter tous les os, du moins autant que possible, car la queue contient une grande partie de la colonne vertébrale.

Item, la hampe désigne la poitrine ; elle est bonne salée. On

---

1. Le 25 mars.
2. Le 3 mai.
3. Le 14 septembre.
4. Chair placée entre le cou et l'épaule.

sale l'en la venoison du cerf tout ainsi comme la char du beuf.

Item, toute la brouaille, exepté foye, est pour la cuiree
des chiens, et l'appelle l'en le *hu*.

91. En septembre l'en commence a chacier les bestes noires jusques a la Saint Martin d'iver.

Item, tous les .iiii. membres sont appellez *jambons* comme d'un porc.

Item, d'un sanglier a la hure, les costelz, l'eschine, les nombles, les .iiii. jambons; c'est tout.

Item, des yssues l'en ne retient fors le foye, qui semble qu'il soit propre pour faire soutil brouet d'Angleterre.

Item, la char fresche est cuicte et appareilliee en eaue et aux espices comme le cerf. Du bourbelier, c'est le nomblet, combien que en cest endroit l'en dit bien *nombletz* d'une part et *bourbelier* de l'autre.

Item, le sanglier salé se mengut a la fourmentee. La teste se cuit entiere, et moictié vin et moictié eaue. Les joes en sont bonnes par lesches sur le grail.

92. (*fol. 142b*) Bichot sauvage au boussac claret et non lyant soit escorchiez, puis bouliz, ou boutez en eaue boulant et retiré tantost pource qu'il est plus [tendre] que cerf, et larder au long; puis mis cuire en maigre eaue de char, qui l'a, ou en autre, avec du vin, espices broyees, et dreciez vostre grain dedens.

Autres potages lyans de char

93. Brouet de fressure de pourcel. Broyez du gingembre, clo, graine, etc., puis deffeictes de vinaigre et vin, et puiz ayez pain rosty et trempé en vinaigre, broyez et coulez et mectre tout ensemble ; et ayez vostre fressure cuite coppee par morceaulx et fricte en sain doulx. Puis mectez du chaudeau des boudins, ou du chaudeau du

---

857. t. aussi c. *B, corrigé en* ainsi *B²*, c. de b. *BC*. **859.** e. le f. *B*, la cuirie d. *B*, la cuire d. *C*. **865.** a *omis B*, leschinee l. *B*. **873.** se mengue a *B*. **878.** p. tardis q. *A*, p. tendre q. *B²*, p. tartis q. *C*. **879.** et lardez *B*. **887.** p. plusieurs m. *B*.

sale la venaison de cerf de la même manière que la viande de bœuf.

Item, tous les abats excepté le foie sont offerts en curée aux chiens ; on les appelle le hu.

91. En septembre et jusqu'à la Saint-Martin d'hiver[1], on chasse les bêtes noires[2].

Item, les 4 membres de toutes ces bêtes sont appelés *jambons*, comme chez le porc.

Item, du sanglier on prend la hure, les côtes, l'échine, les onglets, les 4 jambons et c'est tout.

Item, des abats l'on ne garde que le foie qui semble bien se prêter à la préparation d'un brouet raffiné à la mode d'Angleterre[3].

Item, la viande fraîche est préparée et cuite à l'eau et aux épices comme celle du cerf. En ce qui concerne le bourbelier, c'est l'onglet, bien que l'on distingue d'un côté les *onglets* et de l'autre le *bourbelier* dans ce livre.

Item, le sanglier salé se mange à la fromentée*. La tête se cuit entière dans un mélange d'eau et de vin en quantités égales. Les joues sont bonnes découpées en lamelles et grillées.

92. Pour préparer un faon sauvage au boussac* clair, pas épaissi, il faut dépouiller l'animal de sa peau puis le faire bouillir ou le jeter dans de l'eau bouillante pour aussitôt l'en retirer parce que c'est une viande plus tendre que celle du cerf ; larder sur toute la longueur, puis mettre à cuire dans du bouillon de viande dégraissé, si on en a, sinon dans un autre bouillon avec du vin et des épices broyées ; servez-y la partie solide de votre plat.

Autres potages* épaissis gras

93. Brouet aux tripes de porc. Broyez du gingembre, du clou de girofle, de la graine de paradis*, etc., puis délayez avec du vinaigre et du vin ; rôtissez du pain et faites-le tremper dans du vinaigre, broyez, passez et mélangez avec les épices. Coupez vos tripes cuites en morceaux et faites-les frire dans du saindoux. Faites bouillir du bouillon de boudin ou de tripes dans un

---
1. Le 11 novembre.
2. Sangliers, loups et renards.
3. Cf. paragraphe 109.

chaudun, en ung pot avecques vostre pain broyé apres voz
890 espices broyees, et faictes boulir. Puis gectez dedens
vostre pot les morceaulx de vostre friture, et faictes boulir
ung boullon, et dreciez.

94. Feves nouvelles. Faictes les boulir plus que
baiennes. Puiz prenez foison percil et petit de sauge et
895 d'isope, et broyez tresbien. Et apres ce broyez du pain, et
une pongnee d'icelles mesmes feves qui soient pelees
broyez avec pour lyer, puis couler par l'estamine. Puiz
friolez le remenant de vos feves en lart, se c'est jour de
char, ou en huille ou en beurre, se c'est jour de poisson.
900 Puiz mectez vos feves en eaue de char, se c'est a jour de
char, ou en l'eaue des feves, se c'est a jour de poisson.

95. Cretonnee de poiz nouveaulx ou feves nouvelles.
Cuisiez les jusques au purer et les purez. Puiz prenez lait
de vasche bien fraiz, et dictes a celle qui le vous vendra
905 qu'elle ne le vous baille point s'elle y a mis eaue; car
moult souvent elles agrandissent leur lait, et s'il n'est bien
fraiz, ou qu'il y ait eaue, il tournera. Et icelluy lait boulez
premierement et avant que vous y mectez rien, car
encores tourneroit il. Puiz broyez premierement gin-
910 gembre pour donner appetit et saffran pour jaunir. Ja soit
ce que qui le veult faire lyant de moyeulx de oeufz, filez
les dedens; car iceulx moyeulx d'eufz jaunissent assez, et
si font lyoison. Maiz le lait se tourne plustot de moyeulx
d'oeufz que de lioyson de pain et du saffren pour cou-
915 lourer. Et pour ce, qui veult lyer de pain, il couvient que
ce soit pain non levé et blanc; et sera mis trempé en une
escuelle avec du lait ou avec du boullon de la char, puis
broyé et coulé par l'estamine. Et quant vostre pain est
coulé et vos espices non coulees, mectez tout boulir avec
920 vos poiz. Et quant tout sera cuit, mectez adonc vostre lait
et du saffran. Encores pouez vous faire autre lyoison :
c'estassavoir des poiz mesmes ou des feves broyees, puiz
coulez. Si prenez laquelle lyoison que mieulx vous plaira.
Car quant est de lioyson de moyeulx d'oeufz, il les cou-

---

891. l. morceletz de *B*. **896.** p. broyees a. *B*. **898.** ce cest *A*, cest ce *C*. **899.** ou en h. ou b. *B*, cest a j. *B*. **912.** les *omis B*, car *omis B*. **914.** l. du p. *B*. **916.** m. tremper en B^2. **922.** p. coulees Si *B*. **924.** l. du m. *B*.

pot avec votre pain et vos épices broyées. Jetez-y les morceaux de vos tripes frites, portez à ébullition et servez.

94. **Fèves nouvelles.** Faites-les bouillir au-delà de l'éclatement. Broyez bien une grande quantité de persil, un peu de sauge et d'hysope. Broyez ensuite du pain avec une poignée de ces mêmes fèves pelées pour épaissir, puis passez à l'étamine. Faites revenir le reste de vos fèves dans du lard si c'est un jour gras, dans de l'huile ou du beurre si c'est un jour maigre. Mettez vos fèves dans un bouillon de viande les jours gras, dans le bouillon des fèves les jours maigres.

95. **Crétonnée* de pois nouveaux ou de fèves nouvelles.** Faites-les cuire jusqu'à ce qu'ils se défassent, puis égouttez-les. Ensuite il vous faut du lait de vache bien frais ; demandez à celle qui vous le vendra de ne point vous le donner si elle y a ajouté de l'eau, car il arrive souvent qu'elles allongent leur lait ; or, quand il n'est pas bien frais ou quand il contient de l'eau, il tourne. Faites bouillir ce lait avant d'y ajouter quelque chose, car autrement il risquerait encore de tourner. Puis broyez d'abord du gingembre pour aiguiser l'appétit et du safran pour jaunir, à moins que vous n'y fassiez filer des jaunes d'œufs en guise de liaison ; ces jaunes d'œufs, outre leur effet épaississant donnent une belle couleur jaune. Mais le lait tourne plus facilement avec des jaunes d'œufs qu'avec une liaison de pain et de safran pour colorer. Si l'on choisit du pain pour servir de liaison, il faut le prendre non levé et blanc. Le mettre à tremper dans une écuelle avec du lait ou avec du bouillon de viande, puis le broyer et le passer à l'étamine. Quand votre pain aura été passé mais non point vos épices, mettez-le tout à bouillir avec vos pois. Quand tout sera cuit, ajoutez-y alors votre lait et du safran. Vous pouvez également lier avec des pois ou des fèves broyés et passés. Choisissez la liaison que vous préférez. Lorsqu'on la fait avec des jaunes d'œufs, il faut les battre, les

vient batre, couler par l'estamine, et filer dedens le lait apres ce qu'il a bien *(fol. 143a)* boulu et qu'il est trait arriere du feu avec les poiz nouveaulx ou feves nouvelles et les espices. Le plus seur est que l'en preigne ung petit du lait et destremper les oeufz en l'escuelle, et puis encores autant, et encores, tant que les moyeulx soient bien destrempez a la culier avec foison de lait; puis mectre ou pot qui est hors du feu, et le potage ne se tournera point. Et se le potage est espoiz, allayez loy de l'eaue de la char. Ce fait, il vous couvient avoir poucins escartelez, veel, ou petite oe cuit, puis frit; et en chascune escuelle mis .ii. ou .iii. morceaulx, et du potage pardessus.

96. Cretonnees a jour de poisson. Soit la friture faicte de tanches, brochectz, soles ou lymandes frictes.

97. Chaudun de pourceau, *scilicet* les boyaulx. Doivent estre wydiez a la riviere, puis laver en eaue tiede et par deux foiz, et mectre en une paelle d'arain, et froter tresbien en sel et eaue, puis relaver en eaue tiede (aucuns les lavent en sel et en vinaigre) et quant ilz sont tresbien lavez, soit par vinaigre, ou sans vinaigre qui veult, l'en les trenche par tronçons et sont enbrochiez par hasteletz et rostiz sur le greil et mengiez au vertjus de grain.

Et qui en veult faire potage, il le recouvient mectre cuire tout entier en ung pot de terre, et puis mectre esgouter en ung plat, puis decouper par menuz morceaulx et frisiez en sain de lart. Puiz broyez pain premierement, puiz matiz, garingal, saffran, gingembre, clo, graine, canelle, destrempé de boullon et mis d'une part; puiz broyez pain brulé ou chappelleures, et soient alayez du chaudeau et coulez parmy l'estamine, et mis en eaue de char ou de chaudeau de luy mesmes, ou moictié d'un, moictié d'autre, et boulu tout ensemble avec vin vermeil, vertjus et vinaigre. En yver doit estre brun, et drecier comme dessus, et en esté soit plus cler et jaunet, et ayez du vertjus de grain cuit en eaue dedens ung drappel, ou des groseilles. Et quant vous drecerez vos escuelles,

---

930. encores autant et *omis B*. **931.** la cuillier a. *BC*. **933.** a. le de *B*, allay esloy de *C*. **940.** p. lavez en e. t. p. d. *B*. **953.** s. allaieez de c. *B*. **957.** et d. ce que d. *B*. **960.** d. groiselles Et *BC*.

passer à l'étamine et les faire filer dans le lait après l'avoir bien fait bouillir et ôté du feu avec les pois ou les fèves nouveaux et les épices. Le plus sûr est de verser un peu de lait dans une écuelle et d'y délayer les œufs, et de répéter l'opération jusqu'à ce que les jaunes soient bien délayés, en se servant d'une cuillère, dans beaucoup de lait, puis de tout remettre dans le pot toujours hors du feu : ainsi le potage* ne tournera point. S'il est trop épais, délayez-le avec du bouillon de viande. Cela étant fait, vous avez besoin de poussins découpés en quartiers, de morceaux de veau ou d'abats d'oie[1] cuits puis frits ; mettez dans chaque écuelle 2 ou 3 morceaux et versez du potage* par-dessus.

96. Crétonnée* pour un jour maigre. Pour la friture il vous faut des tanches, des brochets, des soles ou des limandes.

97. Tripes, c'est-à-dire boyaux de porc. Les boyaux doivent être vidés dans la rivière puis lavés deux fois dans l'eau tiède ; les mettre dans une poêle d'airain, les frotter très soigneusement avec du sel et de l'eau, puis de nouveau les laver dans de l'eau tiède (il y en a qui les lavent dans du sel et du vinaigre), et lorsqu'ils sont bien lavés avec ou sans vinaigre, comme on veut, on les coupe par tronçons qu'on embroche et qu'on fait rôtir sur le gril[2]. On les mange au verjus de grain.

Si on veut en faire un potage*, il faut mettre à cuire les boyaux entiers dans un pot de terre, puis les égoutter dans un plat, les découper en petits morceaux et les faire frire dans du lard gras. Ensuite, broyez d'abord du pain, puis du macis, du garingal*, du safran, du gingembre, du clou de girofle, de la graine de paradis*, de la cannelle ; délayez dans un bouillon et mettez de côté ; puis broyez du pain grillé ou des croûtons de pain qu'il faut tremper dans le bouillon et passer à l'étamine, puis mettre dans du bouillon de viande ou de tripes, ou encore moitié moitié, et faire bouillir le tout avec du vin rouge, du verjus et du vinaigre. En hiver, le potage* doit être brun ; il faut le servir comme ci-dessus ; en été, il doit être plus clair et un peu jaune ; faites cuire du verjus de grain dans de l'eau à travers un torchon, à moins que vous ne preniez des groseilles.

---

1. Les abats d'oie (tête, foie, ailes, pieds et tripes) servaient à confectionner un plat très apprécié au Moyen Age appelé « petite oie ». Cf. Redon (Odile), Saban (Françoise), Serventi (Silvano) 1991, p. 161.
2. Concernant le terme « hastelez », cf. paragraphe 266.

mectez .vi. ou .viii. morceaulx du chaudun, puis du potage dessus, et pardessus .vi. ou .viii. grains de vertjus ou groseilles pardessus en chascune escuelle. Et aucuns font le potage des espices et lait, comme cy dessus est dit de
965 cretonnee.

Nota que le sel et vinaigre ostent la freschumee. Et ce que dit est en ceste addicion est du chaudun que l'en mengut en juillet. Et les autres hasteletz qui sont faiz en decembre sont faiz de toutes pieces : comme de foye, de
970 mol, et des autres pieces du chaudun. Et est ce que ces povres cuisent en bacins a laver parmy ces rues.

98. Comminié de poullaille. Mectez le par morceaulx cuire en eaue et ung *(fol. 143b)* petit de vin, puiz le frisiez en sain. Puis prenez ung petit de pain, trempez en vostre
975 boullon. Et *primo* prenez du gingembre et du commin deffait de vertjus, broyez et coulez et mectez tout ensemble avec du boullon de char ou de poulaille, et puis luy donnez couleur ou de saffren, ou d'eufz, ou de moyeulx, coulez par l'estamine et filez ou potage apres ce
980 qu'il sera trait hors du feu. *Item*, le meilleur est de la faire de lait tel comme dit est, puis broyer vostre pain apres vos espices ; maiz il couvient que le lait soit premierement bouly afin qu'il ne s'aourse. Et apres ce que le potage sera tout fait, le lait soit mis dedens vin (il me semble qu'il n'y
985 sert de rien) et la frisiez. (Pluseurs ne la frisent point, ja soit ce que c'est le plus friant. Pain est lyoison, et il dit apres « oeufz », qui est autre lyoison ; et il doit souffire de l'une, sicomme il est dit ou chappitre de la cretonnee. « Vertjus et vin » : qui veult faire son potage de lait, il n'y
990 couvient ne vin ne vertjus.)

99. Comminee a jour de poisson. Frisiez vostre poisson, puis pelez amandes et broyez, et deffaictes de puree ou de boullon de poisson et faictes lait. Maiz lait de vache est plus appetissant, ja soit ce qu'il n'est mye si sain

---

962. ou groiselles p. *BC*. **972.** comminee *B*, comine *C*, m. la p. *B*, en le. et *B*. **973.** p. la f. *B*. **978.** doeuf ou des m. *B*. **981.** p. broiez v. *BC*. **993.** f. de l. *B*.

II, v : *Autres potages épaissis gras* 647

Lorsque vous préparerez vos écuelles, mettez-y 6 ou 8 morceaux de tripes, puis, par-dessus, du potage* ; décorez de 6 ou 8 grains de verjus ou de groseille. Il y en a qui préparent ce potage* avec des épices et du lait, à la manière de la crétonnée* ci-dessus.

Nota que le sel et le vinaigre ôtent l'odeur. Cette remarque concerne les tripes que l'on mange en juillet. Les abats que l'on mange en décembre sont composés de tous morceaux, par exemple le foie, le mou et tout ce qui entre dans le plat de tripes. C'est ce que les pauvres font cuire dans des bassines à lessive pour le vendre dans les rues.

98. Comminée* de volaille. Coupez la volaille en morceaux et mettez-la à cuire dans de l'eau avec un peu de vin, puis faites-la frire dans de la graisse. Faites tremper un peu de pain dans votre bouillon. Et *primo* prenez du gingembre et du cumin délayés dans du verjus, broyez, passez puis mélangez le tout avec du bouillon de viande ou de volaille, puis colorez soit avec du safran soit avec des jaunes d'œufs ou des œufs entiers, passez à l'étamine et faites filer dans le potage* après l'avoir ôté du feu. *Item*, le mieux est de faire la comminée* avec du lait de la manière qu'on vient d'indiquer, puis de broyer le pain après les épices ; mais il faut que le lait ait bouilli au préalable afin qu'il n'attache pas. Une fois le potage* terminé, il faut verser le lait dans du vin (il me semble cependant que cela ne sert à rien[1]) et refaire frire la comminée*. (Il y en a qui ne la font pas frire, bien que cela donne le résultat le plus savoureux. Le pain sert de liaison, et pourtant on parle ensuite d'« œufs »[2] qui constituent une autre liaison ; l'un des deux doit suffire, comme il est indiqué au chapitre traitant de la crétonnée*. Quant à la mention « verjus et vin » : si on veut faire le potage* avec du lait, on ne doit y mettre ni vin ni verjus.)

99. Comminée* pour les jours maigres. Faites frire votre poisson ; pelez des amandes et broyez-les, puis délayez avec du bouillon de légume ou de poisson et faites du lait d'amandes. Si le lait de vache est plus appétissant, il n'est pas bon pour les

---

1. L'une des rares fois où l'auteur ne se contente pas simplement de copier ses modèles et où il fait preuve d'une attitude critique, à se demander s'il possède une expérience en matière de cuisine.
2. L'auteur fait référence à sa source.

pour malades. Et au seurplus faictes comme dessus. *Item*, a jour de char, qui ne treuve lait de vache, se peut faire de lait d'amandes, et la char comme dessus.

100. Hardouil de chappons. Despeciez les par menbres ou quartiers, puiz les cuisiez en eaue, puiz friolez en sain de lart, et tandiz broyez gingembre, canelle, giroffle et graine, et deffaictes de vertjus, et ne soit point coulé; maiz sorissiez pain sur le greil, broyez apres les espices, et destrempez de vertjus; puis passez ledit pain par l'estamine et faictes tout boulir. Et au drecier mectez vostre grain par escuelles, et le potage tout chault dessus.

101. Hochepot de volaille soit fait ainsi, et soit non claret. L'en les doit despecier par morceaulx. Ainsi fait l'en d'oe quant elle est dure et meigre, car les grasses sont rosties. *Idem* de vielz coulons. Ainsi fait est rouillee de beuf.

102. Brouet de canelle. Despeciez vostre poulaille ou autre char, puiz la cuisiez en eaue, et mectez du vin avec, et friolez. Puiz prenez des amandes crues et sechez a toute l'escorche et sans peler, et canelle grant foison, et si broyez tresbien et deffaictes de vostre boullon ou de boullon de beuf, et faictes boulir avec vostre grain. Puis broiez gingembre, giroffle et graine, etc. et soit lyant et sor.

103. Brouet georgé ⎱ Prenez poulaille despecee par
   Brouet houssié ⎰ quartiers, veau, ou tel char comme vous vouldrez; despeciez par pieces et faictes boulir avec du lart. Et d'autre part ayez en ung pot avec *(fol. 144a)* du sain, ongnons menuz minciez qui y cuiront et friront. Ayez aussi du pain harlé sur le greil, puis le mectez tremper avec du boullon de vostre char, et du vin dedens. Puiz broyez gingembre, canelle, poivre long, saffran, giroffle et graine, et les foyes; et les broyés si bien qu'il ne couviengne point couler, et destrempez de vertjus, vin et vinaigre. Et quant les espices seront ostees du mortier, broyez vostre pain; et si le deffaictes de ce en

---

998. Hourdouil *B*. **1009.** d. ou m. *B*, l. des v. c. **1010.** A. est f. r. *B*. **1014.** et sechees a *B*². **1017.** Puis... giroffle *omis A*.

malades. Pour le reste, procédez comme ci-dessus. *Item* pour les jours gras, si on ne trouve pas de lait de vache, on peut utiliser du lait d'amandes et faire avec la viande comme ci-dessus.

100. Hardouil* aux chapons. Découpez les chapons en séparant les membres ou en quartiers, puis faites-les cuire dans de l'eau ; faites-les revenir dans du lard gras, et broyez pendant ce temps du gingembre, de la cannelle, du girofle et de la graine de paradis*, délayez avec du verjus mais ne les passez point. Grillez légèrement du pain, broyez-le à la suite des épices et délayez-le dans du verjus ; passez ce pain à l'étamine et faites bouillir le tout. Au moment de servir, distribuez la partie solide de votre potage* dans les écuelles et versez le potage tout chaud par-dessus.

101. Hochepot* aux volailles : le préparer de la même manière ; il ne doit pas être trop clair. Découper la volaille : c'est ainsi qu'on prépare les oies dures et maigres, alors qu'on peut rôtir les grasses. *Idem* des vieilles colombes et de la rouelle de bœuf.

102. Brouet de cannelle. Découpez votre volaille ou autre viande, faites-la cuire à l'eau, ajoutez du vin et faites-la revenir. Prenez des amandes crues et séchées avec leur peau – ne les pelez pas – et beaucoup de cannelle ; broyez le tout très soigneusement et délayez avec votre bouillon ou du bouillon de bœuf et faites bouillir avec la partie solide de votre potage*. Puis broyez du gingembre, du girofle, de la graine de paradis*, etc : il faut obtenir un mélange épais et jaune.

103. Brouet gorgé, brouet houssé. Prenez une volaille coupée en quartiers, du veau ou une autre viande de votre choix. Coupez en morceaux et faites bouillir avec du lard. Dans un autre pot faites cuire et frire dans de la graisse des oignons finement hachés. Faites par ailleurs griller du pain et mettez-le à tremper dans le bouillon de votre viande auquel vous aurez ajouté du vin. Broyez du gingembre, de la cannelle, du poivre long, du safran, du girofle et de la graine de paradis*, ainsi que les foies. Broyez-les si finement qu'il ne soit pas nécessaire de les passer à l'étamine, et délayez-les avec du verjus, du vin et du vinaigre. Une fois les épices ôtées du mortier, broyez-y votre pain. Délayez-le avec le jus dans lequel il a trempé et

quoy il a trempé, et coulez par l'estamine ; et mectez
espices, et du percil effeullié, qui veult, tout boulir avec le
sain et des ongnons ; et adonc frisiez vostre grain. Et doit
1035 ce potage estre brun de sain et lyant comme soringue.

Nota que tousjours l'en doit broyer les espices le premier, et en potages l'en ne coule point les espices, et apres
l'en broye et coule le pain. (Je croy qu'il n'y couvient vin
ne vinaigre.)

1040 *Nota* que pour le percil seulement si est il dit *brouet
houssié* ; car ainsi comme l'en dit ailleurs *frangié* de saffren, aussi peut l'en dire *houssié* ce qui est de percil. Et
c'est la maniere de parler des queulx.

104. Brouet rousset est fait comme brouet georgé cy
1045 dessus, sauf tant que l'en n'y met point de saffren, de vin,
ne de vinaigre, et l'en y met plus plantureusement canelle
et les ongnons couppez par rouelles.

105. Une vinaigrecte. Prenez la menue haste d'un porc,
laquelle soit bien lavee et eschaudee, puis rostie comme a
1050 demy sur le greil, puis mincié par morceaulx ; puiz les
mectez en ung pot de terre, du sain et des ongnons
couppez par rouelles ; mectez le pot sur le charbon et hoschiez souvent, et quant tout sera bien frit ou cuit, si y
mectez du boullon du beuf, et faictes tout boulir. Puis
1055 broyez pain halé, gingembre, graine, saffran, etc., et deffaictes de vin et de vinaigre et faictes tout boulir. Et doit
estre brune. (*Brune*, comment sera elle brune s'il n'y a du
pain hallé ? *Item*, je croy qu'elle doit estre lyant, car je la
treuve ou [chappitre] des potages lyans cy devant. Et par
1060 ces deux raisons je croy qu'il y couvient du pain harlé
pour lyer et tenir brune.)

106. Brouet blanc. Prenez chappons, pouletz, ou
poucins tuez paravant de temps couvenable, ou tous
entiers ou par moictié ou par quartiers, et du vel par
1065 pieces, et les cuisiez avec du lart en l'eaue et au vin, et
quant ilz seront cuiz, si les trayez. Puiz prenez des
amandes, si les pellez et broyez, et deffaictes de l'eaue de

1040. pour *omis AC*, si *omis B*. **1048.** la menuhaste d. *B*. **1053.** b. c. ou f. si
B. **1054.** b. de b. *B*. **1057.** *Brune omis AC*, e. bonne sil *AC*. **1059.** ou potage
des p. *ABC*. **1062.** c. poules ou *B*. **1064.** du veel p. *BC*.

passez-le à l'étamine. Vous pouvez ajouter des épices et du persil effeuillé si vous voulez ; faites bouillir le tout avec la graisse et les oignons. Puis faites frire la partie solide de votre potage*. Il doit devenir brun comme la graisse et aussi consistant qu'une soringue*.

Nota qu'on doit toujours broyer les épices en premier ; on ne passe pas les épices destinées aux potages* ; en deuxième lieu on broie et on passe le pain. (Je crois qu'il ne faut ni vin ni vinaigre.)

Nota que c'est uniquement lorsqu'il y a du persil qu'on appelle ce plat brouet *houssé* : de même qu'ailleurs[1] l'on dit frangié de safran, de même on dit houssé en parlant du persil. C'est là la terminologie des cuisiniers.

104. Le brouet rousset se prépare comme le brouet gorgé ci-dessus, sauf qu'on n'y met ni safran, ni vin, ni vinaigre ; en revanche, on y met une quantité plus copieuse de cannelle et d'oignons coupés en rondelles.

105. Vinaigrette. Lavez bien puis échaudez la rate d'un porc, faites-la rôtir à moitié sur le gril et coupez-la en petits morceaux. Mettez-la dans un pot de terre avec de la graisse et des oignons coupés en rondelles. Mettez le pot sur le charbon et remuez souvent ; quand tout sera bien frit ou cuit, ajoutez-y du bouillon de bœuf et faites bouillir le tout. Puis broyez du pain grillé, du gingembre, de la graine de paradis*, du safran, etc., délayez avec du vin et du vinaigre et faites bouillir le tout. La vinaigrette doit être brune. (Brune ? Comment serait-t-elle brune sans pain grillé ? *Item*, je crois qu'elle doit être épaisse car je la trouve ci-devant au chapitre consacré aux potages* épaissis. Pour ces deux raisons je suis d'avis qu'il faut du pain grillé pour la rendre épaisse et brune.)

106. Brouet blanc. Prenez des chapons, des poulets ou des poussins tués depuis un temps raisonnable, soit entiers, soit par moitiés ou par quartiers, ainsi que des morceaux de veau et faites-les cuire avec du lard dans de l'eau et du vin ; sortez-les quand ils sont cuits. Pelez et broyez des amandes et délayez-les

---

1. Paragraphe 63.

vostre poulaille – c'est assavoir de la plus clere, sans fon-
drille ou trouble aucun – et puis les coulez par l'estamine.
Puiz prenez gingembre blanc paré ou pelé, avec graine de
paradiz alayé comme dessus, et coulez a une bien delyee
estamine, et meslez avec le lait *(fol. 144b)* d'amendes. Et
si n'est assez espoiz, si coulez de la fleur d'amidon ou ris
qui soit bouliz, et luy donnez goust de vertjus, et y mectez
du succre blanc grant foison. Et quant l'en avra drecié, si
pouldrez pardessus une espice que l'en appelle *coriande
vermeille* et des grains de la pomme de grenade avec
dragee, et amandes friolees piquees en chascune escuelle
sur le bout. Soit veu cy apres a ce propos de blanc mengier.

107. Blanc mengier de chappons pour malades. Cuisiez le en l'eaue tant qu'il soit bien cuit. Puiz broyez
amandes grant foison et du braon du chappon, et soit bien
broyé, et deffait de vostre bouillon, et passé parmy l'estamine. Puiz mectez bien boulir tant qu'il soit bien lyant et
espaiz. Puiz broyez gingembre blanc paré et les autres
espices contenues cy dessus ou brouet blanc.

108. Brouet d'Alemaigne. Prenez char de connins, de
poulaille, ou de veel et despeciez par pieces, puiz cuiz en
l'eaue comme a moictié, puiz friolez au sain de lart. Puiz
ayez de l'ongnon menu mincié en ung pot sur le charbon,
et du sain dedens le pot, et hoschiez le pot souvent. Puis
broyez gingembre, canelle, graine de paradiz, noiz
muguectes, des foyes rostiz en une brochecte sur le greil,
et du saffran deffait de vertjus ; et soit sur le jaune et lyant.
Et *primo* pain sory sur le greil, broyé et passé par l'estamine ; et soit tout, avec des feuilles de percil, mis boulir
ensemble oudit pot, et du succre dedens. Et au drecier
mectez .iii. ou .iiii. morceaulx de vostre grain en
l'escuelle, et du brouet dessus, et du succre pardessus le
brouet. (*Nota* qu'il fault : car aucuns queux dient que
brouet d'Alemaigne ne doit point estre jaune, et cestuy dit
que si fait. Et doncques, s'il doit estre jaune, ne doit mie
le saffren estre passé parmy l'estamine ; maiz doit estre

1070. grains *B corrigé en* graine B^2, u. b. delye e. *A.* **1076.** a. coriandre v. B^2. **1082.** le en e. *B.* **1083.** du bracon d. *A*, du brochon d. *C.*

avec le bouillon de votre volaille – à savoir la partie la plus claire, sans grumeaux et qui ne soit pas trouble – et passez-les à l'étamine. Délayez ensuite de la même manière du gingembre blanc épluché ou pelé avec de la graine de paradis*, passez par une étamine bien fine et mélangez avec le lait d'amandes. Si ce n'est pas assez épais, versez-y de la fleur d'amidon ou du riz bouilli et passez à l'étamine ; donnez une saveur de verjus et ajoutez beaucoup de sucre blanc. Une fois servi à table, saupoudrez d'une épice appelée *coriandre vermeille* et de grains de grenade avec de la dragée, et piquez le bord de chaque écuelle d'amandes grillées. A ce sujet, référez-vous ci-dessous au paragraphe consacré au blanc-manger.

107. **Blanc-manger aux chapons pour les malades.** Faites bien cuire le chapon dans de l'eau. Puis broyez une grande quantité d'amandes et les chairs du chapon et délayez-les avec votre bouillon, puis passez à l'étamine. Mettez-les à bouillir jusqu'à obtenir une bonne et épaisse consistance. Broyez alors du gingembre blanc épluché et les autres épices mentionnées ci-dessus au sujet du brouet blanc.

108. **Brouet à la mode d'Allemagne.** Coupez en morceaux de la viande de lapins, de volaille ou de veau et faites-la cuire à moitié dans de l'eau, puis faites-la revenir dans du lard gras. Hachez menu de l'oignon et ajoutez-le à la graisse dans un pot sur le charbon ; remuez souvent. Broyez du gingembre, de la cannelle, de la graine de paradis*, des noix muscades, des foies ayant rôti sur une brochette au gril ainsi que du safran délayé avec du verjus ; le brouet doit tirer sur le jaune et être épais. Et *primo* grillez légèrement du pain, broyez-le et passez-le à l'étamine ; tout doit être mis à bouillir dans ce pot avec des feuilles de persil et du sucre. Au moment de servir, mettez dans les écuelles 3 ou 4 morceaux de la partie consistante de votre brouet et versez le liquide restant par-dessus, puis saupoudrez de sucre. (*Nota* qu'il y a une erreur dans cette recette : il y a des cuisiniers qui disent que le brouet à la mode d'Allemagne ne doit pas être jaune, alors qu'ici on dit le contraire. Par conséquent, s'il doit être jaune, le safran ne doit pas être passé

bien broyé et alayé et mis ainsi ou potage, car celluy qui est passé c'est pour donner couleur, celluy qui est mis pardessus est dit *frangié*.)

109. Soubtil brouet d'Angleterre. Prenez chastaignes cuictes pelees, et autant ou plus de moyeulx d'oeufz durs, et du foye de porc; broyez ensemble, destrempez d'eaue tiede, puiz coulez par l'estamine. Puiz broyez gingembre, canelle, giroffle, graine, poivre long, garingal, et saffren pour donner couleur, et faictes boulir ensemble.

110. Brouet de Savoye. Prenez chappons ou poules et faictes boulir avec du lart bien meigre et les foyes. Et quant ce sera demy cuit, trayez les, puiz mectez de la mye de pain tremper ou boullon. Puiz broyez gingembre, canelle, saffren, et les ostez. Puiz broyez les foyes et du percil foison, *(fol. 145a)* puiz coulez, et apres broyez et coulez le pain. Puis boulez tout ensemble. (Et *nota* que le saffran fait le brouet jaune et le percil le fait vert. Ainsi semble que ce soit mauvaise couleur; maiz il semble que la couleur seroit plus certaine se le pain estoit noircy, car le pain noircy et saffren font vert, et percil aussi fait vert.)

111. Brouet de vertjus et de poulaille. (C'est en esté.) Mectez cuire par quartiers vostre poulaille, ou d'un veel ou poucins, en boullon ou autre eaue avec du lart, vin et vertjus; et que le goust de vertjus passe. Puiz frisiez vostre grain en bon sain doulx, et ayez moyeulx de oeufz et pouldre fine batue ensemble, et coulez par l'estamine, puiz filez vous oeufz dedens le pot a vostre boullon et a petit fil, et remuez fort a la culier, et que le pot soit arriere du feu. Puiz ayez percil effeullié et vertjus de grain bouly ou boullon de la char dedens la cuilier (et que le pot soit arriere du feu) ou autrement bouly en ung autre petit pot en eaue clere pour oster la premiere verdeur, puiz ostez, et le dreciez et gectez du potage pardessus. Et pardessus tout mectez vostre percil et vertjus de grain bouly.

112. Brouet vergay. Cuisiez tel char comme vous vouldrez en eaue ou ung pou de vin ou en boullon de char, vin

---

1105. et alloyé *B*. **1124.** p. noir et *B*. **1126.** ou du v. *B*. **1132.** le poit s. *A*. **1133.** p. affeullie et *A*, effeulliez et *C*. **1135.** ou a. ou b. *B*. **1136.** p. v. p. drecez vostre grain et *B*.

à l'étamine mais bien broyé et délayé pour être ainsi ajouté au potage* ; en effet, le safran qui est passé sert à colorer, alors que celui qu'on utilise pour saupoudrer est appelé *frangié*.)

109. Brouet raffiné à la mode d'Angleterre. Prenez des châtaignes cuites et pelées et une quantité égale ou supérieure de jaunes d'œufs durs ainsi que du foie de porc. Broyez le tout, délayez avec de l'eau tiède puis passez à l'étamine. Broyez du gingembre, de la cannelle, du girofle, de la graine de paradis*, du poivre long, du garingal* et du safran pour colorer, et faites bouillir le tout.

110. Brouet à la mode de Savoie. Faites bouillir des chapons ou des poules avec du lard bien maigre et les foies. A mi-cuisson, sortez-les du pot et mettez de la mie de pain à tremper dans le bouillon. Broyez du gingembre, de la cannelle et du safran, puis ôtez-les du mortier. Broyez les foies avec une grande quantité de persil puis passez ; broyez et passez ensuite le pain. Faites bouillir le tout ensemble. (Et *nota* que si le safran colore le brouet en jaune, le persil le colore en vert. Il semble ainsi qu'on obtienne ici une mauvaise couleur ; elle serait sans doute plus nette si le pain était noirci, car le pain noirci et le safran donnent du vert, tout comme le persil.)

111. Brouet au verjus et à la volaille. (Plat d'été.) Mettez à cuire par quartiers votre volaille, votre veau ou vos poussins dans un bouillon auquel vous ajouterez du lard, du vin et du verjus ; le goût du verjus doit passer. Faites frire la partie consistante de votre potage* dans du bon saindoux et battez ensemble des jaunes d'œufs et de la poudre fine* d'épices, passez à l'étamine, puis faites filer doucement les œufs dans le pot avec le bouillon et remuez vigoureusement avec une cuillère ; le pot doit être ôté du feu. Prenez du persil effeuillé et du verjus de grain bouilli que vous plongerez dans le bouillon de votre viande dans une cuillère, le pot étant toujours hors du feu ; autrement faites bouillir ce mélange dans un petit pot à part dans de l'eau claire pour faire passer un peu la couleur verte, puis ôtez du feu ; servez le brouet, versez du potage* par-dessus, puis ajoutez votre persil et le verjus de grain bouilli.

112. Brouet vert. Faites cuire la viande de votre choix dans de l'eau ou dans un peu de vin ou du bouillon de viande ;

et lart pour donner goust. Puiz friolez vostre char; puiz broyez gingembre, saffren, percil, et ung petit de sauge, qui veult, et des moyeulx d'eufz filez par une culier pertruisee, tous cruz, pour lyer, ou pain broyé alayé du boullon, et mectre boulir ensemble et du vertjus; et aucuns y mectent du frommage, et c'est raison.

113. Rappé. Mectez vostre char cuire, puiz le friolez en sain. Puiz broyez grainne, gingembre, etc., et deffaictes de vertjus. Puiz ayez pain trempé ou boullon de la char, broyé et passé par l'estamine. Et mectez espices, pain et chaudeau tout boulu ensemble; puiz ayez vertjus de grain ou groseilles qui soient boulyes une onde en la paelle percee ou en autre eaue, ou drappel, estamine, ou autrement, c'estassavoir pour oster la premiere verdeur. Puiz dreciez vostre grain par escuelles et du potage dessus; et pardessus vostre vertjus de grain.

114. Genesté est dit *genesté* pource qu'il est jaune comme fleur de geneste. Et est jauny de moyeulx d'oeufz et de saffran, et se fait en esté en lieu de civé, et est frit comme dit sera cy apres, fors tant qu'il n'y a nulz ongnons.

115. Civé de veel, non lavé, non pourbouly, demy cuit en la broche ou sur le greil. Puiz le despeciez par pieces, et friolez en sain, avec grant quantité d'ongnons paravant cuiz. Puiz prenez pain roussi seulement, ou (*fol. 145b*) chappellures de pain non brulé, pour ce qu'il seroit trop noir pour civé de veel; ja soit ce que icelluy pain roussy seroit bon civé de lievre. Et soit icelluy pain trempé ou boullon de beuf et de ung petit de vin ou de puree de pois. Et en [l'estrempant] broyez gingembre, canelle, giroffle, graine de paradiz, et du saffran largement pour jaunir et pour luy donner couleur, et destrempez de vertjus, vin et vinaigre. Puiz broyez vostre pain et coulez par l'estamine, et mectez vos espices, le pain coulé, ou chaudeau, et faictes tout boulir ensemble, et soit plus sur le jaune que

---

1143. f. a u. c. *B*, pertuisee *B*, partuisee *C*. 1147. p. la f. *B*. 1148. et (*barré*) etc. *A*, et *C*. 1152. ou groisseilles *B*. 1156. de *omis AC*. 1160. a aucuns o. *B*. 1169. v. ou p. *B*. 1170. en les trempant *AC*, en le trempant *B*. 1174. et f. t. b. ou chaudeau et f. b. t. e. *A*, et f. b. t. e. *C*. 1175. sur *omis A*.

ajoutez du vin et du lard pour donner du goût. Puis faites revenir votre viande ; broyez ensuite du gingembre, du safran, du persil et un peu de sauge si vous voulez, et faites filer des jaunes d'œufs crus à travers une cuillère percée afin d'épaissir ; vous pouvez aussi utiliser du pain broyé délayé dans le bouillon ; mettez le tout à bouillir avec du verjus ; certains y ajoutent du fromage et ils ont raison.

113. Râpé. Mettez votre viande à cuire, puis faites-la revenir dans de la graisse. Broyez de la graine de paradis*, du gingembre, etc. et délayez avec du verjus. Faites tremper du pain dans le bouillon de la viande, broyez-le et passez-le à l'étamine. Mettez à bouillir ensemble les épices, le pain et le bouillon ; puis portez à ébullition du verjus de grain ou des groseilles dans ce bouillon ou dans un autre en l'y plongeant à travers une passoire, un linge, une étamine ou autre chose, le temps de faire passer un peu la couleur verte. Distribuez la partie solide du potage* dans les écuelles et versez d'abord la partie liquide, puis votre verjus de grain par-dessus.

114. La genesté* est appelée ainsi à cause de sa couleur jaune qui rappelle les fleurs de genêt. Le jaune s'obtient grâce aux jaunes d'œufs et au safran ; en été on préfère la genesté au civet. On la fait frire comme il sera indiqué ci-dessous, sauf qu'on n'utilise pas d'oignons.

115. Civet de veau. Ni lavé ni bouilli, le veau est à moitié cuit à la broche ou sur le gril. Découpez-le ensuite et faites-le revenir dans de la graisse avec une grande quantité d'oignons cuits auparavant. Prenez du pain seulement roussi ou des croûtons de pain qui ne soient pas grillés parce qu'autrement il serait trop noir pour un civet de veau, encore que ce pain roussi convienne également au civet de lièvre. Ce pain doit être trempé dans le bouillon de bœuf avec un peu de vin ou du bouillon de pois. Pendant qu'il trempe, broyez du gingembre, de la cannelle, du girofle, de la graine de paradis* et beaucoup de safran pour jaunir et pour colorer le civet ; délayez-les dans du verjus, du vin et du vinaigre. Puis broyez votre pain et passez-le à l'étamine ; ajoutez vos épices et le pain passé dans le bouillon, et faites bouillir le tout ensemble ; il faut que la

sur le brun, agu de vinaigre et actrempé d'espices. Et *nota* qu'il y couvient largement saffran. Et eschever a y mectre noiz muguectes ne canelle, pource qu'ilz roussissent.

116. Civé de lievre. Premierement fendez le lievre par la poictrine, et s'il est de fresche prise, comme d'un ou deux jours, ne le lavez point, maiz le mectez harler sur le greil – *id est* roidir sur le bon feu de charbon – ou en la broche. Puiz aiez des ongnons cuiz, et du sain en ung pot, et mectez vos ongnons avec le sain, et vostre lievre par morceaulx, et les friolez au feu, en hochant le pot tres souvent, ou le friolez au fer de la paelle. Puiz harlez et brulez du pain, et trempez en l'eaue de la char avec vinaigre et vin. Et ayez avant broyé gingembre, graine, giroffle, poivre long, noiz muguectes et canelle, et soient broyez et destrempez de vertjus et vinaigre ou boullon de char. Requeilliez puiz mectez d'une part. Puiz broyez vostre pain, deffaictes du boullon, et coulez le pain, et non les espices, par l'estamine; et mectez le boullon, les ongnons, et sain, espices, et pain brulé tout [cuire] ensemble, et le lievre aussi; et gardez que le civé soit brun, aguisé de vinaigre, atrempé de sel et d'espices.

Nota que vous congnoistrés l'aage d'un lievre aux trouz qui sont dessolz la queue; car pour tant de pertruiz, tant d'ans.

117. Civé de connin, comme dessus.

118. Tuille de char. Prenez escrevisses cuictes et en ostez la char des queues, et le seurplus – cest assavoir coquilles et charquoiz – broyez treslonguement. Et apres ayez amandes sans peler, et soient eslites, et lavees en eaue chaude comme poiz, et avec l'escorche soient broyees avec ce que dit est; et avec ce broyez mye de pain sory sur le greil. Or devez vous avoir cuit en eaue, en vin et en sel chappons, poucins et poules despeciez tous crus par quartiers, ou veel despecié par morceaulx; et de

---

1182. roidir *omis AC*, le *omis B*. **1191.** R. et m. *B*. **1194.** t. oure e. *A*, t. cuire e. *B²C*. **1197.** que *omis B*. **1198.** de pertuis t. *B*, de partuis t. *C*.

couleur tire davantage sur le jaune que sur le brun ; le civet est aigre comme vinaigre et moyennement relevé. Et *nota* qu'il convient d'ajouter du safran avec générosité. Evitez d'y ajouter des noix muscades ou de la cannelle parce que cela roussirait le plat.

116. Civet de lièvre. Commencez par fendre la poitrine du lièvre et, s'il est fraîchement pris – un ou deux jours auparavant – ne le lavez pas mais mettez-le à griller – *id est* sur un bon feu de charbon pour le saisir – ou à la broche. Puis faites cuire des oignons et mettez-les avec votre lièvre découpé dans un pot contenant de la graisse et faites-les revenir sur le feu en remuant très souvent, ou alors faites-les revenir à même le fer de la poêle. Puis faites griller et brûler du pain et trempez-le dans le bouillon de la viande additionné de vinaigre et de vin. Auparavant, il faut que vous ayez broyé du gingembre, de la graine de paradis*, du girofle, du poivre long, de la noix muscade et de la cannelle ; ces épices doivent être broyées et délayées dans du verjus et du vinaigre, ou du bouillon de viande. Sortez-les et conservez-les à part. Broyez votre pain, délayez avec le bouillon, et passez le pain à l'étamine, mais non pas les épices. Mettez à cuire ensemble le bouillon, les oignons et la graisse, les épices et le pain brûlé ainsi que le lièvre. Veillez à ce que le civet soit brun, aigre comme vinaigre et modérément salé et épicé.

Nota que vous pourrez évaluer l'âge d'un lièvre au nombre de trous qu'il a sous la queue ; autant de trous, autant d'années[1].

117. Civet de lapin : même recette que pour le civet de lièvre.

118. Tuile de chair d'écrevisses. Prenez des écrevisses cuites et ôtez-en la chair de la queue et broyez très longuement le reste, à savoir la carapace et ce qu'elle contient encore. Prenez ensuite des amandes sans les peler ; elles doivent être triées et lavées dans de l'eau chaude comme pour des pois. Puis il faut les broyer entières avec ce qu'on vient de broyer d'abord ; ajoutez en plus de la mie de pain séchée sur le gril. Maintenant vous devez faire cuire dans l'eau des chapons, des poussins et des poules découpés tout crus par quartiers, ou du

---

1. Répétition : cf. II, iv, 22.

l'eaue d'icelle cuicture devez destremper et deffaire ce que vous avez broyé, puiz coulez parmy l'estamine, puis rebroyez le relaiz et coulez arriere. Puiz gingembre, canelle, clouz et poivre *(fol. 146a)* long destrempé de vertjus sans vinaigre, puiz boulez tout ensemble. Or soit vostre grain cuit en sain de porc par morceaulx ou quartiers, et dreciez vostre grain par escuelles et mectez du potage pardessus. Et sur le potage de chascune escuelle .iiii. ou .v. queues d'escrevices, et du succre pardessus pouldré.

119. Houssébarré de char est fait en haste a ung soupper quant gens seurviennent despourveuement. Pour .x. escuelles prenez .xx. lesches de la char froide de disner et du giste de beuf, et soient les lesches petites comme lesches de lart, et les frisiez en sain au fer de la paelle. *Item*, ayez de .vi. oeufz les moyeulx et ung petit de vin blanc, et soit tout batu ensemble tant comme a ennuy, puiz mis avec de l'eaue de la char, et du vertjus vieil et non nouvel, car il tourneroit ; et tout bouly sans la char et apres drecié par escuelles, et en chascune escuelle .ii. lesches de char. Aucuns drecent le brouet par escuelles, et en ung plat devant .iiii. personnes cinq lesches de char, et du brouet avec. Et c'est quant il y a plus de gens et mains de char.

120. Houssébarré de poisson. Ayez des carreletz appareilliez et lavez, puiz sechiez, essuyez entre deux touailles, et fris et mis en ung plat, et deux en ung autre, qui font deux platz. *Item*, ayez deux onces de coriande et de cercuis non confiz, dont l'une couste ung blanc, et soit broyé et destrempé de vin et vertjus, puiz bouly et gecté sur les deux platz.

121. Potage de Lombars. Quant la char est cuicte, si la trayez, et mectez l'eaue de la char en ung autre pot, maiz gardez bien qu'il n'y coule ne fondrilles ne osseletz. Puiz

---

1210. e. de celle c. *B*. **1211.** c. par le. *B*. **1212.** r. les r. *B*. **1213.** c. clo – et *B²*. **1217.** p. en c. *B*, p. et c. *C*. **1238.** de ceroins n. *AC*.

veau coupé en morceaux. C'est dans ce bouillon que vous devez faire tremper et délayer ce que vous venez de broyer; passez ensuite à l'étamine, broyez de nouveau ce qui reste dans l'étamine, passez et ajoutez-le. Puis faites bouillir le tout avec du gingembre, de la cannelle, des clous de girofle et du poivre long, délayés dans du verjus sans vinaigre. Maintenant la partie solide de votre potage* doit être cuite dans de la graisse de porc par morceaux ou quartiers; distribuez-les dans les écuelles et versez le liquide du potage* par-dessus. Puis mettez dans chaque écuelle sur le potage* 4 ou 5 queues d'écrevisse, puis saupoudrez de sucre.

119. Houssébarré* de viande : ce plat peut être préparé rapidement et constituer un souper si des gens arrivent à l'improviste. Pour 10 écuelles il vous faut 20 tranches fines de viande froide restant du dîner, et du gîte de bœuf; les tranches doivent être minces comme des bardes de lard; faites-les frire dans de la graisse à même le fer de la poêle. *Item*, prenez 6 jaunes d'œufs et un peu de vin blanc et battez le tout jusqu'à ce que vous soyez fatiguée, puis versez-le dans le bouillon de viande et ajoutez du verjus ancien – le nouveau tournerait – et faites-le bouillir en réservant la viande de côté. Distribuer dans les écuelles; poser en outre dans chacune deux tranches de viande. Il y en a qui ne servent que ce brouet dans les écuelles et présentent dans un plat à part les tranches de viande avec du brouet, à raison de 5 par plat que 4 convives se partagent. On procède ainsi quand il y a un grand nombre de gens et peu de viande.

120. Houssébarré* de poisson. Préparez et lavez des carrelets, séchez-les et essuyez-les entre deux serviettes. Faites-les frire et posez-les dans un plat, et deux autres dans un second, ce qui fait deux plats. *Item*, prenez deux onces de coriandre et de cercuis[1] bruts, une once vous coûtant un blanc, puis broyez et délayez dans du vin et du verjus que vous ferez ensuite bouillir et verserez sur les deux plats.

121. Potage* des Lombards. Une fois la viande cuite, sortez-la du bouillon que vous verserez dans un autre pot; veillez à ce qu'il n'y ait ni grumeaux ni petits os. Battez lon-

---

1. Epice.

ayez moyeulx de oeufz batuz longuement avec du vertjus et pouldre, et filez dedens le pot en filant et en remuant. Puis faictes vos souppes.

Autres potages lyans sans char

122. Brouet vergay d'anguilles. Escorchiez – *id est* estauvez ou eschaudez – les anguilles, et les mectez cuire en l'eaue avec du vin, par tresbien menuz morceaulx. Puis broyez percil et pain ars, et coulez par l'estamine ; et ayez avant gingembre broyé, paré, et saffran, et faictes tout boulir ensemble ; et a la parfin mectez morceaulx de frommage comme dez quarrez.

123. Brouet sarasinoiz. Escorchiez l'anguille, et decouppez par bien menuz tronçons, puis pouldrez de sel et frisiez en huille. Puis broyez gingembre, canelle, giroffle, grainne, garingal, poivre long, et saffran pour donner couleur, et de vertjus, et boulir tout ensemble avec les anguilles, qui d'elles mesmes font lyoison.

124. (*fol. 146b*) Brouet vert d'oeufz et de frommage. Prenez percil et ung pou de frommage et de sauge, et bien pou de saffran, pain trempé, et deffaictes de puree de poix ou d'eaue boulye ; broyez et coulez. Et ayez broyé gingembre deffait de vin, et mettez boulir ; puiz mettez du frommage dedens, et des oeufz pochez en eaue, et soit vergay. *Item*, aucuns n'y mettent point de pain, maiz en lieu de pain couvient lart.

125. Brouet d'Alemaigne d'oeufz. Pochez en huille ; et puiz prenez amandes et les pelez, broyez et coulez ; minciez ongnons par rouelles – et soient cuiz en eaue, puiz friz en huille – et faictes tout boulir. Puiz broyez gingembre, canelle, girofle, et ung pou de saffran deffait de vertjus ; et au derrain, mectez vos espices ou potage et boulir ung boullon, et soit bien lyant et non trop jaune.

126. Brouet blanc se peut faire de lus, de carpes, et de bars, comme il est dit cy dessus de la poulaille.

127. Soringue d'anguilles. Estauvez ou escorchiez, puiz tronçonnez vos anguilles. Puiz ayez ongnons cuiz par

---

1251. et a. a. b. g. p. *B*. **1259.** et du v. *B²*. **1276.** f. des l., des c. et des b. *B*. **1277.** il *omis B*.

guement des jaunes d'œufs avec du verjus et de la poudre fine* d'épices et faites filer dans le pot sans cesser de remuer, puis préparez vos soupes*.

Autres potages* épaissis maigres

122. Brouet vert aux anguilles. Ecorchez les anguilles, c'est-à-dire dépouillez-les ou échaudez-les, et mettez-les par très petits morceaux à cuire dans de l'eau mélangée avec du vin. Puis broyez du persil et du pain grillé et passez à l'étamine. Broyez auparavant du gingembre paré et du safran et faites bouillir le tout. Ajoutez tout à la fin des morceaux de fromage coupé en dés.

123. Brouet sarrasinois. Ecorchez l'anguille et découpez-la en tout petits tronçons. Saupoudrez-les de sel et faites-les frire dans l'huile. Puis broyez du gingembre, de la cannelle, du girofle, de la graine de paradis*, du garingal*, du poivre long ainsi que du safran pour colorer et [délayez] avec du verjus ; faites bouillir le tout avec les anguilles qui feront naturellement épaissir le brouet.

124. Brouet vert aux œufs et au fromage. Prenez du persil, un peu de fromage et de la sauge, très peu de safran, du pain trempé et délayez dans du bouillon de pois ou de l'eau bouillie ; broyez et passez à l'étamine. Broyez du gingembre délayé dans du vin et mettez-le à bouillir. Ajoutez du fromage et des œufs pochés dans de l'eau. Il faut que cela soit vert. *Item*, certains n'y mettent pas de pain ; il faut alors le remplacer par du lard.

125. Brouet à la mode d'Allemagne aux œufs. Pochez les œufs dans de l'huile. Pelez, broyez et passez des amandes ; coupez des oignons en rondelles, faites-les cuire dans l'eau puis frire dans l'huile ; faites ensuite bouillir le tout. Broyez du gingembre, de la cannelle, du girofle ainsi qu'un peu de safran délayé avec du verjus ; en dernier lieu ajoutez vos épices au potage* et portez à ébullition ; le brouet doit être bien épais et pas trop jaune.

126. Brouet blanc : on peut le préparer avec des brochets, des carpes et des bars en procédant comme ci-dessus pour la volaille.

127. Soringue* aux anguilles. Dépouillez ou écorchez, puis coupez en tronçons vos anguilles. Faites cuire des rondelles

rouelles, et percil effeullié, et mettez tout frire en huille. Puiz broyez gingembre, canelle, girofle, graine et saffran, et deffaictes de vertjus, et ostez du mortier. Puiz ayez pain harlé, broyé et deffait de puree, et coulez par l'estamine ; puis mettez dedens la puree et faictes boulir tout ensemble, et l'assavourez de vin, de vertjus et vinaigre, et soit claret.

128. Gravé ou seymé (car c'est tout ung) de loche ou autre poisson froit ou chault, soit perche ou autre de ceste nature. Frisiez sans farine en huille, puiz la tenez devant le feu ; maiz avant ce ayez pain harlé, broyé, et deffait d'un petit de vin, d'eaue boulye, ou puree ; et passez par l'estamine et mectez en ung pot. Puiz affinez gingembre, canelle, giroffle, graine, et saffran pour donner couleur, deffait de vinaigre. Et ayés des ongnons minciez cuiz, et les frisiez en huille. Puiz mectez tout boulir ensemble en ung pot avec la puree ou eaue boulye : exepté la loche fricte, de la quelle vous mectrez .vi. ou .viii. en l'escuelle, ou plus, et du brouet pardessus. Et ne soit pas jaune, maiz roux.

129. Chaudumee d'un brochet. *Primo* appareilliez ung brochet : luy couvient tirer les boyaulx par l'oreille, et oste l'en l'amer ; et puis reboute l'en les boyaulx dedens. Et apres l'en les rostit sur le greil : se le brochet est petit, soit rosty tout entier ; et s'il est plus grandelet, soit encisié en plusieurs lieux au travers, et ainsi rosty. Puiz ayez saffren largement, poivre long, giroffle et graine, et soit tout bien broyé et deffait de vertjus, vin et vinaigre trespetit comme neant, broyé, et osté du mortier. Puiz ayez pain harlé, trempé en puree de pois, ou en eaue de *(fol. 147a)* poisson, ou moictié vin moictié vertjus ; et soit broyé, puis coulé par l'estamine, et tout mis ensemble soit bouly, et mis en platz sur le brocherel, et soit jaune.

Ainsi se peut faire galentine de poisson froit, sauf tant

1285. et la savourez de *B*, et lassouavrez de *C*, et de vinaigre *B*. **1295.** les refrisez en *B*. **1296.** p. en e. *B*. **1300.** P. appareillier v. *B*. **1302.** reboute *omis A*, et puis... dedens *omis C*.

d'oignon, effeuillez du persil et mettez le tout à frire dans de l'huile. Broyez du gingembre, de la cannelle, du girofle, de la graine de paradis* et du safran, délayez avec du verjus et retirez du mortier. Faites griller du pain, broyez-le puis délayez-le dans le bouillon de légume et passez à l'étamine. Ajoutez-y le bouillon de légume et faites bouillir le tout. Assaisonnez de vin, de verjus et de vinaigre. Il faut que la soringue* soit claire.

128. Gravé* ou seymé* (car c'est la même chose) à la loche ou autre poisson froid ou chaud, perche ou espèce de même nature. Faites frire votre poisson sans farine dans de l'huile, puis maintenez-le au coin du feu ; mais auparavant il faut que vous ayez fait griller du pain, que vous l'ayez broyé et délayé dans un peu de vin, d'eau bouillie ou de bouillon de légume. Passez à l'étamine et mettez dans un pot. Coupez[1] du gingembre, de la cannelle, du girofle, de la graine de paradis* ainsi que du safran pour colorer et délayez dans du vinaigre. Faites ensuite cuire et frire dans de l'huile des oignons hachés. Mettez le tout à bouillir dans un pot avec du bouillon de légume ou de l'eau bouillie sauf les loches frites dont vous mettrez 6 ou 7 ou davantage dans les écuelles ; versez le brouet par-dessus. Il faut que le gravé* ne soit pas jaune mais roux.

129. Chaudumée* au brochet. *Primo* préparez un brochet : il faut lui tirer les boyaux par les ouïes pour en ôter la poche amère, puis remettre les boyaux. Ensuite on fait rôtir le brochet sur le gril. S'il est petit, il peut être rôti tout entier. S'il est plus grand, faites des entailles à plusieurs endroits et faites-le rôtir ainsi. Prenez une grande quantité de safran, du poivre long, du girofle et de la graine de paradis*, broyez le tout soigneusement et délayez avec du verjus, du vin et très peu – si peu que ce n'est presque rien – de vinaigre ; broyez et retirez du mortier. Faites griller du pain, faites-le tremper dans du bouillon de pois, de poisson, ou encore dans un mélange de vin et de vinaigre en quantités égales. Broyez et passez à l'étamine ; mélangez le tout et faites bouillir. Versez finalement sur le brochet ; il faut que cela soit jaune.

On peut préparer de cette même manière une galentine* de

---

1. Brereton remarque que « affinez » doit être considéré comme une erreur pour « affilez ».

que l'en n'y met point de puree – car puree ne se garde
pas longuement – maiz y met l'en de la gresse du poisson.

130. Civé d'oistres. Eschaudez et lavez tresbien les
oictres, les cuisiez puis ung seul boullon, et les mectez
esgoucter, et les friolez avec de l'ongnon cuit en l'uille.
Puis prenez pain harlé ou chappellures grant foison, et
mectez tremper en puree, ou en l'eaue boulye des oictres,
et du vin plain, et coulez. Puiz prenez canelle, giroffle,
poivre long, graine, et saffran pour donner couleur,
broyez, et destrempez de vertjus et vinaigre, et mectez
d'une part. Puis broyez vostre pain harlé ou chappellures
avec la puree ou eaue des oictres, et aussi les oictres, puiz
qu'elles ne seroient assez cuictes.

131. Civé d'oeufz. Poschez oeufz a l'uille. Puis ayez
ongnons par rouelles cuiz, et les friolez a l'uille, puis
mettez boulir en vin, vertjus et vinaigre, et faictes boulir
tout ensemble. Puiz mectez en chascune escuelle .iii. ou
.iiii. oeufz, et gectez vostre brouet dessus; et soit non
lyant.

132. Souppe en moustarde. Prenez de l'uille en quoy
vous avez pochez vos oeufz, du vin, de l'eaue, et tout
boulir en une paelle de fer. Puiz prenez les croustes du
pain et le mettez harler sur le gril; puiz en faictes souppes
quarrees et mectez boulir. Puiz retrayez vostre souppe, et
mettez en ung plat ressuier. Et dedans le boullon mectez
de la moustarde, et faictes boulir. Puis faictes vos souppes
par escuelles, et versez vostre boullon dessus.

133. Lait de vasche lyé. Soit prins le lait a eslite,
comme dit est cy devant ou chappitre des potages, et soit
bouly une onde, puiz mis hors du pot. Puiz y filez par
l'estamine grant foison de moyeulx de oeufs, et ostez la
germe. Puiz broyez une cloche de gingembre et saffran, et
mectez dedans, et tenez chaudement empres le feu. Puiz

1314. len y m. *A*, c. pour ce ne *B*. **1317.** c. pour u. *AC*. **1318.** en huille P. *B*.
1320. en p. de pois ou *B*, en pure ou *C*. **1325.** *le second* oictres *omis
AC*. **1335.** *après* prenez, *B² a ajouté en bas de page les mots suivants, que B a
omis :* les croustes de pain et mettez sur le greil puis en faittes souppes. **1339.** P.
mettez v. *B*. **1341.** S. pris le *B*, a eslire c. *B²*. **1342.** c. il e. d. *B*. **1343.** du feu
P. *B*. **1344.** o. le g. et p. *B*.

poisson froid, sauf qu'on n'utilise pas du bouillon de légume – il ne se garde pas longtemps – mais de la graisse de poisson.

130. Civet d'huîtres. Ecalez et lavez bien les huîtres, portez-les à ébullition et ôtez-les aussitôt du feu ; égouttez-les et faites-les revenir avec de l'oignon cuit dans l'huile. Prenez du pain grillé ou des croûtons de pain à foison, mettez-les à tremper dans du bouillon de légume ou dans le bouillon d'huîtres, ajoutez du vin et passez. Prenez de la cannelle, du girofle, du poivre long, de la graine de paradis* ainsi que du safran pour colorer, broyez et délayez dans du verjus et du vinaigre, puis mettez de côté. Broyez alors votre pain grillé ou vos croûtons de pain avec du bouillon de légume ou celui des huîtres, ajoutez les huîtres au cas où elles ne seraient pas assez cuites.

131. Civet aux œufs. Pochez les œufs dans de l'huile. Faites cuire des rondelles d'oignon, faites-les revenir dans l'huile, puis mettez-les à bouillir dans un mélange de vin, de verjus et de vinaigre. Mettez dans chaque écuelle 3 ou 4 œufs et versez votre brouet dessus. Il ne doit pas être épais.

132. Soupes* à la moutarde. Mettez à bouillir dans une poêle de fer l'huile dans laquelle vous avez poché vos œufs, du vin et de l'eau. Faites griller des tranches de pain et confectionnez-en des soupes* carrées et faites-les bouillir. Retirez-les et mettez-les à refroidir dans un plat. Ajoutez de la moutarde dans le bouillon et faites bouillir. Distribuez vos soupes* dans les écuelles et versez votre bouillon par-dessus.

133. Lait de vache lié. Il faut prendre du meilleur lait, comme il a été indiqué ci-dessus au chapitre des potages*[1] ; le porter à ébullition puis le sortir du pot. Faites filer dedans à travers une étamine des jaunes d'œufs à foison, et ôtez-en le germe. Broyez et ajoutez une cloche de gingembre et du safran ; maintenez au chaud près du feu. Faites pocher des œufs

---

[1]. Cf. paragraphe 95.

ayez des oeufz pochez en eaue, et mectez .ii. ou .iii. oeufz pochez en l'escuelle, et le lait dessus.

134. *Espinbesche de rougetz.* Espaullez, pourboulez et rosticiez voz rougectz. Puis ayez vertjus et pouldre cameline, et percil, tout bouly ensemble, et gectez sus.

135. *Potage jaunet ou saulse jaunecte sur poisson froit ou chault.* Frisiez en huille sans point de farine loche, perche pelee, ou autre de ceste nature. Puiz broyez amandes et deffaictes le plus de vin et de vertjus, et coulez et mectez au feu. Puiz broyez gingembre, giroffle, graine, et saffran, et deffaictes de vostre boullon. Et quant le potage avra bouly, mectez vos espices; et au *(fol. 147b)* drecier mectez du succre; et soit lyant.

136. *Milet.* Lavez le en .iii. paires d'eaues, et puis le mectez en une paelle de fer secher sur le feu, et hoschez bien qu'il ne arde, et puiz mectez en lait de vasche fremiant (n'y mectez point la culier jusques a tant qu'il ait bien bouly) et puis le mectez jus de dessus le feu, et le bactez du doz de la culier tant qu'il soit bien espoiz.

137. La nature du lait est telle que se le lait est trait et mis en ung tresbel et net vaissel de terre, ou de boiz, ou d'estain – et non mye d'arain ne de cuivre – et en iceulx vaisseaulx le tenir en repos sans remuer ou changier en divers vaisseaulx ne transporter ça ne la, il se garde bien jour et demy et ne se tourne point au boulir, maiz que l'en le remue quant il s'esmeut au boulir. Et n'y couvient point mectre de sel jusques au descendre du feu, ou au moins quant l'en y veult mectre les soupes; et y peut on mectre des souppes de pain levé ou autre, que ja ne se tournera, puis que le lait est ainsi gouverné comme dit est.

Item, et se le lait n'est fraiz, ou que tu ayes doubte qu'il ne tourne en la paelle, s'i met ung petit de fleur et le mouvreras tresbien, et ja ne se tournera. Et se tu en veulx faire boulye, si desmelle *primo* ta fleur et ton lait et du sel, puiz met boulir et le muef tresbien. Et se tu en veulx faire

---

1362. f. et ny *B*. **1368.** c. et – i. *B*². **1369.** le tenir... divers vaisseaulx *omis B*. **1370.** ne transportez ça *B*. **1371.** j. et d. ou deux jours et *B*, j. et dez et *C*. **1374.** q. on y *B*. **1378.** si y m. *B*. **1379.** mouveras t. *B*.

dans de l'eau, mettez-en 2 à 3 par écuelle et versez le lait par-dessus.

134. Epinbêche* aux rougets. Découpez vos rougets en filets, faites-les bouillir et rôtir. Puis faites bouillir ensemble du verjus, de la poudre cameline* et du persil et versez par-dessus.

135. Potage* ou sauce jaunet* pour assaisonner du poisson froid ou chaud. Faites frire dans de l'huile et sans farine soit de la loche, soit de la perche dépouillée ou un autre poisson de cette espèce. Broyez des amandes et délayez-les dans la plus grande quantité de vin et de verjus possible, passez et mettez sur le feu. Broyez du gingembre, du girofle, de la graine de paradis*, du safran et délayez-les dans votre bouillon. Quand le potage* aura bouilli, ajoutez vos épices ; sucrez au moment de servir. Il faut que le potage* soit consistant.

136. Millet. Lavez-le dans trois bains d'eau successifs puis mettez-le à sécher dans une poêle de fer sur le feu. Secouez-la bien afin qu'il ne brûle pas, puis versez-le dans du lait de vache frémissant (évitez d'y mettre la cuillère tant qu'il n'a pas bien bouilli), puis ôtez-le du feu et battez-le avec le dos de la cuillère jusqu'à ce qu'il soit bien épais.

137. La nature du lait est telle qu'une fois trait, on doit le verser dans un très bon et propre récipient en terre, en bois ou en étain, mais non pas en airain ou en cuivre ; si on le laisse au repos en évitant de le remuer, de le transvaser ou de le transporter çà et là, il se garde aisément un jour et demi sans tourner au moment de l'ébullition, à condition de le remuer quand il se met à frémir. Il faut éviter d'y ajouter du sel avant de le retirer du feu ; qu'on attende au moins le moment où l'on veut mettre les soupes*. Ces soupes* peuvent être faites de pain levé ou d'un pain différent ; si le lait est conservé comme indiqué, il ne tournera pas.

Item, si le lait n'est pas frais, ou que tu crains qu'il tourne dans la poêle, ajoute un peu de fleur de farine et remue très soigneusement : alors, il ne tournera pas. Si tu veux préparer une bouillie, mélange *primo* ta fleur de farine, ton lait et le sel, puis fais bouillir en remuant bien. Si tu veux faire un potage*,

potage, sy y met pour chascune pincte de lait, les moyeulx de demy .iiii^{on}. d'oeufz, les germes ostez, tresbien batuz ensemble a par eulx, et puiz rebatuz avec du lait, et puis tout filé en la paelle, et puiz tresbien remue le lait qui bout. Puis faire souppes et, qui veult une cloche de gingembre et du saffran, *fiat*.

Rost de char

138. Langue de beuf fresche soit pourboulye, pelee, lardee et rostie, et mengee a la cameline. *Item*, est assavoir que la langue du vieil vault mieulx que la langue du jeune beuf, sicomme aucuns dient; autres dient le contraire.

En Gascongne quant il commence a faire froit, ilz achectent des langues, les pourboulissent et pelent, et puiz les salent l'une sur l'autre en ung salouer et laissent .viii. jours, puiz les pendent a la cheminee tout l'yver, et en esté hault, a sec. Et ainsi se gardent bien .x. ans, puiz sont cuictes en eaue, et vin qui veult, et mengees a la moustarde.

Aliter, langue de beuf vieil soit pourboulye, pelee, et nectoyee, puiz embrochee, boutonnee de cloux de giroffle, rostye et mengee a la cameline.

139. Allouyaux de beuf. Faictes lesches de la char du trumel, et envelopez dedens *(fol. 148a)* mouelle et gresse de beuf; embrochiez, rostissiez et mengiez au sel.

140. Mouton rosty, au sel menu et au vertjus et vinaigre. L'espaule soit premiere enbrochee, et tournee devant le feu jusques a ce qu'elle ait gecté sa gresse. Puis soit lardee de percil, et non plus tost – car qui plus tost la larderoit le percil s'arderoit avant que l'espaulle feust rotye.

141. Porc. Eschaudé, roty en la broche, et mectre du sain doulx en la paelle, et au bout d'un baston avoir des plumes, et oindre l'escorche ou couanne du porc afin

---

1382. de lait, les moyeulx *omis* A, les moyeulx de *omis* C. **1390.** et *répété* B. **1392.** d. autre d. A. **1393.** q. ilz c. A. **1394.** les parboulissent et B. **1397.** ans et p. B. **1400.** s. parboulie p. B. **1409.** t. pour deux – causes lune Car adonc elle est meilleur a larder Lautre c. B (pour deux – *corrigé par* B^2). **1410.** p. se ardroit a. B.

compte pour chaque pinte de lait un demi quarteron de jaunes d'œufs, ôtes-en les germes et bats-les très fermement, d'abord seuls, puis avec le lait; fais-les filer ensuite dans la poêle, remue bien le lait quand il bout. Faire ensuite les soupes* et ajouter, si on veut, une cloche de gingembre et du safran.

Viande rôtie

138. La langue de bœuf fraîche doit être bouillie, pelée, lardée et rôtie; on la mange à la cameline*. *Item*, il faut savoir que la langue d'un vieux bœuf est meilleure que celle d'un jeune bœuf, aux dires de certains; d'autres prétendent le contraire.

En Gascogne, lorsqu'il commence à faire froid, on achète des langues, on les fait bouillir et on les pèle; ensuite on les met dans le sel dans un saloir, l'une sur l'autre, et on les y laisse pendant 8 jours; ensuite on les pend dans la cheminée tout l'hiver, et en été on les place plus haut, au sec. De cette manière les langues se gardent bien dix ans. Puis on les cuit à l'eau, avec du vin si on veut, et on les mange à la moutarde.

Aliter, la langue d'un vieux bœuf doit être bouillie, pelée et nettoyée avant d'être embrochée; puis on la pique de clous de girofle et on la fait rôtir. La manger à la cameline*.

139. Allouyaux* de bœuf. Faites des escalopes avec la viande du jarret; enveloppez dedans de la moelle et de la graisse de bœuf. Embrochez, rôtissez et mangez salé.

140. Mouton rôti au sel fin, au verjus et au vinaigre. En premier lieu il faut mettre l'épaule à la broche et la tourner devant le feu jusqu'à ce que la graisse en soit partie. C'est ensuite seulement et pas avant qu'il faut la larder avec du persil; si on le faisait plus tôt, le persil brûlerait avant que l'épaule soit rôtie.

141. Porc. Ebouillantez-le et rôtissez-le à la broche; mettez du saindoux dans la poêle, et des plumes au bout d'un bâton, badigeonnez-en la peau ou couenne du porc pour éviter qu'elle

qu'elle ne se arde et endurcisse, ou larder. Et autel couvient il faire a ung cochon, ou le larder, et est mengié au vertjus de grain, ou vertjus vieil, et ciboule.

142. Pourcelet farcy. Le pourcelet tué et acouré par la gorge soit eschaudé en eaue boulant, puis pelé. Puis prenez de la char meigre de porc, et ostez le gras et les yssues du pourcellet, et mectez cuire en l'eaue. Et prenez .xx. oeufz et les cuisiez durs, et des chastaignes cuictes en l'eaue et pelees. Puis prenez les moyeulx des oeufz, chastaignes, fin frommage vieil, et char d'un cuissot de porc cuit, et en hachiez, puis broyez avec du saffran et pouldre de gingembre grant foison entremelez parmy la char; et se vostre char revient trop dure, si l'alayez de moyeulx de oeufz. Et ne fendez pas vostre cochon parmy le ventre, maiz parmy le costé, le plus petit trou que vous pourrez; puis le mectez en broche, et apres boutez vostre farce dedens et recousez a une grosse aguille. Et soit mengié, ou au poivre jaunet, se c'est en yver, ou a la cameline, se c'est en esté.

Nota que j'ay bien veu pourcellet lardé et est tresbon. Et ainsi le fait l'en maintenant, et des pigons aussi.

143. Connins, pourbouliz, lardez, en rost, a la cameline. L'en scet bien se ung connin est gras a luy taster le nerf qui est entre deux espaules ou col, car la scet l'en s'il a grosse gresse par le gros nerf; et s'il est tendre, l'en le scet a luy rompre l'une des jambes derriere.

144. Veel rosty soit harlé au feu en la broche sans laver, puis lardé, rosty, et mengié a la cameline. Aucuns le pourboulent, lardent, puis embrochent. Ainsi le souloit l'en faire.

145. Chevreaulx ⎫ Boutez en eaue boulant et tirez
     Agneaux ⎭ hors tantost et harlez en la
broche, puis rostiz et mengiez a la cameline.

146. Bourbelier de sanglier. *Primo* le couvient mectre en l'eaue boulant, et bien tantost retraire, et boutonner de

---

1420. la *omis B*. **1421.** en l'eaue *omis B*. **1426.** f. entremerlee p. *B*. **1430.** en la b. *B*. **1434.** que *omis B*. **1441.** b. et sans *B*. **1442.** A. se p. *AC*. **1445.** Agneaulx *remplacé par* harlez *B*, et *omis B*, p. harlez et r. m. *B*. **1448.** en eaue *BC*, et bien tost *B*.

brûle ou durcisse ; autrement la larder. Il convient de procéder de la même manière avec un très jeune porc ; sinon il faut le larder. On le mange au verjus de grain, ou au verjus ancien, avec de la ciboule.

142. **Porcelet farci.** Le porcelet doit être égorgé ; on l'ébouillante puis on l'écorche. Prenez ensuite de la viande de porc maigre, ôtez le gras et les abats du porcelet et mettez-les à cuire dans l'eau. Préparez 20 œufs durs ; faites cuire des châtaignes dans l'eau et pelez-les. Prenez les jaunes d'œufs, les châtaignes, du bon vieux fromage et une cuisse de porc cuite ; hachez-les et broyez-les avec du safran et du gingembre en poudre en grande quantité et incorporez à la viande. Si votre viande en devient trop dure, délayez avec des jaunes d'œufs. Ne fendez pas le ventre mais le côté de votre cochon ; faites un trou aussi petit que possible. Mettez-le à la broche, remplissez-le de farce et recousez avec une grosse aiguille. Le manger au poivre jaunet* en hiver et à la cameline* en été.

Nota que j'ai bien vu qu'on peut aussi larder le porcelet ; c'est très bon. C'est devenu plus courant à présent, et on le fait même pour les pigeons.

143. **Lapin** : soit bouilli, soit lardé, rôti ou à la cameline*. On peut s'assurer de ce qu'un lapin est gras en lui tâtant au cou le nerf entre les épaules : à la grosseur du nerf on connaît l'épaisseur de la graisse ; on sait s'il est tendre en lui rompant l'une des pattes arrières[1].

144. Le **veau rôti** doit être grillé au feu à la broche sans être lavé auparavant ; puis on le larde, on le fait rôtir et on le mange à la cameline*. Il y en a qui le font bouillir et qui le lardent avant de le mettre à la broche. C'est ainsi qu'on avait coutume de le faire.

145. **Chevreaux et agneaux.** Mettez-les dans l'eau bouillante et retirez-les aussitôt ; grillez-les à la broche, faites-les rôtir puis mangez-les à la cameline*.

146. **Onglet à la queue de sanglier*.** *Primo* mettre l'onglet dans de l'eau bouillante et l'en retirer aussitôt. Le piquer de

---

1. Répétition : cf. II, iv, 11.

giroffle, mectre rostir, et baciner (*foi. 148b*) de saulce faicte d'espices – c'est assavoir gingembre, canelle, giroffle, graine, poivre long et noiz muguectes – destrempé de vertjus, vin et vinaigre, et sans boulir l'en bacinez ; et quant il sera rosty, si boulez tout ensemble. Et ceste saulse est appellee *queue de sanglier*, et la trouverez cy apres. (Et la il la fait lyant de pain, et cy non.)

147. Pour contrefaire, d'une piece de beuf, venoison d'ours. Prenez de la [piece] d'emprés le flanchet. Et soit tronçonnee par gros tronçons comme bouly lardé, puis pourbouly, lardé, et rosty. Et puis boulez une queue de sanglier, et mectez vostre grain peu boulir, et gecter saulse et tout en ung plat.

Toute venoison fresche, sans baciner, se mengue a la cameline.

148. Oes rosties, a l'aillet blanc en yver, ou a la jance.

Et *nota* que en aoust et septembre, quant les oisons sont aussi grans comme pere et mere, l'en congnoist les jeunes a ce que quant l'en appuie son poulce sur leur becq, font soubz le poulce, et aux autres, non.

Item, nota que oisons mis en mue, se ilz sont bien petiz ils engressent jusques au .ixe. jour et apres ameigrissent, maiz les oes engressent tousjours, sans defrire. Et soit l'une soit l'autre, il les couvient tenir sechement et garder de moullier leurs piez ne estre sur lictiere moicte, maiz finement seiche, et garder de baigner ne mengier verdure. Et ne voyent point de clarté, et soient peuz de fourment cuit et abeuvrez de lait meigre, ou de l'eaue en quoy le fourment avra cuit. Et ne leur couvient donner autre beuvrage, et soient peuz de bonne avoine.

A Paris les oyers engressent leurs oisons de farine, non mye la fleur ne le sonc, maiz ce qui est entredeux, que

---

1453. b. les b. *AC*. **1458.** la puree d. *A*, la pure d. *BC corrigé en* la piece d. *B*². **1459.** puis pourbouly, lardé *omis AC*. **1461.** et gettez s. *B*. **1468.** b. il f. *B*². **1471.** a. engressissent m. *A*, a. engrossissent m. *C*. **1472.** s. lun. s. *B*.

clous de girofle et le mettre à rôtir, le faire mariner dans une sauce faite avec les épices suivantes : gingembre, cannelle, girofle, graine de paradis*, poivre long et noix muscade. Délayer avec du verjus, du vin et du vinaigre ; faites-le mariner sans le faire bouillir. Une fois l'onglet rôti, faites bouillir tout le reste. Cette sauce est appelée *queue de sanglier*, vous la trouverez ci-dessous[1]. (Et alors il fait une liaison avec du pain, mais pas ici.)

147. Pour faire passer un morceau de bœuf pour de la venaison d'ours[2]. Choisissez le morceau près du flanchet. Coupez-le en gros morceaux comme pour le bouli lardé*, puis faites-le bouillir, lardez-le et faites-le rôtir. Faites bouillir une queue de sanglier[3], de même que la partie solide de votre potage*, mais modérément seulement, puis versez le tout avec la sauce dans un plat.

Toute venaison fraîche se mange à la cameline* sans marinade préalable.

148. Oies rôties à l'ail blanc en hiver, ou à la jance*.

Et *nota* qu'en août et en septembre, quand les oisons ont atteint la taille de leurs parents, on peut quand même les distinguer en appuyant le pouce sur leur bec ; il se déforme alors, contrairement à celui des adultes.

Item, nota que les oisons qui sont enfermés petits dans une cage engraissent jusqu'au neuvième jour ; ensuite ils maigrissent. Quant aux oies, elles engraissent sans discontinuer. Mais dans tous les cas, il faut les tenir au sec et empêcher qu'elles aient les pattes mouillées ou qu'elles restent sur une litière humide ; elle doit toujours être parfaitement sèche. Il ne faut pas les baigner ni leur donner de la verdure à manger. Il ne faut pas qu'elles voient de la lumière ; les nourrir de froment cuit et leur donner à boire du lait maigre ou le bouillon dans lequel le froment aura cuit. Il ne faut pas leur donner autre chose à boire ; qu'elles soient nourries de bonne avoine.

A Paris, les éleveurs d'oies engraissent leurs oisons avec de la farine, de qualité intermédiaire entre la fleur et le son,

---

1. Paragraphe 293.
2. Cf. paragraphe 87.
3. Il s'agit ici de la queue proprement dite et non pas de la sauce ; elle était réputée donner une très forte saveur.

l'en appelle les *gruyaulx* ou les *recoppes*. Autant mectent ilz d'avoine avec, et meslent tout avec ung petit de eaue, et que ce demeure espaiz comme paste; et ceste viande mectent ilz en une goultiere sur .iiii. piez, et d'autre part de l'eaue, et lictiere nouvelle chascun jour; et en .xv. jours sont gras. Et *nota* que la lictiere leur fait tenir leurs plumes nectes.

149. Chappons, gelines, faisandez de .ii. ou de .iii. jours, embrochiez, flambez et rostiz. Mectez au vertjus avec leur gresse bouly, a la poitevine, ou a la jance.

150. Poucins gros comme hetoudeaulx en juillet. Tuez .ii. jours devant, et rostiz, flamblez, mengiez au moust – qui se fait en tout temps de vin, vertjus et foison succre.

Pour les faisander, il les couvient saigner et incontinent les mectre et faire mourir en ung seel d'eaue froide, et tantost remectre en ung autre (*fol. 149a*) seel d'eaue tresfroide; et il sera faisandé ce matin mesmes comme de deux jours tué.

151. Menuz oiseulx. Plumez a sec, et laissiez les piez, et embrochiez parmy le corps, et entredeux mectre une piece de lart gras tanve comme une feuille.

152. Malars de riviere. En yver, quant les jeunes sont aussi grans comme les vielz, l'en congnoist les jeunes aux tuyaulx des esles qui sont plus tendres que des vielz. *Item*, l'en congnoist ceulx de riviere a ce qu'ilz ont les ongles fins noirs, et aussi les piez rougiz; et ceulx de paillier les ont jaunes. *Item*, ilz ont la creste du bec, c'est assavoir le dessus, vert tout au long. Et aucunefoiz les masles ont au travers du col, endroit le hasterel, une tache blanche, et sont tous d'un plumage, et ont la plume de dessus la teste tresondoyant.

Item, malars de riviere. Plumez a sec, puis mectre sur la flambe, ostez la teste et la gectez, et laissiez les piez; puiz mectez en broche, et une leschefricte dessoubz pour

---

1489. de .ii. ou .iii. *B*. 1493. r. flambez m. *BC*. 1497. u. seau d. B^2. 1498. a. seau d. B^2. 1503. g. tanne c. *BC*. 1508. aussi ont l. *B*, p. rouges et B^2. 1509. la teste du *AC*.

appelée *gruaux* ou *recoupes*[1]. Ils y ajoutent une quantité équivalente d'avoine et mélangent le tout avec peu d'eau afin de lui garder la consistance d'une pâte ; ils mettent cette nourriture dans une gouttière posée sur 4 pieds ; l'eau est à part. Ils renouvellent chaque jour la litière. Les oisons sont gras en 15 jours. Et *nota* que la litière garde leur plumage net.

149. Les chapons et poules faisandés de deux ou trois jours sont mis à la broche, flambés et rôtis. Accompagnez-les de verjus et de leur graisse bouillie, ou servez-les à la mode du Poitou ou à la jance*.

150. Poussins de la taille de jeunes chapons en juillet : tuez-les deux jours auparavant, faites-les rôtir et flamber et mangez-les au moût qui se fait en toute saison avec du vin, du verjus et beaucoup de sucre.

Pour les faisander, il faut les saigner et les faire mourir aussitôt dans un seau d'eau froide, puis les plonger immédiatement dans un second seau rempli d'eau très froide ; ils seront faisandés le matin même comme s'ils avaient été tués deux jours auparavant [2].

151. Petits oiseaux. Plumez-les à sec, ne leur coupez pas les pieds, embrochez-les par le milieu du corps, et mettez entre eux un morceau de lard gras tanné comme une feuille[3].

152. Malards de rivière. En hiver, lorsque les jeunes canards ont atteint la taille des adultes, on peut les distinguer aux tuyaux des plumes des ailes qui sont plus tendres que chez les vieux. *Item*, l'on peut distinguer les malards de rivière à ce qu'ils ont les ongles très noirs et les pieds tirant sur le rouge, tandis que les malards domestiques les ont jaunes. *Item*, la crête du bec, c'est-à-dire le dessus, est vert sur toute la longueur. Il arrive que les mâles ont au travers du cou, à l'endroit de la nuque, une tache blanche ; ils ont le plumage uni ; la plume sur la tête est très chatoyante[4].

Item, malards de rivière. Plumez-les à sec, passez-les à la flamme, coupez et jetez la tête, mais gardez les pieds. Mettez-les à la broche et posez une lèchefrite dessous pour

---

1. Répétition : cf. II, iv, 18.
2. Répétition : cf. II, iv, 19.
3. Amincie et durcie comme un morceau de cuir après tannage, selon Pichon.
4. Répétition : cf. II, iv, 20.

requeillir la gresse, et mectre des ongnons dedens qui se frisent en la gresse. Et quant l'oisel est cuit, mectez du lart et du parcil en la leschefricte, et boulez tout ensemble, et
1520 des tostees dedens, et l'oisel par pieces; ou soit mengié au sel menu.

Item, autrement se peut faire. Mectez en la leschefricte des ongnons comme dit est, et quant l'oisel sera cuit, si mectez en la leschefricte ung petit de vertjus, et moictié
1525 vin moictié vinaigre, et tout bouly ensemble et apres mis la tostee; et ceste derreniere saulse est appellee *saupiquet*.

153.	Paon,	Grues,	Soient plumez a sec ou
	Faisans,	Gentes,	seignees comme le
	Cigoignes,	Butor,	signe, et laissiez a ceulx
1530	Heron,	Cormorant	a qui il appartient les
	Outrades		testes et queues, et aux

autres testes et piez, et du seurplus comme du cigne.

Item, au faisant a qui l'en oste la queue, l'en luy reboute .ii. ou .iii. plumes quant il est rosty maiz atourné.

1535 154. Coulons ramiers sont bons en yver. Et congnoist l'en les vielz a ce qu'ilz ont les venneaulx des esles tout d'une couleur noire; et les jeunes qui sont d'icelluy an ont le bout des venneaulx cendrez et le seurplus noir comme les autres. Et sont bons en pasté a la cameline froiz, ou
1540 tous chaulx a la saulse d'oiseaulx de riviere. Ou rostiz longuement (*fol. 149b*) comme beuf, et mengiez au sel ou a la dodine par pieces en ung plat, comme oiseaulx de riviere.

Nota que a Besiers l'en vent de deux paires de coulons
1545 ramiers: les ungs petis, et ceulx ne sont pas les meilleurs, car les grans sont de meilleur saveur, et menguent le glan au boiz comme font les pourceaulx. Et les mengue l'en au boussac comme ung connin, et mis par quartiers; et aucunefoiz a la saulse de halebrans; et en rost, a la dodine. Ou
1550 qui en veult garder, soient mis en pasté, lardez. Et sont en

---

1519. du percil en *BC*. **1520.** des totees d. *B*. **1522.** Mectez... si *omis B*. **1526.** la totee et *B*. **1529.** Oestardes *B*[2], Oultardes *C*. **1532.** du surplus *BC*. **1534.** m. au tourne *A*, m. autour *C*. **1537.** s. de celuy a. *B*. **1538.** le surplus n. *BC*. **1544.** d. paire d. *B*. **1548.** et aucunesfoiz a la s. des h. *B*.

recueillir la graisse. Mettez-y des oignons qui seront frits dans la graisse. Une fois l'oiseau cuit, mettez du lard et du persil dans la lèchefrite et faites bouillir le tout ; ajoutez-y les tartines grillées et le canard découpé ; il faut le manger avec du sel fin.

Item, il y a une autre manière de procéder. Mettez dans la lèchefrite des oignons comme on vient de le dire ; quand l'oiseau sera cuit, mettez dans la lèchefrite un peu de verjus, du vin et du vinaigre – moitié moitié ; tout doit être bouilli ensemble ; on ajoute ensuite les tartines grillées. Cette dernière sauce est appelée *saupiquet*.

153. Paons, faisans, cigognes, hérons, outardes, grues, oies sauvages, butors, cormorans : plumez-les à sec ou saignez-les comme le cygne et laissez, selon ce qu'il appartient à chaque espèce, soit les têtes et les queues, soit les têtes et les pattes ; pour le reste, procédez comme pour le cygne.

Item, on remet deux ou trois plumes au faisan à qui l'on a ôté la queue, une fois qu'il est rôti et présenté à table.

154. Les pigeons ramiers sont bons en hiver. On peut distinguer les vieux à ce que les rémiges de leurs ailes sont uniformément noires. Les jeunes sont ceux dont le bout des rémiges est cendré mais dont le reste du plumage est noir comme chez les autres[1]. Ils sont bons en pâté froid à la cameline*, ou tout chauds à la sauce d'oiseaux de rivière, ou encore rôtis longuement comme le bœuf, et mangés par morceaux sur un plat au sel ou à la dodine*, comme les oiseaux de rivière.

Nota qu'à Béziers l'on vend deux espèces de pigeons ramiers : une petite espèce d'abord, mais ce ne sont pas là les meilleurs. Les grands en effet sont plus savoureux ; ils se nourrissent de glands dans les bois comme les pourceaux. On les mange au boussac* comme un lapin, coupés en quartiers, et parfois à la sauce de halbran[2], ou encore rôtis à la dodine*. Si on veut les conserver, on peut les larder et en faire du pâté.

---

1. Répétition : cf. II, iv, 21.
2. Jeune canard sauvage.

saison a la saint Andry jusques en Karesme, et ne viennent fors de .iii. ans en .iii. ans.

155. Plouviers et videcoq. Plumer a sec, bruler, et laissiez les piez ; rostir, et mengier au sel.

Et *nota* que troiz paires d'oiseaulx sont que les aucuns queux rostissent sans effondrer, *scilicet* : aloes, turtres, et pluviers, pource que leurs boyaulx sont gras et sans ordure : car alloes ne menguent ; fors pierrectes et sablon, turtres grains de geneuvre et herbes souef flairans, et plouviers vent.

156. Perdriz [s'adouent] vers la my fevrier et adont s'envolent .ii. et .ii.. Et en Pasqueretz se doivent cuire en l'eaue avec la char de beuf ung boullon largement, puis les tirer et rostir.

Item, les perdriz qui ont les plumes bien joinctes et serrees a la char, et sont arrengeement et bel joinctes comme sont les plumes sur ung esprevier, sont fresches tuees. *Item* a tirer plumes du brayer le scet l'en.

Item perdriz se doivent plumer a sec et copper les ongles et la teste ; reffaire en eaue boulant, puis boutonner de venoison, qui en a, ou lart, et mengier au sel menu, ou a l'eaue froide et eaue rose et ung petit de vin, ou en eaue rose les troiz pars, jus de pommes de orenges et le vin le quart.

157. Cingne. Plumés comme ung poicin ou une oe, eschaudez ou reffait, embrochiez, arçonnez en quatre lieux, et rostissiez atout les piez et bec tout entier, et la teste sans plumer, et mengié au poivre jaunet. *Item*, qui veult, l'en le dore.

Item, au tuer soit fendu la teste jusques aux espaulles.

Item, sont aucunefoiz escorchiez et revestuz.

158. Cingne revestu en sa pel a toute la plume. Prenez

1553. et videcoqs *B*, plumez a *B*², plumera a *C*. **1558.** c. elles ne *AC*. **1559.** de genevre et *B*, de geneivre et *C*. **1561.** P. sadonnent v. *A*, P. sadonent v. *B*, P. sodonnent v. *C*, et adonc s. *B*. **1562.** en Pasqueret s. *B*. **1563.** la *omis B*. **1565.** et sarrees a *B*. **1568.** t. les p. du b. le sent l. *B*. **1573.** j. de pomme dorenge *B*, j. de pomme de o. *C*, et vin le *B*. **1579.** le *omis B*. **1580.** f. de la *B*. **1582.** P. la et *B*.

Leur saison va de la Saint-André[1] jusqu'au carême, mais ils ne reviennent que tous les trois ans.

155. **Pluviers et bécasses.** Il faut les plumer à sec, les flamber et leur laisser les pattes ; les rôtir et les manger au sel.

Et *nota* qu'il existe trois espèces d'oiseaux que certains cuisiniers rôtissent sans les vider, à savoir les alouettes, les tourterelles et les pluviers, parce que leurs boyaux sont gras et sans déchets : les alouettes ne mangent que des cailloux et des grains de sable, les tourterelles des grains de genévrier et des herbes odorantes, et les pluviers du vent[2].

156. Les perdrix s'accouplent vers la mi-février et s'envolent alors par couples. Autour de Pâques on doit les faire cuire dans l'eau avec de la viande de bœuf : porter à ébullition et les y maintenir assez longtemps. Les retirer ensuite et les rôtir.

Item, les perdrix aux plumes bien jointes et plaquées à la chair, bien ordonnées et lisses comme le plumage de l'épervier sont fraîchement tuées. *Item*, on peut également le vérifier en tirant les plumes du ventre.

Item, les perdrix doivent être plumées à sec ; il faut leur couper les pattes et la tête ; les plonger dans l'eau bouillante puis les accommoder de venaison si on en a, sinon les larder et les manger au sel fin ou accompagnées d'eau rose froide avec un peu de vin, ou encore d'une eau composée de trois quarts d'eau rose et d'un quart de jus d'orange et de vin.

157. **Cygne.** Il faut le plumer de la même manière qu'un poussin ou une oie, l'ébouillanter ou le plonger dans l'eau, le mettre à la broche et l'arçonner[3] en quatre points, et le rôtir tout entier, avec les pattes et le bec ainsi qu'avec la tête non plumée ; il est mangé au poivre jaunet*. *Item*, on peut le dorer si l'on veut.

Item, il faut fendre la tête jusqu'aux épaules lorsqu'on le tue.

Item, parfois on les écorche pour ensuite les recouvrir de nouveau de leur peau.

158. **Cygne recouvert de sa peau avec le plumage intact.**

---

1. Le 30 novembre.
2. Comme toujours au Moyen Age, observation, savoir rapporté, expérience et mythes se confondent.
3. Pichon propose, en rappelant l'expression *arçonner de brochettes* du *Grand Cuisinier* – f. 19 : attacher à la broche à l'aide de petites brochettes qui sont au rôti ce que sont les arçons au chevalier.

et l'enflez par entre les espaulles et le fendez au long du ventre. Puis ostez la (*fol. 150a*) peel a tout le col couppé empres les espaulles, tenant au corps les piez, puis mectre en broche et l'arçonnez et dorez ; et quant il sera cuit, soit revestu en sa pel ; et que le col soit bien droit ou plat ; et soit mengié au poivre jaunet.

Pastez

159. Poucins soient mis en pasté le doz dessoubz, et la poictrine dessus, et larges lesches de lart sur la poictrine, et puis couvers.

Item, a la mode lombarde. Quant les poucins sont plumez et appareilliez ayez oeufz batuz – c'est assavoir moyeulx et aubuns – avec vertjus et pouldre, et moulliez vos poucins dedens. Puis mectez en pasté, et des lesches de lart comme dessus.

160. Champignons d'une nuyt sont les meilleurs, et sont petiz, vermeilz dedens, cloz dessus, et les couvient peler, puis laver en eaue chaude et pourboulir. Qui en veult mectre en pasté, si y mecte de l'uille, du frommage et de la pouldre.

Item, mectez les entre deux plats sur charbons et mectez ung petit de sel, du frommage et de la pouldre. L'en les treuve en la fin de may et en juing.

161. Escheroys. Lavez en deux ou trois paires d'eaues chaudes, puis les enfarinez et frisiez en huille. *Item*, apres ce, aucuns les mectent en pasté avec grant foison de ongnons, et tronçons de harenc ou d'anguille, et pouldré.

162. *Nota*. Pastez doivent estre au large et la viande a large dedens.

163. Pastelz de venoison fresche. Il couvient a venoison pourboulir et escumer, puis larder, a faire pastelz ; et ainsi se font pastelz de toute venoison fresche, et se doit tailler a grans loppins comme billes, et pour ce dit l'en *pasté de bouly lardé*.

1599. p. et v. *BC*. **1606.** l. les en *B*. **1610.** e. a l. *B*. **1613.** l. et. f. *B*.

Faites-le enfler à travers les épaules et fendez-le le long du ventre. Puis incisez tout le tour du cou près des épaules et ôtez la peau en tenant les pieds contre le corps, puis mettez-le à la broche en l'arçonnant avec des brochettes pour le faire dorer ; une fois cuit, recouvrez-le de sa peau. Le cou doit être bien droit et lisse. Le manger au poivre jaunet*.

Pâtés

159. Les poussins sont mis en pâté le dos dessous et le ventre dessus, de larges bardes de lard sur la poitrine, puis entièrement recouverts.

Item, à la mode de Lombardie. Une fois les poussins plumés et préparés, battez des œufs – les jaunes et les blancs – avec du verjus et de la poudre fine* d'épices, puis plongez vos poussins dans ce liquide. Mettez-les en pâté et disposez les bardes de lard comme ci-dessus.

160. Les champignons cueillis la veille sont les meilleurs, surtout quand ils sont petits, rouges à l'intérieur et avec une surface intacte ; il faut les peler puis les laver dans de l'eau chaude avant de les faire bouillir. Si on veut en faire du pâté, il faut y ajouter de l'huile, du fromage et de la poudre fine* d'épices.

Item, mettez-les entre deux plats sur des charbons, ajoutez un peu de sel, du fromage et des épices réduites en poudre. On trouve ces champignons à la fin mai et en juin.

161. Panais[1]. Lavez-les dans deux ou trois bains d'eau chaude, enfarinez-les puis faites-les revenir dans l'huile. *Item*, il y en a qui les mettent ensuite en pâté avec une grande quantité d'oignons, des tronçons de hareng ou d'anguille et de la poudre fine* d'épices.

162. *Nota*. Les pâtés doivent être au large et la viande ne pas être comprimée à l'intérieur.

163. Pâtés de venaison fraîche. Faire bouillir, écumer puis larder la venaison à mettre en pâté. Tous les pâtés de venaison fraîche se font de cette manière ; il faut les tailler en des parts grosses comme des billes ; voilà pourquoi on dit *pasté de bouli lardé**.

---

1. Plante dont la racine sucrée est utilisée comme légume.

164. Pastez de beuf. Ayez bon beuf et jeune, et en ostez toute la gresse. Et le meigre soit mis par morceaulx cuire ung boullon, et apres porté sur le pasticier haschier, et la gresse, avec mouelle de beuf.

La char d'une joe de beuf trenchee par lesches et mise en pasté, et puis, quant le pasté est cuit, couvient gecter de la saulse d'un halebran dedens.

165. Pastez de mouton, bien haschiez menuz, avec des ciboules.

166. Pastez de veau. Prenez de la rouelle de la cuisse, et couvient mectre avec pres d'autant de gresse de beuf; et de ce fait l'en .vi. bons pastez d'assiecte.

Poisson de eaue doulce

167. A cuire poisson couvient premierement (*fol. 150b*) mectre l'eaue fremir, et du sel, et puis mectre les testes boulir ung petit, puis les queues, et boulir ensemble, et puis le remenant. Tout poisson freschement mort est ferme soubz le poulce et dur, et a l'oreille vermeille; et s'il est vieil mort, *secus*.

168. Bar soit en eaue cuit et mengié a la saulse vert.

169. Barbelet en esté soit cuit en eaue et le tiers vin, foison percil, et ozeille, et cuire longuement, et il sera ferme.

170. Barbillons rostiz au vertjus. Les petiz en yver au potage, ou a la jance friz. *Item*, en yver au poivre egret ou jaunet, car c'est tout ung.

171. Perche soit sans escharder cuicte en eaue, et puis soit pelee; au vinaigre et au percil. La fricte soit mise au gravé.

172. Tanche, eschaudee et osté le limon comme d'une anguille. Puis soit cuicte en eaue, mengee a la saulse vert. La fricte en potage; la renverses, rostye et pouldree de

---

1621. et mis en *AC*. 1636. s. c. en e. m. *B*. 1641. potage *omis AC*. 1644. au p. soit mise la f. s. m. *B*.

164. **Pâté de bœuf.** Prenez du bon jeune bœuf et ôtez-en toute la graisse. Le maigre, découpé, doit être mis à cuire jusqu'à ébullition ; ensuite on le porte chez le pâtissier[1] pour le faire hacher avec la graisse et la moelle du bœuf.

La viande provenant d'une joue de bœuf est coupée en lamelles et mise en pâté ; une fois le pâté cuit, il faut y faire couler de la sauce au halbran[2].

165. **Pâté de mouton.** Hacher bien finement la viande et ajouter des ciboules.

166. **Pâté de veau.** Prenez de la rouelle et ajoutez-y pratiquement autant de graisse de bœuf ; cela permet de faire 6 bons pâtés pour l'entrée.

Poisson d'eau douce

167. Pour faire cuire du poisson, il faut d'abord chauffer l'eau salée jusqu'à ce qu'elle frémisse, puis mettre à bouillir un peu les têtes, puis ajouter les queues et finalement faire bouillir tout le reste ensemble. Tout poisson fraîchement tué est ferme et dur sous la pression du pouce, et ses ouïes sont rouges. S'il est mort depuis longtemps, *secus*[3].

168. Le bar doit être cuit dans de l'eau et mangé à la sauce verte.

169. Le barbeau doit être cuit en été dans de l'eau additionnée d'un tiers de vin, avec beaucoup de persil et de l'oseille ; il doit cuire longuement pour être ferme.

170. **Barbillons rôtis au verjus.** En hiver, les petits barbillons sont préparés dans le potage* ou frits à la jance*. *Item*, en hiver on les accommode au poivre aigret ou jaunet*, ce qui est la même chose.

171. La perche doit être cuite dans l'eau sans avoir été écaillée, puis il faut la dépouiller. On l'accommode au vinaigre et au persil. La perche frite est utilisée pour le gravé*.

172. La tanche doit être ébouillantée et limonée comme une anguille. Elle est cuite dans l'eau et mangée à la sauce verte. La tanche frite est utilisée dans le potage*. La perche retournée

---

1. Terme à la signification plus large que de nos jours : le pâtissier est compétent pour tout ce qui est pâte et pâtés, que ce soit salé ou sucré.
2. Jeune canard sauvage.
3. C'est le contraire.

pouldre de canelle ; et puis soit plungee en vinaigre et
huille tandis que l'en la rostira, et mengee a la cameline.
Et notez que a la renverser, il la couvient fendre au long
du dos, teste et tout, puis renverser et mectre une essangle
entre les deux couannes, puis lyer le fil et rostir.

173. Bresme soit cuicte en eaue, mengee a la saulse
vert ; et la rostie au vertjus.

174. Lus se doit cuire en eaue fremiant et ung petit
vin ; et mectre la teste premierement, et puis la queue, et
faire boulir une onde, puis mectre le remenant. Lus se
mengut a la saulse vert quant il est cuit en eaue. Aucunesfoiz l'en en fait potage, et est frit. Aucunesfoiz le frit est
mengié a la jance. D'un lus on en peut mengier la moitié
cuicte en l'eaue, et l'autre moictié salee d'un jour ou de
deux jours, voire de huit jours ; maiz en ce cas l'en le doit
mectre tremper pour dessaler, puis pourboulir, et apres
esgouter ; puis frire et mengier a la jance. Quant du lus
fraiz est demouré de disner au souper, l'en en fait charpie.

175. Brochet est bon au chaudumé. Des brochectz le
laictié vault mieulx que l'ouvé, se ce n'est quant l'en veult
faire roissolles ; car de l'ouve broyé l'en fait roissolles.

176. Aloze salee cuicte en l'eaue et mengee a la moustarde, ou au vin et a la ciboule. La fresche entre en saison
en mars ; la couvient appareiller par l'oreille, eschauder,
cuire en eaue, et mengier a la cameline. Et celle qui sera
en pasté couvient premier escharder, puis *(fol. 151a)*
mectre en pasté, et de la cameline bien clere dedens le
pasté quant il est pres que cuit, et icelle saulse faire boulir.

Item, aloze appareillie comme dessus sans escharder,
puis rostir au four avec percil, et moictié vertjus, l'autre
moictié vin et vinaigre ; et est en saison depuis fevrier
jusques en juing.

177. Fenes, comme alozes.

178. Carpes. Aucuns aiment mieulx la laictié que

1652. u. essanle e. B^2. 1658. se mengue a *B*. 1659. Aucunesfoiz *fait partie de la phase précédente en BC*. 1662. en e. *B*. 1672. lo. escharder c. *B*. 1675. ns *entouré d'un cercle en pointillé entre* le *et* pasté *en A*. 1679. d. frevier j. *AC*. 1681. Fuites c. *B*.

est rôtie et saupoudrée de cannelle ; puis on la plonge dans du vinaigre et de l'huile pendant qu'on la rôtit ; elle est mangée à la cameline*. Et notez que pour la retourner il faut lui fendre le dos longitudinalement, de la tête jusqu'à la queue, puis la retourner peau contre peau, mettre une latte entre les deux peaux, ficeler et faire rôtir.

173. La brème doit être cuite dans l'eau et être mangée à la sauce verte. La manger au verjus si elle est rôtie.

174. Le brochet doit être mis à cuire dans de l'eau frémissante additionnée d'un peu de vin. Il faut y plonger d'abord la tête et ensuite la queue, porter à ébullition, et finalement ajouter le reste. Le brochet se mange à la sauce verte quand il est cuit à l'eau. Il arrive qu'on s'en serve pour le potage* quand il est frit. Mais parfois on mange le brochet frit à la jance*. On peut manger une moitié de brochet cuite à l'eau et l'autre moitié un, deux, voire huit jours plus tard, à condition de l'avoir mise dans le sel. Mais il faut alors mettre le poisson à tremper pour le dessaler, le faire bouillir et l'égoutter. Le faire frire et le manger à la jance*. S'il reste du brochet frais après le dîner, au souper, le préparer en charpie*.

175. Le chaudumée* de brochet est bon. Parmi les brochets, le brochet qui porte la laitance est supérieur au brochet qui porte les œufs, sauf si l'on veut faire des rissoles : on les prépare en effet avec les œufs broyés.

176. L'alose salée est cuite à l'eau et mangée à la moutarde, ou au vin et à la ciboule. La saison de l'alose fraîche débute en mars ; il faut la vider par l'ouïe, l'ébouillanter, la faire cuire dans de l'eau et la manger à la cameline*. Pour faire un pâté d'alose, il faut l'écailler avant de la mettre en pâté ; quand elle est près d'être cuite, on y ajoute de la cameline* bien claire ; faire bouillir cette sauce.

Item, on peut préparer l'alose comme ci-dessus sans l'écailler, puis la faire rôtir au four avec du persil, et un accompagnement pour moitié de verjus et pour moitié d'un mélange de vin et de vinaigre ; la saison dure de février jusqu'en juin.

177. Les fènes[1] se préparent comme les aloses.

178. Carpes. Certains préfèrent la carpe qui porte la laitance

---

1. Poisson d'eau douce.

l'ouvee, et *e contrario*. Et *nota* que la brehaigne vault mieulx que nulle des deux autres. La carpre qui a l'escaille blanche, et non mye jaune ne rousse, est de bonne eaue. Celle qui a gros yeulx saillans hors de la teste et le palaiz et la langue mol et onny est grasse.

Item, se vous voulez porter une carpe vive par tout ung jour, entortilliez la en foing moullié et la portez le ventre dessus, en la portant sans luy donner air ; c'est assavoir en bouges ou en sac.

Item, a l'appareiller ostez luy l'amer qui est droictement ou gouctron de la gorge, et, ce fait, l'en peut mectre cuire la teste toute entiere et elle se cuira tout nectement. Et se l'amer n'y estoit ostee, la teste demorroit tousjours sanglante et amere. Et pour ce, quant l'amer n'est osté entier et sans crever, l'en doit tantost laver la place et froter de sel. Et se l'amer est osté entier, ne doit point laver la teste ne autre chose, maiz couvient mectre premierement boulir la teste, et assez tost apres la queue, et puis apres le remenant, et tout a petit feu. La carpe cuicte se mengue a la saulse vert. Et se demourant en y a, l'en en met en galentine.

Item, carpe a l'estouffee. *Primo* mectez des ongnons minciez en ung pot cuire avec de l'eaue. Et quant les ongnons seront bien cuiz, gectez la teste, et assez tost apres la queue, dedens, et assez tost apres les tronçons, et couvrez fort sans ce qui s'en ysse point d'alaine. Et quant elle sera cuicte, si ayez fait vostre affaictement de gingembre, canelle et saffran, alayé de vin et ung petit de vertjus – c'est assavoir le tiers – et faictes tout boulir ensemble et bien couvert, et puis dreciez par escuelles.

Nota que les Alemans dient des Françoiz qu'ilz se mectent en grant peril de mengier leurs carpes si pou cuictes. Et a l'en veu que se Françoiz et Alemans ont ung queux françoiz qui leur cuise carpes – icelles cuictes a la guise de France – les Alemans prendront leur part et la feront recuire plus assez que devant, et les Françoiz, non.

179. (*fol. 151b*) Truictes. Leur saison commence en

1684. la carpe q. *B*. **1695.** la mer *A*, nen e. *B*², e. oste la *B*. **1700.** boulir *omis AC*. **1708.** ce quil en y *B*. **1719.** e. f. *inséré entre* Truictes *et* leur *en A*.

à celle qui porte les œufs, *e contrario*. Et *nota* que la carpe stérile est meilleure que les deux autres. La carpe dont les écailles sont blanches et non pas jaunes ou rousses, provient d'une bonne eau. Celle qui a de gros yeux saillant hors de la tête, le palais et la langue mous et lisses est une carpe grasse.

Item, si vous voulez transporter une carpe vivante pendant toute une journée, entortillez-la dans du foin mouillé, le ventre tourné vers le haut et transportez-la sans l'exposer à l'air, c'est-à-dire dans une besace ou dans un sac.

Item, lorsque vous la préparez, ôtez-lui la poche amère qui se trouve très exactement entre le gosier et l'œsophage ; ensuite, on peut mettre à cuire la tête toute entière, elle restera toute propre : si la poche amère n'en était pas ôtée, elle resterait sanglante et amère. Pour cette raison, si on n'est pas parvenu à ôter la poche entièrement et sans la crever, il faut aussitôt laver l'endroit et le frotter avec du sel ; si la poche amère est enlevée intégralement, pas besoin de laver la tête ni rien d'autre ; commencer par faire bouillir la tête, puis aussitôt après la queue, et pour finir tout le reste, à tout petit feu. La carpe cuite se mange à la sauce verte. S'il y a des restes, on peut les utiliser pour la galentine*.

Item, carpe à l'étouffée. *Primo*, mettez à cuire dans un pot avec de l'eau des oignons émincés. Quand ils seront bien cuits, mettez d'abord la tête et aussitôt après la queue, puis peu après le reste du corps coupé en tronçons ; posez sur le pot un solide couvercle afin qu'aucune vapeur n'en sorte. Une fois la carpe cuite, prenez votre assaisonnement préparé au préalable, du gingembre, de la cannelle et du safran délayés avec du vin et un peu de verjus – à savoir un tiers – et faites bouillir le tout dans un récipient bien couvert, puis servez dans les écuelles.

Nota que les Allemands disent que les Français s'exposent à de grands risques en mangeant leurs carpes si peu cuites. On a vu que si des Français et des Allemands ont un cuisinier français qui leur prépare des carpes à la mode française, les Allemands remettront leur part à cuire, contrairement aux Français.

179. Truites. Leur saison débute en mai. (*Item*, leur saison

may. (*Item*, leur saison est de mars jusques en septembre.)
Les blanches sont bonnes en yver, les vermeilles en esté.
Le meilleur de la truicte est la queue, et de la carpe la
teste. La truicte qui ou palaiz a .ii. petites vaines noires est
vermeille.

Truicte soit cuicte en eaue et foison vin vermeil, doit
estre mengee a la cameline, et doit estre mise cuire par
tronçons de .ii. doiz. A jour de char, en pasté, l'en les doit
couvrir de larges lardons.

180. Anguilles. Ceste qui a le menue teste, becque,
cuir delyé, reluisant, ondoyant et estincelant, petiz yeulx,
corps gros et blanc ventre, c'est la franche. L'autre a
grosse teste, sor ventre, et cuir gros et brun.

Anguillectes fresches. Estauvees et tronçonnees,
cuictes en eaue avec foison de percil, puis mectre du
frommage lesché. Puis trayez les tronçons et faictes
souppes, et en chascune escuelle .iiii. tronçons. Ou cuire
des ongnons, puis cuictes en celle eaue, et ung petit
d'espices et saffran, et ongnons, en ung pot; et faire la
souppe.

Grosse anguille cuicte en l'eaue et au percil se mengue
aux aillez blans. En pasté, du frommage et de la pouldre
fine. La grosse, renversee, a la saulse chaude comme une
lamproye.

Se vous voulez garder anguilles, faictes les mourir en
sel et la laissier troiz jours naturelz toute entiere. Puis soit
eschaudee, osté le limon, trenchee par tronçons, cuicte en
l'eaue et la ciboule, et en la parfin mettez du vin. Et se
vous la voulez saler du matin au soir, appareilliez la, et la
tronçonnez, et mettez les tronçons en gros sel. Et se vous
la voulez plus avancier, broyez sel noir et froctez chascune couppure du tronçon, et avec ce la hochiés en sel
entre deux escuelles.

Anguille renversee. Prenez une grosse anguille et
l'estauvez; puis la fendez par le doz au long de l'areste
d'un costé et d'autre, en telle maniere que vous ostiez
d'une part l'areste, queue et teste tout ensemble. Puis

1721. e. La m. *B*. **1729.** A. Celle q. a la m. *B*. **1745.** la laissiez t. *B*².

dure de mars jusqu'à septembre.) Les truites communes sont bonnes en hiver, les saumonées en été. La queue est le meilleur morceau de la truite, tandis que pour la carpe, c'est la tête. La truite saumonée, c'est celle qui a au palais deux petites veines noires.

La truite doit être cuite dans de l'eau avec beaucoup de vin rouge, et être mangée à la cameline* ; on doit la faire cuire par tronçons de deux doigts d'épaisseur. Les jours gras, si on en fait du pâté, on doit les recouvrir de larges bardes de lardons.

180. Anguilles. Celle qui a la tête petite et pointue, la peau fine, luisante, chatoyante et brillante, qui a de petits yeux, un gros corps et le ventre blanc est l'anguille argentée. L'autre a une grosse tête, un ventre jaune et la peau épaisse et brune.

Anguilles fraîches. Les écorcher et les couper en tronçons, les faire cuire dans de l'eau avec beaucoup de persil, puis ajouter des lamelles de fromage. Sortir les tronçons de l'eau, préparer des soupes* et compter 4 tronçons par écuelle. Ou encore faire cuire des oignons, puis faire cuire les anguilles dans ce bouillon auquel on ajoute un peu d'épices et de safran ainsi que les oignons, tout dans le même pot. Pour finir, préparer les soupes*.

Une grosse anguille cuite à l'eau avec du persil se mange à l'ail blanc ; en pâté, avec du fromage et de la poudre fine* d'épices. La grosse anguille se mange retournée, à la sauce chaude comme une lamproie.

Si vous voulez conserver des anguilles, faites-les mourir dans le sel et laissez-les-y tout entières pendant trois jours et trois nuits. Puis ébouillantez-les, limonez-les, coupez-les en tronçons et faites-les cuire dans l'eau avec des ciboules ; tout à la fin vous ajouterez du vin. Si vous voulez mettre une anguille dans le sel pendant une journée, videz-la et coupez-la en tronçons que vous mettrez dans du gros sel. Si vous voulez accélérer le processus de salaison, broyez du sel gris et frottez-en les deux côtés du tronçon ; en outre, agitez l'anguille entre deux écuelles dans du sel.

Anguille retournée. Choisissez une grosse anguille et écorchez-la. Fendez-la sur le dos, le long des deux côtés de l'arête principale, de manière à en détacher d'une seule pièce l'arête, la queue et la tête. Puis lavez-la et retournez-en la chair à

lavez et ploiez icelle a l'envers – c'est assavoir la char par dehors – et soit liee loing a loing, et la mectez cuire en vin vermeil. Puis la trayez, et couppez le fil a un coustel ou forcectes, et mectez reffroidier sur une touaille. Puis ayez gingembre, canelle, clo de giroffle, fleur de canelle, grainne, nois muguectes, et broyez et mettez d'une part. Puis ayez pain brulé et broyez tresbien, et ne soit point coulé; mais deffaictes du vin ou l'anguille avra cuit, et boulez tout en une paelle de fer, et y mectez du vertjus, du vin et du vinaigre, et gectez sur l'anguille.

181. *(fol. 152a)* Pimperneaulx ont luisant et delyé pel et ne sont point lymonneux comme sont anguilles. L'en les doit eschauder, et rostir sans effondrer – *scilicet* les fraiz – et les salez, qui sont sechez, rostir et mengier au vertjus.

182. Loche cuicte en eaue, au percil et au bon frommage, mengee a la moustarde. La fricte en potage et a l'aillet vert. La cuicte en l'eaue ou a la moustarde soit mengee; et au frire soit effleuree celle qui sera fricte.

183. Gaymiau cuit en l'eaue, mengié a la moustarde ou, qui veult, a l'aillet vert.

184. Lamproyons rostiz verdeletz, mengiez a la saulse chaude, comme cy dessoubz sera dit a la lamproye. Et se ilz sont cuiz en eaue, soient mengiez a la moustarde; et se ilz sont cuiz en pasté, gectez la saulse chaude dessus les pastez et faictes boulir.

185. Lamproye. Il est assavoir que les aucuns seignent la lamproye avant ce que ilz les estauvent, et aucuns les estauvent avant ce qu'ilz les seignent ne eschaudent. Pour la seigner, premierement lavez tresbien vos mains, puis fendez luy la gueulle parmy le menton – *id est* joingnant du baulievre – et boutez vostre doit dedens et arrachiez la langue; et faictes la lamproye seigner en ung plat, et luy boutez une petite brochecte dedens la gueule pour la faire mieulx saigner. Et se vos doiz ou vos mains sont toullees

---

1758. et mectez le *A*, et ostez le *C*. **1774.** ou a la moustarde *répété A.* **1776.** Gaymeau c. *B.* **1784.** et aucuns les estauvent *omis BC (B a ajouté ces mots dans la marge de gauche).* **1791.** t. de s. *BC.*

l'extérieur de sorte qu'elle soit à l'envers, liez-la de loin en loin et mettez-la à cuire dans du vin rouge. Puis sortez-la et coupez le fil avec un couteau ou des ciseaux. Mettez-la à refroidir sur une serviette. Broyez du gingembre, de la cannelle, du clou de girofle, de la fleur de cannelle, de la graine de paradis*, de la noix muscade et mettez de côté. Faites griller du pain et broyez-le bien mais ne le passez pas ; délayez-le dans du vin dans lequel l'anguille aura cuit et faites bouillir le tout dans une poêle de fer ; ajoutez-y du verjus, du vin et du vinaigre et versez le tout sur l'anguille.

181. Les pimperneaux[1] sont luisants et ont une peau délicate ; ils ne sont pas pleins de vase comme les anguilles. On doit les ébouillanter et les rôtir sans les vider, *scilicet* les frais ; quant aux salés, il faut les sécher, les rôtir et les manger au verjus.

182. La loche se cuit à l'eau, au persil et au bon fromage ; elle se mange à la moutarde. Quant à la loche frite, on la mange en potage* à l'ail vert. La loche cuite à l'eau se mange à la moutarde. Celle qui est destinée à être frite doit être auparavant roulée dans la fleur de farine.

183. Le gaymiau[2] est cuit dans de l'eau, mangé à la moutarde ou, si l'on préfère, à l'ail vert.

184. Les petites lamproies doivent être cuites jusqu'au moment où elles deviennent légèrement vertes ; on les mange à la sauce chaude comme on l'expliquera ci-dessous à propos de la lamproie. Si elles sont cuites à l'eau, il convient de les manger à la moutarde ; et si elles sont préparées en pâté, versez dessus de la sauce chaude et faites bouillir.

185. Lamproies. Il faut savoir que les uns font saigner la lamproie avant de la dépouiller, tandis que les autres le font avant de la saigner et de l'ébouillanter. Avant de la saigner, lavez-vous très bien les mains puis incisez le poisson au milieu du menton – *id est* jusqu'à la lèvre inférieure – introduisez votre doigt et arrachez la langue ; faites saigner la lamproie dans un plat en lui mettant une petite brochette dans la bouche pour que le sang coule mieux. Si vos doigts ou vos mains sont

---

1. Petites anguilles.
2. Poisson d'eau douce.

du sang, si les lavez, et la playe aussi, de vinaigre, et faictes couler dedens le plat; et gardez ce sang, car c'est la gresse. Quant a l'estauver, ayez de l'eaue chauffee sur le feu fremiant, et l'estauvez comme une anguille, et d'un coustel non pointu luy pelez et rastissiez la geule pardedens, et gectez hors les riffleures. Puis l'embrochiez et faictes rostir verdellecte.

Et pour faire la boe prenez gingembre, canelle, poivre long, graine et une nois mugueste, et broiez et mectez d'une part. Puis ayez du pain brulé tant qu'il soit noir, et le broyez et deffaictes de vinaigre, et le coulez par l'estamine. Puis mectez boulir le sang, vos espices, et le pain tout ensemble, ung boullon tant seulement. Et se le vinaigre est trop fort, si le actrempez de vin ou de vertjus. Et adonc c'est boue, et est noire, espoisse a point et non pas trop, et le vinaigre ung pou passant, et salé ung petit. Puis versez tout chault sur la lamproye et laissiez suer.

Item, l'en peut faire autre saulse plus briefve: prenez le sanc et du vinaigre et du sel; et quant la lamproye sera rostie verdelecte, boulez icelle saulse ung boullon seulement, et gectez sur vostre lamproye (*fol. 152b*) et laissiez suer entre deux platz.

Item, lamproye boulye. Saignez la comme devant est dit, et gardez le sang. Puis la mectez cuire en vinaigre et en vin plain, et ung pou d'eaue; et quant elle sera cuicte verdelecte, si la trayez hors du feu et la mectez refroidier sur une nappe. Puis prenez pain brulé, et deffaictes de vostre boullon, et coulez parmy une estamine; et puis mectez boulir le sanc avec, et mouvez bien qu'il n'arde. Et quant il sera bouly, si versez en ung mortier ou en une jacte necte, et mouvez tousjours jusques a tant qu'il soit reffroidié. Puis broyez gingembre, canelle, fleur de canelle, giroffle, graine de paradiz, nois muguectes, et poivre long, et deffaictes de vostre boullon, et mectez dedens ung plat comme dit est devant, et doit estre noir.

Item, lamproye a l'estouffee. Ostez le sanc de la lamproye comme dessus; puis l'estauvez en eaue bien

---

1795. u. a. du. *B.* **1797.** l. reffleures p. *B.* **1804.** tant *omis B.* **1806.** a. ceste boe – est *B²*. **1822.** s. refroidiez p. *B²*. **1827.** lestuffee c. *B.*

tachés de sang, lavez-les ; lavez aussi la plaie avec du vinaigre et faites couler le sang dans le plat. Gardez-le, car c'est la graisse. Pour la dépouiller, faites frémir de l'eau sur le feu, puis procédez comme pour l'anguille ; pelez et grattez l'intérieur de la bouche avec un couteau non pointu et jetez ces déchets. Puis mettez-la à la broche et faites-la rôtir jusqu'à ce qu'elle tourne légèrement au vert.

Pour faire une boue*, prenez du gingembre, de la cannelle, du poivre long, de la graine de paradis* et une noix muscade, broyez et mettez à part. Faites griller du pain jusqu'à ce qu'il soit noir, broyez et délayez dans du vinaigre et passez à l'étamine. Mettez à bouillir ensemble le sang, vos épices et le pain, et ôtez du feu dès que cela bout. Si le vinaigre est trop fort, adoucissez-le avec du vin ou du verjus. A présent, c'est une boue* noire et épaisse juste comme il faut, sans excès ; le vinaigre doit dominer légèrement ; elle doit être un peu salée. Versez-la toute chaude sur la lamproie et laissez suer.

Item, pour faire une sauce qui prenne moins de temps : prenez le sang, du vinaigre et du sel ; une fois la lamproie rôtie jusqu'à être légèrement verte, portez cette sauce à ébullition puis versez-la sur votre lamproie ; laissez suer entre deux plats.

Item, lamproie bouillie. Saignez-la comme indiqué ci-dessus et gardez le sang. Mettez-la à cuire dans du vinaigre et du vin[1] et un peu d'eau. Lorsqu'elle sera cuite et légèrement verte, enlevez-la du feu et mettez-la à refroidir sur une nappe. Délayez du pain grillé avec votre bouillon, passez à l'étamine et mettez-le à bouillir avec le sang, en remuant bien pour qu'il n'attache pas. Une fois bouilli, versez le tout dans un mortier ou une jatte propre sans cesser de remuer jusqu'à refroidissement. Puis broyez du gingembre, de la cannelle, de la fleur de cannelle, du girofle, de la graine de paradis*, de la noix muscade et du poivre long ; délayez dans votre bouillon et versez dans un plat comme il est dit ci-dessus ; la sauce doit être noire.

Item, lamproie à l'étouffée. Videz la lamproie de son sang comme ci-dessus. Dépouillez-la dans de l'eau bien chaude.

---

1. « Plain » veut sans doute dire ici « véritable » pour opposer le vin au vinaigre.

chaude. Apres ce, ayez vostre saulse preste de boulir, et soit clere ; et mectez vostre lamproye en ung pot et vostre saulse dessus, et faictes tresbien couvrir d'un couvescle bien joingnant et juste, et faictes boulir. Puis retournez une foiz la lamproye ce dessus [dessoubz] ou pot et faictes cuire verdelecte. Et s'elle ne moulle toute en saulse, il n'y a pas peril, maiz que le pot soit bien couvert. Puis la mectez toute entiere en ung plat sur la table.

186. Escrevisses, cuictes en l'eaue et en vin, mengees au vinaigre.

187. Ables, cuictes en l'eaue et au percil, mengees a la moustarde.

188. Gardons et rosses. C'est friture, et les couvient effondrer, puis enfleurer, puis frire ; mengier a la saulse vert.

189. Vendoises comme dessus, ou rosties sans eschauder et mengier au vertjus d'ozeille. Et est assavoir que vendoises sont assez plus grans que ables, et sont rondes plus que gardons, car gardons sont plus platz.

Poisson de mer

190. Ront en yver, et plat en esté. *Nota* que nulle maree n'est bonne quant elle est chassee par temps pluyeulx ou moicte.

191. Brecte affaictié comme ung rouget, cuicte comme une raye et ainsi pelee, mengee aux aulx camelins. Et est la brecte aussi comme chien de mer, maiz brecte est plus petite, et plus doulce et meilleur ; et dist l'en que c'est la fumelle du chien, et est brune sur le dos et le chien est roux.

192. Chien de mer comme la brecte. (*fol. 153a*) Et *nota* que de l'un et de l'autre le foye est bon a mectre en pasté, et de la pouldre fine parmy ; et aucuns y mectent du frommage, et est bon.

1831. saulse *omis AC*, dun couvelescle b. *AC*. **1833.** dessoubz *omis AC (B semble avoir fait la même omission, que B^2 a rétablie)*. **1842.** p. faire m. *AC*. **1844.** s. escharder et *B*. **1847.** second que *omis A*, plus *omis B*. **1849.** et le p. *B*. **1851.** ou moicte *omis B*. **1853.** a. ailz c. *B*. **1855.** la femelle du B^2, la fueille du *C*.

Préparez ensuite votre sauce pour qu'elle soit prête à bouillir ; qu'elle soit claire. Mettez votre lamproie dans un pot, versez votre sauce dessus, couvrez très bien le pot avec un couvercle parfaitement ajusté et faites bouillir. Retournez une fois la lamproie dans le pot et faites-la cuire jusqu'à ce qu'elle devienne légèrement verte. Si elle n'est pas entièrement immergée dans la sauce, ce n'est pas grave, à condition que le pot soit bien couvert. Puis présentez-la tout entière dans un plat sur la table.

186. Les écrevisses peuvent être cuites à l'eau et au vin ; on les mange au vinaigre.

187. Les ablettes sont cuites à l'eau avec du persil ; on les mange à la moutarde.

188. Gardons et rosses[1]. Ce sont des poissons à faire frire ; il convient auparavant de les vider puis de les rouler dans la fleur de farine et finalement de les faire frire. Les manger à la sauce verte.

189. Les vandoises sont préparées comme ci-dessus ; on peut aussi les rôtir sans les dépouiller et les manger au verjus d'oseille. Il faut savoir que les vandoises sont sensiblement plus grandes que les ablettes et qu'elles sont plus rondes que les gardons qui, eux, sont plus plats.

Poisson de mer

190. En hiver c'est la saison des ronds, en été des plats. *Nota* qu'une marée ne vaut rien lorsqu'il pleut ou par temps humide.

191. La brette[2] est préparée comme un rouget, cuite et écorchée comme une raie ; on la mange à la cameline* à l'ail. La brette ressemble au chien de mer, mais elle est plus petite, plus tendre et meilleure ; l'on dit qu'elle est la femelle du chien de mer ; elle est brune sur le dos tandis que le chien est roux.

192. Le chien de mer se prépare comme la brette. Et *nota* que le foie de l'un comme de l'autre se prête à la fabrication de pâtés, en y incorporant de la poudre fine* d'épices. Il y en a qui y ajoutent du fromage ; c'est bon.

---

1. Poisson tenant de la brème et du gardon, d'après Pichon.
2. Chien de mer.

193. Mulet est dit *mungon* en Languedoc, et est eschardé comme une carpe, puis effondré au long du ventre, cuit en l'eaue et du percil dessus, puis reffroidie en son eaue, et puis mengié a la saulse vert, et meilleur, a l'orange. *Item*, il est bon en pasté.

194. Morue n'est point dicte a Tournay s'elle n'est salee, car la fresche est dicte [*cableaux*], et se mengue et est cuicte comme dit sera cy apres de morue. *Item*, quant icelle morue est prise es marces de la mer et l'en veult icelle garder .x. ou .xii. ans, l'en l'effondre et luy oste l'en la teste, et est seichee a l'air et au soleil, et non mye au feu ou a la fumee. Et ce fait, elle est nommee *stofix*. Et quant l'en l'a tant gardee et l'en la veult mengier, il la couvient batre d'un maillet de boiz bien une heure, et puis mectre tremper en eaue tiede bien .xii. heures ou plus; puis cuire, et escumer tresbien comme beuf; puis mengier a la moustarde ou menger trempee au beurre. Et se rien en demeure au soir, soit par pieces petites comme charpie frit, et mis pouldre dessus. Aussi de morue fresche s'aucune partie en demeure pour le soir ou pour l'endemain, faictes en de la charpie et le frisiez a pou beurre; et puis ostez de la paelle, et puis vuydez tout le beurre que riens n'y demeure, et la frisiez a sec et filez pardessus des oeufz batuz. Puis mectez en plateaulx ou escuelles, et pouldre fine pardessus. Et s'il n'y a oeufz, si se fait il bien.

Morue fresche appareillie et cuicte comme gournault, et du vin blanc au cuire, et mengee a la jance. Et salee, mengee au beurre ou mengee a la moustarde.

La salee peu trempee sent trop le sel, et la trop trempee n'est pas bonne. Et pour ce, qui l'achaicte doit essayer a la dent et en mengier ung petit.

195. Maquerel fraiz entre en saison en juing, ja soit ce que l'en en treuve des le moiz de mars. Affaictiez par l'oreille, puis l'essuyez d'un net torchon, et sans laver

---

1862. d. migon *B* a L. *AC.* **1864.** cuit – en *B²* (*B a répété* cuit). **1868.** d. tableaux et *AB*. **1870.** es marches de *B*. **1878.** m. au b. t. Et *B*. **1881.** p. le lendemain *B*. **1884.** la refrisiez a *B*. **1889.** et la s. m. en b. *B*. **1891.** le *omis B*. **1892.** q. lachate d. *B*.

193. Le mulet est appelé *mungon* dans le Languedoc ; il est écaillé comme une carpe, puis vidé par le ventre ; on le cuit à l'eau avec du persil puis on le laisse refroidir dans son bouillon ; on le mange à la sauce verte et, mieux encore, à l'orange. *Item*, il est bon en pâté.

194. A Tournay, la morue non salée et fraîche est appelée *cabillaud*, mais elle se mange et se cuit comme la morue dont la recette suit. *Item*, lorsque cette morue est prise dans les régions côtières et qu'on souhaite la garder pendant dix ou douze ans, on la vide et on lui ôte la tête ; il faut la faire sécher à l'air et au soleil et non pas l'exposer au feu ou à la fumée. Après quoi, on l'appelle *stockfisch*. Lorsqu'on l'a conservée assez longtemps et qu'on veut la manger, il faut la battre pendant une bonne heure avec un maillet de bois, puis la mettre à tremper dans de l'eau tiède pendant 12 heures ou davantage. Ensuite on la fait cuire ; bien l'écumer, comme pour le bœuf. On la mange à la moutarde ou à la sauce au beurre. S'il y a des restes pour le soir, les faire frire par petits morceaux comme pour la charpie*, puis saupoudrer de poudre fine* d'épices. De même, s'il reste un morceau de morue fraîche pour le soir ou le lendemain, préparez-le en charpie* et faites-le frire avec un peu de beurre ; ôtez-le de la poêle que vous viderez complètement de son beurre ; faites frire à sec votre morue et faites filer par-dessus des œufs battus. Disposez sur des plateaux ou dans les écuelles et saupoudrez de poudre fine* d'épices. On peut faire cette recette même si l'on n'a pas d'œufs.

La morue fraîche est préparée et cuite comme le rouet au vin blanc et mangée à la jance*. La morue salée se mange au beurre ou à la moutarde.

La morue salée qu'on a peu fait tremper est trop salée ; celle que l'on a fait tremper trop longtemps n'est pas bonne. Pour cette raison il faut, lors de l'achat, éprouver sa consistance sous la dent et en manger un peu.

195. La saison du maquereau frais commence en juin, bien qu'on en trouve dès le mois de mars. Videz-le par l'ouïe, frottez-le avec un torchon propre et, sans le laver, mettez-le à

aucunement soit mis rostir, puis mengié a la cameline ou a sel menu. Et salé, au vin et a l'escaloigne ; et si en met on en pasté, et pouldre dessus.

196. Ton est ung poisson qui est trouvé en la mer ou estancs marinaulx des parties de Languedoc, et n'a aucunes arrestes fors l'eschine, et a dure pel ; et se doit cuire en eaue, et se mengut au poivre jaunet.

197. Langoustes sont grans escrevisses, et sont bonnes cuictes en l'eaue. Et (*fol. 153b*) leur couvient estouper d'estoupes la queue par ou l'en l'a vuydee, et aussi la geulle et les piez qui sont rompues, et tous les autres lieux par lesquelz aucune liqueur puisse yssir de son corps, et puis cuire en l'eaue ou en four, et mengié au vinaigre. Toutesvoyes, qui la veult rostir ou four, il ne la couvient ja estouper, maiz souffist qu'elle soit mise cuire enverse.

198. Congre. Eschaudez le, et estauvez comme une anguille. Puis mis en la paelle et salé comme le rouget, et le cuisiez longuement comme beuf, et en la parfin mectre boulir avec du percil. Puis le laissiez reffaire en son eaue, puis dreciez et mengez a la saulse vert. Aucuns le mectent roussir sur le greil.

199. Tumbe \
Rouget \
Gournault \
Grimondin / Soient affaictiez par le ventre et lavez tresbien. Puis soient mis en la paelle, et du sel pardessus et puis l'eaue froide. (Et ainsi est il du poisson de mer, ja soit ce que poisson d'eaue doulce il couvient premierement que l'eaue soit fremiant.) Puis soient cuiz a petit feu et mis hors de dessus le feu, laissiez reffaire en leur eaue, et mengiez a la cameline. Toutesvoyes, les grimondins, en esté, fenduz au long du doz par les espaulles, rostiz sur le gril, et arrousez de beurre, et mengiez au vertjus.

Nota que tumbe est le plus grant, et sont prises en la Mer d'Angleterre. Gournault est le plus grant apres, et sont toutes ces .ii. especes de couleur tannee. Le rouget

---

1898. a leschaloigne si en m. on p. *B*. **1903.** se mengue au *B*. **1904.** b. cuicte en *A*. **1906.** la widee et *B*. **1907.** s. rompuz et *B*². **1908.** par lesquelz *omis AC*. **1912.** Congres e. *AC*. **1913.** p. mise en *A*, et salee c. *AC*. **1926.** f. sont au *B*.

rôtir et mangez-le à la cameline* ou au sel fin. Le maquereau salé se mange au vin et à l'échalote. On peut le mettre en pâté et le saupoudrer de poudre fine* d'épices.

196. Le thon est un poisson que l'on trouve dans la mer ou dans les étangs marins du Languedoc ; il n'a pas d'arêtes en dehors de l'os de l'épine dorsale ; il a la peau dure. On doit le cuire à l'eau et le manger au poivre jaunet*.

197. Les langoustes sont de grosses écrevisses ; elles sont bonnes cuites à l'eau. Il convient de leur reboucher la queue, par où on les a vidées, ainsi que la tête et les pattes qu'on a rompues, et tous les autres endroits par où du liquide pourrait sortir ; les cuire à l'eau ou au four, et les manger au vinaigre. Toutefois, celui qui veut la rôtir au four ne doit pas la boucher ; il suffit de la mettre à cuire à l'envers.

198. Le congre. Ebouillantez-le et écorchez-le comme une anguille. Mettez-le dans la poêle et salez-le comme un rouget ; faites-le cuire longuement comme du bœuf, et tout à la fin faites-le bouillir avec du persil. Puis laissez-le tremper dans son bouillon, servez-le et mangez-le à la sauce verte. Certains le font roussir sur le gril.

199. Tombe[1], rouget, grondin, grimondin[2]. Les vider par le ventre et bien les laver. Les mettre dans la poêle, ajouter du sel et de l'eau froide. (Ainsi faut-il procéder avec le poisson de mer ; le poisson d'eau douce quant à lui requiert de l'eau frémissante.) Les cuire à petit feu puis les retirer ; les laisser tremper dans leur eau et les manger à la cameline*. Toutefois, les grimondins, en été, sont fendus le long du dos à partir des épaules, rôtis sur le gril, arrosés de beurre et mangés au verjus.

Nota que la tombe est le plus grand de ces poissons. On la pêche dans la mer d'Angleterre. Après elle, c'est le grondin qui est le plus grand ; ces deux poissons sont tous deux d'un brun

---

1. Espèce de rouget.
2. Espèce de grondin.

est plus petit et plus rouge, et le grimondin est le mendre de tous, et est tanné, tavellé et de diverses couleurs. Et tous sont comme d'une nature et d'une saveur.

1935 *Item*, rougetz sont bons au chaudumé de vertjus et de pouldre et de saffran.

200. Saumon fraiz soit baconné, et gardez l'eschine pour rostir. Puis despeciez par dales, cuictes en eaue, et du vin et du sel au cuire. Mengié au poivre jaunet ou a la cameline, et en pasté qui veult, pouldré d'espices. Et se le saumon est salé, soit mengié au vin et a la ciboule par roelles.

201. Aigrefin appareillié comme le rouget, et le couvient ung pou laissier froidir en son eaue; et soit mengé a la jance.

202. Orfin affaictié par l'oreille, cuit en l'eaue, mengié a la cameline. Ou mis par tronçons, et sur les tronçons mectre pouldre fine et huille d'olive.

203. Porc de mer ⎫ Est tout ung, et le poisson entier
1950   Marsouin ⎬ doit estre fendu par le ventre
     Pourpoiz ⎭ comme ung pourcel; et du foye
et fressure l'en fait brouet et potage comme d'un porc.

(*fol. 154a*) *Item*, l'en le despiece, et fent l'en comme ung porc par le doz. Et aucunesfois est rosty en la broche a toute sa couanne, et puis mengié a la saulse chaude comme bruliz en yver.

Autrement est cuit en eaue, et mis du vin avec, puis de la pouldre et du saffran, et mis en ung plat dedens son eaue comme venoison. Puis broyez gingembre, canelle, giroffle, graine, poivre long et saffran, et deffaictes de vostre boullon, et mectez hors du mortier d'une part.

Item, broyez pain harlé, deffait de l'eaue de vostre poisson et coulé par l'estamine; et faictes boulir tout ensemble et soit claret. Puis dreciez comme venoison, et faictes poivre noir; et soit vostre poisson, sans laver, cuit – moictié eaue moictié vin – et mis en platz, et gectez vostre saulse dessus comme galentine, et dreciez. Et quant vous en vouldrez mengier, prenez ung petit de la saulse

---

1932. est le p. p. et le p. r. *AC*. **1935.** et *omis B*. **1954.** Et aucunefois e. *B*.

rougeâtre. Le rouget est plus petit et d'un rouge plus franc ; le grimondin est le plus petit de tous, d'un brun tacheté de diverses couleurs. Tous, ils sont pour ainsi dire de même nature et de même saveur.

Item, les rougets sont bons au chaudumée* de verjus avec de la poudre fine* d'épices et du safran.

200. Le saumon frais doit être dépecé ; gardez l'os de l'épine dorsale pour un rôti. Découpez-le en grands morceaux que vous faites cuire à l'eau avec du vin et du sel. Le manger au poivre jaunet* ou à la cameline*, et, si on veut, en pâté, relevé de poudre fine* d'épices. Si le saumon est salé, on doit le manger au vin avec des ciboules hachées.

201. L'églefin se prépare comme le rouget ; il faut le laisser refroidir un peu dans son eau et le manger à la jance*.

202. L'orphie se vide par l'ouïe, se cuit à l'eau et se mange à la cameline*. On peut aussi la couper en tronçons et la relever avec de la poudre fine* d'épices et de l'huile d'olive.

203. Cochon de mer, marsouin, pourpoix : ces trois noms désignent le même poisson ; il doit être fendu entier par le ventre comme un pourceau ; avec son foie et ses entrailles on fait du brouet et du potage* comme avec le porc.

Item, on le découpe et on le fend le long du dos comme un porc. Parfois on le rôtit à la broche avec toute sa peau, puis on le mange à la sauce chaude comme du bruliz[1] en hiver.

Autrement on le fait cuire à l'eau avec du vin, de la poudre fine* d'épices et du safran, puis on le met dans un plat dans son bouillon comme de la venaison. Broyez ensuite du gingembre, de la cannelle, du girofle, de la graine de paradis*, du poivre long et du safran ; délayez dans votre bouillon, sortez du mortier et mettez à part.

Item, broyez du pain grillé, délayez-le avec le bouillon de votre poisson et passez à l'étamine. Faites bouillir le tout ; il faut que cela devienne clair. Puis servez comme du gibier et préparez du poivre noir. Faites cuire votre poisson sans le laver dans moitié eau, moitié vin, mettez-le dans un plat et versez votre sauce par-dessus comme une galentine* et servez. Lorsque vous voudrez en manger, prenez un peu de sauce

---

1. Poisson.

qui est froide, et mectez ou eaue de char, ou de celle mesmes, ou vinaigre *et similia*, et mectez sur le feu en une escuelle chauffer.

204. Merlus doit estre despecié par morceaulx quarrez comme eschiquier, puis tremper une nuyt seulement ; puis les oster hors de l'eaue, et apres mectez seicher sur une touaille. Puis mectez vostre huille boulir ; puis frisiez a pou d'uille vos pieces de merlus, et mengiez a la moustarde ou a jance d'aulx. Merlus est fait, ce semble, de morue.

205. Esturgon. Eschaudez, ostez le limon, couppez la teste et la fendez en deux. Et premierement le fendez au long par le ventre, comme l'en fait ung pourcel ; puis soit wydié, tronçonné, et mis cuire en vin et en eaue ; et que le vin passe, et que a la mesure qu'il se esboudra que l'en y mecte tousjours vin. Et congnoist l'en qu'il est cuit quant la couanne se lieve de legier. Et ce que l'en mengue chault, l'en y met de l'eaue du bouly et espices, comme ce feust venoison. Et ce que l'en veult garder doit estre mis reffroidier, et mengier au percil et au vinaigre.

206. Esturgon contrefait de veel. Pour .vi. escuelles prenez le soir devant ou le bien matin .vi. testes de veel sans escorchier, et les plumez en eaue chaude comme ung cochon, et les cuisiez en vin, et mectez une choppine de vinaigre et du sel dedens, et faictes boulir tant qu'il soit tout pourry de cuire. Puis laissiez les testes refroidier et oster les os, puis prenez ung quartier de bonne grosse toille et mectez tout dedens : c'est assavoir [l'une] sur l'autre et en la mendre place que vous pourrez. Puis cousez de bon fort fil comme ung oreillier quarré, puis le mectez entre deux belles ais et le chargiez tresfort, et laissiez la nuyt en la cave. Et puis le tailliez par lesches, la couenne dehors comme venoison, et mectez du percil et du vinaigre, et ne mectez que .ii. lesches en chascun plat.

1971. e. eschauffer *B*. **1973.** p. le – o. *B²*. **1977.** ou au j. *AC*. **1983.** se esbolra q. *B²*. **1987.** c. se ce *B*. **1988.** et mengier *omis AC*. **1991.** s. escorchiez et *A*, s. escorcher *B*. **1996.** a. sur l. *A*, a. lune sur l. *B²*, a. l'un *(ajouté au-dessus de la ligne)* sur l. *C*. **1997.** et *omis B*. **1998.** ung *omis B*.

froide que vous mettrez dans du bouillon de viande ou de poisson, ou encore dans du vinaigre *et similia*; mettez-la à réchauffer sur le feu dans une écuelle.

204. Le merlus doit être coupé en morceaux carrés comme des cases d'échiquier; les faire tremper pendant une seule nuit. Les sortir de l'eau et les faire sécher sur une serviette. Faites bouillir de l'huile; puis faites frire dans peu d'huile chaque morceau de merlus. Mangez-le à la moutarde ou à la jance* à l'ail. Le merlus est fait, semble-t-il, comme la morue.

205. L'esturgeon. Ebouillantez-le, limonez-le, coupez lui la tête et fendez-le en deux. Commencez par lui fendre le ventre sur toute sa longueur comme pour un pourceau. Videz-le et coupez-le en tranches, puis mettez-le à cuire dans du vin et de l'eau. Le goût du vin doit dominer. Au fur et à mesure qu'il réduira, il faudra en rajouter. On sait que l'esturgeon est cuit lorsque la peau se détache facilement. Si on le mange chaud, on y ajoute du bouillon de gruau et des épices comme si c'était du gibier. On doit faire refroidir les restes et les manger au persil et au vinaigre.

206. Veau contrefaisant l'esturgeon. Pour six écuelles procurez-vous la veille ou très tôt le matin six têtes de veau; ne leur enlevez pas la peau mais épilez-les dans de l'eau chaude comme pour un cochon et faites-les cuire dans du vin. Ajoutez une chopine de vinaigre et du sel et faites bouillir jusqu'à ce qu'elles soient totalement décomposées à force de cuire. Puis laissez-les refroidir, ôtez les os, et mettez-les toutes dans un carré de bonne et grosse toile, une tête sur l'autre, aussi serrées que possible. Puis cousez-le avec du bon gros fil en forme d'oreiller carré, mettez-le entre deux belles planches que vous chargerez lourdement et laissez-le dans la cave pendant toute la nuit. Puis taillez-le en fines tranches, la peau tournée vers l'extérieur comme de la venaison; ajoutez du persil et du vinaigre. Ne mettez que deux tranches par plat. *Item*, si on ne

Item, qui ne trouveroit assez testes, l'en le peut faire d'un veel entrepelé.

207. (*fol. 154b*) Craspoiz. C'est baleine salee, et doit estre par lesches tout cru et cuit en eaue comme lart, et servir avec vos pois.

208. Merlanc salé est bon quant sa noe est entiere et son ventre blanc et entier ; et est bon au chaudumé de beurre, de vertjus et de moustarde ; et le fraiz frit, a la jance.

209. Vive a troiz lieux perilleux a touchier ; c'est assavoir : les arrestes qui sont sur le doz pres de la teste, les .ii. oreilles. Et a ce ne couvient touchier fors au coustel, et tout ce gecter hors, et tirer la brouaille par l'oreille. Et puis enciser au travers en plusieurs lieux, la rostir, et mengier au vertjus et beurre, ou vertjus et pouldre.

Aliter, cuisez la en l'eaue ung petit, puis le frisiez en beurre. Puis boulez de vertjus avec le remenant du beurre, et gecter sus.

Poisson de mer plat

210. Raye affaictie par endroit le nombril – et gardez le foye – et la despiecez par pieces. Puis la mectez cuire comme plaiz, puis la pelez et la mengiez aux aulx camelins. Raye est bonne en septembre et meilleur en octobre, car lors elle mengut les harens fraiz. Celle qui n'a que une queue est notree, et les autres, qui ont plusieurs queues, non. Et encores est il autre poisson pareil a raye, qui a nom *tire* ; maiz il n'a nul aguillon sur le dos et si est plus grant et plus tavellé de noir. Galentine pour roye en esté. Broyez amandes, et deffaictes d'eaue boulye, et coulez parmy l'estamine. Puis broyez gingembre et aulx, et deffaictes d'icelluy lait d'amandes et passer par l'estamine. Et boulez tout ensemble et mectez sur les pieces de la raye qui une foiz a esté cuicte. S'elle est fricte sans farine en huille et mengee chaude a la cameline, elle est bonne, et meilleur que en galentine froide.

2005. Grapois c. *B*. **2008.** Merlant s. *B*, q. sanoe e. *B²*. **2018.** en eaue *B*, p. la f. *B*. **2019.** b. du v. *B*. **2026.** e. mengue l. *B*. **2031.** c. par le. *B*. **2033.** et passez p. *B*. **2035.** f. en h. sans f. *B*.

peut se procurer assez de têtes, on peut se servir d'un veau épilé.

207. Craspoix*. C'est de la viande de baleine salée. On doit la couper en tranches toute crue et la mettre à cuire dans de l'eau comme du lard; servir avec vos pois.

208. Le merlan salé est bon quand sa nageoire est entière, son ventre blanc et intact. Il est bon à manger au chaudumée* de beurre, de verjus et de moutarde; quant au merlan frais, on le mange frit à la jance*.

209. La vive[1] a trois endroits qu'il est dangereux de toucher : les épines situées près de la tête, sur le dos; les deux ouïes : il ne faut y toucher qu'avec un couteau et jeter tout ce que l'on en extrait; tirer les entrailles par les ouïes. Pratiquer quelques incisions à plusieurs endroits et la rôtir. La manger au verjus et au beurre, ou au verjus et à la poudre fine* d'épices.

Aliter, faites-la cuire un peu à l'eau, puis frire dans du beurre,; faites bouillir du verjus avec le reste du beurre, et versez-le dessus.

Poisson de mer plat

210. On ouvre la raie à l'endroit du nombril – il faut en garder le foie – et on la coupe en morceaux. Mettez-la ensuite à cuire comme une plie; dépouillez-la et mangez-la à la cameline* à l'ail. La raie est bonne en septembre, et meilleure encore en octobre car elle se nourrit alors de harengs frais. La raie qui n'a qu'une queue est de chez nous tandis que celles qui en ont plusieurs viennent d'ailleurs. Il existe en outre un poisson semblable à la raie que l'on appelle *tire*, mais il n'a pas d'aiguillon sur le dos, il est plus grand et tacheté de noir.

Galentine* à la raie en été : broyez des amandes, délayez avec de l'eau bouillie et passez à l'étamine. Broyez ensuite du gingembre et de l'ail, délayez avec le lait des amandes et passez à l'étamine. Faites bouillir le tout et garnissez-en les morceaux de raie, qu'on aura fait cuire au préalable. Si la raie est frite sans farine dans de l'huile et mangée chaude à la cameline*, elle est bonne, meilleure qu'à la galentine* froide.

---

1. Poisson possédant des épines venimeuses à l'avant de la nageoire dorsale.

Raye doit estre lavee en plusieurs eaues, puis cuire en petit boullon et par quartiers, puis peler et laissier reffroidier. Maiz aucuns la pourboulent en eaue sans sel, puis la tirent, la pellent et nectoient tresbien, et mectent sur beau feurre. Puis mectent en une paelle sur le feu de l'eaue et du sel fremier, et puis cuyre la raye a petit feu. Et, qui veult, l'en en frit une partie de celle qui est pourboulye. Et ceste raye se garde bien huit jours.

211. Plays et quarrelet sont aucques d'une nature. La plus grant est nommee *plaiz* et la petite *quarrelet*, et est tavellee de rouge sur le (*fol. 155a*) dos; et sont bons du flo de mars et meilleurs du flo d'avril. Affaictiez par devers le dos au dessoubz de l'oreille, bien lavee, et mise en la paelle, et du sel dessus, et cuite en l'eaue comme ung rouget, et mengiez au vin et au sel. *Item*, quarreletz sont bons fris a la fleur et mengiez a la saulse vert.

212. Lymandes sont tavellees de jaune ou roux par le doz, et ont l'oreille devers le blanc. Soient friz a la fleur et mengiez a la saulse vert, ou friz par moictié et mengiez au civé ou au gravé.

213. Poles } sont d'une nature; et sont les poles
Soles } tavellees par le doz. Il les couvient escharder et affaictier comme la plaiz, laver, et mectre en la paelle, et du sel dessus, et de l'eaue; puis faire cuire, et a la parfin mectre du sel avec; puis laissier reffaire en leur eaue; et mengier a la saulse vert ou au beurre avec de leur eaue chaude, ou au chaudumé de vertjus vieil, moustarde et beurre chauffé ensemble.

Item, l'en les rostit sur le grail et du feurre moullié entredeux; et celles ne doivent point estre eschardees, et sont mengees au vertjus d'ozeille.

Item, aussi sont eschaudees celles que l'en doit frire; et doivent estre enfleurees, puis frictes, mengees a la saulse vert, et mises au civé et gravé.

214. Turbot est dit *ront* a Besiers. Soit eschardé, appa-

2041. et nettient t. *B*. **2043.** f. p. c. *BC*. **2049.** et meilleur d. *AC*. **2051.** et cuit en *AC*. **2062.** du persil a. *B*. **2069.** s. eschardees c. *B*. **2071.** c. ou g. *B*.

La raie doit être lavée dans plusieurs eaux ; la faire cuire ensuite à petit bouillon, par morceaux ; puis la peler et la laisser refroidir. Certains la font bouillir dans de l'eau non salée, la sortent, la dépouillent et la nettoient très soigneusement, puis la réservent sur de la paille bien propre. Ils mettent alors à frémir de l'eau salée sur le feu, dans une poêle, et font cuire la raie à petit feu. Si l'on veut, on peut faire frire une partie de la raie bouillie. Cette raie se garde bien huit jours.

211. Les plies et les carrelets sont presque de nature identique. Le plus grand poisson est appelé *plie* et le petit *carrelet* ; celui-ci est tacheté de rouge sur le dos ; ceux de la marée de mars sont bons, ceux de la marée d'avril encore meilleurs. Incisez-les sur le dos et sous l'ouïe et lavez-les bien ; mettez-les dans une poêle, saupoudrez de sel et faites cuire à l'eau comme un rouget ; mangez-les au vin et au sel. *Item*, les carrelets sont bons frits, après avoir été enfarinés, et accompagnés d'une sauce verte.

212. Les limandes ont des taches jaunes ou rousses sur le dos et l'ouïe tirant sur le blanc. On les enfarine et on les fait frire ; on les mange à la sauce verte ; on peut encore les faire frire après les avoir coupées en deux et les manger au civet ou au gravé*.

213. Les poles et les soles sont de nature identique. Les poles ont le dos tacheté. Il faut les écailler et les vider comme les plies, les laver et les mettre dans la poêle, les saler et les cuire à l'eau. Tout à la fin rajouter du sel. Puis les laisser tremper dans leur bouillon ; les manger à la sauce verte ou au beurre mélangé avec leur bouillon encore chaud, ou au chaudumée* de verjus ancien avec de la moutarde et du beurre chauffés ensemble.

Item, on les rôtit sur le gril en interposant de la paille mouillée entre le feu et le poisson, il ne faut pas les écailler ; on les mange au verjus d'oseille.

Item, on dépouille aussi celles que l'on doit faire frire ; elles doivent être enfarinées, frites et mangées à la sauce verte, puis mises en civet ou au gravé*.

214. Le turbot est appelé *ront* à Béziers. Il doit être écaillé

reillé comme dessus, et mengé a la saulse vert, ou mis au succre ; et vault mieulx froit de deux jours.

215. Barbue eschardee, appareillie comme dessus, cuicte et mengee ; car tout est d'une saveur et espece, fors tant que la barbue est plus petite, et le turbot greigneur et meilleur.

216. Bresme } escharder, cuicte en eaue, mengee a la
    Barte } cameline ou mises en pasté a la pouldre.

217. Tante cuicte en eaue, ou rostie, mengee au vertjus.

218. Doree appareillie par le costé au long, cuicte en eaue ou en rost, mengee au vertjus.

219. Ales rosties en fillopant, mengees a la moustarde ; ou pelees, puis cuictes en l'eaue ung trespetit, puis enfarinees, frictes a l'uille, et mengees a la jance ou aux ailletz.

220. Flays. De ce ne couvient faire nul compte, car ilz ne sont en saison fors quant le quarrel font soubz le pié. Ce poisson n'est point tavellé de rouge sur le dos comme sont quarreletz, et si ont le dos bien noir.

221. Hanons. *Nota* que les hanons qui sont ensemble amoncelez et se *(fol. 155b)* entretiennent a une masse sans esparpillier ou departir, et sont vermeilz et de vive couleur, sont fraiz ; et ceulx qui ne s'entretiennent et sont esparpilliez et de fade ou moicte couleur, sont de vielle prise. Soient esleuz, puis lavez tresbien et eschaudez en .ii. ou .iii. eaues bien chaudes, et puis reffaiz en eaue froide, puis seichier sur une touaille bien petit au feu ; et soient friz en huille avec ongnons cuiz, et apres pouldrez d'espices et mengiez aux ailletz vers clarectz, raverdiz de blé ou d'ozeille, ou de feuille de salemonde ou de barbarin.

2073. au soucie et *B*. **2076.** dune e. et dune s. f. *B*. **2080.** B. eschardee c. *B²C*. **2079.** Baitte *B*. **2087.** et mengee a *AC*. **2090.** le quelrel f. *A*, le quelboe f. *C*. **2098.** et eschardez en *B*. **2099.** en leaue f. *B*. **2100.** p. ou au f. *B*. **2102.** aux aillet v. *A*. **2103.** de sanemonde ou *B²*.

et préparé comme ci-dessus, mangé à la sauce verte ou mis au sucre. Il est encore meilleur froid et deux jours plus tard.

215. La barbue doit être écaillée et préparée comme ci-dessus ; on la mange aussitôt qu'elle est cuite. Turbot et barbue sont d'une même saveur et d'une même espèce sauf que la barbue est plus petite que le turbot, qui est meilleur.

216. La brème et la barte[1] doivent être écaillées, cuites à l'eau et mangées à la cameline* ; on peut aussi en faire du pâté en y incorporant de la poudre fine* d'épices.

217. La tante[2] est cuite à l'eau, ou rôtie ; on la mange au verjus.

218. La dorée s'ouvre par le côté ; on la fait cuire à l'eau ou on la rôtit, et on la mange au verjus.

219. Les ales[3] sont rôties en filets et mangées à la moutarde. On peut aussi les dépouiller et les faire cuire un tout petit peu à l'eau ; on les enfarine, on les fait frire à l'huile et on les mange à la jance* ou à l'ail.

220. Flets. Il ne faut pas en tenir compte car leur saison coïncide avec la période où les quarrels[4] abondent. Ce poisson n'a pas de taches rouges sur le dos comme les quarrels : son dos est bien noir.

221. Hanons[5]. *Nota* que les hanons frais se tiennent amoncelés et restent ainsi sans se disperser ou se séparer ; ils sont rouge vif quand ils sont frais, tandis que ceux qui sont à l'écart et qui ne collent pas aux autres, qui sont d'une couleur pâle ou éteinte, ceux-là sont de vieille prise. Il faut les nettoyer, les laver très soigneusement et les ébouillanter dans deux ou trois bains bien chauds, puis les faire tremper dans l'eau froide ; les sécher sur une toile près d'un feu doux. Les faire frire ensuite dans l'huile avec des oignons cuits, puis saupoudrer d'épices et manger à l'ail vert clair, le vert étant obtenu grâce au blé, à l'oseille ou aux feuilles de salemonde ou de barbarin[6].

---

1. Variété de brème.
2. Pichon suggère qu'il faut lire *tance* pour tanche de mer, mais c'est là un poisson d'eau douce.
3. Petits poissons plats.
4. Gros brochets.
5. Coquillage.
6. Pichon remarque que si la salemonde est connue, le barbarin pourrait être synonyme de *berberis*, épine-vinette.

222. Moules soient cuictes en grant feu et hastivement en trespetit d'eaue et de vin, sans sel; mengees au vinaigre. *Item*, quant elles sont cuictes avec vertjus vieil et percil, puis mectez beurre fraiz; c'est tresbon potage. Moules sont les meilleurs au commencement du nouvel temps de mars. Moule de Quayeu est rousse, ronde au travers, et longuecte, et la moule de Normandie est noire.

223. Escrevisses. Cuisiez les en eaue, et vin plus que de eaue, et escumez. Puis mectez ung petit de sel, (ja soit ce que aucuns dient que non, pource que le sel noircist.)
Escrevisses de mer doivent estre cuictes en four, et dit l'en *langoustes*, et couvient estouper tous les pertuiz a la guise du fournier, et mengier trenchee au vinaigre et a la ciboule.

224. Seiche conree soit pelee, puis despeciee par morceaulx. Puis la mectez en une paelle sur le feu, et du sel avec, et remuez souvent, et qu'elle soit bien seiche. Puis la mectez en une nappe et l'espraignez bien, et seichés ça et la par la nappe. Puis l'enfarinez en farine et frisiez en foison d'uille, ou a ongnons ou sans ongnons. Puis pouldrez d'espices dessus, et mengiez aux aillets raverdiz de blefz.

Item, aucuns, apres ce qu'elle est pellee et mise par morceaulx, la tiennent et remuent longuement en la paelle pour gecter son humeur et sa liqueur, laquelle l'en doit souvent gecter et purer. Et quant elle ne gecte plus riens, l'en l'essuye comme dessus. Et puis la frit l'en en foison d'uille longuement, tant qu'elle devient gredelie et recroquillee comme chaons de lart. Et adonc est mise en ung plat et de la pouldre fine dessus, et ainsi mengee. Et en la paelle ou est demouree l'uille toute chaude sur le feu, laquelle huille a receu la freschumee dont elle vault pis, l'en doit gecter du vin froit qui par fumee fait yssir la

---

2105. Mooles s. B^2. **2108.** p. mettre burre f. *B*, p. Mooles s. B^2. **2109.** l. meilleur *A*, m. ou c. *B*, de nouvel – B^2 (*la ligne barre la répétition de* nouvel). **2110.** Moole d. *B*. **2111.** la moole d. *B*. **2117.** g. de f. *B*. **2119.** S. couree s. *A*. **2121.** b. sechee p. *B*. **2122.** s. la et la *AC*. **2125.** a. reverdiz de ble *B*. **2136.** f. de la seche d. *B*.

222. Les moules doivent être cuites à gros feu très rapidement, dans très peu d'eau et de vin, sans sel. On les mange au vinaigre. *Item*, quand elles sont cuites au verjus vieux avec du persil et du beurre frais, cela fait un très bon potage*. Les meilleures moules sont celles du début du nouveau temps de mars[1]. La moule de Cayeux[2] est rousse et de section ronde, elle est plutôt oblongue ; la moule de Normandie est noire.

223. Les écrevisses doivent être cuites dans l'eau avec du vin : il faut qu'il y ait plus de vin que d'eau. Ecumer ensuite. Salez un peu, (bien que certains le déconseillent parce que le sel noircit).

Les écrevisses de mer doivent être cuites dans le four ; on les appelle *langoustes* ; il faut boucher tous les trous à la manière du fournier, et les manger coupées en tranches, à la vinaigrette et à la ciboule.

224. La sèche apprêtée doit être dépouillée puis coupée en morceaux. Mettez-la ensuite dans une poêle sur le feu avec du sel et remuez souvent ; il faut qu'elle rende toute son eau. Puis enveloppez-la dans une nappe, pressez bien et séchez çà et là avec la nappe. Ensuite roulez-la dans la farine et faites-la frire dans beaucoup d'huile avec ou sans oignons. Puis saupoudrez-la d'épices et mangez-la à l'ail teint en vert avec du blé.

Item, une fois qu'elle est dépouillée et coupée en morceaux, certains la gardent longtemps dans la poêle et remuent pour qu'elle rende son humeur et son jus qu'on doit jeter au fur et à mesure pour l'en purifier. Lorsqu'elle ne rend plus rien, on l'essuie comme ci-dessus. Puis on la fait frire longuement dans beaucoup d'huile jusqu'à ce qu'elle devienne racornie et se rétrécisse comme des graillons. Alors on la met dans un plat avec de la poudre fine* d'épices et on la mange telle quelle. Quant à l'huile toute chaude restée dans la poêle sur le feu, qui a pris l'odeur du poisson, ce qui la gâte, on doit verser dedans du vin froid qui par évaporation en fait sortir l'odeur. De cette

---

1. Sans doute après l'équinoxe.
2. Bourg de Picardie.

freschumee. Et ainsi l'uille demeure bonne pour potages, et meilleur que autres qui ne sont mie cuictes.

2140 *Item*, qui n'avroit autre viande que seiche, et elle fut fricte aux ongnons (*fol. 156a*) comme dessus, puis mise en deux platz, et avoir bonne jance aux aulx boulye et gectee dessus, ce seroit appetit assez passable.

Seche fresche soit lavee tresbien, puis mise en une
2145 paelle ou four avec de l'eaue, du vertjus, de l'uille, et des ciboulles nouvelles, et cuicte; maiz *primo* soient ostez l'oz et l'amer.

Oeufz de divers appareilz
225. Une arboulaste ou deux de oeufz. Prenez du coq
2150 .ii. feuilles seulement, et de rue moins la moictié ou neant – car sachiez qu'il est fort et amer – de l'ache, tenoise, mente et sauge, de chascun au regard de quatre feuilles ou moins – car chascun est fort – marjolaine ung petit plus, fenoul plus, et percil encores plus. Mais de poree : bectes,
2155 feuilles de violectes, espinars et laictues, orvale, autant de l'un comme de l'autre, tant que de tout vous ayez deux pongnees largement. Eslisiez et lavez en eaue froide, puis les espraignez et ostez toute l'eaue. Et broyez deux cloches de gingembre, puis mectez ou mortier a deux ou
2160 troiz foiz vos herbes avec ledit gingembre broyé, et broyez l'un avec l'autre. Et puis ayez seize oeufz bien batuz ensemble – moyeulx et aubuns – et broyez et meslez ou mortier avec ce que dit est. Puis partez en deux, et faictes deux allumelles espesses qui seront frictes par la
2165 maniere qui s'ensuit : premierement vous chaufferez tresbien vostre paelle a huille, beurre, ou autre gresse que vous vouldrez; et quant elle sera bien chaude de toutes pars, et par especial devers la queue, meslez et espandez vos oeufz parmy la paelle, et tournez a une [palette] sou-
2170 vent ce dessus dessoubz; puis gectez de bon frommage

2140. e. fust f. B^2C. **2149.** U. arboulastre ou *B*. **2151.** la. tenoisie m. *BC*. **2166.** ou a. telle g. *B*. **2169.** u. palette s. *B*, u. paelle s. *AC*.

manière l'huile reste utilisable pour des potages* ; elle est même meilleure que l'huile qui n'a point servi.

Item, si on n'a que de la sèche, la faire frire aux oignons comme ci-dessus puis la répartir dans deux plats, verser dessus une bonne jance* à l'ail bouilli : cela ferait un plat tout à fait mangeable.

La sèche fraîche doit être très bien lavée, puis être mise dans une poêle ou au four avec de l'eau, du verjus, de l'huile et des ciboules nouvelles ; la faire cuire ; mais *primo* il faut en enlever l'os et la poche d'encre.

Œufs de préparations diverses

225. **Une ou deux omelettes[1] aux œufs.** Prenez deux feuilles seulement de coq[2] et moins d'une feuille de rue ou pas du tout car c'est une herbe forte et amère, du céleri, de la tanaisie, de la menthe et de la sauge, à raison de quatre feuilles ou moins par espèce car, toutes, elles sont fortes ; vous pouvez mettre un peu plus de marjolaine, davantage encore de fenouil, et de persil encore plus. Quant aux légumes, prenez une quantité égale de bettes, de feuilles de violettes, d'épinards, de laitues et d'orvale, en tout deux grandes poignées. Triez-les et lavez-les à l'eau froide, puis pressez-les afin d'en exprimer toute l'eau. Broyez deux cloches de gingembre dans le mortier et ajoutez-y en deux ou trois fois vos herbes et broyez le tout. Puis battez bien seize œufs, blancs et jaunes ensemble, et mêlez intimement avec ce qui est déjà dans le mortier. Puis faites-en deux parts et confectionnez deux omelettes épaisses que vous ferez frire de la manière suivante : vous commencerez par chauffer de l'huile, du beurre ou une autre graisse de votre choix bien fort dans votre poêle ; lorsqu'elle sera bien chaude partout, et plus particulièrement vers la queue, versez-y vos œufs et retournez-les souvent avec une cuillère en bois puis parsemez

---

1. Le mot « omelette » dans le *Mesnagier* existe sous plusieurs formes et variantes : la série « arbolaste », « reboulastre », etc. d'une part, « allumelle », « alumecte », etc. d'autre part. Ces dernières sont sans doute plus fines et plus plates que les premières, d'où leur nom.
2. Herbe aromatique.

gratuisé pardessus. Et sachez que ce est ainsi fait pour ce, qui brayeroit le frommage avec les herbes et oeufz, quant l'en cuideroit frire son alumelle, le frommage qui seroit dessoubz se tendroit a la paelle. Et ainsi fait il d'une ale-
2175 melle de oeufz, qui mesle les oeufz avec le frommage. Et pour ce l'en doit premierement mectre les oeufz en la paelle, et mectre le frommage dessus, et puis couvrir des bors des oeufz; et autrement se prendroient a la paelle. Et quant vos herbes seront frictes en la paelle, si donnez
2180 fourme quarree ou ronde a vostre arboulastre, et la mengiez ne trop chaude ne trop froide.

226. Oeufz perdus. Rompez l'escaille, et gectez moyeulx et aubuns sur charbons, ou sur brese bien chaude; et apres les nectoyez et mengiez.

2185 227. Oeufz heaumez. Cassez le bout et widiez l'aubun, et le moyeu estant en la quoquille mectez et asseez icelle coquille sur une tuille, le trou de la coquille dessoubz.

228. (*fol. 156b*) Alumecte fricte au succre. Ostez tous les aubuns et batez les moyeux; puis mectez du succre en
2190 la paelle et il se fondera; et apres ce, frisiez dedens vos aubuns, puis mectez en ung plat et du succre dessus.

229. Oeufz perduz. Prenez .iiii. moyeux d'oeufz et les batez, et du succre en pierre batu, et en pouldre; et soit tout batu ensemble tresbien; puis coulé en l'estamine;
2195 puis frit au fer de la paelle et apres trenchié par losanges. Puis avecques autres alumelles d'oeufz pochez soient icelles losanges mises ou plat, et fine pouldre pardessus.

230. Pour faire belle alumelle de oeufz. Prenez .vii. oeufz, et des deux ostez les aubuns et les mectez en une
2200 escuelle, et tous les autres cassez sur moyeux, et batez tout ensemble et frisiez; et ilz seront jaunes.

Aliter, prenez .x. ou .xii. oeufz et ostez les aubuns; et batez les moyeux, puis les frisiez en huile et soient bien espanduz en la paelle et couppez par losanges, et chas-
2205 cune losenge retournee a la palecte ce dessoubz dessus. Puis mectre en ung plat demye alemelle d'oeufz friz

---

2185. et vuidiez la. *B.* **2188.** Allumelle f. *B*, Alumectez f. *C*, Ostez *omis AC.* **2190.** se fondra *B.* **2196.** a. autre allumelle do. *B.* **2199.** a. et m. *B.* **2206.** d. allumelle do. *B.*

de bon fromage râpé. Sachez qu'on procède ainsi parce que si l'on broyait le fromage avec les herbes et les œufs, au moment de mettre l'omelette à frire, le fromage qui irait au fond attacherait à la poêle. C'est ainsi qu'on doit faire une omelette au fromage, c'est-à-dire qu'on met d'abord les œufs dans la poêle et seulement après le fromage par-dessus, puis on couvre les bords avec des œufs : autrement l'omelette attacherait à la poêle. Lorsque vos herbes sont frites dans la poêle, donnez une forme carrée ou ronde à votre omelette et mangez-la ni trop chaude ni trop froide.

226. **Œufs perdus.** Cassez les œufs et versez jaunes et blancs sur du charbon ou sur de la braise bien chaude. Nettoyez-les ensuite et mangez.

227. **Œufs heaumés.** Percez-en le bout, ôtez le blanc ; installez solidement la coquille contenant le jaune sur une tuile, le trou de la coquille vers le bas.

228. **Omelette frite au sucre.** Otez tous les blancs et battez les jaunes. Mettez du sucre dans la poêle et faites-le fondre. Faites frire dedans vos blancs[1], versez dans un plat et saupoudrez de sucre.

229. **Œufs perdus.** Battez quatre jaunes d'œufs, ajoutez du sucre en pierre battu et du sucre en poudre. Battez très bien tout ensemble puis passez à l'étamine. Faites frire à même la poêle et découpez en losanges que vous disposerez dans le plat contenant d'autres omelettes aux œufs pochés. Ajoutez de la poudre fine* d'épices par-dessus.

230. Pour faire une belle omelette aux œufs, prenez sept œufs ; ôtez les blancs de deux œufs que vous mettrez dans une écuelle, cassez tous les autres œufs sur ces deux premiers jaunes, battez le tout et faites frire. Vous obtiendrez alors un beau jaune.

Aliter, ôtez les blancs de dix ou douze œufs ; battez les jaunes et faites-les frire dans l'huile ; il faut bien les étaler dans la poêle. Coupez-les en losanges ; chaque losange est retourné à la cuillère en bois. Puis mettre dans un plat la moitié d'une

---

1. Confusion probable de l'auteur entre *aubuns* et *moyeux*.

communement, et .iiii. losenges de ces moyeux et du succre friz communement.

231. *Arboulastre en tartre faicte en la paelle.* Ayez voz oeufz, et herbes et une cloche de gingembre batues, meslees et broyees comme devant est dit. Puis ayez de la paste pestrie aussi comme pour le fons d'une tartre; et chauffez vostre paelle a huille ou autre gresse. Puis mectez vostre paste pestrie dedens le fons de la paelle, puis mectez la farce de vostre tarte avec frommage gratuisé meslé parmy a souffisant planté. Et pource que le dessoubz – c'est assavoir la paste qui fait le fons de la tartre – seroit cuit avant que le dessus feust gueres eschauffé, il couvient avoir une autre paelle dont le fons soit bien chauffé, torché et nectoyé. Et soit icelle paelle plaine de charbon ardant, et la mectez pardedens l'autre paelle, prez et joingnant de la farce pour icelle eschauffer et cuire a l'essuy et aussi a onny comme la paste.

232. *Oeufz a la tenoise.* Broyez une petit de gingembre et de la tenoise, et alayez de vinaigre. Coulez, et mectez en ung plat, et des oeufz durs pelez tous entiers.

233. *Nota de la nature des oeufs.* Mectez les cuire en eaue boulant, et le moyeu ne sera point dur, toutesvoyes se vous ne les avez moullié en eaue froide premierement. Maiz se vous les y avez moullez, et incontinent vous les mectez en potage boulant, ilz durciront bien. *(fol. 157a) Item*, se vous les mectez en eaue fremiant et laissiez sur le feu, ilz seront tantost durs. *Item*, soient molz, soient durs, si tost qu'ilz sont cuiz vous les mectez en eaue froide : ilz seront plus aisiez a peler.

Entremés, fritures, et dorures

234. *Fourmentee.* Premierement vous couvient monder vostre fourment ainsi comme l'en fait orge mondé. Puis sachiez que pour .x. escuelles couvient une livre de fourment mondé, le quel on treuve aucunesfois sur les

---

2208. f. communenement et *A.* **2212.** p. ainsi c. *B* (*corrigé en* aussi *B²*). **2213.** g. et p. *B.* **2214.** la p. p. m. vostre (sur vostre *C*) paste et la f. *AC.* **2215.** v. tartre a. *B.* **2223.** lessuye et *B.* **2224.** la tenoisie *B. B*, la tenoisie et *B.* **2229.** a. moulliez en *BC.* **2232.** et les l. *B.*

omelette frite normalement avec quatre de ces losanges et du sucre que vous ferez frire normalement.

231. Omelette en tarte à la poêle. Mélangez et broyez des herbes et une cloche de gingembre, battez-les avec vos œufs comme précédemment. Pétrissez une pâte comme pour le fond d'une tarte. Chauffez dans votre poêle de l'huile ou une autre graisse. Mettez votre pâte pétrie au fond et versez dessus la farce de votre tarte avec une bonne quantité de fromage râpé. Mais comme le dessous, c'est-à-dire la pâte qui fait le fond de la tarte, serait cuit avant que le dessus soit seulement chaud, il faut prendre une deuxième poêle dont le fond doit être bien chauffé, essuyé et nettoyé. Cette poêle doit être remplie de charbons ardents. Posez-la dans la première poêle au contact de la farce de sorte qu'elle puisse la chauffer et la faire cuire, en l'asséchant, en même temps que la pâte.

232. Œufs à la tanaisie. Broyez un peu de gingembre et de tanaisie et délayez avec du vinaigre. Passez et mettez dans un plat avec des œufs durs entiers écalés.

233. *Nota* sur la nature des œufs. Mettez-les à cuire dans de l'eau bouillante, mais le jaune ne durcira que si vous les avez plongés au préalable dans de l'eau froide. Si vous les y avez plongés et qu'aussitôt après vous les mettez dans un potage* bouillant, ils durciront bien. *Item*, si vous les mettez dans de l'eau frémissante et les laissez sur le feu, ils seront bientôt durs. *Item*, durs ou mollets, aussitôt cuits mettez-les dans de l'eau froide : ainsi ils seront plus faciles à écaler.

Entremets, fritures et dorures*

234. Fromentée*. D'abord il vous faut monder votre froment comme on le fait pour l'orge. Ensuite, sachez que pour 10 écuelles il faut une livre de froment mondé ; quelquefois on

espiciers tout mondé, pour ung blanc la livre. Eslisiez le,
et le cuisiez en eaue des le soir, et le laissiez toute nuyt
couvert empres le feu en eaue comme tiede. Puis le trayez
et esliziez. Puis boulez du lait en une paelle et ne le
mouvez point, car il tourneroit. Et incontinent, sans
actendre, le mectez en ung pot qu'il ne sente l'arain. Et
aussi, quant il est froit, si ostez la cresme de dessus; afin
que icelle cresme ne face tourner la fourmentee. Et de
rechief faictes boulir le lait et ung petit de fourment avec,
maiz qu'il n'y ait gueres de fourment. Puis prenez
moyeux d'oeufz, et les coulez : c'est assavoir pour
chascun sextier de lait, ung cent de oeufz. Puis prenez le
lait boulant et batre les oeufz avec le lait. Puis reculer le
pot, et gecter les oeufz, et reculer. Et se l'en veoit qu'il se
voulsist tourner, mectre le pot en plaine paelle de eaue. A
jour de poisson l'en prent lait; a jour de char du boullon
de la char. Et couvient mectre saffran se les oeufz ne jaunissent assez. *Item*, demye cloche de gingembre.

235. Faulx grenon. Cuisiez en eaue et en vin des foyes
et des jugiers de poulaille, ou de char de veel ou d'une
cuisse de porc ou de mouton, puis la haschiez bien
menuement et friolez au saing de lart. Puis broyez gingembre, canelle, giroffle, graine, vin, vertjus, boullon de
beuf ou de celluy mesmes, et des moyeulx grant foison.
Et coulez dessus vostre char et faictes bien boulir
ensemble. Aucuns y mectent du saffran, car il doit estre
sur jaune couleur. Et aucuns y mectent pain hazé, broyé et
coulé; car il doit estre lyant et d'oeufz et de pain, et si doit
estre aigre de vertjus. Et au drecier, sur chascune escuelle
pouldrez poudre de canelle.

236. Mortereul est fait comme faulx grenon, sauf tant
que la char est broyee ou mortier avec espices de canelle;
et n'y a point de pain, maiz pouldre de canelle pardessus.

237. (*fol. 157b*) Tailliz a servir comme en Karesme.
Prenez fins roisins, lait d'amandes bouly, eschaudez, gal-
lectes, et crouctes de pain blanc, et pommes couppees par
menuz morceaulx quarrez; et faictes boulir vostre lait, et

2243. en le. *B.* 2249. b. le l. en u. *AC*, b. de l. et u. *B.* 2253. l. oeuf a.
A. 2256. l. et a j. *B.* 2260. d. jusiers de *B²*. 2267. p. hale b. *B²*.

peut en trouver chez les épiciers déjà tout prêt pour un blanc la livre. Triez-le et faites-le cuire dans l'eau dès la veille au soir ; laissez-le toute la nuit couvert près du feu dans de l'eau à peu près tiède. Puis sortez-le et triez-le. Faites bouillir du lait dans une poêle mais ne remuez pas car autrement il tournerait. Aussitôt sans perdre de temps versez-le dans un pot pour qu'il ne prenne pas le goût du cuivre. Lorsqu'il est froid, ôtez-en la crème qui flotte dessus pour qu'elle ne fasse pas tourner la fromentée. Faites de nouveau bouillir le lait avec un peu de froment, mais très peu seulement. Puis coulez dedans des jaunes d'œufs, à raison de cent œufs pour un setier de lait. Battez les œufs avec le lait bouillant. Retirez le pot du feu et jetez encore des œufs dedans puis retirer du feu. Si on s'aperçoit que la préparation risque de tourner, poser le pot dans une poêle remplie d'eau. Les jours maigres on utilise du lait, les jours gras le bouillon de viande. Si les œufs ne jaunissent pas assez la fromentée, il faut ajouter du safran. *Item*, une demie cloche de gingembre.

235. Faux grenon*. Faites cuire dans de l'eau et du vin des foies et des gésiers de volaille, ou un morceau de veau ou de cuisse de porc ou de gigot de mouton ; hachez-le bien menu et faites-le revenir dans du lard gras. Broyez du gingembre, de la cannelle, du girofle, de la graine de paradis* avec du vin, du verjus, du bouillon de bœuf ou celui même que vous venez d'obtenir et beaucoup de jaunes d'œufs. Versez sur votre viande et faites bien bouillir le tout. Certains y mettent du safran car le ragoût doit tirer sur le jaune. D'autres mettent du pain grillé, broyé et passé, car il doit être compact grâce aux œufs et au pain, et on doit sentir l'acidité du verjus. Au moment de servir, saupoudrez chaque écuelle de cannelle en poudre.

236. Le mortereuil se prépare comme le faux grenon*, sauf qu'on broie la viande dans le mortier avec de la cannelle ; et l'on n'y ajoute point de pain, mais on saupoudre de cannelle.

237. Taillis* à servir comme en carême. Prenez du raisin fin, du lait d'amandes bouilli, des échaudés*, des galettes, des croûtons de pain blanc et des pommes coupées en petits morceaux carrés. Faites bouillir votre lait, ajoutez du safran pour le

saffran pour luy donner couleur, et du succre. Et puis mectez tout ensemble tant qu'il soit bien lyant pour taillier. L'en en sert en Karesme en lieu de riz.

238. *Poucins farcis.* Il couvient souffler ung poucin quant il est tout vif, et est soufflé par le col. Puiz lyez le col et laissiez mourir; puis eschaudé, plumé, effondré, reffait et farcy.

Item, autrement, quant il est du tout appareillié pour mectre en broche, parendroit le partuiz la ou l'en l'a effondré l'en luy dessevre au doit la pel de la char. Puis l'en le farcist au bout du doit, et recoust l'en a sourget endroit la pel avec la char, et met l'en en broche.

Et *nota* que la farce est faicte du percil et ung petit de sauge, avec oeufz durs et beurre, tout haschié ensemble; et mectre parmy pouldre fine avec. A chascun poucin couvient troiz oeufz, blanc et tout.

239. *Pour engressier poucins.* Mettez les en orbe lieu, et leur nectoyez leur auget ou abeuvrouer .ix. foiz ou .x. le jour; et leur donnez a chascune foiz nouvelle paisson et fresche et nouvelle eaue – c'est assavoir pour paisson advoine batue, que l'en doit dire *gruyau d'avoine*, destrempé en lait ou matons de lait .i. petit – et ayent le pié sec jusques a .ix. jours.

240. *Pour engresser une oe en troiz jours*, paissiez la de mye de pain chault, trempé en matons ou lait meigre.

241. *Pour faire perdriaux de poucins.* Il couvient avoir petites poulectes et les tuer ung jour ou deux jours devant. Puis appareiller et copper les jambes et les cols, oster les charcoiz et gecter hors, rompre la granche et pousser les cuisses pour faire la char plus courte. Puis boutonner et rostir, et mengier au sel comme perdriaulx.

242. *Poulaille farcee autrement.* Prenez vos poules et leur coupez le gavion, puis les eschaudez et plumez – et gardez que au plumer la peau ne soit dessiree – puis les reffaictes en eau. Puis prenez ung tuel et le boutez entre

---

2282. P. lye le c. et laissier m. *B.* **2289.** c. puis m. *B.* **2290.** f. de p. *B²*. **2292.** c. un p. *B²*. **2295.** ou au beurrer .ix. *C.* **2300.** jusques a .ix. jours *omis A.* **2301-2301** *Ce § omis en C*, la demye de *A.* **2304.** u. ou d. j. d. *B*, u. j. ou d. d. *C.* **2310.** et leurs c. *A.*

colorer et du sucre. Mélangez tout jusqu'à ce que le taillis soit assez consistant pour être coupé au couteau. On en sert en carême en guise de riz.

238. **Poussins farcis.** Il faut gonfler d'air par le cou un poussin tout vif. Puis serrer le cou et le laisser mourir ; ensuite l'ébouillanter, le plumer, le vider, le faire tremper et le farcir[1].

Item, autre manière de procéder : lorsqu'il est tout à fait prêt à être mis à la broche, à l'endroit ou l'on a fait un trou pour le vider, on doit séparer la peau de la chair avec le doigt. On le farcit avec le bout du doigt, on assemble la peau à la chair au surjet et on le met à la broche.

Et *nota* que la farce est faite avec du persil et un peu de sauge, des œufs durs et du beurre, le tout haché ensemble ; y ajouter de la poudre fine* d'épices. Il faut compter trois œufs entiers par poussin.

239. **Pour engraisser des poussins.** Mettez-les dans un endroit obscur, nettoyez leur auge et leur abreuvoir 9 ou 10 fois par jour ; donnez-leur chaque fois une nouvelle ration de nourriture – à savoir de l'avoine battue appelée *gruau d'avoine* trempé dans un peu de lait ou de lait caillé – ainsi que de l'eau fraîche. Ils doivent avoir les pattes au sec jusqu'au neuvième jour.

240. **Pour engraisser une oie en trois jours**, nourrissez-la de mie de pain chaude, trempée dans du lait caillé ou du petit lait.

241. **Pour faire passer des poussins pour des perdreaux**, il faut prendre de petites poulettes et les tuer un ou deux jours auparavant. Les apprêter, puis leur couper les pattes et le cou, ôter et jeter les entrailles et rompre la carcasse ; repousser à l'intérieur les cuisses afin de les faire paraître plus courtes[2]. Puis les boutonner, les faire rôtir et les manger au sel comme des perdreaux.

242. **Volaille farcie d'une autre façon.** Incisez le gosier à vos poules, ébouillantez-les et plumez-les en faisant attention à ne pas déchirer la peau, puis plongez-les dans l'eau. Prenez un tube, introduisez-le entre la peau et la chair et faites-la gonfler

---

1. Cf. 364, le commentaire de l'auteur.
2. Comme celles des perdreaux.

cuir et char et le soufflez. Puis le fendez entre deux espaules – et n'y faictes pas trop grant trou – et en tirez hors les charcoiz et le laissiez a sa peau les cuisses, les esles, le [col] a tout la teste, et piez. Et pour faire la farce prenez char de mouton, de veel et de porc, et du braon des poules, et haschez tout ensemble tout cru. Puis le broyez en ung mortier et des oeufz crus avec, et de bon frommage de gain, et de bonne pouldre d'espices, et bien pou de saffran, et saler a point. Puis emplez vos poules *(fol. 158a)* et [recousez] ce trou, et du remenant de vostre farce faictes en pommes ainsi comme pasteaulx de guede et mectez cuire en boullon de beuf ou en belle eaue de beuf boulant, et du saffran grant foison ; et qu'il ne boulle pas trop fort qu'ilz ne se despiecent. Puis les enhastez en une broche bien delyee, et pour les dorer prenez grant foison de moyeux d'oeufz, et les batez bien en ung pou de saffran broyé avec, et les en dorer. Et qui veult dorer vert, si broye la verdure et puis les moyeulx d'oeufz bien batuz, et passez par l'estamine pour la verdure, et en dorer poulaille quant elle sera cuicte, et vos pommes, et dreciez vostre broche ou vaissel ou vostre dorure sera, et gectez tout au long vostre dorure et remectez au feu par .ii. foiz ou par troiz, afin que vostre doreure se preigne. Et gardez que vostre dorure n'ait pas trop feu, afin qu'elle ne arde.

243. Ris engoulé a jour de mengier char. Esliziez le, et le lavez en .ii. ou .iii. paires d'eaues chaudes, et mectez ressuer sur le feu. Puis le mectez en lait de vache fremiant, et mectez du saffran pour le jaunir, deffait de vostre lait. Et puis mectez dedens du gras du boullon de beuf.

Aliter, ris. Esliziez le et le lavez en .ii. ou .iii. paires d'eaues chaudes, tant que l'eaue reviengne toute clere. Puis le faictes aussi comme demy cuire. Puis le purez et mectez sur tranchouers en platz pour esgouter et seicher devant le feu. Puis cuisiez bien espoiz avec l'eaue de la

---

2316. le cul a *ABC*. 2317. des p. h. *B*. 2320. b. pouldres de. *B*. 2322. recousez *omis AB*, et se t. soit recousu et *C*. 2323. c. posteaulx de *AC*. 2327. b. delye et *AC*. 2330. p. des m. do. grant foison b. b. *B*, p. des m. b. b. *C*. 2340. et broyez du *B*. 2343. et le lavez *omis AC*. 2345. f. ainsi c. *B²*.

en soufflant. Pratiquez une incision entre les deux épaules – mais ne faites pas le trou trop grand – et retirez les entrailles, mais les cuisses, les ailes, le cou avec la tête et les pattes doivent rester recouverts de peau. Pour la farce, prenez de la viande de mouton, de veau et de porc, du blanc de poulet et hachez-les ensemble tout crus. Puis broyez-les dans un mortier avec des œufs crus et du bon fromage de gain[1], de la poudre fine* d'épices et très peu de safran ; salez juste ce qu'il faut. Remplissez vos poules et recousez le trou ; avec le reste de votre farce faites des boulettes à la manière des pâtés de guède et mettez-les à cuire dans un bouillon de bœuf, ou dans de l'eau où cuit du bœuf, avec beaucoup de safran. Mais ne pas faire bouillir trop fort pour que les boulettes ne se défassent pas. Puis embrochez-les sur une broche bien fine ; pour les dorer, battez beaucoup de jaunes d'œufs avec un peu de safran broyé. Si on veut les dorer en vert il faut broyer de la verdure, ajouter des jaunes d'œufs bien battus, passer à l'étamine à cause de la verdure et en dorer la volaille cuite et vos boulettes ; posez la broche dans le récipient qui contient la dorure*, versez la dorure* sur toute la longueur des boulettes et remettez-les au feu à deux ou trois reprises afin que la dorure* prenne. Mais veillez à ce qu'elle ne soit pas trop près du feu pour qu'elle ne brûle pas.

243. *Riz au lait pour les jours gras*. Triez et lavez le riz dans deux ou trois bains d'eau chaude et mettez-le à évaporer sur le feu. Puis versez-le dans du lait de vache frémissant, ajoutez du safran pour jaunir, que vous délaierez dans votre lait. Ajoutez pour finir du gras du bouillon de bœuf.

Aliter, riz. Triez-le et lavez-le dans deux ou trois bains d'eau chaude jusqu'à ce que l'eau reste bien claire. Puis faites-le à moitié cuire. Egouttez-le, puis étalez-le sur des tranchoirs posés dans des plats servant à égoutter et à sécher devant le feu. Puis faites-le cuire dans du bouillon gras de bœuf jusqu'à ce qu'il

---

1. Brereton note qu'il s'agit d'un fromage fait à partir d'un lait particulièrement riche.

gresse de la char de beuf, et avec du saffran, se c'est a jour
de char. Et se c'est a jour de poisson, n'y mectez pas eaue
de char, maiz en ce lieu mectez amandes bien forment
broyees et sans couler, puis succrer, et sans saffran.

244. Pour faire une froide sauce. Prenez vostre poullaille et mectez par quartiers, et la mectez cuire en eaue
avec du sel; puis la mectez reffroidier. Puis broyez gingembre, fleur de canelle, graine, girofle, et broyez bien
sans couler. Puis broyez du pain trempé en l'eaue des
poucins, percil le plus, sauge, et ung pou de saffran en la
verdure pour estre vergay, et les coulez par l'estamine (et
aucuns y coulent des moyeux d'oeufz durs) et deffaictes
de bon vinaigre, et icelles deffaictes, mectez sur vostre
poulaille. Et avec et pardessus icelle poulaille, mectez des
oeufz durs par quartiers, et gectez vostre saulse pardessus
tout.

Aliter, prenez le poucin et le plumez, puis le mectez
boulir, et du sel, tant qu'il soit cuit. Puis l'ostez, et le
mectez par quartiers reffroidier; puis mectez des oeufz
cuire durs, en l'eaue, et mectez du pain tremper en vin et
vertjus ou vinaigre, et autant de l'un comme de l'autre.
Puis prenez du percil et de la sauge; puis broyez gingembre, graine, et coulez par *(fol. 158b)* l'estamine, et
coulez les moyeux d'oeufz. Et mectez des oeufz durs par
quartiers dessus les poucins, et puis mectez vostre saulse
pardessus.

245. Sous de pourcelet se fait ainsi comme d'une
froide sauge sans y mectre oeufz et point de sauge ne de
pain. Il est fait du groing, des oreilles, de la queue, des
jarrectz cours et des .iiii. trotignons bien cuiz et tresbien
plumez, puis mis en saulse de percil broyé, vinaigre et
espices.

246. Potage party ⎫ Prenez une cuisse de mouton, ou
     Faulx grenon ⎭ foyes et jugiers de poullailles, et
es mectez cuire tresbien en eaue et en vin, et les trenchez
comme quarrez. Puis broyez gingembre, canelle, giroffle

2354. la mettre r. *B*. **2359.** a. pour couleur d. *B²*. **2360.** et d. i. m. *B*. **2365.** s.
cuis p. *B*. **2366.** m. c. des o. d. en *B*. **2375.** m. nulz o. *B*. **2376.** f. de g. *B*.
2382-2380. p. p. ou F. g. *B*. **2380.** et juziers de *B²*.

soit bien épais et ajoutez du safran, si c'est un jour gras. Si c'est un jour maigre, n'utilisez pas de bouillon de viande ; mettez à la place des amandes broyées très soigneusement, mais sans les passer à l'étamine, puis sucrez ; ne mettez pas de safran.

244. **Pour faire une froide sauce***. Coupez en quartiers votre volaille et mettez-la à cuire dans de l'eau salée ; laissez-la refroidir. Broyez du gingembre, de la fleur de cannelle, de la graine de paradis*, du girofle, broyez bien, mais ne passez pas. Puis broyez du pain trempé dans du bouillon de poussin avec la plus grande quantité de persil possible, ainsi que de la sauge ; vous y mêlerez un peu de safran pour obtenir du vert clair (certains mettent des jaunes d'œufs durs écrasés), passez le tout à l'étamine, délayez dans du bon vinaigre, et versez sur votre volaille. Finalement garnissez d'œufs durs coupés en quatre et nappez le tout avec votre sauce.

Aliter, prenez un poussin et plumez-le, mettez-le à bouillir avec du sel jusqu'à ce qu'il soit cuit. Puis sortez-le et faites-le refroidir en quartiers. Dans cette eau, faites durcir des œufs ; faites tremper du pain dans du vin et du verjus ou du vinaigre, en quantités égales. Prenez du persil et de la sauge ; broyez du gingembre, de la graine de paradis* et passez à l'étamine avec les jaunes d'œufs. Mettez des quartiers d'œufs durs sur les poussins et nappez avec votre sauce.

245. Le sous* de porcelet se prépare comme une froide sauce* sauf qu'on n'y met ni œufs, ni sauge, ni pain. Il se compose du groin, des oreilles, de la queue, des jarrets de devant[1] et des 4 pieds bien cuits et parfaitement débarrassés des soies et des poils. On les met ensuite dans une sauce au persil broyé avec du vinaigre et des épices.

246. **Potage* parti[2], faux grenon***. Prenez un gigot de mouton, ou encore des foies et des gésiers de volaille et mettez-les à cuire dans de l'eau et du vin jusqu'à ce qu'ils soient bien cuits, et coupez-les en morceaux carrés. Puis broyez

---

1. Les plus courts.
2. Divisé, de deux couleurs distinctes séparées selon une ligne droite.

et ung pou de saffran, et graine de paradis, et deffaictes de
vin et de vertjus, du boullon de char, de celluy mesmes ou
de la char a cuire. Et puis ostez du mortier, puis ayez pain
hazé, trempé en vin et vertjus ; broyez tresbien, et apres ce
le passez par l'estamine et faictes tout boulir ensemble.
Puis prenez la char et la frisiez au lart, et le gectez
dedens ; et prenez dedens moyeulx d'oeufz passez par
l'estamine, et gectez dedens pour lyer. Et apres dreciez
par escuelles, et gectez dessus pouldre de canelle et
succre : c'est assavoir gectez sur la moictié de l'escuelle
et non sur l'autre, et l'appelle nen *potage party*.

247. Flaons en Karesme. Affaictiez et estauvez
anguilles, cuisiez les apres en si chaude eaue que vous en
puissiez oster la char sans les arrestes, et laissiez aussi la
teste et la queue, et ne prenez que la char. Et broyez du
saffran ou mortier, puis broyez dessus de la char de
l'anguille ; destrempez de vin blanc, et de ce faictes vos
flaons, et succrez pardessus.

Item, flaons ont saveur de frommage quant l'en les fait
de laitances de lus, de carpes, amandes ou amidon broyez,
et du saffran destrampé de vin, et de succre foison dessus.

Item, se font de char de tanches, lus, carpes, et amidon,
saffran deffait de vin blanc, et succre dessus.

248. Tarte jacobine. Prenez des anguilles et les
eschaudez et tronçonnez par petis tronçons qui n'ayent
que demy doit d'espoiz, et prenez de la cloche, du frommage de gain esmié ; et puis cela soit porté au four, et que
l'en face une tarte, et que l'en pouldre du frommage au
fons, et puis que l'en mecte l'anguille debout, et puis du
frommage (*fol. 159a*) ung lit, et puis ung lit de colz
d'escrevisses et tousjours, tant comme chascun durrera,
ung lit d'ung et ung lit d'autre. Et puis boulez du lait ; et
puis boulez du saffran et du gingembre, graine, giroffle ;
et puis destrempez du lait ; et puis mectez dedens la tartre
quant elle ara esté ung pou au four ; et mectez du sel
dedens le lait ; et qu'elle ne soit point couverte, et poignez

---

2389. et la g. *B*. **2394.** la. len p. *B*. **2400.** a. et d. *B*. **2406.** et succrer d. *B*. **2410.** f. que len *B*. **2415.** d'ung *omis AC*. **2418.** a. un p. este au *B*.

du gingembre, de la cannelle, du girofle et un peu de safran, de la graine de paradis* et délayez avec du vin et du verjus, du bouillon de viande ou celui que vous venez d'obtenir, ou encore celui de la viande dont vous allez avoir besoin. Otez le tout du mortier, prenez du pain grillé, trempez-le dans du vin et du verjus ; broyez-le bien, passez-le ensuite à l'étamine et faites bouillir le tout. Faites frire la viande dans du lard et jetez le pain dedans. Ajoutez-y pour épaissir des jaunes d'œufs passés à l'étamine. Distribuez dans les écuelles, saupoudrez de cannelle et de sucre, à savoir sur une moitié seulement de l'écuelle : voilà pourquoi cela s'appelle potage* parti.

247. Flans de carême. Videz des anguilles et dépouillez-les ; faites-les cuire dans de l'eau assez chaude pour que vous puissiez détacher la chair des arêtes ; laissez également la tête et la queue, ne prenez que la chair. Broyez dans le mortier du safran d'abord, puis la chair de l'anguille ; mouillez de vin blanc et confectionnez vos flans. Saupoudrez de sucre.

Item, les flans ont un goût de fromage lorsqu'on les fait avec de la laitance de brochets, de carpes, des amandes ou de l'amidon broyés, rajouter du safran trempé dans du vin, et beaucoup de sucre par-dessus.

248. Tarte jacobine. Ebouillantez des anguilles et coupez-les en petits tronçons pas plus épais qu'un demi-doigt ; prenez du gingembre et du fromage de gain émietté ; mettez tout au four et faites-en une tarte ; le fond doit être saupoudré de fromage. On y pose les tronçons d'anguille debout, on ajoute une couche de fromage, puis une couche de queues d'écrevisses et ainsi de suite, tant qu'il y aura de chacun des ingrédients, couche par couche. Faites bouillir du lait, broyez du safran et du gingembre, de la graine de paradis* et du girofle ; délayez avec le lait, puis versez dans la tarte quand elle aura cuit un peu au four ; salez le lait ; veillez à ce que la tarte ne soit pas trop remplie ; piquez-y les pinces des écrevisses et

les piez des escrevisses ; et faictes ung joly couvescle a par soy pour mectre dessus quant elle sera cuicte.

249. Autre tartre. *Nota* que de la farcissure d'un cochon peut l'en faire une tartre couverte ; et que la farce soit bien faicte.

250. Pour faire une tourte. Prenez .iiii. pongnees de bectes, .ii. pongnees de percil, une pongné de cherfeuil, ung brain de fanoul et deux pongnees d'espinoches, et les esliziez, et lavez en eaue froide, puis hachiez bien menu. Puis broyez de deux paires de frommage ; c'est assavoir du mol et du moyen ; et puis mectez des oeufz avec ce – moyeul et aubun – et les broyez parmy le frommage. Puis mectez les herbes dedens le mortier et broyez tout ensemble, et aussi mectez y de la pouldre fine ; ou en lieu de ce ayez premierement ou mortier .ii. cloches de gingembre et sur ce broyez vos frommages, oeufz et herbes. Et puis gectez du vieil frommage de presse ou autre gratuisié dessus celles herbes, et portez au four, et puis faictes faire une tarte et la mengiez chaude.

251. Pour faire .iiii. platz de gellee de char. Prenez ung cochon et .iiii. piez de veau et faictes plumer deux poucins et deux lapereaulx tous meigres, et fault oster la gresse, et seront fenduz tout au long tous crus, excepté le cochon qui est par morceaulx. Et puis mectez en une paelle .iii. quartes de vin blanc ou claret, une pinte de vinaigre, une chopine de vertjus : faictes boulir et escumer fort. Puis mectez dedens en ung petit drapellet delié le quart d'une once de saffran pour donner couleur ambrine, et faictes boulir char et tout ensemble avec ung pou de sel. Puis prenez .x. ou .xii. cloches de gingembre blanc ; .v. ou .vi. cloches de garingal ; demye once de graine de paradiz ; .iii. ou .iiii. pieces de folium de macis ; pour deux blans, citoual ; cubebbes, espic, pour .iii. blans ; feuilles de lorier ; .vi. nois muguectes. Puis les escachiez en ung mortier et mectez en ung sachet et mectez boulir avec la char tant qu'elle soit cuicte. Puis la trayez et mectez seicher sur

---

2426. u. pongnee de cerfueil *B*. **2427.** de fannoil et *B*². **2429.** de frommages c. *B*. **2438.** u. tartre et *B*. **2451.** de folum de *A*, de folun(?) de *C*. **2452.** c. cubelles e. *AC*.

préparez à côté un joli couvercle dont vous couvrirez la tarte quand elle sera cuite.

249. *Autre tarte.* Nota qu'on peut faire une tarte couverte avec la farce d'un petit cochon, mais la farce doit être bien faite.

250. Pour faire une tourte, prenez 4 poignées de bettes, 2 poignées de persil, une poignée de cerfeuil, un brin de fenouil et deux poignées d'épinards, triez-les et lavez-les dans de l'eau froide, puis hachez menu. Broyez du fromage de deux sortes différentes, l'un frais et l'autre moyen. Ajoutez des œufs entiers et incorporez-les dans le fromage. Mettez les herbes dans le mortier et broyez le tout ; ajoutez aussi de la poudre fine* d'épices ; à la place vous pouvez aussi mettre d'abord deux cloches de gingembre dans le mortier, sur lesquelles vous broyez ensuite les fromages, les œufs et les herbes. Puis saupoudrez ces herbes de vieux fromage râpé, de presse ou autre, et mettez au four ; faites faire une tarte et mangez-la chaude.

251. Pour faire 4 plats de gelée de viande il vous faut un jeune cochon et 4 pieds de veau ; faites plumer deux poussins et écorcher deux lapereaux, et qu'ils soient tous maigres, ôtez-en la graisse et fendez-les tout crus de part en part ; quant au cochon, il est coupé en morceaux. Puis mettez dans une poêle 3 quartes de vin blanc ou clairet, une pinte de vinaigre et une chopine de verjus : faites bouillir et écumez bien. Mettez dans un petit morceau de tissu fin le quart d'une once de safran pour obtenir une couleur d'ambre et faites bouillir le tout avec la viande et un peu de sel. Prenez 10 ou 12 cloches de gingembre blanc, 5 ou 6 cloches de garingal*, une demi-once de graine de paradis*, 3 ou 4 pièces de feuilles de macis, du citoual[1] pour deux blancs, du poivre de cubèbe et du nard pour 3 blancs, des feuilles de laurier et 6 noix muscades. Puis écrasez-les dans un mortier, enfermez-les dans un sachet et mettez-les à bouillir avec la viande jusqu'à ce qu'elle soit cuite. Sortez-la alors et mettez-la à sécher sur une nappe blanche.

---

1. Racine d'un arbre, dite *zedoaria*, d'après Pichon.

une nape blanche. Puis prenez pour le meilleur plat les piez, le groin et les oreilles, et du remenant aux autres. Puis prenez une belle (*fol. 159b*) touaille sur deux tresteaux et versez tout vostre chaudeau dedens, exepté les espices que vous osterez, et mectez couler pour potage et ne la remuez point a fin qu'elle reviegne plus clere. Maiz s'il ne couloit bien si faictes feu d'une part et d'autre pour la tenir chaude pour mieulx couler; et la coulez avant .ii. ou .iii. foiz qu'elle ne soit bien clere, ou parmy une nappe en troiz doubles. Puis prenez vos platz et dreciez vostre char dedens, et ayez des escrevisses cuictes dont vous mectrez dessus vostre char des cuisses et la queue. De vostre gellee, la quelle sera rechauffee, versiez tant dessus la char que la char baigne et soit couverte dedens, car il n'y doit avoir que ung petit de char. Puis mectre une nuyt reffroidier et en la cave, et au matin poignez dedens cloz de giroffle et feuilles de lorier et fleur de canelle, et semez aniz vermeil.

Nota que pour la faire prendre en deux heures il couvient avoir graine de coings, philicon, et gomme de cerisier, et tout ce faire conquasser et mectre en ung sac de toille boulir avec la char.

Item. A jour de poisson l'en fait gellee comme dessus de lus, de tanches, de bresmes, d'anguilles, d'escrevisses, de losche. Et quant le poisson est cuit l'en le met essuyer et seicher sur une belle nappe blanche, et le peler et nectoyer tresbien et gecter les pelures ou boullon.

252. *Item*, pour faire gellee bleue prenez du dit boullon, soit poisson ou char, et mectez en une belle paelle et faictes boulir encores sur le feu. Et prenez sur ung espicier deux onces de tournesot et le mectez boulir avec, tant qu'il ait bonne couleur, puis l'espraignez et ostez, et puis prenez une pinte de loche et le cuisiez autre part. Et eschaudez la loche en vos platz et laissiez couler le boullon comme dessus et laissiez reffroidir.

Item, de ce mesmes se fait ung bleu. Et se vous voulez faire armoirie dessus la gellee, prenez or ou argent, lequel

---

2462. selle ne *B.* 2463. .ii. f. ou .iii. q. *B.* 2471. r. en la *B.* 2482. et gettez l. *B.* 2485. p. sus u. *B.* 2490. l. reffroidier *BC.*

Pour le meilleur plat, choisissez les pieds, le groin et les oreilles, et utilisez le reste pour les autres. Choisissez une belle toile attachée à deux tréteaux et versez dedans tout votre bouillon à l'exception des épices que vous ôterez et que vous passerez pour en faire un potage* ; ne remuez pas pour que la gelée devienne plus claire. Au cas où cela ne passerait pas bien, faites du feu de part et d'autre pour la tenir au chaud : elle coulera mieux. Il faut la passer deux ou trois fois avant qu'elle soit bien claire, ou alors choisir une nappe pliée en trois. Ensuite mettez votre viande dans les plats et posez dessus les pinces et la queue d'écrevisses cuites. Réchauffez la gelée et versez-en sur la viande jusqu'à ce qu'elle y baigne entièrement et qu'elle en soit recouverte ; il ne doit y avoir que peu de viande. Puis mettez à refroidir pendant une nuit dans la cave et le lendemain matin piquez-y des clous de girofle et des feuilles de laurier et ajoutez de la fleur de cannelle et parsemez d'anis vermeil.

Nota que pour la faire prendre en deux heures, il faut avoir de la graine de coings, du philicon[1] et de la gomme de cerisier ; il faut concasser tout cela et le mettre à bouillir avec la viande dans un sac de toile.

Item, les jours maigres on prépare des gelées de la même manière avec des brochets, des tanches, des brèmes, des anguilles, des écrevisses et des loches. Une fois que le poisson est cuit, on le met à évaporer et à sécher sur une belle nappe blanche ; on le dépouille et on le nettoie très soigneusement, et on jette sa peau dans le bouillon.

252. *Item*, pour faire une gelée bleue, prenez de ce même bouillon, qu'il soit de viande ou de poisson, mettez-le dans une poêle et faites-le bouillir encore une fois sur le feu. Prenez chez un épicier deux onces de tournesol et mettez-les à bouillir dans le bouillon jusqu'à ce qu'il ait pris couleur, puis pressez le tournesol et retirez-le ; faites cuire à part une pinte de loche. Ecorchez la loche dans les plats, passez le bouillon comme ci-dessus et laissez refroidir.

Item, c'est ainsi qu'on obtient une gelée bleue. Et si vous voulez orner la gelée d'un blason, prenez de l'or ou de l'argent,

---

1. Pichon : *filicule*, plante astringente de l'espèce des fougères.

que mieulx vous plaira, et de l'aubun d'un oeuf tracez a une plumecte, et mectez de l'or dessus a une pincecte.

253. *Aliter*, pour .xx. platz de gellee couvient .x. lapereaulx meigres; .x. poucins meigres; une choppine de loche qui peut valoir .iii. sols; ung cent d'escrevisses qui ne soient pas de Marne, .vi. sols; ung cochon meigre, .iii. sols .viii. deniers (et combien qu'il soit meigre encores couvient il oster la gresse d'entre la couanne et la char, et faire petiz morceaulx quarrez); .iii. espaulles de veau, .iiii. sols; .viii. quartes de vin pour cuire le veau tout en vin; .ii. quartes de vinaigre; demye aulne de toille de lin, .ii. sols.

Item, il couvient cuire le veel tout en vin et vinaigre, et escumer, et mectre (*fol. 160a*) du sel dedens, puis traire, et cuire les lapereaulx et poucins, et escumer, et mectre la moictié du lorier, et mectre du saffran en une toille ou sachet pour cuire avec : aussi mectre les espices bien petit moulues ou mortier de pierre, et quant tout est cuit si le faictes couler parmy l'estamine et toille et regecter tant qu'il soit bien cler. Puis cuisiez la loche d'une part et les escrevisses d'autre, et prenez les queues des escrevisses et faictes vos platz chascun de demy lappereau, demy poucin, .iv. loches et .iiii. queues d'escrevisses, et les mectez en la cave ou celier; et asseez vos platz bien droiz et gectez vostre gelee dessus, et l'emplez bien. Et le lendemain mectez sur chascun plat violecte blanche, grenade et dragee vermeille et quatre feuilles de lorier.

254. Une andouille d'esté. Prenez une fressure d'aignel ou chevrel et ostez la taye, et le remenant cuisiez en eaue et ung petit de sel, et quant elle sera cuicte si la haschez bien menu, ou broyez. Puis ayez .vi. moyeux d'oeufz, et pouldre fine une cuiller d'argent, et batez tout ensemble en une escuelle. Puis mectez et meslez vostre fressure avec vos moyeulx d'oeufz et pouldre. Puis estandez tout sur la coiffe ou taye, et entorteilliez en guise d'andouille. Puis lyez de fil laschement du long, et puis au travers bien dru; et puis rostir sur le greil. Puis oster le fil

---

2497. q. p. v. peut .iii. *A*. **2506.** d. pour t. *B*. **2527.** et entortiller *BC*. **2529.** P. ostez le *B*.

ce que vous préférerez ; avec du blanc d'œuf tracez-en les contours en vous servant d'une petite plume et posez l'or dessus avec une pincette.

253. *Aliter*, pour 20 plats de gelée il faut 10 lapereaux et 10 poussins maigres ; une chopine de loche valant à peu près 3 sols ; une centaine d'écrevisses qui viennent d'ailleurs que de la Marne pour 6 sols ; un petit cochon maigre à 3 sols 8 deniers (tout maigre qu'il soit, il faut lui enlever la graisse entre la couenne et la chair, et le couper en petits morceaux carrés), 3 épaules de veau à 4 sols, 8 quartes de vin pour pouvoir faire cuire le veau entièrement dans le vin, 2 quartes de vinaigre et une demie aune de toile de lin à 2 sols.

Item, il faut faire cuire le veau entièrement dans le vin et le vinaigre ; écumer, saler, puis le sortir ; faire cuire les lapereaux et les poussins, écumer, et ajouter la moitié de votre laurier ; mettre du safran dans une toile ou un sachet pour le faire cuire en même temps et ajouter aussi les épices finement moulues dans un mortier en pierre. Quand tout est cuit, passez à l'étamine et à travers la toile et recommencer jusqu'à ce que le liquide devienne clair. Faites ensuite cuire la loche d'une part et les écrevisses d'autre part ; prenez les queues et préparez vos plats. Vous mettrez dans chacun un demi-lapereau, un demi-poussin, 4 loches et 4 queues d'écrevisses ; mettez-les à la cave ou au cellier ; posez vos plats bien d'aplomb, versez-y votre gelée et remplissez-les bien. Le lendemain mettez sur chaque plat une violette blanche, de la grenade et de la dragée vermeille ainsi que quatre feuilles de laurier.

254. **Andouille d'été.** Prenez les tripes d'un agneau ou d'un chevreau, ôtez la membrane et faites cuire le reste dans de l'eau légèrement salée ; quand les tripes seront cuites, hachez-les menu ou broyez-les. Puis prenez 6 jaunes d'œufs, la mesure d'une cuillère d'argent de poudre fine* d'épices et battez le tout dans une écuelle. Puis mettez-y vos tripes, mélangez, étalez-le tout sur la membrane, et entortillez-le comme une andouille. Ficelez lâchement d'abord dans le sens de la longueur puis tout autour, bien serré. Faites rôtir sur le gril. Otez

et servir. *Vel sic* : faictes en pommectes (c'est assavoir de la taye mesmes) et icelles pommectes frisiez en saing de porc doulx.

255. **Pommeaulx.** Prenez d'un cuissot de mouton le meigre tout cru, et autant de la cuisse de porc meigre. Soit tout ensemble haschié bien menu, puis broyez ou mortier gingembre, graine, giroffle, et mectez en pouldre sur vostre char haschee, et puis destrampez d'aubun, non pas de moyeu. Puis paumoyez aux mains les espices, de la char toute crue, en luy donnant fourme de pomme ; puis, quant la fourme est bien faicte, l'en les met cuire en l'eaue avec du sel. Puis les ostez et ayez de broches de couldre, et les embrochiez et mectez rostir. Et quant ilz se roussiront, ayez percil broyé et passé par l'estamine et de la fleur meslee ensemble, ne trop cler ne trop espoiz, et ostez vos pommeaulx de dessus le feu et mectez ung plat dessoubz, et en tournant la broche sur le plat oingnez voz pommeaulx, puis mectez au feu tant de foiz que les pommeaulx deviennent bien vers.

256. **Renoulles.** Pour les prendre aiez une lingne et ung ameçon avec esche de char ou d'un drap vermeil. Et icelles renoulles prises, couppez les a travers parmy le corps empres les cuisses et vuydiez ce qu'il y sera empres le cul. Et prenez desdictes renoulles les .ii. cuisses, couppez les piez (*fol. 160b*) et lesdictes cuisses pelez toutes crues. Puiz ayez eaue froide et les lavez : et se les cuisses demeurent une nuyt en eaue froide, de tant sont elles meilleurs et plus tendres. Et ainsi trempees soient lavees en eaue tiede puis mises et essuiees en une touaille. Lesdictes cuisses ainsi lavees et essuictes soient en farine toullees (*id est* enfarinees) et puis frictes en huile, sain ou autre liqueur ; et soient mises en une escuelle et de la pouldre dessus.

257. **Lymassons,** que l'en dit *escargolz*, couvient

2531. de p. doeufz *B.* **2533.** d'un cuisset de *B.* **2534.** et autant de la cuisse *répété AC.* **2535.** t. e. h. ensemble b. *B,* t. e. haschiez b. *C.* **2537.** da. et n. p. du m. *B.* **2538.** P. pairnoyez a. *A,* P. pournoiez (*ou* pourvoiez ?) a. *C,* e. et la *B.* **2541.** de pouldre *AC.* **2544.** f. mesle e. *B.* **2545.** p. de dessoubz *B.* **2547.** p. demeurent b. *B.* **2552.** et widiez ce quil s. *B, omis C.* **2558.** puis *répété A,* m. et essuites en *B,* mis essuier en *C.*

II, v : Entremets, fritures, dorures

le fil et servez. *Vel sic* : faites-en des boulettes (c'est-à-dire avec la membrane même) et faites-les frire dans du saindoux de porc.

255. Boulettes. Prenez la partie maigre d'un gigot de mouton cru et la même quantité de la cuisse d'un porc maigre. Tout doit être haché menu ensemble ; broyez ensuite dans le mortier du gingembre, de la graine de paradis*, du girofle, et saupoudrez-en votre viande hachée ; mélangez avec des blancs d'œufs, mais n'utilisez pas les jaunes. Puis préparez des boulettes dans la paume de vos mains avec ces épices et la viande toute crue, donnez-leur la forme d'une pomme, puis mettez-les à cuire dans de l'eau salée. Otez-les et mettez-les à rôtir sur des broches de noisetier. Lorsqu'elles commenceront à roussir, prenez du persil broyé et passé à l'étamine, mélangé avec de la fleur de farine, ni trop clair ni trop épais ; ôtez vos boulettes du feu, mettez un plat en-dessous et en tournant la broche au-dessus du plat nappez-en vos boulettes et remettez-les sur le feu autant de fois qu'il faut pour qu'elles deviennent bien vertes.

256. Grenouilles. Pour les attraper, il vous faut une ligne et un hameçon avec un appât de viande ou un morceau de tissu rouge. Une fois les grenouilles prises, coupez-les en deux par le milieu du corps près des cuisses et videz leurs intestins. Prenez les deux cuisses que vous pèlerez toutes crues après avoir coupé les pattes. Puis lavez-les à l'eau froide ; si elles restent pendant une nuit dans de l'eau froide, elles en seront d'autant meilleures et plus tendres. Après qu'elles auront trempé, il faut les laver à l'eau tiède puis les essuyer dans une serviette. Ensuite elles sont roulées dans la farine (*id est* enfarinées) puis on les fait frire dans de l'huile, de la graisse ou un autre liquide. Les mettre ensuite dans une écuelle avec de la poudre fine* d'épices.

257. Les limaçons, appelés *escargots*, doivent être capturés

prendre a matin. Prenez les limassons jeunes, petiz, et qui ont coquilles noires, des vignes ou des seurs. Puis les lavez en tant d'eaue qu'ilz ne gectent plus de escume ; puis les lavez une foiz en sel et vinaigre et mectez cuire en eaue. Puis il vous couvient traire iceulx limassons de la coquerecte au bout d'une espingle ou aguille ; et puis leur devez oster leur queue qui est noire (car c'est leur merde), et puis laver, mectre cuire et boulir en eaue ; et puis les traire et mectre en ung plat ou escuelle a mengier au pain. Et aussi dient aucuns qu'ilz sont meilleurs friz en huille et ongnon ou autre liqueur apres ce qu'ilz sont ainsi cuiz que dit est dessus. Et sont mengiez a la pouldre, et sont pour riches gens.

258. Pastez norroiz sont faiz de foye de morue, et aucunesfoiz du poisson haschié avec. Et fault premierement ung petit parboulir ; puis haschiez et mis en petis pastez de .iii. deniers piece, et la pouldre fine par dessus. Et quant le pasticier les a portez non cuiz ou four, sont friz tous entiers en huille ; et c'est a jour de poisson. Et a jour de char l'en les fait de mouelle de beuf qui est reffaicte : c'est a dire que l'en met icelle mouelle dedens une cuillier percee, et met l'en icelle cuillier percee avec la mouelle dedens le boullon du pot a la char et l'y laisse l'en autant comme l'en laisseroit ung poucin plumé en l'eaue chaude pour reffaire ; et puis le met l'en en eaue froide. Puis couppe l'en la mouelle et arrondist l'en comme gros jabetz ou petites boulectes. Puis porte l'en au pasticier qui les met .iiii. et .iiii. ou .iii. en ung pasté, et de la pouldre fine dessus ; et sans cuire ou four sont cuiz en sain. Et qui en veult faire bingnetz de mouelle, couvient la faire en la maniere, puis prendre de la fleur et des moyeulx d'oeufz, et faire le pasté. Prendre chascun morcel de mouelle et frire au sain. (Des bingnetz, querez le remenant.)

2579. p. hacher et *B*[2], en petit p. *A*. **2580.** et de la *B*. **2581.** l. apporte n. *B*, l. aportez n. *C*. **2588.** p. la m. en *B*, eaude f. *A*. **2593.** f. buignetz de *B*, la reffaire en *B*.

au matin. Choisissez-les jeunes, petits, avec une coquille noire, dans les vignes ou les sureaux. Lavez-les dans l'eau jusqu'à ce qu'ils ne rejettent plus de bave ; puis lavez-les une fois dans du sel et du vinaigre et mettez-les à cuire dans l'eau. Il vous faut extraire ensuite ces limaçons de leur coquille avec le bout d'une épingle ou d'une aiguille, puis leur ôter la queue qui est noire (c'est leur excrément) puis les laver et les mettre à cuire dans de l'eau bouillante ; sortez-les et mettez-les dans un plat ou une écuelle pour les manger avec du pain. Certains disent aussi qu'ils sont meilleurs frits dans l'huile avec des oignons ou un autre liquide, une fois qu'ils ont été cuits à l'eau comme ci-dessus. On les mange avec de la poudre fine* d'épices ; c'est un plat pour les gens riches.

258. Les pâtés norrois* sont faits avec du foie de morue ; parfois on y ajoute du poisson haché. Il faut commencer par faire bouillir un peu les foies, puis les hacher et les mettre dans de petits pâtés à 3 deniers la pièce et rajouter de la poudre fine* d'épices par-dessus. Si le pâtissier les a apportés sans les avoir fait cuire au four, il faut les faire frire entiers dans l'huile ; ce plat est pour les jours maigres. Les jours gras on les fait à la moelle de bœuf qui a été trempée : on la met dans une cuillère percée qu'on plonge dans le bouillon de viande dans le pot et on l'y laisse autant de temps qu'il faudrait pour tremper un poussin plumé dans l'eau chaude ; mettre ensuite dans de l'eau froide, puis couper la moelle en l'arrondissant comme de gros cailloux ou de petites boulettes. Les porter ensuite chez le pâtissier qui les met quatre par quatre ou trois par trois dans un pâté avec de la poudre fine* d'épices. Si on ne les cuit pas au four, on utilise de la graisse. Si on veut faire des beignets à la moelle, il faut procéder de la même manière, puis prendre de la fleur de farine et des jaunes d'œufs pour en faire une pâte. Prendre ensuite chaque morceau de moelle et le faire frire dans la graisse. (En ce qui concerne les beignets, renseignez-vous sur ce qu'il faut savoir par ailleurs.)

Autres entremez

259. **Lait lardé.** Prenez le lait de vasche ou de brebis, et mectez fremier sur le feu. Et gectez des lardons et du saffran et ayez (*fol. 161a*) oeufz (*scilicet* blanc et moyeux) bien batuz, et gectez a ung coup sans mouvoir, et faictes boulir tout ensemble. Et apres hostez hors du feu et laissiez tourner; ou sans oeufz les fait l'en tourner de vertjus. Et quant il est reffroidié l'en le lye bien fort en une piece de toille ou estamine, et luy donne l'en quelque fourme que l'en veult, ou plate ou longue, et chargié d'une grosse pierre laissiez reffroidier sur ung dreçouer toute nuyt. Et l'endemain laiché, et frit au fer de paelle (et se frit de luy mesmes sans autre gresse, ou a gresse qui veult) et est mis en platz ou escuelles comme lesche de lart, et lardé de giroffle et de pignolet; et qui le veult faire vert, si prengne du tournesot.

260. **Rissolles a jour de poisson.** Cuisiez chastaignes a petit feu et les pelez et ayez durs oeufz et du frommage pelé et haschié tout bien menu. Puis les arrousez d'aubuns d'oeufz, et meslez parmy pouldre et bien petit de sel delyé, et faictes vos rissolles; puis les frisiez en grant foisson d'uille, et succrez. Et *nota*, en Karesme en lieu d'oeufz et frommage mectez merlus et escheroys cuiz, bien menu hachez, ou char de brocherés ou d'anguilles, figues et dates haschees. *Item*, au commun l'en les fait de figues, roisins, pommes hastees et nois pelees pour contrefaire le pignolet, et pouldre d'espices; et soit la paste tresbien ensafrenee. Puis soient frictes en huille. S'il y couvient lyeure, amidon lye, et ris aussi. *Item*, char de langouste de mer y est bonne en lieu de char.

261. **Roissoles en jour de char** sont en saison depuis la saint Remy. Prenez ung cuissot de porc et ostez toute la gresse qu'il n'y demeure point. Puis mectez le meigre cuire en ung pot, et du sel largement; et quant elle sera presque cuite si la trayez; et ayez oeufz durs cuiz et has-

---

2602. a. lostez *B*. 2604. e. refroidez l. *B²*. 2608. le. lachie et *B²C*, de la p. *BC*, et si f. *B*. 2609. v. est et m. *A*. 2611. de pignolat et *B*. 2615. et hachez t. *BC*. 2622. p. hactes et *B*. 2623. le pignolat et *B*, s. le p. *A*. 2629. ny en d. *B*, ny ait ou d. *C*.

Autres entremets

259. **Lait lardé***. Prenez du lait de vache ou de brebis et mettez-le à frémir sur le feu. Jetez-y des lardons et du safran, puis ajoutez en une seule fois sans agiter des œufs (c'est-à-dire blancs et jaunes) bien battus, et faites bouillir le tout. Retirez ensuite du feu et laissez tourner. A défaut d'œufs, on peut aussi faire tourner le lait avec du verjus. Une fois refroidi, il faut l'envelopper bien serré dans un morceau de toile ou une étamine ; on peut donner au lait lardé la forme qu'on veut, plate ou longue ; laisser refroidir pendant toute une nuit sur un dressoir avec une grosse pierre dessus. Le lendemain, on le sort et on le fait frire dans une poêle de fer à même le fond (pas besoin d'ajouter de la graisse, sauf si on le souhaite), puis distribuer dans les plats ou les écuelles, en morceaux de la taille d'une barde de lard ; on le larde de girofle et de pignons de pin. Si on veut lui donner une couleur verte, il faut prendre du tournesol.

260. **Rissoles pour les jours maigres**. Faites cuire des châtaignes à petit feu ; pelez-les ainsi que des œufs durs que vous hacherez menu avec du fromage. Versez ensuite des blancs d'œufs dessus et ajoutez-y de la poudre fine* d'épices et un tout petit peu de sel fin, et confectionnez vos rissoles ; faites-les frire dans beaucoup d'huile et sucrez. *Nota* qu'en carême on utilise en guise d'œufs et de fromage du merlus et du panais cuits et hachés menu, ou encore la chair de petits brochets ou d'anguilles, des figues et des dattes hachées. *Item*, normalement on fait les rissoles avec des figues, du raisin, des pommes rôties et des noix pelées pour contrefaire les pignons de pin, et de la poudre fine* d'épices. La pâte doit être bien colorée par du safran. Les rissoles sont ensuite frites dans l'huile. Au besoin ajouter de l'amidon et du riz pour lier. *Item*, la langouste de mer se prête bien à remplacer la viande.

261. Les rissoles pour les jours gras sont de saison à partir de la Saint-Remi[1]. Il vous faut une cuisse de porc dont vous enlèverez toute la graisse. Mettez le maigre à cuire dans un pot et ajoutez beaucoup de sel. Enlevez-le lorsqu'il est presque cuit. Préparez des œufs durs et hachez blancs et jaunes ; d'autre

---

1. Le 1er octobre.

chez (aubun et moyeu) et d'autre part haschez vostre grain bien menu. Puis meslez oeufz et char tout ensemble et mectez pouldre dessus. Puis mectez en pasté et frisiez au sain de luy mesmes. Et *nota* que c'est propre farce pour cochon, et aucunesfoiz les queux l'achetent des oubloyers pour farcer cochons; maiz toutesvoyes a farcir cochon il est bon de y mectre bon vieil frommage. *Item*, a la cour des seigneurs comme monseigneur de Berry, quant l'en y tue ung beuf, de la mouelle on fait rissolles.

262. Crespes. Prenez de la fleur et destrempez d'oeufz (tant moieux comme aubuns, osté le germe) et le deffaictes d'eau et y mectez du sel et du vin (*fol. 161b*) et batez longuement ensemble. Puis mectez du sain sur le feu en une petite paelle de fer, ou moictié sain ou moictié beurre fraiz, et mectez fremier, et adonc ayez une escuelle percee d'un pertuis gros comme vostre petit doy, et adonc mectez de celle boulye dedens l'escuelle en commençant ou meilleu et laissiez filer tout autour de la paelle; puis mectez en ung plat et de la pouldre de succre dessus. Et que la paelle dessusdicte de fer ou d'arain tiengne troiz choppines et ait le bort demy doy de hault. Et soit aussi large ou dessus comme en bas, ne plus ne moins, et pour cause.

263. Crespes a la guise de Tournay. *Primo*, il vous couvient avoir fait provision d'une paelle d'arain tenant une quarte, dont la gueule ne soit point plus large que le fons, se trespetit non; et soient les bors de haulteur .iiii. doye ou .iii. doye et demye largement. *Item*, couvient estre garny de beurre salé, et fondre, escumer et nectoier, et puis verser en une autre paelle et laissier tout le sel, et de sain fraiz bien net autant de l'un comme de l'autre. Puis prenez des oeufz et les frisiez, et de la moictié d'iceulx ostez les aubuns, et le remenant d'iceulx soit batu avec tous les aubuns et moyeuz. Puis prenez le tiers ou le quart de vin blanc tiede, et meslez tout ensemble. Puis prenez la plus belle fleur de fourment que vous pourrez

---

2636. q. lachetez d. *A.* **2637.** p. farcir c. *B.* **2640.** m. len f. *B.* **2645.** m. burre f. et faites f. *B.* **2652.** b. et d. dore de *B*, b. de d. d. de *C.* **2658.** t. nom et *A.* **2664.** di. soient batuz a. *B*, omis *C*.

part hachez menu la partie consistante de votre potage*. Puis mélangez œufs et viande et saupoudrez de poudre fine* d'épices. Mettez-le en pâté et faites-le cuire dans sa propre graisse. *Nota* que c'est la farce appropriée pour le cochon. Parfois les cuisiniers l'achètent aux rôtisseurs[1]. Cependant, pour la farce destinée au cochon, il est recommandé de rajouter du bon vieux fromage. *Item*, à la cour de seigneurs comme monseigneur de Berry, lorsqu'on tue un bœuf, on fait des rissoles avec la moelle.

262. Crêpes. Il vous faut faire tremper de la fleur de farine dans des œufs (blancs et jaunes, le germe ôté); délayez avec de l'eau et ajoutez du sel et du vin; battez longuement le tout. Mettez de la graisse dans une petite poêle de fer sur le feu, ou encore moitié graisse et moitié beurre frais; faites-la grésiller. Prenez alors une écuelle percée d'un trou gros comme votre petit doigt et faites couler dedans votre pâte en commençant par le milieu de la poêle et en élargissant progressivement les cercles jusqu'au bord. Mettez la crêpe dans un plat et saupoudrez de sucre. Il faut que la poêle en question, de fer ou d'airain, puisse contenir trois chopines et que son bord soit haut d'un demi-doigt. Il faut que le diamètre du bord soit égal à celui du fond, il ne doit pas être plus étroit, et pour cause.

263. Crêpes à la mode de Tournay. *Primo*, il faut que vous vous soyez procuré une poêle d'airain pouvant contenir une quarte et dont le bord soit à peine plus large que le fond. La hauteur doit correspondre à quatre doigts ou trois et demi au minimum. *Item*, il faut y mettre du beurre salé, le faire fondre, l'écumer et le purifier, puis le verser dans une autre poêle, le sel seul restant dans la première. Ajoutez-y la même quantité de graisse fraîche et impeccable. Faites frire des œufs : ôtez les blancs de la moitié de ces œufs, de la moitié restante on prendra les blancs et les jaunes et on battra le tout. Puis ajoutez le tiers ou le quart de vin blanc tiède et mélangez le tout. Ensuite, procurez-vous la meilleure fleur de froment que vous

---

1. Pichon a raison de dire qu'*oubloyers*, les marchands d'oublies, est ici une faute et qu'il faut lire *oyers*, rôtisseurs.

avoir, et puis batez ensemble tant et tant, comme a l'ennuy d'une ou deux personnes; et ne soit vostre paste ne clere ne espoisse, maiz telle qu'elle se puisse legierement couler parmy ung pertruiz aussi gros comme ung petit doy. Puis mectez vostre beurre et vostre sain sur le feu ensemble, autant d'un comme d'autre tant qu'il boulle. Puis prenez vostre paste et emplez une escuelle ou une grant cuillier de boiz percee, et filez dedens vostre gresse, premierement ou millieu de la paelle, puis en tournyant jusques a ce que vostre paelle soit plaine; et que l'en bate tousjours vostre paste sans cesser pour faire des autres crespes. Et icelle crespe qui est en la paelle couvient soubzlever a une brochecte ou fuisel et tourner ce dessus dessoubz pour cuire, et oster, mectre en ung plat, et commencier a l'autre. Et que l'en ait tousjours meu et batu la paste sans cesser.

264. Pipefarces. Prenez des moyeux d'oeufz et de la fleur et du sel et ung pou de vin et batez fort ensemble, et du frommage trenché par lesches. Et puis toulliez les lesches de frommage dedens la paste, et puis la frisiez dedens une paelle de fer, et du saing dedens. Aussi en fait l'en de mouelle de beuf.

265. Une arboulaste de char pour .iiii. personnes. Se vous avez fait tuer (*fol. 162a*) ung chevrel, vous pouez faire assiecte de la pance, mulecte ou caillecte, saultier, etc., au jaunet avec du lart et du foye, mol, fressure et autres trippes. Cuisiez les tresbien en eaue. Puis les haschiez a deux cousteaulx comme poree, et faictes haschier a pasticier tresbien menuz, ou broyez ou mortier avec sauge ou mente, etc., comme dessus.

Nota que du chevrel les boyaulx ne sont point laissiez avec la fressure comme ilz sont laissiez avec la fressure du porc. La raison est : car les boyaulx de porc sont larges et se peuent laver, retourner et renverser a la riviere, et les boyaulx de chevrel, non. Maiz toutes les autres choses y

---

2669. ou de d. *B.* 2671. u. pertuis a. *BC.* 2678. len le b. *A*, c. puis f. *AC.* 2681. d. puis c. *AC*, c. puis o. *B.* 2686. p. coulez l. *AC.* 2690. U. arboulastre de *B.* 2692. p. moullecte ou *B.* 2693. m. fressures et *AC.* 2695. h. au p. *B*². 2699. f. de p. *B.* 2701. se pueent l. *B.*

puissiez trouver puis battez le tout sans vous arrêter, au besoin faites-vous aider par une ou deux personnes. Votre pâte ne doit être ni claire ni épaisse : elle doit passer facilement par un trou de la grosseur du petit doigt. Mettez sur le feu de la graisse et du beurre en quantités égales et faites-les grésiller. Remplissez une écuelle ou une grande cuillère de bois percée de votre pâte et faites-la couler dans votre graisse, d'abord au milieu de la poêle puis en élargissant les cercles jusqu'au bord ; pendant tout ce temps on doit continuer à battre la pâte pour les autres crêpes. Quant à la crêpe dans la poêle, il faut la soulever avec une brochette ou une fine baguette pour la faire cuire des deux côtés en la retournant, puis l'ôter, la mettre dans un plat et en commencer une nouvelle. Que la pâte soit toujours agitée et battue sans arrêt.

264. Pipefarces*. Prenez des jaunes d'œufs, de la fleur de farine, du sel, un peu de vin et battez fortement le tout ; ajoutez du fromage coupé en lamelles. Mélangez les lamelles de fromage dans la pâte et faites-la frire dans une poêle de fer avec de la graisse. On peut aussi utiliser de la moelle de bœuf.

265. Omelette pour les jours gras pour 4 personnes. Si vous avez fait tuer un chevreau, vous pouvez faire un plat avec la panse, la mullette ou caillette, le scrotum, etc., préparés au jaunet* avec du lard et du foie, du mou, la fressure et autres tripes. Faites-les bien cuire dans l'eau. Puis hachez-les avec deux couteaux comme pour une porée* et faites-les réduire en hachis par un pâtissier, ou encore broyez-les au mortier avec de la sauge ou de la menthe, etc., comme ci-dessus.

Nota que des tripes d'un chevreau on ne conserve pas les boyaux comme on le fait avec les tripes du porc. En voilà la raison : les boyaux du porc sont gros et peuvent être lavés, retournés et rincés dans la rivière, ce qui n'est pas possible avec les boyaux de chevreau. Sinon, on peut utiliser tout le reste,

sont laissiees comme au porc, *scilicet* a la teste, le gosier
et le col, le foye, le mol ou poumon (car c'est tout ung),
2705 la rate menue et le cuer, et tout ensemble est appellee
fressure, et autel de porc.

266. *Item*, quant l'en parle de hasteletz de chaudun de
porc que l'en mengut en juillet, qui sont lavez en sel et en
vinaigre, ce sont les boyaulx qui sont gras qui sont tren-
2710 chez par loppins de .iiii. doys de long et mengiez au
vertjus nouvel.

267. Escheroys. Les plus nouveaulx mis hors de terre
et fraiz tirez, cueilliz en janvier, fevrier, etc., sont les
meilleurs : et sont les plus fraiz congneuz a ce que au
2715 plaier ilz se rompent, et les vielz tirez hors de terre se
ploient. Il les couvient rere et oster le mauvaiz au coustel
comme on fait les navez. Puis les couvient laver tresbien
en eaue tiede, puis pourboulir ung petit, puis les mectre
essuier sur une touaille, puis enfleurer, puis frire, puis
2720 drecier par petiz plateletz arrengeement, et mectre du
succre dessus.

Item qui en veult faire pastez, il les couvient faire
comme dessus jusques au frire, et lors les mectre en pasté,
rompuz en deux les trop longs, et au lieu du succre dont
2725 dessus est parlé, couvient mectre figues par menus morceaulx et des roisins avec.

268. Bingnetz d'oeuve de lus. Il couvient mectre les
oeuves en eaue et avec du sel, et bien cuire, laissier reffroidier, puis mectre par morceaulx, et enveloper en paste
2730 et oeufz et frire a l'uille.

Saulses non boulyes

269. Moustarde. Se vous voulez faire provision de
moustarde pour garder longuement, faictes la en vendenges de moulx doulx. Et aucuns dient que le moulx soit
2735 bouly.

2703. scilicz – la B^2. 2705. t. e. et est *AC*. 2707. p. des h. *B*. 2708. len mengue
en *B*. 2709. v. et s. *B*. 2716. les escouvient r. *B*, il escouvient f. *B*. 2724. t. l.
ou l. *B*. 2725. f. couppees p. *B*. 2727. Buignetz de euves *B*. 2728. c. laissiez r.
AC. 2729. et envelopeloper en *A*, et enveloper en *C*. 2734. le moust s. *B*.

comme chez le porc, *scilicet* la tête, le gosier, le cou, le foie, le mou ou poumon, ce qui est la même chose, la rate et le cœur : tout cela fait partie de la fressure, comme chez le porc.

266[1]. *Item*, lorsqu'on parle de « hastelez de chaudun » de porc que l'on mange en juillet, lavé dans du sel et du vinaigre, on entend par là les boyaux gras que l'on coupe en morceaux de 4 doigts d'épaisseur et que l'on consomme avec du verjus nouveau.

267. Panais. Les meilleurs sont les plus jeunes, fraîchement déterrés, qu'on ramasse en janvier, en février, etc. On peut reconnaître les plus frais à ce qu'ils se brisent lorsqu'on les plie, alors que ceux qu'on a déterrés depuis longtemps se laissent fléchir. Il faut les gratter et en ôter les parties abîmées avec le couteau comme on le fait pour les navets. Ensuite il faut très bien les laver à l'eau tiède et les faire un peu bouillir, les mettre sur une toile à sécher, puis les enfariner, les faire frire et les servir joliment arrangés sur de petits plats, saupoudrés de sucre.

Item, si on veut en faire du pâté, il faut suivre la procédure décrite ci-dessus jusqu'à l'étape de la friture, puis les mettre en pâté après avoir cassé en deux les plus longs, et au lieu de sucre comme ci-dessus il faut prendre de petits morceaux de figues et des raisins.

268. Beignets aux œufs de brochet. Il faut mettre les œufs dans de l'eau salée et bien les faire cuire, puis les laisser refroidir, les couper en morceaux et les envelopper de pâte et d'œufs de poule, puis les faire frire à l'huile.

Sauces non bouillies

269. Moutarde[2]. Si vous voulez faire des provisions de moutarde à conserver longtemps, préparez-la au moment des vendanges avec du moût frais. Certains disent qu'il doit être bouilli.

---

1. Cf. paragraphe 97.
2. « Moût ardent ».

Item, se vous voulez faire moustarde en ung village a haste, broiez du senevé en ung mortier et deffaictes de vinaigre et coulez par (*fol. 162b*) l'estamine. Et se vous la voulez tantost faire parer, mectez la en ung pot devant le feu. *Item*, et se vous la voulez faire bonne et a loisir, mectez le senevé tremper par une nuyt en bon vinaigre, puis la faictes bien broyer ou moulin et bien petit a petit destremper de vinaigre. Et se vous avez des espices qui soient de remenant de gelee, de claré, d'ypocras ou de saulses, si soient broyez avec, et apres la laissier parer.

270. **Vertjus d'ozeille.** Broyez l'ozeille tresbien sans les bastons, et deffaictes de vertjus vieil blanc; et ne coulez point l'ozeille, maiz soit bien broyee. *Vel sic* : broyez percil et ozeille ou la feuille du blé. *Item* du bourgon de vingne : c'est assavoir jeune bourgon et tendre, sans point de tuyau.

271. **Cameline.** *Nota* que a Tournay pour faire cameline l'en broye gingembre, canelle et safran, et demye nois muguecte, destrempé de vin, puis osté du mortier. Puis ayez mye de blanc pain sans bruler trempé en eaue froide, et broyez ou mortier, destrempez de vin et coulez. Puis boulez tout, et mectez au derrain du succre roux : et ce est cameline d'yver. Et en esté la font autelle, maiz elle n'est point boulye. Et a verité a mon goust celle d'iver est bonne; maiz en est trop meilleure celle qui s'ensuit : broyez ung pou de gingembre et foison canelle; puis ostez, et ayez pain hazé trempé, ou chappellures foison en vinaigre trempees et coulees.

272. *Nota* que troiz differances sont entre gingembre de Mesche et gingembre coulombin : car le gingembre de Mesche a l'escorche plus brune, et si est le plus mol a trenchier au coustel, et plus blanc dedens que l'autre. *Item* meilleur est et tousjours plus cher.

Le garingal qui est le plus vermeil violet en la taille est le meilleur. Des nois muguectes les plus pesans sont les

---

2736. m. a un v. en h. *B*. **2742.** p. le f. b. b. au m. *B*. **2744.** s. du r. *B*, omis *C*. **2745.** s. broiees a. *B*. **2748.** s. b. b. lozeille *B*, s. broiee *C*. **2755.** en *répété A*. **2760.** m. encores est *B²*, se. Boyez un *B*. **2761.** p. a. et ostez p. *A*. **2762.** en v. broyees et *B*, trempez en v. et *C*. **2769.** q. est p. *B*.

Item, si dans un village vous voulez faire de la moutarde rapidement, broyez du sénevé dans un mortier, délayez-le avec du vinaigre et passez à l'étamine. Si vous voulez qu'elle se fasse aussitôt, mettez-la dans un pot devant le feu. *Item*, si vous voulez la faire de bonne qualité et en prenant tout votre temps, mettez le sénevé à tremper pendant une nuit dans du bon vinaigre, puis broyez-le bien au moulin et délayer peu à peu avec du vinaigre. S'il vous reste des épices d'une gelée, d'un claret*, d'hypocras ou de sauces, broyez-les avec et laissez se faire la moutarde.

270. Verjus d'oseille. Broyez bien l'oseille sans les tiges et délayez-la dans du verjus blanc ancien ; ne la passez pas, simplement broyez-la. *Vel sic* : broyez du persil et de l'oseille ou de la feuille de blé. *Item* des bourgeons de vigne, à savoir les jeunes germes tendres sans tige.

271. Cameline*. *Nota* qu'à Tournay, pour préparer la cameline, on broie du gingembre, de la cannelle et du safran, une demi-noix muscade ; on délaie avec du vin, puis on ôte le tout du mortier. Faites ensuite tremper de la mie de pain blanc non grillé dans de l'eau froide, broyez-la dans le mortier, délayez-la avec du vin et passez. Faites bouillir le tout et à la fin ajoutez du sucre roux[1] : c'est ce qu'on appelle la cameline d'hiver. En été, on procède de la même manière, si ce n'est qu'on ne la fait pas bouillir. En vérité, à mon goût la cameline d'hiver est bonne ; mais la recette suivante est bien meilleure encore : broyez un peu de gingembre et beaucoup de cannelle ; ôtez du mortier et ajoutez du pain grillé trempé ou utilisez beaucoup de croûtons de pain trempés dans du vinaigre et passez.

272. *Nota* qu'il existe trois différences entre le gingembre de Mesche et le gingembre colombin : celui de Mesche a une écorce plus brune et il est plus tendre à couper au couteau ; à l'intérieur il est plus blanc que l'autre. *Item*, il est meilleur et toujours plus cher.

Le garingal* qui, une fois coupé, est du violet le plus vermeil est le meilleur. Quant aux noix muscades, les plus lourdes

---

1. Sucre mélangé avec des épices qui lui donnent une couleur rougeâtre.

meilleures, et les plus fermes en la taille. Et aussi le garingal pesant et ferme en la taille, car il y en a de heudry, pourry et legier comme morbois. Celluy n'est pas bon, mais celluy qui est pesant et ferme contre le coustel
2775 comme le noir, celluy est bon.

273. Aulx camelins pour raye. Broyez gingembre, aulx et croustes de pain blanc trempees en vinaigre, ou pain ars, et deffaictes de vinaigre. Et si vous y mectez du foye il en vauldroit mieulx.

2780 274. Saulse d'aulx blanche ou verte pour oisons ou beuf. Broyez une (*fol. 163a*) doulce d'aulx et de la mye de pain blanc sans bruler, et destrempez de vertjus blanc, et qui la veult verte pour poisson si broye du percil et de l'ozeille, ou de l'un d'iceulx, ou rommarin.

2785 275. Aulx moussus a harens fraiz. Broyez les aulx sans peler, et soient pou broyez et deffaiz de moust, et dreciez a toutes les peleures.

276. Saulce vert d'espices. Broyez tresbien gingembre, clo, graine, et ostez du mortier. Puis broyez percil ou
2790 salemonde, ozeille, marjolaine, ou l'un ou les deux des quatre, et de la mye de pain blanc trempé en vertjus, et coulez et rebroyez tresbien. Puis recoulez, et mectez tout ensemble, et assavourez de vinaigre. *Nota*, que c'est bon soutyé, maiz qu'il n'y ait pain. *Nota* que pour toutes
2795 espices pluseurs n'y mectent fors des feuilles de rommarin.

277. Ung soutyé vergay a garder poisson de mer. Prenez percil, sauge, salemonde, vinaigre, et coulez; maiz avant ayez broyé coq, ysope, ozeille toute, marjolaine,
2800 gingembre, fleur de canelle, poivre long, giroffle, graine, et osté hors du mortier. Et mectez dessus vostre poisson quant tout sera passé, et soit vergay. Et aucuns y mectent salemonde a toute la racine.

Nota que le mot *soutyé* est dit de *soux*, pource qu'il est
2805 fait comme soux de pourcel. Pour poisson de eaue doulce

2773. c. mortbois C. *B.* **2775.** le noyer c. *B.* **2778.** Et se v. *BC.* **2782.** de p. b. pain s. *B*, de vert b. *A.* **2784.** ou raoulmarin *B*, ou ramarin *C.* **2795.** de raoulmarin *B.* **2798.** s. sanemonde v. B^2. **2800.** g. toute c. *AC.* **2802.** m. sanemonde a B^2.

et les plus dures à couper sont les meilleures, de même que le garingal* lourd et dur à couper ; il en existe qui est gâté, pourri et léger comme du bois mort : ce garingal* n'est pas bon, tandis que celui qui est lourd et ferme au contact du couteau, comme le noir, celui-là est bon.

273. Cameline* à l'ail pour raie. Broyez du gingembre, de l'ail et des croûtons de pain blanc trempés dans du vinaigre, ou du pain brûlé et délayez avec du vinaigre. Si vous pouvez y ajouter du foie, la cameline en serait d'autant meilleure.

274. Sauce blanche ou verte à l'ail pour accommoder les oisons ou le bœuf. Broyez une gousse d'ail et de la mie de pain blanc non brûlé, délayez avec du verjus blanc ; si on veut une sauce verte pour accompagner du poisson, il faut broyer du persil et de l'oseille, ou l'un des deux, ou encore du romarin.

275. Sauce à l'ail mariné dans le moût pour accommoder les harengs frais. Broyez sommairement un peu d'ail sans le peler ; délayez avec du moût et servez avec toute les peaux.

276. Sauce verte aux épices. Broyez bien du gingembre, du clou de girofle et de la graine de paradis*, puis enlevez-les du mortier. Broyez ensuite du persil ou de la salemonde[1], de l'oseille ou de la marjolaine, ou l'un ou deux des quatre, avec de la mie de pain blanc trempée dans du verjus, passez et broyez bien à nouveau. Passez une seconde fois, mélangez le tout et assaisonnez avec du vinaigre. *Nota* que cela fait aussi un bon soutyé*, à condition de ne pas utiliser de pain. *Nota* que certains en matière d'épices n'y mettent que des feuilles de romarin.

277. Soutyé* vert pour conserver le poisson de mer. Passez du persil, de la sauge, de la salemonde et du vinaigre ; auparavant il vous faut avoir broyé et ôté du mortier du coq, de l'hysope, de l'oseille entière, de la marjolaine, du gingembre, de la fleur de cannelle, du poivre long, du girofle et de la graine de paradis*. Une fois le tout passé – la couleur doit être verte – versez-le sur votre poisson. Certains y ajoutent de la salemonde avec toute la racine.

Nota que le mot *soutyé* vient de *sous*, parce qu'il est fait comme du sous* de porcelet[2]. On fait ainsi du chaudumée*

---

1. *Sanemonde*, d'après Pichon.
2. Cf. paragraphe 245.

ainsi se fait chaudumé, fors tant que l'en y met nulles herbes; et en lieu de herbes l'en y met saffran et nois muguectes et vertjus; et doit estre fin jaune et bouly et mis tout chault sur le poisson froit. Au brocher taillez au travers, et rostiz sur le greil.

278. La saulse d'un chappon rosty est de le despecier par menbres, et mectre sur les joinctes du sel et du vertjus et le tiers vin blanc ou vermeil, et poucer fort comme ung poucin.

Item, en esté la saulse d'un poucin rosty est moictié vinaigre moitié eaue rose, et froissiez etc. *Item*, le jus d'orenge y est bon.

Saulses boulyes

279. *Nota* que en juillet le vertjus vieil est bien foible et le vertjus nouvel est trop vert. Et puis ce, en vendenges, le vertjus entremellé – moictié vieil moictié nouvel – est le meilleur. *Item*, en potage l'en deffoiblist de puree, maiz en janvier, fevrier, *(fol. 163b)* etc., le nouvel est meilleur.

280. Cameline a la guise de Tournay querez ou chappictre precedent.

281. Poivre jaunet ou aigret. Prenez gingembre, saffran; puis prengne l'en pain rosty deffait d'eaue de char – et encores vault mieulx la meigre aue de chous – puis boulir, et au boulir mectre le vinaigre.

282. Poivre noir. Prenez clou de giroffle et ung pou de poivre, gingembre, et broyez tresbien. Puis broyez pain ars, trempé en meigre eaue de char, ou en meigre eaue de choulx qui mieulx vault. Puis soit bouly en une paelle de fer, et au boulir soit mis du vinaigre. Puis mectez en ung pot au feu pour tenir chault. *Item*, pluseurs y mectent de la canelle.

283. Galentine pour carpe. Broyez saffran, gingembre, giroffle, graine, poivre long et noiz muguectes, et deffaictes de la grasse eaue en quoy la carpe avra cuit, et y

---

2806. len ny m. *B*. **2808.** et t. c. m. sur *B*. **2809.** p. frit Au *AC*. **2811.** e. le despeciez p. *B*. **2816.** et froissie etc. *B*. **2820.** Et pour ce *B*. **2821.** v. entremerle m. B^2. **2828.** e. vert m. *A*, m. le m. deaue de *B*. **2831.** p. a. destrempe en m. deaue de choulx qui m. *B*.

pour le poisson d'eau douce, à ceci près qu'on n'y met pas d'herbes du tout ; à la place on utilise du safran, de la noix muscade et du verjus. La sauce doit être très jaune et bouillie. On la verse toute chaude sur le poisson froid. A la broche, il est transpercé et rôti sur le gril.

278. Pour faire une sauce pour accommoder un chapon rôti, il faut démembrer le coq, enduire les jointures de sel et de verjus avec un tiers de vin blanc ou rouge, puis pousser fort comme pour un poussin[1].

Item, en été l'on fait la sauce pour accommoder le poussin rôti avec une moitié de vinaigre et une moitié d'eau rose ; faire frire, etc. *Item*, le jus d'orange est bon.

Sauces bouillies

279. *Nota* qu'en juillet le verjus ancien est bien faible tandis que le nouveau est encore trop vert. Pour cette raison, à la saison des vendanges le verjus mélangé – moitié ancien et moitié nouveau – est le meilleur. *Item*, dans le potage* on en atténue le goût avec du jus de légume, mais en janvier, en février, etc. le nouveau verjus est meilleur.

280. Cameline* à la mode de Tournay, voir au chapitre précédent[2].

281. Poivre jaunet* ou aigret. Prenez du gingembre et du safran ; puis il faut du pain grillé délayé dans du bouillon de viande – et encore mieux dans du bouillon maigre de choux –, puis porter à ébullition et ajouter alors le vinaigre.

282. Poivre noir. Broyez bien du clou de girofle, un peu de poivre et du gingembre. Broyez ensuite du pain grillé, trempé dans du bouillon de viande maigre, ou mieux encore de choux. Faites chauffer dans une poêle de fer et, à ébullition, ajoutez du vinaigre. Puis versez dans un pot sur le feu pour tenir la sauce au chaud. *Item*, certains y ajoutent de la cannelle.

283. Galantine* pour accommoder la carpe. Broyez du safran, du gingembre, du girofle, de la graine de paradis*, du poivre long et de la noix muscade, et délayez avec le bouillon gras dans lequel la carpe aura cuit, et ajoutez-y du verjus, du

---

1. Cf. paragraphes 241 et 242.
2. Paragraphe 271.

mectez vertjus, vin et vinaigre, et soit lyé d'un petit pain hazé tresbien broyé et sans couler (ja soit ce que le pain coulé fait plus belle saulse) et soit tout bouly et gecté sur le poisson cuit, puis mis en platz. Et est bon reschauffé ou plat sur le greil, meilleur que tout froit. *Nota* qu'elle est belle et bonne sans saffran. Et *nota* qu'il souffist que en chascun plat ait deux tronçons de carpe et quatre gougons friz.

284. Le saupiquet pour connin, ou pour oiseau de riviere, ou coulon ramier. Frisiez ongnons et bon sain ; ou vous les mincez et mectez cuire en la leschefricte avec eaue de beuf ; et n'y mectez vertjus ne vinaigre jusques au boulir, et lors mectez moictié vertjus moictié vin et ung petit de vinaigre, et que les espices passent. Puis prenez moictié vin moictié vertjus et ung petit de vinaigre et mectez tout en la leschefricte dessoubz le connin, coulon ou oisel de riviere. Et quant ilz seront cuiz, si boulez la saulse, et ayez des tostees et mectez dedens avec l'oisel.

285. Calimafree ou saulse paresseuse. Prenez de la moustarde et de la pouldre de gingembre et ung petit de vinaigre et de la gresse de l'eaue de la carpe, et boulez ensemble. Et se vous voulez faire pour ung chappon, ou lieu que l'en met la gresse et l'eaue de la carpe mectez vertjus, vinaigre et la gresse du chappon.

286. Jance de lait de vache. Broyez gingembre, moyeuz d'oeufz sans la germe, et soient cruz, passez par l'estamine avec lait de vache, (*fol. 164a*) (ou pour paour de tourner soient les moyeuz cuiz, puis broyez et passez par l'estamine) deffaictes de lait de vache et faictes bien boulir.

287. Jance a aulx. Broyez gingembre, aux, amandes, et deffaictes de bon vertjus et puis boulez : et aucuns y mectent le tiers de vin blanc.

288. Jance se fait en ceste maniere : prenez amandes, mectez en eaue chaude, peler, broyer, et du gingembre deux cloches aussi (ou y mectez de la pouldre), ung pou

---

2844. est bonne et b. s *B*. **2849.** o. en b. *B*. **2858.** s. paresteusse P. A. **2859.** et de p. *B*, et la g. *B*. **2861.** f. ceste saulse p. *B*. **2865.** s. le g. *B*. **2866.** a. le l. *B*. **2867.** m. doeufz c. *B*.

vin et du vinaigre; lier avec un peu de pain grillé bien broyé mais non pas passé (bien que le pain passé fasse une plus belle sauce); puis il faut faire bouillir le tout, le verser sur le poisson cuit et mettre dans les plats. Cette sauce est bonne également lorsqu'elle est réchauffée dans un plat sur le gril, meilleure que froide. *Nota* qu'elle est belle d'aspect et d'un bon goût même sans safran. Et nota que deux tronçons de carpe et quatre goujons frits par plat suffisent.

284. Saupiquet* pour accommoder un lapin, un oiseau de rivière ou un pigeon ramier. Faites frire des oignons dans de la bonne graisse; vous pouvez aussi les émincer et les mettre à cuire dans la lèchefrite avec du bouillon de bœuf; n'y ajoutez ni verjus ni vinaigre avant l'ébullition. Il faut alors verser moitié verjus, moitié vin et un peu de vinaigre; les épices doivent dominer. Puis ajoutez moitié vin, moitié verjus et un peu de vinaigre et mettez tout dans la lèchefrite sous le lapin, le pigeon ou l'oiseau de rivière. Quant ils seront cuits, faites bouillir la sauce, prenez des tartines grillées et mettez-les dans la lèchefrite avec l'oiseau.

285. Calimafrée* ou sauce paresseuse. Faites bouillir ensemble de la moutarde, du gingembre en poudre, un peu de vinaigre et le gras d'un bouillon de carpe. Si vous destinez la sauce à un chapon, mettez, à la place du bouillon gras de carpe, du verjus, du vinaigre et de la graisse de chapon.

286. Jance* au lait de vache. Broyez du gingembre, des jaunes d'œufs crus sans germe, passez à l'étamine avec du lait de vache (si l'on craint que le lait tourne, on peut faire cuire les jaunes d'œufs, les broyer et les passer à l'étamine), délayez le tout avec du lait de vache et faites bien bouillir.

287. Jance* à l'ail. Broyez du gingembre, de l'ail, des amandes et délayez avec du bon verjus, puis faites bouillir; certains y ajoutent un tiers de vin blanc.

288. La jance* se prépare comme suit : mettez des amandes dans de l'eau chaude, pelez-les et broyez-les, ajoutez deux cloches de gingembre (ou du gingembre en poudre), un peu

d'aulx, et du pain blanc, pou plus que d'amandes, qui ne soit brulé, destrempé de vertjus blanc et le quart de vin blanc. Couler, puis faire tresbien boulir, et drecier par escuelles et en doit l'en plus drecier que d'autre saulse.

2880 289. Une poitevine. Broyez gingembre, giroffle, graine et des foyes, puis ostez du mortier. Puis broyez pain brulé, vin et vertjus et eaue, de chascun le tiers, et faictes boulir, et de la gresse du rost dedens. Puis versez sur vostre rost ou par escuelles.

2885 290. Moust pour hetoudeaulx. Prenez roisins nouveaulx et noirs et les escachez ou mortier et boulez ung boullon. Puis coulez par une estamine et lors gectez dessus vostre pouldre de petit gingembre et plus de canelle, ou de canelle seulement *quia melior*, et meslez 2890 ung petit a une cuillier d'argent, et gectez croustes, ou pain broyé, ou oeufz, ou chastaignes pour lyer, dedens, du succre roux, et dreciez.

Item, a ce propos sachiez que arquenet est espice qui rent rouge couleur, et est aussi comme garingal, et la 2895 couvient tremper en vin et en l'eaue de la char, puis broyer.

Item, et qui veult faire ce moust des la saint Jehan et avant que l'en treuve aucuns roisins, faire le couvient de cerises, merises, guines, vin de meures, avec pouldre de 2900 canelle sans gingembre se petit non; boulir comme dessus, puis mectre du succre dessus.

Item, et apres ce que l'en ne treuve nulz roisins, *scilicet* en novembre, l'en fait le moust de prunelles de haye. Ostez les noyaux, puis broyez ou escachiez ou mortier, 2905 faire boulir avec les escorches, puis passer par l'estamine, mectre la pouldre, et tout comme dessus.

291. Saulse briefve pour chappon. Ayez de belle eaue necte et mectez en la leschefricte dessoubz le chappon quant il rostist, et arrousez toudiz le chappon. Puis broyez

---

2876. ne s. point b. *B.* **2879.** len puis d. *A.* **2882.** v. e. de *B.* **2888.** vostre *omis B.*, p. de g. *BC.* **2897.** m. de la *B.* **2901.** s. roux d. *B,* s. dedans *C.* **2904.** p. broyees ou escachees ou *B.*

d'ail, du pain blanc – un peu plus que d'amandes – sans le griller ; délayez dans du verjus blanc et le quart de vin blanc. Passer et faire bien bouillir. Distribuer dans les écuelles ; il faut en mettre davantage que des autres sauces.

289. Sauce poitevine. Broyez du gingembre, du girofle, de la graine de paradis* et des foies et ôtez du mortier. Broyez du pain grillé, du vin, du verjus et de l'eau, un tiers de chaque, et faites bouillir avec la graisse du rôt. Puis versez sur votre rôt ou directement dans les écuelles.

290. Moût pour accommoder les jeunes chapons. Prenez du raisin noir nouveau, écrasez-le au mortier et portez-le à ébullition. Passez à l'étamine et saupoudrez alors d'un peu de gingembre et de davantage de cannelle, ou encore de cannelle seulement *quia melior*[1], mélangez un peu avec une petite cuillère en argent ; ajoutez des croûtons de pain ou du pain broyé, ou encore des œufs ou des châtaignes pour lier, puis du sucre roux et servez.

Item, sachez à ce sujet que l'arquenet[2] est une épice qui donne une couleur rouge ; elle ressemble au garingal* ; il faut la faire tremper dans du vin et du bouillon de viande, puis la broyer.

Item, si l'on veut faire ce moût dès la Saint-Jean[3] et avant la saison du raisin, il faut le préparer avec des cerises, des merises, des guignes, du vin de mûres et de la poudre de cannelle, sans gingembre sinon un tout petit peu ; faire bouillir comme indiqué ci-dessus, puis sucrer.

Item, une fois la saison du raisin passée, *scilicet* en novembre, on fait du moût avec des prunelles sauvages. Otez les noyaux, broyez-les ou écrasez-les au mortier, faites-les bouillir avec la peau, puis passez à l'étamine ; ajoutez de la poudre fine* d'épices et procédez comme ci-dessus.

291. Sauce rapide pour accommoder le chapon. Versez de la belle eau propre dans la lèchefrite sous le chapon pendant qu'il rôtit, et ne cessez pas de l'arroser. Puis broyez une gousse d'ail,

---

1. Parce que c'est le meilleur.
2. Pichon pense qu'il s'agit de l'*arquinetta* citée dans des lettres du roi Richard II en faveur des marchands de Gênes.
3. Le 24 juin.

une doulce d'ail, et destrempez d'icelle eaue, et boulez. Puis dreciez comme jance. Elle est bonne qui mieulx n'a.

292. Sauce a mectre boulir en pastez de halebrans, canetz, lappereaulx ou connins de garenne. Prenez foison de bonne canelle, gingembre, *(fol. 164b)* giroffle, demye nois muguecte, et maciz, garingal, et broyez tresbien et deffaictes de vertjus moictié et vinaigre moictié, et soit la saulse clere. Et quant le pasté sera ainsi comme cuit, soit icelle saulse gectee dedens et remis au four boulir ung seul boullon. *Nota* que halebrans sont les petis canetz qui ne peuent voler jusques a tant qu'ilz ont eu de la pluye d'aoust. Et *nota* que en yver l'en y met gingembre plus pour estre plus forte d'espices; car en yver toutes saulses doivent estre plus fortes que en esté.

293. Une queue de sangler. Prenez nombletz de porc, lievres, et oiseaulx de riviere, et les mectez en la broche et une leschefricte dessoubz, et du vin franc et du vinaigre. Et puis prenez graine, gingembre, giroffle, nois muguectes, et du poivre long et canelle, et broyez, et ostez du mortier. Puis broyez pain brulé et trempé en vin franc et le coulez par l'estamine. Et puis coulez tout ce qui est en la leschefricte et les espices et le pain en une paelle de fer ou en ung pot, avec eaue de la char, et y mectez le rost de quoy vous le ferez, et l'ayez avant boutonné de cloux de giroffle. Ainsi couvient faire a ung bourberel de sanglier.

Nota que les nois muguectes, macis et garingal font douloir la teste.

294. Saulse rappee. Eschaudez troiz ou quatre grappes de vertjus, puis en broyez une partie, et ostez le marc d'icelluy vertjus; et puis broyez du gingembre et alayez d'icelluy vertjus et mectez en une escuelle. Puis broyez les escorches du vertjus [autresfoiz] broyé, et destrempez de vertjus, et coulez, et mectez tout en icelle escuelle, et

---

2914. g. g. graine d. n. m. et matis g. *B.* **2917.** q. la p. *A.* **2918.** r. et fourboulir *B*². **2919.** Nota *omis B*, que... daoust *écrit dans la marge de droite à côté de la phrase précédente en B.* **2924.** de sanglier P. *BC.* **2925.** l. ou o. *B.* **2931.** p. et u. *B.* **2942.** v. autresfroiz b. *A*, v. autrefoiz b. *BC.* **2943.** de v. blanc et *B*, t. en une e. *B.*

délayez-la dans cette eau et faites bouillir. Servez comme une jance*. A défaut de mieux, c'est une sauce acceptable.

292. Sauce bouillie pour accommoder le pâté de halbrans, de canetons, de lapereaux ou de lapins de garenne. Broyez bien une grande quantité de bonne cannelle, du gingembre, du girofle, la moitié d'une noix muscade, du macis, du garingal*, puis délayez dans moitié de verjus et moitié de vinaigre; la sauce doit être claire. Lorsque le pâté sera sur le point d'être cuit, versez-y cette sauce, remettez au four et donnez un tour de bouillon. *Nota* que les halbrans sont les petits canards qui ne volent pas avant d'avoir reçu la première pluie du mois d'août. Et *nota* qu'en hiver on y met davantage de gingembre pour que le plat soit plus épicé; en hiver, en effet, toutes les sauces doivent être plus fortes qu'en été.

293. Queue de sanglier. Mettez à la broche au-dessus d'une lèchefrite de l'onglet de porc, des lièvres et des oiseaux de rivière, et ajoutez du vin et du vinaigre. Puis broyez de la graine de paradis*, du gingembre, du girofle, de la noix muscade, du poivre long et de la cannelle; enlevez du mortier. Broyez du pain grillé et trempé dans du vin et passez-le à l'étamine. Puis passez tout ce qui est dans la lèchefrite ainsi que les épices et le pain dans une poêle de fer ou dans un pot, avec du bouillon de viande, et mettez-y le rôt de votre choix piqué auparavant de clous de girofle. C'est également de cette manière que l'on fait un bourbelier de sanglier.

Nota que les noix muscades, le macis et le garingal* peuvent donner mal à la tête.

294. Sauce râpée. Faites chauffer trois ou quatre grappes de verjus, broyez-en une partie, et ôtez le marc du verjus. Broyez ensuite du gingembre, délayez dans le verjus et mettez dans une écuelle. Puis broyez les peaux du verjus précédemment broyé, délayez dans le verjus et passez; mettez tout dans cette

meslez tout ensemble. Puis dreciez et mectez des grains
dessus. *Nota* en juillet, quant le vertjus engrossist, est au
jambon ou pié de porc.

295. Saulse pour ung chappon ou poule. Mectez
tremper ung trespetit de mye de pain blanc en vertjus, et
du saffran. Puis soit broyé, puis la mectez en la leschefricte et les .iiii. parties de vertjus et la cinquiesme partie
de la gresse de la poule ou chappon (et non plus, car le
plus seroit trop) et faictes boulir en la leschefricte et drecier par escuelles.

296. Saulce pour oeufz pochez en huille. Ayez des
ongnons cuiz et pourbouliz, moult longuement comme
choulx. Puis les frisiez. Apres, wydiez la paelle ou vous
avez frit vos oeufz que riens n'y demeure, et en icelle
mectez l'eaue et ongnons et le quart de vinaigre (c'est a
dire (*fol. 165a*) que le vinaigre face le quart de tout) et
boulez, et gectez sur vos oeufz.

Buvrages pour malades

297. Tizane doulce. Prenez de l'eaue et faictes boulir.
Puis mectez pour chascun sextier d'eaue une escuelle
d'orge largement – et ne chault s'elle est a toute
l'escorche – et pour deux parisis de reglisse – *item*, des
figues – et soit tant bouly que l'orge creve. Puis soit
coulee en deux ou troiz toilles, et mis en chascun gobelet
grant foison succre en roche. Puis est bonne icelle orge a
donner a menger a la poulaille pour engressier. *Nota* que
la bonne reglisse est la plus nouvelle et est en la taille de
vive couleur vergaye, et la vieille est de plus fade et morte
et sesche.

298. Bouillon. Pour faire .iiii. septiers de boullon il
couvient avoir la moictié d'un pain brun de denier, de
levain levé de troiz jours, *item*, de son le quart largement
d'un boissel, et mectre .v. septiers d'eaue en une paelle ;

2948. tremper en v. un t. de m. de p. b. et *B*. **2949.** p. le m. *B*, p. v. et
B. **2958.** de *omis B*. **2959.** f. le (la *C*) q. et de t. *AC*. **2960.** t. b. et *B*, g. sus v.
B. **2964.** c. sil e. *B*. **2968.** f. de s. *B*, e. bon – icelliu o. *B²*. **2970.** et en *B*, et sy
est en *C*. **2971.** p. farde et *AC*. **2973.** .iiii. sextiers de *B*. **2974.** b. dun d. *B²*.

écuelle et mélangez. Servez et garnissez de grains. *Nota* qu'en juillet, lorsque le verjus mûrit, cette sauce est servie avec du jambon ou des pieds de cochon.

295. Sauce pour accommoder un chapon ou une poule. Mettez à tremper une toute petite quantité de mie de pain blanc dans du verjus additionné de safran. Broyez, et mettez dans une lèchefrite avec quatre cinquièmes de verjus et un cinquième de graisse de poule ou de chapon (pas davantage, car sinon ce serait trop); faites bouillir dans la lèchefrite et distribuez dans les écuelles.

296. Sauce pour accompagner les œufs pochés dans l'huile. Faites cuire des oignons en les faisant bouillir très longtemps comme du chou. Puis faites-les frire. Videz ensuite la poêle où vous avez fait frire les œufs : rien ne doit y rester ; mettez-y les oignons et leur bouillon ainsi qu'un quart de vinaigre (c'est-à-dire que le vinaigre doit constituer la quatrième partie du tout); faites bouillir et versez sur vos œufs.

Breuvages pour les malades

297. Tisane douce. Faites bouillir de l'eau. Puis mettez une bonne écuelle d'orge par setier d'eau – peu importe si l'orge a toute son enveloppe – et pour deux sols parisis de réglisse – *item* des figues – et faites bouillir si fort que l'orge éclate. Passez à travers deux ou trois toiles ; dans chaque gobelet il faut mettre une grande quantité de sucre en roche. L'orge peut être ensuite donnée aux volailles pour les engraisser. *Nota* que la bonne réglisse est la nouvelle ; lorsqu'on la coupe elle est d'un vert vif tandis que la vieille est plus pâle, morte et sèche.

298. Bouillon. Pour faire 4 setiers de bouillon, il faut la moitié d'un pain bis valant un denier, du levain monté de trois jours, *item* un large quart de boisseau de son ; mettre 5 setiers d'eau dans une poêle ; lorsqu'elle frémira, y verser le son et

et quant elle fremira mectre le son en l'eaue et tant boulir que tout s'appetice du .v^e. ou plus; puis oster de dessus le feu et laissier reffroidier jusques a tiede; puis couler par une estamine ou sas, ou destremper le levain en eaue et mectre ou tonnel et laissiez .ii. ou .iii. jours parer, puis encaver et laissier esclarcir, et puis boire. *Item*, qui le veult faire meilleur, il y couvient mectre une pinte de miel bien bouly et bien escumé.

299. Bochet. Pour faire .vi. sextiers de bochet prenez .vi. pintes de miel bien doulx et le mectez en une chaudiere sur le feu. Et le faictes boulir et remuez si longuement qu'il laisse a soy croistre et que vous veez qu'il gecte boullon aussi comme petites orines qui se creveront, et au crever gecteront ung petit de fumee aussi comme noire. Et lors faictes le mouvoir, et lors mectez .vii. sextiers d'eaue et le faictes tant boulir qui reviengne a six sextiers, et tousjours mouvoir. Et lors le mectez en ung cuvier pour reffroidier jusques a tant qu'il soit ainsi comme tiede; et lors le coulez en ung sas; et lors le mectez en ung tonnel et y mectez une chopine de leveçon de cherevoise (car c'est ce qui le fait piquant; et qui y mectroit levain de pain, au tant vauldroit pour saveur, maiz la couleur en seroit plus fade) et couvrez bien et chaudement pour parer. Et se vous le voulez faire tresbon, si y mectez une once de gingembre; de poivre long, graine de paradiz et cloux de giroffle, autant de l'un que de l'autre, exepté des cloux de giroffle dont il avra le moins; et les mectez en ung sachet de toille et gectez dedens. Et quant il y (*fol. 165b*) avra esté deux ou troiz jours, et le bochet sentira assez les espices, et il piquera assez, si ostez le sachet et l'espraignez, et les mectez en l'autre baril que vous ferez. Et ainsi vous servira bien icelle pouldre jusques a .iii. ou .iiii. foiz.

Item, autre bochet de .iiii. ans de garde, et peut l'en faire une queue ou plus ou moins a une foiz, qui veult.

2977. en e. et *B*. **2980.** s. puis d. le l. en leaue *B*. **2981.** et laissier .ii. *B*. **2992.** le faicte (faitez *C*) tout b. qui r. *AC*, les f. t. b. quilz reviegnent *B*. **2997.** de cervoise c. *BC*, q. se f. *A*. **3003.** il y a. *B*, et le m. *B*. **3008.** b. celle p. *B*.

faire bouillir jusqu'à ce que le tout se réduise d'un cinquième ou davantage. Oter du feu et laisser tiédir ; passer à l'étamine ou à travers un tamis, ou encore faire tremper le levain dans l'eau, le mettre dans un tonnelet pendant deux ou trois jours pour qu'il se fasse ; puis le laisser éclaircir dans une cave avant de le boire. *Item*, si on veut l'améliorer, il faut y ajouter une pinte de miel bien bouilli et écumé.

299. Bochet*. Pour faire 6 setiers de bochet, il faut 6 pintes de miel bien doux ; mettez-le dans un récipient à chauffer sur le feu. Faites-le bouillir et remuez jusqu'à ce qu'il cesse de gonfler et que vous constatiez qu'il produit des bulles ressemblant à de petits globules sur le point d'éclater ; quand elles éclateront, elles libéreront un peu de vapeur assez noire. Alors, remuez-le et ajoutez 7 setiers d'eau et faites-le bouillir jusqu'à ce qu'il réduise à 6 setiers, sans cesser de remuer. Mettez-le alors à refroidir dans un cuvier jusqu'à ce qu'il soit à peu près tiède ; vous pouvez alors le passer à travers un tamis. Mettez-le ensuite dans un tonnelet dans lequel vous mettrez une chopine de levure de bière (c'est ce qui lui donne le piquant ; si on y mettait du levain de pain, le résultat serait le même en ce qui concerne le goût, mais la couleur serait plus pâle), couvrez-le bien et gardez-le au chaud pour qu'il se fasse. Si vous voulez le rendre particulièrement savoureux, ajoutez une once de gingembre, ainsi que du poivre long, de la graine de paradis* et des clous de girofle, tous en égales quantités, sauf qu'il y aura un peu moins de clous de girofle ; mettez ces épices dans un sachet de toile et jetez-le dans le bochet. Otez-le au bout de deux ou trois jours, quand le bochet sentira assez les épices et qu'il sera bien piquant ; tordez le sachet pour l'égoutter et mettez-le dans un autre tonnelet où vous serez en train de préparer un autre bochet. De cette manière vous pourrez utiliser ces épices jusqu'à 3 ou 4 fois.

Item, un autre bochet qui se conserve 4 ans ; on peut en préparer un tonnelet, plus, ou moins, en une fois. Mettez trois

Mectez les troiz pars d'eaue et la .iiiie. de miel, faictes boulir et escumer, tant qu'il dechee du .x^e., et puis gectez en ung vaissel. Puis remplez vostre chaudiere et faictes comme devant, tant que vous en ayez assez. Puis laissiez reffroidier et puis remplez vostre queue. Adonc vostre bochet gectera comme moust qui se paire ; si le vous couvient tousjours tenir plain a fin qu'il gecte. Et apres six sepmaines ou .vii. moiz l'en doit traire tout le bochet jusques a la lye, et mectre en cuve ou en autre vaissel, puis deffoncier le vaissel ou il estoit, oster la lye, eschauder, laver, renfoncer, et remplir de ce qui est demouré, et garder, et ne chault s'il est en wydenge. Et adonc ayez .iiii. onces et demye de clou de giroffle et une de graine, batuz et mis en ung sachet de toille, et penduz a une cordelecte au bondonnail.

Nota que de l'escume qui en est ostee prenez pour chascun pot d'icelle .xii. pos d'eaue, et boulez ensemble ; et ce sera bon boschet pour les mesgnies. *Item*, d'autre miel que d'escume se fait a autelle porcion.

300. Beuvrage d'eaue rousse d'un chappon. Mectez vostre chappon ou poule en ung pot bien net et qui soit tout neuf plommé et bien couvert que rien n'en puisse yssir ; et mectez vostre pot dedens une paelle plaine d'eaue, et faictes boulir tant que le chappon ou poule soit cuit dedens le pot. Puis ostez le chappon ou poule, et de l'eaue qu'il avra faicte dedens le pot donnez au malade boire.

301. Buvrage de noisectes. Pourboulez et pelez, puis mectez en eaue froide. Puis les broyez et alayez d'eaue boulye, et coulez, broyez et coulez deux foiz. Puis mectez reffroidier en la cave ; et vault mieulx assez que tizenne.

302. Buvrage de lait d'amandes comme dessus.

Potages pour malades

303. Chaudeau flament. Mectez ung pou d'eaue boulir. Puis pour chascune escuelle .iiii. moyeulx d'oeufz batuz

---

3017. se pare si *BC*. **3031.** Buvrage de. *B*, Beuverage de. *C*. **3045.** C. flamenq M. *B*.

parts d'eau et une part de miel, faites bouillir et écumez jusqu'à réduction d'un dixième ; versez dans un récipient. Remplissez ensuite votre marmite et faites comme ci-dessus, jusqu'à ce que vous en ayez la quantité voulue. Laissez refroidir puis remplissez votre baril. Alors, votre bochet produira une espèce de moût qui fermentera. Le tonnelet doit toujours être plein pour que le breuvage se fasse. Au bout de six semaines ou de 7 mois, on doit enlever tout le bochet jusqu'à la lie, le mettre dans une cuve ou un autre récipient, puis défoncer le récipient dans lequel il était auparavant, en ôter la lie, l'ébouillanter, le laver, remettre le fond et le remplir de ce qui est resté et le garder, peu importe s'il n'est pas plein. Puis battez quatre onces et demie de clous de girofle et une once de graine de paradis*, mettez-les dans un sachet de toile et pendez-le avec une cordelette au bondon.

Nota que vous pouvez faire bouillir chaque pot d'écume prélevée avec 12 pots d'eau. Il sera utile d'avoir un tel bochet à la maison. *Item*, à la place de l'écume on peut prendre du miel, sans changer les proportions.

300. Breuvage au bouillon roux de chapon. Mettez votre chapon ou votre poule dans un pot bien propre et nouvellement plombé et fermez-le bien afin que rien ne puisse en échapper. Posez votre pot dans une poêle remplie d'eau, faites bouillir jusqu'à ce que le chapon ou la poule dans le pot soit cuit. Puis ôtez le chapon, ou la poule, et donnez à boire au malade le bouillon qu'il aura produit dans le pot.

301. Breuvage aux noisettes. Faites bouillir et pelez les noisettes, puis mettez-les dans de l'eau froide. Broyez-les et délayez avec de l'eau bouillie, passez, broyez et passez à deux reprises. Mettez à refroidir à la cave ; ce breuvage a davantage de vertus qu'une tisane.

302. Breuvage au lait d'amandes : procédez comme ci-dessus[1].

Potages* pour les malades
303. Chaudeau flamand. Mettez un peu d'eau à bouillir. Battez 4 jaunes d'œufs avec du vin blanc par écuelle, et faites

---

[1]. Il est à remarquer qu'aucune mention n'est faite de ce que chaque potion est censée guérir.

avec vin blanc, et versez a fil en vostre eaue et remuez
tresbien ; et du sel y mectez bien a point ; et quant il avra
bien boulu tirez le arriere du feu. (*fol. 166a*) *Nota*, qui
n'en fait fors une escuelle pour ung malade, l'en y met
cinq moyeuz.

304. Orge mondé ou gruyau d'orge. Mectez l'orge
tremper en ung bacin aussi comme demye heure. Puis la
purez et mectez en ung mortier de cuivre et pilez d'une
pilecte de boiz. Puis la mectez seicher et quant elle sera
seiche si la vennez. Et quant vous en vouldrez faire
potage, mectez la cuire en ung petit pot avec de l'eaue. Et
quant elle sera ainsi comme bayenne, purez la, et la
mectez avec du lait d'amandes boulir : et aucuns le coulent. *Item*, l'en y met du succre foison.

305. Lait d'amandes. Pourboulez et pelez vos
amandes, puis les mectez en eaue froide. Puis les broyez
et destrempez de l'eaue ou les ongnons avront cuiz, et
coulez par une estamine. Puis frisiez les ongnons, et
mectez dedens ung petit de sel, et faictes boulir sur le feu.
Puis mectez les souppes. Et se vous faictes lait d'amandes
pour malades n'y mectez aucuns ongnons ; et ou lieu de
l'eaue d'ongnons pour destremper les amandes, et dont
dessus est parlé, mectez y et les destrempez de eaue tiede
necte, et faictes boulir ; et n'y mectez point de sel, maiz
succre foison. Et se vous en voulez faire pour boire, si le
coulez a l'estamine ou par deux toilles, et succre foison au
boire.

306. Couliz d'un poulet. Cuisiez le poulet tant qu'il
soit tout pourry de cuire, et le broyez et tous les os en ung
mortier. Puis deffaictes de son boullon, coulez et mectez
[boullir] et du succre. *Nota* que les os doivent estre bouliz
les premiers, puis ostez du mortier, coulez, et nectoier le
mortier. Puis broyer la char et grant foison succre.

307. Ung couliz de perche, ou de tanche, ou de sole, ou
d'escrevisses. Cuisiez la en eaue et gardez le bouillon.

3049. bien *omis* B. **3053.** b. ainsi c. B^2. **3056.** la buvez Et A, la beuvez (*ou* bennez ?) C. **3058.** ainsi *omis* B, p. et la m. B. **3063.** a. cuit et B. **3076.** et mecte et du s. A, et m. du s. B, et m. du s. C. **3079.** la c. a fort et B. **3081.** Cuis la AC.

filer dans l'eau en remuant avec soin ; salez juste ce qu'il faut. Quand il aura bien bouilli, retirez-le du feu. *Nota* que si l'on n'en fait qu'une seule écuelle pour un malade, on peut y mettre cinq jaunes d'œufs.

304. Orge mondé ou gruau d'orge. Mettez à tremper l'orge dans une bassine pendant à peu près une demi-heure. Egouttez-la et mettez-la dans un mortier de cuivre et pilez-la avec un petit pilon de bois. Mettez-la à sécher, puis vannez-la. Lorsque vous voudrez préparer le potage*, mettez-la à cuire dans un petit pot avec de l'eau. Lorsqu'elle sera sur le point d'éclater, égouttez-la et mettez-la à bouillir avec du lait d'amandes ; certains la passent ensuite à l'étamine. *Item*, on y ajoute du sucre à foison.

305. Lait d'amandes. Faites bouillir et pelez vos amandes, puis mettez-les dans de l'eau froide. Broyez-les, délayez-les avec du bouillon d'oignons et passez à l'étamine. Faites frire des oignons, salez légèrement, et faites bouillir sur le feu. Préparez ensuite les soupes*. Mais si le lait d'amandes est destiné aux malades[1], n'y mettez point d'oignons ; au lieu de délayer les amandes dans du bouillon d'oignons comme on l'a indiqué ci-dessus, remplacez-le par de l'eau tiède et pure et faites bouillir. Ne salez pas mais ajoutez du sucre à foison. Si vous voulez le rendre liquide afin qu'on puisse le boire, passez-le à l'étamine ou à travers deux toiles ; au moment de boire, sucrez abondamment.

306. Coulis de poulet. Faites cuire un poulet jusqu'à ce qu'il soit complètement défait et broyez-le avec tous les os dans un mortier. Délayez-le dans son bouillon, passez-le et mettez-le à bouillir avec du sucre. *Nota* que les os doivent être bouillis[2] en premier lieu, ôtez-les ensuite du mortier et passez, puis nettoyez le mortier. Broyez la viande et ajoutez du sucre à foison.

307. Coulis de perche, de tanche, de sole ou d'écrevisses. Faites cuire à l'eau le poisson et gardez le bouillon. Broyez des

---

1. On reste au niveau rudimentaire de l'opposition entre malades et bien portants, sans autre nuance.
2. On attendrait plutôt « broyés ».

Puis broyez amandes et de la perche avec, et deffaictes de vostre bouillon, et coulez et mectez tout boulir. Puis dreciez vostre perche et mectez du succre dessus, et soit claret, et foison succre.

308. Le meilleur couliz qui soit a jour de char ce sont les colz des pouletz et poucins, et doit l'en broyer colz, testes et os, puis broyer a fort, et deffaire d'eaue de joe de beuf ou de giste de beuf, et couler.

309. *Nota* que apres les grans chaleurs de juing potages d'espices viennent en saison, et apres la saint Remy civé de veel, de lyevre, d'oictres, etc.

310. Gruyau. Couvient cuire comme boyen, puis purer et mectre cuire avec le lait d'amandes, comme dit est prouchainement cy dessus d'orge *(fol. 166b)* mondé, et foison succre.

311. Ris. Esliziez le, et lavez en deux ou troiz paires d'eaues chaudes tant que l'eaue reviengne toute clere. Puis le faictes aussi comme demy cuire. Puis le purez, et mectez sur tranchouers en platz pour esgouter et seicher devant le feu. Puis cuisiez bien espoiz avec l'eaue de la gresse de char de beuf et avec du saffran, se c'est jour de char. Et se c'est jour de poisson, n'y mectez pas eaue de char, maiz en ce lieu mectez amandes bien finement broyees et sans couler, puis succrer fort, et sans saffran.

Autres menues choses qui ne sont de neccessité

312. C'est la maniere de faire composte (fault commencier a la saint Jehan). *Nota* qu'il couvient commencier a la saint Jehan qui est .xxiiiie. jour de juing. Premierement vous prendrez .v. cens de nois nouvelles environ la saint Jehan – et gardez que l'escorche ne le noyau ne soient encores formez, et que l'escorche ne soit encores trop dure ne trop tendre – et les pelez tout entour et puis les perciez en troiz lieux tout oultre, ou en croix, et puis les mectez tremper en eaue de Saine ou de fontaine

---

3086. m. coulx q. *A*. **3087.** colz, testes et os, puis broyer *omis AC*. **3088.** deffaire *omis AC*. **3097.** Rix *B* p. deaue c. *A*. **3102.** de la char *B*, ce. a j. de c. Et se ce. a j. *B*. **3105.** p. succre fort *B*. **3107-3107.** fault... Jehan. *Ces mots apparaissent en ABC, mais semblent superflus*. **3110.** nouvelles *omis B*.

amandes avec la perche, délayez avec votre bouillon, passez et mettez le tout à bouillir. Puis servez votre perche saupoudrée de sucre ; il faut que le plat soit clair et bien sucré.

308. Le meilleur coulis en temps de gras, ce sont les cous de poulets et de poussins ; on doit broyer très fort les cous, les têtes et les os, délayer dans un bouillon à base de joue et de gîte de bœuf, et passer.

309. *Nota* qu'après les grandes chaleurs de juin la saison des potages* aux épices commence ; après la Saint-Remi[1], c'est la saison du civet de veau, de lièvre, d'huîtres, etc.

310. Gruau. Faire cuire jusqu'à éclatement, égoutter et mettre à cuire avec du lait d'amandes comme on vient de l'indiquer ci-dessus au sujet de l'orge mondé, avec du sucre à foison.

311. Riz. Triez-le et lavez-le dans deux ou trois bains d'eau chaude jusqu'à ce que l'eau reste bien claire. Puis faites-le à moitié cuire. Egouttez-le, puis étalez-le sur des tranchoirs posés dans des plats servant à égoutter et à sécher devant le feu. Puis faites-le cuire jusqu'à ce qu'il soit bien épais avec du bouillon gras de bœuf et du safran, si c'est un jour gras. Si c'est un jour maigre, n'y mettez pas de bouillon de viande ; ajoutez à la place des amandes finement broyées, mais sans les tamiser, puis sucrez abondamment, sans ajouter de safran[2].

Diverses petites choses complémentaires

312. Manière de préparer de la compote (il faut commencer à la Saint-Jean). *Nota* qu'il convient de commencer à la Saint-Jean, le 24e jour de juin. Autour de cette date procurez-vous 500 noix nouvelles ; veillez à ce que ni coque ni noyau ne soient formés ; l'écorce ne doit être ni trop dure ni trop tendre ; pelez-les entièrement, puis transpercez-les de bout en bout en trois endroits différents, ou en forme de croix, puis mettez-les à tremper dans l'eau de la Seine ou d'une fontaine et changez

---

1. Le 1er octobre.
2. Répétition. Cf. paragraphe 243.

et la changier chascun jour. Et les fault tremper de .x. a
.xii. jours (et lesquelles deviennent comme noires) et que
au macher vous n'y puissiez assavourer aucun amertume,
et puis les mectre boulir une onde en eaue doulce par
3120 l'espace de dire une miserelle, ou tant comme vous verrez
qu'il appartendra a ce qu'elles ne soient trop dures ne trop
moles. Apres wydiez l'eaue, et apres les mectez esgouter
sur ung sac; et puis fondez du miel ung sextier, ou tant
qu'elles puissent toutes tremper, et qu'il soit coulé et
3125 escumé. Et quant il sera reffroidié aussi comme tiede, si y
mectez vos nois, et les laissiez deux ou troiz jours et puis
si les mectez esgouter. Et prenez tant de vostre miel
qu'elles puissent tremper dedens, et mectez sur le feu le
miel, et le faictes tresbien boulir ung boullon seulement et
3130 l'escumez et ostez de dessus le feu. Et mectez en chascun
pertuis de vos nois ung clou de giroffle d'un costé et ung
petit de gingembre coupé de l'autre. Et apres les mectez
en miel quant il sera tiede, et si les tournez deux ou troiz
foiz le jour. Et au bout de .iiii. jours si les ostez, et recui-
3135 siez miel, et s'il n'en y a assez si en mectez; et le boulez
et escumez et boulez, puis mectez vos noiz dedens; et
ainsi chascune sepmaine jusques a ung moiz. Et puis les
laissiez en ung pot de terre ou en ung poinçon et retournez
chascune sepmaine une foiz.

3140 Prendrez environ la Toussains des gros navetz et les
pelez, et fendez en .iiii. quartiers, et puis *(fol. 167a)*
mectez cuire en eaue. Et quant ilz seront ung petit cuiz, si
les ostez et mectez en eaue froide pour attendrir. Et puis
les mectez esgouter et prenez du miel et fondez ainsi
3145 comme celluy des nois; et gardez que vous ne cuisiez trop
vos navetz.

Item, a la Toussains vous prendrez des garroictes tant
que vous y vouldrez mectre, et qu'elles soient bien raclees
et decouppees par morceaulx, et qu'elles soient cuictes
3150 comme les navetz. (Carroictes sont racines rouges que

3116. la changiez c. *B²*. **3118.** a. aucune a. *B²*. **3120.** m. et t. *AC*. **3122.** A. vuidiez le. *BC*. **3129.** et les f. *AC*. **3133.** t. .iii. ou .iiii. f. *B*. **3135.** et si nen y *B*. **3147.** a *omis A*.

II, v : Diverses petites choses complémentaires 771

l'eau tous les jours. Il faut les faire tremper 10 à 12 jours (elles doivent devenir quasiment noires), jusqu'à ce qu'on ne sente plus aucune amertume en les mâchant. Les porter à ébullition dans de l'eau douce et les y maintenir le temps de dire un *Miserere*, ou autant de temps qu'il faudra pour qu'elles ne soient ni trop dures ni trop molles à votre jugement. Puis jetez l'eau et mettez-les à égoutter sur un tamis ; faites fondre un setier de miel ou autant qu'il faut pour qu'elles puissent toutes y tremper ; le miel doit être passé et écumé. Une fois tiède, ajoutez-y vos noix, laissez-les-y pendant deux ou trois jours puis mettez-les à égoutter. Prenez autant de miel qu'il faut pour qu'elles puissent y tremper entièrement ; mettez le miel sur le feu et donnez-lui un bon tour de bouillon, écumez et ôtez du feu. Mettez dans chaque trou de vos noix un clou de girofle d'un côté, et un peu de gingembre coupé de l'autre. Ensuite mettez-les dans le miel tiède et tournez-les deux à trois fois par jour. Au bout de quatre jours ôtez-les et faites de nouveau cuire le miel ; s'il n'y en a pas assez, rajoutez-en ; faites-le bouillir, écumez-le, faites-le bouillir encore, puis ajoutez vos noix, et ainsi de suite toutes les semaines pendant un mois. Ensuite laissez-les dans un pot de terre ou dans un poinçon[1] et tournez une fois par semaine.

A la Toussaint environ pelez de gros navets, fendez-les en 4 quartiers et mettez-les à cuire dans de l'eau. Lorsqu'ils seront un peu cuits, ôtez-les et mettez-les dans l'eau froide pour qu'ils deviennent plus tendres. Egouttez-les ; faites fondre du miel comme ci-dessus pour les noix ; surtout ne faites pas trop cuire vos navets.

Item, à la Toussaint prenez autant de carottes[2] que vous voudrez en mettre dans la compote, grattez-les bien et coupez-les en morceaux ; faites-les cuire comme les navets. (Les carottes

---

1. Tonneau contenant une demi-queue, c'est-à-dire 195 litres.
2. Denrée encore fort rare à la fin du XIVᵉ siècle.

l'en vent es Halles par pongnees, et chascune pongnee ung blanc.)

Item, prenez des poires d'angoisse et les fendez en .iiii. quartiers et les cuisiez aussi comme les navetz, et ne les pelez point, et les faictes ne plus ne moins comme les navetz.

Item, quant les courges sont en saison, si en prenez ne des plus dures ne des plus tendres, et les pelez, et ostez ce dedens, et mectez en quartiers; et faictes tout ainsi comme des navetz.

Item, quant les pesches sont en saison, si en prenez des plus dures, et les pelez et fendez.

Item, quant les courges sont en saison si en prenez et fendez par .iiii. quartiers, et ostez le cuer de dedens, et les gouvernez tout ainsi comme les navetz.

Item, environ la saint Andry prenez des racines de percil et de fanoul, et les rasez pardessus, et en mectez par petites pieces; et fendez le fanoul parmy et ostez le dureillon de dedens et n'ostez pas celluy du percil. Et les gouvernez tout ainsi comme les choses dessusdictes, ne plus ne moins.

Et quant toutes voz confitures seront prestes, vous pourrez faire ce qui appartient, dont la recepte s'ensuit: Premierement pour .v. cens de noiz prenez une livre de senevé et demye livre d'aniz, ung quarteron et demy fanoul, ou quarteron et demy coriande, ung quarteron et demy karvi (c'est assavoir une semence que l'en mengue en dragee) et mectez toutes ces choses en pouldre. Et puis faictes toutes ces choses brayer en ung moulin a moustarde et le destrempez bien espoiz et de tresbon vinaigre et mectez en ung pot de terre. Et puis prenez demye livre de raffle (c'est assavoir une racine que l'en vent sur les herbiers) et la raclez tresbien et la decouppez le plus

---

3151. et *omis* B. **3154.** c. ainsi c. B^2. **3159.** t. aussi c. B (*corrigé en* ainsi B^2). **3163.** quant *omis* A. **3164.** f. en .iiii. q. B, mettez en q. C. **3167.** de fanoil et B, m. en p. B. **3168.** le fanoil p. B. **3169.** du d. B. **3170.** t. aussi c. B (*corrigé en* ainsi B^2). **3175.** d. fanoil un q. B. **3176.** ung q. d. karin A, ung q. de kain C. **3179.** c. broyer en B, c. broiez en C.

sont des racines rouges que l'on vent aux Halles par poignées, un blanc la poignée.)

Item, fendez en 4 quartiers des poires d'angoisse et faites-les cuire comme les navets, mais ne les pelez pas ; sinon faites exactement comme pour les navets.

Item, à la saison des courges, pelez-en qui ne soient ni trop dures ni trop tendres, ôtez-en l'intérieur et coupez l'écorce en quartiers ; procédez comme pour les navets.

Item, lorsque c'est la saison des pêches, prenez et pelez les plus dures et coupez-les.

Item, lorsque c'est la saison des courges, coupez-les en 4 quartiers, enlevez le cœur et procédez comme pour les navets.

Item, à la Saint-André environ[1], prenez des racines de persil et de fenouil, rasez le dessus ; coupez-les en petits morceaux. Coupez le fenouil par le milieu, ôtez-en la partie dure à l'intérieur, mais pas celle du persil. Puis procédez exactement de la même manière que ci-dessus.

Lorsque toutes vos confitures seront prêtes, vous pourrez continuer selon la recette qui suit : prenez d'abord pour 500 noix une livre de sénevé, une demi-livre d'anis, un quarteron et demi de fenouil ou un quarteron et demi de coriandre, un quarteron et demi de carvi (une graine que d'habitude on mange en dragées) et réduisez tout cela en poudre. Ensuite broyez le tout dans un moulin à moutarde et délayez avec du très bon vinaigre tout en lui conservant une consistance bien épaisse et mettez dans un pot de terre. Prenez une demi-livre de rafle (c'est-à-dire une plante que l'on vend chez les herboristes), raclez-la bien et découpez-la aussi finement que vous

---

1. Le 30 novembre.

menuement que vous pourrez et le faictes mouldre a ung
moulin a moustarde et le destrempez de vinaigre.

Item, prenez demy quarteron de fust de giroffle dit
baston de (fol. 167b) giroffle, demy quarteron de canelle,
demy quarteron de poivre, demy quarteron de Mesche,
demy quarteron de noiz muguectes, demy quarteron de
graine de paradis, et faictes de toutes ces choses pouldre.

Item, prenez demy once de saffran d'Ort seché et batu
et une once de [cedre] vermeille (c'est assavoir ung fust
que l'en vent sur les espiciers, et est dit *cedre dont l'en
vent manches a cousteaulx*). Et puis prenez une livre de
bon miel dur et blanc et le faire fondre sur le feu, et quant
il sera bien cuit et escumé si le laissiez rasseoir. Puis le
coulez et le cuisiez encores, et s'il rent escume encores le
couvient couler; si non, le couvient laissier reffroidier.
Puis destrempez vostre moustarde de bon vin et vinaigre
par moictié et mectez dedens le miel. Puis destrempez vos
pouldres de vin et vinaigre et mectez ou miel et en vin
chault. Boulez ung petit vos cedres et apres mectez le saffran avec les autres choses et une autre pongnee de sel
gros.

Item, et apres ces choses prenez deux livres de roisins
que l'en dit *roisins de Digne* (c'estassavoir qu'ilz sont
petiz et n'ont aucuns noyaulx dedens ne pepins quelzconques) et soient nouveaulx, et les pilez tresbien en ung
mortier et les destrempez de bon vinaigre. Puis les coulez
parmy une estamine et mectez avec les autres choses.
Item, se vous y mectez .iiii. ou .v. pintes de moust ou de
vin cuit, la saulse en vauldroit mieulx.

313. Pour faire condoignac. Prenez les coings et les
pelez. Puis fendez par quartiers et ostez l'ueil et les
pepins. Puis les cuisiez en bon vin rouge et puis soient
coulez parmy une estamine. Puis prenez du miel et le
faictes longuement boulir et escumer, et apres mectez vos

3184. et la f. *B*. **3186.** f. de g. du b. *B*. **3187.** g. et d. *B*. **3192.** cendre *A*,
cendre (*ou* ceudre) *B*, sendre *ou* seudre *C*. **3194.** .xii. l. *B*. **3195.** le faites f.
B **3196.** le coulez e. *A*, *omis C*. **3197.** e. les c. *B*. **3199.** v. v. vermeil et
B. **3200.** m. Vous d. *B*, puis *omis C*. **3202.** a. pongne de *A*. **3206.** de Deigne *B*[2],
c. qui s. *BC*. **3208.** et soit n. *A*, et sont n. *C*. **3213.** f. cotignac P. *B*[2], f. codinac
P. *C*.

pourrez, faites-la moudre dans un moulin à moutarde, et délayez avec du vinaigre.

Item, prenez un demi-quarteron de bois de girofle dit *bâton de girofle*, un demi-quarteron de cannelle, un demi-quarteron de poivre, un demi-quarteron de gingembre de Mesche, un demi-quarteron de noix muscades, un demi-quarteron de graine de paradis* et réduisez tout cela en poudre.

Item, prenez une demi-once de safran d'Ort séché[1] et battu et une once de cèdre vermeil (c'est-à-dire un bois que l'on vend chez les épiciers, et que l'on appelle *cèdre dont on fait les manches des couteaux*). Puis prenez une livre de bon miel dur et blanc et faites-le fondre sur le feu ; une fois bien cuit et écumé, laissez-le reposer. Puis passez-le et faites-le cuire encore une fois ; s'il rend encore de l'écume, il faut le passer une nouvelle fois, autrement on peut le laisser refroidir. Puis délayez votre moutarde dans moitié de bon vin et moitié de vinaigre, et rajoutez-y le miel. Puis délayez vos épices avec du vin et du vinaigre et mettez-les dans le miel et le vin chaud. Faites bouillir un peu vos cèdres et ensuite ajoutez le safran avec les autres ingrédients, ainsi qu'une poignée supplémentaire de gros sel.

Item, après tout cela, prenez deux livres de raisin appelé *raisin de Digne* (les grains sont petits et sans aucun pépin) ; il faut qu'il soit nouveau ; pilez-le bien dans un mortier et délayez avec du bon vinaigre. Passez-le à l'étamine et ajoutez-le au reste. *Item*, la sauce aurait encore meilleur goût si vous y ajoutiez 4 ou 5 pintes de moût ou de vin cuit.

313. Cotignac*. Pelez des coings. Coupez-les en quartiers et ôtez-en le cœur et les pépins. Faites-les cuire dans du bon vin rouge et passez à l'étamine. Puis faites longuement bouillir du miel et écumez-le ; mettez vos coings dedans et remuez très

---

[1]. Nom de lieu ; Pichon cite ce proverbe du XVIᵉ siècle : *En Orte est le bon safran*.

coings dedens et remuez tresbien, et le faictes tant boulir que le miel se reviengne a moins la moictié. Puis gectez dedens pouldre d'ypocras et remuez tant qu'il soit tout froit. Puis tailliez par morceaulx et les gardez.

314. Pouldre fine. Prenez gingembre blanc r°. 3, canelle triee 3°, giroffle et graine de chascun demy quart d'once, et de succre en pierre 3°, et faictes pouldre.

315. Confiture de noiz. Prenez avant la saint Jehan noiz nouvelles et les pelez et perciez et mectez en eaue fresche tremper par .ix. jours, et chascun jour renouvellez l'eaue, puis les laissier secher et emplez les pertuiz de cloz de giroffle et de gingembre et mectez boulir en miel et illec les laissiez en conserve. (*fol. 168a*)

316. Pour faire eaue a laver mains sur table mectez boulir de la sauge, puis coulez l'eaue et faictes reffroidir jusques a plus que tiede. Ou vous mectez comme dessus camomille et marjolaine, ou vous mectez du rommarin, et cuire avec l'escorche d'orenge. Et aussi feuilles de lorier y sont bonnes.

317. Ypocras. Pour faire pouldre d'ypocras prenez ung quarteron de tresfine canelle triee a la dent, et demy quarteron de fleur de canelle fine, 1° de gingembre de Mesche trié fin blanc, et 1° de graine de paradiz, ung sizain de nois muguectes et de garingal ensemble, et faictes tout batre ensemble. Et quant vous vouldrez faire ypocras, prenez demye once largement de ceste pouldre, et deux quarterons de succre, et les mezlez ensemble, et une quarte de vin a la mesure de Paris. Et *nota* que la pouldre et le succre meslez ensemble font pouldre de duc.

Pour une quarte ou quarteron d'ypocras a la mesure de Besiers, Carcassonne ou Montpellier, prenez .v. drames de canelle fine triee et mondee, gingembre blanc trié et paré, .iii. drames ; de giroffle, graine, matiz, garingal, nois muguectes, espicnardi, de tout ensemble une drame et ung quart, du premier le plus et des autres en devalant moins

---

3222. b. 7° 3(?) c. *A*, t. 4° g. *B*. **3224.** p. 4° et *B*. **3228.** p. le l. *B* (*corrigé en* les *B²*). **3231.** mains *omis B*. **3234.** c. ou m. *B*. **3242.** f. lypocras p. *B*. **3243.** l. et sur le plus de *B*. **3247.** ou quarton dy. *B*. **3250.** de *omis B*, g. macis g. *B*. **3251.** espic nardy de *BC*.

soigneusement; faites bouillir jusqu'à ce que le miel réduise de moitié au moins. Ajoutez de la poudre d'hypocras et remuez jusqu'à ce que ce soit refroidi. Coupez-les en morceaux et conservez-les.

314. Poudre fine*. Prenez 1° ʒ¹ de gingembre blanc, 3 onces de cannelle triée, un huitième d'once de girofle et de graine de paradis*, 3 onces de sucre en pierre, et réduisez-les en poudre.

315. Confiture aux noix. Pelez et percez des noix nouvelles d'avant la Saint-Jean, mettez-les à tremper dans de l'eau fraîche pendant 9 jours en renouvelant chaque jour l'eau; laissez-les sécher ensuite et mettez des clous de girofle et du gingembre dans les trous, mettez à bouillir dans du miel et conservez-les ainsi.

316. Eau pour rincer les mains à table : mettez à bouillir de la sauge, passez l'eau et faites-la refroidir jusqu'à ce que la température soit encore plus que tiède. Vous pouvez aussi à la place de la sauge prendre de la camomille et de la marjolaine, ou encore du romarin, et le faire cuire avec des pelures d'orange. Les feuilles de laurier conviennent bien aussi.

317. Hypocras. Pour préparer de la poudre d'hypocras, prenez un quarteron de cannelle très fine éprouvée à la dent et un demi-quarteron de fleur de cannelle fine, 1 once de gingembre de Mesche nettoyé et très blanc, et 1 once de graine de paradis*, un sixième d'once d'un mélange de noix muscades et de garingal*, et battez le tout. Lorsque vous êtes prête pour commencer l'hypocras, prenez une bonne demi-once de cette poudre et mélangez avec deux quarterons de sucre et une quarte de vin à la mesure de Paris. *Nota* que la poudre et le sucre mélangés font la poudre de duc.

Pour préparer une quarte ou un quarteron d'hypocras à la mesure de Béziers, de Carcassonne ou de Montpellier[2], prenez 5 drachmes de cannelle fine triée et mondée, et 3 drachmes de gingembre trié et préparé, ainsi que du girofle, de la graine de paradis*, du macis, du garingal*, des noix muscades, du nard, le tout réuni une drachme et quart, mais en diminuant progressivement la quantité du premier au dernier. Réduire le tout en

---

1. Une once et une drachme?
2. La livre dans le midi équivalait à 13 onces seulement.

et moins. Soit faicte pouldre, et avec ce soit mise une livre
et demy quarteron au gros pois de succre en roche, broyé
3255 et meslé parmy les autres devant dictes espices et mis; et
soit du vin et le succre mis en ung plat et fondu sur le feu
et mis la pouldre, et meslez avec, puis mis en la chausse
et coulé tant de foiz qu'il rechee tout cler vermeil. *Nota*
que le succre et la canelle doivent passer comme maistres.

318. Saugé. Pour faire ung poinçon de sauge, prenez
3260 deux livres de sauge et rongnez les bastons; puis mectez
les feuilles dedens le poinçon. *Item*, ayez demye once de
giroffle mis en ung sachet de toille et pendu dedens le
poinçon a une cordellecte. *Item*, l'en peut mectre demy
once de lorier dedens. *Item*, demy quarteron de gingembre
3265 de Mesche, demy quarteron de poivre long et demy quarteron de lorier. Et qui veult faire le saugé sur table en yver
ait en une aiguiere de l'eaue de sauge, et verse sur son vin
blanc en ung hanap.

319. Pour faire sur table vin blanc devenir vermeil,
3270 prenez en esté des fleurs vermeilles qui croissent en blefz
que l'en appelle *perseau* ou *(fol. 168b) neelle* ou *passe
rose*, et les laissiez secher tant qu'elles puissent estre
mises en pouldre, et en gectez secretement au voirre avec
le vin et il devenra vermeil.

3275 320. Se vous voulez avoir vertjus a Noel sur la treille,
quant vous verrez que la grappe a son commencement se
descouvrera, et avant qu'elle soit en fleur, couppez la
grappe par la queue et la .iii^e. foiz laissiez la revenir
jusques a Noel. Maistre Jehan de Hantecourt dit que l'en
3280 doit coupper le cep au dessoubz de la grappe et l'autre
bourgon de dessoubz gecteroit grappe nouvelle.

321. Se vous voulez en novembre et en decembre faire
avoir a poires d'angoisse vermeille couleur, mectez du
foing au cuire et couvrez le pot tellement qu'il n'en ysse
3285 point de fumee. *Nota* qu'il couvient mectre sur les poires
de la graine de fanoul qui est boulue en vin nouvel et puis
sechee, ou dragee.

3256. m. et f. en un p. sur *B*. **3260.** de *omis B*. **3262.** et *omis B*. **3266.** f. la
s. *A*. **3271.** a. perceau ou *B*. **3273.** s. ou v. *BC*. **3283.** p. dangnoisses v. *A*, p.
dangoisses *C*.

poudre, ajouter une livre et un demi-quarteron au gros pois[1] de sucre en roche broyé et mélanger avec les autres épices mentionnées ; mettre du vin dans un plat et y faire fondre du sucre sur le feu ; y mélanger les épices en poudre, puis mettre dans le tamis et passer autant de fois qu'il faut pour qu'il devienne tout clair et vermeil. *Nota* que le sucre et la cannelle doivent dominer.

318. Saugé. Pour préparer un poinçon de saugé, il vous faut deux livres de sauge ; coupez les tiges et mettez les feuilles dans le poinçon. *Item*, mettez une demi-once de girofle dans un sachet de toile et pendez-le dans le poinçon avec une cordelette. *Item*, on peut aussi mettre une demi-once de laurier dedans. *Item*, un demi-quarteron de gingembre de Mesche, un demi-quarteron de poivre long et un demi-quarteron de laurier. Pour faire un saugé sur table en hiver, mettre dans une aiguière de l'eau de sauge et verser dans un hanap de vin blanc.

319. Pour transformer, pour la table, un vin blanc en vin rouge, cueillez en été des fleurs rouges qui poussent dans le blé et que l'on appelle *perseau, neelle* ou encore *passe rose*, et faites-les sécher jusqu'à ce qu'elles puissent être réduites en poudre, puis versez-en secrètement dans le verre avec le vin qui deviendra rouge.

320. Si vous souhaitez avoir du verjus de la treille à Noël, coupez la grappe par la tige tout au début, quand elle commencera à se développer et avant qu'elle ne fleurisse ; procédez ainsi à trois reprises, puis laissez-la pousser jusqu'à Noël. Maître Jean de Hantecourt dit que l'on doit couper le cep au-dessous de la grappe ; alors, un nouveau bourgeon et une nouvelle grappe pousseront au-dessous.

321. Si en novembre ou en décembre vous souhaitez donner à des poires d'angoisse une couleur rouge, mettez à cuire du foin et couvrez bien votre pot afin qu'aucune vapeur ne puisse en échapper. *Nota* qu'il faut mettre sur les poires de la graine de fenouil bouillie dans du vin nouveau puis séchée, ou encore de la dragée.

---

1. A la mesure de Paris.

322. Pour faire sel blanc, prenez du gros sel une pinte et troiz pintes d'eaue, et mectez sur le feu tant que tout soit fondu ensemble, puis coulez parmy une nape, touaille ou estamine. Puis mectez sur le feu et faictes tresbien boulir et escumer et qu'il bouille si longuement qu'il soit ainsi comme tout sec, et que les petis boullons qui avront gecté eaue deviennent tous secs. Puis ostez le sel de la paelle et estendez sur une nappe au soleil pour secher.

323. Pour escripre sur le papier lettre que nul ne verra se le papier n'est chauffé, prenez sel armoniac ou salemoniac et mectez tremper et fondre avee eaue. Puis escripvez de ce et laissiez seicher, et ce durrera environ huit jours.

324. Pour faire glus, il couvient peler le houx quant il est en sa seve (et est communement ou moiz de may jusques a aoust), et puis boulir l'escorche en eaue tant que la taye de dessus se separe, puis peler; et quant la taye sera pellee envelopez le demourant de feuilles de yebles, de seur, ou autres larges feuilles, et soit mis en lieu froit (comme en cave ou dedens terre ou en fumier froit) par l'espace de .ix. jours ou plus, tant qu'il soit pourry; et puis la couvient piler comme poree de choux et mectre par tourteaulx comme guede. Et puis aler laver les tourteaulx l'un apres l'autre et despecier comme cire; et ne soit pas trop lavee en la premiere eaue ne trop roide eaue. Et apres l'en peut tout ensemble despecier et paumaier en eaue bien courant, et mectre en ung pot et conserver bien couvert. Et qui veult *(fol. 169a)* faire glus pour eaue, il couvient eschauffer ung petit d'uille et la destremper sa glus et puis gluer sa lingne. *Item*, l'en fait autre glus de fourment.

325. Se vous voulez garder roses vermeilles, prenez des boutons une douzaine et les assemblez aussi comme en une pelote, et puis les envelopez de lin et lyez de fil aussi comme une pelote, et faictes tant comme vous vouldrez garder de roses. Et puis les mectez en une cruche de

---

3290. p. boulez p. *A*, p. boulez et premierement c. p. *C*. **3296.** e. sur p. *B*. **3297.** ou salmoniac et *B*. **3300.** p. les h. *AC*. **3305.** de seun ou *B*. **3306.** en un f. f. *B*. **3315.** d. la g. *B*. **3319.** a. ainsi c. B^2. **3320.** f. ainsi c. B^2. **3321.** f. pelotes t. c. *B*, f. tout c. *C*.

322. Pour rendre le sel blanc, prenez une pinte de gros sel et trois pintes d'eau ; mettez-les sur le feu jusqu'à ce que tout ait fondu ensemble, puis passez à travers une nappe, une toile ou une étamine. Mettez sur le feu et faites bien bouillir en écumant, jusqu'à obtenir une matière quasiment sèche ; les petites boules doivent avoir expulsé l'eau et être toutes sèches. A la fin, ôtez le sel de la poêle et mettez-le à sécher au soleil sur une nappe.

323. Ecrire sur du papier une lettre que personne ne pourra voir à moins de chauffer la feuille : prenez du sel ammoniac ou salmoniac et mettez-le à tremper et à fondre dans de l'eau. Puis écrivez avec cette solution et laissez sécher ; l'effet durera huit jours environ.

324. Pour faire de la colle, il faut peler du houx lorsque la sève est haute (en général, du mois de mai jusqu'en août) ; faites bouillir l'écorce dans de l'eau jusqu'à ce que la couche supérieure s'en détache, puis pelez-la. Enveloppez ensuite le reste de l'écorce dans des feuilles de yèble, de seur[1] ou dans d'autres feuilles larges, puis mettez-le dans un lieu froid (par exemple dans une cave, dans la terre ou dans du fumier froid) pendant 9 jours ou davantage, jusqu'à décomposition. Puis piler comme pour une porée* de chou et confectionner de petits tourteaux comme pour des pâtés de guède. Laver les tourteaux l'un après l'autre et les découper comme on ferait de la cire. Eviter de trop les laver cette première fois ; ne pas utiliser une eau trop dure. Ensuite l'on peut tout découper ensemble et pétrir dans de l'eau courante, mettre dans un pot qui ferme bien et conserver ainsi. Pour faire de la colle résistant à l'eau, il faut faire chauffer un peu d'huile et y délayer la colle ; on peut alors en enduire du fil de lin. *Item*, on peut faire une autre colle à partir de froment.

325. Si vous voulez conserver des roses rouges, prenez une douzaine de boutons et assemblez-les comme une pelote, enveloppez-les dans du lin et liez-les avec du fil exactement comme une pelote ; faites-en en proportion du nombre de roses que vous souhaitez garder. Mettez-les dans une cruche de terre de

---

1. Ou « seun » ; ni Pichon ni Brereton n'ont pu identifier cette plante.

terre de Beauvaiz (et non mye d'autre terre) et l'emplez
de vertjus ; et a la mesure que le vertjus se degastera, si le
remplez ; maiz que le vertjus soit tresbien paré. Et quant
vous les vouldrez tresbien espanir, si les ostez des
estoupes et les mectez en eaue tiede et les laissiez ung
petit tremper.

Item pour garder roses en autre maniere, prenez des
boutons comme vous vouldrez et les boutez en une bouteille de terre de Beauvaiz tant il en y pourra entrer. Apres
prenez du plus delyé sablon que vous pourrez, et mectez
dedens la bouteille tant comme vous y pourrez mectre, et
puis l'estouppez tresbien, que rien n'y puisse yssir ne
entrer, et mectez la boutaille dedens une eaue courant. Et
la se gardera la rose toute l'annee.

326. Pour faire eaue rose sans chappelle, prenez ung
bacin a barbier et liez d'une cueuvrechief tout estendu sur
la gueule a guise de tabour. Et puis mectez vos roses sur
le ceuvrechief, et dessus vos roses asseez le cul d'un autre
bacin ou il ait cendres chaudes et du charbon vif.

Pour faire eaue rose sans chappelle et sans feu, prenez
deux bacins de voirre et en faictes comme dit est au blanc
de ceste cedule. Et en lieu de cendres et charbon mectez
tout au soulail, et a la chaleur d'icelluy l'eaue se fera.

327. Les roses de Prouvins sont les meilleures a mectre
en robes ; maiz il les couvient secher, et a la myaoust
sasser par ung trible a fin que les vers cheent parmy les
pertuiz du trible, et apres ce espandre sur les robes.

328. Pour faire eaue rose de Damas, mectez sur les
pasteaulx de rose du rosé batu. *Vel sic* : gectez l'eaue
distilee du premier lit sur le second et sur le tiers et sur le
quart, et elle, ainsi remise par quatre foiz, devendra
rousse.

329. Pour faire eaue rose vermeille, prenez une fiole de
voirre et l'emplez a moictié de bonne eaue rose, et l'autre
moictié emplez de roses (*fol. 169b*) vermeilles : c'est

3324. se gastera si le raemplez *B*. 3325. t. parer Et *A*. 3329. en une a.
BC. 3330. les mettez en *B*. 3338. dun couvrechief t. *B*. 3340. le cueuvrechief et
B, le cueverchief et *C*. 3346. l. meilleurs a *BC*. 3348. un crible a *B*. 3351. de
roses du *B*. 3353. d. rouge *B*. 3356. et la emplez a *B*.

Beauvais (et non pas d'une autre terre) et remplissez-la de verjus. A mesure que le niveau de verjus baissera, rajoutez-en. Veillez toutefois à ce que le verjus soit très bien fait. Otez les roses de la cruche lorsque vous voudrez qu'elles s'épanouissent et mettez-les un peu à tremper dans de l'eau tiède.

Item, vous pouvez conserver des roses d'une autre manière encore : remplissez une bouteille de terre de Beauvais à rasbord de boutons de roses. Procurez-vous du sable, le plus fin que vous trouverez, mettez-en autant que possible dans la bouteille et bouchez-la bien, de sorte que rien ne puisse en échapper ni y entrer et posez la bouteille dans une eau courante. Là, les roses se garderont pendant toute l'année.

326. Pour faire de l'eau rose sans alambic, procurez-vous un bassin de barbier et tendez dessus un couvre-chef comme sur un tambour. Posez vos roses dessus ; sur ces roses posez ensuite le fond d'un autre bassin rempli de cendres chaudes et de charbons ardents.

Pour faire de l'eau rose sans alambic ni feu, vous avez besoin de deux bassins en verre ; procédez comme au recto de cette page. Mais au lieu de cendres et de charbon, mettez tout au soleil : grâce à sa chaleur, l'eau se fera.

327. Les roses de Provins sont celles qui se prêtent le mieux à être placées dans les vêtements. Mais au préalable il faut les sécher et à la mi-août les passer au crible pour que les vers tombent à travers les trous ; ensuite les répandre sur les vêtements.

328. Pour faire de l'eau du rose de Damas, mettez sur les pâtés[1] de rose du rosé battu[2]. *Vel sic* : versez de l'eau distillée de la première couche de roses sur la seconde, puis sur la troisième et la quatrième ; ainsi l'eau finira, au bout de quatre fois, par devenir rouge.

329. Pour faire de l'eau rose vermeil, remplissez à moitié ou un peu plus une fiole de verre d'une bonne eau rose ; quant à l'autre moitié, remplissez-la de roses rouges, à savoir de

---

1. Ou pétales comme le suggère Brereton ?
2. Teinture rose.

assavoir de pampes de jeunes roses dont le bout de la pampe qui est blanc sera coupé, et laissier .ix. jours ou solail, et les nuys aussi, et puis coulez.

330. Pour faire pondre, couver et nourrir oiseaulx en une cage. *Nota* que en la cage de Hesdin qui est la plus grant de ce royaulme, ne en la cage du roy a Saint Pol, ne en la cage messire Hugues Aubryot ne pourent oncques estre couvez et apres parnourriz petiz oiseaulz, et en la cage Charlot si sont, *scilicet* pons, couvez, nourriz et parnourriz. Ou premier cas le deffault vient par ce que les petiz oiseaulx sont peux de cheneviz qui est chault et sec, et n'ont que boire. Et ou second cas l'en leur donne mouron ou lasseron, chardons de champs, trempans, en eaue souvent renouvellee et tousjours fresche (rafreschie troiz foiz le jour) et en vaisseaulx de plonc qui est fraiz. Et la dedens avec lasseron et le mouron tout vert, tout de chardons des champs dont le pié trempe en eaue bien avant par le pié, du chenevis est escachié et trié et osté les coquilles, moullié et trempé en eaue.

Item que l'en leur mecte de la laine gardee et des plumes pour faire leur ny. Et aussi ay je en cages veu nourrir turtres, linoctes, chardonnerelz, pondre et parnourrir.

Item, et aussi doit l'en donner des chenilles, veretz, mouchectes, yraignes, sautereaulx, papillons, channevis nouvel en herbes et moullié et trempé. *Item*, yraignes, chenilles et telles choses qui sont molles au bec de l'oiselet qui est tendre, et de telles choses [nourrissent] les paons leurs poucins. Car l'en a bien veu a une geline couver les oeufz d'une paonne avec les oeufz d'une geline, et se escloent les oeufz en ung mesmes temps; maiz les petis paons ne pouoient mye vivre longuement pour ce qu'ilz ont le becq trop tendre et la geline ne leur queroit mye choses tendres selon leur nature. Et les

---

3359. et la l. *B*, et laissiez *C*. **3362.** de Hedin q. *B*. **3365.** p. petit o. *A*. **3366.** si font s. *AC*. **3368.** de chevenis q. *B*. **3369.** Et au s. *BC*. **3371.** f. raeffreschie t. *B*. **3372.** en vaisseau – de *B*². **3375.** du chavenis escachie *B*. **3377.** m. en la cage de la l. cardee et *B*. **3381.** et ainsi d. *B*. **3382.** y. chanilles et *B*. **3385.** est tendres et *B*, nourrissent *omis ABC*. **3391.** c. moles s. *B*, chose tendre s. *C*.

pétales de jeunes roses dont le bout blanc aura été coupé ; laissez 9 jours au soleil, et les nuits aussi, puis passez.

330. Pour faire pondre, couver et élever des oiseaux en cage. *Nota* que ni dans la cage de Hesdin[1], la plus grande de ce royaume, ni dans celle du roi à Saint Paul[2], ni dans la volière de messire Hugues Aubryot[3] il ne serait possible de faire couver et d'élever des petits oiseaux, tandis que c'est possible dans la volière de Charlot, *scilicet* les petits oiseaux y sont pondus, couvés et élevés jusqu'au bout. Dans le premier cas, les oiseaux ne couvent pas eux-mêmes parce que les petits oiseaux sont nourris de chènevis qui est chaud et sec et qu'ils ne reçoivent pas assez de liquide. Dans l'autre cas, ils couvent parce qu'on leur donne du mouron ou du chardon et du chardon des champs, trempant dans l'eau souvent renouvelée et toujours fraîche (on la rafraîchit trois fois par jour), dans un récipient en plomb qui est frais. Là-dedans on fait tremper le chardon et le mouron tout vert avec le chardon des champs dont le pied a trempé dans l'eau bien auparavant, et du chènevis épluché, nettoyé et sans écorce, et qui a été mouillé et trempé dans l'eau.

Item on peut leur mettre de la laine cardée et des plumes pour qu'ils en fassent leur nid. J'ai ainsi vu dans des volières pondre et grandir des tourterelles, des linottes et des chardonnerets.

Item, on doit leur donner également des chenilles, des vers, de petites mouches, des araignées, des sauterelles, des papillons et du chènevis nouveau en herbe, mouillé et trempé. *Item*, des araignées, des chenilles et autres choses molles appropriées au tendre bec du petit oiseau et dont les paons nourrissent leurs petits. En effet, on a vu une poule couver des œufs de paon avec les siens ; les poussins sortent en même temps de l'œuf ; mais les petits paons ne survivaient pas longtemps à cause de leur bec trop tendre, la poule ne leur cherchant pas des aliments appropriés. Ils vivaient de blé ou de

---

1. Célèbre volière du château d'Hesdin, « ville d'Artois, où les ducs de Bourgogne résidoient souvent » (Pichon).
2. L'hôtel Saint-Paul, rue Saint-Antoine à Paris.
3. Célèbre prévôt de Paris.

poucins vivoient de blé ou paste mole, ce qui n'est pas si propre nourrechon aux paons. Encores veez vous que qui bailleroit a une geline le plus bel fourment et mieulx triblé du monde, si le gacteroit elle pour trouver veretz ou mouchectes.

Item, en la fin d'avril couvient aler querir des branchectes fourchees de troiz fourchons, et clouer contre le mur et couvrir d'autre verdure et la, dedens ce fourchon, font leur ny.

331. Pour garir de dens, prenez ung pot de terre a couvercle, ou ung pot sans couvercle qui avra ung tranchouer dessus, et l'emplez d'eaue (*fol. 170a*) et mectez boulir. Puis vous despoullez, couchiez, et soit vostre chief tresbien couvert. Puis ayez le pot a couvercle et soit bien arsillié entour et un trou ou millieu, ou il soit couvert d'un tranchouer percié ou millieu. Et vous adentez geule bee pour aspirer la fumee de l'eaue qui passera par le pertuiz, et soient mises de sauge ou autres herbes dedens et se tenir bien couvert.

332. Pour faire sablon a mectre a [al]loges, prenez le limon qui se chiet du siage de marbre quant l'en sie ces grans tumbes de marbre noir. Puis le boulez tresbien en vin comme une piece de char et l'escumez, et puis le mectez secher au soleil. Puis le mectez boulir, escumer, et puis seicher par .ix. foiz, et ainsi sera bon.

333. Poisons pour tuer cerf ou sanglier. Prenez la racine de l'erbe de lectoire qui fait fleur de couleur d'azur, et broyez en ung mortier et mectez en ung sac ou drapel ; et l'espraignez pour avoir le jus et mectez icelluy jus en ung bacin au soulail ; et la nuyt soit mis a couvert a sec que eaue ne autre liqueur moicte ne l'actouche, et tant la mectez et remectez a la chaleur qu'elle se tiengne conglutinee et prise comme cire gommee, et la mectez en une boiste bien close. Et quant en vouldrez traire si en mectez entre les barbillons et la douille du fer, afin que quand la

---

3393. que *omis B*. **3394.** m. crible du *B*. **3395.** le laisseroit e. *B²*, le gatteroit e. *C*, m. etc. *B*. **3397.** a. au bois q. *B*. **3401.** P. guerir des d. *B*. **3406.** et ou t. *AC*. **3407.** Et sur les pertuiz v. *B*. **3411.** a m. alloges *B*, a m. orlogez *C*. **3418.** c. dasur – et *B²*. **3422.** ne la touche *B*. **3423.** c. du soleil quelle ne se treuve c. *B*.

pâte molle, ce qui n'est pas une bonne nourriture pour les paons. Par ailleurs, il arrive qu'une poule gâte le plus beau froment et le plus fin du monde pour aller chercher des vers et de petites mouches.

Item, à la fin du mois d'avril il faut aller chercher de petites branches pourvues de trois fourches, les clouer contre le mur et les couvrir de verdure : c'est là-dedans qu'ils font leur nid.

331. Pour soigner le mal de dents il faut prendre un pot de terre pourvu d'un couvercle, ou couvert d'un tranchoir ; remplissez-le d'eau et mettez à bouillir. Puis déshabillez-vous et couchez-vous ; votre tête doit rester bien couverte. Prenez le pot avec le couvercle bien fermé, pourvu d'un trou au milieu ; si on n'a pas de couvercle, couvrir le pot avec un tranchoir percé au milieu. Appliquez-y le visage, la bouche grande ouverte afin d'aspirer la vapeur de l'eau passant par le trou, eau dans laquelle on aura mis auparavant de la sauge ou d'autres herbes. Veiller à rester bien couvert.

332. Fabriquer du sable à horloge. Procurez-vous de la boue qui tombe lorsqu'on scie le marbre noir des grandes tombes. Faites-le bien bouillir dans du vin comme un morceau de viande, écumez et mettez à sécher au soleil. Faites bouillir et sécher encore 9 fois, et alors il sera au point.

333. Poisons pour tuer cerf ou sanglier : broyez dans un mortier la racine de l'herbe de lectoire à la fleur de couleur bleue et mettez-la dans un sachet ou un morceau de tissu. Pressez-le pour recueillir le jus et mettez-le dans un bassin au soleil et la nuit à l'abri et au sec ; le garantir du contact de l'eau et de tout autre liquide ; vous sortirez ce jus à la chaleur jusqu'à ce qu'il devienne gluant et épais comme de la cire gommée, puis mettez-le dans une boîte bien fermée. Lorsque vous voudrez tirer à l'arc, appliquez-en entre les barbillons[1] et sur la douille du fer, pour que, lorsque la bête sera touchée, le poison

---

1. Pichon : « Les deux barbes ou arêtes de fer qui empêchent la flèche de sortir de la chair ».

beste sera ferue cela fiere et actouche a la char. Car qui autrement le feroit (c'est assavoir qui oindroit autrement le fer) quant il entreroit dedens le cuir de la beste, l'oincture demourroit dedens et le cop ne vauldroit.

334. Medecine pour garir de morsure de chien ou autre beste arragee. Prenez une crouste de pain et escripvez ce qui s'ensuit : *+ bestera + bestie + nay + brigonay + dictera + sagragan + es + domina + fiat + fiat + fiat.*

335. Pour faire d'un ver bon sanglier, prenez ung ver de deux ans ou environ, et ou moiz de may ou de juing le faictes chastrer ; en la saison de porchoisons le faictes chasser, fouailler, et deffaire comme ung sanglier. *Vel sic :* prenez d'un porc privé qui soit brulé et le cuisiez en moictié eaue moictié vin, et servez en ung plat d'icelluy chaudeau de navetz, de chastaignes. A la venoison, *sic 3°.*

336. *Nota* que chandelle mise en bran se garde souverainement. *Nota,* qui veult faire chandelle l'en doit avant faire secher au feu tresbien le limignon.

337. Pour faire oster eaue de vin mectez eaue et vin en une tasse, et ayez du fil de cocton et plongez l'un bout au fons de la tasse et l'autre (*fol. 170b*) bout soit pendant sur le bort et au dessoubz et dehors de la tasse, et vous verrez que par icelluy bout l'eaue degoutera comme blanche. Et quant l'eaue sera toute degouctee vous verrez le vin vermeil degouter. (Il semble que pareillement d'une queue de vin se peut faire.)

338. Pour faire vin cuit, prenez de la cuve ou tonne la mergoute (soit a dire la flour) du vin, soit blanc ou vermeil, tant comme vous vouldrez, et le mectez en ung vaissel de terre et le faictes boulir a petit et actrempé boullon et a feu de tresseiche buche, et cler feu sans tant soit petit de fumee, et ostez l'escume a une palecte de fust percee et non de fer. Et soit tant bouly, se la vendenge est verde pour celle annee, que le vin reviengne au tiers ; et

---

3427. f. ce la *BC*. **3429.** il entroit d. *A*. **3434.** + *à la fin BC*. **3437.** c. et en *B*, de porc choisons *AC*. **3441.** c. des n. et c. et la v. *B*. **3443.** f. faire c. *B*. **3444.** le limegnon *B*. **3445.** faire *omis B*, m. v. et e. en *B*. **3448.** au dessus et *AC*. **3450.** sera *omis A*. **3453.** la meregoute s. *B*, la margoucte s. *C*. **3454.** cest a dire *BC*, v. foule s. *B*. **3459.** t. boulu s. *B*. **3460.** au tiers... reviengne *effacé B².*

entre dans la chair. Si l'on procédait autrement (c'est-à-dire si l'on enduisait le fer autrement), une fois qu'il entrerait dans la peau de la bête, le poison ne sortirait pas et le coup serait nul.

334. Remède pour soigner une morsure de chien ou d'une autre bête enragée. Prenez un croûton de pain et écrivez dessus les mots suivants : + *bestera* + *bestie* + *nay* + *brigonay* + *dictera* + *sagragan* + *es* + *domina* + *fiat* + *fiat* + *fiat*.

335. Pour faire d'un verrat un bon sanglier, choisissez-en un de deux ans environ, et faites-le châtrer en mai ou en juin ; durant la saison de la chasse au sanglier faites-le chasser, cuisez-le à la flamme et faites-le mariner comme un sanglier. *Vel sic* : prenez les morceaux bien saisis d'un porc domestique et faites-les cuire dans moitié eau, moitié vin, et servez ce bouillon dans un plat avec des navets et des châtaignes. A la venaison, *sic 3^{ol}*.

336. Nota qu'une chandelle mise dans du son se conserve parfaitement. *Nota*, pour faire des chandelles il faut auparavant faire bien sécher au feu le lumignon[2].

337. Pour séparer l'eau du vin, mettez l'eau et le vin dans une tasse ; prenez du fil de coton et plongez-en un bout au fond de la tasse tandis que l'autre bout doit pendre par-dessus le bord de la tasse à l'extérieur et plus bas que le bord : vous constaterez que l'eau s'égouttera par ce bout-là, quasiment blanche. Lorsqu'elle sera complètement égouttée, vous verrez que c'est du vin rouge qui commence à goutter. (Il paraît qu'on peut procéder de la même manière avec un tonneau de vin.)

338. Pour faire du vin cuit, sortez de la cuve ou du tonneau de la mergoutte[3] (c'est-à-dire la fleur) de vin blanc ou rouge, autant que vous en voudrez, et mettez-la dans un récipient de terre et faites-la bouillir légèrement et modérément sur un feu fait avec une bûche très sèche ne produisant pas la moindre trace de fumée ; ôtez l'écume avec une cuillère en bois percée, surtout pas en fer. Si le raisin est vert cette année-là, il faut faire bouillir jusqu'à ce que le vin réduise au tiers ; si le raisin est

---

1. Obscur.
2. Cf. II, iii, 3.
3. Pichon : « mère goutte » : c'est ce qui sort de la cuve avant que le raisin soit foulé.

s'elle est meure, que le vin reviengne au quart. Et apres le mectez reffroidier en ung cuvier ou autre net vaissel de boiz. Et icelluy refroidié le mectez au poinçon, et le tiers ou quart an vauldra mieulx que le premier an. Et gardez en lieu moyen, ne chault ne froit. Et ayez retenu en ung petit vaissel d'icelluy vin boulu pour remplir tousjours le tonnelet, car vous savez que le vin se veult tousjours tenir plain.

339. A servir de trippes au jaunet. Ou vous en prendrez crues, ou cuictes. Si crues, mectez les cuire en ung pot en eaue et sans sel. Et d'autre part mectez cuire une piece de giste de beuf, ou de la joe, sans sel. Et quant les deux potz bouldront paissiez le pot de trippes de l'eaue du beuf, et faictes plus cuire les trippes que le beuf. Et quant les trippes seront pres cuictes si y mectez du lart, et faictes boulir et cuire avec. Et sur le point que l'en doit tirer hors les trippes du pot, mectez du saffran. Et quant le saffran avra assez jauny, trayez les trippes et mectez du sel en l'eaue se vous voulez. Si cuictes, si les mectez plus par-cuire en l'eaue du giste et sans sel, et du remenant comme dessus. Qui veult cuire trippes, il n'y couvient point mectre de sel au cuire, car elles noirciroient. *Item*, les piez, la queue et la mulecte, qui sont noires, doivent cuire a part, et la pance et autres choses blanches d'autre part.

340. Heriçon soit couppé par la gorge, escorché et effondré, puis reffait comme ung poucin, puis pressié en une touaille et illec bien essuyé. Et apres ce rosty et mengé a la cameline ou en pasté a la saulse de halebran. *Nota* que se le herichon ne se veult destortiller l'en le doit mectre en eaue chaude et lors il s'estendra.

341. Escurieulx soient escorchiez, effondrez, reffaiz comme connins, rostiz, (*fol. 171a*) ou en pasté : mengiez a la cameline, ou a la saulse de halebrans en pasté.

342. Turtres sont bonnes en rost et en pasté et en septembre sont en saison, voire des aoust. Toutesvoyes en rost elles serrent merveilleusement ; et qui en a foison et il

---

3463. m. ou p. *B*. **3469.** v. les p. *B*. **3474.** p. que c. *B*. **3478.** avra assez *répété B (les mots originaux sont effacés en B²)*. **3487.** i. tresbien e. *B*. **3490.** en leaue c. *B*.

mûr, le vin doit réduire au quart. Le mettre ensuite à refroidir dans une cuve ou un autre récipient propre en bois. Une fois refroidi, mettez-le dans un poinçon ; la troisième ou la quatrième année, le vin sera meilleur que la première. Conservez-le en un lieu tempéré, ni trop chaud ni trop froid. Gardez à part dans un petit récipient un peu de ce vin bouilli pour en rajouter chaque fois que c'est nécessaire, car vous savez que le vin demande toujours à être dans un tonneau plein.

339. Tripes à la sauce jaunet*. Vous pouvez vous servir de tripes crues ou cuites. Si vous les choisissez crues, mettez-les à cuire dans un pot rempli d'eau non salée. D'autre part, mettez à cuire un morceau de gîte ou de joue de bœuf, toujours sans sel. Quand le contenu des deux pots bouillira, ôtez du feu le bouillon de bœuf ; les tripes doivent cuire plus longtemps que le bœuf. Lorsqu'elles seront sur le point d'être cuites, ajoutez du lard et faites-les cuire ensemble jusqu'à ébullition. Au moment d'enlever les tripes du pot, ajoutez du safran. Lorsque le safran aura assez donné de couleur, sortez les tripes du pot et salez le bouillon si vous le souhaitez. Si vous prenez des tripes déjà cuites, achevez-en la cuisson dans le bouillon du gîte non salé, et procédez pour le reste comme ci-dessus. Pour cuire des tripes il ne faut pas saler pendant la cuisson car cela les ferait noircir. *Item*, les pieds, la queue et la caillette qui sont noirs doivent cuire d'un côté, la panse et tout ce qui est blanc de l'autre.

340. Le hérisson doit être égorgé, écorché et vidé, puis mis à tremper comme un poussin. Bien le presser et l'essuyer dans une serviette. On le fait ensuite rôtir puis on le mange à la cameline* ou en pâté à la sauce de halbran. *Nota* que si le hérisson ne veut pas se laisser dérouler, on doit le mettre dans de l'eau chaude et alors il se détendra.

341. Les écureuils doivent être écorchés, vidés et mis à tremper comme le lapin, puis être rôtis ou mis en pâté ; les manger à la cameline* ou, en pâté, à la sauce de halbran.

342. Les tourterelles sont aussi bonnes rôties qu'en pâté ; leur saison commence en septembre, voire dès le mois d'août. Cependant, rôties, elles sont particulièrement fermes. Si on en

les veult nourrir et garder il leur couvient tondre ou plumer le cul ; car autrement leur fiente les estouperoit et par ce mourroient.

343. Gauffres sont faictes par .iiii. manieres :

L'une que l'en bat des oeufz en une jacte, et puis du sel et du vin, et gecte l'en de la fleur, et destremper l'une avec l'autre. Et puis mectre en deux fers petit a petit a chascune foiz autant de paste comme une lesche de frommage est grande, et estraindre entre deux fers, et cuire d'une part et d'autre. Et se le fer ne se delivre bien de la paste, l'en l'oint avant d'un petit drapelet moullié en huille ou en sain.

La deuxiesme maniere si est comme la premiere, maiz l'en y met du frommage : c'est assavoir que l'en estend la paste comme pour faire tartre ou pasté, puis met l'en le frommage par lesches ou millieu, et receuvre l'en les deux bors. Ainsi demeure le frommage entre deux pastes, et ainsi est mis entre deux fers.

La tierce si est de gauffres couleisses, et sont dictes *coulisses* pource seulement que la paste est plus clere, et est comme boulye clere faicte comme dessus. Et gecte l'en avec du fin frommage esmyé a la gratuisie et tout mesler ensemble.

La quarte maniere est de fleur pestrye a l'eaue, sel et vin, sans oeufz ne frommage.

344. *Item*, les gauffriers font ung autre service que l'en dit *gros bastons*, qui sont faiz de farine pestrye aux oeufz et pouldre de gingembre batuz ensemble, et puis aussi gros et ainsi faiz comme andoulles, miz entre deux fers.

Autres menues choses diverses qui ne desirent point de chappictre

345. Pour dessaler tous potages sans y mectre ne oster, prenez une nappe bien blanche et mectez sur vostre pot et le retournez souvent, et couvient le pot estre loing du feu.

346. Pour oster l'arsure d'un potage, prenez ung pot

3500. par. .iiii. manieres *omis AC.* **3501.** lune maniere sy est que *C.* **3502.** d. lun a. *B.* **3509.** si *omis B.* **3511.** t. en p. *B.* **3515.** La t. maniere si *B.* **3518.** la gratuise et *B,* la guitise(?) et *C.* **3522.** ung *omis B.*

a beaucoup, ou si on veut en élever et les garder, il faut leur tondre ou leur plumer le croupion, car autrement leur fiente les boucherait et elles mourraient.

343. Il y a 4 manières de faire des gaufres.

Première manière : battre des œufs dans une jatte, saler et ajouter du vin ; saupoudrer de fleur de farine et laisser macérer le tout. Ensuite remplir petit à petit deux fers de cette pâte, pas plus que l'équivalent d'une lamelle de fromage à la fois, puis serrer entre les deux fers, et cuire de part et d'autre. Si la pâte ne se détache pas facilement du fer, l'enduire au préalable avec un morceau de linge qu'on a imbibé d'huile ou de graisse.

La deuxième manière ne se distingue de la première que dans la mesure où on ajoute du fromage, c'est-à-dire que l'on étend la pâte comme pour faire une tarte ou un pâté, puis l'on met des lamelles de fromage au milieu et on rabat les deux bords pour l'en couvrir. Le fromage reste entre les deux pâtes, et c'est ainsi qu'on le met entre les deux fers.

La troisième manière donne des gaufres *coulisses*, ainsi appelées parce que tout simplement la pâte est plus fluide ; elle est faite comme ci-dessus mais à la consistance d'une bouillie liquide. Y mélanger du fromage finement râpé.

La quatrième manière consiste à pétrir de la fleur de farine avec de l'eau, du sel et du vin, sans œufs ni fromage.

344. *Item*, les gaufriers connaissent une autre recette appelée *gros bâtons**[1] à base de farine pétrie avec des œufs et du gingembre en poudre battus ensemble ; ils ressemblent à des andouilles par la taille et l'aspect ; on les cuit entre deux fers.

Autres petites choses ne nécessitant pas un chapitre entier

345. Afin de dessaler un potage* sans rien y ajouter ni rien en enlever, prenez une nappe bien blanche, mettez-la sur votre pot et retournez-le souvent ; il faut que le pot soit tenu loin du feu.

346. Pour enlever le brûlé d'un potage*, mettez-le dans un

---

1. Cf. II, iv, 59.

nouvel et mectez vostre potage dedens. Puis prenez ung pou de levain et le lyez dedens ung drappel blanc et gectez dedens vostre pot, et ne luy laissyez gueres demourer.

347. Pour faire liqueur pour seigner linge, prenez camboiz (c'est le lymon noir qui est aux deux boutz de l'essieul de la charrecte) et mectez de *(fol. 171b)* l'arrement et aliez d'uille et de vinaigre et boulez tout ensemble, et puis chauffez vostre merque et moulliez dedens et asseez dessus vostre linge.

348. Se tu veulx faire bonne esche pour alumer du feu au foisil, pren de l'escume de noyer qui sont surannees et puis les met l'en en ung pot plain de lessive bien forte, toute entiere ou par pieces du large de deux doiz, lequel que tu vouldras, et la fay tousjours boulir par l'espace de deux jours et une nuyt du moins. Et se tu n'as de lessive, si pren de bonnes cendres et metz avec de l'eaue et fais comme charree. Puis metz ton escume boulir dedens par l'espace dessusdit, et la fourniz tousjours tant comme elle bouldra. Se tu la faiz boulir en laissive, fourniz loy de laissive. Se tu la boulz en la charree, si la fourniz d'eaue. Et toutesvoyes en quoy que tu le boulles, se tu pouoies finer de pissat pour la fournir, elle en vauldroit mieulx. Et quant elle sera ainsi boulue si la purez, et puis la lavez en belle eaue necte pour le ressincer. Puis la mect ou soulail seicher, ou en la cheminee loing du feu qu'elle ne s'arde; car il la couvient seicher atrempeement et a loisir. Et quant elle sera seiche et on s'en vouldra aidier, si la fault batre d'un maillet ou d'un baston tant qu'elle deviengne aussi comme espurge. Et quant on veult alumer du feu, si en fault prendre aussi comme le gros d'un poiz et mectre sur son caillou, et on a tantost du feu. Si ne fault que des mesches ensouffrees et alumer la chandelle, et la doit l'en garder nectement et seichement.

3537. de lesseuil de *B*. **3539.** et allaiez d. *B*. **3543.** au fusil p. *BC*, et *omis B*. **3544.** p. la m. en *B*, p. l. mettez len en *C*. **3546.** f. b. t. p. *B*. **3547.** de la l. *B*. **3551.** f. la de *B*. **3553.** tu la b. *B*. **3555.** a. boulie si la pures et p. la lave en *B*. **3556.** la ressuier P. B^2. **3560.** d. ainsi c. B^2. **3562.** p. ainsi c. B^2.

nouveau pot. Prenez un peu de levain, enfermez-le dans un torchon blanc et jetez-le dans le pot, mais ne l'y laissez pas longtemps.

347. Pour préparer un liquide destiné à marquer du linge, prenez du cambouis (c'est la boue noire qu'on trouve aux deux extrémités de l'essieu d'une charrette), ajoutez de l'encre et faites bouillir avec un mélange d'huile et de vinaigre; faites chauffer votre sceau, trempez-le dans le liquide et appliquez-le sur votre linge.

348. Pour préparer une bonne amorce pour allumer du feu avec une pierre à fusil, il te faut de l'écume de noyer[1] de plus d'un an; la mettre dans un pot plein de lessive bien forte, soit entière soit par morceaux de deux doigts de largeur, comme tu voudras, puis faire bouillir pendant deux jours et une nuit au moins. Si tu n'as pas de lessive, procure-toi de bonnes cendres et en ajoutant de l'eau fais-en comme une charrée[2]. Mets-y ton écume à bouillir le temps qu'on vient d'indiquer et alimente-la tant que durera l'ébullition : si tu la fais bouillir dans la lessive, ajoute de la lessive; et si c'est dans la charrée, ajoute de l'eau. Cependant, dans les deux cas, si tu pouvais y ajouter pour terminer du pissat, elle n'en serait que meilleure. Une fois ainsi bouillie, égouttez-la et lavez-la dans une belle eau propre afin de la rincer. Puis la mettre à sécher au soleil, ou dans la cheminée loin du feu pour qu'elle ne brûle pas. Il faut en effet la faire sécher doucement, en prenant tout son temps. Une fois sèche, si on veut s'en servir, il faut la battre avec un maillet ou un bâton jusqu'à ce qu'elle prenne un aspect semblable à une éponge. Lorsqu'on veut allumer du feu, il faut en prendre la quantité équivalente à un gros pois, la poser sur le briquet et aussitôt l'étincelle jaillit. Il ne faut utiliser que des mèches enduites de souffre pour allumer la chandelle; il faut la conserver au propre et au sec.

---

1. Pichon : écorce ou peut-être fleurs.
2. Pichon : mélange épais d'eau et de cendre qui reste au fond du cuvier quand on a coulé la lessive.

349. Fouques doivent estre tresbien rosties, et sont meilleures cuictes en potage que en rost, car en rost elles sont trop seiches et veullent estre arrousees de leur gresse et avoir le feu devant. *Item*, elles sont tresbonnes fresches aux choulx. *Item*, mectez de l'eaue et des ongnons en ung petit pot, et la fouque; puis laissiez boulir comme une piece de beuf. Puis broyez des menuz espices et alayez les deux pars vertjus et la .iii^e. vinaigre, et vous avrez bon potage. *Item*, fouques salees de deux jours sont bonnes au potage.

350. *Nota* que le simyer d'un cerf c'est le quoyer et la queue, et quant il est fraiz il est cuit a l'eaue et au vin, aux espices et saffran. Et ainsi est il du sanglier fraiz.

351. Pour faire .iii. pintes d'encre, prenez des galles et de gomme, de chascun .ii^o., couperose .iii^o.; et soient les galles cassees et mises tremper .iii. jours, puis mises boulir en troiz quartes d'eaue de pluye ou de mare coye. Et quant ils avront assez boulu, et tant que l'eaue sera esboulye pres de la moictié (c'est assavoir qu'il n'y a maiz que .iii. pintes) lors le couvient (*fol. 172a*) oster du feu et mectre la coupperose et gomme et remuer tant qu'il soit froit, et lors mectre en lieu froit et moicte. Et *nota* que quant elle passe .iii. sepmaines elle empire.

352. Pour faire orengat, mectez en cinq quartiers les pellures d'une orenge et raclez a ung coustel la mousse qui est dedens. Puis les mectez tremper en bonne eaue doulce par .ix. jours et changiez l'eaue chascun jour. Puis les boulez en eaue doulce une seule onde et, ce fait, les faictes estendre sur une nappe et les laissiez essuyer tresbien. Puis les mectez en ung pot, et du miel, tant qu'ilz soient tous couvers, et faictes boulir a petit feu et escumez. Et quant vous croyrez que le miel soit cuit, pour essayer s'il est cuit, ayez de l'eaue en une escuelle et faictes degouter en icelle eaue une goucte d'icelluy miel; et s'il s'espand, il n'est pas cuit. Et se icelle goucte de

---

3566. s. meilleurs c. *BC*. **3571.** petit *omis B*. **3572.** d. menues e. *B*. **3573.** v.v.a. *B*. **3576.** le seymier dun *B*, q. i. (= *id est*) la *B*. **3578.** s. et soupes en este et en yver au poivre Et *B*. **3584.** ny ait m. *B^2*. **3596.** et escumer Et *B*.

349. Les foulques doivent être très bien rôties ; elles sont meilleures cuites dans un potage*, car rôties elles sont trop sèches ; il faut sans cesse les arroser de leur propre graisse et les cuire sur le coin du feu. *Item*, elles sont très bonnes fraîches accompagnées de choux. *Item*, mettez de l'eau et des oignons dans un petit pot avec la foulque ; faites bouillir comme un morceau de bœuf. Puis broyez de menues épices et délayez-les dans deux parts de verjus et une part de vinaigre : vous aurez alors un bon potage*. *Item*, les foulques salées de deux jours sont bonnes en potage*.

350. *Nota* qu'on appelle « selle » la queue et la croupe du cerf[1] ; lorsqu'il est frais, le cuire à l'eau et au vin avec des épices et du safran. On procède de même avec le sanglier frais.

351. Pour fabriquer 3 pintes d'encre, prenez des galles et de la gomme, 2 onces de chaque, ainsi que 3 onces de couperose. Les galles doivent être cassées et mises à tremper pendant trois jours, puis être bouillies dans trois quartes d'eau de pluie ou d'eau provenant d'une mare stagnante. Une fois qu'elles auront assez bouilli, lorsque l'eau se sera évaporée de près de la moitié (c'est-à-dire qu'il n'en reste plus que 3 pintes), ôter du feu, y ajouter la couperose et la gomme, puis remuer jusqu'à ce que ce soit froid ; entreposer dans un lieu froid et humide. Et *nota* que lorsque l'encre dépasse trois semaines, elle commence à se gâter.

352. Pour fabriquer de l'orangeat, faites cinq morceaux de chaque pelure d'orange et raclez avec un couteau la mousse qui se trouve à l'intérieur. Puis mettez les morceaux à tremper dans une bonne eau douce[2] pendant neuf jours et changez l'eau chaque jour. Puis donnez-leur un tour de bouillon et étalez-les sur une nappe ; essuyez-les très soigneusement. Mettez-les ensuite dans un pot avec du miel jusqu'à ce qu'ils soient complètement recouverts, faites bouillir à petit feu et écumez. Pour vérifier si le miel est assez cuit, prenez de l'eau dans une écuelle et faites tomber dedans une goutte de miel ; si elle se répand, le miel n'est pas assez cuit. Par contre, si la goutte se

---

1. Cf. paragraphes 16 et 90.
2. Il serait intéressant de consacrer une étude aux précisions accompagnant chaque mention de l'eau.

miel se tient en l'eaue sans espandre, il est cuit. Et lors
devez traire vos pellures d'orenge par ordre et d'icelles
faictes ung lit et gecter pouldre de gingembre dessus ; puis
ung autre, et gecter, etc. *usque in infinitum*, et laissier ung
3605 mois ou plus, puis menger.

353. Pour faire saulsisses, quant vous avrez tué vostre
pourcel. Prenez de la char et des costelectes premierement
de l'endroit que l'en appelle le *filet*, apres de l'autre
endroit des costellectes, et de la plus belle gresse – autant
3610 de l'un comme de l'autre en icelle quantité que vous vouldrez faire de saulsisses – et faictes tresmenuement mincer
et detrencher par ung pasticier. Puis broyez du fanoul et
ung petit de sel menu. Et apres ce requeillez vostre fanoul
broyé et meslez tresbien parmy le quart d'autant de
3615 pouldre fine. Puis entremeslez tresbien vostre char, vos
espices et vostre fanoul. Et apres emplez les boyaulx
(c'est assavoir les menuz). Et sachiez que les boyaulx
d'un vielz porc sont meilleurs a ce que d'un jeune pource
qu'ilz sont plus groz. Et apres ce les mectez quatre jours
3620 a la fumee, ou plus. Et quant vous les vouldrez mengier si
les mectez en eaue chaude et boulir une onde, et puis
mectre sur le greil.

354. Pour dessaler beurre. Mectez le en une escuelle
sur le feu pour fondre, et le sel devalera ou fons de
3625 l'escuelle (lequel sel devalé est bon ou potage) et le remenant de beurre demeure doulx. Aultrement mectez vostre
beurre salé en eaue fresche, et le pestrissiez et paumoyez
dedens, et le sel demourra en l'eaue.

Item, *nota* que les mouches ne queurent point sus ung
3630 cheval qui est oint de beurre ou vielz oint salé.

355. Burbocte est de pareille fourme a ung chavessot,
maiz il est plus grant (fol. 172b) assez, et est cuicte en
eaue (puis pelez comme une perche, puis faire boulir

3602. t. v. p. do. et di. f. p. o. un l. *B*. **3607.** et *omis B*. **3608.** f. et a.
B. **3610.** en celle q. *B²*, quantité *répété B*. **3612.** du fenoul et *B*. **3613.** v. fenoul
b. *B*. **3616.** v. fenoul Et *B*. **3617.** cest assavoir... boyaulx *omis BC, replacé dans
la marge en C*. **3624.** s. ainsi d. *B*. **3627.** en e. doulce f. *B*. **3629.** s. a .i. c. *B*,
sur ung c. *C*. **3631.** Bourbotte e. *B*. **3633.** p. peler c. *B*.

maintient telle quelle, il est cuit. Alors, vous devez enlever vos pelures d'orange au fur et à mesure, les disposer en une couche que vous saupoudrerez de gingembre ; surmonter d'une autre couche d'orange, saupoudrer de gingembre, etc. *usque in infinitum*, laisser reposer pendant au moins un mois puis manger.

353. Pour faire des saucisses après avoir tué votre cochon, prenez d'abord de la viande et des côtelettes à l'endroit qu'on appelle le *filet*[1], puis d'autres côtelettes, ainsi que de la plus belle graisse – autant de l'un que de l'autre, selon la quantité de saucisses que vous souhaitez faire – et faites-les couper et émincer finement par un pâtissier. Broyez ensuite du fenouil avec un peu de sel fin. Recueillez votre fenouil broyé et mélangez-y très soigneusement de la poudre fine* d'épices pour un quart de la quantité de fenouil. Mélangez très bien votre viande, vos épices et votre fenouil. Remplissez-en les boyaux (à savoir les petits). Sachez à ce propos que les boyaux d'un vieux porc conviennent mieux que ceux d'un jeune parce qu'ils sont plus gros. Exposez-les ensuite pendant quatre jours ou davantage à la fumée. Lorsque vous voudrez les manger, plongez-les dans de l'eau chaude, donnez-leur un tour de bouillon, puis mettez-les sur le gril.

354. Dessaler du beurre. Mettez-le dans une écuelle sur le feu à fondre : le sel tombera au fond de l'écuelle (vous pourrez l'utiliser pour un potage*) ; ce qui reste du beurre est doux. Ou alors, mettez votre beurre salé dans de l'eau fraîche, pétrissez-le à pleines mains et le sel restera dans l'eau.

Item, *nota* que les mouches ne courent pas sur un cheval enduit de beurre ou d'un vieil onguent salé[2].

355. La bourbotte ressemble pour la forme à un chavessot[3] mais elle est bien plus grande ; on la cuit à l'eau (puis la dépouiller comme pour une perche ; faire bouillir une came-

---

1. Les premières côtes près des hanches.
2. Il faut sans doute considérer que l'auteur a employé cet adjectif au singulier par erreur.
3. Nous n'avons pas pu identifier ces poissons.

cameline ou galentine et gecter sus) ou rosty et mis en pasté avec de la pouldre.

356. Poires a leur commencement, *scilicet* en octobre et novembre, et qu'elles sont de nouvel queillies, sont dures et fortes, et lors les doit l'en cuire en l'eaue. Et quant ce sont poires d'angoisse, pour leur faire avoir belle couleur l'en doit mectre du foing dedens le pot ou elles cuisent. Et apres sont rosties ; maiz apres ce, quant elles sont plus fennees et ramoicties pour la moicteur du temps, l'en ne les met point cuire en eaue, maiz en la breze seulement, *scilicet* en fevrier et en mars.

357. Pyes
Cornillas } l'en les tue aux matelaz qui ont grosse pilecte, et des foibles arba-
Choes lestres peut l'en traire a iceulx cornillas qui sont sur les branches. Maiz a ceulx qui sont es nys couvient traire de plus fors bastons pour abatre ny et tout. Et il les couvient escorcher et pourboulir avec du lart, puis decoupper par morceaulx et frioler avec des oeufz comme charpie.

358. Teste de mouton soit trescuite. Puis ostez les oz et hachez le demourant bien menue, et gectez pouldre fine dessus.

359. Se vous voulez faire provision de vinaigre, wydiez le tonnelet de vostre vielz vinaigre. Puis lavez le tonnelet tresbien de tresbon vinaigre, et non mye d'eaue chaude ne froide. Apres, mectez les laveures en ung vaisseau de boiz ou de terre et non mye d'arain ou de fer. Et illec laissiez repposer vos rainsures, puis wydiez le cler et le coulez, et mectre de rechief ou tonnelet et l'emplez d'autre bon vinaigre et mectez au solail et au chault, le fons percié en .vi. lieux, et destoupé de jour. Et de nuyt, et par broullaz, estoupez tout. Et quant le soulail revient, destoupez comme devant.

3642. p. fannees et *B*. **3645.** et de f. *B*. **3646.** i. cornillaux q. *B*, i. cornillars q. *C*. **3649.** e. puis p. *B*. **3651.** et friolez a. *B*. **3654.** le remenant b. *B*. **3656.** v. vuidiez le *B*. **3661.** r. et rasseoir v. r. p. vuidiez le *B*.

line* ou une galentine* et la verser dessus) ou alors on la fait rôtir et on la met en pâté avec des épices réduites en poudre.

356. Les poires, au début de leur saison, *scilicet* en octobre et en novembre, lorsqu'elles sont fraîchement cueillies, sont dures et fermes ; il convient alors de les faire cuire dans l'eau. Quand il s'agit de poires d'angoisse, afin de leur donner une belle couleur, on doit ajouter dans le pot où elles cuisent du foin. Ensuite on les rôtit ; mais après, lorsqu'elles sont plus vieilles et ramollies par l'humidité du temps, il faut éviter de les faire cuire dans l'eau et le faire seulement à la braise, *scilicet* en février et en mars.

357. Pies, corneilles et choucas. On les tue avec des carreaux d'arbalète à gros ailerons ; on peut se servir d'arbalètes moins puissantes pour viser les corneilles sur les branches. Mais pour attraper celles qui sont dans leur nid, il faut utiliser des bâtons plus forts pour abattre le nid tout entier. Ensuite il faut les écorcher et les faire bouillir avec du lard, puis les découper et les faire revenir émiettées avec des œufs comme pour une charpie*.

358. La tête de mouton doit être très bien cuite. Puis ôtez-en les os et hachez le reste finement et parsemez de poudre fine* d'épices.

359. Si vous voulez faire provision de vinaigre, videz le tonneau de votre ancien vinaigre, puis lavez-le très soigneusement avec un vinaigre d'excellente qualité, et surtout pas avec de l'eau, qu'elle soit chaude ou froide. Ensuite mettez la mère dans un récipient en bois ou en terre, mais pas en airain ou en fer. Laissez-la reposer, puis faites-en écouler le liquide et passez ; mettez de nouveau la mère dans le tonnelet et finissez de remplir avec un autre vinaigre de bonne qualité ; mettez au soleil et au chaud, le fond supérieur percé en 6 endroits qui, le jour, doivent être ouverts mais la nuit et par temps de brouillard entièrement bouchés. Lorsque le soleil revient, ouvrez comme auparavant.

360. Le riquemenger. Prenez deux pommes aussi grosses que deux oeufz ou pou plus, et les pelez et ostez les pepins. Puis le decoupez par menuz morceaulx, puis les mectez pourboulir en une paelle de fer. Puis purez l'eaue et mectez seicher le riquemenger. Puis mectre beurre pour frioler et en friolant filez deux oeufz dessus en remuant. Et quant tout sera friolé gectez pouldre fine dessus, et soit frangé de saffran, et mengiez au pain ou moiz de septembre.

361. Lyevre rosty. J'ay veu rosty lievre enveloppé en la toille de la fressure d'un porc que l'en dit la *crespine*, et couste .iii. blans. Et par ce le lievre (*fol. 173a*) n'est autrement lardé. *Item*, je l'ay veu lardé.

362. La char d'une joe de beuf tranchee par lesches et mise en pasté, et puis, quant elle est cuicte, gecter la saulse d'un halebran dedens.

363. En la haste menue d'un pourcel n'a aucun appareil a faire fors le laver et embrocher et enveloper de sa taye, et cuire longuement.

364. Poules farcies coulourees ou dorees. Elles sont *primo* soufflees et toute la char dedens ostee, puis remplyes d'autre char, puis coulourees ou dorees comme dessus ; maiz il y a trop affaire, et n'est pas ouvrage pour le queux d'un bourgoiz, non mye d'un chevalier simple. Et pour ce, je le laisse.

365. *Item* des espaulles de mouton, *quia nichil est nisi pena et labor*.

366. *Item* les heriçons sont faiz de caillecte de mouton, et est grant fraiz et grant labor et pou d'onneur et de prouffit. Et pour ce, *nichil hic*.

367. Agmidala rescencia recipe, et ab eis cum gladio remove eciam subtiliter primum corticem, et postea perforetur quodlibet agmidalum uno foramine in medio. Et hiis

---

3667. le riquemegnier P. *B*. **3669.** P. les d. *B*². **3671.** le riquemegnier P. *B*. **3676.** v. rostir l. *B*². **3679.** v. larder *B*². **3683.** hastemenue – dun *B*². **3684.** f. la l. *B*. **3694.** s. friz de *AC*. **3697.** *AC utilisent la forme* agmidalum *partout* ; *B écrit* admigdalum. **3697.** a. recencia r. *B*.

360. Riche-manger. Prenez deux pommes de la taille de deux œufs ou un peu plus grosses, pelez-les et ôtez les pépins. Découpez-les en petits morceaux et mettez-les à bouillir dans une poêle de fer. Egouttez et mettez à sécher le riche-manger. Ajoutez du beurre pour le faire revenir et ce faisant faites filer deux œufs dessus tout en remuant. Une fois le tout saisi, saupoudrez-le de poudre fine* d'épices, frangez-le de safran[1] et mangez-le avec du pain au mois de septembre.

361. Lièvre rôti. J'ai déjà vu un lièvre rôti enrobé dans l'enveloppe de la fressure de porc, qu'on appelle la *crépine* ; elle vaut 3 blancs. Grâce à quoi, point n'est besoin de larder autrement le lièvre. *Item* j'ai vu que certains le lardent quand même.

362. La joue de bœuf est coupée en tranches et mise en pâté. Lorsqu'elle est cuite, verser dedans une sauce de halbran.

363. Pour préparer une rate de porcelet, il n'y a rien d'autre à faire que la laver, l'embrocher, l'enrober dans son enveloppe et la faire cuire longuement.

364. Poules farcies colorées ou dorées. Elles sont *primo* gonflées d'air et toute la chair à l'intérieur est ôtée ; on les emplit d'une autre viande, puis on les colore ou on les dore comme indiqué plus haut[2] ; mais c'est là un travail énorme : ce n'est pas une recette pour le cuisinier d'un bourgeois, et pas même d'un simple chevalier. Pour cette raison, je ne donne pas davantage de précisions.

365. *Item* en ce qui concerne les épaules de mouton, *quia nihil est nisi pena et labor.*

366. *Item*, les hérissons sont préparés à la caillette de mouton ; cela coûte très cher et demande beaucoup de travail pour un petit résultat, ne donnant qu'un plat quelconque. Pour cette raison, *nihil hic.*

367. *Agmidala rescencia recipe, et ab eis cum gladio remove eciam subtiliter primum corticem, et postea perforetur quodlibet agmidalum uno foramine in medio. Et hiis peractis,*

---

1. Cf. II, v, 63.
2. Cf. paragraphes 238 et 242.

peractis, dicta agmidala ponantur in aqua dulci, in qua stent per quinque vel sex dies. Sed qualibet die fiat mutacio aque semel en die. Deinde lapsis quinque vel sex diebus, dicta agmidala extrahantur a dicta aqua et ponantur in aliqua aqua ubi stent per unum diem naturalem ad exteandum et removendum vaporem dicte aque. Postea habeatur sufficiens quantitas boni et optimi mellis respectu quantitatis dictarum agmidalarum. Et illud mel buliatur bene et decoquatur sufficienter et decoquendo purgetur, et cum decoctum fuerit et refrigeratum, ponatur in quolibet foramine dicti agmidali unum gariofilum, et respositis omnibus dictis agmidalis in aliquo bono vase terreo, ponatur desuper.

Item fiat de nucibus conficiendis, sed ille habent stare in aqua per novem dies qualibet die mutanda, dictum mel bene decoctum et dispositum pro mensura coperiente dicta agmidala, elapsis duobus mensibus postea comedantur.

368. Tetines de vache cuictes avec la char, et menger comme la char. *Item*, salee a la moustarde. *Item*, aucunesfoiz trenchee par lesches et rosties sur le greil toute fresche cuicte.

369. Estourneaulx soient plumez a sec, effondrez, puis couppez les colz et les piez, puis reffaiz, mis en pasté et deux lesches de lart au dessus, ou decouppez les membres par morceaulx comme oison et mis a la charpie : c'est a dire que de la cuisse l'en face troiz pieces (*fol. 173b*) et laisse l'en en chascune les os ; des esles aussi et du residu semblablement. Et puis frire aux oeufz en la paelle

---

3700. a. ponentur in *B*. **3703.** a. extrahentur a *BC*. **3704.** in alia – a. *B²*, unum – diem *B²*. **3705.** ad efficandum et *B*. **3708.** b. et d. bene et s. *B*. **3710.** et repositis o. *B*. **3713.** Idem f. *B*. **3714.** d. mutando d. *A*, d. multando d. *C*. **3715.** pro m. debita c. *B*. **3716.** a. et e. *B*, comedentur *B*. **3718.** et mengees c. *B*. **3725.** c. un o. *B*. **3728.** frire aux oeufz *omis AC*.

dicta agmidala ponantur in aqua dulci, in qua stent per quinque vel sex dies. Sed qualibet die fiat mutacio aque semel en die. Deinde lapsis quinque vel sex diebus, dicta agmidala extrahantur a dicta aqua et ponantur in aliqua aqua ubi stent per unum diem naturalem ad exteandum et removendum vaporem dicte aque. Postea habeatur sufficiens quantitas boni et optimi mellis respectu quantitatis dictarum agmidalarum. Et illud mel buliatur bene et decoquatur sufficienter et decoquendo purgetur, et cum decoctum fuerit et refrigeratum, ponatur in quolibet foramine dicti agmidali unum gariofilum, et respositis omnibus dictis agmidalis in aliquo bono vase terreo, ponatur desuper.

Item, fiat de nucibus conficiendis, sed ille habent stare in aqua per novem dies qualibet die mutanda, dictum mel bene decoctum et dispositum pro mensura coperiente dicta agmidala, elapsis duobus mensibus postea comedantur[1].

368. On fait cuire les tétines de vache avec de la viande, et on les mange comme de la viande. *Item*, salées à la moutarde. *Item*, parfois on les coupe en tranches fines qu'on fait rôtir sur le gril, juste après les avoir fait cuire.

369. Les étourneaux doivent être plumés à sec et vidés, on leur coupe la tête et les pattes, on les met à tremper et ensuite on les met en pâté, recouverts de deux bardes de lard ; on peut aussi découper leurs membres à la manière des oisons pour les mettre en charpie* : il faut faire trois morceaux de la cuisse sans en enlever les os ; procéder de même avec les ailes et le reste. Faire frire ensuite à la poêle avec des œufs comme pour

---

1. « Prenez des amandes nouvelles et ôtez adroitement, au couteau, leur première écorce. Ensuite percez chaque amande d'un trou au milieu. Ce fait, lesdites amandes soient mises en eau douce et y restent cinq ou six jours, mais que l'eau soit changée une fois chaque jour. Ensuite, après cinq ou six jours, lesdites amandes soient tirées de l'eau et posées sur une nappe, où elles restent un jour naturel pour sécher et ôter l'humidité de l'eau. Ayez ensuite une quantité suffisante d'excellent miel, proportionnellement à celle desdites amandes ; faites-le bouillir et cuire bien et suffisamment, et l'écumez, et, quand il sera cuit et refroidi, mettez dans le trou de chaque amande un clou de girofle, et ayant replacé toutes les amandes dans un bon vase de terre, mettez dessus (*item*, pour confire des noix ; mais elles doivent rester neuf jours dans de l'eau renouvelée chaque jour) ledit miel bien cuit et en quantité suffisante pour couvrir entièrement les amandes qui pourront être mangées après deux mois. » (Traduction Pichon)

comme charpie. Il semble qu'il les couvient *primo* cuire a demy avant que frire.

370. Allouettes en rost. Plumees a sec, puis couppez les colz, et ne les effondrez pas. Soient reffaictes, et n'ayent point les jambes couppees; et les embrochiez au travers et entre deux tesmoings de lart. *Item*, en pasté l'en couppe jambes et testes et les effondre l'en, et dedens le trou l'en boute fin frommage; et les mengue l'en au sel.

371. Lievre pourbouly, puis lardé, mis en pasté, et de la pouldre, et mengié a la cameline, et est viande d'esté.

372. Connin en esté.

373. Porc en pasté. Mis en pasté et du vertjus de grain dessus.

374. Oes, poules, chappons, despeciez par pieces et mis en pasté (exepté les chappons de haulte gresse qui ne se despiecent point) et de chascune oe l'en fait troiz pastez.

375. Oiseaulx de riviere en pasté, et de la saulse cameline (ou meilleur, mise dedens le pasté quant il est cuit). La teste, les jambes et piez sont hors.

376. Pigons en pasté. Colz et testes et les piez couppez et deux lesches de lart dessus; ou en rost, et soient lardez.

377. Monder orge ou fourment pour faire froumentee. Il couvient eaue treschaude, et mectre le fourment ou orge dedens icelle eaue chaude et laver et paulmoyer tresbien et longuement, puis gecter et purer toute l'eaue et laissier essuyer le froument ou orge, et puis le piler a ung pestail de boiz, puis vanner a ung bacin a laver.

378. Buvrages de avelines. Eschaudez les et pelez, et mectez en eaue froide. Puis soient tresbien broyees et deffaictes d'eaue boulue, puis coulee[s] a l'estamine.

379. Sardines. Effondrez, cuictes en eaue et mengees a la moustarde.

380. Harenc nouvellet commence en avril et dure jusques a la saint Remy que les harens fraiz commencent;

3743. p. exceptez l. *B*. **3752.** c. eau t. *A*. **3753.** t. l. *B*. **3755.** un pesteul de *B*. **3759.** p. coulee a *A*, p. coulees a *B²*, p. coulez a *C*.

une charpie*. Il semble qu'il convienne *primo* de les faire cuire à moitié avant de les faire frire.

370. Alouettes rôties. Les plumer à sec, leur couper la tête mais ne pas les vider. Les faire tremper mais ne pas leur couper les pattes. Les embrocher garnies de deux bardes de lard. *Item*, pour en faire du pâté, couper les pattes et la tête et les vider ; combler le trou de fromage fin. On les mange au sel.

371. On peut faire bouillir, larder et mettre en pâté un lièvre, l'épicer de poudre fine* et le manger à la cameline*. C'est un plat d'été.

372. Lapin en été[1].

373. Pâté de porc. Réduire le porc en pâté puis verser dessus du verjus de grain.

374. Oies, poules, chapons : les découper et les mettre en pâté (sauf les chapons très gras qu'on ne dépèce pas) ; de chaque oie on peut faire trois pâtés.

375. Pâté d'oiseaux de rivière à la sauce cameline* (ou, mieux, la mettre directement dans le pâté quand il est cuit). La tête, les cuisses et les pattes sont disposées autour.

376. Pâté de pigeon. Couper cou, tête et pattes et garnir de deux bardes de lard ; ou bien les rôtir, il faut alors également les larder.

377. Monder l'orge ou le froment pour en faire une fromentée* : il faut de l'eau très chaude ; mettre le froment ou l'orge dedans, laver et pétrir très soigneusement et longtemps, puis égoutter et jeter toute l'eau, laisser égoutter le froment ou l'orge, et puis écraser avec un pilon de bois, et finalement vanner en se servant d'une bassine à lessive.

378. Boisson à la noisette. Ebouillantez et pelez les noisettes, puis mettez-les dans de l'eau froide. Broyez-les bien, délayez-les dans de l'eau bouillie, puis passez-les à l'étamine.

379. Sardines. Les vider, les cuire à l'eau et les manger à la moutarde.

380. La saison du hareng nouveau[2] commence en avril et dure jusqu'à la Saint-Remi[3], date à laquelle débute celle des

---

1. L'auteur s'essouffle visiblement.
2. Les jeunes ? On saisit mal la nuance entre « nouvellet » et « frais ».
3. Le 1er octobre.

et est cuit en eaue. Et apres l'en y fait les bonnes souppes grosses que l'en mengue au vertjus vieil. Maiz avant, et si tost qu'il est cuit et trait de la paelle, l'en le doit mectre en belle eaue et fresche, et le couvient nectoyer et oster les escailles, teste et queue.

Hic finit.

3767. b. eaue f. *B.* **3769.** hic finit *omis B.*

harengs frais. Les cuire à l'eau. Les accompagner de bonnes et grosses soupes* au verjus ancien. Mais auparavant, aussitôt que le hareng est cuit et sorti de la poêle, on doit le mettre dans de la belle eau fraîche, le nettoyer, l'écailler et lui ôter tête et queue.

Hic finit.

ANNEXES

LE CHEMIN DE POVRETÉ ET DE RICHESSE,
PAR JEAN BRUYANT,

NOTAIRE DU ROY AU CHASTELET DE PARIS.

M. CCC XLII.

On dit souvent en reprochier
Un proverbe que j'ay moult chier,
Car véritable est, bien le say,
Que *mettez un fol à part soy,*
Il pensera de soy chevir.
Par moi meismes le puis plevir :
Tout aie-je ma chevissance
Petitement, mais souffisance,
Si comme l'Escripture adresce,
Au monde est parfaicte richesce.
Quant à or de ce me tairay
Et cy après vous retrairay
Une advision qui m'avint
A dix huit jours ou a vint.
Après que je fus mariés,
Que passés furent les foiriez
De mes nopces et de ma feste,
Et qu'il fut temps d'avoir moleste,
Un soir me couchay en mon lit
Où je eus moult peu de délit,
Et ma femme dormoit lez moy,
Qui n'estoit pas en grant esmoy ;
Et si m'avint, tout en veillant,
Ce dont je m'alay merveillant,
Car à moi vindrent, ce me semble,
Un homme et trois femmes ensemble
Qui bien sembloient estre ireux,
Mornes, pensifs et désireux,
Desconfortés, triste et las ;
En eulx n'ot joye ne soulas,
N'il ne leur tenoit d'eulx esbatre.

Bien furent d'un semblant tous quatre.
Car mieulx estoient à tencier
Taillés, qu'à feste commencier.
L'omme si ot a nom Besoing :
Plains iert de tristesse et de soing.
L'ainsnée femme, en vérité,
Nommée estoit Neccessité.
La seconde femme Souffrete
Ot nom, et la tierce Disette.
Tous quatre estoient suers et frères,
Et Povreté si fut leur mère,
Et les engendra Méséur
En grant tristesse et en péur.
Par grant aïr vers moy s'en vindrent
Et fort à manier me prindrent
Sans menacier et sans jangler,
Com s'il me deussent estrangler.
Besoing tout premier m'assailly,
A moy prandre point ne failly ;
De ses bras si fort me destraint
Que j'en eu le corps si estraint
Qu'à poi le cuer ne me party.
Nécessité lors s'apparti
Moult angoisseuse, et plaine d'ire,
Par le col me print sans mot dire,
De fort estraindre se pena ;
Là lourdement me demena.
Souffrette et Disette à costé
Me r'orent de chascun costé ;
L'une sacha, l'autre bouta,
Chascune à moy se desgleta.

Ainsy ces quatre m'atrapèrent
Et me batirent et frapèrent
Là me mistrent en tel destresse
Qu'exempt fu de toute léesse.
Adonc s'en vint à moy errant
Une grant vieille à poil ferrant
Qui estoit hideuse et flestrie
Et moult ressembloit bien estrie
Aiant félonnie en pensée :
On l'appelloit par nom Pensée.
Ceste vieille me fist moult pis
Que les autres, car sur mon pis
Se mist l'orde vieille puant :
Tout le corps me fist tressuant
L'âme de lui au Deable soit !
Car tant sur le pis me pesoit
Que mon cuer mettoit à malaise
De grant destresce et de mésaise.
Trop fort me print à margoillier;
Lors commençay à ventroullier,
Et entray en si fort penser
Que nul ne le sçauroit penser,
Ne bouche raconter ne dire.
Si com j'estoie en tel martire
Que Pensée m'avoit baillié,
Or voy un villain mautaillié,
Let, froncié, hideux et bossu,
Rechigné, crasseux et moussu,
Les yeulx chacieux, plains d'ordure ;
Moult estoit de laide figure,
Tout rongneux estoit et pelés ;
Soussy fu par nom appelés.
Se mal m'orent les autres fait,
Encor m'a cestui plus meffait.
Las ! je n'en avoie mestier !
Tant me donna de son mestier,
Et me mist à si grant meschief
Que je n'eus ne membre, ne chief,
Qu'il ne me convenist faillir.
Trembler me fist et tressaillir,
Pâlir et le sang remuer,
Et de mésaise tressuer,
Et me faisoit la char frémir,
Moy dementer, plaindre et gémir,
D'un costé sur autre tourner ;
Briefment, tel m'ala atourner
Soussi, tant me fu fel et aigre,
Que j'en devins chétif et maigre
Et aussi sec comme une boise.
Quant m'en souvient, pas me m'envoise,
Ains suis si blaffart et si fade
Qu'il semble qu'aie esté malade.
Hélas ! certes, si l'ay-je esté
De trop plus male enfermeté

Que fièvre tierce ne quartaine,
Car qui de Soussy a la paine,
En lui a santé maladive
Et a la maladie santive.
C'est diablie que de Soussy,
Quant m'en souvient trop m'en soussy,
Car en soy a trop dure rage
Et merveille est que cil n'enrage
Que Soussy tient en son demaine,
Car trestout ainsi le demaine
Com fait le sain en la paelle,
Qui par force de feu sautelle,
Et le fait-on séchier et frire :
Ainsi fait Soussy gens défrire,
Et les tient si fort en ses las
Qu'il leur fait souvent dire : Hélas !
Et les fait vivre en tel douleur
Qu'en eulx n'a gresse ne couleur
Soussy est si mal amiable,
Si hideux, si espoventable,
Et si abhominable à cuer
Que ne l'ameroit à nul fuer
Nullui qui l'eust essaié.
Soussy a maint cuer esmayé,
Et encor tous les jours esmaie ;
Nul ne le scet qui ne l'essaye
Ainsi com j'ay fait maugré moi,
En paine, en travail et esmoy.
   Quant je vis celle compaignie,
Qu'avec moy ert à compaignie :
C'est assavoir Besoing, Souffrete,
Nécessité avec Disette,
Pensée la vieille et Soussy,
La teste levay et toussy.
Adonc vint à moy, sans demeure,
Un grant villain plus noir que meure
Qui avoit à non Desconfort.
A manier me print moult fort
Et me fist ma peine doubler.
Lors me print le sens à troubler,
Car tant avoie esté pené
Qu'à poy n'estoie forcené.
Moult fort me print à dementer
Et à moi mesmes tourmenter,
Et dire : Chétif ! que feras ?
Tes debtes comment paieras ?
Tu n'as riens et si dois assez.
Que fusses-tu or trespassé !
Tu es tout nouvel mesnagier
Et si n'as gaige à engaigier
Se tu ne veulx ta robe vendre.
Las ! chétif, quel tour pourras prendre ?
Ne sçay où tu pourras aler.
Si com j'estoie en ce parler,

A moy s'en vint grant aléure,
Une femme qui pou séure
Et enragée sembloit estre
A son semblant et à son estre.
Have estoit et eschevellée,
Désespérance ert appellée,
Fille Desconfort le hideux.
Moult me vint peine et annuy d'eux,
Par eulx perdi discrétion,
Sens, mémoire, et entention.
Les dens commençay à estraindre
Et la couleur pâlir et taindre,
Et disoie : Las ! que feray ?
Tout au désespéré mettray,
Mauvais seray, où que je viengne,
Il ne me chault qu'il en aviengne,
Soit en pluye ou soit en bise ;
Qui ne pourra ploier, si brise !
Sèche qui ne pourra florir !
N'ay que d'une mort à mourir.
Et j'ay pieça oy parler
Que qui au Deable veult aler,
Riens ne vault longuement attendre :
Noyer ne puet, cil qui doit pendre.
Honny soit qui jamais vourra
Faire fors du pis qu'il pourra,
Quant par moy ne puet estre attaint
Le manoir où Richesse maint !
Car elle demeure si loing
Que trop de travail et de soing,
Avant qu'on la puist attaindre,
Moult fait les gens pâlir et taindre.
Avant qu'ils puissent estre à ly,
Mains beaux visaiges a pâli
A qui oncques n'en fu de mieulx,
Car se on attent qu'on soit vieulx,
Que l'en ne puisse mais errer,
En ce pourroit-on méserrer ;
Qui ce feroit, son temps perdroit.
Quant je ne puis avoir par droit
Ne possession, ne avoir,
J'en vouldroie donc à tort avoir ;
Mieulx vault estre en tort cras et aise
Qu'en droit chétif et à malaise.

Ainsi com en ce point estoie
Et que je tout au pis mettoie
Sans viser comment tout aloit,
Et que de rien ne me challoit
Fors d'acomplir ma voulenté,
Car moult m'avoit entalenté
Désespérance de mal faire
Et m'avoit par son put afaire
Presque fait perdre corps et âme,
És-vous une très noble dame

Gente, droite, plaisant et belle :
Ne sembloit pas estre rebelle,
Mais doulce et humble à toute gent :
Moult ot le corps et bel et gent
Et paré de si noble arroy
Qu'elle sembloit bien fille à roy ;
Et si ert-elle, en vérité,
Fille du Roy de magesté
Vers qui nul n'a comparoison :
On l'appelle par nom : Raison.
Moult estoit sage et advisée ;
Droit à moi a pris sa visée
Et s'en vint de lez moi seoir,
Mais si tost com la pot veoir
Désespérance la hideuse,
Elle s'en fouy moult doubteuse
Tant com piés la porent porter ;
Car ne se pourroit déporter
En nul lieu où Raison surviengne
Que tost fouir ne la conviengne ;
Car plus la het Raison, sans fin,
Que triacle ne fait venin.
Raison si fu moult esjoye
Quant d'avec moy s'en fut foye
Désespérance sa contraire.
Lors se prist près de moy à traire ;
Raison dit : Amy, Dieu te gard !
Tu as eu très mauvais regard,
Mauvais sens et mauvais advis,
Car nagaires t'estoit advis
Que pour toy est tout bien failli ;
Mais onc nul à mal ne failli
Qui voulsist entendre à bien faire
Et vivre selon mon affaire
Et selon mon enseignement
Qui donne aux âmes sauvement
Lequel, se tu le veulx entendre
Je te vueil cy dire et aprendre.
Premièrement, tu dois amer
Mon père, de cuer, sans amer,
Et la doulce vierge prisiée
Sans vanité n'ypocrisie,
Et aourer sainctes et sains,
Soies malades ou soies sains,
C'est à dire en prospérité
Aussy bien qu'en adversité ;
Et, par contraire, en meschéance
Aussi bien com en habundance,
Car tel est humbles en tristesse
Qui est despiteux en liesse ;
Et tel est en léesse doulx
Qui en tristesse est moult escoux
Ce vient de male acoustumance
Qu'on acoustume dès s'enfance,

Car qui aprent une coustume,
Moult à envis s'en descoustume
Si fait bon tel coustume aprendre
Où l'en puist honneur et preu prendre.
Donc s'avoir veulx coustume bonne,
Garde que ton cuer ne s'adonne
A nul des sept mortels péchiés,
Et que ne soies entéchiés
D'aucunes de leurs circonstances
Car moult t'en vendroit de nuisances,
Mais fay tant que ton cuer s'accorde
Aux sept chiefs de miséricorde
Qui sont aux sept vices contraires
Cestes te seront nécessaires
A acquérir l'amour mon père
Et de sa glorieuse mère.
Ces sept vices dont parlé t'ay
Déclaration t'en feray
Et des branches qui en descendent,
Qui à toy décevoir entendent.
Et tu, en voyes et sentiers,
Entens à eulx moult voulentiers,
Tes maistres sont, à eulx es serfs,
Car nuit et jour de cuer les sers
En deservant un tel loier
Où nul ne se puet apoier.
Ainsi en leur subjection
Vivras, à ta dampnacion,
S'a eulx n'aprens à estriver
Par guerre pour eulx eschiver.
Car bien t'aprendray la manière
De les traire de toy arrière,
Et d'avoir franc povoir sur eulx
Contre les fais aventureux
Qui par eulx venir te pourront
Quant ils assaillir te vendront
Pour clamer dessus toy haussage.
Se tu me veulx croire pour sage,
Si bien te sauras d'eulx garder
Qu'ils ne t'oseront regarder
Pour la doubte des sept vertus
Qui là te seront bons escus
Encontre les sept ennemis
Qui souvent se sont entremis
De toy mettre à perdition ;
Mais que par bonne entention
Leur vueilles, sans plus, déprier
Qu'à toy se vueillent alier.
Et se tu le fais de cuer fin
Ils te mettront ta guerre à fin
Sans en prendre aucun paiement,
Fors que ton prier seulement ;
Ce n'est pas oultrageux loier,
Car il est aisié à paier,

Si ne s'en puet nuls excuser
Se il ne vouloit abuser.

Quant tu verras venir Orgueil
Regardant en travers de l'ueil,
Avecque lui Desrision,
Desdaing, Despit, Présumption,
Supediter, Fierté, Bobance,
Desprisier, et Oultrecuidance,
Et tous ses autres compaignons
Qui cueurs ont pires que gaignons,
Vers toi, banière desployé,
Si pren tantost de ton aye
Humilité, Dévotion,
Franchise, Contemplation,
Paour de Dieu, Doulceur, et Pitié,
Justice, Simplesse, Équité,
Et moult d'autres qu'à eulx vendront
Qui pour toi secourre accourront ;
Et s'y vendra chascun offrir,
Mais que tu les vueilles souffrir.
Et se contre Orgueil te combas
Ils le mettront du tout au bas
Et le feront fouir le cours
Et tous les siens, sans nul recours.
Quant auras par Humilité
Orgueil et les siens surmonté,
Garde toy, d'illec en avant,
Que s'il te venoit audevant
Pour toy tourner de sa partie,
Que ne se soit pas départie
D'avecques toy Humilité,
Ne les aultres de sa mité,
Car d'Orgueil bien te garderont,
Tant comme avecques toi seront.

D'un autre assault te fault garder
Qui périlleux est à garder
Entre tous ceulx qui sont en vie,
Le chevetain en est Envie
Qui moult est de mauvais convine ;
Avec lui est tousjours Hayne,
Fauseté, Murtre et Trayson,
Faulx-semblant et Détraction,
Ennemitié et Male-bouche
Qui n'aime que mauvais resprouche.
S'il te veulent assault livrer,
Tantost t'en pourras délivrer,
Mais que de trop près ne t'aprochent,
Si que de leurs dars ne te brochent,
Et pour leur péril contrester,
T'encueur tantost, sans arrester,
Prier Foy qu'elle te sequeure,
Et Loiaulté, et eus en l'eure,
Sans plus parler, te secourront,
Et ceulx qu'avec eulx amenront :

Le Chemin de Povreté et de Richesse

C'est assavoir Paix et Concorde,
Vraie-amitié, Miséricorde,
Bénivolence, Vérité,
Conscience avec Unité,
A tout leur congrégation
Dont je ne fais pas mention.
Ceulx ci feront Envie fuire,
Si qu'elle ne te pourra nuire.
    D'un assault qui moult fait à craindre
Te refault défendre sans faindre,
C'est d'Ire le mauvais tirant
Qui va tousjours en empirant ;
En toute mauvaistié habonde,
C'est le plus fel qui soit au monde.
Et quant assaillir te vendra,
Forte deffense y convendra,
Car cil se scet desmesurer
Que nul ne peut à lui durer ;
Et tous ceulx de sa compaignie
Sont de sa mauvaise manière :
Cruauté porte sa banière,
Perversité, Forcenerie,
Félonnie et Esragerie,
Desverie et autres félons
Lui vont tousjours près des talons.
Quant ceste gent verras venir,
Gart toy que ne te puist tenir
Nuls d'eulx qu'il ne t'arresté ;
Tray toi vers Débonnaireté,
Qui tost bon conseil te donra
Et contre Yre te secourra
Avecques ceulx de son lignage
Qui moult sont de souef courage :
C'est assavoir Doulceur, Souffrance,
Estableté et Attrempance,
Patience, Discrétion,
Refrainte avec Correction.
Ceulx cy et ceulx de leur banière
Trairont Yre de toy arrière,
Et toute sa gent forcenée
Qu'avec lui aura amenée.
Ainsi seras d'Ire délivre
Se Débonnaireté veulx suivre
Qui est franche, courtoise et douce :
C'est celle qui nul temps ne grouce
De riens qui lui puist advenir ;
Bon la fait avec soy tenir
Et fuire Ire le mal tirant
Qui de pou se va ayrant.
Ire doit-on craindre et doubter
Et hors d'avecques soy bouter
Et le tenir pour ennemi.
Sans l'acointer jour ne demi.
C'est un mauvais ennemi qu'Ire,

Car si tost com un cuer s'aïre,
De félonnie si s'enflamme
Qu'il en puet perdre corps et âme.
Quant en ire se desmesure
Et se de soy ne s'amesure,
Masvei mesure en lui se met
Et de le dampner s'entremet.
Elle est de tel condition
Que, qui en soy correction
Ne met amesuréement,
Elle s'y met si lourdement
Qu'elle honnist tout à un cop.
Et vraiement elle het trop
Gens où il fault qu'elle se mette,
Et pour ce tout au brouvet gecte
Sans querre y terme ne respit,
Si tost comme on lui fait despit.
Gart donc qu'à toi ne se courrouce,
Aies en toi manière doulce,
Soies courtois et débonnaire
Comme uns homs estrait de bonne aire.
Nuls ne se devroit courroucier
De rien qu'il voie, ne groucier,
Mais faire tousjours bone chière
Et mettre tout courroux arrière.
Laisse le vice et pren vertu,
Ainsi te pourras sauver tu.
Eschièves couroux et tristesse
Et pren en toi joie et léesse,
Voire par bonne entention,
Non pas par dissolution,
Car joye qui est dissolue
N'est pas à l'âme de value.
    Contre un autre assault périlleux
Te fault estre moult artilleux
Afin que tu surpris ne soies
En ton hostel, n'enmy les voies,
Car c'est un assault moult doubtable,
Moult dommageux, moult décevable,
Car les pluseurs en sont déceus
Ains qu'avis aient de ce eu.
De cest assault est chief Paresse
Qui sans menacier fiert et blesse
En tapinage, en couardie ;
S'enseigne porte Fétardie,
Faintise, Oiseuse, Lâcheté,
Négligence avec Niceté,
Nonchaloir avec Cuer-failly
Vont après ; moult est mal bailli
Cellui qu'ils pevent entraper
Et dessoubs leur trappe atrapper.
Tant ne soient-ils pas hardis
Mais lasches et reffétardis,
Ainçois simples, à mate chière :

Mais couart est de tel manière
Que quant il se voit audessus,
Il est de trop mauvais dessus.
Le cuer a fier comme lyon
Et aspre comme champion ;
Lors fiert et frappe, bat et tue,
Quant il voit qu'on ne se remue
Encontre lui pour soy vengier.
Donc fait-il bon soy esloignier
De Paresce et de sa famille
Qui n'est qu'en son dessus soubtille,
Et les doit-on mettre au dessoubs
Si qu'estre n'en puissent ressous.
Et s'au dessoubs mettre les veulx,
Amaine avecques toy contre eulx
Diligence et Apperteté,
Bon-cuer et Bonne-voulenté,
Talent-de-bien-faire avec Cure,
Et Soing qui voulentiers procure
Contre Paresse avoir victoire,
S'ainsi est qu'on le vueille croire.
Se ceulx ci avec toi retiens
Et du cuer à amour les tiens,
Garde n'aras, n'en doubte mie,
De Paresce leur annemie,
Ne de tous ceulx de sa banière,
Mais se trairont de toi arrière,
Car l'assault n'osent entreprendre,
Fors à qui tantost se veult rendre.

  Après, gart toy du quint assault
Car si soubtivement assault
Cil qui en est droit capitaine
Qu'à ses subgez donne grant peine
Quant il les tient en son service ;
Ce capitaine est Avarice
Qui moult est de décevant guise.
S'enseigne porte Convoitise :
Rapine, Usure et Faulx-traictié
Le suivent toujours pié à pié ;
Malice avecques Tricherie
Murtre, Larrecin, Roberie,
Engignement, Déception,
Fraude avec Cavilation,
Et les autres de leur banière.
Quant tu verras cette gent fière
Qui te vouldront assault livrer,
Se tu t'en veulx tost délivrer.
Fay de Charité connestable
Qui tant est piteuse et traitable ;
Et toute sa connestablie
Q'avecques lui est establie,
(Que, selon Dieu, poursuit richesse,)
C'est Souffisance avec Largesse,
Aumosne faicte en cuer dévost,

Ce que Dieu plus au monde volt.
Se ceste conestablie as
Avecques toi, acompliras
Ceste bataille à ton vouloir
Contre Avarice et son povoir.
Avarice est de put affaire,
Car il mains maulx machine à faire
Par le conseil de Convoitise
Qui les gens à tolir atise.
Si te garde donc de rien prendre
De l'autrui, se ne le veulx rendre,
Par quelque voie que ce soit ;
Car Convoitise gent déçoit,
De jour en jour, par leur foleur,
Dont aucuns meurent à douleur ;
Et par ce nature blasmée
En est souvent et diffamée
Sans cause, car elle n'y a coulpe ;
Se fait péchié qui l'en encoulpe,
Car elle en est la plus dolente
Et qui plus en sueffre et tormente.
Donc qui de bien faire n'a cure
Il ne lui vient pas de nature,
Ainçois lui vient par accident ;
Chascun le voit tout évident.
S'aucun en soy à mauvais vice
Qui porter lui peut préjudice,
S'on dit que Nature lui face
Par force qu'il soit enclin à ce,
Les gens ne le doivent pas croire,
Car ce n'est mie chose voire,
Ains est par la male doctrine
Dont nourriture le doctrine.

  Du sixième assault bien te gardes,
Contre cestuy fay bonnes gardes.
Gloutonnie en est conduiseur,
Qui de tous biens est destruiseur,
Car enclins est à tous délices,
Et engendre tous mauvais vices.
Nul temps ne puet estre assouvis,
Mais tousjours semble estre allouvis,
Et si est-il plus qu'il ne pert,
Nul temps sa voulenté ne pert
Qui est sur toute riens mauvaise,
Car sans oultrage n'iert jà aise.
Gloutonnie est soubtil guerrier :
Assault-il devant et derrier,
Car il part en deux sa bataille
Toudis et avant qu'il assaille ;
Gourmandie l'une conduit :
Avec lui sont en son conduit
Friandise, Lopinerie,
Yvresse, Oultrage, Lécherie,
Et pluseurs autres de tel sorte

Que Gloutonnie à soi enhorte.
Ceste bataille ainsi partie
Livre assault de une partie,
Et si donne assez à entendre
A ceulx qui la veulent attendre.
L'autre bataille est Male-bouche
Qui n'aime que mauvais reprouche,
Mesdit, Surdit, Maugréerie,
Hastiveté, Pautonnerie
Et des autres à grant planté
Qui sont de telle voulenté.
Ceste bataille se tient fort
Et livre assault à grant effort
De l'autre costé, pour surprendre,
Si que l'en ne s'y puist deffendre.
Gloutonnie point et repoint
De l'un à l'autre, et leur enjoint
Que si se tiengnent sans recroire
Que partout aient la victoire.
Or fault, se tu te veulx garder
Des deux assaulx, bien regarder
De tous costés à ce qui fault
Pour contrester à leur assault.
S'il t'assaillent, met toy à deffense
Et pren avec toy Abstinence
Et Sobriété sa compaigne
Avecques ceulx de leur enseigne,
Car s'avecques toy as ces deulx,
Assez en vendra avec eulx,
Et te garderont bien, sans faille,
Encontre celle gloutonnaille.
Sur toute rien gart toy d'Ivresse,
Que sa bataille à toi n'adresse ;
Car cil qu'à Yvresse se livre
N'a povoir de longuement vivre,
Et s'il vit, si est ce à meschief,
Car il n'a ne membre ne chief
Qui par yvresce ne lui dueille.
Les mains lui tremblent comme fueille
Et s'en chiet plus tost en vieillesse,
En maladie ou en foiblesse.
Qui s'enyvre, il se desnourrist,
Car tout le foie se pourrist ;
Ainsi est de soy homicide,
Dont c'est grant doleur et grant hide.
　Du septisme assault dont Luxure
Est capitaine par nature,
Te fault gaittier et traire arrière,
Si qu'elle et ceulx de sa banière
En leur chemin pas ne te truissent
Si que suppéditer te puissent.
Se Fol-regard le fort archier
Trayoit à toy pour toy blécier,
Soies sages et te retray,

Vistement hors du trayt te tray ;
Et quant hors seras de leurs mettes,
Garde toy bien que ne te mettes
En la voye de souvenir
Si près qu'à toy puist avenir,
Car s'avec lui t'avoit attrait,
Il te remenroit droit au trait,
Si que la flesche de Pensée
Te seroit tost ou corps boutée,
Et celle de Fole-plaisance
Qui ne tendroit qu'à décevance
Te mectroit, tout à son plaisir,
Ou trait de garrot de Désir
Qui si fort au cuer te ferroit
Que jà mire ne te guerroit ;
Là languiroies en tel peine
Que tu n'auroies cuer ne vaine
Qui voulsist entendre à rien faire
Qu'à maintenir le fol afaire
Qui de folle amour se dépent
Dont chascun en fin se repent.
Là t'auroit si suppédité
Folle amour par fragilité
Qu'il te faudroit pour vaincu rendre.
Mais se tu te veulx bien deffendre
Contre les archiers amoureux.
Jà ne seras surprins par eulx.
Pren la targe de Chasteté
Et la lance de Fermeté :
La targe met devant tes yeulx,
Tu ne te pues deffendre mieulx ;
Grant mestier as qu'elle te gart
Encontre les trais de Regart.
Se tu ce pas pues bien garder
Contre Folement-regarder,
Jà Fole-cogitation
Ne t'ara en subjection.
Et quant ces deux ne te ferront
Jà les autres ne s'y verront.
Ainsi ces deux pevent tout faire,
Aussi pevent-ils tout deffaire.
Regart si est trop perçant chose ;
Toute plaisance y est enclose,
Aussi y est tout le contraire,
Si soubtillement scet-il traire,
Car tous ceulx que Regart attaint,
Soit pour bien ou pour mal, à taint
Souvent leur fait muer couleur,
Soit par joye ou par douleur.
Pour ce est voir ce qu'on dire seult :
De ce qu'œil ne voit, cuer ne deult.
Si sont aucuns qui se vouldroient
Excuser qu'ils ne se pourroient
Du fort trait de regart garder

Et qu'il leur convient regarder
Ly un l'autre quant sont ensemble ;
Tout Saincte Église ce assemble
Selon l'ordre de mariage,
A tels excusans respondray je.
Briefement, sans prolongation,
Ce n'est mie m'entention
De deffendre à nul, bon regart,
Mais que de Fol-regart se gart
Qui les fols fait ymaginer
Et par Fol-cuidier deviner,
Dont est née Fole-plaisance
Qui convoite du corps l'aisance,
Et de ce vient Ardent-désir
Qui art tout, s'il n'a son plaisir ;
Lors fait tant qu'à son gré avient,
Et tout ce de fol regart vient.
Ce n'est pas regart convenable
Quant à Dieu, mais quant au Déable :
Regart fait pour charnel délit
Au Déable moult abélist
Et autant desplaît-il à Dieu
Si n'est pas fait en temps et lieu.
Gens qui en mariage sont,
Qui toujours leurs courages ont
A délit charnel maintenir,
Voulons s'y soir et main tenir,
Pechent ensemble, sans doubtance,
Par l'engin de Fole-plaisance
Qui souvent les tient en ses las ;
Mais ne le cuident pas les las,
Car à vertu tiennent ce vice
Dont ils font que fols et que nices ;
Car conjoins ne devroient jà voir
L'un à l'autre affaire avoir
Par charnele conjunction,
Se ce n'estoit en entention
De lignée multiplier ;
Pour ce les fais-je marier,
Si que, par le gré de nature,
Facent ensemble engendréure,
Quant temps en est, et point, et lieu,
Et tout ainsi l'ordonna Dieu,
Non mie pour soy déliter
A l'un avec l'autre habiter.
Fols est qui l'un à l'autre habite
Sans l'entention dessus dicte,
Car quant Nature en tels gens euvre
Selon les estas de son euvre,
Sans moy ne Mesure appeler,
Et que son fait nous fait celer
Afin qu'Atrempance n'y viengne
Qui en subjection la tiengne,
Iceste copulation

Faicte sans génération
Et sans droicte nécessité,
Par fresle superfluité,
Est péchié mortel, nul n'en doubte,
Qui par Fol-désir les y boute
Pour acomplir leur volenté
Charnele dont ils sont tempté,
Où nature est tousjours encline.
Nul temps qu'elle puist n'y décline,
Ains queurt tousjours de randonnée
Fresle, fole et abandonnée,
Ne se scet, pour grief, espargnier
Tant com riens a en son grenier.
Ainsi de soy s'occist Nature
Se ne la gouverne Mesure
Ma suer qui tant est bien ruillée
Qu'elle en nul temps n'est desruillée,
Ains fait faire tout si à point
Que où elle est, d'excès n'a point.
Croy donc Mesure en tous tes fais
Et tu n'y seras jà meffais
En nul temps, je t'en asséur,
Car qui la croit, il vit asseur.
 Cy lairay du septime assault
Dont Luxure les gens assault
Et revendray à ma matière
Que j'ay entreprise première.
Soies tous temps vray en ta foy,
Aimes ton prœsme comme toy,
Dieu mon père le veult ainsi ;
Et fay à chascun tout ainsi
Comme qu'il te feist vouldroies.
Et se tu vas parmy les voies,
Soies enclin à saluer ;
Et si ne dois nul temps ruer
De ta bouche male parole :
Saiges est cil qui pou parole,
Et qui aime et désire paix
Oyt tousjours, voit et se tait.
Et se tu es en compaignie
Parlant de sens ou de folie,
Parle au plus tart que tu pourras,
Escoute ce que tu orras,
Si que tu en saches parler
Quant ce vendra au paraler,
Et que ce soit par brief langaige ;
Ainsi seras tenu pour sage.
Et ne le fusses ores mie,
Là fault-il jouer d'escrémie
Assez mieux qu'au jeu du bocler,
Car on apparçoit tost, moult cler,
Qui veult à parler entreprendre,
S'il ne se garde de mesprendre,
Ou cler sens, ou clère folie.

Et pour ce clèrement folie
Cil qui de tost parler se haste.
Qui parle ne doit avoir haste,
Ains se doit trois fois adviser
Avant qu'il doie deviser :
La chose dont il veult parler,
Et à quel fin il puet aler,
Et ce qu'il en puet avenir ;
Ainsi n'en puet nul mal venir.
Soies courtois et amiables
Envers tous et humiliables ;
Par toy soient grans et menus
Tous temps amés et chier tenus,
Suy les bons et fuy les mauvais
Aimes tous temps douceur et paix ;
Et se tu ois tencions ne noises,
Garde toy bien que tu n'y voises,
Car nul ne se puet avancier
D'amer noises, ne de tencier.
Amis, se tu veulx advenir
Au manoir Richesse et venir
Dont je t'ay si fort oï plaindre
Que nuls homs ne le puet attaindre
Se n'est par paine et par doleur,
Laisses ester telle foleur
Et telle cogitation,
Et pren en toy discrétion.
Pren des deux voies la meilleur,
Laisses le bren et pren la fleur
Se ne le fais, feras foleur ;
Qui est à chois, le mieux doit prendre.
Et se tu veulx la voie aprendre
Que tu dis que tu ne scez pas,
Pour ce qu'il y a mal trespas,
Si comme tu dis, à passer
Par quoi on s'y puet trop lasser,
(C'est au beau manoir de Richesse,)
Je t'en aprendray bien l'adresse
[Et ce qu'il en puet avenir ;
Ainsi n'en puet nul mal venir
Qui t'y saura bien convoier,
Sans toy feindre ne forvoier.]
Pren le chemin droit à main destre
Et laisse cellui à senestre,
Car le destre toutes gens maine
Droit à Richesse, en son demaine,
Mais que on ne se traie hors voie ;
En cellui nul ne se forvoie,
Ainçois va tout à sa devise.
Or est droit que je te devise
Comme cil chemin est nommé
Qui tant est bel et renommé,
Et qui fait ceulx qui le vont, estre
Tous temps en très gracieux estre.

Cil chemin a nom Diligence,
Pavés est de Persévérance.
S'en ce chemin te veulx tenir,
Tu pues à richesse venir
Et le chemin tost achever
Aiséement, sans toy grever,
Et avec Richesse manoir
En son très gracieux manoir.
Car qui n'y va, ne tient qu'à lui,
Quant le cuer a si achailly
Qu'il het le bel destre chemin
Pour estre a l'ort senestre enclin.
Qui ce senestre veult aler,
Meschéans est au paraler,
Ni n'en puet eschapper n'estordre,
Ains lui convient telle hart tordre
En paine, en meschief, en angoisse.
Cil chemins moult de gens angoisse
Et les fait vivre en grant destresse :
Laie gent l'appellent paresse
Et li clerc l'appellent accide ;
On n'y treuve confort, n'aïde,
Ne conseil, n'espoir, ne chevance,
Fors peine, ennuy et meschéance ;
C'est un chemin moult destravé.
Plein de boullons, tout encavé ;
N'il ne fera jà si beau temps
Qu'y puist tost errer qui est ens.
Là le tiennent en couardie,
Les grans boullons de fétardie,
D'ignorance et de niceté.
C'est le chemin de Povreté,
Une dame qui n'est prisée,
En ce monde, n'auctorisée
Ne qu'un viel chien, en vérité.
De lui vient toute adversité,
Meschief, peine, ennuy et contraire,
Arrière se fait donc bon traire
Du chemin qui à lui adresse,
Et prendre la plaisant adresse
Du beau chemin de Diligence,
Car chascun puet veoir en ce
Qui est à chois et puet eslire,
Il ne doit pas prendre le pire ;
Et s'il le prent et puis s'en veut
Repentir, quant il ne le peut
Recouvrer, c'est trop grant foleur.
Car qui bien laisse et prent doleur
Et se forvoie à escient,
Ne puet chaloir s'il en mesvient,
Car quant un cuer s'est forvoyés,
N'est pas de légier ravoiés.
S'il est ou chemin de Paresse,
Il tourne le cul à Richesse

Et va à Povreté tout droit,
Dont je t'ay parlé orendroit,
Qui fait si mal gens atourner ;
Et quant il cuide retourner
Et s'apperçoit de sa folie,
Lors entre en grant mérencolie
Qui moult le travaille et le peine,
En pensée, en soussy, en peine,
En desconfort, en désespoir,
Dont il devient larron espoir,
Et tolt et emble aux gens le leur,
Dont en la fin muert à doleur.
Or sont aucuns qui veullent dire
Que destinée à ce les tire
Et les fait ensement aler.
Folie font d'ainsi parler,
Car ils ne scevent que ils dient :
Et les maléureux s'y fient
Qui dient souvent et menu,
Quant meschief leur est advenu,
Qu'ainsi leur devoit avenir,
Et le veulent pour vrai tenir
Et prennent en leur meschéance,
Par ce parler, gloriffiance,
Et s'excusent de leur meffait,
Disans qu'ils ne l'orent mie fait
Par leur gré, mais par destinée
Qui au naistre leur fu donnée.
Ceulx qui le croient se deçoivent,
Ne croient pas si comme il doivent,
Car à nullui n'est destiné
Qu'il soit pendu ne traîné,
Ne qu'il meure de mort vilaine,
S'il ne met au desservir peine.
Meschief contrester chacun puet
Qui entendre à bien faire veult,
N'il n'est pas de nécessité
Qu'à nul aviengne adversité,
Mais advient par cas d'aventure,
Quant folement on s'aventure.
Destinée ne puet contraindre
Nul, si qu'il ne se puist refraindre,
Mais qu'il ait bonne voulenté ;
Et s'il est à la fois tempté
D'aler faire aucune aatie,
S'avec lui suy, je le chastie
Et lui oste celle pensée
Qui en son cuer estoit entrée,
Et lui donne advis et mémoire
De contrester, s'il me veult croire,
A mauvaise temptation,
Dont il vient à salvation.
Ainsi peus veoir clèrement
Que destinée nullement

N'a nul povoir de chose faire
Que je ne puisse tost deffaire,
Au mains s'elle ne m'est célée
Si qu'au fait ne soie appellée ;
Car nul fait qui sans moy est fet
Ne puet venir à bon effet,
Mais communément en meschiet,
Et par ce meschief il eschiest
Que destinée y pren le nom
D'estre vertu et grant renom,
Car pluseurs dient et soustiennent
Que bien et mal par elle viennent
Et que nul contrester ne puet
A ce que destinée veult ;
Mais tous ceulx en sont décéu,
Qui ont ceste créance où,
Car s'il estoit au Dieu vouloir
Que destinée éust povoir
Dessus les gens si comme on dit,
Que vauldroit bon fait ne bon dit,
Ne soy à bonnes euvres traire ?
Nul n'aroit mestier de bien faire
Quant bien fait ne le secourroit,
Ainçois villainement mourroit,
Et s'ensuiroit, quoy que nuls die,
Que s'uns homs à mal s'estudie,
Et emble, et tue, et fiert, et bat,
Quant il n'y puet mettre débat
Pour destinée qui l'enforce
A tous maulx faire par sa force,
Que monstré n'en doit estre au doit
Puisqu'il ne fait que ce qu'il doit :
Et Dïeu mesmes qui scet tout
N'en doit avoir vers lui courroux,
Puisque ce n'a-il mie fait,
Mais Destinée tout ce fait.
Certes mais il est autrement,
Et quiconques maintient il ment
Que destinée vertus soit,
Et qui le croit il se déçoit.
Fay donc ce que je t'ay apris,
Se tu veulx avenir à pris ;
Laisse le mal et pren le bien,
Quant avoir le pues aussi bien,
Et plus légièrement assez,
Car on est cent fois moins lassé
Ou beau chemin dessus nommé
Que Diligence t'ay nommé
Qui toutes gens à honneur maine,
Et cent fois y a moins de paine
Qu'ou hideux chemin de paresse
Plain de douleur et de tristesse
Où nul ne pourroit estre à aise,
Ne faire chose qui lui plaise,

N'estre en estat, ne bien nourry ;
Car le chemin est si pourry
Qu'on y entre jusques au ventre,
Maleureux est cil qui y entre !
C'est un chemin ou nuls ne court,
Mais, sans faille, il est assez court
Tant soit-il ort et desrivé,
Car on est tantost arrivé,
Sans y quérir autre adresse,
Droit au manoir où il s'adresse,
C'est assavoir chez Povreté
Où l'en vient tout desbareté,
Nu, deschaux, et de froit tremblant
Et de très-douloureux semblant,
Le corps courbé, acrampely,
Affin qu'on ait pitié de ly.
Mais de tels gens, en vérité,
Doit-on avoir peu de pitié
Quant il sont en si bas dégré :
Puisqu'ils se mettent tout de gré
En si doloreuse aventure,
Que mésaise aient c'est droicture.

    Se tu crois doncques mon conseil
Que je, pour ton preu, te conseil,
Cest ort chemin hideux hairas,
Ne jamais jour ne t'y verras.
Remenbre toy des meschéans
Que tu es chascun jour véans
Qui si maleureux deviennent
Quant en ce chemin se tiennent.
Beau chastiement met en lui
Qui se chastie par autrui.
Se uns homs entre en mauvais pas
De gré, ou qu'il ne saiche pas,
(Si comme assez souvent eschiet,)
Et en ce mau pas lui meschiet,
Cellui d'après qui le regarde
Ne le suit pas, ainçois se garde
D'aler après, qu'il ne se blesse,
Et s'en va querre une autre adresse
Qu'à droit port le fait arriver.
Tout ainsi dois-tu eschiver
Tous temps le chemin et la voie
Que tu scez et vois qui avoie
Toutes gens à chétiveté,
A angoisse et à povreté,
Et que chascun jour pues véoir
Qui ne leur fait que meschéoir,
N'en ce chemin bien n'orent oncques.
Eschive le erraument doncques,
Et met les pans à la sainture,
Et si t'en cours grant aléure,
Et à main destre pren t'adresse
Au beau chemin qui tost adresse

Tous ceulx qui y vont, et agence
En tout honneur : c'est Diligence
Le beau chemin plain de noblesse,
Nuls n'y puet avoir fors léesse
Par la planté des biens qui viennent
A tous ceulx qui ce chemin tiennent.
Il est lonc merveilleusement,
Mais il n'ennuye nullement
A ceulx qui veullent avenir
Au manoir Richesse et venir,
Ainçois errent et jour et nuit
Sans ce que goute leur ennuit.
Chascun a désir qu'il se voie
En ce chemin. Droit en my-voie
A deux sentes dont l'une à destre
S'en va droit, et l'autre à senestre.
De la destre te vueil parler :
Par celle fait-il bon aler,
Car tant est vertueuse adresse
Qu'il maine à parfaicte richesse
C'est Souffisance la séure
Qui ceulx qui là vont asséure
Et les fait vivre en bon espoir
Sans penser à nul désespoir,
Car tout ce qu'ils ont leur souffist.
Soit à dommage ou à prouffit,
Dieu loent sans estre lassés
Aussi tost d'un pou com d'assez.
Cils sont riche parfaictement,
Et nuls n'est riches autrement
S'il ne va parmy Souffisance,
Et fut-il ores roy de France.
De l'autre sente te diray,
La vérité n'en mentiray :
Elle va à senestre partie,
Mais c'est bien chose mi-partie
Envers celle qui va à destre,
Car nul n'y puet assouvis estre.
Celle sente a nom Convoitise
Qui les cuers enflambe et atise
D'estre convoiteux sur avoir ;
Qui plus en a, plus veult avoir,
Tousjours de plus en plus convoite,
D'aler avant si fort les coite !
Et quant ils viennent au chastel
De Richesse qui tant est bel,
Avis leur est que riens fait n'ont
S'encores plus avant ne vont.
D'aler oultre est bien leur entente,
Tant com leur durra celle sente,
A quelque peine que ce soit ;
Mais certes elle les déçoit.
Mal en virent oncques, l'entrée,
Car quant personne y est entrée,

Ne se puet d'avoir saouler,
Ains vouldroit bien tout engouler ;
Ne se daignent là arrester,
Mais vont tousjours, sans contrester,
Querre meilleur pain que froment,
Dont, puis, se repentent souvent ;
Car quant bien hault se sont juchiés,
A un seul coup sont trébuchiés,
De Fortune qui ne voit goute,
Qui de sa roe si les boute
Qu'on la boe les fait chéoir :
On le puet chascun jour véoir.
Quant ils se voient déceüs
Et du hault au bas chéus
Où fortune les a flatis,
Lors ont les cuers si amatis
Et si vains que du tout leur faillent,
Et ne scevent quel part ils aillent,
Tant sont honteus et esbahis,
Et se tiennent pour fols naïs,
Chétis, las, courbés, sans léesse,
Entrans ou chemin de Paresse,
Et s'en vont droit à Povreté,
Desconfit et desbareté,
Ne jà puis jour ne seront aise,
Ainçois languiront en mésaise,
Et en tel estat se mourront,
Et, par aventure, pourront
Faire aucun vilain maléfice
Dont il seront mis à justice.
Donc pues-tu véoir et entendre
Qu'il fait très mauvais entreprendre
Sente qui est si périlleuse,
Si forvoiant, si fortuneuse
Comme est celle de Convoitise,
Car nul n'y a s'entente mise
Qui en la fin ne s'en repente.
Eschieve doncques ceste sente
Et pren celle de Souffisance,
Et tu auras tousjours chevance
Et assez tant com tu vivras ;
Assez as-tu quant ton vivre as,
Entre les gens, honnestement,
Et as souffisant vestement
Et à l'avenant le surplus.
Fol es se tu demandes plus.
Puis que tu l'as par loyauté,
Tu as plus qu'une royauté
Sans souffisance ne vauldroit,
Se tu regardes bien au droit.

 Et s'il advient que servir doies
Je te deffent que tu ne soies
Envers ton maistre courageux,
Orgueilleux, fel, ne oultragenx.

Tousjours lui fay obéissance,
Et enclines à sa plaisance,
En tous estas, sans rebeller,
Et ne te dois nul temps mêler
D'argüer ne de contredire
Chose que tu lui oies dire :
S'il parle à toi, si lui respons
Doulcement, sans vilain respons,
Sans rebrichier et sans groucier,
Craindre le dois à courroucier.
Et si ne dois en nul temps faire
Chose qui lui doie desplaire
Pour enseignement que tu truisses
Au moins puis qu'amander le puisses,
Tu le dois amer de vray cuer,
Sans lui estre faulx à nul fuer,
Et se tu l'aimes, tu feras
Son vouloir et le doubteras
En tous estas, j'en sui certaine,
Car amours est si souveraine
Que toutes vertus lui enclinent
Et de lui obéir ne finent.
C'est moult puissant vertus qu'amour !
Met-la donc en toy sans demour,
Car qui aime de cuer, il craint :
Bonne amour à ce le contraint
Qui le met en obéissance
Par sa vertueuse puissance,
Et le tient en subjection
Sans user de déception.
Mais s'aucun craint, ne s'ensuit mie
Qu'il ait en lui d'amour demie :
Amour n'obéïst pas à crainte,
Ne nullui n'aime par contrainte,
Car on craint bient ce que l'en het,
Que ce soit voir, chascun le scet ;
Mais qui bien aime, craint et doubte :
De ce ne doit nuls avoir doubte.

 Aimes donc ton maistre et le sers
Loyaument, et s'amour dessers ;
Et quant ton bien aparcevra,
Vers toy fera ce qu'il devra,
Ne jà ne saura estre avers.
Et se tu le sers au travers,
Sans lui amer et chier tenir,
Nul bien ne t'en poura venir,
Ains perdras avec luy ton temps
Et si auras à lui contemps,
Ou vilment congié te donra
Et si diffamer te pourra
En pluseurs lieux, par aventure,
Que nullui n'aura de toy cure.
Ainsi en tous estas perdroies,
Se par amour ne le servoies.

Le Chemin de Povreté et de Richesse

Quiconques sert il doit amer
Son maistre de cuer, sans amer,
Et de si loial cuer servir
Que s'amour puisse desservir.
Prendre doit trois conditions
De trois significations
Que briefment je te nommeray,
Et puis si les exposeray.
Premier, dos d'asne doit avoir
Se bien veult faire son devoir ;
Secondement, comment qu'il voit,
Oreilles de vache avoir doit ;
Et tiercement doit avoir groing
De pourcel, sans aucun desdaing.
Ces trois conditions estranges,
Se tu sers, pas de toy n'estranges,
Mais mect toujours paine et estude
D'avoir les par similitude,
Quant sauras l'exposition
De leur signification
Que je te vueil dire et aprendre.
Par dos d'asne tu pues entendre
Qu'avoir dois le fais et la charge
De ce que ton maistre te charge,
Et que de toutes ses besoignes,
Sans faire obliance, tu soignes ;
Tu en dois la somme porter
Pour mieulx ton maistre déporter ;
Et pour bien faire ton devoir,
Lui dois souvent ramentevoir
Et avoir chier sur toute rien
Le sien prouffit comme le tien.
Après, par oreille de vache
Pues-tu entendre, sans falache,
Que tu dois ton maistre doubter,
Et s'il te laidenge, escouter
Sans ce que contre lui t'orgueilles ;
Faire lui dois grandes oreilles,
Et faire semblant toutesvoies
Que tu n'ois adonc, ne ne vois.
Quant le verras de tencier chault,
Tais-toy tout coy et ne t'en chault,
N'à tort, n'à droit, ne respons point
Tant comme il est en ycel point,
Car trop s'en pourroit engaignier ;
Autre chose ne puet gaignier
Servant qui respont à son maistre,
Soit chevalier, bourgois ou prestre.
Qui se tait et point ne rebelle,
C'est une vertu bonne et belle :
Ceste-cy, se tu me veulx croire,
Aras-tu tousjours en mémoire.
Par groing de pourcel ensement
Peus-tu entendre clèrement

Qu'en toy ne doit avoir danger
Ne de boire, ne de menger,
De grant disner, ne de petit :
Tous dois prendre par appétit
Et en bon gré, se tu es sage,
Sans mener despit ne haussage,
Orgueil, ramposnes, ne desdaing,
Et fay tout ainsi com le groing
Du pourcel qui partout se boute ;
Tout prent en gré, riens ne déboute,
Ainçois se vit de ce qu'il treuve
Liement, sans faire repreuve,
Tout treuve bon et savoureux,
De nulle rien n'est dangereux.
Par semblable, ne dois-tu estre
Quant tu es à l'ostel ton maistre,
Ains te doit tout plaire et souffire,
Sans rien refuser ne despire.

A tant se tut Raison la sage ;
Lors tournay un pou mon visage,
Et pour penser mieulx m'acosté ;
Donc s'en vint de lez mon costé,
Uns homs saiges et plain d'avis,
Ainsi comme il me fu avis
Et il en est bien renommés,
Entendement estoit nommés.
Beaux amis, dist-il, or entens :
Se tu veux employer ton temps
A faire ce que Raison dit,
Tu feras que sage, à mon dit.
Elle t'a cy moult sermoné,
Moult bonne exemple t'a donné :
Se tu l'as scéu retenir,
Tu en pues à grant bien venir
Selon Dieu et selon le monde ;
Croy la, et j'octroy qu'on me tonde,
(Se de ce qu'elle a dit t'apens ;)
Se tu jà nul jour t'en repens :
Et tu l'apparcevras à l'ueil ;
Quant à or, plus dire n'en vueil,
Car on doit mettre son assent,
Autant à un mot comme à cent.
Quant j'oy un pou après pensé,
Repensé et contrepensé
A ce que Raison apris m'ot,
Et bien recordé mot à mot
Par le conseil d'Entendement,
Et que j'estoie en grant dément
De tout en mon cuer retenir,
Ès-vous un homme à venir
Qui bien sembloit estre advocas
Qui parler scéust en tous cas :
Moult sembloit estre sages hom
Selon droit et selon raison ;

Coiffe et habit fourré portoit,
Et richement se déportoit :
Preudoms sembloit, et sans riot,
Clerc et varlet avec lui ot.
Le maistre fu Barat nommés,
De ce ne fu pas mesnommés :
Son clerc avoit nom Tricherie,
Et son varlet Hoquelerie.

    Barat s'est de lez moy assis,
Et commença par mos rassis
A parler attrempéement
Aussi comme par chastiement.
Auras-tu huy assez pensé ?
Di, chaitif, qu'as-tu empensé ?
Veulx-tu croire Raison la fole
Qui ceulx qui la croient affole ?
Se tu la crois, chaitif seras
Tant com de son sens useras ;
Nuls ne puet à son estat venir
Qui se veult à Raison tenir,
Mais à grant paine se chevit
Et tousjours en souffreté vit
Sans avoir nulle chevissance.
Or est fols qui a souffisance
Quant au cuer a tant de doleur ;
Je le tendroie à grant foleur
Qui selon raison ouverroit :
Jamais riche ne se verroit,
Ains seroit tousjours en un point
Sans ce que il enrichist point.
Tousjours seroit com povre et chiche,
Dolent, subjet et serf au riche
Dont souvent s'oroit laidengier :
Ainsi vivroit en grant dangier.
Qui a le cuer pur, net et monde,
Povre est et n'a loy en cest monde,
Ne ne puet venir à estat ;
Met doncques Raison en restat
Et me crois, si feras que sage.
Car s'user veux de mon usage,
Tu seras tantost surhaucié,
Riche, puissant et essaucié ;
Servis et honneurés seras,
Et tout à ton plaisir feras.
Tu ne feras que commander,
Chascun vendra à ton mander :
Tous temps vivras en tel conroy
Com se tu fusses duc ou roy,
Car tous auras tes aisemens.
Se tu fais mes enseignemens
Que je te vueil dire et aprendre,
Moult bon exemple y pourras prendre.
Flateur soies premièrement,
Car c'est le droit commencement

Par quoi on puet à bien venir
Et à grant estat avenir :
S'avenir y veulx, sans deffault,
De *Placebo* jouer te fault.
Soies en tous lieux décevant
Où tu seras, et par devant
A toutes gens fais beau semblant,
Si leur iras le cuer emblant,
Et faing que tu soies loyaulx,
Vrais en cuer et espéciaulx ;
Aquier des amis, sauf le tien,
Serré par devers toy le tien.
Ne soies pas larges, mais chiches ;
Ainsi seras tu tantost riches.
Quel compaiginie que tu truisses,
Là ne despens riens que tu puisses,
Aies le cuer bault, et te truffes,
Et dy des gorgées et des truffes
Quant tu verras qu'il sera point,
Et met paine à le faire à point ;
Par ce seras tu bien venus
En compaignie, et chiers tenus.

    Après, ne te doit ennuyer
De voulentiers gens conchier
En tous estas, et mettre en voie
Que tu aies de leur monnoie,
Ou soit à droit, ou soit à tort,
Ou par contrainte, ou par accort ;
Et se bien me veulx apaier,
Acrois partout sans riens payer,
Et voulentiers par tout mescompte,
Ne jà du péchié ne fais compte ;
Ceulx qui te doivent fay contraindre,
De les mengier ne te dois faindre,
Et les mener à povreté
Sans avoir d'eulx nulle pitié ;
Ne te chault s'ils perdent chevance,
Mais que tu aies leur substance ;
Soies tousjours tout prest de prendre,
Mais garde-toi bien de riens rendre.
Je te deffens que tu ne paies
A âme chose que tu doies,
Et s'aucun te faisoit semondre
A qui il te faulsist respondre,
Ou soit à bel, ou soit à let,
Moy et mon clerc et mon varlet
Tous ensemble t'irons aidier
Ou cas qu'il te fauldra plaidier.
Se tu nous crois, tu materas
Tous ceulx à qui tu plaideras,
Sans faillir en nulle saison,
Soit droit, soit tort, maugré raison,
Tousjours à ton besoing vendrons
Et bien près de toi nous tendrons

Et te feron tost achever
Tes causes et en hault lever
Ton estat, habonder et croistre,
Tant que bien te pourras acroistre.
    Après, te vueil encor aprendre
Trois choses qu'il te fault emprendre
Se tu veulx tost monter en pris
Et si sont d'assez moien pris.
    La première est que tu te vestes
De bonnes robes et honnestes
Fourrées à leur avenant :
Si en seras plus avenant,
Plus honnourés et mieulx prisiés
Et entre gens auctorisiés
Et tenus pour sage de tous,
Et fusses tu fols et estous.
La seconde chose est mentir
Soubtivement, sans alentir,
Par beaux mos polis, plains de lobe,
Ce siet bien sur la bonne robe :
Par ce pourras tu faire acroire
Que mençonge soit chose voire
Et que vérité soit mençonge,
Ne qu'on y croie ne qu'en songe.
La tierce chose est vraiement
Que tu faces hardiement
Quanque tu auras empensé,
Soit bien pensé ou mal pensé ;
Tu dois hardiement ouvrer
Se grant avoir veulx recovrer,
Car cil qui hardiement ne euvre
Et est honteux, riens ne recoeuvre,
Mais est povre et las en ce monde,
Et li hardi toujsiours habonde
Puis que beau langage a en main.
Partout et à soir et à main
Les trois derreniers poins tiens
Et principalment les retiens
Et tu auras toujsiours chevance
Combien que tout soit décevance,
Car nul ne puet chevance avoir
S'il ne met paine à décevoir
Et s'il n'est pas bien malicieux,
Viseus et caut et engineux,
Semblant doux et courtois vers tous,
Et en cuer faulx, rude et estous :
Et que toujsiours rie sa bouche
Combien qu'au cuer point ne lui touche,
Car combien que beau semblant moustre,
Le ris ne doit point passer oultre
Le neu de la gorge, à nul fuer ;
Des dens doit rire et non du cuer.
Il doit estre blaffart toudis,
Et en tous fais et en tous dis

Les puissans doit aplanier
Par souples mos et festier,
Et leur porter grant révérence,
Car on ne puet moult acquester en ce ;
Des povres ne puet il chaloir,
Car ils ne pevent riens valoir :
Ceulx là fait bon bouter arrière,
Sans leur faire semblant ne chière,
Et du tout en tout soy retraire,
Car on ne puet d'eulx denier traire.
Or m'as tu oy raconter
Comment on puet à pris monter :
Se tu crois mon enseignement,
Riche seras parfaictement,
Et auras, tout à ton vouloir,
Tout ce que tu sauras vouloir ;
Et se tu veulx croire Raison,
Tu seras en toute saison
Chaitif, mendiant, povre et las,
Car si te tendra en ses las
Que monter plus hault ne pourras.
Or fay lequel que tu vouldras
Et y pense tout à loisir :
Quant à chois es, tu pues choisir
Se tu veulx estre povres hom,
Si me laisse et croy Raison ;
Et se tu veulx riche homs estre,
Si me tien pour seigneur et maistre
Tant com tu vivras, et me croy,
Et de Raison croire recroy.
    A ce mot s'est Barat téu,
Car assez m'ot ramentéu
Ses affaires et sa doctrine
Et enseignié tout son convine ;
A tant de moy se départi.
Lors pensay moult au jeu-parti
Que Barat et Raison fait m'orent
Et enchargié tant comme ils porent,
Mais le jeu si parti avoie
Que lequel croire ne savoie,
Ou Raison qu'ot à moy parlé,
Ou Barat le bien enparlé ;
Mais bien croi qu'au derrain créusse
Barat, s'autre conseil n'éusse,
Car si bel m'avoit flajolé
Que tout sus m'avoit affolé.
    Lors vint à moy Entendement
Pour moi donner enseignement
Auquel des deux je me donnasse
Et cuer et corps habandonnasse.
Fol, dist-il, es-tu rassoté
Qui ce que Raison t'a noté
Veulx laissier pour estre trichierres
Faulx et mauvais et décevierres,

Et croire Barat le lobeur
Qui pires est que desrobeur ?
Bien es fol et oultrecuidés
Et de sens naturel vidés,
Et bien pert que tu ne vois goute
Qui veulx mettre entente toute
A toy envers Barat plaissier,
Pour Raison la sage laissier,
Car oncques nuls ne la laissa,
Ne vers Barat ne se plessa
A qui n'en meschéist après,
Sans faillir, à loing ou à près.
De ton temps véoir l'as péu
Que maint grant maistre décéu
En ont esté, et mis à honte
Pourcequ'il ne tenoient compte
De Raison ne ses fais ensuire,
Mais se penoient de la fuire,
Et adnichilloient droiture,
Contre Dieu, Raison et Mesure.
Et combien qu'avec eulx féusse
Jà d'eux audience n'eusse
A desdire leur vouleuté,
Tant ièrent espris et tempté
Par Fol-cuidier le pou séur,
Qu'estre cuidoient asséur,
Et tousjours Barat surmontoient
Pour ce que par lui hault montoient,
Et amassèrent les trésors
Qui erent très-vils et très-ors ;
Car de ce qui par Barat vient,
En la fin nul bien n'en avient.
Il n'est pas bon logicien :
Belle entrée a et beau moyen,
Mais tousjours fait conclusion
A honte et à confusion ;
Car tout quanque Barat afine,
En vingt ans, anientist fortune
En une seule heure de jour,
Ne nuls n'y puet mettre séjour.
Ainsi ne puet Barat durer,
Car ne le pourroit endurer
Droit qui tout adresse et aligne
Et qui ne fait riens fors à ligne,
Mais est enclin à son affaire
A tout ce que Raison veult faire.
Croi doncques Raison et la sers,
Car vraiement tu seras sers
D'une mauvaise servitude
Se tu mes en Barat t'estude.
Pluseurs par ses las sont passés,
Plus sages que tu n'es d'assez,
A qui mal en est advenu,
Tu le vois souvent et menu.

Plus sages que tu n'es ? Vraiement,
Par le mien mesmes jugement
Plus saiges voir ne sont-ils mie,
Car en eulx n'a de sens demie,
Combien qu'ils aient de sens le nom
Par grant abit et par renom,
Car tels est saiges qui est fols,
En ce monde, bien dire l'os,
Tel y est fol qui est bien sage,
Ce voit on par commun usage ;
Car selon le dit de ce monde,
Ly homs qui de richesse habonde
Et a assez or et argent
Pour sage est tenu de la gent
Et est prisié en tous pays
Combien qu'il soit uns fols naïs ;
Donc il est sage et fol ensemble
Par ce que j'ay dit, ce me semble :
Voire sage pour son avoir,
Et fol naïs pour pou savoir.
Et li povre, par opposite
De l'exemplaire que j'ay dicte,
Tant soit-il sage à grant devise,
Nul ne l'aime, honnoure ne prise,
Ains le tient-on pour fol et nice
Et est tenu son sens pour vice,
Car quant il dit sage parole,
Si la tiennent la gent pour fole,
Ne de riens ne puet avoir los,
Dont il est sage, et si est fols :
Fols, pour ce qu'il est povres hom :
Sage, pour ce qu'il a raison,
Et sens en soy de lui retraire
De mal faire, et à bien atraire.
Or vois-tu bien que je te preuve
Tout clèrement par une preuve
Qu'il n'a fors pure vérité
En ceste contrariété
Que je t'ay voulu cy espondre,
Ne nuls n'y sauroit que respondre
Pour le contraire soustenir
S'il se veult à raison tenir.
Soies sages et me croi doncques,
Tu ne féis si bon sens oncques.
Croy Raison et à luy te tiens
Et ses enseignemens retiens,
Et tu en vendras à grant bien.
Tu le verras ains dix ans bien,
Faillir n'y pues par nulles voies
Se par Barat ne te desvoies.

A tant se tut Entendement ;
Lors commençay parfondément
A penser à la vérité
Que devant m'avoit récité ;

Le Chemin de Povreté et de Richesse

Adonc apparceu-je de voir
Que voir m'ot dit, sans décevoir,
Entendement le sages hom
Que trop mieulx vault croire Raison
Que Barat ; si m'y assenti,
Car onc nuls ne s'en repenti.
    Lors vint Raison, sans demourée,
Blanche, vermeille, colourée,
Faisant grantjoie et bonne chière
Com celle qui n'a riens tant chière
En ce monde, comme personne
Qui de bon cuer à lui se donne.
Ami, Dieux te gart, dist Raison,
Or est-il bien temps et saison
Que tu faces ma volenté,
Quant je t'en voi entalenté ;
Tout maintenant jurer te fault
Que par toi n'y aura default,
Et que de cuer me serviras,
Ne contre mon vouloir n'iras
Jamais, quoy que Barat te die,
Ne nul de ceulx de sa mesnie,
Par leur beau parler décevable.
Aies le cuer ferme et estable
A mes œuvres continuer
Sans ton courage point muer
En pensée, n'en fait, n'en dit,
Comme autrefois je le t'ay dit
Et monstré pour prendre chastoy,
Quant je fus cy parler à toy ;
Mais si tost com je m'entourné,
Par Barat fus tantost tourné
Et par la force de son vent,
Tout ainsi que l'en voit souvent,
Quelque part que le vent s'atourne,
Le cochet d'un clochier se tourne.
Prens doncques en toy fermeté,
Vertu, force et estableté
A bien tenir les convenances,
Que je vueil que m'enconvenances
Pour avoir de toy séurté
Que tu me tendras loyaulté
Et que tous mes commans tendras
En quelque lieu que tu vendras.
Et saches bien que mon service
Est au monde droicte franchise ;
Qui me sert, puet partout aler
Et devant toutes gens parler
Baudement, sans baissier la chière
Et sans traire le cul arrière :
Paour ne doit avoir ne honte
Devant pape, roy, duc, ne conte,
Ne devant autre justicier
Ordonné pour gens justicier,

Non voir devant homme qui vive,
Car mon sergent à nul n'estrive,
Ne sa pensée en nul endroit
Ne vouldroit mettre, fors en droit
Et en vérité maintenir,
Et s'y veult soir et main tenir.
Pour ce, vueil-je que tu deviengnes
Mon sergent, et qu'à moy te tiengnes,
Sans t'en départir à nul fuer,
Et espécialment ton cuer ;
Et je aussi en ton cuer seray,
Ne jà ne m'en départiray
Jusques à la mort, ne t'en doubtes,
Se maugré moy hors ne m'en boutes.
Se tu m'aimes, bien te suivra,
Et se ce non, il te fuira.
Se tu n'as l'entendement trouble,
Tu vois que mon salaire est double ;
Que ce soit voir, je le te preuve
Par preuve où n'a point de repreuve.
    En moi servant, premièrement,
Pues-tu vivre tout seurement,
Sans nul doubter fors Dieu mon père :
Qui ce ne croit, il le compère.
Après, quant tu trespasseras
De ceste vie, tu seras
Avecques mon père en sa gloire,
Ceste sentence est toute voire,
Et là vivras-tu finement
Sans jamais avoir finement,
Car tu dois créance avoir ferme
Que quant personne vient au terme
Qu'elle en ce monde doit mourir,
Adonc commence-elle à flourir
Et prent commencement de vie
Tout aussi tost qu'elle dévie,
Car elle ist de vie muable
Et entre en vie pardurable.
Tout donc pues tu veoir clèrement
(S'en toy a point d'entendement)
Que mon loyer se double bien
Quant on en reçoit double bien,
C'est assavoir honneur parfait
Au monde, par œuvre et par fait,
Et paradis en la parfin
Qui durera tousjours sans fin.
N'il n'est nul autre bien, sans faille,
Qui le mendre de ces deux vaille ;
Or te gard donc de les perdre
Et te veuilles du tout aherdre
A mes euvres si bien ensuivre
Que tu les aies à délivre,
Et laisse Barat et ses euvres,
Car saches que se tu en euvres

Et en son service remains,
Tu perdras le plus pour le mains.
Car ces deux biens dessus nommés
Qui tant sont beaulx et renommés
Par son service auras perdus
Et tu mesmes seras pendus
Corporelment, par aventure,
A grant angoisse et à laidure.
Tu y perdras, bien dire l'os,
Se tu le sers, corps, âme et los
Qui sont trois très souverains biens,
Et si ne te puet donner riens
Fors plaisance d'acquerre avoir
Sans point de conscience avoir,
Car tousjours son servant atise
D'avoir sur l'autrui convoitise
Et quant son servant a assez
D'avoir et trésors amassés
Et il cuide vivre asséur,
Lors lui vient aucun méséur
Qui tout met ce dessus dessoubs :
Par nuls n'en puet estre ressoubs,
Ne nul de son meschief ne pleure,
Mais chascun, de fait, lui queurt seure,
Et tel, espoir, ne le vit onques
Qui en dit moult de mal adoncques
Et en a le cuer esjoy
Pour le mal qu'il en a oy,
Et n'en fait fors chanter et rire,
Et souvent par ramposne dire :
Trop estoit riche devenu,
Tout estoit du deable venu
Et au deable tout s'en ira.
Tout ainsi chascun s'en rira
Et n'aura nuls de lui pité,
Ains sert vilment despité
Et de Dieu et du monde ensemble.
Donc pues tu voir, ce me semble,
Que Barat fait mauvais servir
Puisque l'en ne puet desservir
Fors que honte, angoisse et doleur,
Et que qui le sert fait foleur.
Met le doncques en non chaloir,
Et m'aimes qui te puis valoir
En tous cas, vers Dieu et le monde,
Et aies le cuer pur et monde.
Aies en toy humilité,
Loyauté, foy et vérité,
Et se humble es de contenance,
Gardes qu'il n'y ait décevance,
De cuer le soies et de fait,
Car tel humble et loyal se fait
Devant la gent, qui ne l'est mie
Ne n'a d'humilité demie,

Mais sa chiere humble et encline
Fait acroire à ceulx qu'il encline
Qu'il est preudoms, par son semblant.
Ainsi leur va leurs cuers emblant
Par sa simple papelardie
Qui est pleine de renardie
Et de faulseté, car soubs l'ombre
De la simplesse où il s'aombre,
Deçoit tous ceulx qui le regardent
Qui du faulx semblant ne se gardent ;
Si avuglés les a sans doubte
Que nully de luy ne se doubte,
Mais jurroit chascun fermement
Qu'il est preudoms parfaitement,
Combien qu'en faulseté habonde.
Tout ainsi deçoit-il le monde,
Mais Dieu ne puet-il decevoir :
Cellui en scet bien tout le voir,
Car il voit tout à descouvert
Le mal qu'en son cuer a couvert ;
Jà si ne le saura répondre :
Devant lui l'en fauldra respondre
Quant il son jugement tendra
Que sentence à chascun rendra
Par rigueur, selon le forfait
Qu'il aura au monde forfait.
Ou milieu du trosne sera,
Les plaies à chascun monstrera,
Les cloux, la couronne et la lance :
Lors sera chascun en balance,
Là n'aura roy ne empereour
Qui n'ait en son cuer grant paour.
Là tendra-on aussi grant compte
D'un savetier comme d'un conte,
Et de ceulx qui vestent les rois
Comme des prelas et des rois,
Mais que loyaulx aient esté,
Prenans en gré leur povreté,
Et la seurté de Souffisance,
Et qu'ils aient éu créance
En Dieu, telle qu'il appartient
Et comme Crestienté tient.
Là ne pourra nuls pour avoir
Vers mon père sa paix avoir
Qu'il n'ait ce qu'aura deservi
Selon ce qu'il aura servi :
Tuit cil qui seront d'Adam nés
Auront paour d'estre dampnés,
Jà si justes ne sauront estre.
Mais Dieu fera aler à destre
Mes gens que il congnoistra bien,
Qui n'ont entendu fors à bien
Au monde, et selon moy vescu ;
Là leur seray-je bon escu,

Car Dieu tretous les béneira.
Ainsi mes gens départira
D'avec les gens Barat, sans doubte,
Qui seront tous en une route
Dolens à senestre partie ;
Là iert la chose mi-partie,
Car mes gens qu'à destre seront
Tous ensemble joye feront
Et auront parfaite léesse
Exemps de deuil et de tristesse.
Et les gens Barat, d'autre part,
Dont mon père aura fait départ
D'avec les miens, par leur foleur,
Grant pleur, grant cri et grant doleur
Adonc tous ensemble menront
Quant ils condempnés se verront
Et tournés à perdition
Sans espérer rédemption.

   Or ne te fay pas donc hessier
De moi prendre et Barat laissier,
Rens toy à moy tout en ceste heure,
Sans querre y terme ne demeure,
Fay moy tost hommage mains joinctes,
Et selon mes œuvres t'apointes
Si com je t'ay cy-devant trait,
Et persévères sans retrait,
Car qui aujourd'uy bien feroit
Et demain ne persévéroit,
Tout ce ne vauldroit un festu.
Lors me dit Raison : Que fais-tu ?
Il me semble que tu n'oies goute.
Dame, dis-je, je vous escoute,
Car tant me plaist à vous oïr
Que tout me faites resjoïr
Des grans biens que vous m'aprenez,
Et pour ce à tort me reprenez,
Car vous m'avez dit et apris
Que qui veult avenir à pris,
Il doit oïr et bien entendre
Avant qu'il doie response rendre,
Et qu'à parler si à point preigne
Et par avis, qu'il ne mespreigne :
Et que de parler ne se haste,
Ne que nuls n'en doit avoir haste
Qu'avant n'y ait trois fois avis ;
Et pour ce, dame, il m'est avis
Se je vous ay laissié parler
Sans reprendre vostre parler
Que je n'ay fait cy nullement
Fors selon vostre enseignement
Auquel faire je sui tenu.

   C'est voir, tu l'as bien retenu,
Ce dit Raison, et à cuer mis :
Si en seras à honneur mis

S'ainsi le veulx continuer
Sans ton courage point muer.
Puisqu'estre veulx de mes complices,
Garde bien que tu acomplisses
Mes commandemens, sans retraire,
Que tu m'as oy cy retraire.

   Je respondi : Voulentiers, dame,
Tout sui vostre de corps et d'âme ;
En vous ay mis tout mon courage,
Tenez et je vous fay hommage
Et me rent jointes mains à vous,
Comme le vostre, à nus genouls ;
Et si vous ay enconvenant
Que bien vous tendray convenant
En tous les lieux où je seray,
Ne jamais chose ne feray,
Que je puisse, qui vous desplaise.

   Lors Raison se baisse et me baise
Et en baisant s'esvanouy.
Plus parler ne la vis, n'oy,
Mais bien dedens moy la senti,
N'oncques puis je ne m'assenti
De faire à nulluy desraison
N'autre chose contre raison,
A tout le mains que je péusse
Ne que congnoissance en éusse.
Quant dedens moi senti ainsi
Raison la sage que j'aim si
Que tousjours en mon cuer demeure,
Lors vindrent à moy, sans demeure,
Un moult simples homs et sa femme ;
Bien sembloient gens sans diffame
Et sans estre de mal tempté :
Bon-cuer et Bonne-voulenté
Se faisoient-ils appeler.
(Tels noms n'afficrent à céler.)
Chascun moult bel se maintenoit ;
Bonne-voulenté si menoit
Un enfant bel et doulx et gent
Et gracieux à toute gent,
(En tous cas ert de bon affaire,)
Nommé fut Talent-de-bien-faire ;
Bon-cuer le preudom fut son père
Et Bonne-voulenté sa mère.
Tous trois de lez moy s'arrestèrent
Et moult bel semblant me monstrèrent ;
Bon-cuer premier m'araisonna
Et moult bel salut me donna
Par doulx parler, com simples hom :
Amis, dist-il, puisque Raison
As avec toy acompaignie,
Tu m'auras en ta compaignie
Tous temps, et avec toi seray,
Ne jamais jour ne te lairay ;

Ma femme et mon fils que vois cy
Ne te lairont jamais aussi ;
Nous trois te conduirons ensemble
A la voie, se bon te semble,
Que Raison t'a dit et apris
Qui fait gens avenir à pris ;
Et se tu nous veulx croire et suire,
Tous prets sommes de toy conduire
Et d'aprouver en vérité
Ce que Raison t'a endité ;
Et sans nous trois ne pues-tu faire
Chose qui puist à Raison plaire,
Car ne saroies assener
Au chemin qui te doit mener
Au noble chastel de Richesse
Qui tant parest plain de noblesse.
Qui sans nous y vouldroit aler
Il ne feroit que reculer
Jusqu'à tant qu'il se fust bouté
Droit au chemin de Povreté
Qui tant parest boueux et ort.
Lors lui dis : Sire, je m'acort
A vous trois, et si vous requier
Que vous me vueilliez convoïer
Ou chemin que je tant désir,
Si m'acomplirez mon désir :
C'est au chemin de Diligence
Que je ne say où l'en commence
A y entrer, qu'onques n'y fuy,
Dont dolent et courroucié suy.
Tu y entreras tout en l'eure,
Dist Bon-cuer, or tost, sans demeure,
Lieves sus et si t'apareilles ;
Il fauldra bien que tu t'esveilles
Tel fois que tu dormisses bien,
Se tu veulx avenir à bien :
En ce chemin faut traveillier,
Pou dormir et souvent veillier.
Par trop dormir pues-tu bien perdre,
Nuls ne s'en scet à quoi aherdre
Se n'est à robe dessirée
Qui n'est pas chose désirée
De personne qui honte craint ;
Pour ce est saige qui se contraint
A souffrir un pou d'abstinence
Dont on vient à telle excellence
Que on a des biens à planté.
Lors parla Bonne-volenté :
Beaux fils, dist-elle, à moi entens,
Il te fault employer ton temps
Tout autrement que tu n'as fait,
Et si bien maintenir ton fait
Que tu puisses acquerre avoir
Sans chose de l'autrui avoir ;

Et me croy moi et mon seigneur,
Si en vendras à grant honneur.
Tu n'y verras jà le contraire,
Amis, dist Talent-de-bien-faire,
Croy ma mère que tu os cy,
Et mon père Bon-cuer aussi ;
En leur conseil met tout assens
Et les aimes, si feras sens :
Lieves sus tost, sans plus d'atente,
Si te menrons droit à la sente
Du beau chemin de Diligence ;
Et ne met point de débat en ce,
Car tu en pues venir à pris,
Si comme Raison t'a apris.
  A ce mot respondi en l'eure :
Sire, voulentiers, sans demeure ;
Jà par moy n'y aura débat ;
Vostre conseil pas ne débat,
Ains le vueil du tout acomplir.
Lors me commençay à vestir
Et me chaussay appertement,
Puis dis : C'est fait, alons nous en,
Véez moy cy tout apresté.
Lors ala Bonne-voulenté
Tantost alumer la chandelle,
Car moult estoit le cuer chault d'elle
Que fusse entré en Diligence
Le beau chemin plain d'excellence ;
Puis dist doulcement, sans hault braire,
A son fils Talent-de-bien-faire :
Tien, dist-elle, mon enfant doulx,
Ceste chandelle devant nous
Porte, si que plus cler voyons
Tant qu'en Diligence soions ;
Or tost, n'y ait plus séjourné.
Dame, véez me ci attourné,
Dist Talent-de-bien-faire adoncques.
Désobéissant n'en fut oncques,
A la voie se mist devant,
Pié à pié l'alasmes suivant.
  Tous quatre ensemble tant errasmes
Que nous en Diligence entrasmes,
Où je onquesmais entré n'avoie
Pour ce que aler n'y savoie.
En ce chemin grant et ferré
N'éusmes pas grantment erré
Que nous trouvasmes un chastel,
Onques personne ne vit tel
Se ce ne fust cellui meismes ;
Et quant à la porte venismes
Et nous cuidasmes ens entrer,
Adonc nous vint à l'encontrer
Cellui qui la porte gardoit,
Qui moult fellement regardoit

Et moult estoit mal engroigné
Et, par semblant, embesoigné.
Moult lourdement me print à dire :
Qu'est-ce que voulez-vous, beau sire ?
Voulez-vous entrer sans congié
Si tost que vous l'avez songié ?
Nul n'entre ou chastel de céans,
S'il n'est à moy obédiens
Et à ma femme que veez cy.
Ay ! sire, pour Dieu mercy !
Ce dist lors Talent-de-bien-faire,
Ne vous vueille à tous deux desplaire,
Il n'y vueil pas, sans vous entrer.
Lors a prins Bon-cuer à parler :
Sire, dist-il, il est bien digne
D'entrer léans sans long termine,
Car je le sçay pour vérité.
C'est mon, dist Bonne-voulenté,
Sire, n'en soie en doubtance,
Car je sçay bien qu'il a béance.
Grant voulenté et grant désir
D'acomplir tout vostre plaisir
Et de la dame de vos biens,
Car sans ce ne vauldroit-il riens ;
Dictes que voulez-vous qu'il face,
Et il le fera sans fallace.

Lors dist le portier doulcement :
Puisque de son assentement
L'avez jusques ci amené,
Il sera moult bien asséné
Ne il ne le pourroit mieulx estre.
Adonc me prist par la main destre
Et me commença à preschier
En disant : Mon amy très chier,
Puisque tu es céans venu,
Tu seras désormais tenu
De moy et ma femme obéir,
Se tu veulx Richesse véir,
Qui demeure assez près de cy
En son bel chastel seignoury.
A elle ne puet nuls aler
Sans à ceulx de céans parler
Et toute leur voulenté faire
Et persévérer sans retraire ;
A moy fault parler tout premier
Qui suis de ce chastel portier,
Qu'on clame chastel de Labour,
Où l'en besongne nuit et jour ;
On m'appelle par mon nom Soing
Qui maine les gens par le poing,
Entre moy et Cure ma femme,
A monseigneur et à madame
Qui de céans ont le demaine,
Qu'on appelle Travail et Peine :

Si que, beaux amis, se tu veulx,
Nous te menrons tout droit à eulx,
Mais moult t'y fauldra endurer
Ou tu n'y pourras jà durer,
Car on te feroit hors chacier,
En l'eure, sans toy menacier,
Se n'y faisoies ton devoir.
Je ne te vueil pas décevoir,
Demourer pues, ou retourner ;
On dit souvent qu'à l'enfourner
Font li fournier les pains cornus.
Sire, dis-je, n'en parle nuls,
De retourner n'est pas m'entente
Pour nulle durté que je y sente :
Jà ne m'en verrez remuer
Pour froit, pour chaut, ne pour suer ;
Bon-cuer et Bonne-voulenté
Le vous ont assez créanté,
Et Talent-de-bien-faire aussi,
Qu'amené m'ont avec eulx cy,
Et se defaillir m'en véez,
Jamais, nul jour, ne me créez.

Lors me menèrent Soing et Cure
Ens ou chastel grant aléure.
Là avoit bien plus de cent mille
Ouvriers ouvrans par la ville,
Dont chascun faisoit son mestier
Si comme il lui estoit mestier ;
Là n'ot homme ne femme oiseux.
Tant estoit ce chastel noiseux
De férir et de marteller
Qu'on n'y oïst pas Dieu tonner ;
Qui de trois jours n'eust sommeillé
Si fust-il là tout esveillé.
Quant les ouvriers vy et oy,
J'en eu le cuer tout esjoy
Et me fut tart que je m'y veisse
Et que je aussi comme eulx feisse.
Soing et Cure me regardèrent
Talentif, si me demandèrent
Se je vouloie demourer
En Labour et y labourer :
Oïl, dis-je, pour Dieu mercy !
Moult me plaist à demourer cy ;
Au chastellain bien parleray
Et à sa femme, quant j'aray
Icy esté jusques au soir.
Dist Soing et Cure : Tu dis voir,
Or commence pour, de par Dieu.
Adonc prins ma place et mon lieu
Et m'alay tost mettre en conroy.
Ma chandelle mis devant moy
Sur la table, en un chandelier,
Pour mieulx véoir à besongnier.

Et comme je m'apareilloie
Et que je commencier vouloie,
Es-vous venir la chastellaine
De ce chastel, à grant alaine,
Peine qui aloit visitant
Tous les ouvriers dont je vy tant.
Les pans avoit à sa ceinture
Et moult aloit brant aléure;
De telle ardeur se remuoit
Qu'a pou que le sang ne suoit;
Nulle fois surcot ne vestoit,
Mais en sa povre cote estoit
Et aucune fois en chemise,
Quant elle l'avoit blanche mise.

En passant Peine m'apparçut,
Et pour ce que ne me congnut,
Demanda à Soing le portier :
Qui est, dist-elle, cel ouvrier
Que je voy là tout seul séoir ?
Ne l'ay point apris à véoir,
Il est venu tout nouvel huy,
Je vueil aler parler à luy
Savoir s'il croire me voulra
Et s'à mon plaisir labourra.
Dame, dist Soing, vueilliez savoir
Qu'il a grant fain de vous véoir ;
Tesmoingnié nous a bien esté :
Bon-cuer et Bonne-voulenté
Et aussi Talent-de-bien-faire
Dient qu'il est de bon affaire
Et qu'il d'estre oiseus n'a cure.
Lors parla moult haultement Cure
Et dist : Vraiement, se n'a mon,
Et pour ce nous du cuer l'amon,
Entre moy et mon mari Soing,
Avec lui serons près et loing :
Prests sommes de le vous plégier
Et de nous en bien obligier.
Lors respondi la chastellaine :
Puisqu'il est, dist-elle, en tel vaine,
Je le vueil aler essaier
Si me pourra si appaier
Comme vous dictes, or y parra ;
S'ainsi le fait, il acquerra
Pour l'amour de moy moult d'avoir
Que nuls ne puet sans moy avoir.
Peine se trait lors près de moy :
Amis, ne soies en esmoy,
Dist-elle, mais fay liement
Ta besoigne, et appertement
A ta main entens sans muser
Et ne t'entens pas à ruser,
Mais si l'ouvrage continues
Que par force d'ouvrer tressues,

Car nuls ne doit céans oser
Soy alaschir ne repouser,
Car tantost seroit bouté hors.
Je respondi humblement lors :
Dame, dis-je, j'ay grant désir
De faire tout vostre plaisir,
Ne jà jour ne vous pourrez plaindre
De moy que m'aiez véu faindre,
Ne que vous face mesprenture,
En tesmoing de Soing et de Cure.
Amis, dist Peine, c'est bien dit,
Fay que le fait s'accorde au dit,
Ou tout ce ne vauldroit un ail,
Si que quant mon mari Travail
Vendra au soir, puist parcevoir
Que bien aies fait ton devoir.
Je visite nos gens au main,
Et il les visite au serain :
Or fay tant qu'il ne se courrouce,
Car de pou parle, tence et grouce.

A tant se tut la chastellaine
Qui moult estoit d'angoisse plaine ;
A besoignier commencay lors,
Entente y mis, et cuer et corps.
Ainsi besongnay sans séjour
Jusqu'à tant que je vy le jour
Par les fenestres pairoir cler :
Lors ma chandelle alay souffler,
Puis entendi à ma besoigne,
Sans querre y terme ne essoigne,
Jusqu'à heure de desjuner
Qui vault desjuner et disner
A la coustume des ouvriers.
De ceulx illec vis-je premiers
La manière et la contenance,
Qui vivoient en abstinence.
N'y ot si grant ne si petit
Qui ne préist grant appétit
En pain sec, en aulx et en sel,
Ne il ne mengoit riens en el
Mouton, buef, oye ne poucin ;
Et puis prenoient le bacin,
A deux mains, plain d'eaue et buvoient
A plain musel, tant qu'ils povoient.
Quant je regarday cel afaire,
Grant talent me print d'ainsi faire
Combien que pas ne l'eusse apris ;
Mais aux ouvriers exemple pris,
Qui mengoient, si me prist fain :
Lors fis tant que j'éus du pain
De Corbueil, du sel et des aulx,
Et si prins du vin aux chevaulx,
Puis mengay par si grant saveur
Qu'oncques ne mengay par greigneur,

Car moult me vint à gré cel ordre.
Qui me véist en mon pain mordre,
Ma manière et mon contenir,
Grant appétit l'en peust venir.
Et tout adès en besongnant
Alay illec mon pain mengant
Et beu de l'ieaue à plain musel ;
Vin ne prisoie un viel fusel.
Et quant j'éu mengié et beu,
Aussi bien me sentis-je peu
Comme s'à feste éusse été
Ou j'éusse eu à grant planté
Mouton, buef, poulaille et paons,
Pastés et tartes et flaons,
Pain de bouche, et estrange vin
Bourgouing, Gascoing et Angevin,
Beaune, Rochelle, Saint-Pourçain
Que l'en met en son sein pour sain.
Lors me pris fort à besongnier,
Je ne m'en fis pas essoignier,
Car là furent, lez mon costé,
Bon-cuer et Bonne-voulenté
Et aussi Talent-de-bien-faire
Qui regardoient mon affaire ;
Soing et Cure aussi y estoient
Qui tout adès m'admonnestoient
Que j'ouvrasse à col estendu
Et que bien me seroit rendu,
Car j'en auroie bon loier.
Ainsi ouvray sans délayer
Jusqu'à la nuit noire et obscure ;
Adonc alèrent Soing et Cure
Tost la chandelle appareillier
Pour jusqu'à cueuvre-feu veillier,
Car d'iver estoit la saison
Qu'on ne souppe pas, par raison,
Jusqu'à tant qu'on l'oie sonner.
 Lors m'alay tost habandonner
A l'euvre, de cul et de pointe,
Je n'en fis oncques le mescointe,
Et tant besoignay que j'oy
Cueuvre-feu, si m'en esjoy,
Car lassés et vaincus estoie
De besongner, et si sentoie
Un appétit qu'on clame fain.
A ce point vint le chastellain
Travail qui me dit : Doulx amis
Bien doy amer qui cy t'a mis,
Car bien y as fait ton devoir ;
Je m'en sçay bien apparcevoir.
Bien voy que tu as sans faintise
Huy en labour t'entente mise,
Et pour ce te vueil pourvéoir
Que tu puisses Repos véoir,

C'est cil que les gens de céans
Qui en labour sont paciens
Fait aaisier à leur plaisir,
Boire, mengier, dormir, gésir
Et prendre consolation
Après la tribulation
Que ma femme leur fait souffrir
Quant à lui se veullent offrir.
Et pour ce qu'à lui t'es offert
Et grant ahan as huy souffert,
Congié te doing, en guerredon,
D'aler à Repos le preudon
Qui te fera ton corps aisier,
Ta char et ton sang appaisier
Que tu as huy moult esméu
Pour l'enhan que tu as éu.
Sire, dis-je, je m'y accort
Puisque ce vient de vostre accort :
A Repos m'en vois orendroit.
Lors me mis à voie tout droit
Vers la porte, par un sentier :
Là requis à Soing le portier
Et à Cure que par amour
Hors me méissent sans demour.
Adonc respondi li portiers :
Beaulx amis, dist-il, voulentiers,
Car tu es vains et endormis.
Lors m'ont Soing et Cure hors mis,
Qui virent que temps en estoit,
Mais trop forment m'admonnestoit
Chascun d'eulx deux de moi lever
Dès matines, pour achever
L'euvre que commencié avoie
Pour plus tost achever ma voie
D'aler ou chastel de Richesse
Où l'en ne va pas par paresse,
N'en fait-on pas par diligence
Se il n'y a perséverance.
Raison me dist, (bien m'en souvient)
Que perséverance convient
En bien faire, c'est ce qui fait
L'ouvrier louer de son bienfait.
Amis, dist Soing, à Repos vas :
Plus décevable ne trouvas
Puis que tu fus de mère nés ;
Repos a maintes gens menés
Ou hideux chemin de Paresse
Qui tourne le cul à Richesse :
Repos a tous ceulx décéu
Qui contre Raison l'ont créu,
Et si est prest de décevoir
Tous les jours ceulx qui recevoir
Veulent ce qu'il leur veult donner ;
Tous ses biens veult habandonner

A tous ceulx qui prendre les veulent,
Mais vraiement tous ceulx se deulent,
En la fin, qui contre raison
Les prennent hors heure et saison
Sans cogente nécessité.
Bien est raison et vérité,
Sans Repos ne puet vivre nuls,
De quelque estat, gros ne menus,
Mais ceulx qui Repos croient trop
Povres en la fin sont com Job.
Or ne le vueilles mie croire,
Mais aies tousjours en mémoire
Ce que je te dy et enseigne
Et le retien en cest ensaingne.
Adonc me tira Soing l'oreille;
Cure, d'autre part, s'appareille
A moi enseigner et aprendre
Comme je doy par raison prendre
Les biens que Repos scet donner
Quant il se veult habandonner.
Amis, dist Cure, ne crois pas
Repos, se ce n'est un trespas
Quant en auras nécessité,
Car, si comme Soing t'a dicté,
Nuls ne pourroit sans Repos vivre
S'il n'est ou hors du sens ou yvre.
Mais qui Repos croit à oultrage,
Il pert du tout son bon courage
Qu'il avoit, par devant, d'ouvrer
Et ne le puet pas recouvrer
Aucune fois à son vouloir,
Dont en la fin le fait douloir.
Garde donc bien qu'il ne te tiengne
Que par raison, et te souviengne
De moy à ces enseignes-cy.
Lors me tira l'oreille aussi
Comme Soing ot fait par devant
En moy mon preu ramentevant.
A tant du portier prins congié
Et de sa femme, et eslongnié
Le lieu au plus tost que je pos
Et m'en alay droit à Repos
Qui m'attendoit en ma maison,
Car il en estoit bien saison.
Ens entray, et trouvay ma femme
Qui ne pensoit à nul diffame,
Mais m'appareilloit à mengier
A lie chière et sans dangier.
Mes mains lavay et puis m'assis,
Et souspasmes à sang rassis,
Moy et ma femme, bec à bec,
Du pain et du potage avec,
Et de ce que Dieu mis y ot.
Quant soupé eusmes sans riot

Et la nappe si fu ostée,
Près de moy se fu acostée
Ma femme; lors luy comptay brief
Mon affaire de chief en chief:
Dame, dis-je, ne savez mie
Comme j'ay eu forte nuitie
Quant vous de lez moy dormiez
Et vostre repos preniez.
Vous n'avez pas véu à-nuit
La male gent qui tant m'a nuit
Et fait si grant adversité:
Besoing avec Nécessité,
Souffreté, Disette autressy,
Pensée la vieille et Soussy,
Desconfort et Désespérance.
Et tant m'ont fait de meschéance,
Sachié, bouté et tourmenté,
Qu'à poi qu'ils ne m'ont cravanté;
Mais Raison la bonne et la sage
M'a apris la voie et l'usage
D'eschever toute adversité
Et de vivre en prospérité.
Entendement, com mes amis,
En la voie aussi m'en a mis,
Et m'ont fait de Barat retraire
Qui se penoit de moy attraire
Pour moy faire à mal habonder
Et moy honnir et vergonder,
Et aussi son clerc Tricherie
Et son varlet Hoquelerie.
Tant m'a donné Entendement
Et Raison bon enseignement,
Que je sui en foy et hommage
De Raison la bonne et la sage,
Et tousjours en moy demourra
Ne jamais jour n'en partira,
Ainsi comme elle m'a promis;
A lui faire hommage ay trop mis.
Si m'y ont moult bien aïdé
Bon-cuer et Bonne-voulenté,
Talent-de-bien-faire leur fils.
Quant à moy vindrent, je leur fis
Tout ce que il me commandèrent
Et alay où ils me menèrent.
Au chastel de Labour alasmes,
Où nous Soing et Cure trouvasmes
Qui sont de ce chastel portiers:
Ceulx me reçurent moult volentiers
Et me menèrent droit à Peine
Qui de Labour est chastellaine;
Peine me reçut sans séjour:
O moy a esté toute jour;
Travail ores, puis l'anuitier,
Vint à moy non pas pour luitier,

Le Chemin de Povreté et de Richesse 837

Mais pour dire et ramentevoir
Qu'avoie bien fait mon devoir
Et que temps estoit de venir
Mon corps aisier et soustenir.
Mais trop m'ont hasté Soing et Cure
Qui de long aisement n'ont cure,
De moy, dès matines, lever
Pour tost ma besoigne achever.
Or vous ay compté sans mençonge
Ma vision qui n'est pas songe.
Lors respondi ma femme ainsi :
Qu'est-ce que vous me dictes cy ?
Vous estes, je croy, hors du sens,
Car ne me congnois en nul sens
En ce que vous m'alez disant
Et toute nuit cy devisant,
Car ce n'est tout que fantasie
Que vous dictes par frenaisie.

Quant ma femme ramposné m'ot,
Je me teus et ne sonnay mot,
Car s'à lui me feusse engaignié,
Certes riens ne eusse gaignié
Et j'ay pieça du sage apris
Que nuls ne devroit prendre à pris
Nulle chose que femme die.
Soit bien, soit mal, tence ou mesdie,
Tousjours veult femme estre loée,
Et de ce que dit advoée :
De riens ne veult estre reprise,
Ains veult que l'en la loe et prise
Aussi bien du mal com du bien :
Ceste coustume say-je bien,
Et pour ce que je bien le sçay,
De la ramposne me passay,
Car contre femme se fault taire
Et toute leur voulenté faire :
Ainsi le conseil à tous ceulx
Qui ont femmes avecques eulx ;
Combien que ce soit folletés
De leur faire leurs voulentés,
Encore est-ce plus grant foleur,

Selon raison, de faire leur
Nulle chose qui leur desplaise,
Car jà femme ne sera aise
Se son mary lui fait despit,
Jusqu'à tant, sans aucun respit,
Que rendu lui ait doublement,
Ou nature de femme ment.
Dont doit-on, qui bien veult eslire,
De deux maulx prendre le moins pire ;
Bon se fait près d'un péril traire
Pour de greigneur péril retraire.

Lors m'appareillay pour couchier
Et mis en coste moy l'eschier,
Pour tost alumer ma chandelle
Sans moy bougier, dessus ma selle.
De Soing me souvint et de Cure
Qui de fétardie n'ont cure,
Car moult estoie entalenté
De bien faire leur voulenté,
Et ferai d'ores-en-avant.
Et Dieu, par sa grâce, m'amand
De si bien vivre en Diligence
Et en bonne Persévérance,
Au gré de Travail et de Peine,
Que véoir me puisse ou demaine
De Richesse la haute Dame,
Au sauvement de corps et d'âme
Et se je ne puis advenir
A la grant Richesse, et venir,
Qui est la mendre selon Dieu,
Je pry la Vierge de cuer pieu.
Qui le benoit fils Dieu porta,
En quoy les pécheurs conforta,
Qu'avenir puisse à Souffisance,
Car j'ay en ce ferme créance
Que qui à Souffisance adresse.
En lui a parfaicte richesse,
Ne jà ne croiray le contraire.
Icy vueil mon livre à fin traire
Appellé la *Voie et l'adresse*
De Povreté et de Richesse.

LE TEMPS ; POIDS ET MESURES

Le temps

Il existe deux mesures du temps au Moyen Age (cf. I, i, 1) : une mesure arithmétique conférant à chaque « jour naturel » 24 heures, et l'expérience vécue du « jour artificiel » à la durée changeante selon les saisons. Les principales divisions de la journée restent définies par rapport aux heures canoniales, qui peuvent être mises en rapport avec le décompte des heures romain, en deux demi-journées. On remarque l'inégalité des heures selon la longueur de la journée.

Jour

Prime	Lever du soleil	Première heure
Tierce	Casse-croûte	Troisième heure
Sixte	Midi Dîner	Sixième heure
None	Milieu de la demi-journée	Neuvième heure
Vêpres	Tombée de la nuit Souper	Douzième heure

Nuit

Complies	Heure du coucher	Troisième heure
Matines	Minuit	Sixième heure
Laudes	Milieu de la nuit	Neuvième heure

Les poids et les mesures utilisés dans le Mesnagier

l'aune	1,18 m
le boisseau	13 l
la chopine	0,47 l (une demi-pinte)
le dour	demi-pied, 4 pouces
le gallon	quatre pintes
la jauge	à peu près un mètre
la livre	16 onces (Paris)
la pinte	0,94 l (deux chopines)
le poinçon	195 litres
la quarte	1,88 l (deux pintes)
le quarteron	le quart d'une substance
la queue	390 litres
le setier	7,52 l (huit pintes) Mesure appliquée aussi bien à des liquides qu'à des substances solides, dont la valeur change selon la denrée concernée.
la toise	1,95 m

PETIT GLOSSAIRE CULINAIRE

ALLOUYAUX : Ce nom semble exclusivement appliqué à une recette particulière pour préparer un rôti de bœuf. Cf. II, v, 139.

BÉCUIT : Plat au poisson. Mentions : II, iv, 43, 47, 49.

BLANC-MANGER PARTI : Sans doute décoré de deux couleurs distinctes séparées selon une ligne droite. Cf. II, v, 246.

BOCHET : Breuvage au miel pour malades. Recette : II, v, 299.

BOUE : Sauce épaisse et foncée pour accompagner le poisson. Cf. II, v, 185.

BOULI LARDÉ : Plat de viande que l'on plonge d'abord dans de l'eau bouillante, puis qu'on larde avant de le refaire bouillir et de l'épicer selon le plat auquel il doit s'adapter. Cf. II, v, 90.

BOUSSAC : Plat avec du lapin (II, v, 78-83) que l'auteur compare au « seymé » (79) ou au « bouli lardé » (80). Il peut également accompagner d'autres viandes, notamment de la venaison (88 et 92).

CALIMAFRÉE : Sauce à la moutarde, aussi appelée « sauce paresseuse ». Recette : II, v, 285.

CAMELINE : Sauce à la cannelle et à base d'amandes mondées, très appréciée et utilisée dans des recettes diverses. Elle accompagne presque systématiquement les rôtis de viande, et toujours la venaison fraîche (II, v, 147). Recette : II, v, 271.

CHARPIE : Façon d'accommoder les restes de poisson ou une volaille coupée en tronçons sans retirer les os ; ils sont frits avec des œufs. Cf. II, v, 369.

CHAUDUMÉE : Ragoût au poisson. Cf. II, v, 129.

CLAIRET (claret) : Sorte d'hypocras : vin blanc et miel.

COMMINÉE : Civet au cumin, soit à la volaille (II, v, 98), soit au poisson (99).

COTIGNAC : Pâtes de coings. Recette : II, v, 313.

CRASPOIX : Lard de carême, graisse de baleine, principale nourriture des pauvres lors des jours maigres. La chair de baleine – on en pêchait dans le golfe de Gascogne – était dure et indigeste même après 24 heures de cuisson. Cf. II, v, 207.

CRÉTONNÉE : Ragoût velouté, purée de viande ou de légumes, assaisonné au gingembre, frit à la poêle avec du lard. Cf. II, v, 95.

DARIOLE : Petit flan au lait ou aux amandes, ou encore tartelette à la crème ou au fromage (pâte feuilletée). Les darioles sont très appréciées au Moyen Age et accompagnent de nombreux repas.

DODINE : Sauce à l'oignon. Cf. II, v, 154.

DORURES(S) : Boulettes enrobées dans une préparation jaune ou verte ; le nom de cette préparation. Recette : II, v, 242 et 255.

ECHAUDÉS : Sorte de galette à partir de fleur de farine, préparée par ébullition, puis cuisson. Ils peuvent notamment servir de liaison pour épaissir un plat.

EPINBÊCHE : Plat au poisson à base de gruau lardé. Cf. II, v, 134.

ETRIER : Sorte de gaufrette.

FAUX GRENON : Ragoût jaune, épais et aigre. II, v, 235. Cf. aussi le « mortereuil », 236, et le « potage parti », 246.

FROIDE SAUGE : Préparation accompagnant essentiellement de la volaille. Recette : II, v, 244.

Petit glossaire culinaire

FROMENTÉE : Bouillie préparée à partir de froment mondé, très répandue au Moyen Age. Elle est tout particulièrement appréciée avec du gibier, mais s'adapte facilement (par exemple aux temps de gras ou de maigre). Recette : II, v, 234.

GALENTINE : Sauce au poisson. Sa préparation et les denrées utilisées ressemblent à celles du « chaudumée ». Cf. II, v, 129. Recette : 283.

GARINGAL : Galanga, épice d'origine chinoise, très appréciée. Pour les différentes variétés, cf. II, v, 272.

GENESTÉ : Ragoût à la couleur jaune ; cf. II, v, 114.

GRAINE DE PARADIS (souvent *graine*) : Maniguette. Plante d'origine africaine au goût poivré.

GRAMOSE : Plat confectionné avec des restes. Cf. II, v, 56.

GRAVÉ : Potage d'hiver, civet, synonyme de « seymé » (II, v, 128). Cf. II, v, 74-76.

GROS BATONS : Pain au gingembre. Cf. II, v, 344.

HARDOUIL : Civet aux volailles (II, v, 100), synonyme de hochepot (101).

HOCHEPOT : voir « hardouil ».

HOUSSÉBARRÉ : Brouet « houssé », c'est-à-dire en principe garni de persil (cf. II, v, 103), facile et rapide à préparer. On peut le faire avec de la viande (II, v, 119) ou du poisson (120).

JANCE : Sauce au gingembre dont les autres ingrédients peuvent varier. Recettes : II, v, 286-288.

JAUNET : Sauce jaune qui tient sa couleur essentiellement du safran. Elle accompagne de nombreux mets. Cf. notamment II, v, 68-70, 135, 281.

LAIT LARDÉ : Sorte de quiche à partir d'un mélange de lait, d'œufs et de lard frits. Recette : II, v, 259.

LÈCHEFRITE : Mince tranche de pain ou de viande frits ; la lèchefrite peut également désigner le récipient recueillant la graisse de la viande rôtie à la broche.

LOSANGES : Plat à base de jaunes d'œufs.

MÉTIER : Gaufre très mince, composée de farine, d'eau, de vin blanc et de sucre, et cuite entre deux fers, servie en fin de repas, en général avec l'hypocras.

NIEULLE : Pâtisserie légère ornée de signes religieux et vendue dans certaines églises.

ORILLETTES : Pâté, feuilleté.

OUBLIE : Pâtisserie légère très répandue au Moyen Age qui se vendait dans certaines églises. Ces gaufrettes étaient coloriées et ornées de signes religieux.

PÂTÉ NORROIS : Petit pâté au foie de morue, apparemment très apprécié puisque l'auteur du *Mesnagier* le mentionne souvent. Recette : II, v, 258.

PIPEFARCE : Beignet de fromage à base de jaunes d'œufs, de farine et de vin. Cf. II, v, 264.

PORÉE : Hâchis de légumes verts, non seulement de poireaux mais également de bettes, de blettes, etc., à la consistance plus ou moins épaisse.

PORTE : Galette.

POTAGE : « Potage » désigne le contenu du pot, de la casserole. Il peut être à base de légumes ou de viande, la plupart du temps c'est un mélange des deux ; il peut être épais (*liant*) comme notre potée, ou liquide comme notre soupe ou « potage ». La partie solide du potage est appelée *grain*, et la partie liquide, c'est la *purée* lorsqu'il s'agit d'un potage au légumes, le *chaudeau* quand elle provient de graisse de viande. C'est le mets principal du repas ordinaire, mais dans un banquet, il est servi au cours du premier service.

POUDRE FINE (souvent *poudre*) : Mélange d'épices et de sucre réduits en poudre. Recette : II, v, 314.

Petit glossaire culinaire

Queue de sanglier : Sauce. Cf. II, v, 146 et 293.

Rosé : Civet à la couleur rose, notamment grâce à l'utilisation de cèdre vermeil (« Alexandre »). Cf. II, v, 84.

Salemine : Plat au poisson. Mention : II, iv, 42, 48 et 52.

Saupiquet : Sauce pour accompagner du gibier ou des oiseaux, à base d'oignons. Cf. II, v, 152 et 284.

Seymé : Potage d'hiver. Le mot *gravé* semble être son synonyme (II, v, 128).

Soret : Herbe, utilisée souvent en guise de salade et qui peut être assaisonnée de vinaigre.

Soringue : C'est une sauce d'anguilles faite avec des oignons cuits et du pain rôti trempé dans une purée de pois ; on y ajoute du vin, du vinaigre et des épices. Cf. II, v, 127.

Soupe : Tranche de pain trempée dans le bouillon, le vin ou la sauce.

Sous : Plat au porc froid ayant quelque parenté avec la froide sauge*. Recette : II, v, 245.

Soutyé : Sauce, le plus souvent verte, grâce à laquelle notamment l'on pouvait conserver du poisson de mer. Cf. II, v, 277 et 276.

Supplication : Sorte de gaufrette.

Taillis : Le taillis peut désigner des plats variés, sucrés ou salés ; il peut être *taillé*, c'est-à-dire coupé, ce qui nous donne une indication sur sa consistance. Cf. II, v, 237.

Talemouse : Flan ou fromage blanc ; on la dorait avec des jaunes d'œufs, puis on la saupoudrait de sucre.

Tostes : Tranches de pain trempées dans du vin.

INDEX DES RECETTES
(les chiffres renvoient au paragraphe)

A

Ablettes : 187
Ales : 219
Allouyaux* de bœuf : 139
Alose : 176
Alouettes rôties : 370
Andouilles : 8
Andouille d'été : 254
Anguilles : 26, 180

B

Bar : 168
Barbeau : 169
Barbillons rôtis au verjus : 170
Barbue : 215
Barte : 216
Bécasse : 155
Beignets aux œufs de brochet : 268
Blanc-manger aux chapons pour les malades : 107
Bochet* : 299
Bœuf en guise de venaison de cerf : 86
Bœuf en guise de venaison d'ours : 87, 147
Boisson à la noisette : 378
Boudin : 6
Boue* : 185
Bouillon : 298
Boulettes : 255
Boussac* au lapin : 78, 83
Boussac* au lièvre : 82-83
Brême : 173, 216
Brette : 191
Breuvage au bouillon roux de chapon : 300
Breuvage au lait d'amandes : 302
Breuvage aux noisettes : 301
Brochet : 174-175
Brouet à la mode d'Allemagne : 108, 125
Brouet à la mode de Savoie : 110
Brouet au verjus et à la volaille : 111
Brouet aux chapons : 72
Brouet aux tripes de porc : 93
Brouet blanc : 106, 126
Brouet de cannelle : 102
Brouet gorgé : 103
Brouet houssé : 103
Brouet raffiné à la mode d'Angleterre : 109
Brouet rousset : 104
Brouet sarrasinois : 123
Brouet vert : 112, 122, 124
Butors : 153

C

Calimafrée* ou sauce paresseuse : 285
Cameline* : 271, 273
Carpes : 178
Carrelets : 211
Cerf : 90
Champignons : 160
Chapons et poules faisandés : 149

Chapons et veaux aux herbes : 73
Chaudeau flamand : 303
Chaudumée* au brochet : 129
Chevreaux et agneaux : 145
Chevreuil au boussac* : 88
Choucas : 357
Choux : 53
Chien de mer : 192
Cigne : 157-158
Cigognes : 153
Civet aux œufs : 131
Civet de lièvre : 116
Civet de veau : 115
Civet d'huîtres : 130
Cochon de mer : 203
Comminee* de volaille : 98-99
Compote : 312
Confiture : 312
Confiture aux noix : 315
Congre : 198
Cormorans : 153
Corneilles : 357
Cotignac* : 313
Coulis de poisson : 307
Coulis de poulet : 306
Courges : 63
Craspoix* : 207
Crêpes : 262
Crêpes à la mode de Tournay : 263
Crétonnée* : 95-96

D

Dorée : 218

E

Eau pour rincer les mains à table : 316
Ecrevisses : 186, 223
Ecureuil : 341
Eglefin : 201
Epinbesche* aux rougets : 134
Esturgeon : 204
Etourneaux : 369

F

Faisans : 153
Faon au boussac* : 92
Faux grenon* : 235
Fènes : 177
Fèves : 40-46, 94
Flans de carême : 247
Flets : 220
Foulques : 349
Froide sauge* : 244
Fromentée* : 234

G

Galentine* pour carpe : 283
Gardon : 188
Gaufres : 343-344
Gaymiau : 183
Gelée bleue : 252
Gelée de viande : 251, 253
Genesté* : 114
Gramose* : 56
Gravé* au poisson : 128
Gravé* d'écrevisses : 76
Gravé* d'oisillons : 74
Grenouilles : 256
Grondin : 199
Gruau : 310
Gruau d'orge : 304
Grues : 153

H

Hanons : 221
Hardouil* aux chapons : 100
Hareng en caque : 27
Hareng nouveau : 380
Hareng saur : 28
Haricot de mouton : 64
Hérisson : 340, 366
Hérons : 153
Hochepot* aux volailles : 101
Houssébarré* de poisson : 120
Houssébarré* de viande : 119
Huîtres : 39
Hypocras : 317

Index des recettes

J

Jambon de porc : 59
Jance* : 288
Jance* à l'ail : 287
Jance* au lait de vache : 286
Joue de bœuf : 362

L

Lait d'amandes : 305
Lait de vache lié : 133
Lait lardé* : 259
Lamproies : 184-185
Langoustes : 197
Langue de bœuf : 21, 138
Lapin : 143
Lièvre rôti : 361
Limaçons : 257
Limandes : 212
Loche : 182

M

Malards de rivière : 152
Maquereau : 195
Marsouin : 203
Merlan : 208
Merlus : 204
Millet : 136
Mortereuil : 236
Morue : 194
Moules : 222
Moût pour accommoder les jeunes chapons : 290
Moutarde : 269
Mouton à la mode d'Auxerre : 67
Mouton au jaunet* : 68
Mouton rôti au sel fin : 140
Mulet : 193

N

Navets : 54

O

Œufs à la tanaisie : 232
Œufs heaumés : 227
Œufs perdus : 226, 229
Oies rôties : 148
Oies sauvages : 153
Oignons : 38
Omelette : 225, 230-231, 265
Omelette frite au sucre : 228
Onglet à la queue de sanglier* : 146
Orangeat : 352
Orphie : 202
Outardes : 153

P

Panais : 161, 267
Paons : 153
Pâté de bœuf : 164
Pâté de lièvre : 371
Pâté de mouton : 65, 165
Pâté de pigeon : 376
Pâté de porc : 373
Pâté de poussin : 159
Pâtés de veau : 166
Pâtés de venaison : 163
Pâté d'oies (chapon, poule) : 374
Pâté d'oiseaux de rivière : 375
Pâtés norrois* : 258
Perche : 171
Perdrix : 156
Petits oiseaux : 151
Pieds : 55
Pies : 357
Pigeons ramiers : 154
Pimperneaux : 181
Pipefarces* : 264
Plies : 211
Pluviers : 155
Poires : 356
Pois nouveaux : 60
Poivre jaunet* ou aigret : 281
Poivre noir : 282
Poles : 213
Porc : 141
Porcelet farci : 142
Porée* : 49
Porée* blanche : 50
Porée* noire : 52
Potage* à l'oison : 71
Potage* de pois : 29-31
Potage* des Lombards : 121

Potage* improvisé : 57
Potage* (ou sauce) jaunet* : 135
Potage* parti : 246
Potage* pour les jours maigres : 62
Poudre fine* : 314
Poules farcies colorées ou dorées : 364
Poussins : 150
Poussins en guise de perdreaux : 241
Poussins farcis : 238

Q

Queue de sanglier : 293

R

Raie : 210
Râpé : 113
Rate de pourceau : 363
Riche-manger : 360
Rissoles : 260-261
Riz : 311
Riz au lait : 243
Rosé* de lapereaux (alouettes, poussins) : 84
Rouget : 199

S

Sanglier : 89
Sardines : 379
Sauce à l'ail : 275
Sauce blanche ou verte à l'ail : 274
Sauce bouillie : 292
Sauce poitevine : 289
Sauce pour accommoder un chapon ou une poule : 295
Sauce pour accompagner les œufs pochés : 296
Sauce râpée : 294
Sauce rapide pour accommoder le chapon : 291
Sauce verte aux épices : 276

Saucisses : 353
Saugé : 318
Saumon : 200
Saupiquet* : 284
Soles : 213
Soringue* aux anguilles : 127
Soupes* à la moutarde : 132
Sous* de pourceau : 245
Soutyé* vert : 277

T

Taillis* : 237
Tanche : 172
Tarte : 249
Tarte jacobine : 248
Tête de mouton : 358
Tétines de vache : 368
Thon : 196
Tisane douce : 297
Tourte : 250
Tourterelles : 342
Tripes à la sauce jaunet* : 339
Tripes au jaunet* : 69
Tripes de porc : 97
Truites : 179
Trumeau de bœuf au jaunet* : 70
Tuile d'écrevisses : 77
Tuile de chair d'écrevisses : 118
Turbot : 214

V

Vandoises : 189
Veau : 144
Veau contrefaisant l'esturgeon : 206
Venaison de bœuf : 85
Verjus d'oseille : 270
Vinaigrette : 105
Vin cuit : 338
Vive : 209
Volaille farcie : 242

INDEX DES NOMS DE PERSONNES
(les chiffres renvoient à la page)

A

ABIGAIL : 340.
ABRAHAM : 132, 158-166, 254.
ADAM : 78, 126, 154-156, 162, 188-190, 254, 288-290, 340.
AGNES, *Agnesot* : 252.
AGNES (dame) : 438, 442-446, 450, 456-458.
ALEXANDRE, *Alixandre* : 178.
ALPHONSE (Pierre), *Pierre Alphons* : 334, 344, 348-350, 378.
ANDRESEL : 264-268.
ANDRESEL (madame d') : 28.
ANNE : 178.
ARNOUL : 444.
ASHER, *Aser* : 174.
ASSUERUS, *Assuere* : 340.
AUBRYOT Hugues : 784.

B

BERRY (duc de) : 182, 430, 540, 742.
BETOUEL, *Bacuel* : 168.
BILHA, *Balam* : 172-174, 178.
BOURBON (duc de) : 542.
BOURGOGNE (duc de), *Bourgoigne* : 542.
BRUTUS, *Brut* : 146-148.
BRUYANT (Jean), *Jehan Bruyant* : 412.

C

CANTAMUS : 140.
CASSIODORE, *Cassiodores* : 348, 360, 368, 374, 378-382.
CATON : 348-350, 358, 372, 380.
CESSOLIS (Jacobus de), *Cerxes* : 140.
CHENE (Jean du), *Jehan du Chesne* : 580, 588.
CICERON, *Tulles* : 346-350, 360-364, 380-382, 398.
COLLATIN : 142-148.

D

DAN : 174.
DANIEL : 132, 138.
DAVID : 340, 348, 358, 390.

DINA, *Dinam* : 176.

E

ENDELINE : 444.
ESAU : 106, 168.
ESOPE, *Ysope* : 348.
ESTHER, *Hester* : 340.
EVE, *Eve, Eva* : 78, 156, 238.

G

GABRIEL : 236.
GAD : 174.
GAUTIER : 192, 210, 226.
GRIMAULT : 140.
GRISELIDIS, *Grisilidis* : 28, 196-230, 254.

H

HAGAR : 160-166.
HANTECOURT (Jean de), *Jehan de Hantecourt* : 582, 778.
HELKIAS, *Belchias* : 134.
HELY (maître), *Helye* : 572.
HOLOPHERNE, *Holophernes* : 340.

I

INNOCENT : 378.
ISAAC, *Ysaac, Ysaacq, Ysac, Isaac* : 112, 132, 162-168, 340.
ISMAEL, *Ysmael* : 162-166.
ISSAKAR, *Ysacar* : 176.

J

JACOB : 132, 168-178, 340.
JEAN, *Jehan* : 252.
JEAN (maître), *Jehan* : 434, 438, 446-448, 456-462, 466-468, 538, 542.
JEANNE LA QUENTINE, *Jehanne la Quentine* : 30, 402-404.
JEANNETON, *Jehanneton* : 444.
JEAN-NICOLAS, *Jehannicola* : 196, 200, 204, 210, 214, 218-222, 226, 230.
JECHONIAS : 134.
JESUS-SIRACH, *Jhesu-Sirac* : 334-344.
JOACHIM, *Joachin* : 134.
JOB : 326.
JOSEPH, *Josep, Joseph* : 128, 176.
JOSEPHE (Flavius), *Josephus* : 156.
JOSSON : 444.
JUDA, *Judas* : 172.
JUDAS : 92.
JUDITH : 340.

L

Laban : 168-172, 176.
Lagny (monseigneur de), *Laigny* : 568.
Lea, *Lye* : 132, 170-176.
Levi, *Levy* : 172.
Lot, *Loth* : 254.
Lucifer : 28, 238, 290, 306.
Lucrece, *Lucresse* : 28, 142-148.

M

Maccabee (Judas), *Judas Machabeus* : 384.
Macrobe, *Macrobie* : 310.
Marie : 252.
Marie-Madeleine, *Marie Magdalaine* : 338.
Melibee, *Mellibee* : 30, 326-400, 442.
Moise, *Moyses, Moyse* : 156, 162.

N

Nabal, *Nagal* : 340.
Nabuchodonosor, *Nabugodonosor* : 134.
Nahor, *Nactor* : 168.
Nephtali, *Neptalim* : 174.

O

Orleans (duc d') : 540.
Ovide : 326, 358, 366.

P

Pamphile : 378.
Papire : 28, 310.
Paris (monseigneur de) : 568.
Pelistongraphe, *Pelistongrafe* : 140.
Petrarque (François), *Petrac* : 190, 230.
Prudence : 326-398.

R

Rachel : 28, 132, 168-178.
Raguel : 178.
Raymonde : 140.
Rebecca, *Rebeque, Rebecque, Rebecqua, Rebeca* : 28, 132, 168, 178, 340.
Richard : 456.
Riviere (monseigneur de la) : 420.
Robert : 244.
Robin : 252.
Robin (le berger) : 444.
Ruben : 172-174.

S

SAINT AUGUSTIN : 90, 130, 142, 382-384.
SAINT GREGOIRE : 130, 372.
SAINT JACQUES, *saint Jaques* : 342, 374, 398.
SAINT JEROME, *saint Gerosme, saint Jherosme* : 90, 172, 188, 380.
SAINT PAUL, *saint Pol* : 120, 124, 130, 356, 368.
SAINT PIERRE : 372.
SALOMON, *Salemon* : 230, 326, 334, 338, 342-348, 358, 366, 372-392.
SARAH, *Sarre, Sare, Saire* : 28, 132, 158-166, 178.
SARAH (femme de Tobias), *Sarra, Sarre* : 112, 178.
SENEQUE : 326, 336, 344, 348, 352, 358, 368-372, 376, 386, 392, 398.
SEXTUS, *Sexte* : 142-146.
SIMEON : 172.
SUSANNE : 28, 134-138.

T

TARQUIN LE SUPERBE, *Tarquin l'Orguilleux* : 142, 146-148.
TASSIN : 252.
TASSINE : 252.
THOMAS QUENTIN : 402-404.
TITE LIVE, *Titus Livius* : 142.
TOBIAS, *Thobie le jenne* : 178.
TOBIE, *Thobie* : 342.
TOURNAY (bailly de) : 28, 252.

V

VIEIL (Bertrand le), *Bertran le Vieil* : 440.

Z

ZABULON : 176.
ZILPA, *Zelphan* : 170, 174.

BIBLIOGRAPHIE

ARIÈS (Ph.), DUBY (G.) (dir.) 1985-1987, *Histoire de la vie privée*, Paris, Le Seuil

BAREL (Y.) 1977, *La Ville médiévale, système social, système urbain*, Grenoble, Presses universitaires

BELVALETTE (A.) 1887, *Traité d'autourserie*, Paris, Librairie Poirault

BOUCHER (F.) 1983 (1965), *Histoire du costume en Occident de l'Antiquité à nos jours*, Paris, Flammarion

CAZELLES (Raymond) 1972, *Nouvelle histoire de Paris. Paris de la fin du règne de Philippe Auguste à la mort de Charles V*, Paris, Hachette

CONTAMINE (Philippe) 1976, *La Vie quotidienne pendant la guerre de Cent ans, France et Angleterre*, Paris, Hachette

DEFOURNEAUX (M.) 1952, *La Vie quotidienne au temps de Jeanne d'Arc*, Paris, Hachette

DELORT (Robert) 1982, *La Vie au Moyen Age*, Paris, Le Seuil, coll. « Points »

DUBY (Georges) 1984, *Hommes et structures du Moyen Age*, Paris – La Haye, Mouton

FERRIER (J. M.) 1979, « "Seulement pour vous endoctriner" : the author's use of exemple in *Le Ménagier de Paris*, in *Medium Aevum*, XLVIII, 1979, pp. 77-89

FLANDRIN (Jean-Louis) 1983, *Un temps pour embrasser. Aux origines de la morale sexuelle occidentale (VIe-XIe siècle)*, Paris, Le Seuil

FLANDRIN (Jean-Louis) 1992, *Chronique de Platine. Pour une gastronomie historique*, Paris, Odile Jacob

FŒSTER (R. H.) 1969, *Das Leben in der Gotik*, Munich

FRAISSE (E. C.) 1927, *Le Cheval*, Paris, Hachette

FRANKLIN (A.) 1980 (1888), *La Vie privée d'autrefois*, Paris, Slatkine Reprints

GOTTSCHALK (A.) 1948, *Histoire de l'alimentation et de la gastronomie*, Paris, Hippocrate

HIEATT (Constance) 1977, *Pain, vin et venaison : un livre de cuisine médiévale*, Montréal, Ed. de l'Aurore

LAURIOUX (Bruno) 1988, « Entre savoir et pratique. Le livre de cuisine à la fin du Moyen Age », in *Médiévales*, Printemps 1988, t.14, pp. 59-71

LEBAULT (Armand) 1910, *La Table et le repas à travers les siècles*, Paris, L. Laveur

LE GOFF (Jacques), 1964, *Civilisation de l'Occident médiéval*, Paris, Arthaud

LE GOFF (Jacques), 1977, *Pour un autre Moyen Age*, Paris, Gallimard, coll. « Tel »

Manger et boire au Moyen Age, 1984, Actes du Colloque de Nice (15-17 oct. 1982), Les Belles Lettres

MÖHREN (Frankwald) 1986, *Wort- und sachgeschichtliche Untersuchungen an französischen landwirtschaftlichen Texten, Senechaucie, Ménagier, Encyclopédie*, Tübingen

MONTAIGLON (Anatole, de) 1854, *Livre du Chevalier de la Tour Landry pour l'enseignement de ses filles*, Paris, P. Janet

PAYEN (Jean-Charles) 1968, *Le Motif du repentir dans la littérature française médiévale (des origines à 1230)*, Genève, Droz

PIPONNIER (Françoise) 1970, *Costume et vie sociale, la cour d'Anjou, XIVe-XVe siècle*, Paris, Mouton

REDON (Odile), SABAN (Françoise), SERVENTI (Silvano) 1991, *La Gastronomie au Moyen Age. 150 recettes de France et d'Italie*, Paris, Editions Stock

RIBÉMONT (Bernard) 1990, « Les simples et les jardins », in *Vergers et Jardins dans l'univers médiéval, Senefiance*, n° 28, 1990, pp. 329-342

SOUTHERN (R. W.) 1987, *L'Eglise et la société dans l'Occident médiéval*, Paris, Flammarion, « Nouvelle Bibliothèque Scientifique »

ZIMMERMANN (M.) 1987, *La Vie au Moyen Age*, Rennes, Ouest France

ZIMMERMANN (Margarete) 1989, *Vom Hausbuch zur Novelle : didaktische und erzählende Prosa im Frankreich des späten Mittelalters*, Düsseldorf, Droste

TABLE

Introduction 7
Prologue 23

PREMIERE DISTINCTION

PREMIER ARTICLE :
    Prières au lever et au coucher ; la toilette 35

DEUXIEME ARTICLE :
    La contenance à l'église 47

TROISIEME ARTICLE :
    Enseignement catéchistique et moral 51

QUATRIEME ARTICLE :
    Modèles de chasteté féminine 131

CINQUIEME ARTICLE :
    Vie conjugale et épouses exemplaires 155

SIXIEME ARTICLE :
    Le devoir d'obéissance ; Grisélidis 187

SEPTIEME ARTICLE :
    Prendre soin du mari et de la maison 295

HUITIEME ARTICLE :
    La discrétion 309

NEUVIEME ARTICLE :
    Recouvrer et garder la fidélité du mari ; Mélibée 325

DEUXIEME DISTINCTION

PREMIER ARTICLE :

    Récapitulatif 409
    (Le Chemin de Povreté et de Richesse)

DEUXIEME ARTICLE :

    Le jardinage 415

TROISIEME ARTICLE :

    Les domestiques ; prendre soin du vin ;
    choisir un cheval 433

[*TROISIEME DISTINCTION*, DEUXIEME ARTICLE] :

    Traité de chasse à l'épervier 475

QUATRIEME ARTICLE :

    Généralités sur la cuisine. Menus généraux 539
    Banquet de monseigneur de Lagny 569
    Noces de maître Hely 573
    Noces de Hantecourt 583

CINQUIEME ARTICLE :

Recettes

    Généralités 591
    Potages* ordinaires sans épices et clairs 605
    Autres potages* clairs aux épices 625
    Autres potages* épaissis gras 641
    Autres potages* épaissis maigres 663
    Viande rôtie 671
    Pâtés 683
    Poisson d'eau douce 685
    Poisson de mer 697
    Poisson de mer plat 707
    Œufs de préparations diverses 715
    Entremets, fritures et dorures 719
    Autres entremets 741
    Sauces non bouillies 747

Sauces bouillies	753
Breuvages pour les malades	761
Potages* pour les malades	765
Diverses petites choses complémentaires	769
Autres petites choses ne nécessitant pas un chapitre entier	793

ANNEXES

Le Chemin de Povreté et de Richesse *(Jean Bruyant)*	813
Le temps ; poids et mesures	839
Petit glossaire culinaire	841
Index des recettes	847
Index des noms de personnes	851
Bibliographie	855

Composition réalisée par COMPOFAC - PARIS

Imprimé en France par la SOCIÉTÉ NOUVELLE FIRMIN-DIDOT (28319)
LIBRAIRIE GÉNÉRALE FRANÇAISE - 6, rue Pierre-Sarrazin - 75006 Paris
ISBN : 2-253-06653-2

30/4540/8